2.80

D0366915

UN MONDE SANS FIN

Ken Follett est né à Cardiff en 1949. Diplômé en philosophie de l'University College de Londres, il travaille comme journaliste à Cardiff puis à Londres avant de se lancer dans l'écriture. En 1978, *L'Arme à l'œil* devient un best-seller et reçoit l'Edgar des Auteurs de romans policiers d'Amérique. Ken Follett ne s'est cependant pas cantonné à un genre ni à une époque : outre ses thrillers, il a signé des fresques historiques, tels *Les Piliers de la Terre*, *La Marque de Windfield*, etc. Ses romans sont traduits dans plus de vingt langues et plusieurs d'entre eux ont été portés à l'écran. Ken Follett vit aujourd'hui à Londres.

Paru dans Le Livre de Poche :

KEN FOLLETT

Un monde sans fin

ROMAN TRADUIT DE L'ANGLAIS PAR VIVIANE MIKHALKOV,
LESLIE BOITELLE ET HANNAH PASCAL

ROBERT LAFFONT

Titre original :

WORLD WITHOUT END
Publié par Dutton, Penguin Group Inc., New York

© Ken Follett, 2007.
© Éditions Robert Laffont, S.A., 2008, pour la traduction française.
ISBN : 978-2-253-12576-1 – 1re publication LGF

Pour Barbara.

PREMIÈRE PARTIE

1er novembre 1327

1.

Gwenda n'avait pas peur du noir, et pourtant elle n'avait que huit ans.

Quand elle ouvrit les yeux et ne vit que l'obscurité autour d'elle, elle n'en fut aucunement effrayée. Elle savait où elle se trouvait : étendue à même le sol sur de la paille, auprès de sa mère, dans le long bâtiment en pierre du prieuré de Kingsbridge qu'on appelait l'hospice. À en juger d'après la chaude odeur de lait qui chatouillait ses narines, Ma devait nourrir le bébé qui venait de naître et n'avait pas encore de nom. À côté d'elle, il y avait Pa et, juste après, Philémon, son frère de douze ans. Plus loin, d'autres familles se serraient les unes contre les autres, comme des moutons dans un enclos. Mais, bien que la salle soit bondée, dans le noir, on ne les distinguait pas. On sentait seulement l'odeur puissante de leurs corps chauds.

La naissance de l'aube annoncerait la Toussaint – fête d'autant plus remarquable cette année qu'elle tombait un dimanche. La nuit sur le point de s'achever clôturait une journée de grands dangers car, en cette veille du jour où l'on célébrait tous les saints, les esprits malins se déchaînaient et rôdaient en liberté de par le monde. Tout un chacun le savait, et Gwenda ne faisait pas exception. C'était pour se tenir à l'écart de ce péril que les centaines de fidèles à l'instar de sa famille étaient venus des villages voisins se réfugier dans ce lieu sacré qu'était le prieuré pour y attendre l'heure de se rendre à matines.

Comme toute personne dotée d'un tant soit peu de raison, Gwenda se méfiait des esprits mauvais. Toutefois, il était une chose qu'elle appréhendait plus encore, une chose qu'elle devrait accomplir pendant l'office. Pour l'heure, elle s'efforçait de la chasser de ses pensées, tout en scrutant la morne obscurité alentour. Le mur en face d'elle était percé d'une fenêtre en ogive – plus exactement d'une ouverture sans vitre, car seuls les édifices les plus importants possédaient de véritables fenêtres avec des vitres, comme on le lui avait expliqué. Ici, une tenture en lin empêchait l'air froid de l'automne de pénétrer – une tenture épaisse, assurément, car le mur était d'une même noirceur opaque d'un bout à l'autre. Pour une petite fille qui redoutait tant l'arrivée du matin, ces ténèbres avaient quelque chose de rassurant.

Contrairement à ses yeux qui ne voyaient rien de ce qui se passait autour d'elle, ses oreilles percevaient une multitude de sons faciles à déchiffrer : l'incessant chuchotement de la paille sous les dormeurs qui remuaient dans leur sommeil ; un pleur d'enfant réveillé par un rêve et aussitôt calmé par un doux murmure ; une phrase lancée à haute voix, ou plutôt une suite de syllabes bredouillées par une personne assoupie. Et puis, quelque part, le bruit d'un couple s'adonnant à ce que ses parents faisaient eux aussi de temps en temps, mais dont ils ne parlaient jamais et que Gwenda appelait « grogner » parce qu'elle n'avait pas de nom pour qualifier cet acte.

Très vite, bien trop vite, une lumière apparut au fond de cette salle tout en longueur, derrière l'autel, à l'est. Un moine venait d'entrer, une chandelle à la main. L'ayant déposée sur l'autel, il y enflamma un cierge. Muni de sa lumière, il entreprit ensuite de longer le mur, touchant de sa flamme les cierges sur son passage. À chaque fois qu'il s'enfonçait dans l'obscurité pour allumer la mèche suivante, son ombre s'étirait jusqu'à atteindre la voûte.

La lumière, en devenant plus forte, révélait peu à peu les silhouettes affalées sur le sol, enveloppées dans des manteaux de toile bise ou blotties les unes contre les autres pour se tenir chaud. On apercevait déjà les malades installés sur des paillasses près de l'autel afin de tirer un plus grand bénéfice de la sainteté du lieu. À l'autre bout de la salle, on devinait l'escalier qui menait à l'étage et aux salles réservées aux visiteurs de la noblesse. Pour l'heure, plusieurs d'entre elles étaient occupées par le comte de Shiring et les siens.

Se penchant au-dessus de Gwenda pour allumer le lumignon situé bien plus haut que sa tête, le moine croisa son regard et lui sourit. Elle fixa son jeune et beau visage et reconnut en lui, à la lumière vacillante de son cierge, un certain frère Godwyn qui avait parlé très gentiment à Philémon, hier soir.

La place à côté de Gwenda était occupée par une famille de paysans prospères du même village qu'elle. Samuel, le père, avait en métayage de grandes terres. L'accompagnaient sa femme et ses deux fils. Le plus jeune, Wulfric, qui avait six ans, ne trouvait rien de plus drôle au monde que de lancer des glands sur les filles et de courir ensuite se cacher.

La famille de Gwenda n'était pas riche. Son père ne possédait pas le moindre lopin de terre ; il louait ses services à la journée à qui voulait bien l'engager. En été, le travail ne manquait pas mais, après la moisson, à l'arrivée des frimas, la famille souffrait souvent de la faim.

Et pour survivre Gwenda était obligée de voler.

Elle imaginait souvent le jour où elle se ferait prendre la main dans le sac : une forte poigne retiendrait son bras et elle aurait beau se tortiller en tous sens, elle ne parviendrait pas à s'échapper. Une voix profonde s'exclamerait alors avec une joie cruelle : « Ah, ah ! Je te tiens, petite voleuse ! » Quelle douleur et quelle humiliation ce serait que d'être flagellée ! Et ce ne serait rien comparé au supplice d'avoir la main coupée !

Son père avait connu ce châtiment ; son bras gauche se terminait par un affreux moignon. Oh, cela ne le gênait pas pour manier la pelle, seller un cheval ou même fabriquer des filets pour attraper les oiseaux ; mais il était toujours le dernier journalier à être engagé au printemps et le premier à être congédié à l'automne. Cette amputation qui le désignait comme voleur l'empêchait de quitter son village pour trouver du travail ailleurs : personne ne voulait l'embaucher. C'est pourquoi, quand il partait en voyage, il attachait à son moignon un gant bourré de son – pour éviter d'être tenu à l'écart. Son leurre, hélas, ne trompait personne.

Gwenda n'avait pas assisté au châtiment de son père, n'étant pas encore née à l'époque. Cependant, elle s'était souvent représenté la scène et elle se voyait maintenant la subissant à son tour. Elle voyait au ralenti la hache s'abaisser vers son poignet, le fer affûté trancher sa peau et ses os, séparant sa main de son bras d'une façon si définitive qu'il n'y aurait pas moyen de les recoudre ensemble. Quand ce tableau se formait dans son esprit, elle gardait toujours les dents serrées très fort pour s'empêcher de hurler.

Dans l'assistance, les gens s'étiraient et bâillaient, se frottaient le visage. Gwenda se leva et secoua ses vêtements. Tout ce qu'elle portait sur elle en ce moment lui venait de son frère – la chemise de laine qui lui descendait jusqu'aux genoux, de même que la tunique qu'elle enfilait par-dessus et serrait à la taille avec une corde de chanvre. Ses chaussures avaient eu des lacets autrefois, mais ils étaient perdus et les œillets étaient déchirés. Voilà pourquoi elle attachait ses savates à l'aide d'une tresse de paille. Ayant fourré ses cheveux sous un bonnet en queues d'écureuil, elle jugea sa toilette achevée.

Elle croisa le regard de son père. Celui-ci lui désignait furtivement une famille de l'autre côté de la travée : c'était un couple d'âge moyen accompagné de deux garçons plus âgés qu'elle. Le père, de petite taille et chétif, avait une barbe rousse frisée. Il était en train de boucler un ceinturon auquel était pendue une épée. C'était donc un homme d'armes, voire un chevalier, car le bas peuple n'était pas autorisé à porter l'épée. Son épouse, une femme maigre et brusque, n'offrait pas un visage avenant. Frère Godwyn les saluait d'une inclinaison de la tête empreinte de respect. « Bonjour, sieur Gérald et dame Maud. »

Gwenda repéra l'objet qui avait attiré l'attention de son père : la bourse suspendue par un lien de cuir à la ceinture de sieur Gérald – une bourse rebondie qui devait certainement contenir plusieurs centaines de ces pièces de cuivre et de ces piécettes d'argent d'un penny et d'un demi-penny qui avaient cours en Angleterre, l'équivalent de ce que Pa gagnait en toute une année quand il arrivait à se faire embaucher. Autrement dit, largement de quoi nourrir toute la famille jusqu'aux labours du printemps. Qui sait ? Cette bourse contenait peut-être aussi des pièces d'or étrangères, des florins de Florence ou des ducats de Venise.

Gwenda possédait, attaché à une corde autour de son cou, un petit fourreau en bois contenant un couteau dont la lame pointue viendrait facilement à bout de ce lien. Et la grosse bourse chuterait alors dans sa petite main. À condition que sieur Gérald ne sente pas ses gestes et ne retienne pas son bras avant qu'elle ait eu le temps d'accomplir son forfait…

D'une voix forte destinée à couvrir le bourdonnement des conversations, frère Godwyn déclara : « Pour l'amour du Christ qui nous enseigne la charité, un petit déjeuner vous sera servi après l'office de la Toussaint. En attendant, il y a de l'eau potable à la fontaine de la cour. Rappelez-vous, s'il vous plaît, qu'il est interdit de pisser à l'intérieur de ces murs. Veuillez utiliser les latrines situées à l'extérieur ! »

Les moines et les sœurs veillaient avec rigueur au respect de la propreté. La nuit dernière, Godwyn avait attrapé un garçon de six ans se soulageant dans un coin. Toute la famille avait été expulsée de l'hospice. Si ces malheureux n'avaient pas eu un sou en poche pour payer l'aubergiste, il était à croire qu'ils auraient passé cette nuit d'octobre à trembler de froid sur le perron de pierre de la cathédrale, se dit Gwenda. Peut-être en compagnie de Hop, son chien à trois pattes qu'elle avait dû abandonner, car il était également interdit de faire entrer un animal dans l'hospice. Elle se demanda où il avait passé la nuit.

Une fois toutes les lumières allumées, Godwyn ouvrit le grand portail de bois donnant sur l'extérieur. L'air de la nuit qui s'engouffra tout d'un coup vint mordre les oreilles et le bout du nez de Gwenda. Resserrant leurs manteaux autour d'eux, les hôtes de la nuit commencèrent à s'éparpiller dans la cour. Quand sieur Gérald et les siens prirent place dans la queue, Pa et Ma se retrouvèrent juste derrière eux. Gwenda et son frère leur emboîtèrent le pas.

Jusqu'à ce jour, c'était Philémon qui se chargeait des rapines. Hier, il avait failli se faire prendre au marché de Kingsbridge juste au moment où il subtilisait sur l'étal d'un marchand italien une petite fiole contenant une huile de prix. Il l'avait laissée tomber par terre à la vue de tous. Par chance, elle ne s'était pas brisée, mais il avait été obligé de prétendre l'avoir renversée par inadvertance.

Au cours de l'année passée, son frère, jadis fluet et adroit comme elle, avait grandi de plusieurs pouces. Sa voix changeait de ton au milieu des phrases. Surtout, il avait perdu toute adresse. À croire qu'il ne savait pas comment utiliser ce grand corps devenu le sien. Hier soir, après la scène de la fiole, Pa avait déclaré qu'il était trop grand pour être un bon voleur et que dorénavant Gwenda prendrait la relève.

Voilà pourquoi elle était restée éveillée une longue partie de la nuit.

Philémon s'appelait en vérité Holger. À dix ans, il avait décidé de devenir moine et demandé qu'on l'appelle désormais Philémon, trouvant ce prénom plus religieux à l'oreille. Curieusement, la plupart des gens avaient souscrit à son souhait, sauf Ma et Pa qui s'obstinaient à l'appeler Holger.

Sitôt le portail franchi, les fidèles découvrirent devant eux, de part et d'autre du chemin menant au grand parvis de la cathédrale, deux rangées de religieuses transies de froid leur éclairant la voie à l'aide de torches. Au sommet des flammes, l'ombre vacillait comme si les elfes et les lutins de la nuit s'amusaient à faire des cabrioles dans un lieu tout proche mais invisible, tenus à distance par la seule sainteté des religieuses. Hop n'était pas devant l'hospice à attendre la sortie de sa maîtresse. Gwenda n'en fut qu'à demi étonnée. Il devait s'être trouvé un abri au chaud pour la nuit.

Dans le cortège qui s'acheminait vers la cathédrale, Pa veilla à ce que toute la famille reste collée à sieur Gérald. Gwenda suivait donc le mouvement. Soudain, une main méchante lui tira les cheveux par-derrière – celle d'un lutin, probablement. Se retournant, elle aperçut Wulfric, le petit garçon de son village, qui riait à gorge déployée, hors d'atteinte de ses représailles. Son père se chargea de le corriger d'une taloche sur l'arrière de la tête en lui intimant l'ordre de bien se tenir. Le petit garçon se mit à pleurer.

La masse monumentale de l'église surplombait de toute sa hauteur la foule compacte des fidèles et se dissolvait dans la nuit. Émergeaient seuls de l'ombre la partie inférieure, les arches et les meneaux, que les torches coloraient d'une teinte rouge orangé. En approchant du portail, le cortège ralentit. Gwenda aperçut alors les habitants de la ville qui arrivaient par l'autre bout de la place. Ils étaient bien des centaines, peut-être des milliers, se dit-elle, bien qu'elle ne se représente pas très bien combien cela faisait de personnes, un millier, ne sachant pas compter aussi loin.

La foule s'écoulait lentement vers la nef. Dans la lumière tremblante des torches, les saints sculptés sur les parois du porche semblaient mener une danse endiablée au-dessus des monstres et des démons dont Gwenda ne pouvait détacher le regard. Ces dragons et ces griffons la mettaient mal à l'aise, notamment l'ours à tête d'homme et le chien à deux corps et un seul museau, car, pour un certain nombre d'entre eux, ces êtres fabuleux étaient manifestement en lutte avec l'humanité : ici, un succube avait passé un nœud coulant autour du cou d'un homme ; là, un animal ressemblant à un renard traînait une femme par les cheveux ; ailleurs, un aigle lacérait un homme nu de ses serres, représentées sous forme de mains. Les saints s'alignaient en rang d'oignons au-dessus de ces images infernales, séparés par de petits auvents des apôtres sculptés plus haut, juste au ras de la voûte. Dans le bas de celle sous laquelle se tenait Gwenda, on reconnaissait saint Pierre et saint Paul, le premier à sa clef, le second à son rouleau de parchemin. Et tous deux levaient des yeux emplis d'adoration vers le Christ en majesté qui trônait au centre, au-dessus du portail principal.

Gwenda avait beau savoir que Jésus exhortait les fidèles à ne pas pécher, elle craignait davantage la torture des hommes que celle des démons. Si elle ne volait pas la bourse de sieur Gérald, son père lui donnerait le fouet. Et il y avait pire : sa famille n'aurait rien d'autre à manger que de la soupe aux glands. Philémon et elle souffriraient de la faim pendant de longues semaines ; le lait de Ma sécherait dans son sein et le bébé mourrait comme déjà les deux autres avant lui ; Pa disparaîtrait des jours entiers pour revenir avec un héron décharné ou deux écureuils. Et ils n'auraient rien d'autre à faire cuire. La faim était plus redoutable que le fouet. Elle durait plus longtemps.

On lui avait enseigné à chaparder dès son plus jeune âge – à chiper une pomme sur un étal, un œuf frais sous le cul de la poule du voisin, ou encore le couteau oublié par l'ivrogne sur la table de la taverne. Mais voler de l'argent, c'était différent. Si elle se faisait prendre en train de couper la bourse de sieur Gérald, il ne lui servirait à rien d'éclater en sanglots. On ne se contenterait pas de la sermonner, comme la religieuse au cœur tendre, le jour où elle avait volé une paire de chaussures en cuir très doux. Couper le cordon de la bourse d'un chevalier, ce n'était pas une blague de chenapan, c'était en vérité un crime de grande personne et il était puni en conséquence.

Elle essaya de ne pas penser à ce qui l'attendrait en cas d'échec. Elle était petite et agile, elle était rapide. Oui, elle saurait s'emparer de cette bourse subrepticement, comme un fantôme. Pourvu seulement que ses mains ne tremblent pas !

L'immense cathédrale était déjà bondée. Éclairés par les torches que tenaient des moines, au visage dissimulé sous leur capuche, les bas-côtés vibraient d'une lumière rougeoyante. Dans la nef, l'enfilade des piliers s'élevait si haut que leurs fûts se perdaient dans l'obscurité. Laissant la foule progresser vers l'autel, Gwenda demeura auprès de sieur Gérald. Le chevalier à la barbe rousse et sa maigre épouse ne l'avaient pas remarquée. Quant à leurs deux garçons, ils ne lui prêtaient pas plus d'attention qu'aux pierres des murs. Gwenda avait perdu de vue sa famille, restée en arrière.

La nef se remplissait rapidement. Gwenda n'avait jamais vu tant de monde rassemblé dans un même endroit – il y en avait bien plus que dans le pré devant la cathédrale, les jours de marché. Et tous ces gens se saluaient gaiement l'un l'autre, heureux d'être protégés des mauvais esprits dans ce lieu sacré. Le bruit de leurs conversations formait un vrai vacarme.

Puis les cloches sonnèrent et le silence se fit.

Sieur Gérald se tenait juste à côté d'une petite fille d'une dizaine d'années et de sa famille, de riches marchands de laine de la ville, à en juger d'après la qualité de leurs manteaux. Gwenda s'était glissée derrière eux et faisait de son mieux pour passer inaperçue. À sa consternation, la petite fille lui adressa un sourire joyeux, comme pour lui signifier de ne pas avoir peur.

L'un après l'autre, les moines qui se tenaient en bordure de la foule éteignirent leurs torches. Le sanctuaire tout entier sombra dans le noir.

Gwenda s'inquiétait. La petite fille riche ne risquait-elle pas de se rappeler d'elle, plus tard ? Elle ne s'était pas contentée de lui jeter un coup d'œil rapide pour l'ignorer ensuite, comme la plupart des gens d'habitude. Non, elle l'avait bien regardée. Elle lui avait même fait un grand sourire. Enfin, il y avait des centaines d'enfants dans la cathédrale, se dit-elle pour se rassurer. Dans cette pénombre, la petite fille ne pouvait pas avoir gardé un souvenir très précis de son visage… n'est-ce pas ?

Invisible dans l'obscurité, elle fit un pas en avant et se faufila furtivement entre les deux silhouettes devant elle. Coincée entre le doux manteau de laine de la petite fille et le rugueux surtout du chevalier, elle était à présent en bonne position pour atteindre la bourse.

Introduisant la main dans son col, elle dégaina son couteau. Au même instant, un hurlement terrifiant brisa le silence. Gwenda s'y attendait, car sa mère lui avait expliqué le déroulement de l'office. Pourtant, ce cri la fit sursauter, tant il ressemblait à celui d'un homme sous la torture.

Une puissante tambourinade retentit alors, comme si quelqu'un martelait de toutes ses forces un plat en métal. D'autres sons suivirent : un gémissement, un rire de fou, la sonnerie d'un cor de chasse, un grelot, des bruits d'animaux et l'écho d'une cloche fêlée. Dans la foule, un enfant se mit à pleurer, bientôt rejoint par d'autres. Des grandes personnes ne purent retenir des rires nerveux, bien qu'elles sachent ces bruits produits par les moines. La cacophonie était atroce.

Le moment était mal choisi pour voler la bourse, se dit Gwenda craintivement. Comme tout le monde, le chevalier avait les sens en alerte : il percevrait le moindre frôlement.

Ce tintamarre diabolique avait atteint son paroxysme quand s'y mêla un son nouveau, une musique si ténue que Gwenda crut d'abord s'être méprise, mais qui s'amplifia peu à peu jusqu'à devenir un cantique. Ces voix divines étaient celles des religieuses. Gwenda se raidit involontairement : l'instant fatidique approchait.

Se mouvant à la façon des esprits, sans provoquer le moindre souffle d'air, elle pivota sur les talons afin de se retrouver face à sieur Gérald. Elle savait exactement en quoi consistait son habit : il se composait d'une lourde tunique en laine ramassée à la taille à l'aide d'une large ceinture cloutée à laquelle pendait la fameuse bourse, au bout de son lacet de cuir. Au-dessus, le chevalier portait un coûteux surtout brodé à présent élimé, fermé bord à bord par des boutons en os. Ces boutons jaunis, il ne les avait pas tous attachés, soit par paresse, parce qu'il somnolait à demi, soit tout simplement parce qu'il n'y avait pas une grande distance à parcourir, de l'hospice à la cathédrale.

Gwenda posa une main sur le devant du manteau du chevalier. Prêtant à sa main droite la légèreté d'une araignée, imaginant ses doigts plus légers que des pattes – si légers que sa victime ne pouvait les sentir –, elle les fit descendre le long du surtout, puis s'introduire sous un pan du vêtement et suivre le cheminement du ceinturon jusqu'à la bourse.

Le vacarme diminuait à mesure que montait la musique. Un murmure apeuré s'éleva des premiers rangs de la foule et se propagea vers le fond de l'église. Gwenda ne voyait rien. Néanmoins, elle devinait qu'un candélabre allumé sur l'autel illuminait un reliquaire qui ne s'y trouvait pas quand les cierges et les torches s'étaient éteints – le célèbre reliquaire contenant les os de saint Adolphe, objet magnifique fait d'ivoire sculpté rehaussé d'or. La foule se tendit en avant, chacun cherchant à se rapprocher des saintes reliques. Immobilisée entre sieur Gérald et l'homme devant lui, Gwenda tâtonna le lacet retenant la bourse et y posa sa lame.

Las, impossible d'entailler le cuir durci ! Malgré son effroi, elle se mit en demeure d'effectuer des mouvements de scie effrénés. Sieur Gérald était trop intéressé par la scène qui se déroulait près de l'autel pour noter ce qui se produisait sous son nez. Relevant les yeux, Gwenda s'aperçut que les silhouettes autour d'elle commençaient à surgir de l'obscurité : les moines et les religieuses étaient en train de rallumer les cierges. Elle n'avait plus une seconde à perdre : bientôt, la lumière serait trop vive.

Elle imprima plus de force à son geste. La bourse commençait à lâcher. Sieur Gérald grommela. Avait-il senti quelque chose ? Réagissait-il à ce qui se passait sur l'autel ? La bourse finit par se détacher et atterrit dans la main de Gwenda. Elle pesait si lourd que la petite fille faillit la lâcher. L'espace d'un instant terrifiant, elle crut que la bourse glissait entre ses doigts et se perdait par terre, parmi les pieds de tous ces gens qui bougeaient sans cesse, sans même s'en rendre compte. Mais Gwenda réussit à l'agripper.

Un sentiment fait de joie mêlée de soulagement la submergea. Tout danger, cependant, n'était pas écarté. Il lui fallait encore remettre cette bourse à son père. Son cœur battait si fort que tout le monde alentour devait l'entendre. Gwenda profita qu'elle pivotait sur elle-même pour fourrer son butin à l'intérieur de sa tunique. À présent, elle tournait le dos à sieur Gérald. Si, par malheur, il baissait les yeux, il risquait d'apercevoir la bosse que formait la bourse sous sa robe, juste au-dessus de sa ceinture. Ne s'étonnerait-il pas de lui découvrir subitement une grosse bedaine ? Elle la repoussa donc sur le côté, à un endroit où son bras la cachait en partie. Lorsque tous les cierges seraient allumés, il était à craindre que cette bosse n'attire quand même les regards. Mais où dissimuler son larcin ? Aucune idée ne lui venait à l'esprit.

Elle rangea son couteau dans sa gaine. Maintenant, elle devait s'esquiver au plus vite, avant que sieur Gérald ne remarque la disparition de son bien. Hélas, si la cohue des fidèles lui avait permis d'accomplir son vol sans être vue, elle gênait désormais sa fuite. Reculant d'un pas, Gwenda essaya de se glisser entre les gens derrière elle, mais ceux-ci continuaient de pousser vers l'avant dans l'espoir d'apercevoir les os du saint. Elle était prisonnière de la foule, juste devant l'homme qu'elle venait de dépouiller et dans l'incapacité totale d'effectuer un mouvement.

« Ça va bien ? » souffla une voix dans son oreille.

La petite fille riche ! Une enfant plus âgée la prenant sous son aile, voilà bien la dernière chose dont elle avait besoin ! Étouffant sa panique, Gwenda fit de son mieux pour se rendre invisible. En conséquence, elle ne répondit pas.

Malheureusement, sa protectrice admonestait déjà les personnes alentour. « Faites attention, bonnes gens ! Vous écrasez cette petite fille. »

Gwenda en aurait crié. Cette sollicitude allait lui valoir une main coupée.

Au désespoir, elle poussa en arrière de toutes ses forces, en prenant appui des deux mains sur le dos de l'homme devant elle. Ses tentatives n'aboutirent qu'à attirer sur elle l'attention de sieur Gérald. « Pauvre petite ! s'écria sa victime, emplie de prévenance. Mais tu ne peux rien voir de là où tu es ! »

Et voilà qu'il saisit Gwenda sous les bras pour la soulever en l'air, à la plus grande horreur de la petite fille, car la large main sous son aisselle n'était qu'à un pouce de la bourse !

Elle s'obligea à garder la tête fixée droit devant elle pour que sieur Gérald ne garde d'elle que le souvenir de ses cheveux. Laissant son regard survoler la foule jusqu'à l'autel, elle vit que les moines et les religieuses continuaient d'allumer des cierges tout en célébrant le saint mort depuis des lustres. Elle vit surtout qu'une faible lueur commençait à poindre derrière l'immense rosace de la façade est, à l'autre bout de la cathédrale. L'aube était arrivée, chassant au loin les esprits malins. Le fracas métallique s'était arrêté, le chant prenait son essor. Un moine de haute taille et de belle prestance s'approcha de l'autel. Gwenda reconnut en lui Anthony, le prieur de Kingsbridge. Élevant les mains en un geste de bénédiction, il prononça d'une voix forte : « Et ainsi, de nouveau, par la grâce du Christ Jésus, l'harmonie et la lumière de la sainte Église de Dieu bannissent de ce monde le mal et l'obscurité. »

Une clameur triomphale accueillit ses paroles. La cérémonie avait atteint son apogée. La tension se relâcha. Gwenda se tortilla dans les bras de sieur Gérald. Comprenant ses mouvements, il la reposa par terre. Veillant à cacher son visage, elle fila vers le fond de la cathédrale.

À présent que les fidèles n'étaient plus aussi avides d'apercevoir l'autel, se glisser entre les corps devenait de plus en plus facile à mesure qu'elle se rapprochait de la sortie. Lorsque enfin elle eut franchi le portail, elle aperçut les siens sur le parvis. Pa la regardait anxieusement, et son regard exprimait clairement ce qu'il lui en aurait coûté si par malheur elle était revenue bredouille. Elle extirpa la bourse de sa chemise, heureuse de s'en débarrasser. Il la saisit et la fit rouler un instant entre ses doigts avant de jeter un coup d'œil à l'intérieur. Son sourire de plaisir n'échappa pas à Gwenda. Il remit la bourse à Ma, qui s'empressa de la cacher dans les plis de la couverture enveloppant le bébé.

L'épreuve était achevée. Néanmoins, le danger demeurait. « J'ai été repérée par une petite fille riche », dit Gwenda et, dans le son aigu de sa voix, elle perçut elle-même l'aveu de sa crainte.

Un éclair de colère passa dans les petits yeux noirs de Pa. « Elle t'a vue ?

— Non, mais elle a dit aux gens de ne pas me bousculer, alors le chevalier m'a prise dans ses bras pour que je voie mieux l'autel. »

Ma ne put retenir un gémissement étouffé.

« Il a vu ton visage, alors ? insista Pa.

— J'ai fait tout mon possible pour garder la tête tournée de l'autre côté.

— Mieux vaut quand même que tu ne lui retombes pas sous les yeux ! déclara Pa. Nous n'allons pas revenir à l'hospice. Tant pis pour le petit déjeuner offert par les moines. Nous prendrons le nôtre dans une taverne.

— Nous ne pourrons pas nous cacher tout au long de la journée ! intervint Ma.

— Nous nous fondrons dans la foule. »

Gwenda commençait à se sentir plus légère. Pa avait l'air de croire qu'il n'y avait pas vraiment de danger. Le fait qu'il reprenne la direction des opérations la rassura, lui donna l'impression qu'il la déchargeait d'une responsabilité qui lui pesait comme un fardeau.

« D'ailleurs, continuait-il, je me vois assez bien mangeant de la viande et du pain au lieu de cette bouillie dégoulinant d'eau que les moines servent à l'hospice. Maintenant, on peut se le permettre ! »

Ils quittèrent les abords de la cathédrale. Le ciel avait pris une teinte gris nacré. Gwenda aurait volontiers tenu la main de Ma, mais le bébé s'était mis à pleurer et sa mère eut d'autres soucis en tête. C'est alors que Gwenda aperçut un petit chien au museau noir et blanc qui accourait vers elle en décrivant de drôles de zigzags sur ses trois pattes. « Hop ! » s'écria-t-elle. Le soulevant de terre, elle le serra dans ses bras.

2.

Merthin avait onze ans, un an de plus que son frère Ralph qui était bien plus grand et plus fort que lui, à son grand déplaisir. Ce fait était à l'origine de nombreuses tensions avec ses parents.

Guerrier dans l'âme, son père, sieur Gérald, ne pouvait cacher sa déception quand il voyait son aîné incapable de soulever sa lourde lance ou d'abattre un arbre, ou quand Merthin rentrait à la maison en pleurs après avoir reçu une raclée au cours d'une bagarre entre gamins. Et sa mère, dame Maud, ne faisait que l'embarrasser davantage en le surprotégeant alors qu'il aurait mille fois préféré une feinte indifférence. Mais voilà, dès que son père vantait fièrement la force de Ralph, sa mère contrebalançait le jugement paternel en déplorant la bêtise de leur cadet. Ralph était un peu lent d'esprit, certes, mais qu'y pouvait-il ? Le lui signifier excitait seulement sa colère et il se battait encore plus souvent avec les autres garçons.

En cette matinée de la Toussaint, le père aussi bien que la mère étaient d'une humeur noire. Sieur Gérald était venu à Kingsbridge contraint et forcé, uniquement parce qu'il devait de l'argent au prieuré et se trouvait dans l'impossibilité d'honorer sa dette. Lorsque dame Maud gémissait qu'on allait leur prendre leurs terres, sieur Gérald rétorquait qu'il était le seigneur de trois villages des environs de Kingsbridge et qu'il descendait en droite ligne du Thomas nommé comte de Shiring, l'année même où le roi Henry II avait fait assassiner l'archevêque Becket ! Ce comte Thomas était le fils de Jack le bâtisseur, qui avait construit la cathédrale de Kingsbridge, et de dame Aliena de Shiring, couple légendaire dont on relatait l'histoire durant les longues veillées d'hiver comme on évoquait la geste de Charlemagne. Fort de son lignage, sieur Gérald ne pouvait se faire à l'idée que des moines lui confisquent ses terres, surtout cette vieille bonne femme de prieur Anthony ! Dès qu'il avait appris la nouvelle, il s'était mis à tempêter. Dame Maud s'était détournée, le regard las et vaincu. Merthin l'avait entendue murmurer : « Dame Aliena avait un frère, Richard, qui n'était bon qu'à guerroyer. »

Le prieur Anthony n'était peut-être qu'une vieille bonne femme, il n'empêche qu'il avait fait preuve d'une force masculine en allant se plaindre à Roland, l'actuel comte de Shiring, cousin issu de germain de sieur Gérald mais avant tout son suzerain. Et celui-ci avait sommé le débiteur de se rendre à Kingsbridge le jour de la Toussaint afin d'y rencontrer le prieur et de trouver avec lui un moyen de régler ce différend. D'où la mauvaise humeur de sieur Gérald dès potron-minet. Pour couronner le tout, voilà qu'il s'était fait dépouiller pendant l'office ! Ce dont il ne s'était rendu compte qu'une fois sorti de la cathédrale.

Merthin, pour sa part, avait apprécié la cérémonie et son étonnant rituel : la longue attente dans l'obscurité ; l'étrange cacophonie du début qui s'était peu à peu muée en musique et avait empli la totalité du vaste édifice ; la lenteur mise à allumer les cierges qui avaient progressivement exhumé de l'ombre certains comportements licencieux – le baiser échangé entre deux moines ou la main d'un marchand s'attardant sur le sein d'une dame qui ne semblait pas être son épouse bien qu'elle sourie benoîtement –, péchés véniels dont les auteurs étaient à présent lavés mais qui avaient enflammé l'imagination de Merthin tout au long du chemin qui l'avait ramené à l'hospice.

Tandis qu'ils attendaient le petit déjeuner, servi par les religieuses, un garçon de cuisine, lesté d'un plateau supportant une grande cruche de bière et un plat de bœuf au sel, avait traversé la salle pour se diriger vers l'escalier. « Je trouve que ton parent, le comte, aurait pu nous inviter à festoyer avec lui dans sa salle privée, avait bougonné la mère de Merthin à l'adresse de son époux. Ta grand-mère était quand même la propre sœur de son grand-père. »

Son père avait répondu : « Si tu ne veux pas de gruau, nous pouvons aller à la taverne. »

Merthin avait dressé l'oreille. Il aimait bien ces petits déjeuners à l'auberge avec du pain frais et du beurre salé. Mais sa mère avait aussitôt mis le holà à cette proposition : « Nous n'en avons pas les moyens !

— Mais si ! » avait insisté sieur Gérald en tendant la main vers sa bourse. Et c'était alors qu'il avait découvert sa disparition.

Tout d'abord, son père avait regardé par terre autour de lui comme si elle avait pu se détacher toute seule, là, maintenant ; puis il avait remarqué l'extrémité cisaillée du lacet de cuir censé la retenir. Le cri d'indignation qu'il avait poussé à ce moment-là lui avait attiré les regards de toute l'assemblée, hormis celui de dame Maud. Et Merthin avait entendu sa mère murmurer : « C'était tout ce que nous possédions. »

Le père avait promené un regard accusateur sur les pauvres gens réunis dans la grande salle de l'hospice. Sous l'effet de sa fureur, la longue cicatrice qui barrait son front de la tempe droite à l'œil gauche s'était assombrie. L'assistance s'était tendue dans un silence sépulcral : il ne faisait pas bon se trouver à proximité d'un chevalier en colère ! Et, manifestement, la fortune ne souriait pas à sieur Gérald en cet instant.

Puis dame Maud avait déclaré : « C'est à l'église que tu as été dépouillé, cela ne fait aucun doute. » Par-devers lui, Merthin s'était rangé à son avis : dans le noir, on ne faisait pas que voler des baisers.

« Il ne s'agit plus d'un vol, mais d'un sacrilège ! s'était écrié le père.

— Celui qui l'a commis a dû profiter du moment où tu avais cette petite fille dans les bras pour glisser sa main jusqu'à ta ceinture par-derrière. Elle faisait des grimaces comme si elle avait avalé du vinaigre.

— Il faut le retrouver ! » brailla le père.

. Le jeune moine appelé Godwyn prit la parole. « Je suis bien désolé pour vous, sieur Gérald. Je vais de ce pas prévenir le sergent de ville pour qu'il voie si un pauvre hère ne se met pas brusquement à vivre sur un grand pied. »

Ce projet ne parut pas très prometteur à Merthin. La ville de Kingsbridge comptait plusieurs milliers d'âmes auxquelles il fallait ajouter les centaines de pèlerins venus de loin. Comment le sergent ferait-il pour les surveiller tous ?

La proposition, pourtant, apaisa un peu le courroux de son père, qui s'exclama encore, un ton plus bas : « Cette canaille sera pendue !

— En attendant, voulez-vous nous faire l'honneur de venir vous asseoir à la table dressée devant l'autel, ainsi que dame Maud et vos fils ? » proposa Godwyn doucement.

Le père acquiesça d'un grognement. Mais Merthin le savait heureux de se voir accorder un statut supérieur à la masse des pèlerins qui se sustenteraient, assis à même le sol, là où ils avaient dormi tout à l'heure.

Ce moment de violence passé, Merthin se détendit un peu quand ils eurent tous les quatre pris place à la table d'honneur. Néanmoins, il se demandait anxieusement comment la situation allait évoluer. Son père était un soldat courageux, sa vaillance était reconnue de tous. Il avait combattu aux côtés de l'ancien roi à Boroughbridge et c'était lors de cette bataille qu'il avait été blessé au front par un rebelle du Lancashire. Hélas, il n'était pas né coiffé. Il n'était pas de ces chevaliers qui rentraient de la guerre lestés du fruit de leurs pillages, bijoux, draps des Flandres ou soieries italiennes, voire accompagnés d'un noble prisonnier dont la rançon s'élèverait peut-être jusqu'à mille livres. Et un chevalier était tenu de s'équiper lui-même, de fournir ses armes, son armure et son cheval de combat s'il voulait accomplir son devoir et continuer à servir le roi. Or, les revenus que sieur Gérald tirait de ses terres, métayages et loyers de toutes sortes, ne suffisaient jamais à faire vivre sa maisonnée. Voilà pourquoi il avait commencé à emprunter, et ce contre l'avis de sa femme.

Des filles de cuisine apportèrent un chaudron fumant. Sieur Gérald et les siens furent servis les premiers. La bouillie, à base d'orge et parfumée au romarin, était trop salée. Inconscient du drame qui frappait sa famille, Ralph se lança dans des commentaires enthousiastes sur la cérémonie. Le silence mélancolique qui accueillit ses propos finit par lui clouer le bec.

Son gruau avalé, Merthin alla récupérer derrière l'autel l'arc et les flèches qu'il y avait dissimulés. Il avait choisi cette cachette car il était rare qu'on commette un larcin à proximité d'un autel. Pour qu'un voleur s'autorise pareil sacrilège, l'objet de sa convoitise devait pour le moins surpasser sa crainte du courroux divin. Un arc fabriqué par un enfant n'avait aucune valeur.

Merthin, cependant, en tirait grande fierté. C'était un modèle réduit, bien sûr, parce que lui-même ne mesurait que quatre pieds et n'était guère costaud. Or, pour bander un arc de taille normale, c'est-à-dire mesurant six pieds de haut, il fallait toute la force d'un homme adulte. Hormis ce détail, son arc était la copie parfaite de ceux qu'utilisaient les Anglais à la guerre et avec lesquels ils avaient occis tant de montagnards écossais, de Gallois rebelles et de chevaliers français, nonobstant leur armure.

À ce jour, sieur Gérald n'avait pas émis d'opinion sur cet arc. Aujourd'hui, il le regarda comme s'il le découvrait pour la première fois. « Ça coûte cher, un bois comme ça. Où l'as-tu déniché ? voulut-il savoir.

— Oh ! il ne m'a rien coûté ; c'est un archer qui me l'a donné. Il était trop court pour lui. »

Le père hocha la tête. « Indépendamment du reste, l'arrondi est réussi. Tu l'as taillé dans le cœur de l'if, juste à l'endroit où l'aubier et le bois parfait se rejoignent. C'est bien, ajouta-t-il en désignant la différence de teinte que présentait le bois.

— Oui ! s'écria Merthin avec d'autant plus d'ardeur qu'il avait rarement l'occasion de produire une bonne impression sur son père. Mieux vaut utiliser l'aubier pour la face extérieure de l'arc parce que cette partie du bois est plus souple et que l'arc se courbera mieux, et garder le bois parfait pour l'intérieur parce qu'il lui permettra de se redresser plus facilement.

— Exactement, dit le père en lui rendant son arc. Mais sache qu'un arc n'est pas une arme digne d'un noble. Les fils de chevaliers ne deviennent pas archers. Donne-le à un fils de paysan. »

Merthin en fut désolé. « Je ne l'ai même pas essayé !

— Laisse-les jouer ! intervint la mère. Ce sont encore des enfants.

— Tu as raison, acquiesça le père et il se désintéressa de la question. Je me demande si ces moines nous apporteront un cruchon de bière.

— Te voilà reparti ! Allez jouer, vous autres ! ordonna-t-elle aux enfants. Merthin, veille sur ton frère.

— Ça serait plutôt à Ralph de veiller sur lui », marmonna sieur Gérald.

Merthin fut piqué au vif par la réplique de son père. Celui-ci n'avait pas la moindre idée de ce qui se passait lorsque ses fils jouaient avec d'autres enfants. Car, si Ralph savait effectivement faire usage de ses poings, il ne savait rien faire d'autre, alors que Merthin était parfaitement capable de juger froidement d'une situation et de se débrouiller en conséquence, sans l'aide de personne. Mais mieux valait ne pas contredire sieur Gérald lorsqu'il était de cette humeur. Merthin sortit donc de l'hospice sans répondre, Ralph sur ses talons.

C'était une journée claire et froide de novembre ; des nuages gris pâle planaient haut dans le ciel. Laissant la cathédrale derrière eux, les enfants descendirent la grand-rue en direction de la rivière. Ils passèrent l'allée aux Poissons, la cour au Cuir et la rue des Cuisiniers. Arrivés en bas de la colline, ils franchirent le pont de bois et pénétrèrent dans cette partie de la ville plus récente qu'on appelait Villeneuve. Ici, les rues serpentaient entre des cabanes en rondins, des pâtures et des potagers. Merthin avait mis le cap sur un pré désigné sous le nom de Champ aux amoureux où le sergent de ville avait fait installer des buttes de tir. Le dimanche après la messe, tous les hommes avaient l'obligation de s'exercer au tir à l'arc. Ordre du roi.

Il n'était pas nécessaire de recourir aux grands moyens pour les y inciter. Tirer quelques flèches le matin était un vrai plaisir.

Une centaine de jeunes gens de la ville attendaient leur tour sous l'œil d'un public composé de femmes, d'enfants et d'hommes trop âgés ou bien qui estimaient le statut d'archer indigne de leur condition. Les uns tiraient avec un arc leur appartenant ; les autres, ceux qui étaient trop pauvres pour posséder une arme, utilisaient ceux en frêne ou en noisetier mis à leur disposition par la police.

L'atmosphère était celle d'un jour de fête. Dick le Brasseur vendait des chopes de bière tirée de son tonneau monté sur un chariot, et les quatre filles de Betty la Boulangère promenaient parmi la foule leurs plateaux de brioches aux épices. Les riches habitants de la ville arboraient leurs plus belles toques de fourrure et des souliers neufs. Les plus pauvres n'étaient pas en reste : les femmes avaient coiffé leurs cheveux et rehaussé leur tenue d'un joli galon.

Seul enfant à porter un arc, Merthin se retrouva bientôt entouré par une petite foule de garçons au regard envieux et de filles éperdues d'admiration ou feignant le dédain, selon leur caractère. L'une d'elles voulut savoir comment il l'avait fabriqué. « Quelqu'un t'a appris ? » s'enquit-elle.

Merthin la reconnut à sa robe de laine et à son riche manteau : dans la cathédrale, elle était tout près de lui. Elle doit avoir une année de moins que moi, se dit-il. D'ordinaire, il trouvait les filles de son âge ennuyeuses, elles riaient tout le temps et ne prenaient rien au sérieux. Celle-là étudiait son arc avec un intérêt manifeste. Sa curiosité lui plut. « J'ai juste essayé, lui répondit-il.

— C'est intelligent. Et il tire bien ?

— Je ne sais pas encore. Comment tu t'appelles ?

— Caris, de la famille des Lainier. Et toi ?

— Merthin. J'ai pour père sieur Gérald. » Sur ces mots, il rabattit sa capuche et en extirpa une corde enroulée.

« Pourquoi la gardes-tu à l'intérieur de ta capuche ?

— Pour qu'elle ne se mouille pas s'il pleut. C'est l'habitude, chez les archers. » Il courba légèrement l'arc pour insérer la corde dans les entailles aménagées aux deux extrémités de la portée. La tension la maintiendrait en place.

« Tu vas aller tirer sur les cibles ?

— Oui.

29

— On ne te laissera pas ! » intervint un garçon.

Merthin le dévisagea. Grand et mince, doté de grandes mains et de grands pieds, il devait avoir une douzaine d'années. Merthin l'avait aperçu la veille, à l'hospice du prieuré, tournicotant autour des moines en leur posant mille questions. Il les avait d'ailleurs aidés à servir le dîner. Il s'appelait Philémon. « Bien sûr que si ! répliqua-t-il. Pourquoi m'en empêcherait-on ?

— Parce que tu n'as pas l'âge.

— C'est idiot », riposta Merthin, bien qu'il sache pertinemment qu'avec les grandes personnes, on n'était jamais sûr de rien – certaines étaient tellement bêtes !

Irrité par la réplique et, surtout, par le ton docte et supérieur qu'avait pris Philémon pour se faire valoir devant Caris, il les planta là et s'avança vers un groupe d'hommes qui attendaient leur tour. Marc le Tisserand, un colosse à la puissante carrure qu'il connaissait un peu, lui demanda gentiment où il avait déniché son arc.

« Je l'ai fabriqué moi-même, expliqua Merthin fièrement.

— Regardez, maître Elfric, le joli travail qu'il a fait ! » lança Marc à son voisin.

Ledit Elfric, tout en muscles, se contenta d'y jeter un bref coup d'œil. Merthin lui trouva un regard sournois. « L'est trop petit, laissa-t-il tomber avec mépris. La flèche qu'il tirera ne pénétrera jamais l'armure d'un chevalier français.

— C'est vrai, admit Marc, mais ce gamin a encore un ou deux ans de bon avant d'aller se mesurer aux Français. »

John, le sergent de ville, déclara : « On est prêts ? Commençons ! À toi l'honneur, Tisserand ! » Le géant se dirigea vers la ligne. S'étant emparé d'un arc solide, il le courba sans effort plusieurs fois pour éprouver la résistance du bois.

C'est alors que John remarqua la présence de Merthin. « Pas d'enfant ici ! dit-il.

— Pourquoi ? protesta Merthin.

— T'occupe pas du pourquoi, contente-toi de quitter la file. »

Entendant des gamins rire sous cape, Merthin s'indigna. « Il n'y a pas de raison !

— Je n'ai pas de raison à donner aux enfants, répliqua John. Marc, choisis ta cible. »

Merthin s'éloigna, mortifié que les faits donnent raison à ce Philémon mielleux.

« Qu'est-ce que je t'avais dit ? jubilait celui-ci.

— Oh, ferme-la et tire-toi !

— Essaie un peu de me forcer à partir ! riposta Philémon, qui mesurait bien six pouces de plus que lui.

— Oh, ça ne sera pas bien difficile ! » intervint Ralph.

Merthin soupira. Son frère était d'une fidélité à toute épreuve mais, en prenant sa défense, il le faisait passer pour un freluquet doublé d'un imbécile.

Philémon battit en retraite. « De toute manière, je partais ! Je dois aller aider frère Godwyn. »

Le spectacle étant achevé avant même d'avoir commencé, les autres enfants commencèrent à se disperser. Caris dit à Merthin : « Tu pourrais aller ailleurs l'essayer. » À l'évidence, elle était curieuse de voir si son arc tirait bien. Merthin s'en réjouit.

« Où ? » demanda-t-il en regardant autour de lui. Si jamais on l'attrapait en train de tirer hors de toute surveillance, il se ferait confisquer son arc.

« On n'a qu'à aller dans la forêt. »

La proposition de Caris l'étonna. Les enfants n'avaient pas le droit de s'aventurer dans ces bois peuplés de proscrits qui vivaient de rapines. Ils risquaient de s'y faire dépouiller de leurs vêtements, d'être enlevés et employés comme esclaves, pour ne rien dire des autres sévices qu'ils encouraient, des choses pires encore dont les parents ne parlaient que par allusions. Et, s'ils s'en revenaient indemnes, ils seraient punis pour avoir désobéi. Qui avait envie de recevoir le fouet ?

Cette perspective ne semblait pas effrayer Caris. Merthin ne voulut pas lui donner l'impression d'être un timoré. De surcroît, la façon dont il s'était fait exclure de l'exercice de tir avait piqué son orgueil : défier l'autorité n'était pas pour lui déplaire. Le tout, c'était de ne pas se faire attraper.

Caris le rassura. « Je connais un endroit », affirma-t-elle et elle partit vers la rivière. Merthin et Ralph lui emboîtèrent le pas. Un petit chien à trois pattes se mit à les suivre.

« C'est ton chien ? demanda Merthin. Comment s'appelle-t-il ?

— Je ne sais pas. Je lui ai juste donné un morceau de lard. Depuis, je ne peux plus m'en défaire. »

Ils longèrent la rive boueuse, dépassèrent les entrepôts, les quais et les péniches. Tout en marchant, Merthin étudiait discrètement cette Caris qui s'était instituée leur chef avec tant de facilité. Son visage carré et déterminé n'était ni beau ni laid, mais ses yeux pétillaient de malice. Des yeux verts mouchetés de paillettes mordorées, nota-t-il. Ses cheveux châtain clair étaient séparés en deux nattes comme le voulait la mode chez les dames fortunées. Elle portait des vêtements coûteux et des bottes de cuir pratiques. Non pas de ces souliers en tissu brodé qui avaient la faveur des dames de la noblesse.

S'éloignant de la rivière, elle leur fit traverser une scierie. Brusquement ils se retrouvèrent parmi les arbres et les taillis. À l'idée qu'un dangereux hors-la-loi pouvait se dissimuler derrière n'importe lequel des gros chênes alentour, Merthin n'en menait pas large et il regrettait sa bravade. Seule la honte le retenait de faire demi-tour.

Ils s'enfoncèrent plus encore dans les bois, cherchant une clairière assez dégagée pour essayer l'arc. Soudain Caris déclara sur un ton de conspiratrice : « Tu vois ce grand buisson de houx ?

— Oui.

— Dès que nous l'aurons dépassé, accroupis-toi et ne fais aucun bruit.

— Pourquoi ?

— Tu verras. »

L'instant d'après, Merthin, Ralph et Caris étaient tapis derrière le buisson. Le chien à trois pattes, allongé près d'eux, regardait Caris avec des yeux brillants d'espoir. Ralph voulut poser une question, Caris le fit taire aussitôt.

Une minute plus tard, une petite fille arriva. Caris bondit sur elle. La petite fille cria.

« Silence ! lui intima Caris. Nous sommes tout près de la route et nous ne voulons pas être entendus. Pourquoi nous suivais-tu ?

— Tu m'as pris mon chien, et maintenant, il ne veut plus venir avec moi ! pleurnicha la petite fille.

— Mais je te reconnais ! Tu étais à la cathédrale ce matin ! s'écria Caris, radoucie. Sèche tes larmes, ça ne sert à rien de pleurer. On ne va pas te faire de mal. Comment t'appelles-tu ?

— Gwenda.

— Et ton chien ?

— Hop. » Gwenda prit son chien dans ses bras. Le cabot lécha ses larmes.

« Eh bien, voilà ! Tu l'as retrouvé. Tu ferais mieux de nous accompagner si tu ne veux pas qu'il s'enfuie encore. Surtout que tu risques de ne pas retrouver ton chemin, toute seule ! »

Ils reprirent leur marche. « Qu'est-ce qui a huit bras et onze jambes ? » lança Merthin après un moment.

Ralph donna aussitôt sa langue au chat, selon son habitude.

« Moi, je sais ! répondit Caris en souriant. C'est nous : quatre enfants et le chien... Pas mal », ajouta-t-elle en riant.

Merthin fut heureux de voir sa blague comprise. C'était rare, et plus rare encore qu'une fille apprécie ses plaisanteries. Deux filles même, car Gwenda expliquait à Ralph : « Deux bras, plus deux bras, plus deux bras, plus deux, ça fait huit. Et deux jambes... »

La forêt était déserte, il n'y avait pas une âme à l'horizon. Parfait ! Les quelques personnes qui avaient d'honnêtes raisons de s'y trouver – comme les scieurs de long, les charbonniers ou les fondeurs de fer – ne travaillaient pas aujourd'hui. Et il aurait été étonnant que des nobles s'adonnent à la chasse un dimanche. Les seuls individus sur lesquels ils étaient susceptibles de tomber étaient ces gens bannis de la société, mais ils avaient peu de chances d'en rencontrer un dans cette forêt immense qui s'étendait sur des milles et des milles. Une forêt si vaste, d'ailleurs, que Merthin n'en avait jamais vu le bout.

Enfin, ils parvinrent à une trouée dans les taillis. « Ça ira », estima Merthin.

Un chêne au tronc épais se dressait devant eux à une cinquantaine de pieds de distance. Imitant les archers, Merthin se plaça de côté par rapport à sa cible et introduisit la corde dans les encoches. Puis il sortit l'une de ses trois flèches. Leur fabrication lui avait demandé autant de travail que celle de l'arc. Elles étaient en frêne et agrémentées de plumes d'oie. N'ayant pas réussi à mettre la main sur un morceau de fer, il s'était contenté d'effiler le bois en pointe et de le sécher au feu pour le durcir. Il posa les yeux sur sa cible puis tira sur la corde. Le mouvement exigea de lui un effort important.

La flèche atterrit très en avant du tronc. Hop s'élança à cloche-patte pour aller la chercher.

La déception de Merthin était grande. Il s'était attendu qu'elle déchire les airs et s'enfonce dans l'écorce. Malheureusement, il se rendait compte à retardement qu'il n'avait pas assez bandé son arc.

Étant doté de cette qualité particulière de n'être ni droitier ni gaucher, il le fit passer dans son autre main. Pour cette deuxième flèche, il veilla à tirer de toutes ses forces sur la corde, de manière à courber l'arc au maximum. L'arc se plia davantage. La flèche, cette fois, atteignit presque l'arbre.

Pour son troisième essai, il décida de viser en l'air dans l'espoir que le projectile viendrait se ficher dans le tronc après avoir décrit une parabole. Hélas, il se pencha trop en arrière. À son grand dam, la flèche, qui avait disparu au cœur des branchages, retomba au sol dans une pluie de feuilles desséchées. Le tir à l'arc était un art bien plus ardu qu'il n'y paraissait au premier abord. En soi, son œuvre ne semblait pas laisser à désirer, à l'inverse de ses propres talents, osons le dire !

Par bonheur, Caris ne prêta pas plus d'attention que précédemment à sa déconfiture. « Tu me le prêtes, pour voir ? lui demanda-t-elle.

— Ce n'est pas un joujou pour les filles ! » intervint Ralph et il s'empara de l'arc avec autorité. S'étant placé en biais par rapport à la cible, comme Merthin avant lui, il ne tira pas immédiatement, contrairement à son frère, mais banda l'arc plusieurs fois pour bien le sentir en main. Sa résistance le surprit lui aussi. Toutefois, en l'espace d'un instant, il eut attrapé le coup de main.

Hop avait rapporté les trois flèches aux pieds de sa maîtresse. Gwenda les ramassa et les tendit à Ralph.

Celui-ci visa l'arbre sans bander l'arc ni exercer de pression sur la corde, s'attachant seulement à positionner la pointe de sa flèche exactement sur le tronc. Voilà ce que j'aurais dû faire ! se dit Merthin. Tout en observant son frère, il s'étonna une fois de plus de l'habilité de Ralph pour tout ce qui relevait des mouvements du corps et de sa maladresse dès qu'il était question des choses de l'esprit. Ralph courbait l'arc avec difficulté, certes, mais en un mouvement fluide dans lequel ses cuisses semblaient supporter tout l'effort. Libérée, la flèche alla frapper le tronc du chêne, s'enfonçant de plus d'un pouce dans le bois tendre formant l'aubier. Ralph eut un rire de triomphe.

Hop, qui s'était élancé à la suite de la flèche, s'arrêta au pied de l'arbre, désorienté.

Ralph bandait l'arc à nouveau. « Ne tire pas ! » hurla Merthin en devinant ses intentions. Trop tard ! La flèche pénétra dans le cou du chien, qui s'affaissa, pris de convulsions.

Gwenda poussa un hurlement. « Mon Dieu ! » s'écria Caris. Les deux petites filles se précipitèrent.

Ralph souriait de toutes ses dents. « Pas mal, hein ?

— Tu as tué son chien ! lui jeta Merthin avec colère.

— Et alors ? Il n'avait que trois pattes.

— La petite fille l'aimait, imbécile ! Regarde-la, elle pleure maintenant.

— Tu dis ça parce que tu es jaloux », riposta Ralph et il se tut brusquement, l'œil vissé sur un fourré. Ayant placé d'un geste souple une autre flèche sur la corde, il imprima une rotation à son arme et tira sans interrompre son mouvement. Merthin ne découvrit sa cible qu'en voyant un gros lièvre bondir en l'air, une flèche plantée dans l'arrière-train.

Il ne put cacher son admiration. Ce n'était pas donné à n'importe qui de tirer un lièvre, même avec de l'entraînement. Son frère avait un don, indubitablement. Merthin en éprouva une jalousie qu'il n'aurait pas admise même sous la torture. Lui qui souhaitait ardemment devenir un chevalier sans peur et sans reproche et se battre pour le roi, comme son père, il était désespéré de se découvrir aussi peu doué pour l'une des activités de base de tout écuyer.

Ralph ramassa une pierre et, d'un bon coup sur la tête du lièvre, mit fin à ses misères.

Merthin alla rejoindre les deux petites filles. Hop ne respirait plus. Caris retira délicatement la flèche de son cou et la remit à Merthin. Le sang ne jaillit pas de la blessure : le chien était bel et bien mort.

Pendant un instant, personne ne dit mot. Et, soudain, un cri déchira le silence.

Merthin sauta sur ses pieds, le cœur battant à tout rompre. Un second cri retentit, poussé par une voix différente. Il y avait là deux personnes au moins. Deux personnes qui se battaient, manifestement, à en croire leurs hurlements furieux. La terreur s'empara de Merthin et de ses compagnons figés sur place. D'autres bruits leur parvenaient, facilement identifiables. C'étaient ceux d'une course effrénée dans les bois : branches brisées, rameaux écartés, feuilles mortes piétinées. Et ce vacarme se dirigeait droit sur eux !

Caris fut la première à reprendre ses esprits. « Dans ce buisson, vite ! » s'écria-t-elle en désignant un groupe d'arbustes à feuillage persistant. Là où le lièvre devait avoir eu son gîte, pensa Merthin. Caris, qui s'était jetée à plat ventre, rampait déjà au plus profond du fourré, suivie de Gwenda tenant son chien mort dans ses bras. Attrapant son lièvre, Ralph les rejoignit. Merthin s'agenouillait à son tour quand il aperçut la flèche restée fichée dans le tronc. Mon Dieu, elle allait révéler leur présence ! Il fonça l'arracher. Revenu en courant, il n'eut que le temps de plonger au cœur du buisson.

Des halètements essoufflés se rapprochaient, entrecoupés de longues goulées d'air et de hoquets. Celui qui courait vers eux était assurément à bout de forces. « Par ici ! » criait une voix qui devait être celle d'un de ses poursuivants. Merthin s'alarma. Si la route était tout près, comme l'avait dit Caris, le fuyard devait être un voyageur attaqué par des bandits.

Quelques secondes plus tard, l'homme en question déboulait dans la clairière. C'était un chevalier, à en juger d'après son épée et le long poignard pendu à sa ceinture. Il trébucha et s'écroula. Roulant sur lui-même, il parvint à se remettre debout. Adossé à l'arbre, il dégaina ses armes tout en s'efforçant de reprendre son souffle. Âgé d'une vingtaine d'années à peine, il était vêtu d'une solide tunique de voyage en cuir et de hautes bottes aux montants rabattus.

Merthin jeta un bref regard à ses amis. Caris, blanche de peur, se mordait la lèvre. Gwenda étreignait le cadavre de son chien comme si cela pouvait la rassurer. Ralph semblait effrayé, lui aussi, mais pas au point d'oublier son lièvre dont il s'acharnait à retirer la flèche plantée dans le râble afin de pouvoir le fourrer dans le devant de sa tunique qui lui tiendrait lieu de gibecière.

Le chevalier resta un moment les yeux fixés sur le buisson. Merthin pensa avec épouvante qu'il avait dû les voir se cacher. Ou, tout du moins, avoir remarqué les branches cassées et les feuilles écrasées à l'endroit où ils s'étaient faufilés à l'intérieur du taillis. Du coin de l'œil, Merthin surprit son frère posant une flèche sur la corde de son arc.

Sur ces entrefaites, les poursuivants débouchèrent dans la clairière à leur tour, l'épée brandie. C'étaient deux hommes d'armes, costauds et hargneux. Ils portaient une culotte bicolore, jaune à gauche et verte à droite, couleurs identifiables entre toutes puisque c'étaient celles de la reine. L'un portait un surtout en mauvaise laine brune, l'autre une cape noire maculée de terre. Les trois hommes reprenaient leur souffle. Le chevalier n'en réchapperait pas.

À cette pensée, Merthin fut sur le point d'éclater en sanglots, faiblesse honteuse qu'il parvint à juguler. Et voilà que le chevalier retourna son épée pour l'offrir à ses poursuivants, la poignée tournée vers eux, signe de sa reddition.

Le plus âgé, celui à la cape noire, fit un pas en avant et tendit la main gauche avec méfiance. S'étant emparé de l'arme, il la remit à son compagnon. Ayant accepté aussi le poignard du chevalier, il déclara : « Ce ne sont pas tes armes que je veux, Thomas Langley.

— Vous connaissez mon nom et, moi, j'ignore les vôtres, répondit celui-ci. Je sais seulement que vous êtes au service de la reine. » S'il éprouvait la moindre frayeur, il le cachait parfaitement.

Le plus âgé repoussa Thomas contre l'arbre de la pointe de son épée appliquée sur sa gorge. « Tu détiens une lettre.

— Les instructions du comte au shérif concernant les impôts ? Si vous voulez la lire, je vous en prie. »

Ces soudards étant certainement illettrés, c'était une plaisanterie. Merthin admira le contrôle que le chevalier avait sur lui-même pour oser railler des hommes prêts à le tuer.

Glissant la main sous l'épée de son comparse, le plus jeune saisit entre ses doigts la pochette que Thomas portait à la taille. D'un geste impatient, il trancha la ceinture à l'aide de son épée et la jeta au loin, ne gardant en main que la pochette. Il l'ouvrit et en sortit un étui plus petit et imperméable, car fait de laine cirée au suif. Il en extirpa un rouleau de parchemin scellé à l'aide d'un cachet de cire.

La lutte opposant ces trois hommes ne pouvait avoir pour objet une simple lettre concernant taille et gabelle. Non, comprit Merthin, il devait s'agir d'un terrible secret.

« Si vous me tuez, dit le chevalier, mon meurtre aura eu pour témoin la personne cachée dans ce buisson. »

Un instant, les acteurs de cette scène qui se déroulait sous les yeux des enfants semblèrent se figer. Résistant à la tentation de jeter un coup d'œil par-dessus son épaule, l'homme à la cape noire maintint son épée posée sur la gorge de Thomas. Son compagnon hésita et finit par tourner la tête.

Gwenda ne put retenir un cri.

L'homme à la veste marron releva la pointe de son épée. En deux enjambées, il eut traversé la clairière. Gwenda se dressa au milieu du feuillage et détala à toutes jambes. L'homme d'armes s'élança derrière elle, les bras en avant pour l'attraper.

Mais Ralph émergea à son tour des branchages, l'arc brandi, et tira tout en pivotant sur lui-même. Sa flèche atteignit l'homme dans l'œil, pénétrant de plusieurs pouces à l'intérieur de son crâne. La main gauche du soldat s'éleva pour l'en arracher, et retomba toute molle le long de son corps tandis qu'il s'écroulait par terre comme un sac de grains. Le sol vibra jusque sous les pieds de Merthin.

Ralph jaillit du bosquet à la suite de Gwenda. Merthin vit Caris les rejoindre. Il aurait bien voulu se sauver lui aussi, mais il avait les pieds collés au sol.

Un cri retentit à l'autre bout de la clairière. Thomas avait fait dévier l'épée pointée sur son cou et extrait des plis de son habit un couteau pourvu d'une lame aussi longue que la main d'un homme. Son assaillant avait eu le temps de bondir hors d'atteinte. Sous les yeux effarés de Merthin, il prit son élan et abattit son épée sur la tête du chevalier.

Thomas esquiva le coup en tournant sur lui-même – hélas pas assez rapidement. Le fil de la lame traversa le cuir de sa manche, pénétrant jusqu'aux chairs. Il poussa un hurlement de douleur. Il était parvenu à demeurer campé sur ses deux jambes. Avec une vivacité et une grâce inouïes, il leva son bras droit et planta son couteau dans la gorge de son adversaire, prolongeant son mouvement en un arc de cercle qui ramena la lame presque à son point de départ.

Une fontaine de sang gicla de la gorge de l'homme d'armes. Sa tête ne tenait plus au tronc que par un lambeau de chair. Chancelant, Thomas recula vivement d'un pas, tandis que l'homme en noir s'écroulait par terre.

Lâchant son couteau, il saisit de sa main droite son bras gauche blessé et se laissa choir au sol, subitement privé de forces.

Tapi dans son bosquet, Merthin n'avait plus devant lui que le spectacle d'un chevalier blessé, de deux soldats occis et du cadavre d'un chien à trois pattes. Il aurait dû s'enfuir, rejoindre ses compagnons, mais la curiosité le maintenait cloué sur place. D'autant que le chevalier devait être inoffensif à présent, se disait-il.

Mais Thomas avait un regard acéré. « Tu peux sortir de ta cachette, gamin. Dans l'état où je suis, tu ne risques rien. »

Merthin hésita. Il finit par se redresser et entreprit de s'extraire du buisson. Ayant traversé la clairière, il s'arrêta à bonne distance du chevalier assis.

Thomas lui lança : « Si on apprend que tu as joué dans la forêt, tu recevras le fouet, c'est ça ? »

Merthin hocha la tête.

« Je garde ton secret si tu gardes le mien. »

Merthin hocha la tête à nouveau. Il ne s'engageait guère en acceptant ce marché. Aucun de ses compagnons n'irait raconter cette scène à qui que ce soit de peur du grabuge, à commencer par Ralph, qui avait tué un homme au service de la reine.

« Aurais-tu la bonté de m'aider à ligaturer ma blessure ? » demanda Thomas.

Malgré l'aspect dramatique de la situation, le chevalier s'exprimait avec courtoisie, ne manqua pas de noter Merthin et il pensa qu'il voudrait lui ressembler quand il serait grand : savoir, comme lui, garder contenance en toutes circonstances.

« Oui, répondit-il enfin lorsqu'un son parvint à franchir sa gorge.

— Prends cette ceinture coupée et serre-la le plus possible autour de mon bras, si tu veux bien. »

Merthin s'exécuta. La chemise de Thomas était trempée de sang. Ses chairs entaillées ressemblaient à une pièce de viande sur le billot du boucher. Surmontant sa nausée, Merthin se força à enrouler la ceinture autour du bras de Thomas de façon à refermer la blessure et ralentir l'écoulement du sang. Il y fit un nœud que Thomas, de sa main droite, serra encore davantage avant de se relever en chancelant.

« Nous ne pouvons pas les enterrer, déclara le chevalier après avoir considéré les morts. Je serai mort avant d'avoir creusé leurs tombes… Même avec ton aide », ajouta-t-il après un coup d'œil à Merthin. Il réfléchit un moment et reprit : « D'un autre côté, je m'en voudrais de causer de la frayeur à de pauvres amants en quête de tranquillité. Traînons-les dans le bosquet où vous vous cachiez. Celui à la veste marron en premier. »

Ils s'avancèrent vers le corps.

« Chacun une jambe », ordonna Thomas. De sa main droite, il attrapa la cheville gauche du mort. Merthin saisit l'autre jambe de ses deux mains. Les soulevant ensemble, ils traînèrent le soldat dans les fourrés à côté du chien.

« Ça ira », lâcha Thomas, blanc de souffrance. Au bout d'un moment, il se pencha et arracha la flèche fichée dans l'œil du cadavre. « C'est à toi ? » demanda-t-il en levant un sourcil.

Merthin prit la flèche et l'essuya dans l'herbe pour la nettoyer du sang et d'un bout de cervelle qui y étaient collés.

Ils réitérèrent l'opération avec l'autre cadavre, le transportant depuis l'autre côté de la clairière, sa tête ballottant sur le sol. Ils le laissèrent tomber près du premier.

Thomas ramassa les épées des deux hommes et les jeta dans le buisson avant de récupérer ses armes.

« Maintenant, j'ai un grand service à te demander, dit-il en lui tendant son poignard. Tu veux bien me creuser un petit trou ?

— D'accord, dit Merthin en prenant le poignard.

— Ici, juste devant le chêne.

— Grand comment ? »

Thomas désigna la pochette en cuir qu'il portait auparavant à sa ceinture. « Assez grand pour cacher ça pendant cinquante ans. »

Rassemblant son courage, Merthin l'interrogea : « Pourquoi ?

— Creuse, et je t'en dirai autant que je le peux. »

Ayant tracé un rectangle sur le sol, Merthin se mit en demeure de fendre la terre durcie à l'aide du poignard avant de la déblayer avec ses mains.

Thomas replaça le rouleau de parchemin dans son étui de laine. « J'avais pour consigne de remettre cette missive au comte de Shiring, expliqua-t-il. Ayant connaissance du dangereux secret qu'elle renferme, j'ai compris que le porteur de cette lettre ne pouvait espérer garder la vie sauve. J'ai donc décidé de disparaître. De me réfugier dans un monastère, de devenir moine. Je n'ai plus envie de me battre et j'ai bien des péchés à me faire pardonner. Je n'ai pas eu le temps de prendre la poudre d'escampette que les personnes qui m'avaient remis cette lettre ont lancé des gens à mes trousses. Je n'ai pas eu de chance, j'ai été repéré dans une taverne à Bristol.

— Pourquoi la reine a-t-elle lancé des hommes à vos trousses ?

— Elle craint, elle aussi, que ce secret ne vienne un jour à s'ébruiter. »

Le trou avait atteint dix-huit pouces de profondeur. Thomas jugea que cela suffisait et y laissa tomber la pochette. Merthin remit la terre en place et Thomas la recouvrit de feuilles et de brindilles jusqu'à ce qu'on ne puisse plus distinguer la partie du sol qui avait été retournée de la terre alentour.

Et Thomas déclara : « Si tu apprends que je suis mort, je voudrais que tu viennes rechercher cette lettre et que tu la remettes à un prêtre. Tu feras ça pour moi ?

— Oui.

— Mais jusque-là, tu ne dois rien dire à personne. Tant qu'ils ne sauront pas où je suis et penseront que je détiens toujours cette lettre, ils seront trop effrayés pour entreprendre quoi que ce soit. Quant à toi, retiens bien ceci : si tu divulgues mon secret, deux choses se produiront : d'abord ils me tueront, ensuite ce sera ton tour. »

Merthin fut consterné. Quelle injustice que de se retrouver dans une situation aussi dangereuse pour avoir seulement aidé quelqu'un à creuser un trou !

« Excuse-moi si je t'ai fait peur, ajouta Thomas, mais tu vois, ce n'est pas entièrement de ma faute. Je ne t'avais pas demandé de me retrouver près de ce chêne.

— C'est vrai, reconnut Merthin en regrettant de tout son cœur d'avoir désobéi à sa mère et d'être entré dans la forêt.

— Il faut que je regagne la route. Quant à toi, reprends le chemin par lequel tu es venu. Je parie que tes amis t'attendent tout près d'ici. »

Comme Merthin tournait les talons pour partir, le chevalier le rappela : « Comment t'appelles-tu ?

— Merthin, je suis le fils de sieur Gérald.

— Vraiment ? s'étonna Thomas comme s'il savait très bien de qui il s'agissait. Eh bien, pas un mot à lui non plus. »

Merthin hocha la tête et partit.

Il ne s'était pas éloigné de cent cinquante pas qu'il dut s'arrêter pour vomir. Après quoi il se sentit un peu mieux.

Comme Thomas l'avait deviné, Ralph et les autres l'attendaient à l'orée du bois, près de la scierie, inquiets d'avoir commis une faute en l'abandonnant derrière eux. Soulagés et honteux à la fois, ils se serrèrent autour de lui, le palpant sur toutes les coutures pour s'assurer qu'il allait bien. La scène à laquelle ils avaient assisté les avait tous ébranlés, même Ralph, qui demanda : « Cet homme sur qui j'ai tiré, sa blessure est grave ?

— Il est mort, dit Merthin, et il montra à son frère la flèche encore souillée du sang de sa victime.

— C'est toi qui l'as retirée de son œil ? »

Merthin aurait volontiers répondu par l'affirmative, il s'en tint à la vérité. « Non, le chevalier.

— Et l'autre homme d'armes, qu'est-ce qui lui est arrivé ?

— Le chevalier lui a tranché la gorge. Après, on a caché leurs corps dans les buissons.

— Et il t'a laissé partir ?

— Oui. » Merthin ne parla pas de la lettre qu'il avait enterrée.

« Il faut garder le secret, recommanda Caris. Si jamais ça s'apprend, nous serons tous dans de beaux draps ! »

Ralph acquiesça. « Je ne dirai jamais rien.

— Nous devrions prêter serment », proposa Caris.

Ils se mirent en cercle. Caris tendit le bras de façon que sa main soit exactement au centre de l'anneau qu'ils formaient tous les quatre. Merthin vint poser son bras sur le sien. La peau de Caris lui parut douce et chaude. Ralph plaça sa main au-dessus des deux autres, puis Gwenda fit de même. Et, tous en chœur, ils jurèrent par le sang de Jésus de garder le secret.

Ensuite ils reprirent le chemin de la ville.

Les exercices de tir à l'arc étaient achevés. C'était l'heure du déjeuner. Comme ils traversaient le pont, Merthin lança à son frère : « Quand je serai grand, je veux être comme ce chevalier, courtois en toute occasion, sans peur et invincible au combat.

— Moi aussi, dit Ralph. Invincible. »

En ville, la vie suivait son cours : des bébés pleuraient, de la viande grillait aux broches des auberges, des hommes buvaient de la bière devant les tavernes. Face à ce spectacle si coutumier, Merthin éprouvait un étonnement irrationnel.

Dans la grand-rue, Caris s'arrêta devant une vaste demeure sise juste en face du portail percé dans le mur d'enceinte du prieuré. Entourant de son bras les épaules de Gwenda qui semblait toujours effrayée et au bord des larmes, elle lui dit : « Ma chienne a eu des petits. Tu veux les voir ? »

La petite fille hocha la tête avec force. « Oui, s'il te plaît. »

C'était une proposition intelligente aussi bien que gentille, songea Merthin. Jouer avec de petits chiots allait la consoler, la distraire aussi ; de retour chez elle, elle serait moins encline à raconter ce qui s'était passé dans la forêt.

Les enfants se séparèrent. Les filles entrèrent dans la maison. Merthin se surprit à se demander quand il reverrait Caris. Las, des problèmes bien plus préoccupants lui revinrent à l'esprit. Comment son père allait-il régler ses dettes ? Suivi de son frère qui portait fièrement l'arc et le lièvre, son premier trophée de chasse, il se dirigea vers la cathédrale.

Alentour, le silence avait repris possession des lieux. Il ne restait plus que quelques malades à l'hospice. Une religieuse leur annonça que leur père se trouvait dans la cathédrale, en compagnie du comte de Shiring.

Les deux garçons pénétrèrent dans le vaste édifice. Leurs parents se tenaient dans le vestibule. Leur mère était assise au pied d'un pilier, sur le rebord du socle carré d'où s'élevait le fût cylindrique. Dans la froide lumière qui entrait par les grandes fenêtres, son visage affichait une telle expression de paix et de sérénité qu'on aurait pu le croire taillé dans la même pierre que celle contre laquelle elle appuyait la tête. L'attitude de leur père, debout près d'elle, les épaules affaissées, trahissait un profond désespoir. Le comte Roland leur faisait face. Ses cheveux d'un noir de jais et son maintien assuré lui donnaient l'air plus jeune que sieur Gérald. Le père prieur se tenait à son côté.

Apercevant ses deux garçons qui attendaient près du portail, dame Maud les invita à s'approcher d'un signe du doigt. « Tous nos problèmes sont réglés. Avec l'aide du comte Roland, nous sommes parvenus à trouver un accord avec le prieur Anthony. »

Sieur Gérald émit un grognement. « Ne comptez plus hériter de mes biens, leur jeta-t-il. Mes terres sont confisquées au profit du prieuré. » À l'évidence, l'arrangement obtenu le satisfaisait moins que son épouse.

« Désormais, nous vivrons à Kingsbridge, continuait celle-ci sur un ton joyeux. À la charge du prieuré.

— Qu'est-ce que ça veut dire "à la charge du prieuré"? voulut savoir Merthin.

— Cela veut dire que les moines s'engagent à nous fournir un toit et deux repas par jour jusqu'à la fin de notre vie. N'est-ce pas merveilleux ? »

Mais cet accord ne suscitait pas véritablement son enthousiasme. Merthin le comprit dans l'instant, de même qu'il perçut clairement la honte de son père : perdre ses terres était un déshonneur. Un déshonneur immense.

« Que dis-tu de mes fils ? » lançait le père à son cousin Roland.

Le comte examina les garçons. « Le grand paraît bien parti. C'est toi qui as tué ce lièvre, jeune homme ?

— Oui, seigneur, répondit Ralph fièrement. Je l'ai tiré à l'arc.

— D'ici un an ou deux, il pourra venir auprès de moi et servir comme écuyer, conclut le comte. Nous ferons de lui un chevalier. »

Si la proposition rasséréna le père, elle abasourdit Merthin. Des décisions importantes étaient prises sans qu'on leur ait accordé la moindre réflexion. Des décisions, de surcroît, qui favorisaient son cadet ! Et l'on ne s'inquiétait même pas de mentionner son nom à lui ! S'estimant outragé, il explosa : « Ce n'est pas juste ! Moi aussi, je veux être chevalier !

— Non ! intervint sa mère.

— Mais c'est moi qui ai fabriqué l'arc ! »

Le père laissa échapper un soupir exaspéré. Le dégoût se peignit sur ses traits.

« C'est toi qui as fabriqué cet arc, petit ? s'enquit le comte Roland avec un mépris non dissimulé. Eh bien, sois placé en apprentissage chez un charpentier puisque tu es si adroit de tes mains ! »

3.

Caris habitait une luxueuse demeure en bois dont le sol était en pierre tout comme l'imposante cheminée. Le rez-de-chaussée comptait trois pièces séparées : le vestibule avec la grande table à manger, la petite salle où son père discutait de ses affaires en toute discrétion et la cuisine au fond. Quand Caris et Gwenda entrèrent, une alléchante odeur de jambon mijotant sur le feu parfumait l'atmosphère.

Caris entraîna son amie vers l'escalier intérieur.

« Où sont les chiots ? s'enquit Gwenda en montant les marches.

— Je veux d'abord passer voir ma mère qui est souffrante », répondit Caris.

Les deux petites filles entrèrent dans la chambre à coucher de la mère de Caris, qui donnait sur l'avant de la maison. La malade était étendue sur une couche en bois sculpté. Toute frêle, elle n'était pas plus grande que sa fille. Caris la trouva encore plus pâle que d'habitude. Ses cheveux, qui n'avaient pas encore été coiffés, collaient à ses joues humides de sueur. « Comment vous sentez-vous ? demanda Caris.

— Pas très forte, aujourd'hui. » Ces quelques mots suffirent à l'essouffler.

Caris éprouva aussitôt un douloureux mélange d'inquiétude et de désarroi. Cela faisait toute une année que sa mère était souffrante. Le mal avait commencé par des douleurs dans les articulations, bientôt suivies d'ulcères dans la bouche et de bleus sur tout le corps, en nombre incalculable. Elle n'avait plus la force de rien faire. La semaine dernière, elle avait attrapé froid. Depuis, sa fièvre ne baissait pas et elle avait du mal à reprendre son souffle.

« Avez-vous besoin de quelque chose ? s'enquit Caris.

— Non, merci. »

Cette réponse maintes fois entendue engendrait chez la petite fille un sentiment d'impuissance qui l'exaspérait autant qu'il la désolait. « Si j'envoyais chercher mère Cécilia ? » L'abbesse du couvent de Kingsbridge était la seule personne capable de soulager un peu sa mère. Son essence de pavot, qu'elle mélangeait avec du miel et du vin chaud, parvenait à estomper les douleurs un moment. Caris voyait en elle un ange descendu du ciel.

« Ce n'est pas la peine, ma chérie. Dis-moi plutôt comment était l'office de la Toussaint.

— Terrifiant », répondit la petite fille, remarquant par-devers elle que les lèvres de sa mère avaient perdu toute couleur.

La maman reprit après une pause : « Qu'est-ce que tu as fait, ce matin ?

— Je suis allée regarder les garçons s'exercer au tir à l'arc. »

Caris retint sa respiration, effrayée. Sa mère avait le don de deviner ses secrets, mais elle avait posé les yeux sur Gwenda et demandait : « C'est une amie à toi ?

— Oui, elle s'appelle Gwenda. Je l'ai fait venir pour lui montrer les chiots.

— C'est bien. » Épuisée, la mère ferma les yeux et tourna la tête.

Les petites filles quittèrent la pièce sans faire de bruit.

« Qu'est-ce qu'elle a ? voulut savoir Gwenda, que le spectacle de la malade avait impressionnée.

— Un mal qui la ronge. » Caris détestait parler de la maladie de sa mère. Cela renforçait sa détresse ; cela lui faisait toucher du doigt que rien n'était certain en ce bas monde, qu'un malheur était toujours à craindre. Et l'angoisse que suscitait en elle ce sentiment était bien plus terrifiante que le combat auquel elle venait d'assister dans la forêt. Lorsqu'elle pensait au pire – au fait que sa mère pouvait mourir –, elle éprouvait une sorte de flottement dans la poitrine. La peur panique qui s'emparait d'elle alors lui donnait envie de hurler.

La pièce du milieu servait de chambre d'amis. En été, elle accueillait les marchands de laine italiens en provenance de Florence et du Prato avec lesquels le père de Caris était en affaires. En cette saison, elle était vide. Les chiots se trouvaient dans une troisième chambre qui donnait sur l'arrière de la maison : le royaume de Caris et de sa sœur Alice. Avec un soupir de joie, Gwenda se laissa tomber par terre auprès d'eux. Ils avaient déjà sept semaines et ils étaient prêts à quitter leur mère qui se montrait impatiente avec eux.

Caris attrapa le plus petit de la portée. C'était une petite femelle débordante de vie que sa curiosité poussait sans relâche à explorer le monde. « Celle-là, je l'ai appelée Scrap et je vais la garder », dit-elle. Tenir ce petit animal et le caresser l'apaisaient et l'aidaient à oublier ses inquiétudes.

Les quatre autres petits chiots s'étaient lancés à l'assaut de Gwenda de tous les côtés à la fois, la reniflant et mordillant sa robe. Elle en prit un tout laid dans ses mains, un chiot marron avec un long museau et des yeux trop rapprochés. « Il est mignon, celui-là », dit-elle. Le chiot se retourna et grimpa sur ses genoux.

« Tu veux le garder ? demanda Caris.

— Je peux ? Vraiment ? » Les yeux de Gwenda s'embuèrent de larmes.

« On a le droit de les donner.

— C'est vrai ?

— Papa trouve qu'on a assez de chiens comme ça. Si tu aimes celui-là, il est à toi.

— Oh oui ! répondit Gwenda dans un chuchotement. Oui, s'il te plaît.

— Comment vas-tu l'appeler ?

— Il faudrait un nom qui me rappelle Hop... Skip, peut-être.

— C'est joli ! » dit Caris, et elle fit remarquer à Gwenda que le petit Skip s'était déjà endormi sur ses genoux.

Tout en jouant avec les petits chiens, Caris repensait à l'aventure qu'elle venait de vivre, à ces deux garçons rencontrés par hasard – à l'aîné, ce petit rouquin aux yeux mordorés, et à son frère cadet, qui était grand et beau. Quelle mouche l'avait donc piquée de les entraîner dans la forêt ? Ce n'était pas la première fois qu'elle commettait une bêtise sous le coup d'une impulsion. En général, cela se produisait lorsqu'une personne ayant autorité sur elle lui interdisait quelque chose – sa tante Pétronille, par exemple. Elle était de ces gens qui trouvent toujours plaisir à proscrire tout ce qui pourrait être intéressant : « Ne nourris pas ce chat, tu ne pourras plus t'en débarrasser ! On ne joue pas à la balle à l'intérieur de la maison ! Ne fraie pas avec ce garçon, son père est paysan ! »

Ces multitudes de règles visant à limiter sa liberté d'action ne laissaient pas d'irriter Caris. Cependant, elle n'avait encore jamais commis d'acte aussi bête que d'aller dans la forêt sans être accompagnée d'une grande personne. Rien que d'y penser, elle en tremblait encore. Deux hommes étaient morts sous ses yeux ! Et cela aurait pu être pire, car leur petit groupe aurait pu être décimé, lui aussi !

Quelle dispute pouvait être à l'origine d'une telle poursuite entre des hommes d'armes et un chevalier ? À l'évidence, il ne s'agissait pas simplement de détrousser le chevalier puisqu'ils avaient parlé d'une lettre. À son retour, Merthin n'avait rien dit à ce sujet. Il ne devait rien savoir de plus. C'était encore un de ces mystères qui peuplaient la vie adulte !

Ce Merthin lui avait bien plu. En revanche, son frère Ralph n'avait aucun intérêt. Fanfaron, batailleur et stupide, il était comme tous les garçons de Kingsbridge. Mais Merthin, lui, semblait différent. Dès le début, il l'avait intriguée.

Deux nouveaux amis en une journée ! se réjouit Caris en regardant Gwenda. Avec ses yeux sombres trop rapprochés et son nez busqué, la petite fille n'était pas jolie. Curieusement, elle avait choisi un chien qui lui ressemblait, se dit Caris avec amusement. Ses vêtements, vieux et usés, devaient avoir été portés par des kyrielles d'enfants avant elle. En tout cas, elle était plus calme, maintenant. Elle n'était plus au bord des larmes comme tout à l'heure. Moi aussi, cela m'apaise de jouer avec ces petits chiens, pensa encore Caris.

Un lourd piétinement retentit à l'étage en dessous. « Qu'on m'apporte une cruche de bière, pour l'amour des saints. J'ai une soif de cheval ! » braila une voix d'homme.

« C'est mon père, expliqua Caris. Viens, je vais te présenter. » Remarquant la timidité de Gwenda, elle ajouta : « Ne t'inquiète pas, il tempête à longueur de temps, mais il est très gentil. »

Les petites filles descendirent au rez-de-chaussée, leurs chiots dans les bras.

« Qu'est-il arrivé à mes servantes ? hurlait le père. Elles ont toutes pris la clef des champs en même temps pour rejoindre leurs amoureux ? »

Il sortit de la cuisine, lesté d'un bol de bois débordant de bière anglaise. Il marchait d'un pas claudicant, en raison de sa jambe tordue. « Bonjour, mon petit Bouton-d'Or ! » lança-t-il à Caris sur un ton radouci tout en prenant place sur la haute cathèdre en bout de table. Il aspira une longue goulée de bière. « Voilà qui vous requinque son homme ! » s'exclama-t-il. Et d'essuyer du revers de sa manche sa barbe embroussaillée. « Une marguerite pour faire la paire avec mon Bouton-d'Or ? reprit-il en notant la présence de Gwenda. Comment tu t'appelles, petite ?

— Gwenda, de Wigleigh, mon seigneur, répondit celle-ci, en le dévisageant d'un air médusé.

— Je lui ai donné un chiot, annonça Caris.

— Tu as bien fait ! Les chiots ont besoin d'affection et il n'y a rien de tel qu'une petite fille pour leur en donner. »

Un manteau écarlate était posé sur un tabouret près de la table. Ce vêtement venait certainement de l'étranger, se dit Caris, parce qu'en Angleterre, les teinturiers ne savaient pas donner à leurs rouges un éclat aussi lumineux. Suivant le regard de sa fille, le père déclara : « C'est pour ta mère. Elle a toujours voulu un manteau de ce rouge italien. Espérons que ça lui redonnera l'envie de vivre. »

Caris passa la main sur le tissu. La laine en était d'une douceur admirable et tissée serré. Seuls les Italiens possédaient le secret pour en fabriquer de semblables. « C'est beau », s'exclama-t-elle.

Sur ce, sa tante Pétronille, sœur de son père, fit son entrée. Il existait entre eux une ressemblance indubitable, mais autant le père de Caris était cordial, autant sa tante était pincée. En fait, elle ressemblait davantage à son autre frère, Anthony, le prieur de Kingsbridge. Comme lui, elle était de haute taille et imposante alors que le père était tout en torse et avait le pied bot.

Caris détestait sa tante, qui alliait intelligence et mesquinerie, mélange insupportable chez une grande personne. Elle n'arrivait jamais à lui river son clou. Devinant l'aversion de son amie, Gwenda regarda la nouvelle venue avec appréhension. Seul le père parut heureux de la voir. « Entre donc, ma sœur ! Tu peux me dire où sont passés mes serviteurs ?

— Comment peux-tu me poser continuellement ce genre de questions, Edmond ? Ça me dépasse ! Que veux-tu que j'y réponde ? Je débarque de chez moi, à l'autre bout de la rue. Toutefois, si tu veux mon avis, je dirai que ta cuisinière est au poulailler en train de chercher des œufs pour te faire un pudding et que ta bonne est en haut, en train d'aider ta femme à s'asseoir sur sa chaise percée. En général, c'est ce que Rose réclame à cette heure du jour, aux alentours de midi. Quant à tes apprentis, j'espère qu'ils sont tous deux à l'entrepôt de la rivière et qu'ils veillent attentivement à ce qu'un fêtard pris de boisson n'ait pas l'idée de faire du feu à proximité du hangar, parce que tes laines risqueraient de partir en fumée. »

Telle était l'habitude de Pétronille : débiter tout un sermon pour répondre à une question simple. Et encore fallait-il supporter son mépris ! Mais Edmond ne s'offusquait pas de ses manières. Il faisait comme s'il ne les remarquait pas. « Tu es admirable, ma sœur. C'est bien toi qui as hérité de la sagesse de notre père. »

Pétronille se tourna vers les filles. « Notre père descendait de Tom le Bâtisseur, qui était le beau-père et le mentor de Jack le Bâtisseur, celui qui conçut les plans de la cathédrale de Kingsbridge, dit-elle. Il avait promis de consacrer à Dieu son aîné. Malheureusement, c'est moi qui suis arrivée la première. Il m'a donné ce nom de Pétronille, qui était la fille de saint Pierre, comme vous le savez certainement. Puis il a prié pour que lui vienne un garçon, la fois d'après. Hélas, son premier fils, Edmond, était difforme. Ne voulant pas offrir à Dieu un don qui ne soit pas d'une absolue perfection, il l'a donc élevé dans le souci de lui transmettre un jour ses affaires lainières. Par bonheur, son troisième enfant, notre frère Anthony, était bien fait et craignait Dieu. Entré enfant au monastère de Kingsbridge, il en est aujourd'hui le père prieur. Pour toute notre famille, c'est la source d'une grande fierté. »

Elle-même serait volontiers devenue prêtre, si elle avait été un homme. À défaut, elle avait fait ce qu'une femme pouvait faire de mieux : elle avait offert son fils à Dieu, à l'instar du fondateur de la famille des Lainier. Elle l'avait éduqué dans l'intention d'en faire un moine de ce même prieuré. En son for intérieur, Caris avait toujours été désolée pour son cousin Godwyn, plus vieux qu'elle de quelques années, qu'il ait eu pour mère une femme telle que Pétronille.

Celle-ci enchaînait, les yeux rivés sur le manteau rouge : « Mais… c'est le tissu italien le plus cher de tous !

— C'est pour Rose », expliqua le père.

Pétronille resta un long moment à dévisager son frère. Et Caris comprit qu'elle le trouvait bien bête d'acheter un manteau de ce prix pour une femme qui n'avait pas mis le pied dehors depuis toute une année. « Tu es très bon envers elle », se borna-t-elle à dire, et sa phrase pouvait s'entendre aussi bien comme un compliment que comme un reproche.

Edmond ne s'en soucia pas. « Monte la voir, dit-il à sa sœur, et rends-lui un peu sa gaieté. »

Caris doutait fortement que sa tante y parvienne. Cette crainte, visiblement, n'effleura pas l'esprit de Pétronille, car elle s'engagea derechef dans l'escalier.

Sur ces entrefaites, Alice, la sœur de Caris, entra dans la maison. « Qui c'est ? demanda-t-elle en se plantant devant Gwenda.

— Gwenda, ma nouvelle amie, dit Caris. Elle est venue prendre un chiot.

— Elle a pris celui que je voulais ! protesta Alice.

— Tu n'as jamais dit que tu en voulais un en particulier, s'emporta Caris. Tu veux seulement faire ta méchante !

— Pourquoi devrait-elle avoir un de nos chiots, d'abord ?

— Allez, allez ! intervint le père. Nous avons plus de chiots que nécessaire.

— Caris aurait dû me demander en premier lequel je voulais !

— C'est vrai, elle aurait dû, acquiesça le père tout en voyant parfaitement qu'Alice n'agissait ainsi que pour créer des ennuis. Ne recommence pas, Caris.

— Oui, papa. »

La cuisinière entra avec des cruches et des bols. « Merci, Tutty ! dit le père, l'appelant par le surnom que lui avait donné Caris quand elle avait commencé à parler. Asseyez-vous à table, les filles. » Gwenda hésita, ne sachant pas si elle était conviée ou non. D'un signe de tête, Caris lui indiqua que l'adresse de son père l'incluait également. Celui-ci invitait toujours à partager sa table quiconque se trouvait alors auprès de lui.

Tutty remplit le bol du père. Les enfants eurent droit à de la bière coupée d'eau. Voyant Gwenda avaler la sienne d'une lampée, Caris comprit qu'elle n'avait pas souvent l'occasion d'en boire. Les pauvres, elle le savait, buvaient généralement du cidre, un breuvage extrait de pommes sauvages.

La cuisinière plaça ensuite devant chacun des convives une épaisse tranche de pain de seigle qui faisait bien un pied de long. Voyant Gwenda saisir la sienne à pleines mains, Caris se dit qu'elle ne devait jamais avoir mangé à table de sa vie. « Attends », lui souffla-t-elle gentiment, et Gwenda reposa son pain. Tutty apporta un jambon entier en équilibre sur une planche, ainsi qu'un plat de chou. Le père, armé d'un grand couteau, entreprit de découper le jambon et d'empiler des tranches sur le pain des convives. Les yeux écarquillés, Gwenda considéra la quantité de viande qu'on lui avait servie. Caris déposa une grosse cuillerée de feuilles de chou sur le jambon de son amie.

La femme de chambre, Élaine, descendit l'escalier à toutes jambes. « La maîtresse est au plus mal, s'exclama-t-elle. Dame Pétronille dit qu'il faut envoyer chercher mère Cécilia.

— Cours au prieuré et prie-la de venir », ordonna le père.

La servante s'élança hors de la maison.

« Mangez, les enfants », dit le père, et il prit lui-même une tranche de jambon chaud de la pointe de son couteau. Mais ce repas ne lui procurait plus aucun plaisir, comme Caris le comprit à son regard perdu dans le vague.

Gwenda goûta un morceau de chou. « C'est la nourriture de Dieu ! » murmura-t-elle à son amie. Caris prit une bouchée à son tour. Le chou avait été cuit avec du gingembre, une épice que Gwenda n'avait probablement jamais goûtée, car seuls les gens fortunés pouvaient s'en offrir.

Pétronille redescendit. Ayant déposé un morceau de jambon sur une planche de bois, elle l'emporta à l'étage à l'intention de la malade. Quelques instants, plus tard, elle rapportait la nourriture intacte. Elle s'assit à la table et mangea elle-même la portion de la malade. La cuisinière lui apporta une tranche de pain. « Quand j'étais petite, nous étions la seule famille de Kingsbridge à manger de la viande chaque jour, expliqua-t-elle. Sauf en période de jeûne, naturellement, car notre père était très dévot. Il fut le premier en ville à entrer en affaires avec les lainiers italiens. À présent, tout le monde commerce avec eux, mais mon frère demeure leur client privilégié. »

Caris avait perdu son appétit. Elle mâchait ses bouchées sans parvenir à les avaler.

Enfin, mère Cécilia arriva. C'était une petite femme autoritaire et pleine de vie, dont l'attitude avait quelque chose de rassurant. L'accompagnait sœur Juliana, une religieuse de nature simple et chaleureuse. Elles montèrent l'escalier à la suite l'une de l'autre, tels un petit moineau sautillant joyeusement de marche en marche et une poule se dandinant à la traîne. À leur vue, Caris se sentit soudain moins oppressée. L'eau de rose des religieuses ferait baisser la fièvre de sa mère et son parfum lui redonnerait courage.

Tutty apporta des pommes et du fromage. D'un air distrait, le père se mit à éplucher un fruit. Son geste rappela à Caris l'époque où il lui donnait la becquée et mangeait toujours la peau de la pomme qu'il pelait pour elle.

Sœur Juliana redescendit. Son visage grassouillet exprimait l'inquiétude. « La mère prieure voudrait que frère Joseph vienne voir dame Rose », dit-elle. C'était le médecin en titre du monastère, il avait étudié la médecine à Oxford. « Je vais le chercher, je reviens tout de suite ! » Elle sortit de la maison en courant.

Le père reposa sur la table sa pomme épluchée sans en croquer une bouchée.

« Qu'est-ce qui va se passer ? demanda Caris.

— Je ne sais pas, Bouton-d'Or. Pleuvra-t-il ? Combien de sacs de laine les Florentins achèteront-ils ? Les moutons attraperont-ils une infection ? Le bébé sera-t-il une fille ou un garçon avec un pied bot ? Comment savoir ces choses à l'avance ?... C'est ce qui rend parfois la vie si dure, n'est-ce pas ? » acheva-t-il, en détournant le regard.

Il donna la pomme à Caris, qui la passa à Gwenda. Celle-ci la mangea entièrement, chair et pépins.

Frère Joseph arriva quelques minutes plus tard, accompagné d'un jeune assistant en qui Caris reconnut Saül Tête-Blanche, ainsi nommé parce que le peu de cheveux qui restait sur son crâne tonsuré était blond cendré.

Mère Cécilia et sœur Juliana restèrent au rez-de-chaussée. Probablement voulaient-elles laisser aux deux hommes un espace suffisant pour vaquer à leurs occupations, car la chambre de la malade n'était pas grande. Mère Cécilia s'assit à la table, mais ne mangea pas. Elle avait un petit visage aux traits aigus : un petit nez pointu, des yeux lumineux, un menton en saillie comme la proue d'un bateau. « Eh bien, dites-moi, commença-t-elle avec un grand sourire, qui sont toutes ces petites filles ? Aiment-elles Jésus et sa Sainte Mère Marie ? »

Elle avait prononcé ces mots en regardant la plus âgée des trois, qui se chargea de répondre : « Je m'appelle Alice et voici ma petite sœur, Caris. Elle, je ne la connais pas.

— Je m'appelle Gwenda, sainte mère. Je suis une amie de Caris. » Elle jeta à sa voisine un coup d'œil anxieux, craignant d'avoir été présomptueuse en se réclamant de son amitié.

Mais Caris avait d'autres soucis en tête. « Est-ce que la Vierge Marie va rendre la santé à maman ? »

Mère Cécilia leva les sourcils. « Voilà quelqu'un qui ne s'embarrasse pas de préambule. Je suppose que tu es la fille d'Edmond.

— Tout le monde prie la Sainte Vierge, mais tout le monde ne voit pas ses vœux exaucés, insista Caris.

— Et tu sais pourquoi ?

— Peut-être qu'en vrai, elle n'aide jamais personne. Que ceux qui sont forts s'en sortent tout seuls et pas les faibles, voilà tout.

— Allez, allez, ne fais pas ta bête ! intervint le père. Tout le monde le sait que la Sainte Mère nous aide.

— Tout va bien, tout va bien, le calma mère Cécilia. C'est normal que les enfants posent des questions, surtout quand ils sont intelligents. Vois-tu, Caris, ce qui est en cause, ce n'est pas la puissance des saints, mais la force de nos prières. Certaines prières sont plus efficaces que d'autres. Tu comprends cela ? »

Caris hocha la tête de mauvais gré. Elle n'était pas convaincue. Elle se sentait seulement prise au piège d'un esprit plus retors.

« Il faut qu'elle vienne à notre école, déclara mère Cécilia. Nous avons ouvert une institution pour les filles des gentils-hommes et des citadins les plus fortunés, à l'instar de celle des moines, réservée aux garçons.

— Mes deux filles savent lire, Rose leur a appris, répliqua le père sur un ton obstiné. Caris connaît les chiffres aussi bien que moi. Elle m'aide déjà dans mon négoce.

— Ce serait bien qu'elle développe ses connaissances. Vous n'aimeriez pas qu'elle passe sa vie à vous tenir lieu de domestique, j'en suis certaine. »

Pétronille jugea bon d'ajouter son grain de sel. « Quel besoin ma nièce a-t-elle d'étudier dans des livres ? Elle fera un beau mariage. Les prétendants seront légion pour l'une comme pour l'autre de nos deux jeunes filles, je n'en doute pas. Les fils de marchands, voire de chevaliers, se presseront autour d'elles, trop heureux d'entrer dans notre famille. Caris étant de caractère obstiné, nous devrons seulement veiller à ce qu'elle ne jette pas son dévolu sur un jeune troubadour sans le sou. »

Caris ne manqua pas de noter que sa tante ne s'attendait à aucune résistance de la part d'Alice. Sa sœur épouserait probablement n'importe qui, du moment qu'il aurait été choisi pour elle.

Mère Cécilia poursuivit : « Dieu veut peut-être appeler Caris à son service.

— Dieu a déjà appelé deux personnes de notre famille, maugréa le père, mon frère et mon neveu. J'aurais cru qu'il s'en contenterait.

— Qu'en penses-tu toi-même ? demanda mère Cécilia en se tournant vers Caris. Seras-tu l'épouse d'un marchand, d'un chevalier, ou seras-tu religieuse ? »

Obéir aveuglément aux ordres d'une mère supérieure, et cela à toute heure du jour ? Cette seule idée faisait horreur à Caris ; ce serait comme de rester enfant toute sa vie sous la tutelle de tante Pétronille. Cependant, épouser un chevalier ou n'importe qui d'autre n'était pas une perspective tellement plus réjouissante, car les femmes devaient obéissance à leur mari. Aider son père dans ses affaires, peut-être, veiller à leur bonne marche quand il serait trop âgé pour le faire, voilà qui était encore le moins déplaisant, bien que ce ne soit pas exactement l'avenir auquel elle rêvait. C'est pourquoi elle déclara sans ambages : « Aucune de ces alternatives ne m'attire réellement.

— Y a-t-il une chose que tu aimerais faire ? » s'enquit mère Cécilia.

Oui, elle avait bien un rêve, même si elle ne s'en était pas ouverte à qui que ce soit, et cela pour la bonne raison qu'elle n'en avait jamais véritablement pris conscience avant cet instant. Pourtant, elle avait l'impression d'y avoir mûrement réfléchi. « Je veux être médecin », affirma-t-elle avec force, sachant sans aucun doute possible que tel serait son destin.

Il y eut un instant de silence et la tablée tout entière éclata de rire.

Caris rougit, ne comprenant pas ce que sa phrase avait de drôle.

Pris de pitié, son père répondit : « Seuls les hommes sont autorisés à pratiquer la médecine. Tu ne le savais pas, Bouton-d'Or ? »

Caris en fut décontenancée. « Mais vous-même, mère Cécilia ?

— Je ne suis pas médecin, expliqua la mère supérieure. Les religieuses s'occupent des malades, naturellement, mais en suivant les instructions des moines qui ont étudié sous la férule de grands maîtres. Ce sont eux qui savent décrypter les humeurs du corps, la façon dont le déséquilibre s'instaure au cours de la maladie et qui savent ce qu'il faut faire pour ramener ces humeurs à des taux favorisant le retour à la bonne santé. Ils savent quelle veine saigner en cas de migraine, de lèpre ou de dyspnée, où pratiquer des incisions et comment cautériser les plaies, s'il faut appliquer un cataplasme sur la blessure ou plutôt la baigner.

— Et une femme ne serait pas capable d'apprendre ces choses ?

— Peut-être, mais Dieu en a ordonné autrement. »

Rien n'agaçait plus Caris que cette habitude des grandes personnes de brandir systématiquement ce truisme quand ils ne savaient pas que répondre à une question. Elle n'eut pas le temps d'exprimer son ressentiment : frère Saül descendait l'escalier avec une cuvette pleine de sang et entrait dans la cuisine pour aller la vider dans la cour derrière la maison. À cette vue, elle sentit les larmes lui monter aux yeux. Ce traitement devait être efficace puisque tous les médecins le pratiquaient. Néanmoins, elle supportait difficilement de voir le sang de sa mère – sa force vitale – trembloter au fond d'une cuvette pour être jeté au loin.

Saül s'en retourna à la chambre de la malade. Il en redescendit quelques instants plus tard, suivi de frère Joseph qui annonça sur un ton solennel, s'adressant au père de famille : « J'ai fait tout ce qui était en mon pouvoir. La malade a confessé ses péchés. »

Saisissant le sens de ces mots, Caris fondit en larmes.

Le père sortit six pennies d'argent de sa bourse et les remit au moine. « En vous remerciant, mon frère », dit-il d'une voix enrouée par l'émotion.

Les moines partis, les deux religieuses remontèrent veiller Rose.

Alice s'assit sur les genoux de son père et cacha son visage dans son cou. Secouée de sanglots, Caris étreignait son chien. Pétronille ordonna à Tutty de débarrasser la table. Gwenda observait la scène, les yeux écarquillés. Tout le monde demeurait assis autour de la table en silence, attendant la suite des événements.

4.

Frère Godwyn avait faim. Au dîner, il avait mangé toute sa portion de poisson salé et de navets coupés en tranches, mais ce frugal repas ne l'avait pas rassasié. Ce plat, arrosé de bière anglaise coupée d'eau, constituait le menu quasi quotidien des moines, même en dehors des périodes de jeûne.

Certains d'entre eux, naturellement, jouissaient de quelques privilèges, notamment le père prieur dont le dîner, ce soir, serait particulièrement soigné car la mère prieure venait le prendre en sa compagnie et elle était accoutumée à se nourrir copieusement. Au couvent, en effet, on tuait un porc ou un mouton tous les trois ou quatre jours et on ne lésinait pas non plus sur le vin de Gascogne. Les religieuses donnaient toujours l'impression d'être plus riches que les moines.

C'était à Godwyn qu'il incombait de surveiller la préparation de ce dîner, tâche pénible pour qui avait des gargouillements dans le ventre. Il transmit ses ordres au cuisinier du monastère et vérifia la grosse oie mise à rôtir au four ainsi que la compote de pommes qui mijotait sur le feu. Il demanda au moine chargé de la cave de tirer une cruche de cidre au baril et il alla quérir un pain de seigle à la boulangerie. La miche se révéla rassise parce qu'on était dimanche et qu'en ce jour du Seigneur, on n'allumait pas le four à pain. Il sortit plateaux et gobelets d'argent du coffre où ils étaient gardés sous clef et les disposa sur la table du vestibule. Le prieur Anthony et mère Cécilia dînaient ensemble une fois par mois. Entités distinctes, le monastère et le couvent possédaient en propre le terrain sur lequel chacun d'eux s'élevait et ils disposaient de revenus différents dont le père prieur et la mère supérieure ne rendaient de comptes qu'à l'évêque de Kingsbridge. Néanmoins, ils partageaient l'usage de la grande cathédrale et d'autres bâtiments, dont l'hospice, où les moines œuvraient en tant que médecins, assistés par les religieuses. En conséquence de quoi, il y avait toujours des points de détail à régler, qu'il s'agisse du déroulement des offices ou des soins à prodiguer aux malades ou aux hôtes de marque qui occupaient les salles privées de l'hospice pendant leur séjour à Kingsbridge. Le prieur s'efforçait souvent d'obtenir de la mère supérieure que le couvent soit seul à supporter certains frais censés être partagés par les deux institutions. Cela pouvait concerner l'installation de vitres aux fenêtres du chapitre, comme le changement des lits de l'hospice ou la peinture de l'intérieur de la cathédrale. D'ordinaire, mère Cécilia acceptait.

La discussion du jour porterait assurément sur la politique. Anthony était revenu la veille d'un séjour de deux semaines à Gloucester où il avait assisté à l'inhumation du roi Édouard II, qui avait perdu son trône au mois de janvier, puis la vie en septembre. Mère Cécilia serait ravie d'entendre ce qui se disait là-bas, bien qu'elle se prétende au-dessus de ces basses considérations.

Frère Godwyn, pour sa part, avait bien autre chose en tête. Il souhaitait évoquer son avenir avec Anthony. Depuis son retour, il attendait avec impatience le moment de s'entretenir avec lui. Son discours était prêt. Restait seulement à trouver l'instant propice pour le prononcer et Godwyn espérait de tout cœur qu'il se présenterait au cours de l'après-midi.

Le prieur Anthony fit son entrée dans le vestibule alors que frère Godwyn était en train de déposer un fromage et un compotier de poires sur la crédence. L'oncle et le neveu se ressemblaient comme deux gouttes d'eau, l'un étant la version plus jeune de l'autre. Hauts de taille tous les deux, ils avaient des traits réguliers, des cheveux châtain clair et des yeux verts mouchetés d'or comme tout le reste de leur famille. Anthony s'approcha du feu. La salle était froide et le vieux bâtiment parcouru de courants d'air glacés. Godwyn lui servit une tasse de cidre. Profitant qu'Anthony se désaltérait, le jeune moine déclara : « Père prieur, c'est mon anniversaire aujourd'hui. J'ai vingt et un ans.

— C'est exact, dit Anthony, je me rappelle très bien ta naissance, j'avais quatorze ans. Ma sœur, Pétronille, criait comme un verrat qui a reçu une flèche dans le ventre. » Il leva son gobelet en guise de salut et regarda son neveu avec tendresse. « Te voilà un homme, maintenant ! »

Considérant le moment venu, Godwyn se lança. « Cela fait dix ans que je suis au prieuré.

— Si longtemps que ça ?

— Oui. J'y ai fait mes études, puis mon noviciat. Ensuite, j'ai prononcé mes vœux.

— Mon Dieu !

— J'espère ne pas vous avoir donné de raison de rougir de moi, à vous-même ou à ma mère.

— Nous sommes tous les deux très fiers de toi.

— Merci. » Godwyn déglutit. « À présent, je voudrais aller étudier à Oxford. »

La ville d'Oxford était un centre d'études renommé depuis des lustres. L'enseignement y était prodigué par de grands maîtres de la théologie, de la médecine et de la loi. Prêtres et moines y débattaient avec les professeurs et les autres étudiants. Au siècle précédent, les maîtres avaient été regroupés en une compagnie, ou université, qui avait reçu du roi l'autorisation de tenir des examens et d'attribuer aux élèves des diplômes reconnaissant leurs mérites. Le prieuré de Kingsbridge y avait une filiale connue sous le nom de Kingsbridge College, où huit moines pouvaient étudier tout en continuant à mener leur vie de dévotion et d'abnégation.

« Oxford ! s'écria Anthony, et une expression d'inquiétude et de dégoût se répandit sur ses traits. Mais pour quoi ?

— Pour étudier. N'est-ce pas ce que les moines sont censés faire ?

— Je ne suis pas passé par Oxford et ça ne m'a pas empêché d'être élu prieur de ce monastère. »

Certes, mais il lui arrivait de se trouver en porte-à-faux par rapport aux obédienciers qui étaient tous passés par l'université avant d'occuper des fonctions de responsabilité sous son égide, tels le sacristain et le trésorier, ou encore les médecins. Ces moines instruits se distinguaient par leur esprit délié et leur habileté à argumenter. En comparaison, Anthony donnait parfois l'impression de proférer des insanités aux réunions quotidiennes du chapitre. Godwyn désirait ardemment acquérir le vif esprit de logique et la confiance en soi de ces moines qui avaient étudié à Oxford. Ne pouvant dire à son oncle qu'il ne voulait pas lui ressembler, il se contenta d'insister laconiquement : « Je veux apprendre.

— Pour tomber dans l'hérésie ? s'exclama Anthony avec dédain. Les étudiants d'Oxford remettent en question les enseignements de l'Église !

— Pour mieux les comprendre.

— C'est inutile et dangereux. »

Godwyn se renfrogna. La vigueur de son oncle ne laissait pas de l'étonner. Jusqu'à ce jour, celui-ci n'avait jamais paru concerné par les problèmes d'hérésie. Quoi qu'il en soit, ce qui intéressait Godwyn au premier chef n'était pas le débat théologique. « Je pensais que ma mère et vous-même nourrissiez des ambitions pour moi ; que vous vouliez me voir progresser, accéder à des fonctions de responsabilité et, qui sait, me voir un jour nommé prieur.

— Plus tard, oui. Mais tu n'es pas obligé de quitter Kingsbridge pour cela. »

En fait, Anthony redoute que je ne le surpasse. Voilà pourquoi il freine mes progrès ! devina Godwyn dans un éclair de lucidité. Il craint de perdre tout contrôle sur moi si je pars à la ville.

Il s'en voulut de ne pas avoir envisagé l'éventualité que le prieur puisse s'opposer à son projet. « En vérité, je ne souhaite pas étudier la théologie, ajouta-t-il.

— Ah bon ? Et quoi donc, alors ?

— La médecine. C'est une part essentielle de notre travail ici. »

Anthony pinça les lèvres en une moue de désapprobation qui n'était pas sans rappeler l'expression habituelle de Pétronille.

« Le monastère n'a pas les moyens de supporter les frais afférents à tes études, répliqua-t-il. Te rends-tu compte qu'un livre coûte au bas mot quatorze shillings ? »

La repartie prit Godwyn de court. Pour autant qu'il le sache, les livres pouvaient se louer à la page. Mais là n'était pas la question. « Les étudiants qui fréquentent notre collège à Oxford, dit-il, qui paye leurs études ?

— Leur famille pour deux d'entre eux, le couvent pour un troisième, le prieuré pour les trois autres. Nous n'avons pas les moyens de subvenir aux frais d'un quatrième étudiant. C'est d'ailleurs pour cette raison qu'il reste encore deux places vacantes au collège. »

Godwyn n'était pas sans savoir que le prieuré traversait actuellement une passe difficile sur le plan financier, bien qu'il possède des milliers d'acres de terres, des moulins, des étangs et des bois et qu'il tire aussi de grands bénéfices du marché de Kingsbridge. Cependant, que son oncle puisse se fonder sur des motifs bassement financiers pour argumenter son refus le stupéfiait ; il se sentait trahi. Car Anthony n'était pas seulement son maître spirituel, il était aussi son parent. Comment pouvait-il lui faire défaut à un moment aussi important de sa vie, alors qu'il l'avait toujours favorisé par rapport aux autres moines de son âge ? Il tenta un autre angle d'approche : « Les médecins sont une source de revenus. Le prieuré s'appauvrira si des jeunes ne sont pas formés pour prendre la relève lorsque les plus âgés nous auront quittés.

— Le Seigneur y pourvoira. »

Ce lieu commun auquel Anthony recourait volontiers exaspéra Godwyn. Et cela d'autant plus que, depuis plusieurs années, l'une des grandes sources de revenus du prieuré, la foire à la laine qui se tenait une fois l'an, rapportait de moins en moins de bénéfices. Les marchands de la ville avaient demandé au prieur d'améliorer les équipements, de rénover les étals, de tendre des toiles de tente, d'installer des latrines, voire de construire une halle expressément dévolue au commerce de la laine. Anthony s'y était toujours refusé, arguant de la pauvreté du monastère. Lorsque son frère, Edmond, prévôt des marchands, lui avait fait valoir que la foire ne drainerait bientôt plus personne, il avait rétorqué de même : « Dieu y pourvoira. »

« Dans ce cas, Dieu pourvoira peut-être à mes frais d'études à Oxford, répliqua Godwyn.

— Si telle est sa volonté. »

Grande était la déception du jeune moine. Il ressentait un besoin pressant de quitter sa ville natale, de respirer un air différent. À Kingsbridge College, il devrait se soumettre à la même discipline monastique qu'au prieuré, naturellement, mais il ne serait plus sous la coupe de son oncle et de sa mère – perspective ô combien attirante ! C'est pourquoi il décida de lâcher une dernière flèche.

« Ma mère sera très déçue d'apprendre que je n'irai pas à Oxford. »

Anthony parut mal à l'aise. Il n'avait guère envie de subir les foudres de sa formidable sœur. « Prions alors pour que nous trouvions les fonds nécessaires.

— Je pourrais peut-être les obtenir autrement, lança Godwyn, pris d'une soudaine inspiration.

— Comment cela ?

— En m'adressant à mère Cécilia, comme vous le faites vous-même. » Pourquoi pas, en effet ? Certes, la mère prieure lui faisait un peu peur, car elle savait se montrer aussi intimidante que Pétronille. Mais elle était sensible à son charme. L'idée de payer les études d'un jeune moine intelligent avait de quoi lui plaire, en effet.

Pris au dépourvu, Anthony chercha une objection plausible. Mais il avait lui-même placé la question sur le terrain financier, faisant de cet argument le point d'achoppement principal. À présent, il lui était difficile de changer de tactique.

La mère supérieure fit son entrée, emmitouflée dans sa houppelande en laine d'excellente qualité. C'était la seule indulgence qu'elle se permettait, car elle détestait avoir froid. Ayant salué le prieur, elle posa sur Godwyn son regard acéré. « Rose est au plus mal, lui apprit-elle de sa voix nette et musicale. Il est possible qu'elle ne passe pas la nuit.

— Que Dieu demeure à son côté ! » s'écria le jeune moine dans un élan de compassion pour sa tante. Dans cette famille où tout un chacun voulait commander, Rose était l'unique personne à se soumettre de bon gré à la volonté d'autrui. À l'instar d'une fleur dont les ronces qui l'entourent font ressortir la beauté, ses qualités n'en paraissaient que plus délicates. « La nouvelle ne me surprend pas, répondit Godwyn. Cela fait presque un an que Rose dépérit. Sa disparition prochaine m'attriste pour mes cousines, Alice et Caris.

— Heureusement, elles auront Pétronille pour les consoler.

— Oui », répondit Godwyn, qui savait mieux que personne que réconforter son prochain n'était certainement pas la qualité première de sa mère. Pétronille était plus encline à vous donner une tape dans le dos pour vous faire tenir droit. Mais à quoi bon corriger la mère prieure ? Mieux valait lui verser une bolée de cidre. « Ne fait-il pas un peu frais pour vous, révérende mère ? s'enquit-il avec sollicitude.

— Glacial, répondit celle-ci avec force.

— Je vais faire du feu.

— Si mon neveu se montre d'une telle prévenance, c'est qu'il voudrait vous demander de payer ses études à Oxford », intervint sournoisement Anthony.

Godwyn lui jeta un regard furibond. Il avait voulu préparer sa requête, la soumettre à la religieuse au moment opportun. À présent, son projet était éventé, et de la pire façon qui soit : avec brutalité et sans la moindre délicatesse.

« Je doute que nous puissions prendre à notre charge les frais de deux étudiants », répondit mère Cécilia.

Ce fut au tour du prieur de s'étonner. « Quelqu'un vous a déjà sollicitée ?

— Peut-être ai-je eu tort d'évoquer le fait. Je m'en voudrais de semer le trouble au prieuré.

— C'est sans importance », répliqua Anthony, vexé. Et il ajouta pour adoucir ses propos : « Nous vous sommes toujours très reconnaissants de la générosité que vous nous témoignez. »

Godwyn empila des bûches dans l'âtre et sortit dans le froid. La maison du prieur jouxtait la face nord de la cathédrale. Le cloître et les autres bâtiments du prieuré, dont la cuisine, se trouvaient au sud. Grelottant dans sa robe de bure, il traversa la pelouse.

Connaissant le caractère chicaneur de son oncle, il s'était attendu à mille et une objections de sa part : à s'entendre dire qu'il était trop jeune, qu'il devait attendre qu'un des étudiants en place reçoive son diplôme. Que le prieur refuse purement et simplement d'entendre sa requête le laissait pantois. N'était-il pas son protégé, son neveu de surcroît ?

Une autre chose le stupéfiait : qu'un moine ait déjà sollicité la mère prieure. De qui pouvait-il bien s'agir ? Sur les vingt-sept moines que comptait leur communauté, six avaient son âge. Ce pouvait être n'importe lequel d'entre eux. À la cuisine, frère Théodoric, l'assistant du moine économe, aidait à préparer le repas. Était-ce lui son rival ? Godwyn le regarda poser l'oie et la compote de pommes sur un plateau. Oui, c'était possible. Il était assez intelligent pour faire des études.

Empli d'inquiétude, Godwyn transporta le dîner jusqu'à la maison du prieur. Quelle solution lui restait-il si la révérende mère avait décidé de soutenir Théodoric ? Il n'avait pas imaginé d'alternative à son projet.

Son rêve, c'était de devenir un jour prieur de Kingsbridge. Il se sentait capable de remplir cette tâche, et ce mieux que son oncle. Ensuite, une fois ses talents de prieur reconnus, il s'élèverait plus haut dans la hiérarchie de l'Église, deviendrait évêque ou archevêque, exercerait des fonctions au sein de l'État, serait même conseiller du roi. D'aussi hautes fonctions lui conféreraient une puissance dont il n'avait pour l'heure qu'une vague idée, mais cela ne l'empêchait pas d'être intimement convaincu qu'il les occuperait un jour. Deux voies seulement permettaient d'y atteindre : la naissance et l'instruction. Issu d'une famille de lainiers, Godwyn n'appartenait pas à la noblesse. En conséquence, il plaçait tous ses espoirs dans l'instruction. Mais pour faire des études, il avait besoin du soutien financier de mère Cécilia.

Il déposa le dîner sur la table juste au moment où celle-ci demandait à Anthony comment était mort le roi. « D'une chute », expliqua le prieur.

Godwyn découpa l'oie. « Je vous donne un morceau de blanc, révérende mère ?

— Oui, s'il te plaît. D'une chute ? répéta la religieuse d'un air sceptique. À vous entendre, on pourrait croire que le roi était un vieillard tremblotant. Il n'avait que quarante-trois ans, que je sache !

— C'est ce que rapportent ses geôliers. »

Après avoir été destitué, le roi avait été emprisonné au château de Berkeley, à deux jours de cheval de Kingsbridge.

« Ses geôliers, bien sûr ! Les hommes de Mortimer », laissa tomber mère Cécilia qui désapprouvait le comportement de Roger Mortimer, comte de March, lequel n'avait pas seulement pris la tête de la rébellion contre Édouard II, mais avait ensuite séduit la reine Isabelle.

Ils commencèrent à manger. Les voyant se jeter avec voracité sur la nourriture, Godwyn craignit qu'ils n'engloutissent l'oie tout entière.

« Vous dites cela sur un ton ! s'étonna le prieur. On pourrait croire qu'il s'est produit un événement sinistre.

— Oh, que non ! Même si certains le pensent. Le bruit court, en effet…

— Qu'il aurait été assassiné ? Je sais. Mais je vous le dis pour l'avoir vu nu de mes propres yeux : son corps ne portait aucune trace de violence.

— On raconte qu'au moment de son agonie, tout le village de Berkeley a entendu des cris perçants », intervint Godwyn, incapable de se contenir, bien qu'il sache qu'il n'était pas autorisé à interférer dans la conversation.

Anthony le fustigea d'un coup d'œil de censeur. « À la mort d'un roi, les rumeurs vont toujours bon train, minimisa le prieur.

— Ce roi-là a connu certaines difficultés de son vivant, fit remarquer Cécilia. Être déposé par le Parlement, la chose ne s'était encore jamais vue !

— Il y avait de puissantes raisons à cela, rétorqua Anthony, un ton plus bas. Notamment certain péché à l'encontre de la pureté. »

Le prieur s'était volontairement exprimé en termes vagues, mais Godwyn devina de quoi il retournait : Édouard avait eu des favoris – des jeunes gens envers lesquels il manifestait une affection démesurée. Le premier d'entre eux, Peter Gaveston, s'était vu octroyer tant de privilèges que les barons, jaloux de son pouvoir, avaient fini par le faire condamner à mort pour trahison. Hélas, d'autres favoris lui avaient succédé. Pas de quoi s'étonner que la reine prenne un amant ! disait la populace.

« Je ne saurais prêter foi à de telles horreurs, s'indigna mère Cécilia en fervente royaliste qu'elle était. Je n'exclus pas que dans les bois, des hors-la-loi puissent s'adonner à ces pratiques immondes, mais un homme de sang royal ne descendrait jamais aussi bas. Reste-t-il de l'oie ?

— Oui », indiqua Godwyn en s'efforçant de dissimuler sa déception. Il découpa un morceau de l'oie et servit la mère prieure.

« En tout cas, présentement, nul ne lance de défi au nouveau roi », déclara Anthony. Il voulait parler du fils d'Édouard II et de la reine Isabelle, couronné sous le nom d'Édouard III.

« Il n'a que quatorze ans, et c'est Mortimer qui l'a placé sur le trône, rétorqua Cécilia. Qui gouverne, en réalité ? Je vous le demande.

— Quoi qu'il en soit, la noblesse se félicite d'avoir recouvré la stabilité.

— À commencer par les partisans de Mortimer !

— Comme le comte de Shiring, voulez-vous dire ?

— Il m'a paru bien exubérant, aujourd'hui.

— Vous ne pensez quand même pas…

— Qu'il pourrait être pour quelque chose dans la *chute* du roi ? Certainement pas. » La mère supérieure mangea un morceau de volaille. « Mais c'est un sujet dont il est dangereux de débattre, même entre amis.

— En effet. »

Un léger coup frappé à la porte annonça l'entrée de frère Saül Tête-Blanche. Se pourrait-il que ce soit lui son rival ? s'inquiéta Godwyn. Il avait le même âge que lui ; il était intelligent et capable ; et il avait surtout le grand avantage d'être un parent éloigné du comte de Shiring. Néanmoins, Godwyn doutait qu'il caresse l'ambition d'étudier à Oxford. Il était dévot et timide, le genre d'homme·chez qui l'humilité ne saurait être une vertu puisqu'elle lui était naturelle. Mais allez savoir ! Tout était possible…

« Un chevalier vient d'arriver à l'hospice. Il a le bras à moitié arraché, suite à un coup d'épée, déclara Saül.

— C'est certainement très intéressant, mais pas au point d'interrompre le dîner du prieur et de la supérieure », laissa tomber Anthony.

Effrayé, Saül se mit à bégayer. « Je vous demande pardon, père supérieur, mais il y a désaccord à propos du traitement.

— C'est bon, soupira Anthony en se levant. De toute façon, il ne reste plus rien de l'oie. »

Cécilia le suivit, Godwyn et Saül leur emboîtèrent le pas. Ils pénétrèrent dans la cathédrale par le transept nord. Arrivés à la croisée, ils poursuivirent leur chemin tout droit le long du transept sud et ressortirent dans le cloître, qu'ils traversèrent pour entrer dans l'hospice.

Le chevalier blessé était étendu sur la couchette la plus proche de l'autel, comme le voulait son rang. À sa vue, le prieur Anthony ne put retenir un grognement de surprise. Un bref instant, l'émoi et la crainte purent se lire sur ses traits. Puis son visage redevint impassible : il avait recouvré le contrôle de lui-même.

Son émotion, toutefois, n'avait pas échappé à mère Cécilia. « Vous le connaissez ? lui demanda-t-elle.

— Je crois, oui. C'est sir Thomas Langley. Il est au service du comte de Monmouth. »

Le blessé, pâle et à bout de forces, était un beau jeune homme d'une vingtaine d'années, à la large carrure et aux longues jambes. Son torse dénudé était parcouru de cicatrices, séquelles de combats antérieurs.

« Il a été attaqué sur la route, expliqua frère Saül. Il est parvenu à se libérer, mais il lui a encore fallu parcourir une demi-lieue pour arriver jusqu'ici. Il a perdu beaucoup de sang. »

Le chevalier avait l'avant-bras gauche sectionné en deux sur toute la longueur, du coude au poignet. La coupe, nette, avait été pratiquée par une lame effilée.

Un petit moine d'une trentaine d'années, affublé d'un long nez et de mauvaises dents, se tenait près de lui. C'était frère Joseph, le médecin-chef du monastère. Il dit : « Il faut maintenir la blessure ouverte et la traiter avec un onguent qui accélère la formation du pus. Ainsi, les humeurs mauvaises seront expulsées du corps et la blessure guérira de l'intérieur. »

Anthony hocha la tête. « En quoi consiste le désaccord ?

— Matthieu le Barbier n'est pas de cet avis. »

Matthieu, un habitant de la ville, n'était pas seulement barbier de son état mais également chirurgien. Jusqu'ici, il s'était tenu en retrait avec déférence. À ce moment de la conversation, il fit un pas en avant, tenant à la main sa sacoche de cuir contenant ses instruments, des scalpels de prix à la lame tranchante. Petit et mince, il avait des yeux d'un bleu éclatant et un visage solennel.

Le prieur ne se soucia pas de le saluer. « Que fait-il ici ? lança-t-il à frère Joseph.

— Le chevalier l'a mandé. Il le connaît. »

S'adressant à Thomas, Anthony déclara : « Si vous vouliez vous faire charcuter, il n'était pas nécessaire de venir à l'hospice. »

L'ombre d'un sourire passa sur le visage du chevalier, trop épuisé pour répondre.

Matthieu s'adressa à Anthony, s'exprimant avec une confiance en soi surprenante, compte tenu du mépris manifesté à son égard. « J'ai vu de nombreuses blessures de ce type sur les champs de bataille, mon père. Il existe un meilleur traitement, beaucoup plus simple. Cela consiste à laver la blessure avec du vin chaud, puis à la refermer à l'aide de quelques points de suture et à la bander. » À bien y regarder, il n'était pas aussi respectueux qu'il le paraissait.

Mère Cécilia l'interrompit. « Nos deux jeunes moines ont-ils un avis sur la question ? » demanda-t-elle.

Son intervention impatienta le prieur. Godwyn, pour sa part, y vit une mise à l'épreuve et en conclut que Saül pourrait bien être son rival dans la course à la bourse d'études.

La réponse lui paraissant facile, Godwyn se lança le premier. « Frère Joseph a étudié les maîtres antiques, dit-il. Il en sait certainement davantage que Matthieu, dont je doute qu'il soit seulement capable de lire.

— Détrompez-vous, frère Godwyn, je sais lire rétorqua l'intéressé. Je possède même un livre chez moi. »

Anthony éclata de rire. Un barbier lisant un livre ! L'image était aussi ridicule qu'un cheval coiffé d'un chapeau. « Quel livre ?

— Le *Canon* d'Avicenne, le grand médecin musulman. Traduit de l'arabe en latin. Je l'ai lu entièrement, lentement.

— Et c'est le remède que propose Avicenne ?

— Non, mais…

— Dans ce cas… »

Matthieu insista. « En suivant les armées, j'ai appris bien plus de choses sur les soins à prodiguer aux blessés qu'en lisant un livre. »

Mère Cécilia reprit : « Et toi, Saül, quel est ton point de vue ? »

Godwyn s'attendait à ce que ce moine timide et gauche fournisse une réponse identique à la sienne, de sorte qu'il serait impossible de trancher. Mais celui-ci déclara : « Il se peut que le barbier ait raison. » Godwyn se réjouit de voir qu'il avait fait le mauvais choix. « Le traitement que propose frère Joseph, poursuivait Saül, étayant sa pensée, est certainement tout à fait adapté aux blessures causées par la chute d'une charge ou par un coup de marteau, comme cela se produit sur les chantiers de construction. Dans ces cas-là, la peau et les chairs autour de la plaie sont endommagées et l'on risque d'enfermer des humeurs mauvaises à l'intérieur du corps en refermant la blessure trop tôt. Mais dans le cas présent, nous avons une coupe très nette. Plus vite elle sera refermée, plus vite elle guérira.

— Bêtises que cela ! s'exclama le prieur. Comment un simple barbier de la ville pourrait-il avoir raison contre un moine instruit ? »

Godwyn dissimula un sourire de triomphe.

Sur ce, la porte s'ouvrit à toute volée sous la poussée d'un homme jeune portant la longue soutane des prêtres. Godwyn reconnut en lui Richard de Shiring, le cadet des deux fils du comte Roland. Son salut de tête à l'adresse du prieur et de l'abbesse était si cavalier qu'il frisait la grossièreté. « Que diable s'est-il passé ? » s'écria-t-il en marchant droit sur le chevalier.

Soulevant péniblement une main, Thomas lui fit signe de s'incliner. Le prêtre se pencha au-dessus de lui. Thomas chuchota quelques mots à son oreille.

Le père Richard se redressa, fâché. « Il n'en est pas question ! » réagit-il avec colère.

Thomas le rappela du doigt ; la scène se répéta. Chuchotement du blessé ; réaction outragée du prêtre, ponctuée cette fois par une exclamation de surprise : « Mais pourquoi ? »

Thomas ne répondit pas.

Richard dit : « Vous réclamez une chose qu'il n'est pas en notre pouvoir de vous donner. »

Thomas hocha la tête avec fermeté pour signifier son insistance.

« Vous ne nous laissez pas le choix. »

Thomas fit un signe de tête négatif.

Richard leva les yeux vers le prieur Anthony. « Sieur Thomas souhaite devenir moine ici, au prieuré. »

Il y eut un moment de silence ébahi. Cécilia fut la première à le briser : « Mais c'est un homme de violence ! réagit-elle.

— Allons, allons ! fit Richard sur un ton impatienté. Ce ne sera pas le premier soldat à abandonner la vie guerrière pour rechercher la rémission de ses péchés.

— De tels retournements surviennent parfois aux portes de la vieillesse, objecta Cécilia. Ce jeune homme n'a pas vingt-cinq ans. Assurément, il cherche à fuir un danger. » Elle dévisagea durement le prêtre. « Qui en veut à sa vie ?

— Mettez des bornes à votre curiosité, ma mère ! répliqua Richard sèchement. Le chevalier ne veut pas être bonne sœur, il veut être moine ! En conséquence, les détails de son admission ne vous concernent pas. » Parler sur ce ton à la supérieure d'un couvent était d'une grossièreté insigne, mais les nobles ne s'embarrassaient pas de politesse. S'adressant à Anthony il s'obstina : « Vous devez l'admettre dans votre communauté.

— Le prieuré n'a pas les moyens d'accueillir un nouveau moine… À moins qu'un don ne couvre les frais…

— Ce sera arrangé.

— Un don proportionnel aux besoins…

— Ce sera arrangé !

— Très bien. »

Les soupçons de mère Cécilia n'étaient pas apaisés. Elle interrogea Anthony. « En savez-vous davantage sur cet homme que vous ne m'en avez dit ?

— Je ne vois aucune raison de rejeter sa requête.

— Qu'est-ce qui vous porte à croire que ses remords soient sincères ? »

Tous les regards se posèrent sur Thomas. Il avait les yeux fermés.

« Il devra prouver sa sincérité pendant son noviciat, comme tout le monde. »

Cette réponse, visiblement, ne satisfaisait pas la sainte femme mais, pour une fois, elle n'avait pas voix au chapitre : le prieur ne lui réclamait pas d'argent. « Nous ferions mieux de nous occuper de ses blessures », dit-elle.

Frère Saül intervint : « Il a refusé le traitement de frère Joseph. C'est pourquoi nous avons envoyé chercher le père supérieur. »

Se penchant au-dessus du patient, Anthony déclara d'une voix de stentor, comme s'il s'adressait à un sourd : « Vous devez recevoir les soins prescrits par frère Joseph. C'est lui qui connaît le mieux son affaire. »

Thomas, semblait-il, avait perdu connaissance.

« Il n'exprime plus d'objection.

— Il risque de perdre son bras ! insista Matthieu le Barbier.

— Vous feriez mieux de partir ! » riposta Anthony.

Matthieu quitta les lieux sans chercher à dissimuler son aigreur. Le prieur se tourna alors vers Richard : « Voulez-vous venir prendre un bol de cidre chez moi ?

— Volontiers. »

Avant de partir, Anthony signifia à Godwyn de rester à l'hospice. « Tu assisteras la mère prieure. Et tu passeras chez moi avant vêpres pour me faire un rapport sur l'état du chevalier. »

La demande de son oncle surprit Godwyn. Il n'était pas dans les habitudes du prieur de s'inquiéter des progrès des malades. Mais à l'évidence, celui-ci suscitait en lui un intérêt particulier.

Godwyn regarda frère Joseph appliquer l'onguent sur le bras du chevalier sans connaissance, tout en s'interrogeant sur les intentions de la prieure. En répondant correctement à sa question, il s'était certainement assuré ses faveurs. Néanmoins il était anxieux d'obtenir de sa part un assentiment explicite. C'est pourquoi, lorsque frère Joseph eut achevé ses soins et que mère Cécilia entreprit de bassiner le front du blessé avec de l'eau de rose, il se permit d'insister. « J'espère que vous considérerez favorablement ma requête. »

Elle posa sur lui un regard appuyé. « Autant te le dire tout de suite : je financerai les études de Saül. »

Godwyn en fut ébahi. « Mais j'ai bien répondu !

— Crois-tu ?

— Vous ne pouvez certainement pas approuver le traitement que prescrivait le barbier ? »

Elle haussa les sourcils. « Je n'ai pas à répondre à tes questions, frère Godwyn. »

Celui-ci se reprit immédiatement. « Veuillez m'excuser. Je ne comprends pas, voyez-vous.

— Je sais. »

Godwyn s'éloigna, tremblant de déception et de rage impuissante. La supérieure n'argumenterait pas son choix. Sa décision était prise. Sa dotation irait à Saül ! Était-ce parce qu'il était apparenté au comte ? Godwyn en doutait, mère Cécilia étant connue pour son indépendance d'esprit. Non, c'étaient les voyantes manifestations de piété de Saül qui avaient fait pencher la balance en sa faveur ! Quel gâchis ! Ce moinillon ne serait jamais un chef, dans aucun domaine. Et maintenant, Godwyn allait devoir affronter la colère de sa mère. Qui blâmerait-elle ? Anthony ? Lui-même ? À la perspective de subir les foudres de Pétronille, un sentiment de crainte envahit Godwyn.

Juste au moment où il pensait à elle, il la vit passer la porte située à l'autre bout de la salle d'hôpital, silhouette imposante au buste proéminent. Ayant attiré son attention, elle demeura près de la porte, attendant qu'il la rejoigne. Il s'avança lentement vers elle, cherchant comment lui annoncer la nouvelle.

« Ta tante Rose se meurt, déclara Pétronille sitôt qu'il se fut approché.

— Dieu bénisse son âme. Mère Cécilia m'a déjà prévenu.

— Tu as l'air choqué. Pourtant, tu n'étais pas sans savoir qu'elle était au plus mal.

— Ce n'est pas tante Rose. J'ai d'autres mauvaises nouvelles. » Il déglutit péniblement. « Je ne peux pas aller à Oxford. Oncle Anthony refuse de prendre les frais à sa charge et mère Cécilia m'a débouté lorsque je lui en ai fait la demande. »

Au grand soulagement de Godwyn, sa mère n'explosa pas tout de suite. Sa bouche se pinça jusqu'à n'être plus qu'une ligne sinistre. « On peut savoir pourquoi ?

— Oncle Anthony n'a pas d'argent et mère Cécilia préfère payer des études à Saül.

— Saül Tête-Blanche ? Il ne sera jamais bon à rien.

— En tout cas, il sera médecin. »

Regardant son fils dans le blanc des yeux, Pétronille déclara : « Tu as dû mal présenter ton affaire. Pourquoi ne m'en as-tu pas parlé d'abord ? »

Elle réagissait exactement comme il l'avait craint. « Comment pouvez-vous dire cela ? protesta-t-il.

— Tu aurais dû me laisser en discuter avec Anthony. Je l'aurais attendri.

— Il aurait quand même refusé.

— Et tu aurais dû te renseigner, avant de t'adresser à mère Cécilia. Découvrir si quelqu'un ne lui avait pas déjà soumis une requête similaire. Ainsi, tu aurais pu saboter les chances de Saül avant de la solliciter.

— Comment cela ?

— Il a forcément un point faible. Tu aurais dû le découvrir et te débrouiller pour le porter à la connaissance de la mère supérieure. Ensuite, quand elle aurait perdu ses illusions, tu lui aurais soumis ta requête. »

Oui, c'était ainsi qu'il aurait fallu agir, il s'en rendait compte à présent. « Ça ne m'est pas venu à l'esprit », avoua-t-il en courbant la tête.

Maîtrisant sa colère, sa mère précisa : « Ce genre de chose se projette soigneusement, comme les batailles. Comment crois-tu que les comtes remportent la victoire ?

— Je le comprends maintenant, dit-il sans oser croiser son regard. Je ne referai jamais cette erreur.

— J'espère bien. »

Il releva enfin les yeux sur elle. « Que puis-je faire, désormais ?

— Il n'est pas question d'abandonner ! déclara avec autorité Pétronille, et une expression de détermination que son fils connaissait bien se répandit sur ses traits. C'est moi qui te fournirai la somme nécessaire.

— Où la prendrez-vous ? » s'enquit Godwyn, tout en sentant renaître en lui l'espoir. Comment sa mère tiendrait-elle cet engagement ?

« Je vendrai ma maison, je m'installerai chez Edmond.

— Croyez-vous qu'il acceptera ? » demanda Godwyn, car son oncle, si généreux fût-il, ne partageait pas toujours les vues de sa sœur.

« Je pense que oui. Il sera bientôt veuf. Il aura besoin d'une femme pour tenir sa maison. Soit dit en passant, Rose n'a jamais très bien tenu ce rôle. »

Godwyn secoua la tête. « Mais vous-même ? Vous aurez besoin d'argent.

— Pour quoi faire ? Edmond m'offrira le gîte et le couvert, il paiera mes menus frais. En retour, je veillerai à la bonne marche de sa maisonnée et j'élèverai ses filles. Je te donnerai l'argent que j'ai reçu en héritage de ton père. »

Elle parlait d'une voix assurée, mais un rictus amer tordait sa bouche. Pour une femme aussi fière de son indépendance que l'était sa mère, il s'agirait là d'un changement de taille, Godwyn en était bien conscient. Fille d'un négociant fortuné, sœur du prieur de Kingsbridge mais aussi du prévôt des marchands, elle était l'une des femmes de la ville qui jouissait du prestige le plus haut. Elle qui aimait à inviter les notables et à les régaler du meilleur vin et des mets les plus rares, voilà qu'elle envisageait d'abandonner tous ses privilèges pour aller vivre chez son frère en tant que parent pauvre ! Autant dire en tant que servante, puisqu'elle dépendrait entièrement de lui. Oui, le changement serait terrible.

« Vous ne pouvez pas faire ça ! déclara Godwyn. C'est un trop grand sacrifice ! »

Le visage de Pétronille se durcit. Elle secoua les épaules comme si elle s'apprêtait à les charger d'un lourd fardeau.

« Si, dit-elle, je le peux ! »

5.

Gwenda ne put garder le secret, face à son père.

Elle avait juré sur le sang du Christ de tenir sa langue, elle irait donc en enfer. Mais elle craignait Pa bien plus que l'enfer.

Il avait commencé par lui demander où elle avait trouvé ce nouveau chien, Skip. Elle avait dû expliquer comment Hop était mort et peu à peu elle s'était retrouvée à tout lui déballer.

À sa surprise, elle ne reçut pas le fouet. En fait, Pa semblait ravi. Il lui demanda de l'emmener dans la forêt, là où avait eu lieu la tuerie. Il ne lui fut pas facile de retrouver l'endroit, mais elle y parvint finalement, et ils découvrirent les corps des deux hommes d'armes portant la livrée vert et jaune.

Tout d'abord, Pa ouvrit leurs bourses : elles contenaient entre vingt et trente pennies. Leurs armes, qui ne valaient guère plus de quelques pennies, le réjouirent bien davantage. Ensuite, il entreprit de dépouiller les morts. La tâche était ardue pour lui qui n'avait qu'une main, il ordonna donc à Gwenda de l'aider. Il l'obligea à retirer tout ce que les morts portaient sur eux, jusqu'à leurs chausses crasseuses et leur linge sali. Ces corps sans vie pesaient lourd et ils étaient étranges au toucher.

Ayant enveloppé les armes dans les habits, Pa en fit plusieurs paquets qu'il noua à la façon de ballots de chiffons. Puis, toujours aidé de la petite fille, il traîna de nouveau les cadavres dans le buisson à feuilles persistantes.

Sur le chemin du retour, il était d'humeur joyeuse. Dans les faubourgs de Kingsbridge, il emmena Gwenda au fossé de l'Abattoir, une rue près de la rivière, et, là, l'installa devant un bol de bière anglaise dans une grande taverne crasseuse qui s'appelait Le Cheval blanc, avant de disparaître en compagnie du patron, un homme à qui il s'adressait en l'appelant P'tit David. C'était la deuxième fois dans la même journée que Gwenda buvait de la bière. Quelques minutes plus tard, Pa réapparut, déchargé de ses ballots.

Revenus en ville, ils retrouvèrent Ma, Philémon et le bébé à l'auberge de La Cloche, dans la grand-rue, juste à côté du portail du prieuré. Pa fit un clin d'œil à Ma et lui tendit une grosse poignée de pièces à cacher dans les couvertures du bébé.

C'était déjà le milieu de l'après-midi. La plupart des paysans des environs étaient rentrés dans leurs villages. Il était trop tard pour reprendre la route maintenant et s'en retourner à Wigleigh. Pa décida que la famille passerait la nuit à l'auberge puisqu'ils en avaient les moyens. Mais Ma était inquiète. Elle ne cessait de répéter : « Ne fais pas voir aux gens que tu as de l'argent ! »

Gwenda commençait à ressentir de la fatigue. Elle s'était levée tôt, ce matin-là, et elle avait beaucoup marché. À peine allongée sur un banc, elle s'endormit.

Le bruit d'une porte ouverte violemment la tira de son sommeil. Elle se redressa en sursaut. Deux hommes d'armes entrèrent dans l'auberge. Un court instant, elle crut que c'étaient les fantômes de ceux qui avaient été tués dans la forêt et fut prise de terreur. Mais c'en étaient d'autres, bel et bien vivants.

Ils portaient seulement le même uniforme, jaune d'un côté et vert de l'autre. Le plus jeune tenait dans ses bras un ballot de chiffons.

Le plus vieux marcha directement sur Pa. « Tu es Joby, de Wigleigh, n'est-ce pas ? »

Il n'avait pas une attitude agressive, simplement déterminée, mais la petite fille perçut comme une menace dans sa voix. Sa terreur monta d'un cran. Elle les imagina tous les deux prêts à tout pour parvenir à leurs fins.

« Vous faites erreur sur la personne », répondit Pa, se réfugiant dans le mensonge selon son habitude.

Ils ne tinrent pas compte de sa dénégation. Le plus jeune déposa le ballot sur la table et l'ouvrit. Il contenait deux épées et deux poignards emmaillotés dans deux tuniques jaune et vert. Levant les yeux sur Pa, il demanda : « D'où ça vient ?

— Je n'ai jamais vu ça de ma vie, je le jure sur la croix. »

Quelle bêtise de nier ! pensa Gwenda malgré sa crainte. De toute façon, ils lui arracheraient la vérité, comme lui-même la lui avait arrachée.

Le plus âgé déclara : « David, le patron du Cheval blanc, affirme avoir acheté ça à Joby, de Wigleigh. » Sa voix se fit plus dure, menaçante. Les quelques clients de l'auberge, abandonnant leurs sièges, déguerpirent au plus vite. Il ne resta plus dans la salle que Gwenda et sa famille.

« Ça fait déjà un bout de temps qu'il est parti, Joby ! » clama Pa avec l'énergie du désespoir.

L'homme hocha la tête. « Avec femme et enfants ? Deux gamins et un bébé ?

— Oui. »

Avec une vitesse inouïe, l'homme d'armes saisit Pa par le devant de sa tunique et, d'une poigne de fer, le plaqua contre le mur. Ma poussa un hurlement ; le bébé se mit à pleurer. Gwenda remarqua que le soldat avait une chaîne enroulée autour de son gant capitonné. Reculant le bras, il lança son poing dans le ventre de Pa.

Ma hurla. « À l'aide ! Au meurtre ! » Philémon se mit à pleurer.

Pa s'affaissa, le visage livide, mais l'homme d'armes le retint debout sur ses deux jambes contre le mur et il lui envoya un second coup de poing dans la figure. Le sang gicla du nez et de la bouche de Pa.

Gwenda, tétanisée, aurait voulu hurler. Aucun son ne sortait de sa gorge. Elle avait souvent vu son père jouer l'effroi ou le malheur pour s'attirer la sympathie de quelqu'un ou détourner sa colère. Mais elle savait que c'était du jeu, que Pa était inébranlable. Le voir maintenant privé de forces et impuissant la terrifiait.

Le patron de l'auberge, un costaud d'une trentaine d'années, s'encadra dans la porte du fond. Derrière lui, une petite fille dodue glissa un œil dans la salle. « Que se passe-t-il ? » s'exclama-t-il sur un ton autoritaire.

L'homme d'armes continuait à pilonner sa victime. « Te mêle pas de ça, compris ? »

Pa vomit du sang.

« Arrêtez immédiatement ! ordonna l'aubergiste.

— Hé, là ! Tu te prends pour qui ? répliqua le soldat.

— Je suis Paul la Cloche : vous êtes ici chez moi !

— Tu sais quoi, Paul la Cloche ? Occupe-toi de tes oignons, ça vaudra mieux pour toi !

— Vous vous croyez tout permis sous prétexte que vous portez l'uniforme ? lança Paul avec un mépris manifeste.

— On peut dire ça.

— On peut savoir à qui sont ces couleurs ?

— À la reine.

— Bessie, jeta-t-il par-dessus son épaule, file chercher John, le sergent de ville. Si on assassine quelqu'un chez moi, je veux qu'il en soit témoin. » La petite fille disparut.

« Personne ne sera tué dans ta taverne, dit l'homme d'armes. Joby a changé d'avis. Il a décidé de m'emmener à l'endroit où il a dépouillé deux morts, pas vrai, Joby ? »

Pa inclina la tête, incapable d'articuler un son. L'homme d'armes le lâcha et Pa s'écroula sur les genoux, toussant et hoquetant.

Le soldat considéra le reste de la famille. « Et l'enfant qui a assisté au combat… ? »

Gwenda ne put retenir un hoquet de terreur.

« C'est cette gamine à face de rat, si je comprends bien ! » laissa tomber le soldat en hochant la tête d'un air satisfait.

Gwenda courut se réfugier dans les bras de Ma, qui se mit à supplier : « Sainte Marie, Mère de Dieu, protégez mon enfant ! »

Le soldat attrapa Gwenda et la tira brutalement en arrière. « Pas un bruit, cria-t-il sèchement, comme elle se mettait à pleurer. Ou tu subis le même sort que ton misérable père. »

Gwenda serra les dents pour s'empêcher de hurler.

« Debout, Joby ! fit l'homme d'armes en soulevant Pa sur ses pieds. Remets-toi, on sort tous ensemble faire un tour. »

Son compagnon ramassa les vêtements et les armes.

« Fais tout ce qu'ils te demandent ! » hurla Ma sur un ton frénétique tandis qu'ils quittaient l'auberge.

Les hommes d'armes avaient des chevaux. Le plus âgé installa Gwenda devant lui. Pa fut hissé lui aussi sur l'encolure de l'autre cheval. Il gémissait, sans forces. Ce fut donc Gwenda qui conduisit le petit groupe. Elle se rappelait bien le chemin pour l'avoir déjà emprunté deux fois. À cheval, le trajet ne leur prit pas longtemps. Néanmoins, le jour tombait quand ils arrivèrent à la clairière.

Laissant à son compagnon plus jeune le soin de surveiller Pa et Gwenda, le chef entreprit de tirer les corps de leurs camarades hors des buissons.

« C'est un sacré combattant, ce Thomas, pour arriver à tuer à la fois Alfred et Harry ! » déclara-t-il en examinant les cadavres.

Gwenda comprit alors qu'il ne savait pas que d'autres enfants avaient assisté à la scène. Elle aurait volontiers avoué qu'un des deux hommes d'armes avait été tué par Ralph, mais elle était trop effrayée pour pouvoir seulement articuler un son.

« Il lui a presque tranché la tête, à Alfred ! » continuait l'homme d'armes. Se retournant vers Gwenda, il la regarda durement. « Est-ce qu'ils ont parlé d'une lettre ?

— Je ne sais pas ! répondit celle-ci, retrouvant sa voix. J'avais si peur que je gardais les yeux fermés. De là où j'étais, je ne pouvais pas les entendre. C'est vrai ! Si je savais quelque chose, je vous le dirais !

— De toute façon, s'ils lui avaient pris la lettre, il l'aurait récupérée après les avoir tués », dit le plus jeune à son camarade. Il promena les yeux sur les arbres entourant la clairière, comme si cette lettre pouvait être accrochée quelque part au milieu des feuilles mortes. « Il doit l'avoir avec lui, au prieuré. Mais là, nous ne pouvons pas l'arrêter sans violer la sainteté des lieux. »

Le chef reprit la parole : « En tout cas, on pourra faire un rapport circonstancié et ramener les corps pour les enterrer chrétiennement. »

Il y eut soudain du remue-ménage. Pa s'était arraché aux mains de celui qui le surveillait et s'enfuyait au milieu de la clairière. Le soldat s'élança à ses trousses. Son chef l'arrêta : « Reviens ! À quoi bon l'éliminer, maintenant ? »

Gwenda se mit à pleurer sans bruit.

« Et la petite ? » dit le plus jeune.

Ils allaient la tuer, c'était sûr et certain ! Terrifiée, Gwenda ne voyait plus rien à travers ses larmes et elle sanglotait tant qu'elle ne parvenait pas à les supplier de lui laisser la vie sauve. Elle allait mourir et elle irait en enfer.

« Qu'elle file ! ajouta encore le chef. Je ne suis pas venu sur terre pour tuer les enfants. »

Son compagnon lâcha Gwenda et lui donna une poussée dans le dos. Elle trébucha et s'étala par terre. S'étant relevée, elle s'essuya les yeux pour voir devant elle et partit d'un pas chancelant.

« Cours ! lui lança le soldat. C'est ton jour de chance ! »

*

Caris n'arrivait pas à s'endormir. Elle sortit de son lit pour gagner la chambre de sa mère. Son père, assis sur un siège bas, regardait fixement la silhouette immobile de sa femme étendue sur sa couche.

Elle avait les yeux fermés. Son visage, couvert de sueur, luisait dans la lumière des chandelles. Elle respirait à peine. Caris saisit sa main, qui était toute blanche et d'un froid terrifiant. Elle tenta de la réchauffer entre les siennes.

« Pourquoi est-ce qu'on lui prend son sang ? demanda-t-elle.

— On considère parfois que la maladie vient d'une humeur présente en trop grande quantité dans le corps. On espère la faire diminuer en retirant du sang.

— Ça ne lui a pas fait de bien.

— Non. Son état semble même avoir empiré.

— Pourquoi les avez-vous laissés faire, alors? répliqua Caris, les yeux remplis de larmes.

— Les prêtres et les moines ont étudié les traités de l'Antiquité. Ils en savent bien plus que nous.

— Je n'y crois pas.

— C'est difficile de savoir ce qu'il faut croire ou pas, Bouton-d'Or.

— Si j'étais médecin, je ferais seulement les choses qui améliorent la santé des gens. »

Mais son père ne l'écoutait pas. Son regard était devenu plus attentif. Se penchant sur la malade, il glissa sa grande main sous la couverture et la posa sur sa poitrine, juste en dessous du sein gauche. Caris distingua ses doigts sous la fine couverture. Un petit cri étouffé jaillit des lèvres de son père. Il déplaça sa main et appuya plus fermement pendant quelques instants sans bouger.

Puis ses yeux se fermèrent et il se laissa tomber lentement à genoux au pied du lit dans une attitude de prière, la main toujours posée sur la poitrine de sa femme, la tête enfouie dans la courtepointe, contre ses jambes.

Il pleurait.

Caris s'en rendit compte brusquement. Cette découverte l'effraya plus que tout au monde – bien plus que la scène dans la forêt. Car tout le monde pleurait, les enfants, les femmes, les gens qui n'avaient plus de forces ou qui étaient abandonnés. Mais son père, lui, ne pleurait jamais. Elle crut que le monde s'écroulait.

Il fallait aller chercher de l'aide. Elle écarta ses doigts. La main froide de sa mère glissa sur la couverture et y demeura, immobile. Caris courut dans sa chambre. Secouant sa sœur aînée par l'épaule, elle chuchota : « Alice ! Réveille-toi ! »

Mais celle-ci n'ouvrait pas les yeux.

« Papa pleure ! » insista Caris.

Alice se redressa sur son séant. « C'est impossible !

— Viens, je te dis ! »

Alice se leva. La prenant par la main, Caris l'entraîna dans la chambre de leur mère. Le père s'était relevé. Les joues baignées

80

de larmes, il contemplait le visage de sa femme immobile sur l'oreiller. Alice, sidérée, le regardait sans pouvoir détourner les yeux.

« Qu'est-ce que je te disais ? » chuchota Caris.

Tante Pétronille se tenait de l'autre côté du lit.

Apercevant ses filles sur le pas de la porte, le père quitta sa place pour s'avancer vers elles. Les entourant de ses bras, il les attira contre lui. « Votre maman est allée rejoindre les anges, dit-il doucement. Priez pour son âme.

— Ayez du courage, mes filles, intervint Pétronille. À partir de maintenant, je serai votre maman. »

Caris essuya ses joues inondées de larmes. Relevant les yeux sur sa tante, elle s'écria : « Oh, vous ne la remplacerez jamais ! »

DEUXIÈME PARTIE

8-14 juin 1337

6.

L'année où Merthin eut vingt et un ans, la pluie tomba sans discontinuer toute la journée du dimanche de la Pentecôte.

L'eau rebondissait sur le toit d'ardoise de la cathédrale de Kingsbridge en formant des bulles monumentales sur les torrents qui dévalaient la pente et faisaient déborder les chenaux. Des fontaines jaillissaient de la bouche des gargouilles et des rideaux de pluie cascadaient le long des contreforts. À l'intérieur de l'édifice, des rigoles traversaient la voûte et coulaient jusqu'au bas des colonnes, noyant au passage les statues des saints. Le ciel, le sanctuaire immense et la ville autour déclinaient toutes les nuances des gris mouillés.

La fête de la Pentecôte, septième dimanche après Pâques, commémoration de l'instant où l'Esprit Saint descendit sur les Apôtres, tombait en mai ou en juin, peu après la période où l'on tond les moutons dans la plus grande partie de l'Angleterre. C'est pourquoi la foire à la laine de Kingsbridge débutait toujours à cette date.

Pataugeant sous une cataracte, sa capuche rabattue sur le front dans une vaine tentative de protéger au moins son visage, Merthin se rendait à la cathédrale pour assister à l'office du matin. Son chemin traversait le champ de foire. Sur la grande pelouse qui s'étendait devant le parvis de la cathédrale, des centaines de commerçants avaient monté leurs tréteaux, protégeant leurs marchandises de l'intempérie sous un auvent de toile cirée ou de feutre tendu à la hâte. Vendeurs au détail écoulant la production de quelques bergers ou négociants en gros comme Edmond dont l'entrepôt regorgeait de ballots, les marchands de laine étaient les personnages les plus importants de la foire. Les autres commerçants, massés autour d'eux, proposaient à la vente à peu près toutes les denrées que l'argent permet d'acquérir : du vin doux de Rhénanie, des brocarts de Lucques – en soie à filets d'or –, des compotiers en verre de Venise, du gingembre et du poivre d'Orient rapportés de pays dont peu de gens connaissaient seulement le nom. Enfin, les habituels boulangers, brasseurs, confiseurs, diseuses de bonne aventure et autres prostituées offraient aux chalands de quoi satisfaire leurs besoins courants.

Cloués à leurs étals, les marchands tentaient de faire contre mauvaise fortune bon cœur et plaisantaient entre eux, s'efforçant de créer une ambiance de fête, mais la pluie ne laissait pas présager de gros bénéfices. Pour certains d'entre eux, faire des affaires était une nécessité absolue, qu'il pleuve ou qu'il vente. Ainsi en allait-il pour les négociants italiens et flamands qui avaient besoin de douce laine anglaise pour faire tourner leurs milliers d'ateliers à Florence et à Bruges. Mais les acheteurs occasionnels préféraient rester chez eux. L'épouse du chevalier estimait qu'elle pourrait se passer de noix muscade ou de cannelle ; le paysan prospère décidait que son vieux manteau lui ferait l'hiver prochain ; l'avocat jugeait que sa maîtresse n'avait pas vraiment besoin d'un bracelet d'or fin.

Merthin n'avait pas l'intention d'acheter quoi que ce soit. Il n'avait pas d'argent. Apprenti, il ne touchait pas de salaire. Logé chez son maître, Elfric le Bâtisseur, il était nourri à la table familiale, dormait dans la cuisine à même le plancher et portait ses vêtements usés. Pendant les longues soirées d'hiver, il sculptait d'ingénieux objets qu'il vendait quelques pennies – un coffret à bijoux pourvu de compartiments secrets ou bien un coq qui sortait la langue quand on lui tirait la queue. L'été, il n'en avait pas le loisir, car le travail se prolongeait jusqu'à la nuit tombée.

Sa période d'apprentissage touchait à sa fin. Dans moins de six mois, très précisément le 1er décembre, il serait majeur. Ce même jour, il serait admis à la guilde des charpentiers de Kingsbridge en tant que membre de plein droit. Il attendait ce moment avec impatience.

Le large portail de la façade ouest de la cathédrale était grand ouvert pour laisser entrer les milliers de fidèles désireux d'assister à l'office, gens de Kingsbridge ou d'ailleurs. Sitôt à l'intérieur, Merthin secoua la pluie de ses vêtements. Le sol en pierre, couvert de boue, était glissant. Par beau temps, des rais de lumière éclairaient un peu la nef et les bas-côtés que les vitraux maintenaient dans la pénombre. Aujourd'hui, l'église semblait plus sombre encore qu'à l'accoutumée à cause de toute cette foule vêtue d'habits noircis par la pluie.

Où pouvait donc s'évacuer toute cette quantité d'eau ? se demanda Merthin, sachant qu'aucun caniveau n'entourait l'édifice. Toute cette eau absorbée par le sol, l'équivalent de milliers et de milliers de bolées, poursuivait-elle sa course plus bas, jusqu'en enfer où elle redevenait pluie ? Non. La cathédrale était construite en haut d'une pente, l'eau infiltrée sous terre coulait forcément jusqu'au bas de la colline, du nord au sud, et se déversait ensuite dans la rivière, au sud du prieuré, au-delà du mur d'enceinte. Les fondations des grands édifices en pierre étaient conçues de manière à prévenir tout danger dû à une accumulation d'eau.

Tout en se représentant le trajet de la pluie sous terre, Merthin eut l'impression de ressentir les vibrations produites par ce ruissellement, comme si les fondations et les dalles du sol s'ingéniaient à les propager jusqu'à la plante de ses pieds.

Un petit chien noir trottina vers lui en remuant la queue. « Bonjour, Scrap », dit-il en le tapotant. Relevant les yeux, il aperçut sa maîtresse. Son cœur bondit de joie dans sa poitrine.

Dans son manteau écarlate hérité de sa mère, Caris formait la seule tache de couleur au milieu de cette morne assemblée. Merthin lui adressa un grand sourire. Il était heureux de la voir. Elle était si belle avec son petit visage rond aux traits réguliers et bien dessinés, ses cheveux châtain clair et ses yeux verts ! À vrai dire, elle n'était pas plus jolie que des centaines de jeunes filles de Kingsbridge. Mais que de désinvolture dans sa façon de porter sa toque inclinée sur le côté, que de malice dans ses yeux pétillants d'intelligence, que de promesses indistinctes et tentatrices dans son petit sourire narquois ! Dix ans, maintenant, que Merthin la connaissait. Pourtant il n'avait compris qu'il l'aimait que ces derniers mois !

Caris l'attira derrière un pilier et l'embrassa sur la bouche, promenant légèrement le bout de sa langue sur ses lèvres.

Ils s'embrassaient dès qu'ils en avaient l'occasion : à l'église, au marché, dans la rue quand ils se rencontraient ou bien chez elle lorsqu'ils se retrouvaient seuls dans une pièce. Merthin ne vivait que dans l'attente de ces merveilleux moments. Il pensait aux baisers de Caris le soir avant de s'endormir, et il y pensait à nouveau à peine réveillé.

Il se rendait chez elle deux ou trois fois par semaine. Pétronille, sa tante, ne l'aimait pas. En revanche, son père, homme généreux et convivial, lui proposait souvent de rester à dîner et Merthin acceptait avec gratitude ce repas où il pouvait manger à sa faim. Après, il disputait une partie d'échecs ou de dames avec Caris ou bien conversait avec elle. Il aimait la regarder parler car elle tenait tous les rôles quand elle racontait une histoire ou simplement expliquait quelque chose. Ses mains traçaient dans l'air des images et son visage passait par tout le registre des expressions, allant de l'étonnement à la gaieté. Le plus souvent, Merthin attendait surtout l'instant où il pourrait lui voler un baiser.

Il promena les yeux sur l'assemblée des fidèles : personne dans la foule ne regardait de leur côté. Il glissa la main à l'intérieur du manteau de Caris et caressa la douce toile de sa robe. Son corps était chaud. Il prit son sein dans sa paume, un sein petit et rond. Il aimait la façon dont elle réagissait à la pression de ses doigts. Il ne l'avait encore jamais vue nue, mais il connaissait intimement sa poitrine.

Dans ses rêves, il allait plus loin, il se voyait seul avec elle dans un lieu isolé – une clairière dans les bois ou la grande chambre d'un château –, nus tous les deux. Curieusement, ses rêves s'achevaient toujours trop tôt, juste au moment où il s'apprêtait à entrer en elle, et il se réveillait, le cœur empli de désirs inassouvis.

Un jour, se disait-il, un jour.

Ils n'avaient pas encore parlé mariage, les apprentis ne pouvant pas se marier. De plus, une crainte superstitieuse le retenait d'aborder ce sujet, comme s'il s'appliquait à lui-même le conseil donné aux pèlerins de ne pas passer trop de temps à peaufiner leur voyage de crainte de ne jamais partir, en raison des mille et un dangers susceptibles de se dresser sur leur route. Il attendait donc la fin de son apprentissage. Caris s'interrogeait certainement sur l'avenir, elle aussi. Toutefois, elle ne lui avait jamais confié ses intentions secrètes. Elle semblait heureuse de prendre la vie au jour le jour.

Voyant une religieuse s'avancer dans leur direction, Merthin retira sa main d'un air coupable, mais la nonne ne les avait pas remarqués. Les fidèles faisaient toutes sortes de choses dans la vaste cathédrale. L'année passée, pendant la veillée de Noël, Merthin avait surpris un couple en train de forniquer debout, dans l'ombre du bas-côté sud. Il est vrai qu'ils avaient été boutés hors du sanctuaire avec perte et fracas. Il se demanda si eux-mêmes sauraient passer tout l'office à se caresser sans qu'on les découvre, ici, dans le fond du sanctuaire.

Mais la jeune fille voulait se rapprocher du chœur. Le prenant par la main, elle l'entraîna au milieu de la foule. Il connaissait bon nombre de fidèles, mais non l'assemblée tout entière, loin de là. Kingsbridge ne comptait pas loin de sept mille habitants, c'était l'une des villes les plus importantes du pays. À la suite de Caris, il remonta la nef jusqu'à la croisée du transept, fermée sur son côté est par une clôture de bois interdisant l'accès au chœur, réservé au clergé.

Merthin se retrouva debout à côté d'un homme solide, enveloppé dans un épais manteau de laine richement brodé, en qui il reconnut Buonaventura Caroli, le plus riche des marchands italiens qui venaient à Kingsbridge. Originaire de Florence, la plus grande cité du monde chrétien, dix fois plus grande que Kingsbridge à l'en croire, il vivait à Londres où il dirigeait les affaires de sa famille avec les lainiers anglais. Les Caroli possédaient une fortune colossale, au point qu'ils prêtaient même de l'argent aux rois, disait-on. Réputé pour être d'une dureté implacable en affaires, Buonaventura était un homme cordial et sans prétention dans la vie quotidienne.

Caris le salua familièrement. Le marchand descendait dans sa famille lorsqu'il venait à Kingsbridge. Il adressa un signe de tête aimable à Merthin, malgré son jeune âge et ses vêtements usagés, lesquels révélaient aisément son statut d'apprenti.

Tout en promenant les yeux autour de lui, il lança sur le ton de la conversation anodine : « Quand je pense que je viens à Kingsbridge depuis maintenant cinq ans ! Je n'avais jamais remarqué que les fenêtres des transepts étaient beaucoup plus hautes que les autres. »

Merthin comprit sans difficulté son français émaillé de toscan. Comme la plupart des fils de chevaliers, il parlait le français normand chez lui et l'anglais avec ses camarades. De plus, comme il avait étudié le latin à l'école des moines, il devinait le sens d'un bon nombre de mots italiens. Il répondit : « Je peux vous expliquer pourquoi, si cela vous intéresse. »

Buonaventura haussa les sourcils, surpris d'entendre un apprenti revendiquer pareil savoir.

« La cathédrale a été construite voilà deux cents ans, commença Merthin. À l'époque, les étroites fenêtres en ogive de la nef et du chœur étaient ce qui se faisait de plus moderne en architecture. Cent ans plus tard, la mode avait évolué. Quand l'évêque voulut doter la cathédrale d'une tour plus haute, il fit également rebâtir les transepts et ordonna d'y ouvrir des fenêtres plus grandes. »

Buonaventura parut impressionné. « Et comment sais-tu donc tout ça ?

— Je l'ai lu, enfant, à l'école du monastère, dans le *Livre de Timothée*. C'est une chronique conservée dans la bibliothèque du prieuré. La construction de la cathédrale y est relatée en détail. La plus grande partie de l'ouvrage a été rédigée à l'époque du grand prieur Philippe. Par la suite, d'autres chroniqueurs ont poursuivi la tâche. »

Buonaventura considéra Merthin un long moment, comme s'il voulait mémoriser son visage. Puis il dit : « C'est un bel édifice.

— Les bâtiments sont-ils très différents chez vous, en Italie ? » s'enquit Merthin. Il aimait beaucoup entendre parler des pays étrangers, des gens et de leur mode de vie, notamment de tout ce qui se rapportait à l'architecture.

Buonaventura réfléchit. « Les grands principes sont identiques, je suppose. Mais nous avons des dômes et je n'en ai jamais vu en Angleterre.

— Qu'est-ce que c'est ?

— Un toit arrondi, qui ressemble à une demi-boule.

— Un toit en forme de boule ? s'étonna Merthin. Mais comment tient-il ? »

Buonaventura eut un petit rire. « Je suis un marchand de laine, jeune homme. Je peux dire, rien qu'en frottant des brins entre mes doigts, si cette laine vient d'un mouton Cotswold ou d'un Lincoln. Mais te dire comment on construit un casier à poules, j'en serais incapable. Alors un dôme, tu penses… »

Maître Elfric s'avançait vers eux dans ses vêtements coûteux d'artisan prospère qui, sur lui, donnaient toujours l'impression d'avoir été empruntés à quelqu'un. Flagorneur-né, le patron de Merthin s'inclina profondément devant Buonaventura, ignorant délibérément son apprenti et Caris. « Très honoré de vous voir de nouveau parmi nous, seigneur. »

Merthin s'éloigna. Déjà Caris lui demandait : « À ton avis, combien crois-tu qu'il existe de langues ?

— Cinq, répondit-il sans réfléchir, habitué qu'il était à ses questions inattendues.

— Non, sérieusement ! Il y a l'anglais, le français et le latin, ce qui fait déjà trois. Et puis il y a le florentin et le vénitien, qui sont différents mais possèdent des mots en commun.

— Cinq, donc, dit-il en entrant dans son jeu. Mais il y a aussi le flamand. » Cette langue parlée par les marchands venus de Flandre, d'Ypres, de Bruges ou de Gand, villes célèbres pour leur drap de laine, était comprise par très peu de gens à Kingsbridge.

« À ce compte-là, ajoutons alors le danois !

— Les Arabes aussi emploient une langue bien à eux. Pour l'écrire, ils utilisent d'autres lettres que nous !

— Mère Cécilia assure que les barbares ont chacun leur langue et qu'ils ne savent même pas l'écrire. Les Écossais, les Gallois, les Irlandais et bien d'autres peuples, probablement. Ça nous en fait onze. Mais peut-être y en a-t-il dont nous n'avons jamais entendu parler ! »

Merthin sourit. Caris était la seule personne avec qui il pouvait échanger des propos semblables. Aucun de leurs amis n'aurait compris l'amusement qu'ils trouvaient à imaginer de drôles de gens menant des vies complètement différentes de la leur. Caris, par exemple, pouvait l'interroger à brûle-pourpoint : « À quoi cela ressemble-t-il de vivre tout au bout du monde ? » « Est-ce que les prêtres se trompent à propos de Dieu ? » « Comment peux-tu savoir que tu n'es pas en train de rêver en ce moment ? » Faisant assaut d'imagination dans leurs spéculations, ils se laissaient emporter dans des voyages extraordinaires.

Le bourdonnement des conversations cessa soudain. Moines et religieuses rejoignaient leurs stalles. Le chef de chœur, Carlus, arriva le dernier. Aveugle, il se déplaçait sans l'aide de personne à l'intérieur de la cathédrale comme des divers bâtiments du monastère. Il connaissait tous les piliers du sanctuaire, la moindre de ses dalles. Il marchait avec lenteur, naturellement, mais d'un pas aussi sûr qu'un homme voyant parfaitement. De sa voix profonde de baryton, il lança une note et le chœur tout entier entonna une hymne.

Merthin avait à l'égard du clergé une attitude de tranquille scepticisme. Les prêtres détenaient un pouvoir qui n'était pas toujours proportionnel à leur savoir, un peu comme Elfric, son patron. Néanmoins, il aimait bien aller à l'église. Les offices le plongeaient dans une sorte de transe. La musique, l'architecture, les incantations latines, tout cela l'enchantait. Dans la profondeur de ces lieux, il avait le sentiment de dormir éveillé.

La sensation qu'un torrent de pluie s'écoulait sous ses pieds le saisit à nouveau. Son regard parcourut les trois étages de la nef : l'arcade, la galerie et la claire-voie. Les colonnes avaient été faites en posant une pierre sur l'autre, il le savait. Pourtant, à première vue, il se dégageait d'elles une impression très particulière car les blocs de pierre constituant les piliers avaient été taillés de façon à imiter un faisceau de tiges. Il s'attacha à suivre le trajet de l'une de ces tiges en partant du plus bas, du pied d'un des quatre piliers délimitant la croisée du transept. Depuis l'énorme socle carré, il fit remonter son regard jusqu'à l'endroit où elle se séparait des autres et, tel un rejet, s'élançait au nord pour former une arche au-dessus du bas-côté ; puis, de là, montait jusqu'à la tribune où un second rejet s'envolait en direction de l'ouest pour former l'arche de la galerie et rejaillir encore, plus haut à l'ouest, à partir d'une arche de la claire-voie. Et il en allait ainsi, jusqu'à ce que tous les rejets se soient séparés à leur tour en un éclaboussement de fleurs pour former enfin les nervures arrondies de la voûte tout là-haut. Partant à présent de la clef de voûte, le point le plus élevé de la cathédrale, il suivit en sens inverse le parcours d'une nervure jusque tout en bas, au pilier où elle aboutissait : très précisément celui qui faisait face au premier, de l'autre côté du transept.

Mais tandis qu'il observait le jeu des nervures de pierre, voilà qu'un événement étrange se produisit : sa vision perdit soudain de son acuité et il eut l'impression que toute la partie située à l'est du transept s'était déplacée.

· Il perçut alors comme un roulement de tambour – bruit assourdi au début, presque inaudible –, puis il sentit le sol vibrer sous ses pieds comme si un arbre énorme était tombé à terre à quelques pas de lui.

Il y eut un flottement au milieu du cantique.

Une fissure apparut dans la partie sud du chœur, juste à côté du pilier qu'il regardait.

D'un bond, il se tourna vers Caris. Des pierres chutaient dans le chœur et la croisée du transept. Il les vit tomber du coin de l'œil et le vacarme assourdissant de leur chute retentit alors dans un concert de cris et de hurlements. Cela dura un long moment. Quand le silence se fit, Merthin se retrouva tout à côté de la partie de la cathédrale qui s'était effondrée, faisant de son corps un rempart pour Caris qu'il serrait contre lui, le bras gauche passé autour de ses épaules, le bras droit levé au-dessus de sa tête pour la protéger des éclats.

*

Ce fut un miracle s'il n'y eut aucun mort à déplorer.

En fait, personne ne se tenait dans la partie sud du chœur, la plus endommagée, quand la voûte s'était effondrée. Moines et religieuses étaient regroupés au centre ; quant aux fidèles, ils n'étaient pas autorisés à franchir le chancel. Néanmoins, plusieurs moines l'avaient échappé belle et, par la suite, cette circonstance alimenta la rumeur qu'un miracle s'était produit. Certes, quelques-uns avaient été coupés ou blessés par des éclats de pierre, mais les fidèles, eux, n'avaient que des égratignures. À l'évidence, l'assistance avait été protégée par saint Adolphe, dont les reliques étaient conservées sous le maître-autel. N'était-il pas réputé pour guérir les malades et sauver les gens de la mort ? L'on s'accorda à penser que l'éboulement d'une partie de la cathédrale était un avertissement de Dieu envoyé aux habitants de Kingsbridge, mais l'on se perdit en conjectures quant aux motifs du courroux divin.

Une heure plus tard, quatre hommes inspectaient les dégâts. Il y avait là frère Godwyn, le cousin de Caris, sacristain de la cathédrale et, en cette qualité, responsable du bâtiment et de tous les trésors qu'il contenait. L'assistait un moine placé sous ses ordres, chargé des biens inscrits à la matricule du prieuré. En tant que tel, il supervisait tous les travaux et réparations touchant à l'édifice. Entré au monastère dix ans plus tôt sous le nom de frère Thomas, c'était un ancien chevalier appelé sieur Thomas Langley. Se joignait à eux maître Elfric. Charpentier de formation et bâtisseur de son état, c'était lui qui assurait l'entretien de la cathédrale. Il était venu accompagné de son apprenti Merthin.

La partie est de l'église était divisée en quatre sections, ou travées, délimitées par des piliers. L'effondrement concernait les deux travées les plus proches de la croisée du transept. Côté sud, la voûte s'était entièrement effondrée dans la partie surplombant la première travée et partiellement dans la partie surplombant la seconde. La galerie de la tribune présentait des fissures et plusieurs fenêtres de la claire-voie avaient perdu leurs meneaux.

Maître Elfric prit la parole : « La voûte s'est écroulée en raison d'une faiblesse du mortier. Quant aux fissures qu'on aperçoit aux niveaux les plus élevés, elles résultent de l'éboulement. »

Cette explication était loin de satisfaire Merthin, mais il n'en avait pas de meilleure.

Il avait débuté son apprentissage au côté du père d'Elfric, Joachim. Homme de grande expérience, celui-ci avait travaillé à la construction de plusieurs églises et de ponts à Londres aussi bien qu'à Paris. Il avait pris un grand plaisir à expliquer à son jeune apprenti le savoir des compagnons bâtisseurs. Leurs « mystères », comme ils les nommaient, consistaient principalement en formules arithmétiques appliquées à la construction d'un bâtiment, comme par exemple la proportion entre sa hauteur au-dessus du sol et la profondeur de ses fondations.

Merthin, qui aimait les nombres, avait fait siennes les connaissances que lui avait transmises le vieil homme. À sa mort, il avait eu du mal à se soumettre aux règles de son fils pour qui la vertu cardinale d'un apprenti était l'obéissance. Devenu son nouveau maître, Elfric le punissait en rognant sur sa nourriture et sur son habillement et en lui confiant souvent des tâches à l'extérieur quand il gelait à pierre fendre. Détail plus exaspérant encore, sa plantureuse fille Griselda, du même âge que Merthin, se pavanait sous ses yeux dans ses vêtements bien chauds.

Trois ans plus tôt, Elfric avait épousé en secondes noces la sœur aînée de Caris, Alice, considérée par tous comme bien plus jolie que sa cadette. Elle avait effectivement les traits plus réguliers, mais, aux yeux de Merthin, elle ne possédait pas son charme captivant. Se croyant apprécié d'elle autant que de sa sœur, il avait espéré qu'elle inciterait son mari à le traiter moins durement. Hélas, il s'était produit tout l'inverse. À croire qu'Alice jugeait de son devoir d'épouse de le tourmenter, elle aussi.

Cette pénible situation était le lot de nombreux apprentis. Et ceux-ci étaient bien forcés de l'accepter, puisque c'était le seul moyen d'accéder à un métier correctement rémunéré. Les guildes se méfiaient des arrivistes. Nul ne pouvait exercer sa profession dans une ville sans appartenir à la guilde correspondante. Et, en dehors des villes, où pouvait-on exercer son métier ? Les paysans construisaient leurs maisons eux-mêmes et cousaient leurs vêtements. Prêtre, moine ou mère de famille, quiconque voulait vendre de la laine ou brasser de la bière devait d'abord adhérer à la guilde.

Au terme de leur apprentissage, les ouvriers restaient le plus souvent auprès de leur maître, travaillant comme compagnons en échange d'un salaire. Certains finissaient associés et reprenaient l'atelier à la mort du patron. Mais Merthin ne voulait pas de ce destin. Il détestait trop son patron. Il était fermement décidé à le quitter le plus tôt possible.

« Allons voir les dégâts de plus près », déclara frère Godwyn.

Ils avancèrent jusqu'au fond de la cathédrale. « Quel plaisir de vous revoir parmi nous, frère Godwyn ! dit Elfric. Mais vous devez vous languir d'Oxford et de ses nombreux savants. »

Godwyn hocha la tête. « Les maîtres là-bas sont vraiment remarquables.

— Et les autres étudiants ? J'imagine qu'ils doivent l'être, eux aussi, même si l'on colporte de vilaines histoires sur leur compte.

— Certaines ne sont que trop vraies, hélas, déplora Godwyn en prenant un ton attristé. Quand un homme quitte le toit familial à un âge encore tendre, le fait d'être prêtre ou moine ne lui épargne pas la tentation.

— Quoi qu'il en soit, c'est une grande chance pour nous, gens de Kingsbridge, que de pouvoir bénéficier du savoir d'hommes formés à l'université.

— Je vous remercie de votre amabilité.

— Oh, mais je le pense très sincèrement. »

Merthin aurait volontiers dit à son patron de fermer son cla-
pet. Elfric était un piètre artisan ; son travail était malhabile et
son jugement incertain, mais voilà : il savait s'y prendre pour
entrer dans les bonnes grâces des gens. Maintes fois Merthin
l'avait vu déployer tout son charme avec ceux dont il attendait
quelque chose et rembarrer grossièrement ceux qui lui étaient
inutiles. Qu'un homme intelligent et instruit comme l'était frère
Godwyn ne démasque pas ce trait de caractère ne laissait pas
de surprendre Merthin. Mais peut-être la fausseté du flagorneur
était-elle moins visible au destinataire des compliments.

Godwyn ouvrit une petite porte et se lança à l'assaut d'un
étroit escalier en colimaçon dissimulé dans le mur. Merthin
sentit croître son excitation. Il aimait emprunter les passages
secrets dont regorgeait la cathédrale. Surtout, il était curieux
de découvrir comment l'effondrement s'était produit et d'en
déduire la cause.

Les bas-côtés situés de part et d'autre de la nef n'avaient
qu'un seul niveau. Leur voûte en pierre et leurs belles nervures
étaient protégées à l'extérieur par un toit à pente unique qui partait du bas de la claire-voie et s'achevait au sommet de la façade
formant le flanc de l'église. À l'intérieur, entre la voûte et le toit,
il y avait un vide de forme triangulaire appelé extrados. C'était
de ce lieu surélevé, ayant pour plancher la face arrière de la
voûte, que les quatre hommes constateraient les dégâts.

L'endroit était éclairé par des ouvertures donnant sur l'intérieur de la cathédrale. De plus, frère Thomas avait eu la pré-
voyance de se munir d'une lampe à huile. Merthin remarqua
immédiatement que les quatre travées n'avaient pas des voûtes
exactement identiques. Celle située le plus à l'est présentait
une courbure légèrement plus plate que sa voisine. Celle qui
venait ensuite – en partie détruite – semblait différente, elle
aussi.

Les hommes traversèrent l'extrados en longeant la façade,
là où la voûte était encore solide, et s'avancèrent le plus près
possible de la partie effondrée. À l'instar du reste de l'édifice,
la voûte était faite de pierres assemblées à l'aide de ciment, à la
seule différence que celles situées tout près de la clef de voûte
étaient plates et légères. Au départ, la voûte s'élevait presque à

la verticale. Puis la courbure s'amorçait et s'amplifiait jusqu'à ce que les pans de maçonnerie se rejoignent.

Elfric indiqua : « Bien. La première chose à faire sera évidemment de reconstruire la partie de voûte au-dessus des deux premières travées.

— Personne à Kingsbridge n'a taillé de nervures depuis un bon bout de temps », fit observer Thomas. Puis, se tournant vers Merthin, il ajouta : « Seras-tu capable de fabriquer le coffrage ? »

Celui-ci comprit tout de suite de quoi il parlait. Sur la partie de la voûte presque verticale, les pierres tenaient de par leur propre poids. En revanche, plus haut, là où la courbure devenait quasiment horizontale, il fallait leur procurer un appui, le temps que sèche le mortier, si l'on voulait obtenir un ensemble solide. La méthode classique consistait à façonner une armature en bois, appelée coffrage ou centrage, sur laquelle on poserait les pierres. Pour un charpentier, c'était une tâche ardue, mais passionnante à réaliser, parce que les mesures devaient être d'une exactitude absolue. Thomas, qui surveillait depuis de longues années les travaux effectués par Merthin, avait eu tout loisir de se convaincre de ses qualités. Toutefois, c'était un manque de tact de sa part que de s'adresser directement à l'apprenti et Elfric réagit au quart de tour. « Sous ma surveillance, il en sera capable, oui.

— Oui, je peux faire un coffrage, acquiesça Merthin qui pensait déjà à l'échafaudage qu'il lui faudrait monter pour soutenir l'armature et offrir aux maçons une plate-forme assez grande pour travailler sans se gêner mutuellement. Cependant, ces voûtes n'ont pas été construites à l'aide d'un coffrage.

— Ne dis pas de bêtise, mon garçon ! le coupa Elfric. Tu n'y connais rien. Naturellement qu'elles ont été faites avec un coffrage ! »

La prudence soufflait à Merthin de ne pas prendre le contrepied de son patron. D'un autre côté, dans six mois de temps, il serait à son compte. Il aurait alors besoin du soutien de personnes comme frère Godwyn, de personnes influentes qui aient confiance dans ses capacités. En outre, il était mortifié d'avoir été rabaissé par Elfric. Lui river son clou n'était pas pour lui déplaire. Ce fut donc sur un ton indigné qu'il répliqua : « Il suf-

fit de regarder le sol sur lequel nous nous tenons en ce moment !
Toutes les travées sont différentes. Si les maçons avaient utilisé
un coffrage pour la première, ils l'auraient réutilisé pour la suivante et toutes les voûtes présenteraient la même courbure. Or,
ici, elles sont toutes différentes.

— Ça prouve seulement qu'ils n'ont pas utilisé un seul et
même coffrage, l'interrompit Elfric avec irritation.

— Et pourquoi ? Ce n'est pas logique ! insista Merthin. Ils
auraient dû économiser sur le bois de construction. Sans même
parler de la paie des charpentiers.

— De toute façon, il est impossible de construire la voûte
sans coffrage.

— Si, dit Merthin, c'est possible. Il existe une méthode…

— Ça suffit ! le coupa Elfric. Tu es ici pour apprendre, pas
pour nous donner des leçons !

— Un instant, maître Elfric, intervint Godwyn. Si votre
apprenti a raison, le prieuré pourrait économiser une somme rondelette. Que veux-tu dire ? » dit-il en regardant Merthin.

Celui-ci commençait à regretter d'avoir évoqué le sujet. Il
s'en mordrait sûrement les doigts par la suite. Mais il ne pouvait pas reculer. Sinon, les autres croiraient qu'il ne savait pas
de quoi il parlait. Il se lança : « La méthode est décrite dans un
livre de la bibliothèque du monastère. Elle est très simple. Elle
consiste à accrocher au mur des cordes auxquelles sont suspendus des morceaux de bois. Chaque fois qu'on pose une pierre,
on enroule une corde autour en veillant à ce qu'elle forme un
angle droit par rapport à la face de la pierre. La corde retient la
pierre et l'empêche ainsi de glisser hors de son lit de mortier et
de tomber. »

Un silence suivit ses paroles. Tout le monde se concentrait
pour se représenter la situation. Puis frère Thomas hocha la tête.
« Oui, ça devrait fonctionner. »

Maître Elfric semblait furieux.

« Où as-tu lu ça ? s'enquit frère Godwyn, intrigué.

— Dans un ouvrage qui s'appelle le *Livre de Timothée*,
répondit Merthin.

— Je le connais. Je ne l'ai jamais étudié. À l'évidence, j'ai
eu tort. » Puis, s'adressant aux autres, il ajouta : « En avons-
nous vu assez ? »

Elfric et Thomas inclinèrent la tête. Comme les quatre hommes quittaient la charpente, son patron murmura à Merthin : « Tu viens de te priver de plusieurs semaines de travail. Je parie que tu ne feras plus ce genre de bêtise quand tu seras à ton compte ! »

Elfric disait vrai. En démontrant l'inutilité de fabriquer un coffrage, Merthin s'était privé d'un gagne-pain évident. Il n'y avait pas réfléchi sur le moment, mais ne le regrettait pas. Il y avait quelque chose de malhonnête à laisser quelqu'un dépenser de l'argent dans le seul but de se garantir un travail. Il ne voulait pas mener sa vie ainsi.

Ils regagnèrent le chœur par l'escalier en colimaçon. Elfric dit à Godwyn : « Je viendrai vous voir demain avec une estimation du coût.

— Bien. »

Elfric se tourna vers Merthin. « Reste ici et compte les pierres de la voûte. Tu m'apporteras la réponse à la maison.

— Oui. »

Elfric et Godwyn partirent, Thomas s'attarda. « Je t'ai mis dans l'embarras, dit-il.

— Vous vouliez me mettre en valeur. »

Le moine leva les épaules d'un air ennuyé et fit de son bras droit un geste signifiant : Que puisse faire maintenant ?

Son bras gauche était amputé à hauteur du coude, séquelle de la blessure qu'il avait reçue dix ans auparavant et qui s'était infectée. Merthin ne repensait quasiment jamais à l'étrange combat auquel il avait assisté dans la forêt. Il avait pris l'habitude de voir en Thomas un moine portant l'habit. Pourtant, en cet instant, la scène d'antan lui revint brusquement en mémoire : le chevalier poursuivi par des hommes d'armes, ses amis et lui cachés dans les buissons, l'arc et la flèche, la lettre enterrée ; frère Thomas le traitait toujours avec gentillesse en raison, sans doute, de leur connivence passée et il ressentit le besoin de lui confier qu'il ne l'avait pas trahi. « Je n'ai jamais parlé de la lettre à qui que ce soit, dit-il paisiblement.

— Je sais, répondit Thomas. Si tu en avais touché un mot, tu ne serais plus de ce monde. »

*

La plupart des grandes villes étaient dirigées par une guilde des marchands à laquelle appartenaient les notables. En dessous venaient les guildes professionnelles, qui regroupaient chacune les représentants d'un métier particulier : maçons, charpentiers, tanneurs, tisserands, tailleurs. Puis il y avait les guildes des paroissiens. Celles-ci étaient chargées de récolter les fonds nécessaires à l'achat des habits sacerdotaux et les objets de culte, ainsi que de venir en aide aux veuves et aux orphelins.

Les villes dotées d'une cathédrale étaient régies différemment. À l'instar de Saint-Albans et de Saint-Edmond-de-Bury, Kingsbridge était placé sous l'égide d'un monastère. Celui-ci possédait la presque totalité des terres alentour. En effet, les marchands de la guilde n'étaient pas autorisés à être propriétaires fonciers. À Kingsbridge, les plus importants d'entre eux appartenaient à la guilde de la paroisse de Saint-Adolphe, tout comme les artisans. C'était l'association la plus puissante de la ville. À ses tout débuts, il y avait de cela fort longtemps, elle avait sans aucun doute rassemblé de pieux fidèles désireux de bâtir la cathédrale et chargés de réunir les fonds dans ce but. À présent, sa mission principale consistait à édicter des lois régissant la conduite des affaires et à nommer un prévôt chargé de veiller à leur respect, assisté dans cette tâche par six échevins. La guilde était également dépositaire des mesures en usage à Kingsbridge pour le commerce des marchandises. Ces mesures concernaient le poids d'un sac de laine, la largeur d'un coupon de tissu ou le volume d'un boisseau. Elles étaient exposées à la vue de tous dans le vestibule du bâtiment. Contrairement à ce qui se pratiquait dans les villes voisines, les marchands de Kingsbridge n'étaient pas autorisés à rendre la justice ou à siéger au tribunal. Ce pouvoir, le prieur de Kingsbridge le conservait jalousement entre ses seules mains.

Dans l'après-midi de ce dimanche de Pentecôte, la guilde de la paroisse tint banquet dans ses murs à l'intention des marchands étrangers les plus renommés. La cérémonie était présidée par Edmond le Lainier, prévôt de la guilde. Comme Caris devait tenir le rôle d'hôtesse auprès de son père, Merthin en fut réduit à passer seul ce jour de congé. Par bonheur, Elfric et Alice étaient également conviés au banquet. Il put donc rester dans la cuisine à réfléchir en écoutant la pluie tomber.

Un petit feu brûlait dans l'âtre, non pour chauffer la maison, car le temps n'était pas au froid, mais pour cuire un plat, et sa lueur rougeoyante apportait une touche de gaieté à la pièce. Griselda, la fille de maître Elfric, vaquait à l'étage. Il l'entendait se déplacer d'une pièce à l'autre.

C'était une belle demeure, bien que plus petite que celle d'Edmond. Le rez-de-chaussée ne comportait que cette cuisine et le vestibule d'où partait l'escalier. Celui-ci débouchait sur un palier ouvert où dormait Griselda et sur lequel donnait la chambre à coucher du maître de séant et de son épouse, fermée par une porte. Merthin, quant à lui, dormait dans la cuisine.

À une certaine période, il y avait de cela trois ou quatre ans, la pensée de monter l'escalier et de se glisser sous les couvertures à côté du corps chaud et replet de Griselda l'avait parfois tourmenté la nuit. Mais la jeune fille ne lui avait jamais manifesté le moindre signe d'encouragement, loin de là. Elle le traitait comme un domestique, se considérant à mille coudées au-dessus de lui.

Assis sur un banc, Merthin regardait danser le feu en se représentant l'échafaudage qu'il allait devoir fabriquer à l'intention des maçons qui reconstruiraient la voûte. Le bois était cher et les troncs de bonne longueur difficiles à trouver, car les propriétaires de bois succombaient souvent à la tentation de vendre leurs arbres avant qu'ils n'aient atteint leur taille définitive. C'est pourquoi les constructeurs cherchaient toujours à réduire le plus possible le nombre des échafaudages et leurs dimensions. En les suspendant aux murs, au lieu de les faire reposer sur le sol, ils économisaient ainsi une bonne quantité de bois.

Griselda, entrée dans la cuisine, alla se tirer un bol de bière anglaise au tonneau. « Tu en veux ? » proposa-t-elle à Merthin.

Il acquiesça, étonné de son amabilité subite. Sa surprise se mua en stupéfaction quand il la vit s'asseoir en face de lui pour savourer sa bolée. Fallait-il qu'elle se sente esseulée pour rechercher sa compagnie ! Sans doute était-ce parce que son amant, Thurstan, avait pris la clef des champs, trois semaines plus tôt.

Merthin but une gorgée de sa bière. Le breuvage lui chauffa l'estomac et le détendit. Cherchant un sujet de conversation, il lui demanda ce qui était arrivé à Thurstan.

Elle s'emballa comme une jument indomptée. « J'ai refusé de l'épouser.

— Et pourquoi ça ?

— Il est trop jeune pour moi. »

La réponse laissa Merthin perplexe. Si Thurstan n'avait que dix-sept ans et Griselda déjà vingt, elle n'était pas très mûre pour son âge. Non, pensa-t-il, Thurstan n'avait pas dû lui sembler digne d'elle. Débarqué à Kingsbridge deux ans auparavant, venant d'on ne sait où, il avait travaillé auprès de différents artisans. Il était à croire qu'il en avait eu assez de Griselda ou de sa vie à Kingsbridge et qu'il avait décidé de reprendre la route.

« Où est-il allé ? s'intéressa-t-il.

— Je l'ignore et j'en suis ravie. De toute façon, il me faut un garçon de mon âge, quelqu'un de responsable, qui puisse prendre la suite de mon père à la tête de l'atelier. »

L'idée qu'elle ait pu arrêter son choix sur lui traversa l'esprit de Merthin. Il la chassa aussitôt, se rappelant le mépris dans lequel elle le tenait. Mais voilà qu'elle se leva de son tabouret et vint s'asseoir à côté de lui sur le banc.

« Je trouve que mon père ne te traite pas comme il faut, dit-elle. Je l'ai toujours pensé.

— Il t'en a fallu du temps pour me le dire. Ça fait six ans et demi que je vis sous votre toit.

— Ce n'est pas facile, tu sais, d'aller à l'encontre des opinions de sa famille.

— Qu'importe ! Explique-moi plutôt pourquoi il est toujours aussi mauvais avec moi.

— C'est parce que, de ton côté, tu crois toujours en savoir plus long que lui et que tu ne le caches pas.

— Peut-être que j'en sais plus, en effet.

— Tu vois ? C'est exactement ce que je voulais dire ! »

Il éclata de rire. C'était bien la première fois de sa vie qu'elle le faisait rire.

Elle se rapprocha de lui et pressa sa cuisse contre la sienne. Comme tous les hommes en ce temps-là, Merthin portait une tunique de toile élimée qui lui descendait à mi-cuisses et un caleçon court. La robe de laine de Griselda n'offrait pas un barrage suffisant à la chaleur de son corps. Quelle mouche l'avait piquée ? se demanda-t-il en levant sur elle un regard ébahi. Elle avait des yeux sombres et des cheveux bruns et brillants. Son visage un peu poupin était attirant. Sa bouche semblait faite pour les baisers.

Elle ajouta : « C'est bon d'être à l'intérieur quand la tempête fait rage. On a encore plus l'impression d'être au chaud et en sécurité. »

Se sentant bizarrement attiré par elle, il préféra s'écarter. Que penserait Caris si elle entrait dans la pièce maintenant ? Las, les efforts qu'il faisait pour étouffer son désir ne faisaient que l'exacerber.

Il reposa les yeux sur Griselda. Elle se tendait vers lui et ses lèvres, humides, étaient légèrement entrouvertes. Il y posa les siennes. Immédiatement, elle introduisit sa langue dans sa bouche. Cet acte aussi intime que soudain le fit frémir. Il y répondit avec une violence qu'il n'y avait pas dans ses baisers avec Caris.

Cette pensée l'immobilisa sur-le-champ. Il recula et se leva.

« Qu'est-ce qui t'arrive ? » s'écria Griselda.

Ne voulant pas lui dire la vérité, il déclara : « Je croyais que tu ne pouvais pas me supporter. »

Elle parut gênée. « Je te l'ai dit : je suis bien obligée de faire attention à mon père.

— Tout de même, c'est plutôt inattendu. »

S'étant levée à son tour, elle s'avança vers lui. Il fit un pas en arrière et se retrouva acculé contre le mur. Elle saisit sa main et la plaqua contre sa poitrine. Elle avait des seins ronds et lourds. Il ne put résister à la tentation de les caresser. Elle murmura : « Tu as déjà fait ça avec une fille ? En vrai, je veux dire… »

Il répondit d'un hochement de la tête, incapable de parler.

« Tu l'as déjà fait avec moi en pensée ?

— Oui, parvint-il à articuler.

— Tu peux le faire pour de vrai, si tu veux. Maintenant, pendant qu'ils sont sortis. On peut monter au premier et s'allonger sur mon lit.

— Non. »

Elle pressa son corps contre le sien. « Le fait de t'embrasser m'a rendue toute chaude et glissante à l'intérieur.

— Laisse-moi tranquille, je te dis ! » Il la repoussa plus fortement qu'il ne l'avait escompté. Elle bascula en arrière et atterrit sur son arrière-train.

Ce n'était peut-être pas exactement le fond de sa pensée, mais elle le prit au mot. « Que le diable t'emporte ! » jura-t-elle. S'étant relevée, elle quitta la pièce en tapant des pieds.

Debout, figé sur place, il haletait, regrettant déjà sa vivacité. Les apprentis n'étaient pas de bons partis aux yeux des jeunes filles qui ne voulaient pas attendre des années avant de pouvoir se marier. Mais cela ne l'avait pas empêché de courtiser plusieurs demoiselles de Kingsbridge. L'année précédente, Kate Brown avait même été suffisamment éprise de lui pour lui ouvrir la porte du verger, par un chaud après-midi d'été. Hélas, son père était mort subitement peu après et la famille était partie s'installer à Portsmouth. C'était la seule femme que Merthin avait connue.

Dans un sens, il fallait être fou pour rejeter la proposition de Griselda. Dans un autre, il l'avait échappé belle car c'était une méchante fille qui n'avait pas le moindre sentiment pour lui ! En résistant à la tentation, il avait agi en homme. Il ne s'était pas livré à ses bas instincts, comme les animaux. Il pouvait être fier de lui. Il avait pris la bonne décision.

Mais voilà que Griselda se mit à pleurer.

Oh, elle ne pleurait pas fort mais ses sanglots parvenaient jusqu'à lui. Il se dirigea vers la porte de derrière. Comme toutes les maisons de la ville, celle d'Elfric possédait une cour – plus exactement un terrain en longueur, dont une partie était occupée par des latrines et la fosse à ordures et l'autre par des piles de bois de charpente, des pierres et toutes sortes d'outils, cordes, seaux, brouettes et échelles. La plupart des habitants utilisaient cet espace pour y élever des poules et un cochon, y faire pousser quelques légumes et un arbre fruitier. Maître Elfric en avait fait un entrepôt où il stockait bois de charpente et outillage.

Merthin regardait la pluie tomber sur la cour. Les pleurs de Griselda lui vrillaient les tympans.

Il songea à sortir en ville ; il alla même jusque la porte d'entrée mais, au moment de l'ouvrir, il se dit qu'il n'avait nulle part où aller. Chez Caris, il n'y avait que Pétronille et elle ne le laisserait pas entrer. Il envisagea de rendre visite à ses parents. Las, c'étaient les dernières personnes qu'il avait envie de voir quand il était de cette humeur. Il aurait volontiers bavardé avec son frère, mais Ralph n'était pas attendu à Kingsbridge avant la fin de la semaine. D'ailleurs, il ne pouvait pas se promener dans les rues sans une cape pour se couvrir. Non que la pluie le dérange ! Deux-trois gouttelettes ne lui faisaient pas peur. Non, ce qui le gênait, c'était la protubérance sous sa tunique, qui ne diminuait pas.

Ses pensées revinrent à Caris. Il l'imagina buvant du vin, se régalant de bœuf rôti et de pain de blé. Quelle robe portait-elle ? Sa préférée, d'un rose soutenu, avec un col échancré qui révélait son long cou à la peau si claire ? Las, les pleurs lancinants de Griselda prenaient le pas sur tout le reste. Il aurait voulu la consoler, lui dire qu'il était désolé que son refus la mette dans cet état, qu'il ne la rejetait pas, qu'il la trouvait au contraire très attirante mais qu'ils n'étaient pas faits l'un pour l'autre.

Il se rassit, se releva. Comment se concentrer sur son échafaudage quand les sanglots d'une femme se répercutaient dans toute la maison ? Impossible de rester à l'intérieur, comme de sortir. Impossible de rester tranquillement assis à réfléchir.

Il grimpa l'escalier.

Griselda s'était jetée à plat ventre sur la paillasse qui lui tenait lieu de lit. Sa robe remontée laissait voir ses cuisses charnues, dont la peau, très pâle, semblait toute douce au toucher.

« Je suis désolé, dit-il.

— Va-t'en !

— Ne pleure pas.

— Je te déteste ! »

Il se mit à genoux près d'elle et lui tapota le dos. « Je ne peux pas rester dans la cuisine à t'entendre pleurer. »

Elle roula sur elle-même et leva vers lui un visage baigné de larmes. « Je suis laide et grosse, et tu me détestes.

— Je ne te déteste pas. » Il sécha ses joues humides du dos de sa main.

Elle saisit son poignet et l'attira vers elle. « C'est vrai ? Vraiment ?

— Oui. Mais… »

Appuyant sur le cou de Merthin, elle le força à baisser la tête jusqu'à elle. Il gémit, rendu fou de désir par ce baiser. Il s'allongea près d'elle sur le matelas, se jurant de ne rester qu'un moment. Le temps de la consoler et je redescends dans la cuisine.

Elle prit sa main et la glissa sous sa jupe, entre ses cuisses. Il frôla les poils raides et la peau délicate, plus bas. Il sentit l'humidité au creux de la ligne de partage et il comprit qu'il était perdu. Il la caressa rudement, introduisit son doigt à l'intérieur. Il eut l'impression d'exploser. « Je ne peux plus me retenir, souffla-t-il.

— Vite », répondit-elle en haletant. Elle souleva sa tunique et baissa son pantalon. Il roula au-dessus d'elle.

Comme elle le guidait en elle, il eut conscience de perdre tout contrôle de lui-même. « Oh non ! » s'écria-t-il, saisi de remords avant même d'avoir commencé. Il ne donna qu'une poussée et ce fut l'explosion. En un instant tout fut terminé. Il s'écroula sur elle, les yeux fermés. « Oh, Seigneur ! gémit-il. J'aimerais tant être mort. »

7.

Le lundi matin, au repas qui suivit le grand banquet dans la halle de la guilde, Buonaventura Caroli fit une déclaration qui prit toute la famille au dépourvu.

Au moment de prendre sa place à la table de chêne de la salle à manger, Caris ne se sentait déjà pas très bien. Souffrant d'un mal de tête et d'une légère nausée, elle se contenta d'une petite assiette de pain trempé dans du lait chaud. Elle avait grandement apprécié le vin servi la veille – peut-être même en avait-elle abusé – et elle se demandait si son malaise n'était pas ce fameux trouble du lendemain dont parlaient en riant les hommes et les garçons lorsqu'ils se vantaient des quantités d'alcool qu'ils étaient capables d'absorber.

Son père et Buonaventura mangeaient du mouton froid en écoutant tante Pétronille raconter sa vie : « À l'âge de quinze ans, j'ai été promise à un neveu du comte de Shiring. Ce mariage était considéré comme une excellente alliance. Le père de mon fiancé était un chevalier de moyenne renommée et le mien un riche lainier. Mais il advint que le comte et son fils unique trouvèrent tous deux la mort en Écosse, à la bataille de Loudon Hill. Devenu comte, mon fiancé, Roland, rompit les fiançailles. Il détient toujours ce titre aujourd'hui. Si je l'avais épousé avant la bataille, je serais maintenant comtesse de Shiring. » Elle plongea son pain grillé dans sa bière anglaise.

« Peut-être n'était-ce pas la volonté de Dieu », dit Buonaventura. Il jeta un os à Scrap qui se mit à le ronger comme s'il n'avait rien mangé de toute la semaine. Et ce fut alors qu'il annonça au père : « Mon ami, il y a une chose dont je dois vous entretenir avant que nous ne commencions à parler affaires. »

Au ton de sa voix, Caris devina qu'il s'agissait d'une mauvaise nouvelle. Son père dut avoir le même pressentiment car il s'exclama : « Ça paraît sinistre !

— Ces derniers temps, notre commerce va s'amenuisant, reprit Buonaventura. Chaque année qui passe voit nos ventes de tissu baisser. La famille achète de moins en moins de laine en Angleterre.

— Il en va toujours ainsi avec les affaires, répondit Edmond. Un jour ça monte, un jour ça descend, sans que personne ne puisse l'expliquer.

— Oui, mais désormais votre roi s'en mêle. »

Prenant bonne note des bénéfices issus du commerce de la laine, Édouard III avait décidé en effet qu'une partie des profits devait revenir à la Couronne. Il avait donc imposé une taxe d'une livre par sac de laine, ayant établi que le poids d'un sac serait dorénavant de trois cent soixante-quatre livres. Comme un sac se vendait aux alentours de quatre livres, l'impôt équivalait donc au quart du prix de la marchandise, une somme colossale.

« Pis encore, poursuivait Buonaventura, il nous rend extrêmement difficile d'exporter la marchandise. Pour ma dernière expédition, j'ai dû payer des dessous-de-table faramineux.

— Ces limitations sur l'exportation seront levées sous peu, répliqua Edmond. Les marchands de la Compagnie lainière de Londres sont en pourparlers avec les représentants du roi.

— Dieu vous entende ! dit Buonaventura. Mais pour l'heure, les choses étant ce qu'elles sont, la famille estime superflu que je me rende à deux foires à la laine distinctes dans une même partie du pays.

— Très bien, réagit Edmond. Laissez tomber Shiring et venez chez nous ! »

Les deux villes, à deux jours de voyage l'une de l'autre, étaient plus ou moins de la même taille. À défaut de posséder une cathédrale ou un prieuré, Shiring pouvait se targuer d'abriter dans ses murs le château du shérif et la cour du comte. Une foire à la laine s'y tenait également, une fois l'an.

« Malheureusement, je ne trouve pas chez vous une gamme de laine aussi étendue. Le choix proposé à Shiring est bien plus vaste, tant en variété qu'en qualité. Voyez-vous, votre foire perd de son importance. De plus en plus de vendeurs préfèrent maintenant se rendre là-bas. »

La nouvelle était désastreuse pour les affaires de son père. Consternée, Caris intervint : « Pourquoi les vendeurs préfèrent-ils la foire de Shiring ? »

Buonaventura haussa les épaules. « La guilde de là-bas a su la rendre attirante. On n'attend pas des heures devant les portes de la ville pour être autorisé à y pénétrer ; les revendeurs trouvent sur place des tentes et des étals à louer ; il y a une halle où tout le monde peut commercer quand le mauvais temps perdure, comme ces jours-ci…

— Nous pourrions faire tout cela aussi », objecta la jeune fille.

Son père émit un grognement de dépit. « Si seulement… !

— Qu'est-ce qui nous en empêche, papa ?

— Shiring est une ville indépendante, dotée d'une charte royale. Là-bas, la guilde des marchands a tout pouvoir pour organiser les choses. Kingsbridge appartient au prieuré…

— Pour la plus grande gloire de Dieu ! le coupa Pétronille.

— Sans nul doute, répliqua Edmond. Mais chez nous, la guilde de la paroisse ne peut rien entreprendre sans avoir reçu au préalable l'aval du prieuré, et les prieurs sont des gens prudents et conservateurs. Mon frère ne fait pas exception à la règle. Le résultat, c'est que les améliorations que nous nous proposons d'apporter se voient rejetées la plupart du temps. »

Buonaventura reprit : « En raison de la longue association qui lie nos familles, puisqu'elle remonte à votre père, Edmond, nous avons continué de venir à Kingsbridge. Mais en cette période de vaches maigres, nous ne pouvons plus nous permettre de considérer uniquement nos sentiments.

— Par fidélité à cette longue relation, faites-moi au moins la faveur de ne pas prendre de décision définitive dans l'immédiat. »

Caris admira intérieurement l'intelligence de son père et sa finesse pour mener une négociation. Au lieu de prendre le contre-pied de Buonaventura, ce qui aurait pu renforcer celui-ci dans son choix, il lui proposait d'y réfléchir à deux fois. Cette solution ne laissait pas seulement la porte ouverte à Edmond, elle était aussi beaucoup plus facile à accepter pour l'Italien puisqu'elle ne l'engageait en rien.

De fait, Buonaventura n'avait guère les moyens de refuser. « D'accord, concéda-t-il. Mais jusqu'à quand ?

— Un certain nombre de ces améliorations, comme celle d'élargir le pont, ne se réaliseront pas en un jour, cela va de soi. Je suppose que vous continueriez à venir chez nous si notre organisation était meilleure qu'à Shiring et le nombre des marchands plus élevé, n'est-ce pas ?

— Naturellement.

— Eh bien, à nous de prendre le taureau par les cornes ! » déclara Edmond. Et, sur ces paroles énergiques, il se leva. « Je vais de ce pas en toucher un mot à mon frère. Caris, viens avec moi. Nous allons lui montrer la file d'attente devant le pont. Non, attends, Caris. Va plutôt chercher ton intelligent constructeur, Merthin. Il est possible que nous ayons besoin de son avis.

— Il est sûrement en train de travailler.

— Dis à son maître que le prévôt de la guilde de la paroisse veut lui parler », intervint Pétronille qui ne ratait jamais l'occasion de se vanter des importantes fonctions qu'occupait son frère. Toutefois, sa remarque était fondée : pour parler à un apprenti, il fallait d'abord obtenir l'assentiment de son maître.

« J'y vais », dit Caris.

Ayant passé une pèlerine à capuche, elle sortit. Il pleuvait toujours, quoique moins violemment que la veille. La maison d'Elfric, comme celle de la plupart des notables, était sise dans la grand-rue, laquelle s'étirait du pont jusqu'aux portes du prieuré. En ce jour de foire, cette large artère était encombrée de piétons et de chariots. L'eau des mares et des rigoles giclait sous les roues des attelages.

Comme toujours, Caris se réjouissait de voir Merthin. Il lui plaisait depuis ce fameux jour de la Toussaint où elle l'avait rencontré près du champ de tir avec l'arc qu'il avait fabriqué de ses mains. Dix ans, maintenant ! Merthin était intelligent et drôle.

Sa curiosité espiègle faisait que tout ce qu'il entreprenait semblait friser l'interdit. Il savait, comme elle, que le monde était bien plus vaste et passionnant que ne l'imaginaient la plupart de leurs concitoyens.

Et puis, voilà six mois, leur amitié avait franchi une étape pour se transformer en une relation bien plus amusante. Oh, ce n'était pas le premier garçon qu'elle embrassait, même si elle ne pouvait pas se targuer d'en avoir connu beaucoup. Mais ses baisers étaient différents : merveilleux, excitants. Elle aimait ses caresses et elle serait volontiers allée plus loin. Cependant, elle s'interdisait d'y penser, parce qu'« aller plus loin » voulait dire se marier, être subordonnée à un époux et maître, et elle haïssait cette idée entre toutes. Par bonheur, rien ne l'obligeait à l'envisager puisque Merthin devait d'abord achever son apprentissage. Cela lui laissait donc encore six mois avant de prendre une décision.

Arrivée chez maître Elfric, Caris trouva sa sœur dans la première pièce, attablée devant des tartines de miel en compagnie de sa belle-fille Griselda. En trois ans, Alice avait bien changé sous l'influence de son mari. De sèche qu'elle était, à l'instar de tante Pétronille, elle était devenue soupçonneuse, irritable et avare.

Pourtant, elle était d'humeur assez plaisante aujourd'hui. « Assieds-toi, ma sœur, dit-elle. Le pain est frais de ce matin.

— Je n'ai pas le temps. Je suis à la recherche de Merthin.

— De si bon matin ? s'étonna Alice sans chercher à cacher sa réprobation.

— Père le demande. » Ayant traversé la cuisine, Caris sortit dans l'arrière-cour. La pluie tombait sur un morne paysage d'objets au rebut qu'aimaient à conserver les bâtisseurs. L'un des ouvriers de maître Elfric entassait des pierres humides dans une brouette. Merthin n'était nulle part en vue. Elle rentra dans la maison.

« Il est probablement à la cathédrale, déclara Alice. Il travaille sur une porte en ce moment. »

Caris se rappela que Merthin avait parlé d'un vantail vermoulu du portail nord qui devait être remplacé.

« Il sculpte des vierges », ricana Griselda et, lançant un grand sourire à Caris, elle enfourna une grosse bouchée de sa tartine de miel.

Oui, se rappela encore Caris, Merthin avait mentionné qu'il devait recopier la parabole des vierges folles et des vierges sages sculptée sur l'ancienne porte. Cependant il y avait quelque chose de déplaisant dans la façon dont Griselda avait évoqué cette parabole prononcée par Jésus sur le mont des Oliviers, comme si elle se moquait d'elle et de sa virginité.

« Je vais voir là-bas », dit Caris et, sur un vague au revoir de la main, elle partit.

Ayant remonté la grand-rue, elle déboucha sur le pré devant la cathédrale où se tenait la foire. Une impression de pesanteur et de lassitude se dégageait des lieux. Tout en se frayant un passage parmi les étals, elle se demanda si ce n'était pas là un effet de son imagination, suite au discours de Buonaventura, ce matin. Mais non. Dans son enfance, il régnait une atmosphère de fête, les jours de foire. Une foule bien plus nombreuse qu'aujourd'hui se pressait dans les allées. En ce temps-là, le champ de foire installé dans l'enceinte du prieuré n'était pas assez vaste pour accueillir tous les vendeurs et ceux qui n'étaient pas agréés devaient présenter leurs babioles sur de petites tables montées dans les rues environnantes. Des colporteurs sillonnaient alors la foule avec leurs plateaux ; il y avait des jongleurs, des diseuses de bonne aventure, des chanteurs des rues, mais également des frères lais qui exhortaient les pécheurs à penser au salut de leur âme. Aujourd'hui, on aurait presque pu ajouter des étals. Buonaventura doit avoir raison, se dit-elle. La foire perd de son importance. Au drôle de regard que lui jeta un marchand, elle comprit qu'elle avait parlé tout haut. C'était une mauvaise habitude car les gens pouvaient croire qu'elle parlait aux esprits. En général, elle se surveillait, mais il arrivait qu'une phrase lui échappe, surtout quand elle était angoissée.

Elle contourna la cathédrale pour gagner la façade nord.

Merthin était en plein travail sur le perron du porche. Ce seuil suffisamment vaste pour que les fidèles y tiennent parfois réunion était à présent occupé par un solide appareillage en bois soutenant le vantail neuf en position verticale. Cette sorte de chevalet se dressait devant la porte que Merthin devait recopier et qui était toujours en place. Il avait été installé tout au bord des marches de façon à recevoir le plus de lumière possible. Concentré sur sa tâche, le jeune homme tournait le dos à Caris et ne l'avait pas vue venir. En raison du martèlement de la pluie, il n'avait pas davantage entendu ses pas, de sorte qu'elle put rester un moment à le regarder travailler sans qu'il s'en rende compte.

Il n'était pas grand, à peine un peu plus qu'elle. Il avait un corps nerveux et une grande tête intelligente. Ses mains, petites, se déplaçaient avec adresse sur le panneau et de longues spirales de bois jaillissaient de son couteau affûté tandis que de nouvelles formes naissaient sous ses doigts. Il avait le teint très clair et une toison de cheveux roux. « Il n'est pas très beau », avait fait remarquer Alice avec une moue quand Caris lui avait confessé en être amoureuse. Et c'était vrai qu'il n'avait pas la beauté éclatante de son frère Ralph. Mais elle trouvait son visage merveilleux : irrégulier et bizarre, plein de sagesse et de gaieté à la fois. Exactement comme il l'était lui-même.

« Bonjour ! lança-t-elle, et elle eut un éclat de rire en le voyant sursauter. Ça ne te ressemble pas d'être terrorisé aussi facilement.

— Je ne m'attendais pas à te voir ! » Il hésita avant de l'embrasser. Il semblait mal à l'aise, mais cela lui arrivait parfois quand il était concentré sur une tâche.

Elle admira le haut-relief. Il y avait là cinq vierges, de part et d'autre du centre de la porte ; les sages assistaient au banquet du mariage et les folles, restées dehors, tenaient leurs lampes à l'envers pour montrer qu'elles n'avaient plus d'huile. Merthin avait recopié le motif de l'ancienne porte en y apportant de subtils changements. Les vierges se tenaient en rang d'oignons, cinq d'un côté et cinq de l'autre, comme les arches de la cathédrale, mais celles de la nouvelle porte n'étaient pas exactement identiques les unes aux autres. Merthin leur avait donné à chacune un trait individuel. L'une était jolie, l'autre avait les cheveux bouclés, une autre encore pleurait, sa voisine clignait de l'œil d'un air malfaisant. Il avait fait d'elles des êtres réels, au point que celles représentées sur l'ancienne porte paraissaient maintenant raides et privées de vie. « C'est superbe, commenta Caris. Je me demande seulement comment les moines réagiront.

— Frère Thomas trouve ça très bien, répondit Merthin.

— Et le prieur ?

— Il ne l'a pas encore vu. Il faudra bien qu'il s'en accommode s'il ne veut pas payer deux fois ! »

Caris hocha la tête. Elle connaissait le caractère parcimonieux de son oncle Anthony et le savait dénué de tout esprit d'aventure. On verra bien, se dit-elle. La mention du prieur lui rappela sa mission. « Mon père veut que tu le retrouves près du pont avec le prieur.

— Ah, tu sais pour quoi ?

— Je crois qu'il veut demander à Anthony de bâtir un nouveau pont. »

Merthin rangea ses outils dans sa sacoche de cuir et, d'un rapide coup de balai, débarrassa le porche de la sciure et des copeaux de bois. Puis il partit sous la pluie à travers la foire en compagnie de Caris, et descendit la grand-rue jusqu'au pont.

Chemin faisant, la jeune fille lui rapporta les propos de Buonaventura au petit déjeuner. Merthin estima lui aussi que les foires de ces dernières années étaient moins vivantes et animées que celles de son enfance. Malgré tout, sur l'autre rive, une longue file de gens et de carrioles faisaient la queue à l'entrée du pont. De ce côté-ci, un moine assis dans une guérite recevait un penny de toute personne entrant à Kingsbridge lestée de marchandises à vendre. Si l'étroitesse du pont interdisait la resquille, elle obligeait ceux qui étaient exemptés de cette taxe – principalement les habitants de la ville – à attendre avec les autres. Attente que prolongeait encore l'extrême lenteur avec laquelle les carrioles traversaient le pont en raison du tablier très dégradé. Par voie de conséquence, la file d'attente s'étirait entre les taudis qui bordaient la route, jusqu'à se fondre au loin, noyée dans la pluie.

Le pont présentait l'inconvénient d'être également trop court. Autrefois, sans aucun doute, ses deux extrémités reposaient-elles sur la terre sèche, mais au fil des siècles, la rivière s'était élargie ou alors, ce qui était plus probable, les rives s'étaient enfoncées sous l'effet de la circulation ininterrompue des piétons et des chariots, de sorte qu'à présent, quiconque voulait passer le pont se retrouvait à devoir patauger dans de l'eau boueuse sur une rive comme sur l'autre.

Merthin examinait la structure de l'ouvrage. Caris le comprit à la manière dont il en fixait les divers éléments. Connaissant bien le jeune homme, elle devina qu'il se demandait comment ce pont tenait debout. Elle le surprenait souvent en train de regarder quelque chose fixement. Généralement, c'était à l'intérieur de la cathédrale, mais cela pouvait lui arriver devant une maison, voire devant un spectacle tout à fait ordinaire : un moineau planant dans le ciel, par exemple, ou un buisson en fleurs. Dans ces moments de grande concentration, il se figeait et ses yeux se mettaient à briller. On aurait dit qu'il cherchait à faire entrer de force la lumière dans un lieu obscur. Et quand elle l'interrogeait, il répondait qu'il essayait de percevoir ce qu'il y avait à l'intérieur des choses.

Suivant la direction de son regard, elle tenta d'imaginer ce qu'il voyait dans ce vieux pont de cent quatre-vingts pieds de long, le plus long qu'elle ait vu de sa vie. Son tablier reposait sur deux rangées parallèles de massifs piliers de chêne, de la même façon que les voûtes de la cathédrale situées de part et d'autre de la nef reposaient sur leurs colonnes. Ici, il y avait en tout cinq paires de piliers : deux constituées de piliers très bas et placées aux deux extrémités du pont, là où l'eau était peu profonde, et trois paires beaucoup plus hautes au centre puisque ces piliers-là s'élevaient à quinze pieds au-dessus de l'eau.

Chacune des piles du pont était constituée de quatre poutres de chêne cerclées de planches pour les maintenir ensemble. La légende voulait que le roi d'Angleterre ait offert au prieuré de Kingsbridge les vingt-quatre plus beaux chênes du pays pour fabriquer les six piles centrales. Celles-ci étaient surmontées de solives posées dans le sens de la longueur et les reliant les unes aux autres, formant ainsi deux parallèles jointes entre elles par des poutres plus courtes placées en travers pour former le soubassement du tablier. Son dessus, c'est-à-dire ce qu'on en voyait en marchant sur le pont, était un assemblage de planches réunies dans le sens de la longueur, tel un plancher. De chaque côté du pont, une balustrade courait le long du bord, formant un parapet. Il n'y avait pas une année où un paysan pris de boisson ne percute ce rail avec sa carriole et ne trouve la mort, ainsi que son cheval, dans les eaux vives de la rivière.

« Que regardes-tu ? voulut savoir Caris.

— Les fissures, répondit Merthin.

— Des fissures ? Où ça ?

— Mais si ! De part et d'autre de la pile centrale, le bois se dédouble. Regarde, Elfric les a renforcées à l'aide de croisillons de fer. »

Maintenant qu'elles lui étaient signalées, Caris distinguait parfaitement les bandes plates de métal clouées en travers des fissures. « Ça a l'air de t'inquiéter, lui dit-elle.

— Je ne comprends pas pourquoi ces poutres se sont fendues.

— C'est important ?

— Et comment ! »

Merthin était d'humeur laconique, ce matin. Elle s'apprêtait à lui en demander la raison quand il s'exclama : « Tiens, voilà ton père ! »

Elle releva les yeux vers la rue. Edmond arrivait en effet, accompagné d'Anthony. Les deux frères formaient un couple comique. Le plus grand, Anthony, qui était aussi le plus pâle, contournait les flaques à petits pas précautionneux en relevant sa robe de moine d'un air dégoûté. Edmond, plus âgé, comme l'attestait sa barbe grise en broussaille, avait le teint rubicond d'un homme vigoureux. Il avançait avec détermination en traînant sa mauvaise jambe, sans s'inquiéter de la boue. Il parlait avec exubérance en faisant de grands gestes. À sa vue, Caris sentit un élan d'amour l'embraser, comme chaque fois qu'elle regardait son père de loin, du même œil qu'un étranger.

Visiblement, les deux hommes se disputaient. Leur controverse devait avoir atteint son paroxysme car, parvenus au pont, ils poursuivirent leur route sans s'arrêter. « Regarde un peu cette file d'attente ! s'indignait Edmond. Ces centaines de gens devraient être en train de commercer à la foire et ils en sont empêchés par ce pont de malheur qu'ils n'arrivent pas à franchir ! Tu peux être certain que la moitié d'entre eux se seront trouvé un acheteur ou un vendeur dans la queue et s'en retourneront chez eux, affaire conclue, sans même entrer en ville.

— Tout acte visant à empêcher le déroulement de la foire est interdit par la loi, rétorqua Anthony.

— Va donc le leur expliquer toi-même si tu réussis à passer le pont ! Mais c'est impossible, parce qu'il est trop étroit ! Comprends donc, Anthony ! Si les Italiens nous boudent, notre foire à la laine ne sera jamais plus la même. Or c'est elle qui garantit ta prospérité et la mienne. Nous ne pouvons pas la laisser disparaître !

— Nous ne pouvons pas non plus obliger Buonaventura à venir commercer chez nous.

— Non, mais nous pouvons lui donner envie de venir chez nous plutôt qu'à Shiring. Il faut absolument annoncer le lancement d'un grand projet, d'un projet symbolique, et cela dès cette semaine ! Trouver quelque chose capable de convaincre tous ces gens que notre foire à la laine n'est pas morte et enterrée. Nous devons annoncer que nous allons démolir ce vieux pont et en construire un autre un peu plus loin, deux fois plus large... Combien de temps prendra la construction, jeune homme ? » demanda-t-il à Merthin sans autre forme de préambule.

Pris au dépourvu, celui-ci répondit : « Le plus dur sera de trouver les arbres. Il faut des troncs très longs et parfaitement secs. L'autre difficulté sera d'implanter les piliers dans le lit de la rivière, parce qu'on travaille dans l'eau courante. Après cela, ce ne sera plus qu'une question de charpente. On pourrait avoir fini pour la Noël. »

Anthony soupira. « Rien ne prouve qu'un nouveau pont fera changer les gens d'avis !

— Si, les Caroli reviendront sur leur décision ! répliqua Edmond avec force. Je te le garantis.

— De toute façon, c'est hors de question. Je n'en ai pas les moyens.

— Tu n'as pas davantage les moyens de ne pas construire de nouveau pont, insista Edmond. Si tu ne le fais pas, c'est ta ruine assurée et celle de toute la ville.

— Je ne sais même pas où trouver les fonds nécessaires pour réparer la cathédrale !

— Qu'est-ce que tu comptes faire, alors ?

— Placer ma confiance dans le Seigneur.

— Qui place sa confiance dans le Seigneur et plante une graine a des chances de récolter une moisson. Mais encore faut-il la planter, cette graine ! Toi, tu ne fais rien. »

Anthony s'irrita. « Le prieuré de Kingsbridge n'est pas une entreprise à but commercial, Edmond. Je sais que tu as du mal à le comprendre. Nous vivons pour adorer Dieu, pas pour gagner de l'argent.

— Tu ne l'adoreras plus longtemps si tu ne nourris pas ton corps.

— Dieu y pourvoira. »

Sous l'effet de la colère, le visage rubicond d'Edmond prit une teinte violacée. « Ce qui a assuré ta subsistance depuis l'enfance et payé tes études, c'est le travail de notre père ! Depuis, tu vis grâce aux loyers et aux dîmes que tu prélèves, grâce au péage de ce pont et à la taxe sur les étals, grâce à une demi-douzaine d'autres impôts que te versent les habitants de cette ville et les paysans alentour. Ta vie entière, tu as vécu sur le dos des gens, en suçant leur sang, comme les puces ! Et maintenant tu as le culot de me dire : "Dieu y pourvoira" !

— Attention, mon frère, tes paroles frisent le blasphème !

— Je te connais depuis que tu es né, Anthony. Tu as toujours eu le don de refiler le boulot aux autres. » Edmond, qui élevait souvent la voix jusqu'à crier, parlait à présent tout bas, signe de sa fureur extrême. « Chaque fois qu'il fallait récurer la fosse d'aisances, tu allais te coucher pour être frais et dispos le lendemain, au moment de partir pour l'école. L'offrande de notre père à Dieu, c'est de t'avoir toujours donné le meilleur sans que tu lèves seulement le petit doigt pour l'obtenir : les aliments les plus nourrissants, la chambre à coucher la plus chaude, les habits neufs. De nous deux, c'était moi, toujours moi qui portais les vieux vêtements de mon frère !

— Tu me l'as rappelé assez souvent ! »

Caris avait attendu patiemment que leur torrent de paroles s'épuise de lui-même. Voyant dans cette réplique l'occasion d'y mettre fin, elle intervint : « Il y a forcément une solution. »

Étonnés de cette interruption, les deux hommes firent converger leur regard sur elle. « Ne pourrait-on pas faire en sorte que les habitants de la ville construisent eux-mêmes le pont ?

— Ne sois pas ridicule, laissa tomber Anthony. La ville appartient au prieuré. Est-ce qu'une servante achète des meubles de son maître ?

— Mais si l'on vous en demandait l'autorisation, vous n'auriez aucune raison de refuser, n'est-ce pas ? »

Anthony ne le nia pas, ce qui était déjà un encouragement. Edmond, en revanche, secoua la tête : « Je doute parvenir à convaincre qui que ce soit de payer la construction d'un nouveau pont, quand bien même c'est dans le plus grand intérêt de tous à long terme. Les gens n'aiment guère penser en termes d'avenir quand on leur demande de se séparer de leurs sous.

— Ah! s'esclaffa Anthony. Et tu voudrais que je sois différent?

— N'es-tu pas habitué à penser en termes de vie éternelle? Je le croyais, pourtant! riposta Edmond. Cela ne devrait pas t'être très difficile de penser un peu plus loin que la semaine prochaine. D'autant que tu pourras augmenter le prix de ton péage, toucher bien plus qu'un malheureux penny de chacun de ceux qui traverseront le pont. Non seulement tu récupéreras tes sous, mais tu en gagneras bien plus!

— Oncle Anthony est un chef spirituel, intervint Caris. Les profits ne l'intéressent pas.

— Ça ne l'empêche pas de posséder la ville et d'être le seul à décider s'il faut ou non construire un pont! » répliqua le père. Puis, comprenant que sa fille ne l'aurait pas interrompu sans une raison valable, il la regarda d'un air interrogateur. « Explique-toi! Que veux-tu dire?

— Et si les habitants de la ville construisaient le pont à leurs frais et qu'ils étaient remboursés sur les gains du péage? »

Edmond ouvrit la bouche pour formuler une objection. N'en trouvant pas, il la referma.

Caris regarda Anthony.

« Je ne peux pas renoncer à ce péage qui a été pendant longtemps, et depuis son origine, l'unique source de revenus du prieuré.

— Mais pensez à tout ce que vous gagneriez si la foire et le marché hebdomadaire retrouvaient leur importance d'antan. Outre le péage, il y aurait la patente sur les étals, l'impôt sur les transactions et les offrandes à la cathédrale!

— Sans compter ce que rapporteraient tes propres productions, ajouta Edmond, la laine, le grain, le cuir, les livres, les statues des saints…

— Mais c'est un complot! » s'exclama Anthony en pointant un doigt accusateur sur son frère aîné. « Tu as soufflé à ta fille et à ce garçon ce qu'ils devraient me dire. Des idées pareilles ne leur seraient jamais venues toutes seules, surtout à Caris, qui est une fille. Ce discours est signé de toi. C'est un complot qui vise à me dépouiller de mes péages. Eh bien, c'est raté, Dieu soit loué! Je ne suis pas si bête! » Tournant les talons, il s'éloigna en faisant gicler la boue sous ses pas.

« Je ne sais pas comment mon père a pu engendrer un fils aussi dénué de bon sens! » s'écria Edmond, et il partit à son tour de son pas pesant.

Caris regarda Merthin. « Qu'est-ce que tu penses de tout cela? dit-elle.

— Je ne sais pas. » Il baissa les yeux, évitant son regard. « Mieux vaut que je me remette à mon travail. » Il partit sans même l'embrasser.

« Ça alors! s'exclama Caris. Quelle mouche l'a donc piqué! »

8.

Le comte de Shiring vint à Kingsbridge le mardi de la semaine de la foire à la laine, accompagné d'une partie de sa famille, dont ses deux fils, et d'une petite suite de chevaliers et d'écuyers. Le pont avait été dégagé par ses gardes envoyés en éclaireurs et, une heure avant son arrivée, plus personne n'avait été autorisé à le traverser. Le suzerain n'aurait pas à souffrir l'indignité d'attendre à côté des gens du peuple. Ses hommes, portant ses couleurs rouge et noir, entrèrent en ville à cheval, bannière au vent, sans se soucier d'éclabousser les piétons. Ces dix dernières années, tout d'abord sous le règne de la reine Isabelle, puis sous celui de son fils Édouard III, la fortune avait souri au comte Roland. Riche et puissant, il tenait à ce que tout le monde le sache.

Attaché à son service, Ralph, le fils de sieur Gérald, s'en était fort bien porté. Pendant que son frère Merthin était apprenti auprès du père de maître Elfric, il était devenu écuyer. Nourri copieusement et chaudement vêtu, il avait appris à monter à cheval et à se battre. Son temps se partageait entre la chasse, les sports et les jeux. En l'espace de six ans et demi, il n'avait pas lu une ligne ni n'avait écrit un seul mot, personne ne l'ayant prié de le faire. Tout en chevauchant derrière le comte sous les regards envieux et craintifs de la foule, il plaignait en secret ces négociants et ces marchands blottis les uns contre les autres et obligés, après leur passage, de fouiller la boue près de leurs étals à la recherche des malheureux pennies lancés par les cavaliers.

Parvenu à la maison du prieur, sise près du flanc nord de la cathédrale, le comte descendit de sa monture. Richard, son fils cadet, l'imita. Âgé de vingt-huit ans, il avait été nommé évêque de Kingsbridge grâce à la proximité de son père avec le roi, avantage bien plus important que sa jeunesse. La cathédrale était théoriquement sa paroisse, mais il avait établi sa résidence dans un palais de Shiring. Ses fonctions étant autant politiques que religieuses, cet arrangement lui convenait. Il convenait également aux moines du prieuré, enchantés de ne pas être surveillés de trop près.

Le reste de la suite se regroupa près de la façade sud de la cathédrale. Là, le fils aîné du comte, William, seigneur de Caster, ordonna aux écuyers de conduire les chevaux à l'écurie. Lui-même entra à l'hospice, entouré d'une demi-douzaine de chevaliers. Ralph se précipita vers dame Philippa pour l'aider à descendre de cheval. Il se mourait d'amour pour l'épouse de William, femme grande et belle aux longues jambes et à la poitrine généreuse.

Ayant prodigué aux chevaux les soins nécessaires, Ralph se rendit chez ses parents. Le logis que le prieuré avait mis à leur disposition se trouvait au sud-ouest de la ville, près de la rivière, dans un quartier nauséabond dévolu aux tanneurs. En approchant de leur petite maison, Ralph se sentit rapetisser de honte dans son uniforme rouge et noir et il bénit le ciel que dame Philippa ne soit pas témoin de la situation indigne dans laquelle vivaient son père et sa mère.

Il ne les avait pas vus depuis toute une année; ils lui parurent vieillis. Dame Maud avait à présent de nombreuses mèches grises et sieur Gérald perdait la vue. Ils lui offrirent du cidre pressé par les moines et des fraises cueillies par sa mère dans les bois. Le père admira sa tenue. « As-tu été adoubé par le comte? » demanda-t-il avec ardeur.

C'était l'ambition de tout écuyer que d'être armé chevalier. Ralph en rêvait encore plus que les autres, car la flèche qui avait transpercé le cœur de son père le jour où il avait subi l'humiliation indélébile d'être rabaissé à la position de pensionnaire du prieuré ne l'avait pas épargné. Dix ans plus tard, sa douleur était toujours aussi vive. Elle ne serait soulagée que lorsqu'il aurait rétabli sa famille dans son honneur. Hélas, les écuyers n'étaient pas systématiquement élevés au rang de chevaliers, bien que sieur Gérald en parle comme si c'était une question d'heures.

« Pas encore, répondit Ralph. Mais il est probable que nous partions sous peu guerroyer en France. J'aurai ma chance, alors. » Il avait pris un ton léger, ne voulant pas montrer combien il était impatient de se distinguer dans une bataille.

« Pourquoi les rois veulent-ils toujours faire la guerre ? » s'écria sa mère sur un ton dégoûté.

Le père eut un rire. « Les hommes sont faits pour ça !

— Pas du tout ! réagit-elle avec brusquerie. Quand j'ai donné naissance à Ralph dans les douleurs et les tourments, ce n'était pas avec l'espoir qu'un Français lui tranche la gorge de son épée ou lui transperce le cœur avec une flèche d'arbalète ! »

Le père la fit taire d'un geste de la main pour interroger son fils. « Qu'est-ce qui te fait dire que la guerre se prépare ?

— Philippe, le roi de France, a confisqué la Gascogne.

— Ah ça ! Mais nous ne l'accepterons pas ! »

Les rois anglais régnaient depuis plusieurs générations sur cette province occidentale de la France. Ils avaient accordé moult privilèges commerciaux aux négociants de Bordeaux et de Bayonne et ceux-ci commerçaient davantage avec Londres qu'avec Paris. Mais des troubles latents persistaient toujours.

Ralph dit : « Le roi Édouard veut constituer une alliance. Il a déjà envoyé des émissaires en Flandres.

— Les alliés réclameront de l'argent.

— C'est la raison pour laquelle le comte Roland est venu à Kingsbridge. Le roi cherche à obtenir un prêt des lainiers.

— De quel montant ?

— On parle de deux cent mille livres levées dans tout le pays, en avance sur les taxes à percevoir du commerce de la laine.

— Le roi devrait veiller à ne pas tuer les lainiers à coups de taxes et d'impôts », déclara la mère sur un ton morne.

À quoi le père répliqua : « Les marchands croulent sous l'argent. Il n'y a qu'à voir leurs atours. »

De l'amertume perçait dans sa voix. Ralph remarqua alors combien sa chemise en lin et ses souliers étaient usés. « De toute façon, dit-il, les marchands ont besoin du soutien des seigneurs. Les navires français entravent le commerce. » L'année passée, la marine française avait pillé plusieurs villes de la côte sud de l'Angleterre, mettant les ports à sac et brûlant les navires à quai.

« Les Français nous attaquent, nous les attaquons à notre tour. À quoi rime cette escalade ? insista la mère.

— Les femmes ne peuvent pas comprendre, assena le père.

— C'est pourtant la vérité ! » riposta-t-elle sèchement.

Ralph préféra changer de sujet. « Comment va Merthin ?

— C'est un bon artisan », laissa tomber sieur Gérald sur le ton qu'aurait pris un maquignon pour affirmer qu'en raison de leur petite taille, les poneys étaient les montures les mieux adaptées aux femmes. Du moins fut-ce ainsi que Ralph interpréta sa pensée.

La mère intervint : « Il est amoureux de la fille d'Edmond le Lainier.

— Caris ? dit Ralph avec un sourire. Il l'aimait déjà quand nous jouions ensemble étant petits. Elle était un peu autoritaire, mais cela ne le gênait pas. Va-t-il l'épouser ?

— Ça ne m'étonnerait pas. Mais il doit d'abord finir son apprentissage.

— Il aura fort à faire, dit Ralph en se levant. Où est-il en ce moment ?

— Il travaille au portail de la façade nord de la cathédrale, répondit le père. Mais il est possible qu'il soit en train de déjeuner.

— Je vais le rejoindre. » Ralph embrassa ses parents et sortit.

Revenu au prieuré, il se promena sur le champ de foire. La pluie s'était arrêtée. Un soleil intermittent étincelait dans les flaques et des tourbillons de vapeur s'élevaient des toiles de tentes détrempées. À la vue d'un profil, son cœur s'emballa. Oui, ce nez, cette mâchoire décidée appartenaient bien à dame Philippa. Debout devant un étal, elle examinait des coupons de soie d'Italie et le vent drapait lascivement sa légère robe d'été autour de ses hanches rondes. Elle devait être plus âgée que lui, avoir dans les vingt-cinq ans, se dit-il tout en l'admirant de loin. Il s'avança vers elle et s'inclina en un salut inutilement compliqué dans ces circonstances.

Elle releva les yeux et lui fit un léger signe de tête.

« De bien belles étoffes, dit-il, dans l'espoir qu'elle poursuivrait la conversation.

— Oui. »

À cet instant, une silhouette fluette surmontée d'une folle toison couleur carotte s'approcha d'eux. Enchanté de retrouver son frère, Ralph le présenta à dame Philippa. « Permettez que je vous présente mon frère aîné qui est si intelligent.

— Prenez donc le vert pâle, il va parfaitement avec vos yeux ! » décréta Merthin.

Ralph fit la grimace, gêné de la familiarité avec laquelle son frère s'adressait à une gente dame.

Dame Philippa ne semblait pas s'en être offusquée. « Quand je recherche l'avis d'une personne du sexe masculin, je me tourne vers mon fils, déclara-t-elle, et un sourire presque charmeur vint adoucir son ton à peine réprobateur.

— Tu t'adresses à dame Philippa, imbécile ! Je vous prie de recevoir mes excuses pour l'insolence de mon frère, ma dame.

— Comment s'appelle-t-il ?

— Je m'appelle Merthin Fitzgerald, et je serai toujours à votre service quand vous hésiterez à propos d'une soierie. »

Ralph l'entraîna au loin avant qu'il ne profère une autre indiscrétion. « Comment oses-tu ! le sermonna-t-il, mais une certaine admiration pointait sous son énervement. "Ça va parfaitement avec vos yeux…" Non mais je te jure… ! Je lui aurais sorti une phrase pareille, elle m'aurait fait donner le fouet. » Il exagérait, bien sûr, mais il était vrai que dame Philippa n'était pas femme à tolérer l'insolence. L'indulgence qu'elle avait témoignée à son frère le confondait. Il ne savait pas s'il devait s'en amuser ou s'en vexer.

« Que veux-tu ? Je suis l'homme dont rêvent toutes les femmes.

— Ça ne va pas ? lui demanda Ralph, percevant son amertume. Tu as des ennuis avec Caris ?

— J'ai fait une chose stupide, je te raconterai plus tard. Profitons de ce rayon de soleil pour nous promener. »

Ayant repéré un étal où un moine aux cheveux blond cendré vendait du fromage, Ralph y entraîna Merthin. « Votre fromage a l'air délicieux, mon frère. D'où vient-il ?

— De Saint-Jean-des-Bois, d'un ermitage qui dépend du prieuré de Kingsbridge et dont je suis le prieur. Je m'appelle Saül Tête-Blanche.

— Il me donne faim rien qu'à le regarder. J'en achèterais volontiers si seulement le comte donnait un sou à ses écuyers. »

Le moine découpa une tranche de sa roue de fromage et la tendit à Ralph. « Tenez, dit-il. Ce morceau ne vous en coûtera rien. Acceptez-le au nom du Christ.

— Merci, frère Saül. »

Ils reprirent leur promenade. « Et voilà ! lança Ralph avec un grand sourire. Pas plus difficile que de chiper sa pomme à un enfant.

— Et tout aussi admirable ! répliqua Merthin.

— Quel idiot, quand même ! Offrir son fromage au premier venu sous prétexte qu'il vous a arraché une larme !

— Il considère probablement qu'il vaut mieux être pris pour un imbécile que de refuser de la nourriture à un homme qui a faim.

— Tu n'es pas un peu aigre, aujourd'hui ? Je n'ai pas le droit de me faire offrir un bout de fromage par un moine stupide, mais toi, tu peux te permettre d'être insolent avec une noble dame, c'est ça ?

— Tu me fais une scène comme lorsqu'on était petits ? s'étonna Merthin avec un sourire désarmant.

— Exactement ! » Et, de nouveau, Ralph ne sut s'il devait rire ou se fâcher de cette remarque. Il ne se perdit pas en conjectures. Une fille mince et jolie s'était approchée d'eux et leur présentait des œufs sur un plateau. Sous sa robe toute simple, on devinait des seins petits. Les imaginant pâles et ronds comme ses œufs, Ralph s'enquit du prix de sa marchandise avec un grand sourire, bien qu'il n'ait nullement l'intention d'acheter quoi que ce soit.

« Un penny la douzaine.

— Sont-ils bons ?

— Ils viennent de ces poules, expliqua-t-elle en désignant un étal voisin.

« — Et ces poules sont servies par un coq bien monté ? » Du coin de l'œil Ralph vit Merthin lever les yeux au ciel, mimant le désespoir.

« Assurément, mon seigneur, répondait en souriant la jeune paysanne, sans se laisser décontenancer.

— Elles en ont de la chance, ces poulettes !

— Je ne saurais le dire.

— Évidemment. Comment une fille de ferme comprendrait-elle ces subtilités ? »

Il laissa son regard errer lentement sur elle. Âgée d'environ dix-huit ans, elle avait des cheveux blonds et un nez retroussé.

Elle battit des paupières. « Ne me regardez pas comme ça, s'il vous plaît ! »

Un paysan la héla. « Annet, viens ici. » Elle fit comme si elle ne l'entendait pas.

« C'est ton père ? demanda Ralph.

— Oui, Perkin, de Wigleigh.

— Vraiment ? Le seigneur de Wigleigh est un de mes amis. Est-ce qu'il est gentil avec toi ?

— Lord Stephen est juste et compatissant », dit-elle avec dévotion.

Perkin l'appela encore. « Annet ! Veux-tu venir ici ! » Il n'y avait pas lieu de s'étonner de sa réaction. En tant que père, il n'avait aucune objection à ce que sa fille s'élève sur l'échelle sociale en épousant un écuyer. Il craignait seulement qu'un garçon comme Ralph n'abandonne sa proie sitôt parvenu à ses fins. Ce en quoi sa méfiance était fondée.

« Ne pars pas, Annet de Wigleigh, la pria Ralph.

— Oh, il n'y a pas de risque ! Tant que vous ne m'aurez pas acheté ce que j'ai à vendre. »

Et Merthin de soupirer : « En voilà deux qui font la paire. »

Ralph insista : « Laisse donc tes œufs et viens te promener avec moi au bord de la rivière. » Les couples amoureux avaient pour habitude de se retrouver au pied du mur d'enceinte du prieuré. En cette saison de l'année, cette vaste étendue d'herbe et de bosquets était couverte de fleurs des champs.

Mais Annet tenait à son idée. « Je m'en voudrais de contrarier mon père.

— Ne nous occupons pas de lui. » En disant cela, il savait qu'un paysan n'avait guère les moyens de s'opposer aux volontés d'un écuyer, surtout si celui-ci était au service d'un comte puissant. Porter la main sur un serviteur attaché à sa maison équivalait à insulter le seigneur en personne. Au mieux le paysan pouvait tenter de dissuader sa fille. En aucun cas il n'userait de la force.

Mais le destin lui envoya un secours à point nommé. « Bonjour, Annet, tout va bien ? »

Ralph se retourna. Le nouveau venu était un jeune homme d'environ seize ans, presque aussi grand que lui, aux larges épaules et mains solides. Ses cheveux épais et sa barbe naissante étaient couleur de cuivre. Ses traits réguliers, d'une beauté saisissante, semblaient sortis des mains d'un sculpteur de cathédrale.

« Par l'enfer, qui es-tu ? s'écria Ralph.

— Wulfric, de Wigleigh, messire », répondit-il avec déférence mais sans timidité. S'adressant à Annet, il poursuivit : « Je viens t'aider à vendre tes œufs. »

Son épaule musclée s'était interposée entre la jeune fille et l'écuyer. Si ce geste était protecteur vis-à-vis d'Annet, il était insolent à l'égard de Ralph puisqu'il visait à l'écarter. En tout état de cause, il provoqua la colère de l'écuyer. « Ôte-toi de mon chemin, Wulfric de Wigleigh ! Ta place n'est pas ici. »

Le paysan tourna les yeux vers Ralph et le regarda sans ciller. « Cette femme est ma promise, messire. » Cette fois encore, il s'était exprimé avec respect, mais sans crainte.

« C'est vrai, messire, lança Perkin de sa place. Ils doivent se marier.

— Ne m'importune pas avec tes coutumes campagnardes ! lâcha Ralph avec mépris. Je ne me soucie pas qu'elle soit ou non mariée à un balourd ! » Il était irrité de se voir interpeller et dicter sa conduite par un inférieur.

« Partons, Ralph ! intervint Merthin. Je meurs de faim et Betty la Boulangère vend justement des petits pâtés tout chauds.

— Non, ce sont ces œufs qui m'intéressent. » Ralph en saisit un sur le plateau et le caressa de manière suggestive. L'ayant reposé, il tendit la main vers le sein gauche de la jeune fille – un sein en forme d'œuf et qui révéla toute sa fermeté sous la pression de ses doigts.

« Pour qui me prenez-vous ? » s'insurgea-t-elle, sans reculer pour autant.

Il réitéra son geste doucement. « J'examine la marchandise, dit-il d'un air appréciateur.

— Retirez votre main !

— Dans une minute. »

Alors Wulfric le poussa violemment.

Ralph, qui ne s'y attendait pas, fut déstabilisé. Il recula en chancelant et tomba avec un bruit sourd. En entendant un rire, il se releva d'un bond, humilié par l'affront. Sa stupéfaction se mua en colère. Il ne lui était pas venu à l'esprit qu'un paysan puisse lever la main sur lui.

N'étant pas chevalier, il ne portait pas d'épée à sa ceinture, mais un long poignard. Cependant, il aurait été indigne de sa part de l'utiliser contre un paysan désarmé. Les chevaliers et les autres écuyers lui auraient aussitôt retiré leur estime. C'était donc avec ses poings qu'il devait punir Wulfric.

Perkin s'extirpa de derrière son étal. « C'est une maladresse, une erreur involontaire. Le garçon est profondément désolé, je vous assure… »

Annet, au contraire, semblait tirer plaisir de la situation. « Ah, ces garçons ! » soupira-t-elle sur un ton de feint reproche.

Les ignorant l'un comme l'autre, Ralph marcha sur Wulfric et leva son bras droit. Celui-ci se protégea le visage de ses deux mains. Ralph lui expédia son poing gauche dans le ventre – un ventre plus musclé qu'il ne le pensait. La douleur força le paysan à se plier en deux, les mains sur son bas-ventre. Ralph en profita pour le cogner au visage. Son poing s'écrasa si violemment sur la pommette qu'il se fit mal lui-même. Qu'importait ! Son cœur bondit de joie.

Mais quelle ne fut pas sa surprise de voir Wulfric lui rendre la monnaie de sa pièce !

Au lieu de rester à terre à attendre que Ralph le martèle de coups de pied, le paysan était revenu à la charge. De tout l'élan de ses puissantes épaules, il avait projeté son poing droit dans le nez de son adversaire. Le visage en sang, Ralph hurla de douleur autant que de rage.

Wulfric recula, laissant retomber ses bras. À croire qu'il ne se rendait compte qu'en cet instant du caractère abominable de son geste. Il tendit les mains devant lui, les paumes tournées vers le haut.

Mais son regret venait trop tard. Ralph déversa sur lui une pluie de coups de poing, le frappant au corps aussi bien qu'au visage. Wulfric tenta faiblement de se protéger en levant les bras et en rentrant la tête dans les épaules.

Et Ralph se demandait, tout en le tabassant, pourquoi il ne s'était pas enfui. Était-ce pour recevoir sa punition maintenant, sur place, plutôt que de subir plus tard un sort bien pire ? En tout cas, ce paysan avait du cran. Cette constatation eut pour effet de nourrir plus encore sa colère et il redoubla de violence, le cœur empli de fureur et d'extase à la fois.

Merthin voulut s'interposer. « Pour l'amour du Christ, arrête ! » Ralph se dégagea brutalement de son étreinte.

Wulfric finit par baisser les bras, chancelant, l'air stupéfié, les yeux fermés. Son beau visage n'était plus qu'une masse sanguinolente. Il s'écroula dans la boue. Ralph se mit alors à le bourrer de coups de pied jusqu'à ce qu'un homme robuste en pantalon de cuir arrive enfin et lui intime d'une voix autoritaire : « Ça suffit, Ralph ! Tu ne vas pas assassiner ce garçon ! »

Ralph reconnut en lui l'agent de police de la ville, John. « C'est lui qui m'a attaqué ! répliqua-t-il avec indignation.

— Pour l'heure il ne t'attaque pas, ce me semble, étendu par terre comme il l'est, les yeux fermés. » Venu se placer devant Ralph, il ajouta : « J'aimerais autant éviter une enquête du coroner. »

La populace s'était massée autour de Wulfric : Perkin, Annet, rouge d'excitation, dame Philippa et un certain nombre de badauds.

Le sentiment d'extase qu'éprouvait Ralph disparut, laissant place à la douleur. Son nez blessé se mit brusquement à le faire souffrir mille morts. Il ne pouvait plus respirer que par la bouche, un goût de sang emplissait sa gorge. « Cet animal m'a frappé au nez ! » Sa voix résonna à ses oreilles comme celle d'un homme enrhumé.

« Eh bien, il sera puni », déclara John.

Deux hommes arrivèrent sur ces entrefaites. Le père et le frère aîné, se dit Ralph en notant leur ressemblance avec Wulfric. Sous ses yeux furibonds, ils aidèrent le blessé à se remettre sur ses pieds.

Perkin prit la parole. C'était un homme corpulent, au visage sournois. « L'écuyer l'a frappé en premier, dit-il.

« — Il m'avait délibérément bousculé ! riposta Ralph.

— L'écuyer avait insulté la future épouse de Wulfric.

— Qu'importe ce que l'écuyer a pu dire ou faire ! On ne porte pas la main sur un homme du comte Roland, Wulfric devrait le savoir ! s'exclama John. J'imagine que le comte lui réservera le sévère traitement qu'il mérite. »

Le père de Wulfric éleva la voix à son tour : « John, y aurait-il une loi que j'ignore qui dise qu'un homme portant les couleurs du comte peut agir à sa guise ? »

Un murmure d'approbation parcourut la petite foule de badauds. Souvent à l'origine des problèmes, les écuyers échappaient généralement à toute punition sous prétexte qu'ils portaient les couleurs de tel ou tel baron. Cette coutume était difficilement supportée par ceux qui respectaient la loi, qu'ils soient marchands ou paysans.

« Je suis la belle-fille du comte, intervint dame Philippa. J'ai assisté à toute la scène. » Elle avait parlé d'une voix mélodieuse et sans hausser le ton, pourtant tout le monde fut conscient de son autorité. « Je suis au regret de dire que la faute incombe entièrement à l'écuyer. Il a caressé cette jeune fille de la façon la plus outrageante. »

Persuadé qu'elle allait prendre sa défense, Ralph fut consterné de s'entendre condamner.

« Je vous remercie pour votre témoignage, ma dame », dit le sergent de ville. Puis il s'entretint brièvement avec elle à voix basse : « Je pense que le comte préférerait voir le paysan puni. »

Elle hocha la tête pensivement. « Évitons que cette affaire ne dégénère en une longue dispute. Placez ce jeune homme au pilori pendant vingt-quatre heures. Ça ne lui fera pas grand mal, à son âge, et tout le monde saura que justice a été faite. Le comte sera satisfait, j'en réponds pour lui. »

John hésitait. Visiblement, il répugnait à appliquer des consignes émanant d'une autre autorité que celle dont il dépendait légitimement, à savoir le prieur de Kingsbridge. Ralph, pour sa part, aurait souhaité voir le paysan condamné au fouet, mais il commençait à comprendre qu'il ne sortait pas grandi de cette aventure et il ne voulait pas aggraver son cas en réclamant un châtiment plus sévère. D'autant que la décision de Philippa était de nature à satisfaire toutes les parties. Au bout d'un moment John acquiesça : « Très bien, dame Philippa. Si vous êtes disposée à en prendre la responsabilité…

— Je le suis.

— Parfait. » John saisit Wulfric par le bras et l'entraîna au loin. Le jeune homme avait récupéré rapidement. Il pouvait marcher sans l'aide de personne. Son père et son frère le suivirent. Peut-être lui apporteraient-ils à boire et à manger pendant les heures qu'il passerait au pilori et veilleraient-ils à ce qu'il ne lui soit pas fait de mal.

« Comment te sens-tu ? demanda Merthin à son frère.

— Très bien. Au mieux de ma forme ! » répondit Ralph, qui souffrait atrocement. Il avait l'impression d'avoir le visage gonflé comme une outre ; il n'avait plus les yeux en face des trous et il parlait du nez.

« Fais-toi examiner par un moine !

— Non. » Ralph avait les médecins en horreur. Il détestait subir une saignée ou se faire exciser un furoncle. « Une bolée de vin fort, voilà ce qu'il me faut ! Conduis-moi à la taverne la plus proche.

— Bien, dit Merthin sans bouger de place.

— Qu'est-ce qui t'arrive ? s'étonna Ralph en remarquant le regard étrange de son frère.

— Tu n'as pas changé. »

Ralph haussa les épaules. « Parce que les gens changent, à ton avis ? »

9.

Le *Livre de Timothée* avait passionné Godwyn. Il relatait l'histoire du prieuré de Kingsbridge et, comme la plupart des chroniques, commençait par le récit de la création du ciel et de la terre pour se concentrer sur une époque remontant à deux siècles plus tôt et considérée aujourd'hui par les moines comme l'âge d'or : celui auquel la cathédrale avait été construite à l'instigation du légendaire prieur Philippe. À en croire frère Timothée, le chroniqueur, ce prieur célébré pour sa compassion avait été aussi un farouche défenseur de la discipline. Ces deux traits difficilement conciliables soulevaient en Godwyn de nombreuses interrogations.

Le mercredi de la semaine de la foire à la laine, il passa l'heure d'étude précédant l'office de six heures dans la bibliothèque du monastère, assis sur un haut tabouret devant un lutrin supportant le livre. De tout le prieuré, c'était le lieu qu'il préférait. La salle, spacieuse et éclairée par de hautes fenêtres, contenait près de cent ouvrages enfermés sous clef. Le silence parfait qui y régnait d'ordinaire était troublé aujourd'hui par l'écho étouffé de la foire, installée de l'autre côté de la cathédrale, où des milliers de gens n'avaient de cesse de marchander, de se chamailler, de vanter leurs articles, d'encourager les coqs qui se battaient dans l'arène ou de taquiner les bêtes des montreurs d'ours.

À la fin du livre, un texte annexe retraçait la généalogie des bâtisseurs de la cathédrale, des premiers temps à ce jour. Avec un bonheur mâtiné de franche surprise, Godwyn y découvrit confirmées les allégations de sa mère selon lesquelles elle descendait en droite ligne de Tom le Bâtisseur par sa fille Martha. Quels traits du grand homme sa descendance actuelle avait-elle hérités ? se demandait-il. Le don des affaires ? Un maçon devait certainement posséder cette qualité pour monter et développer son atelier. Son grand-père et son oncle Edmond en étaient dotés, cela ne faisait aucun doute, sa cousine Caris aussi, par certains côtés. Tom le Bâtisseur avait-il eu comme eux trois des yeux verts pailletés de jaune ? Peut-être.

Le passage traitant du fils adoptif de Tom le Bâtisseur l'avait également intéressé. Ce Jack, qui avait construit la cathédrale de Kingsbridge, avait épousé dame Aliena et fondé la dynastie des comtes de Shiring. C'était l'ancêtre de Merthin Fitzgerald, l'amoureux de Caris. On comprenait donc d'où venaient au jeune homme ses remarquables talents de charpentier et sa toison flamboyante – cette rousseur éclatante, frère Thimothée la décrivait comme l'un des signes distinctifs de Jack le Bâtisseur. Sieur Gérald en avait hérité, mais il ne l'avait pas transmise à son fils cadet, Ralph.

Le chapitre consacré aux femmes avait plus encore retenu l'attention de Godwyn. Apparemment, à l'époque du prieur

Philippe, un couvent n'était pas associé au prieuré. D'ailleurs, l'accès au monastère était formellement interdit à tout représentant de la gent féminine. Citant Philippe, le chroniqueur affirmait que pour préserver la paix de l'esprit, un moine ne devait jamais poser les yeux sur un être de sexe féminin – pour autant que cela lui soit possible. Le grand prieur désapprouvait l'administration commune des couvents et des monastères, considérant que l'avantage obtenu en matière d'organisation était nul et non avenu comparé au risque de tomber dans les pièges du démon. Dans les bâtiments à usage collectif, il préconisait la séparation la plus stricte entre moines et religieuses.

Constater qu'une autorité aussi prestigieuse avait jadis embrassé ses convictions actuelles procura à Godwyn une joie indicible. À Oxford, vivre dans l'environnement exclusivement masculin du collège de Kingsbridge avait comblé ses souhaits. Tous ses professeurs, de même que tous ses camarades étudiants, étaient des hommes. En l'espace de sept ans, il n'avait quasiment pas adressé la parole à une femme. En s'attachant à marcher les yeux baissés lorsqu'il sortait en ville, il réussissait même à ne pas en voir. Ici, en revanche, il se retrouvait constamment en présence de femmes, bien que les sœurs disposent d'une clôture distincte, comportant notamment un cloître, un réfectoire et d'autres bâtiments réservés à leur seule utilisation. Restaient la cathédrale et d'autres lieux encore où il ne pouvait faire autrement que de les croiser. Comme cette bibliothèque, par exemple, où, en ce moment même, une jeune et jolie religieuse du nom de sœur Mair était en train de consulter un ouvrage illustré consacré aux herbes médicinales, et cela à quelques pas de lui. Et la situation était bien pire à la cuisine et à l'hospice où des filles de la ville aux vêtements ajustés et aux coiffures aguichantes venaient livrer des provisions ou visiter un malade.

À n'en pas douter, comparé à l'époque de Philippe, un grand laisser-aller régnait au prieuré. Et c'était bien la preuve, se disait Godwyn, que son oncle Anthony avait laissé s'instaurer un déplorable relâchement. Mais peut-être tout n'était-il pas perdu ?

La cloche carillonna, appelant les religieux à l'office de six heures. Il referma son livre. Sœur Mair l'imita et ses lèvres rouges lui adressèrent un sourire plein de douceur. Détournant les yeux, il se hâta de sortir.

Le temps s'améliorait, bien qu'il demeure encore très perturbé. Le soleil brillait entre deux averses et, dans l'église, les vitraux étincelaient et s'assombrissaient tour à tour. Une agitation similaire au mouvement chaotique des nuages dans le ciel avait envahi l'esprit de Godwyn. Le *Livre de Timothée* soulevait en lui maintes pensées qui l'empêchaient de prier et il s'interrogeait sur la meilleure façon d'utiliser ce texte pour susciter un même désir de renouveau parmi la congrégation. Il décida d'évoquer le sujet au chapitre, la réunion quotidienne durant laquelle les moines débattaient de toutes sortes de questions.

Les réparations entreprises dans le chœur depuis l'effondrement du dimanche précédent progressaient rapidement, notat-il. Les blocs de pierre avaient été dégagés et la partie dangereuse délimitée par une corde. Des pierres minces et légères s'amoncelaient dans le transept. Les maçons n'interrompirent pas leur tâche quand les moines commencèrent à chanter – les offices étaient si nombreux que les travaux s'en seraient trouvés gravement retardés. Merthin Fitzgerald s'activait dans le bas-côté sud. Il avait temporairement abandonné sa sculpture du portail pour se consacrer à la fabrication de l'échafaudage sur lequel se tiendraient les maçons pour reconstruire la voûte éboulée – un ouvrage compliqué fait de cordages, de barrières et de claies. Frère Thomas, qui avait pour tâche de diriger les ouvriers, se tenait dans le transept sud en compagnie de maître Elfric et désignait la voûte. À l'évidence, ils discutaient du travail de Merthin.

Homme de décision, Thomas était un chef de chantier efficace, qui ne se laissait pas dépasser par les événements. Le matin, lorsque des maçons manquaient à l'appel, il se rendait en personne chez eux et les sommait de s'expliquer. S'il avait un défaut, c'était sa trop grande indépendance : il informait rarement Godwyn de l'avancement des travaux et ne sollicitait pas toujours son avis. Il conduisait son travail comme s'il était son propre maître et non son subalterne. Godwyn le soupçonnait de douter de ses capacités – non pas à cause de leur différence d'âge car, avec ses trente et un ans, il n'avait que trois ans de moins que lui, mais parce qu'il était apparenté au prieur. Thomas devait estimer qu'Anthony le favorisait à la demande de sa sœur Pétronille. Oh, il se gardait de manifester le moindre ressentiment. Il se contentait d'agir comme bon lui semblait.

Tout en marmonnant les répons, Godwyn vit que la conversation entre Thomas et Elfric s'était interrompue. Le seigneur William de Caster venait de faire son entrée dans la cathédrale. De haute taille et portant barbe noire, il était bien le fils de son père ; il en avait d'ailleurs la dureté, même si l'on disait que dame Philippa, son épouse, savait parfois l'adoucir. S'étant approché de Thomas, il chassa maître Elfric d'un geste de la main. Le moine se tourna vers lui pour lui faire face. Son attitude rappela à Godwyn que c'était un ancien chevalier. Il revit en esprit le jour où Thomas était arrivé au prieuré, le bras gauche tailladé par un coup d'épée.

Penché en avant, le seigneur William s'exprimait avec agressivité en pointant un doigt. Godwyn regretta de ne pouvoir entendre ses paroles. Thomas lui répondait vigoureusement, et sa hardiesse lui rappela la combativité qui l'animait à son arrivée au monastère, malgré sa blessure… Ce jour-là, c'était avec le frère cadet de William qu'il s'était entretenu. Richard n'était pas encore évêque de Kingsbridge à l'époque. Sans raison, Godwyn se plut à imaginer que la dispute d'aujourd'hui portait sur le même sujet qu'il y a dix ans, et il se demanda lequel. Pouvait-il exister entre un moine et un noble un sujet de discorde d'une telle gravité qu'il persiste dix années plus tard ?

William tourna les talons et s'éloigna d'un pas irrité. Thomas rejoignit maître Elfric.

La dispute qui avait opposé dix ans plus tôt Thomas à Richard s'était résolue par l'admission du chevalier au prieuré, Richard s'étant engagé à accorder une donation au monastère. Donation qui n'avait jamais plus été évoquée par la suite, et Godwyn subitement s'interrogea : cette promesse avait-elle été tenue ?

Tout au long de ces années, nul n'avait appris grand-chose sur le passé de Thomas. C'était curieux car les moines colportaient volontiers des ragots. La vie communautaire faisait qu'ils connaissaient presque tout les uns des autres, et ils n'étaient guère que vingt-sept en tout. Quel seigneur Thomas avait-il servi jadis ? De quel coin du pays venait-il ? Les chevaliers, pour la plupart, régnaient sur quelques villages dont ils tiraient des revenus leur permettant de subvenir aux frais d'entretien de leurs chevaux et de leur armement. Thomas avait-il eu une épouse, des enfants ? Si oui, qu'étaient-ils devenus ? Personne ne le savait.

Excepté le mystère entourant son existence passée, Thomas était dévot et assidu à la tâche. La vie de moine semblait lui convenir parfaitement. Il y avait en lui, comme d'ailleurs chez un grand nombre de moines, une douceur féminine mal assortie à la violence de son ancienne vie. Il était très proche de frère Matthias, un moine d'une grande délicatesse, plus jeune que lui de quelques années. S'ils se livraient ensemble au péché d'impureté, c'était avec une discrétion remarquable car aucune accusation n'avait jamais été portée à leur encontre.

Le service touchait à sa fin. Jetant un regard vers la nef plongée dans l'obscurité, Godwyn aperçut sa mère, seule et altière sous le rayon de soleil qui éclairait ses mèches grises, plus immobile que le pilier près duquel elle se tenait. Depuis combien de temps l'attendait-elle ? Car elle était forcément venue tout spécialement pour lui parler ; les laïcs n'étaient pas encouragés à assister aux offices pendant la semaine. Un sentiment qu'il connaissait bien, mélange de plaisir et d'appréhension, envahit Godwyn. Il savait que sa mère ferait n'importe quoi pour lui. Elle le lui avait prouvé en vendant sa maison et en devenant l'intendante de son frère afin qu'il puisse aller étudier à Oxford. Pour une femme aussi fière, c'était un immense sacrifice et il ne pouvait y penser sans que des larmes de gratitude ne lui montent aux yeux. Pourtant, à peine en sa présence, il était saisi d'une angoisse indicible, comme si elle s'apprêtait à le réprimander d'avoir désobéi.

Profitant que les moines et les religieuses quittaient l'église, Godwyn se glissa hors du cortège pour aller la rejoindre. « Bonjour, mère. »

Elle posa ses lèvres sur son front. « Tu as l'air amaigri, dit-elle avec une inquiétude maternelle. Tu manges à ta faim ?

— Du poisson salé et du gruau, c'est tout, mais en abondance.

— Je te sens bouillonner à l'intérieur. »

Elle avait toujours su décrypter ses humeurs. Il lui parla du *Livre de Timothée* et conclut : « Je songe à lire ce passage à la réunion du chapitre.

— Y aura-t-il des moines pour soutenir tes propositions?

— Théodoric et d'autres aussi, parmi les plus jeunes. Ils sont nombreux à être gênés par la présence des femmes. Nous les côtoyons à toute heure du jour, alors que nous sommes censés mener une vie communautaire entre hommes exclusivement. »

Elle hocha la tête d'un air approbateur. « Excellent. Ça te place en position de chef.

— Et puis ils m'aiment bien, à cause des pierres chaudes.

— Des pierres chaudes?

— Cet hiver, j'ai proposé que, les nuits de gel, il nous soit donné une pierre chaude enveloppée dans un chiffon avant d'entrer à l'église pour matines. Grâce à cela, nous souffrons moins d'engelures aux pieds.

— Très intelligent. Mais tout de même, assure-toi d'avoir des alliés avant de livrer combat.

— Naturellement. Mais ce que je réclame correspond tout à fait à ce que les maîtres enseignent à Oxford.

— À savoir?

— Que l'homme est faillible et qu'il ferait bien de ne pas compter sur sa seule raison. Si l'on peut s'émerveiller devant la création de Dieu, on ne peut en revanche espérer comprendre le monde, car la véritable connaissance provient uniquement de la révélation. Cependant, nous ne devons pas remettre en cause la sagesse que nous ont léguée les anciens.

— C'est ce que croient les évêques et les cardinaux? »

Sa mère ne semblait pas convaincue, comme souvent les laïcs lorsque des personnes instruites s'efforçaient de leur faire entendre des points de haute philosophie. « Oui, dit-il. D'ailleurs, l'université de Paris a banni les œuvres d'Aristote et de Thomas d'Aquin au motif qu'elles s'appuyaient davantage sur la raison que sur la foi.

— Crois-tu que tes supérieurs prêteront une oreille bienveillante à ces raisonnements? » s'enquit Pétronille. C'était la seule chose qui l'inquiétait véritablement. Elle voulait que son fils devienne prieur, évêque, archevêque et, pourquoi pas, cardinal. Il le souhaitait lui-même, mais avec l'espoir de ne pas devenir aussi cynique que sa mère.

« J'en suis persuadé, répondit-il.

— Bien. Mais ce n'était pas la raison de ma venue. Ton oncle vient de subir un gros revers : les lainiers italiens menacent de déménager leurs affaires à Shiring.

— C'est la ruine pour lui ! » Bien qu'abasourdi par la nouvelle, Godwyn ne voyait pas pourquoi sa mère était venue tout spécialement l'en informer.

« Edmond estime qu'il pourrait les retenir à Kingsbridge si la foire se déroulait dans de meilleures conditions. Notamment si l'on construisait un nouveau pont plus large.

— Je comprends. Et oncle Anthony a refusé.

— Edmond n'a pas abandonné la partie.

— Vous voulez que je parle à Anthony ? »

Elle secoua la tête. « Non, tu n'en tireras rien. Mais si le sujet est étudié au chapitre, il faudrait que tu appuies cette proposition.

— En m'opposant de front à une décision du prieur ?

— Lorsqu'une proposition intelligente est rejetée par la vieille garde, tu dois la soutenir chaque fois et ainsi prendre la tête des partisans des réformes. »

Godwyn lui adressa un sourire admiratif. « Mais comment êtes-vous tellement au fait des usages politiques, maman ?

— Je vais te le dire. » Elle détourna le regard. Les yeux levés vers la grande rosace du transept est, elle raconta : « Au tout début, quand mon père a décidé de commercer avec les Italiens, les notables de Kingsbridge se sont ligués contre lui, l'accusant d'arrivisme, lui et toute notre famille. Ils ont tout fait pour l'empêcher de mettre en pratique ses idées. À l'époque, ma mère était morte et, bien que je sois encore très jeune, c'est à moi qu'il se confiait. Il me disait tout. » À ce souvenir, le visage de Pétronille, habituellement figé en un masque glacé, se tordit d'amertume et de ressentiment. Ses paupières se plissèrent, sa lèvre s'incurva et ses joues s'empourprèrent. « Mon père a fini par comprendre qu'il n'aurait jamais les mains libres tant qu'il ne serait pas à la tête de la guilde de la paroisse. Il s'est donc attelé à ce but. Je l'ai aidé par tous les moyens. » Elle prit une profonde inspiration, comme s'il lui fallait à nouveau s'emplir de force en prévision de la guerre longue et pénible qui l'attendait. « Pour y parvenir, nous avons semé la zizanie parmi les dirigeants de la guilde et nous avons réussi à dresser les factions les unes contre les autres. Nous passions des alliances à seule fin de les trahir par la suite, déstabilisant impitoyablement nos adversaires. Nous usions nos partisans jusqu'à la corde, jusqu'à ce qu'ils ne nous soient plus bons à rien. Cela nous a pris dix ans. Au bout du compte, père a été élu prévôt de la guilde et il est devenu l'homme le plus riche de la ville. »

Sa mère ne lui avait jamais narré l'histoire de son grand-père avec une sincérité aussi brutale. « Si je comprends bien, vous étiez son bras droit, comme Caris est celui d'oncle Edmond ? »

Elle eut un rire désabusé. « Oui. Sauf qu'Edmond n'a pas eu à escalader la montagne. Nous nous en étions déjà rendus maîtres, mon père et moi, quand il a pris la tête des affaires. Nous étions les notables les plus importants de la ville. Edmond n'a eu qu'à redescendre dans la vallée par le versant opposé. »

Ils furent interrompus par Philémon, entré dans la cathédrale par le cloître, armé d'un balai, car il était préposé au nettoyage. C'était maintenant un échalas de vingt-deux ans, au cou décharné, qui marchait à petits pas sautillants, comme un moineau. « Frère Godwyn ? Je vous cherchais, justement, s'exclama-t-il d'un air excité.

— Bonjour, Philémon, le coupa Pétronille sans se soucier de sa hâte évidente. Dis-moi, tu n'as toujours pas prononcé tes vœux ?

— Je viens d'une famille humble, dame Pétronille. Il ne m'est pas facile de rassembler la somme nécessaire pour la donation.

— Le prieuré se passe de donation pour les novices particulièrement dévots, c'est bien connu. De plus, tu travailles au prieuré depuis des années sans toucher de salaire régulier.

— Frère Godwyn a avancé ma candidature, mais des moines parmi les plus âgés s'y sont opposés.

— Frère Carlus, le moine aveugle, ne peut pas souffrir Philémon, expliqua Godwyn. Je ne sais pourquoi.

— J'en toucherai un mot à mon frère, promit Pétronille. Il devrait passer outre ses objections. Tu es un bon ami de mon fils. J'aimerais te voir progresser.

— Merci, maîtresse.

— Bien. À l'évidence, tu meurs d'envie de faire part à Godwyn d'une chose qui ne peut être prononcée devant moi.

Par conséquent, je vous laisse. » Ayant embrassé son fils, elle ajouta : « N'oublie pas ce que je t'ai dit.

— Non, mère. »

Godwyn se sentit soulagé de son départ, comme si l'orage était passé au-dessus de sa tête pour aller éclater plus loin, sur une autre ville.

« C'est à propos de l'évêque Richard », déclara Philémon, sitôt que Pétronille se fut éloignée.

Godwyn haussa les sourcils. Philémon avait le don de découvrir les petits secrets des gens. « De quoi s'agit-il ?

— Il est à l'hospice en ce moment, dans l'une des salles privées de l'étage. Avec sa cousine Margerie ! »

Fille d'un des frères cadets du comte Roland et d'une des sœurs de la comtesse de Marr, Margerie était une jolie fille de seize ans, confiée à la garde de son oncle depuis la mort de ses parents. Son prochain mariage avec l'un des fils du comte de Monmouth devait considérablement renforcer la position politique du comte de Shiring et faire de lui l'un des nobles les plus puissants du sud-ouest de l'Angleterre. « Et que font-ils ? s'enquit Godwyn, bien qu'il ne faille pas être devin pour le savoir.

— Ils s'embrassent ! répondit Philémon en baissant la voix.

— Comment le sais-tu ?

— Je vais vous montrer. »

Il quitta la cathédrale par le transept sud, traversa le cloître réservé aux moines et monta au premier étage, Godwyn sur les talons. Là, il entra dans le dortoir. Cette salle toute simple, meublée de deux rangées de lits en bois recouverts d'une paillasse, était mitoyenne de l'hospice. Philémon se dirigea vers l'armoire aux couvertures, qu'il déplaça non sans mal pour révéler une pierre descellée dans le mur. Comment Philémon avait-il découvert ce trou secret ? se demanda Godwyn. À moins qu'il ne l'ait creusé lui-même pour y cacher des objets interdits. Philémon retira la pierre en veillant à ne pas faire de bruit. « Regardez vous-même ! »

Godwyn hésita. Il voulut d'abord l'interroger. « Tu as surveillé d'autres visiteurs à partir d'ici ? chuchota-t-il.

— Je les surveille tous ! » répondit Philémon sur un ton d'évidence.

Godwyn n'était pas pressé de voir le spectacle qui allait sans nul doute s'offrir à ses yeux. Qu'un novice regarde les ébats d'un évêque, passe encore! Mais lui! C'était l'acte honteux d'un homme mû par la ruse. Cependant, la curiosité le taraudait. Que lui conseillerait donc sa mère? Il lui suffit de se poser la question pour connaître la réponse.

Le trou étant situé presque à hauteur de son œil, il n'eut qu'à se pencher un peu en appuyant le front contre le mur.

La pièce qui se révéla à ses yeux était l'une des deux salles privées du premier étage de l'hospice où descendaient les visiteurs de marque. Lorsqu'ils venaient en nombre, l'une était dévolue aux hommes, l'autre aux femmes. C'était le cas de celle-ci, à en juger par les peignes et rubans disposés sur une petite table à côté de mystérieux petits pots et fioles. Le reste du mobilier consistait en deux fauteuils confortables, quelques tabourets, un prie-Dieu dans un coin, face à une Crucifixion, et deux paillasses jetées à même le plancher.

Étendus sur l'une d'elles, Richard et Margerie ne se contentaient pas de s'embrasser.

Avec ses traits réguliers et ses cheveux bouclés châtain clair, l'évêque était un homme attirant. Margerie, une délicate jeune fille d'à peine la moitié de son âge, avait le teint blanc et des cheveux noirs. Ils étaient allongés côte à côte. Entre deux baisers, Richard susurrait des mots doux à l'oreille de la demoiselle et ses lèvres charnues s'étiraient en un sourire de plaisir. La robe de Margerie, remontée autour de sa taille, laissait apparaître de belles et longues jambes blanches. Entre ses cuisses, la main de Richard s'agitait avec une régularité dénotant une fréquente pratique. Sans avoir jamais connu de femme, Godwyn sut d'instinct à quoi l'évêque s'adonnait. Margerie regardait son amant avec adoration, la bouche entrouverte, haletant d'excitation. À la passion peinte sur ses traits, Godwyn devina que Richard était l'amour de sa vie, alors qu'elle n'était qu'un passe-temps pour lui. Mais peut-être était-ce là préjugé de sa part.

Il resta un long moment à les regarder, horrifié. Richard déplaça sa main. Subitement, entre les cuisses de Margerie, un triangle de poils apparut. Des poils parfaitement visibles sur sa peau blanche, aussi noirs que ses cheveux! Godwyn s'empressa de détourner les yeux.

« Faites-moi voir ! » dit Philémon.

Godwyn s'écarta du mur, éberlué par cette vision. Que faire ? Pouvait-on seulement faire quelque chose ?

Philémon, l'œil collé à l'orifice, hoquetait d'excitation. « Je vois son trou ! s'exclama-t-il tout bas. Il le caresse !

— Allons-nous-en ! dit Godwyn. Nous en avons assez vu. Et même bien trop. »

Fasciné par ce spectacle, Philémon marqua une hésitation. À contrecœur, il remit la pierre en place. « Nous devons faire savoir à tous que l'évêque s'adonne à la fornication !

— Tais-toi et laisse-moi réfléchir ! » répliqua Godwyn. Agir ainsi lui vaudrait uniquement l'inimitié de Richard et de sa puissante famille sans rien lui obtenir en échange. Non, il y avait sûrement un moyen de tirer profit de ce secret. Il essaya de penser comme l'aurait fait sa mère : s'il n'y avait rien à gagner à révéler le péché de Richard au grand jour, peut-être y avait-il un avantage à le tenir caché ? Caché de tous sauf de l'intéressé, naturellement. Et celui-ci lui en serait probablement reconnaissant.

Oui, cette tactique semblait plus prometteuse. Mais comment faire savoir à l'évêque que Godwyn protégeait son secret ? « Viens avec moi ! » ordonna-t-il à Philémon.

Le voyant repousser l'armoire, il craignit que le raclement du bois sur le plancher ne soit entendu de la salle voisine. Mais Richard et Margerie étaient certainement trop absorbés par leur affaire pour entendre un bruit de l'autre côté du mur.

Godwyn et Philémon redescendirent et traversèrent le cloître. Deux escaliers permettaient d'accéder aux salles particulières de l'hospice : l'un était situé au rez-de-chaussée du bâtiment, l'autre à l'extérieur. Le second offrait aux visiteurs de marque la possibilité de monter à l'étage sans passer devant les gens du peuple. C'est celui que Godwyn emprunta.

Arrivé devant la salle occupée par Richard et Margerie, il s'arrêta et enjoignit à Philémon d'entrer à sa suite. « Surtout, ne fais rien et ne dis rien ! Et repars en même temps que moi ! »

Philémon posa son balai dans un coin.

« Non, réagit Godwyn. Prends-le avec toi ! »

Sur ce, il ouvrit la porte à toute volée en lançant d'une voix forte : « Je ne veux pas voir un grain de poussière dans cette pièce. Que tout y soit d'une propreté immaculée !... Oh, pardon ! Je croyais qu'il n'y avait personne ! »

Durant le laps de temps qu'il avait fallu au novice et au moine pour arriver du dortoir, les amants n'avaient pas perdu leur temps. À présent, Richard était allongé sur Margerie, sa soutane relevée devant lui, et la demoiselle tendait vers le ciel ses jolies jambes blanches de part et d'autre des hanches de l'évêque. Leur occupation ne pouvait prêter à confusion.

Richard s'interrompit au beau milieu de l'action pour dévisager Godwyn, les traits tordus par une expression où la rage de l'inassouvissement le disputait à la culpabilité. Margerie poussa un cri de surprise et fixa Godwyn d'un air terrorisé.

Celui-ci laissa durer l'instant. « Monseigneur l'évêque ! » s'exclama-t-il, pour que le pécheur ne puisse douter avoir été reconnu. « Mais... Et Margerie... Oh, excusez-moi ! » ajouta-t-il, feignant de ne comprendre que maintenant le sens de la scène interrompue. Il tourna les talons en criant à Philémon : « Sors immédiatement ! »

Celui-ci, armé de son balai, s'empressa de battre en retraite, comme il en avait été convenu.

Godwyn le suivit. Sur le seuil, il se retourna pour que Richard mémorise bien son visage. Les amants étaient restés figés dans leur position. Seuls leurs visages s'étaient modifiés. Celui de Margerie disparaissait en partie sous la main qu'elle avait posée sur sa bouche dans cette attitude éternelle d'ébahissement et de culpabilité ; celui de Richard révélait les efforts qu'il faisait pour trouver rapidement une issue à cette situation délicate.

Godwyn décida d'abréger leur misère. Il avait accompli tout ce qui était en son pouvoir. Il franchit donc la porte. Il ne l'avait pas encore refermée qu'il s'immobilisa : une femme émergeait de l'escalier, dame Philippa en personne, l'épouse de l'autre fils du comte ! La panique le saisit.

Éventé, son secret perdrait toute valeur. Le comprenant, il risqua le tout pour le tout. « Dame Philippa ! s'écria-t-il d'une voix suffisamment forte pour être entendue de Richard. Soyez la bienvenue au prieuré de Kingsbridge ! »

Des bruits étouffés lui parvinrent de la pièce derrière lui. Du coin de l'œil, il vit Richard bondir sur ses pieds.

Par bonheur, Philippa s'était arrêtée en haut des marches. « J'ai perdu un bracelet. Oh, ce n'est pas un bijou de valeur, c'est juste du bois sculpté, mais j'y tiens beaucoup. » Godwyn se rassura : de là où elle se tenait, elle ne pouvait pas voir l'intérieur de la pièce.

« Quel dommage ! s'écria-t-il. Je vais demander à tous de le chercher, aux moines comme aux religieuses.

— Personnellement, je n'ai rien vu, intervint Philémon.

— Il a dû se détacher de votre poignet », suggéra Godwyn.

Elle fronça les sourcils. « C'est curieux car je me souviens très bien l'avoir retiré à mon arrivée ici et posé sur la table. Je n'arrive plus à remettre la main dessus.

— Il aura roulé dans un coin. Philémon que voici va se mettre à sa recherche. C'est lui qui est chargé du ménage des salles d'hôtes. »

Philippa posa les yeux sur le novice. « En effet, je vous ai aperçu en quittant la pièce, il y a environ une heure de cela. Vous ne l'avez pas vu en balayant ?

— Je n'ai pas encore fait le ménage. Mlle Margerie est entrée juste au moment où j'allais commencer.

— Justement, Philémon revenait donner un coup de balai, mais Mlle Margerie se trouve encore dans la pièce… » Un coup d'œil en biais lui apprit que la jeune fille était agenouillée sur le prie-Dieu, les yeux clos. Richard se tenait derrière elle. La tête baissée sur ses mains jointes, il marmonnait des prières. Que ce soit pour le rachat de leurs péchés, se dit-il.

Il fit un pas de côté pour céder le passage à dame Philippa. Celle-ci dévisagea son beau-frère d'un air soupçonneux. « Bonjour, Richard. Vous priez un jour de semaine ? Ce n'est guère dans vos habitudes. »

D'un doigt sur ses lèvres, l'évêque lui intima de se taire, puis il désigna Margerie sur le prie-Dieu.

Philippa réagit vivement. « Cette pièce est réservée aux femmes. Margerie peut y prier à sa guise, mais je vous demanderai de sortir. »

Richard obtempéra en faisant de son mieux pour dissimuler son soulagement. Il referma la porte sur les deux femmes. À présent qu'il se retrouvait face à Godwyn, il balançait toujours sur la conduite à tenir. Le prendre de haut et se fâcher ? Fustiger ce moine pour s'être permis d'entrer sans frapper ? Ayant été pris sur le fait, il n'en avait pas le front. D'un autre côté, supplier

Godwyn de garder le silence revenait à admettre que ce dernier avait barre sur lui, et il ne pouvait s'y résoudre.

L'instant était critique, Godwyn le sentit. Remarquant l'hésitation du prélat, il dit : « De mon côté, personne n'en saura rien. »

Richard en fut visiblement soulagé. « Et du sien ? demanda-t-il en désignant du regard son compagnon.

— Philémon voudrait prononcer ses vœux. Il doit apprendre l'obéissance.

— Je suis votre obligé.

— Nul n'a à se confesser des péchés d'autrui, uniquement de ceux qu'il commet lui-même.

— Il n'empêche, je vous en suis reconnaissant, frère…

— Godwyn. Je suis le sacristain. Et le neveu du prieur Anthony », ajouta-t-il pour que Richard comprenne qu'il n'était pas le premier venu, qu'il avait effectivement les moyens de lui créer des ennuis. Puis, pour adoucir ce que cette phrase pouvait avoir de menaçant, il se permit une précision : « Jadis, ma mère fut promise à votre père. Oh, il y a des années de cela. Avant que votre père n'obtienne le titre de comte.

— Je suis au courant de cette histoire. »

Godwyn aurait volontiers poursuivi : « Votre père a rejeté ma mère comme vous-même abandonnerez la pauvre Margerie », mais il se contint et enchaîna aimablement : « Nous aurions pu être frères.

— Oui. »

La cloche du dîner sonna, libérant les trois hommes de cette embarrassante situation. Richard partit rejoindre le prieur, Godwyn alla au réfectoire, Philémon se rendit à la cuisine pour aider à servir le repas des moines.

Godwyn gagna le cloître, perturbé par la scène animale à laquelle il avait assisté. En même temps, il avait le sentiment d'avoir bien manœuvré. En fin de compte, l'évêque avait semblé lui faire confiance.

Au réfectoire, il s'assit à côté de frère Théodoric. Plus jeune que lui de quelques années, c'était un moine intelligent et plein de déférence pour son savoir car lui-même n'avait pas eu la chance d'étudier à Oxford. Godwyn le traitait en égal, ce qui le flattait. « J'ai lu un texte qui t'intéressera », lui dit-il, et il lui résuma les positions du grand prieur Philippe sur les femmes en général et sur la présence des religieuses dans les monastères mixtes. « C'est exactement ce que tu prônes toi-même », conclut-il.

En vérité, Théodoric n'avait jamais exprimé d'opinion tranchée sur le sujet, mais il est vrai qu'il ne contredisait pas Godwyn lorsque celui-ci se plaignait d'un certain relâchement dans le respect des règles. « Naturellement. Comment peut-on garder des pensées pures lorsque des femmes s'ingénient à vous distraire ? » Sous le coup de l'émotion, ses joues pâles s'étaient empourprées et ses yeux bleus brillaient d'une juste colère.

« Que peut-on faire contre cela ?

— Il faut mettre le prieur face à ses responsabilités.

— Évoquer la question au chapitre ? Oui, c'est une excellente idée, décréta Godwyn comme si Théodoric venait de la lui souffler. Crois-tu que d'autres moines nous soutiendront ?

— Les plus jeunes. »

Les jeunes en effet adoptaient volontiers des positions critiques à l'égard de leurs aînés. Concernant les femmes, Godwyn était convaincu que bien des moines auraient préféré vivre dans un environnement où elles seraient invisibles, à défaut d'être absentes. « Si tu évoques le sujet avec quelqu'un avant le chapitre de ce soir, fais-moi connaître sa réaction », dit-il encore, incitant par là Théodoric à rechercher des appuis.

Le dîner fut servi, un ragoût de poisson salé accompagné de haricots. Godwyn n'eut pas le temps d'en porter une cuillerée à ses lèvres : frère Murdo était venu se placer derrière lui.

Ce n'était pas un moine à proprement parler, mais un frère lai, c'est-à-dire un religieux ayant choisi de vivre dans le monde et non pas derrière les murs d'un monastère. Ne possédant rien en propre et n'ayant pas de paroisse attitrée, les frères lais estimaient respecter le vœu de pauvreté avec plus de rigueur que les moines des monastères, qui habitaient des lieux splendides et possédaient de vastes terres. Toutefois, ils étaient nombreux à faire fi de ce vœu lorsque de pieux admirateurs leur offraient terres ou argent. Ceux qui pratiquaient la tradition de moines itinérants mendiaient leur pain et dormaient par terre dans les cuisines des fidèles qui voulaient bien les accueillir. Ils prêchaient sur les marchés et devant les tavernes, et recevaient quelques pennies pour leur peine. Mais ils n'hésitaient pas à quémander auprès des monastères hébergement et nourriture, quand l'envie les prenait.

Frère Murdo était un être particulièrement déplaisant : gros, sale, avide, souvent pris de boisson, il avait été vu plusieurs fois en compagnie de prostituées. Cela dit, c'était un prédicateur remarquable, capable de tenir en haleine des auditoires de plusieurs centaines de personnes avec ses sermons hauts en couleur, mais sujets à caution du point de vue théologique.

Debout derrière Godwyn, il commença à prier d'une voix forte sans y avoir été invité. « Notre Père, bénissez ces aliments destinés à nourrir nos corps fétides et corrompus, remplis d'autant de péchés qu'il y a de vers dans le corps d'un chien crevé… »

Godwyn reposa sa cuillère avec un soupir. Les prières de Murdo n'étaient jamais brèves.

*

Une réunion du chapitre comportait toujours la lecture d'un texte, généralement tiré des règles de saint Benoît. Ce pouvait être aussi un extrait de la Bible ou d'un autre livre saint. Comme les moines prenaient place sur les bancs de pierre répartis autour de la salle octogonale du chapitre, Godwyn alla trouver celui qui était censé lire aujourd'hui et lui annonça tranquillement mais fermement qu'il ferait la lecture à sa place. Il avait l'intention de lire un passage crucial du *Livre de Timothée*.

Il se sentait nerveux. Toute une année s'était écoulée depuis son retour d'Oxford, et il avait plusieurs fois évoqué la nécessité de réformer la vie au prieuré. À ce jour, cependant, il n'avait jamais osé attaquer ouvertement Anthony. Le prieur était faible et paresseux. Pour sortir de sa léthargie, il avait besoin d'être secoué. Or saint Benoît n'avait-il pas écrit : « Toute question doit être évoquée au chapitre, car le Seigneur choisit un membre plus jeune pour révéler à la communauté la meilleure voie à suivre. » Godwyn avait toute l'autorité requise pour prendre la parole au chapitre et appeler la congrégation à respecter plus strictement les règles monastiques. Néanmoins, il se sentait soudain mal assuré et regrettait de ne pas avoir pris le temps d'élaborer une tactique qui lui serve efficacement de préambule pour citer le *Livre de Timothée*.

Mais l'heure n'était plus au regret. Il referma le livre et déclara : « Ma question s'adresse à moi-même aussi bien qu'à vous, mes frères. La voici : concernant la séparation entre les moines et les représentantes du sexe féminin, nous sommes-nous écartés des normes en vigueur à l'époque du prieur Philippe ? » Il avait appris, au cours de ses débats d'étudiant, à mentionner le sujet de la dispute sous forme de question chaque fois que c'était possible, cela de manière à réduire le champ d'action de l'adversaire.

Le premier à répondre fut le sous-prieur Carlus, l'aveugle. « Certains monastères sont situés loin de tout lieu habité, sur une île déserte, au plus profond des bois ou au sommet d'une montagne désolée », dit-il. Son débit volontairement ralenti fit bouillir Godwyn d'impatience. « Les frères qui habitent de tels ermitages ont choisi de s'isoler, de rompre tout contact avec le monde séculier, poursuivit-il sans se hâter. Kingsbridge n'a jamais été un monastère de ce type. Nous vivons au cœur d'une ville qui compte sept mille âmes. Nous veillons sur l'une des cathédrales les plus magnifiques de toute la Chrétienté. Nombre d'entre nous pratiquent la médecine parce que saint Benoît nous a enseigné de prendre soin des malades tout particulièrement. "Comme s'ils étaient le Christ lui-même." L'isolement total est un luxe qui ne nous a pas été accordé. Dieu nous a confié une mission différente. »

Godwyn s'attendait à ce genre d'objection de la part d'un homme frappé de cécité, qui s'opposait systématiquement à tout changement au point de ne pas supporter qu'on déplace un meuble. Probablement craignait-il de trébucher et de tomber.

Mais Théodoric avait un argument tout prêt : « Raison de plus pour observer la règle rigoureusement. L'homme qui vit à côté d'une taverne doit déployer une plus grande vigilance s'il ne veut pas sombrer dans la boisson. »

Un murmure approbateur parcourut la communauté. Les moines appréciaient la riposte. Godwyn fit un sourire élogieux à Théodoric, qui rougit de plaisir.

Encouragé, un novice du nom de Juley se permit de chuchoter d'une voix suffisamment forte pour être entendue de tous :

« Comment les femmes gêneraient-elles frère Carlus puisqu'il ne les voit pas ? » Sa remarque suscita des rires, mais aussi des hochements de tête désapprobateurs.

Les choses se déroulaient de façon satisfaisante, jugea Godwyn. Jusqu'ici, la victoire semblait lui être acquise. Puis le prieur demanda : « Que proposes-tu exactement, frère Godwyn ? »

Anthony n'avait pas eu besoin de passer par Oxford pour savoir qu'il était bon de forcer l'adversaire à révéler ses intentions.

Godwyn dévoila les siennes à contrecœur : « Il faudrait peut-être revenir aux positions en vigueur au temps du prieur Philippe.

— Peux-tu être plus précis ? insista Anthony. Entends-tu par là que les religieuses doivent partir ?

— Oui.

— Pour aller où ?

— Nous pourrions déplacer le couvent, en faire une annexe hors les murs, au même titre que notre collège à Oxford ou que l'ermitage de Saint-Jean-des-Bois. »

La proposition stupéfia l'auditoire. Le prieur parvint difficilement à rétablir le calme. Puis, une voix émergea du brouhaha, celle de frère Joseph, le médecin-chef. C'était un homme intelligent mais fier, et Godwyn se méfiait de lui. « Comment ferons-nous fonctionner l'hôpital sans les sœurs ? fit-il remarquer. Ce sont elles qui se chargent d'administrer les médecines aux malades, de les changer, de nourrir ceux qui ne peuvent plus s'alimenter eux-mêmes. Ce sont elles qui coiffent les vieux hommes séniles... » Ses mauvaises dents l'empêchaient de prononcer correctement les sifflantes. Quand il parlait, il donnait l'impression d'être saoul. Cela n'entachait nullement son autorité.

« Tout cela pourrait être accompli par les moines ! rétorqua Théodoric.

— Et accoucher les femmes ? riposta frère Joseph. Sans les religieuses, comment pourrions-nous venir en aide aux mères qui peinent à mettre leur bébé au monde ? »

Plusieurs moines exprimèrent leur assentiment. Godwyn, qui avait prévu cet argument, fit une proposition : « Le couvent pourrait être transféré au vieux lazaret. » Cette ancienne léproserie était située sur une petite île au milieu de la rivière, au sud de la ville. Jadis, les malades s'y entassaient, mais la lèpre avait quasiment disparu et il ne restait là-bas plus que deux patients, tous deux âgés.

Frère Cuthbert, connu pour ses saillies pleines d'esprit, murmura : « Je ne voudrais pas être celui qui préviendra mère Cécilia qu'elle doit déménager chez les lépreux. » Un rire accueillit sa boutade.

« Les femmes doivent être dirigées par des hommes, déclara Théodoric.

— Le couvent de mère Cécilia dépend de l'évêque Richard, précisa Anthony. C'est à lui qu'il revient de prendre ou non cette décision.

— Le ciel nous préserve du départ des sœurs ! » lança une voix restée muette jusque-là. C'était celle de Siméon, un homme maigre au visage allongé. Trésorier de la congrégation, il s'élevait toujours contre une proposition dès qu'elle impliquait une dépense. « Nous ne survivrons pas sans elles, dit-il.

— Et pourquoi cela ? s'enquit Godwyn, pris au dépourvu.

— Nous manquons de liquidités, expliqua Siméon. Qui paie les constructeurs quand la cathédrale a besoin d'être réparée ? Ce n'est pas nous, nous n'en avons pas les moyens. C'est mère Cécilia. Elle paie pour les fournitures de l'hospice, pour le parchemin, pour le fourrage des bêtes. Tout ce que nos deux congrégations utilisent en commun est payé par le couvent. »

Godwyn en resta ébahi. « Mais alors elles nous tiennent en leur pouvoir ! Comment est-ce possible ? »

Siméon haussa les épaules. « Au fil des ans, nombre de femmes dévotes ont légué des terres et toutes sortes de biens au couvent. »

Il devait y avoir une autre raison, se dit Godwyn, car les moines disposaient eux aussi de vastes ressources. Outre les loyers et les taxes que leur versaient presque tous les habitants de Kingsbridge, ils touchaient les revenus de milliers d'acres de terres arables. Il devait s'agir de la façon dont ces richesses étaient administrées. Mais à quoi bon chercher à en savoir davantage ? La cause était perdue. Théodoric lui-même s'était réfugié dans le silence.

« Eh bien, nous avons eu là une discussion fort intéressante, déclara Anthony sur un ton suffisant. Merci, Godwyn, d'avoir soulevé cette question. Prions maintenant. »

Mais celui-ci était trop en colère pour prier. Il n'avait pas obtenu satisfaction et il n'arrivait pas à comprendre à quel moment les choses lui avaient échappé.

Tandis que les moines quittaient la pièce l'un derrière l'autre, Théodoric lui lança un regard effrayé. « Je ne savais pas que les sœurs réglaient une aussi grande partie de nos frais.

— Personne ne le savait », répondit Godwyn durement. Et se rendant compte de sa brutalité, il se hâta d'ajouter : « Quoi qu'il en soit, tu as été magnifique, Théodoric. Tu as débattu bien mieux que nombre de diplômés d'Oxford. »

Le jeune moine en fut heureux. À l'évidence, c'était le compliment qu'il attendait.

Après le chapitre, la congrégation se dispersait, les uns allaient à la bibliothèque, les autres se promenaient dans le cloître en méditant. Ce soir, Godwyn avait un projet différent. Une pensée l'avait taraudé tout au long du dîner, puis de la réunion. Il l'avait reléguée au fond de son esprit en raison de ses autres préoccupations, mais elle revenait soudain à la charge. Cette pensée concernait le bracelet de dame Philippa, forcément subtilisé par quelqu'un et dissimulé quelque part.

Un monastère n'offrait guère de cachettes. Les moines n'étaient pas autorisés à posséder de biens personnels. À l'exception du père prieur, personne ne disposait d'une chambre, d'une armoire ou seulement d'une boîte réservée à son seul usage. La vie communautaire supposait le partage de toute chose. Même aux latrines, les moines s'asseyaient les uns à côté des autres au-dessus de la longue cuvette continuellement rincée par un filet d'eau courante.

Or, comme Godwyn avait pu s'en convaincre aujourd'hui, le monastère recelait au moins une cachette.

Il se rendit au dortoir. Par bonheur les lieux étaient déserts. Écartant l'armoire du mur, il retira la pierre descellée. Cette fois, il ne chercha pas à épier ce qui se passait de l'autre côté ; il introduisit sa main dans le trou et en explora les parois, en haut, en bas et sur les côtés. À droite, il y avait un petit creux. Godwyn glissa ses doigts à l'intérieur. Ce sur quoi ils butèrent n'était ni de la pierre ni du mortier. Grattant avec ses ongles, il parvint à extraire l'objet : un bracelet en bois.

Godwyn le tint à la lumière. Il était taillé dans du bois dur, probablement du chêne. La face intérieure en était délicatement polie, la face extérieure ornée d'un entrelacs de losanges et de carrés sculptés avec une finesse ravissante. L'on comprenait aisément que dame Philippa aime ce bijou.

Il le remit dans le trou, réinséra la pierre dans le mur et repoussa l'armoire à sa place.

Que voulait faire Philémon de ce bracelet ? Le vendre ? Il n'en tirerait guère plus d'un penny ou deux. De plus, c'était dangereux car l'objet était trop identifiable. Quant à le porter lui-même…

Godwyn regagna le cloître. Il n'était pas d'humeur à étudier ou à méditer. Il devait discuter des événements de la journée avec quelqu'un. Il éprouva le besoin de voir sa mère.

Cette pensée l'emplit de crainte. Pétronille le réprimanderait sans doute pour avoir échoué au chapitre. En revanche, elle le féliciterait certainement de la façon dont il avait manœuvré avec l'évêque. Pris du désir de tout lui raconter par le menu, il sortit du prieuré.

Les moines n'étaient pas à proprement parler autorisés à se promener en ville à leur guise. Ils devaient avoir une bonne raison pour le faire et, théoriquement, demander au prieur la permission de franchir les murs du monastère. Mais les bonnes excuses ne manquaient pas. Le prieuré, en effet, était constamment en affaire avec l'un ou l'autre des marchands de la ville, qu'il s'agisse d'acheter des vêtements ou des chaussures pour les moines, du parchemin, des cierges, des outils de jardin ou encore des brides pour les chevaux, toutes choses indispensables au bon déroulement de la vie quotidienne. De plus, le monastère étant propriétaire de presque toute la ville, il fallait vérifier l'état des installations. Enfin, les médecins pouvaient être appelés à tout moment au chevet d'un malade qui n'avait pas la force de se rendre à l'hospice. Il était donc fréquent de croiser un moine dans la rue.

De par ses fonctions de sacristain, Godwyn avait peu de chances d'être sommé d'expliquer ses raisons de quitter le prieuré. Néanmoins, mieux valait être discret. Il s'assura que personne ne le voyait quand il en franchit le portail. Laissant derrière lui le champ de foire, il s'engagea dans la grand-rue d'un pas vif et entra chez son oncle Edmond.

Comme il l'espérait, Edmond et Caris étaient sortis pour affaires et il trouva sa mère seule dans la maison, à l'exception des serviteurs. Elle l'accueillit avec chaleur. « C'est un bonheur pour une mère que de voir son fils deux fois dans la même journée ! Cela va me donner l'occasion de te remplumer. » Elle lui versa une grande chope de bière et pria la cuisinière d'apporter une assiette de bœuf froid. « Que s'est-il passé au chapitre ? » voulut-elle savoir.

Il lui raconta la scène en détail et conclut : « J'ai agi avec trop de hâte. »

Elle hocha la tête. « Mon père avait coutume de dire : "Ne convoque jamais une réunion, à moins d'être assuré que son résultat comblera tes attentes." »

Godwyn sourit. « Il faudra que je me rappelle cet adage.

— Cependant, je ne crois pas que tu aies tout raté.

— J'ai pourtant perdu la partie, avoua-t-il, soulagé de voir qu'elle n'était pas fâchée.

— Oui, mais tu as établi ta position de chef de file des réformateurs.

— Je suis passé pour un idiot.

— Cela vaut mieux que d'être un rien du tout. »

Godwyn n'était pas certain qu'elle ait raison sur ce point mais il ne la contraria pas. Il ne le faisait jamais. Il se promit d'y réfléchir plus tard. « Il s'est aussi produit une chose inattendue », lui confia-t-il, et il lui relata la scène entre Richard et Margerie sans entrer dans les détails grossiers.

Elle en resta pantoise. « Richard est devenu fou, ma parole ! Si le comte de Monmouth apprend que Margerie n'est pas vierge, le mariage sera annulé. Le comte Roland sera furieux et Richard risque d'être défroqué.

— Pourtant, bien des évêques ont des maîtresses.

— C'est différent. Un prêtre peut avoir une "intendante" qui remplit les fonctions d'une épouse sans en porter le nom. Un évêque peut en avoir plusieurs. Mais déflorer une vierge appartenant à la noblesse à quelques jours de son mariage, ce n'est pas un crime auquel un homme d'Église survivra, tout fils de comte soit-il.

— À votre avis, que dois-je faire ?

— Rien. Tu as agi magnifiquement jusqu'ici. » Il rougit de fierté. Elle ajouta : « Un jour ou l'autre, cette information sera pour toi une arme puissante. Souviens-t'en au moment opportun.

— Il y a encore une chose. En m'interrogeant sur l'existence de cette pierre descellée, il m'est venu à l'esprit que Philémon s'en était peut-être servi d'abord comme cachette. Je ne me trompais pas. J'y ai retrouvé un bracelet perdu par dame Philippa.

— Intéressant, laissa tomber la mère. J'ai la forte impression que Philémon te sera utile dans l'avenir. Il est capable de tout, vois-tu. Il n'a pas de scrupules, aucune morale. Mon père avait un associé qui était toujours prêt à faire le sale travail : inventer des rumeurs, répandre des commérages venimeux, fomenter des différends. De tels hommes peuvent se révéler inestimables.

— Vous ne pensez donc pas que je devrais rapporter le vol.

— Surtout pas ! Pousse-le à restituer le bracelet si tu estimes que c'est important. Il n'aura qu'à dire qu'il l'a retrouvé en balayant. Mais ne va pas le dénoncer. Tu en tireras bien plus d'avantages, je te le garantis.

— Alors, je dois le protéger ?

— De la même façon qu'on protège un chien fou : parce qu'il met en fuite les intrus. Philémon est dangereux, mais il vaut le mal que tu te donneras pour lui. »

10.

Le jeudi, Merthin se remit à sa sculpture du vantail.

Pour l'heure, son travail dans le bas-côté sud était achevé. Godwyn et Thomas ayant opté pour la méthode qu'il avait suggérée, plus économique, il n'avait pas besoin de fabriquer de coffrage pour les voûtes. Quant à l'échafaudage destiné aux maçons, il était monté. Revenu à son œuvre, il la jugea quasiment terminée. Il passa une heure à fignoler les cheveux d'une vierge sage et une autre à accentuer le sourire d'une vierge folle sans véritablement améliorer l'ensemble de la pièce. Il était incapable de se concentrer sur sa tâche. Ses pensées le ramenaient sans cesse à Caris ou à Griselda.

La honte le taraudait. Tout au long de la semaine, il avait à peine adressé la parole à Caris. Chaque fois qu'il la rencontrait, il se revoyait tenant Griselda dans ses bras et accomplissant avec elle – cette fille qu'il n'aimait pas, qu'il n'appréciait même pas – le plus grand acte d'amour de toute la vie d'un homme. Lui qui avait passé tant d'heures heureuses à imaginer l'instant où il s'unirait à Caris, il en était maintenant à ne plus pouvoir y penser sans angoisse. Vis-à-vis de Griselda, il n'avait rien à se reprocher – enfin, si –, mais elle n'était pas vraiment en cause. Toute autre femme lui aurait laissé ce même sentiment d'amertume d'avoir bafoué Caris, la femme qu'il aimait. Il n'avait plus la force de la regarder dans les yeux.

Revenant au portail, il tenta de le juger d'un œil critique. Était-il achevé, oui ou non ? Tout à ses réflexions, il n'entendit pas Élisabeth Leclerc monter les marches du perron. C'était une belle jeune femme de vingt-cinq ans, à la tête auréolée de boucles blondes. Elle était le fruit de l'union de sa mère, servante à l'auberge de La Cloche, avec l'ancien évêque de Kingsbridge, le prédécesseur de Richard qui, comme lui, vivait à Shiring au palais de l'évêché mais visitait fréquemment sa paroisse de Kingsbridge. Enfant illégitime, Élisabeth portait le nom de Leclerc. Elle était d'une susceptibilité maladive dès qu'il était question de statut social, prenant la mouche pour un rien. Merthin l'aimait bien malgré tout, d'abord parce qu'elle était intelligente, ensuite parce qu'elle lui avait permis de l'embrasser et de caresser ses seins quand il avait dix-huit ans. Des seins haut perchés et plats comme une soucoupe à l'envers, se rappelait-il, et avec des mamelons qui durcissaient au plus léger contact. Leur aventure avait tourné court à la suite d'une plaisanterie qu'il avait faite sur les curés libidineux. Plaisanterie insignifiante à ses yeux mais impardonnable à ceux d'Élisabeth. Néanmoins, ils se fréquentaient et Merthin appréciait sa compagnie.

Elle lui signifia sa présence par une petite tape sur l'épaule avant de s'avancer pour examiner son œuvre de plus près. La beauté de la sculpture lui coupa le souffle. Portant la main à sa bouche, elle s'écria : « On dirait qu'elles sont vivantes ! »

Sa remarque le ravit, sachant Élisabeth avare de compliments. « C'est parce qu'elles sont toutes différentes, expliqua-t-il, voulant rester modeste. Sur l'ancien vantail, elles étaient identiques.

— Non, il n'y a pas que cela. On croirait qu'elles vont sortir du rang et se mettre à parler.

— Merci.

— Tu crois que les moines les apprécieront ? C'est très différent du reste de la cathédrale.

— Elles ont plu à frère Thomas.

— Et le sacristain ?

— Godwyn ? Je ne sais pas ce qu'il en pensera. Mais s'il y a un problème, j'en appellerai au père prieur. Il ne voudra pas commander une autre porte et payer deux fois.

— Bien, dit-elle pensivement. La Bible ne mentionne pas que les vierges étaient toutes semblables, naturellement. Uniquement qu'elles étaient dix. Cinq qui eurent la bonne idée de se préparer longtemps à l'avance pour l'arrivée du roi et cinq qui attendirent la dernière minute et finalement ne purent assister au banquet. Et maître Elfric, comment réagira-t-il ?

— Ce ne sera pas à son goût.

— C'est ton patron.

— Oh, lui, tu sais ! Du moment qu'il touche son argent !… »

Elle ne parut pas convaincue. « Le problème, c'est que tu es meilleur artisan que lui et tout le monde le sait depuis des années. Voilà pourquoi il te déteste. Il risque de te le faire regretter.

— Tu vois toujours les choses en noir.

— Moi ? s'écria-t-elle, vexée. Eh bien, l'avenir nous dira si j'ai raison ou pas. Espérons que je me trompe. » Elle tourna les talons pour partir.

« Élisabeth ?

— Oui.

— Tu sais, je suis vraiment content que ma sculpture te plaise. »

Elle ne répondit pas, mais parut s'apaiser. Sur un au revoir de la main, elle s'en alla.

Considérant sa porte achevée, Merthin l'enveloppa dans de la toile à sac. Il allait la montrer à Elfric. Autant le faire maintenant et la transporter chez lui tant qu'il ne pleuvait pas.

Il demanda à un ouvrier de l'aider. Les maçons usaient d'une technique particulière pour transporter les charges lourdes et encombrantes : ils posaient par terre deux solides poteaux placés en parallèle qu'ils reliaient l'un à l'autre par des planches cn travers formant un plancher solide. Y ayant déposé l'objet à transporter, deux hommes se plaçaient entre les poteaux, un à chaque bout, et soulevaient ensemble. Ce mode de transport, appelé civière, était également employé pour déplacer les malades à l'hôpital.

La porte pesait un âne mort. Mais Merthin était habitué à transporter de lourdes charges, Elfric n'ayant jamais admis qu'il se défausse de ce travail sur quelqu'un d'autre au prétexte de sa petite taille. Merthin avait donc une force étonnante pour sa stature.

Arrivés à destination, les deux hommes entrèrent dans la maison. Apercevant du seuil Griselda assise dans la cuisine, Merthin, qui détestait les conflits, voulut être aimable. « Tu veux voir ma porte ? » proposa-t-il.

Elle arborait des rondeurs de plus en plus voluptueuses, à croire que sa poitrine plantureuse se développait davantage chaque jour.

« Pourquoi irais-je regarder une porte ?

— Parce qu'elle est sculptée. Ça représente la parabole des vierges sages et des vierges folles. »

Elle eut un rire dénué de gaieté. « Ne me parle pas de vierges, tu voudras bien ! »

Griselda lui battait froid depuis qu'il avait fait l'amour avec elle. Par toute son attitude, elle lui signifia qu'on ne l'y reprendrait plus. Pourquoi l'avait-elle aguiché si elle le détestait autant ? s'interrogeait Merthin. Les femmes étaient vraiment incompréhensibles. Il aurait pu la rassurer, lui dire qu'il éprouvait exactement le même sentiment, mais cela aurait été grossier de sa part. C'est pourquoi il se tut.

Aidé de l'ouvrier, il transporta le vantail jusque dans la cour. L'ouvrier repartit. Penché sur une pile de planches, maître Elfric était occupé à les mesurer à l'aide d'une toise de deux pieds de long. Sa langue faisait une bosse sous sa joue, comme chaque fois qu'il devait effectuer un travail de réflexion. Il jeta un coup d'œil à Merthin et poursuivit sa tâche. Sans mot dire, le jeune homme retira le tissu qui protégeait son œuvre. Ayant redressé la porte, il l'appuya contre un tas de pierres. La beauté de son travail lui procurait une fierté indicible. Il avait recopié le modèle en y apportant une touche originale qui laissait les spectateurs médusés. Il mourait d'envie de voir enfin son vantail en place dans le portail.

« Quarante-sept, dit Elfric, et il se retourna vers Merthin.

— C'est fini, déclara le jeune homme avec satisfaction. Qu'est-ce que vous en pensez ? »

Elfric resta un long moment à contempler l'œuvre et les narines de son grand nez palpitaient sous l'effet de sa surprise. Puis, sans prévenir, il frappa son apprenti en pleine figure à l'aide de sa toise. Porté par un outil aux bords à angle droit, le coup fut si douloureux que Merthin tituba, les yeux brouillés de larmes, et s'écroula sur le sol.

« Espèce d'ordure qui a souillé ma fille ! » se mit à hurler Elfric.

Merthin voulut protester. Il ne le put. Il avait la bouche en sang.

« Comment as-tu osé ? » braillait Elfric.

Comme répondant à un signal convenu, Alice apparut sur le seuil en vociférant. « Serpent ! Tu t'es introduit chez nous pour déflorer notre enfant ! »

C'est un coup monté, pensa aussitôt Merthin. Crachant le sang, il s'écria : « Déflorer Griselda ? Encore aurait-il fallu qu'elle soit vierge ! »

Elfric le frappa à nouveau à l'aide de sa batte improvisée. Merthin eut le temps de rouler sur le côté, le coup l'atteignit durement à l'épaule.

Alice hurlait : « Et Caris ? Comment as-tu pu lui faire une chose pareille ? Ma pauvre sœur aura le cœur brisé en apprenant ça.

— Je peux compter sur vous pour la prévenir dans l'instant, sorcière ! répliqua vivement Merthin.

— Ah, ah ! Maintenant, ce n'est plus en secret que tu épouseras Griselda ! continuait Alice.

— L'épouser ? Il n'en est pas question ! D'ailleurs, elle me déteste. »

Griselda choisit cet instant pour faire son apparition. « Moi non plus, je n'ai pas envie de t'épouser, tu peux me croire ! Mais je suis bien obligée : je suis enceinte à cause de toi. »

Merthin la regarda, ébahi. « C'est impossible. On n'a fait ça qu'une fois. »

Maître Elfric rit méchamment. « Il suffit d'une fois, imbécile !

— C'est égal. Je ne l'épouserai pas !

— Tu l'épouseras ou je te flanque à la porte !

— Vous ne pouvez pas faire ça.

— Et comment, que je peux !

— C'est égal. Je ne l'épouserai pas ! »

Elfric laissa tomber sa batte et s'empara d'une hache.

« Seigneur Dieu ! » s'écria Merthin.

Alice fit un pas en avant. « Maître Elfric, n'allez pas commettre un meurtre !

— Ôte-toi de mon chemin, femme ! » Elfric leva sa hache.

Merthin, toujours à terre, se réfugia dans un coin, terrifié.

Elfric abattit sa hache. Oh, non pas sur son apprenti, mais sur son œuvre. Merthin hurla.

La lame acérée pénétra dans le visage d'une vierge à la longue chevelure. Une profonde fente apparut dans le bois.

« Arrêtez-le ! » brailla Merthin.

Reprenant son élan, Elfric abattit sa hache encore plus violemment. La porte se scinda en deux.

Merthin avait bondi sur ses pieds. Il voulut crier. Un chuchotement sortit de sa gorge. « Vous n'avez pas le droit ! »

Elfric tourna sa hache contre lui. « N'avance pas, vaurien ! Ne me tente pas. »

La folie embrasait son regard, Merthin recula.

Elfric abattit une troisième fois son outil sur la porte.

Le visage baigné de larmes, Merthin assista à la destruction de son œuvre.

11.

Les deux chiens, Skip et Scrap, se saluèrent avec fougue. Ils étaient de la même portée, mais ils ne se ressemblaient pas :

Skip était un mâle au poil brun, efflanqué et soupçonneux comme le sont les chiens des campagnes ; Scrap une petite femelle noire des villes, dodue et satisfaite.

Cela faisait maintenant dix ans que Gwenda avait choisi Skip parmi les chiots bâtards de Caris, le jour où la mère de sa nouvelle amie était morte. Depuis lors, leur amitié s'était renforcée, même si elles ne se rencontraient guère plus de deux ou trois fois l'an. Gwenda et Caris partageaient tous leurs secrets. Gwenda estimait pouvoir tout dire à Caris sans crainte que cela revienne aux oreilles de ses parents ou de quiconque à Wigleigh, et elle lui prêtait la même confiance puisqu'elle-même n'avait pas d'autre amie à Kingsbridge et ne risquait donc pas d'en dire trop par inadvertance.

Gwenda était arrivée en ville le vendredi de la semaine de la foire. Son père, Joby, s'était aussitôt rendu sur le champ devant la cathédrale pour y vendre les peaux d'écureuils qu'il avait pris au piège dans la forêt, du côté de Wigleigh. Gwenda, quant à elle, était allée tout droit chez Caris, et c'était ainsi que leurs deux chiens s'étaient retrouvés.

Comme toujours, les deux amies se mirent à parler garçons. « Merthin n'est plus le même, se plaignit Caris. Dimanche, il était comme d'habitude, m'embrassait dans l'église, mais depuis lundi, il me regarde à peine dans les yeux.

— Il doit avoir quelque chose à se reprocher, répondit Gwenda immédiatement.

— C'est probablement lié à Élisabeth Leclerc. Elle a toujours l'œil sur lui, cette chienne. Mais elle est bien trop vieille !

— Tu l'as déjà fait, avec Merthin ?

— Fait quoi ?

— Tu sais bien… Quand j'étais petite, j'appelais ça grogner, parce que ce sont les bruits que poussent les grandes personnes en faisant ça.

— Ah, ça ? Non, pas encore.

— Pourquoi ?

— Je ne sais pas…

— Tu n'as pas envie ?

— Si, mais… L'idée de passer ta vie entière soumise aux volontés d'un homme, ça ne t'inquiète pas ? »

Gwenda haussa les épaules. « Je ne peux pas dire que ça m'enchante, mais ça ne m'inquiète pas.

— Et toi ? Tu l'as déjà fait ?

— Pas comme il faudrait. J'ai dit oui, une fois, il y a des années, à un garçon du village voisin. Juste pour voir comment c'était. C'est comme de boire du vin : lumineux, chaud et agréable. Je ne l'ai fait qu'une fois. Mais si Wulfric me le proposait, je dirais oui tout de suite. Et aussi souvent qu'il le voudrait !

— Wulfric ? C'est nouveau, ça !

— Si on veut. Je le connais depuis toujours, tu sais. Quand j'étais petite, il adorait me tirer les cheveux et s'enfuir en courant. Un jour, vers la Noël, je l'ai bien regardé pendant qu'il entrait dans l'église. C'était devenu un homme. Pas un gars comme tout le monde, mais un type magnifique, vraiment. Il avait de la neige dans les cheveux et une sorte d'écharpe couleur moutarde autour du cou. Il était… comment dire ? resplendissant.

— Tu l'aimes ? »

Gwenda soupira. Comment exprimer ce qu'elle ressentait ? C'était bien plus que de l'amour, c'était une obsession. Elle pensait à Wulfric à toute heure du jour, se demandait comment elle pourrait vivre sans lui. Elle s'imaginait l'enlevant et le tenant prisonnier dans une hutte au plus profond de la forêt d'où il ne pourrait jamais s'enfuir.

« Ton expression répond à ma question, dit Caris. Et lui, il t'aime ? »

Gwenda secoua la tête. « Il ne m'adresse même pas la parole. J'aimerais tellement qu'il me montre que j'existe pour lui, même en me tirant les cheveux. Mais il est amoureux d'Annet, la fille de Perkin, cette grosse vache qui ne pense qu'à elle ! Il l'adore. Leurs pères sont les deux paysans les plus riches du village. Celui d'Annet élève des poules pondeuses. Celui de Wulfric possède cinquante acres de terres.

— À t'en croire, c'est sans espoir.

— Qui sait ? En fait, rien n'est jamais désespéré. Annet peut mourir et Wulfric se rendre compte brusquement qu'il m'a toujours aimée. Mon père pourrait être nommé comte et lui ordonner de m'épouser. »

Caris sourit. « Tu as raison : rien n'est jamais désespéré en amour. J'aimerais bien le rencontrer, ce garçon. »

Gwenda se leva. « J'attendais que tu le dises. Allons essayer de le trouver. »

Elles sortirent dans la rue, leurs chiens sur les talons. Les trombes d'eau qui s'étaient abattues sur la ville plus tôt dans la semaine avaient fait place à de courtes averses, et la grand-rue était toujours un torrent de boue, auquel s'ajoutaient maintenant toutes sortes de déjections animales, de légumes avariés et d'ordures jetés par les milliers de visiteurs venus en ville pour la foire.

Tout en pataugeant dans ces flaques répugnantes, Caris s'enquit de la famille de Gwenda. « Pa veut acheter une vache, parce que la nôtre est morte, répondit son amie, mais je ne vois pas comment il peut faire. Il n'a que quelques peaux d'écureuils à vendre.

— Une vache coûte douze shillings, cette année, dit Caris sur un ton compatissant. Ça fait cent quarante-quatre pennies d'argent. » Elle calculait toujours de tête. Et le faisait avec une grande facilité depuis que Buonaventura Caroli lui avait enseigné les chiffres arabes.

« Ces dernières années, c'était grâce à cette vache que nous passions l'hiver. Surtout les petits. » Ma avait perdu quatre enfants malgré tout. Gwenda, qui connaissait les affres de la faim, comprenait que Philémon ait toujours voulu être moine. Être assuré de manger à sa faim chaque jour de sa vie valait tous les sacrifices ou presque.

« Et ton père, que compte-t-il faire ? demanda Caris.

— Oh, il trouvera bien une ruse, je ne m'inquiète pas pour lui, même si une vache n'est pas une babiole que tu glisses subrepticement dans ta musette. » Mais au fond d'elle-même, Gwenda n'était pas aussi confiante qu'elle voulait le paraître. Car si son père était malhonnête et agissait souvent au mépris de la loi, il n'était pas intelligent. Rien ne garantissait qu'il réussisse son coup, cette fois-ci.

Elles franchirent les portes du prieuré et pénétrèrent sur le vaste champ de foire. Après six jours de mauvais temps, les commerçants faisaient grise mine. Leurs marchandises étaient trempées et leurs bénéfices minimes.

La conversation qu'elle venait d'avoir avec Caris laissait Gwenda mal à l'aise. Les deux amies évoquaient rarement leur différence de statut. Chaque fois que Gwenda venait la voir, Caris lui donnait un cadeau, tantôt un fromage ou un poisson séché, tantôt un coupon de tissu ou un pot de miel. Gwenda lui en était profondément reconnaissante. Mais rien n'était dit, excepté un mot de remerciement. Quand son père cherchait à la convaincre de dérober quelque chose chez son amie, Gwenda rétorquait que c'en serait fini de leur amitié, alors qu'en étant honnête, elle était assurée de rapporter quelque chose à la maison deux ou trois fois l'an. Et Pa en convenait.

Gwenda se mit en quête de l'endroit où Perkin vendait ses poules, certaine d'y trouver sa fille, et Wulfric par voie de conséquence. Le gros paysan siégeait derrière son étal, obséquieux avec les clients, brutal avec les autres. Annet faisait sa coquette parmi la foule en souriant sous son bonnet d'où s'échappaient joliment ses mèches de cheveux. Le lourd plateau d'œufs qu'elle tenait serré contre elle tirait sur le tissu de sa robe, soulignant le galbe de ses seins. Comme de juste, Wulfric la suivait pas à pas, archange égaré sur la terre des hommes.

— C'est lui, là-bas, murmura Gwenda. Le grand avec...

— Inutile de préciser, répondit Caris. Il est si beau qu'on le mangerait.

— Tu vois ce que je veux dire...

— Il n'est pas un peu jeune, quand même ?

— Il a seize ans, moi dix-huit. Annet aussi en a dix-huit.

— Bien.

— Je sais ce que tu penses. Qu'il est trop beau pour moi.

— Mais pas du tout.

— Les hommes beaux ne se prennent pas d'amour pour les femmes laides.

— Tu n'es pas laide...

— Je me suis déjà vue dans une glace, tu sais. » À ce douloureux souvenir, Gwenda fit la grimace. « En voyant mon grand nez et mes petits yeux rapprochés, j'ai éclaté en sanglots. Je suis le portrait de mon père. »

Caris protesta. « Tu as de beaux yeux bruns et un regard très doux. Et aussi de merveilleux cheveux épais.

— Il est bien plus beau que moi ! »

Wulfric se tenait à proximité, immobile, offrant aux deux jeunes filles la vue d'un profil parfait. Elles restèrent un moment à l'admirer en silence. Puis il fit un mouvement. L'autre côté de son visage leur apparut : tuméfié et tellement boursouflé qu'on ne voyait plus son œil.

Gwenda ne put retenir un cri. Elle courut vers lui. « Que t'est-il arrivé ? » s'exclama-t-elle.

Il la regarda, interloqué. « Oh, c'est toi, Gwenda ! Je me suis battu. » Il se détourna, visiblement embarrassé.

« Avec qui ?

— Un écuyer du comte.

— Comme tu dois avoir mal !

— Je vais très bien. Inutile de t'en faire ! » répondit-il avec impatience, ne comprenant pas son inquiétude. Peut-être imaginait-il qu'elle se réjouissait de son malheur.

« C'était qui, cet écuyer ? » demanda Caris.

Wulfric la regarda avec intérêt, devinant à sa tenue qu'elle appartenait à une famille fortunée. « Ralph Fitzgerald, dit-il.

— Oh, le frère de Merthin ! Et vous l'avez blessé ?

— Je lui ai cassé le nez, répondit-il non sans fierté.

— Et vous n'avez pas été châtié ?

— Une nuit au pilori.

— Pauvre de toi ! s'écria Gwenda avec angoisse.

— Ce n'était pas si terrible. Mon frère s'est assuré que personne ne venait me faire de misères.

— Quand même… » Gwenda était horrifiée. L'idée d'être emprisonné de quelque façon que ce soit lui semblait la pire des tortures.

Ayant terminé de servir un client, Annet rejoignit le petit groupe. « Oh, c'est toi », lança-t-elle froidement à Gwenda. À l'inverse de Wulfric, elle était consciente de ses sentiments pour lui et la traitait avec une hostilité mêlée de dédain. « Wulfric s'est battu contre un écuyer qui m'avait insultée, expliqua-t-elle avec une satisfaction évidente. Exactement comme les chevaliers des ballades.

— Moi, ça ne me ferait aucun plaisir qu'il se fasse écrabouiller le visage pour mes beaux yeux ! répliqua Gwenda avec brusquerie.

— Ne t'inquiète pas. Il y a peu de chances que ça se produise », riposta Annet avec un sourire triomphant.

À quoi Caris laissa tomber : « Il ne faut jamais dire "Fontaine"… »

163

Annet la dévisagea, décontenancée de se voir interrompue par une inconnue aux si riches atours qui s'affichait en compagnie de Gwenda.

« C'était un plaisir que d'échanger quelques mots avec vous, gens de Wigleigh. » Sur ces paroles prononcées de sa voix la plus suave, Caris s'éloigna, entraînant son amie par le bras.

« Tu lui as drôlement rabattu son caquet, s'exclama Gwenda en riant nerveusement.

— Elle m'a agacée. C'est à cause de filles comme elle que les femmes ont mauvaise réputation.

— Elle est ravie que Wulfric se soit fait tabasser pour elle. Je lui arracherais les yeux avec un de ces plaisirs !

— En dehors de sa beauté, qu'est-ce qu'il a, ce garçon ? demanda Caris d'un air pensif.

— Il est solide, fier, loyal. Du genre à se battre pour son honneur. Mais aussi à s'inquiéter des siens sans relâche, une année après l'autre, jusqu'au jour de sa mort. »

Comme Caris ne répondait rien, Gwenda ajouta : « Il ne t'a pas plu ?

— De ce que tu en dis, il a l'air un peu benêt.

— Si tu avais eu un père comme le mien, tu ne trouverais pas bête de vouloir à tout prix pourvoir au bien-être des siens.

— Je sais, répondit Caris en serrant le bras de Gwenda. S'il est effectivement comme tu le dis, je pense qu'il serait un homme merveilleux pour toi. Pour te le prouver, je vais t'aider.

— Comment ça ? s'ébahit Gwenda qui ne s'attendait pas à pareille proposition.

— Suis-moi. »

Elles quittèrent la foire et se dirigèrent vers le nord de la ville. Caris conduisit Gwenda jusqu'à une petite maison dans une rue écartée de la paroisse Saint-Marc. « Ici vit une femme de grande sagesse », dit-elle.

Laissant leurs chiens dehors, les deux amies se glissèrent sous une porte basse et débouchèrent dans une longue pièce étroite divisée en deux par un rideau. La première moitié était occupée par une chaise et un banc. La cheminée devait se trouver au fond, pensa Gwenda, étonnée qu'on puisse vouloir cacher ce qui se passait dans la cuisine. La salle était propre. Il planait une puissante odeur d'herbe légèrement acide qui, sans être un parfum, n'était pas déplaisante. « Mattie, c'est moi ! » annonça Caris du seuil.

L'instant d'après, une femme écartait le rideau et s'avançait vers elles. Âgée d'une quarantaine d'années, elle avait les cheveux gris et le teint pâle des personnes qui ne sortent pas souvent. À la vue de Caris, elle sourit. Dévisageant durement Gwenda, elle déclara : « Je vois que ton amie est amoureuse, mais que le garçon en question ne fait pas attention à elle. »

Gwenda ne put cacher sa surprise. « Comment le savez-vous ? »

Mattie se laissa tomber lourdement sur la chaise. Elle était pesante et s'essoufflait rapidement. « Les gens viennent me voir pour trois raisons : la maladie, la vengeance et l'amour. Tu m'as l'air en bonne santé et tu n'as pas l'âge d'être taraudée par la vengeance. Reste l'amour. Et le garçon pour qui tu as des sentiments ne doit pas s'intéresser à toi, sinon tu ne viendrais pas me demander de t'aider. »

Gwenda jeta un coup d'œil à Caris. Celle-ci exultait. « Je te l'avais dit que c'était une sage ! » Les deux amies prirent place sur le banc et attendirent la suite d'un air anxieux.

« Il habite probablement près de chez toi ; dans ton village, je suppose. Mais sa famille est plus riche que la tienne.

— C'est vrai ! » s'écria Gwenda, stupéfaite. Elle se rendait compte que Mattie lançait ses affirmations au petit bonheur la chance, mais ce qu'elle disait était si proche de la vérité que Gwenda aurait juré qu'elle avait le don de double vue.

« Est-il beau ?

— Très.

— Et il est amoureux de la plus jolie fille du village, n'est-ce pas ?

— Si on aime ce genre de beauté.

— Sa famille à elle est plus riche que la tienne, n'est-ce pas ?

— Oui. »

Mattie hocha la tête. « Air connu. Je peux t'aider. Mais tu dois d'abord bien comprendre que ce que je fais n'a rien à voir avec le monde des esprits. Dieu seul est capable d'accomplir des miracles. »

Cette remarque laissa Gwenda perplexe. Tout le monde savait que les esprits des morts avaient la haute main sur les aléas de la vie. S'ils étaient contents de vous, ils faisaient tomber les lapins dans vos pièges, vous donnaient des bébés en bonne santé et faisaient briller le soleil sur votre champ de blé. Mais si vous les aviez irrités d'une façon ou d'une autre, ils pouvaient mettre le ver dans vos pommes, donner à votre vache un veau mal formé et rendre votre mari stérile. Même les médecins du prieuré reconnaissaient que les prières aux saints étaient plus efficaces que leurs médecines.

Mattie continuait : « Ne désespère pas. Je peux te fournir un philtre d'amour.

— Je suis désolée, je n'ai pas un sou.

— Je sais. Mais ton amie Caris t'aime beaucoup. Elle veut ton bonheur. Elle est prête à payer le prix du philtre. Quant à toi, tu devras respecter scrupuleusement mes consignes. Peux-tu te retrouver seule avec ce garçon pendant une heure entière ?

— Je me débrouillerai.

— À ce moment-là, verse le philtre dans sa boisson. Au bout de quelques instants, il tombera amoureux de toi. Mais attention : si une autre fille se trouve dans la pièce quand il boira ce philtre, il risque de tomber amoureux d'elle. Par conséquent, veille bien à ce qu'il n'y ait pas d'autre femme dans les parages et sois très douce avec lui. Il pensera que tu es la femme la plus désirable au monde. Embrasse-le, dis-lui qu'il est merveilleux. Tu peux faire l'amour avec lui si tu veux. Après, il s'endormira. Au réveil, il se souviendra seulement d'avoir passé dans tes bras l'heure la plus heureuse de sa vie, et il voudra refaire l'amour avec toi le plus tôt possible.

— Une seule dose suffit ?

— Oui. La deuxième fois, ce seront ton amour et ton désir qui agiront, ta féminité. Une femme peut rendre heureux n'importe quel homme sur terre, pourvu qu'il lui en donne l'occasion. »

À cette pensée, Gwenda se sentait devenir lascive. « Je meurs d'impatience ! s'écria-t-elle.

— Eh bien, allons composer la mixture ! prononça Mattie d'une voix décidée en se hissant sur ses jambes. Vous pouvez me suivre derrière le rideau. Il n'est là que pour les ignorants. »

Gwenda et Caris lui emboîtèrent le pas. Le dallage en pierre de la cuisine luisait de propreté. L'âtre de la grande cheminée était encombré par un nombre impressionnant de crochets et de trépieds, en quantité bien supérieure à ce dont une femme seule avait besoin pour faire cuire ses aliments. Il y avait aussi une vieille table écornée au plateau gratté et frotté avec soin mais qui portait la trace de brûlures anciennes, ainsi qu'un cabinet fermé à clef où Mattie rangeait sans doute les précieux ingrédients qu'elle utilisait pour préparer ses philtres. Toute une série de pots en terre s'alignait sur une étagère et une grande ardoise accrochée au mur portait des chiffres et des lettres barrées, probablement un pense-bête se rapportant à des recettes.

« Pourquoi cachez-vous votre cuisine derrière un rideau ? voulut savoir Gwenda.

— L'homme qui prépare les onguents et les médecines a pour nom apothicaire. Lorsque c'est une femme qui exerce cette activité, on l'appelle sorcière. Il y a en ville une femme, Nell, qui se promène en appelant le démon. Tout le monde sait qu'elle est folle. Murdo, le frère lai, l'a accusée d'hérésie. Pourtant elle ne fait rien de mal. Elle a seulement l'esprit dérangé. Mais Murdo se démène comme un beau diable pour qu'on lui intente un procès. Les hommes aiment bien tuer une femme de temps en temps, et les dénonciations de Murdo sont une bonne excuse. Après, il recevra des aumônes. C'est pourquoi je dis toujours aux gens que Dieu seul accomplit des miracles. Je ne fais pas intervenir les esprits. J'utilise seulement des herbes de la forêt et mon talent d'observation. »

Laissant Mattie à son bavardage, Caris vaquait dans la cuisine en toute liberté. Visiblement, elle se sentait chez elle dans cette maison. Elle déposa sur la table un pot et une écuelle. Mattie lui tendit une clef et elle alla ouvrir l'armoire. « Verse trois gouttes d'essence de coquelicot dans une cuillerée de vin distillé, lui ordonna-t-elle. Il ne faut pas que la mixture soit trop forte, sinon il s'endormira avant qu'elle n'ait le temps d'agir. »

Gwenda ne put cacher sa surprise. « C'est toi qui vas préparer le philtre, Caris ?

— Il m'arrive d'aider Mattie. Mais ne le dis pas à Pétronille, elle serait fâchée.

— Ses cheveux pourraient brûler sur sa tête que je ne lui dirais rien ! » répliqua Gwenda qui détestait la tante de Caris. Celle-ci le lui rendait bien du fait de sa modeste origine. Pour cette même raison, Pétronille ne devait pas non plus porter Mattie dans son cœur, car le statut social était une chose capitale à ses yeux. Que son amie, fille d'un homme fortuné, puisse jouer les apprentis sorciers aux confins de la ville, chez une pauvresse qui pratiquait la médecine, sidérait Gwenda. Il était vrai que Caris s'était toujours intéressée aux maladies et aux façons de les traiter, se rappela Gwenda en la regardant composer le mélange. Petite fille, elle voulait déjà être médecin et ne comprenait pas que le clergé soit seul autorisé à étudier la médecine. Gwenda n'avait pas oublié l'étonnement de Caris quand on lui avait annoncé que l'état de sa mère empirait : « *Pourquoi* faut-il que les gens tombent malades ? » Mère Cécilia avait répondu que c'était à cause de leurs péchés ; Edmond, quant à lui, avait expliqué que personne ne le savait vraiment. Aucune de ces réponses n'avait satisfait Caris. Peut-être était-elle toujours à la recherche de la bonne réponse et espérait-elle la trouver ici, dans la cuisine de Mattie ?

Caris versa le liquide dans une fiole minuscule et la ferma à l'aide d'un bouchon qu'elle entoura d'une cordelette nouée bien serrée.

Gwenda cacha la fiole dans la bourse de cuir attachée à sa ceinture. Comment parviendrait-elle à retenir Wulfric toute une heure auprès d'elle ? Elle avait parlé à la légère en prétendant qu'elle trouverait bien une solution. Maintenant qu'elle était en possession du philtre, la tâche lui paraissait impossible. Wulfric s'impatientait dès qu'elle lui adressait la parole. Il ne souhaitait qu'une chose : être auprès d'Annet à tout moment de la journée. Par quel moyen le convaincre de rester en tête-à-tête avec elle ? Lui dire : « Je voudrais te montrer un endroit où pondent les canards sauvages… » ? Wulfric n'était pas idiot, même s'il était naïf. En lui révélant une cachette dont elle aurait dû faire profiter sa propre famille, il se douterait immédiatement qu'elle avait une idée derrière la tête.

Caris remit à Mattie douze pennies d'argent, l'équivalent de ce que gagnait Pa en deux semaines. « Merci, Caris, s'écria Gwenda. J'espère que tu viendras à mon mariage. »

Caris éclata de rire. « C'est ça qui me fait plaisir : redonner confiance aux gens ! »

Elles dirent au revoir à Mattie et revinrent à la foire. En chemin, Gwenda se promit de découvrir où Wulfric logeait à Kingsbridge. Il devait être descendu dans une auberge puisque sa famille était trop riche pour réclamer l'hospitalité au monastère. L'air de ne pas y toucher, elle lui demanderait le nom de cette auberge, à lui ou à son frère. Par curiosité, tout simplement. Pour savoir quelle était la meilleure hôtellerie de la ville.

Croisant un moine en chemin, Gwenda se rappela son frère, honteuse soudain de ne pas avoir cherché à le voir. Pa ne s'inquiéterait certainement pas de lui ; il l'avait toujours détesté. Mais Gwenda l'aimait beaucoup malgré son côté sournois, menteur et malveillant, et Philémon le lui rendait bien. Ils avaient souffert ensemble de la faim, de si longs hivers. C'était décidé : sitôt qu'elle aurait revu Wulfric, elle partirait à sa recherche.

À quelques pas du champ de foire, les deux amies tombèrent sur le père de Gwenda devant l'auberge de La Cloche, qui jouxtait le portail du prieuré. Il était accompagné d'un homme en tunique jaune, portant un paquet sur le dos et menant une vache. Apercevant sa fille, Pa lui fit un grand geste du bras. « J'ai trouvé une vache ! »

Gwenda examina la bête. Elle avait dans les deux ans et n'était pas bien grosse. Elle n'avait pas non plus l'œil placide, mais à première vue elle paraissait en bonne santé. « Elle m'a l'air très bien, déclara-t-elle.

— Je te présente Sim le Colporteur », dit le père en désignant du pouce le propriétaire de la vache avec lequel il s'entretenait, un homme à l'air mauvais.

Les colporteurs voyageaient de village en village pour y vendre toutes sortes d'articles courants – des aiguilles à coudre, des boucles, des miroirs à main, des peignes. Cette vache avait peut-être été volée, mais quelle importance, si le prix demandé était juste.

« Où as-tu trouvé l'argent ? s'enquit Gwenda.

— En fait, je ne la paie pas vraiment, répondit le père, gêné.

— Alors comment fais-tu ? » demanda-t-elle sans s'étonner. Son père arrivait presque toujours à ses fins par des moyens peu catholiques.

« Disons que c'est un échange.

— Et tu donnes quoi au colporteur, en échange de sa vache ?

— Toi !

— Ne dis pas de bêtises ! » Mais à peine eut-elle prononcé ces mots qu'elle sentit un nœud coulant passer au-dessus de sa tête et lui emprisonner la taille et les bras.

C'était un mauvais rêve ! Elle se débattit pour se libérer mais Sim tira fort sur la corde pour la serrer davantage.

« Tu ne vas pas en faire tout un drame ! réagit Pa.

— Mais qu'est-ce que tu fais, idiot ? s'écria-t-elle, éberluée. Tu ne peux pas me vendre comme ça !

— C'est pourtant simple, expliqua le père. Sim a besoin d'une femme et moi d'une vache. »

Le Sim en question prit la parole pour la première fois. « Elle est plutôt laide, ta fille.

— C'est ridicule ! » s'écria Gwenda.

Sim lui sourit. « Ne t'inquiète pas, Gwenda, je serai bon envers toi aussi longtemps que tu seras gentille et feras ce qu'on te dit. »

Non, ce n'était pas une plaisanterie, c'était un échange mûrement réfléchi. La peur transperça son cœur comme une aiguille.

« Cette plaisanterie a assez duré, intervint Caris d'une voix forte et claire. Libérez Gwenda immédiatement !

— Qui es-tu, pour nous donner des ordres ? rétorqua Sim sans la moindre timidité.

— La fille du prévôt de la guilde de la paroisse.

— Et puis quoi encore ? ricana Sim. Et même si c'est vrai, tu n'as aucune autorité sur moi ou sur mon ami.

— Vous ne pouvez pas échanger une fille contre une vache !

— Qu'est-ce qui nous en empêche ? riposta Sim. C'est ma vache, et la donzelle est la fille de Joby. »

Leurs cris avaient attiré l'attention. Des passants s'arrêtaient pour regarder cette fille ligotée. « Qu'est-ce qui se passe ? » demanda quelqu'un. D'autres répondirent : « Ce type a vendu sa fille pour une vache. » Gwenda vit l'effroi saisir son père. Visiblement, il se mordait les doigts de ne pas avoir prévu la réaction des badauds ni effectué sa transaction dans une ruelle écartée. Mais il n'était pas assez intelligent pour cela. Gwenda comprit que ces badauds, justement, étaient son seul espoir.

Un moine sortait du prieuré. « Frère Godwyn ! le héla Caris en joignant le geste à la parole. Viens vite, s'il te plaît ! Aide-nous à régler un différend ! » Et d'ajouter avec un regard de triomphe à l'adresse de Sim : « Le prieuré a juridiction sur toutes les transactions effectuées à la foire. Frère Godwyn est le sacristain. Je pense que vous accepterez son autorité.

— Bonjour, ma cousine, répondit Godwyn. Que se passe-t-il donc ici ?

— Votre cousine, vraiment ? » grogna Sim avec une grimace de dégoût.

Godwyn lui retourna un regard glacial. « Quel que soit l'objet de la dispute, je ferai de mon mieux pour l'examiner en toute justice, comme il sied à un homme de Dieu. Vous pouvez compter sur moi, j'espère.

— Heureux de vous l'entendre dire, mon père », réagit Sim, se faisant obséquieux.

Joby ne fut pas en reste. « Je vous connais, mon frère. Mon fils Philémon vous est totalement dévoué. Vous avez été la bonté même pour lui.

— Bien, cela suffit ! Que se passe-t-il donc ? »

Et Caris entreprit d'expliquer : « Joby, que voici, veut vendre Gwenda pour une vache. Explique-lui qu'il n'en a pas le droit.

— C'est ma fille, mon frère. Elle a dix-huit ans et elle est vierge. Je peux en faire ce que je veux.

— Quand même, admit Godwyn, c'est honteux de vendre ses enfants. »

À ces mots, Joby prit un ton pathétique. « Je ne m'y résoudrais pas si je n'en avais pas trois autres à la maison, messire, et si je n'étais pas un ouvrier sans terre qui n'a pas les moyens de nourrir ses enfants l'hiver quand il n'a pas de vache. Et la nôtre est morte de vieillesse. »

Un murmure de sympathie parcourut la foule de plus en plus nombreuse. Nul n'ignorait les difficultés liées à l'hiver. Que de gens en étaient parfois réduits aux pires extrémités pour subvenir aux besoins de leur famille ! Gwenda sentit ses espoirs vaciller.

171

« Que ce soit une honte, libre à vous de le penser, frère Godwyn. La question est de savoir si c'est un péché », lança le colporteur sur le ton de l'homme qui connaissait déjà la réponse, et Gwenda se dit qu'il avait déjà été confronté à cette situation.

Godwyn déclara, après une hésitation évidente : « La Bible, semble-t-il, condamne le fait de vendre sa fille comme esclave. Livre de l'Exode, chapitre 21.

— On est des chrétiens, nous ! L'Ancien Testament, ça ne nous concerne pas ! s'écria Joby.

— Le Livre de l'Exode ! » s'exclama Caris, outragée.

Une spectatrice se joignit à elle, une femme pauvrement vêtue, de petite taille et trapue, dotée d'une mâchoire prognathe qui lui donnait un air déterminé. « Nous ne sommes pas les enfants d'Israël. Nous ne sommes plus au temps de l'esclavage ! » affirma-t-elle sur un ton d'autorité. Gwenda reconnut en elle Madge, l'épouse de Marc le Tisserand.

À quoi Sim rétorqua : « Et les apprentis qui ne touchent pas de salaire et sont battus par leur maître ? Et les novices dans les monastères et les couvents ? Et tous ceux qui s'échinent dans les châteaux des nobles en échange du gîte et du couvert ?

— Ils ont la vie dure, je n'en disconviens pas, répliqua Madge. Mais ils ne peuvent pas être achetés ou vendus. Le peuvent-ils, frère Godwyn ?

— Je ne saurais dire si ce commerce est légal, répondit l'interpellé. À Oxford, j'ai étudié la médecine, pas le droit. En tout cas, je ne vois pas de textes dans les Saintes Écritures ou dans les enseignements de l'Église spécifiant qu'il s'agit là d'un péché. » Levant une épaule, il regarda Caris. « Je suis désolé, ma cousine. »

Les bras croisés sur sa poitrine, Madge la Tisserande se planta devant Sim. « Dis-moi un peu, le colporteur ! Tu comptes t'y prendre comment pour la faire sortir de la ville ?

— Comme je m'y suis pris pour faire entrer ma vache : en la menant au bout d'une corde.

— Sauf que ta vache, tu n'avais pas à la faire passer devant moi et les autres ! »

Un élan d'espoir inonda à nouveau le cœur de Gwenda. Combien de personnes parmi ces badauds prendraient-elles son parti, elle n'aurait su le dire. Mais si l'affaire tournait au pugilat, il y avait tout lieu de penser qu'ils soutiendraient Madge plutôt que Sim, qui n'était pas de la ville.

« Ça va, la mégère ! J'en ai apprivoisé de plus dures que toi !

— Peut-être que tu as seulement eu de la chance, riposta-t-elle sans se laisser démonter et elle posa la main sur la corde.

— Ôte tes pattes de mon bien ou gare à toi ! » s'écria Sim en la lui arrachant.

Madge posa alors la main sur l'épaule de Gwenda.

Sim la repoussa rudement. Elle chancela en arrière. Un murmure de protestation monta de la foule.

« Si tu voyais son mari, tu t'abstiendrais », lança une voix.

Un rire secoua la populace. Madge avait pour époux un géant d'une douceur infinie. Si seulement il pouvait apparaître ! pensa Gwenda.

Mais ce fut le sergent de ville qui débarqua sur ces entrefaites. John avait le don pour flairer les rassemblements à cent pas à la ronde. « On se calme, dit-il. Est-ce que tu nous créerais des ennuis, colporteur ? »

Les colporteurs ayant mauvaise réputation, Gwenda eut un regain d'espoir en voyant John le soupçonner d'emblée d'être à l'origine des troubles.

Sim se fit tout miel immédiatement. « Excusez le dérangement, messire, mais un acheteur ne devrait-il pas pouvoir quitter Kingsbridge avec sa marchandise, quand il l'a dûment payée au prix convenu ?

— Naturellement, convint John, car il n'ignorait pas que la réputation d'une foire se fondait sur l'honnêteté de ses pratiques commerciales. Qu'as-tu donc acheté ?

— Cette fille.

— Ah…, fit John, quelque peu abasourdi. Et qui te l'a vendue ?

— Moi, intervint Joby. Je suis son père. »

Sim reprit : « Et cette dame, là, avec le grand menton, veut m'empêcher d'emmener la fille.

— Et comment ! déclara Madge. Je n'ai jamais entendu dire qu'une femme pouvait être achetée ou vendue sur le marché de Kingsbridge, et personne ici non plus !

— Un père peut agir avec ses enfants comme il l'entend ! la coupa Joby. Quelqu'un en douterait-il parmi vous ? » Il promena sur la foule un regard interrogateur.

Tout le monde s'accordait à reconnaître au père un pouvoir absolu sur sa progéniture, qu'il traite ses enfants avec bonté ou qu'il les martyrise. Par conséquent, personne ne le démentirait. Le comprenant, Gwenda ne put retenir sa colère : « Vous ne resteriez pas là, les bras ballants, si vous aviez eu un père comme lui, bonnes gens ! Qui parmi vous a été vendu par ses parents ? Qui a été forcé de voler dans son enfance, sous prétexte que des petites mains se faufilent plus discrètement dans la bourse des gens ? »

Joby commença à s'inquiéter. « Elle délire, messire le gendarme. Aucun de mes enfants n'a jamais volé !

— Ça n'a pas d'importance, dit John. Que chacun m'écoute bien, car je vais rendre mon jugement. Ceux qui ne seront pas d'accord pourront aller se plaindre au prieur. Mais si l'un de vous se révolte ou crée de l'agitation, qui que ce soit, je l'arrête sur-le-champ. C'est bien clair ? » Il promena sur l'assistance un regard belliqueux. Personne ne pipa mot. Tout le monde était curieux d'entendre sa décision. Il reprit : « En ce qui me concerne, je ne vois rien d'illégal dans cette transaction. Moyennant quoi, j'autorise Sim le Colporteur à partir où bon lui semble avec la fille.

— Je vous l'avais dit...

— Ferme-la, Joby ! Et toi, Sim, va-t'en sans plus tarder ! Quant à toi, la Tisserande, si tu lèves la main, je te mets au pilori et ce n'est pas ton mari qui m'en empêchera. Et vous, Caris la Lainière, vous pouvez vous plaindre de moi à votre père si ça vous chante. »

John n'avait pas fini de parler que Sim tirait déjà durement sur la corde. Entraînée en avant, Gwenda n'eut d'autre solution que de poser un pied devant elle pour ne pas tomber. Et c'est ainsi qu'elle se retrouva malgré elle à descendre la rue, moitié trébuchant, moitié courant. Du coin de l'œil, elle vit Caris lui emboîter le pas et le sergent de ville la retenir par le bras malgré ses protestations. L'instant d'après, Caris avait disparu.

D'un pas rapide, Sim descendit la grand-rue rendue glissante par la boue en tirant toujours sur la corde. Aux abords du pont, prise de désespoir, Gwenda voulut résister et rejeta le corps en arrière. Il réagit en donnant une secousse si violente sur la corde qu'elle s'affala de tout son long. Ayant les bras liés sur les côtés, elle ne put amortir la chute et atterrit sur la poitrine, le visage dans la boue. Parvenue à se remettre debout, elle continua de déployer toute la résistance dont elle était capable malgré ses douloureuses contusions. Tenue en laisse comme un animal, terrorisée et trempée, elle traversa le pont d'un pas chancelant à la suite de son propriétaire et se retrouva bientôt à cheminer sur la route menant à la forêt.

*

Sim le Colporteur la conduisit par les faubourgs de la ville nouvelle jusqu'à un carrefour appelé la croisée au Gibet, car c'était ici qu'avaient lieu les pendaisons. Arrivé là, il prit au sud, en direction de Wigleigh. Il avait attaché la corde à son poignet ; ainsi Gwenda ne pouvait lui échapper même s'il ne la surveillait pas. Skip avait trottiné derrière eux malgré les pierres que Sim lui lançait. Mais quand l'une d'elles atterrit sur son museau, il battit en retraite, la queue entre les jambes.

Après plusieurs lieues, alors que le soleil commençait à baisser, Sim quitta la route pour entrer dans la forêt. Gwenda n'avait pas remarqué de repère, mais Sim semblait avoir choisi cet endroit délibérément. Et de fait, au bout d'une centaine de pas au milieu des taillis, ils débouchèrent sur un sentier. Il devait mener à un point d'eau, se dit Gwenda, car des traces de pattes d'animaux s'entrecroisaient sur le sol – celles de cerfs, notamment. Ils arrivèrent bientôt à un terrain bourbeux traversé par un petit ruisseau.

Sim s'agenouilla près de l'eau. Unissant ses mains en coupe, il puisa de l'eau et but. S'étant désaltéré, il détacha la corde pour la remonter autour du cou de Gwenda avant de la conduire au bord de l'eau.

Elle se lava d'abord les mains avant de boire à longues gorgées assoiffées.

« Lave-toi le visage, ordonna-t-il. Tu es déjà assez moche comme ça ! »

Elle obtempéra, se demandant avec angoisse ce que cachait cet intérêt subit pour son apparence.

Le sentier se poursuivait de l'autre côté du point d'eau. Ils reprirent leur chemin. De constitution solide, Gwenda pouvait marcher toute une journée, mais après ce qu'elle venait de vivre, elle était épuisée. Quel sort l'attendait, une fois arrivée à destination ? Un sort affreux assurément. Pire que tout ce qu'elle avait connu à ce jour. Pourtant, elle aurait donné tout ce qu'elle possédait pour être déjà là-bas et s'asseoir un moment.

La nuit tombait. La voie des cerfs se poursuivait encore sur une demi-lieue sous les arbres pour aboutir au pied d'une colline. Sim s'arrêta près d'un gros chêne et siffla doucement.

Un instant plus tard, une silhouette se matérialisa à l'orée des bois. « Tout va bien, Sim.

— Tout va bien, Jed.

— Qu'est-ce que tu nous ramènes là, une tarte aux fruits ?

— T'inquiète, Jed ! Pour six sous, t'en auras une tranche et les autres aussi. »

C'était donc à cela que Sim prévoyait de l'employer ! À assouvir les désirs des hommes ! Face à l'horreur de ce destin, Gwenda chancela et s'écroula à genoux.

« Six sous, tu dis ? »

Si la voix de Jed lui parut provenir de très loin, Gwenda perçut sans erreur sa vibration excitée. « Et elle a quel âge ?

— Seize ans, d'après le père, mais je lui en donne plutôt dix-huit. » Sim tira sur la corde. « Lève-toi, grosse vache, on a encore du chemin ! »

Gwenda s'exécuta. Voilà pourquoi il voulait que je me lave le visage, se dit-elle. Curieusement, cette pensée lui fit monter les larmes aux yeux. Et elle se mit à pleurer à gros sanglots désespérés tout en posant les pieds dans les pas de Sim.

Enfin, ils débouchèrent dans une clairière. Un feu brûlait au centre. À travers ses larmes, Gwenda aperçut entre quinze et vingt corps étendus à même le sol, pour la plupart enveloppés dans des couvertures ou des manteaux. Des visages se tournèrent dans sa direction pour l'observer à la lumière du feu. Des hommes et une seule femme dont le visage faisait une tache plus claire dans la nuit – un visage à l'expression dure qu'adoucissait un peu l'ovale du menton. Elle regarda Gwenda fixement et, très vite, enfouit la tête sous un tas de loques. Une barrique renversée et des coupes en bois attestaient d'une récente beuverie.

Un repaire de brigands, voilà où Sim l'avait conduite ! Elle gémit. À combien d'entre eux devrait-elle se soumettre ?

À tous, évidemment.

Traînant sa prisonnière derrière lui, Sim traversa la clairière pour rejoindre un homme assis au pied d'un arbre, le dos très droit. « Tout va bien, Tam. »

En entendant ce nom, Gwenda comprit immédiatement qu'elle avait devant elle Tam l'Insaisissable, le hors-la-loi le plus fameux du comté. Un noble dévoyé, disait-on, mais on disait toujours cela des brigands d'un certain renom. Il était beau, bien qu'il ait le visage rougi par la boisson ; surtout, il était jeune : il ne devait pas avoir plus de vingt-cinq ans. Mais il n'y avait rien d'étonnant à cela. Tuer un proscrit n'étant pas considéré comme un crime, ils ne devaient pas être nombreux à atteindre un âge avancé.

Tam lança : « Tout va bien, Sim.

— J'ai échangé la vache d'Alwyn contre une fille.

— Tu as bien fait, répondit Tam d'une voix qui ne semblait pas trop altérée par l'alcool.

— Les gars paieront six sous, mais pour toi ce sera gratuit, ça va de soi. J'imagine que tu veux être le premier. »

Tam posa sur Gwenda ses yeux injectés de sang. Était-ce un rêve, elle crut y lire de la pitié. « Non, Sim, merci. Fais ton affaire avec les gars. Qu'ils s'amusent. Mais tu peux peut-être attendre jusqu'à demain, car la plupart sont ivres morts. Nous avions une barrique de bon vin, raflée à deux moines qui la transportaient à Kingsbridge. »

Gwenda sentit renaître un semblant d'espoir. Sa torture serait-elle remise à plus tard ?

« Faut que je voie ça avec Alwyn, répliqua Sim sans conviction. Merci quand même, Tam. » Il fit demi-tour, tirant Gwenda derrière lui.

À quelques pas de là, un homme aux larges épaules se relevait en vacillant. Sim le salua par cette même formule de « Tout va bien », qui devait à la fois servir de salut et de signe de reconnaissance à ces proscrits.

Alwyn, car c'était lui, en était à ce moment de l'ivresse où la mauvaise humeur l'emporte. « Qu'est-ce que tu as obtenu en échange de ma vache ?

— De la chair fraîche. »

Alwyn saisit le menton de Gwenda avec une force inutile et le fit pivoter vers le feu. Ce mouvement obligea la jeune fille à le regarder dans les yeux. Il était jeune, comme Tam l'Insaisissable, et il avait ce même air malsain et débauché. Son haleine puait l'alcool. « Par le Christ, t'as vraiment choisi un laideron. »

Peut-être qu'Alwyn ne voudrait rien faire avec elle, espéra Gwenda et, pour une fois, sa laideur la réjouit.

« J'ai pris ce que j'ai trouvé, répliqua Sim avec humeur. Si sa fille avait été belle, le père ne me l'aurait pas échangée contre une vache. Il l'aurait mariée au fils d'un riche lainier. »

En entendant ces mots, Gwenda fut prise de fureur à l'encontre de son père. Ainsi, depuis le début, Pa avait su ce qui l'attendait ou, tout du moins, s'en était douté.

« C'est bon, c'est bon ! Ne monte pas sur tes grands chevaux. De toute façon, avec seulement deux femmes, les gars sont au désespoir.

— Tam dit qu'il vaudrait mieux attendre jusqu'à demain parce qu'ils ont trop bu. Mais c'est à toi de décider.

— Il a raison. La moitié ronflent déjà comme des sonneurs. »

Les craintes de Gwenda diminuèrent. Quelque chose pouvait encore se produire durant la nuit.

« Bon, dit Sim. Je suis crevé moi aussi. » Se tournant vers Gwenda, il ajouta : « Couche-toi, la fille ! » Pas une seule fois il ne l'avait appelée par son prénom.

Elle se laissa tomber au sol et s'allongea. Avec la corde qui lui avait servi de longe, Sim lui attacha les mains derrière le dos et lia ensemble ses deux pieds. Puis Alwyn et lui s'étendirent de chaque côté d'elle. Quelques instants plus tard, ils dormaient du sommeil du juste.

Le sommeil fuyait Gwenda, malgré son épuisement. Comment trouver une position confortable lorsque vous avez les deux mains ligotées dans le dos ? Elle tenta en vain de faire jouer ses poignets à l'intérieur des liens, mais Sim les avait serrés si fort et noués si solidement qu'elle ne faisait que s'écorcher la peau sans autre résultat.

Son désespoir se mua en rage. Elle s'imagina prenant sa revanche, fouettant ses ravisseurs à l'aide d'un chat à neuf queues. Hélas, ce n'était là que rêves inutiles. Mieux valait garder les pieds sur terre et réfléchir au moyen de s'enfuir.

Elle devait d'abord obtenir qu'on la délie. Après quoi, elle s'échapperait. Dans l'idéal, il ne lui resterait plus qu'à s'assurer qu'elle n'était pas suivie ni rattrapée.

Tâche impossible, à première vue.

12.

Gwenda se réveilla glacée. On était au milieu de l'été, mais le temps était frais et elle n'avait sur elle qu'une robe légère. Le ciel virait du noir au gris. Dans cette faible lueur de l'aube, elle scruta la clairière : pas un mouvement alentour.

L'envie de faire pipi la tenaillait. Elle songea à se soulager sur place, quitte à tremper sa robe et à se rendre la plus dégoûtante possible ! Mais elle chassa aussitôt cette pensée. Agir ainsi équivaudrait à reconnaître sa défaite, et il n'était pas question pour elle d'abandonner la lutte.

Que faire, alors ?

Étendu près d'elle, Alwyn dormait à poings fermés. La vue du long fourreau pendu à sa ceinture fit germer une idée dans l'esprit de Gwenda. Aurait-elle la vaillance de la mettre à exécution ? Elle s'en persuada, refusant de se laisser aller à sa peur.

Les liens autour de ses chevilles n'entravaient pas ses jambes, elle put donc donner un coup de pied à Alwyn, puis, comme il ne réagissait pas, recommencer. À la troisième tentative, il se redressa sur son séant. « C'était toi ? marmonna-t-il d'une voix pâteuse.

— J'ai besoin de faire pipi.

— Pas dans la clairière, Tam l'interdit. Pour pisser, c'est vingt pas dans les bois. Cinquante pour déposer sa merde.

— Les hors-la-loi ont quand même des lois ? »

L'ironie lui passa au-dessus de la tête et il resta à scruter Gwenda. Elle comprit qu'il n'était pas intelligent. C'était une bonne chose, mais il était costaud et hargneux. Elle devrait agir avec prudence.

Elle dit : « Je ne peux aller nulle part, attachée comme je suis. »

Tout en maugréant, il défit la corde autour de ses chevilles.

La première partie de son plan menée à bien, Gwenda se sentait à présent encore plus effrayée.

Non sans mal, elle parvint à se mettre debout. Après ces heures d'immobilité forcée, les muscles de ses jambes tiraient douloureusement. Elle fit un pas, trébucha et retomba sur les fesses. « Ce n'est pas facile, avec les mains attachées ! »

Il ignora sa plainte.

La deuxième partie du plan n'avait pas fonctionné. Il fallait trouver autre chose.

S'étant relevée, elle se dirigea vers les arbres, suivie d'Alwyn qui comptait ses pas sur ses doigts. Arrivé au bout de la première dizaine, il recommença. À la fin de la deuxième dizaine, il déclara : « C'est assez loin. »

Elle tourna vers lui un visage perdu. « Je ne peux pas soulever ma robe. »

Allait-il tomber dans le piège ?

Il la regardait fixement, l'air hébété. Elle entendait presque les pensées rouler dans son cerveau comme les grains sous la meule. Plusieurs solutions s'offraient à lui : tenir sa robe soulevée pendant qu'elle pisserait comme une mère aidant son bébé, mais il y avait des chances pour qu'il trouve cela humiliant, ou bien lui délier les mains et, alors, elle en profiterait pour s'élancer à toutes jambes dans les bois. Non, ça ne marcherait pas. Elle était petite et fourbue, elle avait des crampes. Avec ses longues jambes musclées, il n'aurait aucun mal à la rattraper. Alwyn dut se dire la même chose car il libéra ses poignets.

Gwenda s'empressa de baisser la tête pour lui dissimuler son triomphe.

Elle se frotta les bras pour activer la circulation. Elle aurait volontiers planté ses doigts dans les orbites du brigand pour lui arracher les prunelles ! À la place, elle le remercia avec gratitude comme s'il venait d'accomplir un acte de bonté pure.

Il ne dit rien. Les yeux braqués sur elle, il attendait.

Elle avait escompté qu'il se détournerait lorsqu'elle relèverait sa robe et s'accroupirait, mais il restait à la fixer avec des yeux encore plus intenses. Elle soutint son regard, ne voulant pas montrer sa honte à accomplir devant lui l'un des actes les plus naturels. Elle vit sa bouche s'entrouvrir et entendit sa respiration s'accélérer.

Le plus dur restait à faire.

Elle se releva lentement, lui laissant le temps de bien la regarder avant de laisser retomber sa robe. Le voyant passer sa langue sur ses lèvres, elle comprit qu'elle avait gagné la partie.

Elle s'avança vers lui et s'immobilisa. « Seras-tu mon protecteur ? » dit-elle en prenant une voix de petite fille qui ne lui vint pas naturellement.

Il gardait le silence, ne manifestait aucun soupçon. Soudain, il saisit l'un de ses seins et serra brutalement les doigts.

Elle eut un hoquet de douleur. « Pas si fort ! » Elle prit sa main dans la sienne et la déplaça contre sa poitrine en frottant doucement pour que le mamelon se redresse. « Sois plus doux. C'est mieux quand tu es plus doux. » Il grogna, mais adoucit son geste.

Saisissant à pleines mains le col de sa robe, il dégaina son poignard dans l'évidente intention de découper le tissu. La pensée de se retrouver nue terrorisa Gwenda. Surtout, cela n'arrangerait pas ses affaires. Las, le couteau faisait bien un pied de long et un récent affûtage faisait luire sa lame pointue. Elle emprisonna le poignet d'Alwyn entre ses doigts légers. « Inutile d'utiliser ton couteau, chuchota-t-elle. Regarde. » S'étant reculée d'un pas, elle défit sa ceinture et, d'un mouvement rapide, fit passer sa robe par-dessus sa tête. Elle ne portait rien en dessous.

Ayant étendu son vêtement par terre, elle s'allongea et s'efforça de sourire au brigand. Ce ne fut certainement qu'une horrible grimace. Elle écarta les jambes.

Il n'hésita qu'un bref instant.

Le couteau serré dans sa main droite, il baissa son pantalon et s'agenouilla entre ses cuisses. Pointant la lame vers son visage, il l'avertit : « Au moindre ennui, je te lacère la joue.

— Ça n'arrivera pas », le rassura-t-elle tout en essayant d'imaginer les mots qu'un homme de sa trempe pouvait vouloir entendre d'une femme en pareil moment. « Mon grand et fort protecteur ! »

Pas de réaction.

Se laissant tomber sur elle, il se mit à donner des coups de reins. « Pas si vite », dit-elle et elle serra les dents. Il l'écrasait en poussant de toutes ses forces et si maladroitement. Glissant sa main entre ses cuisses, elle le guida en elle, levant les jambes le plus haut possible pour faciliter l'entrée.

Dressé au-dessus d'elle, en appui sur ses bras, il déposa le poignard dans l'herbe près de la tête de Gwenda, recouvrant la poignée de sa main droite. Puis, tout en gémissant, il entreprit de se déplacer en elle. Elle accompagnait ses mouvements, continuant à jouer la bonne volonté, ne quittant pas des yeux son visage. S'interdisant de jeter un coup d'œil au poignard, elle attendait son moment, à la fois horrifiée et dégoûtée, mais calme et calculatrice en même temps.

Il avait fermé les yeux. En appui sur ses bras tendus, il levait la tête comme un animal flairant la brise. Elle risqua un regard vers le couteau. Sa main s'était légèrement déplacée et ne recouvrait plus qu'en partie la poignée. Arriverait-elle à s'en saisir ? À quelle vitesse réagirait-il ?

Elle reporta les yeux sur son visage. Sa bouche se tordait en un rictus concentré. Ses cognées s'accéléraient. Elle ajusta son mouvement au sien.

Une sorte de lumière l'inonda à l'intérieur et elle fut consternée d'éprouver du plaisir, furieuse contre elle-même. Cet homme était un bandit, un assassin, il ne valait pas mieux qu'une bête ! Il projetait de la prostituer pour six sous la passe. Elle ne s'était résolue à se donner à lui que pour sauver sa vie ! Pourtant, elle se sentait devenir de plus en plus humide à mesure qu'il accélérait le rythme de ses poussées.

À quelques instants du paroxysme, elle comprit que c'était maintenant ou jamais. Il poussa un gémissement qui ressemblait à un cri de défaite. Le moment était venu.

Elle s'empara du couteau sous sa main. L'expression d'extase peinte sur ses traits ne se modifia pas : il n'avait pas remarqué son mouvement. La pensée qu'il stoppe son geste au dernier instant la terrifiait. Se redressant brusquement, elle projeta les épaules en avant, la lame pointée droit sur lui. Il avait perçu son mouvement et ouvert les yeux. La surprise et la peur se répandirent sur ses traits. Elle plongea de toutes ses forces le couteau dans son cou. La lame s'enfonça juste en dessous de sa mâchoire. Elle se maudit, elle avait raté la partie la plus vulnérable de la gorge, la trachée. Il hurla de douleur et de rage. Il avait encore des forces. Elle comprit alors qu'elle était plus près de la mort qu'elle ne l'avait été de toute sa vie.

Agissant par instinct, elle s'écarta de lui et, de façon tout aussi impulsive, elle lui assena un coup au creux du coude. Son bras fléchit sans qu'il puisse le retenir et il pesa de tout son poids sur le poignard qu'elle maintenait enfoncé dans sa gorge. La lame pénétra dans sa tête. Un jet de sang jaillit de sa bouche ouverte, éclaboussant le visage de Gwenda. Elle rejeta la tête sur le côté sans lâcher le manche. La lame rencontrait une résistance. Elle dévia au bout d'un moment et s'enfonça plus loin. L'œil de l'homme parut sur le point d'exploser et la lame émergea de l'orbite dans un geyser de sang et de cervelle. Le bandit s'effondra sur elle, mort ou presque. Le souffle coupé, elle était dans l'incapacité de remuer. Elle avait l'impression d'être coincée sous un arbre abattu.

À sa grande horreur, elle le sentit éjaculer en elle.

Une crainte superstitieuse s'empara d'elle. L'homme était plus effrayant mort que lorsqu'il la menaçait de son couteau. Prise de panique, elle se tortilla en tous sens.

Parvenue à se dégager, elle se remit sur pieds en vacillant. Elle haletait. Le sang de cet homme dégoulinait le long de ses seins et sa semence coulait entre ses cuisses. Elle jeta un coup d'œil au camp des brigands. L'un d'eux était-il éveillé et avait-il entendu Alwyn crier ? Et s'ils avaient tous été endormis, ses cris avaient-ils réveillé quelqu'un ?

Tremblant de tous ses membres, elle enfila sa robe et boucla sa ceinture. Sa bourse y était toujours accrochée ainsi que son canif, qu'elle utilisait principalement pour manger. Elle osait à peine quitter Alwyn des yeux, redoutant qu'il vive encore, voulant l'achever et ne pouvant s'y résoudre. Un bruit dans la clairière l'immobilisa. Elle devait partir en toute hâte. Regardant autour d'elle pour s'orienter, elle prit la direction de la route.

Une sentinelle se tenait près du grand chêne, se rappela-t-elle, affolée. Elle marcha tout doucement dans les bois, veillant à ne pas faire de bruit. Arrivée en vue de l'arbre, elle aperçut la sentinelle – Jed, si son souvenir était bon. Il dormait à même le sol. Elle passa devant lui sur la pointe des pieds, usant de toute sa volonté pour ne pas se mettre à courir. Jed ne bougea pas.

Ayant retrouvé le layon, elle le suivit jusqu'au ruisseau. Personne ne semblait l'avoir prise en chasse. Elle nettoya le sang de son visage et de sa poitrine et éclaboussa d'eau froide ses parties intimes. Après quoi, elle but longuement car une marche pénible l'attendait.

Quelque peu calmée, elle reprit le chemin, l'oreille aux aguets. Dans combien de temps les bandits trouveraient-ils le corps d'Alwyn ? Elle n'avait pas même tenté de le dissimuler. Quand ils se rendraient compte qu'elle l'avait tué, ils se lanceraient à sa poursuite. Ils s'étaient défaits d'une vache pour l'acheter à son père, et une vache valait bien douze shillings, la moitié de ce que gagnait Pa en un an en tant que journalier.

Elle atteignit enfin la route. Pour une femme, y marcher était presque aussi dangereux que de s'aventurer dans les bois. La forêt était infestée de bandes de hors-la-loi, comme celle de Tam l'Insaisissable. Quantité d'hommes y rôdaient en permanence, seuls ou en groupe – écuyers, paysans, hommes d'armes. Profiter d'une pauvre femme sans défense ne serait pas pour leur déplaire. Ce qui importait, pour l'heure, c'était de mettre la plus grande distance possible entre Sim le Colporteur et elle. Conserver une vive allure était donc primordial.

Mais où aller ? Retourner à Wigleigh ? Impossible car Sim viendrait l'y rechercher, et Dieu sait comment son père réagirait. Non, elle devait se cacher chez une personne de confiance. Caris, voilà qui lui viendrait en aide.

Elle prit donc la direction de Kingsbridge.

Le temps était clément, mais la route embourbée après de si longs jours de pluie ne facilitait pas la marche. Parvenue au sommet d'une colline, elle regarda en arrière. La vue s'étendait sur une demi-lieue environ. Loin, très loin, elle repéra un point jaune progressant sur la route.

Sim le Colporteur !

Elle prit ses jambes à son cou.

*

L'affaire de Nell la folle devait être entendue dans le transept nord de la cathédrale, samedi à midi. L'évêque Richard présidait la cour constituée de prélats. Le prieur Anthony était assis à sa droite et l'archidiacre Lloyd siégeait à sa gauche. Assistant de l'évêque, ce prêtre à la mine sévère effectuait, disait-on, tout le travail de l'évêché.

Nombre d'artisans et d'ouvriers finissant ce jour-là le travail à midi, les habitants de la ville étaient venus en foule, alléchés par ce procès en hérésie. C'était un divertissement apprécié et il ne s'en était pas tenu à Kingsbridge depuis des années. Dans l'enceinte du prieuré, la foire s'achevait. Les commerçants démontaient leurs étals et remballaient les invendus ; les acheteurs se préparaient à reprendre la route ou organisaient le transport de leurs marchandises à bord des radeaux qui descendraient le fleuve jusqu'au port maritime de Melcombe.

De sombres pensées agitaient Caris tandis qu'elle attendait l'ouverture du procès. Que faisait Gwenda en ce moment ? À coup sûr, le colporteur l'obligerait à coucher avec lui, mais des choses bien pires pouvaient lui arriver. À quoi d'autre pouvait-il la forcer en tant qu'esclave ? Gwenda tenterait nécessairement de s'échapper, Caris n'en doutait pas un instant. Y parviendrait-elle ? En cas d'échec, quel serait son châtiment ? Saurait-on jamais ce qui lui était arrivé ?

La semaine tout entière s'était déroulée de bien étrange façon. Buonaventura Caroli n'était pas revenu sur sa décision : les acheteurs florentins ne remettraient plus les pieds à la foire de Kingsbridge – du moins, tant que le prieuré n'aurait pas amélioré les conditions de vente. Edmond et les lainiers les plus importants avaient passé la moitié de la semaine enfermés avec le comte Roland. Quant à Merthin, il continuait d'être d'humeur aussi incompréhensible, taciturne et maussade. Et pour couronner le tout, la pluie avait repris.

Tête nue et sans chaussures, vêtue uniquement d'un long gilet attaché sur le devant qui laissait voir ses épaules décharnées, Nell fut traînée à l'intérieur de l'église par John, le sergent de ville, et Murdo, le frère lai. Elle ne se débattait presque plus entre les mains des deux hommes, elle hurlait seulement des imprécations.

Quand enfin elle se tut, des citadins s'avancèrent l'un après l'autre pour témoigner qu'ils l'avaient entendue invoquer le démon. En quoi, ils disaient la stricte vérité. Nell, en effet, envoyait les gens au diable pour un oui ou pour un non – qu'on lui refuse l'aumône, qu'on lui bloque le passage, qu'on porte un joli manteau ou même sans raison.

Chaque témoin relata un malheur qui lui était survenu après avoir été maudit. La femme d'un orfèvre avait perdu une broche de valeur ; un aubergiste avait vu périr toutes ses poules d'un coup ; une veuve avait eu un méchant furoncle au postérieur. Si cette dernière histoire souleva les rires de l'assistance, elle eut surtout pour résultat de convaincre les indécis que Nell était bel et bien une sorcière, celles-ci étant connues pour leurs facéties malveillantes.

Pendant l'audition, Merthin vint se placer près de Caris. « C'est tellement bête ! lui souffla-t-elle, indignée. Dix fois plus de personnes pourraient s'avancer et témoigner que rien de mauvais ne leur est arrivé après avoir été maudits. »

Merthin haussa les épaules. « Les gens croient ce qu'ils veulent bien croire.

— Les gens du commun, peut-être, mais l'évêque et le prieur ? Ils ont de l'instruction, eux.

— J'ai quelque chose à te dire », chuchota Merthin.

Caris se réjouit. Allait-elle connaître les raisons de sa mauvaise humeur ? Se tournant vers lui, ce qu'elle n'avait pas fait jusque-là, elle découvrit qu'il avait tout le côté gauche du visage tuméfié. « Qu'est-ce qui t'est arrivé ? »

À ce moment, un rire énorme secoua la foule, provoqué par une repartie de Nell. L'archidiacre Lloyd dut réclamer le silence à plusieurs reprises. Lorsqu'il lui fut enfin possible de se faire entendre de Caris, Merthin déclara : « Pas ici. Est-ce qu'on peut aller dans un endroit tranquille ? »

Elle faillit quitter la cathédrale avec lui et se ravisa au dernier instant. Durant toute la semaine, Merthin l'avait blessée par sa froideur inexpliquée. Pour quelle raison devrait-elle danser soudain au son de son tambourin ? Pourquoi était-ce à lui de décider de l'heure et du lieu de cette conversation ? Il l'avait fait attendre cinq longues journées. À son tour de le faire attendre une heure ou deux. « Pas tout de suite, répondit-elle.

— Pourquoi ?

— Parce que cela ne me sied pas. Et maintenant, tais-toi ! J'écoute. » Elle se détourna de lui, mais eut le temps de voir son visage se fermer et elle regretta sa sécheresse. Tant pis, c'était trop tard. Il n'était pas question qu'elle lui fasse des excuses.

Les témoins avaient terminé. L'évêque Richard prit la parole :
« Femme, dis-tu que le diable règne sur la terre ? »

La question scandalisa Caris. Les hérétiques adoraient Satan. Ils lui prêtaient toute juridiction sur la terre, réservant à Dieu la seule prééminence du ciel. Comment une pauvre folle qui ne savait pas lire pouvait-elle comprendre un credo aussi élaboré ? Que Richard reprenne à son compte les ridicules accusations du frère Murdo, c'était tout simplement une honte !

« Tu peux t'enfoncer la queue dans le cul ! » répliqua Nell d'une voix forte et la foule éclata de rire, ravie de l'insulte brutale lancée à l'évêque.

Celui-ci répondit : « Si telle est la défense de l'accusée…

— Quelqu'un, me semble-t-il, devrait parler en sa faveur », intervint l'archidiacre, s'exprimant avec respect bien qu'il n'éprouve visiblement aucune timidité à corriger son supérieur. Paresseux comme il l'était, Richard devait compter sur lui pour lui rappeler les règles.

Richard promena les yeux sur l'assistance. « Qui veut prendre la défense de Nell ? » demanda-t-il avec autorité.

Personne ne se présenta. Caris attendit. On ne pouvait pas laisser une telle chose se produire. Quelqu'un devait montrer toute l'absurdité de cette procédure. Comme personne ne se décidait, elle s'avança et dit : « Nell est folle, tout le monde le sait. »

Les gens s'entre-regardèrent, curieux de voir qui avait la bêtise de prendre le parti de l'accusée. Un murmure parcourut la foule, mais peu de gens s'étonnèrent : Caris était connue de presque toute l'assemblée et réputée pour être fantasque.

Le prieur Anthony se pencha vers l'évêque pour lui souffler quelques mots à l'oreille. Richard déclara : « Caris, la fille d'Edmond le Lainier, nous indique que la femme accusée est folle. Nous en étions venus tout seuls à cette conclusion. »

Piquée par son ton sarcastique, Caris insista : « Nell n'a aucune idée de ce qu'elle raconte ! Elle invoque aussi bien le diable ou les saints, la lune ou les étoiles. Ses paroles n'ont pas plus de sens que l'aboiement d'un chien. La châtier reviendrait à pendre un cheval parce qu'il a henni au passage du roi. » Manifester son dédain en s'adressant à un représentant de la noblesse n'était pas chose prudente et Caris le savait, mais sa colère était trop grande.

Un murmure d'approbation s'éleva d'une partie de la foule, enchantée à l'idée d'assister à un débat animé.

« Vous avez entendu des témoins relater les dommages qu'ils ont subis, suite à ses malédictions.

— J'ai perdu un penny hier, riposta Caris. J'ai fait cuire un œuf et il était pourri. Quant à mon père, il n'a pas fermé l'œil de la nuit tellement il toussait. Pourtant, personne ne nous avait maudits. Dans la vie, tout ne va pas toujours comme on le souhaiterait. »

À ces mots, nombreux furent ceux qui hochèrent la tête d'un air dubitatif. La plupart des gens se plaisaient à voir une influence maligne derrière toute infortune, grande ou petite.

Le prieur, qui connaissait les opinions de Caris pour avoir déjà débattu avec elle, se pencha en avant. « Assurément, tu ne tiens pas le Seigneur notre Dieu pour responsable de nos maladies, de nos malheurs et de nos deuils ?

— Non…

— Qui l'est alors, s'il ne l'est pas ? »

Caris rétorqua, imitant le ton précieux de son oncle : « Assurément, vous ne croyez pas que tous nos malheurs dans la vie relèvent exclusivement de Dieu ou de Nell la folle ? »

Ignorant les liens de parenté unissant Caris et Anthony, l'archidiacre Lloyd intervint brutalement : « Parle avec respect quand tu t'adresses au prieur. » Un rire parcourut l'assistance : on connaissait le caractère pincé du prieur et l'esprit rebelle de sa nièce.

« Je ne crois pas que Nell soit dangereuse, conclut Caris. Folle, certainement. Mais inoffensive. »

Frère Murdo bondit soudain sur ses pieds. « Monseigneur, gens de Kingsbridge, mes amis, lança-t-il de sa voix sonore. Le Malin est partout parmi nous et nous invite à pécher, à mentir, à nous vautrer dans la nourriture et dans la boisson, dans les vantardises et dans la luxure. » C'était le genre de discours que la foule appréciait : le ton rédhibitoire sur lequel le frère lai décrivait les péchés appelait à l'imagination des scènes délicieuses. Il enchaîna d'une voix de plus en plus forte : « Mais de même que le cheval ne peut marcher dans la boue sans y laisser la trace de ses sabots, de même que la souris ne peut se frayer un chemin sur une lisse motte de beurre sans y laisser le souvenir de ses griffes, de même que le coureur de jupons ne peut abuser d'une femme et déposer sa vile semence dans son ventre sans qu'elle ne se mette à grossir, de même le Malin ne peut faire autrement que de laisser sa marque. Il ne peut pas passer inaperçu ! »

Et la foule de manifester son approbation par des cris. Tout le monde comprenait l'intention du frère lai, Caris comme les autres.

« Nous reconnaissons les serviteurs du Malin à la marque qu'il laisse sur eux. Il aspire leur sang chaud comme un enfant s'abreuve du lait délicieux des seins gonflés de sa mère. Et, comme l'enfant, il lui faut une mamelle à téter : un troisième sein ! »

Captivée, l'assistance buvait ses paroles, Caris s'en rendait parfaitement compte. Il débutait chaque phrase d'une voix tranquille, étouffée, qui enflait de plus en plus à mesure que s'ajoutaient les comparaisons, et, ce faisant, il poussait à son paroxysme l'émotion de la foule qui répondait à son discours avec ardeur, l'écoutant en silence aussi longtemps qu'il parlait puis hurlant son approbation dès qu'il se taisait.

« Et la marque du diable est de couleur foncée, striée comme un mamelon. Elle forme une bosse sur la peau claire qui l'entoure. Elle peut se trouver sur n'importe quel endroit du corps, parfois même dans la douce vallée qui sépare les seins d'une femme, et son apparence imite cruellement l'aspect normal. Mais le diable aime surtout la laisser dans les endroits les plus secrets du corps : dans l'aine, sur les parties intimes, notamment…

— Merci, frère Murdo, le coupa l'évêque en haussant le ton. Tout le monde a compris. Vous demandez à ce que le corps de cette femme soit examiné pour voir si le diable y a laissé sa marque ?

— Oui, monseigneur, pour…

— C'est bon. Inutile de débattre plus longtemps. Vous avez bien défendu votre point de vue. » Promenant les yeux autour de lui, il ajouta : « Mère Cécilia est-elle parmi nous ? »

La mère supérieure occupait une place sur un banc à côté des membres du tribunal, entourée de sœur Juliana et d'autres religieuses de rang élevé. Nell devant être examinée dans sa nudité, seules des femmes pouvaient s'en charger. Il était donc normal que cette tâche soit dévolue aux religieuses.

Caris les plaignit de tout cœur. Car si les gens des villes, pour la plupart, se lavaient le visage et les mains chaque jour, ils ne s'occupaient des parties plus odorantes de leur corps qu'une fois par semaine. Rituel indispensable, le bain était considéré comme dangereux pour la santé et l'on n'y sacrifiait au mieux que deux fois l'an, pour des occasions bien précises. Nell la folle, quant à elle, ne se lavait plus depuis longtemps. Son visage était crasseux, ses mains dégoûtantes, et elle sentait aussi mauvais qu'un tas de fumier.

Cécilia se leva. Richard ordonna : « Conduisez cette femme dans une salle individuelle. Déshabillez-la et examinez son corps soigneusement. Puis revenez nous rapporter vos observations en toute honnêteté. »

Les religieuses se levèrent aussitôt et s'avancèrent vers Nell. Cécilia lui parla avec douceur et voulut la prendre gentiment par le bras. Mais Nell ne fut pas dupe. Elle se jeta sur le côté, les bras en l'air.

Alors frère Murdo s'écria : « Je vois la marque ! Je la vois ! »

Quatre des religieuses étaient parvenues à maintenir la folle.

« Inutile de lui retirer ses vêtements ! insistait le frère lai. Regardez sous son bras droit. » Comme Nell recommençait à se tortiller, il s'avança vers elle et souleva son bras lui-même, le tenant haut au-dessus de sa tête « Là ! » dit-il, en désignant son aisselle.

La foule se tendit en avant. « Je la vois ! » hurla quelqu'un et d'autres reprirent son cri. Caris ne voyait rien, sinon les poils qui poussent habituellement à cet endroit du corps, et elle trouvait indigne d'aller y regarder de plus près. Il était fort possible que Nell ait en effet une tache ou une excroissance sous le bras, mais tant de gens avaient des taches sur la peau, à commencer par les personnes âgées.

L'archidiacre Lloyd rappela la foule à l'ordre. Le sergent de ville y alla de son bâton pour repousser les gens. Quand le silence fut revenu, Richard se leva : « Nell la folle de Kingsbridge, je te déclare coupable d'hérésie. Tu seras attachée à l'arrière d'une charrette et promenée dans les rues de la ville avant d'être conduite à l'embranchement de la croisée au Gibet où tu seras pendue jusqu'à ce que mort s'ensuive. »

La foule salua haut et fort sa sentence. Caris se détourna, emplie de dégoût. Avec de tels juges, aucune femme n'était en sécurité. Son œil se posa sur Merthin, qui attendait patiemment. « C'est bon, dit-elle sur un ton énervé. De quoi s'agit-il?

— Il ne pleut plus. Descendons à la rivière. »

*

Le prieuré possédait quantité de poneys à l'intention des moines et des religieuses âgés, ainsi que plusieurs carrioles destinées au transport des marchandises. Les écuries de pierre, érigées le long du flanc sud de la cathédrale, accueillaient également les montures des visiteurs nantis. Le crottin de toutes ces bêtes était utilisé comme engrais dans le potager voisin.

Ralph se trouvait devant les écuries avec une partie de l'entourage du comte Roland. Leurs chevaux étaient déjà sellés, prêts à prendre la route pour les deux jours de voyage qui les ramèneraient à Château-le-Comte, près de Shiring, où le suzerain avait sa résidence. Il ne manquait plus que lui.

Tenant par la bride son cheval, un étalon bai du nom de Griff, il conversait avec ses parents. « Je ne m'explique pas pourquoi Stephen a été fait seigneur de Wigleigh et moi rien du tout, alors que nous avons le même âge et qu'il n'est pas meilleur cavalier, bretteur ou jouteur que moi. »

Ralph aurait mieux supporté l'échec si son père n'avait montré une ardeur aussi pathétique à le voir élevé au rang de chevalier. À chacune de leurs rencontres, sieur Gérald lui posait les mêmes questions, le cœur empli d'espoir, et, chaque fois, Ralph lui causait la même déception.

Griff était une jeune monture, utilisée pour la chasse. N'étant qu'écuyer, Ralph ne méritait pas de se voir attribuer un coûteux cheval de bataille. Mais il aimait sa bête et celle-ci répondait avec fougue à ses coups d'éperons. L'activité déployée autour de lui excitait l'animal, impatient de s'élancer. « Doucement, mon beau jeune homme, lui murmura son maître à l'oreille. Bientôt, tu pourras étirer tes jambes. » Au son de la voix de son maître, Griff s'apaisa immédiatement.

« Sois constamment en alerte et prêt à satisfaire les désirs du comte, conseillait sieur Gérald à son fils, et il se rappellera de toi quand il y aura un poste à pourvoir. »

Tout cela, c'était très bien, pensait le jeune homme par-devers lui, mais les vraies occasions survenaient surtout à la guerre. Enfin, il n'était pas impossible qu'elle soit plus proche aujourd'hui qu'elle ne l'était la semaine précédente. La guilde, présumait-il sans avoir assisté aux réunions entre le comte et les lainiers de Kingsbridge, ne devait pas s'être opposée à l'idée de prêter de l'argent au roi Édouard à condition qu'il prenne des mesures radicales à rencontre de la France en représailles aux attaques des Français contre les ports de la côte méridionale du pays.

Ralph désirait ardemment se distinguer et retrouver le statut perdu par sa famille voilà dix ans. Et cela pas seulement pour son père, mais pour sa propre fierté.

Griff piaffa, jetant la tête en l'air. Pour le calmer, Ralph entreprit de le promener, accompagné par son père. Sa mère resta à l'écart. Le nez cassé de son fils ne laissait pas de l'inquiéter.

Ralph et son père s'avancèrent vers dame Philippa. En prévision de la longue randonnée à venir, celle-ci portait une tenue ajustée qui mettait en valeur sa poitrine pleine et ses longues jambes. Occupée à converser avec son époux, elle tenait sa fougueuse monture par la bride. Ralph était toujours à l'affût d'un prétexte pour lui adresser la parole. Hélas, il n'était jamais que l'un des nombreux membres de l'entourage de son beau-père et elle ne lui adressait pas la parole, à moins d'y être forcée.

En la voyant réprimander le seigneur William d'une petite tape sur la poitrine assortie d'un sourire, Ralph fut empli de ressentiment. Pourquoi n'était-ce pas avec lui qu'elle partageait cet instant d'amusement ? Nul doute qu'il se serait trouvé à la place de William s'il avait été comme lui le seigneur de quarante villages. Mais sa vie n'était qu'une suite de souhaits inassouvis. Quand réaliserait-il enfin quelque chose ?

Accompagné de son père, il parcourut toute la longueur de la cour. Il s'en revenait lorsqu'il aperçut un moine manchot sortant de la cuisine et traversant la cour. Son air familier le frappa. Il lui fallut un moment pour se rappeler qu'il s'agissait de ce chevalier qui avait tué les deux hommes d'armes dans la forêt, dix ans auparavant, avant d'entrer au monastère. Contrairement à Merthin qui était souvent en rapport avec lui en raison des réparations à effectuer sur les bâtiments du prieuré, Ralph ne l'avait pas revu depuis ce fameux jour. Frère Thomas avait beau se cacher sous une large tonsure et la robe de toile bise des religieux, il avait beau présenter un début de bedaine, il conservait son maintien de guerrier.

« Tiens ! Le moine-mystère ! » lança Ralph sur un ton anodin.

Le seigneur William réagit avec brusquerie. « Que veux-tu dire ?

— Je parle de frère Thomas. Il était chevalier autrefois. Personne ne sait pourquoi il est entré au monastère.

— Que diable sais-tu de lui ? » s'écria William d'une voix où transperçait une colère incompréhensible, car Ralph ne s'était nullement montré blessant. Mais peut-être William était-il de méchante humeur malgré les sourires affectueux de sa belle épouse.

Ralph regretta d'avoir entamé la conversation. « Je revois encore le jour où il est arrivé à Kingsbridge », dit-il et il marqua une hésitation, se remémorant le serment qu'il avait prêté dans la forêt avec les autres enfants. L'agacement inexpliqué de William ne l'incitait d'ailleurs pas à en raconter davantage. « Quand il est arrivé en ville, il perdait son sang à cause d'une sale blessure ; il était à peine capable de marcher. Ce n'est pas un spectacle qu'un petit garçon oublie.

— Comme c'est curieux, intervint Philippa. » Puis, regardant son mari, elle ajouta : « Tu connais l'histoire de ce frère Thomas ?

— Absolument pas ! se défendit William sur un ton cassant. D'où pourrais-je la connaître ? »

Elle haussa les épaules et s'éloigna.

Ralph reprit sa promenade. « Le seigneur William mentait. Je me demande pourquoi ? chuchota-t-il à son père.

— En tout cas, ne parle plus de ce moine ! lui enjoignit vigoureusement sieur Gérald. À l'évidence, c'est un sujet délicat. »

Enfin le comte Roland apparut. Le prieur Anthony l'accompagnait. Les chevaliers et les écuyers se mirent en selle. Ralph embrassa ses parents et sauta sur son cheval. Griff se mit à piaffer, prêt à s'élancer. Les secousses ravivèrent chez Ralph une douleur atroce, à croire qu'il avait le nez en feu. Il grinça des dents. Que faire, sinon prendre son mal en patience ?

Roland s'avança vers Victoire, une bête à la robe noire avec une tache blanche à hauteur de l'œil. Il ne l'enfourcha pas mais la prit par la bride et se mit à marcher tout en poursuivant sa conversation avec le père prieur.

« Sieur Stephen Wigleigh et Ralph Fitzgerald, partez devant et dégagez le pont ! » ordonna le seigneur William.

Ralph et Stephen s'élancèrent dans le pré. L'herbe était piétinée et la terre boueuse après la foire. Des commerçants continuaient à vaquer à leurs affaires, mais la plupart étaient en train de fermer boutique et un grand nombre d'étals étaient déjà démontés. Les deux cavaliers franchirent les portes du prieuré et descendirent la grand-rue au pas agile de leurs chevaux.

Devant l'auberge de La Cloche, Ralph aperçut le garçon qui lui avait cassé le nez. Wulfric, il s'appelait, et il venait de Wigleigh, le village dont Stephen était le seigneur. Tout le côté gauche de son visage était gonflé et tuméfié, là où Ralph l'avait frappé. Il se tenait en compagnie de son père, de sa mère et de son frère. Visiblement, la famille s'apprêtait à prendre la route.

Mieux vaut pour toi ne jamais croiser à nouveau mon chemin ! pensa Ralph, tout en cherchant une insulte à lui lancer. Mais un brouhaha de rires et de cris attira son attention. Une foule était rassemblée en contrebas, à mi-chemin du pont. Ils durent s'arrêter.

Devant eux, leur tournant le dos, plusieurs centaines d'hommes, de femmes et d'enfants leur bloquaient la voie, se bousculant pour mieux voir. Ralph regarda par-dessus leurs têtes.

Ce cortège indiscipliné avançait à la suite d'un char à bœuf, derrière lequel trébuchait une silhouette à demi nue. Le châtiment consistant à être flagellé dans les rues était un spectacle courant. La personne en train de le subir était une femme vêtue en tout et pour tout d'une grossière jupe de laine retenue à la taille par une corde. Son visage était à ce point noir de crasse et ses cheveux si répugnants qu'à première vue on l'aurait prise pour une vieille. Mais ses seins étaient ceux d'une jeune fille de vingt ans.

Une même corde ligotait ses mains et l'attachait à l'arrière du chariot, entravant sa marche, de sorte qu'elle s'écroulait parfois dans la boue et se retrouvait traînée alors sur plusieurs pas le temps de se remettre sur ses jambes. Un sergent de ville la suivait de près, fouettant vigoureusement son dos nu à l'aide d'un de ces bâtons munis d'une lanière en cuir qu'on utilise pour conduire les bœufs.

La foule, menée par une poignée d'hommes jeunes, invectivait la condamnée, la couvrait d'insultes et lui lançait en riant des poignées de boue et d'ordures. Elle leur répondait par des imprécations qui les enchantaient et crachait sur quiconque l'approchait de trop près.

Ralph et Stephen poussèrent leurs chevaux au cœur de la foule. « Faites place au comte, hurla Ralph en s'époumonant. Dégagez la voie ! »

Ses cris furent repris par Stephen.

Personne n'y prêtait attention.

*

Au sud du prieuré, un terrain escarpé descendait jusqu'à la rivière. La berge, bordée de rochers, ne permettait pas aux radeaux et aux barges d'accoster, si bien que leur chargement s'effectuait sur l'autre rive, dans le hameau de Villeneuve, où des embarcadères d'accès facile avaient été aménagés. La rive nord était donc tranquille et couverte de buissons en fleurs en cette période de l'année. C'était là que Merthin et Caris avaient choisi de se rendre.

Juchés sur un escarpement, ils regardaient couler la rivière gonflée par la pluie. Merthin remarqua que le courant était plus fort que de coutume, et il nota aussi que le chenal était plus étroit qu'autrefois. Quand il était enfant, la rive sud offrait sur presque toute sa longueur l'aspect d'une vaste plage marécageuse. En ce temps-là, il avait souvent traversé la rivière en se laissant flotter sur le dos. Mais ces quais nouvellement construits, protégés des inondations par des digues en pierre, canalisaient la même quantité d'eau dans un couloir plus étroit, et le flot s'en trouvait accéléré, comme si l'eau se hâtait de passer le pont pour retrouver son ampleur et ralentir sa course à proximité de l'île aux lépreux.

« J'ai commis une chose affreuse », dit Merthin. De découvrir Caris si belle aujourd'hui le désespérait. Dans sa robe de toile grenat qui rosissait son teint, la jeune fille était éblouissante et pleine de vie. La façon dont s'était déroulé le procès l'avait fâchée, et son inquiétude pour Nell la folle lui donnait une expression vulnérable qui déchirait le cœur de Merthin. Elle s'était forcément rendu compte qu'il avait évité de croiser son regard tout au long de la semaine et elle avait dû imaginer des choses épouvantables. Mais tout ce qui avait pu lui venir à l'esprit était certainement bien moins affreux que ce qu'il avait à lui dire maintenant.

Il n'avait soufflé mot à personne de sa dispute avec Griselda, maître Elfric et Alice. Personne n'était même au courant que son patron avait brisé son œuvre. Malgré sa peine immense, il s'était interdit d'en discuter avec qui que ce soit. Sa mère l'aurait critiqué et son père lui aurait seulement enjoint de se conduire en homme. Il aurait pu se confier à Ralph, mais une froideur s'était installée entre eux depuis la bagarre avec le paysan. Merthin considérait que Ralph s'était comporté en tyran et celui-ci en était conscient.

À l'idée d'avouer la vérité à Caris, le jeune homme était terrifié au point de se demander d'où lui venait son effroi. Car, en fait, il n'avait pas peur de sa réaction. Au pire, elle l'écraserait de son mépris – et, dans ce domaine, elle savait y faire. Mais les reproches qu'elle lui adresserait ne seraient jamais plus amers que ceux qu'il s'adressait à lui-même.

En réalité, ce qu'il craignait, comprenait-il soudain, c'était de la blesser. Affronter sa colère, oui. Sa douleur ? Il n'y parviendrait pas.

Elle lui demanda : « Tu m'aimes toujours ? »

Il ne s'attendait pas à cette question, mais répondit oui sans hésitation.

« Moi aussi, je t'aime. Tout le reste n'est qu'un problème que nous pouvons résoudre ensemble. »

Si seulement elle pouvait avoir raison ! se dit-il. Il le souhaitait tant que les larmes lui vinrent aux yeux et il détourna le regard pour qu'elle ne s'en aperçoive pas. C'est ainsi qu'il remarqua sur le pont la foule marchant derrière le chariot qui avançait lentement. Il devait s'agir de Nell la folle, condamnée à être fouettée tout au long du chemin jusqu'à la croisée au Gibet, dans le hameau de Villeneuve. Le pont était déjà encombré par les charrettes des marchands rentrant chez eux après la foire et la circulation était quasiment arrêtée.

« Qu'est-ce qui t'arrive ? Tu pleures ? s'inquiéta Caris.

— J'ai couché avec Griselda », répliqua brutalement Merthin.

Caris en resta bouche bée. « Avec *Griselda* ? répéta-t-elle, incrédule.

— J'ai tellement honte !

— Je croyais que c'était avec Élisabeth Leclerc.

— Elle est trop fière pour ça.

— Ah ? Parce que tu l'aurais fait aussi si elle te l'avait proposé ? » s'enquit Caris.

Sa réaction l'étonna. « Ce n'est pas ce que je voulais dire !

— Griselda ! Sainte Marie Mère de Dieu ! J'aurais pensé que je valais mieux que ça.

— Mais tu le vaux !

— Cette *lupa*, dit-elle, utilisant le mot latin qui signifiait "putain".

— Je ne peux même pas la supporter, cette fille, et j'ai détesté ça.

— C'est censé me rendre la chose plus agréable ? Dois-je en déduire que tu aurais été moins désolé si ça t'avait plu ?

— Bien sûr que non ! s'écria Merthin, consterné de voir Caris interpréter de travers tout ce qu'il disait.

— Qu'est-ce qui t'a pris ?

— Elle pleurait.

— Oh, pour l'amour du ciel ! Tu fais ça avec toutes les filles qui pleurent devant toi ?

— Mais non ! J'essayais seulement de t'expliquer comment ça s'est passé. Sans vraiment que je le veuille. »

Mais cela ne fit qu'augmenter le mépris de Caris. « Ne dis pas de bêtises, riposta-t-elle. Si c'est arrivé, c'est parce que tu l'as bien voulu.

— Écoute-moi, je t'en prie, dit-il, agacé. C'est elle qui a insisté. J'ai refusé. Elle s'est mise à pleurer. Je l'ai entourée de mon bras pour la réconforter et…

— Épargne-moi ces détails écœurants, je n'ai pas envie de les connaître. »

L'irritation commençait à le gagner. Il avait mal agi, certes, et méritait qu'elle soit fâchée, mais il ne s'attendait pas à un mépris aussi cinglant. « Très bien », lâcha-t-il, et il se renferma.

Mais Caris n'avait pas envie qu'il se taise. Le regardant bien en face, elle demanda d'un air bougon : « Quoi d'autre ? »

Il haussa les épaules. « À quoi ça sert que je parle ? Tu accueilles par le mépris tout ce que je dis.

— Je n'ai pas envie d'entendre des excuses pathétiques. Mais je sens bien que tu ne m'as pas tout avoué. »

Il soupira. « Elle est enceinte. »

Une fois de plus, la réaction de Caris le surprit. Toute colère la quitta. Son visage, jusqu'alors crispé d'indignation, s'effondra. Seule demeura sa tristesse. « Un bébé ! Griselda va avoir un bébé de toi.

— Ça n'arrivera peut-être pas. Parfois… »

Caris secoua la tête. « Griselda est en bonne santé et mange à sa faim. Il n'y a aucune raison pour qu'elle fasse une fausse couche.

— Non pas que je le souhaite, dit-il sans le penser véritablement.

— Qu'est-ce que tu vas faire ? Ce sera ton enfant, tu l'aimeras, même si tu détestes sa mère.

— Je vais devoir l'épouser. »

Caris s'ébahit. « Te marier ! Mais ce sera pour toujours !

— J'ai fait un enfant, je dois en prendre soin.

— Et passer ta vie entière avec Griselda ?

— Je sais.

— Non, tu n'es pas obligé ! lâcha-t-elle avec détermination. Prends Élisabeth Leclerc : son père n'a jamais épousé sa mère !

— Il était évêque.

— Et Maud Roberts, de la rue de l'Abattoir. Elle a trois enfants et pas de mari. Et tout le monde sait que leur père, c'est Édouard le Boucher.

— Il est marié et il a déjà quatre enfants avec sa femme.

— Ce que je veux dire, c'est qu'on ne force pas toujours les gens à se marier. Tu peux continuer à vivre comme maintenant.

— Non, c'est impossible. Elfric me flanquerait à la porte. »

Elle demeura pensive. « Autrement dit, tu as déjà parlé à Elfric ?

— Parlé? s'exclama Merthin en portant la main à sa joue meurtrie. J'ai cru qu'il allait me tuer.

— Et sa femme, ma sœur?

— Elle m'a crié dessus.

— Donc elle sait.

— Oui. C'est elle qui a dit que je devais épouser Griselda. De toute façon, elle n'a jamais voulu que je sois avec toi, je ne sais pas pourquoi.

— Parce qu'elle te voulait pour elle-même », murmura Caris.

Merthin tomba des nues. Que la fière Alice puisse être attirée par un modeste apprenti lui semblait incroyable. « Elle ne me l'a jamais montré.

— Parce que tu ne l'as jamais regardée avec attention. C'est pour ça qu'elle s'énerve tellement contre toi. Elle a épousé Elfric par dépit. Tu as brisé le cœur de ma sœur et, à présent, tu brises le mien. »

Merthin détourna les yeux. Il avait quelque difficulté à se voir en séducteur. À quel moment les choses étaient-elles allées de travers?

Caris s'était enfermée dans le silence. Il continua à regarder couler l'eau d'un air abattu. Son regard suivit le cours de la rivière jusqu'au pont.

La foule s'était immobilisée, semblait-il. Une carriole lourdement chargée de sacs de laine bloquait la sortie du pont, au sud. Une roue cassée, probablement. La charrette à laquelle Nell était attachée s'était arrêtée aussi, ne pouvant doubler l'autre. La foule entourait les deux attelages, plusieurs personnes avaient escaladé les sacs de laine pour avoir une meilleure vue de la situation. Côté Kingsbridge, le comte Roland et sa suite tentaient vainement de franchir le pont, mais il était bien difficile de repousser les piétons. Merthin repéra son frère Ralph à son cheval brun à crinière et queue noires, ainsi que le prieur Anthony. Venu selon toute évidence faire ses adieux, le père abbé se tordait les mains avec inquiétude en voyant les hommes de Roland pousser de force leurs montures dans la foule pour dégager un passage.

La sensation d'un danger imminent s'empara de Merthin. Il y avait quelque chose d'anormal, il en était certain. Mais quoi?

Il n'aurait su le dire. Il scruta le pont plus attentivement. Le lundi d'avant, il avait remarqué que les massives poutrelles de chêne reliant les piles l'une à l'autre sur toute la longueur du pont, côté amont de la rivière, avaient été renforcées à l'aide de plaques de fer là où il y avait des fissures. N'ayant pas pris part à ce travail de réhabilitation, il n'avait pas examiné les réparations très attentivement. Il s'était surtout interrogé sur ce qui pouvait être à l'origine de ces fissures. Car elles ne se trouvaient pas à mi-longueur entre les piles, comme cela aurait été le cas si le bois s'était simplement détérioré avec l'âge, elles étaient situées près du pilier central, là où l'usure aurait dû être moindre.

Accablé par les soucis, il n'y avait pas repensé depuis lundi, mais en cet instant, en regardant le pont, il avait subitement l'impression que le pilier central tirait les poutres vers le bas au lieu de les soutenir ! Autrement dit, le problème concernait les fondations. À peine cette pensée se forma-t-elle dans son esprit qu'il comprit la cause du désordre : en fait, le flot accéléré des eaux de la rivière creusait le lit en dessous du pilier.

Il se revit enfant, au bord de la mer, barbotant près du bord et regardant les vagues descendantes emporter le sable de dessous ses orteils. Ce genre de phénomène le fascinait depuis toujours.

Si le lit se creusait, alors le pilier central n'était plus soutenu par rien. Il était uniquement retenu par le tablier du pont, ce qui expliquait que les poutres se soient fissurées. Et les croisillons de fer apposés par Elfric n'avaient servi à rien. Ils avaient même pu aggraver le problème en empêchant le pont de se stabiliser dans une autre position.

A priori, l'autre pile de cette paire centrale, en aval du courant, devait encore reposer sur des fondations solides, se dit-il, car de ce côté-ci le courant était moins fort. Un seul pilier était donc endommagé. Le reste de la structure semblait suffisamment solide pour maintenir le pont en place – du moins, tant qu'il n'était pas soumis à une contrainte extraordinaire.

Or, les fissures semblaient plus larges aujourd'hui qu'au début de la semaine. Cela n'avait rien de surprenant, compte tenu des centaines de gens rassemblés sur ce pont, charge bien supérieure à celle que l'ouvrage supportait habituellement. Et il y avait aussi cette charrette lourdement chargée de sacs de laine, et encore alourdie par les vingt ou trente personnes juchées à leur sommet.

Le pont n'allait pas supporter longtemps un tel poids !

La crainte au cœur, Merthin devinait vaguement que Caris lui parlait, mais il n'entendait rien de son discours. Elle finit par hausser le ton : « Tu ne m'écoutes même pas !

— Il va y avoir une catastrophe !

— Que veux-tu dire ?

— Tous ces gens doivent quitter le pont dans l'instant !

— Tu penses comme ils vont t'écouter ! Ils s'amusent bien trop à tourmenter Nell. Le comte Roland lui-même n'arrive pas à les déloger.

— Je crois que le pont risque de s'effondrer.

— Oh, regarde ! s'écria Caris en désignant la forêt. Tu vois, il y a quelqu'un qui court le long de la route vers le pont ? »

Quel intérêt ? se demanda Merthin, mais il tourna quand même la tête dans la direction indiquée. Et, de fait, une jeune femme courait à perdre haleine, cheveux au vent.

« C'est Gwenda ! On dirait qu'elle fuit quelqu'un ! » s'écria Caris.

Un homme était bien lancé à sa poursuite, un homme en tunique jaune.

*

Jamais, de toute sa vie, Gwenda n'avait connu fatigue plus grande.

Le moyen le plus efficace de couvrir une longue distance, elle le savait, consistait à passer de la marche à la course tous les vingt pas et inversement. Elle avait commencé à pratiquer cette méthode dans la matinée, quand elle avait repéré Sim à une demi-lieue derrière elle. Pendant un moment, elle était parvenue à maintenir la distance entre eux. Mais quand la route lui avait à nouveau permis de voir au loin, elle avait pu se convaincre qu'il avait adopté une allure identique, alternant marche et course. Les lieues s'additionnaient, les heures se succédaient et le colporteur gagnait toujours plus de terrain. Vers le milieu de la matinée, elle avait compris qu'à ce rythme, il l'aurait rattrapée bien avant qu'elle ait atteint Kingsbridge.

Ne sachant que faire, elle s'était enfoncée dans les bois, veillant à ne pas trop s'écarter de la route, de peur de s'égarer. Plus tard, elle avait entendu le bruit d'une course et d'une respiration essoufflée. Glissant un œil à travers les broussailles, elle avait vu Sim passer devant elle. Elle savait que, lorsqu'il arriverait à une portion de route suffisamment dégagée et ne la verrait plus, il se douterait qu'elle s'était cachée dans les bois. Une heure plus tard, comme prévu, elle l'avait vu revenir sur ses pas.

Elle avait continué à marcher dans la forêt, s'arrêtant toutes les deux ou trois minutes pour tendre l'oreille, persuadée qu'il se mettrait bientôt à fouiller les sous-bois des deux côtés de la route, car cela faisait maintenant un bon moment qu'il ne la voyait plus. Elle avançait lentement, obligée qu'elle était de frayer son chemin dans les broussailles en pleine floraison du bord de la route pour ne pas risquer de se perdre.

Enfin, le bruit indistinct d'une foule lui parvint. La ville ne devait plus être très loin. Elle se réjouit. Finalement, elle aurait réussi à s'échapper. Se risquant tout au bord du chemin, elle tendit précautionneusement la tête, à demi cachée derrière un buisson. La voie était libre dans les deux sens et on apercevait au nord la tour de la cathédrale à un quart de mille.

Elle était presque rendue.

Elle perçut un aboiement familier et Skip émergea des taillis. Les larmes aux yeux, elle se pencha pour le caresser. Il bondit joyeusement autour d'elle, lui léchant les mains.

Sim n'étant pas en vue, elle s'aventura sur la route et, malgré son épuisement, reprit sa cadence de vingt pas de marche et vingt pas de course. Skip trottait à ses côtés, persuadé qu'il s'agissait d'un nouveau jeu. Chaque fois qu'elle changeait de rythme, elle jetait un regard par-dessus son épaule. La troisième fois, elle aperçut Sim.

Il n'était qu'à quelques centaines de pas.

Le désespoir s'abattit sur elle, tel un raz-de-marée. Elle aurait voulu se coucher et mourir. Mais elle avait atteint le hameau de Villeneuve, le pont était à moins d'un quart de mille. Elle se força à continuer.

Elle tenta de courir plus longtemps, mais ses jambes ne lui obéissaient plus. Un petit trot, voilà tout ce qu'elle était capable d'accomplir. Ses pieds la faisaient souffrir. Baissant les yeux sur ses chaussures, elle vit que ses semelles éculées étaient tachées de sang.

Comme elle arrivait à la croisée au Gibet, elle aperçut devant elle une foule immense sur le pont. Tout le monde regardait dans la même direction ! Pas une âme pour lui prêter attention alors qu'elle courait pour échapper à Sim, pour avoir la vie sauve !

Pour seul moyen de défense, elle n'avait que son canif, tout juste bon à découper un lièvre cuit au four. Autant dire qu'elle était désarmée.

La route était bordée sur un côté par de petites cahutes habitées par des gens trop pauvres pour s'établir en ville, sur l'autre par un pré appelé le Champ des amoureux, qui appartenait au prieuré. Sim était à présent si proche d'elle qu'elle entendait sa respiration saccadée et sifflante comme la sienne. La terreur lui insuffla un dernier sursaut de force. Skip se mit à aboyer – aboiements plus craintifs qu'agressifs : il n'avait pas oublié la pierre reçue sur le museau.

Le terrain aux abords du pont était une vaste étendue de boue collante retournée par des milliers de bottes, de sabots et de roues. Gwenda s'y élança, mue par l'espoir que Sim, plus lourd qu'elle, s'enfoncerait davantage dans ce bourbier.

Enfin elle atteignit le pont. La foule était moins dense de ce côté-ci. Tout le monde lui tournait le dos, les yeux rivés sur une charrette chargée de sacs de laine qui bloquait le passage à une carriole tirée par un bœuf. Gwenda devait à tout prix arriver à la maison de Caris. Elle la voyait presque, en haut de la grand-rue. « Laissez-moi passer ! » hurla-t-elle, accompagnant ses cris de grands coups d'épaule dans la foule. Une seule personne tourna la tête : Philémon ! Il ouvrit la bouche, frappé de stupeur. Pris de panique, il tenta d'avancer vers elle, mais la foule lui opposait la même résistance qu'à sa sœur.

Gwenda tenta de se faufiler le long des deux bœufs attelés à la charrette de laine, mais l'un d'eux projeta sa tête massive sur le côté et l'envoya bouler. Elle perdit pied. Au même instant, une main puissante la rattrapa par le bras. Elle sut alors qu'elle avait échoué.

« Je te tiens, salope ! » éructa Sim, hors d'haleine. L'attirant vers lui, il la frappa de toutes ses forces en pleine figure. Elle n'avait plus la force de résister. Skip aboyait en vain aux pieds du colporteur. « Tu ne m'échapperas plus », dit-il.

Elle fut anéantie. Séduire Alwyn, le tuer, parcourir des milles au pas de course, tout cela n'avait servi à rien. Elle était revenue à son point de départ, prisonnière de Sim.

Et soudain, le pont vacilla.

13.

De là où il se trouvait, Merthin vit le pont plier.

Subitement, tel un cheval au dos brisé, le tablier fléchit à hauteur de la pile centrale, qui se trouvait de son côté. En sentant brusquement le sol bouger sous leurs pieds, les personnes qui s'ingéniaient à tourmenter Nell chancelèrent et s'agrippèrent les unes aux autres pour tenter de se retenir. L'une d'elles bascula par-dessus le parapet et tomba dans le fleuve ; d'autres suivirent, puis d'autres encore. Les cris et les sifflets lancés à l'encontre de Nell se muèrent en hurlements perçants et mises en garde emplies d'effroi.

« Mon Dieu ! s'exclama Merthin.

— Que se passe-t-il ? » cria Caris.

Ils vont mourir ! De tous ces gens parmi lesquels nous avons grandi, ces femmes qui ont été bonnes envers nous, ces hommes que nous avons détestés, ces mères et ces fils, ces oncles et ces nièces, ces maîtres cruels, ces ennemis jurés et ces amants éplorés, il ne restera rien ! Voilà ce que Merthin aurait voulu lui dire, mais il ne put proférer un son.

Le temps d'un soupir, il espéra que la structure parviendrait à se stabiliser. Hélas, le pont pliait de plus en plus. Les poutres entrecroisées donnaient de la gîte et sortirent de leurs logements. Les planches posées en long et servant de plancher à tout ce peuple se libérèrent des chevilles qui les retenaient ; les traverses qui soutenaient le tablier se tordirent hors de leurs encoches et les croisillons de fer cloués par Elfric au-dessus des fissures s'arrachèrent du bois.

La pile centrale, qui se trouvait en amont par rapport à la rivière et était donc visible à Merthin, s'affaissa. La charrette de laine bascula et les personnes assises ou debout sur les sacs furent projetées dans la rivière. Les grosses poutres du soubassement jaillirent de leur emplacement, tuant quiconque se trouvait sur leur trajectoire. Le parapet, qui n'en était plus un, s'effondra complètement et la charrette glissa lentement en arrière dans les meuglements terrifiés de bœufs impuissants à la retenir. Elle traversa les airs avec une lenteur cauchemardesque et heurta les flots dans un bruit de tonnerre. Soudain, des gens par douzaines tombèrent ou sautèrent d'eux-mêmes dans les flots ; puis ce fut la foule tout entière qui vint s'abattre sur eux, suivie de peu par les poutres désagrégées, les unes réduites en tronçons, les autres encore entières, monumentales. Les chevaux avaient basculé eux aussi, avec ou sans leurs cavaliers. À présent, les chariots dégringolaient sur leurs têtes.

La première pensée de Merthin fut pour ses parents. Ni l'un ni l'autre n'avait assisté au procès de Nell. Ils n'auraient pour rien au monde suivi son châtiment : sa mère considérait ce genre de spectacle indigne de sa position et son père ne s'y intéressait pas, la condamnée étant une pauvre folle. Ils avaient préféré se rendre au prieuré faire leurs adieux à Ralph.

Et Ralph, justement, se trouvait sur le pont.

Merthin le voyait essayer de retenir son cheval qui s'était cabré et battait des sabots. « Ralph ! » hurla-t-il en vain. Puis les poutres qui soutenaient encore cette partie du pont s'écroulèrent à leur tour, et Merthin vit son frère disparaître dans les flots avec sa monture.

Merthin releva les yeux et regarda l'autre bout du pont, là où Caris avait repéré Gwenda quelques instants plus tôt. Il vit qu'elle se débattait entre les mains d'un homme en tunique jaune. Puis cette partie de l'ouvrage donna de la bande elle aussi, entraînée avec l'autre dans l'écroulement de la pile centrale. La rivière était maintenant une cohue de gens qui se démenaient, de chevaux pris de panique, de poutres rompues, de charrettes brisées et de cadavres en sang.

Caris avait disparu. Il ne s'en rendit compte qu'en la voyant escalader les rochers de la berge et patauger dans les marais vers le pont. Se retournant, elle hurla : « Mais dépêche-toi ! Qu'attends-tu ? Il faut leur porter secours ! »

*

Voilà à quoi doit ressembler un champ de bataille : des cris, une violence brutale, des hommes qui tombent et des chevaux rendus fous par la peur. Telle fut l'ultime pensée de Ralph à l'instant où le sol s'effondra sous lui.

Il connut un instant de terreur absolue, ne comprenant pas ce qui se passait. La minute d'avant, un pont se trouvait sous les sabots de son cheval ; désormais il n'y avait plus rien, uniquement ce vide dans lequel il culbutait avec Griff – son cheval dont il ne serrait plus les flancs entre ses cuisses. Il eut seulement le temps de prendre conscience qu'il avait été éjecté de sa selle avant de frapper à plat l'eau glacée.

Retenant son souffle, il se laissa descendre au fond. La panique l'avait quitté, il était calme malgré sa frayeur. Enfant, il avait joué au bord de la mer où son père possédait un village. Il savait qu'il finirait par remonter à la surface, même si le temps que cela prenait lui paraissait durer une éternité. Ses lourds vêtements de voyage, gorgés d'eau, le retenaient au fond. S'il avait porté une armure, il y serait resté à tout jamais. Enfin, sa tête émergea à la surface et il reprit sa respiration en haletant.

Il avait beaucoup nagé étant enfant et, malgré ses longues années sans pratique, les mouvements à faire lui revinrent plus ou moins et il réussit à garder la tête hors de l'eau. Il décida de regagner la rive nord en se frayant une voie parmi les corps et les débris. Non loin de lui, il reconnut le museau brun et la crinière noire de Griff, qui, comme lui, tentait de nager vers le bord le plus proche.

Voyant que l'allure de son cheval s'était modifiée, il comprit qu'il avait retrouvé le sol sous ses pattes, et il laissa ses jambes couler vers le fond. Il avait pied, lui aussi. Il se mit à marcher dans l'eau. La boue collante du lit de la rivière semblait vouloir l'aspirer et le retenir. Griff s'était hissé sur une étroite bande de terre au pied de l'enceinte du prieuré. Ralph l'imita et contempla le désastre.

Des centaines de personnes se débattaient dans l'eau. Un grand nombre d'entre elles perdaient leur sang et criaient, beaucoup étaient mortes. À proximité du bord, il aperçut un corps vêtu aux couleurs rouge et noir du comte de Shiring, flottant à la dérive, le visage dans l'eau. Entré dans la rivière, Ralph le saisit par la ceinture et le tira sur le bord malgré son poids.

Là, il le retourna. Stephen! Ralph se sentit chavirer. Le visage de son ami était intact, mais ses yeux grands ouverts ne montraient aucun signe de vie. Sa poitrine perforée ne se soulevait plus. Son corps était trop meurtri pour que son cœur batte encore. Et dire que je l'enviais, il y a quelques instants! pensa Ralph. De nous deux, c'est moi qui suis béni des dieux!

Saisi d'un sentiment de culpabilité irraisonné, il ferma les yeux de Stephen.

Il songea alors à ses parents qu'il avait laissés quelques minutes plus tôt devant les écuries. Quand bien même l'avaient-ils suivi, ils ne pouvaient avoir déjà atteint le pont. Ils étaient sains et saufs, certainement.

Mais dame Philippa? Ralph se força à se remémorer tous les détails de la scène qui avait précédé l'effondrement du pont. Le seigneur William et dame Philippa étaient en queue de cortège, ils n'avaient donc pas encore atteint la rivière.

Mais le comte, lui, se trouvait sur le pont!

Ralph revoyait à présent clairement la scène. Le comte Roland, juste derrière lui, poussait impatiemment Victoire dans l'espace que lui-même venait de libérer avec Griff au milieu de la foule. Le comte Roland devait être tombé tout près de lui.

Les paroles de son père lui revinrent à l'esprit : « Sois constamment en alerte et prêt à satisfaire les désirs du comte. » Ce drame serait-il pour lui la chance à laquelle il aspirait tant? L'occasion de se distinguer lui était offerte aujourd'hui : il allait sauver le comte Roland ou même seulement Victoire.

Cette pensée fouetta son énergie. Il fouilla le fleuve des yeux à la recherche du comte qui portait aujourd'hui un justaucorps en velours sur une longue robe pourpre très reconnaissable. Mais c'était une gageure que de vouloir identifier quelqu'un dans la masse grouillante de ces corps vivants et morts. Enfin il aperçut un étalon noir avec une tache blanche sur l'œil. Son cœur bondit dans sa poitrine. Victoire, la monture de Roland, se débattait dans l'eau, incapable semblait-il de nager en ligne droite. Elle devait s'être cassé une jambe, peut-être plusieurs.

Près du cheval, il repéra un grand corps vêtu de pourpre.

Son heure de gloire avait sonné!

Il se défit prestement de ses habits qui ne pouvaient qu'entraver ses mouvements et plongea de nouveau dans la rivière, vêtu de ses seuls sous-vêtements, dans l'intention de piquer droit sur le comte. Las, pour cela, il lui fallait franchir une masse de corps, hommes, femmes, enfants, dont un bon nombre encore en vie s'accrochaient à lui désespérément.

Les repoussant sans merci, à coups de poing parfois, il parvint à rejoindre Victoire. L'animal était à bout de forces. Après un instant d'immobilité absolue, il se laissa aller au fond. Quand l'eau eut recouvert sa tête, il recommença à se débattre. « Tranquille, mon garçon, tranquille », lui dit Ralph à l'oreille, mais il était évident que le cheval ne s'en sortirait pas.

Le comte Roland flottait sur le dos, les yeux fermés, sans connaissance – mort peut-être ? Son pied coincé dans l'étrier l'avait probablement empêché de couler. Il avait perdu son chapeau et ce que l'on voyait de son crâne n'était qu'un magma ensanglanté. Pouvait-on survivre à une telle blessure ? Qu'importe, je le sauverai, se dit Ralph. Qui ramenait le corps d'un comte se voyait certainement récompensé.

Il tenta de dégager le pied du blessé, mais l'étrivière s'était enroulée autour de sa cheville. Voulant saisir le couteau qu'il portait en permanence, il leva la main vers son ceinturon et réalisa qu'il était resté sur le rivage avec ses habits. Le comte, lui, avait forcément son poignard sur lui. En tâtonnant, Ralph parvint à l'extraire du fourreau et entreprit de cisailler la courroie.

Les convulsions de Victoire ne lui facilitaient pas la tâche. Chaque fois qu'il réussissait à attraper l'étrier, un sursaut du cheval moribond le lui arrachait des mains avant qu'il n'ait eu le temps de poser le couteau sur la courroie. Dans ses malheureuses tentatives, il ne réussit qu'à se couper le dos de la main. S'accrochant par les jambes à l'encolure du cheval, il parvint à se stabiliser et, dans cette position, à trancher l'étrivière.

À présent, il allait devoir ramener le comte évanoui jusqu'au rivage, alors qu'il n'était pas bon nageur et que son nez cassé l'obligeait à respirer par la bouche. Haletant, il fit une pause pour reprendre son souffle, se laissant aller de tout son poids sur le cheval condamné. Mais le comte, qui n'était plus soutenu, commençait à couler.

Agrippant sa cheville de sa main droite, Ralph entreprit de nager vers la berge. Mais il n'était pas facile de garder la tête hors de l'eau en nageant d'une seule main. Il s'interdit de regarder derrière lui. Si Roland avait la tête sous l'eau, il ne pourrait rien y faire. Au bout de quelques brasses, il fut hors d'haleine, incapable de remuer ses membres endoloris.

Il était jeune et vigoureux, certes, mais ses activités habituelles, escrime et chasse à courre, ne l'avaient pas préparé à sauver quelqu'un de la noyade. S'il pouvait passer toute une journée à cheval et le soir même écraser un adversaire à la lutte, en revanche il lui fallait à présent mettre en action des muscles qu'il n'avait pas développés. L'effort nécessaire pour garder la tête levée lui arrachait le cou. Il s'étouffait et toussait à force de boire la tasse. Avec un seul bras de libre, il avait beau se démener comme un forcené, il parvenait à peine à se maintenir à fleur d'eau. En outre, le corps massif du comte était alourdi par ses vêtements détrempés, et Ralph peinait à le tirer. Le rivage se rapprochait avec une lenteur désespérante.

Enfin, il en fut assez près pour poser les pieds. À bout de souffle, il entreprit de fendre l'eau, tirant toujours le comte Roland derrière lui. Lorsque l'eau ne lui arriva plus qu'à mi-cuisse, il se retourna et prit le blessé dans ses bras pour le porter jusqu'au rivage.

Ayant déposé le corps à terre, il se laissa choir à côté, exténué. Puis, battant le rappel de ses dernières forces, il posa la main sur la poitrine du comte. Son cœur battait.

Le comte Roland était vivant !

*

L'effondrement du pont avait paralysé Gwenda de terreur. Son brutal plongeon dans l'eau froide lui rendit ses esprits.

Remontée à la surface, elle se découvrit entourée de gens hurlant et se débattant. Seuls ceux qui s'agrippaient à un tronçon de bois avaient réussi à se maintenir à flot. Pour tous les autres, il n'y avait qu'un seul moyen de garder la tête hors de l'eau, c'était de prendre appui sur leurs voisins. Maintenus sous l'eau, ces derniers ne devaient leur survie qu'à la force de leurs poings. Les coups pleuvaient. Un grand nombre manquait leur but, mais ceux qui l'atteignaient étaient aussitôt rendus. On aurait pu se croire au beau milieu d'un pugilat nocturne devant une taverne de Kingsbridge. Sauf que la situation n'était en rien comique, les gens mouraient par dizaines.

Gwenda prit une grande goulée d'air et se laissa descendre au fond. Hélas, elle ne savait pas nager.

Émergeant à la surface pour la seconde fois, quelle ne fut pas son horreur de découvrir le colporteur juste devant elle, crachant de l'eau par la bouche comme une fontaine, avant de disparaître à nouveau sous l'eau. À l'évidence, il ne nageait pas mieux qu'elle. Toutefois, dans son désespoir, il l'avait saisie par l'épaule, cherchant un appui. Immédiatement, elle se laissa couler. Sim la lâcha aussitôt.

Sous l'eau, retenant son souffle, Gwenda fit de son mieux pour combattre sa panique. Après ce qu'elle venait de vivre, elle n'allait pas mourir maintenant !

Refaisant surface pour la troisième fois, elle fut projetée sur le côté par une grosse masse. Du coin de l'œil, elle reconnut le bœuf qui lui avait donné un coup de tête juste avant que le pont ne s'écroule. La bête, apparemment indemne, nageait vers le rivage de toute la puissance de ses pattes. Battant violemment des pieds, Gwenda tendit le bras vers une corne et parvint à l'attraper, forçant le bœuf à pencher son cou massif sur le côté. L'animal ramena son museau à l'horizontale. Gwenda réussit à ne pas lâcher prise.

Puis ce fut Skip qui apparut à son côté, nageant sans effort et aboyant joyeusement.

Le bœuf nageait en direction de la rive du faubourg. Agrippée à sa corne, Gwenda avait l'impression qu'on lui arrachait le bras.

Soudain une main la saisit. Jetant un coup d'œil par-dessus son épaule, elle reconnut Sim. En cherchant à se hisser hors de l'eau, il la tirait vers le bas ! Elle le repoussa de sa main libre. Il retomba en arrière, tout près de ses pieds. Visant soigneusement, elle lui balança sa jambe en pleine figure, rassemblant dans son geste tout ce qui lui restait de force. Il eut un bref cri de douleur et s'enfonça sous l'eau.

Le bœuf avait trouvé le sol sous ses pattes et se hissait lourdement hors de la rivière en renâclant et en s'ébrouant. Gwenda lâcha sa corne dès qu'elle sentit la terre sous ses pieds.

Skip poussa un aboiement effrayé. Gwenda regarda autour d'elle avec méfiance. Ne voyant pas le colporteur sur la berge, elle balaya la rivière des yeux, cherchant à repérer la tache jaune de sa tunique au milieu de l'amas de corps et de poutres éparpillés sur l'eau. Elle l'aperçut. Accroché à une planche, il se dirigeait droit sur elle en battant des pieds.

Elle était à bout de forces, incapable de s'enfuir, incapable seulement de courir dans sa robe alourdie par l'eau. Ce côté-ci de la rivière n'offrait aucune cachette. Quant à gagner l'autre rive, inutile d'y songer puisqu'il n'y avait plus de pont.

Elle n'allait quand même pas se faire reprendre !

En le regardant s'agiter dans l'eau, la confiance lui revint. Le colporteur aurait pu se maintenir à fleur d'eau s'il était resté immobile sur sa planche, mais il se démenait, cherchant à gagner le rivage au plus vite, et ses mouvements le déstabilisaient. À plat ventre sur son morceau de bois, il tentait de se redresser. Mais à peine donnait-il un coup de pied pour se propulser en avant que sa tête disparaissait sous l'eau.

En agissant de la sorte, il n'était pas assuré de gagner la terre ferme, comprit Gwenda et elle décida de l'en empêcher.

La rivière était jonchée de morceaux de bois de toutes tailles, allant de la solive à la planche brisée. Repérant près du rivage un solide tronçon d'environ trois pieds de long, elle entra dans l'eau et s'en empara. Et c'est armée de ce gourdin qu'elle marcha à la rencontre de l'homme qui l'avait achetée.

L'effroi qu'elle lut dans ses yeux l'emplit de joie.

Il interrompit ses mouvements de pieds.

S'il reculait, c'était la noyade ; s'il avançait, c'était la mort sous les coups de massue de la femme dont il avait voulu faire son esclave.

Il ne tergiversa pas.

Gwenda, de l'eau jusqu'à la taille, attendait le moment propice.

Le voyant s'arrêter à nouveau et s'agiter, elle devina qu'il testait la profondeur de l'eau.

C'était maintenant ou jamais.

Sa poutrelle levée au-dessus de sa tête, elle fit un pas en avant. Comprenant son intention, Sim tenta désespérément d'échapper à la trajectoire de son arme. Hélas, il lui était impossible d'esquiver le coup : il n'était plus à plat ventre sur sa planche et il n'avait pas encore retrouvé le sol sous ses pieds. Gwenda abattit de toutes ses forces le gourdin sur sa tête.

Ses yeux se révulsèrent et il perdit connaissance.

Le rattrapant par sa tunique jaune, elle l'attira vers elle. Pas question de le laisser filer à la dérive, il risquerait de revenir à la charge ! Empoignant sa tête entre ses mains, elle l'enfonça sous l'eau.

Maintenir un corps sous l'eau s'avérait bien plus difficile que prévu, même si ce corps était celui d'un homme mort. Pour qu'il sombre, elle devait coincer la tête du colporteur sous son bras et lever ensuite les pieds elle-même, afin de l'entraîner au fond. Las, les cheveux gras de Sim glissaient entre ses doigts.

Il devait être mort et bien mort, à présent ! Combien de temps fallait-il pour noyer un homme ? Elle n'en avait aucune idée. Les poumons de Sim devaient déjà se remplir d'eau. À quel moment saurait-elle qu'elle pouvait le lâcher sans risque ?

Et voilà qu'il se tordit. Elle appuya plus fort sur sa tête et dut lutter pour qu'elle ne lui échappe pas des mains. Ces convulsions étaient-elles des spasmes inconscients ou le signe que Sim revenait à la vie ? Quoi qu'il en soit, c'étaient des mouvements violents et irréguliers. Reposant les pieds par terre, Gwenda s'ancra au sol le plus solidement qu'elle le put.

Elle promena les yeux autour d'elle. Personne ne regardait dans sa direction. Les gens étaient bien trop occupés à se sauver eux-mêmes.

Les mouvements de Sim faiblirent et il finit par s'immobiliser. Elle relâcha sa prise peu à peu. Le colporteur coula lentement au fond.

Et ne remonta plus.

Gwenda repartit vers la berge et se laissa tomber lourdement sur la terre détrempée, hors d'haleine. Palpant sa ceinture, elle constata que sa bourse de cuir y était toujours accrochée. Les brigands n'avaient pas cherché à la lui dérober ; elle l'avait conservée tout au long de ses épreuves, cette bourse si précieuse qui contenait son philtre d'amour. Elle l'ouvrit en hâte. Hélas, la petite fiole de terre était en mille morceaux.

Gwenda fondit en larmes.

*

La première personne que Caris découvrit se livrant à une activité intelligente fut le frère de Merthin. Vêtu en tout et pour tout d'une culotte, il n'était pas blessé, hormis son nez rouge et gonflé, mais il était déjà dans cet état depuis plusieurs jours. Ralph venait de sortir de l'eau le comte de Shiring et l'avait étendu sur la berge à côté d'un homme inanimé qui portait les couleurs du comte et présentait à la tête des blessures effroyables, peut-être même mortelles. Épuisé par ces efforts, Ralph semblait ne plus savoir que faire. Caris considéra la situation avant de lui donner un ordre.

De ce côté-ci de la rivière, la berge était faite d'une succession de petites criques séparées par des rochers. Les bandes de terre détrempée n'étaient pas assez vastes pour accueillir tous les morts et les blessés. Il faudrait les regrouper ailleurs.

À quelques dizaines de pas du bord, une volée de marches en pierre menait à une porte percée dans le mur d'enceinte du prieuré. La désignant à Ralph, Caris cria : « Passe par ce chemin et emporte le comte dans la cathédrale. Après, cours à l'hospice et demande à la première sœur que tu rencontreras d'aller chercher mère Cécilia. »

Ralph obéit dans l'instant, heureux de voir quelqu'un prendre les choses en main.

Apercevant Merthin prêt à s'élancer dans l'eau, Caris le retint. « Regarde-moi ces imbéciles ! » Sur la partie du pont encore debout, côté Kingsbridge, des douzaines de personnes s'ébaubissaient à la vue du carnage. « Fais descendre ici tous les hommes costauds. Qu'ils commencent à extraire les gens de l'eau et à les porter à la cathédrale. »

Il hésita. « Comment veux-tu qu'ils arrivent jusqu'ici ? »

Pour accéder à la berge, il fallait en effet enjamber toute une partie du pont affaissée. D'autres personnes risquaient de se blesser. Il y avait toutefois une solution. Les jardins des demeures de ce côté-ci de la grand-rue jouxtaient l'enceinte du prieuré. Celui de la maison à l'angle, qui appartenait au charretier Ben le Rouleur, était pourvu d'un petit portillon donnant directement sur la rivière.

La même idée avait dû venir à l'esprit de Merthin, car il dit : « Je les ferai passer par chez Ben. »

— C'est ça. »

Après avoir escaladé les rochers, il franchit le portillon et disparut dans le jardin de Ben.

Caris reporta son attention sur la rivière. Une longue silhouette émergeait de l'eau et se dirigeait vers une crique voisine. Elle reconnut Philémon. « Tu as vu Gwenda ? lui cria-t-il, hors d'haleine.

— Oui. Juste avant que le pont s'effondre. Elle courait, poursuivie par le colporteur.

— Je sais. Mais où est-elle, maintenant ?

— Je ne l'ai pas vue. Le plus important, pour l'instant, c'est de sortir les gens de l'eau.

— Je veux d'abord retrouver ma sœur.

— Si elle est toujours en vie, elle sera parmi eux !

— Bien. » Philémon retourna dans l'eau en pataugeant.

Caris aussi s'inquiétait pour les siens. Mais il y avait tant à faire ici. Elle se promit de partir à la recherche de son père dès qu'elle aurait un moment de libre.

Ben le Rouleur apparut à son portillon. Trapu, doté d'une carrure et d'un cou imposants, il avait réussi dans la vie en usant de ses muscles plus souvent que de sa cervelle. Arrivé sur la berge, il regarda autour de lui d'un air indécis.

Un homme était étendu par terre aux pieds de Caris, un homme de la suite du comte Roland, à en juger d'après les couleurs de son justaucorps, rouge et noir. « Ben, emportez cet homme dans la cathédrale, voulez-vous ? » lui demanda-t-elle.

Lib, la femme de Ben, arriva à son tour, un enfant dans les bras. Un peu plus maligne que son époux, elle s'enquit : « Ne faudrait-il pas s'occuper d'abord des vivants ?

— Pour savoir s'ils sont morts ou vivants, il faut bien commencer par les sortir de l'eau. Et si on les regroupe tous ici, il n'y aura plus de place pour leur porter secours. Non, il faut les monter à l'église. »

Convaincue par cet argument, Lib lança à son mari : « Ben, fais comme Caris te dit ! »

Celui-ci s'exécuta.

Le voyant soulever le corps inanimé, Caris pensa que le transport serait bien plus rapide si les blessés étaient placés sur ces civières qu'utilisaient les maçons. Pour cela, il fallait s'adresser aux moines. Mais où étaient-ils passés ? Aucune religieuse ne s'était montrée depuis que Caris avait envoyé Ralph prévenir mère Cécilia. D'ici peu, on allait avoir besoin de pansements, d'onguents et d'huiles pour nettoyer les plaies des blessés. Et, surtout, du concours de tous les moines et de toutes les religieuses. Il serait bon d'appeler aussi Matthieu le Barbier, car il y aurait sûrement pas mal d'os cassés à rebouter. Et de faire venir Mattie la Sage, pour administrer aux blessés des potions qui les soulagent. Oui, il fallait sonner l'alarme, mais Caris ne voulait pas quitter le rivage tant que les secours n'étaient pas correctement organisés. Où était donc passé Merthin ?

Une femme rampait hors de l'eau. Caris s'avança jusqu'à elle pour l'aider à se remettre sur ses pieds. C'était Griselda. Sa robe trempée collait à son corps, révélant ses seins épanouis et les rondeurs de ses hanches. La sachant enceinte, Caris demanda sur un ton impatient : « Tout va bien ?

— Je crois.

— Tu ne saignes pas ?

— Non.

— Rends grâces au Seigneur ! »

Caris, qui guettait l'arrivée de Merthin, l'aperçut sortant du jardin de Ben le Rouleur à la tête d'un petit escadron d'hommes dont certains portaient la livrée du comte. Elle le héla : « Viens prendre le bras de Griselda. Aide-la à remonter au prieuré. Qu'elle s'asseye et se repose ! » Et d'ajouter sur un ton rassurant : « Elle n'a rien, ne t'en fais pas. »

Remarquant l'air gêné de ses compagnons, elle prit brutalement conscience de l'étrange triangle qu'ils formaient à eux trois : la future mère, le père de l'enfant et la femme aimée.

Elle tourna les talons pour aller donner des ordres aux hommes, brisant le charme qui les tenait immobilisés.

*

Gwenda resta un long moment à pleurer sans pouvoir s'arrêter. Ce n'était pas seulement le bris de sa fiole qui suscitait ses larmes, car si Mattie et Caris avaient échappé à la catastrophe, elles lui prépareraient un nouveau philtre. Non, ce qui la désespérait, c'était tout ce qu'elle avait subi au cours de ces dernières vingt-quatre heures, de la trahison de son père à ses pieds endoloris.

Le fait d'avoir tué deux hommes ne suscitait en elle aucun remords : Sim et Alwyn avaient mérité leur sort. Ils avaient tenté de l'asservir et de la prostituer. D'ailleurs, les tuer n'était même pas un meurtre puisque c'étaient tous deux des proscrits. Mais tout de même ! Elle en avait les mains qui en tremblaient encore. D'un côté, elle exultait d'avoir vaincu ses ennemis et regagné sa liberté ; de l'autre, le souvenir de ses actes la laissait pantelante. Elle n'était pas près d'oublier les brutales contractions de Sim à la fin, ni l'expression d'Alwyn quand la pointe de son couteau était ressortie de son orbite. Assurément, ces images reviendraient hanter ses rêves. Et sous l'emprise de sentiments aussi violents et contradictoires, elle était prise d'un tremblement impossible à contrôler.

Pour chasser ces funestes pensées, elle se força à réfléchir à tous ceux qu'elle connaissait qui avaient pu trouver la mort dans l'effondrement du pont. Ses parents avaient eu l'intention de quitter Kingsbridge hier. Mais son frère, Philémon ? Caris, sa meilleure amie ? Wulfric, le garçon qu'elle aimait ?

Relevant les yeux, elle fut immédiatement rassurée sur le sort de Caris, en la voyant s'affairer sur la rive opposée. Aidée de Merthin, elle mettait en place les secours, semblait-il. Un sentiment de gratitude inonda son cœur : au moins, elle n'était pas seule au monde.

Mais Philémon ? C'était la dernière personne qu'elle avait aperçue sur le pont ; il devait être tombé dans l'eau tout près d'elle. Où était-il maintenant ? Elle ne le voyait nulle part.

Et Wulfric ? Le spectacle d'une sorcière promenée en ville et flagellée ne devait pas être de ceux qu'il appréciait. Cependant, c'était aujourd'hui qu'il était censé rentrer à Wigleigh avec sa famille. Il était donc possible – Dieu l'en préserve – qu'il se soit retrouvé sur le pont au moment de la catastrophe. Prise de frénésie, Gwenda se mit à scruter la rivière à la recherche de cheveux roux visibles de loin, priant le ciel pour qu'elle l'aperçoive nageant vigoureusement vers le rivage et non flottant entre deux eaux. Mais aucune des têtes qui remuaient encore n'avait ses cheveux flamboyants.

Elle décida de traverser la rivière. En s'agrippant à une grosse pièce de bois, elle parviendrait certainement à se maintenir à flot et elle avancerait en battant des pieds. Elle trouva une planche, la tira hors de l'eau et remonta la rivière sur une bonne distance pour ne pas risquer d'être prise au milieu de tous les corps. Elle se jeta à l'eau. Skip la suivit courageusement. La traversée s'avéra plus difficile que prévu ; sa robe mouillée entravait ses mouvements.

La berge atteinte, elle s'élança vers Caris et tomba dans ses bras. « Que s'est-il passé ? voulut savoir son amie.

— Je me suis enfuie.

— Et Sim ?

— C'était un brigand.

— C'était ?

— Il est mort. »

Comme Caris la regardait, ébahie, elle s'empressa de préciser : « Dans l'effondrement du pont. » Caris avait beau être sa plus chère amie, elle ne tenait pas à lui décrire les circonstances exactes. « Tu as des nouvelles de ma famille ?

— Tes parents ont quitté la ville hier. J'ai vu Philémon il y a un instant. Il te cherchait.

— Dieu soit loué ! Et Wulfric ?

— Je ne sais pas. Il n'a pas encore été repêché dans la rivière. Sa fiancée est partie hier. Ses parents et son frère étaient dans la cathédrale ce matin au procès de Nell la folle. Lui, je ne sais pas.

— Il faut que je le retrouve.

— Bon courage ! »

Gwenda grimpa les marches menant au prieuré et traversa le champ de foire en courant. Les derniers vendeurs emballaient leurs affaires. C'était incroyable qu'ils puissent vaquer tranquillement à leurs occupations alors que des centaines de gens venaient de trouver la mort à quelques pas d'eux ! Probablement n'étaient-ils pas informés du drame. Il venait à peine de se produire même si elle avait l'impression qu'il s'était écoulé des heures depuis l'écroulement du pont.

Elle ressortit dans la grand-rue. Wulfric et sa famille étaient descendus à l'auberge de La Cloche. Elle s'y précipita.

Un jeune garçon à l'air effrayé se tenait près du baril de bière. Gwenda l'apostropha : « Je suis à la recherche de Wulfric, de Wigleigh.

— Il n'y a personne, répondit le garçon. Je suis l'apprenti, on m'a laissé ici pour veiller sur la bière. »

Quelqu'un devait avoir rameuté des secours, se dit-elle.

Elle s'apprêtait à repartir quand elle tomba nez à nez avec Wulfric sur le seuil.

Si grand était son soulagement de le découvrir sain et sauf qu'elle se jeta à son cou. « Dieu soit loué, tu es vivant !

— Alors, c'est vrai ? Le pont s'est écroulé ?

— Oui. C'est atroce. Ta famille n'est pas avec toi ?

— Ils sont partis, il y a de ça un bon moment déjà. J'étais resté pour collecter une dette, dit-il en levant un petit sac de cuir rempli de pièces. J'espère qu'ils n'étaient pas sur le pont.

— Viens, je sais comment le savoir. »

Gwenda lui prit la main ; il se laissa conduire jusque dans l'enceinte du prieuré. Elle n'avait jamais tenu sa main aussi longtemps, une grande main à la paume douce et aux doigts rugueux, et ce contact la faisait tressaillir.

Elle coupa par le pré et le précéda dans la cathédrale. « C'est ici qu'on regroupe les gens sortis de l'eau », expliqua-t-elle.

Vingt ou trente corps reposaient déjà sur les dalles de la nef. Des habitants de la ville en apportaient d'autres continuellement. Une poignée de religieuses s'occupaient des blessés, minuscules fourmis comparées aux piliers immenses auprès desquels elles s'activaient. Le moine qui dirigeait habituellement le chœur avait pris la situation en main malgré sa cécité. « Les blessés côté sud, les morts en face », ordonnait-il au moment où Gwenda et Wulfric firent leur entrée.

Soudain, un cri consterné s'échappa des lèvres du jeune homme. Suivant son regard, Gwenda reconnut son frère aîné parmi les blessés. Ils allèrent s'agenouiller auprès de lui, à même le sol. De deux ans plus âgé que Wulfric, David était de même constitution. Il respirait, mais ses yeux ouverts ne semblaient pas les voir. « Dave ! chuchota Wulfric d'une voix pressante. Dave, c'est moi, Wulfric. »

Sentant le sol poisseux sous ses genoux, Gwenda baissa les yeux : David gisait dans une mare de sang.

Wulfric insistait : « Dave, où sont les parents ? »

Le blessé ne répondait pas.

Promenant les yeux autour d'elle, Gwenda aperçut la mère de Wulfric de l'autre côté de la nef. Elle reposait dans le bas-côté nord, là où frère Carlus avait ordonné de regrouper les morts. « Wulfric, dit-elle doucement.

— Quoi ?

— Ta mère. »

Il se releva et regarda. « Mon Dieu ! » s'écria-t-il.

Ils se rendirent auprès d'elle. La mère de Wulfric était étendue à côté de son seigneur, sieur Stephen, égaux l'un et l'autre désormais. C'était une femme menue dont on avait peine à croire qu'elle ait pu donner naissance à deux solides gaillards comme David et Wulfric. Énergique et pleine d'entrain de son vivant, ce n'était plus qu'une poupée pâle et fragile. Wulfric posa la main sur sa poitrine, espérant sentir battre son cœur. Sous la pression de ses doigts, un filet d'eau monta à la bouche de la morte. Il gémit à voix basse : « Elle s'est noyée ! »

Gwenda entoura ses larges épaules de son bras pour tenter de le consoler. Il ne parut pas s'en rendre compte.

Un homme d'armes attaché au comte Roland s'avançait vers eux, portant dans ses bras le corps sans vie d'un homme de grande taille. Wulfric ne put retenir un cri en reconnaissant son père.

« Étendez-le ici, à côté de son épouse », ordonna Gwenda.

Wulfric, assommé, n'était plus capable de proférer un son ni d'affronter la situation. Gwenda aussi était stupéfaite. Dans de telles circonstances, que pouvait-on dire à l'homme qu'on aimait ? Elle aurait tant voulu lui apporter un peu de réconfort. Mais tous les mots qui lui venaient à l'esprit lui paraissaient stupides. Laissant Wulfric contempler les corps inanimés de sa mère et de son père, Gwenda tourna la tête de l'autre côté. L'immobilité de David l'inquiéta, elle se hâta de le rejoindre. Il fixait la voûte d'un regard aveugle ; il ne respirait plus. Elle posa la main sur sa poitrine : son cœur ne battait plus.

Comment Wulfric allait-il supporter ce troisième décès ?

Essuyant ses larmes, elle s'en revint vers lui. À quoi bon lui dissimuler la vérité ? « David est mort aussi », lui murmura-t-elle.

Wulfric, frappé de stupeur, ne réagit pas. On aurait pu croire qu'il n'avait pas compris. La pensée redoutable qu'il ait pu perdre l'esprit effleura la jeune fille.

Mais au bout d'un moment, il lâcha, dans un chuchotement : « Tous les trois morts ! Tous les trois ! »

Il regarda Gwenda. Voyant ses yeux pleins de larmes, elle l'entoura de ses bras. Des sanglots désespérés secouaient le grand corps du jeune homme. Elle le serra plus fort contre elle. « Pauvre Wulfric, dit-elle, pauvre Wulfric aimé.

— Dieu merci, il me reste Annet. »

*

Une heure plus tard, les morts et les blessés allongés dans la nef en couvraient presque la totalité du sol. Carlus, le sous-prieur, se tenait au milieu du désastre ; debout à ses côtés, frère Siméon, le trésorier à la longue figure, lui prêtait ses yeux. En l'absence du père prieur, Carlus continuait à diriger les opérations. « Frère Théodoric, est-ce vous ? dit-il, identifiant à son pas un moine au teint pâle et aux yeux bleu roi qui venait d'entrer. Trouvez le fossoyeur et demandez-lui de prendre six hommes forts pour l'aider. Nous allons avoir besoin de tombes, une centaine au moins. En cette saison, mieux vaut ne pas traîner avec les enterrements.

— Tout de suite, mon frère ! » répondit Théodoric.

L'efficacité de Carlus malgré sa cécité impressionnait Caris. Elle avait laissé Merthin se charger du retrait des corps pour s'assurer que les religieuses et les moines avaient été avertis de la catastrophe, puis elle était allée prévenir Matthieu le Barbier et Mattie la Sage, avant de s'inquiéter du sort des siens.

Des personnes qui lui étaient proches, seuls son oncle Anthony et Griselda s'étaient trouvés sur le pont au moment où il s'était effondré, et Griselda était maintenant rentrée chez elle et se reposait. Caris avait découvert son père dans la halle de la guilde en compagnie de Buonaventura Caroli. Apprenant la nouvelle, Edmond avait réagi par ces mots : « À présent, ils seront bien obligés de construire un pont neuf ! » Après quoi, boitant sur sa mauvaise jambe, il s'était rendu à la rivière pour aider aux secours. Les autres membres de la famille étaient sains et saufs : lors du drame, tante Pétronille préparait le dîner ; sa sœur Alice était avec son mari Elfric à l'auberge de La Cloche ; son cousin Godwyn vérifiait dans la cathédrale les réparations effectuées dans la partie sud du chœur.

Anthony demeurait introuvable. Si elle n'éprouvait pas une grande affection pour son oncle, Caris n'allait pas jusqu'à souhaiter sa disparition. Elle examinait donc anxieusement tous les nouveaux corps repêchés dans la rivière et transportés dans le sanctuaire.

Mère Cécilia et les religieuses nettoyaient les blessures, y appliquant du miel avant de les panser pour éviter l'infection. En guise de remontant, elles distribuaient aux blessés des bolées de bière chaude aux épices. Mattie leur faisait boire des potions calmantes en haletant bruyamment, essoufflée par son surpoids ; fort de sa pratique sur les champs de bataille, Matthieu le Barbier reboutait bras et jambes.

Caris s'avança vers le transept sud. Là, loin du bruit, de l'agitation et du sang qui emplissaient la nef, les meilleurs moines médecins se pressaient autour du comte de Shiring, qui n'avait toujours pas repris connaissance. Il avait été dévêtu et reposait sous une lourde couverture. « Il est vivant, lui dit frère Godwyn, mais ses blessures sont gravissimes. » Désignant l'arrière de son crâne, il expliqua : « Cette partie-ci est en morceaux. »

Caris regarda le blessé par-dessus l'épaule de son cousin. Le crâne, souillé de sang, ressemblait à la croûte éclatée d'un pâté laissant apparaître la farce à l'intérieur. Assurément rien ne pourrait être fait pour guérir une plaie aussi redoutable.

À l'évidence, frère Joseph, le plus âgé des médecins, partageait cet avis car, s'étant frotté le nez, il déclara avec sa façon si particulière de prononcer les « s » comme des « ch », à la manière des ivrognes : « Il faut transporter ici les reliques du saint. C'est le meilleur espoir de guérison. »

Caris ne plaçait pas grande confiance dans les pouvoirs des os d'un saint mort depuis belle lurette pour guérir un homme dont la tête avait été fracassée aujourd'hui, mais elle s'abstint de le montrer, naturellement. Elle ne partageait pas les vues du commun des mortels. Le sachant, elle gardait les siennes pardevers elle. Enfin, le plus souvent.

Les deux fils du comte, le seigneur William et l'évêque Richard, gardaient les yeux fixés sur leur père. Avec sa silhouette de soldat et sa chevelure noire, le premier était en plus jeune la copie conforme de l'homme inanimé étendu sur la table ; le second était plus clair de teint et plus rond. Ralph se tenait à leur côté. « C'est moi qui ai sorti le comte de l'eau, dit-il pour la deuxième fois devant Caris.

— Oui, oui, c'est bien », laissa tomber William.

Son épouse, dame Philippa, ne semblait guère convaincue par la proposition de frère Joseph. À la différence de Caris, elle le manifesta : « N'y a-t-il donc rien que vous puissiez faire vous-même pour guérir le comte ? demanda-t-elle.

— Non, répondit Godwyn. La prière est le plus efficace des traitements. »

Les reliques étaient conservées sous le maître-autel dans une châsse fermée à clef. À peine Godwyn et Joseph se furent-ils retirés pour aller les chercher que Matthieu le Barbier vint se pencher sur le comte. Ayant examiné son crâne, il déclara : « Cette blessure ne guérira pas toute seule, même avec l'aide du saint.

— Que veux-tu dire ? jeta William avec brusquerie, et Caris se dit qu'il ressemblait vraiment à son père.

— Le crâne est un os comme les autres, expliqua Matthieu. Il se répare, lui aussi, mais à condition que tous les morceaux soient placés exactement au bon endroit. Sinon, il guérit tordu.

— Tu te crois plus savant que les moines ?

— Mon seigneur, les moines savent comment appeler l'aide divine, moi je sais seulement réparer les os brisés.

— Et d'où te vient ta connaissance ?

— J'ai vu bien des têtes fracassées dans ma vie. J'ai été chirurgien dans les armées du roi pendant de longues années. J'ai fait la guerre contre les Écossais aux côtés de votre père, le comte.

— Et que ferais-tu pour lui, maintenant ? »

Face aux questions agressives du seigneur William, Matthieu le Barbier commençait à bafouiller. Néanmoins, Caris le trouvait assez sûr de son fait. Le barbier répondit : « Je retirerais les os brisés et les nettoierais séparément, puis j'essaierais de les réajuster ensemble avant de les replacer. »

Caris en resta bouche bée. Comment avait-il le culot de proposer une opération aussi dangereuse ? Et si ça tournait mal ?

William demanda : « Et il serait sauvé ?

— Je ne sais pas, répondit Matthieu. Les blessures à la tête ont parfois de drôles de répercussions sur le corps. Il arrive que le blessé, une fois guéri, ne puisse plus marcher ou parler. Tout ce que je peux faire, c'est réparer son crâne. Pour les miracles, adressez-vous au saint.

— Autrement dit, tu ne garantis pas le succès.

— Seul Dieu est tout-puissant. Les hommes, eux, ne peuvent qu'espérer le meilleur en faisant tout ce qui est en leur pouvoir. Mais je peux affirmer que si ses blessures ne sont pas soignées, votre père mourra.

— Mais Joseph et Godwyn ont lu les livres des anciens médecins et philosophes.

— Et moi, sur les champs de bataille, j'ai vu des gens mourir et d'autres recouvrer la santé. À vous de décider en qui placer votre confiance. »

William se tourna vers son épouse. Philippa répondit : « Laissez le barbier faire ce qui est en son pouvoir et priez saint Adolphe de guider sa main. »

William hocha la tête. « C'est bon, dit-il à Matthieu. Tu peux commencer.

— Je veux qu'on étende le comte sur une table près d'une fenêtre, ordonna Matthieu sur un ton sans appel. Pour que la lumière éclaire ses blessures. »

William claqua des doigts à l'adresse de deux novices. « Exécutez tout ce que cet homme vous demandera, commanda-t-il.

— J'ai seulement besoin d'un bol de vin chaud », indiqua Matthieu.

Les moines allèrent chercher des tréteaux à l'hospice et dressèrent une table sous la grande rosace du transept sud. Deux écuyers y déposèrent le comte Roland.

« Tournez-le sur le ventre, s'il vous plaît », dit Matthieu.

Ils obtempérèrent.

Le barbier avait avec lui une sacoche de cuir contenant les instruments nécessaires à l'exercice de sa profession. Il commença par en sortir une petite paire de ciseaux. Se penchant au-dessus de la tête du comte, il entreprit de couper les cheveux tout autour de la blessure. Le comte avait une épaisse chevelure noire et bouclée. Matthieu trancha les mèches poisseuses de sang et les jeta au loin. Elles atterrirent sur le sol. Dégagée, la blessure apparut clairement aux yeux de l'assistance.

C'est à ce moment-là que frère Godwyn revint avec la châsse d'or et d'ivoire contenant les reliques de saint Adolphe : son crâne ainsi que les os d'un bras et d'une main. À la vue de Matthieu penché sur le comte Roland, l'indignation le saisit. « Que fait cet homme ici ? »

Le barbier releva les yeux. « Si vous placez les saintes reliques sur le dos du comte, le plus près possible de sa tête, je crois que saint Adolphe donnera à ma main la fermeté indispensable. »

Godwyn hésita, manifestement irrité de recevoir des instructions d'un simple barbier.

Le seigneur William commanda : « Faites comme il l'ordonne, mon frère, ou je pourrais vous tenir rigueur de la mort de mon père. »

Godwyn s'obstina. Au lieu d'obéir, il alla en référer à Carlus l'aveugle qui se tenait à quelques pas de là. « Frère Carlus, chuchota-t-il, le seigneur William exige…

— J'ai entendu ! le coupa le sous-prieur. Vous feriez bien d'accéder à ses désirs. »

Godwyn ne s'attendait pas à cette réponse, et l'on put lire sur ses traits qu'il était vexé. Ce fut avec un dégoût manifeste qu'il déposa son saint fardeau sur le large dos du comte Roland.

Armé d'une petite paire de pinces, Matthieu saisit délicatement un morceau d'os par le bord qui en était visible et le souleva sans effleurer la matière grise située dessous. L'os se détacha immédiatement de la tête, avec la peau et les cheveux. Matthieu le déposa avec soin dans le bol de vin chaud. Il réitéra la procédure avec deux fragments plus petits. Caris le regardait agir, subjuguée par son talent.

Les bruits de la nef – les gémissements des blessés et les sanglots des survivants – semblaient soudain plus lointains. La petite assistance réunie autour de la table où le comte gisait sans connaissance observait les gestes du barbier dans le plus grand silence.

À présent, Matthieu s'attachait à décoller les morceaux qui tenaient encore au crâne. Chaque fois, il commençait par couper les cheveux et par nettoyer soigneusement l'endroit avec un tampon de tissu imbibé de vin. Puis, saisissant l'os entre les deux extrémités de son instrument, il le replaçait dans la position qu'il estimait avoir été la sienne avant l'accident.

Si grande était la tension de Caris, qu'elle pouvait à peine respirer. De toute sa vie, elle n'avait éprouvé pareille admiration pour quelqu'un. Matthieu le Barbier agissait avec un courage, une compétence et une confiance indicibles. Et cette opération d'une délicatesse inconcevable, c'était sur un comte qu'il osait la mener ! Au risque d'être pendu haut et court si les choses tournaient mal. Ses mains agiles étaient aussi fines que celles des anges de pierre au fronton de la cathédrale.

Enfin, Matthieu remit à leur place les trois fragments déposés dans le bol, les ajustant soigneusement l'un à l'autre comme s'il recollait les tessons d'une fiole brisée.

Ayant rabattu le cuir chevelu sur la blessure, il entreprit de le recoudre à points adroits et précis.

Le comte Roland avait retrouvé un crâne complet.

« À présent, le comte doit dormir tout un jour et toute une nuit, dit-il. S'il se réveille, donnez-lui une forte dose de cette potion pour dormir que Mattie sait concocter. Après, il devra rester quarante jours et quarante nuits immobile. Au besoin, attachez-le à son lit. »

Sur ce, il pria mère Cécilia de lui bander la tête.

*

Godwyn quitta la cathédrale, empli d'un agaçant sentiment d'impuissance. Le prieuré partait à vau-l'eau : le sous-prieur laissait tout le monde agir à sa guise. Anthony était faible, certes, mais il avait plus d'autorité que Carlus. Il fallait absolument le retrouver. Fort de cette conviction, il s'élança vers la rivière.

À cette heure, la plupart des corps avaient été repêchés. Les blessés légers et ceux qui souffraient seulement du contrecoup de leur frayeur étaient rentrés chez eux par leurs propres moyens. La majorité des morts et des personnes gravement blessées avaient été regroupés à la cathédrale. Ceux qui restaient encore dans l'eau étaient le plus souvent pris au piège d'un enchevêtrement de poutres.

À la pensée que le prieur Anthony puisse avoir péri, Godwyn éprouvait une frayeur mêlée d'excitation. D'un côté, il souhaitait ardemment l'avènement de réformes, voir la règle de saint Benoît appliquée plus strictement au prieuré et assortie d'une gestion méticuleuse des finances ; de l'autre, il n'ignorait pas que la nomination d'un nouveau supérieur risquait de lui faire perdre les avantages dont il bénéficiait grâce à la protection d'Anthony.

Godwyn aperçut Merthin dans une embarcation au milieu de la rivière, là où s'était regroupée la majeure partie des poutres effondrées. Avec lui se trouvaient deux jeunes gens vêtus comme lui de leur seul caleçon – des gaillards bien nourris, probablement des écuyers du comte. À eux trois, ils tentaient de dégager quelqu'un coincé sous l'amoncellement de bois. À l'évidence, soulever ces poutres énormes n'était pas une tâche facile, mais l'accomplir debout dans une petite barque qui balançait sur l'eau la rendait encore plus malaisée.

Godwyn se joignit à la foule des habitants de Kingsbridge qui suivaient des yeux l'opération, partagés entre la crainte et l'espoir. Les deux gaillards appuyaient de toutes leurs forces sur un tronc colossal placé de sorte à faire levier et à permettre à Merthin d'extirper un corps de l'enchevêtrement. Lorsqu'il y fut parvenu et l'eut examiné, l'apprenti lança à la cantonade : « Marguerite Jones – décédée. »

C'était une vieille femme sans notoriété et Godwyn cria en retour d'une voix impatiente : « Tu ne vois pas le prieur Anthony ? »

Surprenant le regard qu'échangeaient les hommes dans la barque, Godwyn comprit qu'il avait usé d'un ton trop péremptoire. Mais Merthin répondait déjà : « J'aperçois une robe de moine.

— Alors, c'est lui ! s'époumona Godwyn, car Anthony était le seul de la communauté à manquer à l'appel. Tu peux dire s'il est vivant ? »

Merthin se tendit au-dessus de l'amas de poutres. Apparemment incapable de répondre à cette question de là où il se trouvait, il entra dans l'eau. Peu après, il criait : « Il respire encore. »

À cette nouvelle, Godwyn éprouva à la fois soulagement et déception. « Alors, sors-le en vitesse ! » ordonna-t-il et il ajouta : « S'il te plaît ! »

Aucune réponse ne vint de la barque indiquant qu'il avait été entendu. Cependant, il vit Merthin se faufiler sous une planche en partie submergée et, de là, transmettre ses instructions aux deux autres. Ils firent lentement passer au-dessus de la barque la poutre qu'ils étaient en train de dégager et la laissèrent glisser dans l'eau de l'autre côté. Revenus se placer à la proue, ils se penchèrent pour attraper la planche sous laquelle se trouvait Merthin. Celui-ci semblait avoir des difficultés à libérer Anthony ; son vêtement devait s'être pris à un amas de traverses et de tronçons de bois.

Sur le rivage, Godwyn regardait la scène en rageant de son impuissance face à la lenteur du sauvetage. S'adressant à deux hommes près de lui, il commanda : « Courez au prieuré. Que deux moines viennent ici avec une civière. Dites-leur que c'est sur ordre de frère Godwyn. » Les deux hommes montèrent les marches menant au mur d'enceinte du prieuré.

Enfin Merthin parvint à extirper de l'épave le corps inanimé du père prieur. L'ayant tiré jusqu'à lui, il aida ses deux compagnons à le soulever et à le déposer dans la barque. Puis il grimpa à son tour dans l'embarcation et la ramena au rivage à la perche.

Des spectateurs s'offrirent pour aider à sortir Anthony du bateau et à l'étendre sur la civière apportée par des moines. Godwyn examina le prieur rapidement : il respirait, mais son pouls était faible et il perdait son sang. Ses yeux étaient fermés et son visage d'une pâleur sinistre. À première vue, ses blessures à la tête et à la poitrine étaient superficielles, en revanche il avait certainement le bassin broyé.

Les moines l'emportèrent. Godwyn ouvrait la voie. Ayant traversé le pré, il entra dans la cathédrale. « Faites place ! » cria-t-il en remontant la nef. Il pénétra dans le chœur, la partie la plus sainte de l'église. Là, il ordonna aux moines d'étendre le père supérieur devant le grand autel. Sous sa longue robe détrempée qui collait à son corps, ses hanches et ses jambes étaient si tordues qu'elles ne ressemblaient plus à celles d'un être humain.

En un instant, tous les moines se réunirent autour du corps inanimé de leur prieur. Godwyn alla chercher le reliquaire resté auprès du comte Roland et l'installa aux pieds du prieur. Frère Joseph joignit les mains d'Anthony sur sa poitrine et plaça entre ses doigts un crucifix orné de pierres précieuses.

Mère Cécilia vint s'agenouiller auprès du blessé. Après avoir épongé son visage à l'aide d'un tissu imbibé d'un produit calmant, elle dit à frère Joseph : « Je crois qu'il souffre de nombreuses fractures. Voulez-vous que Matthieu le Barbier l'ausculte ? »

Joseph secoua la tête sans mot dire.

Sa réponse réjouit Godwyn. Par sa seule présence, le barbier aurait souillé ce lieu saint. Mieux valait laisser à Dieu le soin de conclure.

Frère Carlus effectua les derniers rites et entonna un cantique que les moines reprirent en chœur.

Godwyn ne savait plus où placer ses espoirs. Depuis quelques années, il attendait avec impatience le moment où Anthony céderait sa place à la tête du prieuré. Mais au cours de cette dernière heure lui était apparue la perspective d'une direction bicéphale, sous l'égide conjointe de frère Carlus et de frère Siméon, partisans l'un et l'autre des méthodes d'Anthony, et il s'inquiétait que ses projets de réforme ne voient jamais le jour.

Soudain, au premier rang de la foule qui avait envahi le chœur, il remarqua Matthieu le Barbier fixant le prieur d'un œil scrutateur par-dessus les épaules des moines. Indigné, Godwyn allait lui ordonner de quitter ce lieu sacré entre tous quand il le vit hocher la tête d'une façon presque imperceptible et s'éloigner de lui-même.

Anthony ouvrit les yeux.

« Dieu soit loué ! » s'écria frère Joseph.

Le prieur, semblait-il, voulait s'exprimer. Mère Cécilia, à genoux près de lui, se tendit vers son visage pour entendre ses paroles. Au grand dam de Godwyn, trop éloigné pour entendre, les lèvres d'Anthony se mirent à remuer pour s'immobiliser au bout d'un moment.

« Est-ce la vérité ? » s'exclama mère Cécilia. Elle était manifestement bouleversée par la révélation qui venait de lui être faite.

Tout le monde la regarda fixement. Godwyn demanda : « Qu'a-t-il dit, mère Cécilia ? »

Elle ne répondit pas.

Les yeux d'Anthony se fermèrent. Ses traits se modifièrent d'une façon très subtile. Son corps se figea.

Godwyn se pencha sur lui : le prieur ne respirait plus. Il posa la main sur son cœur et ne sentit aucun battement. Il saisit son poignet pour vérifier le pouls. Rien.

Se redressant, il déclara : « Notre père supérieur a quitté ce bas monde. Dieu bénisse son âme et l'accueille en sa sainte présence.

— Amen ! » répondirent les moines en chœur.

Et Godwyn pensa : « Maintenant, il faudra bien qu'il y ait une élection. »

TROISIÈME PARTIE

Juin-décembre 1337

14.

La cathédrale de Kingsbridge était devenue un lieu d'horreur. À tout moment, les hurlements d'un survivant découvrant un parent décédé venaient s'ajouter aux gémissements des blessés invoquant l'aide de Dieu, des saints ou de leurs mères. Morts ou blessés, tous les corps allongés dans la nef gisaient dans des positions grotesques, et le sang, l'eau et la boue qui dégoulinaient de leurs vêtements déchirés et trempés formaient un magma glissant sur les dalles de pierre.

Au milieu de l'épouvante, mère Cécilia concentrait autour d'elle une zone de paix et d'efficacité. Petit oiseau virevoltant, elle passait de l'un à l'autre, suivie par la vieille Julie et un petit groupe de nonnes, la tête cachée sous leur coiffe. Tout en examinant les patients, elle donnait ses instructions : comment nettoyer la blessure, quel onguent employer, comment poser le pansement ou préparer les remèdes aux herbes. Pour les cas graves, elle faisait appel à Mattie la Sage, à Matthieu le Barbier ou encore à frère Joseph. Ses chuchotements étaient clairs et distincts et ses ordres simples. Lorsqu'elle quittait un patient, il était la plupart du temps apaisé et ses proches rassurés et emplis d'espoir.

En la voyant s'affairer de la sorte, Caris se remémora la mort de sa mère avec une précision redoutable et elle se rendit compte, après toutes ces années, que la terreur et la confusion dont elle avait gardé le souvenir n'avaient régné que dans son cœur. En réalité, mère Cécilia avait agi avec une parfaite connaissance de la situation. À défaut d'empêcher sa mère de mourir, elle était parvenue à contenir l'événement dans un calme ordonnancement et à procurer à la famille la certitude que l'impossible avait été tenté. Elle faisait de même aujourd'hui, tout en sachant qu'un grand nombre de ces blessés ne serait pas sauvé.

En entendant certains d'entre eux en appeler à la Vierge et aux saints, Caris sentait croître son effroi et sa perplexité.

Comment savoir si les forces spirituelles étaient véritablement capables d'apporter le soulagement attendu ? Entendaient-elles seulement les suppliques ? Pour sa part, à l'âge de dix ans, elle avait compris que seules l'assurance et la bienveillance attentive de mère Cécilia lui avaient apporté un peu la paix de l'âme et l'avaient aidée à ne pas sombrer dans le désespoir. Pourtant, les pouvoirs de la religieuse étaient bien inférieurs à ceux du monde divin.

En ce jour, sans l'avoir décidé, sans même y avoir songé, Caris se retrouvait à suivre les directives de mère Cécilia de la même façon que, sur la berge, les habitants de Kingsbridge s'étaient placés d'emblée sous ses ordres après l'effondrement du pont, comme si ses instructions émanaient de la personne la mieux renseignée sur ce qu'il convenait de faire en de telles circonstances. Le comportement de mère Cécilia était contagieux. Quiconque se trouvait dans son orbite se mettait à agir avec calme et précision. Caris présentait une petite écuelle de vinaigre à sœur Mair, une novice d'une grande beauté, qui y plongeait un tampon pour nettoyer le visage ensanglanté de Susanna Chepstow, la femme du marchand de bois.

Dehors, les secours s'étaient poursuivis bien après la fin du jour. La clarté des soirs d'été avait permis de repêcher tous les corps avant qu'il ne fasse nuit noire. Hélas, on ne saurait jamais combien de personnes gisaient au fond de la rivière ou avaient été emportées par le courant. Attachée au char à bœuf, Nell la folle devait avoir été entraînée sous l'eau immédiatement. Par une injustice du sort, frère Murdo, quant à lui, s'en était tiré avec une simple entorse. Il était parti en boitillant se requinquer à La Cloche à coups de bière anglaise et de jambon fumant.

Dans la cathédrale, à la lumière des cierges, les religieuses continuaient de s'affairer autour des blessés. Plusieurs d'entre elles, épuisées, avaient dû se retirer. D'autres, accablées par l'ampleur de la tragédie, perdaient leurs moyens, et il avait fallu les renvoyer car elles comprenaient tout de travers. Seul un petit groupe avait su tenir jusqu'au bout. Caris était du nombre. Il était minuit passé quand elle rentra chez elle en chancelant, après avoir appliqué le dernier pansement.

Assis à la table des repas, son père et Pétronille pleuraient ensemble la disparition de leur frère Anthony en se tenant les mains. Edmond avait les yeux embués de larmes. Pétronille, inconsolable, hoquetait à gros sanglots. Caris les embrassa tous les deux, incapable de rien dire. Comprenant qu'elle s'endormirait sitôt qu'elle s'assiérait sur une chaise, elle monta à l'étage. Entrée dans sa chambre, elle découvrit son lit déjà occupé par Gwenda. Elle ne s'en étonna pas, car c'était une habitude établie lorsque celle-ci venait en ville. Elle se glissa à côté d'elle. Épuisée par ses péripéties, son amie ne remua même pas.

Caris ferma les yeux. Son corps était las, son cœur lourd et endolori. Son père pleurait une unique personne, alors qu'elle-même se sentait succomber sous le poids de ces deuils innombrables. Elle pensait à ses amis, à tous ses voisins et connaissances étendus sur les dalles glacées de la cathédrale ; elle imaginait la détresse de leurs proches – parents, enfants, frères et sœurs –, et toute cette peine l'accablait. Elle éclata en sanglots dans son oreiller. Gwenda se réveilla et l'étreignit sans mot dire. Au bout d'un moment, écrasée de fatigue, Caris sombra dans le sommeil.

L'aube pointait à peine lorsqu'elle se leva. Laissant Gwenda profondément endormie, elle revint à la cathédrale et se remit à la tâche. La plupart des blessés avaient été renvoyés chez eux. Ceux qui nécessitaient une surveillance, comme le comte Roland, qui n'avait pas repris conscience, avaient été transportés à l'hospice. Les corps des défunts avaient été alignés dans le chœur sur plusieurs rangées, dans l'attente d'être enterrés.

Le temps fuyait à tire-d'aile sans offrir le moindre répit. Tard dans l'après-midi du dimanche, mère Cécilia ordonna à Caris de prendre un peu de repos. Promenant les yeux autour d'elle, la jeune fille put constater que la majeure partie du travail était achevée.

Pour la première fois depuis le drame, elle songea à l'avenir. Jusqu'à cet instant, elle avait senti confusément que plus rien ne serait jamais pareil ; que la vie, désormais, serait toujours empreinte de cette horreur et de cette tragédie ; et voilà qu'elle se rendait compte maintenant que l'horreur passerait aussi, comme tout le reste : les morts seraient enterrés, les blessés guériraient et la vie en ville reprendrait son cours habituel d'une façon ou d'une autre, péniblement. Lui revint alors à l'esprit le souvenir d'une autre tragédie, violente et dévastatrice elle aussi, survenue juste avant l'effondrement du pont.

Elle découvrit Merthin au bord de la rivière. En compagnie de maître Elfric et de frère Thomas, il organisait le déblayage des détritus, aidé d'une cinquantaine d'hommes de bonne volonté. En raison de l'urgence, Merthin et Elfric avaient remis leur dispute à plus tard. La plus grosse partie du bois éparpillé dans l'eau avait été repêchée et empilée sur la berge. Mais de nombreux éléments du pont attachés ensemble ainsi qu'une grosse masse de bois enchevêtrés flottaient toujours à la surface de l'eau, s'élevant et s'abaissant au gré du courant avec l'innocence tranquille d'une bête sauvage repue.

Les volontaires s'efforçaient de scier ce qui restait du pont en tronçons faciles à manier. La tâche était dangereuse. À tout moment une poutre pouvait chuter sur la tête de quelqu'un. Des cordages avaient été passés autour de la pile centrale du pont en partie submergée et, sur la berge, des hommes s'arc-boutaient pour tirer ou laisser filer selon les instructions que leur criait Merthin, debout dans une barque au milieu du courant en compagnie de l'immense Marc le Tisserand et d'un inconnu aux avirons. Lorsque les hommes sur la berge se reposaient entre deux efforts, la barque revenait près du pieu colossal et Marc l'attaquait à la hache en suivant les indications de Merthin. Puis l'embarcation s'éloignait à bonne distance et maître Elfric ordonnait alors à l'équipe de volontaires de recommencer à tirer sur les cordages.

Sous les yeux de Caris, une grande partie du pont s'abattit dans l'eau et fut immédiatement ramenée vers le rivage. Ce succès redonna à tous du cœur à l'ouvrage.

Comme les femmes de plusieurs de ces hommes arrivaient avec des miches de pain et des cruches de bière, frère Thomas annonça une pause. Profitant du répit, Caris rejoignit Merthin.

« Tu ne peux pas épouser Griselda ! » lui déclara-t-elle à brûle-pourpoint.

Il ne fut pas surpris par la soudaineté de sa déclaration et répondit : « Je n'arrête pas d'y penser, je ne sais que faire.

— Pour l'heure, fais quelques pas avec moi. »

Abandonnant la foule sur la berge, ils remontèrent la grand-rue. Après l'agitation de cette semaine de foire, la ville avait une quiétude de cimetière. Chacun restait calfeutré chez soi à soigner un blessé ou à pleurer un mort. « Il ne doit pas y avoir beaucoup de familles indemnes, fit remarquer Caris. Ils étaient bien un millier sur le pont à tenter de quitter la ville ou à tourmenter Nell la folle. Plus de cent corps reposent dans la cathédrale et nous avons soigné près de quatre cents blessés.

— Cinq cents personnes auront eu de la chance, dit Merthin.

— Quand je pense que nous aurions pu nous trouver sur ce pont et être maintenant étendus dans le chœur, immobiles et glacés ! Un don nous a été prodigué : cette vie qui nous reste à vivre. Nous ne devons pas la gaspiller à cause d'une erreur.

— Ce n'est pas une erreur, répliqua-t-il avec brusquerie. C'est un enfant. Un être doté d'une âme.

— Toi aussi, tu as une âme. Et exceptionnelle, de surcroît ! Pense à ce que tu faisais sur la berge, il y a un instant. Tous les hommes de la ville t'écoutaient, toi, un apprenti de vingt ans. Ils t'obéissaient et avaient autant de respect pour tes compétences que pour celles d'Elfric, qui est un constructeur établi, ou pour celles de frère Thomas, qui est le maître d'ouvrage du prieuré !

— Ça ne signifie pas que je doive fuir mes responsabilités. »

Ils pénétrèrent dans l'enceinte du prieuré. Le pré devant la cathédrale n'était plus qu'une étendue de boue piétinée, parsemée de mares et de flaques. Un soleil brumeux et des nuages échevelés se reflétaient dans les trois grandes fenêtres de la façade ouest. On dirait les panneaux d'un triptyque, pensa Caris. Une cloche se mit à sonner l'office du soir.

« Et toi qui parlais si souvent de partir pour Paris et Florence ! Tu délaisserais aussi ce projet ? reprit-elle.

— Je suppose. Un homme ne peut pas abandonner son épouse et son enfant.

— Ah, tu penses déjà à elle comme à ton épouse. »

Il se pencha vers sa compagne. « Je ne pense jamais à elle comme à mon épouse, répliqua-t-il sur un ton amer. Tu sais parfaitement quelle femme emplit mon cœur. »

Caris ouvrit la bouche pour répondre, mais aucune réplique intelligente ne lui vint à l'esprit. Sentant sa gorge se nouer, elle cligna les paupières pour chasser ses larmes et baissa les yeux pour qu'il ne voie pas son émotion.

Il l'attira contre lui. « Tu le sais, n'est-ce pas ? »

Elle se força à croiser son regard. « Le sais-je ? » demanda-t-elle, la vue brouillée par les larmes.

Il posa ses lèvres sur les siennes, les effleurant avec une lente insistance comme s'il poursuivait le but inconnu jusqu'alors de garder à jamais le souvenir de cette sensation. Baiser étrange qui fit naître en Caris une idée terrifiante : Merthin pensait-il que c'était là leur ultime baiser ?

Elle se pendit à lui, voulant prolonger l'union éternellement, mais il s'écarta.

« Je t'aime, dit-il, mais je dois épouser Griselda. »

*

La vie et la mort poursuivirent leur œuvre. Des enfants vinrent au monde, des vieillards s'éteignirent. Le dimanche d'après, dans une crise de fureur jalouse, Emma la Bouchère se jeta sur son mari volage, armée de son plus grand hachoir. Le lundi, un des poulets de Bess Hampton qui manquait à l'appel fut retrouvé dans la marmite de Glynnie Thompson. Celle-ci fut condamnée à être flagellée nue et ce fut à John, le sergent de ville, d'exécuter le châtiment. Le mardi, Howell Tyler, qui travaillait au toit de l'église Saint-Marc, passa au travers des poutres et atterrit tout en bas, tué sur le coup.

Le mercredi, ce qui restait du pont, hormis deux tronçons de pilotis, avait été dégagé et tout le bois empilé sur la berge. La navigation pouvait reprendre. Chalands et radeaux commencèrent à quitter Kingsbridge pour Melcombe, chargés de laine et d'autres marchandises à destination des Flandres et de l'Italie.

Quand Caris et son père se rendirent sur les lieux pour constater l'avancée des travaux, ils virent Merthin occupé à fabriquer un radeau à partir du bois récupéré. « C'est bien mieux qu'une barque pour assurer le transport du bétail d'une rive à l'autre, expliqua-t-il. Et les chariots peuvent y embarquer facilement. »

Edmond hocha la tête sombrement. « Pour les jours de marché, ça devrait suffire. Heureusement que nous aurons un nouveau pont pour la prochaine foire à la laine.

— Oh, je ne crois pas, répliqua Merthin.

— Tu m'as dit que la construction d'un nouveau pont prendrait un an !

— Un pont en bois, oui. Mais il s'écroulera à son tour.

— Pourquoi ?

— Je vais vous montrer. » Il les conduisit jusqu'à un tas de bois. « Ces tronçons-là, expliqua Merthin en désignant des pieux colossaux, proviennent des piles du pont, c'est-à-dire de ces fameux vingt-quatre plus beaux chênes du royaume que le roi offrit au prieuré. Regardez leurs extrémités. »

Ces énormes poteaux au contour amolli par des siècles passés dans l'eau avaient été taillés en pointe à l'origine, comme Caris et son père purent le constater.

« Un pont en bois n'a pas de fondations, enchaînait Merthin. Les pilotis sont simplement enfoncés dans le lit du fleuve. Ce n'est pas assez solide.

— Mais ce pont a tenu des centaines d'années ! » objecta Edmond sur ce ton querelleur qu'il prenait volontiers quand il n'était pas d'accord avec son interlocuteur.

Habitué, Merthin n'y prêta pas attention et reprit patiemment : « Dans le passé, ces pieux étaient assez solides. Ils ne le sont plus aujourd'hui. Parce que des choses ont changé.

— Qu'est-ce qui a changé ? Une rivière, c'est toujours une rivière !

— Eh bien, vous avez construit un hangar et une jetée sur la rive en face et vous avez édifié un mur pour protéger votre propriété. D'autres marchands vous ont imité par la suite et l'ancienne étendue marécageuse, où je jouais petit, a pour ainsi dire disparu. Comme l'eau ne peut plus se répandre dans les champs, le fleuve coule plus vite qu'autrefois. Surtout après les fortes pluies que nous avons eues cette année.

— Il faudra donc un pont en pierre ?

— Oui. »

Relevant les yeux, Edmond vit Elfric qui s'était rapproché pour écouter leur conversation. Il l'interpella. « Merthin me dit qu'il faudra trois ans pour construire un pont en pierre. »

Elfric acquiesça. « Trois saisons pendant lesquelles il est possible de construire. »

Caris ne s'étonna pas. Merthin lui avait expliqué que la plupart des travaux devaient s'effectuer durant les mois les plus chauds, car on ne pouvait pas élever de murs en pierre par temps froid, quand le mortier risquait de geler avant d'avoir pris.

« Une saison pour les fondations, continuait Elfric, une autre pour les voûtes et une troisième pour le tablier qui supportera la chaussée. À chaque étape, il faut laisser le mortier durcir trois ou quatre mois avant de passer au stade suivant.

— Trois ans sans pont ! s'écria Edmond.

— Et même quatre, si l'on tarde à lancer la construction.

— Vous feriez bien de préparer un devis à l'intention du prieuré.

— J'ai déjà commencé, mais la tâche est ardue. J'aurai besoin de deux ou trois jours encore.

— Faites aussi vite que vous le pouvez. »

Edmond et Caris repartirent vers la grand-rue. Edmond avançait d'un pas énergique en traînant sa mauvaise jambe, agitant les bras à la façon d'un coureur pour garder l'équilibre. Rien au monde ne l'aurait convaincu de s'appuyer au bras de Caris ou de quiconque. Le sachant, les habitants de la ville préféraient s'écarter pour lui laisser le champ libre, surtout quand il semblait pressé. « Trois ans, grognait-il tout en marchant. C'est un coup terrible pour la foire. Je ne sais même pas combien de temps il nous faudra pour revenir à la situation d'avant. Trois ans ! »

Arrivés chez eux, ils découvrirent Alice, qui était venue les voir. Elle avait remonté ses cheveux sous sa coiffe en volutes compliquées imitant la coiffure de dame Philippa. Assise à la table, elle bavardait avec tante Pétronille. À leur expression, Caris comprit immédiatement qu'elles parlaient d'elle.

Pétronille alla chercher à la cuisine une cruche de bière anglaise, du pain et du beurre frais. Elle servit une chope à son frère.

Depuis ses sanglots de dimanche, Pétronille n'avait plus guère manifesté de tristesse à propos de la mort d'Anthony. Curieusement, Edmond, qui n'avait jamais aimé son frère, semblait davantage touché par sa disparition : les larmes lui venaient aux yeux aux moments les plus inattendus de la journée pour disparaître aussi vite.

Pour l'heure, une seule pensée occupait son esprit : le pont. Alice émit des doutes quant au jugement de Merthin. Son père mit fin à ses questions d'une réplique impatiente : « Ce garçon est un génie. Il en sait bien plus que de nombreux constructeurs chevronnés et il n'a pas achevé son apprentissage ! »

Caris soupira amèrement : « Quand on pense qu'il va devoir passer sa vie avec Griselda ! »

Alice prit immédiatement la défense de sa belle-fille. « Et alors ? Elle est très bien, Griselda.

— Oui, sauf qu'elle ne l'aime pas. Elle l'a séduit pour la simple raison que son petit ami a quitté la ville.

— C'est ce que t'a raconté Merthin ? s'exclama Alice avec un rire sarcastique. Si un homme n'a pas envie d'une femme, rien ne l'obligera à la toucher, tu peux me croire !

— Les hommes peuvent se laisser tenter, objecta Edmond sur un ton grognon.

— Vous vous rangez du côté de Caris, papa ? glapit Alice. Mais après tout, je ne devrais pas m'en étonner. J'ai l'habitude !

— Ça n'a rien à voir, répondit Edmond. Tout simplement, un homme peut très bien ne pas vouloir faire quelque chose et le faire quand même sous l'impulsion du moment. Surtout si une femme déploie ses ruses. Ensuite, il le regrette amèrement.

— Ses ruses ? Vous sous-entendez qu'elle se serait jetée sur lui ?

— Je ne dis pas ça. Mais si j'ai bien compris, tout a commencé quand elle s'est mise à pleurer et que Merthin est allé la consoler », répliqua le père qui connaissait par Caris les détails de l'histoire.

Alice fit claquer sa langue d'un air dégoûté. « Vous avez toujours eu un faible pour cet apprenti rebelle.

— Je suppose qu'ils auront une demi-douzaine de bébés joufflus, fit Caris qui grignotait sans appétit une tranche de pain beurré. Merthin héritera des affaires d'Elfric. Il deviendra un commerçant reconnu de Kingsbridge, qui bâtit des maisons pour les marchands et fait sa cour au clergé pour obtenir des commandes. Exactement comme son beau-père. »

À quoi Pétronille déclara qu'il avait bien de la chance. « Il sera l'un des personnages les plus importants de la ville.

— Il mérite un meilleur sort.

— Vraiment ? s'écria Pétronille avec une feinte stupéfaction. Lui, le fils d'un chevalier tombé dans la disgrâce ! Qui n'a même pas un shilling pour acheter des chaussures à sa femme ! Et à quoi est-il destiné, selon toi ? »

La raillerie piqua Caris au vif. Les parents de Merthin étaient certes de pauvres gens à la charge du prieuré. Pour leur fils, hériter d'une entreprise ayant pignon sur rue équivalait à s'élever sur l'échelle sociale. Pourtant, elle continuait de penser qu'il méritait mieux que cela. Elle était incapable de formuler l'avenir qu'elle imaginait pour lui. Elle savait seulement qu'il n'avait rien en commun avec les autres habitants de la ville. L'idée qu'il devienne comme tout le monde lui était insupportable.

*

Le vendredi, Caris emmena Gwenda voir Mattie la Sage.

Gwenda était restée en ville parce que Wulfric devait y régler les funérailles de ses parents et de son frère. Caris lui avait bandé les pieds et offert une vieille paire de chaussures et Élaine, la servante d'Edmond, avait fait sécher sa robe devant le feu.

Sur son aventure dans la forêt, Gwenda avait raconté que Sim l'avait conduite au proscrit et qu'elle avait réussi à s'échapper, mais que le colporteur l'avait prise en chasse. Il avait ensuite trouvé la mort dans l'effondrement du pont. John, le sergent de ville, s'était contenté de cette histoire. Les hors-la-loi, comme leur nom l'indiquait, se tenaient en dehors de la loi. En conséquence, leurs héritiers ne pouvaient faire valoir leurs droits, ceux de Sim comme les autres. Gwenda était donc libre. Caris, cependant, subodorait que Gwenda ne lui avait pas tout dit. Convaincue qu'il s'était passé dans la forêt des choses dont Gwenda ne voulait pas parler, elle respectait son silence. Il y avait des secrets qu'il valait mieux enfouir.

La ville vécut toute la semaine au rythme des enterrements. Les circonstances extraordinaires dans lesquelles les décès s'étaient produits n'influaient en rien sur le rituel des funérailles. Il fallait laver les corps, fabriquer des linceuls pour les pauvres et des cercueils pour les riches, creuser des tombes et payer les prêtres qui célébraient les cérémonies. Tous les moines n'avaient pas été ordonnés prêtres ; ceux qui l'étaient se relayaient tout au long de la journée, chaque jour, conduisant les funérailles jusqu'au cimetière situé sur le flanc nord de la cathédrale. La ville de

Kingsbridge comptait une demi-douzaine d'églises paroissiales. Là-bas, les prêtres ne chômaient pas non plus.

Gwenda faisait tout son possible pour soulager Wulfric dans ses tristes préparatifs, exécutant les tâches traditionnellement réservées aux femmes, comme laver les corps et coudre les linceuls. Le jeune homme était plongé dans une sorte de stupeur. S'il fut capable de supporter l'enterrement, il passa les heures suivantes à fixer le vide, les sourcils froncés et l'air hébété, comme s'il tentait de résoudre une énigme insurmontable.

Le vendredi, une fois tous les morts enterrés, le sous-prieur frère Carlus, temporairement élevé au rang de prieur, annonça qu'un office serait célébré le dimanche à l'intention des décédés. Wulfric décida donc de rester en ville jusqu'au lundi. Apparemment, il semblait apprécier la compagnie de Gwenda.

En apprenant qu'il ne s'animait qu'en parlant d'Annet, Caris proposa à Gwenda de lui offrir un autre philtre d'amour. Les deux amies se rendirent donc chez Mattie la Sage. Elles la trouvèrent dans sa cuisine, en pleine préparation médicinale. Une odeur d'herbes, d'huile et de vin avait envahi sa petite maison. « Entre samedi et dimanche, j'ai utilisé tous les remèdes dont je disposais, dit-elle. Il faut que je me réapprovisionne.

— Vous devez avoir amassé une jolie somme, fit remarquer Gwenda.

— Si j'arrive à la récupérer. »

Sa réponse abasourdit Caris. « Les gens ne tiennent pas leurs promesses ?

— Pas tous. J'essaie toujours de me faire payer à l'avance, pendant qu'ils sont dans la peine. Mais s'ils n'ont pas l'argent sur eux, ce n'est pas facile de refuser de les soigner. La plupart me paient après, mais pas tous.

— Mais sous quel prétexte ? réagit Caris, indignée.

— N'importe quoi : qu'ils n'ont pas les moyens, que la potion est restée sans effet, qu'on la leur a administrée sans leur demander leur avis. Toutes les excuses sont bonnes. Ne t'inquiète pas. Il y a assez de gens honnêtes pour que je ne meure pas de faim. Et toi, qu'est-ce qui t'amène ?

— Gwenda a perdu son philtre d'amour dans l'accident.

— Ce n'est pas grave. Tu n'as qu'à lui en préparer un autre. »

Tout en s'affairant, Caris la questionna : « Combien de grossesses finissent-elles en fausses couches ? »

La question ne surprit pas Gwenda. Caris lui avait tout raconté. Les deux amies passaient la plus grande partie de leur temps à discuter de l'indifférence de Wulfric et des grands principes de Merthin. À un moment, Caris avait même été tentée de s'acheter elle aussi un philtre d'amour, mais quelque chose l'avait retenue.

Mattie, qui n'était pas au courant de la situation, posa sur Caris un regard appuyé. Mais c'est sur un ton anodin qu'elle répondit : « Personne ne le sait. Il arrive parfois qu'une femme n'ait pas ses règles pendant tout un mois et que le mois suivant tout revienne dans l'ordre. Était-elle enceinte et a-t-elle perdu son bébé ? S'est-il passé autre chose ? C'est impossible à dire.

— Ah.

— Quoi qu'il en soit, vous n'êtes enceintes ni l'une ni l'autre, si c'est cela qui vous préoccupe.

— Comment le savez-vous ? s'enquit Gwenda.

— Il suffit de vous regarder. Une femme change presque immédiatement quand elle est enceinte. Pas simplement son ventre et sa poitrine, mais son teint, sa façon de bouger, son humeur. Ce sont des détails que je vois mieux que la plupart des gens, d'où mon surnom de Sage. Dis-moi, qui est enceinte ?

— Griselda, la fille d'Elfric.

— Ah, oui, je l'ai vue l'autre jour. Elle en est à trois mois passés.

— Combien de temps, dis-tu ? s'écria Caris, sidérée.

— Trois mois presque pleins. Elle n'a jamais été particulièrement mince, mais elle est bien plus ronde, ces derniers temps. Pourquoi as-tu cet air ébahi ? Je suppose que c'est l'enfant de Merthin. Je me trompe ? »

Mattie devinait toujours ces choses.

Mais Gwenda s'étonna : « Tu ne m'as pas dit que c'était tout récent ?

— Merthin ne m'a pas précisé la date, mais j'ai eu l'impression que cela venait de se passer et ne s'était produit qu'une seule fois. On dirait maintenant que ça dure depuis des mois !

— Pourquoi te mentirait-il ? l'interrogea Mattie.

— Pour atténuer sa faute, peut-être ? suggéra Gwenda.

— L'atténuer? Impossible, c'est la pire des fautes!

— Les hommes ont une drôle de manière de penser! »

Reposant la fiole qu'elle avait dans la main, Caris s'exclama qu'elle allait de ce pas lui poser la question.

« Et mon philtre d'amour? s'insurgea Gwenda.

— Je m'en occupe, dit Mattie. De toute façon, Caris est trop agitée.

— Merci, Mattie. » Sur ce dernier mot, Caris sortit.

Elle descendit jusqu'à la berge. Pour une fois, Merthin n'y était pas. Ne le trouvant pas non plus chez Elfric, elle se dit qu'il devait être à la cathédrale, dans la loge des maçons.

Cet endroit, dissimulé dans l'intérieur d'une des deux tours, était réservé au maître des compagnons. On y accédait par un étroit escalier en spirale aménagé dans un contrefort. C'était dans cette salle, vaste et bien éclairée grâce à ses hautes fenêtres en ogive, qu'étaient soigneusement entreposés le long d'un mur les admirables gabarits en bois utilisés par les premiers tailleurs de pierre pour édifier la cathédrale et qui servaient encore aujourd'hui lors des travaux de réparation.

Au pied était rangée la planche à tracer originale, à savoir l'assemblage de lattes de bois recouvert de plâtre sur lequel le premier maître des maçons, Jack le Bâtisseur, avait établi ses croquis, les gravant dans du mortier à l'aide d'un stylet en fer. Les marques, blanches à l'origine, s'étaient salies et un peu effacées avec le temps, mais on pouvait toujours y inscrire de nouveaux croquis à partir des anciens. C'était d'ailleurs l'un des avantages des planches à dessins par rapport au parchemin : quand un bâtisseur y avait effectué un trop grand nombre d'esquisses et ne distinguait plus le tracé original, il lui suffisait d'étaler une couche de plâtre frais pour avoir un matériau vierge sur lequel recommencer à travailler.

Le parchemin, feuille de cuir d'une extrême finesse, était une denrée bien trop onéreuse pour être utilisé à de simples croquis. Il était réservé à l'usage des moines qui recopiaient les différents livres de la Bible. Vers l'époque où Caris était née, un nouveau matériau destiné à l'écriture et appelé « papier » avait fait son apparition. Mais il venait des Arabes et les moines refusaient d'employer à des fins sacrées une invention musulmane et, partant, païenne. Quoi qu'il en soit, le papier devait être importé d'Italie, de sorte que son prix revenait à celui du parchemin. Par ailleurs, le gabarit en bois présentait un second avantage, pour le charpentier celui-là : sa solidité. L'artisan pouvait poser sans crainte son morceau de bois à même le gabarit et découper sa pièce en suivant exactement les contours tracés à l'origine par le maître bâtisseur.

À genoux sur le plancher, Merthin était justement en train de tailler un morceau de chêne d'après un plan. Il ne s'agissait pas d'un gabarit, mais d'un pignon à seize dents. Une pièce semblable, plus petite, reposait déjà à côté de lui. Il la prit et l'appliqua contre celle qu'il façonnait pour voir si elles s'adaptaient bien. Caris avait déjà vu des roues crantées plus ou moins semblables à celles-ci dans des moulins à eau : elles servaient à relier l'aube à la meule.

Merthin l'avait certainement entendue monter l'escalier en pierre, mais il était trop absorbé par sa tâche pour relever les yeux. Elle le regarda en silence. Le temps d'une seconde, la colère et l'amour se livrèrent bataille dans son cœur. Le visage immobile, le regard fixe, Merthin avait cette expression de concentration absolue qu'elle lui connaissait bien. Courbé sur son travail, il faisait de délicats ajustements de ses mains solides et adroites, immergé dans un état plus profond que le bonheur. Il avait la grâce parfaite d'un jeune cerf pliant le col pour boire l'eau d'un ruisseau, l'apparence exacte de l'homme qui s'adonne à la tâche pour laquelle il est né. Oui, se dit-elle, en cet instant il accomplit son destin.

Pourtant, elle éclata : « Pourquoi m'as-tu menti ? »

Merthin poussa un cri de douleur. Son burin avait dérapé. « Ventrebleu ! s'écria-t-il en portant son doigt à sa bouche.

— Oh, pardon ! Tu t'es fait mal ?

— Ce n'est rien. Quand est-ce que je t'ai menti ?

— Tu m'as fait entendre que Griselda t'avait séduit une seule fois alors qu'en vérité, vous êtes ensemble depuis des mois.

— Mais pas du tout ! » Il suça le sang de son doigt.

« Elle est enceinte de trois mois.

— C'est impossible ! Cela remonte à deux semaines !

— Si ! Ça se voit à sa silhouette.

— Ah bon ?

— C'est Mattie la Sage qui me l'a dit. Pourquoi m'as-tu menti ? »

246

Il la regarda droit dans les yeux. « Je n'ai pas menti. Ça s'est passé le dimanche de la semaine de la foire, et juste une seule fois. Ça ne s'est jamais reproduit.

— Comment peut-elle affirmer alors qu'elle est enceinte, après deux semaines seulement ?

— Je ne sais pas. Au bout de combien de temps une femme s'aperçoit-elle qu'elle est enceinte ?

— Tu ne le sais pas ?

— Non, je ne me suis jamais intéressé à la question. Quoi qu'il en soit, il y a trois mois, Griselda était…

— Mais oui ! Avec Thurstan ! l'interrompit Caris tandis qu'un fol espoir embrasait son cœur. C'est lui, le père. Pas toi ! »

D'étincelle, son espoir se muait déjà en flamme.

« C'est vrai ? demanda Merthin, osant à peine y croire.

— Naturellement ! Et ça explique tout ! Si elle était subitement tombée amoureuse de toi, elle ne te lâcherait pas d'une semelle. Or elle t'adresse à peine la parole.

— J'ai cru que c'était parce que je ne voulais pas l'épouser.

— Non, elle n'a jamais pu te supporter. Elle a juste besoin d'un père pour son enfant. Thurstan a dû prendre ses jambes à son cou en apprenant qu'elle était enceinte. Et toi, qui vis dans la même maison, tu étais la proie idéale, et tu as été assez bête pour tomber dans le panneau. Béni soit le ciel !

— Et Mattie la Sage ! » ajouta Merthin.

Voyant le sang sur sa main gauche, Caris s'écria : « Et tu t'es blessé à cause de moi ! » Elle examina son doigt. La coupure était petite, mais profonde. « Pardonne-moi, je t'en prie.

— Ce n'est pas si grave.

— Mais si, c'est grave ! » insista-t-elle sans véritablement savoir si elle parlait de la coupure ou du reste. Elle posa les lèvres sur la main de Merthin. Son sang chaud avait un goût particulier. Prenant son doigt dans sa bouche, elle aspira pour nettoyer la blessure. L'instant était d'une telle intimité qu'il lui évoqua l'acte sexuel et elle ferma les yeux, se laissant aller à une sorte d'extase. Elle déglutit. Ce goût de sang la faisait frissonner de plaisir.

*

Une semaine après la tragédie, un bac reliait Kingsbridge au faubourg de Villeneuve, sur la rive opposée. Achevé à temps pour le marché du samedi, il était en service dès l'aube. Merthin avait travaillé à sa construction toute la nuit de vendredi à la lumière de lampes à huile. Il ne devait pas avoir eu le temps de parler à Griselda, se dit Caris en descendant à la rivière avec son père.

Celui-ci voulait voir la réaction des vendeurs du marché – les paysannes des villages voisins avec leurs paniers d'œufs, les fermiers avec leurs charrettes chargées de beurre et de fromage et les bergers avec leurs troupeaux de moutons.

Caris admira le travail de Merthin. Le bac pouvait accueillir une charrette et son cheval, sans que son museau ne dépasse du bord. De plus, il était entouré d'une solide balustrade en bois qui empêchait les moutons de tomber par-dessus bord. Sur les deux berges, des appontements en bois avaient été installés pour faciliter l'embarquement. Ce bac appartenant au prieuré à l'instar du pont, le péage d'un penny par passager était donc perçu par un moine.

Merthin avait conçu le système très ingénieux d'atteler un bœuf au bac, de sorte que celui-ci se déplace d'une rive à l'autre sans qu'un batelier ait à le tirer. Une longue corde attachée à l'arrière du bac rejoignait la rive sud, tournait autour d'un poteau, puis retraversait le fleuve jusqu'à la rive nord où elle tournait autour d'un tambour et venait s'accrocher à l'avant du radeau. Le tambour était relié par des pignons de bois à une roue que le bœuf faisait tourner. C'étaient ces pignons que Caris avait vu Merthin fabriquer la veille. Un levier permettait de changer le sens dans lequel tournait le tambour, de sorte que le radeau pouvait aller dans les deux directions sans qu'il faille dételer le bœuf pour le faire tourner.

Caris s'émerveilla de l'ingéniosité de Merthin. « C'est tout simple », répondit celui-ci. Elle put s'en convaincre en examinant l'appareillage de près. Le levier soulevait un grand pignon hors de la chaîne et abaissait à sa place deux roues plus petites, ce qui avait pour effet d'inverser le sens de rotation.

À Kingsbridge, personne n'avait vu un système qui ressemble de près ou de loin à cette machine. Au cours de la matinée, la moitié de la ville vint l'admirer. Caris éclatait de fierté pour Merthin et bouillait de dépit en entendant Elfric, planté à côté du bœuf, expliquer le fonctionnement du mécanisme à qui voulait l'entendre, reprenant à son compte l'invention de son ancien apprenti. Interloquée, elle se demandait où son beau-frère puisait une telle effronterie. Non seulement il avait détruit les portes sculptées de Merthin – acte de violence qui aurait scandalisé la ville si elle n'avait connu plus grande tragédie avec l'effondrement du pont –, mais il avait frappé Merthin dont le visage portait toujours la marque de ses coups et il s'était entendu pour le duper et le forcer à épouser sa fille pour élever un enfant qui n'était pas de lui ! Et Merthin, jugeant que leur querelle ne comptait pas face au drame, avait continué à travailler à ses côtés. Mais comment Elfric pouvait-il garder la tête haute ?

Le bac était une idée brillante, certes. Néanmoins, il ne répondait pas aux exigences de la situation, comme le fit remarquer Edmond en désignant sur l'autre rive la queue des carrioles et des piétons qui s'étirait à perte de vue dans le faubourg.

« Avec deux bœufs, ce serait plus rapide, dit Merthin.

— Deux fois plus rapide ?

— Non, pas tout à fait. Mais je pourrais fabriquer un second bac.

— Il y a déjà une autre embarcation », riposta Edmond en désignant une barque à rames qui faisait la navette d'une berge à l'autre. Mais Ian, le batelier, n'avait pas la place de prendre à son bord les chariots. Il refusait aussi de transporter le bétail et il prenait deux pennies la traversée. Une aubaine pour lui car, en temps ordinaire, il ne mangeait pas tous les jours à sa faim. Pour l'essentiel, son activité se résumait à conduire chaque jour un moine à l'île aux lépreux et à l'en ramener. Aujourd'hui, la foule se pressait aussi à son embarcadère.

« C'est sûr qu'un bac ne vaut pas un pont, renchérit Merthin. Ce n'est pas moi qui vous contredirai.

— C'est une catastrophe. Que Buonaventura cesse de venir à la foire, c'était déjà une mauvaise nouvelle pour la ville, mais ces queues sans fin aux embarcadères peuvent carrément la mener à sa perte.

— Vous ne vous en sortirez pas sans un nouveau pont.

— Je ne peux en décider, la décision revient au prieuré, et Anthony est mort. Qui sait quand son successeur sera élu ? La seule solution, c'est d'inciter le sous-prieur à prendre d'urgence des mesures temporaires. Je vais aller le trouver de ce pas. Caris, viens avec moi ! »

Ils remontèrent la grand-rue et pénétrèrent dans l'enceinte du prieuré. En règle générale, les visiteurs étaient tenus de se rendre d'abord à l'hospice et d'annoncer à un serviteur le nom du moine qu'il désirait rencontrer. Mais Edmond était un personnage connu. De plus, sa fierté lui interdisait de solliciter audience de cette façon. Le prieur avait beau être le seigneur de Kingsbridge, Edmond était le prévôt de la guilde des marchands, l'autorité suprême de ceux-là mêmes à qui la ville devait sa prospérité. Il estimait donc être sur un pied d'égalité avec le prieur en ce qui concernait l'administration de la cité. De plus, ces treize dernières années, le prieur avait été son frère cadet. Voilà pourquoi il se rendit directement chez lui, dans sa demeure sise sur le flanc nord de la cathédrale.

C'était une maison à colombage comme celle d'Edmond. Elle comportait un vestibule et une salle de réunion au rez-de-chaussée et deux chambres à l'étage. Il n'y avait pas de cuisine. Les repas du prieur étaient préparés à la cuisine du monastère. Contrairement à de nombreux évêques et pères abbés qui habitaient des palais – comme l'évêque de Kingsbridge qui séjournait dans une splendide demeure à Shiring –, le prieur de Kingsbridge vivait modestement. Toutefois, les sièges étaient confortables et les murs ornés de belles tapisseries représentant des scènes tirées de la Bible. Il y avait aussi une grande cheminée qui chauffait les lieux en hiver.

C'était au beau milieu de la matinée. À cette heure, les moines les plus âgés étaient censés lire et les plus jeunes travailler. Edmond et Caris découvrirent Carlus l'aveugle dans le vestibule, engagé dans une conversation avec frère Siméon, le trésorier.

« Nous devons parler du nouveau pont, déclara tout de go le prévôt des marchands.

— Très bien, Edmond », répondit Carlus, le reconnaissant à sa voix.

L'entrée en matière n'était guère chaleureuse, pensa Caris par-devers elle, et elle se demanda s'ils n'avaient pas débarqué à un moment inopportun.

Edmond n'était pas moins sensible aux atmosphères que sa fille, mais il était dans ses manières de fulminer. S'étant emparé d'un siège, il lança : « Quand comptez-vous procéder à l'élection du nouveau prieur ?

— Vous pouvez vous asseoir aussi, Caris, dit frère Carlus, et elle ne sut comment il avait pu deviner sa présence. Aucune date n'a encore été arrêtée, enchaîna le moine. Il est dans les prérogatives du comte Roland de nommer un candidat, mais il n'a pas repris connaissance à ce jour.

— On ne peut pas attendre », répliqua Edmond, et Caris le trouva trop brusque. Mais tel était le tempérament de son père, aussi ne réagit-elle pas. « Le travail sur le nouveau pont doit commencer tout de suite, continuait Edmond. Il ne sert à rien d'en fabriquer un second en bois. C'est un pont en pierre qu'il nous faut, et sa construction prendra trois ans. Quatre si nous tardons à prendre une décision.

— Un pont en pierre ?

— C'est indispensable. J'ai parlé à maître Elfric et à Merthin. Un autre pont en bois s'écroulerait comme le vieux.

— Mais le coût !

— Dans les deux cent cinquante livres, d'après les estimations d'Elfric. Tout dépend de la conception.

— Un nouveau pont en bois ne coûterait que cinquante livres, objecta frère Siméon. D'ailleurs le prieur Anthony a rejeté cette idée il y a deux semaines, précisément en raison de son prix.

— Admirez le résultat ! Cent morts et des centaines de blessés, dont lui-même et le comte, qui ne vaut guère mieux ! Pour ne rien dire de la perte de tout le bétail et des marchandises.

— J'espère que vous ne faites pas porter le blâme à feu notre prieur, répliqua frère Carlus avec raideur.

— En tout cas, on ne pourra pas dire que sa décision était la bonne !

— Dieu nous punit pour nos péchés. »

Edmond laissa échapper un soupir agacé. La réplique du moine exaspéra autant Caris, lassée de voir les moines en référer à Dieu chaque fois qu'ils étaient en tort.

« Les pauvres hommes que nous sommes peuvent difficilement pénétrer les intentions du Seigneur, reprit Edmond. Mais une chose est sûre, c'est que la ville mourra si elle n'a pas un pont. Nous sommes déjà à la traîne par rapport à Shiring. Si nous ne construisons pas au plus vite un pont neuf et en pierre, nous ferons de notre cité un petit village campagnard.

— Tel est peut-être le projet de Dieu pour nous. »

Edmond commençait à ne plus contenir son exaspération. « Serait-il possible que le Seigneur soit plutôt contrarié par vos agissements ? Parce que, croyez-moi, si la foire et le marché de Kingsbridge disparaissent, il n'y aura plus ici de monastère capable d'accueillir vingt-cinq moines, quarante religieuses et cinquante serviteurs. Il n'y aura plus d'hospice pour les pauvres, plus d'école pour les enfants et plus de chœur qui chante à la cathédrale. D'ailleurs, la cathédrale restera-t-elle seulement debout ? Depuis la nuit des temps, l'évêque de Kingsbridge réside à Shiring. Que se passera-t-il si leurs riches marchands lui proposent de bâtir une cathédrale splendide grâce aux bénéfices qu'ils tirent de leurs marchés toujours croissants ? Plus de marché à Kingsbridge, cela veut dire plus de ville, plus de cathédrale, plus de prieuré. C'est ça que vous voulez ? »

Cette perspective plongea frère Carlus dans une évidente consternation. Il ne s'attendait pas à ce que l'absence de pont entraîne des conséquences d'une telle ampleur, susceptibles d'affecter directement l'avenir du prieuré.

Mais Siméon contre-attaqua : « Si le prieuré n'a pas les moyens de construire un nouveau pont en bois, comment pourrait-il en bâtir un en pierre ?

— Mais c'est indispensable !

— Les maçons accepteraient-ils de travailler gratuitement ?

— Certainement pas ! Ils ont des familles à nourrir. Mais comme nous l'avons déjà expliqué, les citadins pourraient réunir des fonds et les prêter au prieuré en échange des revenus du péage.

— Vous approprier le revenu de ce pont ! s'écria Siméon avec indignation. Cette escroquerie vous tient à cœur, à ce que je vois !

— Pour l'heure, le pont ne vous rapporte rien, intervint Caris.

— Erreur. Nous percevons un péage grâce au bac.

— En tout cas, vous avez trouvé l'argent pour le fabriquer.

— Un bac est bien moins cher qu'un pont et, cependant, la somme que nous avons dû verser à Elfric pour sa fabrication nous laisse sur la paille.

— Les traversées ne vous rapporteront pas grand-chose, le bac est trop lent.

— Un jour peut-être, dans l'avenir, le prieuré aura-t-il les moyens de bâtir un nouveau pont. Dieu y pourvoira, si tel est son désir. Alors, nous recommencerons à toucher les péages. »

Edmond répliqua : « Ces moyens, Dieu vous les a déjà envoyés en inspirant à ma fille une façon de réunir des fonds à laquelle personne n'avait jamais pensé.

— Laissez-nous juger par nous-mêmes de ce que Dieu fait ou ne fait pas, réagit Carlus sèchement.

— Très bien. » Edmond se leva, imité par Caris. « Je regrette de vous voir prendre ces positions. C'est une catastrophe pour Kingsbridge et pour tous ses habitants, y compris les moines du monastère.

— C'est à Dieu de me guider, pas à vous ! »

Edmond et Caris s'apprêtaient à franchir la porte quand Carlus ajouta :

« Une dernière chose, si je peux. »

Edmond se retourna. « Bien sûr.

— Il n'est pas acceptable que les laïcs pénètrent à l'intérieur des bâtiments du prieuré à leur guise. La prochaine fois que vous souhaiterez me voir, veuillez vous rendre à l'hospice et m'envoyer quérir, comme cela se pratique habituellement.

— En tant que prévôt de la guilde de la paroisse, je n'ai jamais eu besoin d'un intermédiaire pour contacter le prieur, protesta Edmond.

— Nul doute que vos liens de parenté aient incité votre frère à vous dispenser des règles habituelles. Mais le prieur Anthony n'est plus. »

Caris regarda son père. La fureur était peinte sur son visage. « Très bien, dit-il en se contenant.

— Dieu vous bénisse. »

Edmond sortit, Caris sur les talons.

Ils parcoururent le pré embourbé où se tenait le marché. La vue des quelques étals disséminés çà et là fit comprendre à Caris le fardeau que portait son père. La plupart des gens se préoccupaient uniquement de nourrir leurs familles. Edmond, lui, en sa qualité de prévôt, devait s'inquiéter du sort de toute la ville. Se tournant vers lui, elle devina son angoisse à la crispation de ses traits. À la différence de Carlus, Edmond ne levait pas les bras au ciel en disant : « Que la volonté de Dieu soit faite ! » Non, il se creusait la tête pour trouver une solution à chaque problème. Elle éprouva soudain une grande compassion pour cet homme qui cherchait par tous les moyens à agir de façon juste et bonne, sans recevoir le moindre soutien de la part d'un prieuré tout-puissant. Il ne se plaignait jamais du poids de ses responsabilités, il assumait ses obligations. Ces pensées lui firent venir les larmes aux yeux.

Ils quittèrent l'enceinte du prieuré et traversèrent la grand-rue. Au moment où ils arrivaient devant leur porte, Caris demanda à son père : « Que peut-on faire, maintenant ?

— C'est évident, non ? S'assurer que Carlus ne sera pas élu prieur. »

15.

Godwyn avait un rêve : devenir le prieur de Kingsbridge. Il le désirait de tout son cœur, rongé qu'il était par la volonté de réformer les finances du prieuré, d'en administrer les terres et les autres sources de revenus, de telle sorte que les moines n'aient plus à quémander des subsides auprès de mère Cécilia. De même, il aspirait à voir instaurées une séparation plus stricte entre les deux communautés et une frontière plus rigoureuse avec le monde des laïcs. Ceux qui avaient choisi de consacrer leur vie à Dieu devaient pouvoir respirer l'air pur de la sainteté en toute quiétude. Cela étant, des mobiles plus douteux étayaient ces motifs irréprochables, car Godwyn convoitait aussi cette position pour l'autorité et la distinction qu'elle conférait. La nuit, imaginant l'avenir, il se voyait déjà ordonnant à un moine de nettoyer le désordre du cloître. « Tout de suite, révérend père prieur », disait l'intéressé.

Révérend père prieur ! Que cette réplique était douce à ses oreilles !

« Bonne journée, monseigneur ! » s'entendait-il dire à l'évêque Richard sur un ton dénué de toute obséquiosité. Et celui-ci de répondre avec la courtoisie amicale d'un ecclésiastique de haut rang s'adressant à un pair : « Bonne journée à vous aussi, prieur Godwyn !

— J'ai pleine confiance que tout est à votre convenance, monseigneur, disait-il à l'archevêque, usant alors d'une plus grande déférence, compte tenu de son propre statut, mais en aucun cas sur le ton qu'emploierait un simple moine.

— Oh oui, Godwyn, vous avez accompli là un travail remarquable.

— Votre Excellence est bien aimable. »

Ou encore, se promenant à pas lents dans le cloître au côté d'un potentat richement vêtu : « C'est un immense honneur que nous rend Votre Majesté en venant visiter notre humble prieuré. » À quoi le monarque répondait : « Merci, père Godwyn. En fait, je viens quérir votre conseil. »

Mais cette scène-là, il osait à peine se la représenter.

Mais comment obtenir ces distinctions tant désirées ? Godwyn y songea tout au long de la semaine, tout au long des cent enterrements auxquels il assista. Et il en vint à la conclusion que la messe solennelle pour les funérailles d'Anthony à laquelle seraient associées des prières pour le repos de l'âme des disparus lui offrirait une excellente occasion de planter ses jalons.

Dans l'intervalle, il ne fit part de ses espérances à personne. Il se rappelait trop bien la coordination parfaite avec laquelle la vieille garde l'avait débouté lorsqu'il avait pris la parole au chapitre, dix jours plus tôt, armé du seul *Livre de Timothée* pour justifier ses vues. À croire qu'ils s'étaient passé le mot ! Il était revenu de la réunion plus aplati qu'une grenouille écrasée sous la roue d'un chariot. La candeur ne payait pas. On ne l'y reprendrait plus !

Le dimanche matin, comme les moines se rendaient au réfectoire pour le petit déjeuner, un novice lui chuchota que sa mère l'attendait au porche nord de la cathédrale. Godwyn sortit discrètement du rang. En traversant le cloître désert, il sentit l'appréhension le gagner. Il devait s'être produit quelque chose de grave pour que sa mère cherche à le voir.

Et, de fait, bien des inquiétudes avaient tenu Pétronille éveillée la moitié de la nuit. À l'aube, en ouvrant les yeux, elle avait un plan d'action et celui-ci incluait la participation de Godwyn. C'était un plan judicieux, sans aucun doute. Quand bien même ne le serait-il pas, elle exigerait de son fils qu'il l'exécute malgré tout, quitte à le terroriser en prenant sa voix la plus impatiente et autoritaire.

Sa mère se rencognait dans la sombre profondeur du porche, enveloppée dans un manteau humide. La pluie avait recommencé. « Edmond est allé voir Carlus hier, lui annonça-t-elle. D'après lui, l'aveugle se croit déjà prieur et considère son élection comme une simple formalité. »

Une note accusatrice transparaissait dans sa voix, comme si Godwyn en était responsable. C'est pourquoi il répondit sur un ton défensif : « La vieille garde ne veut pas entendre parler d'un autre candidat. Le cadavre d'oncle Anthony n'était pas encore froid qu'elle s'était déjà rangée derrière Carlus.

— Hmm. Et les jeunes ?

— Ils souhaiteraient que je me présente, naturellement. Bien que j'aie été débouté l'autre jour, ils ont apprécié de me voir tenir tête à Anthony à propos du *Livre de Timothée*. Mais je n'en ai reparlé avec personne.

— Qui d'autre brigue cette position ?

— Frère Thomas, mais ce n'est pas un rival trop dangereux. Certains lui reprochent d'avoir tué des gens du temps où il était chevalier. Il le reconnaît d'ailleurs lui-même. C'est un homme capable, il effectue son travail avec une efficacité discrète et il n'intimide jamais les novices… »

Pétronille resta pensive. L'appréhension de Godwyn commençait à se dissiper. Visiblement, sa mère n'avait pas l'intention de lui reprocher son inaction. « D'où vient-il ? voulut-elle savoir. Pourquoi est-il devenu moine ?

— Il prétend avoir toujours souhaité mener une vie sainte. Il aurait soi-disant décidé de ne plus repartir d'ici le jour où il est venu se faire soigner d'un méchant coup d'épée.

— Je me rappelle… Cette histoire remonte bien à dix ans. Je n'ai jamais su comment il avait reçu cette blessure.

— Moi non plus. Il n'aime pas parler de ses violences passées.

— Qui a payé son admission au prieuré?

— Curieusement, je ne le sais pas », répondit Godwyn. Par-devers lui, il s'émerveilla du don de sa mère pour poser les questions justes. Elle était tyrannique, sans aucun doute, mais il ne pouvait s'empêcher de l'admirer. « Il est possible que ce soit l'évêque Richard, reprit-il. Je l'entends encore, promettant de remettre l'offrande habituelle. Toutefois, il n'a pu engager des fonds personnels car il n'était que simple prêtre à l'époque. Peut-être parlait-il au nom de son père?

— Découvre ce qu'il en est. »

Godwyn marqua une hésitation. Il ne pouvait consulter les chartes enfermées à la bibliothèque sans s'adresser au bibliothécaire. Frère Augustin ne se permettrait pas de l'interroger sur ses motifs, lui, le sacristain, mais quelqu'un d'autre n'y manquerait pas. Il devrait alors avoir une excuse toute prête. Par ailleurs, si l'offrande avait consisté non pas en terres ou d'autres possessions, mais en argent sonnant – ce qui était rare –, il lui faudrait examiner les livres de comptes du monastère...

« Un problème? s'enquit Pétronille.

— Non. Vous avez raison, c'est forcément inscrit quelque part », dit-il gentiment, sachant que le ton agressif et dominateur de sa mère était le signe de son amour et qu'elle ne connaissait probablement pas d'autre façon d'exprimer son affection. Il reprit après une pause : « En y repensant...

— Quoi?

— Je ne me rappelle pas qu'il ait été fait mention publiquement de l'offrande versée au prieuré pour l'admission de ce Thomas Langley. C'est étrange car, d'habitude, les dons sont annoncés à grand renfort de trompette. Le prieur en fait état pendant la messe et il appelle les bénédictions du ciel sur la tête du donateur. Dans son sermon, il n'oublie jamais de préciser que ceux qui donnent des terres au prieuré se voient récompensés au ciel.

— Raison de plus pour retrouver la trace de cette donation. Je pense que ce Thomas a un secret. Et un secret, c'est toujours un défaut dans la cuirasse.

— Je vais m'y employer. À votre avis, que devrais-je dire aux moines qui veulent que je me présente à l'élection? »

Pétronille eut un sourire rusé. « Je crois que tu devrais leur dire que tu n'as pas l'intention de briguer la position de prieur. »

*

Le petit déjeuner était achevé lorsque Godwyn quitta sa mère. Selon une règle établie de longue date, les retardataires restaient le ventre creux. Toutefois, frère Reynard, le cuisinier, avait toujours quelque chose à grignoter pour les moines qu'il aimait bien. Godwyn se rendit donc à la cuisine. Là, on lui remit une tranche de fromage et un quignon de pain, qu'il mangea debout au milieu des domestiques affairés qui rapportaient du réfectoire les bols du petit déjeuner et nettoyaient la marmite en fer utilisée pour préparer le gruau.

Tout en mangeant, il réfléchit au conseil de sa mère. Plus il y pensait, plus sa tactique lui paraissait prometteuse. Sitôt que l'on saurait qu'il ne caressait pas d'ambitions personnelles, tout ce qu'il dirait serait compris comme un avis désintéressé. Il pourrait manœuvrer l'élection à son avantage et ne révéler ses véritables intentions qu'au tout dernier moment. À cette pensée, un sentiment d'affectueuse gratitude le submergea. Que de ruse recelait le cerveau de sa mère, et de fidélité son cœur indomptable !

Ce fut un frère Théodoric rouge d'indignation qui se matérialisa soudain devant lui. « Frère Siméon a annoncé au petit déjeuner que Carlus devait être notre prochain prieur. Sous prétexte de poursuivre les sages traditions instaurées par le prieur Anthony ! s'exclama-t-il. S'il est élu, il s'opposera à toute velléité de réformes !

— Non, ce ne sont pas des façons ! renchérit Godwyn, furieux que Siméon ait profité de son absence pour affirmer ses vues avec autorité.

— J'ai demandé si les autres candidats seraient autorisés eux aussi à s'adresser aux moines au petit déjeuner, poursuivit Théodoric.

— Tu as bien fait, le félicita Godwyn avec un bon sourire.

— Siméon a rétorqué qu'il ne s'agissait pas d'un concours de tir à l'arc et qu'il était inutile d'avoir plusieurs candidats. D'après lui, en nommant Carlus sous-prieur, Anthony l'avait d'ores et déjà désigné comme son successeur.

— C'est ridicule !

— Je suis bien d'accord. La communauté n'est pas contente. »

Excellente chose, pensa Godwyn. En empêchant les moines d'exercer leur droit de vote, Carlus offensait jusqu'à ses partisans, sapant lui-même ses chances d'être élu.

« J'estime que nous devrions insister auprès de Carlus pour qu'il se retire », reprit le jeune moine.

Godwyn faillit lui demander s'il avait perdu la raison. Il laissa passer un moment avant de s'enquérir d'un air de profonde réflexion : « Tu crois vraiment que c'est la meilleure méthode ?

— Que voulez-vous dire ? réagit Théodoric, étonné.

— À t'en croire, les frères sont furieux contre Carlus et Siméon. Si Carlus poursuit dans cette direction, il perdra des voix au sein de la vieille garde. En revanche, s'il se retire, les anciens avanceront un autre nom et, cette fois, ce pourrait être celui d'un moine apprécié d'un grand nombre. Frère Joseph, par exemple.

— Cela ne m'était pas venu à l'esprit ! répondit Théodoric, abasourdi.

— Notre espoir, c'est qu'ils continuent à soutenir Carlus. Tout le monde sait qu'il déteste le changement. À l'évidence, c'est ce qui l'a poussé à entrer au monastère, un lieu où il était assuré de mener tous les jours une vie en tous points identique : de parcourir les mêmes allées, d'occuper la même stalle à l'église, de manger à la même place à table et de dormir dans le même lit. Peut-être est-il ainsi parce qu'il est aveugle ? Mais il me semble qu'il se serait comporté de la même manière avec de bons yeux. De toute façon, là n'est pas la question. Carlus considère que rien ne doit être changé. Cependant, peu de moines sont réellement satisfaits de la vie qu'ils mènent dans ces murs. La victoire en sera plus facile. Un adepte des traditions qui préconiserait quelques menues réformes serait bien plus difficile à battre… Enfin, je ne sais pas, s'empressa d'ajouter Godwyn, se rendant compte brusquement qu'il oubliait de paraître hésitant. Qu'en penses-tu ?

— Je pense que vous êtes un génie ! » s'exclama Théodoric.

Un génie ? Non, juste un bon élève ! se dit Godwyn et, sur cette conclusion, il gagna l'hospice.

Philémon était à l'étage en train de balayer les salles occupées par les hôtes de marque. Le seigneur William et dame Philippa étaient restés à Kingsbridge dans l'attente des suites de l'opération pratiquée sur le comte Roland. L'évêque Richard était rentré à Shiring, mais il était attendu ce jour même pour célébrer les funérailles solennelles.

Godwyn demanda à Philémon de le suivre à la bibliothèque. À défaut de pouvoir les lire, le novice l'aiderait à manipuler les quelque cent chartes qui y étaient conservées. Ces documents, dans leur grande majorité, concernaient les propriétés terriennes du prieuré, lesquelles étaient situées pour la plupart dans les environs de Kingsbridge. Y étaient énumérés les droits et obligations respectifs des parties contractantes. Cela pouvait aller de l'autorisation faite aux moines de fonder un monastère et de prélever gratuitement la quantité de pierres nécessaire à sa construction dans une carrière appartenant au comte de Shiring, à celle de diviser d'autres terrains en parcelles destinées à être bâties et louées. Une charte, par exemple, autorisait le prieuré à percevoir le péage du pont de Kingsbridge ; une autre à rendre la justice ; une troisième à tenir un marché une fois la semaine et une foire à la laine une fois l'an ; d'autres encore à transporter des marchandises sur la rivière jusqu'à Melcombe sans payer de taxes aux seigneurs des terres traversées.

Ces documents étaient écrits à l'encre, à l'aide d'une plume, sur des peaux de mouton qui avaient été nettoyées avec soin, puis grattées, blanchies et étirées jusqu'à présenter une surface parfaitement lisse. Les plus longs de ces parchemins étaient roulés et attachés à l'aide d'un fin lacet de cuir. Ils étaient tous conservés dans la bibliothèque, dans un coffre renforcé par une armature en fer et fermé par une clef rangée dans une petite boîte sculptée.

Godwyn ouvrit le coffre. À la vue du fouillis, il ne put retenir une moue de désapprobation. Non seulement les documents n'étaient pas numérotés ni rangés par ordre chronologique, comme ils auraient dû l'être, mais ils étaient couverts de poussière et dans un état lamentable. Les uns étaient déchirés, les autres élimés sur les bords. Certains avaient même été grignotés par des souris. Et il n'y avait pas de liste à jour collée à l'intérieur du couvercle permettant de retrouver un texte rapidement. Si jamais je suis élu prieur…, pensa Godwyn.

Philémon sortit les chartes une à une, les épousseta et les déposa sur une table. Les moines, pour la plupart, ne l'aimaient pas. Depuis le temps qu'il vivait au monastère, ils s'étaient habitués à sa présence, hormis deux d'entre eux, parmi les plus âgés, qui se méfiaient de lui. Ce n'était pas le cas de Godwyn, qui gardait aussi à l'esprit le souvenir d'un Philémon adolescent, gauche et dégingandé, toujours en train de tournicoter autour du prieuré en demandant aux moines quel saint il valait mieux prier et s'ils avaient déjà été témoins d'un miracle. Et, bien sûr, Philémon révérait Godwyn à l'égal d'un dieu.

Le plus souvent, le texte d'une charte était copié deux fois sur un même parchemin. Ces deux textes identiques étaient séparés par une ligne appelée devise et constituée de grands caractères inscrits en zigzag. Chaque partie contractante se voyait remettre une moitié du parchemin découpé selon cette ligne brisée. Pour vérifier l'authenticité d'un document, il suffisait de remettre bout à bout les deux moitiés.

Le texte était rédigé en latin, naturellement. Les documents récents se lisaient assez facilement ; les plus vieux étaient assez difficiles à déchiffrer, car l'écriture avait beaucoup évolué au fil du temps. De gros trous, au beau milieu du document, venaient encore compliquer la lecture. Ils correspondaient à des piqûres d'insecte ou à des blessures reçues de son vivant par l'animal dont la peau avait servi à fabriquer le parchemin.

Godwyn parcourut rapidement les chartes, ayant en tête l'année où Thomas était arrivé blessé à l'hospice, dix ans auparavant, le jour de la Toussaint. Le parchemin qui se rapprochait le plus de cette date avait été rédigé quelques semaines plus tard. C'était un accord portant la signature du comte Roland par lequel sieur Gérald cédait au prieuré la totalité de ses terres en paiement de ses dettes, en échange de quoi le prieuré s'engageait à subvenir à ses besoins et à ceux de son épouse jusqu'à leur dernier jour.

Bien qu'il n'ait pas trouvé le document recherché, Godwyn était loin d'être déçu. L'absence de tout parchemin se rapportant à l'admission de Thomas Langley au monastère tendait à prouver qu'un secret entourait l'affaire, comme sa mère l'avait supposé instinctivement : ou bien le chevalier n'avait pas versé l'offrande rituelle – ce qui était curieux en soi –, ou bien ce certificat d'admission était conservé dans un autre endroit, à l'abri des regards indiscrets.

Un monastère ne recelait guère de cachettes, puisque les moines étaient censés ne rien posséder en propre et ne pas avoir de secret. Certes, dans certains grands monastères, ceux qui occupaient des fonctions importantes disposaient de cellules individuelles, mais à Kingsbridge, hormis le père prieur, tout le monde partageait le même dortoir. À coup sûr, c'était chez lui que se trouvait la charte établissant les modalités d'admission de Thomas Langley au sein de la congrégation.

Or la maison était à présent occupée par frère Carlus et il ne permettrait jamais à Godwyn de fouiller les lieux. Cela dit, une fouille en règle n'était pas forcément nécessaire. Feu le prieur Anthony avait certainement laissé quelque part, à la vue de tous, une boîte ou une sacoche contenant des documents personnels – un cahier dans lequel il avait consigné ses pensées lorsqu'il était novice, une lettre aimable reçue de l'archevêque, des sermons. Carlus avait probablement déjà examiné tout cela et il n'avait aucune raison d'autoriser Godwyn à le faire.

Il réfléchit. Qui d'autre que lui pouvait demander à les consulter ? Edmond ou Pétronille ? Carlus serait malvenu de leur opposer une fin de non-recevoir, car il s'agissait bien d'écrits appartenant à leur frère défunt. Mais il veillerait à transférer ailleurs tous les documents importants. Non, la recherche devait être menée clandestinement !

En entendant sonner tierce, l'office du matin, l'idée lui vint d'agir quand les moines prieraient à la cathédrale. C'était le seul moment où il avait la certitude que Carlus ne serait pas chez lui.

Oui, il allait manquer tierce. Trouver une excuse plausible n'était pas facile, car ses fonctions de sacristain l'obligeaient à assister à tous les offices.

Ne voyant pas d'autre solution, il dit à Philémon : « Je veux que, tout à l'heure, tu viennes me trouver au beau milieu de l'office.

— Bien, répondit celui-ci avec un embarras évident, les serviteurs n'étant pas censés pénétrer dans le chœur pendant le culte.

— Arrive juste après la lecture des versets. Chuchote-moi quelque chose à l'oreille. N'importe quoi, ça n'a pas d'importance. Et continue de parler sans t'inquiéter de ma réaction. »

L'anxiété de Philémon transparut dans son regard. Néanmoins il hocha la tête pour signifier son accord. Il se serait fait tuer pour Godwyn.

Le sacristain se hâta de rejoindre le cortège qui se dirigeait déjà vers le sanctuaire. Une poignée de fidèles seulement étaient rassemblés dans la nef. La plupart des habitants de la ville arriveraient plus tard, pour la messe à la mémoire des victimes. Les moines prirent place dans le chœur. Le rite débuta. « Oh, Dieu, venez à mon aide », prononça Godwyn, joignant sa voix au chœur des frères et des religieuses.

La récitation des versets achevée, la première hymne débuta. Philémon apparut. Tous les moines tournèrent les yeux vers lui et le dévisagèrent comme l'on scrute toute chose sortant de l'ordinaire. Frère Siméon manifesta sa réprobation en fronçant les sourcils d'un air menaçant. Carlus, qui dirigeait le chant, fut sensible à la perturbation. Philémon s'avança vers la stalle de Godwyn. « Béni soit celui qui ne prête l'oreille qu'aux avis du Seigneur ! » chuchota-t-il en se penchant vers lui.

Et tandis que Philémon lui récitait le psaume, Godwyn commença par feindre la surprise, pour secouer ensuite la tête vigoureusement, comme s'il se refusait à considérer la requête qui lui était soumise. Puis il se remit à l'écouter. Il allait devoir imaginer une histoire compliquée pour expliquer sa pantomime. Peut-être dirait-il que sa mère insistait pour lui parler immédiatement de l'enterrement de son frère, et menaçait d'entrer elle-même dans le chœur si son message n'était pas porté sur-le-champ à Godwyn. Le caractère autoritaire de Pétronille et sa peine évidente rendaient l'histoire plausible. Comme Philémon achevait son psaume, Godwyn se leva d'un air vaincu et quitta le chœur à sa suite.

D'un pas hâtif, ils contournèrent la cathédrale et gagnèrent la maison du prieur. Le jeune novice qui balayait devant la porte n'oserait pas interroger un moine. Quand il apprendrait à Carlus la visite de Godwyn et Philémon, il serait trop tard.

Cette demeure n'était pas digne d'un prieur, se dit Godwyn en y entrant. Un homme de ce rang se devait d'habiter un palais seyant à sa position, au même titre que l'évêque. Or ce bâtiment-ci n'avait rien de luxueux. Hormis quelques tentures visant à protéger des courants d'air, le décor était triste et sans imagination : en tous points semblable à la personnalité d'Anthony.

La fouille leur prit peu de temps. À l'étage, dans le coffre à côté du prie-Dieu, ils découvrirent une grande pochette en peau de chèvre souple de couleur brun clair, sertie d'une admirable couture en fil écarlate. Assurément un pieux cadeau des tanneurs de la ville, pensa Godwyn.

Il l'ouvrit sous les yeux attentifs de Philémon.

Une trentaine de feuilles de parchemin se trouvaient à l'intérieur, posées à plat et séparées les unes des autres par un tissu. Godwyn les examina rapidement.

Plusieurs d'entre elles étaient des notes sur les psaumes. À un certain moment de sa vie, Anthony devait avoir songé à écrire des commentaires sur ces textes mais n'avait pas mené à bien cette idée. Curieusement, il y avait également un poème d'amour en latin intitulé *Virent Oculi* et adressé à un homme aux yeux verts. Oncle Anthony avait des yeux verts pailletés d'or, comme le reste de la famille.

Godwyn se demanda qui pouvait en être l'auteur. Peu de femmes lisaient assez le latin pour composer un poème. Une religieuse aurait-elle aimé Anthony ? L'auteur est-il un homme ? À en juger d'après le parchemin jauni, cette liaison – si tant est qu'elle ait eu lieu – devait remonter à la jeunesse d'Anthony. Pour garder ce poème pendant tant d'années, son oncle n'avait peut-être pas été aussi terne qu'il l'avait cru, se dit Godwyn.

« Qu'est-ce que c'est ? voulut savoir Philémon.

— Rien ! Un poème, c'est tout », répondit Godwyn, gêné de son intrusion dans l'intimité de son oncle et regrettant déjà son acte. Il s'empara du feuillet suivant.

Victoire ! C'était une charte établie dix ans plus tôt aux alentours de Noël et concernant le transfert au prieuré de Kingsbridge de cinq cents acres de terres situées près de Lynn, à Norfolk, anciennement propriété d'un seigneur mort quelques mois plus tôt. Le contrat stipulait ce que la seigneurie rapportait annuellement en grain, laine, veaux et poulets, et ce que les serfs et les métayers devaient au prieuré. Elle désignait l'un d'eux en qualité de bailli chargé de livrer les produits au prieuré une fois l'an et précisait que les marchandises pourraient être remplacées par une somme d'argent, pratique de plus en plus courante quand les terres étaient très éloignées du lieu de résidence de leur seigneur.

Ce contrat ne différait en rien de dizaines d'autres. Tous les ans, après la moisson, des douzaines de baillis accomplissaient le pèlerinage au prieuré pour y délivrer les biens promis. Ceux qui venaient des villages voisins se présentaient au début de l'automne, les autres au début de l'hiver. Ceux dont les villages étaient les plus éloignés arrivaient après la Noël.

Il était également mentionné dans cette charte que l'offrande en question était accordée au prieuré en remerciement pour l'admission du sieur Thomas Langley au sein de la congrégation. Cela non plus n'avait rien d'exceptionnel.

Ce qui l'était en revanche, c'était l'identité du signataire : la reine Isabelle.

Et ce détail était d'autant plus intéressant qu'Isabelle, épouse infidèle du roi Édouard II, avait pris la tête de la rébellion contre son royal époux et installé sur le trône leur fils de quatorze ans. Le roi déchu était mort peu après. Le prieur Anthony avait assisté à son enterrement à Gloucester. Et c'était justement vers cette époque que Thomas avait débarqué à Kingsbridge.

La reine et son amant, Roger Mortimer, avaient régné sur l'Angleterre pendant plusieurs années, jusqu'à ce qu'Édouard III, encore tout jeune, décide d'affirmer son autorité. Aujourd'hui âgé de vingt-quatre ans, il avait la situation bien en main : Mortimer était mort et sa mère Isabelle, qui avait à présent quarante-deux ans, vivait dans une retraite opulente au château de Rising, dans le comté de Norfolk, tout près de Lynn.

« J'ai trouvé ! dit Godwyn. C'est la reine Isabelle qui a permis à Thomas de devenir moine. »

Philémon prit un air étonné. « Mais pourquoi ? »

Lui connaissant de la malignité, à défaut d'instruction, Godwyn préféra répéter seulement sa question. « Pourquoi, en effet ? Vraisemblablement pour le récompenser d'un service quelconque. Ou s'assurer son silence. Peut-être pour ces deux raisons à la fois, car tout cela remonte à l'année de son coup d'État.

— Je penche pour un service. »

Godwyn hocha la tête. « Oui, pour avoir porté un message, pour lui avoir ouvert les portes d'un château, rapporté les intentions du roi à son endroit ou obtenu le soutien d'un puissant baron. Mais pourquoi ce service doit-il rester secret?

— Pas si secret que ça! objecta Philémon, car chez nous, le trésorier est sûrement informé de cette transaction, et bien des gens à Lynn. À Kingsbridge aussi, certaines personnes sont au courant, car le bailli parle à l'un et à l'autre quand il vient en ville.

— Mais à moins d'avoir eu cette charte sous les yeux, personne ne sait que cet accord a été conclu au seul avantage de Thomas.

— Le voilà son secret! C'est la reine Isabelle qui a versé l'offrande pour son admission au prieuré.

— Exactement. »

Godwyn remit les documents dans la pochette en prenant soin d'intercaler les tissus entre les différentes feuilles. Puis il rangea la pochette dans le coffre.

« Mais pourquoi est-ce un secret? demanda Philémon. Les arrangements de ce genre n'ont rien de honteux ou de malhonnête. Ils sont très fréquents.

— J'ignore pour quelle raison cet accord doit rester secret. La connaître n'est pas forcément indispensable. Savoir qu'il existe un secret est peut-être amplement suffisant pour que nous menions à bien notre entreprise. Pour l'heure, sortons d'ici. »

Godwyn était satisfait. Fort de sa découverte, il se sentait armé pour proposer la candidature de Thomas au poste de prieur. Toutefois, il n'était pas sans éprouver une certaine appréhension, car l'adversaire était tout sauf un imbécile.

Ils revinrent à la cathédrale. Sitôt l'office achevé, Godwyn se mit en demeure de préparer la cathédrale pour les funérailles. Sur ses instructions, six moines soulevèrent le cercueil d'Anthony et le placèrent sur une estrade devant l'autel. Puis ils disposèrent des cierges tout autour. Les habitants de Kingsbridge commencèrent à se rassembler dans la nef. Godwyn inclina la tête en direction de sa cousine Caris, dont la coiffe était recouverte de soie noire. Puis il vit Thomas et un novice transporter à l'intérieur de la cathédrale une haute chaise sculptée appelée cathèdre dans laquelle siégerait l'évêque. C'était à ce trône épiscopal que les cathédrales devaient leur nom.

Godwyn s'approcha de Thomas. « Laissez donc, dit-il, Philémon va s'en occuper. »

Thomas se raidit, croyant que Godwyn faisait allusion au fait qu'il n'avait qu'un bras. « J'y arrive très bien !

— Je le sais, répondit Godwyn, mais je voudrais vous dire un mot. »

Bien qu'il soit son supérieur dans la hiérarchie monastique, il ressentait toujours un malaise apeuré en présence de Thomas. L'âge n'y était pour rien puisqu'ils n'avaient que quatre ans de différence. C'était plutôt l'impression permanente que Thomas, malgré sa déférence, lui témoignait uniquement le respect qu'il jugeait lui devoir. Mais il était vrai que, tout en se conformant strictement à la règle de saint Benoît, l'ancien chevalier ne s'était jamais départi de l'esprit d'indépendance et d'autosuffisance avec lequel il était arrivé au monastère. Le leurrer ne sera pas facile, songea Godwyn, car telle était bien son intention.

Le maître d'ouvrage céda sa place à Philémon et suivit le sacristain dans le bas-côté. « On parle de vous comme prochain prieur, lui déclara Godwyn sans préambule.

— On dit la même chose de vous, riposta Thomas.

— Je refuserai ce poste si on me le propose. »

Thomas haussa les sourcils. « Vous m'étonnez, mon frère.

— Pour deux raisons, précisa Godwyn. La première, c'est que vous vous acquitterez de cette tâche mieux que moi. »

Venant de Godwyn, pareille modestie laissa Thomas stupéfait. Et à juste titre, puisqu'il mentait.

« La deuxième, poursuivit-il, exprimant maintenant ses véritables pensées, c'est que vous avez plus de chances que moi de l'emporter. Vous êtes en effet apprécié de tous les moines, indépendamment de leur âge, alors que je n'ai que la faveur des jeunes. »

Thomas attendait la chute. Son beau visage trahissait sa perplexité.

« Je veux vous apporter mon soutien, enchaîna Godwyn. Le plus important, me semble-t-il, c'est de nommer un prieur soucieux de réformer le monastère et d'améliorer ses finances.

— C'est une tâche dont je me crois capable. Mais qu'attendez-vous de moi en échange de votre appui ? »

Répondre « rien » aurait paru suspect, Thomas n'y aurait pas cru. Godwyn inventa donc un mensonge plausible. « J'aimerais assez que vous me nommiez sous-prieur. »

Thomas hocha la tête, mais sans consentir sur-le-champ. « Et comment espérez-vous m'aider à l'emporter ?

— Tout d'abord, en vous gagnant l'appui des citadins.

— Du simple fait qu'Edmond le Lainier est votre oncle ?

— C'est un peu plus compliqué. En fait, tout tourne autour du pont. Carlus refuse de dire quand il en lancera la construction, si jamais il s'y décide. La ville se désespère à l'idée qu'il devienne prieur. Si je promets à Edmond que, sitôt élu, vous engagerez les travaux, vous aurez tous les habitants de Kingsbridge derrière vous.

— Ils ne participent pas à l'élection, que je sache !

— Si, d'une certaine manière. Vous n'êtes pas sans savoir que le vote des moines doit être ratifié par l'évêque. Notre évêque Richard, à l'instar des autres, aura la prudence de consulter au préalable les gens du cru pour éviter les troubles. Qu'un prieur élu par les moines soit également soutenu par la population pèsera dans sa décision de valider ou non la nomination. »

L'argument ne semblait pas convaincre Thomas, et Godwyn, qui s'en rendait compte, sentait la sueur dégouliner le long de son échine. Il s'efforça de conserver un visage impassible sous le regard intransigeant de son interlocuteur.

Thomas, cependant, n'était pas sourd à ses propos. « Il ne fait aucun doute que nous avons besoin d'un nouveau pont, reconnut-il. Carlus a tort de tergiverser, ça ne rime à rien.

— Finalement, vous ne feriez que promettre une chose que vous avez bel et bien l'intention d'accomplir.

— Vous savez vous montrer persuasif. »

Godwyn leva les mains en un geste de défense. « Loin de moi l'idée de vous contraindre. Vous devez agir selon ce qui vous semble être la volonté de Dieu. »

Thomas demeurait sceptique. Il ne croyait pas un instant à l'impartialité de Godwyn. « Bien, dit-il, la prière m'aidera à la connaître.

— Que sa volonté soit faite ! » répondit Godwyn, comprenant qu'il n'arracherait pas à Thomas un engagement plus ferme aujourd'hui. Insister risquait de tout compromettre. Il tourna les talons.

De toute façon, Thomas agirait comme il l'avait annoncé : il prierait, un point c'est tout. C'était un homme sans grands désirs personnels. S'il croyait que le dessein de Dieu était qu'il soit prieur, il se présenterait à l'élection ; s'il ne le pensait pas, il s'abstiendrait.

Ne pouvant rien faire de plus, Godwyn regagna le chœur. À présent, une vive lumière entourait le cercueil d'Anthony. La nef se remplissait de citadins et de paysans venus des villages voisins. Godwyn balaya la foule des yeux, cherchant à repérer Caris. Il gardait des souvenirs affectueux de l'époque où elle était enfant et où il était pour elle son grand cousin qui savait tout. Il l'aperçut dans le transept sud, examinant l'échafaudage construit par Merthin dans le bas-côté. Il se réjouit de constater qu'elle semblait avoir retrouvé sa gaieté, car il avait remarqué en elle une certaine mélancolie après l'effondrement du pont. L'ayant rejointe, il lui donna une petite tape sur le coude. « Tu as l'air heureuse.

— Je le suis, répondit-elle avec un sourire. Une situation embrouillée vient juste de se démêler. Mais tu ne peux pas comprendre, cela relève du domaine sentimental.

— Évidemment », dit-il tout haut, pensant par-devers lui aux nombreuses relations sentimentales qui voyaient le jour derrière les murs du monastère. Mais à quoi bon révéler les péchés des moines aux laïcs ? « Ton père devrait informer l'évêque Richard du problème concernant le pont.

— Tu crois ? Ce n'est pas son pont. »

Enfant, elle avait adoré Godwyn et n'aurait jamais mis en doute ses paroles. À présent, son admiration pour lui s'était quelque peu refroidie.

« L'élection du prieur doit être validée par l'évêque. Richard pourrait faire savoir aux moines qu'il ne veut pas d'un prieur opposé à la reconstruction du pont. Par défi, certains moines continueront peut-être à soutenir quelqu'un qui s'y oppose, mais les autres feront valoir qu'il ne sert à rien d'élire un prieur qui ne sera pas confirmé dans ses fonctions.

— Je vois. Tu crois vraiment que mon père pourrait faire bouger les choses ?

— J'en suis convaincu.

— Eh bien, je lui ferai part de ta suggestion.

— Merci. »

La cloche sonna midi. Godwyn s'éclipsa hors de la cathédrale pour rejoindre le cortège des moines en train de se former dans le cloître. La matinée, somme toute, avait été fructueuse.

16.

Wulfric et Gwenda quittèrent Kingsbridge tôt dans la matinée du lundi. Une longue route les attendait pour regagner leur village de Wigleigh.

Caris et Merthin étaient venus leur dire adieu à l'embarcadère du nouveau bac. Le jeune homme regardait d'un air satisfait cette machine construite de ses mains et qui fonctionnait parfaitement. Il regretta seulement qu'elle ne soit pas équipée de pignons en fer car ceux-ci, taillés dans du bois, s'useraient rapidement.

Des pensées bien différentes agitaient sa compagne. « Gwenda est tellement éperdue d'amour, soupira-t-elle.

— Avec Wulfric, elle n'a aucune chance ! renchérit Merthin.

— On ne sait jamais. Quand elle a une idée dans la tête… Regarde comme elle a réussi à échapper au colporteur !

— Mais Wulfric est fiancé à cette Annet qui est bien plus jolie qu'elle.

— En amour, l'apparence n'est pas tout.

— J'en bénis le ciel chaque jour. »

Elle rit. « Je l'aime bien, moi, ton drôle de visage !

— Mais Wulfric doit l'aimer, son Annet, car il n'a pas hésité à se battre avec mon frère pour ses beaux yeux !

— Gwenda a un philtre d'amour. »

Merthin toisa Caris d'un air réprobateur. « Tu trouves normal qu'une fille use d'artifices pour qu'un homme l'épouse alors qu'il en aime une autre ? »

La jeune fille en resta bouche bée. Elle rougit malgré elle. « Je n'avais pas vu les choses sous cet angle-là, finit-elle par dire. Tu trouves vraiment qu'il s'agit là de ruse ?

« — Si ce n'est pas de la ruse, ça y ressemble fortement.

— Mais Gwenda ne l'oblige à rien. Elle veut juste qu'il l'aime.

— Elle ne devrait pas recourir à un philtre pour y parvenir.

— Tu me plonges dans la honte, parce que je l'ai aidée.

— C'est trop tard. »

Sur l'autre rive, Wulfric et Gwenda descendaient du bac. Ils se retournèrent pour agiter la main et s'engagèrent sur la route qui serpentait à travers le faubourg, Skip sur les talons.

Merthin et Caris remontèrent la grand-rue. « Tu as parlé à Griselda ? s'enquit-elle.

— Je comptais le faire maintenant. Je n'arrive pas à savoir si je me réjouis de cette conversation ou si je suis terrifié.

— Tu n'as rien à craindre, c'est elle la menteuse.

— C'est juste. Espérons seulement que son père ne va pas s'emporter ! répliqua Merthin en levant la main vers son visage où l'on voyait encore la trace du coup que lui avait asséné Elfric.

— Tu veux que je t'accompagne ? »

Il refusa. Mieux valait tenir Caris en dehors de cette histoire. « C'est à moi de régler le problème puisque j'en suis à l'origine. »

Ils étaient arrivés devant chez maître Elfric. Caris lui souhaita bonne chance.

« Merci », répondit Merthin. Il posa un baiser sur ses lèvres et entra dans la maison, résistant à la tentation de prolonger l'étreinte.

Assis à la table du vestibule, Elfric mangeait du pain et du fromage, une chope de bière devant lui. Dans le fond, on apercevait Alice et la servante s'affairant dans la cuisine. Griselda, elle, était invisible.

« Où étais-tu ? » demanda Elfric.

Fort de son bon droit, Merthin décida d'agir courageusement. Ignorant la question d'Elfric, il riposta : « Où est Griselda ?

— Couchée. »

Merthin leva la tête vers l'escalier. « Griselda ! cria-t-il. Descends, je veux te parler.

— Pas de temps pour ça, intervint Elfric. Le travail attend. »

Merthin ne lui prêta pas plus d'attention qu'auparavant. « Griselda ! Tu ferais bien de te lever, et plus vite que ça !

— Hé ! s'emporta Elfric. Pour qui te prends-tu pour donner des ordres à ma fille ?

— Vous voulez que je l'épouse, n'est-ce pas ?

— Et alors ?

— Elle a intérêt à prendre l'habitude d'obéir à son mari. » Et il répéta, élevant encore la voix : « Descends tout de suite entendre ce que j'ai à te dire. »

Griselda apparut au sommet de l'escalier, grommelant sur un ton irrité : « J'arrive, j'arrive. Qu'est-ce que c'est que ce boucan ? »

Merthin attendit qu'elle soit descendue pour claironner : « Je sais qui est le père de ton enfant ! »

Un éclat de crainte brilla dans le regard de Griselda. « Ne dis pas de bêtises ! C'est toi, tu le sais bien !

— Non, c'est Thurstan.

— Thurstan ! Mais je n'ai jamais couché avec lui ! » Regardant son père elle ajouta : « Je le jure !

— Griselda n'a pas l'habitude de mentir, s'exclama Elfric avec force.

— C'est vrai ! » renchérit Alice, sortant de la cuisine.

Mais Merthin ne se laissa pas démonter. « Je couche avec Griselda le dimanche de la semaine de la foire, il y a tout juste quinze jours, et Griselda est enceinte de trois mois ?

— Mais pas du tout !

— Oh, vous le saviez parfaitement, dame Alice ! poursuivit Merthin en la dévisageant durement. Mais ça ne vous a pas empêchée de mentir à votre propre sœur ! »

Alice détourna les yeux.

« Comment peux-tu dire depuis combien de temps elle est enceinte, alors que je l'ignore moi-même ?

— Il suffit de la regarder ! rétorqua Merthin. Elle a un gros ventre. Pas trop encore, mais il se voit déjà.

— Qu'est-ce que tu connais à ces choses ? Tu n'es pas une femme, que je sache !

— Vous comptiez tous profiter de mon ignorance, et j'ai bien failli tomber dans le panneau ! »

Levant un doigt menaçant, Elfric martela : « Tu as couché avec Griselda, tu dois l'épouser.

— Sûrement pas. Et d'ailleurs, elle ne m'aime pas. Elle a couché avec moi uniquement pour donner un père à son enfant. Parce que Thurstan a pris la poudre d'escampette ! J'ai mal agi, je le reconnais, mais je n'ai pas l'intention de payer ma faute tous les jours de ma vie.

— Oh, mais si ! réagit Elfric en se levant de son siège.

— Il n'en est pas question !

— Je t'y obligerai.

— Non !

— Tu l'épouseras ! tempêta Elfric, rouge de fureur.

— Combien de fois devrai-je vous dire non !

— Puisque c'est ainsi, je te renvoie ! s'époumona Elfric, comprenant que Merthin n'en démordrait pas. Débarrasse le plancher et ne remets plus les pieds chez moi ! »

Face à cette réaction, signe de sa victoire, Merthin éprouva un immense soulagement. « Très bien ! »

Il fit un pas en avant, cherchant à contourner Elfric, mais celui-ci lui bloqua le chemin.

« Je peux savoir où tu vas ?

— À la cuisine, rassembler mes affaires.

— Tes outils, tu veux dire ?

— Oui.

— Ils sont à moi. C'est moi qui les ai payés.

— Un apprenti reçoit toujours ses outils à la fin de…, voulut objecter Merthin, mais Elfric le coupa :

— Tu n'as pas achevé ton apprentissage, je n'ai donc pas à t'offrir d'outils. »

Merthin en resta éberlué. « Mais je les ai faits, mes sept ans ! À trois mois près.

— C'est bien ce que je dis : tu ne les as pas faits !

— Mais c'est injuste ! s'écria Merthin. J'en appellerai à la guilde. »

Sans outils, comment gagnerait-il sa vie ?

« Il ferait beau voir ! ricana Elfric avec suffisance. Ça m'amuserait de t'entendre arguer qu'un apprenti renvoyé par son maître pour avoir défloré sa fille mérite une récompense ! Les charpentiers de la guilde n'ont pas que des apprentis, ils ont des filles aussi. Ils te flanqueront dehors avec perte et fracas ! »

Merthin en resta coi. Elfric avait raison.

« Te voilà dans un beau pétrin ! ricana Alice.

— C'est exact, riposta Merthin. Mais c'est un bonheur, comparé à la vie horrible qui aurait été la mienne auprès de Griselda et de sa charmante famille ! »

*

Plus tard dans la matinée, espérant se faire embaucher par un maître charpentier, Merthin se rendit à l'enterrement de l'un d'eux, à l'église Saint-Marc. C'était en tombant du toit de cette église que Howell Tyler était mort, et une énorme trouée en forme de corps humain au milieu des peintures du plafond témoignait de la tragédie. Là-haut, l'appareillage en bois était complètement pourri, à ce que disaient des bâtisseurs qui avaient grimpé sur le toit pour juger de la situation. Ils auraient mieux fait d'inspecter les lieux avant l'accident, songea Merthin, le drame aurait été évité.

En levant les yeux, il put se convaincre que le toit était trop endommagé pour être réparé. Il allait falloir le déposer totalement et le reconstruire à neuf. Cela signifiait que l'église devrait fermer, ce qui n'arrangerait pas les affaires du curé, car sa paroisse ne roulait pas sur l'or. Située tout au nord de la ville, dans le quartier le plus pauvre de la ville, l'église Saint-Marc disposait pour toute dotation d'une unique ferme à dix milles de Kingsbridge. Son revenu rapportait à peine de quoi vivre à son métayer, lequel n'était autre que le frère du curé. Pour subsister, celui-ci devait s'en remettre au maigre denier du culte que lui versaient ses huit ou neuf cents paroissiens, indigents pour la plupart ou qui feignaient de l'être quand ils ne l'étaient pas. Les sacrements – baptêmes, mariages et enterrements –, célébrés à un prix bien inférieur à celui pratiqué par les moines de la cathédrale, permettaient au père Joffroi d'améliorer un peu son ordinaire. Ses fidèles, en effet, se mariaient tôt, engendraient des kyrielles d'enfants et mouraient jeunes. Finalement, il n'était pas le plus mal loti des habitants de son quartier. Il croulait sous la tâche. S'il lui fallait fermer l'église, ses revenus s'en ressentiraient gravement et il n'aurait pas les moyens de payer la réfection de la toiture. Pour l'heure, il avait décidé de suspendre les travaux.

Tous les charpentiers de la ville étaient venus à l'enterrement, y compris Elfric. Merthin faisait de son mieux pour garder la tête haute. Cela lui demandait un grand effort, car la nouvelle de son renvoi avait déjà fait le tour de la confrérie. Certes, il était l'objet d'une injustice, mais il n'était pas non plus totalement innocent.

Caris, amie de la toute jeune veuve, entrait maintenant dans l'église à la suite de la famille endeuillée. Merthin s'approcha d'elle pour lui raconter comment s'était déroulée sa conversation avec Elfric.

Pendant que le père Joffroi célébrait l'office dans sa chasuble élimée, Merthin réfléchit au moyen de réparer le toit sans fermer l'église, convaincu qu'il en existait un. Lorsque des travaux avaient été trop longtemps reportés et que les poutres en place n'étaient plus assez solides pour supporter le poids des ouvriers, la méthode habituelle consistait à monter un échafaudage tout autour de l'église et à balancer le bois pourri dans la nef. Tant qu'un nouveau toit de tuiles n'était pas installé, le sanctuaire restait à découvert, livré aux intempéries. Dans le cas présent, compte tenu de la solidité des murs, il était certainement possible d'utiliser une grue pivotante. En l'appuyant au flanc de l'église, on pourrait non seulement soulever les madriers, mais les faire tomber dans le cimetière en contrebas, et non dans la nef.

Au cimetière, Merthin examina les bâtisseurs en se demandant lequel d'entre eux serait le plus enclin à l'embaucher. Son choix s'arrêta sur un artisan au crâne dégarni, que sa couronne de cheveux noirs faisait ressembler à un moine. Bill Watkin construisait principalement des maisons particulières pour les grandes familles de Kingsbridge. Il était à la tête de la plus grosse entreprise de la ville après celle d'Elfric et, comme lui, employait un maçon et un charpentier, plusieurs ouvriers et un ou deux apprentis. Surtout, il ne comptait pas parmi les admirateurs de son ancien patron, loin de là.

Le défunt, quant à lui, n'avait pas connu la prospérité dans sa vie professionnelle. Il était enseveli dans un linceul à même la terre, sans cercueil.

Quand le père Joffroi se fut retiré, Merthin s'en alla trouver Bill Watkin. « Je vous souhaite le bonjour, maître Watkin, lui dit-il avec déférence.

— Eh bien, jeune Merthin ? répondit le constructeur sur un ton dénué d'enthousiasme.

— Je me suis séparé de maître Elfric.

— Je sais, dit-il. Et je sais aussi pourquoi. »

À ces mots, Merthin comprit qu'Elfric avait profité de la cérémonie pour propager ses diffamations.

« Vous ne connaissez que la version d'Elfric.

— Je n'ai pas besoin d'en savoir davantage. »

Assurément, Elfric avait passé sous silence les manigances de Griselda pour lui faire endosser la paternité de son enfant. Mais à quoi bon entrer dans les détails ? Cela n'arrangerait pas son affaire. Mieux valait admettre sa faute ! « Je comprends que j'ai causé du tort et j'en suis désolé, mais il n'empêche que je suis un bon charpentier. »

Bill manifesta son accord d'un hochement de la tête. « Le nouveau bac en témoigne. »

Encouragé, Merthin lui demanda s'il voulait l'engager.

« En tant que quoi ?

— Charpentier. Vous venez de dire que je m'y connaissais.

— Mais où sont tes outils ?

— Elfric n'a pas voulu m'en donner.

— Il a eu raison. Tu n'as pas fini ton apprentissage.

— Prenez-moi alors comme apprenti pendant six mois.

— Pour t'offrir des outils au bout du terme ? Je n'ai pas les moyens d'être aussi généreux. » Les outils valaient cher en raison du prix du fer et de l'acier.

« Je travaillerai comme ouvrier, j'achèterai mes outils sur mon salaire, proposa alors Merthin, sachant que cela lui prendrait des années pour les rembourser.

— Non.

— Pourquoi ?

— Parce que j'ai une fille, moi aussi.

— Je ne suis pas un danger pour les demoiselles, vous savez ! rétorqua Merthin, outré.

— Tu es un mauvais exemple pour les autres apprentis. Si tu n'es pas puni, qu'est-ce qui empêchera les autres de tenter leur chance ?

— C'est injuste ! »

Bill haussa les épaules. « Prends-le comme tu voudras. Tu peux t'adresser à n'importe qui. Tu verras que tous les charpentiers pensent comme moi.

— Mais qu'est-ce que je vais faire ?

— À toi de voir. C'est avant qu'il fallait y penser. »

— Ça vous est égal de perdre un bon charpentier ? »

Bill haussa de nouveau les épaules. « Sans outils, tu ne nous voleras pas le travail, c'est déjà ça. »

Merthin tourna les talons. Le problème avec les guildes, c'était que toutes les raisons leur étaient bonnes pour freiner l'entrée aux nouveaux adhérents. En effet, quel intérêt avaient-elles à se battre pour que la justice triomphe, quand la pénurie de bons charpentiers faisait grimper les prix ?

La veuve de Howell partit, soutenue par sa mère. Libérée de son œuvre de compassion, Caris s'en vint trouver Merthin. « Tu en as un air malheureux ! Pourtant, tu le connaissais à peine, Howell.

— Je vais devoir quitter Kingsbridge. »

Elle pâlit. « Et pourquoi donc ? »

Il lui répéta les propos de Watkin. « Tu vois, personne ici ne voudra m'embaucher et je ne peux pas m'établir à mon compte puisque je n'ai pas d'outils. Évidemment, je pourrais habiter chez mes parents, mais je m'en voudrais de leur ôter le pain de la bouche. Je vais être obligé de chercher un emploi dans une ville où personne ne connaît Elfric. Avec le temps, peut-être que j'arriverai à économiser assez pour m'acheter un marteau et un burin. Après, je m'installerai dans une autre ville et j'essaierai de me faire admettre dans la guilde. »

Le fait d'exposer la situation à haute voix lui permettait de prendre pleinement conscience de toutes les conséquences. Il se mit à regarder Caris comme s'il la voyait pour la première fois et il se sentit tomber sous le charme de ses yeux verts étincelants, de son petit nez joliment dessiné, de sa mâchoire déterminée. Sa bouche, découvrait-il soudain, était légèrement disproportionnée par rapport au reste de son visage : elle était trop grande et ses lèvres trop pleines. Cela déséquilibrait sa physionomie de la même manière que sa sensualité boulever-sait son esprit bien ordonné. C'était une bouche dessinée pour l'amour. À la pensée qu'il puisse ne jamais plus l'embrasser, le désespoir le saisit.

« Mais c'est d'une injustice insigne ! Ils n'ont pas le droit ! s'écria la jeune fille scandalisée.

— Non, mais je ne peux rien y faire. Uniquement me sou-mettre.

— Attends un instant. Réfléchissons mieux. Tu peux habiter chez tes parents et prendre tes repas chez nous.

— Je ne veux pas être à la charge de qui que ce soit, comme mon père.

— Tu as raison, mais tu peux acheter les outils de Howell. Sa femme vient de me dire qu'elle les céderait pour une livre.

— Je n'ai pas un sou.

— Demande à mon père de te prêter de l'argent. Il t'aime bien, je suis sûre qu'il le fera.

— C'est contraire aux règles d'employer un charpentier qui n'est pas membre de la guilde.

— Les règles sont faites pour être brisées ! Et il y a sûrement quelqu'un en ville qui a tellement besoin d'un charpentier qu'il acceptera de défier la guilde. »

Cet échange lui ouvrait les yeux : Caris avait raison, naturellement, et il lui en était follement reconnaissant. Il ne devait pas se laisser abattre par les réactions des maîtres charpentiers. Il allait rester à Kingsbridge et se battre contre ce règlement injuste. D'ailleurs, ici même, quelqu'un avait désespérément besoin d'un charpentier pour réparer son toit, et c'était le père Joffroi.

« Allons de ce pas le trouver ! » déclara Caris.

Le petit presbytère jouxtait l'église Saint-Marc. Les deux amis trouvèrent le curé en train de préparer du poisson salé et des haricots verts pour son dîner. Âgé d'une trentaine d'années, le père Joffroi pouvait s'enorgueillir d'une puissante carrure de soldat. De caractère brusque, il était compatissant envers les démunis.

« Je sais comment réparer le toit sans fermer l'église », attaqua Merthin.

Joffroi le dévisagea d'un air circonspect. « Si tu dis vrai, alors c'est le ciel qui t'envoie.

— Je peux construire une grue qui déposera les vieilles poutres de la charpente dans le cimetière et hissera les nouvelles à leur place.

— Elfric vient de te renvoyer », objecta le prêtre.

Surprenant son regard gêné, Caris déclara : « Vous pouvez parler sans ambages, mon père, je suis au courant de la situation.

278

— Il m'a renvoyé, parce que je ne voulais pas épouser sa fille. Mais l'enfant qu'elle porte n'est pas de moi ! »

Joffroi hocha la tête. « D'aucuns assurent que ta punition est injuste et je veux bien l'admettre. Je ne nourris pas un grand amour pour les guildes. Il est rare que leurs décisions ne soient pas motivées par des intérêts égoïstes. Mais quand même, tu n'as pas fini ton apprentissage.

— Est-ce qu'un charpentier membre de la guilde est capable de réparer votre toit sans fermer l'église ?

— Il paraît que tu n'as même pas d'outils.

— C'est un problème qui sera réglé, vous pouvez me croire. »

Le père Joffroi hésitait. « Combien veux-tu être payé ? »

Merthin étira le cou dans sa chemise. « Quatre pennies par jour, plus le coût des matériaux.

— C'est le salaire d'un charpentier.

— Si vous estimez mes compétences insuffisantes, alors ne m'engagez pas.

— Tu ne manques pas d'aplomb !

— Je ne dis jamais que je suis capable de faire quelque chose quand ce n'est pas le cas.

— L'arrogance n'est pas le pire des péchés. Je peux te payer quatre pennies si l'église reste ouverte. Combien de temps faudra-t-il pour construire cette grue ?

— Deux semaines au maximum.

— Je ne te paierai qu'une fois convaincu que ton système fonctionne. »

Merthin prit une grande inspiration. Pour l'heure, il n'aurait pas un sou, mais il se débrouillerait. Il vivrait chez ses parents et mangerait à la table d'Edmond le Lainier. « Payez les matériaux et conservez mon salaire jusqu'à ce que la première poutre ait été retirée du toit et déposée au sol. »

Le père Joffroi admit en hésitant : « Je ne vais pas me faire d'amis… Enfin, je n'ai pas le choix. »

Il tendit sa main.

Merthin la serra.

17

Tout au long du chemin reliant Kingsbridge à Wigleigh, vingt milles qui leur prirent la journée entière, Gwenda espéra en vain trouver l'occasion d'utiliser son philtre d'amour.

Oh, la difficulté n'était pas que Wulfric se méfiait, au contraire. Il était prévenant, s'inquiétait pour elle, lui demandait si elle avait besoin de se reposer. Chaleureux et ouvert, il exprimait ses sentiments sans détour, avouant qu'il pleurait les siens dès qu'il ouvrait l'œil le matin et comprenait qu'il ne les reverrait plus. Il disait que la terre, à ses yeux, n'était pas une propriété, mais un bien qui vous était confié et que vous deviez transmettre à vos descendants, ajoutant que lorsqu'il travaillait aux champs, qu'il sarcle la terre, pose une clôture pour les moutons ou déblaye les pierres encombrant les pâturages, il avait l'intime conviction d'accomplir son destin.

Il allait même jusqu'à caresser Skip.

Vers la fin de la journée, Gwenda était plus amoureuse de lui que jamais. Hélas, par-delà sa franche camaraderie, elle ne décelait chez Wulfric aucun signe de passion, rien qui suscite en elle la moindre angoisse, et elle en venait presque à regretter que Wulfric ne laisse pas transparaître un peu plus la bête en lui, comme Alwyn le hors-la-loi. La journée durant, elle s'efforça d'éveiller son intérêt par mille petits riens, se débrouillant pour lui faire voir par hasard ses jambes, qui étaient fermes et bien faites, ou encore, dans les montées, pour dégrafer son corsage, sous prétexte d'être essoufflée. Toute occasion lui était bonne pour effleurer le jeune homme, toucher son bras ou poser la main sur son épaule. Hélas, Wulfric ne réagissait pas. Elle n'était pas jolie et le savait. Mais elle savait aussi qu'elle avait quelque chose qui incitait souvent les hommes à la fixer en respirant bruyamment par la bouche. Un quelque chose auquel, malheureusement, Wulfric demeurait insensible.

Sur les coups de midi, ils s'arrêtèrent pour prendre un peu de repos et manger le pain et le fromage qu'ils avaient emportés. Comme ils s'abreuvèrent à l'eau claire d'un ruisseau, elle n'eut pas le moyen de lui faire boire son philtre.

Néanmoins, elle était heureuse. Elle avait l'homme qu'elle aimait pour elle toute seule, et cela pour la journée entière. Elle pouvait le regarder autant qu'elle le désirait, lui parler, le faire rire, sympathiser avec lui et le toucher de temps en temps. Elle feignit même de croire qu'elle aurait pu l'embrasser si elle l'avait voulu mais qu'en ce moment, elle n'en avait pas envie. C'était presque comme d'être mariée avec lui, sauf que ce bonheur ne durerait pas.

Ils atteignirent Wigleigh en début de soirée. Perché sur une hauteur et battu par les vents, le village dominait des champs à perte de vue. Après ces deux semaines passées dans une ville trépidante d'activité, ce petit rassemblement d'habitations éparpillées le long de la route entre le manoir et l'église paraissait mort et étriqué. C'était pour la plupart de simples masures, composées d'une étable accolée à une unique grande pièce servant tout à la fois de cuisine, de pièce à vivre et de chambre à coucher. On distinguait cependant quelques maisons cossues. Le manoir, par exemple, ressemblait à la demeure d'un marchand de Kingsbridge de par sa taille et la disposition de ses pièces, car les chambres à coucher se trouvaient à l'étage. Le presbytère aussi méritait une remarque. Mais de tous ces bâtiments, seule l'église était entièrement construite en pierre.

La première de ces maisons cossues appartenait aux parents de Wulfric. Avec ses portes closes et ses volets fermés, elle avait un air désolé. Wulfric ne s'y arrêta pas. Il se rendit directement à la seconde, qu'occupait la famille d'Annet. Sur un vague adieu à sa compagne de voyage, il y pénétra, le sourire aux lèvres. Gwenda en éprouva brusquement un violent sentiment d'abandon, comme lorsque l'on s'éveille d'un rêve délicieux. Ravalant sa grogne, elle partit à travers les champs.

La pluie du début de juin avait été propice aux cultures. Le blé et l'orge étaient bien montés en graine. Il ne manquait plus qu'un brin de soleil pour faire mûrir les épis. Les femmes du village étaient encore aux champs. Elles avançaient d'un même mouvement le long des sillons, penchées pour arracher les mauvaises herbes. Certaines lui firent bonjour de la main.

Un sentiment de plus en plus fort de crainte et de colère mêlées envahissait Gwenda à mesure que ses pas la rapprochaient de sa destination. Elle n'avait pas revu ses parents depuis le jour où son père l'avait échangée contre une vache. En la voyant, Pa allait avoir un choc. Il devait la croire avec le colporteur. Comment allait-il réagir ? Et elle-même ? Que dirait-elle à ce père qui avait trahi sa confiance ?

Sa mère ne savait probablement rien de la transaction. À coup sûr, Pa lui avait raconté une histoire – qu'elle s'était enfuie avec un garçon, peut-être. Ma allait entrer dans une fureur effrayante.

Quoi qu'il en soit, Gwenda se réjouissait de retrouver ses petits frères et sœurs. Elle comprenait seulement maintenant combien Cath, Joanie et Éric lui avaient manqué.

Sa maison se trouvait tout au bout du champ appelé Cent Acres, perdue au milieu des arbres à l'orée de la forêt. Plus petite encore que les masures des paysans, elle ne comptait qu'une seule pièce où la vache dormait avec eux la nuit. Elle était faite d'un clayonnage enduit de torchis, c'est-à-dire de branches d'arbre fichées en terre dont les rameaux, entrelacés à la façon d'un panier, étaient maintenus ensemble à l'aide d'une pâte collante à base de tourbe, de paille et de bouse de vache. Un trou pratiqué dans le toit de chaume permettait à la fumée de s'échapper de l'âtre situé à même le sol, au centre de la pièce. Les maisons de ce genre, peu solides, ne tenaient debout que quelques années. En voyant ce taudis, Gwenda le trouva encore plus laid qu'avant. Elle se jura intérieurement qu'elle ne passerait jamais sa vie dans une maison pareille, à donner naissance tous les ans ou presque à des enfants qui mourraient de faim en bas âge. Non, plutôt mourir que vivre comme sa mère !

À une centaine de pas de sa maison, elle aperçut son père qui venait dans sa direction, une cruche à la main. Il se rendait probablement chez la mère d'Annet, Peggy Perkin, qui faisait office de bouilleur de cru. En cette époque de l'année, le travail aux champs ne manquait pas, et Pa avait toujours de l'argent.

Il ne la remarqua pas tout de suite. Gwenda en profita pour l'observer tandis qu'il marchait sur l'étroite bande de terre délimitant deux parcelles. Il portait une longue tunique qui lui descendait aux genoux, un vieux chapeau élimé et des sandales attachées à ses pieds à l'aide d'une tresse de paille. Tout en cheminant, il épiait discrètement les femmes dans les champs, comme s'il tenait à ne pas être vu d'elles. Sa démarche, à la fois

282

furtive et désinvolte, était celle d'un étranger mal assuré mais qui tenait à revendiquer son droit à se trouver ici. Ses yeux rapprochés, son nez fort et sa large mâchoire trouée d'une fossette formaient un visage triangulaire bosselé dont Gwenda avait malheureusement hérité.

Regardant devant lui, il s'aperçut enfin qu'une femme venait à sa rencontre. Il lui jeta un de ses brefs regards sournois et s'empressa de baisser les yeux. Il les releva immédiatement, sidéré.

« Toi ! s'écria-t-il, ébahi. Qu'est-ce qui s'est passé ? »

Gwenda le dévisagea avec hauteur, le menton dressé. « Sim n'était pas un colporteur, c'était un hors-la-loi, et tu le savais !

— Où est-il maintenant ?

— En enfer, où il t'attend.

— Tu l'as tué ?

— Pas moi, la main de Dieu ! Le pont de Kingsbridge s'est écroulé juste au moment où il passait dessus. »

Gwenda avait décidé une bonne fois pour toutes de taire à jamais la vérité sur cette histoire. « Dieu l'a puni pour son péché, reprit-elle. Il ne t'a pas encore puni, toi ?

— Dieu pardonne aux bons chrétiens.

— C'est tout ce que tu as à me dire ? Que Dieu est clément envers ceux qui le prient ?

— Comment as-tu fait pour t'échapper ?

— J'ai utilisé mon intelligence. »

Une expression rusée passa sur le visage du père. « Tu es une bonne fille », lâcha-t-il.

Elle le considéra d'un air soupçonneux. « Quelle autre sottise t'apprêtes-tu à faire, maintenant ?

— Bonne fille ! Rentre à la maison et va trouver ta mère. Tu auras droit à une chope de bière au dîner. » Sur ce, il reprit sa marche.

Gwenda réfléchit rapidement. La réaction de Ma en retrouvant sa fille n'avait pas l'air d'inquiéter Pa. Peut-être pensait-il qu'elle ne lui dirait rien, qu'elle aurait trop honte. Eh bien, il se trompait !

Cath et Joanie jouaient dehors dans la boue. En reconnaissant leur sœur, elles s'élancèrent vers elle. Skip se mit à aboyer frénétiquement. Gwenda étreignit ses sœurs, toute au bonheur de les retrouver, ravie en cet instant d'avoir planté son couteau dans la tête d'Alwyn.

Elle entra dans la masure. Assise sur un tabouret, Ma faisait boire du lait à Éric dans une tasse qu'elle tenait à deux mains pour qu'il ne la renverse pas. À la vue de sa fille aînée, elle poussa un cri de joie et se leva pour l'embrasser, prenant juste le temps de reposer la tasse.

Gwenda fondit en larmes, incapable de retenir un chagrin qui ne demandait qu'à s'exprimer, et depuis si longtemps. Pleurant parce qu'elle avait été emmenée de force hors de la ville au bout d'une corde par un faux colporteur, pleurant parce qu'elle avait dû subir les violences d'Alwyn, pleurant parce que trop de gens étaient morts dans l'écroulement du pont, pleurant enfin parce que Wulfric en aimait une autre.

Au bout d'un moment, elle parvint à bredouiller entre ses sanglots : « Pa m'a vendue, Ma. Il m'a vendue pour une vache, et j'ai dû aller avec des proscrits.

— Ce n'était pas bien, déclara la mère.

— Non, c'est bien pire que pas bien ! C'est mal. C'est un geste inspiré par le Malin. Pa est le diable. »

Ma mit fin à l'embrassade. « Ne dis pas des choses pareilles.

— Mais c'est la vérité !

— C'est ton père.

— Je n'ai pas de père. Un père ne vend pas ses enfants comme du bétail.

— Il t'a nourrie pendant dix-huit ans. »

Gwenda la regarda sans comprendre. « Comment peux-tu être si dure ? Il m'a vendue à un hors-la-loi !

— Grâce à quoi nous possédons désormais une vache. Éric aura du lait, même si le mien tarit. Et finalement, tu es de retour, pas vrai ?

— Tu ne vas pas le défendre, quand même ! réagit Gwenda, interloquée.

— Il est tout ce que je possède dans la vie, Gwenda. Ce n'est pas un prince, ni même un paysan. C'est un journalier sans terre, qui fait tout ce qu'il peut pour sa famille depuis près de vingt-cinq ans. Qui travaille quand il arrive à se faire embaucher, et qui vole quand il y est obligé. Quels que soient ses défauts, nous serions dans une situation bien pire s'il n'était pas là. Ton frère et toi ne seriez plus de ce monde. Si les vents nous sont favorables, il saura aussi garder en vie les trois petits, Cath, Joanie et Éric. Alors, ne va pas dire que c'est le diable. »

Le discours de sa mère laissait Gwenda éberluée. Non seulement son père l'avait vendue, idée à laquelle elle s'habituait à peine, mais encore sa mère trouvait cela normal ! Le monde s'écroulait sous ses pieds, comme le pont l'autre jour. Elle comprenait à peine ce qui lui arrivait.

Son père rentra dans la maison, lesté de son cruchon de bière. Il alla prendre trois bols en bois sur l'étagère au-dessus de la cheminée. « Eh bien ! lança-t-il gaiement, imperméable à la tension qui régnait dans la pièce. Buvons au retour de notre fille aînée ! »

Morte de faim et de soif après cette longue journée de marche, Gwenda vida son bol d'un trait. « À quoi tu penses, au juste ? demanda-t-elle à son père, devinant à sa bonne humeur qu'il mijotait un mauvais coup.

— Eh bien, je me dis que la semaine prochaine, c'est la foire de Shiring.

— Et alors ?

— Je me dis donc qu'on pourrait remettre ça.

— Quoi, ça ? insista-t-elle, osant à peine en croire ses oreilles.

— Je te vends, tu pars avec l'acheteur, tu t'échappes et tu reviens à la maison. Pas plus difficile que ça.

— Pas plus difficile ?

— Et nous, on se fait douze shillings ! Ben quoi, douze shillings, c'est presque tout ce que je gagne en un an.

— Et après, ce sera quoi ?

— Ben, il y a Winchester et Gloucester. Je sais pas, moi. Les foires, c'est pas ce qui manque ! dit-il en remplissant à nouveau le bol de Gwenda. Ça pourrait nous rapporter bien plus gros que la fois où tu as volé la bourse de sieur Gérald ! »

Gwenda prit le bol dans ses mains, mais elle ne put le porter à ses lèvres. Une amertume, un goût de pourri, avait envahi sa bouche. Elle aurait voulu faire entendre raison à son père. Mais seuls des mots durs se présentaient à son esprit – des accusations coléreuses, des malédictions –, elle préféra donc garder le silence. Le sentiment qui la dominait dépassait de loin la simple rage. À quoi bon débattre du sujet ? Sa confiance en son père était détruite à jamais. Et en sa mère aussi, puisqu'elle choisissait de soutenir son mari.

« Qu'est-ce que je vais faire ? » prononça-t-elle à haute voix, se posant la question à elle-même et n'attendant aucune réponse, comprenant qu'aux yeux de sa famille elle était devenue un produit, une marchandise bonne à vendre à la foire. Quel recours avait-elle pour échapper à ce destin ?

Partir. C'était la seule solution.

Elle se rendait compte subitement, et avec une stupéfaction immense, que cette maison avait cessé d'être la sienne. Cette découverte ébranlait les fondements mêmes de toute son existence. Aussi loin que remontaient ses souvenirs, elle avait vécu sous ce toit, et voilà qu'aujourd'hui elle n'y était plus en sécurité !

Il fallait qu'elle en parte. Et pas la semaine prochaine ! Pas même demain matin, mais sur-le-champ ! décida-t-elle.

Mais pour aller où ? Qu'importe, quelle différence ? Rester ici et manger le pain posé sur la table par son père signifiait se soumettre à sa volonté : admettre qu'elle était effectivement une marchandise destinée à la vente. Ah, elle n'aurait jamais dû boire ce premier bol de bière. La seule chance qui lui restait à présent, c'était de dire non et de quitter ce toit à l'instant.

Plantant ses yeux dans ceux de sa mère, elle déclara : « Tu te trompes, c'est le diable. Et les vieilles légendes disent vrai : "Qui passe un pacte avec le diable finit par payer bien plus cher qu'il ne l'imaginait !" »

Ma détourna le regard. Gwenda se leva. Elle avait toujours son bol à la main. L'inclinant, elle le vida par terre. Skip vint aussitôt laper la flaque.

« J'ai payé cette cruche un quart de penny ! s'écria son père avec colère.

— Adieu », dit Gwenda, et elle partit.

18.

Le dimanche suivant, Gwenda assista à l'audition qui scellerait le destin de l'homme qu'elle aimait.

Le tribunal seigneurial se tenait dans l'église après l'office. C'était en vérité une réunion au cours de laquelle étaient prises des mesures intéressant l'ensemble du village. Il pouvait s'agir de querelles de terrain, d'accusations de vol ou de viol, de dettes, mais le plus souvent le débat concernait des questions d'organisation générale, telles que la date à laquelle l'équipe communale et ses huit bœufs devaient commencer les labours. Les sentences prononcées se voulaient fondées sur le bon sens.

En théorie, c'était au seigneur du village de trancher, mais la loi normande importée en Angleterre par les envahisseurs français trois siècles auparavant lui imposait de suivre les coutumes de ses prédécesseurs et, lorsqu'il ne les connaissait pas, de consulter un jury composé de douze hommes à la position bien établie dans le village. Dans la pratique, la procédure se transformait donc souvent en une négociation entre seigneur et villageois.

Dans le cas présent, il y avait un problème : le village de Wigleigh n'avait plus de seigneur. Sieur Stephen avait trouvé la mort dans l'effondrement du pont et le comte Roland, conformément à ses prérogatives, ne lui avait pas nommé de successeur, ayant été lui-même gravement blessé dans l'accident. Terrassé par une violente fièvre, le suzerain n'était pas en mesure de s'exprimer avec cohérence. Il n'avait repris conscience que la veille du jour où Gwenda avait quitté Kingsbridge. Elle en avait d'ailleurs informé les villageois.

Il n'était pas rare qu'un village se retrouve sans seigneur. Les seigneurs, en effet, s'absentaient fréquemment, que ce soit pour aller guerroyer, siéger au Parlement, se défendre dans des procédures ou simplement pour passer un moment auprès de leur comte ou du roi. Ils étaient alors remplacés par un autre seigneur, nommé par le suzerain. En règle générale, le comte Roland désignait l'un de ses fils, mais là, il avait été pris de court. Aucun seigneur n'ayant été nommé, c'était à l'intendant du village d'en administrer les terres du mieux qu'il le pouvait.

Cet intendant, appelé bailli, avait pour tâche de veiller à la bonne exécution des décisions du seigneur, ce qui lui conférait un certain pouvoir sur ses concitoyens. Pouvoir dont l'étendue dépendait entièrement du seigneur, selon qu'il contrôlait de près son bailli ou lui laissait la bride sur le cou. Sieur Stephen appartenait à la seconde catégorie, contrairement au comte Roland, connu pour tenir son monde d'une main de fer.

Nathan le Bailli avait été l'intendant du seigneur Stephen et du seigneur Henry avant lui. Selon toute vraisemblance, il continuerait d'assumer ces fonctions sous le prochain seigneur. Chétif mais plein d'énergie, c'était un bossu à l'esprit aussi tordu que son corps, qui en voulait à la terre entière de n'avoir pas hérité de la position de son père, bailli du comte de Shiring, et d'avoir échoué dans ce petit village de Wigleigh sans autre raison que sa difformité, estimait-il. Décidé à tirer le meilleur parti du petit pouvoir qui lui était dévolu, il profitait de toutes les occasions pour arracher des dessous-de-table aux villageois. Gwenda le détestait, moins pour son avidité – vice commun à tous les baillis – que pour sa rancœur à l'égard de tous, et notamment des jeunes, surtout s'ils étaient forts et beaux. Il aimait à tuer le temps en buvant du vin avec Perkin, le père d'Annet, qui le régalait gratuitement.

La question soumise à débat aujourd'hui concernait les terres de la famille de Wulfric. C'était une grande exploitation. En termes de superficie arable, les paysans n'étaient pas tous égaux. La norme était d'un virgate par paysan, c'est-à-dire le nombre d'acres susceptibles d'être cultivées par un seul homme et de lui rapporter de quoi nourrir sa famille. Dans cette partie de l'Angleterre, un virgate équivalait à trente acres. À Wigleigh, la grande majorité des paysans ne possédaient qu'un demi-virgate, soit une quinzaine d'acres environ. Pour subvenir aux besoins de leur maisonnée, ils devaient donc recourir à divers expédients, comme braconner dans la forêt, pêcher dans le cours d'eau qui traversait le Champ au ruisseau, fabriquer des ceintures ou des sandales à partir de rognures de cuir, filer la laine ou la tisser pour les marchands de Kingsbridge. Certains paysans possédaient bien plus d'un virgate. Perkin en détenait cent ; Samuel, le père de Wulfric, en avait quatre-vingt-dix. Ces paysans aisés avaient besoin de bras pour cultiver leurs terres, et ils engageaient alors des journaliers, tels que le père de Gwenda.

À la mort d'un serf, sa veuve, ses fils ou ses filles, si elles étaient mariées, pouvaient hériter de ses terres. Mais le legs devait obligatoirement recevoir l'aval du seigneur et s'accompagner du paiement d'un impôt fixe, appelé heriot. En temps normal, les deux fils de Samuel auraient dû hériter automatiquement des terres de leur père sans qu'il soit nécessaire de réunir le conseil du village. Ils auraient payé l'impôt à eux deux et, ensuite, ils auraient divisé les terres entre eux ou les auraient cultivées ensemble. Et ils auraient conclu un arrangement concernant leur mère. Mais l'un des deux fils de Samuel était mort lui aussi, et cela compliquait grandement la situation.

En général, tous les adultes du village assistaient à ces auditions. Comme celle d'aujourd'hui devait statuer sur le sort de Wulfric, Gwenda s'y était rendue, poussée par une curiosité toute particulière. Que le jeune homme s'apprête à épouser une autre femme ne diminuait en rien ses sentiments. Peut-être devrais-je lui souhaiter d'être malheureux avec Annet, pensait-elle parfois, mais elle en était incapable. Elle ne désirait rien d'autre que son bonheur.

L'office religieux achevé, une haute cathèdre en bois et deux bancs furent apportés du manoir à l'église. Nathan prit place dans le siège, les jurés sur les bancs. L'assistance resta debout.

Wulfric s'exprima avec des mots simples. « Mon père, dit-il, tenait quatre-vingt-dix acres du seigneur de Wigleigh. Avant lui, son père en tenait cinquante, et son oncle, qui est mort voilà dix ans, quarante. Aujourd'hui, la mort de ma mère et de mon frère me laisse seul héritier, puisque je n'ai pas de sœur.

— Quel âge as-tu ? demanda Nathan.

— Seize ans.

— Tu ne peux pas encore te prétendre un homme. »

Visiblement, le bailli avait l'intention de compliquer les choses dans l'espoir d'obtenir un dessous-de-table, comprit Gwenda. Mais Wulfric n'avait pas d'argent.

« L'âge n'est pas tout, répliqua Wulfric. Je suis plus grand et plus fort que nombre d'adultes.

— David Johns a bien hérité de son père quand il avait dix-huit ans ! intervint un juré du nom d'Aaron Dupommier.

— Dix-huit ans, ce n'est pas seize, riposta Nathan. Il ne me vient pas d'exemple à l'esprit montrant qu'un jeune homme de seize ans ait été autorisé à hériter. »

N'étant pas juré, le paysan cité, David Johns, se tenait dans l'assistance à côté de Gwenda. Il prit la parole : « Si j'y ai été autorisé, c'est aussi parce que la totalité de mes terres était loin de s'élever à quatre-vingt-dix acres. » Un rire parcourut la foule. David ne possédait qu'un demi-virgate, comme la plupart des paysans.

Un autre juré s'enhardit : « Quatre-vingt-dix acres, c'est trop pour un seul homme, qui plus est un gamin. Jusqu'ici, ils étaient trois à cultiver l'exploitation. » L'homme qui venait de s'exprimer, Billy Howard, était un gars de vingt ans passés qui courtisait Annet sans succès. Peut-être prenait-il le parti de Nathan pour le simple plaisir de mettre des bâtons dans les roues à Wulfric. « Personnellement, je détiens quarante acres, et je suis obligé d'embaucher des journaliers pour les moissons. »

Plusieurs hommes hochèrent la tête, signifiant par là que la situation était en effet telle que Billy la décrivait. Gwenda commença à s'inquiéter : les choses s'annonçaient mal pour Wulfric.

« Moi aussi, je pourrai en embaucher, déclara le jeune homme.

— Tu auras de quoi les payer ? » répliqua Nathan.

En voyant l'air désemparé de Wulfric, Gwenda eut le cœur brisé. « La bourse de mon père s'est perdue quand le pont s'est effondré, avoua-t-il, et j'ai dépensé tout ce que j'avais pour l'enterrement. Mais je pourrai leur offrir une partie de la moisson. »

Nathan secoua la tête. « Tous les paysans du village travaillent déjà à plein temps sur les terres qu'ils possèdent et les sans-terre sont déjà embauchés. Personne ne renoncera à un travail payé comptant pour une partie de récolte dont on ignore encore si elle sera bonne.

— Je rentrerai la moisson, affirma Wulfric avec détermination. Je travaillerai jour et nuit s'il le faut. Je vous prouverai à tous que j'en suis capable. »

Son beau visage exprimait une telle conviction que Gwenda aurait voulu s'élancer et clamer haut et fort la confiance qu'elle avait en lui. Mais les paysans secouaient la tête d'un air dubitatif. Un homme ne pouvait pas moissonner quatre-vingt-dix acres à lui tout seul, tout le monde le savait.

Nathan se tourna vers Perkin. « Il est promis à ta fille. Peux-tu faire quelque chose pour lui ? »

Perkin parut réfléchir. « Peut-être qu'on pourrait mettre la terre à mon nom, provisoirement. Je payerai l'impôt et il récupérera sa terre quand il épousera Annet.

— Non ! » répondit Wulfric aussitôt.

Gwenda s'en réjouit intérieurement. Perkin était matois. Il passerait chaque minute de sa vie à imaginer un moyen de garder par-devers lui la terre de Wulfric.

« Comment comptes-tu payer le heriot si tu n'as pas d'argent ? reprit Nathan en s'adressant à Wulfric.

— J'en aurai sitôt que j'aurai rentré la moisson.

— Si tu la rentres ! Et même… qui peut dire si tu auras de quoi ? Ton père a payé trois livres pour les terres de son père, et deux livres pour celles de son oncle ! »

Cinq livres, mais c'était une fortune ! s'ébahit Gwenda. À l'époque, cela avait dû coûter à la famille toute son épargne. Wulfric n'arriverait jamais à amasser une telle somme.

Nathan poursuivait : « De plus, la tradition veut que l'héritier paye l'impôt avant d'entrer en jouissance de son héritage, pas après la moisson. »

Aaron Dupommier prit à nouveau la parole : « Compte tenu des circonstances, tu pourrais te montrer plus clément sur ce point, Nathan.

— Plus clément, moi ? Un seigneur peut se permettre d'être clément, puisque les terres lui appartiennent. En étant clément, un bailli ne fait que disperser au vent des biens dont il n'est pas le maître.

— De toute façon, il ne s'agit là que d'une recommandation. Rien ne sera définitif tant que le nouveau seigneur de Wigleigh n'aura pas entériné la décision. »

C'était ainsi que les choses se passaient habituellement, se rappela Gwenda. Cependant, dans la pratique, il était rare qu'un nouveau seigneur n'approuve pas un legs de père à fils.

« L'impôt payé par mon père ne s'élevait pas à cinq livres, objecta Wulfric.

— Très bien. Vérifions les écrits ! » déclara Nathan.

Connaissant Nathan et voyant l'empressement qu'il mettait à répondre, Gwenda supposa qu'il s'était attendu à ce que Wulfric conteste ses affirmations. Le bailli se débrouillait toujours pour ménager une pause au cours d'une audition. Certainement pour offrir aux parties en cause l'occasion de lui graisser la patte. Il devait croire que Wulfric avait de l'argent dissimulé quelque part.

Deux jurés apportèrent de la sacristie le coffre contenant les chroniques seigneuriales, c'est-à-dire les rouleaux de parchemin sur lesquels étaient enregistrées les décisions de l'assemblée du village. Nathan savait lire et écrire – un bailli se devait d'avoir de l'instruction. Il entreprit d'ouvrir les cylindres dans lesquels étaient enfermés les parchemins.

Gwenda se lamentait intérieurement de voir Wulfric en si mauvaise posture ! Face à un Nathan prêt à tout pour collecter l'impôt du seigneur, à un Perkin qui cherchait à s'approprier ses terres et à un Billy Howard qui rêvait de l'écraser par pure méchanceté, sa simplicité et son évidente honnêteté ne faisaient pas le poids. S'il n'avait pas de quoi soudoyer Nathan, il allait souffrir… ! Dénué de malice, Wulfric avait exposé son cas en toute franchise, croyant obtenir justice, et maintenant, il ne savait que faire pour reprendre la situation en main.

Peut-être pouvait-elle l'aider ? Avec un père comme le sien, elle connaissait forcément certaines ruses. Dans son argumentaire, Wulfric avait oublié un détail, d'autant plus important qu'il concernait tous les villageois. Elle allait se débrouiller pour qu'il soit évoqué. « Je m'étonne, dit-elle, s'adressant à David Johns debout à côté d'elle, que les hommes d'ici n'aient pas l'air de s'inquiéter. »

Il lui jeta un regard matois. « Qu'est-ce que tu as en tête, jeune fille ?

— Si l'on ne tient pas compte de la soudaineté des décès, cette affaire n'est au fond qu'un legs de père à fils. Si vous laissez Nathan chicaner à propos de cet héritage, il remettra ces legs chaque fois en question. Il se trouvera toujours une bonne raison à ça. Tu n'as pas peur qu'il piétine les droits de tes fils, plus tard ? »

David parut sensible à l'argument. « Tu pourrais bien avoir raison, la fille », dit-il et il se tourna vers son voisin pour s'entretenir avec lui.

Un autre détail tourmentait Gwenda : le fait que Wulfric ait demandé à ce que son affaire soit définitivement réglée aujourd'hui. À ses yeux, mieux valait un jugement provisoire, que les jurés rendraient plus facilement. Elle s'avança vers Wulfric qui discutait avec Annet et son père. Celui-ci, la voyant approcher, prit un air soupçonneux, tandis qu'Annet levait les yeux au ciel. Wulfric, quant à lui, se montra aussi gentil que d'habitude. « Bonjour, ma compagne de voyage ! J'ai entendu dire que tu avais quitté le toit de ton père.

— Il a menacé de me vendre.

— Pour la deuxième fois ?

— Autant de fois que je pourrai m'échapper. Il croit tenir la poule aux œufs d'or.

— Et tu habites où ?

— Chez la veuve Huberts. Je travaille pour le bailli, sur les terres du seigneur. Un penny par jour, du lever au coucher du soleil. Ça lui plaît, à Nathan, que les travailleurs rentrent chez eux fatigués. Tu crois qu'il te donnera ce que tu veux ? »

Wulfric fit la grimace. « Il n'a pas l'air très disposé.

— Une femme s'y prendrait différemment pour le conduire où elle souhaite.

— Ah bon, et comment ? » s'intéressa-t-il, intrigué.

Annet lança un regard noir à Gwenda, qui n'y prêta pas attention et poursuivit : « Une femme ne chercherait pas à obtenir une décision aujourd'hui, surtout quand tout le monde sait qu'elle peut être invalidée par le seigneur. Elle ne risquerait pas de s'entendre dire non, alors qu'elle a des chances d'obtenir un peut-être. »

Wulfric réfléchit un instant. « Que ferait-elle, alors ?

— Pour l'heure, elle demanderait seulement qu'on l'autorise à travailler la terre comme avant. Elle ferait tout pour que la décision reste en suspens jusqu'à la nomination du nouveau seigneur. Elle saurait que, dans l'intervalle, les gens s'habitueraient à l'idée qu'elle possède toutes ces terres et qu'au moment où le nouveau seigneur devrait statuer, son approbation serait considérée par tous comme une simple formalité. Ainsi, elle aurait obtenu ce qu'elle voulait sans laisser aux autres la possibilité d'en débattre.

— Tu crois… ? » Wulfric ne semblait pas très convaincu.

« Je sais que tu attends mieux, mais c'est la meilleure solution pour aujourd'hui. Comment Nathan pourrait te refuser de rentrer ta moisson puisqu'il ne dispose de personne pour la rentrer à ta place ? »

Wulfric hocha la tête, se représentant la situation. « Oui, les gens s'habitueront à me voir cultiver la terre tout seul. Après, ça leur paraîtra injuste de me refuser mon héritage. Et puis, je serai capable de payer l'impôt. Tout du moins en partie.

— Et tu seras bien plus près de ton but que tu ne l'es en ce moment.

— Merci. C'est un sage conseil », dit-il en lui tapotant le bras.

Il se retourna vers Annet. Celle-ci lui souffla à voix basse une phrase désagréable. Son père semblait agacé.

Gwenda s'éloigna en rageant intérieurement, marmonnant dans son for intérieur : « Ne viens pas me dire que je suis sage ! Dis-moi plutôt que je suis… Quoi ? Belle ? Impossible. L'amour de ta vie ? Non, c'est Annet. Une vraie amie ? Que le diable emporte l'amitié ! Si au moins je savais ce que je veux ? Pourquoi ai-je tant envie d'aider Wulfric ? »

Elle n'aurait su répondre à cette question.

En voyant David Johns en grande conversation avec le juré Aaron Dupommier, elle se rasséréna.

Nathan déroula le parchemin avec cérémonie. « Samuel, le père de Wulfric, a payé un heriot de trente shillings pour l'héritage de son père et un autre d'une livre pour celui de son oncle. »

Un shilling équivalait à douze pennies. Vingt shillings faisaient une livre. Tout le monde utilisait ce terme de « shilling » bien qu'il n'existe pas de pièce de monnaie de cette valeur. La somme portée au registre était exactement la moitié de celle mentionnée par le bailli auparavant.

David Johns prit la parole : « Les terres d'un homme doivent aller à son fils, dit-il avec force. Il ne faut pas donner au nouveau seigneur l'impression qu'il peut décider à sa guise qui héritera et qui n'héritera pas. »

Un murmure approbateur accueillit cette déclaration.

Wulfric fit un pas en avant. « Bailli, je sais que tu n'es pas en mesure de statuer définitivement aujourd'hui. J'attendrai volontiers que le nouveau seigneur soit nommé. Tout ce que je réclame pour le moment, c'est d'être autorisé à travailler la terre de ma famille. Je rentrerai la moisson, je le jure. Si j'échoue, tu n'auras rien perdu. Si je réussis, je considérerai qu'aucun engagement n'a été pris au sujet de ces terres. Dès que le nouveau seigneur sera là, je me confierai à sa pitié. »

Gwenda, qui observait attentivement le bailli, nota qu'il faisait grise mine. Il avait certainement espéré tirer profit de la situation ; peut-être même avait-il reçu un dessous-de-table de Perkin. À présent, il devait déchanter et il cherchait en vain comment ne pas accéder à l'humble requête de Wulfric. Le voyant hésiter, des villageois se mirent à murmurer. Comprenant que ses atermoiements ne jouaient pas en sa faveur, le bailli demanda avec une amabilité qui ne leurra personne : « Qu'en pense le jury ? »

Aaron Dupommier s'entretint brièvement avec ses compagnons. « La requête de Wulfric est modeste et raisonnable. Il devrait être autorisé à travailler les terres de son père jusqu'à ce qu'un nouveau seigneur soit nommé. »

Gwenda soupira avec soulagement.

Le conseil se sépara, chacun rentra chez soi. C'était l'heure du dîner et le dimanche était le jour où les villageois mangeaient de la viande. La plupart d'entre eux pouvaient se le permettre. En cette saison de l'année, on attrapait facilement de jeunes lapins. Même chez Joby et Ethna, un ragoût d'écureuil ou de hérisson égayait le menu, ce jour-là. La veuve Huberts avait un cou de mouton au feu.

Au moment de quitter l'église, Gwenda croisa le regard de Wulfric. « Bravo, lui dit-elle en sortant sur le parvis. Il n'a pas pu te refuser. Pourtant ce n'était pas l'envie qui lui manquait.

— Sans toi, je n'y serais pas arrivé ! répondit Wulfric sur un ton admiratif. Tu m'as soufflé exactement les mots que je devais dire. Je ne sais pas comment te remercier. »

Elle résista à la tentation d'éclairer sa lanterne. Tandis qu'ils traversaient le cimetière, elle l'interrogea : « Comment te débrouilleras-tu pour la moisson ?

— Je n'en sais rien.

— Et si je travaillais pour toi ?

— Je n'ai pas un sou pour te payer.

— Ce n'est pas grave, tu me nourriras. »

Arrivé au portail, il s'arrêta et la dévisagea d'un air candide. « Non, Gwenda. Je ne crois pas que ce soit une bonne idée. Annet ne serait pas contente, et elle aurait raison, si tu veux mon avis. »

Gwenda rougit malgré elle. Les paroles de Wulfric ne laissaient planer aucune ambiguïté. S'il avait refusé son aide parce qu'il doutait de ses forces, il ne l'aurait pas regardée droit dans les yeux comme maintenant et il n'aurait pas mentionné sa fiancée. Elle comprit, mortifiée, qu'il connaissait ses sentiments pour lui et ne voulait pas encourager une passion sans espoir. « Très bien, murmura-t-elle en baissant les yeux. Comme tu voudras. »

Il lui sourit chaleureusement. « En tout cas, je te remercie de la proposition. »

Elle ne répondit pas. Il laissa passer un instant et s'éloigna.

19.

L'aube était encore loin de poindre lorsque Gwenda ouvrit les yeux. D'une manière ou d'une autre, son esprit avait su l'heure qu'il était et l'avait tirée du sommeil en temps voulu.

Elle dormait par terre sur une paillasse à côté de sa logeuse, et elle réussit à se désentortiller de sa couverture et à se lever sans que la veuve Huberts ne fasse un mouvement. Se dirigeant à tâtons, elle sortit dans la cour par la porte de derrière. Skip s'ébroua et la rejoignit.

Elle demeura un instant immobile dans la brise fraîche qui soufflait toujours à Wigleigh. L'obscurité n'était pas totale. On distinguait les formes indécises de l'abri aux canards, des latrines et du poirier. En revanche, la maison voisine se fondait encore dans la nuit. C'était celle de Wulfric, et son chien, attaché dehors près de l'enclos aux moutons, se mit à grogner. Gwenda lui lança quelques mots à voix basse pour qu'il reconnaisse sa voix.

L'heure était paisible. Ces derniers temps, de tels moments émaillaient souvent sa vie et elle en venait presque à regretter les braillements au milieu desquels elle avait vécu jusquelà dans la minuscule maison de ses parents, cris de faim, de douleur ou de rage impuissante qui lui procuraient le bonheur tout simple de consoler ses frères et sœurs. Certes, la veuve qui l'avait recueillie était gentille, mais elle se complaisait dans un silence qui finissait par lui peser, contrairement à toutes ses attentes.

Ayant repéré le vieux seau de bois, elle se débarbouilla, puis elle rentra dans la maison. Elle localisa la table malgré l'obscurité. Le hucher se trouvait juste à côté. Elle découpa une tranche épaisse dans un pain vieux d'une semaine et ressortit. Tout en mangeant son pain, elle s'élança dans l'aube naissante. Le village était encore endormi. Elle était bien la seule à partir aux champs avant le lever du soleil et à n'en revenir qu'une fois la nuit tombée. En cette saison où les journées étaient longues, les paysans qui trimaient du lever au coucher du soleil prisaient chaque instant de repos.

Le ciel s'éclaircit alors qu'elle passait devant la dernière maison du village. Trois grands champs dépendaient de Wigleigh : Cent Acres, le Champ du ruisseau et Longchamp. Les cultures s'y effectuaient selon une rotation de trois ans. La première année était consacrée au grain le meilleur, le blé et le seigle, et la seconde aux cultures de moindre valeur, comme l'avoine et l'orge, les pois ou les haricots. La troisième année, la terre était laissée en jachère. Cette année-là, le blé et le seigle avaient été semés à Cent Acres et les cultures moins prisées au Champ du ruisseau. Longchamp était en jachère. Chacun de ces champs était divisé en bandes d'une acre environ. Les serfs détenaient des parcelles dans les trois champs.

Arrivée à Cent Acres, Gwenda se dirigea vers la parcelle de Wulfric et commença à sarcler le blé pour le dégager des mauvaises herbes, soucis et autres eupatoires qui s'acharnaient à pousser entre les tiges. Que Wulfric s'en aperçoive ou pas, elle trouvait du bonheur à travailler sa terre, à lui épargner l'effort auquel elle soumettait son dos pour tirer sur les touffes récalcitrantes. Chaque herbe arrachée améliorerait sa récolte ; c'était comme lui faire un cadeau. Et tandis qu'elle s'échinait sur le lopin de Wulfric, elle voyait devant elle son visage rieur et elle entendait sa voix enthousiaste de jeune garçon et déjà profonde comme celle d'un homme. Caressant les blonds épis, elle s'imaginait fourrageant dans ses cheveux.

Elle sarclait ainsi jusqu'au lever du soleil et s'en allait ensuite rejoindre l'équipe des serfs qui travaillaient pour le seigneur contre rétribution. Les terres du seigneur devaient être moissonnées même s'il n'était plus de ce monde car son successeur exigerait un décompte rigoureux des tâches accomplies et des salaires versés pour qu'elles le soient. Au crépuscule, après avoir gagné son pain quotidien, Gwenda retournait travailler sur une autre parcelle appartenant à Wulfric et y restait jusqu'à la nuit tombée, voire plus tard si la lune se montrait.

Elle n'avait pas informé Wulfric de ses agissements, mais dans un village de deux cents âmes, les secrets étaient vite éventés. La veuve Huberts avait tenté de lui faire entendre raison. « Qu'espères-tu ? lui avait-elle demandé avec douceur. Tu sais bien qu'il épousera Annet quoi qu'il arrive. Rien de ce que tu feras ne l'en empêchera.

— Je veux juste qu'il prouve au monde qu'il est capable de rentrer sa récolte en temps voulu, répondit Gwenda. Il le mérite. Il est honnête et il a bon cœur. Il se tue à la tâche. Je veux qu'il soit heureux, même si ce doit être avec cette chienne ! »

Les parcelles seigneuriales sur lesquelles elle récoltait aujourd'hui des pois et des haricots primeurs en compagnie d'autres serfs jouxtaient celle où Wulfric, torse nu, creusait un fossé pour drainer l'eau qui stagnait encore dans les sillons après les fortes pluies du début du mois de juin. Elle regardait son dos puissant se courber sur sa bêche tandis qu'il l'enfonçait sans relâche dans le sol. Ses mouvements avaient la détermination inlassable d'une meule à grain. Seule la sueur sur sa peau trahissait son effort. À midi, Annet, un ruban vert dans les cheveux, vint lui apporter une cruche de bière et un casse-croûte au fromage enveloppé dans un chiffon.

Nathan le Bailli sonna l'arrêt du travail à l'aide d'une cloche et tout le monde gagna le bout du champ pour se réfugier à l'ombre des frondaisons de la forêt toute proche. Nathan fit donner du cidre, du pain et des oignons à ceux des journaliers dont le salaire incluait un repas. Adossée au tronc d'un charme, Gwenda se mit à suivre des yeux les moindres faits et gestes de Wulfric et d'Annet avec la fascination du condamné à mort qui regarde s'élever l'échafaud.

Au début, Annet usa de son charme selon sa bonne habitude, tantôt opinant du bonnet et papillotant des paupières, tantôt donnant une petite tape espiègle à son compagnon pour le punir d'une phrase qui lui avait déplu. Puis, se faisant sérieuse,

298

elle se mit à débiter un discours avec insistance, sans tenir compte de ses protestations. Surprenant les regards qu'ils lui jetaient, Gwenda en conclut qu'ils parlaient d'elle. Annet devait avoir découvert qu'elle travaillait sur les parcelles de Wulfric. Elle repartit d'ailleurs assez vite, irritée semblait-il. Wulfric s'enfonça dans une solitude pensive.

Le repas terminé, les travailleurs achevèrent leur temps de pause chacun à sa façon : les plus âgés s'étendirent à même le sol pour somnoler un moment, les jeunes se regroupèrent pour causer. Wulfric en profita pour venir s'accroupir à côté de Gwenda.

« Tu sarcles mes parcelles », dit-il.

Gwenda contre-attaqua, bien décidée à ne pas lui présenter d'excuses. « Annet te l'a reproché ? Tu dois en avoir pris pour ton grade.

— Elle ne veut pas que tu travailles pour moi.

— Qu'est-ce qu'elle veut ? Que je replante les mauvaises herbes ? »

Il promena les yeux autour de lui et répondit en baissant inutilement la voix, car tout le monde alentour se doutait bien de quoi ils parlaient. « Je sais que tes intentions sont bonnes et je t'en remercie, mais tu me crées des problèmes. »

Wulfric sentait la terre et la sueur et Gwenda prenait plaisir à sa présence. « Tu n'y arriveras jamais tout seul, et ce n'est pas Annet qui te donnera un coup de main.

— Ne la critique pas, tu seras gentille. D'ailleurs, ne parle pas d'elle du tout.

— Tu as raison. Mais je te le répète : tout seul, tu ne rentreras jamais ta récolte ! »

Il soupira. « Si seulement le soleil pouvait se montrer ! » Par réflexe de paysan, il leva les yeux vers le ciel. De gros nuages s'amassaient à l'horizon. Ce temps frais et humide ne présageait pas une bonne moisson.

« Laisse-moi faire ! insista Gwenda, d'une voix presque suppliante. Dis à Annet que tu ne peux pas te passer de moi. C'est à l'homme de diriger son épouse, pas l'inverse !

— Je vais y réfléchir. »

Le lendemain, il embauchait un journalier.

C'était un voyageur, arrivé au village en fin d'après-midi. Dans la soirée, les villageois se rassemblèrent autour de lui pour entendre son histoire. Il s'appelait Gram et venait de Salisbury. Sa femme et ses enfants avaient péri dans l'incendie de sa maison. Il était en route pour Kingsbridge où il espérait trouver un emploi, peut-être au prieuré où son frère était moine.

« Je le connais certainement, lança Gwenda. Moi aussi, j'ai un frère au prieuré. Philémon. Il y travaille depuis des années. Il s'appelle comment, ton frère ?

— Jean. »

Il y avait là-bas deux frères Jean, mais Gwenda n'eut pas le temps de creuser la question, car Gram enchaînait déjà : « J'avais un peu d'argent pour ma pitance quand j'ai pris la route. Mais des brigands m'ont dépouillé et maintenant je suis sans le sou. »

Pris de compassion, Wulfric l'invita à dormir chez lui. Le jour suivant, un samedi, l'ouvrier commença à travailler pour lui, acceptant en guise de rémunération le toit, le couvert et une partie de la moisson.

Gram peina dur toute la journée, aidant Wulfric à retourner les parcelles en jachère qu'il avait à Longchamp et à en arracher les chardons. La tâche nécessitait deux hommes : Gram menait le cheval, le fouettant quand il ralentissait, tandis que Wulfric guidait la charrue. Le dimanche, ils prirent du repos.

Ce jour-là, à l'église, Gwenda fondit en larmes en voyant ses frères et sœurs, réalisant soudain combien ils lui manquaient. Pendant toute la messe, elle tint Éric dans ses bras. Après, sa mère lui conseilla froidement d'oublier Wulfric. « Tu te brises le cœur pour rien. Ce n'est pas en sarclant ses terres que tu te gagneras son amour. Il a les yeux rivés sur cette bonne à rien d'Annet.

— Je sais, répondit Gwenda, mais je veux l'aider quand même.

— Tu devrais quitter le village. Rien de bon ne t'attend ici.

— Le lendemain même de leur mariage je serai partie ! promit Gwenda, comprenant que sa mère avait raison.

— En attendant, tiens ton père à l'œil ! la prévint Ma en baissant la voix. Il n'a pas encore perdu l'espoir de gagner douze shillings.

— Qu'est-ce que tu veux dire ? »

Sa mère se contenta de hocher la tête.

« À présent que j'ai quitté son toit, il ne peut plus me vendre ! Il ne me nourrit pas et il ne me loge pas. Je travaille pour le seigneur de Wigleigh. Il ne peut plus disposer de moi à sa guise.

— Méfie-toi quand même ! » insista Ma. Elle refusa d'en dire davantage.

Dehors, devant l'église, Gram le voyageur bavarda avec Gwenda et lui proposa de faire une promenade avec lui après le dîner. Devinant ses intentions, elle refusa tout net. Plus tard, elle l'aperçut en compagnie de Joanna, la fille de David Johns, une blonde d'à peine quinze ans, assez bête pour se laisser embobiner par un travailleur itinérant.

Le lundi, alors qu'elle sarclait une parcelle de blé dans le demi-jour, bien avant le lever du soleil, Gwenda vit Wulfric arriver en courant à Cent Acres. Son visage était fermé ; visiblement, il était exaspéré de la voir défier son interdiction. Allait-il la rosser de coups ? Il pouvait lui faire violence en toute impunité. Les gens diraient qu'elle l'avait bien cherché, qu'elle s'acharnait à le provoquer et il ne se trouverait personne pour la défendre maintenant qu'elle avait quitté le toit familial ! Se rappelant la façon dont il avait brisé le nez de Ralph Fitzgerald, elle prit peur.

Aussitôt, elle se traita d'idiote. Si Wulfric se battait de temps en temps, il n'était pas de ces hommes qui lèvent la main sur plus faible que soi. Il n'empêche. En le voyant à ce point agité, elle se mit à trembler.

Las, la colère de Wulfric avait une tout autre cause, elle le comprit en l'entendant hurler : « Tu n'as pas vu Gram ? » dès qu'il fut à portée de voix.

« Non, pourquoi ?

— Tu es là depuis longtemps ? lança-t-il encore, en s'arrêtant pour reprendre haleine.

— Je me suis levée avant aube. »

Les épaules de Wulfric s'affaissèrent. « S'il est parti par là, je ne le rattraperai plus à cette heure.

— Qu'est-ce qui se passe ?

— Il a disparu avec mon cheval. »

Cela expliquait sa rage. Un cheval était un capital important. Seuls les paysans riches en possédaient un. Gram était un menteur, qui s'était gagné la confiance des villageois pour mieux les dépouiller. En fait, il n'avait pas plus perdu sa femme et ses enfants dans l'incendie de sa maison qu'il n'avait de frère au prieuré, pensa Gwenda en se rappelant avec quelle rapidité il avait changé de sujet quand elle avait émis l'idée qu'elle le connaissait peut-être. « Quels imbéciles nous avons été de prendre son histoire pour argent comptant, lâcha-t-elle.

— Moi le premier ! renchérit Wulfric amèrement. Quand je pense que je lui ai ouvert ma maison ! Il est resté assez long-temps sous mon toit pour que les animaux le connaissent, pour que le cheval se laisse seller sans renâcler et que le chien n'aboie pas quand il s'est enfui. »

Ce malheureux Wulfric perdait son cheval au moment même où il en avait le plus besoin. « J'ai du mal à croire que ça se soit passé ainsi, dit-elle pensivement. Il ne peut pas être sorti avant moi, la nuit était trop noire. Et s'il est sorti après moi, j'aurais dû le voir cheminer sur la route. » Une seule route en effet partait du village, de la place en cul-de-sac devant le manoir. Toute-fois, de nombreux sentiers coupaient à travers champs. « Il a dû prendre le chemin qui passe entre Longchamp et le Champ du ruisseau. C'est le plus court pour gagner la forêt.

— J'ai peut-être encore une chance de le rattraper. Dans les bois, un cheval n'avance pas vite. » Sur ces mots, Wulfric fit demi-tour et repartit en courant par où il était arrivé.

« Bonne chance ! » cria Gwenda à sa suite. Il agita la main sans se retourner.

Hélas, la chance ne lui sourit pas.

Plus tard dans l'après-midi, comme Gwenda portait un sac de pois du Champ du ruisseau à la grange du seigneur, elle passa devant Longchamp et découvrit Wulfric sur sa parcelle en jachère. À l'évidence, il n'avait pas réussi à rattraper son voleur.

Ayant déposé son sac par terre, elle s'en alla le trouver. « Tu ne peux pas continuer ainsi, lui dit-elle. Tu as trente acres ici. Tu en as labouré combien ? Dix ? Personne ne peut bêcher plus de vingt acres. »

Le visage fermé, il continua de creuser sans même relever la tête. « Sans cheval, je ne peux plus labourer.

— Endosse le harnais et attelle-toi à ta charrue ; elle est légère et tu es fort. Il ne s'agit jamais que de déraciner des chardons.

302

— J'ai besoin de quelqu'un pour guider la charrue.

— Je le ferai ! »

Il la dévisagea.

« Eh alors ? Tu ne m'en crois pas capable ? »

Comme il secouait la tête, elle insista. « Tu n'as plus de famille et, maintenant, tu n'as plus de cheval non plus. Tu n'arriveras à rien sans personne pour t'aider. Et je suis là, moi. Tu n'as pas d'autre solution. »

Il détourna la tête. Son regard survola les champs et se porta sur le village avant de se reposer sur Gwenda. On pouvait lire sur ses traits la lutte qui se déroulait en lui, déchiré entre son amour pour sa terre et sa peur de déplaire à Annet.

« Demain matin, à la première heure, je viendrai frapper à ta porte, décida Gwenda. À nous deux, nous finirons de labourer le champ. » Sur ces mots, elle s'éloigna.

Au bout de quelques pas, elle se retourna. Wulfric n'avait pas dit oui.

Il n'avait pas non plus dit non.

*

Ils labourèrent ainsi deux jours de suite, puis firent les foins et cueillirent les légumes semés au printemps.

Ne travaillant plus sur les terres domaniales, Gwenda n'avait plus de quoi payer sa pension chez la veuve Huberts. Elle emménagea donc chez Wulfric, à l'étable. Il n'avait pas émis d'objection quand elle lui avait avoué n'avoir nul endroit où dormir.

Au lendemain du premier jour, Annet cessa d'apporter son déjeuner à Wulfric. Dorénavant, ce fut Gwenda qui préparait leurs repas, se servant dans son cellier en pain, oignons ou betteraves qu'ils mangeaient avec du lard froid ou des œufs durs accompagnés de bière. Cette fois encore, Wulfric accepta la situation sans réagir.

Gwenda avait toujours son philtre d'amour. Elle le portait entre ses seins, dissimulé aux yeux de tous, dans une petite fiole de terre enfermée dans la bourse de cuir retenue à son cou par un long lacet. Maintenant qu'ils travaillaient ensemble, l'occasion de verser la potion magique dans la bière de Wulfric se présentait à tout moment, au cours du déjeuner. Mais ce serait du gâchis de l'utiliser au beau milieu de la journée, puisqu'elle ne pourrait en tirer aucun profit.

Quant à le lui faire absorber le soir, c'était tout aussi impossible car Wulfric soupait tous les jours chez les parents d'Annet, l'abandonnant à elle-même. À son retour, il allait directement se coucher sans jamais lui offrir la chance d'utiliser son breuvage. Wulfric avait souvent l'air morose, mais il ne disait rien, et Gwenda supposait qu'Annet lui battait froid de ne pas tenir compte de son avis.

Le samedi qui suivit la fuite de Gram, Gwenda se prépara un ragoût de légumes verts et de porc salé pour le souper. Les réserves emmagasinées au cellier avaient été prévues pour nourrir une famille de quatre adultes, de sorte que la jeune fille mangeait à présent tous les jours à sa faim. Bien que l'on soit en juillet, les soirées étaient fraîches. Elle jeta une autre bûche dans le feu, sitôt son repas achevé. Assise dans la cuisine, elle regarda le bois s'enflammer en songeant aux jours simples qu'elle coulait encore quelques semaines plus tôt, avant que sa vie tout entière ne s'écroule aussi incroyablement que le pont de Kingsbridge.

Subitement, la porte s'ouvrit. Ce devait être Wulfric, se dit-elle. À son retour, elle échangeait souvent quelques mots gentils avec lui avant de regagner l'étable. Ce court instant la comblait. Ce fut donc avec une ardeur impatiente qu'elle releva les yeux, s'attendant à voir devant elle le beau visage aimé.

Quelle ne fut sa stupeur en découvrant son père ! Qui plus est accompagné d'un inconnu à la mine patibulaire. Elle bondit sur ses pieds, emplie d'effroi.

« Qu'est-ce que tu veux ? »

Skip lança un aboiement hostile et battit en retraite loin de Joby.

« Allons, allons, ma fille ! Pas de quoi t'inquiéter, je suis ton père, quand même. »

Consternée, Gwenda se rappela l'avertissement de sa mère à l'église. « Et lui, c'est qui ? demanda-t-elle en pointant le doigt sur l'étranger.

— Jonah, un revendeur d'Abingdon obligé de se cacher. »

Que ce Jonah ait été marchand autrefois, c'était tout à fait possible ; il pouvait même être effectivement originaire d'Abingdon,

304

mais ses cheveux et sa barbe prouvaient qu'il n'avait pas mis les pieds en ville ni rendu visite à un coiffeur depuis plusieurs années. Ses bottes éculées et ses vêtements dégoûtants n'inspiraient guère confiance.

« Allez-vous-en ! ordonna Gwenda avec une hardiesse qu'elle était loin d'éprouver.

— Je t'avais prévenu qu'elle n'était pas commode ! dit Joby en s'adressant à Jonah. Mais c'est une bonne fille, tu verras. Et costaude comme pas une !

— T'inquiète ! répliqua Jonah, prenant la parole pour la première fois. J'ai dompté pas mal de pouliches. »

Se passant la langue sur les lèvres, il se mit à détailler Gwenda. Celle-ci, pour son malheur, ne portait qu'une légère robe de laine. Son père l'avait vendue une nouvelle fois, cela ne faisait aucun doute. En quittant son toit, elle avait cru se trouver en sécurité, persuadée que les villageois n'auraient pas permis qu'on enlève une femme qui travaillait pour le compte de l'un d'eux. Mais il faisait nuit noire, et il n'y avait personne pour venir à son aide. Le temps qu'on découvre son enlèvement, elle aurait été emmenée à des lieues d'ici !

Ah, mais elle ne capitulerait pas sans se battre !

Elle fouilla désespérément la pièce des yeux à la recherche d'une arme. La bûche jetée au feu quelques minutes plus tôt ne faisait guère plus de vingt pouces de long, mais elle ne brûlait qu'à un bout. Plongeant vers l'âtre, Gwenda s'en empara et la brandit.

« Voyons, voyons ! la calma Joby en s'avançant vers elle. Tu ne vas pas faire du mal à ton vieux Pa ? »

Son vieux Pa ? Alors qu'il voulait la vendre ? La rage saisit Gwenda. Elle se jeta sur lui en hurlant, bien décidée à le blesser.

Il recula d'un bond. Elle continua de marcher sur lui, rendue folle par la fureur, agitant la bûche enflammée au ras de son visage. Skip aboyait frénétiquement. Joby, les bras levés, tenta d'écarter la trajectoire de la bûche, mais Gwenda était forte et il ne parvint pas à bloquer son mouvement. L'extrémité rougeoyante de la bûche lui roussit la joue. Il poussa un cri de douleur. Sa barbe sale s'était enflammée et une odeur écœurante de chair brûlée se répandait dans la pièce.

Las, des bras puissants ceinturèrent Gwenda, lui plaquant les coudes le long du corps. La bûche enflammée lui échappa des mains. La paille répandue sur le sol prit feu immédiatement. Pris de terreur, Skip jaillit hors de la maison. Prisonnière de Jonah, Gwenda se tortillait en tous sens. Mais l'homme était d'une force insoupçonnée. Resserrant sa prise, il la souleva.

Elle n'eut que le temps d'apercevoir une haute silhouette qui s'encadrait dans la porte avant d'être projetée au sol par Jonah. Assommée, elle perdit ses esprits. Quand elle revint à elle, Jonah était agenouillé sur elle et lui ligotait les mains à l'aide d'une corde.

La haute silhouette réapparut, lestée d'un grand seau de bois rempli d'eau, qu'elle déversa sur la paille en feu. Changeant de main, Wulfric – car c'était lui – abattit violemment le seau sur la tête de Jonah.

Sentant les doigts de son assaillant se relâcher, Gwenda parvint à s'extraire de dessous son corps. Elle tira sur ses liens, la corde se desserra. Wulfric balançait déjà un deuxième coup, plus violent encore, sur la tête de Jonah. Les yeux du mourant se révulsèrent et il s'écroula au sol.

Pendant ce temps, Joby avait réussi à éteindre les flammes qui dévoraient sa barbe en pressant sa manche contre son visage. Effondré sur les genoux, il gémissait de douleur.

« Qui c'est ? demanda Wulfric en saisissant l'étranger par le devant de sa tunique.

— Un certain Jonah. Un type à qui mon père voulait me vendre. »

Soulevant l'individu par la ceinture, Wulfric le porta jusque sur le seuil de sa maison et le jeta sur la route.

Joby gémissait toujours. « Aide-moi, j'ai le visage brûlé.

— T'aider ? Alors que tu as mis le feu à ma maison et agressé une femme qui travaille pour moi ? Sors d'ici tout de suite ! »

Joby se remit tant bien que mal sur ses pieds et partit clopin-clopant en geignant pitoyablement. Gwenda chercha en vain un peu de compassion en elle. L'agression de ce soir avait anéanti le peu d'amour qu'elle éprouvait peut-être encore pour son père. Elle le regarda passer la porte en espérant ne plus jamais le revoir de sa vie.

Perkin apparut à la porte de service, une chandelle à mèche de jonc à la main. Gwenda distingua Annet derrière lui. « Qu'est-ce qui se passe? s'écria-t-il. J'ai entendu des cris ou je me trompe?

— Joby a débarqué ici avec une brute dans l'intention d'enlever Gwenda.

— À ce que je vois, tu as réglé le problème, maugréa Perkin.

— Oui, sans difficulté. » Wulfric posa son seau par terre, réalisant qu'il le tenait toujours à la main.

« Tu es blessé? s'enquit Annet.

— Pas le moins du monde.

— Tu as besoin de quelque chose?

— De mon lit, pour dormir. »

Le père et la fille repartirent. Le branle-bas, semble-t-il, n'avait troublé personne d'autre au village. Wulfric se mit en demeure de fermer soigneusement les portes.

« Ça va? demanda-t-il à Gwenda en la regardant attentivement à la lumière du feu.

— Pas fort », répondit-elle en se laissant tomber sur le banc. Et elle posa les coudes sur la table de la cuisine.

Il se dirigea vers l'armoire à provisions. « Tu vas boire un peu de vin pour reprendre des forces. » Il revint avec une petite bonbonne qu'il laissa sur la table, puis il prit deux tasses sur l'étagère.

Les sens en alerte, Gwenda comprit soudain que sa chance était venue. Elle devait rassembler ses esprits, agir immédiatement. Le temps était compté : une seconde ou deux, pas plus.

Ayant versé le vin dans les bols, Wulfric repartit ranger la bonbonne à sa place.

Profitant qu'il lui tournait le dos, Gwenda plongea la main dans son corsage et en retira la petite bourse attachée à son cou. La fiole était bien là. Et entière, constata-t-elle en la palpant. Elle la déboucha d'une main tremblante et la vida dans le bol de Wulfric.

Il revint vers elle au moment précis où elle glissait la bourse dans son col. Elle se tapota le cou comme si elle venait de redresser son vêtement. Wulfric ne remarqua rien, comme tous les hommes dans ce genre de situation. Il s'assit en face d'elle.

Gwenda leva son bol : « À toi qui m'as sauvée. Merci.

« — Tu as dû être drôlement secouée, tu trembles ! »

Ils burent tous deux en même temps.

Au bout de combien de temps le philtre agissait-il ? se demanda Gwenda tandis que Wulfric lui rendait ses remerciements. « Toi aussi, tu m'as sauvé avec la récolte. »

Ils burent une autre gorgée.

« Je ne sais pas ce qui est le pire, dit Gwenda. D'avoir un père comme le mien, ou pas de père du tout comme toi.

— Ma pauvre ! compatit Wulfric et il ajouta pensivement : Moi, au moins, je garde un bon souvenir de mes parents. » Il vida sa tasse. « Je n'ai pas l'habitude de boire du vin, je n'aime pas beaucoup avoir la tête qui tourne. En dehors de ça, le goût est délicieux. »

Elle l'observait attentivement, épiant les signes d'émoi décrits par Mattie la Sage. Et, de fait, il se mit bientôt à la dévisager avec curiosité comme s'il la voyait pour la première fois.

« On lit une grande bonté sur ton visage », déclara-t-il, après une longue pause.

L'instant fatidique était arrivé. À présent qu'elle devait déployer tous ses charmes, Gwenda réalisait brutalement qu'elle n'avait aucune pratique au petit jeu de la séduction et la panique la paralysait. Certaines femmes, comme Annet, s'y entendaient à merveille pour sourire avec une feinte timidité, se tapoter les cheveux ou battre des cils. Mais elle ? Elle n'osait même pas essayer, convaincue à l'avance de son échec.

« Merci, dit-elle pour gagner du temps. Ton visage à toi exprime tout autre chose.

— Quoi donc ?

— La force. Pas la force physique, mais la détermination.

— En effet, je me sens fort, ce soir, remarqua-t-il en souriant. Au point de retourner mon champ tout seul pour peu que je m'y mette maintenant. Même si tu prétends que c'est impossible.

— Profite donc de cet instant de repos, dit-elle en posant sa main sur la sienne. Tu auras encore l'occasion de travailler tout ton saoul. »

Il fixa la main de Gwenda, toute petite sur la sienne. « C'est drôle comme nos peaux ont des couleurs différentes, constata-t-il comme s'il faisait là une découverte étonnante. La tienne est brune, la mienne toute rose !

— Des peaux de couleurs différentes, des cheveux de couleurs différentes, et des yeux de couleurs différentes. Je me demande à quoi ressembleraient nos enfants. »

Il sourit à cette pensée. Puis son expression changea du tout au tout, comme s'il se rendait compte subitement qu'elle avait prononcé une chose inconvenante. Ce revirement aurait été comique si Gwenda ne s'était tant inquiétée de ses sentiments pour elle. « Nous n'aurons pas d'enfants ! prononça-t-il d'une voix solennelle, et il ramena sa main vers lui.

— Je disais ça pour rire ! répliqua-t-elle avec un enjouement désespéré.

Tu n'aurais pas envie, quelquefois... » Il laissa sa phrase en suspens.

« De quoi ? demanda-t-elle.

— Que le monde ne soit pas comme il est ? »

Elle se leva. Contournant la table, elle vint s'asseoir près de lui sur le banc. « Ne perds pas ton temps en souhaits inutiles. Nous sommes là tous les deux seuls et c'est la nuit. Tu peux faire tout ce que tu veux. » Les yeux plongés dans les siens, elle répéta : « Tout, absolument tout ! »

Il ne détournait pas le regard. Au contraire, elle pouvait lire sur ses traits qu'il la désirait. Elle eut un frisson de triomphe. Certes, il avait fallu le concours d'un philtre magique pour faire naître en lui ce sentiment, mais maintenant ce sentiment était là, indubitablement : en cet instant, Wulfric ne désirait rien d'autre au monde que de faire l'amour avec elle !

Pourtant, il n'entreprenait rien.

Elle saisit sa main. Il ne résista pas. Elle tenait dans sa main ses grands doigts rugueux. Elle les retourna et posa sa bouche sur sa paume, l'embrassa, la caressa du bout de la langue. Puis elle éleva sa main jusqu'à sa poitrine.

Les doigts de Wulfric se refermèrent sur son sein, le couvrant complètement. Sa bouche s'entrouvrit. Il haletait. Le remarquant, elle pencha la tête en arrière, prête à recevoir un baiser. Las, Wulfric persistait à ne rien tenter.

Elle se leva. Ayant fait passer sa robe par-dessus sa tête, elle se tint nue devant lui dans la lumière du feu, sa robe abandonnée à ses pieds. Il la regardait, les yeux ronds, la bouche ouverte, comme s'il était témoin d'un miracle.

Elle prit de nouveau sa main et la posa cette fois au creux de son aine. La paume de Wulfric recouvrit entièrement le triangle sombre ; l'un de ses doigts glissa involontairement dans cette fente si tendre et humide. Gwenda ne put retenir un gémissement de plaisir.

À l'évidence, le souvenir obsédant d'Annet paralysait Wulfric et il ne faisait rien de lui-même alors qu'il la désirait, Gwenda en était convaincue. Elle pourrait le mouvoir toute la nuit à la façon d'une marionnette, elle pourrait même faire l'amour avec lui, il demeurerait inerte. Or l'initiative devait venir de lui.

Le devinant, elle se pencha en avant tout en continuant de presser sa main entre ses cuisses. « Embrasse-moi, dit-elle en approchant son visage. S'il te plaît ! »

Sa bouche n'était plus qu'à un pouce de celle de Wulfric. Mais à quoi bon se tendre plus avant ? C'était à lui de combler la distance.

Et soudain, il sortit de sa torpeur.

Il retira sa main, s'écarta d'elle et se leva. « Ce n'est pas bien », s'écria-t-il.

Elle sut qu'elle avait perdu la partie.

Les larmes lui montèrent aux yeux. Elle ramassa sa robe et la tint devant elle, couvrant sa nudité.

« Excuse-moi, ajouta-t-il, je n'aurais pas dû faire ça. Je t'ai induite en erreur. C'était cruel de ma part. »

Non, pensa-t-elle tout bas. C'est moi qui ai été cruelle ; c'est moi qui t'ai induit en erreur. Mais tu as été le plus fort. Tu as été fidèle, trop fidèle. Tu es trop bon envers moi.

Elle ne dit rien de tout cela.

Il s'obstinait à regarder ailleurs. « Va à l'étable maintenant, il le faut. Va dormir. Au matin, tout sera différent. Tout sera revenu à sa place. »

Elle s'enfuit par la porte arrière sans prendre la peine de s'habiller. La cour éclairée par la lune était déserte, mais Gwenda ne se souciait pas d'être vue par quelqu'un. L'instant d'après, elle avait regagné l'étable.

Une plate-forme aménagée à l'un des bouts du bâtiment servait à entreposer la paille fraîche. C'était là qu'elle dormait. Ayant escaladé l'échelle, elle se laissa choir dans le foin en sanglotant de honte et de déception. Son désespoir était tel qu'elle ne sentait même pas l'herbe sèche érafler sa peau nue.

Quand enfin elle se fut calmée, elle enfila sa robe et s'enroula dans une couverture. Ce faisant, elle crut entendre des pas au-dehors. Elle regarda par une fissure de la paroi en clayonnage.

La lune presque pleine lui permit de reconnaître Wulfric. Le cœur de Gwenda bondit dans sa poitrine. Tout n'était peut-être pas perdu. Arrivé à l'étable, le jeune homme hésita et finit par revenir vers la maison. À quelques pas de la cuisine, il fit demi-tour et s'en retourna à l'étable. Il resta planté devant la porte pendant un moment et repartit.

Le cœur battant la chamade, elle le regarda traverser ainsi la cour plusieurs fois de suite sans esquisser un geste vers lui. Elle avait accompli tout ce qui était en son pouvoir. C'était à lui de faire le dernier pas.

Il s'était arrêté devant la porte de la cuisine. Le clair de lune ciselait son profil d'une ligne d'argent qui partait du haut de ses cheveux et se poursuivait jusqu'à ses bottes. Le voyant enfoncer sa main dans sa culotte, Gwenda se rappela avoir surpris Philémon s'adonnant à cette même occupation qui caricaturait les rapports amoureux. Les gémissements de Wulfric lui apprirent qu'elle ne s'était pas trompée. Dieu, qu'il était beau au clair de lune ! Elle le regarda fixement gaspiller son désir avec le sentiment que son cœur se brisait.

20.

Godwyn lança son attaque contre Carlus l'aveugle le dimanche précédant la date anniversaire de la naissance de saint Adolphe.

Tous les ans, ce dimanche-là, était célébrée dans la cathédrale de Kingsbridge une cérémonie spéciale au cours de laquelle les reliques du saint étaient montrées aux fidèles, portées par le prieur suivi de toute la congrégation des moines. Et l'on priait pour que le temps soit propice à la moisson.

Comme à l'accoutumée, c'était à Godwyn qu'incombait la tâche de préparer le sanctuaire pour la cérémonie. Avec l'aide de novices et d'employés du monastère comme Philémon, il disposait les cierges, remplissait l'encensoir, installait le mobilier. Pour une occasion de cette ampleur, on utilisait un second autel, une sublime table en bois sculpté, juchée sur une estrade que l'on pouvait déplacer selon les besoins. Godwyn la fit installer dans le bras oriental du transept et orner d'une paire de chandeliers en argent doré.

Tout en exécutant ces préparatifs, il réfléchissait anxieusement au meilleur moyen d'arriver à ses fins. Maintenant qu'il avait réussi à convaincre Thomas de se présenter à l'élection, il lui fallait éliminer Carlus. A priori, cela ne devait pas poser de grandes difficultés, mais cette facilité même comportait un danger : celui d'apparaître dur vis-à-vis de l'aveugle, chose que Godwyn tenait absolument à éviter.

Il plaça au centre de l'autel un crucifix reliquaire contenant un morceau de la Croix, la vraie, celle sur laquelle le Christ était mort. Plusieurs fragments de la Sainte Croix, miraculeusement retrouvés voilà près de mille ans par Hélène, la mère de Constantin le Grand, avaient abouti dans différentes églises d'Europe.

Tandis qu'il arrangeait les ornements sur l'autel, Godwyn aperçut mère Cécilia à quelques pas de lui. Il interrompit son travail pour aller lui parler. « Le comte Roland a repris ses esprits, semble-t-il. Dieu soit loué !

— Amen ! répondit-elle. La fièvre a persisté si longtemps que nous craignions qu'une humeur maligne ne se soit répandue dans son cerveau et qu'il n'en réchappe pas. Ses paroles n'avaient aucun sens. Mais ce matin, en se réveillant, il parlait normalement.

— Vous l'avez guéri !

— Dieu l'a guéri.

— Il vous doit néanmoins une reconnaissance éternelle. »

Elle sourit. « Vous êtes jeune, frère Godwyn. Avec le temps, vous apprendrez que les puissants ne montrent jamais de gratitude et acceptent comme un dû celle que nous leur manifestons. »

Sa condescendance agaça Godwyn, mais il dissimula son irritation et s'exclama : « En tout cas, rien n'empêche plus que l'on procède à l'élection du nouveau prieur !

— Qui l'emportera ?

— Dix moines se sont fermement engagés à voter pour Carlus ; sept seulement pour Thomas. En comptant les propres voix des candidats, cela fait onze contre huit, et six votes inconnus.

— On ne peut donc pas présager du résultat.

— Pour l'heure, Carlus est en tête. Mais avec votre appui, Thomas pourrait l'emporter, mère Cécilia.

— Je ne participe pas au vote.

— Certes, mais vous avez de l'influence. Si vous vous prononciez en faveur d'un règlement plus strict et déclariez qu'à votre avis Thomas est mieux placé pour mener un programme de réformes, cela pourrait faire réfléchir certains indécis.

— Je ne suis pas censée prendre parti.

— Bien sûr, mais vous pourriez faire valoir que vous ne subventionnerez plus le monastère tant que ses finances ne seront pas mieux administrées, n'est-ce pas ? Qu'y aurait-il de mal à cela ? »

Un éclat amusé passa dans le regard vif de la religieuse. « Cela équivaudrait à faire passer un message codé dans lequel je reconnaîtrais soutenir Thomas.

— En effet.

— Je me dois de respecter la plus stricte neutralité. Je travaillerai en bonne intelligence avec quiconque sera élu. C'est mon dernier mot, mon frère. »

Godwyn courba la tête avec déférence. « Je respecte votre décision, naturellement. »

Elle hocha la tête et s'éloigna, laissant Godwyn enchanté de l'entretien. La mère prieure était connue pour ses positions conservatrices et son soutien implicite à Carlus. En répandant parmi les moines le bruit qu'elle accueillerait favorablement toute nomination, Godwyn pouvait en toute honnêteté ébranler les convictions de certains partisans de Carlus. La supérieure serait sans doute ulcérée d'apprendre la façon dont Godwyn avait utilisé ses propos, mais elle ne faillirait pas pour autant à son serment de neutralité.

Un homme aussi malin que moi mérite d'être prieur, se dit-il.

Neutraliser l'influence de mère Cécilia était utile, certes, mais cela ne suffirait pas à écraser Carlus définitivement. Mieux valait montrer aux moines jusqu'où l'incompétence de l'aveugle risquait de les mener. Godwyn attendait avec une impatience anxieuse l'occasion d'en apporter la preuve aujourd'hui même.

Carlus et Siméon venaient d'entrer dans la cathédrale afin de répéter les différentes étapes de la cérémonie. En sa qualité de prieur temporaire, Carlus devrait prendre la tête de la procession et porter lui-même la châsse d'or et d'ivoire contenant les reliques du saint. Pour l'y préparer, son ami Siméon, trésorier du monastère, lui faisait faire le tour du sanctuaire. De là où il se trouvait, Godwyn voyait parfaitement Carlus compter ses pas. Pour les fidèles, c'était chaque fois un émerveillement, quasiment un miracle, que de voir l'aveugle avancer d'un pied assuré.

La procession partait du maître-autel et se déroulait selon un rite établi. Ayant sorti les reliques du caisson où elles étaient conservées sous clef, le prieur, la châsse dans les bras, traversait le chœur sur la gauche, puis le transept, et descendait le bas-côté gauche jusqu'au portail. À partir de là, le cortège empruntait la nef, la remontant jusqu'à la croisée du transept, là où se trouvait le second autel spécialement dressé pour cette occasion. Le prieur grimpait les deux marches de l'estrade et déposait les saintes reliques sur l'autel où elles demeureraient exposées à la vue des fidèles jusqu'à la fin de la cérémonie.

Balayant du regard la cathédrale, Godwyn eut l'œil attiré par les réparations entreprises dans la partie sud du chœur. Il s'en approcha pour examiner l'avancement des travaux. Depuis qu'il avait été renvoyé par Elfric, Merthin ne travaillait plus à la réfection de la cathédrale, mais sa méthode – d'une simplicité déroutante – continuait d'être employée, au grand bonheur des maçons. Pendant que le mortier séchait, au lieu de soutenir la nouvelle maçonnerie à l'aide d'un onéreux coffrage de bois, ils la maintenaient à l'aide d'une corde plaquée contre les pierres et gardée bien tendue grâce à une pierre attachée à son extrémité. Ce système, toutefois, ne pouvait être utilisé pour les nervures de la voûte, qui étaient constituées de longues pierres étroites posées bout à bout. Pour ces endroits-là, des coffrages restaient nécessaires ; le prieuré avait cependant économisé une petite fortune en menuiserie grâce à la solution proposée par Merthin.

Tout en reconnaissant du génie au jeune apprenti, Godwyn préférait travailler avec son patron, se sentant plus à l'aise avec lui. Il pouvait compter sur Elfric pour ne jamais créer de problème, alors que Merthin avait un peu tendance à n'en faire qu'à sa tête.

Carlus et Siméon étaient repartis. La cathédrale était fin prête pour la cérémonie. Godwyn renvoya tous ceux qui l'avaient aidé à arranger les lieux, hormis Philémon qui donnait un dernier coup de balai dans le transept.

Pour Godwyn, l'heure fatidique avait sonné. Son plan se dessinait clairement devant ses yeux et, s'il hésitait maintenant à lui apporter la dernière touche, c'était seulement à cause des risques que ce plan comportait.

Demeuré seul avec Philémon dans le sanctuaire désert, il décida de le mettre à exécution. Désignant l'estrade, il ordonna vivement au novice de l'avancer de trois pas.

*

Pour Godwyn, la cathédrale était principalement le lieu de son travail quotidien – un espace d'usage collectif qu'il avait pour tâche d'entretenir. En d'autres termes, c'était à la fois une charge financière et une source de revenus. Toutefois, dans les occasions comme celle-ci, elle reprenait à ses yeux toute sa majesté.

En ce jour solennel, les flammes des cierges, réverbérées dans l'or des chandeliers, la faisaient étinceler de mille feux, tandis que les moines et les religieuses dans leurs longues robes de bure glissaient entre les antiques piliers de pierre au son de cantiques qui s'élevaient jusqu'à la clef de voûte. Tant de beauté ne pouvait que réduire au silence les centaines de personnes qui composaient l'assistance.

Carlus ouvrait la procession. D'une simple pression du doigt, il fit jouer la serrure du compartiment situé sous le maître-autel et en sortit la châsse d'or et d'ivoire. La tenant haut dans ses mains, il entreprit de faire le tour de l'église. Avec sa barbe blanche et ses yeux qui ne voyaient pas, il était l'image même d'un saint innocent.

Allait-il tomber dans le piège ? se demandait Godwyn. Tout était si simple qu'il en venait à s'inquiéter. Marchant quelques pas derrière le sous-prieur, il se mordait la lèvre pour tenter de calmer son émoi.

Devant cette assemblée pétrifiée de stupeur, il s'émerveilla une fois de plus du bonheur que prenaient les gens à perdre tout discernement. Ces reliques qui leur demeuraient invisibles, ils n'auraient su les différencier d'autres restes humains, quand bien même les auraient-ils vues. Mais la splendeur de la châsse, la beauté aérienne des chants, les robes des moines et des religieuses et ces voûtes si hautes que tout le reste en semblait rapetissé suffisaient à les convaincre qu'ils étaient bel et bien en présence d'une chose sacrée.

Godwyn ne quittait pas des yeux Carlus. Parvenu exactement au centre de l'arche la plus à l'ouest du bas-côté nord, le vieillard effectua brusquement un virage à gauche sans l'aide de quiconque, pas même de Siméon qui se tenait prêt à le corriger si d'aventure il se trompait de chemin. Parfait, se réjouit Godwyn en notant la sûreté du pas du vieillard. Moins Carlus se méfierait, plus grandes seraient les chances qu'il trébuche au moment fatal.

Comptant ses pas, l'aveugle continua d'avancer jusqu'au centre exact de la nef. Là, il tourna encore pour se diriger sans la moindre hésitation vers le second l'autel. En cet instant précis, le chant s'arrêta et le cortège poursuivit sa progression dans un silence empli de révérence.

Marcher sans rien y voir, ce devait être un peu comme d'aller aux latrines au beau milieu de la nuit, imagina Godwyn ; comme de retrouver dans le noir un chemin que l'on connaissait bien. Ce chemin qu'il parcourait maintenant, Carlus l'avait emprunté à maintes reprises au cours de sa vie. Aujourd'hui, peut-être éprouvait-il une certaine tension d'être celui qui ouvrait la marche ? Aucune inquiétude, cependant, ne transparaissait sur son visage. Seul le léger mouvement de ses lèvres trahissait qu'il s'attachait à compter ses pas. Hélas pour lui, son décompte serait faux. Godwyn y avait veillé en avançant l'autel. Carlus saurait-il garder son équilibre ou tomberait-il, devenant la risée de tous ?

Au passage des reliques sacrées, les fidèles se rejetaient craintivement en arrière. Ils savaient que toucher une châsse pouvait engendrer un miracle aussi bien qu'un désastre, pour peu que le saint à qui avaient appartenu ces reliques juge ce geste irrévérencieux. Car l'esprit des défunts continuait de vivre après la mort, croyaient-ils. Dans l'attente du Jugement dernier, les disparus veillaient attentivement sur leurs restes corporels. Ceux qui avaient mené une vie sainte bénéficiaient de pouvoirs quasi illimités quand il s'agissait de châtier ou de récompenser les vivants.

L'idée que l'acte sur le point de se produire dans la cathédrale de Kingsbridge puisse déplaire à saint Adolphe traversa l'esprit de Godwyn et il se mit à trembler de terreur. Son angoisse fut de courte durée. N'agissait-il pas pour le bien de la communauté qui hébergeait ces saintes reliques? Assurément, dans son immense sagesse, ce saint capable de lire dans le cœur des hommes ne manquerait pas de voir tout le bénéfice que Godwyn attendait de cette situation.

Carlus ralentit son allure. La distance séparant chacun de ses pas ne diminua pas pour autant. Sur le point de faire le pas décisif, celui qui, d'après son compte, devait le conduire au pied de l'estrade supportant l'autel, l'aveugle parut soudain hésiter. Aurait-il décidé de modifier ses habitudes au tout dernier moment? Godwyn retint son souffle.

Carlus posa un pied par terre et leva l'autre en toute confiance, se préparant à monter sur la marche.

Mais la distance était plus courte que prévu. Dans le silence général, le bruit produit par sa sandale en heurtant le bois creux résonna comme un coup de cymbale. Emporté par son élan, l'aveugle bascula en avant en poussant un cri de surprise apeurée.

L'espace d'un instant, une joie triomphale submergea le cœur de Godwyn. L'anéantissement qui le saisit ensuite n'en fut que plus brutal.

Siméon, qui s'était précipité au secours de Carlus, ne put retenir la précieuse châsse, qui alla s'écraser au sol. À la vue des reliques éparpillées sur les dalles de pierre, un cri terrifié monta de l'assistance. Au même moment, Carlus s'effondrait sur l'autel de bois sculpté. Ébranlé par le choc, le meuble massif dérapa et glissa à bas de l'estrade, projetant dans toutes les directions les ornements sacrés qui s'y trouvaient.

Le crâne du saint, qui avait roulé sur le sol, acheva sa course aux pieds mêmes de Godwyn.

Face à ce désastre qu'il n'avait pas imaginé, celui-ci était paralysé d'horreur. En voulant démontrer l'impuissance de Carlus, il avait profané les saintes reliques ! Il ne pouvait détacher le regard de ce crâne immobile qui le fixait en retour de ses yeux évidés.

Quel châtiment redoutable lui serait-il réservé pour un crime d'une telle ampleur ?

Pourrait-il seulement se racheter ?

Ayant lui-même orchestré l'incident, Godwyn était moins sidéré que le reste de l'assistance. Il fut donc le premier à reprendre ses esprits. Dressé au-dessus des reliques, les deux bras levés au ciel, il cria de manière à couvrir le vacarme : « Que tout le monde s'agenouille et prie ! »

Les personnes placées devant obtempérèrent, très vite imitées par toute l'assemblée. Godwyn entonna un cantique connu de tous, auquel les moines et les religieuses joignirent leurs voix. Au son de ce chant qui emplissait l'église, il redressa le reliquaire, apparemment intact. Puis, se mouvant avec une lenteur théâtrale, il prit le crâne dans ses deux mains et, tremblant d'une crainte superstitieuse qu'il parvint à celer, il le replaça à l'intérieur de la châsse tout en récitant une prière en latin.

Comme Carlus tentait péniblement de se relever, Godwyn indiqua à deux religieux de l'aider. « Frère Siméon… mère Cécilia… voulez-vous raccompagner le sous-prieur ? » Sur ces mots, il ramassa un os par terre.

Son effroi était grand : car c'était lui, et non Carlus, qui était à blâmer pour l'abomination qui venait de se produire. Craignant le courroux du saint, il cherchait à se convaincre qu'il avait agi avec des intentions pures.

Il n'oubliait pas pour autant son objectif principal : convaincre l'assistance tout entière qu'il était un homme efficace, un chef capable de diriger les opérations en situation de crise. Comprenant le danger qu'il y avait à laisser s'éterniser l'horreur et l'effroi, il se hâta de rassembler les reliques.

« Frère Thomas, frère Théodoric, venez m'aider ! » dit-il. Comme Philémon faisait un pas en avant, il l'écarta d'un geste : seuls les hommes consacrés à Dieu pouvaient poser la main sur les saints ossements.

Soutenu par frère Siméon et par mère Cécilia, Carlus quittait la cathédrale en boitillant, le laissant maître indiscuté de la situation.

Il ordonna à Philémon et à un autre serviteur du monastère nommé Otho de redresser l'autel. Ce qu'ils firent aussitôt. Otho ramassa les chandeliers, Philémon le crucifix orné de pierreries, puis tous deux, avec révérence, replacèrent les objets de culte sur l'autel avant d'aller récupérer les cierges éparpillés.

Les reliques réunies dans la châsse, Godwyn tenta en vain d'en rabattre le couvercle. Las, les charnières s'étaient tordues dans la chute. L'ayant refermée du mieux qu'il le pouvait, il la reposa cérémonieusement sur l'autel.

Son but, pour l'heure, consistait à démontrer que Thomas était le moine le mieux à même de remplir les fonctions de prieur. S'en rappelant à temps, Godwyn ramassa le saint livre que frère Siméon avait porté pendant la procession et le lui tendit. Thomas comprit ce qu'il avait à faire. Ouvrant le missel à la page requise, il entama la lecture des versets. Les moines et les religieuses se mirent en rang de part et d'autre de l'autel et Thomas, chantant un psaume, alla se placer en tête de la procession.

Et l'office reprit jusqu'à son terme.

*

À peine Godwyn eut-il quitté la cathédrale qu'il fut saisi de tremblements. On avait frôlé la catastrophe ! Grâce au ciel, personne ne semblait se douter qu'il en était l'auteur, à en juger par les commentaires passionnés des moines, sitôt qu'ils eurent regagné le cloître. Adossé à un pilier, Godwyn s'efforçait de retrouver son calme, tout en prêtant l'oreille à leurs conversations. Si d'aucuns considéraient la désacralisation des reliques comme le signe que Dieu ne voulait pas de Carlus comme prieur – réaction qu'il avait espérée –, la majorité de la congrégation exprimait sa compassion pour l'aveugle, ce qui ne faisait pas son affaire. Il prenait soudain conscience qu'en agissant de la sorte, il avait bien failli donner l'avantage à Carlus. Ayant recouvré ses esprits, il partit d'un pas vif vers l'hospice, décidé à profiter du désarroi de l'aveugle pour s'entretenir avec lui. Attendre qu'il ait vent de la bonne disposition des moines à son égard serait bien trop risqué.

Le sous-prieur était assis sur un lit. Il avait la tête bandée et le bras en écharpe. Il était pâle et des tics crispaient son visage par intermittence, preuve qu'il était ébranlé.

Siméon, assis à côté de sa couche, jeta à Godwyn un regard dégoûté. « Vous êtes content, je suppose ? »

Godwyn ne releva pas sa remarque. « Frère Carlus, vous serez heureux de savoir que les reliques du saint ont été remises en bonne place avec les hymnes et les prières de rigueur. Le saint nous pardonnera sûrement ce tragique accident. »

Carlus secoua la tête. « Il ne s'agit pas d'un accident. Tout survient de par la volonté de Dieu. »

Godwyn sentit renaître ses espoirs. Ce début d'entretien était prometteur.

« Ne prononcez pas de paroles définitives, mon frère ! s'empressa d'intervenir Siméon.

— C'est un signe, insista l'aveugle. Dieu nous fait savoir qu'il ne veut pas de moi comme prieur. »

Godwyn se réjouit intérieurement : c'était mot pour mot la phrase qu'il souhaitait entendre.

« Bêtises que tout cela ! » réagit Siméon sans se laisser démonter. Il prit une tasse sur la table de chevet et la plaça dans la main de Carlus. Elle devait contenir du vin chaud au miel, pensa Godwyn, sachant que c'était le remède prescrit par mère Cécilia dans presque toutes les situations. « Buvez ! ordonna le moine.

— Ce serait pécher que d'ignorer un tel message, répéta Carlus avant d'obtempérer.

— Il n'est pas toujours facile de déchiffrer les messages divins, protesta Siméon.

— En effet. Mais quand bien même vous auriez raison, les frères n'éliront pas un prieur qui n'est pas capable de porter les reliques du saint sans trébucher. »

Godwyn se permit une amabilité : « Certains d'entre eux se sentent plus portés à la miséricorde qu'à la condamnation. »

Siméon lui jeta un regard perplexe, se demandant, à juste titre, où il voulait en venir.

Godwyn, en effet, se faisait l'avocat du diable pour obtenir de Carlus un engagement plus manifeste. Qui sait ? Un désistement peut-être, ferme et définitif.

Comme il l'espérait, Carlus le suivit dans cette direction. « Un prieur doit être un moine que ses frères respectent et estiment capable de les conduire avec sagesse. Pas un homme pour

320

lequel ils éprouvent de la pitié, affirma-t-il, et l'amertume de l'invalide transparut dans sa voix.

— Je suppose qu'il y a du vrai là-dedans », avança Godwyn avec une feinte hésitation, comme si cette phrase lui était extorquée de force. Et il prit le risque d'ajouter : « Mais peut-être devriez-vous suivre l'avis de Siméon et remettre votre décision à plus tard, quand vous aurez repris vos forces.

— Je ne me suis jamais senti mieux, répliqua Carlus qui ne voulait pas admettre sa faiblesse devant le jeune Godwyn. Je ne me sentirai pas mieux demain qu'aujourd'hui. Attendre ne changera rien à l'affaire : je me retire de l'élection. »

À ces mots, Godwyn se leva brusquement. Baissant la tête pour ne pas révéler son triomphe, attitude qui pouvait passer pour un signe de soumission, il déclara : « Votre esprit est aussi clair que toujours, frère Carlus. Je transmettrai aux moines votre décision. »

Siméon voulut protester. L'entrée impromptue de mère Cécilia l'en empêcha. Elle semblait fort agitée. « Le comte Roland menace de quitter le lit s'il ne voit pas le sous-prieur sur-le-champ. Or, il ne doit pas bouger car son crâne n'est pas entièrement soudé, et frère Carlus doit garder le lit, lui aussi. »

Tournant les yeux vers Siméon, Godwyn décida : « Nous y allons ! »

Il jubilait intérieurement. Carlus ne s'était pas le moins du monde rendu compte qu'il était mené par le bout du nez. Il avait retiré sa candidature de lui-même, laissant Thomas seul en lice. Un Thomas que lui, Godwyn, éliminerait quand il le voudrait. Son plan avait remarquablement réussi. Jusqu'ici, en tout cas.

Les deux moines montèrent ensemble l'escalier.

Étendu sur le dos, la tête entourée d'épais bandages, le comte Roland parvenait néanmoins à conserver les attributs du pouvoir. Il avait dû recevoir la visite du barbier, parce qu'il était rasé et que le peu de cheveux noirs qui dépassaient de son pansement étaient coupés et coiffés comme il se devait. Il portait une courte tunique pourpre et un pantalon propre, dont les jambes étaient de deux couleurs différentes, comme le voulait la mode, l'une jaune et l'autre rouge. Bien qu'il soit sur son lit, il portait un poignard à la ceinture et il était chaussé de courtes bottes de cuir. Son fils aîné, William, se tenait près de lui, accompagné de sa femme, dame Philippa. À quelques pas de là, assis à une écritoire, des plumes et de la cire à cacheter devant lui, se tenait le père Jérôme, le jeune prêtre en soutane qui lui tenait lieu de secrétaire. Le message était clair : le comte était de retour aux affaires.

« Le sous-prieur est-il là ? » s'enquit-il d'une voix claire et forte.

Godwyn, devançant Siméon, répondit : « Le sous-prieur Carlus souffre d'une chute et se trouve lui-même alité dans cet hospice, mon seigneur. Je suis le sacristain, frère Godwyn. Frère Siméon, qui m'accompagne, est notre trésorier. Nous remercions Dieu d'avoir guidé les mains des moines qui se sont occupés de vous et ont ainsi permis votre rétablissement miraculeux.

— C'est le barbier qui a recollé ma tête brisée, dit Roland. C'est lui qu'il faut remercier. »

Le comte n'ayant pas bougé la tête, Godwyn ne pouvait discerner distinctement ses traits. Pourtant, il eut la curieuse impression que son visage demeurait inexpressif. Sa blessure lui aurait-elle laissé des séquelles permanentes ?

« Avez-vous tout ce qu'il vous faut pour votre confort ?

— Quand je manquerai de quelque chose, vous le saurez dans l'instant. Maintenant, écoutez-moi. Ma nièce, Margerie, doit épouser le plus jeune fils du comte Roger de Monmouth. Je présume que vous êtes au courant.

— Oui, répondit Godwyn, et la vision de la jeune fille étendue sur le dos dans cette même pièce, ses jambes blanches levées au ciel, et forniquant avec son cousin Richard, l'évêque de Kingsbridge, s'imposa à son esprit.

— Le mariage a été retardé en raison de ma santé. »

Pourquoi mentait-il ? se demanda Godwyn, car le pont s'était effondré un mois plus tôt. Probablement tenait-il à montrer que ses blessures ne l'avaient pas diminué, que sa puissante famille était toujours digne de s'allier à celle du comte Roger.

Roland poursuivait : « Le mariage aura lieu dans la cathédrale de Kingsbridge, dans trois semaines à compter de ce jour. »

Selon les conventions, le comte aurait dû soumettre une demande et non pas ordonner. Un prieur dûment élu aurait réagi avec raideur à son attitude. Ne voyant pas de raison de lui opposer un refus, Godwyn promit d'engager les préparatifs nécessaires.

« Je veux que le nouveau prieur soit en place, le jour de la cérémonie », ajouta Roland.

Siméon émit un grognement de surprise.

Cette hâte servait remarquablement les objectifs de Godwyn, qui s'empressa de répliquer : « Très bien. Jusqu'aujourd'hui, nous avions deux candidats mais notre sous-prieur, frère Carlus, vient de laisser sa place à frère Thomas, le maître d'œuvre. Nous pouvons donc procéder à l'élection dès que vous le souhaiterez.

— Permettez ! » intervint Siméon, pour qui ces paroles signifiaient la défaite.

Mais Roland ne l'écoutait pas. « Je ne veux pas de Thomas ! »

Voilà bien une chose à laquelle Godwyn ne s'attendait pas.

Siméon sourit, satisfait de ce sursis. Godwyn, sous le choc, tenta d'objecter. « Mais, mon seigneur… »

Roland ne permit pas qu'on l'interrompe. « Faites venir mon neveu, Saül Tête-Blanche, de l'abbaye de Saint-Jean-des-Bois ! »

Un mauvais pressentiment envahit Godwyn. Saül avait son âge. À l'époque de leur noviciat, ils avaient été amis ; ils avaient suivi leurs études ensemble à Oxford. Depuis, ils avaient pris des voies différentes : Saül s'était retiré dans la dévotion, Godwyn avait choisi le monde. À présent, Saül exerçait les fonctions de prieur dans un ermitage dépendant de l'abbaye. Il était intelligent, dévot, et aimé de tous. L'humilité lui tenant à cœur, il n'aurait jamais présenté sa candidature à l'élection du prieur.

« Faites-le venir aussitôt que possible, exigea Roland. C'est lui que je nommerai prieur de Kingsbridge. »

21.

De là où il était assis, sur le toit de l'église Saint-Marc, la ville de Kingsbridge tout entière s'offrait à la vue de Merthin. Blotti au creux du coude de la rivière, le prieuré devait occuper à lui seul un bon quart de la cité au sud-est, si l'on comptait les divers bâtiments du monastère et les terrains attenants, c'est-à-dire le cimetière, l'esplanade du marché, le verger et le potager. Pour l'heure, des serviteurs étaient en train de ramasser des légumes, de nettoyer l'étable ou de décharger les barils d'un chariot. La cathédrale, quant à elle, ressemblait à un chêne au milieu d'un champ d'orties.

Le centre de la ville se trouvait tout à côté. Ce quartier, concentré principalement autour de la grand-rue, s'élançait de la berge du fleuve pour prendre d'assaut la colline comme l'avaient fait les moines aux tout débuts de leur installation à Kingsbridge, il y avait de cela des centaines d'années, lorsqu'ils avaient édifié les premiers bâtiments de leur monastère. Il était habité aujourd'hui par la frange aisée de la population, et ces gens portant d'élégants manteaux de laine aux couleurs éclatantes étaient de riches marchands. Ils sillonnaient la grand-rue d'un pas déterminé, toujours pressés par quelque affaire. Au nord du prieuré, une autre artère traversait la ville en son milieu, perpendiculairement à la rue principale, c'est-à-dire d'ouest en est. Le vaste toit que l'on distinguait à l'angle de ces deux rues était celui de la guilde, le plus grand bâtiment de la ville après le prieuré.

Plus bas dans la grand-rue, à mi-chemin de la rivière, on pouvait voir le portail du prieuré et, juste à côté, l'auberge de La Cloche. En face s'élevait la demeure de la famille de Caris, l'une des plus grandes de la ville. Pour l'heure, devant La Cloche, quelqu'un haranguait une foule recueillie. Ce devait être Murdo, le frère lai qui n'était affilié à aucun ordre monastique semblait-il. Resté à Kingsbridge après l'effondrement du pont, il profitait du désarroi des survivants pour se remplir les poches. Ses sermons passionnés au coin des rues lui rapportaient quantité de pièces d'argent d'un demi-penny ou d'un quart de penny. Aux yeux de Merthin, c'était un escroc qui masquait son cynisme et son avidité sous une sainte colère et de fausses larmes, mais bien peu de gens le suivaient dans cette opinion.

Du pont au bas de la grand-rue, il ne demeurait que des tronçons saillant de l'eau. Sur la rivière, on pouvait voir le bac transportant d'une rive à l'autre un chariot chargé de troncs d'arbres. Au sud-est s'étendait la partie industrielle de la ville. Les grandes bâtisses, qui s'y dressaient sur de vastes terrains, abritaient des abattoirs, des tanneries, des brasseries, des boulangeries et toutes sortes d'ateliers. Considéré par les notables comme un quartier sale et nauséabond, ce faubourg de Kingsbridge était néanmoins le lieu où les fortunes se faisaient. À cet endroit, la rivière s'élargissait et se divisait en deux bras. Dans sa barque à rames, Ian, le batelier, était en train de conduire un passager à l'île des lépreux. Il devait s'agir d'un moine apportant des vivres au dernier malade maintenu en isolement là-bas. Le long de la rive, les entrepôts se succédaient et l'on distinguait les barges et les radeaux accostés aux différentes jetées pour décharger des marchandises. Au-delà, Villeneuve prolongeait ses sinueuses rangées de masures entre des pâturages, des vergers et des potagers. Ces terres appartenaient au prieuré, c'était d'elles que les moines et les religieuses tiraient leur subsistance.

Le nord de la ville était peuplé de miséreux, de personnes âgées, de veuves, de travailleurs boudés par le succès. Leurs habitations se blottissaient autour d'une église aussi pauvre qu'eux, mais dont la pauvreté même avait fait le bonheur de Merthin puisqu'elle avait obligé le curé à l'engager comme charpentier, voilà maintenant quatre semaines.

À la demande du père Joffroi, le jeune homme avait donc construit une grue pour réparer le toit de Saint-Marc. Caris avait persuadé son père de lui prêter l'argent nécessaire pour acheter des outils, et Merthin avait engagé pour l'aider dans sa tâche un gamin de quatorze ans du nom de Jimmie, qu'il payait un demi-penny par jour.

Aujourd'hui la grue était achevée. Merthin devait effectuer les premiers essais. D'une façon ou d'une autre, la nouvelle s'était répandue et les gens, impressionnés par son bac, se demandaient quelle machine extraordinaire il avait bien pu inventer cette fois-ci. Une petite foule s'était rassemblée dans le cimetière, des oisifs pour la plupart, mais il y avait là aussi le père Joffroi, Edmond et Caris, ainsi que plusieurs bâtisseurs de la ville, parmi lesquels Elfric. Rater sa démonstration devant un tel aréopage d'amis et d'ennemis serait un échec cuisant pour Merthin.

Le pire serait encore qu'il devrait chercher du travail ailleurs. Pour l'heure, la fabrication de la grue lui avait permis d'éviter ce malheureux destin. Toutefois l'épée de Damoclès demeurait suspendue au-dessus de sa tête. Si son système ne fonctionnait pas, les gens en concluraient qu'il portait la guigne. Ils affirmeraient que les esprits ne voulaient pas de lui en ville et la pression qu'il subissait déjà s'aggraverait encore. Il lui faudrait alors dire adieu à Kingsbridge et à Caris.

Tout au long de ces dernières semaines, tandis qu'il mettait son bois en forme et assemblait ses pièces, il s'était tracassé à l'idée de perdre sa bien-aimée. Il n'y avait jamais pensé sérieusement auparavant. À présent, il se rendait compte que Caris était toute sa joie. Par temps ensoleillé, il n'avait qu'une envie : se promener avec elle. Quand il tombait sur quelque chose de beau, il voulait aussitôt le lui montrer. Quand on lui rapportait une drôlerie, il ne pensait qu'à la lui répéter afin de la voir sourire. Certes, son travail lui procurait du plaisir, notamment quand il découvrait un moyen intelligent de régler un problème apparemment insurmontable, mais il s'agissait là d'une satisfaction froide et cérébrale. Le bonheur d'être avec Caris était différent et il comprenait que sans elle sa vie ne serait plus qu'un hiver sans fin.

Il se releva. Le temps était venu de démontrer ses talents.

Hormis un détail innovant, sa grue n'avait rien de très particulier. Comme toutes les machines de ce type, elle était munie d'une corde reliée à une grande roue qu'un homme, placé à l'intérieur, mettait en mouvement dès qu'il commençait à marcher. En l'occurrence, cette roue était érigée dans le cimetière et c'était Jimmie qui était chargé de l'actionner. Après tout un parcours émaillé de poulies, la corde était reliée à un appareillage en bois en forme de potence installé tout en haut du mur de l'église, au ras du toit, et dont le bras immense passait au-dessus du toit. Rien d'inhabituel à tout cela. La nouveauté, c'était que ce bras de potence comportait un pivot lui permettant de tourner sur lui-même.

Pour s'éviter le malheureux destin de Howell Tyler, Merthin s'était ceint à hauteur des aisselles d'une corde qui était accrochée à une grosse pierre du mur et retiendrait sa chute, le cas échéant. Muni de cette protection, il avait retiré les ardoises qui recouvraient une partie du toit. Cette première opération terminée, il avait solidement fixé la corde partant du treuil à une poutre de la charpente.

« Vas-y ! » cria-t-il vers le bas. Jimmie se mit en marche aussitôt.

Sa machine allait fonctionner, Merthin en était sûr et certain, mais il avait quand même le souffle court. Et ce n'est pas sans une grande inquiétude qu'il surveilla que tout se déroulait comme prévu.

En bas, Jimmie marchait sur le chemin de bois qui tapissait l'intérieur de la roue. Celle-ci, pourvue de dents asymétriques, ne pouvait tourner que dans un sens. Au rythme des pas de Jimmie, un frein se déplaçait le long du crantage. Les dents, limées sur un côté, présentaient une face bombée et une autre verticale, qui interdisait tout mouvement inverse.

La poutre se souleva lentement. Lorsqu'elle fut totalement dégagée de la charpente, Merthin cria à Jimmie de s'arrêter.

Le frein bloquant la roue glissa à l'intérieur d'une encoche. En haut, la poutre resta suspendue en l'air, oscillant légèrement. Jusqu'ici, tout allait bien. C'était maintenant que les choses pouvaient mal tourner.

Merthin fit pivoter la grue. Le bras se mit à balancer. Retenant son souffle, Merthin gardait les yeux fixés sur sa machine. Il savait que le déplacement de la charge allait lui faire subir une nouvelle contrainte. Le bois grinça. Le bras effectua un demicercle, transportant la poutre de sa place d'origine à un endroit situé à l'aplomb du cimetière. Un murmure émerveillé monta de la foule : personne à ce jour n'avait vu de grue pivotante.

« Retire le frein ! » ordonna Merthin.

Jimmie obtempéra. La roue recommença à tourner, déroulant la corde, et la charge s'abaissa progressivement, un pied après l'autre, dans un mouvement saccadé.

La foule suivait l'opération dans le plus grand silence. Elle accueillit l'atterrissage de la poutre par un concert d'applaudissements.

Jimmie alla détacher la corde.

S'autorisant un instant de triomphe, Merthin descendit à bas de son échafaudage sous les ovations de l'assistance. Caris l'embrassa. Le père Joffroi vint lui serrer la main. « C'est une merveille de machine. Je n'ai jamais rien vu de semblable !

— Forcément ! répondit Merthin. Puisque je l'ai inventée ! »

D'autres hommes vinrent le féliciter. Tout le monde se réjouissait d'avoir été parmi les premiers à voir ce phénomène – tout le monde sauf Elfric, resté en retrait et qui faisait grise mine.

Merthin ne lui prêta pas attention. Il dit au père Joffroi : « Nous étions convenus que vous me paieriez si la machine fonctionnait.

— Je vais le faire volontiers. Je te dois huit shillings jusqu'à la date d'aujourd'hui. Plus vite tu descendras le reste du toit, plus heureux je serai ! » Il ouvrit la bourse attachée à sa taille et en sortit des pièces de monnaie enfermées dans un chiffon.

La voix d'Elfric s'éleva : « Un instant, je vous prie ! »

Tous les regards se tournèrent vers lui.

« Vous ne pouvez pas payer ce garçon, père Joffroi. Il n'est pas charpentier. »

Merthin se révolta intérieurement. C'était un comble ! On n'allait quand même pas interdire de le payer, alors qu'il avait rempli son engagement ! Mais Elfric se souciait comme d'une guigne d'être équitable ou pas.

« Bêtise que cela ! rétorqua le père Joffroi. Merthin a réalisé ce qu'aucun autre charpentier de la ville n'est capable de faire.

— Peu importe. Il n'est pas membre de la guilde, un point c'est tout !

— Je ne demande pas mieux que d'y entrer, intervint Merthin, mais vous ne m'accepterez pas.

— Telles sont nos prérogatives ! »

À quoi le père Joffroi riposta : « J'affirme que c'est injuste – et bien des gens en conviendraient. Cela fait six ans et demi que Merthin est apprenti et ne reçoit pour salaire que pitance et de la paille sur le plancher d'une cuisine, quand il est de notoriété publique qu'il accomplit le travail d'un maître charpentier depuis des années. Vous n'aviez pas le droit de le chasser sans lui remettre d'outils ! »

Un murmure d'assentiment s'éleva des hommes rassemblés autour d'eux. L'opinion générale était qu'Elfric s'était montré trop dur. Mais cela ne l'empêcha pas de répliquer : « Avec tout le respect dû à votre révérence, c'est à la guilde d'en décider, pas à vous !

— Très bien, fit le père Joffroi en croisant les bras. À vous entendre, je ne devrais pas payer Merthin, qui était le seul homme en ville capable de réparer mon église sans que je sois obligé de la fermer. Eh bien, j'agirai à ma guise. Libre à vous de me traîner devant les tribunaux ! » Sur ces mots, il remit à Merthin la somme convenue.

Le visage tordu par le dépit, Elfric réagit aussitôt. « Quelle justice peut-on attendre d'un tribunal ? Quelle chance a un laïc comme moi d'obtenir un jugement équitable contre un prêtre dans un procès instruit par des moines ? »

À ces mots, la foule manifesta un certain revirement en faveur d'Elfric, tant il était fréquent qu'un grand nombre de sentences favorisaient injustement le clergé.

Mais le père Joffroi s'exclama : « Quelle chance a un apprenti comme Merthin d'obtenir gain de cause dans un jugement rendu par la guilde ? »

Des rires fusèrent. La populace appréciait les joutes bien menées.

Elfric était vaincu. Contre Merthin, il l'aurait remporté devant n'importe quel tribunal, mais contre un prêtre, ce n'était pas aussi évident. Il bougonna avec ressentiment : « Ce n'est pas un bon jour pour la ville lorsque les prêtres apportent leur soutien aux apprentis qui se soulèvent contre leurs maîtres ! » Sur ces mots, il partit, admettant sa défaite.

Ces pièces qu'il avait maintenant dans le creux de la main, ces huit shillings ou quatre-vingt-seize pennies d'argent – c'est-à-dire les deux cinquièmes d'une livre –, étaient le tout premier salaire de Merthin. Il aurait dû les compter, mais sa joie était trop grande pour qu'il perde son temps à cela. Se tournant vers Edmond, il déclara : « Voilà l'argent que je vous dois.

— Paie-moi seulement cinq shillings. Tu me rendras le reste plus tard, répliqua celui-ci généreusement. Garde un peu d'argent pour toi, tu l'as bien mérité ! »

Merthin sourit. Trois shillings à dépenser ! De toute sa vie il n'avait jamais possédé une telle somme. Il ne savait qu'en faire. Peut-être achèterait-il une poule à sa mère.

C'était midi, l'heure du dîner. La foule commença à se disperser. Merthin partit avec Caris et Edmond. Son avenir était assuré. Il avait fait ses preuves en tant que charpentier. Peu de gens hésiteraient à l'employer maintenant que le père Joffroi avait créé un précédent. Il pourrait gagner sa vie. Avoir une maison à lui.

Se marier !

Pétronille les attendait. Tandis que Merthin mettait de côté cinq shillings pour Edmond, elle apporta un plat de poisson cuit aux herbes qui fleurait délicieusement bon. Pour célébrer le triomphe du jeune homme, Edmond versa à tout le monde une rasade de vin doux du Rhin.

« Concernant la construction du pont, nous devons aller de l'avant, déclara-t-il avec impatience, n'étant pas homme à ressasser le passé. Cinq semaines se sont écoulées et rien n'a encore été entrepris !

— À ce que l'on dit, le comte se rétablit rapidement, intervint Pétronille. Le nouveau prieur sera bientôt élu. Il faut que je demande à Godwyn où en sont les choses. Je ne l'ai pas revu depuis que Carlus est tombé pendant l'office.

— J'aimerais avoir un plan du pont le plus tôt possible, poursuivit Edmond. Pour que les travaux commencent tout de suite après l'élection. »

Merthin dressa l'oreille. « Qu'avez-vous à l'esprit ?

— Nous savons déjà que ce nouveau pont devra être en pierre. Je veux aussi qu'il soit assez large pour que deux chariots puissent s'y croiser. »

Merthin hocha la tête. « Et il faudrait aussi le pourvoir d'une rampe à chaque bout pour qu'on ne patauge plus dans des mares de boue à la montée et à la descente.

— Oui. Excellente idée.

— Comment fait-on pour élever un mur en pierre au beau milieu d'une rivière ? s'enquit Caris.

— Je n'en ai pas la moindre idée, répondit Edmond. Mais ce doit être possible puisqu'il existe des quantités de ponts en pierre. »

Merthin expliqua : « J'ai écouté des hommes en discuter. Il faut commencer par installer une structure spéciale appelée batardeau afin de garder bien au sec l'emplacement où s'élèvera la pile du pont. C'est très simple, dit-on. Il faut seulement veiller à ce que l'étanchéité soit parfaite. »

Il s'interrompit, Godwyn venait d'entrer. Le sacristain n'était pas censé faire des visites en ville. En principe, il ne pouvait sortir du prieuré qu'avec un motif bien précis. Remarquant son air anxieux, Merthin supposa qu'il s'était passé quelque chose d'important.

« Carlus s'est retiré de l'élection, annonça le moine.

— À la bonne heure ! s'écria Edmond. Viens trinquer avec nous !

— Ne nous réjouissons pas trop vite ! répondit Godwyn.

— Pourquoi ? Le problème est résolu : Thomas est désormais le seul candidat, et il est favorable à la construction d'un nouveau pont.

— Thomas n'est pas le seul candidat. Le comte a nommé Saül Tête-Blanche.

— Ah ! s'exclama Edmond. Et c'est mauvais pour nos affaires ?

— Oui. Saül est apprécié de tous et il a démontré ses compétences de prieur à Saint-Jean-des-Bois. S'il accepte de se présenter à l'élection, les partisans de Carlus reporteront leurs voix sur lui, et il a de fortes chances de l'emporter. Étant apparenté au comte et ayant été nommé par lui, il est à croire qu'il agira selon ses désirs. Or le comte peut très bien voir d'un mauvais œil que nous construisions un nouveau pont qui risque de faire de l'ombre au marché de Shiring.

— On peut y remédier ? demanda Edmond, sans chercher à cacher son inquiétude.

— Je l'espère. Il faut envoyer quelqu'un à Saint-Jean-des-Bois parler avec Saül et le ramener à Kingsbridge. J'ai proposé de m'y rendre. Espérons que je saurai le convaincre de refuser ce poste. »

Pétronille prit la parole. Merthin l'écouta attentivement, car il lui reconnaissait de l'intelligence même s'il ne l'aimait pas. « Ça ne résoudra pas forcément le problème, dit-elle. Le comte pourra nommer quelqu'un d'autre qui s'opposera à la construction du pont, lui aussi. »

Godwyn signifia son accord d'un hochement de tête. « À supposer que j'arrive à persuader Saül de ne pas accepter cette nomination, nous devons faire en sorte que le comte choisisse quelqu'un qui ne puisse être élu.

— À qui penses-tu ? demanda sa mère.

— Au frère Murdo.

— Parfait.

— Mais il est épouvantable ! s'écria Caris.

— Justement ! expliqua Godwyn. C'est un ivrogne avide d'argent, un parasite, un harangueur imbu de sa personne. C'est pour ça qu'il faut en faire le candidat du comte ! Les moines ne voteront jamais pour lui ! »

À ces mots, Merthin comprit que Godwyn possédait un vrai talent de conspirateur, comme sa mère.

« Comment devons-nous procéder ? interrogea Pétronille.

— En premier lieu, il s'agit de convaincre Murdo de se présenter à l'élection.

— Ce ne sera pas difficile. Je suis sûr qu'il rêverait d'être prieur. Tu n'as qu'à lui dire qu'il a ses chances.

— C'est impossible, je soutiens déjà Thomas, tout le monde le sait. Il me soupçonnerait tout de suite d'avoir des motifs dissimulés.

— Je vais m'en charger, trancha Pétronille. Je prétendrai que nous sommes à couteaux tirés, toi et moi, et que je ne veux pas de Thomas. Je lui confierai que le comte recherche quelqu'un à nommer et affirmerai qu'il me paraît être la personne idéale pour remplir ce poste puisqu'il est apprécié de la population et surtout des pauvres et des ignorants qui le considèrent proche d'eux. Je lui dirai aussi qu'il n'aura qu'une chose à faire pour être nommé : persuader le comte qu'il sera son homme de paille.

— C'est parfait, dit Godwyn en se levant. Je tâcherai d'être présent lorsque frère Murdo s'entretiendra avec le comte Roland. » Il posa un baiser sur la joue de sa mère et sortit.

Il ne restait plus de poisson. Merthin mangea son pain imbibé de sauce. Edmond lui proposa du vin. Il refusa par crainte de tomber du toit de l'église s'il buvait trop. Pétronille partit dans la cuisine et Edmond se retira dans son bureau pour dormir. Merthin et Caris se retrouvèrent en tête à tête.

Il vint s'asseoir à côté d'elle sur le banc et la prit dans ses bras.

« Je suis si fière de toi », s'exclama-t-elle.

Il se rengorgea, heureux lui aussi de sa réussite du matin. Il l'embrassa à nouveau et ce long baiser humide l'excita. Il caressa le sein de Caris à travers sa robe de lin et en pressa délicatement le téton entre ses doigts.

Elle tendit la main vers sa protubérance et chuchota en riant : « Tu veux que je te soulage ? »

Elle lui faisait cela parfois, tard le soir, quand son père et Pétronille étaient couchés et qu'elle demeurait seule avec

Merthin au rez-de-chaussée. Mais là, c'était le milieu de la journée. À tout moment quelqu'un pouvait entrer dans la pièce. Il refusa.

« Je peux faire ça vite, insista-t-elle en resserrant sa prise.

— Ça me gêne. » Il se leva et revint s'asseoir de l'autre côté de la table.

« Excuse-moi.

— Peut-être qu'on pourra bientôt arrêter ?

— Arrêter quoi ?

— De nous cacher, de nous angoisser à l'idée que quelqu'un nous surprenne. »

L'air peiné, elle demanda : « Tu ne me désires plus ?

— Si, bien sûr ! Mais ce serait mieux si nous étions seuls. Maintenant que je vais être payé, je devrais peut-être prendre une maison.

— Tu n'as été payé qu'une fois.

— C'est vrai… Tu es si pessimiste, tout à coup. Je t'ai fait de la peine ?

— Non. Je me demande seulement pourquoi tu veux changer les choses. »

La question de Caris le dérouta. « Je ne veux pas les changer, je veux qu'elles soient meilleures. Je veux pouvoir tout faire dans l'intimité.

— Eh bien, moi, la situation me convient telle qu'elle est ! répondit-elle sur un ton provocateur.

— Moi aussi, bien sûr. Mais rien n'est éternel.

— Que sous-entends-tu ?

— Nous ne pouvons pas vivre toute notre vie chez nos parents en échangeant par-ci par-là des baisers volés quand personne ne nous regarde, dit-il avec l'impression d'expliquer des choses à un bébé. Nous devons avoir une maison à nous et vivre comme mari et femme. Dormir ensemble la nuit, faire l'amour pour de vrai et élever nos enfants.

— Pourquoi ? dit-elle encore.

— Mais je n'en sais rien ! répondit-il au bord de l'exaspération. Parce que c'est comme ça que les choses doivent être. Mais à quoi bon te convaincre ? Manifestement, tu as décidé de fermer ton esprit. Ou de faire comme si.

— À ta guise !

— D'ailleurs, il faut que je retourne au travail.

— Eh bien, vas-y ! »

Il n'y comprenait plus rien. Ces six derniers mois, il avait ragé de ne pas pouvoir épouser Caris, convaincu qu'elle partageait ce désir. Et voilà qu'il découvrait maintenant qu'il n'en était rien. La connaissant, il devinait qu'elle lui en voulait de professer des idées toutes faites. Mais croyait-elle vraiment que leur relation d'adolescents puisse durer éternellement ? Il scruta son visage. N'y voyant qu'un entêtement boudeur, il tourna les talons et passa la porte.

À peine dans la rue, l'hésitation le saisit. Peut-être devrait-il rentrer et forcer Caris à lui expliquer ce qu'elle avait sur le cœur ? Se rappelant son expression, il se dit que le moment était mal choisi. Il partit donc pour Saint-Marc en se demandant comment une journée si bien commencée pouvait subitement aussi mal s'achever.

22.

Godwyn préparait la cathédrale de Kingsbridge en vue des noces solennelles censées s'y dérouler sous peu. Pour accueillir une assemblée aussi prestigieuse que les comtes de Monmouth et de Shiring, la multitude de barons invités et les centaines d'écuyers à leur service, les lieux se devaient d'être au sommet de leur splendeur. Il fallait remplacer les pierres fendues, reconstituer la maçonnerie ébréchée, retailler les sculptures abîmées, passer les murs à la chaux, repeindre les piliers et tout nettoyer de fond en comble.

« Je souhaite que la réfection du chœur soit achevée pour cette date, précisa Godwyn à maître Elfric en inspectant le sanctuaire en sa compagnie.

— Je doute que ce soit possible…

— Cela doit être fait, cependant. Nous n'allons pas avoir un échafaudage dans le chœur durant la cérémonie ! » Apercevant Philémon qui lui faisait des signes impérieux de la porte sud du transept, il pria le bâtisseur de l'excuser.

« Je ne dispose pas des hommes nécessaires ! lança Elfric à sa suite.

— Il ne fallait pas tant vous presser de les mettre à la porte ! »
répliqua Godwyn par-dessus son épaule.

Philémon était au comble de l'excitation. « Frère Murdo a
demandé à voir le comte, apprit-il à Godwyn.

— Excellente chose ! » répondit celui-ci. Sa mère avait entrepris le frère lai la veille au soir et il s'était attendu à une réaction
rapide de sa part. Voilà pourquoi il avait demandé à Philémon
ce matin de traîner près de l'hospice et de le prévenir sitôt que
Murdo arriverait.

Il se hâta vers l'hospice, Philémon dans son sillage. À son
grand soulagement, Murdo attendait toujours d'être reçu dans
la grande salle du rez-de-chaussée. Pour cette occasion, il avait
quelque peu soigné son apparence : son visage et ses mains
étaient propres, la frange de cheveux autour de sa tonsure était
coiffée et le gros des taches qui émaillaient sa soutane avait été
plus ou moins nettoyé. S'il était loin d'afficher l'apparence d'un
père prieur, il ressemblait presque à un moine.

Godwyn gagna l'étage sans lui prêter attention. Dans la
personne de l'écuyer montant la garde devant la chambre du
comte, il reconnut le frère de Merthin, un Ralph à la beauté un
peu altérée par un nez légèrement boursouflé et des cicatrices
plus récentes. Mais n'était-ce pas le lot des écuyers que de se
blesser ? Godwyn le salua aimablement. « Bonjour, Ralph. Que
t'est-il arrivé au nez ?

— Je me suis battu avec un crétin de paysan.

— Je te fais confiance pour l'avoir corrigé comme il le méritait. Est-ce que le frère lai est déjà venu voir le comte ?

— Oui. On lui a demandé d'attendre.

— Qui est avec le comte en ce moment ?

— Son secrétaire, le père Jérôme, et dame Philippa.

— Demande-leur s'ils peuvent me recevoir.

— Dame Philippa a dit que le comte ne devait voir personne. »

Un sourire entendu, comme peuvent s'en échanger deux
hommes quand il est question des capacités d'une femme, étira
les lèvres de Godwyn. Ralph le lui rendit. Passant la tête à l'intérieur de la pièce, il demanda : « Et pour frère Godwyn, le sacristain ? »

Il y eut un silence et dame Philippa sortit dans le couloir.
Ayant refermé la porte sur elle, elle s'écria avec colère : « J'ai

dit : aucune visite ! Le comte Roland n'arrive pas à se reposer.

— Je le sais, ma dame, mais frère Godwyn ne se permettrait pas de tracasser le comte en vain. »

Le ton employé par Ralph força Godwyn à le regarder. L'expression d'adoration qu'il lut sur son visage lui fit prendre conscience de la beauté voluptueuse de dame Philippa. Dans sa robe grenat, dont la ceinture, enserrant la taille, mettait en valeur les courbes pleines de ses hanches et de ses seins, elle était une statue dédiée à la tentation. Une fois de plus Godwyn regretta que les femmes soient autorisées à pénétrer dans l'enceinte du prieuré et il souhaita ardemment trouver le moyen d'y remédier. Qu'un écuyer tombe amoureux d'une femme mariée, c'était déjà une mauvaise chose. Que cela survienne à un moine, ce serait dramatique !

« Je me trouve dans la situation très regrettable de devoir déranger le comte, dit Godwyn. Et il y a en bas un frère lai qui réclame également de le voir.

— Je sais, frère Murdo. Son affaire est-elle si pressante ?

— Non, au contraire. Mais je dois prévenir le comte de quoi il retourne.

— Vous savez donc ce qu'il veut lui dire ?

— Je le crois.

— Dans ce cas... le mieux, je pense, serait que vous voyiez le comte ensemble.

— Mais... », objecta Godwyn et il feignit de taire une protestation.

Se tournant vers Ralph, dame Philippa lui ordonna de faire monter Murdo. Puis elle introduisit les deux religieux dans la chambre du comte.

Roland était sur son lit, habillé de pied en cap comme lorsque Godwyn l'avait quitté. Cependant il n'était plus étendu mais assis, et un oreiller de plumes soutenait sa tête bandée. « De quoi s'agit-il, les moines ? D'une réunion du chapitre ? maugréat-il avec sa mauvaise humeur habituelle. Que me voulez-vous encore ? »

Godwyn n'avait pas revu le comte de face depuis l'effondrement du pont. Grande fut sa surprise de découvrir qu'il avait tout le côté droit du visage paralysé : l'œil caché sous la paupière, la joue quasiment immobile lorsqu'il parlait et un côté de la bouche relâché et affaissé. Cette fixité faisait ressortir plus vivement les rides sur la partie gauche de son front. Le froncement de son sourcil gauche donnait à son œil droit écarquillé une autorité flamboyante, et ses paroles jaillissaient avec véhémence de la gauche de sa bouche. Godwyn le regardait avec ébahissement. En tant que médecin, il savait que les blessures au crâne pouvaient laisser des séquelles surprenantes, mais il n'avait jamais entendu parler de manifestations semblables.

« Énoncez votre affaire, ne restez pas à me dévisager comme deux vaches qui passent le museau au-dessus de la haie ! »

Godwyn rassembla ses esprits. Il allait devoir éviter bien des chausse-trappes au cours des minutes à venir. À l'évidence, Roland refuserait de nommer Murdo prieur. Il convenait donc de planter dans son esprit l'idée que Murdo pouvait être une bonne alternative à Saül Tête-Blanche. En conséquence Godwyn allait devoir à la fois appuyer la requête de Murdo et s'opposer à lui : c'est-à-dire, paradoxalement, faire comprendre à Roland que Murdo lui ferait allégeance – point crucial aux yeux du comte qui voulait un prieur à ses ordres – et en même temps ne pas exprimer trop fortement les objections des moines à sa candidature, pour que le comte ne se rende pas compte que le frère lai n'avait en réalité aucune chance d'être élu. Telle était donc la tactique tortueuse que Godwyn s'apprêtait à suivre.

Murdo prit la parole en premier. « Mon seigneur, dit-il de sa voix sonore d'orateur, je viens vous demander de considérer ma candidature au poste de prieur de Kingsbridge. Je crois…

— Pas si fort, pour l'amour des saints ! » protesta Roland.

Le frère lai reprit, un ton plus bas : « Mon seigneur, je crois que je…

— Pourquoi voulez-vous être prieur ? le coupa Roland pour la seconde fois. Je croyais que, par définition, les frères lais n'étaient pas rattachés à une congrégation. » Par cette déclaration, le comte cherchait seulement à provoquer Murdo. Il n'était pas sans savoir que les frères lais, jadis religieux itinérants très respectueux du vœu de pauvreté, se regroupaient à présent en congrégations aussi riches que les ordres traditionnels.

Murdo lui fit la réponse convenue : « Je crois que Dieu accepte les deux formes de sacrifice.

— Autrement dit, vous êtes disposé à retourner votre manteau.

— Le temps passant, j'en suis venu à penser que les talents que Dieu m'a prodigués seraient mieux employés derrière les murs d'un monastère. Voilà pourquoi, oui, je serais heureux d'embrasser la règle de saint Benoît.

— Pour quelle raison devrais-je prendre en considération votre candidature ?

— Parce que j'ai également été ordonné prêtre.

— Ce ne sont pas les prêtres qui manquent.

— Bien des fidèles me suivent, à Kingsbridge et dans les environs. Je peux donc affirmer en toute modestie être le religieux qui jouit de la plus grande influence dans la région.

— Il est exact que le frère lai est extrêmement populaire », intervint le père Jérôme, prenant la parole pour la première fois.

Ce secrétaire était un jeune homme intelligent et sûr de lui. Certainement ambitieux, estima Godwyn par-devers lui. Mais il se trompait s'il croyait Murdo aussi populaire auprès des moines. Toutefois, il n'entrait pas dans les intentions de Godwyn de l'éclairer trop sur ce point.

Ni dans celles de Murdo, qui hocha la tête et déclara sur un ton empreint d'onctuosité : « Je vous remercie de tout cœur, père Jérôme. »

Godwyn jugea bon d'avancer ses pions : « Le frère Murdo est populaire auprès de la foule ignorante.

— Comme l'était Notre Sauveur, riposta l'interpellé.

— Les moines se doivent de mener une vie de pauvreté et d'abnégation, insista Godwyn.

— Si j'en juge à sa soutane, le frère Murdo ne roule pas sur l'or ! assena le comte. Quant à l'abnégation, les moines de Kingsbridge me semblent mieux nourris que bien des paysans.

— Le frère Murdo a été vu ivre dans les tavernes ! protesta Godwyn.

— La règle de saint Benoît n'interdit pas aux moines de boire du vin.

— Seulement s'ils sont malades ou travaillent dans les champs.

— Je prêche dans les champs. »

338

River son clou à Murdo n'était pas chose facile, et Godwyn se réjouit de ne pas vouloir remporter le débat. S'adressant au comte, il déclara : « Ce que je peux dire à Votre Seigneurie, en ma qualité de sacristain, c'est que je lui déconseille vivement de nommer Murdo prieur de Kingsbridge.

— J'en prends note », laissa tomber Roland froidement.

Surprenant le regard légèrement étonné de dame Philippa, Godwyn se dit qu'il avait été un peu trop rapide. Le comte Roland, quant à lui, ne semblait pas l'avoir remarqué, n'étant pas un homme d'une grande finesse.

Cependant, Murdo avait encore des choses à dire. « Le prieur de Kingsbridge doit servir Dieu, naturellement. Toutefois, concernant les questions temporelles, il devrait être guidé par le roi et par les comtes et les barons qui le servent. »

Il était difficile d'exposer ses intentions plus clairement, nota Godwyn. Murdo aurait aussi bien pu jurer au comte qu'il serait son homme. Quand les moines apprendraient qu'il avait fait une déclaration aussi indigne, ils seraient horrifiés, et les rares parmi eux qui auraient pu soutenir la candidature de Murdo changeraient de camp immédiatement.

Comme Godwyn ne réagissait pas, Roland le regarda d'un air interrogateur. « Une objection, frère sacristain ?

— Je suis sûr que le frère Murdo n'a pas voulu dire que le prieuré de Kingsbridge devait s'en remettre à vous pour tous les sujets, temporels et autres, n'est-ce pas, frère Murdo ?

— J'ai dit ce que j'ai dit, rétorqua celui-ci de sa voix de stentor.

— Cela suffit, conclut le comte de Shiring que cette joute oratoire n'amusait plus. Vous perdez votre temps, l'un et l'autre. Je nommerai Saül Tête-Blanche. Allez-vous-en maintenant ! »

*

Le monastère de Saint-Jean-des-Bois était en plus modeste la copie du prieuré de Kingsbridge. L'église, petite, était en pierre, tout comme le cloître et le dortoir. Les autres bâtiments étaient de simples constructions de bois. Les huit moines qui y résidaient menaient une vie de prière et de méditation, cultivant la majeure partie des aliments qu'ils mangeaient et fabriquant des fromages de chèvre célèbres dans tout le sud-ouest de l'Angleterre. C'était un monastère exclusivement masculin.

En début de soirée, après une chevauchée de deux jours, Godwyn et Philémon aperçurent au sortir de la forêt une vaste surface cultivée au milieu de laquelle se dressait une église. Godwyn comprit aussitôt à son grand dam que les rumeurs étaient fondées : Saül Tête-Blanche avait le talent requis pour diriger un monastère. Partout régnaient l'ordre et la propreté : les haies étaient bien taillées, les fossés tracés droit, les arbres du verger plantés à intervalles réguliers et les cultures débarrassées des mauvaises herbes. À coup sûr, les offices étaient célébrés en temps voulu et avec la révérence indispensable. Le seul espoir de Godwyn était que ses talents de prieur n'aient pas fait de Saül un homme rongé par l'ambition.

Comme il s'engageait dans le chemin coupant à travers champs, Philémon demanda : « Pourquoi le comte est-il aussi désireux de nommer son cousin prieur de Kingsbridge ?

— Pour la même raison qu'il a voulu faire de son fils cadet l'évêque de Kingsbridge, répondit Godwyn. Les évêques et les prieurs sont des gens puissants. Le comte tient à s'assurer qu'il n'a que des alliés parmi les personnes influentes de son voisinage.

— Mais sur quoi pourraient bien porter les querelles ? »

Godwyn constata non sans plaisir que le jeune Philémon commençait à s'intéresser au jeu de la politique « Les impôts, les droits et privilèges… La construction du nouveau pont à Kingsbridge, par exemple, que le prieuré pourrait vouloir entreprendre pour rendre sa foire à la laine plus attrayante, ce qui risquerait d'avoir des conséquences néfastes pour la foire de Shiring et déplairait au comte.

— Je ne vois pas très bien comment un prieur, qui ne dispose pas d'armée, peut lutter contre un comte.

— Les hommes d'Église peuvent influencer les masses. S'il stigmatise le comte dans un sermon ou prie les saints de faire pleuvoir des malheurs sur sa tête, le peuple sera tenté de croire que le comte est maudit. Il ne tiendra plus son pouvoir en considération ; il se méfiera de lui et imaginera que toutes ses entreprises sont vouées à l'échec. Pour un noble, s'opposer à un religieux vraiment déterminé peut s'avérer très difficile. Regarde ce qui est arrivé au roi Henry II après le meurtre de Thomas Becket. »

Arrivés dans la cour de la ferme, ils mirent pied à terre. Les chevaux se désaltérèrent aussitôt à l'abreuvoir. Il n'y avait personne en vue, hormis un moine, en train de nettoyer une soue derrière l'écurie, sa soutane remontée et coincée sous sa ceinture. Un novice, probablement. Godwyn le héla. « Hé, toi là-bas, viens donc t'occuper de nos chevaux !

— Tout de suite ! » répondit l'interpellé. Il donna encore quelques coups de râteau devant la porcherie et appuya son outil contre le mur pour s'avancer vers les nouveaux venus. Godwyn s'apprêtait à lui demander d'activer le mouvement quand il reconnut en lui Saül à ses cheveux blonds.

Il tiqua. Ce n'était pas à un père prieur de sortir le fumier. Ce déploiement d'humilité n'était rien d'autre que de l'ostentation. Toutefois, dans le cas présent, l'humilité manifestée par Saül pouvait fort bien servir ses buts. Ce fut donc avec un chaleureux sourire qu'il le salua.

« Bonjour, mon frère. Loin de moi l'intention d'ordonner au prieur de desseller mon cheval !

— Il faut bien que quelqu'un le fasse, pourquoi pas moi ? Vous avez voyagé toute la journée. Et puis les frères sont encore aux champs, dit-il en menant les chevaux à l'écurie. Ils seront bientôt de retour pour l'angélus. » Il invita enfin ses visiteurs à le suivre dans la cuisine.

Godwyn et Saül n'avaient jamais été proches. Godwyn se sentait rabaissé par la piété de Saül et celui-ci, sans jamais se montrer désagréable, agissait toujours à sa guise, silencieux et déterminé. Le sachant, Godwyn devrait veiller à ne pas laisser transparaître son irritation. Ce ne serait pas facile, car il était déjà la proie d'une grande tension.

Emboîtant le pas à Saül, il traversa la cour, suivi de Philémon, puis pénétra dans un bâtiment de bois d'un seul étage surmonté d'un haut toit. Et les visiteurs s'assirent avec bonheur sur un banc rugueux devant une table récurée avec soin. La pièce s'ornait encore d'une imposante cheminée en pierre. Saül tira d'un baril de bière anglaise deux bols bien remplis et les offrit à ses hôtes avant de prendre place en face d'eux.

Philémon se jeta sur sa boisson, Godwyn n'en prit qu'une gorgée. Comme Saül ne leur offrait rien à manger, il comprit que rien d'autre ne leur serait proposé avant l'angélus. De toute façon, il était trop anxieux pour avaler quoi que ce soit.

Le moment était délicat, en effet. Devant Roland, il avait dû s'élever contre la nomination de Murdo au poste de prieur tout en veillant à ne pas présenter sa candidature comme impossible. Maintenant, il devait exposer la situation de telle sorte que Saül ne puisse que refuser sa nomination. Il avait déjà préparé ses arguments. La seule difficulté était de bien les dire. Au moindre faux pas, Saül se méfierait, et alors Dieu seul sait ce qui se produirait.

Saül ne lui laissa pas le loisir de s'inquiéter plus longtemps. « Quel bon vent vous amène parmi nous, mon frère ?

— Le comte Roland a recouvré ses esprits.

— J'en remercie le Seigneur.

— Cela signifie que nous pouvons élire un prieur.

— Bien. Il n'est pas bon de rester trop longtemps sans prieur.

— À votre avis, qui faut-il désigner ? »

Saül évita la question. « Des noms ont-ils déjà été avancés ?

— Celui de frère Thomas, le maître d'ouvrage.

— Il fera un bon prieur. Quelqu'un d'autre ?

— Pas de manière formelle, répondit Godwyn, choisissant d'énoncer une demi-vérité.

— Et Carlus, le sous-prieur ? Quand je suis venu à Kingsbridge pour l'enterrement du prieur Anthony, il était le principal candidat.

— Il ne se sent pas capable d'assurer ces fonctions.

— Du fait de sa cécité ?

— Peut-être. » À l'évidence, Saül n'était pas au courant de l'incident survenu pendant la fête de saint Adolphe. Godwyn décida de ne pas l'en informer. « En tout cas, il a pris sa décision après une mûre réflexion et de longues prières.

— Le comte n'a nommé personne d'autre ? »

Godwyn marqua une brève hésitation. « Il a quelqu'un en tête… vous, et c'est la raison de notre venue, répondit-il, ce qui n'était pas véritablement un mensonge, plutôt une explication fallacieuse.

— Je suis honoré.

— Sa décision n'a pas l'air de vous surprendre », énonça Godwyn en scrutant son interlocuteur.

Saül rougit. « Pardonnez-moi, j'avoue que cette pensée m'a traversé l'esprit, compte tenu que le grand Philippe et maints autres prieurs après lui ont dirigé cet ermitage avant d'être à la tête du prieuré de Kingsbridge. Mais cela ne signifie pas que je sois aussi digne qu'eux de remplir ces fonctions.

— Ces réflexions n'ont rien de honteux. Que pensez-vous d'être pressenti pour ce poste ?

— Ce que j'en pense ? répéta Saül, quelque peu mystifié par la question. Mon opinion n'a aucune importance. Si le comte souhaite me nommer, il me nommera ; et si mes frères me veulent pour prieur, ils voteront pour moi. Je considérerai alors que Dieu m'a appelé. »

Ces atermoiements n'étaient pas du goût de Godwyn, qui voulait que Saül se désiste. « Tout n'est pas si simple, dit-il. Vous n'êtes pas obligé d'accepter cette nomination. C'est pourquoi le comte m'a envoyé ici.

— Ça ne lui ressemble guère de quérir l'avis de quelqu'un quand il peut ordonner. »

Se rappelant que Saül était un homme judicieux, Godwyn se hâta de faire machine arrière. « En effet. Quoi qu'il en soit, si vous songez à refuser, il doit le savoir le plus tôt possible de manière à pouvoir nommer quelqu'un d'autre. » Cette dernière affirmation était certainement plus proche de la vérité, même si Roland n'en avait pas touché mot.

« Je n'imaginais pas que les nominations se passaient de la sorte. »

Et pour cause ! pensa Godwyn dans son for intérieur. « La dernière fois qu'un prieur a été élu, mon oncle Anthony, nous n'étions que des novices, vous et moi, déclara-t-il. Nous ne savons donc pas comment les choses se sont déroulées.

— C'est exact.

— Vous sentez-vous les capacités nécessaires pour remplir les fonctions de prieur de Kingsbridge ?

— Assurément pas. »

Tablant sur l'humilité de Saül, Godwyn s'attendait à cette réponse. Il feignit cependant d'être déçu.

« Toutefois, reprit Saül…

— Oui ?

— Avec l'aide de Dieu, que ne peut-on accomplir !

— C'est bien vrai », renchérit Godwyn, masquant son désappointement. Manifestement, l'humble réponse de Saül n'avait été qu'une façade. En réalité, le chef spirituel de Saint-Jean-des-Bois se considérait tout à fait à la hauteur de la tâche. « Il va de soi que vous devez réfléchir et prier, ajouta-t-il néanmoins.

— Croyez bien que d'autres pensées ne viendront guère troubler mon esprit… Tiens, nos frères reviennent du travail, ajouta-t-il comme des voix se faisaient entendre au-dehors.

— Nous en reparlerons dans la matinée, proposa Godwyn. Si vous décidez de vous présenter à l'élection, vous devrez revenir à Kingsbridge avec nous.

— Très bien. »

Tout danger n'était pas écarté. Saül pouvait encore accepter la nomination. Le comprenant, Godwyn décida de tirer une dernière flèche. « Il est une chose que vous pourrez prendre en considération dans vos prières : c'est que les cadeaux des comtes et des barons s'accompagnent presque toujours d'une contrepartie.

— Que voulez-vous dire ? demanda Saül, soudain inquiet.

— Ce qu'ils distribuent n'est jamais gratuit, qu'il s'agisse de terres, de monopoles, de positions ou de titres.

— Et dans le cas présent ?

— Si vous êtes élu, Roland s'attendra à être récompensé pour son choix. D'autant que vous êtes cousins. Vous serez sa voix au chapitre, vous devrez veiller à ce que les entreprises du prieuré n'interfèrent pas avec ses intérêts.

— Il en fera une condition explicite de ma nomination ?

— Explicite ? Non. Mais, quand vous reviendrez avec moi à Kingsbridge, il sondera vos intentions. Si vous insistez sur votre volonté d'agir en toute indépendance, sans favoriser personne, il nommera quelqu'un d'autre.

— Je n'avais pas songé à cela.

— Naturellement, vous pourrez lui faire les réponses qu'il souhaite entendre et agir comme vous l'entendrez, une fois élu.

— Ce serait malhonnête.

— Oui, d'aucuns le penseraient.

— Dieu le premier.

— Vos prières vous éclaireront. »

De jeunes moines, crottés de boue, entrèrent dans la cuisine en parlant fort. Saül se leva pour leur servir de la bière anglaise. Son inquiétude ne disparut pas pour autant. Ses traits conservèrent une expression tendue tout au long de la soirée, quand les moines se rendirent tous ensemble dans la petite église pour célébrer l'office du soir devant l'autel surmonté d'un tableau représentant le Jugement dernier, puis, au souper, quand Godwyn put enfin calmer son appétit grâce au délicieux fromage fabriqué ici.

Bien qu'épuisé par ces deux jours de cheval, Godwyn ne ferma pas l'œil de la nuit. Il avait réussi à placer Saül en face d'un dilemme éthique. La grande majorité des moines auraient opté pour s'entretenir avec Roland sans dévoiler leur position ; ils auraient prononcé des paroles lui donnant à croire qu'ils se soumettraient à ses ordres, mais sans révéler leurs véritables intentions. Saül n'était pas de cette nature. C'était un homme mû par des impératifs moraux. Parviendrait-il à résoudre ce dilemme ? Accepterait-il cette nomination ? Godwyn ne voyait pas comment il le pourrait.

L'abbé de Saint-Jean-des-Bois avait toujours son regard inquiet quand les moines se levèrent aux premières lueurs de l'aube pour chanter matines.

Après le petit déjeuner, il annonça à Godwyn qu'il ne pouvait accepter la nomination.

*

Godwyn n'arrivait pas à s'accoutumer au nouveau visage du comte. C'était un spectacle trop étrange. Et si le chapeau qu'il portait désormais pour dissimuler ses bandages lui donnait un aspect plus normal, il faisait également ressortir l'immobilité de tout le côté droit de son visage. Roland était encore plus brusque qu'à l'ordinaire. Probablement souffrait-il toujours de ses affreux maux de tête.

Godwyn n'avait pas fait un pas dans la chambre que le comte grommelait déjà : « Où est mon cousin Saül ?

« — Il est resté à Saint-Jean-des-Bois, mon seigneur. Je lui ai transmis votre message…

— Mon message ? C'était un ordre ! »

Dame Philippa, debout près du lit, intervint doucement : « Ne vous emportez pas, seigneur ! Vous savez bien que cela vous fait mal.

— Frère Saül a dit qu'il ne pouvait pas accepter cette nomination, expliqua Godwyn.

— Et pourquoi ça, par le diable ?

— Il a longuement réfléchi et prié…

— Évidemment qu'il a prié, c'est le propre des moines. Quelle raison a-t-il donnée pour transgresser mes ordres ?

— Il ne se sent pas capable de surmonter un tel défi.

— Bêtise que tout cela. De quel défi s'agit-il ? On ne lui demande pas de mener mille chevaliers au combat, uniquement de s'assurer qu'une poignée de moines chante bien les hymnes aux bons moments de la journée. »

Godwyn se contenta d'incliner la tête sans mot dire, comprenant que ce verbiage était un exutoire à la colère du comte.

Celui-ci, d'ailleurs, changea de ton subitement. « Je viens seulement de réaliser qui vous étiez. Le fils de Pétronille, n'est-ce pas ?

— Oui, seigneur, répondit Godwyn en pensant intérieurement : Cette Pétronille que vous avez abandonnée !

— C'était une femme rusée. Je parie que vous l'êtes également. Comment puis-je être sûr que vous n'avez pas convaincu Saül de refuser cette nomination ? Vous souhaitez voir Thomas Langley élu prieur, n'est-ce pas ? »

Pour ce qui est de la ruse, vous n'en avez pas assez pour découvrir mon plan ! pensa encore Godwyn. Tout haut, il répondit : « Frère Saül m'a demandé ce que vous voudriez en échange de cette nomination.

— Ah, ah, nous y sommes ! Et que lui avez-vous répondu ?

— Que vous vous attendiez à ce qu'il écoute un homme qui se trouvait être à la fois son cousin, son protecteur et son comte.

— Et il a fait sa tête de mule, je suppose. Bien. Cela règle la question. Puisqu'il en est ainsi, je nommerai donc ce gros frère lai. Dégagez de ma vue maintenant ! »

Dissimulant avec peine sa joie, Godwyn salua et quitta la salle. L'avant-dernière étape de son plan avait parfaitement fonctionné. Le comte Roland ne se doutait pas le moins du monde de la façon dont il avait été poussé à nommer le pire des candidats.

À présent, la dernière scène allait se jouer.

Quittant l'hospice, Godwyn pénétra dans le cloître. C'était l'heure de l'étude avant l'office de midi. La plupart des moines, assis ou déambulant, s'adonnaient à la lecture. Les uns lisaient pour eux-mêmes, les autres pour quelques auditeurs, d'autres encore méditaient.

Ayant repéré son jeune allié Théodoric, Godwyn l'appela d'un hochement de la tête. « Le comte Roland a nommé frère Murdo au poste de prieur, lui confia-t-il à voix basse.

— Quoi ? s'ébahit Théodoric.

— Silence !

— C'est impossible !

— Évidemment.

Personne ne votera pour lui.

— Voilà pourquoi je me réjouis. »

Les traits de Théodoric mirent un certain temps avant d'exprimer la compréhension. « Oh… je vois. Et donc, c'est bon pour nous, vraiment. »

Godwyn ragea intérieurement. Pourquoi devait-il toujours expliquer les choses, même aux gens intelligents ? Personne, sauf sa mère et lui, n'était capable de voir ce que cachaient les apparences. « Faites circuler la nouvelle calmement. Inutile de montrer que vous êtes outragé. Ils le seront assez eux-mêmes sans que vous les y encouragiez.

— Dois-je dire que cela avantage Thomas ?

— Surtout pas.

— Bien. Je comprends », lâcha Théodoric, qui visiblement ne comprenait rien du tout. Mais Godwyn jugea qu'il pouvait lui faire confiance pour respecter ses instructions.

Il l'abandonna pour partir à la recherche de Philémon, qu'il découvrit balayant le réfectoire. « Tu sais où est Murdo ?

— À la cuisine, probablement.

— Trouve-le et demande-lui de te rejoindre dans la maison du prieur quand tous les moines seront à l'église pour l'office de midi. Surtout que personne ne te voie là-bas avec lui.

— Bien. Et que dois-je lui dire ?

— Commence ainsi : "Frère Murdo, je vais vous confier quelque chose mais personne ne doit jamais savoir que c'est moi qui vous l'ai appris." C'est clair ?

— "Personne ne doit jamais savoir que c'est moi qui vous l'ai appris."

— Ensuite, montre-lui la charte que nous avons trouvée. Tu te rappelles où elle est ? Dans la chambre à coucher, dans le coffre à côté du prie-Dieu. À l'intérieur d'une pochette de cuir couleur de gingembre.

— C'est tout ?

— Précise-lui que les terres remises au prieuré pour l'admission de Thomas appartenaient à la reine Isabelle et que ce fait a été gardé secret pendant dix ans. »

Philémon semblait embarrassé. « Mais nous ne savons pas ce que Thomas cherche à cacher.

— C'est vrai, mais il n'y a pas de secret sans raison.

— Vous ne craignez pas que Murdo cherche à utiliser cette information contre Thomas ?

— Bien sûr que si !

— Qu'est-ce qu'il fera ?

— Je n'en sais rien. Mais quelque chose de forcément néfaste à Thomas.

— Je croyais que nous soutenions Thomas », s'étonna Philémon, quelque peu perplexe.

Godwyn sourit. « C'est ce que tout le monde croit. »

La cloche retentit, sonnant l'office.

Philémon partit en quête de Murdo, laissant Godwyn rejoindre les moines dans la cathédrale et joindre sa voix au chœur de la congrégation : « Oh, Dieu, penche-toi vers moi et viens à mon secours. » En cette occasion, le sacristain pria avec une rare gravité. L'assurance qu'il avait manifestée en face de Philémon n'était que de façade. En réalité, il jouait gros. Il avait tout misé sur le secret de Thomas sans rien savoir de la carte qu'il retournerait.

En tout cas, il avait atteint l'un de ses objectifs : semer le trouble parmi la communauté. Les moines étaient à ce point agités que Carlus dut réclamer le silence par deux fois pendant la lecture des Psaumes. En règle générale, les moines des monas-

tères n'appréciaient guère les frères lais pour l'attitude de supériorité morale qu'ils affichaient quant à la question des biens
terrestres et pour leur jalousie à l'endroit de ceux-là mêmes
qu'ils condamnaient. Ceux de Kingsbridge détestaient Murdo
tout particulièrement pour son côté pompeux, son avidité et
son penchant pour la boisson. Ils accepteraient n'importe qui
comme prieur, sauf Murdo.

Comme la congrégation quittait la cathédrale, l'office achevé,
Siméon s'en vint trouver Godwyn. « Nous ne pouvons pas avoir
ce frère lai pour prieur.

— J'en conviens.

— Carlus et moi ne proposerons pas d'autre nom. Si nous
étalons nos divisions, le comte aura beau jeu de présenter son
candidat comme un compromis nécessaire. Nous devons effacer
nos différences et faire bloc autour de Thomas. Face à un front
uni, le comte pourra difficilement aller contre nos choix. »

Godwyn s'arrêta et fit face à Siméon. « Je vous remercie,
mon frère, dit-il avec une humilité appuyée pour mieux dissimuler sa joie, car en vérité il exultait.

— Nous agissons ainsi pour le bien du prieuré.

— Je le sais. Vous faites preuve de générosité d'esprit, je
vous en remercie. »

Sur un hochement de la tête, Siméon s'éloigna.

Godwyn sentait la victoire toute proche.

Les moines entrèrent dans le réfectoire pour le dîner. Murdo
les y rejoignit. Il sautait les offices, mais jamais les repas. Les
monastères avaient pour règle commune d'accueillir à leur table
tout moine ou frère lai qui se présentait. Peu d'entre eux mettaient
autant d'empressement que Murdo à profiter de cet avantage.
Godwyn scruta attentivement ses traits. À en juger par son excitation, le frère lai devait être porteur d'une nouvelle qu'il mourait
d'envie de partager, mais il se contenait. Il garda le silence tout
au long du repas, écoutant le texte que lisait un novice.

Le passage en question relatait l'histoire de Susanne et des
Anciens, choix que Godwyn désapprouva. Ce récit de deux
vieillards lascifs forçant par chantage une femme à se donner
à eux était bien trop explicite pour être lu à haute voix dans
une communauté d'hommes voués au célibat. Pourtant, cette histoire ne retint guère l'attention des moines ce jour-là. Ils conti-

nuèrent à chuchoter entre eux en lançant des coups d'œil en coin à Murdo.

Le repas achevé, forts de la connaissance que le prophète Daniel avait sauvé Susanne de l'exécution en interrogeant les Anciens séparément et en montrant les contradictions qui émaillaient leurs accusations, les moines s'apprêtèrent à partir. Ce fut l'instant que choisit Murdo pour lancer d'une voix forte, de manière à être entendu de tous : « Frère Thomas, quand vous êtes arrivé au prieuré, vous souffriez d'une blessure d'épée, je crois. »

Les moines se figèrent pour écouter.

« Oui, répondit l'interpellé, le regard de pierre.

— Et par suite de cette blessure, vous avez perdu l'usage de votre bras gauche. Je m'interroge : quand vous avez reçu cette blessure, étiez-vous au service de la reine Isabelle ? »

Thomas pâlit. « Je suis moine à Kingsbridge depuis dix ans. Ma vie antérieure est oubliée. »

Murdo ne se laissa pas démonter. « Je posais cette question au regard de la terre que vous avez offerte au prieuré lors de votre admission. Cinq cents acres très fertiles dans un petit village du comté de Norfolk. Près de Lynn... Là où vit la reine, justement. »

Godwyn intervint, feignant l'indignation. « Que peut savoir un étranger des propriétés possédées par le prieuré ?

— Oh, ces choses-là ne sont pas secrètes. Il suffit de lire les chartes ! » répliqua Murdo.

Godwyn tourna les yeux vers Carlus et Siméon. Assis l'un à côté de l'autre, ils avaient l'air ébahis. De par leur position respective de sous-prieur et de trésorier, ils étaient au courant de la situation. Ils devaient se demander comment Murdo en avait eu connaissance. Siméon ouvrit la bouche pour parler.

Murdo le devança : « En tout cas, ces informations ne sont pas censées être secrètes. »

Siméon referma la bouche. Il ne pouvait exiger de Murdo qu'il révèle ses sources sans se voir demander pourquoi lui-même avait si longtemps gardé le silence sur cette question.

Murdo poursuivait : « Et la ferme de Lynn a été offerte au prieuré par... la reine Isabelle... », dit-il après une pause emphatique.

Godwyn promena les yeux sur l'assemblée. À l'exception de Carlus et de Siméon qui gardaient tous deux un visage impassible, les moines affichaient tous une expression consternée.

Murdo se pencha par-dessus la table. « Je vous le demande encore, articula-t-il d'une voix plus agressive, et l'on put voir, coincés entre ses dents, de petits brins verts provenant du ragoût. Étiez-vous au service de la reine Isabelle quand vous avez reçu cette blessure ?

— Tout le monde est au courant que j'ai été chevalier autrefois, répondit Thomas. Que j'ai livré bataille et tué des hommes. Je m'en suis confessé et j'ai reçu l'absolution.

— Un moine peut se permettre de laisser son passé derrière lui. Le prieur de Kingsbridge porte un fardeau plus lourd. Il peut se voir questionner sur l'identité des personnes qu'il a tuées et sur ses raisons d'agir ainsi. Et, le plus important, quelle récompense il a reçue pour ses actes. »

Thomas regardait Murdo sans ciller. Godwyn s'efforça de déchiffrer son visage. Assurément, on y lisait une forte émotion, mais laquelle ? Ce n'était nullement la culpabilité ou l'embarras : quel qu'ait été son secret, Thomas ne considérait pas avoir accompli un acte honteux. Ce n'était pas non plus la fureur, bien que le ton pris par Murdo eût pu pousser à bout nombre d'hommes. Mais Thomas ne semblait pas sur le point d'éclater. Non, le sentiment qui l'agitait était de nature différente, plus froid que l'embarras, plus muet que la fureur. C'était, comprit enfin Godwyn, l'effroi. Thomas avait-il peur de Murdo ? C'était difficile à croire. Non, il craignait visiblement que les révélations de Murdo ne déclenchent un événement néfaste, que la découverte de son secret ne soit suivie d'une conséquence désastreuse.

Murdo enchaînait, tel un chien rongeant son os. « Si vous ne répondez pas à cette question, ici, dans cette salle, sachez qu'elle vous sera posée en un autre lieu. »

Arrivé à ce point de non-retour, Thomas ne pouvait que capituler, songea Godwyn. Cependant, rien n'était joué. Thomas était un dur. Dix ans durant, il avait fait preuve de calme, de patience et de soumission. Quand il avait accepté de se présenter à l'élection du prieur, il croyait certainement que le passé était enterré. Comprenant maintenant qu'il s'était trompé, comment allait-il réagir ? Allait-il admettre son erreur et retirer sa can-

didature ? Allait-il serrer les dents et poursuivre malgré tout ?
Godwyn attendit, se mordant les lèvres.

Thomas finit par déclarer : « Il est possible en effet que l'on
me pose la question en d'autres lieux et je pense que vous ferez
tout ce qui est en votre pouvoir pour qu'elle me soit posée. Cela
dans le seul but de prouver le bien-fondé de vos dires, aussi peu
fraternelle ou dangereuse puisse être votre attitude.

— Si vous impliquez que je…

— Inutile d'ajouter un mot ! » jeta Thomas en se levant brusquement.

Murdo se pencha en arrière. La haute taille de Thomas et son
physique de soldat, combinés à la force de son ton, eurent pour
rare résultat de réduire Murdo au silence.

« Je n'ai jamais répondu aux questions touchant à mon passé
et ne le ferai jamais. » Sa voix était redevenue tranquille et tous
les moines présents tendirent l'oreille dans le plus grand silence.
Pointant le doigt sur Murdo, il ajouta : « Cet hypocrite me fait
prendre conscience que ces questions, en effet, ne cesseraient
de m'être posées si je devenais votre prieur. Un moine peut
taire son passé ; un prieur ne le peut pas, je le comprends maintenant. Tout mystère est une faiblesse, or un prieur a parfois des
ennemis. Si le chef d'une institution est vulnérable, l'institution
elle-même s'en trouve menacée. Mon intelligence aurait dû me
mener à la conclusion à laquelle sa malice a conduit Murdo : à
savoir qu'un homme qui refuse de révéler son passé ne saurait
être votre prieur. Par conséquent…

— Non ! s'écria le jeune Théodoric.

— Par conséquent, je retire ma candidature à l'élection de
prieur. »

Godwyn laissa échapper un long soupir de satisfaction. Son
plan avait réussi.

Thomas se rassit. Murdo se rengorgea d'un air suffisant. Tout
le monde se mit à parler en même temps.

Carlus frappa sur la table. Le silence revenu peu à peu, il dit :
« Frère Murdo, étant donné que vous ne votez pas dans cette
élection, je vous demanderai de nous laisser. »

Murdo se retira d'un pas lent, savourant son triomphe.

Carlus attendit qu'il ait quitté la salle pour déclarer : « C'est
une catastrophe ! Murdo demeure l'unique candidat !

— Thomas ne peut pas se retirer ! intervint Théodoric.

— Cependant il l'a fait !

— Nous devons présenter un autre candidat, indiqua Siméon.

— Oui, renchérit Carlus. Je propose Siméon.

— Non ! s'écria Théodoric.

— Laissez-moi m'exprimer, dit Siméon. Nous devons choisir celui d'entre nous qui réunira le plus de voix contre Murdo. Ce n'est pas moi, je le sais. Je n'ai pas assez de soutien parmi les jeunes. Je crois que nous savons tous qui parmi nous est susceptible d'obtenir l'appui de la majorité des factions. »

Il se tourna vers Godwyn, le désignant du regard.

« Oui ! Godwyn ! » s'exclama Théodoric.

Les moines les plus jeunes saluèrent joyeusement la proposition ; les plus âgés se résignèrent. Godwyn secoua la tête comme s'il se refusait à répondre. Les plus jeunes se mirent à frapper sur les tables en scandant son nom : « Godwyn ! Godwyn ! »

Il finit par se lever, le cœur débordant d'exaltation, le visage impassible, et il tendit les mains pour faire le silence. L'ayant obtenu, il déclara tout bas sur un ton modeste : « Je me soumets à la volonté de mes frères. »

Cris de joie et encouragements fusèrent dans la salle.

23.

Prévoyant la colère du comte Roland à l'annonce du vote des moines, Godwyn décida de repousser l'élection de façon à ce qu'il ait le moins de temps possible avant le mariage de sa nièce pour contester le scrutin.

En vérité, l'idée de s'opposer à l'un des hommes les plus puissants du royaume l'emplissait d'effroi. L'Angleterre ne comptait que treize comtes. Avec les quelque quarante barons, les vingt et un évêques et une poignée de notables, c'étaient eux qui gouvernaient le pays. Au Parlement, ils étaient les Lords, les seigneurs, le groupe des aristocrates, alors que les chevaliers, les bourgeois et les marchands formaient les Commons, les gens du commun. Le comte de Shiring était l'un des personnages les plus puissants et les plus éminents parmi les seigneurs. Pour sa part, Godwyn n'était jamais que le fils de la veuve Pétronille, un moine de trente et un ans qui ne s'était pas élevé plus haut que le rang de sacristain au prieuré de Kingsbridge. Et voilà qu'il était non seulement en lutte ouverte avec le comte, mais sur le point de l'emporter, ce qui était bien plus dangereux. L'on comprendra qu'il tergiverse.

Six jours avant le mariage, Roland posa le pied par terre et déclara : « Demain ! »

Les invités commençaient déjà à arriver pour les noces. Le comte de Monmouth était descendu à l'hospice et s'était installé dans la salle privée jouxtant celle de Roland. Le seigneur William et dame Philippa, qui l'occupaient auparavant, avaient déménagé à l'auberge de La Cloche. L'évêque Richard avait pris ses quartiers dans la maison du prieur, désormais habitée par Carlus. Les barons de moindre rang et les chevaliers remplissaient les tavernes, accompagnés de leurs épouses, de leurs enfants, de leurs écuyers, de leurs domestiques et de leurs équipages. Leur présence provoquait une subite opulence, dont la ville se réjouissait d'autant plus que le mauvais temps avait eu de fâcheuses conséquences sur les profits attendus de la foire à la laine.

Le matin de l'élection, Godwyn et Siméon se rendirent à la salle des trésors. C'était une petite pièce dépourvue de fenêtre, située derrière la bibliothèque et protégée par une lourde porte en chêne. Là, dans un coffre serti de fer dont Siméon, en sa qualité de trésorier, détenait seul les clefs, étaient conservés les précieux ornements utilisés pour les cérémonies particulières.

Si le résultat du vote était connu avant même que l'élection se soit tenue, personne ne se doutait du rôle joué par Godwyn en sous-main. Il était passé par un moment de tension extrême quand Thomas s'était étonné à voix haute que Murdo ait pu être au courant de la charte d'Isabelle. « Il ne peut pas avoir découvert son existence par hasard. On ne l'a jamais vu lire un livre à la bibliothèque et, de toute façon, ce contrat n'y est pas conservé, lui avait confié Thomas. Quelqu'un a dû lui en parler. Mais qui ? Seuls Carlus et Siméon étaient au courant de son existence. Pourquoi auraient-ils éventé le secret ? Ils sont tout à fait opposés à l'idée qu'il devienne notre prieur. » Godwyn n'avait rien répondu et Thomas était resté avec ses interrogations.

Joignant leurs forces, Godwyn et Siméon traînèrent le coffre jusqu'à lumière, dans la bibliothèque. Les trésors de la cathédrale étaient enveloppés dans du tissu bleu et protégés les uns des autres par des feuilles de cuir. Tout en triant les objets, Siméon en déballa certains pour vérifier leur état et les faire admirer à Godwyn. Il y avait notamment une plaque d'ivoire sculptée de plusieurs pouces de long représentant la crucifixion subie par saint Adolphe et au cours de laquelle le martyr avait demandé à Dieu d'accorder santé et longue vie à tous ceux qui vénéreraient sa mémoire. On y trouvait aussi quantité de chandeliers et de crucifix d'or et d'argent, décorés d'une abondance de pierres précieuses. Dans la vive lumière tombant des hautes fenêtres, l'or et les pierreries scintillaient de mille feux. Ces objets admirables avaient été offerts au prieuré au cours des siècles par des artisans dévots. Dans leur ensemble, ils constituaient un trésor dont peu de gens avaient pu voir l'égal sur terre.

Godwyn était venu y chercher la crosse de cérémonie en bois sertie d'or à la poignée ornée de pierres précieuses qui était rituellement remise au prieur nouvellement élu. N'ayant pas été utilisée depuis quinze ans, elle reposait tout au fond du coffre. Comme Godwyn l'en sortait, Siméon laissa échapper une exclamation.

Godwyn releva vivement les yeux. Siméon tenait à la main un grand crucifix monté sur socle du type de ceux que l'on place sur un autel. « Qu'y a-t-il ? » s'enquit Godwyn.

Siméon retourna la croix et lui désigna un petit creux juste au-dessous de la croisée des branches. Godwyn vit immédiatement qu'il y manquait un rubis. « Il a dû tomber », dit-il en jetant un coup d'œil par terre autour de lui.

Une même inquiétude saisit les deux moines, seuls dans la bibliothèque. En tant que trésorier et sacristain, leur responsabilité était engagée. Toute disparition leur vaudrait un blâme.

Ensemble ils examinèrent les objets rangés dans le coffre, secouant un à un tous les morceaux de tissu dans lesquels ils étaient enroulés et toutes les feuilles de cuir. Pris de frénésie, ils inspectèrent le coffre après l'avoir vidé, ainsi que le plancher. Le rubis n'était nulle part en vue.

« Quand ce crucifix a-t-il été utilisé pour la dernière fois ? demanda Siméon.

— À la cérémonie de saint Adolphe. Il a volé au bas du reposoir lorsque Carlus est tombé.

— Le rubis a dû se détacher à ce moment-là. Mais comment se fait-il que personne n'ait remarqué son absence ?

— Il est placé au dos de la croix. Mais on aurait dû le voir sur les dalles.

— Qui a ramassé le crucifix ?

— Je ne saurais le dire, s'empressa de répondre Godwyn. Il y avait trop de confusion. »

En fait, il se rappelait la scène parfaitement : aidé de Philémon, Otho avait redressé le reposoir et l'avait replacé sur sa plateforme. Puis il avait ramassé les chandeliers, laissant Philémon se charger de la croix.

Philémon aurait-il volé encore ? s'interrogea-t-il, se souvenant du bracelet disparu. Ce nouveau méfait pouvait avoir des répercussions désastreuses. Dérober la pierre précieuse d'un objet sacré était un péché effroyable dont l'opprobre rejaillirait sur les proches du malfaiteur ; or nul n'ignorait les rapports officieux qu'il entretenait avec Philémon. Tous ses espoirs d'être élu prieur risquaient de se voir réduits à néant.

À l'évidence, Siméon ne se souvenait pas avec exactitude du déroulement de la scène, car il n'émit aucun doute sur la prétendue incapacité de Godwyn à se rappeler les faits. Cependant le danger était grand que d'autres moines se rappellent avoir vu le crucifix dans les mains de Philémon. Godwyn devait donc régler la question rapidement, avant que le soupçon ne pèse sur son acolyte. En premier lieu, il convenait d'écarter Siméon.

Celui-ci décrétait déjà : « Il faut regarder dans la cathédrale.

— Deux semaines se sont écoulées, objecta Godwyn. Le rubis ne serait pas resté inaperçu aussi longtemps.

— C'est peu probable, en effet, mais nous devons nous en assurer.

— Vous avez raison », dit-il, comprenant qu'il ne couperait pas à la fouille de la cathédrale en compagnie du trésorier. Il n'avait toutefois pas perdu tout espoir. Il allait se mettre en quête de Philémon sans perdre un instant.

Ils rangèrent les ornements dans le coffre et s'apprêtaient à quitter la salle des trésors lorsque Godwyn déclara sur le seuil de la porte : « Je propose que nous ne laissions rien filtrer de tout cela tant que nous ne serons pas certains que la pierre est bel et bien perdue. Inutile d'attirer prématurément le blâme sur nos têtes.

— J'en conviens. »

Ils traversèrent le cloître d'un pas vif et pénétrèrent dans le sanctuaire. Arrivés à la croisée du transept, ils examinèrent le sol autour d'eux. Un mois plus tôt, on aurait pu admettre qu'un rubis se soit dissimulé quelque part, mais les pierres cassées avaient été réparées et les fissures rebouchées. On aurait forcément repéré un rubis.

« Je m'en souviens, maintenant ! dit Siméon. N'est-ce pas Philémon qui a ramassé le crucifix ? »

Godwyn scruta attentivement son visage, y cherchant en vain une accusation. « C'est possible. Voulez-vous que j'aille le chercher ? proposa-t-il, enchanté de cette remarque qui lui offrait une excuse idéale pour s'éloigner. Peut-être se souvient-il de l'endroit précis où il se tenait.

— Excellente idée. Je vous attends ici. » Sur ce, Siméon se mit à genoux et entreprit de caresser les dalles, comme s'il était plus efficace de retrouver le rubis à l'aide de ses doigts qu'avec ses yeux.

Godwyn se hâta de quitter les lieux. Il se rendit immédiatement au dortoir. L'armoire aux couvertures était au même endroit. Il l'écarta du mur, retira la pierre lâche et plongea la main dans le trou où Philémon avait dissimulé le bracelet de dame Philippa.

La cachette était vide.

Il jura. Retrouver le rubis ne serait pas si facile.

Je vais être obligé de renvoyer Philémon du monastère, pensa-t-il tout en le recherchant dans les divers bâtiments du prieuré. S'il a volé ce rubis, je ne peux pas le couvrir une nouvelle fois.

Mais à peine eut-il pris cette décision qu'il lui vint à l'esprit qu'il ne pourrait pas la mettre en œuvre, ni maintenant ni jamais peut-être. En effet, c'était Philémon qui avait appris à Murdo l'existence de la charte de la reine Isabelle. S'il était renvoyé, il pourrait révéler qu'il avait agi à son instigation et tout le monde le croirait. À commencer par Thomas qui trouverait dans les explications de Philémon la réponse à ses interrogations sur l'identité de la personne qui avait renseigné le frère lai.

Ses manipulations sournoises soulèveraient un tollé. Et même si ces révélations n'avaient lieu qu'après son élection, elles réduiraient à néant son autorité de prieur et sa capacité à guider les moines sur la voie du salut. La vérité, ô combien sinistre, était qu'il devait à tout prix protéger Philémon s'il voulait se protéger lui-même.

Godwyn découvrit Philémon à l'hospice. D'un geste du doigt, il lui signifia de sortir. L'ayant conduit à l'arrière de la cuisine où ils avaient peu de chances d'être vus, il planta ses yeux dans ceux de Philémon et dit : « Un rubis a disparu. »

Philémon détourna le regard. « C'est épouvantable !

— Un rubis du crucifix qui est tombé par terre quand Carlus s'est effondré sur le reposoir. »

Philémon feignit l'innocence. « Comment a-t-il pu disparaître ?

— Il a dû se déloger au moment où le crucifix a heurté les dalles. Nous ne l'avons trouvé nulle part. Je viens de fouiller la cathédrale à l'instant. Quelqu'un l'a ramassé et gardé.

— Non, c'est impossible. »

Le faux air d'innocence de Philémon exaspéra Godwyn. « Imbécile ! Tout le monde t'a vu ramasser le crucifix !

— Je ne sais rien de tout cela ! s'écria Philémon d'une voix aiguë.

— Ne gaspille pas ton temps à me mentir ! Si nous ne réparons pas la situation dans l'instant, je risque de perdre l'élection par ta faute ! Où est le rubis ? » demanda Godwyn en plaquant Philémon contre le mur de la boulangerie.

À son grand étonnement, celui-ci fondit en larmes.

« Pour l'amour des saints, arrête tes pleurnicheries ! jeta Godwyn avec dégoût. Tu n'es plus un bébé ! »

Mais Philémon continuait à sangloter. « Pardonnez-moi, pardonnez-moi !

— Si tu n'arrêtes pas immédiatement... » Godwyn s'interrompit. Il ne gagnerait rien à gronder cette chiffe molle de Philémon. Mieux valait employer la manière douce. « Ressaisis-toi et dis-moi où est le rubis.

« — Je l'ai caché.

— Où ça ?...

— Dans la cheminée du réfectoire.

— Sainte Mère de Dieu, il aurait pu tomber dans le feu ! »
s'écria Godwyn, et il se hâta vers le réfectoire.

Philémon lui emboîta le pas, séchant ses larmes. « On ne fait
pas de feu au mois d'août. Je l'aurais caché ailleurs avant les
froidures. »

Ils pénétrèrent dans la longue salle. Une vaste cheminée
occupait le mur du fond. Philémon glissa le bras à l'intérieur
du conduit et tâtonna un moment. Il en sortit, couvert de suie,
un rubis de la taille d'un œuf de moineau, qu'il essuya sur sa
manche.

Godwyn le lui prit des mains. « Maintenant, viens avec moi !

— Pour quoi faire ?

— Il faut que Siméon le retrouve. »

Ils se dirigèrent vers la cathédrale. Siméon, toujours à quatre
pattes, continuait à chercher le rubis.

« Tâche de te rappeler exactement où tu étais quand tu as
ramassé le crucifix », ordonna Godwyn.

Remarquant l'émoi de Philémon, Siméon le rassura : « N'aie
crainte, mon garçon. Tu n'as rien fait de mal. »

Philémon alla se placer sur le côté est de la croisée du transept, près des marches menant au chœur. « Je crois que c'était
ici. »

Godwyn grimpa les marches et regarda sous les stalles. Ayant
placé subrepticement le rubis sous l'une des rangées de sièges,
près du bord, à un endroit peu visible au premier coup d'œil,
il fit semblant de fouiller ailleurs, dans la partie sud du chœur.
« Philémon, viens m'aider à chercher ici. »

Comme Godwyn l'avait escompté, Siméon prit la place qu'il
venait d'abandonner et s'agenouilla en marmonnant une prière
pour regarder sous les stalles.

S'attendant à ce que Siméon découvre rapidement le rubis,
Godwyn feignit d'inspecter l'endroit où il se trouvait maintenant.
Un instant passa, Siméon ne réagissait pas. Souffrirait-il d'une
mauvaise vue ? se demanda Godwyn. Il s'apprêtait à retourner
là-bas pour découvrir le rubis lui-même, quand Siméon poussa
un cri victorieux : « Je l'ai !

« — Vous l'avez découvert ? s'exclama Godwyn, jouant la surprise.

— Oui ! Alléluia !

— Où était-il ?

— Ici, sous les stalles du chœur !

— Louanges à toi, Seigneur ! » s'écria Godwyn.

*

Tout en montant l'escalier de pierre qui conduisait du rez-de-chaussée de l'hospice aux salles privées des invités, Godwyn s'enjoignit de ne pas se laisser effrayer. Que pouvait donc le comte Roland contre lui ? Quand bien même il aurait la force de se lever de son lit et de tirer son épée, il ne serait pas bête au point d'attaquer un moine dans l'enceinte d'un monastère. Un roi en personne ne s'y risquerait pas.

Ralph Fitzgerald l'ayant annoncé, il entra dans la chambre.

Les fils du comte se tenaient de part et d'autre du lit de leur père : William dans sa culotte brune de chevalier et ses bottes crottées, Richard dans sa tenue pourpre d'évêque. Le premier, de haute taille, affichait un début de calvitie, le second une silhouette révélant sa nature de sybarite. William avait trente ans, un an de moins que Godwyn, et un caractère fort hérité de son père, légèrement adouci sous l'influence de son épouse, dame Philippa. Richard, âgé de vingt-huit ans, devait tenir davantage de sa défunte mère, car il n'avait ni la puissance ni le maintien imposant de son père.

« Alors, le moine ? jeta le comte du coin valide de sa bouche. Votre petite élection est achevée ? »

À ces mots, Godwyn éprouva un tel ressentiment qu'il se jura en silence qu'un jour le comte lui donnerait du « père prieur ». Porté par son indignation, Godwyn délivra la nouvelle avec assurance. « Oui, seigneur, et j'ai l'honneur de vous annoncer que les moines de Kingsbridge m'ont élu prieur.

— Quoi ? beugla le comte. Vous ? »

Godwyn hocha la tête avec une feinte humilité. « J'en ai été le premier surpris.

— Mais vous n'êtes qu'un gamin ! »

Piqué au vif, Godwyn répliqua : « Votre fils, l'évêque de Kingsbridge, est plus jeune que moi.

— Combien de voix avez-vous obtenues ?

— Vingt-cinq.

— Et frère Murdo ?

— Aucune. Le vote a été unanime…

— Aucune ? brailla Roland. C'est une trahison. Il y a eu conspiration, à l'évidence !

— L'élection s'est tenue dans le plus strict respect des règles.

— Je me fous des règles comme de la bite d'un porc. Je ne permettrai pas qu'une bande de moines efféminés outrepasse mes ordres.

— J'ai été choisi par mes frères, mon seigneur. La cérémonie d'intronisation se tiendra dimanche prochain, avant le mariage.

— Le choix des moines doit être ratifié par l'évêque de Kingsbridge. Je vous garantis d'ores et déjà qu'il ne le ratifiera pas. Tenez une nouvelle élection et, cette fois, apportez-moi le résultat que j'attends.

— Très bien, comte Roland », répondit Godwyn et il fit demi-tour pour partir. Il avait plusieurs atouts en main mais n'avait pas l'intention de les étaler sur la table d'un seul coup. Arrivé à la porte, il se retourna. « Monseigneur l'évêque, si vous souhaitez discuter de ce sujet avec moi, vous me trouverez dans la maison du prieur.

— Le titre de prieur ne vous est pas encore dévolu ! » hurla Roland tandis qu'il refermait la porte.

Que Roland pouvait être terrifiant quand il était pris de colère ! Et il l'était souvent. Godwyn tremblait encore, ravi d'avoir tenu bon. Pétronille serait fière de lui.

Flageolant sur ses jambes, il descendit l'escalier et se dirigea vers la maison du prieur que Carlus avait déjà quittée. Pour la première fois depuis quinze ans, il allait avoir une chambre à coucher pour lui seul. Cependant, l'idée de devoir partager les lieux avec Richard émoussait quelque peu son plaisir. En effet, la tradition voulait que l'évêque demeure au prieuré à chacune de ses visites à Kingsbridge puisqu'il se trouvait être également l'abbé de ce monastère. Et s'il n'y disposait que de pouvoirs limités, son statut d'évêque le plaçait néanmoins nettement au-dessus du prieur. Richard était rarement là durant la journée, mais il revenait tous les soirs dormir dans la maison et il en occupait la meilleure chambre.

Entré dans la vaste salle du rez-de-chaussée, Godwyn prit place dans le grand fauteuil. Il n'eut pas longtemps à attendre. Quelques instants plus tard, Richard arrivait, les oreilles bourdonnant encore des pressantes recommandations de son père. S'il n'inspirait pas à Godwyn autant d'effroi que le comte, celui-ci se savait malgré tout dans la position du moine qui défiait son évêque, homme riche et puissant. Toutefois, dans cette confrontation, il avait en main un atout aussi redoutable que la lame dénudée d'une dague : sa connaissance du honteux secret de Richard et Margerie.

Le prélat pénétra dans la pièce en affichant une confiance qu'il était certainement loin d'éprouver. « Voici le marché que je vous propose, lança-t-il sans préambule. Soyez le sous-prieur de Murdo. Vous serez chargé de l'organisation de la vie quotidienne au prieuré. De toute façon, Murdo ne veut pas s'occuper des questions d'administration, il vise seulement le prestige. Vous aurez donc tous les pouvoirs et mon père sera satisfait.

— Un instant, que je comprenne bien ! riposta Godwyn. Murdo s'engage à me nommer son sous-prieur, et, tous les deux, nous annonçons à la congrégation que vous ne ratifierez personne d'autre que Murdo. Croyez-vous vraiment que les moines accepteront ?

— Ils n'ont pas le choix !

— J'ai une contre-proposition. Dites au comte que les moines n'accepteront pas d'autre prieur que moi-même et que ma nomination doit être ratifiée avant le mariage, sans quoi ils ne participeront pas à la cérémonie, et les religieuses non plus. » Godwyn n'avait aucunement la certitude d'être suivi sur cette voie par les moines et encore moins par les religieuses, mais il s'était trop avancé pour reculer.

« Ils n'oseront pas !

— Si, je le crains ! »

Une panique visible s'empara de Richard. « Mon père ne se laissera pas intimider ! »

Godwyn éclata de rire. « Je n'en doute pas un instant. J'espère seulement qu'on saura lui faire entendre raison.

— Il insiste pour que le mariage ait lieu quoi qu'il arrive. Je suis évêque, je peux marier le couple. Je n'ai pas besoin des moines pour cela.

— Naturellement. Mais en leur absence, la cérémonie se déroulera sans chants, ni candélabres, sans psaumes, ni encens. L'archidiacre Lloyd et vous-même en serez les seuls ornements.

— Ils seront quand même mariés.

— Que pensera le comte de Monmouth d'offrir à son fils une telle cérémonie pour son mariage ?

— Il ragera, mais il sera bien forcé de l'accepter. L'essentiel, c'est qu'une alliance soit scellée entre nos deux familles. »

L'argument se tenait, et le froid glacé d'un échec imminent s'abattit sur Godwyn.

Le temps était venu pour lui de sortir son arme secrète.

« Vous me devez une faveur », dit-il.

L'évêque commença par feindre l'incompréhension. « Moi ? s'étonna-t-il.

— J'ai gardé par-devers moi la connaissance d'un péché que vous avez commis. Ne prétendez pas l'avoir oublié, l'affaire ne remonte qu'à trois mois.

— Ah, oui. C'était très généreux de votre part.

— Je vous ai vu de mes propres yeux avec Margerie sur le lit de la salle d'hôtes.

— Silence, par pitié !

— Je vous offre l'occasion de me retourner ma bonté. Intercédez auprès de votre père. Persuadez-le de ne pas camper sur ses positions. Arguez du fait que le mariage est d'une importance capitale. Insistez pour qu'il ratifie ma nomination. »

Le désespoir de Richard se lisait sur son visage. Il semblait en proie à une lutte entre des forces contraires. « Je ne peux pas ! répondit-il et sa peur transparut dans sa voix. Vous connaissez mon père : il ne supporte pas qu'on lui résiste.

— Essayez.

— Je l'ai déjà fait ! Je lui ai arraché la promesse de vous nommer sous-prieur. »

Godwyn doutait fortement que Roland s'y soit résolu. À coup sûr, Richard venait d'inventer ce mensonge en sachant qu'il ne lui serait pas difficile de rompre pareille promesse. « Je vous en sais gré, mais ce n'est pas suffisant, insista Godwyn.

— Réfléchissez-y, supplia Richard. C'est tout ce que je vous demande.

— J'y réfléchirai, mais je vous prierai de faire en sorte que votre père réfléchisse aussi à ma proposition.

— Oh, Dieu ! se lamenta Richard. Nous courons à la catastrophe. »

*

Le mariage devait être célébré le dimanche suivant. Le samedi, à l'heure de l'office, Godwyn demanda que l'on procède à une répétition générale des deux cérémonies, tout d'abord à celle de son intronisation, puis à celle des noces de la nièce du comte. C'était à nouveau un jour sans soleil ; le ciel était obscurci par des nuages gris et lourds de pluie qui maintenaient la cathédrale dans la pénombre. La répétition achevée, alors que les moines et les religieuses regagnaient le monastère pour dîner et que les novices commençaient à ranger l'église, Carlus et Siméon s'en vinrent trouver Godwyn. Tous deux affichaient une mine solennelle.

« Tout s'est bien passé, je crois, dit Godwyn sur un ton joyeux.

— Votre intronisation va-t-elle réellement avoir lieu ?

— Absolument.

— Des rumeurs laissent entendre que le comte exige une nouvelle élection.

— Pensez-vous qu'il en ait le droit ?

— Non, convint Siméon. Son pouvoir se limite à désigner un prieur, c'est à l'évêque de ratifier notre vote. Mais il affirme que Richard ne vous accordera pas sa ratification.

— L'évêque vous l'a-t-il dit lui-même ?

— Non, pas personnellement.

— Cela ne m'étonne pas. Faites-moi confiance, mon élection sera ratifiée. » En s'entendant parler avec tant d'assurance, Godwyn souhaita ardemment en être convaincu.

« Avez-vous annoncé à l'évêque Richard que les moines refuseraient de participer au mariage ? demanda Carlus sur un ton impatient.

— En effet.

— C'est follement périlleux. Il n'entre pas dans nos attributions de tenir tête à la noblesse. »

Que Carlus faiblisse au premier signe de discorde n'était pas pour surprendre Godwyn. Par bonheur, il n'aurait pas besoin de mettre la résolution des moines à l'épreuve. « Rassurez-vous, dit-il, il n'y aura pas de confrontation. Ce n'est qu'une menace en l'air. Mais n'allez pas le raconter à l'évêque !

— Vous n'avez pas l'intention d'interdire à la congrégation d'assister au mariage ?

— Non.

— Vous jouez un jeu dangereux, fit remarquer Siméon.

— Peut-être. Mais je ne mets personne en danger, sauf moi-même, j'en suis certain.

— Quand je pense que vous ne vouliez pas être prieur. Vous refusiez même qu'on avance votre nom. Vous ne l'avez accepté que contraint et forcé par l'absence de candidat.

— Non, je ne voulais pas être prieur, mentit Godwyn. Mais nous ne saurions permettre au comte de Shiring de faire des choix à notre place. Et c'est bien plus important que mes sentiments personnels. »

Siméon le regarda avec respect. « Vous êtes un homme d'honneur.

— Comme vous-même, mon frère. J'essaie seulement d'accomplir la volonté de Dieu.

— Qu'il bénisse vos efforts ! » s'écrièrent les vieux moines, voyant presque un martyr en lui, et, sur ces mots, ils le laissèrent.

Sa conscience tiraillait un peu Godwyn de leur avoir fait croire à son désintéressement. Mais après tout, n'essayait-il pas d'accomplir la volonté du Seigneur ?

Il promena les yeux autour de lui : la cathédrale avait recouvré son aspect habituel. Il s'apprêtait à regagner la maison du prieur pour le dîner quand il aperçut dans la pénombre le bleu étincelant d'une robe. Il reconnut sa cousine Caris. Elle l'aborda par ces mots : « Tu vas être intronisé, demain ? »

Il sourit. « Tout le monde me pose la même question, dirait-on. La réponse est oui.

— On raconte que le comte a l'intention de prendre les armes.

— Il perdra le combat. »

Elle le dévisagea de ses intelligents yeux verts. « Je te connais depuis l'enfance. Je sais quand tu mens.

— Je ne mens pas.

— Tu n'es pas aussi sûr de toi que tu le prétends.

— Ce n'est pas un péché.

— Mon père s'inquiète pour le pont. Frère Murdo se soumettra aux ordres du comte avec encore plus d'empressement que Saül Tête-Blanche.

— Murdo ne sera pas prieur de Kingsbridge.

— Tu recommences ! »

La perspicacité de sa cousine commençait à agacer Godwyn. « Comment dois-je te l'expliquer ? jeta-t-il abruptement. J'ai été élu et j'ai bien l'intention d'occuper mes fonctions. Le comte Roland veut m'en empêcher ; il n'en a pas le droit. Je le combattrai avec tous les moyens à ma disposition. Est-ce que j'ai peur ? Oui. Mais je suis fermement décidé à remporter la victoire.

— Voilà exactement les paroles que je voulais entendre. » Elle assortit son sourire d'un petit coup de poing dans l'épaule de Godwyn. « Va rejoindre ta mère. Elle t'attend chez toi. C'est ce que j'étais venue te dire. » Sur ce, elle partit.

Godwyn sortit de la cathédrale par le transept nord avec un sentiment d'admiration mêlé d'agacement à l'égard de sa cousine. Par son intelligence, Caris avait réussi à lui extirper sa véritable appréciation de la situation, chose qu'il n'aurait jamais avouée à quiconque.

Mais il était heureux de pouvoir parler à sa mère. C'était la seule personne au monde à ne pas douter qu'il puisse remporter ce combat. Elle lui insufflerait confiance et lui indiquerait peut-être quelques idées de stratégie.

Il découvrit Pétronille dans la grande pièce du bas, assise à la table dressée pour deux couverts. Il y avait là du pain, de la bière anglaise et un plat de poisson salé. Il posa un baiser sur son front, récita les grâces et s'assit pour manger. Mais auparavant, il s'accorda le plaisir d'un instant de triomphe. « Ça y est, dit-il, je suis enfin le prieur élu et nous pouvons dîner ici, dans la maison du prieur.

— Mais Roland n'a pas baissé les armes.

— La lutte est plus dure que prévu. Mais le pouvoir d'un comte se borne à désigner le prieur, pas à l'introniser. Que la personne désignée par lui ne soit pas élue n'a rien d'extraordinaire ni d'anormal.

« — La plupart des comtes se soumettraient, mais pas lui. Il se croit supérieur à tout le monde. »

Il y avait dans la voix de Pétronille une amertume qui devait remonter à plus de trente ans, à l'époque de ses fiançailles rompues, se dit Godwyn en voyant sa mère sourire d'un air vengeur. Elle ajouta : « Il verra bientôt combien il a eu tort de nous sous-estimer.

— Il sait que je suis votre fils.

— Cela doit jouer un rôle. Tu lui rappelles probablement qu'il s'est comporté de façon déshonorante à mon égard. Cela suffit pour qu'il te haïsse.

— C'est honteux. » Baissant la voix au cas où un serviteur écouterait de l'autre côté de la porte, il enchaîna : « Jusqu'à maintenant, votre plan a fonctionné parfaitement. Ne pas présenter ma candidature et discréditer les autres se sont révélés une idée brillante.

— Peut-être. Mais nous pouvons encore tout perdre. Tu as parlé à l'évêque ?

— Je lui ai rappelé la scène avec Margerie. Il a été effrayé, mais pas au point de tenir tête à son père, semble-t-il.

— Il a tort. Si l'affaire venait à se savoir, il ne connaîtrait pas le pardon. Il terminerait sa vie comme sieur Gérald, modeste chevalier, pensionnaire d'un prieuré. Ne le comprend-il pas ?

— Il doit penser que je n'aurai pas le front de révéler ce que je sais.

— Alors tu dois aller le dénoncer au comte.

— Dieu du ciel ! Sa fureur sera colossale !

— Tu resteras de marbre. »

C'était ce genre de phrases, auxquelles il avait droit chaque fois, qui lui faisaient tant appréhender les rencontres avec sa mère. Pétronille voulait toujours qu'il soit plus audacieux, qu'il prenne plus de risques, et il n'avait jamais la force de refuser.

Elle enchaînait : « Si l'on venait à apprendre que Margerie n'est pas vierge, le mariage serait rompu. Et cela, Roland ne le veut pas. Il sera bien obligé de t'accepter comme prieur, c'est un bien moindre mal.

— Je m'en serai fait un ennemi pour le restant de mes jours.

— C'est déjà le cas. »

Maigre consolation, pensa Godwyn mais il ne discuta pas. Sa mère avait raison, et il le comprenait.

Il y eut un petit coup à la porte et dame Philippa fit son entrée.

Godwyn et Pétronille se levèrent.

« Je dois vous parler, déclara-t-elle à Godwyn.

— Puis-je vous présenter ma mère, Pétronille ? »

Celle-ci fit une révérence. « Mieux vaut que je me retire, ma dame. À l'évidence, vous êtes ici pour sceller une affaire. »

Philippa lui retourna un regard amusé. « Si vous en savez autant, vous savez déjà tout ce qui est important. Peut-être vaudrait-il mieux que vous restiez. »

Comme les deux femmes, debout, se faisaient face, Godwyn ne put s'empêcher de noter leur similitude : elles avaient la même taille, le même physique de statue et le même air impérieux. Philippa était plus jeune, naturellement, d'une vingtaine d'années et l'autorité détendue et amusée qui émanait d'elle différait de la détermination blessée de Pétronille. Peut-être parce que dame Philippa était mariée et Pétronille veuve. Philippa était une femme de caractère qui exerçait son pouvoir par le biais de son mari, le seigneur William, alors que sa mère déployait son influence à travers son fils. Moi-même, s'étonna Godwyn. Dire que je ne m'en étais jamais rendu compte auparavant.

« Asseyons-nous, dit Philippa.

— Le comte approuve-t-il la proposition que vous vous apprêtez à nous soumettre ? s'enquit Pétronille.

— Non, avoua Philippa avec un geste désabusé de la main. Il est trop fier pour donner son accord sur un sujet que la partie adverse risque de rejeter. En revanche, si le frère Godwyn se rallie à ma proposition, j'ai une chance de convaincre le comte Roland d'accepter le compromis.

— C'est bien ce que je pensais.

— Voulez-vous manger quelque chose, ma dame ? » intervint Godwyn.

Philippa rejeta son offre d'une main impatiente. « Au train où vont les choses, tout le monde y perdra, commença-t-elle. Le mariage aura bien lieu, mais sans la splendeur ni la cérémonie de mise. De sorte que l'alliance de Roland avec le comte de Monmouth se sera établie sur de mauvaises bases dès le départ.

Comme l'évêque refusera de vous confirmer au poste de prieur, nous devrons faire appel à l'archevêque pour résoudre le conflit. Il vous rejettera tous les deux, Murdo et vous, et nommera une tierce personne, probablement un membre de sa suite dont il veut se débarrasser. Et personne n'aura obtenu ce qu'il voulait. N'ai-je pas raison ? »

La question s'adressait à Pétronille, laquelle émit un grognement qui ne l'engageait à rien.

« Dans ce cas, ne vaudrait-il pas mieux trouver une autre solution que d'en référer à l'archevêque ? reprit Philippa. Vous pourriez présenter un troisième candidat… À la condition, ajouta-t-elle en pointant le doigt vers Godwyn, que ce candidat soit choisi par vous et qu'il s'engage à vous nommer son sous-prieur. »

Godwyn considéra la question. Certes, la proposition de dame Philippa lui épargnerait un conflit avec le comte ; il n'aurait pas besoin de le menacer de révéler au grand jour les agissements de son fils. D'un autre côté, elle le condamnerait à végéter dans la position de sous-prieur pour un laps de temps indéfini et l'obligerait à livrer une nouvelle bataille à la mort du prieur pour se faire élire. Bien que la peur le taraude, Godwyn ne se sentait pas porté à accepter ce compromis.

Il jeta un coup d'œil à sa mère. Elle secoua la tête d'une façon quasi imperceptible. Cet arrangement ne lui plaisait pas non plus.

« Je regrette, répondit-il. Les moines se sont réunis et m'ont élu. Le résultat du vote doit être respecté. »

Dame Philippa se leva. « Dans ce cas, je vais vous transmettre le message qui était la raison officielle de ma venue. Demain matin, le comte quittera son lit. Il souhaite inspecter la cathédrale et s'assurer que tout est en place pour le mariage. Vous devrez le retrouver là-bas à huit heures. Tous les moines et nonnes devront être prêts et les lieux décorés comme il se doit. »

Godwyn hocha la tête pour signifier qu'il avait bien compris. Dame Philippa sortit.

*

À l'heure dite, Godwyn était au rendez-vous, seul. Pas un moine ni une religieuse ne l'assistaient. Il tenait ses mains serrées dans son dos pour qu'on ne les voie pas trembler. La cathédrale, plongée dans le silence, était dépouillée de tout ornement. Il n'y avait pas une bougie, pas un crucifix, pas un calice, pas une fleur. Les stalles du chœur constituaient l'unique pièce de mobilier. Le soleil brumeux qui avait fait de rares apparitions entre des nuages de pluie tout au long de l'été jetait dans la nef une lumière faible et froide

Le comte entra dans le sanctuaire.

L'accompagnaient le seigneur William et dame Philippa, l'évêque Richard et Lloyd, son auxiliaire, ainsi que le père Jérôme, son secrétaire particulier. Godwyn se serait volontiers entouré d'un aréopage, mais il n'avait informé que partiellement les moines de son projet. Les auraient-ils mis au courant qu'ils n'auraient probablement pas eu le sang-froid nécessaire pour l'assister dans cette confrontation. Voilà pourquoi il avait décidé d'affronter seul le comte.

Roland n'avait plus de bandage autour de la tête. Il marchait lentement mais d'un pas régulier. Après tant de semaines passées au lit, il ne devait pas se sentir ferme sur ses jambes, mais il était déterminé à ne pas le montrer. Si l'on exceptait sa paralysie faciale, il avait une apparence normale. Visiblement, il tenait à délivrer au monde le message qu'il avait recouvré la santé et repris les rênes. Message que Godwyn menaçait de contredire par son obstination.

La suite du comte constata avec un ébahissement incrédule la nudité des lieux ; le comte, quant à lui, ne montra pas de surprise. « Vous êtes un moine arrogant ! déclara-t-il à Godwyn, et les mots jaillirent du seul côté gauche de sa bouche.

— Et vous, un comte obstiné », répliqua Godwyn, qui n'avait rien à perdre à se montrer provocant.

Roland posa sa main sur la poignée de son épée. « Pour ces mots, je vais vous pourfendre.

— À votre guise ! » riposta Godwyn et il tendit les bras sur les côtés, tel un crucifié. « Assassinez donc le prieur de Kingsbridge, ici même, dans la cathédrale, comme les chevaliers du roi Henry assassinèrent Thomas Becket, archevêque de Cantorbéry. Envoyez-moi au ciel et condamnez-vous vous-même à la damnation éternelle. »

Devant une telle irrévérence, dame Philippa demeura bouche bée. William fit un pas en avant comme pour réduire Godwyn au silence. Roland le retint d'un geste de la main. « Votre évêque vous ordonne de préparer l'église pour le mariage. Les moines ne font-ils pas vœu d'obéissance ?

— Dame Margerie ne peut pas être mariée ici.

— Pourquoi ? Parce que vous voulez être prieur ?

— Parce qu'elle n'est pas vierge. »

Dame Philippa porta la main à ses lèvres. Richard laissa échapper un gémissement. William dégaina son épée. Roland s'écria : « C'est une trahison ! »

Godwyn poursuivit : « Remisez votre arme, seigneur William. Une épée ne vous aidera pas à restaurer une virginité déflorée.

— D'où tenez-vous cette information, le moine ?

— Deux hommes de ce prieuré ont été témoins de l'acte, qui s'est déroulé dans l'une des salles privées de l'hospice. Celle-là même que vous occupez actuellement, mon seigneur.

— Je ne vous crois pas.

— Le comte de Monmouth me croira.

— Vous n'oserez pas le lui dire.

— Je dois lui expliquer pourquoi son fils ne peut pas épouser Margerie dans la cathédrale de Kingsbridge, du moins tant qu'elle ne se sera pas confessée et n'aura pas reçu l'absolution.

— C'est une calomnie. Vous n'avez pas de preuve !

— J'ai deux témoins. Interrogez la demoiselle, je crois qu'elle admettra le fait. J'imagine qu'elle préfère l'amoureux qui a pris sa virginité à l'homme choisi par vous pour satisfaire une alliance politique. » Une fois de plus, Godwyn s'avançait en terrain mouvant. Mais il se rappelait l'expression enamourée de Margerie quand Richard l'embrassait. La perspective d'épouser le fils du comte de Monmouth devait lui briser le cœur. Pour une jeune femme agitée par des émotions aussi vives, mentir de façon convaincante serait bien malaisé.

La moitié animée du visage de Roland se contracta de fureur. « Quel est cet homme qui a commis ce crime, selon vous ? Si vous prouvez vos dires, le vilain sera pendu, je le jure ! Sinon ce sera vous. Faisons-le quérir. Nous verrons ce qu'il a à dire.

— Il est présent parmi nous. »

Roland promena un regard incrédule sur les quatre hommes auprès de lui : ses deux fils, William et Richard, et les deux prêtres, Lloyd et Jérôme.

Godwyn regarda Richard fixement.

Roland suivit la direction de ses yeux. L'instant d'après, tous les regards étaient braqués sur l'évêque.

Godwyn retint son souffle. Comment allait-il réagir ? Allait-il tempêter ? L'accuser de mentir ? Se jeter sur lui, sous l'effet de la rage ?

Mais le visage de l'évêque exprimait la défaite et non la colère. Au bout d'un moment, il hocha la tête et dit : « Ce n'est pas bien. Ce moine damné a raison. Elle ne résistera pas à un interrogatoire. »

Le visage du comte vira au blanc. « Tu as fait ça ? Tu as couché avec la fille que j'avais promise au fils du comte ? » Pour une fois, il ne criait pas, mais sa voix étouffée n'en était que plus terrifiante.

Richard ne répondit pas. Il baissa les yeux et fixa le sol.

« Imbécile ! Traître ! Tu…

— Qui d'autre est au courant ? » intervint dame Philippa.

Sa question interrompit la tirade. Tous les yeux se tournèrent vers elle.

« Peut-être que le mariage peut avoir lieu malgré tout. Grâce au ciel, le comte de Monmouth n'est pas encore là… Qui d'autre est au courant ? répéta-t-elle en regardant Godwyn. En dehors des personnes présentes et des deux hommes du prieuré qui ont été témoins de la scène ? »

Godwyn tenta de calmer les battements de son cœur. La victoire était si proche qu'il en avait déjà le goût dans la bouche. « Personne, ma dame.

— De notre côté, nous saurons garder le secret, indiqua-t-elle. Pouvez-vous en dire autant de vos moines ?

— Ils obéiront au prieur qu'ils ont élu », assura-t-il en appuyant légèrement sur le dernier terme de sa phrase.

S'adressant à Roland, Philippa déclara : « Dans ce cas, le mariage peut avoir lieu. »

Et Godwyn ajouta : « À condition d'être précédé de mon intronisation. »

Tous les regards se portèrent vers le comte.

Il fit un pas en avant et, subitement, frappa Richard au visage. Le coup avait été frappé par un guerrier qui savait mettre toute sa force dans son geste. Il était puissant, bien que porté la main ouverte, et Richard s'effondra sur les dalles.

L'évêque gisait à terre, terrifié. Le sang gouttait de sa bouche.

Sur le visage blanc du comte, on voyait briller la transpiration. Porter ce coup semblait l'avoir épuisé; il vacillait sur ses jambes. Plusieurs secondes s'égrenèrent dans un silence total. Enfin, il parut retrouver sa vigueur. Après un coup d'œil méprisant à la soutane pourpre recroquevillée par terre, il tourna les talons et se dirigea vers la sortie d'un pas lent mais assuré.

24.

Une bonne moitié de la population de Kingsbridge s'était rassemblée sur le parvis recouvert de gazon, devant le grand portail de la façade ouest de la cathédrale, pour attendre la sortie des jeunes mariés.

Caris était du nombre, sans bien savoir pourquoi. Depuis sa dispute avec Merthin, le jour où il avait achevé sa grue, elle n'éprouvait que des pensées négatives à propos du mariage. Elle lui gardait rancune de leur conversation sur leur avenir commun, bien qu'elle comprenne parfaitement ses raisons. Qu'il veuille posséder une maison à lui pour y vivre avec elle, quoi de plus naturel? Quoi de plus naturel aussi qu'il veuille passer toutes ses nuits auprès d'elle et avoir des enfants? N'était-ce pas ce que chacun voulait? Oui, semblait-il, mais ce n'était pas ce qu'elle voulait, elle, Caris.

Ou, plutôt, elle voulait cela aussi, d'une certaine façon. Elle aussi voulait s'étendre près de lui tous les soirs et serrer son corps entre ses bras chaque fois qu'elle en aurait envie, sentir ses mains intelligentes sur elle quand elle se réveillerait le matin et donner naissance à un petit enfant qui lui ressemblerait trait pour trait et qu'elle pourrait aimer et dorloter. Mais elle ne voulait pas des contraintes dont s'accompagnait le mariage : elle ne voulait pas d'un seigneur et maître, elle voulait un amant; elle ne voulait pas consacrer sa vie à un homme, mais vivre à ses côtés. C'était un dilemme qu'elle ne voulait pas résoudre et elle tenait rigueur à Merthin de l'y obliger. Pourquoi ne pouvaient-ils pas continuer à vivre comme ils le faisaient ?

Au cours des trois semaines suivantes, elle lui avait à peine parlé, prétendant souffrir d'un rhume. Et, en vérité, une douloureuse gerçure sur la lèvre lui fournit une excuse pour ne pas l'embrasser. Merthin venait toujours prendre ses repas chez les Lainier et s'entretenait aimablement avec son père. Mais une fois qu'Edmond et Pétronille s'étaient retirés, il ne s'attardait plus.

À présent, la gerçure de Caris était guérie et sa colère calmée. Elle persistait à ne pas vouloir devenir la propriété de Merthin, mais elle souhaitait qu'il recommence à l'embrasser. Pour l'heure, il n'était pas à côté d'elle mais un peu plus loin dans la foule, et bavardait avec Bessie la Cloche, la fille du propriétaire de l'auberge, une fille de petite taille avec des courbes là où il en fallait et un sourire que les hommes trouvaient aguichant et les femmes fabriqué. Merthin la faisait rire. Caris détourna les yeux.

Des acclamations montèrent de la foule lorsque le couple franchit le portail. Âgée de seize ans, la mariée était bien jolie dans sa robe blanche, avec des fleurs dans ses cheveux. D'une dizaine d'années plus âgé, l'époux était un grand gaillard à l'air sérieux.

L'un et l'autre affichaient des mines désespérées.

Ils se connaissaient à peine ; ils ne s'étaient rencontrés qu'une seule fois, six mois auparavant, lorsque les deux comtes avaient arrangé le mariage. La rumeur affirmait que Margerie aimait quelqu'un d'autre, mais qu'il était hors de question qu'elle désobéisse au comte Roland. Quant au marié, son air studieux donnait à penser qu'il aurait préféré se trouver dans une bibliothèque, à consulter un livre de géométrie. Quel genre de vie partageraient-ils ?

Difficile d'imaginer qu'ils développent l'un pour l'autre une passion semblable à celle qui l'unissait à Merthin, songea Caris.

Le jeune homme justement franchissait la foule pour la rejoindre. Quelle chance avait-elle de ne pas être la nièce d'un comte ! se réjouit-elle en l'apercevant. Personne ne la forçait à épouser un inconnu ! Et cette pensée subite lui fit prendre conscience de son ingratitude. Que faisait-elle, alors qu'elle avait toute liberté de prendre pour époux l'homme de son choix ? Elle inventait mille et une raisons pour se soustraire au mariage !

Elle accueillit Merthin en le serrant dans ses bras et en lui tendant ses lèvres. Cette tendresse soudaine l'étonna, mais il retint tout commentaire. D'aucuns n'auraient pas apprécié un changement d'attitude aussi radical. Merthin, pour sa part, possédait une rare égalité d'humeur.

Côte à côte, ils regardèrent le comte Roland sortir de l'église, suivi du comte et de la comtesse de Monmouth, puis de l'évêque Richard et du prieur Godwyn. Son cousin avait un air à la fois heureux et craintif, comme si c'était lui qui se mariait. La raison en était, sans doute, qu'il venait d'être intronisé dans ses fonctions.

Les écuyers du comte de Shiring en livrée rouge et noir et ceux de Monmouth en livrée jaune et vert formèrent une haie d'honneur et le cortège prit le départ en direction de la halle de la guilde où le comte Roland donnait un banquet. Edmond était au nombre des invités. Il s'y rendrait, accompagné de Pétronille, Caris ayant réussi à échapper à cette corvée.

Le cortège venait de s'ébranler quand une légère averse se mit à tomber. Caris et Merthin se réfugièrent sous le porche de la cathédrale. « Viens dans le chœur avec moi, dit Merthin. Je voudrais voir les réparations effectuées par Elfric. »

Les invités continuaient à quitter l'église. Merthin et Caris remontèrent la nef à contre-courant jusqu'au bas-côté sud du chancel. Cette partie du sanctuaire était réservée au clergé. Les moines n'auraient pas apprécié de voir Caris y pénétrer, mais ils avaient déjà quitté les lieux avec les religieuses. La jeune fille regarda autour d'elle. Il ne restait plus personne, sauf une dame rousse inconnue d'une trentaine d'années qui semblait attendre quelqu'un – une invitée au mariage, à en juger par ses atours.

La tête rejetée en arrière, Merthin inspecta la voûte au-dessus du bas-côté. Les réparations n'étaient pas totalement achevées : à un petit endroit il demeurait une trouée. On l'avait recouverte de toile blanche de sorte qu'un œil non averti ne décelait rien d'anormal.

« Le travail est correct, décréta Merthin. Je me demande seulement combien de temps tiendront ces réparations.

— Pourquoi ne peuvent-elles pas durer toujours ? s'enquit Caris.

— Parce que nous ne savons toujours pas pourquoi la voûte s'est effondrée. Ces choses-là ne résultent pas de l'intervention du Saint-Esprit, quoi qu'en disent les prêtres. Elles surviennent pour une bonne raison. Et comme l'on sait que les mêmes causes produisent les mêmes effets, il y a fort à parier pour que la voûte s'écroule encore.

— Mais cette cause, ne peut-on la découvrir ?

— Ce n'est pas facile. Elfric en est certainement incapable. Moi, je le peux.

— Mais il t'a renvoyé.

— Exactement. » Il demeura encore un moment la tête en arrière, et déclara qu'il voulait voir la voûte d'en haut. « Je vais monter au grenier.

— Je t'accompagne. »

Ils regardèrent autour d'eux. Il n'y avait personne à proximité, hormis cette invitée à la chevelure rousse qui flânait toujours dans le transept sud. Merthin entraîna Caris vers une petite porte donnant sur un étroit escalier en colimaçon. Elle lui emboîta le pas en se demandant comment réagiraient les moines en apprenant qu'une femme explorait leurs passages secrets. L'escalier débouchait dans un grenier situé au-dessus du bas-côté sud.

Cette face arrière de la voûte, invisible d'en bas, avait toujours intrigué Caris et elle se réjouissait d'en découvrir l'aspect. « Cet endroit où nous sommes s'appelle l'extrados », lui apprit Merthin, tandis qu'elle promenait les yeux autour d'elle.

Elle aimait sa façon désinvolte de lui fournir des renseignements architecturaux, la sachant curieuse de les connaître et apte à les comprendre. Merthin ne faisait jamais de ces plaisanteries stupides sur les femmes qui n'entendaient rien à la technique.

Pour l'heure, il avançait le long d'une sorte de sentier en caillebotis et s'y allongea pour examiner la nouvelle maçonnerie de plus près. Pour rire, elle vint s'étendre à côté de lui et le serra dans ses bras comme s'ils étaient au lit. Merthin tâta le mortier entre les nouvelles pierres et porta son doigt à sa bouche. « Ça sèche drôlement vite ! s'étonna-t-il.

— Je suis sûre que c'est très dangereux s'il reste de l'humidité dans la fente. »

Il la regarda. « Je t'en donnerai, de l'humidité dans la fente !

— Tu l'as déjà fait. »

Il l'embrassa. Elle ferma les yeux pour mieux apprécier son baiser. « Rentrons à la maison, proposa-t-elle au bout d'une minute. Nous serons seuls. Mon père et ma tante sont tous les deux au banquet. »

Ils s'apprêtaient à se relever quand ils entendirent des voix. Un homme et une femme se tenaient dans le bas-côté sud, juste en dessous de la partie réparée de la voûte, dissimulés à leurs yeux par le tissu tendu sur l'ouverture, qui étouffait également leurs paroles. Des phrases leur parvinrent néanmoins. « Votre fils a treize ans maintenant, disait la femme. Il veut être chevalier.

— Comme tous les garçons. »

Merthin chuchota à Caris de ne pas faire un geste, de peur d'être entendus. Cette voix féminine devait appartenir à la dame rousse, imagina la jeune fille. Celle de l'homme lui était familière. Serait-ce celle d'un moine ? Mais comment un moine aurait-il un fils ?

« Votre fille a douze ans et promet d'être très belle.

— Comme sa mère. »

Il y eut une pause. La femme reprit : « Je ne peux pas rester trop longtemps, la comtesse va me chercher. »

Ainsi c'était une dame de l'entourage de la comtesse de Monmouth, une dame d'honneur, pensa Caris. Elle semblait donner des nouvelles de ses enfants à un père qui ne les avait pas vus depuis des années. Qui cela pouvait-il être ?

Il dit : « Pourquoi avez-vous voulu me rencontrer, Loreen ?

— Pour vous voir. Vous avez perdu un bras, j'en suis navrée. »

Caris laissa échapper un petit cri et se couvrit aussitôt la bouche. Un seul moine était manchot : frère Thomas. À présent, elle reconnaissait sa voix en toute certitude. Se pourrait-il qu'il ait été marié jadis? Qu'il ait eu deux enfants? Caris regarda Merthin. L'incrédulité se peignait sur ses traits.

« Qu'avez-vous dit aux enfants à mon sujet? demandait Thomas.

— Que leur père était mort, répondit Loreen d'une voix dure, et elle fondit en larmes. Pourquoi avez-vous fait ça?

— Je n'avais pas le choix. Si je ne m'étais pas réfugié ici, j'aurais été tué. Aujourd'hui encore, je ne quitte presque jamais l'enceinte du monastère.

— Pourquoi voudrait-on vous tuer?

— À cause d'un secret que je connais.

— La vie m'aurait été plus douce si vous étiez mort pour de bon. Veuve, j'aurais pu trouver un mari, un homme qui soit un père pour mes enfants. Alors que, dans ma situation, je dois porter le fardeau d'une épouse et celui d'une mère sans personne pour m'aider... Personne pour me serrer dans ses bras la nuit.

— Je suis désolé d'être encore en vie.

— Oh, ce n'est pas ce que je voulais dire. Je ne souhaite pas votre mort. Je vous ai aimé autrefois.

— Et moi, je vous ai aimée autant qu'un homme de mon état peut aimer une femme. »

Qu'entendait Thomas par « un homme de mon état »? se demanda Caris avec perplexité. Était-il de ces hommes qui aimaient d'autres hommes? C'était fréquent chez les moines.

Quoi qu'il ait voulu dire, Loreen le comprit car elle répondit doucement : « Je sais. »

Une longue pause s'écoula. C'était gênant d'écouter en cachette une conversation aussi intime, mais il était trop tard pour qu'ils révèlent leur présence.

« Êtes-vous heureux? s'enquit Loreen.

— Oui. C'est la vie que j'ai toujours voulu vivre. Je n'étais pas fait pour être un mari ou un chevalier. Je prie pour mes enfants tous les jours, et pour vous aussi. Je supplie Dieu de laver mes mains du sang de tous les hommes que j'ai tués.

— Dans ce cas, je vous souhaite le bonheur.

— Vous êtes très généreuse.

— Vous ne me reverrez probablement jamais.

— Je sais.

« — Embrassez-moi et disons-nous adieu. »

Il y eut un long silence, puis le bruit de pas légers qui s'éloignaient.

Étendue sur le caillebotis, Caris respirait à peine. Au bout d'un long moment, elle entendit Thomas pleurer. Ses sanglots, bien qu'étouffés, semblaient provenir du plus profond de son être. Elle sentit les larmes lui monter aux yeux.

Thomas finit par se ressaisir. Il renifla, toussa et murmura des mots qui devaient être une prière. Et elle l'entendit partir à son tour.

Enfin Merthin et Caris purent se relever. Ils traversèrent le grenier en sens inverse et redescendirent l'escalier. Ni l'un ni l'autre ne prononcèrent un mot en descendant la nef. Caris éprouvait un sentiment comparable à celui qu'elle aurait éprouvé en fixant trop longtemps un tableau représentant une grande tragédie où l'attitude figée des personnages permettait uniquement d'imaginer leurs vies passée et à venir.

De même que face à une peinture, cette scène vécue en commun éveillait chez Merthin et Caris des émotions et des réactions très dissemblables. « Quelle triste histoire ! dit Merthin en émergeant dans la moiteur de cet après-midi d'été.

— Ça me fâche que Thomas ait détruit cette femme.

— Comment le lui reprocher ? Il craignait pour sa vie.

— Maintenant, c'est elle qui n'a plus de vie. Plus de vie et plus de mari, et dans l'impossibilité de se remarier ! Toute seule pour élever deux enfants. Thomas, lui, a au moins le monastère.

— Elle a la cour de la comtesse.

— Comment peux-tu comparer ça ? répliqua Caris sur un ton irrité. Cette dame est probablement une parente éloignée que l'on garde par charité et à qui l'on demande de remplir des tâches de domestique, comme d'aider la comtesse à s'habiller, à coiffer ses cheveux, à choisir ses bijoux. Elle n'a aucune liberté, elle est en prison.

— Thomas aussi. Tu l'as entendu, il ne peut pas quitter le prieuré.

— Mais il a un rôle, lui. Il est le maître d'ouvrage du monastère, il prend des décisions, il fait quelque chose.

— Loreen a ses enfants.

— C'est bien ce que je dis ! L'homme veille sur le bâtiment le plus important à des lieues à la ronde pendant que la femme reste à la maison, coincée avec ses enfants.

— La reine Isabelle a eu quatre enfants. Ça ne l'a pas empêchée d'être l'une des personnes les plus puissantes d'Europe en son temps.

— Il a fallu d'abord qu'elle se débarrasse de son mari. »

Ils poursuivirent leur route en silence, franchirent le portail du prieuré et parvinrent dans la grand-rue. Arrivés devant chez Caris, ils s'arrêtèrent. Ils se querellaient à nouveau, et pour la même raison que la dernière fois, constata la jeune fille par-devers elle. Au même moment, Merthin annonça qu'il allait déjeuner à La Cloche.

À l'auberge du père de Bessie, pensa-t-elle. « Comme tu voudras », dit-elle tout haut sur un ton découragé.

Il s'éloigna. « Loreen aurait mieux fait de ne jamais se marier, lança-t-elle à sa suite.

— Que pouvait-elle faire d'autre ? » lui cria-t-il en retour par-dessus son épaule.

C'était bien là le problème ! se dit Caris avec rancœur en ouvrant sa porte. Que pouvait faire une femme, sinon se marier ?

La maison était vide. Edmond et Pétronille étaient au banquet et les domestiques avaient congé pour l'après-midi. Il n'y avait que son chien, Scrap ; il l'accueillit distraitement en remuant paresseusement la queue. Elle lui donna de petites tapes sur la tête et alla s'asseoir à la table de la grande salle, ressassant ses pensées.

Partout, dans tous les pays de la Chrétienté, les jeunes femmes ne désiraient qu'une chose : épouser l'homme qu'elles aimaient. Comment expliquer alors que cette idée l'horrifie à ce point ? D'où lui venaient ces sentiments si inhabituels ? Certainement pas de sa mère. Rose avait toujours voulu être une bonne épouse pour Edmond, et rien d'autre. Elle croyait dur comme fer aux discours des hommes sur l'infériorité des femmes. La soumission dont elle avait fait preuve avait toujours troublé Caris. Et si son père ne s'en était jamais plaint, elle le soupçonnait malgré tout d'avoir subi cette soumission contre son gré. Curieusement, Caris avait davantage de respect pour sa tante Pétronille, qui était une femme de pouvoir bien plus attachante, que pour sa mère et son esprit moutonnier.

Mais Pétronille aussi avait laissé les hommes diriger sa vie. Des années durant, elle avait œuvré en sous-main pour que son père s'élève sur l'échelle sociale jusqu'à devenir le prévôt de Kingsbridge. Chez elle, l'émotion motrice était la rancœur : rancœur à l'égard du comte Roland, parce qu'il l'avait abandonnée ; rancœur à l'égard de son mari parce qu'il n'était plus. Qu'avait-elle accompli, une fois devenue veuve ? Elle s'était consacrée à la carrière de Godwyn.

Quant à la reine Isabelle, elle n'avait fait que cela, elle aussi. Avait-elle régné sur l'Angleterre, après avoir obtenu la destitution de son époux, le roi Édouard II ? Non, le pouvoir avait échu à son amant, Roger Mortimer, jusqu'à ce que son fils ait l'âge et la force nécessaires de s'en emparer.

Était-ce ainsi qu'elle devrait vivre, elle aussi ? En laissant les hommes diriger sa vie ? En travaillant auprès de son père dans le commerce de la laine ? En assistant Merthin dans sa carrière, en veillant à lui trouver des contrats pour construire des églises et des ponts, en contribuant à la croissance de ses affaires jusqu'à ce qu'il devienne le constructeur le plus riche et le plus fameux d'Angleterre ?

Un grattement à la porte l'arracha à ses pensées et une silhouette s'encadra sur le seuil. Mère Cécilia entra dans la pièce de son petit pas d'oiseau.

« Bonjour ! s'écria Caris avec surprise. J'étais en train de me demander si toutes les femmes du monde étaient condamnées à laisser les hommes diriger leur vie, et voilà que vous arrivez pour me donner la preuve éclatante du contraire !

— Tu n'as pas totalement raison, rétorqua mère Cécilia avec un chaleureux sourire. Je vis au travers de Jésus-Christ, qui était un homme, bien qu'il soit Dieu aussi. »

L'argument n'était pas vraiment convaincant. Caris alla prendre dans l'armoire un petit baril du meilleur vin. « Voulez-vous une tasse de ce vin du Rhin qu'apprécie mon père ?

— Un doigt seulement, et coupé d'eau. »

Caris remplit deux tasses à moitié et y ajouta de l'eau d'une cruche. « Mon père et ma tante sont au banquet.

— Oui. C'est toi que je suis venue voir. »

Caris n'en fut pas surprise, sachant qu'il n'était pas dans les habitudes de la mère abbesse de faire des mondanités sans une bonne raison.

Cécilia but une gorgée de son vin et reprit : « Je pense à toi depuis que le pont s'est effondré. À la façon dont tu t'es comportée ce jour-là.

— J'ai mal agi ?

— Au contraire. Tu as agi à la perfection. Tu étais douce en même temps que ferme avec les blessés ; tu suivais mes instructions sans craindre de prendre des initiatives. Tu m'as impressionnée.

— Merci.

— Et tu semblais trouver… je ne dirais pas du plaisir, mais plutôt de la satisfaction à accomplir toutes tes tâches.

— Ces gens étaient dans la détresse, nous leur apportions un soulagement. Y a-t-il chose au monde plus satisfaisante ?

— C'est bien ce que je ressens également. C'est pourquoi j'ai voué ma vie à Dieu. »

Comprenant où la religieuse voulait en venir, Caris s'empressa de préciser : « Personnellement, je ne pourrais pas passer ma vie dans un couvent.

— Tu as des capacités naturelles pour t'occuper des malades. Mais ce n'est là qu'une partie des talents que j'ai décelés en toi. Quand les gens ont commencé à transporter les blessés et les morts dans la cathédrale, j'ai demandé qui leur avait enjoint de le faire. Ils ont répondu : "Caris la Lainière".

— Il n'y avait rien d'autre à faire, c'est évident.

— Évident pour toi. » Se penchant en avant, Cécilia ajouta sur un ton de grande sincérité : « Le talent de l'organisation est donné à peu de gens. Je le possède et je sais le voir chez autrui. Quand tout le monde autour de nous est en proie à la panique, à la terreur ou à la confusion, toi et moi, nous savons prendre en main la situation.

— Il y a du vrai là-dedans, j'imagine, admit Caris à contrecœur.

— Cela fait maintenant dix ans que je t'observe, depuis le jour où j'ai été appelée ici pour m'occuper de ta mère, juste avant qu'elle ne trépasse.

— Vous lui avez apporté le soulagement dans sa détresse.

— En te parlant, j'ai tout de suite compris que tu deviendrais une femme exceptionnelle. Mon impression s'est confirmée quand tu as fréquenté l'école des religieuses. Aujourd'hui, tu as dix-huit ans. Tu dois penser à ce que tu veux faire de ta vie. Je crois que Dieu a des tâches à te confier.

— Comment pouvez-vous connaître les pensées de Dieu ? »

Cécilia se raidit. « À quiconque me poserait la question aussi brutalement, j'ordonnerais de se mettre à genoux et de prier pour ses péchés. Mais je sais que ton interrogation est sincère, par conséquent j'y répondrai. Je connais les pensées de Dieu parce que j'accepte les enseignements de son Église. Et je suis convaincue qu'il veut que tu sois religieuse.

— J'aime trop les hommes.

— C'est un problème qui s'estompe avec les années, je peux te l'assurer. Je l'ai connu dans ma jeunesse.

— Je ne veux pas qu'on me dise comment vivre ma vie.

— Très bien, mais ne t'avise pas d'entrer chez les béguines pour autant !

— Qu'est-ce que c'est ?

— C'est un ordre dans lequel les religieuses ne se soumettent à aucune règle et ne prononcent pas de vœux perpétuels. Elles vivent en communauté, cultivent leurs terres, élèvent leurs bêtes et refusent d'être dirigées par des hommes. »

Les femmes qui osaient défier les normes, c'était un sujet qui avait toujours passionné Caris. Elle demanda : « Où sont-elles établies ?

— Aux Pays-Bas, principalement. Leur fondatrice, Marguerite Porete, a écrit un livre : *Le Miroir des âmes simples et anéanties.*

— J'aimerais bien le lire.

— C'est hors de question. Les béguines ont été condamnées par l'Église pour hérésie. Elles sont persuadées que l'on peut atteindre la perfection spirituelle ici-bas par le truchement de l'Esprit libre.

— La perfection spirituelle ? Qu'entend-on par là ?

— Pour le comprendre, il faudrait que tu cesses de barricader ton esprit et d'en interdire l'accès à Dieu.

— Excusez-moi, mère Cécilia, mais chaque fois qu'un être humain me dit quelque chose au sujet de Dieu, je pense aussitôt : les humains étant faillibles, comment la vérité pourrait-elle ne pas l'être aussi ?

— Comment l'Église pourrait-elle se tromper ?

— Eh bien, les musulmans ont des croyances différentes.

— Ce sont des païens !

— Et nous, nous sommes pour eux des infidèles. N'est-ce pas la même chose ? D'après Buonaventura Caroli, il y a plus de musulmans que de chrétiens dans le monde. Il faut bien que l'une de ces Églises se trompe.

— Attention, Caris ! intervint mère Cécilia sur un ton sévère. Ne laisse pas ta passion pour les débats te conduire au blasphème.

— Pardon, ma mère. » Si l'abbesse prenait plaisir à discuter avec elle, il y avait toujours un moment où la discussion se transformait en prêche. Le sachant, Caris faisait machine arrière, mais elle gardait au cœur le léger sentiment d'avoir été dupée.

Mère Cécilia se leva. « Je ne te convaincrai pas contre ta volonté. Toutefois, je voulais que tu saches vers où tendent mes pensées à ton sujet. La meilleure chose que tu pourrais faire, c'est d'entrer dans notre congrégation et de consacrer ta vie au soin des malades. Je te remercie pour le vin. »

Sur le pas de la porte, Caris l'interrogea : « Qu'est-il arrivé à Marguerite Porete ? Elle vit toujours ?

— Non. Elle est morte sur le bûcher. » Sur ces mots, l'abbesse sortit dans la rue et referma la porte sur elle.

Caris resta plantée sur le seuil à fixer le panneau de bois. La vie d'une femme était une maison aux portes closes. Impossible pour elle d'entrer en apprentissage, d'étudier à l'université, de devenir prêtre ou médecin, de bander un arc ou de se battre à l'épée. Impossible également de se marier sans se soumettre à la tyrannie d'un mari.

Elle se demanda ce que Merthin faisait en ce moment précis. Était-il assis à une table de l'auberge de La Cloche à boire la meilleure bière anglaise de la taverne, en face d'une Bessie qui lui décochait des sourires aguicheurs en tirant sur le devant de sa robe pour qu'il remarque ses beaux seins ? Était-il charmant et drôle, s'ingéniait-il à provoquer ses rires ? Et Bessie, riait-elle les lèvres bien écartées pour qu'il voie ses dents régulières? Laissait-elle partir sa tête en arrière pour qu'il apprécie mieux la douce blancheur de sa gorge? Merthin s'adressait-il sur un ton respectueux à son père, Paul la Cloche? Cherchait-il à lui prouver par toutes sortes de questions qu'il n'était pas indifférent à ses affaires? Tant et si bien que Paul dirait plus tard à sa fille que Merthin était un bon garçon, un jeune homme bien sous tous rapports. Merthin allait-il s'enivrer et passer son bras autour de la taille de Bessie, poser la main sur sa hanche et avancer discrètement ses doigts entre les cuisses, jusqu'à cet endroit si sensible qui vous démangeait au premier contact? Car c'était ce qu'il faisait autrefois avec elle!

Les larmes lui montèrent aux yeux. Quelle idiote, elle était! Le meilleur garçon de la ville lui offrait son cœur et elle l'abandonnait aux bons soins d'une serveuse de tripot. Mais pourquoi se créait-elle tant de souffrance?

À cet instant précis Merthin apparut sur le seuil.

Elle le regarda à travers la brume de ses larmes, incapable de discerner son expression. Venait-il faire la paix ou donner libre cours à sa colère, encouragé par plusieurs chopes de bière?

Elle se leva. L'espace d'un instant, le temps qu'il referme la porte et s'avance vers elle, elle demeura clouée sur place. Puis il dit : « Qu'importe ce que tu dis ou fais, je t'aime quand même. »

Elle se jeta à son cou et fondit en larmes.

Il lui caressa les cheveux sans rien dire, ce qui était exactement la chose à faire.

Au bout d'un moment ils commencèrent à s'embrasser et elle éprouva plus fort que jamais le désir de sentir ses mains sur son corps, sa langue dans sa bouche, ses doigts en elle. Elle était changée. Elle voulait que leur amour trouve une nouvelle expression, voilà pourquoi elle lui murmura : « Déshabillons-nous ! »

Il sourit de bonheur. C'était une chose qu'ils n'avaient encore jamais faite. « Volontiers, mais quelqu'un ne risque-t-il pas d'entrer à l'improviste ?

— Le banquet va durer des heures. Et puis, nous pouvons monter. »

Ils gagnèrent la chambre de Caris. D'une secousse du pied, elle quitta ses chaussures. Brusquement, elle se sentit tout intimidée. Que penserait-il en la voyant nue ? Il aimait les petits bouts de son corps qu'il connaissait, elle le savait. Ses seins, ses jambes, sa gorge, l'endroit le plus intime de son corps. Quand il les embrassait et les caressait, il s'extasiait toujours devant leur beauté. Mais maintenant ? Allait-il remarquer qu'elle avait les hanches trop larges, les jambes courtes, des seins minuscules ?

De son côté, il n'y avait aucune gêne, semblait-il. Il avait arraché sa chemise et baissé ses culottes et il se tenait devant elle en toute simplicité. Son corps mince mais fort débordait d'une énergie longtemps refoulée, tel un jeune cerf des bois. Pour la première fois, elle s'aperçut que ses poils à l'aine étaient de la couleur des feuilles d'automne. Sa queue se dressait ardemment. Le désir eut raison de sa timidité et Caris fit passer rapidement sa robe par-dessus sa tête.

Il regarda fixement son corps nu. Sous ses yeux enflammés, elle n'éprouvait plus aucun embarras, uniquement la sensation d'une caresse intime. « Que tu es belle ! s'exclama-t-il.

— Toi aussi, tu es beau. »

Ils s'étendirent côte à côte sur le matelas bourré de paille qui tenait lieu de lit à Caris et ils commencèrent à se caresser mutuellement. Mais ces jeux habituels ne satisfaisaient pas Caris aujourd'hui et elle déclara bientôt : « Je veux qu'on fasse ça bien !

— Qu'on aille jusqu'au bout ? »

La crainte de tomber enceinte effleura son esprit, mais elle la chassa aussitôt, trop excitée pour penser aux conséquences. « Oui, répondit-elle dans un chuchotement.

— Moi aussi. »

Il s'allongea sur elle. Pendant la moitié de sa vie, Caris s'était demandé à quoi ressemblerait cet instant. Elle leva les yeux vers Merthin. Il avait cette expression de concentration qu'elle aimait tant, le même regard que lorsqu'il travaillait le bois avec tendresse et savoir-faire. Du bout des doigts il écarta délicatement les pétales de son sexe. Elle était humide et glissante. Il y vit la preuve de son désir.

« Tu es sûre ? dit-il.

— Oui, certaine », affirma-t-elle en chassant au loin ses craintes de grossesse.

Quand il la pénétra, elle se raidit involontairement, apeurée. Il hésita, conscient de sa résistance. « Tout va bien, le rassura-t-elle. Tu peux pousser plus fort, ça ne me fera pas mal. » Elle se trompait et s'en rendit compte à la douleur aiguë qu'elle ressentit bientôt et qui lui fit monter les larmes aux yeux.

« Pardon, chuchota-t-il.

— Attends juste une minute ! »

Ils restèrent immobiles. Merthin baisa ses paupières, puis son front, puis le bout de son nez. Elle se frotta contre son visage et plongea son regard dans ses yeux mordorés. La douleur s'estompa, le désir revint. Elle commença à remuer, heureuse et surprise à la fois d'éprouver autant de plaisir à sentir pour la première fois l'homme qu'elle aimait tout au fond de son corps. Il la contemplait, un demi-sourire égaré sur ses lèvres, le regard empreint d'une avidité de plus en plus grande à mesure que leurs mouvements s'accordaient et s'accéléraient.

« Je ne peux plus me retenir, s'écria-t-il à bout de souffle.

— Continue, n'arrête pas ! »

Elle le fixait intensément. Quelques instants plus tard, Merthin ferma les yeux très fort, sa bouche s'ouvrit, son corps entier se tendit comme la corde d'un arc. Puis le plaisir s'abattit sur lui. Elle sentit ses spasmes à l'intérieur de son corps tandis qu'il éjaculait en elle, et elle se dit que rien dans la vie ne l'avait préparée à un tel bonheur. Au même moment, l'extase la saisit à son tour. Elle avait déjà éprouvé cette sensation, mais jamais encore avec une force aussi violente. Elle tremblait comme une feuille sous le vent. Fermant les yeux, elle attira le corps de Merthin contre le sien et s'abandonna.

Ils restèrent longtemps étendus sans bouger, le visage de Merthin enfoui dans son cou. Elle sentait son souffle sur sa peau. Elle caressa son dos humide de sueur. Les battements de son cœur ralentirent peu à peu et un profond contentement descendit sur elle comme le crépuscule, un soir d'été. Au bout d'un moment, elle lâcha dans un soupir :

« C'était donc ça, ce dont on fait si grand cas… »

25.

Au lendemain de l'intronisation de Godwyn, Edmond le Lainier se rendit de bon matin chez les parents de Merthin.

Traité comme un membre de la famille par le père de sa belle, le jeune homme avait tendance à oublier que c'était un personnage important. Gênés de leur indigence, sieur Gérald et dame Maud le reçurent avec les égards dus à un roi. Leur masure ne comportait qu'une seule pièce qui donnait à l'arrière sur un jardinet. Elle était pourvue d'une cheminée et meublée d'une table. Tout le monde y dormait sur des paillasses jetées à même le plancher.

Heureusement, la famille était debout depuis le lever du soleil, lavée et habillée. La salle était dans un ordre impeccable. Cela n'empêcha pas la mère de Merthin d'épousseter un tabouret en entendant le pas lourd et saccadé d'Edmond. Elle se tapota les cheveux, referma la porte de derrière pour la rouvrir aussitôt afin d'aller chercher une bûche à mettre dans l'âtre. S'empressant de passer une veste, l'ancien chevalier s'inclina plusieurs fois avant de proposer une chope de bière anglaise à son hôte.

Edmond refusa, supposant qu'il s'agissait là d'une phrase de politesse et qu'il n'en avait pas. « En revanche, dame Maud, je prendrais volontiers un petit bol de votre potage, si je puis me permettre. » Dans toutes les familles, il y avait dans l'âtre un chaudron d'avoine qui cuisait lentement pendant des jours et des jours. On y jetait au fur et à mesure des os, des pépins de pomme, des cosses de pois et autres épluchures. Assaisonné d'herbes et salé, cela donnait une soupe qui n'avait jamais deux fois le même goût. C'était le plat le moins cher.

Ravie, Maud puisa un peu de sa bouillie dans une écuelle et la déposa sur la table avec une cuillère et un plat rempli de pain.

Merthin baignait dans une sorte d'ivresse. Son euphorie de la veille ne l'avait toujours pas quitté. Il s'était couché en pensant au corps de Caris et s'était réveillé, le sourire aux lèvres, y repensant toujours. L'arrivée inopinée d'Edmond lui rappela brusquement sa dispute avec Elfric à propos de Griselda. Une peur instinctive lui souffla qu'Edmond allait le frapper au visage avec une latte de bois en hurlant qu'il avait défloré sa fille.

Cette crainte disparut sitôt qu'Edmond eut pris place à la table. Attrapant la cuillère, le père de Caris déclara avant même de commencer à manger : « Maintenant que nous avons enfin un prieur, je veux que la construction du pont démarre au plus tôt.

— Très bien », répondit Merthin.

Edmond avala une cuillerée de soupe et fit claquer ses lèvres. « C'est la meilleure soupe que j'aie goûtée de ma vie, dame Maud. » Celle-ci se rengorgea.

Merthin fut reconnaissant à Edmond de vouloir charmer ses parents. La visite d'un prévôt de la ville qui mangeait à leur table en leur donnant du « sieur Gérald » et « dame Maud » était pour eux un baume au cœur dans l'humiliante situation qu'ils connaissaient.

Et voilà que son père s'exclamait : « Quand je pense que j'ai failli ne pas l'épouser ! Le saviez-vous, Edmond ?

— Dieu du ciel, mais pas du tout ! répondit Edmond, bien qu'il ait certainement entendu l'histoire auparavant. Que s'est-il donc passé ?

— Je l'ai vue à l'église, un dimanche de Pâques, et je suis tombé amoureux d'elle dans l'instant. Il devait bien y avoir mille personnes ce jour-là dans la cathédrale de Kingsbridge, mais de toutes les femmes, c'était la plus belle.

— Allons, Gérald, n'exagère pas ! intervint dame Maud.

— Et voilà qu'elle a disparu dans la foule. Impossible de la retrouver et je ne connaissais pas son nom ! J'ai interrogé les gens, leur demandant qui était la jolie jeune fille aux cheveux blonds. Et ils me répondaient que toutes les filles étaient jolies et blondes. »

Dame Maud poursuivit le récit : « J'étais partie très vite. Nous étions descendus à l'auberge du Buisson et ma mère était souffrante. Je m'étais dépêchée de rentrer pour m'occuper d'elle.

— J'ai fouillé la ville de fond en comble, reprit Gérald. En vain. Après l'office, tout le monde était rentré chez soi. Pour ma part, je vivais à Shiring, comme damoiselle Maud Casterham, mais cela, je ne le savais pas. J'étais persuadé que je ne la reverrais jamais. Je m'imaginais presque que c'était un ange descendu du ciel pour s'assurer que personne n'oubliait d'aller à la messe.

— Gérald, je t'en prie !

— Mon cœur était prisonnier de son souvenir. Les autres femmes ne m'intéressaient plus. Je me voyais déjà passant le reste de mes jours à espérer le retour de l'ange de Kingsbridge. J'ai vécu deux ans de tourment. Et un beau jour, je l'ai revue à un tournoi. C'était à Winchester. »

Maud prit la parole. « Un total inconnu m'a abordée avec ces mots : "Enfin, je vous revois ! Épousez-moi avant de disparaître encore !" J'ai cru que j'avais affaire à un fou.

— C'est stupéfiant ! » s'exclama Edmond.

Merthin intervint, considérant que la bonne volonté d'Edmond avait des limites. « J'ai déjà tracé quelques ébauches sur la planche à tracer, dans la loge des maçons, à la cathédrale. »

Edmond hocha la tête. « Un pont en pierre assez large pour que deux chariots s'y croisent ?

— Oui, comme vous me l'aviez indiqué, et avec des rampes aux deux bouts. J'ai trouvé un système qui devrait réduire le coût d'un tiers environ.

— C'est formidable ! Explique-moi ça !

— Je vous en montrerai le plan dès que vous aurez fini de manger. »

Edmond avala à toute vitesse le reste de sa soupe et se leva. « Je suis prêt. Allons-y. » Puis il se tourna vers Gérald et lui dit en courbant légèrement la tête : « Je vous remercie de votre hospitalité.

— Tout le plaisir était pour nous, messire le prévôt. »

Merthin et Edmond sortirent dans la rue. Une légère bruine tombait. Au lieu de prendre le chemin de la cathédrale, Merthin entraîna son compagnon vers le fleuve. Les passants reconnaissaient Edmond de loin à cause de sa jambe folle et, en cours de route, la moitié d'entre eux le salua d'un mot aimable ou en inclinant respectueusement la tête.

Merthin sentait la nervosité le gagner. Cela faisait des mois qu'il pensait au nouveau pont, sa construction était un défi à relever. Tandis qu'il travaillait à la réfection du toit de l'église Saint-Marc, contrôlant les ouvriers chargés de démolir l'ancienne toiture et ceux qui posaient la charpente neuve, il n'avait cessé de s'interroger sur la technique à employer pour le bâtir. Et maintenant, pour la première fois, voilà que ses idées allaient subir l'examen minutieux d'une tierce personne.

D'une personne qui était loin, pour l'heure, d'imaginer qu'un concept aussi novateur allait lui être présenté.

La rue bourbeuse descendait en serpentant parmi des maisons et des ateliers. Après deux siècles de paix civile, les remparts de la ville étaient en piteux état. Par endroits, il n'en restait plus que des monticules de terre transformés en murets de jardin. Les fabriques et les ateliers établis le long de la rivière étaient ceux qui employaient de l'eau en grande quantité, tels que les teintureries et les tanneries.

Merthin et Edmond débouchèrent sur la rive boueuse entre un abattoir qui dégageait une forte odeur de sang et une forge d'où s'échappaient d'assourdissants martèlements. Droit devant eux se dressait l'île aux lépreux.

« Pourquoi m'emmènes-tu ici, s'étonna Edmond, alors que le pont est à un quart de mille en amont ?

— Qu'il était, vous voulez dire. Car le nouveau, dit Merthin après avoir pris une profonde inspiration, devra s'élever ici, à ce que je crois.

— Pour rejoindre l'île ?

— Et un second, partant de l'île, rejoindra l'autre bord. Deux petits ponts au lieu d'un grand. C'est beaucoup moins cher.

— Mais les gens devront aller d'un pont à l'autre !

— Et alors ?

— Mais c'est une colonie de lépreux !

— Il n'en reste plus qu'un. On peut l'installer ailleurs. De toute façon, l'épidémie est en voie d'extinction. »

Edmond avait l'air pensif. « Autrement dit, quiconque viendra à Kingsbridge passera par cet endroit où nous sommes en ce moment.

— Il faudra percer une nouvelle rue et abattre certains de ces bâtiments. Mais il s'agit là de frais minimes, comparés à l'économie réalisée avec ces deux ponts.

— De l'autre côté…

— C'est une pâture qui appartient au prieuré. L'idée m'est venue pendant que je travaillais à l'église Saint-Marc. Du haut du toit, j'avais toute la ville à mes pieds.

— C'est très intelligent, dit Edmond, impressionné. Je me demande pourquoi le pont n'a pas été construit ici dès le départ.

— Le tout premier pont a été bâti il y a des centaines d'années. La rivière devait avoir une forme un peu différente. Jc nc scrais pas étonné que les berges se déplacent au fil des siècles. Le chenal entre l'île et le pâturage était peut-être plus large à l'époque, ce qui retirait tout avantage à construire le pont ici. »

Edmond scruta la rive opposée. Merthin suivit son regard. De la colonie de lépreux, il ne restait plus qu'un amas de bâtiments de bois vétustes éparpillés sur trois ou quatre acres. L'île était trop rocheuse pour qu'il y pousse autre chose que des arbres, de l'herbe et des broussailles. Elle était peuplée de lapins, que les habitants de Kingsbridge refusaient de manger par superstition, croyant que les lépreux décédés s'étaient réincarnés en eux. Au temps où les malades relégués là-bas étaient nombreux, ils élevaient des poules et des cochons. Mais depuis qu'il n'en restait qu'un seul, on lui apportait sa nourriture du prieuré, c'était plus simple. « Tu as raison, approuva Edmond. Cela fait bien dix ans qu'il ne s'est pas déclaré un seul cas de lèpre en ville.

— Personnellement, je n'ai jamais vu de lépreux, dit Merthin. Quand j'étais petit, je confondais lépreux et léopard et je m'imaginais cette île peuplée de lions tachetés. »

Edmond éclata de rire. Tournant le dos au fleuve, il regarda les bâtiments alentour. « Déménager les gens qui vivent ici ne se fera pas sans de longues tractations. Il faudra les convaincre qu'ils ont de la chance, comparé à leurs voisins, d'être transférés dans des maisons neuves et plus solides. Et il faudra asperger l'île d'eau bénite pour rassurer la population. Mais ce n'est pas infaisable.

— J'ai dessiné les deux ponts avec des voûtes en ogive, comme dans la cathédrale. Ils seront beaux.

— Montre-moi tes croquis. »

Ils quittèrent la rivière et remontèrent jusqu'au prieuré. Une couche de nuages bas semblables à la fumée qui se dégage des bûches mouillées quand elles brûlent stagnait au-dessus de la cathédrale ruisselante de pluie. Merthin, qui n'était pas venu travailler dans la loge des maçons depuis plus d'une semaine, était tout excité à l'idée de montrer ses croquis à Edmond. Il avait beaucoup réfléchi à la façon dont le courant avait progressivement sapé l'ancien pont et à la manière d'éviter au nouvel ouvrage un destin identique.

Il fit entrer Edmond par le porche nord et le précéda dans l'escalier en colimaçon, dérapant sur les marches usées avec ses souliers crottés de boue. Derrière lui, Edmond soulevait énergiquement sa mauvaise jambe.

Des lampes brûlaient dans la loge des maçons. Merthin commença par s'en réjouir car ses croquis seraient plus lisibles à la lumière. Puis il aperçut Elfric, occupé à travailler près de la planche à tracer.

Il en ressentit un vif dépit. L'hostilité n'avait pas diminué entre son ancien maître et lui, bien au contraire. Si Elfric n'était pas allé jusqu'à empêcher les habitants de Kingsbridge d'utiliser ses services, il persistait à faire barrage à son entrée dans la guilde des charpentiers, ce qui plaçait Merthin dans une situation anormale, illégale mais courante. Cette attitude injustifiée ne faisait pas honneur au bâtisseur.

Sa présence allait l'obliger à s'entretenir différemment avec Edmond. Il se morigéna d'être aussi sensible. C'était à Elfric de se sentir gêné, pas à lui !

Il tint la porte pour Edmond et le conduisit à l'autre bout de la pièce, là où il avait laissé la planche à dessin. En voyant Elfric tracer des cercles à l'aide d'un compas, il en resta éberlué. Une couche de plâtre frais recouvrait ses plans.

« Qu'avez-vous fait ? » s'écria Merthin, n'en croyant pas ses yeux.

Elfric le toisa d'un air hautain et s'en revint à ses épures sans mot dire.

« Il a effacé tout mon travail ! se lamenta Merthin.

— Quelle est votre explication pour ce geste, Elfric ? » s'enquit Edmond sur un ton autoritaire.

Elfric ne pouvait se permettre d'ignorer une question posée par son beau-père. « Il n'y a rien à expliquer. Une planche à dessin doit être remise à neuf de temps à autre.

— Mais vous avez recouvert des dessins très importants !

— Vraiment ? Que je sache, ce garçon n'a pas été commissionné par le prieur pour effectuer des plans. Et il n'a pas requis l'autorisation d'utiliser cette planche. »

Pour un homme aussi prompt à s'irriter que l'était le prévôt, la froide insolence d'Elfric n'était pas tolérable. « Ne faites pas l'imbécile ! C'est moi qui ai demandé à Merthin de faire des plans pour le nouveau pont.

— Vous m'excuserez, mais le prieur est seul habilité à donner de tels ordres.

— Parbleu, mais c'est la guilde qui fournit les fonds !

— Qui les prête. Ils seront remboursés.

— Cela nous donne quand même un droit de regard sur la construction.

— Croyez-vous ? Il faudra en discuter avec le prieur. Pour ma part, je ne pense pas qu'avoir choisi un apprenti sans expérience pour concevoir ce projet sera de nature à l'impressionner. »

Merthin demeurait silencieux. Il regardait les plans qu'Elfric avaient tracés sur la nouvelle couche de plâtre. « Je suppose, lâcha-t-il au bout d'un moment, qu'il s'agit là de votre projet de pont.

— Le prieur Godwyn m'a commissionné pour le construire, déclara Elfric.

— Sans nous consulter ? » réagit Edmond, interloqué.

À quoi Elfric répliqua avec rancœur : « Qu'est-ce qui ne vous plaît pas ? Vous ne voulez pas que le travail aille au mari de votre propre fille ?

— Des voûtes romanes, marmonna Merthin qui continuait d'étudier les croquis. Et des ouvertures étroites. Combien de piles aurez-vous ? »

Elfric n'était guère disposé à répondre. Cependant, la mine résolue d'Edmond l'y incita. « Sept, dit-il.

— Le pont en bois n'en avait que cinq ! fit remarquer Merthin. Et pourquoi sont-elles aussi épaisses et les ouvertures à ce point rétrécies ?

— Pour supporter le poids d'une chaussée pavée.

— Il n'est pas nécessaire d'élever de grosses piles pour ça. Regardez la cathédrale. Les colonnes suffisent à soutenir tout le poids du toit, et pourtant, elles sont toutes minces et très espacées. »

Elfric ricana. « Personne n'ira conduire un chariot sur le toit d'une église.

« — C'est juste, mais… » Merthin s'interrompit. À quoi bon expliquer à Elfric qu'un char à bœufs rempli de pierres pesait infiniment moins lourd que toute cette pluie sur un toit aussi vaste ? Ce n'était pas son rôle d'enseigner les règles de son art à un bâtisseur qui ne connaissait rien à son métier. Le projet d'Elfric était mauvais, mais Merthin n'avait pas l'intention de l'améliorer. Ce qu'il voulait, c'était que le sien le remplace. Voilà pourquoi il se tut.

Edmond comprit également qu'il gaspillait son souffle inutilement. « De toute façon, dans cette affaire, ce n'est ni à l'un ni à l'autre qu'il revient de prendre une décision ! » Sur ces mots, il partit vers l'escalier de son pas claudiquant.

*

La fille de John le Sergent fut baptisée dans la cathédrale par le prieur Godwyn, honneur accordé au père parce qu'il était l'un des employés du prieuré exerçant les plus hautes fonctions. Le sergent de ville n'était ni fortuné ni bien né – son père étant garçon d'écurie. Néanmoins tous les notables de la ville estimèrent de leur devoir d'assister au baptême. Pour lui exprimer leur amicale sympathie, déclara Pétronille. Pour Caris, ces personnes respectables agissaient avec intérêt, poussées par le souci que John protège leurs biens.

Il pleuvait encore ce jour-là et l'assemblée réunie autour des fonts baptismaux était plus trempée que le bébé aspergé d'eau bénite. Face à ce petit enfant sans défense, d'étranges sentiments agitaient le cœur de Caris. Elle qui s'interdisait toute pensée de procréation depuis qu'elle avait fait l'amour avec Merthin, voilà qu'elle sentait grandir en elle un sentiment protecteur.

Le bébé reçut le prénom de Jessica en l'honneur de la nièce d'Abraham.

Godwyn, qui n'avait jamais été à l'aise avec les bébés, voulut prendre congé sitôt le sacrement achevé. Pétronille le retint par la longue manche de sa robe de moine bénédictin. « Où en est-on pour le pont ? » lui souffla-t-elle.

Elle s'était exprimée à voix basse, mais Caris l'avait entendue et tendit l'oreille.

« J'ai demandé à Elfric de préparer des plans et des devis.

— Bien. Autant garder les affaires dans la famille.

— Si je l'ai choisi, c'est parce qu'il est le constructeur attitré du prieuré.

— D'aucuns pourraient vouloir s'immiscer dans le projet.

— C'est à moi de décider qui construira le pont. »

Agacée par ces propos, Caris se permit d'intervenir. « Comment osez-vous ? lança-t-elle à Pétronille.

— Je ne te parlais pas. »

Caris ne se laissa pas débouter. « En vertu de quoi le projet de Merthin doit-il être rejeté d'emblée ?

— Il n'est pas de la famille.

— Il vit pratiquement chez nous !

— Vous n'êtes pas mariés, que je sache. Si tu l'étais, ce serait peut-être différent. »

Consciente que sa position n'était pas favorable, Caris modifia son angle d'attaque. « Vous avez toujours eu une dent contre Merthin. Pourtant il est bien meilleur constructeur qu'Elfric, tout le monde le sait. »

Révoltée par ce qu'elle entendait, Alice se jeta dans le débat. « C'est Elfric qui lui a tout appris et, maintenant, il fait semblant d'en savoir plus que lui. »

Ce coup bas eut le don d'exaspérer Caris. « Qui a construit le bac ? dit-elle en élevant le ton. Qui a réparé le toit de Saint-Marc ?

— Merthin travaillait pour Elfric quand il a construit le bac. Quant à Saint-Marc, personne ne s'est adressé à Elfric pour lui demander de réparer le toit.

— Et pourquoi ça ? Parce qu'il n'aurait pas su régler le problème !

— Je vous en prie, intervint Godwyn en étendant les mains devant lui en un geste d'apaisement. Nous sommes tous de la même famille, certes, mais je suis le prieur d'un monastère et vous vous trouvez dans une cathédrale. Je ne veux pas être pris à parti en public par des femmes.

— C'est exactement ce que je m'apprêtais à vous dire, lança Edmond en entrant dans le cercle : baissez le ton !

— Vous pourriez au moins soutenir votre gendre ! » riposta Alice sur un ton accusateur.

Caris dévisagea sa sœur. À vingt et un ans, la moitié de l'âge de Pétronille, Alice avait déjà son air pincé et réprobateur. Elle s'empâtait aussi. Son corsage ressemblait à une voile gonflée par le vent.

Edmond la regarda sévèrement. « Cette décision ne sera pas prise sur la base des liens familiaux, ma fille ! Le fait qu'Elfric soit ton époux ne fera pas mieux tenir le pont debout. »

En affaires, il avait des opinions très arrêtées. Combien de fois n'avait-il pas dit à Caris qu'il ne fallait jamais se fonder sur l'amitié ou la parenté, mais s'adresser au fournisseur le plus digne de confiance et engager le meilleur ouvrier pour effectuer la tâche requise. L'homme qui a besoin d'acolytes fidèles pour agir n'a pas vraiment confiance en lui, avait-il coutume de répéter. Et s'il n'a pas confiance en lui, pourquoi devrais-je lui faire confiance ?

« Dans ce cas, sur quelles bases s'établira le choix ? intervint Pétronille. Tu as une idée sur la question, évidemment, dit-elle en accompagnant ses paroles d'un regard rusé.

— Le prieuré et la guilde ne considéreront pas seulement les projets d'Elfric et de Merthin, mais tous ceux qui seront proposés, répondit Edmond sur un ton sans réplique. Tous les projets devront être assortis de plans et de devis, et les devis vérifiés par d'autres constructeurs.

— On n'a jamais vu ça ! marmonna Alice. On se croirait à un concours de tir à l'arc. Elfric est le constructeur attitré du prieuré, c'est lui qui doit effectuer ce travail ! »

Son père ne releva même pas. « En dernier ressort, les auteurs des projets seront interrogés par les notables de la ville au cours d'une réunion de la guilde de la paroisse. » Il regarda Godwyn. Comprenant à son air faussement dégagé qu'il lui déplaisait de se voir dépossédé de son droit de décision, Edmond ajouta : « À la suite de quoi le prieur Godwyn rendra son verdict. »

*

La réunion eut lieu dans la halle de la guilde, tout en haut de la grand-rue. C'était un bâtiment de bois édifié sur une base en pierre, avec un toit de tuiles surmonté de deux hautes cheminées de pierre également. Le sous-sol abritait une imposante cuisine où étaient préparés les banquets, ainsi qu'une salle de police et une prison. Située à l'étage noble et flanquée d'une chapelle, la salle d'apparat était aussi vaste qu'une église puisqu'elle mesurait cent pieds de long sur trente de large. Du fait de sa largeur, mais aussi de la difficulté à trouver à bon prix les pièces de bois nécessaires à la fabrication d'une charpente de cette taille, on l'avait divisée en deux par une rangée de piliers de bois sur lesquels reposaient les solives.

Ce n'était pas un édifice élevé à la gloire de quelqu'un, mais un bâtiment sans prétention, construit avec les mêmes matériaux que les habitations les plus modestes. Comme Edmond aimait à le rappeler, les gens d'ici avaient employé leur argent à faire bâtir la cathédrale de pierre blanche, splendide et majestueuse, et fabriquer ses vitraux. Son absence d'ostentation donnait à la halle de la guilde un côté confortable. Il y avait des tapisseries aux murs, des vitres aux fenêtres et deux cheminées monumentales qui chauffaient agréablement la salle en hiver. En période de prospérité, les plats servis ici étaient dignes de la table d'un roi.

La guilde de la paroisse avait été fondée des siècles auparavant, alors que Kingsbridge n'était encore qu'une petite bourgade. Plusieurs marchands s'étaient réunis pour rassembler les fonds nécessaires à l'achat d'ornements destinés à la cathédrale. Mais quand des hommes fortunés mangent et boivent de concert, ils en viennent inévitablement à parler de leurs soucis communs. Et les débats visant à lever des fonds s'étaient bientôt transformés en discussions politiques. Dès les origines, la guilde avait été dominée par les négociants en laine, voilà pourquoi une monumentale balance à double plateau et un exemplaire du sac de laine en usage à Kingsbridge – d'un poids de trois cent soixante-quatre livres – trônaient à un bout de la halle.

Au fil des siècles, à mesure que Kingsbridge se développait, d'autres guildes s'étaient constituées autour des différents métiers. Il y avait ainsi la guilde des charpentiers, celles des maçons, des brasseurs, des orfèvres. Leurs membres les plus éminents appartenaient également à la guilde de la paroisse, qui gardait ainsi la suprématie sur les autres. Kingsbridge ne possédait pas de guilde des marchands proprement dite, car la cité était soumise à l'autorité du prieuré qui en avait interdit la création. C'était la guilde de la paroisse qui en tenait lieu, mais elle était loin de posséder la puissance des véritables guildes de marchands qui, elles, régentaient maints aspects de la vie de la cité dans la plupart des villes anglaises.

À défaut d'avoir assisté à une réunion ou à un banquet de la guilde, Merthin en connaissait les locaux pour y être venu en différentes occasions. Il aimait à étudier le savant agencement des poutres et des solives formant la charpente. Il en avait tiré l'enseignement qu'un petit nombre de piliers élancés suffisait à supporter le poids d'un toit aussi vaste. Il comprenait à quoi servait la plupart des éléments présents, à l'exception d'une ou deux pièces de bois qui lui paraissaient superflues, voire nuisibles à l'ensemble, en ce sens qu'elles transféraient le poids général sur des zones moins solides. Le fait était que personne ne savait vraiment pourquoi les bâtiments tenaient debout. Les bâtisseurs s'en remettaient à leur instinct et à leur expérience, et il leur arrivait parfois de se tromper.

Ce soir-là, Merthin était bien trop inquiet pour apprécier le boisage. La guilde devait rendre son jugement sur son projet de pont. Projet bien supérieur à celui d'Elfric, estimait-il, mais sauraient-ils le voir ?

Elfric avait eu l'avantage d'utiliser la planche à dessin. Merthin aurait pu demander à Godwyn la permission de s'en servir aussi, mais il avait préféré imaginer une autre solution de crainte qu'Elfric ne sabote ses plans. Il avait tendu un grand morceau de parchemin sur un châssis de bois et dessiné ses plans à la plume. Ce soir, ce désavantage pourrait bien tourner à son profit, car il avait apporté ses plans avec lui. Les membres les auraient sous les yeux au moment de rendre leur verdict alors qu'ils n'auraient qu'un souvenir plus ou moins précis du projet d'Elfric.

Il installa ses schémas à l'entrée de la halle sur un chevalet à trois pieds qu'il avait spécialement conçu dans ce but. En arrivant à la réunion, tout le monde s'arrêta pour les examiner. Les membres de la guilde les avaient déjà eus sous les yeux au moins une fois au cours des derniers jours, de même qu'ils avaient étudié les plans d'Elfric, escaladant tout exprès l'escalier en spirale menant à la loge des maçons. La plupart d'entre eux préféraient son projet, Merthin en était convaincu, même s'ils avaient gardé leur opinion pour eux, ayant scrupule à soutenir le projet d'un jeune sans expérience contre celui d'un homme qui avait fait ses preuves.

Dans la halle, le niveau sonore s'élevait à mesure qu'affluait un public composé d'hommes principalement. Pour l'occasion, chacun s'était paré dc scs plus beaux atours comme pour aller à l'église. Les hommes portaient de coûteux manteaux de laine, malgré la douceur du temps, et les femmes leurs coiffes les plus belles. Déblatérer sur l'infériorité des femmes en général et le peu de confiance qu'il convenait d'accorder à leur propos était monnaie courante, et la gent masculine réunie en ce lieu ne faisait pas exception à la règle, bien que l'on trouve plusieurs femmes parmi les citoyens les plus riches et les plus influents de Kingsbridge. On reconnaissait mère Cécilia, assise au premier rang à côté de son assistante, une religieuse connue sous le nom de « la vieille Julie ». Caris était là elle aussi, naturellement, puisqu'elle était le bras droit d'Edmond, ce dont personne en ville ne doutait plus. Mais d'autres femmes, telles Betty la Boulangère, la commerçante la plus prospère de la ville, ou encore Sarah Tavernier qui dirigeait l'auberge du Buisson depuis la mort de son mari, étaient présentes en leur qualité de membres à part entière de la guilde. Il était fréquent qu'une veuve reprenne l'affaire de son époux. L'empêcher de gagner sa vie aurait été malvenu et cruel. Il était bien plus simple de l'admettre au sein d'une guilde qui comptait également un certain nombre de prêtres et de moines parmi ses membres, car l'obligation d'appartenir à la guilde pour être autorisé à commercer à Kingsbridge les concernait aussi. Quant aux personnes étrangères à la ville, elles ne pouvaient commercer que les jours de marché.

Caris prit place sur le banc à côté de Merthin, et celui-ci ne put retenir un frisson de désir dès qu'il sentit la chaleur de sa cuisse contre la sienne.

En temps ordinaire, Edmond présidait la séance du haut d'une grande cathèdre en bois. Aujourd'hui, un autre siège était placé près du sien. À l'arrivée du prieur Godwyn, Edmond se leva et l'invita à le rejoindre sur l'estrade. Le prieur s'était fait accompagner de tous les moines qui avaient des responsabilités au monastère. Merthin se réjouit de constater que Thomas était du nombre. Philémon aussi. En apercevant sa longue silhouette efflanquée, Merthin s'interrogea sur les raisons qui avaient pu pousser Godwyn à le prier d'assister à cette réunion.

L'air chagrin de Godwyn n'avait pas échappé à Edmond, et celui-ci, dans son discours, veilla à souligner que le prieur était responsable du pont et que le choix final lui revenait d'office. Cependant, tout un chacun avait parfaitement compris qu'Edmond lui avait de fait arraché ce droit en convoquant lui-même cette réunion, et que si les marchands parvenaient ce soir à un accord, Godwyn aurait d'autant plus de mal à s'opposer à leur volonté clairement exprimée que la question traitait de commerce et non de religion. Edmond invita Godwyn à ouvrir les débats par une prière. Godwyn acquiesça. Mais à la façon dont il pinçait le nez, comme s'il respirait une mauvaise odeur, chacun put se convaincre qu'il n'était pas dupe.

Edmond déclara : « Les estimations du coût des deux projets en compétition ont été effectuées selon des méthodes identiques.

— Forcément, s'exclama Elfric, puisque c'est moi qui les ai enseignées à Merthin ! »

Un rire se propagea parmi les artisans les plus âgés. Rire bien compréhensible, car il existait maintes formules pour évaluer un prix, selon qu'il s'agissait d'un pied carré de mur, d'une mesure de liquide, d'une longueur de toit ou d'une maçonnerie plus compliquée, telle une arche ou une voûte. Les méthodes de calcul étaient en gros similaires, mais chaque bâtisseur y apportait des variantes personnelles. Estimer le coût de ce pont n'avait pas été facile, mais cela aurait été encore plus compliqué s'il s'était agi d'une église.

Edmond reprit : « Les deux hommes en compétition ont eu la possibilité de vérifier mutuellement leurs devis. Il n'y a donc pas de place pour la dispute.

— On le sait bien, que les constructeurs pratiquent tous un surcoût identique ! » lança Édouard le Boucher, et sa remarque lui valut un grand rire de l'assistance. Il était populaire auprès des hommes pour son esprit délié, et auprès des femmes pour sa prestance et ses regards appuyés. Son épouse, en revanche, lui tenait grief de ses nombreuses infidélités. Récemment, elle s'était jetée sur lui armée d'un grand couteau, comme en témoignait le bandage qu'il portait au bras gauche.

« Le devis d'Elfric se monte à deux cent quatre-vingt-cinq livres, reprit Edmond lorsque le calme fut revenu. Celui de Merthin à trois cent sept. Soit une différence de vingt-deux livres, comme la plupart d'entre vous l'auront établi plus vite que je n'y suis parvenu moi-même. » Un léger brouhaha accueillit sa remarque, Edmond faisant l'objet de fréquentes taquineries pour son obstination à utiliser les anciens chiffres latins. Il était de notoriété publique qu'il demandait souvent à Caris de s'occuper des comptes, incapable qu'il était de s'habituer aux chiffres arabes récemment introduits en Angleterre et qui facilitaient tant les calculs.

« Vingt-deux livres, c'est une somme ! » déclara une voix qui ne s'était pas encore fait entendre. Elle émanait de Bill Watkin, le constructeur qui avait refusé d'engager Merthin, reconnaissable à sa calvitie qui évoquait une tonsure de moine.

« Oui, objecta Dick le Brasseur, grand amateur de la bière qu'il produisait, comme en témoignait son tour de taille de femme enceinte. Mais le pont de Merthin est deux fois plus large. On pourrait donc s'attendre à ce qu'il coûte le double, or ce n'est pas le cas. J'imagine que c'est dû à sa conception, qui est à l'évidence plus rationnelle. »

À quoi Bill rétorqua : « Combien de jours par an avons-nous besoin d'un pont assez large pour que deux chariots puissent s'y croiser ?

— Tous les jours de marché et aussi pendant toute la semaine de la foire à la laine.

— Pas vraiment, chicana Bill. En fait, une heure le matin et deux ou trois dans la soirée.

— L'autre jour, j'ai perdu deux heures à attendre avant de pouvoir passer avec ma charrette remplie d'orge.

— Tu aurais dû avoir le bon sens de te faire livrer ton orge un jour de moindre affluence !

— Mais je livre, moi aussi. Et tous les jours ! » riposta Dick, qui était le plus grand brasseur du comté. Il possédait un alambic en cuivre colossal dans lequel il pouvait faire bouillir cinq cents gallons de cru. D'où le nom de « Cuivre » qu'il avait donné à sa taverne.

Edmond interrompit la joute. « Il y a des problèmes bien plus graves que ceux liés à la perte de temps pour franchir le pont.

Notamment le désintérêt de certains commerçants qui nous préfèrent la foire de Shiring, où il n'y a pas de pont et donc aucune attente. Une attente que certains mettent à profit en concluant directement leurs affaires sur place. Et ils s'en retournent chez eux sans même entrer dans la ville, s'économisant ainsi le péage du pont et les taxes du marché. C'est une pratique illégale, certes, mais nous n'avons jamais réussi à la stopper malgré tous nos efforts. Enfin, il y a l'image que nous donnons de nous-mêmes. Pour l'heure, nous sommes la ville dont le pont s'est effondré. Nous devons absolument changer cette impression si nous voulons récupérer les affaires que nous sommes en train de perdre. Pour ma part, j'aimerais que notre ville devienne célèbre dans toute l'Angleterre pour être celle qui possède le plus beau pont du pays. »

Connaissant l'immense influence dont jouissait Edmond, Merthin commençait à se dire que la victoire était proche.

Une femme obèse d'une quarantaine d'années se leva. Elle avait pour nom Betty la Boulangère. Désignant le plan de Merthin, elle demanda : « Qu'est-ce que c'est, cette pointe au milieu du parapet qui surplombe l'eau à hauteur de la pile ? Cela ressemble à une plate-forme de guet. C'est pour les pêcheurs ? » La salle s'esclaffa.

« C'est un refuge pour les piétons, expliqua Merthin. Si vous traversez le pont à pied et que le comte de Shiring arrive soudain avec vingt écuyers à cheval, vous avez un endroit où reculer.

— Espérons seulement que ce refuge pourra t'accueillir tout entière, Betty ! » lança Édouard le Boucher.

Les rires repartirent de plus belle. Mais Betty n'en avait cure, ayant d'autres questions à poser. « Pourquoi le pilier en dessous de cette saillie est-il pointu sur toute sa longueur, de haut en bas jusqu'à l'eau ? Sur le plan d'Elfric, les piliers sont arrondis.

— C'est pour dévier la course des débris qui flottent sur l'eau. Prenez n'importe quel pont : vous verrez qu'ils ont tous des piles ébréchées ou fendues. À votre avis, qu'est-ce qui les endommage ? À coup sûr les grands morceaux de bois, troncs d'arbre ou poutres provenant de bâtiments démolis, qui flottent sur l'eau et viennent heurter les piles au moment de passer sous le pont.

— Ou Ian le Batelier, quand il a un verre dans le nez ! dit Édouard.

— Barques ou débris, ils endommageront moins des piliers en pointe comme les miens. Ceux d'Elfric en revanche subiront l'impact de plein fouet.

— Mes murs sont trop solides pour être abattus par un peu de bois, riposta celui-ci.

— Au contraire, rétorqua Merthin. Vos arches étant plus étroites que les miennes, la vitesse de l'eau s'en trouvera accélérée. Les débris heurteront les piliers avec plus de force et les endommageront davantage. »

À la mine qu'il fit, il était clair qu'Elfric n'avait même pas réfléchi à cet aspect de la question. Mais l'assistance n'était pas composée que de constructeurs. Comment pouvait-elle distinguer les bons éléments de ceux qui ne l'étaient pas ?

À la base de chacun de ses piliers, Merthin avait dessiné un tas de grosses pierres. Ce système de prévention, connu des constructeurs sous le nom d'enrochement, avait pour but d'empêcher le courant d'user les piliers comme il l'avait fait avec ceux du vieux pont de bois. Comme personne ne l'interrogeait à ce sujet, Merthin garda pour lui ses explications.

Betty n'en avait pas fini avec ses questions. « Pourquoi ton pont est-il si long ? Celui d'Elfric commence au bord de l'eau. Le tien plusieurs pieds sur la terre ferme. N'est-ce pas là une dépense superflue ?

— Mon pont est pourvu d'une rampe d'accès à chaque bout, répondit Merthin. Pour qu'on puisse passer du pont à la terre ferme sans patauger dans le marécage du bord de l'eau. Ainsi, il n'y aura plus de charrettes embourbées bloquant la voie pendant toute une heure.

— Ce serait moins cher de faire une route pavée », dit Elfric sur un ton qui cachait mal son dépit.

C'est alors que Bill Watkin intervint : « Plus j'écoute ces deux-là discuter, moins j'arrive à me faire une idée de ce qui est bien et de ce qui ne l'est pas. Et je suis constructeur ! Je me demande comment peuvent s'y retrouver ceux qui ne sont pas du métier ! » Un murmure d'assentiment accueillit ses paroles. « C'est pourquoi, reprit-il, je trouve que nous devrions considérer les hommes qui se présentent devant nous et non leurs projets. »

C'était exactement ce qu'avait craint Merthin et c'est avec angoisse qu'il écouta la suite.

« Lequel de ces deux hommes vous est le mieux connu ? Sur qui êtes-vous certain de pouvoir vous reposer ? Voilà ce que vous devez vous demander. D'un côté, nous avons Elfric qui est constructeur chez nous depuis qu'il est tout jeune, depuis plus de vingt ans. Nous avons sous les yeux les maisons qu'il a bâties, nous constatons qu'elles tiennent toujours debout. Nous pouvons aussi examiner les réparations qu'il a faites dans la cathédrale. De l'autre côté, nous avons Merthin, un jeune homme à coup sûr intelligent mais un peu risque-tout. Et qui n'a pas achevé son apprentissage ! Qu'a-t-il à son actif pour nous prouver qu'il a les reins assez solides pour prendre en charge le plus grand projet de construction que notre ville ait connu depuis la construction de la cathédrale ? Pas grand-chose ! Personnellement, je sais en qui je place ma confiance. » Il se rassit.

Plusieurs hommes dans l'assistance exprimèrent leur approbation. Les projets n'entreraient pas en ligne de compte, se lamenta Merthin intérieurement. La décision serait prise sur la seule base des deux personnalités en compétition. C'était d'une injustice exaspérante.

Puis frère Thomas prit la parole. « Quelqu'un à Kingsbridge a-t-il déjà participé à un projet impliquant la construction d'un ouvrage sous l'eau ? »

La réponse était non. Merthin sentit renaître son espoir.

Thomas enchaînait : « Je voudrais savoir comment les concurrents envisagent de régler ce problème. »

Merthin avait une solution toute prête. Cependant, il ne souhaitait pas répondre le premier, de crainte qu'Elfric ne reprenne ses idées à son compte. Il serra les lèvres, espérant que Thomas, qui venait toujours à sa rescousse, percevrait le message.

Et de fait, Thomas comprit l'avertissement. « Maître Elfric, dit-il, quelle solution proposez-vous ? »

— Ce n'est pas aussi compliqué qu'il y paraît, répondit le bâtisseur. Il suffit de faire tomber des blocs de pierre dans la rivière à l'endroit où l'on veut implanter le pilier. Ils s'amassent au fond. Quand le tas finit par émerger de l'eau, on s'en sert comme d'un socle pour édifier le pilier. »

Comme Merthin s'y attendait, Elfric avait proposé la solution la moins élaborée pour régler cette question. « Cette méthode présente deux défauts, affirma-t-il quand la parole lui fut donnée. Le premier, c'est qu'un amas de rochers n'est pas plus stable sous l'eau qu'il ne l'est sur la terre. Le temps passant, il se déplacera ; il perdra de la hauteur, et le pont avec lui. Ce n'est pas gênant pour un pont destiné à ne tenir que quelques années. Mais à mon avis, dans le cas présent, mieux vaut réfléchir à long terme. »

Le marmonnement qui lui parvint semblait indiquer que le public partageait ses vues.

« Le second défaut, enchaîna-t-il, c'est la pile. Sous l'eau, elle aura tendance à pencher, réduisant l'espace laissé aux bateaux. Dans le projet d'Elfric, les arches sont étroites. Je ne sais pas comment passeront les bateaux à grand tirant d'eau lorsque le niveau de l'eau sera au plus bas.

— Qu'est-ce que tu proposes à la place ? »

Merthin réprima un sourire. Elfric venait de faire exactement ce qu'il attendait : admettre qu'il n'avait pas d'autre solution que celle qu'il avait proposée. « Je vais vous le dire. » Et dans son for intérieur il ajouta : « Et vous prouver à tous que j'en sais plus que ce crétin qui a osé briser mon vantail en mille morceaux. » Il promena les yeux sur la salle. L'auditoire était pendu à ses lèvres. Tout dépendait de ce qu'il allait leur dire maintenant. Il prit une longue inspiration.

« À l'endroit où je veux édifier mon pilier, je commencerai par enfoncer un long pieu effilé au bout dans le lit de la rivière. Après quoi, j'en enfoncerai un second bord à bord et ainsi de suite jusqu'à former un anneau de pieux.

— Un anneau de pieux ? railla Elfric. Ça n'empêchera pas l'eau d'entrer. »

Étant celui qui avait posé la question, frère Thomas se permit d'intervenir : « Ayez la bonté de l'écouter, je vous prie, comme il vous a écouté quand vous parliez. »

Merthin reprit : « Après cela, je ferai un second anneau de pieux à l'intérieur du premier en laissant entre les deux un espace d'un demi-pied. » L'assistance à présent était tout ouïe.

« Qui ne sera pas plus imperméable que le premier ! fit remarquer Elfric.

— Suffit, Elfric ! lui signifia Edmond. Ça devient intéressant. »

Merthin poursuivit : « Ensuite, je verserai un mortier à base d'argile dans l'espace séparant les deux anneaux. Comme il est plus lourd, le mortier refoulera l'eau hors des anneaux et bouchera les fentes entre les pieux, faisant de cet espace vide un barrage imperméable à l'eau. Ce système s'appelle un batardeau. »

L'auditoire demeurait figé dans le silence.

« En dernier lieu, j'écoperai à l'aide d'un seau toute l'eau à l'intérieur du petit anneau, et cela jusqu'à ce que le fond de la rivière soit mis à nu. Et alors, je construirai un socle en pierre en scellant les blocs avec du mortier. »

Elfric était stupéfié. Edmond et Godwyn avaient les yeux fixés sur Merthin.

« Je vous remercie tous les deux, dit Thomas. La dernière explication me facilite la tâche pour ce qui est de prendre une décision. Mais je ne parle qu'en mon nom.

— Je partage cet avis », dit Edmond.

*

Que Godwyn préfère le projet d'Elfric étonna grandement Caris. Certes choisir pour constructeur un artisan confirmé était a priori plus raisonnable. Mais comme son cousin se prétendait favorable aux réformes, elle avait supposé qu'il s'enthousiasmerait pour les idées intelligentes et novatrices de Merthin. Et voilà qu'il avait apporté son soutien au projet le moins original.

Heureusement, Edmond avait réussi à déjouer ses manœuvres. Finalement, Kingsbridge aurait un pont de toute beauté, construit selon des plans intelligents et sur lequel deux chariots se croiseraient aisément.

Toutefois, l'ardeur déployée par Godwyn pour en confier la construction à un flagorneur dénué d'imagination plutôt qu'à un homme intrépide et débordant de talent augurait mal de l'avenir. Le fait qu'il ne supporte pas l'échec ne laissait pas davantage présager des jours heureux. Lorsqu'il était enfant, Pétronille le laissait toujours gagner aux échecs pour lui donner confiance en soi. Mais le jour où il s'était mesuré à son oncle Edmond et avait été battu par deux fois, il avait boudé et refusé de disputer une troisième partie. C'était avec une expression identique qu'il avait quitté la halle de la guilde après le vote sur les projets. Le problème n'était pas tant sa préférence pour celui d'Elfric que son dépit de voir la décision finale prise par les marchands et non par lui. Voilà pourquoi le lendemain, en accompagnant son père chez Godwyn, Caris s'attendait déjà à des ennuis.

Le prieur les salua fraîchement et ne leur offrit rien à boire. À son habitude, Edmond fit comme s'il ne remarquait rien. « Je veux que Merthin commence le travail sur le pont immédiatement, dit-il en s'asseyant à la table de la grande salle du rez-de-chaussée. Les engagements financiers récoltés auprès de nos concitoyens s'élèvent à la somme totale du devis présenté par Merthin et…

— Auprès de qui exactement ? le coupa Godwyn.

— Des marchands les plus riches de la ville. »

Comme Godwyn continuait à le regarder d'un air interrogateur, Edmond haussa les épaules et ajouta : « Betty la Boulangère donnera cinquante livres, Dick le Brasseur quatre-vingts, moi-même soixante-dix et onze autres personnes s'engagent à verser dix livres chacune.

— J'ignorais que nos concitoyens étaient aussi riches ! s'exclama Godwyn, à la fois abasourdi et jaloux. Assurément, le Seigneur vous prodigue ses bontés !

— Il est assez bon pour récompenser des gens qui n'ont pas ménagé leur peine tout au long de leur vie, précisa Edmond.

— Sans aucun doute.

— Je dois leur donner l'assurance que cet argent leur sera bien remboursé. Quand le pont sera construit, les nouveaux péages seront versés à la guilde de la paroisse, qui s'en servira pour rembourser les prêts. Quant aux pennies versés par les piétons, je pense qu'ils devraient être aussi perçus par un serviteur de la guilde.

— Je n'ai jamais signifié mon accord sur ce point, laissa tomber Godwyn.

— Je sais, c'est pourquoi je l'évoque maintenant.

— Je veux dire que je n'ai jamais donné mon accord pour que la guilde perçoive les péages.

— Quoi ? »

Caris dévisagea son cousin, sidérée. Non seulement il avait clairement exprimé son assentiment à son père et à elle-même, mais il avait également assuré que frère Thomas...

« Mais, s'écria-t-elle, tu as pris l'engagement que frère Thomas construirait le pont s'il était élu prieur. Quand il s'est désisté et que tu as présenté ta candidature, nous avons supposé tout naturellement...

— Exactement ! lâcha Godwyn. Vous avez supposé... » Un sourire de triomphe apparut sur ses lèvres.

« Ce ne sont pas des façons, Godwyn ! éructa Edmond au bord de l'apoplexie, la voix tremblant d'une émotion difficilement contenue. Tu étais parfaitement au courant de ce que sous-entendait cet engagement !

— Non, je n'en avais aucune idée et je vous prie de m'appeler père prieur ! »

Edmond haussa le ton : « Nous voici revenus à la situation d'il y a trois mois, quand Anthony était à ta place ! Sauf qu'à présent, au lieu d'un mauvais pont, nous n'avons pas de pont du tout. Mais ne va pas imaginer qu'il sera construit sans qu'il ne t'en coûte un sou ! Les habitants de la ville peuvent prêter au prieuré l'épargne de toute leur vie s'ils sont assurés de toucher les revenus du péage, mais ils te ne donneront rien sans une contrepartie... père prieur !

— Dans ce cas-là, ils devront se débrouiller sans pont ! Il n'est pas question que je dessaisisse le monastère d'un droit qu'il détient depuis des siècles au lendemain même de mon élection !

— Mais ce n'est que provisoire ! explosa Edmond. Et si tu ne le fais pas, personne ne touchera de péage pour la bonne raison qu'il n'y aura pas de pont ! »

Caris contenait sa fureur, essayant d'imaginer les intentions de Godwyn. Assurément, il se vengeait de son humiliation de la veille, mais pas seulement. « Qu'est-ce que tu veux, au juste ? » demanda-t-elle à son cousin.

Edmond parut étonné par sa question, mais il se tut. S'il venait avec elle aux réunions difficiles, c'était parce qu'elle voyait souvent des choses qu'il ne voyait pas et qu'elle posait des questions qu'il ne songeait pas à poser.

« Je ne comprends pas ce que tu veux dire, répondit Godwyn.

— Tu nous prends au dépourvu. Très bien. Nous reconnaissons que nous avons anticipé des choses sans en avoir reçu la garantie. Mais quel est ton but, exactement ? Faire de nous des imbéciles aux yeux de la population ?

— C'est vous qui avez demandé à me voir, pas moi !

— Ce n'est pas une façon de t'adresser à ton oncle et à ta cousine ! éclata Edmond.

— Un instant, papa ! intervint Caris, persuadée que Godwyn cachait un projet dont il ne révélerait rien, mais qu'elle était déterminée à découvrir. Laissez-moi réfléchir. »

Godwyn espérait forcément que ce pont serait construit, l'inverse n'aurait pas de sens. Cette excuse à propos de droits séculaires n'était que rhétorique, le genre de discours pompeux qu'on enseignait sans doute aux étudiants d'Oxford. Que voulait-il, au fond ? Briser la résistance de son oncle, l'obliger à accepter le projet d'Elfric ? Non, probablement pas. Certes, il se vengeait du fait qu'Edmond l'ait évincé et se soit permis de faire appel à l'opinion de la guilde. Néanmoins, il n'était pas bête au point de ne pas voir que le projet de Merthin offrait deux fois plus d'avantages que celui d'Elfric pour un coût à peine plus élevé. La question était donc : quel mobile cachait-il ?

Peut-être cherchait-il seulement à tirer un meilleur bénéfice de l'accord conclu ?

Il avait dû étudier sérieusement les finances du prieuré. S'étant plaint pendant des années de l'inefficacité d'Anthony, il devait démontrer à tous qu'il était un meilleur gestionnaire. Et ce n'était peut-être pas aussi facile qu'il l'avait imaginé lorsqu'il n'était pas au courant des problèmes. Peut-être aussi n'était-il pas aussi malin qu'il le pensait en matière de finances et d'administration. Pris à la gorge, il voulait à la fois toucher les péages et voir le pont réalisé. Comment comptait-il y parvenir ?

Elle dit : « Quelle offre pourrions-nous te faire pour que tu changes d'avis ?

— Construire le pont sans toucher aux péages », répondit-il sans l'ombre d'une hésitation.

C'était donc ça ! Elle n'en fut pas étonnée, son cousin avait toujours eu un petit côté sournois. Prise d'une inspiration, elle demanda : « De quel montant parlons-nous, plus précisément ? »

Godwyn lui lança un regard soupçonneux. « Quel besoin as-tu de le savoir ?

— Oh, ce n'est pas difficile à calculer ! intervint Edmond. Si l'on excepte les habitants de la ville qui sont dispensés du péage, une centaine de personnes traverse le pont les jours de marché et les chariots payent deux pennies. Naturellement, ils seront beaucoup moins nombreux maintenant qu'il n'y a plus de pont.

— Disons alors dans les cent vingt pennies ou dix shillings par semaine. Ce qui nous fait vingt-six livres par an.

— À cela il faut ajouter la semaine de la foire, précisa Edmond. Environ mille personnes le premier jour, deux cents les jours suivants.

— Ce qui fait deux mille deux cents, plus les chariots. Environ deux mille quatre cents pennies, c'est-à-dire dix livres. Un total de trente-six livres par an. Ça te paraît juste, Godwyn ? conclut Caris en plantant ses yeux dans les siens.

— Oui, reconnut-il de mauvais gré.

— Autrement dit, ce que tu attends de nous, c'est que nous te versions trente-six livres par an.

— Oui.

— C'est impossible ! s'écria Edmond.

— Pas nécessairement, dit Caris. Supposons que le prieuré accorde un bail à la guilde de la paroisse… Un bail à perpétuité sur le pont, plus une acre de terre à chaque bout et l'île au milieu, s'empressa-t-elle d'ajouter. Le tout pour ces trente-six livres par an. Est-ce que cela satisferait le père prieur ?

— Oui. »

À l'évidence, Godwyn croyait obtenir trente-six livres par an pour une chose sans valeur, alors qu'une fois le pont construit, ces terrains acquerraient une valeur inestimable. Il n'avait aucune idée des loyers que rapporterait une parcelle de terrain située à un bout du pont. Et Caris se dit dans son for intérieur que le pire des négociateurs est celui qui se croit plus malin.

Cependant, Edmond émit une objection à ce plan. « Comment la guilde récupérera-t-elle le coût de la construction ?

— Grâce au projet de Merthin, le nombre de personnes et de chariots qui traverseront le pont devrait être en nette augmentation. Théoriquement, il pourrait même doubler. Tous les gains supérieurs à trente-six livres iront à la guilde. On pourrait bâtir des auberges pour les voyageurs, des écuries, des cuisines qui rapporteraient de l'argent en plus du loyer.

— Je ne sais pas, tergiversa Edmond. Ça me paraît bien risqué. »

Un bref instant, Caris en voulut à son père de se mettre à pinailler alors qu'elle proposait une solution brillante. Puis elle comprit à l'éclat particulier de ses yeux qu'il jouait la comédie. Il ne voulait surtout pas que Godwyn devine combien cette idée lui plaisait de crainte qu'il ne veuille renégocier l'affaire à son avantage. C'était un stratagème dont il usait souvent dans ses négociations.

Caris, jouant le jeu, feignit de partager ses craintes. « Je sais, on ne peut jamais être sûr du résultat, reconnut-elle sur un ton moins enthousiaste. Nous risquons gros dans cette affaire. Peut-être même de perdre tout. Mais quelle autre solution avons-nous ? Nous sommes acculés. Sans pont, nous n'aurons plus qu'à fermer boutique. »

Edmond continuait de secouer la tête d'un air dubitatif. « Quoi qu'il en soit, je ne peux prendre aucun accord au nom de la guilde sans en avoir discuté avec les bailleurs de fonds. Je ne sais pas comment ils réagiront quand je leur aurai fait part de cette proposition. Enfin... je ferai mon possible pour les convaincre, ajouta-t-il en regardant Godwyn droit dans les yeux, puisque tu ne nous offres rien de mieux. »

Godwyn n'avait pas vraiment fait de proposition, songea Caris, mais il ne semblait pas s'en rendre compte car il déclara sur un ton ferme : « Je n'ai rien de plus à dire ! »

Et Caris jubila intérieurement : « Bien attrapé, gros malin ! »

*

« C'est plutôt toi, la maligne ! » s'exclama Merthin quand Caris lui raconta l'entretien.

Il était allongé entre ses jambes, la tête sur sa cuisse, et triturait ses poils pubiens. Ils venaient de faire l'amour pour la deuxième fois de leur vie et en avaient tiré une joie plus grande encore. À présent, ils rêvassaient, plongés tous deux dans cet état plaisant des amoureux satisfaits. Et il admirait son talent tandis qu'elle lui détaillait par le menu la négociation avec le prieur.

« Ce bail à perpétuité sur le pont et la terre alentour, c'est inestimable ! Le meilleur, c'est que Godwyn reste persuadé d'avoir remporté la victoire après d'âpres discussions !

— Tout de même, c'est affligeant de constater que les finances du prieuré ne seront pas mieux administrées que du temps de ton oncle Anthony. »

Ils se trouvaient dans la forêt, dans une clairière fréquentée depuis des siècles par les amoureux. Ils étaient protégés des regards indiscrets par des buissons de ronces, et du soleil par une rangée de grands hêtres au pied desquels un petit ruisseau bondissait sur les pierres et s'élargissait pour former une vasque. Ils s'y étaient baignés nus avant de faire l'amour sur l'herbe grasse. Quiconque serait venu à traverser ce bois aurait évité ces fourrés. Ils ne risquaient donc pas d'être aperçus, sauf peut-être par des enfants en quête de mûres. C'était ainsi que Caris avait découvert l'existence de cette clairière, avait-elle appris à Merthin.

D'une voix paresseuse, il disait maintenant : « Pourquoi as-tu demandé à obtenir un bail sur cette île ?

— Je ne sais pas très bien. Il est évident qu'elle n'a pas autant de valeur que les terrains situés à chaque bout du pont. La terre n'y est pas très fertile, mais on pourrait l'améliorer. À la vérité, j'ai pensé que Godwyn n'en ferait pas un argument d'opposition, alors je me suis dit : pourquoi ne pas l'inclure dans le lot ?

— Est-ce que tu succéderas un jour à ton père à la tête de ses affaires de laine ?

— Sûrement pas !

— Tu es bien catégorique. Pourquoi ?

— Ce commerce dépend trop des volontés du roi. Il peut taxer la laine trop facilement. Il vient de décréter un nouvel impôt d'une livre par sac, qui s'ajoute à celui déjà existant de deux tiers de livre. La laine est devenue si chère de nos jours que les Italiens se fournissent désormais dans d'autres pays, en Espagne par exemple.

— Quand même, c'est un bon moyen de gagner sa vie. Qu'est-ce que tu aimerais faire d'autre ? » La conversation commençait à dévier sur un terrain qu'elle ne voulait pas aborder : le mariage.

« Je ne sais pas… Quand j'avais huit ans, je voulais être médecin, confia-t-elle en souriant à ce souvenir. J'étais persuadée que si j'avais étudié la médecine, j'aurais pu sauver ma mère. Tout le monde se moquait de moi. Je ne me rendais pas compte que seuls les hommes ont le droit d'être médecins.

— Tu pourrais devenir guérisseuse, comme Mattie la Sage.

— Je vois d'ici la réaction de Pétronille ! Mère Cécilia considère que mon destin est d'entrer en religion. »

Il rit. « Si elle nous voyait maintenant ! » Il posa les lèvres sur la peau si douce à l'intérieur de ses cuisses.

« Elle aimerait sûrement être à ma place, dit Caris. Tu sais ce qu'on raconte sur les bonnes sœurs.

— Comment cette idée lui est-elle venue ?

— En me voyant m'occuper des blessés, après l'effondrement du pont. Elle pense que j'ai un don naturel pour ça.

— C'est vrai. Moi aussi, je l'ai remarqué.

— J'ai seulement fait ce qu'elle m'ordonnait.

— Oui, mais les malades avaient l'air de se porter mieux dès que tu leur parlais. Et tu les écoutais toujours avant de leur dire ce qu'ils devaient faire. »

Elle passa la main dans les cheveux de Merthin. « Je ne pourrais jamais être bonne sœur. Je t'aime trop.

— Tiens, dit-il en regardant le triangle des poils de Caris qui était d'un roux foncé pailleté d'or. Tu as un grain de beauté ici. À gauche, près de la fente.

— Je sais. Je l'ai depuis que je suis toute petite. Je trouvais ça affreux. J'ai été bien contente quand mes poils ont poussé. Je me disais que mon mari ne le verrait pas. Je n'imaginais pas qu'on puisse examiner cet endroit aussi attentivement.

— Tu n'as pas intérêt à montrer cette marque à frère Murdo. Il te traiterait de sorcière.

— Il pourrait être le dernier homme vivant sur terre qu'il ne la verrait pas !

— En fait, ce défaut te sauve du blasphème.

— Comment ça ?

— Les Arabes considèrent qu'une œuvre d'art doit toujours avoir un petit défaut quelque part. Pour ne pas concurrencer la perfection divine, ce qui serait un sacrilège.

414

— Comment le sais-tu ?

— C'est un Florentin qui me l'a appris. Dis, tu crois que la guilde de la paroisse sera intéressée par cette île ?

— Pourquoi demandes-tu ça ?

— Parce que j'aimerais bien l'avoir.

— Quatre acres de roche avec des lapins ? Pour en faire quoi, grands dieux ?

— Pour y bâtir un quai et un atelier de construction. La pierre et le bois qui arriveront par le fleuve pourront être déchargés directement sur mon dock. Et quand le pont sera fini, je m'y bâtirai une maison.

— C'est une bonne idée. Mais ils ne te la donneront certainement pas pour rien.

— Ce pourrait être un à-valoir sur mon salaire pour la construction du pont. Pendant deux ans, je pourrais me faire payer un demi-salaire seulement.

— À quatre pennies par jour… l'île te reviendrait à un peu plus de cinq livres. J'imagine que la guilde devrait être heureuse d'obtenir cette somme pour un bout de terre stérile.

— Tu trouves que c'est une bonne idée ?

— Je considère que tu pourrais y construire plusieurs maisons et les louer. Avec un pont, il sera plus facile d'aller et venir de l'île à la ville.

— Oui, dit Merthin d'un air songeur. Il faudra que j'en parle à ton père. »

26.

Rentrant à Château-le-Comte à la fin d'une journée de chasse, Ralph Fitzgerald était d'humeur joyeuse, comme tout l'entourage du comte Roland.

Les chevaliers, les écuyers et les chiens traversèrent le pont-levis, telle une armée d'envahisseurs. Il tombait une légère bruine et la fraîcheur était bienvenue pour ces hommes et ces animaux épuisés et ravis. En ce milieu de l'été, ils avaient attrapé plusieurs biches bien grasses qui feraient un excellent dîner, et aussi un vieux mâle, qu'ils avaient tué pour sa ramure car sa viande n'était bonne qu'à donner aux chiens.

Ils mirent pied à terre dans le cercle inférieur du huit que formaient les douves. Ralph dessella Griff et lui donna une carotte tout en lui murmurant des remerciements à l'oreille, avant de le confier à un garçon d'écurie pour qu'il le sèche et s'occupe de lui. Les garçons de cuisine vinrent chercher les prises dégoulinantes de sang. Faisant assaut de railleries et de vantardises, les chasseurs évoquaient des bonds admirables, des chutes spectaculaires ou des dangers évités à un cheveu.

Ralph gardait dans les narines cette odeur de cheval en sueur, de chien mouillé, de cuir et de sang qu'il aimait tant. Se retrouvant à côté du seigneur William de Caster, le fils aîné du comte, il lui dit : « Une journée splendide, vraiment !

— Formidable », convint William. Il retira son chapeau et se gratta la tête. « Je regrette seulement d'y avoir laissé mon vieux Bruno. »

Au moment de l'hallali, quand le cerf trop épuisé pour continuer à fuir s'était retourné face aux chiens, Bruno, le chef de la meute, avait bondi trop tôt. Dans un dernier acte de défi, et cela malgré ses épaules en sang, le cerf avait brusquement baissé la tête en secouant son cou puissant, et le chien s'était empalé sur les andouillers. Oh, il s'était débattu pendant que les autres chiens se jetaient sur l'animal épuisé, mais ses soubresauts n'avaient abouti qu'à perforer davantage ses entrailles prises au piège de la ramure et William avait dû lui trancher la gorge pour mettre un terme à ses souffrances. « C'était un chien courageux, dit Ralph en posant une main compatissante sur l'épaule de William.

— Valeureux comme un lion ! » renchérit William.

Sur l'inspiration du moment, Ralph décida de s'ouvrir au seigneur de ses projets personnels, car une meilleure occasion ne se représenterait peut-être pas de longtemps. Cela faisait maintenant sept ans qu'il était au service du comte Roland ; il était brave et fort et il lui avait sauvé la vie quand le pont s'était écroulé. Pourtant il n'avait reçu aucun avancement, il était toujours écuyer. Qu'attendait-on de plus de lui ?

La veille, dans une taverne sur la route de Kingsbridge à Shiring, il était tombé par hasard sur son frère. Merthin, qui se rendait à la carrière du prieuré, lui avait appris qu'il allait construire le plus beau pont d'Angleterre, ajoutant qu'il serait riche et célèbre et que leurs parents en frémissaient d'une joie anticipée. La nouvelle avait exacerbé les désirs inassouvis de Ralph.

En cet instant, tandis qu'il s'adressait au seigneur William, il ne parvenait pas à trouver les mots justes pour formuler sa requête. Voilà pourquoi il plongea, tête la première. « Trois mois se sont écoulés depuis que j'ai sauvé la vie de votre père à Kingsbridge.

— Plusieurs personnes revendiquent cet honneur », laissa tomber William, et ses traits se figèrent dans une expression dure qui n'était pas sans rappeler son père.

. « C'est moi qui l'ai tiré hors de l'eau.

— Et Matthieu le Barbier a recollé son crâne, et les bonnes sœurs ont changé ses bandages, et les moines ont prié pour lui. Quoi qu'il en soit, c'est Dieu qui lui a prêté vie.

— Amen ! répondit Ralph. J'espérais cependant une faveur.

— Mon père n'est pas facile à satisfaire.

— C'est aussi vrai que la Bible, renchérit l'évêque Richard, qui se tenait tout près, rouge et couvert de sueur.

— Ne t'en plains pas ! rétorqua son frère. Sa dureté a fait de nous des hommes forts.

— Pour autant que je m'en souvienne, elle nous a surtout fait souffrir. »

William s'éloigna. De toute évidence, il ne souhaitait pas débattre de cette question devant un inférieur.

Quand les chevaux furent à l'écurie, les hommes se dispersèrent. Au-delà des cuisines, des casernes et de la chapelle, un second pont-levis permettait d'accéder à un terrain clos qui n'était autre que la boucle supérieure du huit formée par les douves. C'était ici que vivait le comte, dans un donjon dont le rez-de-chaussée était occupé par des entrepôts au-dessus desquels se trouvait une grande salle. Tout en haut, comme le voulait la tradition, il y avait encore une chambre à coucher. Une colonie de freux qui avaient établi résidence dans les grands arbres entourant le donjon se pavanaient au sommet des remparts, tels des sergents, exprimant leur mécontentement avec force caquètements.

Roland siégeait dans la grande salle. Il avait changé ses habits de chasse contre une longue robe pourpre. Ralph se tenait près de lui, bien décidé à évoquer la question de son avancement à la première occasion.

Roland était en train de converser agréablement avec dame Philippa, l'épouse du seigneur William, l'une des rares personnes qui pouvait se permettre de le contredire. Ils parlaient du château. « Quand on pense qu'il n'a pas été réaménagé depuis une bonne centaine d'années ! s'étonnait Philippa.

— C'est parce qu'il a été construit selon un excellent plan, répondit Roland de sa moitié de bouche. L'ennemi dépense la majeure partie de ses forces à pénétrer dans l'enceinte intérieure et, quand enfin il y parvient, il se retrouve à devoir mener une nouvelle bataille pour atteindre le donjon.

— C'est bien ce que je dis ! Ce château a été construit pour être imprenable en cas d'attaque, et non dans le souci que ses occupants y vivent confortablement. Et quand un château a-t-il été attaqué pour la dernière fois dans cette partie de l'Angleterre ? Je ne me rappelle pas qu'un seul l'ait été de mon vivant.

— Ni du mien. » Une moitié seulement du visage de Roland s'étira en un sourire. « C'est probablement parce que nos défenses sont aussi solides.

— Il y avait une fois un évêque qui répandait des glands sur la route partout où il se rendait. Pour se protéger des lions, expliquait-il. Et quand on lui fit remarquer qu'il n'y avait pas de lion en Angleterre, il répondit : "Vraiment ? Alors, c'est encore plus efficace que je ne le pensais." » Comme le comte éclatait de rire, Philippa ajouta : « De nos jours, la plupart des nobles vivent dans des maisons plus confortables. »

Ralph, quant à lui, ne se préoccupait pas du luxe ; ce qui l'intéressait en cet instant, c'était la personne de dame Philippa. Et tandis qu'elle parlait sans lui prêter la moindre attention, il détaillait sa silhouette voluptueuse. Il l'imaginait sous lui, tordant son corps nu, criant de plaisir ou de douleur, ou des deux à la fois. Ah, si seulement il avait été chevalier ! Il aurait pu posséder une femme comme elle.

« Vous devriez faire abattre ce vieux donjon et faire bâtir une maison moderne, disait-elle à son beau-père. Une maison avec de hautes fenêtres, de nombreuses cheminées, et dans laquelle cette grande salle se trouverait au rez-de-chaussée. À un bout, il y aurait des appartements destinés à la famille, pour que nous ayons tous un endroit où dormir quand nous venons chez vous. À l'autre bout, il faudrait installer des cuisines, pour que la nourriture arrive encore chaude à table. »

Ralph réalisa subitement qu'il pouvait apporter un élément intéressant à cette conversation. « Je connais quelqu'un qui pourrait concevoir pour vous une maison de ce genre », lança-t-il.

Ils se tournèrent vers lui, étonnés. Que pouvait connaître un écuyer à la façon de concevoir une maison ? « Qui ça ? demanda Philippa.

— Mon frère, Merthin. »

Elle le regarda, cherchant à se rappeler de qui il s'agissait. « Ce garçon à la drôle de figure qui m'a dit d'acheter de la soie verte pour aller avec mes yeux ?

— Il ne voulait pas être irrévérencieux.

— Je n'en suis pas si sûre. Il est constructeur ?

— C'est le meilleur de tous ! dit Ralph fièrement. Il a fabriqué le nouveau bac de Kingsbridge. Ensuite, il a imaginé une machine pour réparer le toit de Saint-Marc alors que personne ne savait comment s'y prendre, et maintenant, on vient de lui passer commande pour la construction du plus beau pont d'Angleterre.

— Curieusement, ça ne m'étonne pas, dit-elle.

— Où ça ? demanda Roland.

— À Kingsbridge. Le nouveau pont aura des arches semblables à celles d'une église et il sera assez large pour que deux chariots puissent s'y croiser !

— Première nouvelle ! » s'exclama Roland.

Percevant son dépit, Ralph se demanda en quoi il avait pu contrarier le comte. « Il faut bien reconstruire le pont, n'est-ce pas ?

— À voir ! répliqua Roland. De nos jours, les affaires ne sont pas suffisamment florissantes pour que coexistent deux foires aussi proches l'une de l'autre. Mais si nous devons accepter la foire de Kingsbridge, cela ne signifie pas que nous devions encourager le prieuré à nous voler nos clients ! » Comme Richard venait d'entrer, Roland reporta sa hargne sur lui. « Tu ne m'as rien dit du nouveau pont de Kingsbridge.

« — Pour la raison très simple que j'ignore de quoi il retourne, répondit Richard.

— Tu devrais être au courant ! Tu es l'évêque de cette ville. »

Richard se crispa sous le reproche. « L'évêque de Kingsbridge réside à Shiring depuis la guerre civile entre le roi Stephen et l'impératrice Maud, il y a de cela deux cents ans. Les moines préfèrent qu'il en soit ainsi, et la plupart des évêques aussi.

— Ce n'est pas une raison pour ne pas t'intéresser à ce qui se passe là-bas.

— Puisque je ne suis pas au courant, peut-être aurez-vous la bonté de me confier d'où vous tenez vos informations. »

Imperméable à l'insolence, Roland continua sur sa lancée : « Un pont assez large pour que deux chariots s'y croisent ! Mais les ventes vont chuter au marché de Shiring !

— Je n'y puis rien.

— Comment ça ? Tu es l'abbé du prieuré *ex officio*, que je sache ! Les moines sont censés t'obéir.

— Eh bien, ils ne le font pas.

— Peut-être qu'ils t'écouteront si nous les privons de leur constructeur. Ralph, peux-tu persuader ton frère de renoncer à ce projet ?

— Je peux essayer.

— Propose-lui un meilleur projet. Tiens, dis-lui que je veux qu'il me construise un nouveau palais, ici, à Château-le-Comte.

— Bien », répondit Ralph, ravi de se voir confier par le comte une mission spéciale. Mais par-devers lui, il doutait fortement de parvenir à la remplir. Dans ses discussions avec Merthin, il n'arrivait jamais à faire valoir son point de vue.

« Pourront-ils construire leur pont sans lui ?

— Si la commande lui a été confiée, c'est que personne d'autre à Kingsbridge ne sait comment construire un ouvrage sous l'eau.

— Il n'est pourtant pas le seul homme de toute l'Angleterre à pouvoir construire un pont, j'imagine !

— Quoi qu'il en soit, intervint William, privés de leur constructeur, ils ne pourront certainement pas lancer leurs travaux avant un an.

— Toujours ça de gagné ! » grommela Roland, et il conclut haineusement : « Cet arrogant prieur mérite d'être remis à sa place ! »

*

À l'église, Ralph put constater que la situation de ses parents s'était grandement améliorée. Sa mère arborait une robe verte toute neuve et son père des souliers en cuir. De retour à la maison, il découvrit, mise à rôtir au-dessus du feu, une oie fourrée aux pommes dont l'odeur vous faisait monter l'eau à la bouche et, sur la table, une miche de pain à la farine de blé, la plus onéreuse.

L'argent venait de Merthin, ses parents devaient-ils lui apprendre bien vite. « Il a été payé quatre pennies par jour par le curé de l'église Saint-Marc, dit Maud fièrement, et il construit une nouvelle maison pour Dick le Brasseur. Et ensuite, il a cette commande pour le pont. »

Pendant que son père découpait l'oie, son frère lui expliqua qu'il serait moins payé pour la construction du pont parce qu'il avait reçu en acompte l'île des lépreux. Le dernier malade, vieillard grabataire, avait été transféré de l'autre côté de la rivière, dans une petite maison tout au fond d'un verger appartenant au monastère.

Le bonheur évident de sa mère laissait à Ralph un goût amer : depuis son enfance, il était convaincu que le destin de sa famille reposait entre ses mains. Envoyé auprès du comte de Shiring à l'âge de quatorze ans, il en avait aussitôt déduit que l'honneur d'effacer l'humiliation de son père lui reviendrait d'office puisqu'il serait chevalier, voire baron ou même comte, alors que Merthin, placé chez un charpentier, végéterait tout en bas de l'échelle sociale. Les bâtisseurs n'étaient jamais adoubés chevaliers.

Le fait que son père ne semblait guère impressionné par les succès de Merthin lui fut un petit réconfort et il nota avec plaisir son impatience quand Maud évoqua les projets de construction. « Mon aîné semble avoir hérité du sang de Jack le Bâtisseur, le seul de mes ancêtres qui soit de basse extraction, fit-il remarquer sur un ton qui trahissait plus d'étonnement que de fierté. Mais toi, Ralph, dis-nous où tu en es à la cour du comte Roland. »

Jusqu'alors, pour une raison qui lui demeurait aussi mystérieuse qu'elle le dépitait, Ralph ne s'était pas élevé au sein de la noblesse. Que son frère soit en mesure d'offrir à leurs parents un peu de confort, de nouveaux vêtements et une bonne nourriture dans la situation modeste qui continuait d'être la leur, aurait dû le réjouir, mais il ne pouvait s'empêcher d'en éprouver du ressentiment.

Et maintenant voilà qu'il devait persuader Merthin de renoncer à bâtir le pont. La difficulté avec son frère, c'était qu'il ne voyait jamais rien simplement. Il n'était pas comme les chevaliers et les écuyers avec lesquels Ralph frayait depuis sept ans – des hommes qui combattaient, et pour qui les questions de loyauté étaient claires, pour qui le courage était la vertu suprême et l'issue la vie ou la mort. Bref, des hommes avec qui il n'avait pas besoin de réfléchir beaucoup. Avec Merthin, c'était une autre affaire : il portait sur toute chose un regard global. Il ne pouvait pas jouer aux dames sans proposer immédiatement de modifier une règle.

Pour l'heure, il expliquait à leurs parents pourquoi il avait tenu à recevoir ces quatre acres de roche stérile en à-valoir sur son salaire : « Les gens croient que cette terre n'a pas de valeur parce que c'est une île. Ils ne comprennent pas qu'avec le pont, cette île deviendra un quartier de la ville. Ils le traverseront aussi facilement qu'ils descendent la grand-rue. Ces quatre acres de terre en ville auront alors une grande valeur. De plus, si j'y construis des maisons, j'en tirerai une fortune en loyers.

— Ce n'est pas demain la veille, objecta Gérald. Nous en reparlerons d'ici quelques années.

— J'en tire déjà un petit revenu, savez-vous, Jake Chepstow me loue une demi-acre pour y entreposer le bois qu'on lui livre du pays de Galles.

— Pourquoi d'aussi loin ? s'étonna sieur Gérald. Forêt-Neuve est beaucoup plus près. Le bois devrait y être moins cher.

— En principe, oui. Mais il se trouve que le comte de Shaftesbury exige qu'on s'acquitte d'un péage ou d'une taxe pour chaque gué ou pont franchi sur ses terres. »

Cette pratique était un sujet de plainte constant, car nombre de seigneurs y souscrivaient.

Ils commencèrent à manger. « J'ai une nouvelle pour toi ! lança Ralph à son frère. Le comte veut faire construire un nouveau palais à Château-le-Comte. »

Merthin le regarda d'un air soupçonneux. « Et il t'a envoyé tout exprès pour me demander de le bâtir ?

— Dame Philippa le réprimandait sur son donjon à la mode d'antan et je leur ai dit que je connaissais exactement la personne qu'il fallait pour le rebâtir. J'ai avancé ton nom.

— Mais c'est merveilleux ! » s'extasia Maud.

Merthin demeura sceptique. « Et le comte a dit qu'il voulait m'en confier la construction ?

— Oui.

— C'est stupéfiant. Il y a quelques mois, je n'arrivais à me faire engager par personne et, maintenant, j'ai du travail à ne plus savoir où donner de la tête. Château-le-Comte est à deux jours de route. Je ne vois pas comment je pourrais construire en même temps un palais là-bas et un pont ici.

— Oh, il faudra que tu laisses tomber le pont ! précisa Ralph.

— Pardon ?

— Un travail pour le comte a la préséance sur tous les autres, naturellement.

— Je n'en suis pas si certain.

— Tu peux m'en croire.

— C'est lui qui te l'a dit ?

— Oui, en fait. Il l'a dit.

— Construire un palais pour un comte, mais c'est une chance inespérée, Merthin ! s'exclama le père, joignant sa voix au concert des deux autres.

— Évidemment, répondit le jeune homme. Mais un pont pour cette ville, c'est tout aussi important.

— Ne sois pas bête ! dit le père.

— Croyez bien que je fais de mon mieux pour ne pas l'être ! ironisa Merthin.

— Le comte de Shiring est l'un des personnages les plus puissants d'Angleterre. En comparaison, le prieur de Kingsbridge n'est que de la roupie de sansonnet. »

Ralph se coupa une tranche dans le pilon de l'oie et la porta à sa bouche. Il put à peine l'avaler. Comme il l'avait craint, Merthin allait faire son difficile. Leur père aurait beau lui donner l'ordre d'abandonner le pont, il ne l'écouterait pas. Déjà enfant, il ne savait pas obéir.

Au désespoir, Ralph jugea bon d'ajouter : « Le comte ne veut pas entendre parler de ce nouveau pont qui risque de faire de l'ombre à sa foire de Shiring.

— Ah, ça ! s'énerva Gérald. Tu ne vas pas aller à l'encontre de la volonté du comte, Merthin ? »

Mais son fils voulait en savoir plus long. « Telle est donc sa raison, Ralph ? En fait, le comte Roland me propose ce travail pour que je ne bâtisse pas le pont ?

— Pas uniquement pour cette raison.

— Mais c'est la condition qu'il exige de moi pour me passer commande : que j'abandonne le pont. C'est cela, n'est-ce pas ?

— Tu n'as pas le choix, Merthin ! lança Gérald, exaspéré. Le comte ne demande pas, il ordonne. »

User d'autorité n'était pas le bon moyen pour convaincre Merthin, même Ralph le savait. Comme il s'y attendait, Merthin rétorqua : « Je ne pense pas qu'il soit en mesure de donner des ordres au prieur de Kingsbridge, lequel m'a passé commande pour la construction de ce pont.

— Il peut te donner des ordres à toi !

— Vraiment ? Il n'est pas mon seigneur, pourtant.

— Ne sois pas idiot, gamin. Tu ne peux pas gagner une dispute avec un comte.

— Je ne crois pas que cette dispute-là me concerne, père. Elle se joue entre le comte et le prieur. Roland veut m'utiliser comme un chasseur utilise son chien. Le mieux pour moi, c'est de rester hors du combat.

— Je considère que tu devrais faire ce que le comte ordonne. N'oublie pas qu'il est aussi ton suzerain. »

Merthin usa d'un argument différent. « Ce serait trahir le prieur Godwyn ! »

Gérald émit un bruit de dégoût. « En vertu de quoi lui devons-nous la moindre loyauté ? Ces moines du prieuré nous ont plongés dans la misère !

— Et vos voisins ? Les habitants de Kingsbridge, parmi lesquels vous vivez depuis dix ans ? Ils ont besoin du pont, eux. C'est une question de survie.

— Nous appartenons à la noblesse, réagit son père. Nous ne sommes pas tenus de prendre en considération les besoins de simples marchands. »

Merthin hocha la tête. « Libre à vous de le penser. Mais vous me permettrez, en tant que charpentier, de ne pas partager cette opinion.

— Tu n'es pas seul en compte, Merthin ! éclata Ralph. Le comte m'a confié une mission. Si je la mène à bon terme, j'ai des chances d'être fait chevalier ou, tout du moins, seigneur d'une petite terre. Si j'échoue, je risque de rester éternellement écuyer.

— Il est très important pour toute la famille que nous donnions au comte toute satisfaction », déclara dame Maud.

Son intervention fut une source de préoccupation pour Merthin. Il n'aimait pas entrer en discussion avec sa mère, alors qu'il prenait souvent le contre-pied de son père. « J'ai accepté de construire le pont, dit-il. La ville compte sur moi. Je ne peux faire faux bond.

— Mais si ! insista Maud.

— Je ne veux pas me tailler la réputation d'un homme sans parole.

— Tout le monde comprendra que tu donnes la préséance au comte.

— Comprendre, oui, on comprendra sans aucun doute, mais on ne me respectera plus.

— Tu devrais faire passer ta famille en premier.

— Mère, je me suis battu pour ce pont, répondit-il avec obstination. J'ai réalisé un projet magnifique ; j'ai réussi à persuader la ville qu'elle pouvait me faire confiance. Personne d'autre n'est capable de construire ce pont aussi bien que moi.

— Ne vois-tu pas que si tu défies le comte, la vie entière de ton frère en sera chamboulée ?

— Sa vie entière ne devrait pas dépendre d'une décision qui me concerne.

— Néanmoins, c'est le cas. Tu veux donc sacrifier ton frère pour un pont ?

— Et si je lui demandais de ne pas aller à la guerre pour ne pas tuer de gens ?

— Allons, allons ! intervint Gérald. Tu ne vas pas comparer un charpentier et un soldat ! »

Le manque de tact de son père montrait combien il le préférait, lui, le cadet. Et en voyant son frère rougir et se mordre la langue pour ne pas lui lancer une repartie cinglante, Ralph comprit que Merthin était blessé.

Au bout d'un moment, Merthin prit la parole sur un ton assourdi que Ralph connaissait bien et qui signifiait que ses propos seraient irrévocables. Et, de fait, il dit : « Je n'ai pas demandé à être charpentier. Comme Ralph, je rêvais d'être chevalier. Je sais aujourd'hui que c'était un rêve idiot. Il n'empêche. Si votre fils est charpentier aujourd'hui, vous en êtes seul responsable. Je ne me plains pas. Les choses ont bien tourné pour moi puisque j'excelle dans mon métier. J'ai réussi dans une situation qui m'était imposée et, un jour, je construirai le bâtiment le plus haut d'Angleterre. Vous avez fait de moi un charpentier. Acceptez-en les conséquences ! »

*

Avant de reprendre la route, Ralph chercha désespérément le moyen de transformer sa défaite en victoire. Arriverait-il à faire capoter ce projet de construction du pont ou, tout du moins, à le retarder, puisqu'il avait échoué à persuader son frère de l'abandonner ?

S'adresser au prieur Godwyn ou à Edmond le Lainier ne servirait à rien, assurément. Cela les renforcerait plus encore dans leur détermination. De toute façon, ils ne se laisseraient pas convaincre par un simple écuyer comme lui. De son côté, que pouvait faire le comte ? Envoyer une troupe de chevaliers pour occire les ouvriers chargés de construire le pont ? Cela créerait plus de problèmes que ça n'en résoudrait.

Ce fut Merthin qui lui souffla une solution. Il avait dit que Jake Chepstow, le marchand de bois, utilisait l'île aux lépreux pour entreposer sa marchandise ; qu'il achetait des arbres au pays de Galles pour ne pas avoir à payer l'impôt réclamé par le comte de Shaftesbury. Voici donc ce que Ralph dit au comte :

« Mon frère se sent obligé de se soumettre à l'autorité du prieur de Kingsbridge. » Et il ajouta, sans laisser au comte le temps de manifester sa colère : « Mais il y a peut-être un meilleur moyen de retarder la construction du pont. La carrière de pierre du prieuré se trouve au cœur de votre domaine, entre Shiring et Château-le-Comte.

— Elle appartient au monastère, grogna Roland. Elle lui a été donnée il y a des siècles par le roi. Nous ne pouvons pas leur interdire d'y prendre des pierres.

— Certainement, mais vous pouvez les frapper d'un impôt sur le transport à travers vos terres, suggéra Ralph. Des chariots aussi lourds détérioreront vos routes et vos gués. Ils doivent payer. » Il avait des scrupules à contrecarrer un projet qui tenait tant à cœur à son frère. Il fit taire sa conscience en se persuadant qu'il n'y avait pas d'autre solution.

« Ils pousseront des cris de porc qu'on égorge, ils se plaindront au roi.

— Qu'à cela ne tienne ! rétorqua Ralph sur un ton plus assuré qu'il ne l'était en réalité. Cela leur prendra du temps. Ils n'ont plus que deux mois devant eux, s'ils veulent commencer la construction cette année, car le gel les obligera bientôt à suspendre le chantier. Avec de la chance, vous arriverez à retarder le début des travaux jusqu'à l'année prochaine. »

Roland dévisagea Ralph d'un regard dur. « Finalement, je t'ai peut-être sous-estimé. Tu es peut-être bon à autre chose qu'à sortir un comte de l'eau. »

Ralph dissimula un sourire de triomphe. « Je vous remercie, mon seigneur.

— Mais comment mettre en place cet impôt ? Généralement, le paiement s'effectue à un carrefour ou un gué.

— Puisque la seule chose qui nous intéresse, ce sont ces pierres, je pense qu'il devrait suffire de placer une troupe à la sortie de la carrière.

— Parfait, dit le comte. Prends-en la tête. »

Deux jours plus tard, Ralph arrivait à la carrière en compagnie de quatre hommes d'armes à cheval et de deux garçons conduisant des chevaux de somme chargés de tentes et de vivres pour une semaine. Il était content de lui. On lui avait confié une tâche irréalisable dont il avait su venir à bout, et le comte estimait que ses dons ne se résumaient pas à sauver un homme de la noyade. L'avenir était prometteur.

Nonobstant, il était rongé par le remords dès qu'il pensait à son frère. La nuit précédente, en proie à l'insomnie, il s'était rappelé son enfance, la vénération qu'il éprouvait pour ce frère aîné tellement plus intelligent que lui, sa gêne chaque fois qu'ils luttaient l'un contre l'autre, ce qui était fréquent, et qu'il remportait la victoire. En ce temps-là, ils se réconciliaient toujours. Mais les brouilles entre adultes ne s'oublient pas aussi facilement.

La confrontation avec les carriers du monastère ne l'inquiétait guère. Aucun chevalier ne l'accompagnait – une telle mission leur aurait paru indigne de leur rang –, mais il était entouré d'une petite troupe d'hommes bien entraînés. Il remporterait le combat haut la main. Surtout qu'il avait avec lui Joseph Woodstock dont la hardiesse n'était plus à démontrer. Néanmoins, une fois son objectif atteint, il serait heureux d'en avoir fini avec cette histoire.

L'aube commençait à poindre. La veille, Ralph avait établi son camp dans la forêt, à proche distance de la carrière. Il comptait y arriver juste à temps pour intercepter le premier convoi du matin.

Les chevaux avançaient précautionneusement sur une route parsemée d'ornières laissées par les chariots lourdement chargés, tirés par des bœufs. À présent, le soleil se levait dans un ciel traversé de nuages de pluie où l'on entrapercevait çà et là des écharpes de bleu. La petite troupe se réjouissait à l'idée d'exercer son pouvoir sur des hommes désarmés sans encourir de risque sérieux.

Ralph sentit l'odeur de bois qui brûle bien avant d'apercevoir la fumée de plusieurs feux s'élevant au-dessus des arbres. Un instant plus tard, la route s'élargissait en un vaste dégagement bourbeux dominant le plus grand trou creusé dans la terre qu'il ait vu de sa vie. Cette percée, en effet, devait bien faire trois cents pieds de large et s'étirait sur un bon quart de mille. Une rampe menait tout en bas, jusqu'à un campement constitué de tentes et de huttes en bois. Des carriers, regroupés autour des feux, faisaient cuire leur petit déjeuner. Certains étaient déjà au travail ; plus loin, on entendait tambouriner les ouvriers qui enfonçaient au marteau des coins dans les fissures de la roche afin d'en détacher de larges galettes.

La carrière se trouvant à un jour de voyage de Kingsbridge, la plupart des transporteurs arrivaient le soir et repartaient le lendemain matin. Plusieurs chariots stationnaient déjà au pied du pan de roche. D'autres, chargés de pierres, entamaient leur lente progression vers la sortie au milieu des débris. Alertés par le bruit des chevaux, les ouvriers relevèrent les yeux. Apercevant les hommes en armes, ils demeurèrent au fond de la carrière. Les ouvriers n'étaient jamais pressés d'entrer en contact avec les forces armées du seigneur. Ralph attendit donc patiemment. La carrière avait pour unique rampe d'accès une longue pente de boue qui aboutissait juste à l'endroit où il se tenait.

Un premier char à bœuf chargé de quatre blocs de pierre grossièrement taillés et portant la marque du carrier qui les avait extraits s'engagea pesamment sur la rampe. Armé d'un fouet, le charretier poussait sa bête qui posait une patte devant l'autre avec un muet ressentiment. L'homme était payé à la pierre. Son chargement était compté au départ de la carrière et ensuite à l'arrivée sur le chantier. De loin, avec son cou épais et ses épaules massives, il ressemblait à son bœuf. Lorsqu'il se fut rapproché, Ralph reconnut en lui un habitant de Kingsbridge du nom de Ben le Rouleur. Son visage exprimait une sourde hostilité et Ralph se dit qu'il pourrait créer des ennuis. Tout comme il pourrait se soumettre.

Ben dirigea son bœuf sur la rangée de chevaux bloquant la route. Au lieu d'arrêter sa bête, il la fit avancer de plus en plus près des hommes d'armes. Ceux-ci n'avaient pas pour montures des destriers habitués aux champs de bataille, mais des chevaux de selle qui renâclèrent nerveusement et reculèrent. Le bœuf s'arrêta de lui-même.

« Espèce de mufle arrogant ! s'écria Ralph à l'adresse du charretier.

— Pourquoi vous tenez-vous au beau milieu de mon chemin ? rétorqua Ben.

— Pour récolter l'impôt.

— Il n'y a pas d'impôt.

— Vous devez payer un penny par chargement pour être autorisé à transporter ces pierres sur le territoire du comte de Shiring.

— Je n'ai pas d'argent.

— Débrouille-toi pour en trouver !

— Sinon, vous me barrerez la route ?

— N'essaie pas de me questionner, répliqua Ralph, furieux de voir que le manant ne se laissait pas impressionner. Les pierres resteront ici tant que la taxe n'aura pas été réglée. »

Ben le dévisagea si longtemps que Ralph se demanda s'il n'avait pas l'intention de le jeter à bas de son cheval. Mais Ben finit par dire : « Je n'ai pas d'argent. »

Ralph l'aurait volontiers passé au fil de son épée. « Ne te fais pas passer pour plus bête que tu n'es, jeta-t-il avec mépris. Va trouver le chef de la carrière et dis-lui que les hommes du comte ne laisseront passer personne. »

Ben le dévisagea plus longtemps encore, retournant cette proposition dans sa tête. Puis, sans un mot, il fit demi-tour et redescendit la rampe, abandonnant son char sur place.

Ralph attendit en fulminant, les yeux rivés sur le bœuf.

Arrivé au milieu de la pente, Ben entra dans une hutte en bois qui se dressait sur le bas-côté. Il en ressortit quelques minutes plus tard accompagné d'un homme mince, vêtu d'une tunique brune. Le chef de la carrière, supposa Ralph.

Jusqu'à ce qu'il se rende compte que cette silhouette qui s'avançait vers lui était celle de son frère.

« Ventre saint bleu ! » s'écria-t-il tout haut.

S'il était une chose à laquelle il ne s'était pas attendu, c'était bien à se retrouver nez à nez avec Merthin. Il le regarda grimper la rampe, torturé par la honte. Sa présence en ce lieu prouvait sa trahison. Il n'avait pas imaginé que son frère puisse en être le témoin.

« Bonjour, Ralph ! lui lança celui-ci de loin. Ben me dit que vous ne le laissez pas passer. »

Sachant qu'il ne remporterait pas la victoire sur le terrain de la discussion, Ralph opta pour la froideur. La retenue lui permettrait de mieux dissimuler son émotion, se dit-il. Et puis, en répétant simplement les instructions qu'il avait reçues, les choses risquaient moins de s'envenimer. Voilà pourquoi il déclara avec raideur : « Le comte a décidé d'exercer son droit de lever des impôts et des taxes sur l'utilisation de ses routes pour le transport de pierres.

« — Tu ne peux pas descendre de ton cheval pour parler à ton frère ? » s'exclama Merthin.

Il y avait du défi dans sa voix. Un futur chevalier pouvait-il ne pas relever le gant ? Ralph obéit donc à contrecœur. Il aurait préféré rester juché sur sa monture. Dès qu'il eut mis pied à terre, il se sentit vaincu.

« Il n'y a pas d'impôt sur ces pierres, répéta Merthin.

— Si. Dorénavant il y en a un.

— Les moines exploitent cette carrière depuis des centaines d'années. C'est avec ces pierres qu'a été construite la cathédrale de Kingsbridge, et elles n'ont jamais été imposées.

— Peut-être qu'à l'époque, le comte en exemptait les bâtisseurs quand ils édifiaient une église, inventa Ralph. Mais cette exemption ne s'étend pas aux ponts.

— Non, ce que veut le comte de Shiring, c'est que Kingsbridge reste sans pont, voilà tout ! D'abord, il t'envoie me soudoyer ; ensuite, quand il voit que ses manigances ne fonctionnent pas, il décrète un nouvel impôt… C'est ton idée, n'est-ce pas ? demanda-t-il après avoir scruté le visage de son frère.

— Non ! » répliqua Ralph, mortifié. Il se sentit rougir, ne comprenant pas comment Merthin avait pu le deviner.

« Oh, que si ! Je le vois à ton visage. Et c'est même moi qui t'ai donné cette idée, j'en suis sûr ! Quand j'ai raconté que Jake Chepstow importait ses poutres du pays de Galles pour ne pas avoir à payer l'impôt qu'exige le comte de Shaftesbury. »

Se sentant de plus en plus bête, Ralph enrageait. « Ça n'a rien à voir, répéta-t-il avec obstination.

— Tu me critiquais de faire passer mon pont avant mon frère, mais toi, tu es ravi d'anéantir mes espoirs pour le seul plaisir de ton comte.

— Qu'importe d'où vient cette idée ! Il n'en demeure pas moins que le comte a décidé de taxer le transport des pierres.

— Il n'en a pas le droit. »

Ben le Rouleur suivait attentivement la conversation, les mains sur les hanches, solidement planté sur ses deux jambes à côté de Merthin. « Tu as bien dit que ces hommes n'avaient pas le droit de m'arrêter, n'est-ce pas ? lui lança-t-il.

— Exactement », répondit celui-ci.

Traiter ce manant comme un homme intelligent ne rimait à rien, pensa Ralph par-devers lui. Maintenant, il allait se croire autorisé à partir ! Et de fait, Ben caressait déjà de son fouet les épaules de sa bête. Le bœuf tira sur son collier de bois et prit le départ.

« Halte ! » hurla Ralph avec colère.

Ben fouetta son bœuf et l'encouragea de la voix.

L'animal donna un autre coup de collier. Le chariot s'ébranla avec une secousse qui effraya les chevaux. La jument de Joseph Woodstock gémit et se cabra, les yeux fous.

Joseph tira de toutes ses forces sur les rênes. Ayant repris le contrôle de sa monture, il dégagea un pieu de son sac de selle. « Reste à ta place quand on te l'ordonne ! » Poussant son cheval en avant, il se jeta sur Ben en brandissant son gourdin.

Ben esquiva le coup. D'une poigne sûre, il bloqua le gourdin et tira vers lui.

Dressé sur ses étriers, Joseph, déséquilibré, mordit la poussière.

Merthin poussa un cri, consterné. Un homme d'armes ne supporterait pas semblable humiliation. À présent, il n'était plus possible d'éviter l'affrontement. Ralph songea sans le moindre regret que son frère n'aurait jamais dû manquer de respect aux hommes du comte. Tant pis pour lui ! Qu'il en subisse les conséquences !

Ben tenait solidement le gourdin des deux mains. Joseph se releva d'un bond. Comme Ben brandissait son arme, il voulut dégainer. Mais le charretier fut plus rapide. Il devait déjà s'être battu à la guerre, se dit Ralph.

L'homme prenait son élan. Son gourdin s'abattit violemment sur la tête de Joseph, qui s'écroula au sol, inerte.

Ralph poussa un cri de rage. Brandissant son glaive, il se jeta sur Ben.

« Non ! » hurla Merthin.

Mais Ralph avait déjà plongé son arme dans la poitrine du charretier et poussait de toutes ses forces pour la faire pénétrer entre les côtes. La lame traversa son corps massif et ressortit dans son dos. Ben tomba en arrière. Ralph retira son épée. Une fontaine de sang jaillit de la blessure. Ralph en éprouva une satisfaction triomphante. C'en était fini de l'insolence de Ben le Rouleur !

Il alla s'agenouiller près de Joseph. Ses yeux fixes ne voyaient plus. On ne sentait plus battre son cœur. Il était mort.

En un sens, cela valait mieux. Les explications en seraient simplifiées : Ben le Rouleur avait assassiné un homme du comte et il l'avait payé de sa vie. Personne n'y verrait la moindre injustice. Le comte Roland était sans pitié pour qui osait défier son autorité.

Merthin n'avait pas la même vision de la situation. Il était défait, il semblait être en proie à une atroce douleur. « Qu'as-tu fait ? cria-t-il à son frère, atterré. Tu laisses un bébé de deux ans orphelin ! Bennie, il s'appelle.

— La veuve n'a qu'à lui trouver un autre père ! jeta Ralph. Et qu'elle choisisse cette fois un homme qui connaisse son rang ! »

27.

La moisson fut mauvaise. Le soleil s'était si rarement montré au mois d'août qu'en septembre le grain était à peine mûr. À Wigleigh, les paysans étaient d'humeur morose et les récoltes ne s'accompagnèrent pas des danses, boissons et amours soudaines qui d'habitude transforment cette saison en une période festive. Le grain, humide, pourrirait certainement sur pied et nombre de villageois connaîtraient la famine cet hiver.

Wulfric moissonna son orge sous une pluie diluvienne, fauchant les épis détrempés que Gwenda liait ensuite en bottes. Le premier jour de soleil du mois de septembre, ils attaquèrent les parcelles de blé, espérant que le beau temps durerait assez longtemps pour qu'il sèche.

À un certain moment, Gwenda se rendit compte que Wulfric était la proie d'un accès de fureur. La perte subite de sa famille tout entière nourrissait d'autant plus sa rage qu'il ne pouvait incriminer personne. Que le pont se soit effondré ce jour-là était le fait du hasard, un désastre orchestré par le Malin ou une punition de Dieu. Wulfric n'avait d'autre échappatoire que de se jeter dans le travail. Pour Gwenda, l'échappatoire était son amour pour lui, et c'était une force tout aussi puissante.

Ils étaient aux champs avant le point du jour et n'en revenaient qu'une fois la nuit tombée. Gwenda se couchait alors, percluse de courbatures, et ne se réveillait qu'en entendant claquer la porte de la cuisine, ouverte par Wulfric bien avant l'aube. Et malgré cela, ils n'arrivaient pas à rattraper leur retard sur les autres paysans.

Peu à peu, Gwenda avait perçu chez les villageois un changement d'attitude à son égard ainsi qu'envers Wulfric. Fille d'un homme déshonorable, on l'avait toujours traitée de haut. Quand il était apparu évident qu'elle faisait tout son possible pour arracher Wulfric à Annet, les femmes s'étaient mises à la regarder de travers. Wulfric, lui, n'était en rien détesté, même si d'aucuns estimaient qu'il faisait preuve d'une avidité dépourvue de sens pratique en voulant à tout prix obtenir des terres aussi vastes. Cependant, leurs efforts pour rentrer la moisson ne laissèrent pas d'impressionner les gens. Ce gars-là, avec la seule aide d'une fille, abattait le travail de trois hommes et s'en tirait mieux qu'on ne l'avait imaginé. Les hommes commencèrent alors à admirer Wulfric et les femmes à trouver des qualités à Gwenda, tant et si bien qu'ils finirent par leur prêter main-forte. Quant au prêtre du village, le père Gaspard, il ferma les yeux sur le fait qu'ils enfreignaient le repos dominical.

Quand les Perkin eurent rentré leurs récoltes, le père d'Annet et son frère Rob rejoignirent Gwenda sur les terres de Wulfric. Même Ethna, la mère de Gwenda, vint donner un coup de main. Le jour où la dernière charrette de blé quitta le champ pour la grange de Wulfric, suivie de tous les paysans entonnant des chansons, on sentit presque renaître le vieil esprit des moissons.

Annet, par sa présence, faisait mentir le dicton selon lequel il faut avoir marché derrière la charrue pour danser la gigue des moissons. En tant que fiancée, elle paradait au côté de Wulfric. Gwenda, qui marchait à leur suite, la regardait aigrement se dandiner et rejeter la tête en arrière en riant joliment à tout ce qu'il disait. Comment pouvait-on être aussi bête pour tomber dans le panneau ? Avait-il seulement remarqué qu'Annet n'était pas venue une seule fois l'aider ?

La date du mariage n'avait pas encore été fixée. Rusé comme il l'était, Perkin n'allait pas laisser sa fille s'engager tant que le problème de l'héritage ne serait pas réglé.

Wulfric avait démontré qu'il était capable de cultiver sa terre ; personne ne remettrait plus ses capacités en question. Son âge non plus ne serait pas sujet à caution. Le seul obstacle qui demeurait, c'était l'impôt sur les successions. Parviendrait-il à réunir la somme nécessaire pour s'affranchir du heriot, la taxe sur l'héritage ? Tout dépendrait de la somme qu'il toucherait en argent comptant pour ses récoltes. La moisson n'était pas fameuse mais, si le mauvais temps avait sévi dans le pays tout entier, il était à croire que le prix du blé serait plus élevé. En général, les paysans prospères avaient des économies. Hélas, toutes celles de la famille de Wulfric gisaient au fond de la rivière. Aucun arrangement pour le mariage n'avait donc été pris, et Gwenda pouvait continuer à rêver que Wulfric, par le plus grand des hasards, hériterait de sa terre et reporterait son amour sur elle. Tout était possible, n'est-ce pas ?

Comme ils déchargeaient la charrette dans la grange, Nathan le Bailli débarqua dans un état de grande excitation. « Venez tous à l'église, vite ! Que chacun arrête ce qu'il est en train de faire !

— Je ne peux pas laisser mes récoltes dehors, il risque de pleuvoir ! objecta Wulfric.

— On n'a qu'à rentrer la charrette à l'intérieur ! suggéra Gwenda. Nathan, pourquoi une telle urgence ?

— Le nouveau seigneur arrive ! répondit le bailli qui courait déjà vers la maison suivante.

— Attends ! cria Wulfric et il s'élança après lui. Lui recommanderas-tu de me laisser entrer en possession de mon héritage ? »

Tout le monde se figea, attendant la réponse.

Nathan se retourna à contrecœur pour faire face à Wulfric, obligé de lever la tête pour regarder le jeune homme qui le dominait d'un bon pied. « Je ne sais pas, énonça-t-il lentement.

— J'ai prouvé que je pouvais cultiver ma terre. Jette un coup d'œil à l'intérieur de ma grange, tu verras !

— Personne ne met ça en doute. Mais as-tu les moyens de payer le heriot ?

— Ça dépendra du prix du blé. »

La voix d'Annet s'éleva. « Père ? »

Gwenda s'attendit au pire.

Perkin parut hésiter.

« As-tu oublié la promesse que tu m'as faite ? insista Annet.

— Non, finit par répondre Perkin.

— Alors, redis-la à Nathan ! »

Perkin se tourna vers le bailli. « Si le seigneur laisse Wulfric entrer en possession de son héritage, je me porte garant pour le paiement du heriot. »

Gwenda retint un cri.

« Tu t'engages à le payer ? répéta Nathan. Sache qu'il se monte à deux livres et dix shillings.

— Je m'engage à lui prêter la somme qui manquera. Il va de soi qu'ils devront d'abord être mariés.

— Et… en plus… ? » demanda Nathan, un ton plus bas.

Perkin répondit si bas que Gwenda ne put l'entendre. À l'évidence, ils discutaient du pot-de-vin, lequel devait s'élever à un dixième de l'impôt, estima-t-elle. C'est-à-dire cinq shillings.

« Très bien, dit Nathan. Je ferai une recommandation en ce sens. Maintenant, filez tous à l'église, et en vitesse ! » Il partit en courant.

Wulfric, le sourire aux lèvres, se pencha pour embrasser Annet. Chacun vint lui serrer la main.

Gwenda avait le cœur brisé. Tous ses espoirs s'étaient envolés. Cette maligne d'Annet avait réussi à convaincre son père de prêter l'argent nécessaire à Wulfric. Il hériterait de sa terre – et il l'épouserait.

Elle dut se faire violence pour aider les paysans à pousser la charrette dans la grange. Puis, à la suite du couple béat, elle traversa le village pour se rendre à l'église. Tout était fini. Un nouveau seigneur n'irait certainement pas à l'encontre d'un avis du bailli pour une question pareille, alors qu'il ne connaissait rien du village ou de ses habitants. Le fait que Nathan se soit donné la peine de négocier un dessous-de-table était le signe qu'il en était lui-même convaincu.

Tout ça, c'était de sa faute à elle. Elle s'était cassé le dos pour que Wulfric rentre sa moisson à temps, dans le vain espoir de lui faire comprendre qu'elle serait pour lui une meilleure épouse qu'Annet. Tout au long de l'été, elle avait creusé sa propre tombe ! Tels étaient les propos qu'elle se tenait en traversant le cimetière qui jouxtait l'église. Pourtant, si c'était à refaire, elle n'hésiterait pas un instant. L'idée de laisser Wulfric lutter seul lui était insupportable. Quoi qu'il arrive, pensa-t-elle encore, il saura toujours que, sans moi, il ne serait parvenu à rien. Mais c'était une maigre consolation.

La plupart des villageois étaient déjà rassemblés dans l'église. Nathan n'avait guère eu besoin de les presser. Chacun souhaitait être le premier à exprimer ses respects au nouveau seigneur, à découvrir s'il était jeune ou vieux, laid ou beau, joyeux ou morose, intelligent ou stupide et, par-dessus tout, s'il était bon ou cruel. Sa personnalité affecterait directement leurs vies tant qu'il resterait leur seigneur, quelques années seulement ou des décennies. S'il était intelligent, il ferait de Wigleigh un village heureux et prospère. S'il était idiot, il les accablerait d'impôts et de dures punitions ; il prendrait des décisions hasardeuses ou injustes. L'une des toutes premières décisions qu'il allait devoir prendre concernait l'héritage de Wulfric.

Le brouhaha des conversations s'estompa dès que le tintement de l'attelage se fit entendre derrière la porte fermée de l'église. Les salutations obséquieuses de Nathan parvinrent assourdies aux oreilles de Gwenda. Leur succéda un timbre autoritaire. Ce seigneur était un grand homme, se dit-elle avec confiance. Et jeune, apparemment. Tous les regards se tournèrent vers l'entrée quand la porte de l'église s'ouvrit à toute volée.

L'homme qui pénétrait dans les lieux n'avait pas plus de vingt ans. De haute taille, il était vêtu d'un coûteux pardessus en laine et portait à la ceinture un poignard et une épée. Son expression était celle de la fierté. Il semblait heureux d'être le nouveau seigneur de Wigleigh, bien que l'on perçoive un certain manque d'assurance dans son regard hautain. Il avait des cheveux sombres et bouclés. Mais un nez cassé défigurait son beau visage.

À sa vue, Gwenda demeura bouche bée. C'était Ralph Fitzgerald.

*

La première cour de justice seigneuriale présidée par Ralph se tint le dimanche suivant.

Dans l'intervalle, Wulfric avait manifesté un tel abattement que Gwenda ne pouvait le regarder sans sentir les larmes lui monter aux yeux. Il se traînait lamentablement, le regard à terre, les épaules affaissées. Lui que l'on croyait infatigable, qui avait travaillé tout l'été avec la régularité d'un cheval de labour sans jamais se plaindre, n'était plus maintenant que l'ombre de lui-même. Il avait fait tout ce qu'un homme peut faire. Désormais, son sort dépendait du bon vouloir du seul être sur terre qui le haïssait.

Gwenda aurait voulu trouver des mots d'espoir, lui redonner courage, elle en était incapable. Les seigneurs étaient souvent mesquins et vindicatifs, et ce qu'elle savait de Ralph ne l'incitait pas à le croire magnanime. Enfant, il était déjà stupide et brutal. Elle n'avait pas oublié comment il avait tué son chien avec l'arc et la flèche de Merthin. Rien ne laissait présager qu'il ait changé en mieux.

Il avait emménagé au manoir avec un solide écuyer du nom d'Alan Fougère, en compagnie duquel il buvait le meilleur vin, mangeait les poules et pinçait les seins des servantes avec le dédain propre aux gens de sa classe.

Le fait que le bailli ne tente pas de renégocier son pot-de-vin à la hausse renforça les craintes de Gwenda. Visiblement, Nathan s'attendait à un refus du seigneur.

Annet, aussi, semblait douter des chances de Wulfric. Elle ne rejetait plus gaiement ses cheveux en arrière, elle ne se déhanchait plus, elle ne faisait plus tinter son rire à tout moment. Gwenda espérait que Wulfric ne le remarquerait pas – il n'avait pas besoin de s'inquiéter davantage. Mais elle voyait bien que le soir, il rentrait de chez les Perkin d'humeur taciturne et, semblait-il, plus tôt que par le passé.

Le dimanche matin, à la fin de la messe, elle le vit remuer les lèvres, les yeux fermés. Probablement adressait-il une prière à la Vierge Marie, sa sainte préférée. Elle s'étonna qu'il puisse toujours caresser un fantôme d'espoir. Le père Gaspard céda sa place au seigneur Ralph.

Tous les villageois étaient venus à l'église, naturellement, y compris Joby et Ethna. Gwenda ne fréquentait plus ses parents. Il lui arrivait de parler avec sa mère, mais uniquement en l'absence de son père. Joby gardait une plaque rouge sur la joue, à l'endroit où elle lui avait asséné un coup avec la bûche enflammée. Il ne cherchait jamais à croiser son regard. Et si Gwenda continuait à avoir peur de lui, elle sentait que désormais lui aussi la craignait.

Ralph s'assit sur la haute cathèdre en bois et promena sur ses serfs un regard d'acheteur au marché aux bestiaux. Les attendus de la cour seigneuriale consistaient ce jour-là en une série d'annonces que Nathan proclama. Elles concernaient la façon dont la moisson du seigneur devrait s'effectuer, les jours de la semaine prochaine au cours desquels les serfs seraient tenus d'accomplir leur devoir sur ses terres. Comme il n'était pas proposé à la population d'en débattre, tout le monde comprit que Ralph n'était pas homme à rechercher l'accord de ses paysans.

D'autres détails réglés par Nathan concernaient des tâches hebdomadaires : par exemple, la glane à Cent Acres qui devait s'achever le lundi soir pour que le bétail puisse brouter le chaume dès le mardi matin. Quant aux labours d'automne à Longchamp, ils débuteraient un mercredi. En temps ordinaire, ces projets auraient suscité des discussions ; les villageois les plus chicaneurs auraient trouvé toutes sortes de raisons pour proposer des arrangements différents. Aujourd'hui, tout le monde se tenait coi, cherchant à prendre la mesure du nouveau seigneur.

La décision concernant Wulfric fut énoncée sans aucun effet déclamatoire, comme s'il s'agissait d'une corvée parmi d'autres. Nathan déclara : « Compte tenu de son jeune âge, Wulfric ne sera pas autorisé à hériter les terres de son père. »

Gwenda observa Ralph. Le seigneur s'efforçait de masquer un sourire de triomphe. Il porta la main à son visage. Ses doigts touchèrent son nez cassé. Geste involontaire, se dit-elle.

Nathan poursuivait : « Le seigneur Ralph jugera ce qu'il convient de faire avec ces terres et il rendra son verdict plus tard. »

Le gémissement qui s'échappa des lèvres de Wulfric fut entendu de tous. Si le jeune homme s'était attendu à cette décision, il lui était amer de l'entendre confirmée tout haut. Gwenda le regarda. Il avait tourné le dos à la foule et cachait son visage au creux d'un pilier, s'y appuyant comme si ses jambes ne le portaient plus.

« C'est tout pour aujourd'hui », dit Nathan.

Ralph se leva. Il parcourut le bas-côté lentement, tournant sans cesse les yeux vers Wulfric éperdu. Quel seigneur serait-il dans l'avenir, si son premier acte était d'user de son pouvoir pour se venger ? se demanda Gwenda. Nathan, qui lui avait emboîté le pas, marchait les yeux rivés au sol, conscient qu'une injustice venait d'être commise. Sitôt que la population commença à quitter l'église, les commentaires allèrent bon train. Gwenda ne s'engagea dans aucune de ces conversations, elle continua de regarder Wulfric.

Il s'était écarté du mur et parcourait la foule des yeux à la recherche d'Annet. Son visage était l'image même de la misère. Sa fiancée, manifestement dépitée et décidée à l'ignorer, évitait son regard. Étonnée, Gwenda se demanda quels pouvaient être ses sentiments.

Annet se dirigea vers la porte, la tête haute. Son père et le reste de la famille la suivirent. Allait-elle sortir sans un mot à Wulfric ?

La même pensée dut traverser le jeune homme parce qu'il lui cria : « Annet ! Attends ! »

Tout le monde se figea.

La jeune fille se retourna. Wulfric se tenait devant elle. « Nous nous marions toujours, n'est-ce pas ? » Son ton suppliant fit grimacer Gwenda. Annet le dévisageait fixement, cherchant une réponse. Comme le silence s'éternisait, Wulfric reprit : « Les seigneurs ont besoin de bons serfs pour cultiver leurs terres. Peut-être que le seigneur Ralph m'en donnera de plus petites à exploiter.

— Tu lui as cassé le nez, n'attends rien de lui ! » répondit-elle méchamment. Sa dureté rappela à Gwenda combien elle avait pris plaisir à voir les deux hommes se battre pour elle.

« Eh bien, je serai journalier, répliqua Wulfric. Je suis fort, je ne manquerai pas de travail.

— Et tu resteras pauvre toute ta vie. C'est ce que tu me proposes ?

— Nous serons ensemble, comme nous en rêvions ce jour dans la forêt où tu m'as dit que tu m'aimais. Te rappelles-tu ?

— Serait-ce une vie pour moi que d'être mariée à un travailleur sans terre ? lança Annet avec colère. D'être comme elle, maigre comme un manche à balai, le visage chiffonné par les soucis ? »

Elle désigna la mère de Gwenda au milieu de la foule, avec mari et enfants. Piqué au vif, Joby brandit son moignon en direction d'Annet. « Surveille tes paroles, espèce de chipie dédaigneuse ! »

Perkin vint se placer devant sa fille en levant ses deux mains pour l'appeler au calme. « C'était sans mauvaise intention. Excuse-la, Joby, elle est épuisée. »

Wulfric insista : « Sans manquer de respect à Joby, je ne suis pas comme lui, Annet !

— Mais si ! Tu ne possèdes aucune terre. C'est pour ça qu'il est pauvre. Tu le seras aussi. Tes enfants auront faim et ta femme sera terne. »

Elle disait là la triste vérité. En période de disette, les sans-terre étaient les premiers à souffrir. Renvoyer ses employés était le moyen le plus rapide d'économiser de l'argent, Gwenda le savait bien. Pourtant, elle avait du mal à croire qu'une femme puisse refuser la chance de passer sa vie entière avec Wulfric. Mais à l'évidence, telle était la décision d'Annet.

Wulfric s'en rendait compte également. « Tu ne m'aimes plus, c'est ça ? » demanda-t-il sur un ton plaintif.

Il avait perdu toute dignité et offrait un spectacle pathétique de lui-même. La passion de Gwenda en fut décuplée.

« Je ne vivrai pas d'amour et d'eau fraîche ! » déclara Annet et elle quitta l'église.

Deux semaines plus tard, elle épousait Billy Howard.

*

Gwenda se rendit au mariage, comme tout un chacun au village, hormis Wulfric. Malgré les mauvaises récoltes, il y eut une grande fête. Par ce mariage, deux propriétés importantes se trouvaient désormais réunies : les cent acres de Perkin et les quarante de Billy. En outre, Perkin avait demandé au seigneur de lui donner les terres de la famille de Wulfric. S'il obtenait satisfaction, les enfants d'Annet hériteraient quasiment de la moitié du village. Mais Ralph était parti pour Kingsbridge. Il ne rendrait sa décision qu'au retour.

Perkin déboucha un baril de la bière anglaise la plus forte que produisait son épouse et abattit une vache. Gwenda mangea et but à profusion. Son avenir était trop incertain pour qu'elle se permette de rejeter la chance de manger à sa faim.

Elle joua avec ses petites sœurs, Cathie et Joanie, à lancer une boule en bois. Puis elle prit le petit Éric sur ses genoux et lui chanta des chansons. Au bout d'un moment, Ethna vint s'asseoir près d'elle. « Qu'est-ce que tu comptes faire, à présent ? »

Tout au fond de son cœur, Gwenda ne s'était pas réconciliée avec sa mère. Quand elles se retrouvaient, Ma l'interrogeait avec sollicitude. Gwenda lui répondait. Mais elle continuait de lui en vouloir d'avoir pardonné à Joby. « Je resterai dans la grange de Wulfric aussi longtemps que je le pourrai, dit-elle. Pour toujours, peut-être.

— Et s'il s'en va, s'il quitte le village ?

— Alors, je ne sais pas. »

Pour l'heure, Wulfric travaillait les terres qui avaient appartenu à sa famille, retournant les parcelles moissonnées et passant la herse dans les jachères, et Gwenda continuait de l'aider. Le travail fourni dans la journée leur était payé par Nathan au prix des journaliers et ils ne recevraient rien de la prochaine moisson. Nathan insistait pour qu'ils restent car, sans eux, la terre deviendrait vite stérile. Ils avaient décidé de poursuivre ainsi jusqu'à ce que Ralph annonce à qui il avait décidé d'allouer les terres. Dès lors ils devraient se faire engager.

« Où est Wulfric ? demanda Ethna.

— J'imagine qu'il n'a pas le cœur à la fête.

— Et ses sentiments pour toi ? »

Gwenda regarda sa mère dans les yeux. « Il me dit que je suis la meilleure amie qu'il ait eue de sa vie.

— Qu'est-ce que ça veut dire ?

— Je ne sais pas. Mais certainement pas : "Je t'aime."

— Non, certainement pas », renchérit Ma.

Des notes de cornemuse leur parvinrent. Aaron Dupommier se chauffait les doigts avant de jouer. Gwenda vit Perkin sortir de la maison, deux petits tambours accrochés à sa ceinture. Le bal allait commencer.

Elle n'était pas d'humeur à danser. Elle aurait pu bavarder avec les vieilles du village, mais elle n'avait pas envie de passer le reste de la journée à expliquer la triste situation dans laquelle elle se retrouvait. Elle se rappela le dernier mariage au village. Wulfric, légèrement éméché, dansait en faisant de grands bonds et embrassait toutes les femmes, tout en marquant une nette préférence pour Annet.

Sans lui, Gwenda s'ennuyait. Elle rendit Éric à sa mère et partit. Skip resta sur place. Pour un chien, ces réjouissances s'accompagnaient toujours de bons morceaux tombés à terre.

Elle entra chez Wulfric, en espérant sans oser y croire qu'il serait là. La maison était vide. C'était une solide demeure en bois faite d'un assemblage de poutres et de poteaux, pourvue d'une seule cheminée dans la cuisine. Avoir une cheminée dans chaque pièce était un luxe réservé aux riches. Elle passa la tête dans les deux salles du rez-de-chaussée et monta regarder dans la chambre à coucher. Elle était froide et inhospitalière, même si elle était aussi propre et bien rangée que du vivant de ses anciens occupants. En fait, Wulfric ne s'en servait pas. Il mangeait et dormait dans la cuisine. C'était une maison de famille sans famille.

Gwenda alla à la grange. Elle était remplie de balles de foin en prévision de l'hiver, et de bottes de blé et d'orge qui n'avaient pas encore été battues. Elle grimpa l'échelle menant à sa soupente et se laissa choir dans le foin. Un instant plus tard, elle était endormie.

Elle se réveilla dans l'obscurité, sans aucune idée de l'heure qu'il était. À demi endormie, elle sortit dans la cour. À en juger d'après la lune encore basse qu'on apercevait entre des écharpes de nuages, la nuit devait être tombée depuis une heure ou deux. Debout devant la porte de la grange, elle entendit des pleurs.

Elle devina immédiatement que c'était Wulfric. Elle ne l'avait vu pleurer qu'une seule fois, lorsqu'il avait découvert ses parents et son frère morts allongés sur les dalles de la cathédrale de Kingsbridge. À présent les sanglots semblaient lui être arrachés du plus profond de son être. En découvrant sa douleur, les larmes lui vinrent aux yeux.

Elle se décida à entrer dans la maison.

À la lumière de la lune, elle le vit étendu, le visage enfoui dans la paille. Son dos se soulevait à chacun de ses sanglots. Il l'avait certainement entendue lever la clenche, mais il était trop anéanti par le chagrin pour relever les yeux.

Gwenda s'agenouilla près de lui et posa timidement la main sur sa crinière de cheveux. Il ne réagit pas. Elle avait rarement eu l'occasion de le toucher. Caresser ses cheveux lui procura un plaisir inconnu. Son geste parut le calmer car ses sanglots s'espacèrent.

Au bout d'un moment, elle prit la liberté de s'allonger à côté de lui, s'attendant à être chassée. Il tourna son visage vers elle sans ouvrir les yeux. Elle sécha les larmes sur ses joues avec sa manche, ravie d'être aussi proche de lui et de pouvoir se permettre ces petits gestes intimes. Elle aurait volontiers baisé ses paupières closes, mais elle craignit d'aller trop loin et se retint.

Peu après, elle se rendit compte qu'il s'était endormi. Elle s'en réjouit. C'était le signe qu'il se sentait à l'aise avec elle. Cela voulait dire qu'elle pouvait rester auprès de lui, du moins jusqu'à son réveil.

Les nuits d'automne étaient froides. Elle attendit que la respiration de Wulfric soit devenue plus lente et régulière pour se lever tout doucement et aller chercher la couverture pendue à un crochet au mur. Il ne bougea pas lorsqu'elle l'étendit sur lui.

Malgré le froid, elle se dévêtit complètement et se coucha contre lui, étendant la couverture de telle sorte qu'elle les recouvre tous deux.

S'étant rapprochée de lui, elle posa la joue sur sa poitrine. Elle entendait battre son cœur et sentait son souffle frôler sa tête. La chaleur de son grand corps la réchauffa. À un certain moment, elle se dit qu'elle pourrait rester ainsi éternellement. La lune, alors, avait disparu et l'obscurité avait envahi la cuisine.

Gwenda ne dormait pas, elle ne pouvait se résoudre à gaspiller ce précieux laps de temps. Elle en savourait chaque instant car peut-être ne se reproduirait-il jamais. Elle tendit la main vers lui craintivement, attentive à ne pas le réveiller. Elle explora les muscles de sa poitrine et de son dos sous ses légers vêtements de laine, fit descendre ses doigts le long de ses côtes et de ses hanches, les promena autour de son épaule et sur l'angle de son coude.

Il remua plusieurs fois dans son sommeil et finit par s'allonger sur le dos. Elle posa la tête au creux de son épaule, posant le bras sur son ventre plat. Plus tard, lorsqu'il changea de position, elle en profita pour se rapprocher tout près de lui, se collant contre le S que formait son corps, pressant ses seins contre son large dos, plaquant ses hanches contre les siennes, introduisant ses genoux au creux des siens. C'est alors qu'il se retourna. Il jeta un bras sur elle et passa une jambe au-dessus de ses cuisses. Une jambe qui devint vite désagréablement lourde, mais dont elle accepta le poids comme la preuve qu'elle ne rêvait pas.

Lui-même rêvait, en revanche. Au milieu de la nuit, il l'embrassa subitement, introduisant sa langue dans sa bouche tout en serrant son sein avec sa grande main. Elle le sentit durcir tandis qu'il se frottait maladroitement contre elle et, l'espace d'un instant, elle fut déconcertée par cette rudesse qui ne lui ressemblait pas. Mais elle était prête à tout accepter de lui. Elle tendit la main vers son ventre et saisit son membre qui saillait par l'ouverture de sa culotte. Puis, tout aussi subitement, il s'écarta d'elle pour se remettre sur le dos en respirant régulièrement. Elle comprit alors qu'il ne s'était pas réveillé, mais l'avait caressée dans son rêve. Un rêve où Annet occupait sa place, comprit-elle tristement.

Elle ne dormit pas, mais rêvassa. Elle imaginait Wulfric la présentant à un inconnu en disant : « Voici Gwenda, mon épouse. » Elle se vit enceinte et travaillant aux champs malgré son gros ventre et s'évanouissant soudain. Et là, il la soulevait dans ses bras, la portait jusqu'à sa maison et lui bassinait les tempes avec de l'eau froide. Elle le vit âgé, jouant avec leurs petits-enfants, leur pardonnant leurs bêtises, leur offrant des pommes et des rayons de miel.

Des petits-enfants ? Elle ricana d'elle-même. C'était construire de bien grands châteaux en Espagne sur la seule base qu'il ne l'avait pas repoussée quand elle avait passé le bras autour de ses épaules pour le consoler.

Le jour se lèverait bientôt. Dans quelques minutes, son séjour au paradis serait achevé. Wulfric commençait déjà à remuer. Le rythme de sa respiration changea. Il bascula sur le dos. Le bras de Gwenda se retrouva en travers de sa poitrine. Elle l'y laissa, repliant la main sous son bras. Au bout d'un instant, elle sentit qu'il s'était réveillé et réfléchissait. Elle demeura immobile, terrifiée de briser le charme par un geste ou par une parole.

Finalement, il roula de nouveau vers elle et passa son bras autour de son corps. Elle sentit sa main caresser son dos sans comprendre ce que signifiait cette caresse, comme s'il avait demandé à ses doigts d'explorer la situation et s'étonnait de la découvrir nue. Sa main remonta jusqu'à son cou et redescendit jusqu'au creux de ses hanches.

Enfin il parla ou plutôt lâcha dans un murmure, comme s'il craignait d'être entendu : « Elle l'a épousé !

— Oui, répondit Gwenda dans un chuchotement.

— Son amour était faible.

— Le véritable amour n'est jamais faible. »

La main de Wulfric était demeurée sur sa hanche, tout près de l'endroit où elle voulait qu'il la touche.

Il soupira : « Cesserai-je de l'aimer un jour ? »

Gwenda s'empara de sa main sans savoir pourquoi, se laissant guider par son intuition. Serait-ce pour le mieux ou pour le pire ? « Elle a deux seins comme ceux-là », dit-elle, chuchotant toujours.

Il gémit et elle sentit sa main se tendre vers sa poitrine puis l'autre main s'y poser aussi.

« En bas, elle a des poils comme ici », dit-elle encore, déplaçant à nouveau sa main. La respiration de Wulfric s'accéléra. Abandonnant la main de Wulfric, Gwenda entreprit de palper son corps sous son vêtement de laine. Son membre se dressait. Elle le saisit. « Et sa main te procure exactement cette même sensation. » Il commença à remuer les hanches en rythme.

Soudain, elle eut peur que l'acte ne se termine sans avoir été consommé. Elle ne le voulait pas. Elle voulait tout ou rien, et tout de suite. Elle le repoussa doucement sur le dos. Se redressant prestement, elle le chevaucha. « À l'intérieur, elle est chaude et humide », chuchota-t-elle en s'agenouillant sur lui. La sensation qu'elle éprouva lui parut entièrement nouvelle. Elle avait la double impression d'être comblée et d'en vouloir davantage. Elle se baissait tandis qu'il poussait ses hanches en avant et elle se redressait quand il reculait. Elle approcha son visage de son menton piquant et posa ses lèvres sur les siennes.

Il tint sa tête entre ses mains et lui rendit son baiser.

« Elle t'aime, chuchota Gwenda, si tu savais comme elle t'aime. »

Il se mit à crier avec passion, la secouant violemment. Elle le chevauchait comme un poney sauvage. Finalement, elle le sentit éjaculer en elle dans un dernier cri : « Oh, je t'aime aussi ! Que je t'aime, Annet ! »

28

Dehors l'aube pointait. Wulfric se rendormit. En revanche, l'excitation maintint Gwenda éveillée. Elle était persuadée de s'être gagné son amour. Peu importait qu'elle ait dû prétendre être Annet, il lui avait fait l'amour avec une telle avidité ; il l'avait embrassée avec tant de tendresse et de gratitude qu'elle avait la conviction qu'il lui appartenait désormais à tout jamais.

Quand les battements de son cœur s'apaisèrent et que son esprit se calma, elle réfléchit au problème de l'héritage. Elle n'avait pas l'intention d'abandonner le combat, surtout maintenant. Elle se creusa la cervelle pour trouver un moyen de le récupérer. Quand Wulfric se réveilla, elle lui annonça qu'elle partait pour Kingsbridge.

« Pourquoi ? s'étonna-t-il.

— Pour savoir s'il n'y aurait pas malgré tout un moyen pour que tu touches ton héritage.

— Comment ça ?

— Je ne sais pas. Mais tout n'est pas perdu. Ralph n'a encore donné ta terre à personne. Tu dois la récupérer, tu le mérites. Tu as travaillé dur et tu as tant souffert.

— Qu'est-ce que tu comptes faire ?

— Je vais aller trouver mon frère. Il comprend ces choses-là mieux que nous. Il saura nous conseiller. »

Wulfric la regardait d'un air étrange.

« Qu'est-ce que tu as ? lui demanda-t-elle.

— Tu m'aimes vraiment ? »

Elle eut un sourire épanoui, débordant de bonheur. « Tu veux qu'on recommence ? »

Le lendemain matin, elle attendait Philémon dans le potager du prieuré de Kingsbridge, assise sur un banc de pierre.

Pendant la longue marche qui l'avait conduite de Wigleigh au monastère, elle avait eu le temps de revivre chaque seconde de cette nuit de dimanche, de se remémorer ses sensations, de s'interroger sur les quelques phrases échangées avec Wulfric. Certes, il ne lui avait pas dit qu'il l'aimait, mais il avait voulu savoir si, de son côté, elle l'aimait. Et il avait paru heureux de sa réponse, bien qu'un peu déconcerté par la passion qu'elle y avait mise.

Elle aspirait ardemment à voir son droit de naissance respecté. Elle le voulait presque aussi fort qu'elle l'avait désiré lui. Elle le voulait pour eux deux. Elle souhaitait pour leur couple ce qu'il y avait de mieux, et elle était déterminée à l'obtenir. Et si Wulfric demeurait un travailleur sans terre, elle l'épouserait malgré tout, pour peu qu'il le lui demande.

Quand Philémon sortit du prieuré et s'avança vers elle, la première chose qu'elle remarqua fut sa robe de bure. « Holger ! s'écria-t-elle, l'appelant involontairement par son vrai nom tant elle était bouleversée. Te voilà devenu novice, ton rêve de toujours ! »

Il sourit fièrement et eut la bonté de ne pas relever sa maladresse. « C'est l'une des premières décisions prises par Godwyn en tant que prieur. Quel homme merveilleux ! C'est pour moi un tel honneur de le servir ! » Il prit place à côté d'elle sur le banc. C'était une douce journée d'automne. Il y avait des nuages dans le ciel, mais il ne pleuvait pas.

« Comment se passent tes leçons ?

— Lentement. C'est dur d'apprendre à lire et à écrire à l'âge adulte. Les petits garçons progressent plus vite que moi, ajouta-t-il avec un sourire. Mais je sais déjà recopier le *Notre Père* en latin. »

Elle l'envia, n'étant pas même capable d'écrire son nom. « C'est merveilleux ! » s'exclama-t-elle. Son frère était en bonne voie de devenir moine, de réaliser le rêve de sa vie. Peut-être que son statut de novice effacerait le sentiment d'inutilité qui l'avait toujours accablé et expliquait certainement son caractère rusé et trompeur.

« Et toi ? dit-il. Qu'est-ce qui t'amène à Kingsbridge ?

— Tu sais que Ralph Fitzgerald est le nouveau seigneur de Wigleigh ?

— Oui. Il est en ville. Il est descendu à l'auberge de La Cloche et y mène grand train.

— Il a interdit à Wulfric d'hériter des terres de son père. » Elle raconta à Philémon l'histoire dans tous ses détails. « Je voudrais savoir s'il est possible de contester sa décision. »

Philémon secoua la tête. « La réponse tient en un seul mot : non. Évidemment, Wulfric pourrait faire appel au comte de

Shiring, mais il n'interviendra pas, à moins d'avoir un intérêt personnel dans l'affaire. Et même s'il trouve cette décision injuste, ce qui est à l'évidence le cas, il ne sapera pas l'autorité d'un seigneur qu'il vient de nommer. Mais quel intérêt as-tu dans tout cela ? Je croyais que Wulfric devait épouser Annet ?

— Elle y a renoncé pour épouser Billy Howard dès qu'elle a su qu'il n'hériterait pas.

— Autrement dit, tu as tes chances, maintenant.

— Je crois, oui, dit-elle en se sentant rougir.

— Tu le sais de source sûre ? s'enquit-il astucieusement.

— J'ai profité de son désespoir pour coucher avec lui, admit Gwenda.

— Ne t'en fais pas. Les scrupules sont bons pour les privilégiés. Pour nous qui sommes nés pauvres, notre seul salut est dans la ruse. »

Elle n'aimait pas entendre son frère parler ainsi et affirmer que leur enfance difficile excusait tout, ce qu'il faisait parfois. Mais elle était trop déçue pour s'en préoccuper. « Il n'y a vraiment rien que je puisse faire ?

— Oh, je n'ai pas dit ça ! J'ai dit qu'on ne pouvait pas contester la décision prise par Ralph. Ça ne signifie pas qu'on ne puisse pas le faire changer d'avis.

— En tout cas, si quelqu'un le peut, ce ne sera pas moi, c'est sûr.

— Je ne sais pas. Tu devrais aller trouver Caris. Vous êtes amies depuis toujours. Elle t'aidera sûrement si elle le peut. Et elle est très proche de Merthin, le frère de Ralph. Peut-être que lui aura une idée. »

Tout espoir était bon à prendre, aussi incertain soit-il. Gwenda se leva. « J'y vais de ce pas. » Au moment de se pencher pour embrasser son frère, elle se rappela que ces contacts lui étaient désormais interdits. Elle lui serra donc la main, ce qui lui laissa une impression bizarre.

« Je prierai pour toi », dit-il.

La maison de Caris était juste en face du portail du prieuré. La grande salle était déserte, mais des voix sortaient de la pièce où Edmond traitait généralement ses affaires. Tutty, la cuisinière, lui apprit que Caris s'y trouvait avec son père. Gwenda s'assit pour attendre, tapant du pied impatiemment. Peu après, la porte s'ouvrit et Edmond sortit, accompagné d'un homme de haute taille que Gwenda n'avait jamais vu, un ecclésiastique à en juger par sa soutane de prêtre, bien qu'il ne porte ni croix ni autre symbole sacré. Il avait des narines évasées qui donnaient à son visage une expression dédaigneuse.

« Je vous raccompagne au prieuré », dit Edmond à son visiteur tout en hochant aimablement la tête en direction de Gwenda.

Sortie à son tour dans le hall, Caris embrassa son amie. « Qui est-ce ? demanda Gwenda dès que les deux hommes eurent passé la porte.

— Grégory Longfellow, un avocat engagé par le prieur Godwyn.

— Engagé pour quoi ?

— Le comte Roland empêche le prieuré d'exploiter sa carrière de pierre. Il réclame un impôt d'un penny sur chaque chariot. Godwyn veut en appeler au roi.

— En quoi cette affaire vous concerne-t-elle ?

— Grégory pense que la guilde doit arguer du fait que la ville ne sera plus en mesure de payer ses impôts si elle n'a pas de pont. C'est la meilleure manière de persuader le roi, selon lui. Mon père doit aller avec Godwyn témoigner devant la cour de justice royale.

— Tu iras, toi aussi ?

— Oui. Mais toi, comment se fait-il que tu sois ici ?

— J'ai couché avec Wulfric. »

Caris sourit. « Vraiment ? Ce n'est pas trop tôt ! Et c'était comment ?

— Merveilleux. Je suis restée allongée toute la nuit près de lui pendant qu'il dormait, puis quand il s'est réveillé, je... je l'ai persuadé.

— Dis-m'en plus ! Je veux connaître les détails. »

Gwenda raconta tout à Caris. En conclusion, et bien qu'impatiente d'aborder le thème de l'héritage, elle déclara : « Quelque chose me chuchote que tu as des nouvelles du même ordre à m'annoncer. »

Caris hocha la tête. « J'ai couché avec Merthin. Je lui ai dit que je ne voulais pas me marier et il est allé trouver cette grosse truie de Bessie la Cloche. À l'idée qu'elle trémousse ses gros nichons devant lui, j'étais folle de rage. Et voilà qu'il est revenu. J'étais si contente que je n'ai pas pu faire autrement que de coucher avec lui.

— Ça t'a plu ?

— J'ai adoré. La plus belle chose de ma vie. Et c'est de mieux en mieux. On couche ensemble dès qu'on en a l'occasion.

— Et si tu tombes enceinte ?

— Je ne veux pas y penser. Ça m'est égal de mourir. Une fois…, ajouta-t-elle en baissant la voix, on s'est baignés dans un ruisseau de la forêt et après il m'a léchée… là, en bas.

— Oh, c'est dégoûtant ! C'était comment ?

— Bien. Et lui aussi, ça lui a plu.

— Tu ne lui as pas fait la même chose, quand même ?

— Si.

— Et il… ? »

Caris hocha la tête. « Dans ma bouche.

— Ce n'était pas mauvais ? »

Caris haussa les épaules. « Ça avait un drôle de goût… mais c'est très excitant. Et il aimait tellement ça. »

Écœurée et intriguée tout à la fois, Gwenda songea qu'elle devrait essayer ça avec Wulfric. Elle connaissait un endroit dans la forêt où ils pourraient se baigner, à l'écart de tous les sentiers…

« Mais tu n'as pas fait tout ce chemin uniquement pour me parler de ta nuit avec Wulfric.

— Non, de son héritage. » Et Gwenda d'expliquer la décision de Ralph. « Philémon pense que Merthin pourrait peut-être persuader Ralph de changer d'avis. »

Caris secoua la tête d'un air pessimiste. « J'en doute. Ils ne se parlent plus.

— Oh non !

— C'est Ralph qui a arrêté les chariots au départ de la carrière. Malheureusement, Merthin était là-bas. Ça a tourné à l'affrontement. Ben le Rouleur a tué un des ruffians du comte, et Ralph l'a tué à son tour.

— Pauvre Lib ! La voilà toute seule avec un marmot de deux ans ! s'exclama Gwenda.

— Et le petit Bennie se retrouve sans père. »

La nouvelle n'arrangeait pas non plus les affaires de Gwenda. « Si je comprends bien, Merthin n'a aucune influence sur son frère.

— Allons le voir quand même. Il travaille sur l'île aux lépreux. »

Les deux jeunes filles descendirent la grand-rue jusqu'à la rivière. Gwenda était découragée. Visiblement, personne ne croyait possible de retourner la situation. C'était tellement injuste.

Elles demandèrent à Ian le Batelier de les transporter jusqu'à l'île à bord de sa barque. Caris expliqua à son amie que l'ancien pont serait remplacé par deux neufs qui utiliseraient l'île comme point d'appui.

Elles découvrirent Merthin en train de poser les butées du nouveau pont en compagnie de son commis, un gamin de quatorze ans du nom de Jimmie. À l'aide d'une barre de fer mesurant plus de deux fois la taille d'un homme et dont il se servait comme toise, il marquait sur le sol rocheux les emplacements où planter les pieux effilés qui délimiteraient la surface à creuser pour les fondations.

Observant attentivement Caris et Merthin pendant qu'ils s'embrassaient, Gwenda constata un changement dans la façon dont leurs corps se mouvaient. Ils trahissaient une sorte d'abandon agréable. Celui de Merthin ne semblait plus s'offrir à Caris comme un objet désirable mais comme un bien lui appartenant, au même titre qu'elle-même lui appartenait. Cela correspondait assez à ce qu'elle ressentait elle-même pour Wulfric.

Gwenda et Caris regardèrent Merthin achever la tâche qu'il avait interrompue et tendre une ficelle entre deux pieux. Puis il demanda à Jimmie de ranger les outils.

« Sans pierres, tu ne vas pas pouvoir faire grand-chose, j'imagine, fit remarquer Gwenda.

— On trouve toujours à s'occuper, il y a tant de choses à faire. J'ai envoyé tous les maçons à la carrière. Ils tailleront les pierres là-bas, au lieu de s'en charger ici, sur le chantier.

— Comme ça, si le prieuré l'emporte en cour royale, tu pourras commencer la construction sans perdre trop de temps.

— Espérons. Ça dépendra du temps que prendra le jugement et aussi de la bonté du ciel. On ne peut pas construire en plein hiver, le mortier risquerait de geler. Or, on est déjà en octobre. En principe, les travaux devraient s'arrêter à la mi-novembre... Mais nous bénéficierons peut-être d'un sursis cette année, dit-il en examinant le ciel. Les nuages de pluie empêchent la terre de trop refroidir. »

Gwenda lui exposa la raison de sa venue.

« J'aimerais vraiment t'aider, répondit Merthin. Wulfric est un type bien, et cette bagarre était entièrement de la faute de mon frère. Mais je suis en froid avec lui. Je ne peux rien lui demander tant que je ne me suis pas réconcilié avec lui. Et ce n'est pas près d'arriver. Je ne lui pardonne pas d'avoir tué Ben le Rouleur. »

Trois refus d'affilée ! J'aurais aussi bien fait de rester à Wigleigh, pensa Gwenda par-devers elle.

Caris soupira : « Tu vas devoir te débrouiller toute seule.

— C'est bien mon intention ! » répondit-elle sur un ton décidé. Il était grand temps qu'elle cesse de demander de l'aide et se reprenne en charge comme elle l'avait fait tout au long de sa vie. « Ralph est en ville, n'est-ce pas ?

— Oui, répondit Merthin. Il est venu annoncer à nos parents la bonne nouvelle de son avancement. Ils sont bien les seuls à s'en réjouir dans tout le comté.

— Il n'habite pas chez eux ?

— Oh, ce n'est plus assez bien pour lui, maintenant. Il est descendu à La Cloche.

— À ton avis, quel serait le meilleur moyen pour le persuader ? »

Merthin réfléchit quelques instants. « Ralph n'accepte pas que notre père, un chevalier, en ait été réduit à vivre de la charité du prieuré. À ses yeux, c'est une déchéance. Il fera n'importe quoi pour donner au monde l'impression qu'il a retrouvé son statut. »

Dans la barque de Ian qui les ramenait tous en ville, Gwenda retourna la phrase de Merthin dans sa tête. Comment faire en sorte que Ralph considère sa requête comme un moyen pour lui de reconquérir sa gloire ancestrale ? Elle remonta la grand-rue en compagnie de ses amis. Midi sonnait. Caris lui proposa de venir dîner chez elle avec Merthin, qui se joignait toujours au repas. Mais Gwenda préféra pousser jusqu'à La Cloche.

Un garçon de salle lui apprit que Ralph occupait la meilleure chambre à l'étage, à la différence de la plupart des hôtes de l'auberge qui dormaient dans une salle commune. Manifestement, le seigneur de Wigleigh tenait à ce que sa nouvelle splendeur se sache. Il avait loué une salle tout entière. Qu'il payait grâce au labeur de ses paysans, pensa Gwenda froidement.

Elle frappa à la porte et entra.

Ralph était là en compagnie de son écuyer, Alan Fougère, un garçon d'environ dix-huit ans avec une petite tête sur de larges épaules. Les deux hommes étaient attablés devant un cruchon de bière anglaise, une miche de pain et un jarret de bœuf d'où montait un filet de vapeur. Ils finissaient de dîner et semblaient pleinement satisfaits de leur sort. Pourvu qu'ils ne soient pas trop ivres ! se dit Gwenda. Dans cet état les hommes n'étaient pas capables de parler à une femme. Tout ce qu'ils savaient faire, c'était lancer des remarques paillardes en s'esclaffant de leurs traits d'esprit.

Ralph la regarda en plissant les paupières car la pièce était mal éclairée. « Tu es l'une de mes serves, n'est-ce pas ?

— Non, mon seigneur, et je le regrette. Je suis la fille d'un paysan sans terre, Joby, et je m'appelle Gwenda.

— Que fais-tu si loin du village ? Ce n'est pas jour de marché, que je sache. »

Elle fit un pas de plus de façon à mieux voir son visage. « Je suis venue vous trouver pour plaider en faveur de Wulfric, le fils de feu Samuel. Je sais qu'il vous a manqué de respect dans le passé. Depuis, il connaît les tourments de Job. Ses parents et son frère sont morts dans l'effondrement du pont ; tout l'argent de sa famille gît au fond de la rivière et maintenant sa fiancée a épousé un autre homme. J'ose espérer que vous considérerez que Dieu l'a puni durement pour le mal qu'il vous a fait. En lui montrant de la pitié, vous témoigneriez de cette grandeur d'âme qui est le propre des nobles », ajouta-t-elle, se rappelant le conseil de Merthin.

Il émit un rot odorant et soupira. « Qu'est-ce que ça peut te faire que Wulfric hérite ou pas ?

— Je l'aime, mon seigneur. Maintenant qu'Annet l'a rejeté, j'espère qu'il pourra m'épouser… avec votre gracieuse permission.

— Viens plus près », ordonna-t-il.

Elle avança jusqu'au milieu de la pièce et se tint devant lui.

Ralph promena les yeux sur son corps. « Tu n'es pas jolie, mais tu as quelque chose. Tu es vierge ?

— Seigneur…

— Non, évidemment, dit-il avec un rire. Tu as déjà couché avec Wulfric ?

— Non !

— Menteuse ! » Il sourit, s'amusant de la situation. « Bon, peut-être que je devrais laisser à Wulfric les terres de son père, après tout. Oui, peut-être. Mais ensuite ?

— On vous appellerait un vrai gentilhomme dans tout Wigleigh et le reste du monde.

— Le monde n'en a cure. Mais toi, tu aurais de la reconnaissance envers moi ?

— Oh, une immense reconnaissance, naturellement, répondit Gwenda avec empressement, bien qu'elle ait déjà l'horrible pressentiment de ce qui allait suivre.

— Et tu me la manifesterais comment ?

— Par tous les moyens possibles tant qu'ils sont honorables, dit-elle en reculant vers la porte.

— Tu retirerais ta robe ? »

Elle se sentit sombrer. « Non, seigneur.

— Ah, pas si reconnaissante que ça, finalement. »

Elle avait atteint la porte et posé la main sur la poignée, mais sans la tourner. « Que voulez-vous de moi, seigneur ?

— Je veux te voir nue. Après, je déciderai.

— Ici ?

— Oui.

— Devant lui ? ajouta-t-elle en désignant l'écuyer des yeux.

— Oui. »

Ce n'était pas grand-chose, comparé à la restitution des terres.

Elle dégrafa prestement sa ceinture et fit passer sa robe par-dessus sa tête. La tenant d'une main, car elle n'avait pas lâché la poignée de la porte, elle regarda Ralph droit dans les yeux d'un air de défi. Il examina son corps avidement et décocha un sourire triomphant à son compagnon. Gwenda comprit aussitôt que le plus important pour lui, c'était de démontrer sa puissance.

« Une vache, mais des mamelles intéressantes. Pas vrai, Alan?

— Je ne la grimperais pas pour arriver jusqu'à vous », répondit celui-ci.

Ralph éclata de rire.

« Et maintenant, dit Gwenda, satisferez-vous ma requête? »

Ralph glissa la main dans son entrejambe et commença à se frotter. « Allonge-toi avec moi. Sur ce lit.

— Non.

— Allez... Tu l'as déjà fait avec Wulfric, tu n'es pas vierge.

— Non.

— Pense aux terres. Quatre-vingt-dix acres, tout ce que son père avait. »

Elle réfléchit. Si elle acceptait, Wulfric aurait ce qu'il désirait le plus au monde, et ils pourraient mener tous les deux une vie d'abondance. Si elle refusait, Wulfric deviendrait un paysan sans terre, comme Joby. Il devrait se battre tout au long de sa vie pour nourrir ses enfants. Et, bien souvent, il n'y parviendrait pas.

Cependant, cette idée la révoltait. Ralph était désagréable, mesquin et vengeur. Un despote, à l'inverse de son frère. Sa beauté et sa prestance ne changeaient rien à l'affaire. Ce serait répugnant de coucher avec un homme qu'elle détestait autant.

Le fait d'avoir couché la veille avec Wulfric lui rendait cette perspective encore plus abjecte. Après une intimité aussi heureuse avec Wulfric, ce serait une trahison terrible de refaire l'amour avec un autre.

Ne sois pas bête! se morigéna-t-elle. Tu ne vas pas te condamner à une vie pénible pour cinq minutes de déplaisir? Pense à ta mère et à tes frères et sœurs décédés. Rappelle-toi comment ton père vous forçait à voler, Philémon et toi. Ne vaut-il pas mieux te prostituer une fois dans ta vie? Te donner à Ralph le temps d'un instant, plutôt que de condamner tes enfants à vivre une vie de misère?

Ralph gardait le silence, la laissant seule face à ses hésitations. C'était sage de sa part, car ses paroles n'auraient fait que renforcer la répulsion de Gwenda.

« Je vous en prie, finit-elle par dire. Ne m'obligez pas à faire ça.

— Ah, ah ! Autrement dit, tu es prête à le faire.

— C'est un péché », reprit-elle avec désespoir. Qui sait, cette idée aurait peut-être de l'effet sur Ralph, si elle ne la tracassait pas elle-même outre mesure. « Un péché pour vous que de me demander ça et un péché pour moi que de l'accepter.

— Les péchés sont faits pour être pardonnés.

— Que penserait de vous votre frère ? »

La question le déstabilisa. Il parut hésiter.

« Je vous en prie, dit-elle, permettez seulement à Wulfric d'hériter. »

Le visage de Ralph se fit plus dur. « Inutile de me supplier. Ma décision est prise. Je ne la changerai pas, à moins que tu ne saches m'en persuader. » Le désir brillait dans ses yeux, sa respiration s'était accélérée, sa bouche s'était ouverte et l'on entrevoyait ses lèvres luisantes derrière sa barbe.

Elle laissa tomber sa robe par terre et s'avança vers le lit.

« Agenouille-toi sur le matelas, ordonna Ralph. Non, dos à moi. »

Elle fit comme il le lui demandait.

« C'est nettement plus beau de ce côté-ci », s'exclama-t-il et Alan rit bruyamment. Gwenda se demandait si l'écuyer allait rester pour regarder quand Ralph lança : « Laisse-nous seuls. » L'instant d'après, la porte claquait.

Ralph se mit à genoux sur le lit derrière Gwenda. Elle ferma les yeux et pria pour la rémission de ses péchés. Elle sentit ses doigts épais l'explorer, puis l'entendit cracher et il passa une main humide sur elle. Enfin il la pénétra. Elle gémit.

« Je vois que tu aimes ça ! »

Combien de temps cela durerait-il ? s'inquiétait Gwenda tandis qu'il commençait à bouger en cadence. Pour soulager son inconfort, elle se mit à bouger avec lui. Il rit triomphalement, pensant avoir excité son désir. En vérité elle craignait que cette scène ne gâche toute son expérience de l'amour. Qu'elle ne lui revienne toujours à l'esprit quand elle ferait de nouveau l'amour avec Wulfric.

Puis, à son horreur, elle sentit la chaleur du plaisir inonder son ventre peu à peu et elle rougit de honte. Son corps la trahissait. Il produisait en elle une humidité bienfaitrice, qui la soulageait de ces frictions répugnantes. Percevant le changement qui s'était opéré en elle, Ralph accéléra le rythme. Dégoûtée, Gwenda cessa de suivre ses mouvements. Il l'attrapa alors par les hanches, entrant et sortant d'elle alternativement. Elle n'avait plus la force de résister. Elle se rappela avec consternation que son corps l'avait trahie de la même façon avec Alwyn, dans la forêt. Cette nuit-là, comme maintenant, elle aurait voulu être une statue de bois, engourdie et impassible. Les deux fois, son corps avait pris le parti de l'adversaire.

Alwyn, elle l'avait tué en se servant de son couteau.

Quand bien même l'aurait-elle voulu, elle n'aurait pu agir de la sorte avec Ralph, pour la bonne raison qu'il était derrière elle et qu'elle ne pouvait le voir. De plus, elle avait si peu d'autorité sur elle-même. Elle était un jouet entre ses mains. Elle devina avec bonheur qu'il était au bord d'exploser. Dans un instant, tout serait terminé. Mais voilà qu'elle sentit subitement son corps se tendre aussi. Elle essaya de l'obliger à rester inerte, à ne rien éprouver. Quelle humiliation serait-ce, de jouir aussi. Ralph éjacula en elle. Elle frissonna, oh, pas de plaisir ! de détestation.

Sur un soupir satisfait, il se retira pour se laisser choir sur le lit.

Elle se leva d'un bond et enfila sa robe prestement.

« Je m'attendais à pire », dit Ralph comme s'il lui faisait un compliment poli.

Elle sortit, claquant la porte derrière elle.

*

Le dimanche suivant, avant le service religieux, le bailli débarqua chez Wulfric.

Le jeune homme se trouvait dans la cuisine avec Gwenda. Ils avaient pris le petit déjeuner et balayé la salle. Maintenant Wulfric cousait une paire de culottes en cuir tandis que Gwenda tissait une ceinture avec de la corde. Ils étaient tous deux assis près de la fenêtre, où la lumière était meilleure. Car, une fois de plus, il pleuvait.

Gwenda faisait semblant de vivre dans la grange pour ne pas offenser le père Gaspard, mais elle passait toutes ses nuits avec Wulfric. Il ne parlait pas mariage et c'était une déception pour elle, car ils vivaient à peu de chose près comme mari et femme. Chez les paysans, c'était une pratique courante entre personnes décidées à se marier sitôt les formalités remplies. Un tel relâchement n'était pas de mise au sein de la noblesse et chez les gens de la haute société.

Comme elle l'avait craint, faire l'amour avec Wulfric n'était plus comme avant. La pensée de Ralph s'imposait à elle, malgré tous ses efforts pour la chasser. Heureusement, Wulfric ne s'arrêtait jamais à son humeur. Il lui faisait l'amour avec un enthousiasme et une joie qui apaisaient presque sa conscience coupable, hélas, pas totalement.

Savoir qu'il hériterait finalement des terres de sa famille la consolait, le reste n'importait plus. Elle avait rapporté à Wulfric ses conversations avec Philémon, Caris et Merthin, et lui avait donné une version tronquée de sa rencontre avec Ralph sans lui expliquer comment elle avait réussi à le convaincre de changer d'avis, se contentant d'insister sur sa promesse de reconsidérer l'affaire. Et maintenant, si Wulfric n'affichait pas un triomphe éclatant, il avait du moins retrouvé de l'espoir.

« Venez tout de suite au manoir, tous les deux, leur ordonna Nathan en passant par la porte sa tête dégoulinant de pluie.

— Le seigneur Ralph veut nous annoncer quelque chose? demanda Gwenda.

— Parce que tu n'iras pas si le débat ne t'intéresse pas? ironisa Nathan. Ne pose pas de questions idiotes. Dépêche-toi! »

Elle jeta une couverture sur sa tête et se rendit à la grande maison. Elle n'avait toujours pas de manteau. Wulfric, qui avait un peu d'argent grâce à la vente de ses récoltes, aurait pu lui en acheter un, mais il rognait sur tout pour pourvoir payer le heriot.

Ils se hâtèrent sous la pluie. Le manoir était la copie d'un château en plus petit. En bas, il y avait une grande salle avec une longue table pour les repas, et en haut, une chambre réservée au seigneur et désignée sous le nom de solaire. Pour l'heure, la demeure présentait tous les signes d'une maison occupée exclusivement par des hommes : les murs étaient nus, une odeur aigre montait de la paille du sol et une souris grignotait une croûte sur la crédence. Les chiens grognèrent à la vue des nouveaux venus.

Ralph occupait la place d'honneur, Alan était assis à sa droite. Gwenda s'efforça d'ignorer le petit sourire que lui lançait l'écuyer. Une minute plus tard, Nathan fit son entrée, suivi de Perkin et de son gendre. Le gros Perkin se frottait les mains en courbant obséquieusement la tête. Il avait les cheveux si gras qu'on aurait cru qu'il portait un bonnet en cuir. Billy Howard jeta à Wulfric un regard victorieux comme pour lui signifier : « Après la fille, les terres ! » Il allait tomber de haut !

Nathan prit place à la gauche de Ralph. Le reste de l'assemblée demeura debout. Gwenda attendait avec impatience de voir son sacrifice récompensé. Elle scrutait le visage de Wulfric, y guettant sa joie quand il apprendrait la bonne nouvelle. Leur avenir à eux serait assuré, du moins autant que cela était possible dans un monde où le temps était imprévisible et où le cours du grain soumis à fortes variations.

« Il y a trois semaines, commença Ralph, j'ai dit que Wulfric, le fils de Samuel, ne pouvait pas hériter de son père en raison de son jeune âge. » Assis à la place d'honneur, face à cette petite foule pendue à ses lèvres, il jouissait de l'instant. Gwenda le comprit à la lenteur de son discours. « En voyant Wulfric continuer à travailler la terre pendant que je prenais le temps de réfléchir à qui elle devait revenir… j'en suis venu à reconsidérer ma décision. »

Perkin sursauta, sidéré par la nouvelle.

Billy Howard s'enhardit : « De quoi s'agit-il ? Je croyais que Nathan… » Un coup de coude de son beau-père l'interrompit.

Gwenda ne put retenir un sourire de satisfaction.

Ralph poursuivait : « Malgré son jeune âge, Wulfric a su prouver de quoi il était capable. »

Perkin fixait Nathan. Le bailli devait lui avoir promis la terre, se dit Gwenda. Et le paysan lui avait peut-être même déjà versé un dessous-de-table.

· Mais Nathan, tout aussi éberlué, contemplait Ralph, bouche bée. Il reporta sur Perkin un regard ahuri avant de scruter Gwenda d'un air soupçonneux.

Ralph ajoutait : « En cela, il a été soutenu par Gwenda dont la force et la fidélité m'ont impressionné. »

Nathan la regardait sans ciller. Visiblement, il s'interrogeait sur la façon dont elle s'y était prise pour faire changer Ralph d'avis. Il devait se douter de la vérité. Tant pis, se dit-elle, du moment que Wulfric continuait à l'ignorer!

Soudain, Nathan parut prendre une décision. S'étant levé, il tendit sa triste carcasse par-dessus la table pour s'entretenir discrètement avec Ralph. Gwenda ne put entendre ce qu'il lui disait.

« Vraiment? Et combien? » s'enquit Ralph d'une voix audible.

Nathan se retourna vers Perkin et lui murmura quelques mots.

Gwenda n'y tint plus. « Que signifient toutes ces messes basses? »

Perkin donnait déjà son accord à contrecœur. « Bon...

— Bon quoi? lança Gwenda craintivement.

— Le double? » insistait Nathan.

Perkin hocha la tête.

Les craintes de Gwenda allèrent s'amplifiant.

Nathan annonça à haute voix : « Perkin propose de verser le double du montant du heriot, ce qui ferait cinq livres.

— Évidemment, cela fait une différence, laissa tomber Ralph.

— Mon Dieu! » gémit Gwenda.

Wulfric prit la parole pour la première fois. « Le heriot est fixé par la coutume et enregistré dans les manuscrits du manoir, énonça-t-il lentement de sa voix qui n'était pas encore tout à fait celle d'un homme. Il n'est pas sujet à négociation. »

Nathan s'empressa de déclarer : « Le heriot peut évoluer. Il n'est pas porté au livre des coutumes.

— Vous êtes avocats, tous les deux? intervint Ralph. Si ce n'est pas le cas, fermez-la! Le heriot est de deux livres et dix shillings. Les sommes échangées en sus ne nous concernent pas. »

Comprenant que Ralph était sur le point de renoncer à son engagement, Gwenda déclara d'une voix étouffée mais parfaitement audible : « Vous m'aviez fait une promesse...

— Une promesse? Et pourquoi l'aurais-je faite? » rétorqua Ralph.

Elle était bien en peine de répondre. Elle ne put qu'expliquer sur un ton qui n'avait plus rien d'accusateur : « Parce que je vous avais supplié.

— Je t'ai dit que j'y réfléchirais. Je ne t'ai rien promis. »

Hélas, il n'était pas en son pouvoir d'obliger un seigneur à tenir parole, et cette amère découverte l'enrageait. Si elle l'avait pu, elle l'aurait tué. « Si, vous me l'avez promis !

— Les seigneurs passeraient affaire avec des paysans maintenant ! »

Elle le regarda intensément, à court de réponse. Sa longue marche jusqu'à Kingsbridge, l'humiliation de se montrer nue devant Ralph et Alan, l'acte honteux accompli avec Ralph, tout cela n'avait servi à rien. Elle avait trahi Wulfric et il n'hériterait pas de ses terres. Elle pointa le doigt sur Ralph. « Que Dieu vous jette en enfer, Ralph Fitzgerald ! »

Il pâlit. Une malédiction lancée par une femme victime d'une injustice était censée posséder un grand pouvoir. Ralph riposta : « Fais attention à ce que tu dis. Il existe des punitions pour les sorcières. »

Gwenda battit en retraite. Accuser quelqu'un de sorcellerie était aussi facile qu'il était difficile à la personne incriminée de se laver du soupçon. Aucune femme ne prenait semblable menace à la légère. Mais Gwenda ne put résister à la tentation. « Qui échappe à la justice dans cette vie la trouvera dans l'autre. »

Ralph n'y prêta pas attention. Se tournant vers Perkin, il demanda : « Où est l'argent ? »

Perkin n'était pas devenu riche en racontant à tout le monde où il cachait ses sous. « Je vais le chercher de ce pas, seigneur.

— C'est bon, Gwenda, dit Wulfric. Ce n'est pas ici que l'on aura pitié de nous ! »

Gwenda tentait de retenir ses larmes. Sa colère avait cédé la place au chagrin. Ils avaient perdu la bataille malgré tous leurs efforts. Elle tourna les talons et partit, tête baissée pour ne pas laisser voir son émotion.

« Hé, Wulfric, lança Perkin. Tu as besoin d'un travail et moi de bras solides. Travaille pour moi. Je te paierai un penny par jour. »

Wulfric sursauta sous l'affront de se voir offrir un emploi de journalier sur des terres qui avaient été celles de sa famille.

« Toi aussi, Gwenda, continuait Perkin. Tu es jeune et le travail ne te fait pas peur. »

À l'évidence, il ne disait pas cela par méchanceté, comprit-elle. Il cherchait seulement son intérêt. Maintenant qu'il avait presque doublé son patrimoine, deux bons travailleurs n'étaient pas de trop. Que sa proposition puisse paraître à Wulfric comme l'humiliation suprême, il ne s'en souciait pas. L'idée ne lui en avait peut-être même pas traversé l'esprit. Et il insistait : « À vous deux, ça vous fera un shilling par semaine. De quoi vivre largement !

— Jamais ! » répondit Wulfric, et il quitta le manoir.

Gwenda le suivit. Qu'allaient-ils devenir, à présent ?

29.

La salle de justice de Westminster était monumentale, bien plus grande que de nombreuses cathédrales, d'une largeur et d'une longueur intimidantes, et son haut plafond était soutenu par une double rangée d'immenses piliers. C'était la salle la plus imposante de tout le palais de Westminster.

Le comte Roland s'y pavanait avec une parfaite aisance, pensa Godwyn avec rancœur en le voyant déambuler avec son fils William dans leurs vêtements à la mode, dont la culotte avait une jambe rouge et l'autre noire. Tous les comtes se connaissaient, de même que la plupart des barons, et ils se donnaient de grandes claques dans le dos, se moquaient les uns des autres et s'esclaffaient bruyamment de leurs propres saillies. Godwyn leur aurait volontiers rappelé que les tribunaux siégeant dans cette chambre avaient tout pouvoir pour condamner n'importe lequel d'entre eux et que leur statut de nobles ne leur évitait pas nécessairement la mort.

Ses compagnons et lui-même observaient une tranquillité de rigueur, n'échangeant de mots que l'un à l'autre et sur un ton modéré. Toutefois, leur comportement était moins motivé par la révérence que par l'anxiété, il fallait bien l'admettre. Edmond et Caris n'étaient pas moins intimidés que Godwyn. Aucun d'eux n'était venu à Londres auparavant. La seule personne qu'ils y connaissaient était Buonaventura Caroli, et il était absent. Ils ignoraient les usages en vigueur ici ; leurs vêtements faisaient démodés et l'argent qu'ils avaient emporté, en abondance croyaient-ils, s'épuisait rapidement.

Edmond, cependant, n'était pas effrayé. Caris, quant à elle, semblait distraite, comme si quelque pensée plus importante pesait sur son esprit, ce qui était à peine imaginable. Godwyn, en revanche, était dévoré par l'inquiétude. À peine élu prieur, voilà qu'il s'opposait à l'un des nobles les plus puissants du pays. De l'arrêt de cette cour royale dépendait l'avenir de Kingsbridge. Privée de pont, l'une des plus grandes villes d'Angleterre mourrait, et le prieuré, qui était son poumon, verrait décroître son prestige jusqu'à n'être plus qu'un avant-poste isolé au fin fond de la campagne, où quelques moines continueraient à accomplir leurs dévotions dans le désert sonore d'une cathédrale décrépite.

Godwyn n'avait pas arraché de haute lutte sa nomination au poste de prieur pour voir sa victoire lui échapper. Trop de choses étaient en jeu. Voilà pourquoi il voulait tout diriger, convaincu d'être plus intelligent que tout le monde ou presque, comme il l'était à Kingsbridge. Mais en réalité, il manquait d'assurance, et il en perdait sa clairvoyance.

Son seul réconfort venait de Grégory Longfellow, dont il partageait l'amitié depuis les bancs de l'université. Grégory avait un esprit tordu qui convenait parfaitement à qui voulait pratiquer le droit. La cour de justice royale lui était bien connue. Entreprenant et suffisant, il avait guidé Godwyn dans les dédales de la loi. Il avait présenté la requête du prieuré comme il en avait présenté quantité d'autres auparavant. Le Parlement ne l'avait pas débouté, naturellement. Il avait transmis son affaire au conseil du roi, lequel était placé sous l'égide du chancelier, et ce chancelier était entouré d'une équipe d'avocats qui étaient tous des amis ou des connaissances de Grégory. Ils auraient pu en référer directement au banc du roi, qui était la cour de justice chargée de régler les conflits dans lesquels le roi avait un intérêt. Mais, comme Grégory l'avait supposé, ils avaient décidé que l'affaire ne méritait pas que l'on tracasse le souverain et ils l'avaient renvoyée devant le banc des communs, c'est-à-dire à la cour qui jugeait les requêtes des gens du commun.

Tout cela avait pris six semaines pleines et l'on était maintenant à la fin novembre. Bientôt les frimas seraient là et il serait alors impossible de commencer des travaux de construction.

Aujourd'hui, l'affaire passait enfin devant le sieur Wilbert Wheatfield, un juge expérimenté que l'on disait apprécié du roi. Sieur Wilbert était le jeune fils cadet d'un baron du Nord. Son frère aîné ayant hérité du titre et des terres, Wilbert s'était tourné vers la religion avant d'étudier la loi. S'étant établi à Londres, il était entré en grâce à la cour du roi. Grégory avait averti ses amis qu'entre un moine et un comte, il aurait tendance à favoriser le comte, mais qu'avant toute chose, il ferait passer les intérêts du roi.

Le juge siégeait sur un banc surélevé appuyé contre le mur est de la salle, entre deux fenêtres ouvrant sur le jardin et sur la Tamise. Devant lui, deux clercs étaient assis à une longue table. Les plaideurs restaient debout.

« Messire, le comte de Shiring a envoyé des hommes armés bloquer la carrière appartenant au prieuré de Kingsbridge, exposa Grégory sitôt que sieur Wilbert lui eut d'un regard accordé de s'exprimer, et sa voix tremblait de feinte indignation. Cette carrière, qui se trouve à l'intérieur des terres du comte, a été offerte au prieuré par le roi Henry Ier il y a près de deux cents ans. Une copie de la charte a été remise à la cour. »

Sieur Wilbert avait un visage rose et des cheveux blancs. Il portait beau tant qu'il restait muet, car de mauvaises dents venaient entacher sa prestance. « J'ai la charte sous les yeux », dit-il.

Roland intervint sans y être invité. « Les moines ont reçu cette carrière afin de construire leur cathédrale », dit-il d'une voix traînante exprimant son ennui.

À quoi Grégory riposta rapidement : « Selon les termes de la charte, l'usage de cette carrière n'est pas limité à un seul projet.

— Maintenant ils veulent construire un pont, déclara Roland.

— Pour remplacer l'ancien qui s'est écroulé à la Pentecôte, pont construit il y a des siècles avec du bois également offert par le roi ! martela Grégory, comme si chaque mot prononcé par le comte lui était un outrage.

— Ils n'ont pas besoin d'autorisation pour reconstruire un pont qui existait déjà, répondit prestement sieur Wilbert, et si la charte stipule que le roi souhaite encourager l'édification de la cathédrale, elle n'indique pas qu'ils doivent renoncer à leurs droits, une fois l'église achevée, ni qu'il leur est interdit d'utiliser les pierres pour d'autres projets. »

Godwyn sentit l'espoir le gagner. Le juge semblait avoir saisi l'argumentaire du prieuré.

Grégory décrivit un large geste de ses deux mains, comme pour souligner tout ce que la remarque du juge avait d'éclatante évidence. « En effet, messire, c'est bien ainsi que les prieurs de Kingsbridge, mais aussi les comtes de Shiring ont compris le sens de ce texte tout au long des trois siècles derniers. »

Cette affirmation n'était pas totalement exacte, car il y avait eu des conflits au sujet de cette charte au temps du prieur Philippe. Mais si Godwyn le savait, sieur Wilbert et le comte Roland l'ignoraient.

Ce dernier affichait une attitude hautaine, comme si débattre avec des avocats n'était pas digne de lui. Cependant, il ne fallait pas s'y fier car rien n'échappait à sa vigilance. « La charte n'indique pas que le prieuré puisse se soustraire aux taxes. »

À quoi Grégory rétorqua : « Dans ce cas, pourquoi le comte n'a-t-il jamais imposé de taxes jusqu'à aujourd'hui ?

— Les comtes de l'ancien temps se sont volontairement dessaisis du droit de lever une taxe, en participation à l'entretien de la cathédrale. Il s'est agi d'un acte de piété. Piété qui ne s'applique pas pour un pont. »

Voilà que la balance penchait à présent de l'autre côté ! En son for intérieur, Godwyn s'ébahit de la rapidité avec laquelle les arguments se contrecarraient l'un l'autre. Ces débats étaient bien différents de ceux qui se tenaient au chapitre, où les moines passaient des heures à ergoter.

Grégory répliqua : « Les hommes du comte ont empêché que les pierres sortent de la carrière, et ils ont tué un pauvre charretier.

— Dans ce cas, ce conflit doit être résolu le plus tôt possible. Que répond le prieuré à l'argument du comte selon lequel il a le droit de taxer les expéditions traversant ses terres et utilisant les routes, les ponts et les gués qui lui appartiennent, indépendamment du fait que la taxe en question ait été payée ou non par le passé ?

— Le prieuré répond que les pierres ne traversent pas ses terres, mais en sont extraites. En conséquence, taxer leur transport équivaut à les taxer, ce qui est contraire à la charte d'Henry Ier. »

Godwyn nota avec consternation que le juge demeurait insensible à cet argument. Mais Grégory n'en avait pas fini. « Le prieuré répond aussi que les rois qui ont donné à Kingsbridge un pont et une carrière ont agi ainsi pour une bonne raison : pour que le prieuré et la ville prospèrent. Et le prévôt de la ville est ici pour témoigner que la ville de Kingsbridge ne pourra pas prospérer sans pont. »

Edmond fit un pas en avant. Avec ses cheveux mal coiffés et ses vêtements provinciaux, il ressemblait à un rustre de la campagne, comparé aux nobles richement vêtus qui peuplaient la salle. Mais à la différence de Godwyn, il n'était pas le moins du monde intimidé. « Je suis un marchand de laine, messire. Sans pont, il n'y a plus de commerce. Et sans commerce, Kingsbridge ne sera plus en mesure de verser le moindre impôt au roi. »

Sieur Wilbert se pencha en avant. « À combien s'est élevée la dîme payée par la ville ? »

Il parlait de l'impôt que le Parlement instituait par décret lorsque c'était nécessaire et qui se montait à un dixième ou à un quinzième de la valeur des biens meubles de chaque individu. Comme tout le monde s'efforçait de minimiser ses richesses et que personne ne versait le dixième de sa fortune, on en était venu à fixer pour chaque ville et chaque comté un montant forfaitaire à payer au roi. La somme à verser était partagée plus ou moins équitablement entre tous les habitants, à l'exception des pauvres des villes et des campagnes, qui en étaient exemptés.

Edmond, qui s'était attendu à cette question, répondit promptement : « Mille onze livres, messire.

— Et l'effet qu'aura la perte du pont ?

— À ce jour, j'estime que la dîme risque de rapporter moins de trois cents livres. Toutefois, mes concitoyens continuent de commercer dans l'espoir que le pont sera reconstruit. Si le jugement rendu aujourd'hui devait réduire à néant leur espoir, la foire annuelle et les marchés hebdomadaires en viendraient quasiment à disparaître et la dîme ne s'élèverait plus alors qu'à moins de cinquante livres.

— Ce qui équivaut à zéro, au regard des besoins du roi », dit le juge. Ce qu'il ne précisa pas, mais que tout un chacun savait, c'était que le souverain avait un grand besoin d'argent pour mener la guerre qu'il avait récemment déclarée à la France.

« Cette audience serait-elle dédiée aux finances du roi ? » lança Roland sur un ton méprisant.

Sieur Wilbert n'avait pas l'intention de se laisser intimider, serait-ce par un comte. « Vous êtes en cour royale, fit-il remarquer sur un ton modéré. Qu'en attendez-vous ?

— Justice ! répondit Roland.

— Vous l'aurez. » Il n'ajouta pas : « Que mon jugement vous plaise ou non ! » car tout le monde avait compris le sous-entendu. « Edmond le Lainier, reprit-il, où se tient la foire la plus proche de Kingsbridge ?

— À Shiring.

— Ah. Donc, si je comprends bien, les affaires que vous perdez se feront dans la ville du comte.

— Pas nécessairement, messire. Certaines se feront là-bas, en effet, mais beaucoup ne se feront pas du tout. Car un grand nombre des marchands de Kingsbridge sera dans l'impossibilité de se rendre à Shiring. »

Le juge s'adressa à Roland. « Combien rapporte la dîme à Shiring ? »

Roland s'entretint brièvement avec son secrétaire, le père Jérôme, avant de répondre : « Six cent vingt livres.

— Avec les bénéfices obtenus suite à la disparition de la foire de Kingsbridge, pourrez-vous payer mille six cent vingt livres ?

— Naturellement pas ! » s'écria le comte avec colère.

Le juge poursuivit sur son ton doucereux. « Dans ce cas, votre insistance à empêcher la construction de ce pont risque de coûter cher au roi.

— J'ai des droits, grommela Roland.

— Le roi aussi. Comment comptez-vous compenser le trésor royal pour cette perte d'environ mille livres par an ?

— En combattant aux côtés du roi en France. Ce que les moines et les marchands ne feront jamais !

— Assurément, dit sieur Wilbert. Mais vos chevaliers exigeront d'être payés.

« — C'est indigne ! » s'exclama Roland, comprenant qu'il perdait.

Godwyn fit de son mieux pour dissimuler son triomphe. Quant à sieur Wilbert, il n'appréciait pas qu'on qualifie ses jugements d'indignes. Plongeant son regard dans celui de Roland, il déclara : « En envoyant vos hommes d'armes bloquer la carrière du prieuré, je ne suis pas certain que vous n'ayez pas en tête de saper les intérêts du roi. » Il fit une pause, attendant la réplique.

Roland avait détecté le piège ; cependant, une seule réponse était possible : « Certainement pas !

— Maintenant qu'il a été clairement établi par la cour et vous-même que la construction du pont servait les intérêts du roi aussi bien que ceux du prieuré et ceux de la ville de Kingsbridge, je suppose que vous accepterez de rouvrir la carrière. »

Godwyn ne put qu'admirer l'intelligence de sieur Wilbert. Non seulement le juge forçait Roland à accepter son arrêt, mais encore il lui rendait presque impossible d'en appeler au roi.

« Oui, laissa tomber Roland après une longue pause.

— Et vous acceptez également d'exempter de taxes le transport des pierres sur votre territoire ? »

Roland avait perdu et le savait. Et ce fut avec une fureur contenue qu'il lâcha un second « Oui ! »

— Le jugement est rendu », déclara le juge et il appela l'affaire suivante.

*

La victoire était belle, certes, mais elle venait probablement trop tard.

Novembre avait fait place à décembre. En temps ordinaire, c'était l'époque à laquelle on arrêtait les travaux de construction. Toutefois, en raison des pluies persistantes, il était à croire qu'il ne gèlerait pas avant longtemps cette année. En tout état de cause, il restait tout au plus deux semaines de travail effectif. Des centaines de pierres s'empilaient dans la carrière, déjà taillées et prêtes à être posées. Cela prendrait des mois de les transporter à Kingsbridge. Si le comte Roland avait perdu en cour de justice, il avait réussi à retarder la construction de l'ouvrage de presque une année.

Caris s'en revint à Kingsbridge d'humeur sombre, tout comme Edmond et Godwyn. En arrivant à la rivière, elle vit du haut de son cheval que les batardeaux étaient déjà construits. Dans les deux bras de la rivière enserrant l'île aux lépreux, des cercles faits de planches de bois posées à la verticale émergeaient de l'eau d'un bon pied. Elle se rappela le discours de Merthin dans la grande salle de la guilde, expliquant qu'il commencerait par enfoncer des pieux dans le lit de la rivière en formant deux anneaux concentriques et qu'après, il remplirait le vide entre ces anneaux d'un mortier à base d'argile pour obtenir un joint imperméable. Ensuite, une fois le batardeau vidé de toute son eau, on édifierait au fond, sur le lit de la rivière, un socle sur lequel reposeraient les futures piles du pont.

Un des ouvriers travaillant pour Merthin, Harold Masson, se trouvait à bord du bac sur lequel leur petit groupe avait embarqué. Pendant la traversée, Caris lui demanda si les batardeaux avaient été vidés. « Pas encore, lui apprit-il. Le maître veut laisser les choses en l'état jusqu'au début de la construction. »

Caris nota avec plaisir que malgré sa jeunesse, Merthin était à présent désigné sous le nom de « maître ». « Pourquoi ? l'interrogea-t-elle. Je croyais qu'on ne voulait pas perdre une minute.

— Il dit que le courant fait subir une force plus grande au batardeau s'il n'y a pas d'eau à l'intérieur. »

Caris se demanda comment Merthin pouvait connaître tant de choses. S'il avait appris les bases du métier de son premier patron, Joachim, le père d'Elfric, il les avait complétées par lui-même. Il était vrai qu'il parlait volontiers aux étrangers qui venaient en ville, notamment à ceux qui avaient visité Florence et Rome. Il avait également découvert quantité d'informations dans le *Livre de Timothée*. Et puis, n'avait-il pas une intuition remarquable pour tous ces sujets ? Pour sa part, elle n'aurait jamais imaginé qu'un barrage vide puisse être moins solide que plein.

Bien qu'exténués par le voyage, ils tinrent à annoncer sur-le-champ la bonne nouvelle à Merthin. Ils voulaient aussi savoir ce qui pourrait être achevé avant l'hiver. Ils ne firent donc qu'une simple halte à l'écurie. Ayant abandonné leurs montures aux bons soins des valets, ils partirent à la recherche de Merthin.

Ils le découvrirent, entouré de plusieurs lampes, dans la loge des maçons de la tour ouest de la cathédrale, occupé à tracer un projet de parapet sur une planche à dessin. Relevant la tête à leur entrée, il comprit à leur mine qu'ils avaient gagné le procès, et il sourit largement.

« Alors ? demanda-t-il malgré tout.

— Nous avons obtenu gain de cause ! répondit Edmond.

— Grâce à Grégory Longfellow, précisa Godwyn. Il m'a coûté une fortune, mais je ne le regrette pas. »

Oubliant pour le moment sa querelle avec le prieur, Merthin donna l'accolade aux deux hommes puis embrassa Caris tendrement. « Que tu m'as manqué ! lui murmura-t-il. C'est long, huit semaines ! J'ai cru que tu ne reviendrais jamais. »

Elle ne répondit rien. Elle avait une nouvelle importante à lui communiquer, mais elle avait besoin d'un peu d'intimité pour cela.

« Merthin, tu peux lancer la construction ! » s'écria Edmond, tout à son bonheur, sans s'apercevoir de la soudaine réserve de sa fille.

Et Godwyn d'ajouter : « Le transport des pierres peut commencer dès demain, mais je doute qu'on aura le temps d'achever grand-chose d'ici les frimas.

— Oui, j'en ai peur, dit Merthin en jetant un coup d'œil par la fenêtre au ciel déjà bien sombre de ce milieu d'après-midi de décembre. Mais il y a peut-être une solution. »

Enthousiaste avant même de savoir de quoi il retournait, Edmond s'exclama : « Dis-la-nous tout de suite ! Quelle idée as-tu encore ? »

Merthin s'adressa au prieur : « Est-ce que vous accorderiez des indulgences aux volontaires qui transporteraient des pierres de la carrière ? » Une indulgence était une forme tout à fait particulière de rémission des péchés qui entrouvrait au pécheur les portes du paradis de la même façon que l'argent peut servir à rembourser des dettes ou à constituer un pécule en vue de dépenses futures.

« C'est à envisager, répondit Godwyn. Qu'as-tu en tête exactement ? »

Merthin s'adressa alors à Edmond. « Combien de personnes à Kingsbridge possèdent un char à bœuf ?

— Un instant, que je réfléchisse ! répondit le prévôt en fronçant les sourcils. Tous les marchands importants en ont un… Au bas mot, je dirais environ deux cents. » Il fixa Merthin attentivement.

« Et si nous faisions ce soir le tour de tous les marchands de la ville et leur demandions à chacun d'aller demain à la carrière chercher des pierres ? » proposa celui-ci.

Un large sourire se répandit sur les traits d'Edmond. « Eh bien, voilà ! s'écria-t-il avec bonheur. Il suffisait d'y penser !

— Il faut seulement dire à chacun que les autres ont déjà donné leur accord, poursuivit Merthin, que ce sera comme des vacances. Qu'ils peuvent prendre avec eux femme et enfants, de la bonne nourriture et de la bière. Si tous les chars à bœuf reviennent avec un plein chargement de pierres ou de blocaille, en deux jours de temps nous aurons de quoi construire les piles du pont. »

Quelle idée brillante ! pensa Caris, émerveillée. C'était typique de Merthin d'imaginer une chose à laquelle personne n'avait jamais pensé. Pourvu que ça marche ! se dit-elle.

« Et si le mauvais temps persiste ? s'inquiéta Godwyn.

— Si la pluie a été une malédiction pour les paysans, elle nous a, quant à nous, protégés du froid jusqu'ici. Je pense que nous avons encore devant nous une ou deux semaines clémentes. »

Enchanté de cette solution, Edmond se mit à arpenter la salle de sa démarche cahotante. Ses pas résonnaient sur le plancher. « Si les piles sont construites dans les jours à venir…

— Oui, le coupa Merthin, la plus grosse partie du travail sera terminée vers la fin de l'année prochaine.

— Et nous pourrons utiliser le pont l'année suivante ?

— Non… Quoique… On pourrait installer provisoirement une chaussée en bois, en temps voulu pour la foire à la laine.

— Et nous aurions donc un pont utilisable l'année d'après. Autrement dit, nous n'aurions manqué en tout qu'une seule foire.

— Oui, mais il faudra achever le revêtement en pierre tout de suite après la foire. Pour que le mortier ait le temps de durcir et que le pont puisse être utilisé normalement la troisième année.

— Fichtre, nous n'avons pas une seconde à perdre ! »

Godwyn mit une sourdine à l'enthousiasme de son oncle. « Il faudra encore vider toute l'eau à l'intérieur des batardeaux. »

Merthin hocha la tête. « Oui, et ce n'est pas une mince affaire. Selon mes estimations, j'avais compté que cela prendrait deux semaines. Entre-temps, une idée m'est venue. Mais commençons par organiser le transport. »

Ils s'avancèrent tous vers la sortie, portés par l'exaltation. Profitant que Godwyn et Edmond s'engageaient dans l'escalier, Merthin retint Caris par la manche. Il l'attira contre lui pour l'embrasser, croyant qu'elle le désirait également. À son grand étonnement, elle le repoussa. « J'ai des choses à te dire.

— Sois plus précise !

— J'attends un enfant », déclara-t-elle en scrutant son visage.

Sa réaction première fut l'ébahissement. Ses sourcils roux remontèrent sur son front et il se mit à battre des paupières. Puis sa tête s'inclina sur le côté et il leva les épaules comme pour signifier qu'il fallait s'y attendre. Son sourire, tout d'abord attristé, exprima le bonheur pur. L'instant d'après, son visage tout entier rayonnait. « C'est merveilleux !

— Pas du tout ! réagit-elle brutalement, le haïssant d'être aussi stupide.

— Comment ça ?

— Parce qu'il est hors de question que je sois l'esclave de qui que ce soit, serait-ce de mon propre enfant.

— Esclave ? Parce que pour toi une mère est une esclave ?

— Exactement ! Tu le sais bien, quand même, que c'est ainsi que je vois les choses ! »

À la vue de son air dérouté et blessé, elle eut envie de retirer ses paroles, mais cela faisait trop longtemps que sa colère couvait.

« Je le sais, c'est vrai, admit-il. Mais quand on a commencé à coucher ensemble, j'ai pensé que… que tu savais que ça pouvait arriver, ajouta-t-il après une hésitation. Que ça arriverait forcément, tôt ou tard.

— Bien sûr que je le savais. J'ai fait semblant de l'ignorer.

— Oui, je peux comprendre.

— Oh, arrête un peu de toujours tout comprendre ! On dirait une mauviette. »

Merthin se figea. Il laissa s'écouler une longue pause. « Très bien. À partir de maintenant, je ne cherche plus à comprendre. Dis-moi seulement ce que tu veux faire.

— Je n'en sais rien, idiot. Je sais seulement que je ne veux pas d'enfant.

— Et, n'ayant pas de projet, tu attends quelque chose de l'idiot et de la mauviette que je suis ?

— Non !

— Eh bien alors, que fais-tu ici ?

— Arrête d'être aussi logique ! »

Il soupira. « Je n'arrêterai sûrement pas. Pour la bonne raison que tu déraisonnes complètement. » Il fit le tour de la salle pour éteindre les lampes. « Pour ma part, je suis heureux que nous ayons un enfant. J'aimerais que nous nous mariions et que nous nous occupions de cet enfant ensemble. En supposant, bien sûr, que ton humeur présente est passagère. » Il rangea ses instruments de dessin dans une musette en cuir dont il passa la bride sur son épaule. « Mais pour l'heure tu es tellement revêche que j'aime autant ne plus te parler. D'ailleurs, j'ai du travail. » Il marcha vers la porte et fit une pause. « D'un autre côté, nous pourrions nous embrasser et faire la paix.

— Mais va-t'en ! » hurla-t-elle.

Il se pencha pour franchir le linteau bas de la porte et disparut dans la cage d'escalier.

Caris éclata en sanglots.

*

Merthin ne savait pas du tout si les habitants de Kingsbridge se rallieraient à sa proposition. Ils étaient tous accablés par le travail et les soucis personnels : considéreraient-ils plus importants d'unir leurs forces pour construire le pont ? Il en doutait. De sa lecture du *Livre de Timothée*, il savait que, dans les temps de crise, le prieur Philippe avait bien souvent réussi à surmonter la situation en invitant les gens du commun à unir leurs efforts. Mais lui-même n'était pas prieur. Il n'était aucunement habilité à conduire les hommes. Il n'était qu'un charpentier.

Ils établirent la liste de tous ceux qui possédaient des chars à bœuf et la divisèrent selon les rues où ces gens logeaient.

Edmond prit sur lui de convaincre dix des notables les plus importants. Godwyn désigna dix moines occupant des fonctions de responsabilité au monastère et les envoya porter la bonne parole par groupes de deux. Merthin se retrouva à faire équipe avec frère Thomas.

La première porte à laquelle ils frappèrent était celle de Lib le Rouleur. Elle avait repris les affaires de son mari et engagé un conducteur. « Vous pouvez avoir mes deux chars à bœuf avec leurs conducteurs, dit-elle. Tout ce qui plantera une épine dans l'œil de ce comte maudit me sera une joie. »

Chez Pierre le Teinturier, qui possédait un chariot pour livrer les balles de tissu qu'il teignait en jaune, vert et rose, ils essuyèrent un refus. « Je suis malade, expliqua-t-il, je ne suis pas en état de voyager. »

À voir sa bonne mine, il devait plutôt redouter une confrontation avec les hommes du comte. Pourtant, tout se passerait bien, Merthin en était convaincu, mais il pouvait comprendre ses réticences. Que se passerait-il si tous les habitants réagissaient ainsi ?

La troisième personne à laquelle ils s'adressèrent était Harold Masson. Espérant se voir engagé pour plusieurs années à la construction du pont, il accepta sur-le-champ. « Vous pouvez compter aussi sur Jake Chepstow, dit-il. Il viendra, j'en suis sûr. » Harold et Jake étaient de bons copains.

Finalement, presque toutes les personnes sollicitées donnèrent leur accord sans qu'il soit utile de leur expliquer l'importance du pont. Quiconque faisait du commerce et possédait un chariot en était d'ores et déjà convaincu. La promesse d'une indulgence au paradis avait de quoi persuader quelques indécis, mais ce fut surtout cette proposition de vacances inattendues qui valut l'adhésion de ceux qui hésitaient encore. Pour la plupart, les gens voulaient savoir si tel ou tel de leurs voisins ou amis serait de la partie, pour ne pas en être exclus.

Quand il eut rendu visite à toutes les personnes de sa liste, Merthin prit congé de Thomas et descendit à la rivière. Il allait devoir faire traverser les chars à bœuf durant la nuit, s'il voulait que le convoi parte au lever du soleil. Le bac ne pouvait embarquer qu'un char à la fois. En faire traverser deux cents prendrait plusieurs heures. D'où la nécessité du pont, naturellement.

Un bœuf était attelé à la grande roue et plusieurs chariots avaient déjà effectué la traversée. Sur l'autre rive, les conducteurs de char menaient leurs bêtes au pâturage et reprenaient le bac pour aller se coucher. Edmond avait demandé à John le Sergent et à la demi-douzaine d'hommes le secondant de passer la nuit à Villeneuve afin de garder les chars et les bêtes.

Le bac était toujours en activité quand Merthin rentra chez lui aux alentours d'une heure du matin. Allongé sur son lit, il pensa à Caris pendant un moment. Son côté bizarre et imprévisible lui plaisait, mais jusqu'à un certain point. À n'en pas douter, c'était la personne la plus intelligente de Kingsbridge et pourtant elle faisait preuve parfois d'une irrationalité incompréhensible.

Se faire traiter de mauviette ! Il n'était pas sûr de lui pardonner un jour ! Cette humiliation lui avait rappelé le jour où le comte Roland avait décrété qu'il ne pouvait pas devenir écuyer, qu'il n'était bon qu'à être mis en apprentissage chez un charpentier. Non, il n'était pas une mauviette. Il l'avait prouvé en osant s'élever contre la tyrannie d'Elfric ; il avait su mettre en déroute Godwyn et son projet de pont et il était sur le point de sauver la ville tout entière. Je ne suis peut-être pas très grand, se dit-il, mais, par Dieu, j'ai de la force à revendre !

Il s'endormit sans avoir décidé d'une conduite à tenir avec Caris.

Edmond le réveilla aux premières lueurs de l'aube. Presque tous les chars à bœuf de Kingsbridge se trouvaient maintenant sur l'autre rive, rangés les uns derrière les autres en un convoi désordonné qui s'étirait sur toute la longueur de Villeneuve et même au-delà, sur un bon quart de lieue sur la route qui traversait la forêt. Il fallut encore plus de deux heures pour transporter tous ceux qui participaient au voyage. Le travail d'organisation que nécessitait la mise en place d'un tel convoi, pour ne pas dire d'un tel pèlerinage, joint à l'excitation qu'il engendrait, détourna Merthin du problème de Caris et de sa grossesse. Bientôt le pâturage ne fut plus qu'une kermesse bon enfant où les gens par douzaines s'affairaient à récupérer leurs chevaux et leurs bœufs, les conduisaient jusqu'à leur attelage et les faisaient reculer entre les limons. Dick le Brasseur, qui avait apporté une énorme barrique de bière pour donner aux voyageurs « du cœur à l'ouvrage », avait obtenu un résultat mitigé, puisque plusieurs conducteurs avaient dû rentrer se coucher.

Côté Kingsbridge, une foule de badauds s'était rassemblée sur la rive pour assister au départ du convoi. Enfin, il s'ébranla sous les acclamations des spectateurs.

Cependant, les problèmes ne s'arrêtaient pas au transport des pierres. Bien d'autres choses préoccupaient Merthin, notamment le vidage des batardeaux. S'il voulait commencer à poser les fondations sitôt le matériau livré, il lui faudrait écoper toute l'eau à l'intérieur des anneaux de pieux en deux jours de temps, et non pas en deux semaines. Profitant que les vivats se calmaient, Merthin s'adressa à la foule. C'était le moment ou jamais de capter l'intérêt des jeunes, avant que l'enthousiasme ne faiblisse, car la tâche à accomplir serait la plus pénible de toutes.

« J'ai besoin que les plus forts d'entre vous restent ici, en ville ! » cria-t-il. Un silence intrigué s'établit. « Alors, y a-t-il des hommes forts à Kingsbridge ? » lança-t-il d'une voix puissante.

Réclamer seulement des hommes costauds était une façon de lancer aux jeunes un défi auquel ils ne résisteraient pas.

« Il s'agit de vider les batardeaux, et cela avant le retour du convoi demain soir. Ce sera le travail le plus dur que vous aurez fait de votre vie. Alors, pas de mauviettes, s'il vous plaît ! » Tout en prononçant ces mots, il croisa le regard de Caris dans la foule et la vit tressaillir. Oui, elle l'avait insulté et le comprenait maintenant. « Toute femme qui se croit aussi forte qu'un homme peut venir aussi, continua-t-il. J'ai seulement besoin que vous veniez me rejoindre le plus vite possible en face de l'île aux lépreux, armés d'un seau. Mais rappelez-vous : les plus forts d'entre vous seulement ! »

Merthin les avait-il convaincus ? Il n'en était pas sûr. Ayant repéré Marc le Tisserand, il se fraya un passage jusqu'à lui. « Marc, tu veux bien encourager les jeunes à venir nous aider ? » lui demanda-t-il anxieusement.

Ce géant tout doux était très aimé en ville. Bien qu'il soit pauvre, il avait de l'influence, surtout parmi les adolescents. « Je m'assurerai qu'ils se joignent à moi.

— Merci. »

Merthin alla ensuite trouver Ian le Batelier. « J'espère avoir besoin de vous pour toute la journée. Pour transporter les gens aux batardeaux et les en ramener. Vous pouvez travailler pour un salaire ou pour une indulgence, à votre choix. » Ian, qui était fort épris de la jeune sœur de sa femme, préférerait probablement l'indulgence. Pour se laver d'un péché déjà commis ou qui le serait bientôt.

Puis Merthin se rendit sur la berge, à l'emplacement de la butée du pont. Les batardeaux pourraient-ils être vidés en deux jours ? Il n'en avait aucune idée. Combien de gallons d'eau contenaient-ils ? Des milliers ? Des centaines de milliers ? Il y a forcément un moyen de le calculer, se dit-il. Les philosophes grecs avaient certainement trouvé une méthode, mais on ne la lui avait pas enseignée à l'école du prieuré. Pour la connaître, il fallait probablement aller à Oxford où vivaient des mathématiciens célèbres dans le monde entier, à en croire Godwyn.

Il attendit au bord de l'eau, se demandant si quelqu'un allait venir le rejoindre.

La première à arriver fut Megg Robins, la fille d'un marchand de maïs, que des années passées à soulever les sacs de grain avaient bien musclée. « Je peux en remontrer à la plupart des hommes de cette ville », dit-elle, et Merthin n'en douta pas un instant.

Un groupe de jeunes arriva peu après, puis trois novices du prieuré.

Dès qu'il eut réuni dix personnes lestées de seaux, Merthin pria Ian de les transporter au plus proche des deux batardeaux.

À l'intérieur de l'anneau de planches, il avait construit, quasiment au ras de l'eau, un rebord assez solide pour que plusieurs personnes puissent s'y tenir debout. Quatre échelles solidement ancrées dans le lit de la rivière venaient s'y appuyer. Au centre du batardeau flottait un grand radeau maintenu en place par des bouts de bois en saillie qui frôlaient presque le mur et l'empêchait ainsi de se déplacer librement d'un bord à l'autre. La hauteur entre ce radeau et le rebord était d'environ deux pieds.

« Vous aller travailler par groupes de deux, l'un sur le radeau, l'autre sur le rebord, et vous échangerez vos seaux, expliqua

Merthin. Celui qui est sur le radeau remplit son seau et le passe à celui sur le rebord, qui lui donne le sien et vide celui qu'il vient de recevoir dans la rivière. »

Megg Robbins fit remarquer : « Qu'est-ce qu'on fera quand le niveau de l'eau à l'intérieur aura baissé et qu'on ne pourra plus se tendre la main ?

— Tu réfléchis vite, Megg. Je devrais te nommer mon contre-maître. Quand vous ne pourrez plus vous atteindre, vous travaillerez en groupes de trois, l'un de vous monté sur l'échelle.

— Puis par groupes de quatre, avec deux personnes sur l'échelle, dit-elle encore.

— Oui. Mais d'ici là, vous aurez besoin de vous reposer et une nouvelle équipe aura pris la relève.

— Bien.

— Vous pouvez commencer. Je vais en faire venir dix autres. Vous avez encore plein de place sur le rebord. »

Megg se retourna face au batardeau. « Que chacun choisisse son partenaire ! » ordonna-t-elle.

Les volontaires commencèrent à plonger leurs seaux dans l'eau. Et Merthin entendit Megg dire encore : « Il faut trouver un rythme. Remplis, soulève, passe, jette ! Un, deux, trois, quatre. Si on chantait pour prendre la cadence ? » Sa voix s'éleva en un vigoureux contralto. « Beau *chevalier* s'en *vint ici…* »

Tout le monde connaissait la chanson et reprit la phrase suivante : « L'*épée* bran*die*, prêt *à* pour*fendre* ! »

Merthin les observa. En l'espace de quelques minutes, ils étaient trempés de la tête aux pieds. Quant au niveau de l'eau, il n'avait pas baissé. Le travail serait long et pénible.

Il franchit le rebord et grimpa dans la barque de Ian.

Revenu au rivage, il trouva trente autres volontaires munis de seaux.

Au deuxième batardeau, il nomma Marc le Tisserand responsable du chantier et doubla le nombre de travailleurs à chaque endroit ; puis commença la relève des gens fatigués par ceux qui débordaient encore d'énergie. Ian, épuisé, passa les avirons à son fils. À l'intérieur des batardeaux, l'eau baissait avec une lenteur éprouvante. À mesure qu'augmentait la distance entre son niveau et le rebord, il devenait de plus en plus difficile de lever les seaux le long de l'échelle.

Megg fut la première à se rendre compte qu'il était impossible de tenir un seau plein dans une main et un vide dans l'autre en gardant son équilibre quand on était juché sur l'échelle. Elle décréta qu'il fallait organiser deux chaînes à sens unique, l'une descendante constituée de seaux vides, l'autre ascendante constituée de seaux pleins. Marc reprit l'idée pour son batardeau.

Les volontaires travaillaient une heure et se reposaient l'heure suivante. Merthin, lui, ne s'arrêtait jamais. Il organisait les équipes, dirigeait le transport des volontaires de la rive aux batardeaux, remplaçait les seaux qui lâchaient. Comme la plupart des hommes buvaient de la bière anglaise pendant leur pause, il y eut plusieurs accidents au cours de l'après-midi : chutes de seaux lâchés en cours de levée ou chutes de travailleurs du haut des échelles. Mère Cécilia vint prendre soin des blessés, aidée de Mattie la Sage et de Caris.

Très tôt, la lumière se mit à baisser et il fallut cesser le travail. Las, les deux batardeaux n'étaient qu'à moitié vides. Merthin demanda à tout le monde de revenir le lendemain matin, puis il rentra chez lui. Il n'avala que quelques cuillerées du gruau préparé par sa mère, et s'écroula d'épuisement sur la table. Il ne se réveilla que pour s'enrouler dans une couverture et s'allonger par terre dans la paille. Aux premières lueurs de l'aube, lorsqu'il se réveilla, ses pensées allèrent immédiatement aux volontaires : reviendraient-ils travailler aussi dur une seconde journée ?

Il se hâta vers la rive, le cœur anxieux. Marc et Megg s'y trouvaient déjà. Le géant s'enfournait dans le gosier une tartine d'une coudée de long, pendant que la maîtresse femme laçait de hautes bottes dans l'espoir de conserver ses pieds au sec. Au cours de la demi-heure suivante, personne ne vint les rejoindre. Merthin commençait à s'inquiéter lorsque des volontaires pointèrent le bout du nez, lestés de leur petit déjeuner. Bientôt arrivèrent les novices, suivis du reste de la foule.

Enfin, Ian fit son apparition. Merthin lui ordonna de transporter d'abord Megg et son équipe. Et le travail reprit.

C'était encore plus pénible aujourd'hui. Non seulement tout le monde souffrait de courbatures, mais en plus il fallait soulever les seaux sur une hauteur de dix pieds. Toutefois, on distinguait une lueur au bout du tunnel : le niveau de l'eau continuait à baisser et l'on apercevait déjà le lit de la rivière.

Au milieu de l'après-midi, le premier chariot arriva de la carrière. Merthin ordonna au conducteur de décharger les pierres dans le pâturage et de rentrer en ville par le bac. Peu après, une voix cria du batardeau de Megg que le radeau venait de heurter le fond.

Toutefois, les travailleurs n'étaient pas au bout de leur peine. Quand toute l'eau aurait été écopée, il faudrait encore démanteler le radeau et le sortir planche par planche, puis retirer les échelles. À ce moment-là, il apparut que des douzaines de poissons étaient restés prisonniers des flaques de boue. Cette pêche miraculeuse fut partagée entre les volontaires.

Les batardeaux vidés, ce fut un Merthin las mais radieux qui grimpa sur le rebord et scruta la boue plate au fond de ce trou de vingt pieds de profondeur.

Demain, il déverserait dans ces deux trous de la blocaille et du mortier en quantité extraordinaire, pour constituer des fondations massives qui ne bougeraient plus.

Et alors, il commencerait à construire le pont.

*

Accablé par le désespoir, Wulfric ne mangeait presque rien et ne se lavait plus. Par habitude, il continuait de se lever au point du jour et de se coucher à la nuit tombée, mais il ne travaillait plus et ne faisait pas l'amour à Gwenda la nuit. Quand elle lui demandait ce qu'il avait, il marmonnait : « Je ne sais pas vraiment », apportant à toutes ses questions des réponses qui ne voulaient rien dire, quand il ne se contentait pas de simples grognements.

De toute façon, il n'y avait pas grand-chose à faire aux champs. C'était la saison où les villageois, assis au coin du feu, cousaient des chaussures en cuir ou taillaient des pelles dans des morceaux de chêne, en mangeant du porc au sel accompagné de pommes ramollies et de chou mariné dans du vinaigre. Gwenda ne craignait pas la faim : il leur restait encore de l'argent de la vente de la récolte, mais elle s'inquiétait grandement au sujet de Wulfric.

Il avait toujours vécu pour son travail, n'étant pas de ces paysans qui maugréent constamment et ne sont heureux que les jours de congé. Les champs, la moisson, les bêtes et le temps, voilà tout ce qui l'intéressait. Le dimanche, il errait comme une âme en peine jusqu'à ce qu'il trouve une occupation qui ne soit pas interdite par l'Église. Pendant les vacances, il avait fait tout son possible pour contourner les règles.

Elle comprenait qu'elle devait l'aider à se reprendre, sinon il risquait de tomber malade. En outre, l'argent ne durerait pas éternellement. Tôt ou tard il faudrait bien qu'ils se remettent à travailler tous les deux.

Cependant, elle garda pour elle certaines nouvelles et attendit deux lunes pleines avant de lui en faire part, un matin de décembre.

Ce jour-là, elle déclara : « J'ai quelque chose à te dire. »

Il grogna. Il était assis à la table de la cuisine et taillait un bâton. Il ne releva pas les yeux de cette occupation sans intérêt.

Elle tendit la main à travers la table et saisit son poignet. « Wulfric, tu veux bien arrêter de taillader ton bout de bois et me regarder, s'il te plaît ? »

L'aigreur déforma ses traits. Il était irrité de se voir donner un ordre, mais trop léthargique pour le manifester.

« C'est important », insista-t-elle.

Il la regarda sans mot dire.

« J'attends un enfant. »

Son expression ne changea pas, mais il laissa tomber couteau et bâton.

Elle soutint son regard un long moment avant de demander : « Tu comprends ? »

Il hocha la tête. « Oui, un bébé.

— Nous allons avoir un enfant.

— Quand ça ? »

Elle sourit. C'était la première fois qu'il posait une question en deux mois. « L'été prochain, avant les moissons.

— Un enfant, il faudra s'en occuper. Et de toi aussi.

— Oui.

— Il faut que je travaille. » Il avait repris son air accablé.

Elle retint son souffle. Qu'allait-il ajouter ?

Il soupira et serra les dents. « Je vais aller trouver Perkin. Il a besoin de bras pour les labours d'hiver.

— Et pour fumer le sol, précisa-t-elle d'une voix joyeuse. Je t'accompagne. Il nous a proposé à tous les deux de nous engager.

— Bien. » Il continuait à la regarder fixement. « Un enfant, dit-il comme s'il s'agissait là d'une merveille. Un garçon ou une fille ? »

Elle se leva et contourna la table pour aller s'asseoir sur le banc près de lui. « Qu'est-ce que tu préférerais ?

— Une fille. Il y a toujours eu des garçons dans la famille.

— Moi, j'aimerais un garçon, un second toi en tout petit.

— On aura peut-être des jumeaux.

— Un de chaque. »

Il passa le bras autour d'elle. « Nous devrions demander au père Gaspard de nous marier comme il faut. »

Gwenda posa la tête sur son épaule avec un soupir de bonheur. « Oui, dit-elle. On devrait. »

*

Merthin déménagea de chez ses parents, juste avant la Noël, dans une maisonnette d'une seule pièce bâtie de ses mains sur l'île aux lépreux qui désormais lui appartenait. Il avait prétexté la nécessité de veiller sur les matériaux de construction qui s'y empilaient, pierres, chaux, cordes et outils en fer – toutes choses de grande valeur.

À la même époque, il cessa de prendre ses repas chez Caris.

L'avant-dernier jour du mois de décembre, la jeune fille se rendit chez Mattie la Sage.

« Inutile de m'expliquer pourquoi tu es là, dit Mattie. Ça fait déjà trois mois ? »

Caris hocha la tête et baissa les yeux. Elle examina la petite cuisine remplie de bouteilles et de fioles. Il se dégageait de la mixture qui cuisait dans une petite marmite en fer une odeur âcre qui la fit éternuer.

« Je ne veux pas avoir d'enfant, indiqua Caris.

— Si seulement on avait pu m'offrir un poulet chaque fois qu'on m'a dit ça !

— Est-ce que je suis une mauvaise femme ? »

Mattie haussa une épaule. « Je prépare des breuvages magiques, je ne m'occupe pas de porter des jugements. Les gens savent faire la différence entre ce qui est bien et ce qui ne l'est pas. Et s'ils ne le savent pas, ils peuvent aller trouver les prêtres, qui sont là pour ça. »

La réponse déçut Caris. Elle s'était attendue à plus de compréhension et elle demanda plutôt fraîchement : « Tu as un breuvage pour me débarrasser de cette grossesse ?

— Oui…, répondit Mattie, manifestement mal à l'aise.

— Quelque chose te gêne ?

— Le moyen de faire passer une grossesse consiste à prendre du poison. Il y a des filles qui avalent toute une barrique de vin fort. Moi, je mélange plusieurs herbes toxiques. Ça ne marche pas toujours et la femme qui boit ce breuvage se sent affreusement mal.

— C'est dangereux ? Je pourrais en mourir ?

— Oui, mais pas aussi dangereux que d'accoucher.

— Eh bien, je vais en prendre. »

Mattie retira sa marmite du feu et la posa à refroidir sur une pierre plate. Puis elle se dirigea vers sa vieille table et versa de petites quantités de poudres différentes dans une écuelle prise sur une étagère.

« Qu'est-ce que tu as ? dit Caris. Tu en fais une tête pour quelqu'un qui ne porte pas de jugement.

— Tu as raison, je porte des jugements, naturellement. Comme tout le monde.

— Et tu considères que… ?

— Je trouve que Merthin est un homme bien et je sais que tu l'aimes. Mais apparemment, tu n'es pas capable de trouver le bonheur avec lui, et cela m'attriste.

— Tu penses que je devrais faire comme les autres et me jeter aux pieds d'un homme ?

— Elles en tirent de la joie, semble-t-il. Pour ma part, j'ai choisi de vivre autrement. Toi aussi, je suppose.

— Tu es heureuse ?

— Le bonheur n'est pas fait pour moi. Mais j'aide les gens, je gagne ma vie et je suis libre. » Elle versa son mélange dans un bol, y ajouta du vin et remua pour dissoudre les poudres.

« Tu as mangé au petit déjeuner ?

— J'ai seulement bu du lait. »

Elle fit tomber quelques gouttes de miel dans sa mixture. « Bois ça. Inutile de dîner. Tu vomirais tout ce que tu aurais avalé. »

Caris prit la tasse et après une légère hésitation la but d'un trait. Le breuvage avait un goût amer que le miel ne parvenait pas à masquer.

« Le résultat devrait se faire connaître demain matin. Dans un sens ou dans l'autre. »

Caris paya son dû et partit. Un curieux mélange d'exaltation et d'abattement la saisit sur le chemin du retour. D'un côté, elle se sentait le cœur léger d'avoir pris enfin une décision après de longues semaines d'inquiétude ; de l'autre, elle éprouvait un sentiment de perte auquel elle ne s'était pas attendue, comme si elle disait adieu à quelqu'un – à Merthin, peut-être. Elle se demandait si leur séparation durerait. Elle parvenait à y penser calmement parce qu'elle était toujours fâchée contre lui, mais elle savait aussi qu'il lui manquerait terriblement. Il trouverait une autre femme à aimer – Bessie la Cloche, peut-être –, mais ce ne serait pas la même chose, Caris en était convaincue. Pour sa part, elle n'aimerait jamais personne comme elle avait aimé Merthin.

L'odeur de porc grillé qui l'accueillit chez elle l'écœura et elle s'empressa de ressortir. Ne souhaitant pas bavarder avec des femmes dans la grand-rue ni parler affaires avec des hommes à la guilde, elle pénétra d'un pas oisif dans l'enceinte du prieuré, son chaud manteau de laine serré autour d'elle pour se protéger du froid. Arrivée au cimetière, elle s'assit sur une pierre tombale face à la cathédrale. La perfection des moulures sculptées et la grâce avec laquelle les contreforts semblaient prendre leur envol l'émerveillèrent.

Très rapidement, elle se sentit mal et elle vomit sur une tombe. Ayant l'estomac vide, elle n'expulsa qu'un liquide aigre. Sa tête devint douloureuse. Elle serait volontiers allée se coucher, mais elle ne voulait pas retourner chez elle à cause de cette odeur de cuisine. Elle décida de se rendre à l'hospice où les religieuses lui permettraient de s'étendre un instant. Elle traversa la pelouse devant la cathédrale. Sur le seuil de l'hospice, elle ressentit une soif inextinguible.

Elle fut accueillie par la vieille Julie, au doux visage grêlé par la petite vérole. « Oh, sœur Julie, s'écria-t-elle avec gratitude, vous voulez bien m'apporter une tasse d'eau ? » Le prieuré possédait une pompe qui captait en amont de la ville une eau claire et fraîche d'une grande pureté.

« Tu te sens mal, mon enfant ? demanda la religieuse d'une voix inquiète.

— J'ai juste un peu mal au cœur. J'aimerais bien m'allonger un moment, si c'est possible.

— Bien sûr. Je vais chercher mère Cécilia. »

Caris s'étendit sur l'une des paillasses proprement installées les unes à la suite des autres à même le plancher. Pendant quelques secondes, elle se sentit mieux, puis son mal de tête empira. Julie s'en revint avec une cruche d'eau et une tasse, suivie de mère Cécilia. Caris but un peu d'eau et vomit. Puis elle but encore.

Cécilia lui posa quelques questions et décréta qu'elle avait mangé quelque chose qui n'était pas frais. « Il faut te faire une purge. »

Caris souffrait tant qu'elle ne put rien répondre. Cécilia partit pour s'en revenir quelques minutes plus tard, armée d'une bouteille. Elle fit avaler à Caris une pleine cuillerée d'un sirop qui avait un goût de clou de girofle.

Caris s'étendit à nouveau les yeux fermés, attendant désespérément que la douleur s'estompe. Soudain, elle fut prise d'horribles crampes, puis d'une diarrhée incontrôlable, probablement due à la mélasse. Une heure plus tard, les symptômes disparurent. Julie la dévêtit, la lava et l'habilla d'une longue robe de religieuse. Puis elle l'aida à s'étendre sur une paillasse propre. Caris ferma les yeux, épuisée.

Le prieur Godwyn vint la voir et prescrivit une saignée. Un autre moine s'en chargea. Il lui demanda de se redresser et de tendre le bras en veillant à garder le coude au-dessus de la cuvette. À l'aide d'un scalpel, il ouvrit la veine au creux de son bras. La douleur fut à peine perceptible. Elle ne sentit pas du tout le sang s'écouler. Quelques instants plus tard, le moine appliqua un pansement sur la coupure et lui ordonna de le tenir avec son doigt en appuyant très fort. Sur ce, il se retira, emportant avec lui la cuvette remplie de sang.

Caris eut vaguement conscience que des gens venaient la voir : son père, Pétronille, Merthin. De temps à autre, la vieille Julie portait une tasse à ses lèvres. Caris buvait chaque fois, sans parvenir à étancher sa soif. À un moment donné, elle remarqua que des bougies brûlaient et elle comprit que c'était la nuit. Elle sombra ensuite dans un sommeil agité de rêves terrifiants où le sang jouait un rôle primordial. Chaque fois qu'elle se réveillait, Julie lui donnait à boire.

Enfin, elle ouvrit les yeux et découvrit qu'il faisait jour. La douleur avait diminué, lui laissant seulement un sourd mal de tête. Ensuite, elle prit conscience qu'on était en train de lui laver les cuisses. Elle se redressa sur un coude.

Elle avait sa robe remontée à la taille et une novice au visage angélique accroupie près d'elle la baignait avec un tissu plongé dans de l'eau chaude. Se souvenant de son nom, Caris l'appela : « Mair ?

— Oui ? » répondit la religieuse avec un sourire.

La voyant essorer le tissu au-dessus d'une cuvette, Caris fut effrayée. « C'est du sang ? dit-elle craintivement.

— Ne vous inquiétez pas. C'est juste votre cycle mensuel. Épais, mais normal. »

Caris vit que sa robe et le matelas étaient trempés de sang.

Elle se rallongea et fixa le plafond. Elle n'était plus enccinte.

Les larmes lui vinrent aux yeux. Elle n'aurait su dire si c'était de soulagement ou de tristesse.

QUATRIÈME PARTIE

Juin 1338-mai 1339

30.

Malgré un mois de juin sec et ensoleillé, la foire à la laine de 1338 fut catastrophique pour tous les marchands de Kingsbridge et notamment pour Edmond le Lainier. Vers le milieu de la semaine, Caris comprit que son père était en faillite.

Les habitants s'étaient attendus à des temps difficiles et s'y étaient préparés du mieux qu'ils l'avaient pu. Pour suppléer au bac et à la barque de Ian, ils avaient passé commande à Merthin de trois grands radeaux qui se manœuvraient à l'aide d'une longue pique. Il aurait pu en construire d'autres, mais ni sur une rive ni sur l'autre le débarcadère ne pouvait en accueillir davantage. Le prieuré ouvrit son enceinte à la foire un jour plus tôt que de coutume et le bac fonctionna toute la nuit à la lumière des torches. On avait réussi à convaincre Godwyn d'autoriser les commerçants de Kingsbridge à vendre leur production sur l'autre rive, à tous ceux qui faisaient la queue pour traverser la rivière, dans l'espoir que la bière anglaise de Dick le Brasseur et les brioches de Betty la Boulangère leur rendraient l'attente moins pénible.

Ces mesures ne suffirent pas.

L'affluence était bien moindre que de coutume, et pourtant les files d'attente étaient pires que jamais. Les radeaux supplémentaires n'emportaient pas assez de passagers à chaque voyage et, des deux côtés de la rivière, la berge était si marécageuse que les chariots s'embourbaient constamment et qu'il fallait y atteler d'autres bœufs pour les tracter. Pire, les radeaux, difficiles à manœuvrer, entrèrent en collision par deux fois et des voyageurs furent projetés à l'eau. Dieu merci, personne ne se noya.

Certains gros négociants, ayant prévu ces problèmes, ne s'étaient pas donné la peine de faire le voyage jusqu'à

Kingsbridge. D'autres avaient rebroussé chemin à la vue des files d'attente. Parmi ceux qui avaient attendu toute une demi-journée pour entrer dans la ville, un bon nombre avait décidé d'écourter leur séjour, tant les affaires étaient mauvaises. Le mercredi, le bac ramenait de Kingsbridge à Villeneuve plus de gens qu'il n'en embarquait pour se rendre à la foire.

Ce matin-là, Caris et Edmond emmenèrent un négociant de Londres du nom de Guillaume visiter le chantier du futur pont. Ce n'était pas un aussi gros client que Buonaventura Caroli, mais ils n'en avaient pas eu de meilleur cette année et ils faisaient grand cas de lui. C'était un homme solide et de haute taille, qui arborait un coûteux manteau en tissu italien d'un rouge éclatant.

Ils empruntèrent le radeau de Merthin qui servait à transporter les matériaux de construction, grâce à sa grue incorporée et à son pont surélevé. Jimmie, son jeune commis, se chargea de le manœuvrer.

Les piles du pont construites avec tant de précipitation au mois de décembre étaient encore entourées de leurs batardeaux. Merthin avait expliqué à Edmond et à Caris qu'il préférait les laisser en place jusqu'à ce que le pont soit pratiquement achevé, afin de protéger la maçonnerie de tout dommage qui pourrait survenir accidentellement par la faute d'un ouvrier. Quand il les aurait démolis, il les remplacerait par des enrochements, c'est-à-dire des blocs de pierre jetés en vrac qui empêcheraient, disait-il, le courant d'user les piliers.

De massives colonnes de pierre s'élevaient maintenant au-dessus des flots, étirant leurs arches comme des arbres leurs branches en direction des piliers plus petits édifiés dans l'eau peu profonde du rivage. De ceux-ci partaient également des arches qui rejoindraient d'un côté les piles centrales et, de l'autre, les butées construites sur le rivage. Telles des mouettes perchées au sommet d'une falaise, une douzaine de maçons s'affairaient sur un échafaudage suspendu à la maçonnerie.

Les trois visiteurs débarquèrent sur l'île aux lépreux. Ils découvrirent Merthin en compagnie de frère Thomas, donnant des instructions aux maçons chargés de construire la butée à partir de laquelle le pont enjamberait le bras de rivière situé au nord. Propriétaire en titre du pont, le prieuré continuait d'en diriger le chantier bien que les travaux soient financés grâce aux prêts alloués par plusieurs habitants de la ville et que le terrain sur lequel il s'élèverait ait été donné en location à la guilde de la paroisse. Voilà pourquoi Thomas venait souvent sur les lieux. Le prieur Godwyn suivait l'avancement du projet avec un intérêt de propriétaire et s'inquiétait particulièrement de savoir à quoi ressemblerait le pont une fois achevé. Certainement le considérait-il comme une sorte de monument élevé à sa gloire.

Lorsque Merthin releva ses yeux mordorés sur les nouveaux venus, Caris sentit son cœur battre plus vite. Elle le voyait à peine, ces derniers temps, et quand ils se parlaient, c'était toujours pour régler une affaire ou une autre. En sa présence, elle était mal à l'aise, elle devait faire un effort pour respirer normalement et pour croiser son regard avec une feinte indifférence tout en veillant à ce que son débit de paroles ne s'accélère pas.

Ils n'avaient jamais discuté de leur querelle. Elle ne l'avait pas informé de son avortement, de sorte qu'il ignorait si sa grossesse s'était terminée naturellement ou autrement. Ni l'un ni l'autre n'abordait le sujet. En deux occasions, il était venu la voir pour s'entretenir avec elle solennellement. Il l'avait suppliée de reprendre leur vie ensemble, de partir sur de nouvelles bases. Les deux fois, elle lui avait répondu qu'elle n'aimerait jamais un autre homme, mais qu'elle ne voulait pas d'une vie d'épouse et de mère. « Comment vivras-tu, alors ? » avait-il demandé. Elle avait répondu qu'elle n'en savait rien.

Merthin avait perdu de son espièglerie. Il portait maintenant des cheveux bien coupés et une barbe bien taillée, grâce aux bons soins de Matthieu le Barbier dont il était devenu un fidèle client. Il arborait désormais une tunique de couleur brique, à la mode des maçons, et la cape jaune bordée de fourrure réservée aux maîtres bâtisseurs. Son chapeau, orné d'une plume, le faisait paraître un peu plus grand.

Elfric, dont l'hostilité n'avait pas diminué, trouvait inadmissible qu'il porte la tenue des maîtres puisque aucune guilde ne l'avait admis dans son sein. À quoi Merthin rétorquait qu'il avait largement démontré qu'il en était un et qu'on pouvait régler la question le plus simplement du monde en l'autorisant à postuler pour devenir membre d'une guilde. Et la dispute s'arrêtait là, sans être résolue pour autant.

La jeunesse du maître maçon ne laissa pas d'étonner Guillaume. « À dix-sept ans, c'était déjà le meilleur constructeur de la ville ! » riposta Caris sur la défensive. Merthin, il est vrai, n'avait que vingt et un ans.

Le jeune homme s'avança. « Un pont a besoin d'avoir des butées très solides et dotées de profondes fondations, dit-il pour expliquer l'imposant rempart de pierre auquel travaillaient les maçons.

— Et pourquoi ça, jeune homme ? » lança Guillaume.

Habitué à ce qu'on le traite avec condescendance, Merthin ne se formalisa pas. Il répondit, avec un petit sourire : « Je vais vous montrer. Tenez-vous debout, les pieds écartés le plus possible, comme ça ! »

Guillaume marqua une hésitation et imita la posture de Merthin. « Vous sentez que vos pieds pourraient glisser encore plus loin ?

— Oui.

— Eh bien, les extrémités d'un pont ont tendance à s'écarter, comme vos pieds. Ce qui fait subir à l'ouvrage une contrainte semblable à celle que vous ressentez en ce moment à hauteur de l'aine. » Merthin se redressa et vint placer son pied tout contre la chausse en cuir souple de Guillaume. « Maintenant que votre pied est immobilisé, ça vous tire moins à l'aine, n'est-ce pas ?

— Oui.

— Eh bien, la butée produit le même effet que mon pied. Elle maintient l'ouvrage en place et le soulage d'une partie de la contrainte.

— Très intéressant », convint Guillaume pensivement tout en reprenant une position normale. Il devait se dire que Merthin n'était pas un homme à sous-estimer, supposa Caris.

« Je vais vous faire visiter le chantier. »

L'île avait bien changé au cours des six derniers mois. Sauf les lapins, que les gens refusaient toujours de manger, tout ce qui évoquait l'ancienne colonie de lépreux avait disparu. La plus grande partie de cette terre rocheuse était occupée aujourd'hui par des matériaux rangés en piles bien ordonnées, pierres, poutres, cordages enroulés et barils de chaux. Une forge avait été montée où l'on réparait les vieux outils et où l'on en fabriquait de neufs, et des habitations construites pour les maçons. Il y avait aussi la nouvelle maison de Merthin, petite mais de proportions admirables et bâtie avec soin. Charpentiers, tailleurs de pierre et commis affectés à la préparation du mortier travaillaient d'arrache-pied pour que les ouvriers juchés sur l'échafaudage ne manquent pas de matériaux.

« Il y a plus de travailleurs que d'habitude, on dirait, souffla Caris à l'oreille de Merthin.

— Je les ai répartis dans les endroits les plus visibles, répondit-il tout bas, avec un sourire. Je veux qu'en voyant la vitesse à laquelle nous travaillons, les visiteurs repartent de Kingsbridge convaincus que la ville aura son pont l'année prochaine. »

À l'ouest, tout au bout de l'île, loin des ponts jumeaux, des négociants de Kingsbridge avaient aménagé des sites de stockage et des entrepôts sur des parcelles que leur louait Merthin à un prix bien inférieur à celui pratiqué en ville. Le jeune homme gagnait déjà beaucoup plus que la somme symbolique qu'il payait chaque année pour son bail.

Il voyait beaucoup Élisabeth Leclerc, la seule femme de Kingsbridge, en dehors de Caris, à pouvoir lui en remontrer sur le plan de l'intelligence. Elle possédait une petite malle de livres hérités de son père, l'évêque, et Merthin venait souvent le soir les lire chez elle. Y avait-il autre chose entre eux, Caris n'aurait pu le dire, mais elle n'aimait pas cette Élisabeth et la traitait de chienne frigide.

La visite du chantier terminée, Edmond rentra en ville avec Guillaume. Caris, restée sur l'île, s'entretint avec Merthin. « C'est un gros client ? s'enquit-il en regardant le radeau s'éloigner.

— Nous lui avons vendu seulement deux sacs de laine de qualité inférieure, et à un prix bien moindre que celui auquel nous les avions achetés. » Un sac correspondait à trois cent soixante-quatre livres de laine, lavée et séchée. Cette année, la laine de qualité inférieure se vendait au prix de trente-six shillings le sac, celle de qualité supérieure pour le double environ.

« Pourquoi ?

— Quand les cours chutent, mieux vaut avoir de l'argent sonnant et trébuchant plutôt que de la marchandise en réserve.

— Vous vous attendiez forcément à ce que la foire soit mauvaise, non ?

— Oui, mais pas à ce point-là.

— Ça m'étonne. Dans le passé, ton père a toujours eu un flair inouï. »

Caris marqua une hésitation. « La demande était faible, et puis, sans ce pont… » En vérité, elle s'était elle-même étonnée de voir son père acheter autant de marchandise qu'à l'accoutumée, car il aurait pu réduire les risques avec un stock moins important.

« J'imagine que vous vendrez vos surplus à la foire de Shiring, dit Merthin.

— C'est ce que voudrait le comte Roland, que tous les marchands d'ici se transportent à Shiring. L'ennui, c'est que nous n'avons pas l'habitude de commercer là-bas. Les marchands du cru ramasseront les meilleurs clients, comme ici, chez nous. Trois ou quatre marchands, dont mon père, raflent les meilleures affaires et ne laissent que des rogatons aux marchands moins prestigieux ou qui ne sont pas d'ici. À Shiring, ce sera la même chose, j'en suis sûre. Nous arriverons peut-être à nous débarrasser d'un sac ou deux, mais il n'y a aucune chance pour que nous écoulions toute notre marchandise.

— Que ferez-vous alors ?

— Il est possible que nous soyons obligés d'arrêter le travail sur le pont. C'est ce dont je suis venue te parler. »

Il la regarda fixement et lâcha d'une voix tranquille : « Non !

— J'en suis la première désolée, mais mon père n'a pas d'argent. Il a tout investi dans une laine qu'il ne peut pas vendre. »

Merthin était estomaqué. On aurait dit qu'il avait reçu une gifle. « Il faut trouver une solution », lâcha-t-il au bout d'un long moment.

Caris compatissait du fond du cœur. Hélas, aucune phrase d'espoir ne lui venait à l'esprit. « Mon père s'est engagé à hauteur de soixante-dix livres pour la construction du pont. Il en a déjà versé la moitié. Le reste, malheureusement, est au fond de son entrepôt sous forme de sacs de laine.

— Ce n'est pas possible qu'il n'ait plus un sou !

— Si, quasiment. Et d'autres personnes qui se sont elles aussi engagées à financer le pont se trouvent dans la même situation. »

Merthin était au désespoir. « Je peux ralentir le travail, proposa-t-il. Congédier des artisans, utiliser le matériel que j'ai en stock.

— Dans ce cas, le pont ne sera pas prêt l'année prochaine et la situation sera pire encore.

— Ça vaut mieux que tout abandonner.

— Certainement, dit-elle. Ne fais rien pour le moment. Nous en reparlerons après la foire. Je voulais juste que tu sois au courant.

— Merci », répondit-il, encore sous le coup de l'émotion.

Le radeau était revenu et Jimmie attendait Caris pour la transporter sur l'autre rive. Tout en montant à bord, elle lança sur un ton anodin : « Comment va Élisabeth Leclerc ? »

Merthin feignit la surprise. « Bien, j'imagine.

— Il paraît que tu la vois beaucoup.

— Pas plus que d'habitude. On a toujours été amis.

— Oui, bien sûr », dit Caris peu convaincue. La plus grande partie de l'année précédente, quand il filait le parfait amour avec elle, Merthin avait complètement ignoré Élisabeth. Mais il aurait été indigne de sa part de le contredire, voilà pourquoi elle n'ajouta rien de plus.

Elle lui fit au revoir de la main et Jimmie poussa le radeau loin du quai. Merthin essayait de donner l'impression qu'il n'y avait rien de particulier entre Élisabeth et lui. Peut-être disait-il la vérité ? Peut-être était-il gêné de lui avouer qu'il était amoureux d'une autre ? Elle n'aurait su le dire. En revanche, s'il était une chose dont elle était sûre, c'était qu'Élisabeth était amoureuse de Merthin. Il suffisait de voir comment elle le dévorait des yeux. Élisabeth était peut-être un glaçon ; à l'égard de Merthin, elle brûlait de passion.

Le radeau accosta de l'autre côté avec une secousse brutale. Caris en descendit et entreprit de grimper la rue menant au centre de la ville.

Se rappelant le visage consterné de Merthin, elle avait envie de pleurer. La nouvelle l'avait profondément ému. Il avait eu exactement la même expression que lorsqu'elle avait refusé de reprendre leur liaison.

Elle n'avait toujours rien décidé concernant son avenir. Il lui était toujours apparu comme une évidence qu'elle vivrait dans une maison confortable grâce aux bénéfices que lui rapporterait un commerce profitable, et cela indépendamment de la voie qu'elle choisirait. Mais voilà que la terre se dérobait subitement sous ses pieds. Face à une situation qui n'allait qu'en empirant, elle cherchait une issue sans relâche. Son père, lui, affichait une sérénité qu'elle ne comprenait pas. À croire qu'il ne saisissait pas l'étendue de leurs pertes !

Remontant la grand-rue, elle croisa Griselda portant dans ses bras son garçon de six mois, qu'elle avait appelé Merthin, en reproche à l'autre Merthin de ne pas l'avoir épousée. Elle avait beau persister à jouer les blanches colombes, tout le monde s'était rallié à l'idée qu'il n'était pas le père de l'enfant, même si certains continuaient à penser qu'il aurait dû l'épouser malgré tout puisqu'il avait couché avec elle.

Au moment où elle arrivait chez elle, Caris vit son père sortir dans la rue en linge de corps, vêtu en tout et pour tout d'une longue tunique, d'une culotte et de hauts-de-chausses. « Où vas-tu comme ça ? » lui demanda-t-elle, éberluée.

Il baissa les yeux sur ses jambes et fit claquer sa langue avec dégoût. « On n'a pas idée d'être aussi distrait ! » s'exclama-t-il et il rentra dans la maison.

Il devait avoir retiré son vêtement de dessus pour aller à la toilette et oublié ensuite de le remettre. Il ne pouvait s'agir d'une absence due à l'âge, car il n'avait que quarante-huit ans. C'était certainement bien plus grave qu'un simple trou de mémoire, se dit-elle, et cette pensée l'angoissa.

Il s'en revint, habillé normalement. Ensemble, ils traversèrent la rue pour se rendre au prieuré. « Tu as prévenu Merthin ? s'enquit Edmond.

— Oui. Ça l'a bouleversé.

— Qu'est-ce qu'il a dit ?

— Qu'il pourrait réduire les dépenses en ralentissant la cadence.

— Mais alors, le pont ne sera pas fini l'année prochaine.

— Il pense que c'est mieux que d'en abandonner la construction à mi-chemin. »

Ils s'avancèrent vers l'étal où Perkin vendait ses poules pondeuses. Sa charmeuse de fille, Annet, se promenait, un plateau d'œufs suspendu au cou par une courroie. Caris aperçut Gwenda derrière les tréteaux. Son amie travaillait pour Perkin à présent. Enceinte de huit mois, elle se tenait debout, la main sur la hanche, pose classique de la femme qui souffre du dos. En voyant son gros ventre et ses seins gonflés, Caris calcula qu'elle se serait trouvée dans le même état si elle n'avait pas absorbé la potion magique de Mattie. Elle se rappela aussi qu'après l'avortement, elle avait eu une montée de lait et qu'elle avait pensé alors que son corps lui reprochait sa décision. De temps à autre, elle en éprouvait du remords, mais dès qu'elle y réfléchissait avec logique, elle se disait qu'elle avait agi sagement.

Gwenda croisa son regard et lui sourit. Contre toute attente, Gwenda était parvenue à ses fins, elle était mariée à Wulfric. Il n'était pas loin d'ailleurs, en train d'empiler des caisses en bois sur le portant d'un chariot, fort comme un cheval et deux fois plus beau qu'avant. Caris en fut ravie pour son amie. « Comment te sens-tu aujourd'hui ? lui demanda-t-elle.

— J'ai mal au dos depuis ce matin.

— Ça ne devrait plus être très long, maintenant.

— Une quinzaine de jours, je pense.

— À qui parles-tu, ma chère ? intervint Edmond.

— Tu ne te souviens pas de Gwenda ? Depuis dix ans, elle dort à la maison au moins une fois par an ! »

Edmond sourit. « Je ne t'avais pas reconnue, Gwenda. Ce doit être ton état. Tu as l'air en pleine forme. » Il reprit son chemin, suivi par une Caris plongée dans ses réflexions.

Que s'était-il passé exactement, en septembre dernier, lorsque Gwenda était allée trouver Ralph pour plaider la cause de Wulfric ? Visiblement, il n'avait pas tenu certaine promesse car Wulfric n'avait pas été autorisé à toucher son héritage, et Gwenda le haïssait désormais avec une fureur qui en était presque effrayante.

À quelques pas de là, une petite foule s'agglutinait devant une rangée d'étals. Caris reconnut des commerçants de Kingsbridge spécialisés dans la bure écrue, une étoffe tissée lâche, fort appréciée du peuple et utilisée dans la confection des vêtements. Pour eux, qui vendaient au détail, les affaires semblaient aller bon train, contrairement aux marchands de laine en gros, ruinés par l'absence des grands acheteurs. Le tissu, tout le monde en avait besoin, tout le monde en achetait. Un peu moins, peut-être, aujourd'hui, en ces temps difficiles, mais il fallait bien se vêtir, n'est-ce pas ?

Une vague pensée se forma dans l'esprit de Caris : et si les marchands en gros tissaient eux-mêmes leur laine et la vendaient sous forme de tissu, comme ils le faisaient parfois ? Mais cela représentait beaucoup de travail pour un petit bénéfice. Tout acheteur recherchait la bonne affaire, les marchands ne pouvaient pas se permettre de pratiquer des prix trop élevés.

Elle examina d'un œil neuf les étals où l'on vendait des étoffes. « Je me demande ce qui rapporte le plus », dit-elle. La bure valait douze pennies l'aune, mais si vous vouliez un tissu rendu plus épais par un traitement dans l'eau et des couleurs autres que le terne écru naturel, il vous en coûtait deux fois plus. Pierre le Teinturier vendait sa bure bleue, jaune ou rose vingt-quatre pennies l'aune, et il n'y avait pas de quoi s'extasier sur l'éclat de ses couleurs.

Elle se tournait vers son père pour lui faire part de son idée quand un événement la força au silence.

*

Cette visite à la foire rappelait à Ralph sa déconvenue de l'an passé et il porta la main à son nez déformé. Comment cela s'était-il produit, déjà ? Ah oui, tout avait commencé par des taquineries sans méchanceté sur la personne d'une paysanne, Annet, puis s'était poursuivi avec la leçon qu'il avait infligée à son imbécile d'amoureux. Mais finalement l'affaire s'était soldée pour lui par une humiliation.

Tout en marchant vers l'étal de Perkin, il se consola en se remémorant ses derniers succès : comment il avait sauvé le comte Roland de la noyade après l'effondrement du pont ; comment il s'était gagné sa confiance en se comportant valeureusement à la carrière ; comment enfin il avait été fait seigneur, même si son fief se bornait au seul petit village de Wigleigh.

Il avait tué un homme, Ben le Rouleur – un charretier, malheureusement, de sorte qu'il ne pouvait en tirer gloire. Mais à défaut de prouver son courage aux autres, il se l'était prouvé à lui-même.

Il s'était même réconcilié avec son frère. À vrai dire, sur l'injonction de sa mère. Le jour de Noël, elle avait invité ses deux fils à dîner et insisté pour qu'ils se serrent la main. Quel malheur, avait dit leur père, que deux frères soient au service de maîtres rivaux! L'un et l'autre avaient le devoir de faire de leur mieux, à l'instar des soldats qui se retrouvaient dans des camps opposés au cours d'une guerre civile. Ralph avait été heureux de cette réconciliation. Merthin aussi, sûrement, du moins le croyait-il.

Il avait réussi à prendre une revanche satisfaisante sur Wulfric en lui déniant son droit de succession et en lui faisant perdre sa fiancée. La belle Annet était maintenant mariée à Billy Howard et Wulfric devait se contenter de ce laideron de Gwenda. Laquelle, par ailleurs, ne manquait pas de passion.

Dommage que Wulfric n'ait pas l'air plus abattu! Grand et fier, il arpentait son village comme s'il était sa propriété et non celle de son seigneur. Son épouse enceinte le portait aux nues, ses voisins l'appréciaient et, malgré ses défaites, il passait pour un héros. Peut-être était-ce parce que son épouse avait de la vigueur à revendre.

Ralph aurait volontiers raconté à Wulfric sa visite à La Cloche. « J'ai baisé ta femme et elle a aimé ça. » Cela briserait peut-être la fierté de ce paysan, mais cela révélerait surtout qu'il avait honteusement rompu sa promesse, ce qui aurait pour effet de renforcer Wulfric dans son sentiment de supériorité. Et de lui valoir à lui le mépris général, à commencer par celui de Merthin. À l'idée que sa trahison se sache, Ralph ne put retenir un frisson. Non, sa coucherie avec Gwenda devrait demeurer secrète.

Ils étaient tous réunis devant l'étal de Perkin. Celui-ci fut le premier à voir Ralph s'approcher et il le salua avec plus d'obséquiosité que jamais. « Bonne journée, mon seigneur », dit-il avec force courbettes, et son épouse, Peggy, fit une révérence derrière lui. Gwenda était là, elle aussi, se frottant le dos, comme si elle avait mal. Puis Ralph aperçut Annet avec son plateau d'œufs et il se rappela son petit sein, rond et ferme sous ses doigts, comme les œufs sur le plateau. Elle surprit son regard et baissa les yeux avec une fausse modestie. Il eut envie de caresser son sein de nouveau. Pourquoi pas ? pensa-t-il. Je suis son seigneur. Puis il repéra Wulfric tout au fond de la stalle : il avait interrompu sa tâche et, debout à côté des caisses qu'il était en train de charger, il le regardait fixement. Dans son visage volontairement inexpressif, ses yeux ne cillaient pas. On ne pouvait qualifier son attitude d'insolente. Toutefois, dans l'esprit de Ralph, elle était sans aucun doute menaçante et signifiait clairement : « Tu la touches ? Je te tue ! »

Et si je le faisais ? se dit Ralph. Qu'il m'attaque, je le pourfendrai ! Je serai dans mon plein droit, un seigneur se défendant contre un paysan à la haine exacerbée. Les yeux rivés sur Wulfric, il levait la main dans l'intention de caresser Annet, quand Gwenda poussa un cri de douleur et d'effroi. Tous les yeux se tournèrent vers elle.

31.

En entendant le hurlement, Caris reconnut la voix de Gwenda. La crainte la saisit. Elle se précipita vers l'étal de Perkin.

Assise sur un tabouret, Gwenda, pâle comme un linge, grimaçait de douleur, la main sur la hanche. Sa robe était trempée.

Peg, la femme de Perkin, s'exclama vivement : « Elle a perdu les eaux, le travail commence.

— Mais c'est bien trop tôt ! s'exclama Caris avec angoisse.

— Ça n'empêchera pas le bébé de sortir.

— C'est dangereux. Il faut la transporter à l'hospice ! » lança Caris sur un ton décidé. En règle générale, les femmes n'accouchaient pas à l'hospice, mais Gwenda y serait admise si Caris insistait. Un bébé prématuré était plus fragile que les autres, tout le monde le savait.

Wulfric apparut. Caris fut frappée par sa jeunesse. Il avait à peine dix-sept ans et il allait devenir père.

« Je me sens un peu faiblarde, admit Gwenda. Ça ira mieux dans un instant.

« — Je vais te porter, répondit Wulfric et il la souleva dans ses bras sans effort.

— Suis-moi », dit Caris. Elle partit devant, criant aux gens de s'écarter. « De la place, s'il vous plaît ! » Une minute plus tard, ils étaient arrivés.

La porte de l'hospice était ouverte. Les visiteurs accueillis pour la nuit avaient été chassés des lieux depuis des heures et leurs paillasses étaient à présent empilées contre un mur. Pieds nus et armés de lavettes et de seaux, serviteurs et novices lavaient le sol à grande eau. Se rappelant comment la vieille Julie s'était si bien occupée d'elle, Caris supplia la personne la plus proche, une femme d'âge moyen, d'aller vite la chercher. « Dites-lui que Caris la demande. »

Puis, ayant déniché un matelas relativement propre, elle l'étala à même le sol près de l'autel, sacrifiant en cela davantage à la tradition selon laquelle les autels guériraient les malades qu'à une intime conviction. Wulfric déposa sa femme sur la couche avec le soin qu'il aurait pris pour manipuler une statuette de verre. Gwenda s'étendit sur le dos, les genoux repliés et les jambes écartées.

La vieille Julie ne se fit pas attendre. Elle ne devait guère avoir plus de quarante ans, mais elle paraissait très âgée. « C'est mon amie Gwenda, de Wigleigh, expliqua Caris. Je ne sais pas si elle va bien, mais le bébé arrive avec deux semaines d'avance. C'est pour cela que j'ai préféré l'amener ici, par précaution. De toute façon, nous étions dehors au beau milieu du marché.

— Vous avez bien fait, dit Julie en poussant gentiment Caris pour se pencher vers Gwenda. Comment vous sentez-vous, ma chère ? »

Comme Julie et Gwenda s'entretenaient à voix basse, Caris observa Wulfric. L'angoisse tordait son beau visage. Sachant qu'il avait toujours voulu épouser Annet, elle se réjouit de le voir s'inquiéter autant pour Gwenda. On aurait pu croire qu'il l'aimait depuis toujours.

Gwenda poussa un cri strident. « Doucement, doucement ! la calma Julie. Le bébé ne va plus tarder. » Elle se mit à genoux entre les pieds de la future mère et glissa les mains sous sa robe.

Une autre religieuse apparut : Mair, la novice au visage angélique. Elle proposa d'aller chercher mère Cécilia.

« Inutile de la tracasser, répondit Julie. Cours dans le cellier et rapporte-moi la boîte en bois portant l'inscription "Naissance". »

Mair s'éloigna d'un pas vif.

« Ô seigneur ! Que j'ai mal !

— Continue à pousser, dit Julie.

— Qu'est-ce qui se passe ? lança Wulfric.

— Tout va bien, expliqua Julie. Tout est normal. C'est ainsi que les femmes donnent naissance. Tu dois être le fils cadet, sinon tu aurais vu ta mère donner naissance. »

Caris était également la cadette et elle n'avait jamais assisté à un enfantement. Elle savait que c'était douloureux, mais elle n'avait pas imaginé que cela puisse l'être autant. Elle était bouleversée.

Mair revint avec la boîte demandée, qu'elle déposa près de Julie.

Gwenda cessa de gémir. Ses yeux se fermèrent. On aurait pu croire qu'elle s'était endormie. Mais quelques instants plus tard, elle hurla à nouveau.

Julie ordonna à Wulfric : « Asseyez-vous près d'elle et tenez-lui la main. » Il obéit dans la seconde.

Julie continuait à s'activer sous la robe de Gwenda. « Ne pousse plus maintenant, lui dit-elle au bout d'un moment. Respire par petits coups. » Elle se mit à haleter pour lui montrer ce qu'elle voulait dire. Gwenda l'imita et cette méthode parut la soulager un peu. Puis ses cris recommencèrent. Des cris insupportables. Au point que Caris se demanda à quoi pouvaient ressembler les accouchements difficiles et si celui auquel elle assistait était un accouchement normal.

Elle avait perdu la notion du temps : tout se passait très vite et, curieusement, elle avait l'impression que son amie souffrait depuis une éternité. Elle éprouvait à nouveau cet horrible sentiment d'impuissance qui l'avait accablée le jour où sa mère était morte. Elle ne savait que faire pour aider la vieille Julie et son inutilité redoublait son angoisse. Pour ne pas trahir son anxiété, elle se mordait les lèvres. Les mordait tant et si bien qu'elle avait un goût de sang dans la bouche.

« Le bébé arrive ! » annonça Julie. Remuant ses mains sous le tissu, elle fit remonter la robe de Gwenda. Un crâne couvert de cheveux humides émergeant d'une ouverture abominablement étirée se révéla soudain aux yeux horrifiés de Caris. « Dieu du ciel ! s'écria-t-elle. Je comprends que ce soit douloureux ! »

La vieille Julie soutenait de sa main gauche la tête du bébé et la fit tourner lentement sur le côté. Des épaules minuscules apparurent, à la peau glissante de sang et de cette autre humeur qui la recouvraient. « Ne te crispe pas ! dit Julie. C'est presque fini. C'est un beau bébé, semble-t-il. »

Beau ? pensa Caris. Cet enfant lui paraissait monstrueux.

Le torse émergea à son tour. Il y avait comme une grosse corde attachée au nombril, un filin tout bleu et qui palpitait. Puis des jambes et des pieds sortirent d'un coup. Julie prit le bébé dans ses deux mains. Il était minuscule, sa tête était à peine plus grande que sa main.

Brusquement, Caris eut l'impression que quelque chose n'allait pas : le bébé ne respirait pas.

Julie le souleva jusqu'à son visage et souffla dans ses narines minuscules.

Le bébé ouvrit la bouche et happa une goulée d'air. « Dieu soit loué ! » s'exclama Julie quand il se mit à crier.

Elle entreprit d'essuyer le visage de l'enfant avec sa manche, nettoyant tendrement le tour de ses oreilles, ses yeux, son nez et sa bouche. Puis elle le serra contre son cœur, les yeux fermés. Et Caris, qui la regardait, découvrit en un instant tout ce qui se cachait sous le choix d'une vie d'abnégation. Mais Julie se reprit et déposa le bébé sur la poitrine de sa mère.

Gwenda baissa les yeux vers lui. « C'est un garçon ou une fille ? »

À sa grande surprise, Caris se rendit compte que personne ne s'était intéressé à cette question. Julie se pencha pour écarter les jambes du bébé. « Un garçon », dit-elle.

La corde bleue ne palpitait plus. À présent, elle était blanche et ratatinée. Julie sortit de sa boîte en bois deux longueurs de fil de fer qu'elle noua l'une après l'autre autour de ce cordon. Puis, à l'aide d'un petit scalpel, elle trancha celui-ci entre les deux nœuds et remit son instrument à Mair.

Celle-ci lui tendit à la place une toute petite couverture sortie de la boîte. Julie reprit le bébé dans ses mains. L'ayant enveloppé dans la couverture, elle le rendit à Gwenda. Mair apporta des oreillers et aida la jeune mère à se redresser. Gwenda baissa le haut de sa robe pour sortir son sein gonflé. Elle donna le mamelon au bébé qui commença à téter. Une minute plus tard, il dormait.

Sous la jupe de Gwenda toujours relevée, on voyait saillir l'autre extrémité du cordon ombilical, et il bougeait curieusement. Au bout de quelques minutes, il fut expulsé en même temps qu'une étrange masse informe et sanguinolente qui se répandit sur la paillasse. L'ayant récupérée, Julie la remit à la novice en lui ordonnant de la brûler.

Puis elle examina la région pelvienne. La voyant froncer les sourcils, Caris suivit son regard. Gwenda continuait à perdre son sang. Julie avait beau l'essuyer, de nouveaux filets rouges apparaissaient aussitôt.

À peine Mair fut-elle revenue que Julie lui ordonna d'aller quérir mère Cécilia. « Fais vite, s'il te plaît. »

Wulfric s'inquiéta : « Il y a des complications ? »

— Elle ne devrait plus saigner maintenant. »

Subitement, une tension s'instaura. Wulfric était effrayé. Le bébé pleurait. Gwenda lui donna à nouveau le sein. Il téta brièvement et se rendormit. Julie ne lâchait pas la porte des yeux.

Enfin mère Cécilia fit son entrée. Elle examina Gwenda et demanda : « L'arrière-faix est sorti ?

— Oui, il y a déjà un moment.

— Vous avez mis le bébé au sein ?

— Sitôt le cordon coupé.

— Je vais appeler un médecin. » Mère Cécilia partit d'un pas vif, pour revenir quelques minutes plus tard avec un petit verre contenant un liquide jaune. « Voilà ce que le prieur Godwyn a prescrit, dit-elle.

— Il ne vient pas ausculter Gwenda ? s'insurgea Caris.

— Certainement pas ! répondit Cécilia avec brusquerie. En tant que prêtre et moine, il ne peut examiner les parties intimes d'une femme !

— *Podex !* » s'exclama Caris avec mépris. « L'imbécile », en latin.

La mère supérieure prétendit ne pas avoir entendu et s'agenouilla près de Gwenda. « Bois ceci, ma chère. »

Gwenda s'exécuta. Le sang ne tarissait pas. Elle était pâle, et
paraissait plus faible encore qu'après l'accouchement. De toutes
les personnes présentes dans la pièce, le bébé qui dormait sur
son sein était bien le seul à manifester de la satisfaction. Wulfric
ne cessait de se lever pour se rasseoir ; Julie, au bord des larmes,
essuyait sans relâche les cuisses de Gwenda, et celle-ci réclamait à boire. Mair lui apporta un bol de bière anglaise.

Entraînant Julie sur le côté, Caris demanda tout bas : « Elle
ne va pas mourir, à perdre tout ce sang ?

— Nous avons fait tout ce qui était en notre pouvoir.

— Vous avez déjà rencontré des cas semblables ?

— Oui, trois.

— Comment ça s'est terminé ?

— Par la mort de la mère. »

Un soupir de désespoir s'échappa des lèvres de Caris. « Il y a
forcément quelque chose à faire !

— Prier Dieu, car elle est entre ses mains.

— Ce n'est pas ce que j'entendais par "faire quelque
chose".

— Mesurez vos paroles ! »

Caris se sentit immédiatement gênée. Se disputer avec Julie
était bien la dernière chose qu'elle souhaitait. « Pardonnez-moi
ma sœur. Je ne niais pas la puissance de la prière.

— Je l'espère.

— Mais je ne suis pas encore prête à abandonner Gwenda
aux mains de Dieu.

— Que peut-on faire d'autre ?

— Vous verrez. »

Sur ces mots, la jeune fille quitta l'hospice en hâte et joua des
coudes impatiemment dans la foule des clients et promeneurs de
la foire. Le fait que des gens puissent se livrer à leurs occupations
de vendeurs et d'acheteurs alors qu'un drame se jouait à quelques
pas d'eux lui parut étrange. Mais n'avait-elle pas elle-même poursuivi tranquillement sa tâche dans des circonstances identiques ?

Parvenue au portail du prieuré, elle fila à toutes jambes chez
Mattie. Arrivée devant sa maison, elle frappa à la porte et entra.
À son grand soulagement, la guérisseuse était là.

« Gwenda vient juste d'avoir son bébé, dit-elle.

— Il y a des complications ? la coupa Mattie.

— Le bébé est en pleine forme, mais Gwenda saigne toujours.

— L'arrière-faix est sorti ?

— Oui. Tu peux faire quelque chose ?

— Peut-être. Je vais essayer.

— Je t'en supplie, viens vite ! »

Mattie retira une marmite du feu, puis enfila ses sabots. Sortie dans la rue avec Caris, elle tourna la clef dans sa serrure.

« Je te jure bien que je n'aurai jamais d'enfant ! » lâcha Caris sur un ton énergique avant de s'élancer. Les deux femmes dévalèrent les rues jusqu'au prieuré.

À peine entrée dans l'hospice, Caris fut saisie à la gorge par une odeur de sang. Avant toute chose, Mattie prit soin de prodiguer à la vieille Julie les marques de respect nécessaires. « Bon après-midi, ma sœur.

— Bonjour, Mattie, répondit Julie d'un air pincé. Vous croyez pouvoir aider cette femme alors que les saints remèdes du prieur sont restés sans effet ?

— Dieu seul sait ce qui se produira. Mais avec le soutien de vos prières pour la patiente et pour moi-même, ma sœur, tous les espoirs ne sont peut-être pas perdus. »

Réponse diplomatique, certes, mais elle suffit à apaiser la vieille Julie.

Mattie s'agenouilla près de la mère et de son enfant. Gwenda gisait les yeux fermés, encore plus pâle qu'auparavant. Le bébé cherchait aveuglément le sein, mais Gwenda était trop épuisée pour l'aider.

Mattie dit : « Il faut qu'elle continue à boire, mais pas un alcool trop fort. Apportez-lui s'il vous plaît une cruche d'eau chaude mélangée à un petit verre de vin. Et demandez au cuisinier un peu de bouillon clair. Tiède, pas trop chaud. »

Mair guettait l'autorisation de Julie, et celle-ci hésitait. Elle finit par se décider. « Vas-y. Mais ne dis à personne que c'est pour Mattie ! » La novice partit d'un pas pressé.

Mattie remonta la robe de Gwenda le plus haut possible, découvrant son ventre entier. La peau si tendue quelques heures plus tôt était maintenant flasque et ridée. Mattie posa doucement les doigts sur la chair molle et les enfonça fermement. Gwenda émit un grognement. Ce n'était pas une réaction à la douleur, plutôt l'expression d'un malaise.

« L'utérus ne s'est pas recontracté. Il est toujours relâché, c'est pour ça que le sang continue à couler.

— Vous pouvez y faire quelque chose ? supplia Wulfric, au bord des larmes.

— Je ne sais pas, dit Mattie, et elle entreprit de masser le ventre de Gwenda, appuyant sur son utérus à travers les chairs. Ce mouvement aide parfois l'utérus à retrouver la bonne position », expliqua-t-elle.

Tout le monde l'observait en silence. Caris osait à peine respirer.

Mair s'en revint avec l'eau coupée de vin. « Faites-la boire ! » la pria Mattie sans interrompre son massage. Mair approcha une tasse des lèvres de Gwenda, qui but avidement. « Pas trop », insista Mattie et Mair écarta la tasse.

La guérisseuse continuait de masser Gwenda en jetant de temps à autre un coup d'œil vers son bas-ventre. Les lèvres de Julie marmonnaient une prière que l'on n'entendait pas. Le sang coulait sans interruption.

Mattie changea de position. Sous le regard inquiet de Caris, elle posa sa main gauche juste au-dessous du nombril de Gwenda. Appliquant dessus sa main droite, elle appuya des deux mains sur le ventre en augmentant lentement sa pression. Gwenda, à demi consciente, ne réagissait pas. Mattie se pencha davantage. On aurait dit qu'elle pesait de tout son poids sur la pauvre Gwenda.

« Le sang s'est arrêté ! » constata Julie.

Mattie continua à pousser. « Quelqu'un peut compter jusqu'à cinq cents ? demanda-t-elle.

— Moi, répondit Caris.

— Lentement, s'il te plaît.

— Un, deux, trois… », commença Caris à haute voix pendant que Julie essuyait une fois de plus l'entrejambe de Gwenda.

Cette fois, le sang ne revint pas. « Sainte Marie, Mère de Dieu… », entonna-t-elle d'une voix forte.

L'assemblée semblait figée dans le marbre : la mère et le bébé sur le lit, la sage-femme appuyant sur le ventre de la mère, le mari et la religieuse en prière, et Caris qui comptait : « Cent onze, cent douze… »

Par-delà les prières de Julie et son propre compte à haute voix, Caris percevait maintenant le brouhaha de la foire de l'autre côté de la porte, le bourdonnement de centaines de voix. La fatigue commençait à se lire sur les traits de Mattie. Pour autant, elle ne relâchait pas sa pression. Wulfric pleurait silencieusement ; les larmes roulaient le long de ses joues brunies par le soleil.

Quand Caris eut atteint cinq cents, Mattie se releva lentement. Tous les yeux se fixèrent avec inquiétude sur Gwenda, chacun redoutant de voir réapparaître du sang.

Mais rien ne vint.

Mattie poussa un long soupir de soulagement. Wulfric sourit. Julie s'exclama : « Gloire à Dieu !

— Donnez-lui encore à boire, je vous prie », demanda Mattie.

Mair porta à nouveau une tasse aux lèvres de Gwenda, qui ouvrit les yeux et la but en entier.

« C'est fini, maintenant tout ira bien, dit Mattie.

— Merci », chuchota Gwenda et elle ferma les yeux.

Mattie tourna la tête vers Mair. « Vous devriez peut-être aller voir où en est ce potage. Il faut qu'elle reprenne des forces, sinon elle n'aura pas de lait. »

Mair inclina la tête et sortit.

Le bébé se mit à pleurer. Son cri parut redonner vie à sa mère, qui le posa contre son autre sein et l'aida à trouver le mamelon. Puis elle leva les yeux vers Wulfric et sourit.

« Quel beau petit garçon ! » s'extasia la vieille Julie.

Caris regarda mieux l'enfant et, pour la première fois, vit en lui un être humain. Serait-il fort et sincère comme Wulfric, ou faible et malhonnête comme son grand-père Joby ? En tout cas, il n'avait les traits ni de l'un ni de l'autre. « À qui ressemble-t-il ? demanda-t-elle.

— Il a le teint de sa mère ! » affirma Julie.

Il avait en effet les cheveux sombres et la peau mate, alors que Wulfric avait la peau claire et une toison de cheveux blond châtain. Ce bébé évoquait quelqu'un à Caris, sans qu'elle puisse dire de qui il s'agissait. Il lui fallut un moment pour réaliser qu'il ressemblait à Merthin. Une pensée idiote lui traversa l'esprit, qu'elle chassa immédiatement. Cependant, la ressemblance était là. « Tu sais qui il me rappelle ? » dit-elle à son amie.

Elle croisa soudain son regard. Gwenda avait les yeux écarquillés, une expression de panique s'était répandue sur ses traits. Caris saisit le non imperceptible qu'elle lui adressait de la tête. Le message était clair. Caris referma la bouche.

« Qui ça ? » s'enquit Julie en toute innocence.

Caris chercha désespérément un nom. Lui vint enfin celui du frère de Gwenda. « Philémon, lança-t-elle.

— C'est normal, dit Julie. D'ailleurs il faudrait le prévenir, qu'il vienne voir son neveu ! »

L'enfant ne serait-il pas de Wulfric ? s'interrogea Caris, déconcertée. Il ne pouvait pas être de Merthin. S'il avait couché avec Gwenda – tout était possible après tout, nul n'était exempté de la tentation –, il n'aurait pu le lui cacher. Mais si ce n'était pas Merthin…

Une pensée redoutable lui vint à l'esprit. Cet enfant serait-il celui de *Ralph* ? Non, ce serait trop affreux ! Que s'était-il passé le jour où Gwenda était allée trouver son seigneur pour plaider la cause de Wulfric ?

Caris reporta son regard sur le bébé et se tourna vers Wulfric. Il souriait joyeusement, les joues encore humides de larmes. Il ne se doutait de rien.

« Vous avez pensé à un nom ? demanda Julie.

— Oh oui, dit Wulfric. Je veux l'appeler Samuel. »

Gwenda hocha la tête, baissant les yeux sur le visage du bébé. « Samuel, dit-elle. Sammy. Sam.

— Comme mon père », expliqua Wulfric, transporté de bonheur.

32.

Un an après la mort d'Anthony, des normes bien différentes régissaient désormais la vie du prieuré de Kingsbridge. Godwyn s'en félicita une nouvelle fois, le dimanche qui suivit la foire à la laine, alors qu'il se trouvait dans la cathédrale.

La principale différence concernait la stricte séparation entre moines et religieuses qui avait été instaurée. Ils ne se mélangeaient plus comme autrefois, dans le cloître, à la bibliothèque ou dans la salle d'écriture. Même ici, à l'église, un écran en chêne sculpté divisait le chœur en deux, les empêchant de se voir durant les offices. Ne restait plus que l'hospice où ils étaient parfois obligés de se fréquenter.

Dans son sermon, le prieur Godwyn rappela que l'effondrement du pont survenu l'année précédente avait été une punition de Dieu en réponse au laxisme des moines et des religieuses et aux péchés des habitants. Il s'attacha à démontrer que le nouvel esprit de rigueur et de pureté en vigueur au prieuré, de même que la piété et la soumission qui prévalaient désormais en ville, conduiraient chacun à jouir d'une vie meilleure dans ce monde comme dans l'autre. Son sermon, crut-il, fut bien accueilli.

Plus tard, dans sa maison, il dîna, en compagnie de frère Siméon le trésorier, d'un ragoût d'anguille arrosé de cidre que leur servit Philémon.

« Je veux faire bâtir une nouvelle maison du prieur », déclara Godwyn.

L'étroit visage de Siméon s'allongea encore. « Y a-t-il une raison particulière à cette décision ?

— Je doute que l'on trouve dans toute la Chrétienté un autre prieur qui vive dans une maison digne d'un tanneur. Pensez à tous les hauts dignitaires qui ont été reçus ici au cours des douze derniers mois : le comte de Shiring, l'évêque de Kingsbridge, le comte de Monmouth. Cette maison ne convient pas pour de telles occasions. Elle donne de nous-mêmes et de notre ordre une image médiocre. Il nous faut un bâtiment magnifique, susceptible de refléter le prestige du prieuré de Kingsbridge.

— Vous voulez un palais », dit Siméon. Dans son ton, Godwyn perçut une réprobation, comme s'il le soupçonnait de vouloir célébrer sa propre gloire plutôt que celle du prieuré.

« Appelez ça un palais si bon vous semble, répondit-il avec raideur. Et pourquoi pas ? Les évêques et les prieurs vivent dans des palais. Et ce n'est pas pour leur confort personnel, mais pour celui de leurs invités, pour la réputation de l'institution qu'ils représentent.

— Naturellement, convint Siméon, préférant abandonner cet argument. Mais vous n'en avez pas les moyens. »

Godwyn se renfrogna. Il ne supportait pas d'être contredit, quand bien même il invitait les moines occupant des fonctions de responsabilité à débattre avec lui. Il réagit promptement : « C'est ridicule ! Kingsbridge est l'un des monastères les plus riches du pays.

— On le dit, et il est exact que nous possédons des ressources non négligeables. Mais le cours de la laine est en baisse pour la cinquième année d'affilée. Nos revenus s'amenuisent. »

Philémon intervint subitement : « Il paraît que les marchands italiens se fournissent désormais en Espagne. »

Philémon avait changé, lui aussi. Depuis qu'il avait pris l'habit de novice, réalisant ainsi son ambition de toujours, il avait perdu sa gaucherie et acquis une confiance en soi qui le poussait à s'immiscer dans une conversation entre le prieur et le trésorier, et parfois à y apporter un détail intéressant.

« C'est possible, releva Siméon. Mais en l'absence de pont, la foire n'a pas drainé l'affluence habituelle, de sorte que les taxes et les péages ne nous rapportent plus autant qu'auparavant.

— Et les milliers d'acres de terres arables que nous possédons ? objecta Godwyn.

— Après les pluies de l'été dernier, la moisson a été mauvaise dans toute cette partie du pays et c'est là que se trouve la plus grande partie de nos terres. Nos serfs ont dû se battre pour survivre. Il est difficile de les forcer à payer leurs métayages quand ils n'ont rien à manger…

— Ils doivent payer quand même, répliqua Godwyn. Les moines aussi ont le ventre vide. »

Philémon se permit d'intervenir une nouvelle fois : « Quand le bailli d'un village affirme qu'un serf n'a pas réglé ses échéances, ou bien qu'aucun loyer n'est dû pour telle ou telle parcelle parce qu'elle n'est pas entretenue, nous n'avons pas les moyens de vérifier s'il dit la vérité. Les serfs peuvent très bien soudoyer les baillis. »

L'impatience s'empara de Godwyn. Le sujet avait été abordé de nombreuses fois au cours de l'année passée. Il était agacé de rencontrer les mêmes résistances chaque fois qu'il essayait d'exercer un contrôle plus sévère sur les finances du prieuré. « Que proposes-tu alors ? jeta-t-il à Philémon sur un ton irrité.

— D'envoyer un émissaire inspecter les villages, parler aux baillis, examiner l'état des terres, entrer dans les maisonnettes de ces serfs soi-disant affamés.

— Si le bailli peut être suborné, l'inspecteur peut l'être aussi.

— Pas s'il s'agit d'un moine. Que ferait-il de cet argent ? »

Que les moines n'aient pas l'usage de l'argent sous sa forme sonnante et trébuchante, du moins en théorie, ne signifiait pas qu'ils ne puissent pas être corrompus d'une autre manière. Philémon lui-même n'avait-il pas un penchant certain pour le vol ? se rappela Godwyn. Toutefois, une inspection de la situation effectuée par un homme du prieuré aurait certainement pour effet de redresser les baillis dans leurs bottes. « C'est une bonne idée, dit-il à Philémon. Veux-tu t'en charger ?

— Ce serait un grand honneur pour moi.

— Eh bien, c'est décidé. » Godwyn se retourna vers Siméon. « Quoi qu'il en soit, nos revenus sont tout de même considérables.

— Et nos frais également ! répliqua Siméon. Nous versons une allocation à notre évêque, nous devons nourrir, vêtir et loger vingt-cinq moines, sept novices et dix-neuf pensionnaires. Nous employons trente personnes au ménage, aux cuisines, aux écuries, etc., et nous dépensons *une fortune* en cierges. Les robes des moines...

— Très bien, j'ai compris votre point de vue, le coupa Godwyn. Malgré tout, je veux construire un palais.

— Où trouverez-vous l'argent ? »

Godwyn soupira. « Là où nous finissons toujours par le trouver. Auprès de mère Cécilia. »

Il la rencontra quelques minutes plus tard. En temps normal, il lui aurait demandé de passer le voir chez lui, en signe de sa supériorité d'homme au sein de l'Église. Mais dans ces circonstances, il jugea bon de la flatter.

La maison de la mère abbesse était en tout point identique à celle du prieur, mais il s'en dégageait une atmosphère bien différente. Il y avait des coussins et des couvertures, des fleurs sur la table, des broderies aux murs illustrant des scènes tirées de la Bible. Un chat dormait devant la cheminée. Cécilia achevait son dîner, lequel était composé d'agneau rôti et de vin rouge. À l'arrivée de Godwyn, elle mit son voile selon la règle nouvellement établie qui voulait que les religieuses aient la tête couverte lorsqu'elles s'entretenaient avec des moines.

Mais que mère Cécilia porte son voile ou pas, il était difficile de déchiffrer ses sentiments. A priori, elle avait bien accueilli son élection au poste de prieur et avait accepté sans protester l'instauration de règles plus strictes visant à séparer moines et religieuses. Elle s'était contentée de faire des remarques pratiques, çà et là, concernant le bon fonctionnement de l'hospice. Elle ne lui avait jamais manifesté une quelconque opposition et, pourtant, il ne la sentait pas vraiment de son côté et se rendait compte qu'il avait perdu son pouvoir de la charmer ou de la faire rire aux éclats comme auparavant, lorsqu'il était plus jeune.

Mener une conversation à bâtons rompus avec une femme dissimulée sous un voile n'était pas chose facile, de sorte que Godwyn entra directement dans le vif du sujet : « Je pense que nous devrions construire deux nouvelles maisons pour accueillir nos hôtes de haut rang, l'une pour les hommes, l'autre pour les femmes. On les appellerait la maison du prieur et la maison de l'abbesse, mais l'objectif principal serait de proposer à nos hôtes les accommodements auxquels ils sont habitués.

— C'est une idée intéressante, répondit Cécilia avec son amabilité et sa réserve coutumières.

— Nous devrions avoir de vrais bâtiments en pierre, poursuivit Godwyn sur sa lancée. Vous êtes la mère supérieure de ce couvent depuis plus de dix ans et vous êtes l'une des prieures les plus respectées du royaume.

— Il va sans dire que c'est avant tout par la sainteté de notre prieuré que nous cherchons à impressionner nos hôtes, par la piété des moines et des religieuses qui l'habitent, plutôt que par notre richesse.

— Naturellement, mais les bâtiments devraient en être le symbole, tout comme la cathédrale est le symbole de la majesté de Dieu.

— Où devraient s'élever ces nouveaux bâtiments, à votre avis ? s'enquit-elle, et Godwyn se réjouit de la voir déjà se préoccuper des détails.

— À côté des anciens.

— Donc, la vôtre serait tout à côté de la façade est de la cathédrale, près de la maison du chapitre, et la mienne ici, près de l'étang aux poissons. »

L'idée qu'elle le raillait peut-être traversa l'esprit de Godwyn, mais il ne pouvait voir son expression. Force lui fut de constater qu'obliger les femmes à porter le voile présentait parfois des inconvénients.

« Vous préférez peut-être un autre endroit, dit-il.

— Peut-être, en effet. »

Il y eut un bref silence. Comment aborder le sujet de l'argent ? Peut-être serait-il avisé de modifier la règle concernant le voile, se dit Godwyn, faire une exception pour la mère supérieure. Négocier ainsi était par trop malaisé !

« Malheureusement, enchaîna-t-il, contraint de se lancer à nouveau, le monastère est pauvre. Il n'est pas en mesure d'apporter une contribution au coût de construction.

— Au coût de construction de la maison de l'abbesse, vous voulez dire ? Je n'attendais pas cela des moines.

— Non, en vérité, je voulais parler du coût pour la maison du prieur.

— Ah… Vous voulez que le couvent paye pour votre nouvelle maison aussi bien que pour la mienne.

— Je suis gêné de devoir vous le demander, oui. J'espère que cela ne vous dérange pas.

— Eh bien, si c'est pour le prestige du prieuré de Kingsbridge…

— Je savais que vous envisageriez la chose de cette façon.

— Laissez-moi réfléchir… Actuellement, je fais construire un nouveau cloître pour les religieuses puisque nous ne pouvons plus fréquenter celui des moines. »

Godwyn ne fit pas de commentaire. Il était irrité que mère Cécilia se soit adressée à Merthin pour établir le projet, plutôt qu'à Elfric qui pratiquait des prix moins élevés. Il considérait cette dépense superfétatoire, mais le moment était mal venu d'exprimer le fond de sa pensée. D'autant que la prieure poursuivait :

« Puis, je devrai faire construire une bibliothèque pour les religieuses et acheter des livres, car nous ne pouvons plus utiliser votre bibliothèque. »

Godwyn tapa du pied impatiemment. Ces digressions l'entraînaient sur un terrain qui ne l'intéressait pas.

« Après quoi, nous aurons besoin d'un auvent en caillebotis puisque nous devons suivre désormais un itinéraire différent du vôtre pour nous rendre à l'église et que nous sommes à la merci du mauvais temps.

— C'est tout à fait raisonnable », commenta Godwyn qui n'en pensait pas moins. Allait-elle bientôt cesser de tergiverser ?

« En conséquence de quoi, conclut-elle sur un ton irrévocable, je pense que nous pourrions étudier cette proposition d'ici trois ans.

— Trois ans ? Mais je veux commencer la construction dès maintenant !

— Oh, je ne crois pas que ce soit envisageable.

— Et pourquoi donc ?

— Nous avons un budget à tenir en matière de construction, voyez-vous ?

— Mais ces bâtiments-là ne sont-ils pas plus importants ?

— Nous ne pouvons pas dépasser notre budget.

— Pourquoi ?

— Pour rester fortes et indépendantes sur le plan financier, dit-elle et elle ajouta avec pertinence : Je n'aimerais pas me retrouver à mendier. »

Godwyn ne sut que répondre. Pis, il eut l'abominable impression qu'elle se gaussait de lui derrière son voile. Ce sentiment lui fut insupportable. Il se leva avec brusquerie et prit congé sur un ton glacial. « Je vous remercie, mère Cécilia. Nous en reparlerons.

— Oui, dans trois ans. J'attends avec intérêt ce moment. »

À présent, ses doutes étaient dissipés : la mère prieure se gaussait bel et bien de lui. Il tourna les talons et partit aussi vite qu'il le put.

De retour chez lui, il se laissa tomber sur une chaise en fulminant. « Oh, que je déteste cette femme ! lâcha-t-il à Philémon.

— Elle a refusé ?

— Elle a dit qu'elle envisagerait la question dans trois ans.

— C'est pire qu'un non. C'est un non qui se répète chaque jour trois ans durant.

— Et pendant ce temps-là, nous sommes sous sa coupe parce que c'est elle qui a l'argent.

— J'aime bien écouter les anciens, glissa Philémon, apparemment sans raison aucune. On apprend parfois des choses étonnantes.

— Où veux-tu en venir ?

— Au tout début, quand le prieuré a entrepris de construire les premiers moulins, de creuser les premiers étangs à poissons et de clôturer les réserves à lapins, un édit a stipulé que les habitants de la ville avaient l'obligation d'utiliser les équipements appartenant aux moines et de payer le prix convenu. Il leur était interdit de moudre le grain chez eux, de fabriquer du feutre en foulant la laine, et d'élever des poissons ou des lapins de garenne. C'est à nous qu'ils devaient les acheter. Cette loi veillait à ce que le prieuré rentre dans ses frais.

— Elle est devenue caduque ?

— Les choses ont évolué. Certaines interdictions ont été levées peu à peu. Les habitants ont été autorisés à posséder leurs propres équipements à condition de payer une amende. Et cette loi est devenue caduque à son tour, à l'époque du prieur Anthony.

— De nos jours, on trouve une meule à bras dans chaque foyer.

— Tous les poissonniers possèdent un étang et tout le monde élève une demi-douzaine de lapins de garenne ; les teinturiers tissent leurs étoffes et leurs femmes et leurs enfants foulent eux-mêmes la laine au lieu de l'apporter au moulin du prieuré. »

Ce discours fouetta les pensées de Godwyn et fit germer en lui une idée. « Si tous ces gens payaient une amende pour avoir le privilège de posséder leurs propres équipements…

— Cela ferait certainement une somme énorme.

— Ils vont couiner comme des porcs qu'on égorge ! observa Godwyn non sans inquiétude. Avons-nous des preuves pour étayer nos dires ?

— Une foule de gens se rappellent l'époque des amendes. Mais c'est forcément inscrit quelque part – probablement dans le *Livre de Timothée*.

— Il faut découvrir au plus vite à combien se montaient ces amendes. Si nous voulons nous appuyer sur des précédents, nous ne pouvons nous permettre aucune erreur.

— Si je peux faire une suggestion…

— Naturellement.

— Vous pourriez annoncer ce nouveau régime en chaire, un dimanche matin. Cela soulignerait que telle est la volonté du Seigneur.

— Excellente idée, dit Godwyn. Je n'y manquerai pas. »

33.

« J'ai une solution », déclara Caris à son père.

Il se laissa retomber sur le dossier de sa cathèdre, avec ce léger sourire aux lèvres qu'elle lui connaissait bien et qui signifiait qu'il n'était pas convaincu mais l'écouterait quand même. « Continue », dit-il.

Comment lui présenter au mieux son idée ? Elle était excellente, sans aucun doute. Elle sauverait son père de la faillite et permettrait à Merthin de bâtir son pont. « Voilà, se lança-t-elle. Et si nous faisions teindre et tisser notre surplus de laine et que nous le vendions ? » Elle retint son souffle, attendant sa réaction.

« C'est une solution à laquelle recourent souvent les lainiers en période difficile. Explique-moi pourquoi tu penses que ça marcherait maintenant. Combien cela nous coûterait-il ?

— Pour nettoyer la laine, la filer et la tisser, quatre shillings le sac.

— Et combien cela nous donnerait de tissu ?

— Trente-cinq aunes environ. Pour un sac de laine vierge de qualité inférieure acheté trente-six shillings et tissé pour quatre shillings de plus, le coût total serait de quarante shillings.

— Et tu vendrais le tissu obtenu à quel prix ?

— La bure écrue se vend un shilling le yard. En vendant le tout au prix de quarante-huit shillings, on gagnerait huit shillings sur le prix d'achat.

— Ce n'est pas beaucoup, compte tenu du travail.

— J'ai une autre idée, meilleure.

— Je t'écoute.

— Les tisserands vendent la bure écrue car ils sont pressés de gagner de l'argent. Si nous dépensons encore vingt shillings pour fouler la laine, l'épaissir, la teindre et accomplir tous les travaux de finition, nous pouvons la vendre le double, soit deux shillings le yard. Quatre-vingt-seize shillings le sac. Trente-six shillings de plus que le prix auquel vous avez acheté le sac de laine ! »

Edmond n'avait pas l'air convaincu. « Si c'est aussi facile, pourquoi tout le monde ne le fait-il pas ?

— Parce que les gens ne disposent pas des fonds à engager au départ.

— Moi non plus !

— Tu as les trois livres de Guillaume de Londres.

— Pour me retrouver sans un sou l'année prochaine quand je devrai acheter ma laine ?

— Au prix où les producteurs la vendent, vous feriez aussi bien de fermer boutique. »

Il rit. « Par les saints, tu as raison. Très bien, fais un essai avec de la laine vierge de qualité inférieure. J'ai cinq sacs de laine du Devon. Les Italiens n'en veulent jamais. Je t'en donne un. Vois ce que tu peux en faire. »

*

Deux semaines plus tard, Caris tomba sur Marc le Tisserand en train de démanteler son moulin à bras. La vue de ce pauvre homme démolissant une précieuse machine la bouleversa tant qu'elle en oublia un instant ses propres ennuis.

Un moulin à bras se composait de deux meules en pierre dont une face seulement était polie. La plus petite reposait sur la plus grande, bien ajustée dans un creux denté, les faces rugueuses placées l'une contre l'autre. Sur le côté, une poignée en bois permettait de faire tourner la pierre du dessus sur celle du dessous qui demeurait immobile. Placés entre les deux meules, les épis se transformaient rapidement en farine.

La plupart des habitants de Kingsbridge possédaient un moulin à bras. Seuls les indigents et les nantis n'en avaient pas, les premiers parce qu'ils n'en avaient pas les moyens, les seconds parce qu'ils achetaient leur farine déjà moulue. Pour les familles comme celle du tisserand, où chaque sou gagné servait à nourrir les enfants, posséder un moulin à bras était une source d'économie appréciable, une aubaine.

Marc avait sorti le sien devant sa porte, par terre. Armé d'un marteau à long manche emprunté à quelque forgeron, il s'apprêtait à le détruire sous les yeux de ses enfants – deux petites filles maigrichonnes vêtues de loques et un bambin qui allait tout nu. Il souleva le marteau au-dessus de sa tête. Le spectacle de ce géant au poitrail de cheval balançant son outil méritait d'être vu. La pierre se fendit comme une coquille d'œuf et éclata en mille morceaux.

« Mais que faites-vous, par Dieu ? s'écria Caris.

— Désormais, nous devons moudre le grain au moulin à eau du prieuré et leur remettre gratuitement un sac sur vingt-quatre », expliqua Marc sur un ton soumis.

Caris fut horrifiée. « Je croyais que ces nouvelles règles s'appliquaient aux gens qui n'avaient pas de licence pour leur moulin à vent ou à eau.

— Demain, je dois faire le tour de la ville avec John le Sergent et fouiller les maisons à la recherche des moulins à bras dissimulés. Comment le faire si je n'ai pas détruit le mien auparavant ? C'est pourquoi je le détruis dehors, pour que tout le monde me voie.

— Godwyn s'ingénie à arracher le pain de la bouche aux pauvres gens ! s'énerva Caris d'une voix sombre. Je ne l'avais pas compris.

— Heureusement que nous avons eu une commande de tissage, grâce à vous.

— À propos, tout marche bien ? demanda Caris, reportant son intérêt sur ses propres affaires.

— C'est fini.

— Vous avez fait vite !

— En hiver, ça me prend plus longtemps. L'été, quand on a dans les seize heures de jour, avec l'aide de ma femme, je peux tisser quatre aunes et demie dans la journée.

— C'est merveilleux !

— Entrez, je vais vous montrer. »

Madge, l'épouse de Marc, se tenait près de l'âtre dans le fond de l'unique pièce que comptait leur maisonnette. Un petit garçon intimidé s'accrochait à ses jupes, elle en avait un autre sur un bras. De forte constitution, mais plus petite que son mari d'une bonne tête, elle ressemblait à un pigeon dodu avec sa forte poitrine et son postérieur en saillie. Sa mâchoire protubérante lui donnait un air agressif qui n'était pas entièrement fallacieux. Mais si elle était combative, elle avait aussi le cœur sur la main et Caris l'aimait bien. Elle offrit à sa visiteuse une tasse de cidre que celle-ci refusa par discrétion.

Monté sur son socle, le métier à tisser occupait la majeure partie de l'espace à l'avant de la maison. Derrière, près de la porte donnant sur le jardinet, il y avait une table et deux bancs. La nuit venue, la famille devait étendre tant bien que mal ses paillasses autour de ce grand cadre de bois pour dormir.

« Les panneaux que je tisse sur ce métier ne sont pas très larges, expliqua Marc. On dit des "douzaines étroites" parce qu'ils font douze yards de long sur un seul de large. Je ne tisse pas le drap. Je n'ai pas l'espace nécessaire pour un métier de cette taille. D'un sac de laine, je tire quatre douzaines », ajouta-t-il en désignant des rouleaux de bure écrue empilés contre le mur.

Caris lui avait apporté la laine vierge dans un sac de taille courante. Madge l'avait fait nettoyer, assortir et filer. C'étaient de pauvres femmes de la ville qui se chargeaient de ces tâches, aidées de leurs enfants.

Emplie d'excitation, Caris s'approcha du tissu pour le toucher. La première étape de son plan était accomplie. « Pourquoi le tissage est-il aussi lâche ? » s'étonna-t-elle.

Marc se raidit. « Lâche, ma bure ? C'est la plus serrée de tout Kingsbridge !

— Je sais. Je ne disais pas ça pour vous critiquer, mais parce que le tissu italien a un toucher très différent. Pourtant ils emploient nos laines.

— Ça dépend en partie du tisserand. S'il appuie fort sur la latte quand il rabat la laine.

— Je doute que tous les tisserands italiens aient plus de force que vous !

— Alors, c'est leurs métiers. Avec un meilleur cadre, le tissage est plus rapproché.

— C'est bien ce que je craignais. »

Elle entendait par là qu'elle ne pourrait pas concurrencer les lainages italiens de qualité supérieure, à moins d'acheter des métiers italiens, ce qui était hors de question. Réglons un problème après l'autre ! se dit-elle. Elle paya son dû à Marc : quatre shillings, desquels il devrait soustraire la moitié pour payer les femmes qui avaient filé la laine. Pour sa part, elle n'avait fait en théorie qu'un bénéfice de huit shillings. Huit shillings ne paieraient pas une grande partie du pont. En outre, à ce rythme-là, il faudrait des années pour tisser toute la marchandise de son père. « N'y aurait-il pas un moyen de produire le tissu plus rapidement ? » demanda-t-elle à Marc.

Ce fut Madge qui répondit. « Il y a d'autres tisserands en ville, mais la plupart sont déjà retenus par les marchands de tissu. Je peux vous en trouver en dehors de la ville. Les gros bourgs ont souvent un tisserand qui possède un métier chez lui. Ils fabriquent surtout du tissu pour les villageois à partir de leur propre laine, mais ils peuvent sûrement prendre une commande, si la paye est bonne. »

Caris dissimula son inquiétude. « Eh bien, dit-elle, je vous ferai savoir si j'ai besoin d'eux. En attendant, pouvez-vous livrer ces rouleaux chez Pierre le Teinturier ?

— Bien sûr. Je m'en occupe tout de suite. »

Caris rentra chez elle pour le dîner, assez préoccupée. Pour que cette entreprise en vaille la peine, il faudrait dépenser presque tout l'argent dont son père disposait. Si les choses tournaient mal, leur situation serait pire encore. Y avait-il une autre solution ? Ce projet présentait de gros risques, certes, mais il n'y avait guère de solution : ou bien on l'adoptait, ou bien on restait les bras croisés, comme les autres marchands.

Pétronille était en train de servir un ragoût de mouton quand elle arriva à la maison. Edmond occupait sa place à table, sombre et pensif. Visiblement, ses revers financiers l'affectaient gravement. Il n'y avait plus trace de son exubérance habituelle. Caris se faisait du souci pour lui. Il était souvent distrait, aussi. « Je suis tombée sur Marc le Tisserand en train de détruire son moulin à bras, dit-elle en prenant place. Qu'est-ce que ça signifie, encore ?

— Godwyn est entièrement dans son droit ! réagit Pétronille, montant aussitôt sur ses ergots.

— Des droits qui n'ont plus cours depuis des années. Quel autre prieuré oserait agir de la sorte ?

— Saint-Albans ! riposta Pétronille sur un ton de triomphe.

— J'en ai entendu parler, de ce monastère. Les habitants de la ville se révoltent à longueur de temps.

— Le prieuré de Kingsbridge a tout à fait le droit de récupérer l'argent qu'il a dépensé pour bâtir des moulins, insista Pétronille. Que dirais-tu, Edmond, si quelqu'un s'avisait de construire un deuxième pont juste à côté du tien, alors que tu veux récupérer les fonds que tu y as investis ? »

Comme son père ne répondait pas, Caris prit la parole : « Tout dépend de la date. Le prieuré a bâti les moulins il y a des centaines d'années, en même temps qu'ont été creusés les étangs à poissons et qu'ont été aménagées des réserves pour les lapins de garenne. Personne n'a le droit de prendre des mesures qui vont à l'encontre du développement de la ville.

— Le prieur est habilité à collecter les sommes qui lui sont dues ! déclara la tante avec obstination.

— S'il continue sur cette voie, il n'aura plus personne auprès de qui collecter quoi que ce soit. Les gens partiront vivre à Shiring, où ils peuvent posséder des moulins à bras.

— Ne comprends-tu pas que les besoins du prieuré sont sacrés ? lança Pétronille avec colère. Les moines servent le Seigneur. En comparaison, la vie des citadins est insignifiante.

— C'est ainsi que pense Godwyn ?

— Évidemment.

— C'est bien ce que je craignais.

— Parce que la tâche du prieur n'est pas sacrée, à ton avis ? »

Ne sachant que répondre, Caris se contenta de hausser les épaules, laissant Pétronille savourer sa victoire.

Elle était trop énervée pour manger grand-chose de ce délicieux repas. À peine fut-il achevé qu'elle déclara : « Je dois aller voir Pierre le Teinturier.

— Tu vas encore faire des dépenses ? protesta Pétronille. Tu as déjà donné quatre shillings à Marc le Tisserand.

— Oui. Et le tissu vaut maintenant douze shillings de plus que la laine, ce qui fait que j'ai gagné huit shillings.

« — Non. Tu les auras gagnés quand tu auras vendu le tissu. »

Pétronille exprimait tout haut les doutes qui agitaient la jeune fille dans ses moments les plus sombres. Mais sa tante l'avait piquée au vif et elle réagit promptement. « Je le vendrai, et même encore plus cher s'il est teint en rouge !

— Et combien Peter te prendra pour teindre et fouler quatre douzaines étroites ?

— Vingt shillings, mais la bure rouge vaudra deux fois plus cher que l'écrue, ce qui nous fera vingt-huit shillings de plus.

— À condition de la vendre ! Et si elle te reste sur les bras ?

— Je la vendrai.

— Laisse-la faire, intervint son père, s'adressant à Pétronille. Je lui ai dit qu'elle pouvait tenter le coup. »

*

Le château de Shiring se dressait au sommet d'une colline. Il abritait les geôles et la demeure du shérif du comté. Mais ce n'était pas là que les prisonniers étaient exécutés. La potence était montée au pied de la colline, devant l'église, sur la place du marché. Les prisonniers y étaient conduits du château à bord d'une charrette.

C'était également sur cette place que se tenait la foire, entre la halle de la guilde et un grand bâtiment de bois appelé bourse à la laine, à quelques pas du palais de l'évêque. Dans les rues alentour, il y avait de nombreuses tavernes.

Cette année, en raison des problèmes que connaissait Kingsbridge, la foire de Shiring bénéficiait d'une affluence inégalée. Les stalles débordaient dans les ruelles adjacentes. Edmond avait apporté quarante sacs de laine à bord de dix chariots et il avait prévu d'en faire venir encore avant la fin de la semaine, si besoin était.

À la consternation de Caris, ce ne fut pas nécessaire. Car s'il vendit dix sacs le premier jour, il n'en écoula plus un seul jusqu'à la fin de la foire. Le dernier jour, il dut en brader dix autres à un prix inférieur à celui auquel il les avait achetés. De toute sa vie, la jeune fille ne l'avait vu aussi abattu.

Elle avait placé ses quatre rouleaux de tissu d'une couleur brun-rouge sur le présentoir de son père et vendait sa bure au détail. À la fin de la foire, il lui restait un seul rouleau sur les quatre. Le dernier jour, elle dit à son père : « Regarde ! Avant tu avais un sac de laine invendable et quatre shillings, aujourd'hui tu as trente-six shillings et un seul rouleau de tissu. »

Elle tentait ainsi de lui redonner courage mais, en vérité, elle était bien accablée. Certes, elle n'avait pas connu un échec cuisant, mais elle n'avait pas non plus remporté le triomphe qu'elle escomptait. Que faire ? Si elle ne parvenait pas à vendre son tissu plus cher qu'il ne lui coûtait à produire, alors le problème était insoluble. Elle abandonna son étal pour aller examiner la marchandise des concurrents.

La plus belle venait d'Italie, comme toujours. Caris s'arrêta devant la stalle de Loro le Florentin. Les marchands de tissu de son envergure n'achetaient pas la laine, même s'ils travaillaient souvent en étroite collaboration avec les acheteurs en gros. Loro remettait les recettes de ses ventes en Angleterre à Buonaventura qui les employait à acheter la laine vierge en Angleterre. À Florence, la famille de Buonaventura vendait la laine, et c'était sur ces gains-là qu'elle remboursait plus tard la famille de Loro. Cette pratique permettait d'éviter le transport toujours hasardeux de tonneaux remplis de pièces d'or et d'argent d'un bout à l'autre de l'Europe.

Loro n'avait plus que deux rouleaux de tissu sur son étal. Les couleurs en étaient beaucoup plus lumineuses que celles des tissus produits en Angleterre. « C'est tout ce vous avez apporté ? s'étonna Caris.

— Bien sûr que non. Tout le reste est vendu.

— Vraiment ? J'entends dire partout que c'est une très mauvaise foire. »

Il haussa les épaules. « Les belles étoffes se vendent toujours. »

Une idée était en train de se former dans l'esprit de Caris. « C'est combien, l'écarlate ?

— Sept shillings le yard, maîtresse. »

Sept fois le prix de sa bure !

« Mais qui peut s'offrir cette merveille ?

— L'évêque m'en a pris une grande quantité de rouge et dame Philippa un peu de la bleue et de la verte. Et puis il y a les filles des brasseurs et des boulangers de la ville, les seigneurs et les dames des villages alentour. Il y a toujours quelqu'un qui prospère, même lorsque les temps sont durs… Ce vermillon serait superbe sur vous. » D'un geste rapide, il déroula le tissu et en drapa une longueur sur l'épaule de Caris. « Magnifique. Voyez comment les gens vous regardent déjà ! »

Elle sourit. « Je comprends maintenant pourquoi vous en vendez tant. » Elle fit rouler le tissu entre ses doigts, admirant le tissage très serré. Elle avait eu jadis un manteau de ce même écarlate italien. C'était son vêtement préféré. Il lui venait de sa mère. « Quel colorant utilisez-vous pour obtenir ce rouge ?

— De la garance, comme tout le monde.

— Mais vous y ajoutez certainement quelque chose pour que ce soit aussi lumineux ?

— De l'alun, ce n'est pas un secret. Ça rend les couleurs plus éclatantes, et ça les fixe aussi. Elles ne se fanent pas. Un manteau de cette teinte serait magnifique sur vous, un bonheur éternel.

— De l'alun, répéta-t-elle. Pourquoi les teinturiers d'ici n'en utilisent-ils pas ?

— C'est très cher. Ça vient de Turquie. C'est un luxe que seules certaines femmes peuvent se permettre.

— Et ce bleu, d'une couleur si profonde ?

— Comme vos yeux. »

Elle avait les yeux verts, mais ne le corrigea pas.

« Les teinturiers anglais emploient la guède ; nous, de l'indigo qui vient du Bengale. Les commerçants maures vont le chercher aux Indes et l'apportent en Égypte où nos marchands italiens l'achètent à Alexandrie… Vous imaginez tout le chemin parcouru pour satisfaire votre beauté exceptionnelle ?

— Oui, dit Caris. Je m'en faisais justement la réflexion. »

*

Pierre le Teinturier avait pour atelier un hangar au bord de la rivière, aussi vaste que la demeure d'Edmond. C'était un bâtiment en pierre composé uniquement de murs extérieurs, sans cloisons ni plancher. Deux feux immenses brûlaient sous deux chaudrons flanqués chacun d'une grue semblable à celle que Merthin avait fabriquée pour le toit de l'église Saint-Marc. Ces grues servaient à soulever les énormes sacs de laine ou de tissu pour les déposer dans les cuves. Le sol était toujours trempé, de sorte que les apprentis travaillaient pieds nus, vêtus de leurs seules culottes à cause de la chaleur. Dans cette atmosphère opacifiée par la vapeur, l'humidité faisait briller leurs cheveux et leurs visages dégoulinant de sueur. L'âcre odeur des lieux prit Caris à la gorge.

Elle montra à Pierre son rouleau de tissu invendu. « Je voudrais un écarlate semblable à celui des tissus italiens. C'est ce qui se vend le mieux. »

Pierre hocha la tête avec accablement. De tempérament maussade, il prenait un air blessé quoi qu'on lui dise. Pour l'heure, il affichait la mine d'un homme victime d'une injustice. « Nous le teindrons avec de la garance.

— Et avec de l'alun, s'il vous plaît, pour fixer la couleur et la rendre plus éclatante.

— Nous n'employons pas ce produit. Nous n'en avons jamais employé. D'ailleurs, je ne connais personne qui en fasse usage. »

Caris se maudit intérieurement de n'avoir pas pensé à se renseigner plus avant. Elle avait supposé qu'un teinturier saurait tout ce qu'il convenait de savoir sur les colorants. « Pouvez-vous essayer quand même ?

— Je n'en ai pas. »

Caris soupira. Pierre, manifestement, était de ces artisans pour qui toute chose est impossible s'ils ne l'ont pas déjà faite auparavant. « Imaginons que j'arrive à en trouver.

— Où ça ?

— À Winchester, je suppose, ou à Londres. Ou peut-être à Melcombe. » C'était le grand port le plus proche. Des bateaux y accostaient de toute l'Europe.

« Même si j'en avais, je ne saurais pas comment l'utiliser.

— Vous ne pouvez pas vous renseigner ?

— Auprès de qui ?

— Eh bien, j'essaierai de mon côté. »

Il secoua la tête d'un air pessimiste. « Je ne sais pas... »

Elle n'avait pas envie de se disputer avec lui, c'était le seul teinturier en ville qui travaillait à grande échelle. C'est pourquoi elle dit sur un ton conciliant : « Je ne vais pas prendre plus de votre temps. De toute façon, d'ici à ce que je trouve de l'alun, le pont aura été achevé depuis belle lurette. »

Sur ces mots, elle partit. Qui, en ville, était susceptible d'avoir de l'alun ? Quelle bêtise de ne pas avoir posé plus de questions à Loro le Florentin ! Les moines devaient certainement savoir des choses comme celles-là, mais ils n'étaient plus autorisés à parler aux femmes. Elle décida d'aller trouver Mattie la Sage. La guérisseuse utilisait toutes sortes d'ingrédients pour ses mixtures. Elle se servait peut-être d'alun. En tout cas, et c'était le plus important, elle ne prétendrait pas savoir de quoi il s'agissait si elle l'ignorait, à la différence d'un moine ou d'un apothicaire qui inventerait n'importe quoi de peur de paraître idiot.

Mattie l'accueillit par ces mots : « Comment va ton père ? » Une fois de plus, constata Caris, Mattie devinait toujours ce qui la tracassait.

« Les mauvaises ventes à la foire de Shiring l'ont un peu secoué. Et puis, l'âge commence à se faire sentir, il oublie les choses.

— Prends soin de lui. C'est un homme bon.

— Je sais, répondit Caris sans bien comprendre où Mattie voulait en venir.

— Quant à Pétronille, c'est une vache égocentrique.

— Je suis bien placée pour le savoir. »

Mattie poussa vers Caris un mortier dans lequel elle était en train d'écraser des herbes au pilon. « Tiens, finis ça à ma place, si tu veux bien. Je vais te chercher une tasse de vin.

— Merci », dit Caris et elle se mit en demeure de broyer la mixture pendant que Mattie remplissait deux bols de bois d'un vin jaune qu'elle conservait dans une cruche en pierre.

« Pourquoi es-tu là ? Tu n'es pas malade, pourtant.

— Tu sais ce qu'est l'alun ?

— Oui. En petite quantité, on s'en sert comme astringent, pour refermer des blessures ; on en prend aussi pour stopper la diarrhée. En grande quantité, c'est un poison qui fait vomir, comme la plupart des poisons. Il y en avait dans la potion que je t'ai donnée l'année dernière.

— Qu'est-ce que c'est ? Une herbe ?

— Non, c'est de la terre. Les Maures l'extraient dans des mines en Turquie et en Afrique. Les tanneurs en utilisent parfois pour assouplir le cuir. J'imagine que tu veux t'en servir pour teindre des tissus.

— Oui. » Comme toujours, Mattie faisait montre d'une précision surnaturelle dans ses suppositions.

« L'alun agit comme un mordant, il pénètre les fibres de la laine et permet de fixer les couleurs.

— Où t'en procures-tu ?

— À Melcombe », dit Mattie.

*

Caris fit le voyage jusqu'au port de Melcombe qu'elle connaissait pour y être allée plusieurs fois. Deux jours de route sous la protection d'un employé de son père. Sur les quais, elle rencontra un négociant en épices, qui faisait également commerce d'oiseaux des îles, d'instruments de musique et de toutes sortes de curiosités provenant des contrées les plus lointaines. Il lui vendit une variété d'alun connue sous le nom de « spiralum », qui provenait selon lui d'Éthiopie, ainsi qu'un tonnelet d'une teinture rouge extraite de la racine d'une garance particulière, cultivée en France. Il lui réclama sept shillings pour le tonnelet ; le sac d'alun lui avait déjà coûté une livre. Ignorant leur valeur, Caris n'aurait su dire si elle les avait obtenus pour un bon prix. En fait, il lui avait cédé tout ce qu'il possédait et il lui promit de lui en trouver encore dès qu'un autre bateau accosterait d'Italie. Elle lui demanda en quelles quantités cette garance et l'alun devaient être utilisés, mais il ne put lui répondre.

De retour à Kingsbridge, elle entreprit de teindre dans une marmite des morceaux de son coupon invendu. Pétronille s'étant plainte de l'odeur, Caris s'installa dans la cour derrière la maison. Elle savait qu'elle devait faire bouillir le tissu dans une solution d'eau et de colorant. Peter lui avait indiqué les proportions à respecter. En revanche, elle n'avait pas la moindre idée de la façon dont on utilisait l'alun.

Commença alors une éprouvante période d'essais. Elle plongeait le tissu dans l'alun avant de le teindre ; elle mélangeait l'alun à la teinture et faisait bouillir le tissu. Ou bien elle faisait tremper le tissu teint dans l'alun. Elle poursuivit l'expérimentation en utilisant tantôt la même quantité d'alun et de colorant, tantôt plus, tantôt moins. À la suggestion de Mattie, elle tenta d'ajouter d'autres ingrédients : de l'écorce de chêne, de la craie, de l'eau de chaux, du vinaigre et même de l'urine.

Le temps pressait. Partout, dans toutes les villes du pays, seuls les marchands appartenant à une guilde étaient habilités à vendre du tissu, sauf en période de foire où les règles étaient moins strictes. Or, toutes les foires se tenaient en été. La dernière, la foire de Saint-Gilles, une ville à l'est de Winchester, dans la région des Downs, se tenait le jour de la Saint-Gilles, le 12 septembre. Et on était déjà à la mi-juillet. Il ne restait donc que huit semaines à Caris.

Elle débutait de bon matin et s'échinait jusque bien après la tombée de la nuit. À force de remuer sans cesse le tissu dans la marmite, le sortant de l'eau pour l'y replonger, elle avait le dos en miettes. Ses mains étaient rougies et endolories par toutes ces manipulations et ses cheveux avaient une odeur de teinture. Les déceptions se succédaient, mais pourtant elle se sentait heureuse et fredonnait parfois en travaillant, chantant de vieux airs appris dans l'enfance et dont elle se rappelait à peine les paroles. Dans leurs cours, les voisins, pris de curiosité, jetaient des coups d'œil par-dessus leurs barrières.

« Est-ce là mon destin ? » s'interrogeait-elle parfois. Elle qui s'était si souvent demandé ce qu'elle ferait de sa vie, elle en venait presque à croire qu'elle n'avait peut-être pas d'autre choix que de devenir teinturière. La médecine lui était interdite ; le commerce de la laine ne semblait pas une bonne idée ; et la vie de famille ne l'attirait pas, trop effrayée à l'idée de devenir l'esclave d'un mari ou d'enfants. Teindre du tissu, voilà bien une idée qui ne lui était jamais venue à l'esprit ! Quand elle s'y arrêtait, elle se disait que cette occupation n'avait jamais été son rêve dans la vie et qu'en aucun cas elle n'en ferait son destin. Mais elle avait commencé une chose et elle était déterminée à la mener à bien.

Tout d'abord, elle n'obtint qu'une teinte tantôt brun rougeâtre, tantôt rose pâle. Puis, quand elle eut presque obtenu l'écarlate recherché, ce fut pour découvrir à son grand dam que la couleur fanait en séchant au soleil ou encore disparaissait une fois le tissu lavé. Elle essaya de procéder à une double teinture, mais le résultat se révéla tout aussi provisoire. Pierre lui indiqua, assez tardivement, que la laine absorberait mieux le colorant si elle était teinte avant d'être tissée, voire avant d'être filée. Elle suivit son conseil. La nuance s'en trouva certes améliorée, mais la couleur n'en fut pas plus stable pour autant.

« Il n'y a qu'un seul moyen d'apprendre à teindre, c'est auprès d'un maître », lui répétait Pierre, et elle se dit qu'il en allait toujours ainsi. Le prieur Godwyn avait appris la médecine en lisant des livres écrits des centaines d'années auparavant, et il prescrivait ses remèdes sans même ausculter le patient. Elfric avait puni Merthin pour avoir sculpté la parabole des vierges selon une vision nouvelle ; quant au teinturier, il n'avait jamais essayé de teindre un tissu en écarlate. Il n'y avait que Mattie pour fonder ses déductions sur ses observations personnelles plutôt que sur des autorités vénérées.

Tard, un soir, sa sœur Alice vint dans la cour la regarder travailler, les lèvres pincées et les bras croisés sur sa poitrine. Dans l'obscurité croissante, son visage éclairé par le feu rougeoyant exprimait la désapprobation. « Quelle somme d'argent appartenant à notre père as-tu dépensée pour ces bêtises ? »

Caris fit rapidement l'addition. « Sept shillings pour la garance, une livre pour l'alun, douze shillings pour le tissu. En tout, trente-neuf shillings.

— Dieu nous garde ! » s'écria Alice, horrifiée.

Le total abasourdit Caris elle-même. Il dépassait de loin ce que la plupart des habitants de Kingsbridge gagnaient en une année. « C'est beaucoup, mais je rentrerai largement dans mes frais, affirma-t-elle.

— Tu n'as pas le droit de jeter son argent par les fenêtres comme tu le fais !

— Pas le droit ? rétorqua Caris. J'ai sa permission. Que me faut-il de plus ?

— Il montre des signes de vieillissement. Son jugement n'est plus aussi sûr qu'avant. »

Caris feignit de ne pas l'avoir remarqué. « Il a tout son discernement et un jugement certainement meilleur que le tien !

— Tu dépenses notre héritage !

— C'est *ça* qui te tracasse ? Ne t'inquiète pas. Je vais te faire gagner de l'argent.

— Je ne veux pas prendre de risque.

— Ce n'est pas toi qui le prends, c'est lui !

— Il ne devrait pas gaspiller l'argent qui doit nous revenir !

— Qu'attends-tu pour le lui dire ? »

Alice tourna les talons, vaincue. Mais Caris était loin d'éprouver l'assurance qu'elle affichait. Elle ne trouverait peut-être jamais le secret de cette teinture. Que ferait-elle, alors ? Que ferait son père ?

Enfin, elle parvint au but. La formule était toute simple : une once de garance et deux onces d'alun pour trois onces de laine. Il fallait d'abord faire bouillir la laine dans l'alun, puis ajouter la garance, mais ne pas faire bouillir à nouveau. En revanche, il convenait d'employer un troisième élément : de l'eau de chaux. Le résultat obtenu dépassait toutes les espérances de Caris : un rouge éclatant, presque identique au rouge des Italiens. Elle n'en croyait pas ses yeux ! Las, ce rouge allait certainement déteindre, lui procurer une nouvelle déception. Mais la couleur ne vira pas en séchant. Elle supporta parfaitement un nouveau lavage et même un second foulage.

Elle transmit la formule à Pierre qui, sous sa surveillance attentive, utilisa tout le reste d'alun pour teindre dans l'une de ses cuves géantes neuf aunes d'un lainage tissé à partir de laine de qualité supérieure. Une fois le tissu foulé, Caris paya un finisseur pour l'ébarber à l'aide de cette petite fleur sauvage qui s'accroche aux vêtements et pour réparer certains petits défauts.

Et ce fut, lestée de sa balle d'un rouge lumineux et parfait, qu'elle se rendit à la foire de Saint-Gilles.

Comme Caris déroulait son lainage sur l'étal, un homme à l'accent londonien lui en demanda le prix.

Elle l'examina. Ses vêtements étaient coûteux, mais sans ostentation. À défaut d'être noble, il devait être riche. Masquant de son mieux le tremblement de sa voix, elle répondit : « Sept shillings le yard. C'est la plus belle qualité…

— Non ! Je voulais dire : combien la balle entière ?

— Elle fait douze yards, messire, ce qui fait donc quatre-vingt-quatre shillings. »

Il frotta le tissu entre son pouce et son index. « Il n'est pas aussi serré que le lainage italien, mais il n'est pas mal. Je vous en donnerai vingt-sept florins d'or. »

Les pièces d'or de Florence servaient couramment de monnaie d'échange, car l'Angleterre ne frappait pas de monnaie en or. Un florin équivalait peu ou prou à trois shillings, soit trente-six pennies d'argent. Le Londonien lui proposait donc d'acheter la balle entière pour seulement trois shillings de moins qu'elle en aurait tiré en vendant le tissu au détail. Devinant qu'il n'était pas homme à marchander, car sinon il en aurait proposé un prix moindre, elle refusa, s'émerveillant de sa témérité.

« Bien », dit-il sans hésiter, lui confirmant ainsi qu'elle pouvait se fier à son instinct. Elle le regarda sortir sa bourse en frémissant. Un instant plus tard, elle tenait dans sa main vingt-huit florins.

Elle en prit un et le retourna entre ses doigts. Il était un peu plus grand qu'un penny d'argent. Sur une face était gravée l'image de saint Jean-Baptiste, le patron de Florence, sur l'autre une fleur, symbole de la ville. Elle la déposa sur le plateau d'une balance pour comparer son poids à celui d'un florin frappé récemment que son père conservait spécialement à cette intention. La pièce du Londonien était bonne.

« Merci, dit-elle, osant à peine croire à son succès.

— Je m'appelle Harry Lemarchand, de Cheapside, à Londres, dit-il. Mon père est le plus grand marchand de tissu d'Angleterre. Quand vous aurez encore de cette écarlate, venez nous voir à Londres. Nous vous achèterons tout ce que vous pourrez nous apporter. »

*

« Tissons toute la laine invendue ! dit-elle à son père, une fois de retour à Kingsbridge. Il nous reste quarante sacs de laine. Transformons tout en étoffe rouge.

— C'est une grande entreprise », dit-il pensivement.

Caris était certaine de son succès. « Il y a des quantités de tisserands, et ils vivent tous misérablement. De plus, Pierre n'est pas le seul teinturier en ville. On peut enseigner aux autres comment utiliser l'alun.

— Et si ton secret est connu, tout le monde te copiera ! »

Il avait raison de se faire l'avocat du diable, mais ses objections ne calmaient pas Caris. Elle bouillait d'impatience de se mettre à l'ouvrage.

« Qu'ils nous copient ! Qu'ils gagnent de l'argent, eux aussi.

— Dès qu'il y aura abondance de tissu, le prix chutera, dit-il encore, ne voulant pas se laisser entraîner dans une aventure.

— Ce n'est pas demain la veille que cette affaire cessera d'être profitable. »

Il hocha la tête. « C'est vrai. Mais pourras-tu en vendre une telle quantité ? Les gens riches ne sont pas légion à Shiring ou ici.

— Alors je l'emporterai à Londres.

— D'accord, admit-il avec un sourire. Je vois que tu es déterminée et ton projet est avisé. Mais même s'il était mauvais, je suis sûr que tu saurais en tirer quelque chose. »

Elle alla de ce pas trouver Marc le Tisserand et passa un accord avec lui pour qu'il se mette immédiatement à la tâche. Elle s'organisa également pour que Madge prenne un char à bœuf appartenant à Edmond et fasse le tour des villages voisins avec quatre sacs de laine à répartir entre plusieurs tisserands.

Le reste de la famille ne voyait pas les projets de Caris d'un bon œil. Le lendemain, Alice vint dîner. À peine se furent-ils assis à table que Pétronille prit son frère à partie : « Je pense, ainsi qu'Alice, que tu devrais reconsidérer ce projet de tissu. »

Au désespoir de Caris, son père ne répondit pas qu'il avait pris sa décision et qu'il était trop tard pour la remettre en question. Sur un ton bon enfant, il s'enquit : « Ah bon ? Et pourquoi ça ?

— Tu risques de perdre jusqu'à ton dernier sou. Voilà pourquoi !

— Toute ma fortune ou presque est déjà en péril, répliqua-t-il. J'ai un entrepôt bourré de laine que je ne peux pas vendre.

— Tu risques de te retrouver dans une situation bien pire encore.

— C'est un risque que j'ai décidé de prendre.

— Ce n'est pas juste envers moi ! intervint Alice.

— Tiens donc ! Et pourquoi ?

— Caris dépense mon héritage ! »

Edmond s'assombrit et marmonna tout bas : « Je ne suis pas encore mort ! »

Pétronille pinça les lèvres, comprenant le sous-entendu. Mais Alice insistait, sourde à la colère de son père. « Il faut penser à l'avenir. Pourquoi Caris aurait-elle le droit de dépenser un héritage auquel j'ai droit ?

— Parce qu'il n'est pas encore à toi et ne le sera peut-être jamais !

— Tu ne peux pas jeter par les fenêtres un argent qui devrait me revenir.

— Je ne laisserai personne me dicter ce que je dois faire de ma fortune, et encore moins mes enfants ! » s'écria Edmond.

Sa voix vibrait d'une telle fureur qu'Alice ne put l'ignorer. Elle reprit sur un ton plus serein : « Je ne disais pas ça pour t'ennuyer. »

Il répondit par un grognement, incapable de se fâcher longtemps, quand bien même les excuses d'Alice n'étaient guère satisfaisantes. « Dînons tranquillement. Je ne veux plus entendre un mot à ce sujet ! » conclut-il, et Caris comprit que son projet avait survécu une journée de plus.

Sitôt le dîner achevé, elle partit chez Pierre le Teinturier pour le prévenir de la grande quantité de travail qui l'attendrait bientôt.

« Ce ne sera pas possible », dit-il.

Sa réponse la prit au dépourvu. Connaissant son caractère taciturne, elle insista, sachant qu'il finissait toujours par se rendre à ses vues. « Ne vous inquiétez pas, vous n'aurez pas tout à teindre. Je donnerai une partie du travail à d'autres teinturiers.

— Ce n'est pas la teinture, c'est le foulage.

— Comment ça ?

— Le prieur Godwyn a publié un nouvel édit : nous n'avons plus le droit de fouler la laine nous-mêmes. Nous sommes tenus d'utiliser le moulin du prieuré.

— Eh bien, faisons le foulage là-bas.

— Leur moulin est trop lent. La machinerie est vétuste et casse à longueur de temps. Elle a été réparée maintes et maintes fois. Cet assortiment de vieux bois et de bois neuf n'est plus capable d'effectuer la besogne correctement. On aura aussi vite fait de fouler la laine nous-mêmes en la piétinant dans l'eau. De plus, il n'y a qu'un seul moulin. Il suffira à peine aux besoins courants des tisserands et des teinturiers de Kingsbridge. »

C'était insensé ! Son projet n'allait pas échouer à cause d'un décret stupide édicté par son cousin ! Elle objecta, soulevée par l'indignation : « Mais si son moulin ne suffit pas à la tâche, le prieur ne peut pas nous interdire de fouler nous-mêmes la laine ! »

Peter haussa les épaules. « Essayez de le lui dire !

— Vous pouvez compter sur moi ! »

Elle s'élança d'un pas vif en direction du prieuré. À mi-chemin elle s'arrêta. Si le prieur avait coutume de recevoir les habitants de Kingsbridge dans la grande salle de sa maison, il était peu fréquent qu'une femme se rende seule chez lui et, de surcroît, sans avoir annoncé sa visite. Godwyn était de plus en plus pointilleux sur ces détails. D'ailleurs, le prendre de front n'était peut-être pas le meilleur moyen de le faire changer d'avis. Mieux valait s'octroyer un temps de réflexion. Elle rentra donc chez elle pour en débattre avec son père.

À l'annonce de cette nouvelle, Edmond réagit aussitôt : « Cette fois-ci, le jeune Godwyn marche sur des sables mouvants. L'usage du foulon n'a jamais été assorti d'un paiement. Selon la légende, il a été construit au temps du grand prieur Philippe par Jack le Bâtisseur et, à sa mort, le prieur a accordé aux habitants de la ville le droit de l'utiliser gratuitement à perpétuité.

— Pourquoi ont-ils cessé de l'utiliser, alors ?

— Parce qu'il est tombé en décrépitude. Il y a dû y avoir une dispute à propos des frais d'entretien, j'imagine. Et comme elle n'a jamais été réglée, les gens ont recommencé à fouler le tissu eux-mêmes.

— Dans ce cas-là, Godwyn n'a pas le droit de réclamer un paiement et encore moins d'exiger qu'on utilise son moulin !

— Non, en effet. »

Edmond envoya un messager au prieuré pour demander à Godwyn quand il lui serait possible de le recevoir. La réponse revint sans tarder : « Tout de suite. » Et c'est ainsi qu'Edmond et Caris traversèrent la rue pour se rendre chez le prieur.

En voyant son cousin, Caris le trouva bien changé en un an de temps. Il avait perdu son ardeur de jeune homme pour devenir circonspect, comme s'il s'attendait en permanence à être attaqué. L'idée lui traversa l'esprit qu'il n'avait peut-être pas la force de caractère nécessaire pour remplir les fonctions de prieur.

Philémon, présent à ses côtés, donnait de lui-même un spectacle pathétique tant il s'appliquait à bien faire, tantôt apportant des chaises, tantôt versant les boissons. En même temps, il y avait dans son attitude une assurance nouvelle, comme s'il tenait à prouver qu'il était bel et bien à sa place en ce lieu.

« Alors, Philémon, te voici oncle maintenant, lui lança Caris. Comment trouves-tu ton neveu Sam ?

— Je suis novice, minauda-t-il sans raison. En tant que tel, j'ai renoncé à tout lien familial en ce bas monde. »

Caris n'insista pas. Elle savait qu'il aimait beaucoup sa sœur Gwenda. S'il voulait prétendre le contraire, libre à lui !

Edmond exposa le problème sans détour. « Si les lainiers de Kingsbridge ne parviennent pas à redresser leurs fortunes, les travaux sur le pont devront s'arrêter. Heureusement, nous avons imaginé une nouvelle source de revenus. Caris a découvert le moyen de produire un tissu écarlate de haute qualité. Une seule chose entrave le succès de cette entreprise : le foulage.

— Pourquoi ? s'étonna Godwyn. Le tissu peut être foulé dans notre moulin.

— Apparemment c'est impossible. Le moulin est vieux et délabré. Il satisfait à peine les besoins existants. Il n'a pas la capacité requise pour accomplir des tâches supplémentaires. De deux choses l'une : ou bien vous construisez un nouveau foulon...

— C'est hors de question, le coupa Godwyn. Je ne dispose pas des fonds nécessaires.

— Très bien, dit Edmond. Alors, vous devez autoriser les gens à fouler leur tissu selon l'ancienne méthode : pieds nus dans l'eau. »

L'expression de Godwyn rappela à Caris bien des souvenirs d'enfance. Il s'y mêlait de la rancœur, de l'orgueil blessé et un entêtement indomptable. Dès qu'il n'obtenait pas satisfaction, Godwyn prenait cet air et l'on pouvait être sûr qu'il allait recourir à toutes les intimidations imaginables pour faire plier ses camarades. Lorsqu'il n'y parvenait pas, il tournait les talons et rentrait chez lui, comme si la contradiction était pour lui l'humiliation suprême, une blessure insupportable. Cette explication valait ce qu'elle valait, mais en voyant Godwyn se renfrogner, Caris comprit qu'il serait sourd à tout raisonnement.

En effet, ce fut sur un ton irrité qu'il répliqua à Edmond : « J'étais sûr que vous vous opposeriez à mes décisions ! Vous semblez croire que le prieuré existe pour le seul bénéfice de Kingsbridge. Il est grand temps que vous compreniez que c'est l'inverse. »

Edmond ne tarda pas à manifester son exaspération. « Ne voyez-vous pas que nous dépendons l'un de l'autre ? Nous pensions que vous aviez compris cette intime corrélation, c'est pourquoi nous avons soutenu votre élection.

— J'ai été élu par les moines, pas par les marchands ! La ville dépend peut-être du prieuré, mais le prieuré existait ici bien avant qu'il y ait seulement une bourgade. Nous n'avons pas besoin de vous pour exister.

— Exister comme un bastion isolé, et non pas comme le cœur d'une ville débordant d'activité. »

Caris jugea bon d'intervenir : « Vous voulez certainement que Kingsbridge retrouve sa prospérité, Godwyn, sinon vous ne seriez pas allé à Londres vous opposer au comte Roland.

— Je suis allé devant la cour royale de justice afin de défendre les droits antiques du prieuré. Ce que j'essaie de faire ici même, en ce moment.

— C'est de la trahison pure et simple ! s'indigna Edmond. Nous vous avons soutenu en tant que prieur parce que vous nous avez incités à croire que vous construiriez le pont !

— Je ne vous dois strictement rien ! répondit Godwyn. Ma mère a dû vendre sa maison pour m'envoyer à l'université. Où étiez-vous alors, mon oncle fortuné ? »

Que Godwyn puisse conserver en lui une rancœur vieille de dix ans stupéfia Caris. Quant à Edmond, il devint froidement hostile : « Je ne crois pas que vous disposiez de quelque droit que ce soit pour obliger la population à utiliser votre foulon ! »

Surprenant le regard qu'échangeaient Godwyn et Philémon, Caris comprit qu'ils en étaient parfaitement conscients. Godwyn déclara : « Il a pu y avoir des périodes où les prieurs ont généreusement autorisé les habitants à utiliser notre moulin gratuitement.

— C'était un don du prieur Philippe à la ville.

— Je ne sais rien de cela.

— Vous possédez forcément un document dans vos archives. »

Godwyn se fâcha. « Les habitants ont laissé ce moulin tomber en ruine pour que le prieuré paye les réparations. C'est suffisant pour invalider n'importe quel don. »

Caris devina alors que son père avait raison : Godwyn s'était aventuré sur des sables mouvants. Il était tout à fait au courant du don accordé par le prieur Philippe, mais il avait décidé de faire comme s'il n'en savait rien. Edmond lança une ultime tentative. « Nous pouvons sûrement régler cette question à l'amiable.

— Je ne reviendrai pas sur mon édit, décréta Godwyn. J'aurais l'air d'être faible. »

Voilà donc ce qui le tracassait, la crainte de déchoir en changeant d'avis, de ne plus être respecté par les habitants de la ville. Paradoxalement, son obstination venait d'une sorte de timidité. Cette découverte laissa Caris ébahie.

Edmond poursuivait : « Nous voulons, l'un comme l'autre, nous épargner le désagrément et les frais d'une autre visite devant la cour royale. »

Godwyn se raidit. « Me menaceriez-vous d'un procès en justice ?

— J'aimerais l'éviter. Mais… »

Caris ferma les yeux, priant pour que les deux hommes ne poussent pas leur dispute jusqu'à de telles extrémités. Sa prière ne fut pas exaucée.

« Mais quoi ? » lança Godwyn sur un ton provocateur.

Edmond laissa échapper un soupir. « Si vous interdisez aux habitants d'effectuer le foulage chez eux et les forcez à utiliser votre moulin, je ferai appel au roi.

— Qu'il en soit ainsi ! » répliqua Godwin.

34

Le cerf qu'ils apercevaient entre les branchages était en réalité une biche d'un an ou deux, aux muscles joliment dessinés sous son doux pelage. Cherchant à atteindre une touffe d'herbe sèche, elle tendait le cou entre les branches d'un buisson, tout au bout de la clairière. Le tapis de feuilles mortes, détrempé par la pluie, avait étouffé les pas des chevaux que montaient Ralph Fitzgerald et Alan Fougère, et leurs chiens étaient dressés à ne pas faire de bruit. Pour cette raison, mais peut-être aussi parce qu'elle concentrait toute son attention sur ce tendre fourrage, la biche ne les avait pas entendus approcher.

Ralph qui l'avait aperçue le premier la désigna à Alan qui portait son arc. Celui-ci fit passer les rênes dans sa main gauche et s'empara de l'arme avec une rapidité qu'expliquait seule une longue pratique. En l'espace d'un battement de cils, il eut placé une flèche sur la corde et tira.

Les chiens furent plus lents à la détente. Ce ne fut qu'après avoir entendu la corde vibrer et la flèche siffler dans les airs qu'ils réagirent. Orge, la chienne, se mit à l'arrêt, la tête dressée et les oreilles pointées ; Lame, son petit qui désormais la dépassait en taille, poussa un aboiement bref et rauque.

La flèche, d'une demi-toise de long et pourvue de plumes de cygne, se terminait par une pointe en fer plein de deux pouces, taillée en pointe, parfaitement adaptée à la tige. C'était une flèche destinée à la chasse. Une flèche conçue pour la guerre aurait présenté une tête carrée capable de traverser une armure sans dévier de sa course.

Pour adroit qu'il était, le tir d'Alan ne fut pas d'une précision absolue : la flèche atteignit la biche à la base du cou. L'animal fit un bond, tant sous l'effet de la douleur que de la surprise, vraisemblablement. Sa tête apparut hors du buisson. Pendant un instant, Ralph crut que la biche allait s'écrouler morte, mais elle s'élança au loin, la flèche plantée dans son cou, du sang suintant de sa blessure. Manifestement, le projectile avait raté l'artère et s'était logé dans un muscle.

Les chiens filèrent droit devant eux comme s'ils avaient eux-mêmes reçu une flèche. Les deux chevaux suivirent sans qu'il soit nécessaire de les solliciter. Ralph montait Griff, son cheval préféré quand il sortait chasser. Un émoi mêlé d'anxiété et d'attente le submergea. Cette sensation, sa principale raison de vivre, se manifestait par une vibration des nerfs, un resserrement à hauteur du cou, une envie irrésistible de hurler à pleins poumons, un tressaillement de tout le corps à ce point semblable à l'excitation sexuelle qu'il n'aurait su expliquer en quoi elles étaient différentes.

Les hommes comme Ralph vivaient avant tout pour se battre. Le roi et ses barons faisaient d'eux des seigneurs et des chevaliers ; ils leur donnaient des villages et des terres pour une raison bien précise : pour qu'ils répondent à l'appel chaque fois que le roi avait besoin de lever une armée, et qu'ils se présentent avec leurs chevaux, leurs écuyers, leurs armes et leurs armures. Hélas, le roi ne déclarait pas la guerre tous les ans. Deux ou trois années pouvaient s'écouler sans qu'il ne lance ses chevaliers dans une bataille qui ne soit pas seulement un malheureux règlement de comptes aux confins du pays contre ces rebelles de Gallois ou ces barbares d'Écossais.

Dans l'intervalle, les chevaliers devaient trouver à s'occuper tout en entretenant leur forme physique et leurs qualités de cavaliers. Par ailleurs, et c'était peut-être le plus important, ils devaient entretenir leur soif de sang. La tâche d'un soldat consistait à tuer, il l'accomplissait mieux s'il se languissait de l'odeur des batailles.

La chasse était l'exutoire idéal. Tous les nobles, du roi aux seigneurs les moins titrés, comme Ralph, chassaient chaque fois qu'ils en avaient l'occasion – souvent plusieurs fois par semaine. Ils aimaient ce passe-temps et s'y adonnaient d'autant plus volontiers qu'il leur assurait de posséder la force et l'agilité indispensables le jour où ils seraient appelés à se battre. Ralph chassait avec le comte Roland lors de ses fréquentes visites à Château-le-Comte et il participait souvent aux chasses du seigneur William sur ses terres de Casterham. Lorsqu'il se trouvait chez lui, dans son village de Wigleigh, il battait les forêts des environs avec son écuyer, Alan. Ils chassaient généralement le sanglier. Oh, pas pour la viande, mais pour la traque passionnante de ces bêtes qui ne se rendent qu'après un dur combat. Ralph aimait courir le renard ainsi que le loup, éventuellement, mais l'occasion ne se présentait pas souvent. La meilleure proie était assurément le cerf : un animal agile, rapide et grâce auquel on pouvait rapporter au manoir cent livres d'une viande délicieuse.

Pour l'heure, serrer entre ses jambes le corps de son cheval, sentir son poids et sa puissance, éprouver la force de ses muscles, les oreilles emplies du martèlement de ses sabots semblable à un roulement de tambour, inondaient Ralph d'un bonheur exaltant. La biche s'était enfoncée dans les bois, mais Orge savait où la débusquer, et les chevaux suivaient les chiens. Ralph tenait dans sa main droite une lance, longue hampe de frêne à la pointe durcie au feu. À chaque écart de Griff, à chacun de ses sauts, il se penchait sur son encolure pour éviter les branches basses, balançant avec sa monture, en appui sur les étriers, conservant son assise sans effort par simple pression des genoux.

Dans les taillis, les chevaux n'étaient pas aussi rapides que les cerfs ; les chiens avaient l'avantage. Ralph entendait leurs aboiements effrénés tandis qu'ils se rapprochaient de la biche. Puis il y eut une accalmie. Il en découvrit la raison quelques instants plus tard. La biche avait quitté le couvert des arbres pour s'élancer sur une laie, distançant les chiens. Là, les chevaux regagnaient du terrain. Ils dépassèrent rapidement Orge et Lame, et réduisirent la distance qui les séparait de la biche.

L'animal faiblissait, sa course devenait irrégulière. Il était fait pour les départs en flèche, pas pour tenir la longueur à vive allure. De plus, du sang coulait de sa cuisse, un chien devait l'avoir mordu.

L'écart s'amenuisait. Le cœur de Ralph se mit à battre plus vite. Il empoigna plus fort sa lance. Il fallait une grande force pour enfoncer une pique en bois dans le corps d'un pareil animal : son cuir était épais, ses muscles bandés, ses os très durs. La meilleure cible était le cou, la partie de son corps la plus tendre si l'on parvenait à atteindre la veine jugulaire sans toucher les vertèbres. Il fallait choisir le bon moment et plonger son arme rapidement, sans hésiter, en concentrant toutes ses forces.

Voyant les chevaux tout près d'elle, la biche effectua un virage désespéré à l'intérieur des buissons. Cette décision lui offrit un sursis de quelques secondes. Les chevaux durent ralentir pour se frayer un passage dans la végétation alors qu'elle poursuivait sa course sans relâche. Mais les chiens étaient revenus à la charge, la biche ne pourrait guère aller plus loin.

D'ordinaire, sous les morsures des chiens, la bête était obligée de freiner son allure ; les chevaux, alors, regagnaient du terrain et le chasseur pouvait porter le coup fatal. Mais en cette occasion, les choses se passèrent différemment.

Alors que les chiens et les chevaux l'avaient presque rattrapée, la biche esquiva sur le côté. Lame, le chien le plus jeune, se lança à sa poursuite avec plus d'enthousiasme que de bon sens. Son bond le projeta au ras des naseaux de Griff. Incapable de piler sur place, l'étalon le heurta de toute la puissance de son antérieur. Le chien était un mastiff qui pesait ses soixante-dix ou quatre-vingts livres. L'impact fit trébucher le cheval.

Projeté en l'air, Ralph eut la présence d'esprit de lâcher sa lance avant de toucher le sol, terrifié que son cheval ne s'écroule sur lui. Sur le point d'atterrir, il se rassura : Griff avait réussi à garder l'équilibre.

Quant à lui, il s'était affalé dans un buisson d'épines, et si les branchages avaient amorti sa chute, il avait le visage et les mains profondément égratignés. Surtout, il était furieux.

Alan tira sur ses rênes. Orge, qui avait filé à la suite de la biche, ne tarda pas à revenir. La biche, évidemment, s'était enfuie. Ralph se remit sur ses pieds en jurant. Alan attrapa la bride de Griff et mit pied à terre, tenant les deux montures.

Lame gisait sur les feuilles mortes, immobile. Du sang gouttait de sa gueule. Le sabot de Griff dûment ferré l'avait atteint à la tête. Orge s'approcha de lui, le flaira, le poussa du museau, lécha le sang sur sa gueule et s'éloigna, déconcertée. Alan donna un petit coup de botte dans le chien, qui ne répondit pas. Il ne respirait plus. « Il a vécu sa vie, lâcha Alan.

— Bien fait pour lui ! L'imbécile ! »

Menant les chevaux à la bride, ils cherchèrent un endroit où se reposer. Au bout d'un moment, Ralph entendit murmurer un ruisseau. Se guidant au son, ils atteignirent un petit cours d'eau rapide que Ralph reconnut. C'était celui qui longeait les champs. Ils étaient tout près de Wigleigh. « Désaltérons-nous », dit-il. Alan attacha les chevaux puis sortit de son sac de selle une cruche fermée par un bouchon, deux bols en bois et un sac de toile contenant un en-cas.

Orge fila droit sur le ruisseau et lapa l'eau froide avidement. Ralph se laissa tomber près de la berge, adossé à un arbre. Alan lui tendit un bol de bière anglaise et un morceau de fromage. Ralph accepta la bière, mais ne voulut rien manger. Comprenant qu'il était de mauvaise humeur, Alan le regarda boire en silence et, sans mot dire, remplit à nouveau son bol.

Soudain, des voix de femmes troublèrent la quiétude de la forêt. Alan regarda Ralph, un sourcil levé. Orge grogna. Ralph se remit sur ses pieds. Ayant intimé le silence à son chien, il partit le long du ruisseau, marchant tout doucement en direction des bruits. Alan lui emboîta le pas.

Il s'arrêta un peu plus loin pour scruter le paysage à travers les arbres. En aval, à un endroit où l'eau coulait plus vite en bondissant sur les rochers, des femmes faisaient la lessive. C'était une journée maussade du mois d'octobre. Sans qu'il fasse vraiment froid, le temps était frisquet. Les femmes avaient roulé leurs manches et remonté leurs jupes à hauteur des cuisses pour ne pas les mouiller.

Ralph les regarda attentivement. Il y avait là Gwenda, toute en muscles, bras et mollets, portant son fils de quatre mois attaché dans le dos ; et il y avait Peg, la femme de Perkin, qui tapait les culottes de son mari sur une pierre. Il reconnut sa servante, Vira, une femme dure d'une trentaine d'années qui l'avait dévisagé de telle façon, le jour où il lui avait pincé les fesses, qu'il ne s'y était plus jamais aventuré. La voix qu'il avait entendue était celle de la veuve Daniels. Un moulin à paroles, celle-là, sans doute parce qu'elle vivait seule. Elle se tenait au milieu du courant et dévidait ses ragots en portant la voix, pour se faire entendre de tout le monde.

Et il y avait Annet.

Juchée sur un rocher, elle lavait un petit vêtement. Ses longues jambes blanches disparaissaient à ravir dans les plis de sa robe. Chaque fois qu'elle se penchait pour plonger son linge dans l'eau, son col s'ouvrait et révélait ses seins, deux fruits à la peau claire sur l'arbre de la tentation. Des gouttes d'eau scintillaient au bout de ses cheveux. L'irritation qu'on pouvait lire sur son joli minois montrait bien qu'elle ne se considérait pas née pour accomplir ces tâches.

Ces femmes devaient être là depuis un certain temps, se dit Ralph. Leur présence lui serait demeurée inconnue si la matrone n'avait soudain élevé la voix. Il se baissa derrière un buisson, un genou à terre, épiant les femmes à travers les branchages dénudés. Alan s'accroupit près de lui.

Adolescent, Ralph avait souvent épié les femmes. Les regarder frotter une partie de leur corps qu'elles n'auraient pas dénudée en présence d'un homme, s'étendre par terre, jambes écartées, les écouter parler de choses jamais évoquées devant les hommes l'amusaient. En fait, leur comportement rappelait celui des hommes.

C'était un régal pour ses yeux que d'observer maintenant les femmes de son village à leur insu. Il tendit l'oreille. Il commença par détailler Gwenda, son petit corps solide, se souvenant d'elle nue, à genoux sur le lit, et revivant ses sensations d'alors quand il cramponnait ses hanches pour l'attirer à lui. Au cours de cette étreinte, elle avait changé d'attitude, se rappela-t-il. D'abord froide et passive, s'efforçant de dissimuler son dégoût et son ressentiment, elle s'était peu à peu abandonnée. Il s'en était rendu compte à la rougeur soudain apparue sur son cou et à sa respiration haletante. Sa façon de courber la tête en fermant les yeux avait trahi ses sentiments : de la honte mêlée de plaisir, du moins l'avait-il cru. À ce souvenir, sa respiration se fit plus rapide et une moiteur envahit son front malgré le froid d'octobre. Aurait-il l'occasion de faire encore l'amour avec elle ?

Les femmes se disposaient à rentrer au village. Elles plièrent leur linge humide dans des paniers ou l'enveloppèrent en ballots pour les porter sur leur tête, et elles partirent sur le sentier qui longeait le ruisseau. Une dispute s'engagea entre Annet et sa mère. La jeune fille, qui n'avait fait que la moitié de sa lessive, voulait rapporter le linge sale chez elle. Peg, la mère, estimait qu'elle devait rester et finir son travail. En preuve de ses dires, elle rejoignit les femmes d'un pas rapide, laissant derrière elle une Annet de fort méchante humeur.

Une chance incroyable ! Ralph n'allait pas la laisser passer ! Il souffla à Alan : « Il y a du plaisir dans l'air ! Fais le tour discrètement et barre-lui la voie ! »

Alan s'exécuta.

Ralph regarda Annet plonger sommairement son linge dans l'eau puis se rasseoir au bord du ruisseau et fixer le courant d'un air maussade. Estimant que les villageoises n'étaient plus à portée de voix, il se redressa.

En entendant des pas dans les taillis, Annet leva les yeux. La surprise et la curiosité le cédèrent à la peur sitôt qu'elle le reconnut. Ralph en éprouva du plaisir. Elle bondit sur ses pieds, mais il était déjà à côté d'elle et la tenait prisonnière d'une poigne légère mais invincible. « Bonjour, Annet, que fais-tu toute seule dans les bois ?… »

Elle regarda derrière lui, espérant probablement qu'il était accompagné et que la présence de ses amis le retiendrait. Hélas, il n'y avait que son chien. La consternation se peignit sur ses traits. « Je rentrais à la maison, ma mère est partie devant à l'instant.

— Ne te hâte pas, tu es si jolie avec tes cheveux mouillés et tes jambes nues. »

Elle s'empressa de faire retomber ses jupes. De sa main libre, Ralph lui saisit le menton, l'obligeant à le regarder. « Je n'ai pas droit à un petit sourire ? Pourquoi es-tu aussi effrayée ? Tu n'as rien à craindre, je suis ton seigneur ! »

Elle essaya de sourire. « Je suis juste un peu énervée. Je ne m'attendais pas à vous voir… Peut-être pourriez-vous m'escorter jusque chez moi, ajouta-t-elle en s'efforçant de retrouver un peu de sa coquetterie habituelle. Une fille a besoin de se sentir protégée dans les bois.

— Te protéger ? Je m'en chargerai bien mieux que ton mari ou cet imbécile de Wulfric. » Il lâcha son menton pour saisir son sein. Un sein petit et ferme, pour autant qu'il se souvienne. Puis il libéra son bras pour avoir ses deux mains libres et en poser une sur chaque sein.

Elle en profita pour s'enfuir. Riant, il suivit des yeux sa course éperdue le long du chemin jusqu'au couvert des arbres. Un instant plus tard, un cri d'effroi lui parvenait. Il resta à sa place. Alan la reconduisit jusqu'à lui. L'écuyer tenait le bras d'Annet tordu dans son dos, ce qui faisait ressortir sa poitrine de manière prometteuse.

Ralph dégaina son poignard, une lame pointue d'un bon pied de long. « Enlève ta robe », ordonna-t-il.

547

Alan relâcha son étreinte. Elle n'obéit pas immédiatement. « Seigneur, dit-elle, je vous ai toujours témoigné mon respect…

— Retire ta robe ou je te lacère les joues, et elles en porteront la marque à jamais. »

C'était la menace la plus apte à convaincre une femme vaniteuse. Annet se hâta d'obtempérer. Tout en soulevant son vêtement de rugueuse laine brune, elle se mit à pleurer. Elle la tint tout d'abord chiffonnée contre elle pour couvrir sa nudité, mais Alan la lui arracha des mains et la jeta au loin.

Ralph examina son corps nu, tandis qu'elle se tenait devant lui, les yeux baissés, le visage inondé de larmes. Elle avait des hanches minces et un buisson de poils blond-roux proéminent. « Wulfric t'a déjà vue comme ça ? » demanda-t-il.

Elle secoua la tête sans relever les yeux.

« Il t'a déjà touchée ici ? »

Il enfonça sa main entre ses jambes. Elle se mit à le supplier. « Seigneur, soyez bon, je suis une femme mariée…

— Tant mieux, tu n'auras pas peur de perdre ton pucelage ! Allonge-toi. »

Elle voulut s'enfuir. Alan tendit une jambe experte et elle tomba en arrière. Ralph lui saisit les chevilles pour l'empêcher de se redresser. Elle se tordait désespérément.

« Tiens-la ! » cria-t-il à l'écuyer.

Lui maintenant la tête à terre, Alan l'immobilisa en posant les genoux sur ses bras et les mains sur ses épaules.

Ralph sortit son membre et le frotta pour le durcir. Puis il s'agenouilla entre les cuisses d'Annet.

Elle hurla, personne ne l'entendit.

35.

Par bonheur, Gwenda fut l'une des premières à voir Annet après le viol.

Elle avait aidé Peg à rapporter sa lessive de la rivière et à l'accrocher dans la cuisine devant le feu. Elle continuait de travailler pour Perkin, mais maintenant que l'automne était là et qu'il y avait moins à faire aux champs, elle soulageait sa femme dans ses corvées domestiques. La lessive suspendue, elles avaient commencé à préparer le repas de midi pour Perkin, Rob, Billy Howard et Wulfric. Au bout d'une heure, Peg avait dit : « Mais où est passée Annet ?

— Je vais la chercher. » Gwenda s'assura d'abord que son bébé n'avait besoin de rien. Sammy était couché dans un couffin en osier. Enveloppé dans un vieux bout de couverture marron, il suivait des yeux les volutes de fumée qui dansaient au plafond. Gwenda déposa un baiser sur son front et sortit.

Elle refit à l'envers le chemin qui passait par les champs balayés par le vent. Le seigneur Ralph et Alan Fougère la croisèrent au galop. Ils rentraient au village, leur journée de chasse apparemment interrompue. Gwenda entra dans la forêt et suivit le raccourci qui menait à l'endroit où les femmes faisaient leur lessive. Elle aperçut Annet venant à sa rencontre.

« Ça va ? demanda-t-elle. Ta mère commençait à s'inquiéter.

— Tout va très bien, répondit Annet, mais Gwenda vit bien qu'il n'en était rien.

— Qu'est-ce qui t'est arrivé ?

— Je vais bien, je te dis ! Rien ne m'est arrivé, laisse-moi tranquille ! »

Comme Annet évitait son regard, Gwenda se planta carrément devant elle et la regarda des pieds à la tête. L'expression de la malheureuse lui fit comprendre sans erreur qu'une calamité s'était produite. À première vue, Annet ne semblait pas blessée, bien que ce soit difficile de s'en assurer puisque sa longue robe lui couvrait la plus grande partie du corps. Puis Gwenda remarqua des taches sur le tissu, des traînées sombres qui ressemblaient à du sang.

« Le seigneur Ralph t'a fait du mal ? l'interrogea-t-elle, se rappelant qu'elle venait de le croiser en route.

— Je rentre à la maison. »

Comme Annet voulait la contourner, Gwenda l'attrapa par le bras. Elle n'avait pas serré fort et s'étonna qu'Annet porte la main à son épaule avec un cri de douleur.

« Mais tu as mal ! » s'écria-t-elle.

Annet fondit en larmes.

Gwenda l'entoura de son bras. « Viens, rentrons à la maison. Il faut que tu racontes ça à ta mère ! »

Annet secoua la tête. « Personne ne doit le savoir ! »

Gwenda ne répondit pas, pensant par-devers elle que c'était un peu tard.

Tout en raccompagnant Annet, elle réfléchit à ce qui avait pu se passer. Manifestement, Annet avait subi une agression. Ce pouvait être un ou plusieurs voyageurs, bien qu'il n'y ait pas de route à proximité. Ce pouvait être les hors-la-loi, mais il y avait longtemps qu'on n'en avait pas vu à Wigleigh. Non, les suspects les plus probables étaient bien Ralph et son écuyer.

Peg ne perdit pas son temps en palabres. Elle assit Annet sur un tabouret et baissa sa robe sur ses épaules. Elle portait des marques rouges et gonflées sur le haut de ses deux bras. « Quelqu'un t'a maintenue immobilisée ! » s'exclama-t-elle durement.

Annet ne répondit pas.

« J'ai raison ? insista sa mère. Réponds-moi, mon enfant, ou ça va barder ! Est-ce que quelqu'un t'a tenue pour t'empêcher de bouger ? »

Annet hocha la tête.

« Ils étaient combien ? Allez, dis-le ! »

Incapable de prononcer un mot, Annet leva deux doigts.

« Est-ce qu'ils t'ont violée ? » éclata Peg, rouge de colère.

Annet hocha encore la tête.

« Qui était-ce ? »

Annet secoua la tête.

Accuser son seigneur n'était pas une chose qu'un serf faisait de gaieté de cœur. Devinant qu'Annet ne dirait rien, Gwenda intervint : « J'ai vu Ralph et Alan s'enfuir à cheval. »

Peg questionna sa fille : « C'étaient eux, n'est-ce pas ? Ralph et Alan ? »

Annet inclina la tête.

Peg baissa la voix au point qu'elle chuchotait presque. « Et je suppose qu'Alan te maintenait, pendant que Ralph… »

Annet réitéra son mouvement.

Ayant découvert la vérité, Peg se radoucit. Elle passa le bras autour des épaules de sa fille et la serra sur son cœur. « Ma pauvre petite, ma pauvre enfant. »

Annet éclata en sanglots.

Gwenda en profita pour s'esquiver.

Les hommes rentreraient bientôt pour le repas de midi. En découvrant que Ralph avait violé Annet, son père, son frère, son mari et son ancien amoureux seraient pris de fureur. Perkin était trop vieux pour faire une bêtise et Rob obéirait aux ordres de son père. Quant à Billy Howard, il n'était pas assez courageux pour entreprendre quoi que ce soit. Restait Wulfric, qui serait ivre de rage. Il tuerait Ralph.

Et il serait pendu.

Gwenda devait absolument faire quelque chose pour modifier le cours des événements, sinon elle perdrait son mari. Elle traversa en hâte le village, sans s'arrêter pour bavarder avec personne, et se rendit au manoir. Elle espérait s'entendre dire que Ralph et Alan étaient repartis tout de suite après le repas. Mais à sa consternation, ils étaient toujours là. À l'écurie, derrière la maison, lui dit-on. En train d'examiner la jambe d'un cheval dont le sabot s'était infecté.

D'ordinaire, Gwenda était toujours mal à l'aise en présence de Ralph ou d'Alan, persuadée qu'ils ne pouvaient la voir sans se rappeler la scène à l'auberge quand elle s'était agenouillée, entièrement nue, sur le lit. Aujourd'hui, pourtant, cette pensée l'effleura à peine tant elle était décidée à leur faire quitter le village dans l'instant, avant que Wulfric ne découvre leur méfait. Mais comment s'y prendre ?

À leur vue, elle s'immobilisa, frappée de stupeur. Puis, au désespoir, elle lâcha : « Seigneur, un messager est venu. De la part du comte Roland.

— Quand ça ? demanda Ralph étonné.

— Il y a une heure. »

Ralph regarda le garçon d'écurie qui tenait la jambe du cheval pour montrer sa blessure au seigneur. « Personne n'est venu ici », dit-il.

Forcément. Un messager se serait adressé au manoir et aurait parlé avec le sénéchal. Ralph se retourna vers Gwenda. « Pourquoi t'a-t-il laissé le message à toi ? »

Prise au dépourvu, elle improvisa. « Je suis tombée sur lui à l'orée du village. Il vous demandait, seigneur. Je lui ai dit que vous étiez sorti chasser et que vous rentreriez pour le repas. Il n'a pas voulu rester. »

Ce comportement était plutôt inhabituel. Normalement, un messager restait pour boire et manger pendant que son cheval se reposait.

« Pourquoi a-t-il montré une telle hâte ? dit Ralph.

— Il devait être à Cowford au coucher du soleil… Je n'ai pas eu la hardiesse de l'interroger. »

Ralph marmonna entre ses dents. Il était vrai qu'un messager du comte Roland ne se serait pas soumis au contre-interrogatoire d'une paysanne. « Pourquoi ne m'as-tu pas prévenu plus tôt ?

— Je suis partie aux champs à votre rencontre, mais vous êtes passé au triple galop.

— Je crois bien t'avoir aperçue, en effet. Quoi qu'il en soit, quel était ce message ?

— Le comte Roland vous réclame à Château-le-Comte au plus vite. » Elle s'interrompit pour prendre une grande bolée d'air et ajouta sans se soucier que son mensonge soit plausible ou non : « Le messager m'a prié de vous dire de prendre des chevaux reposés et de partir sur-le-champ, sans prendre le temps de manger. » C'était difficilement plausible, mais Ralph devait partir avant que Wulfric ne vienne le trouver.

« Vraiment ? Et il a dit pourquoi on exigeait ma présence avec une hâte aussi pressante ?

— Non.

— Hum », émit Ralph et il demeura pensif un moment.

Gwenda reprit la parole d'une voix impatiente : « Alors, vous allez partir, maintenant ? »

Il lui jeta un regard furieux. « Mêle-toi de tes affaires !

— Je ne voudrais pas qu'il soit dit que je ne vous ai pas expliqué assez clairement l'urgence de la situation.

— Oh, tu n'aimerais pas ? Eh bien, moi, je ne me soucie pas de ce que tu aimes ou n'aimes pas. Déguerpis ! »

Gwenda fut bien obligée de partir.

Elle s'en revint chez Perkin juste au moment où les hommes rentraient des champs. Sam reposait paisiblement dans son couffin. Annet était assise au même endroit. Sa robe baissée sur l'épaule laissait voir ses contusions.

« Où étais-tu » ? lança Peg sur un ton accusateur.

Gwenda ne répondit pas, et Peg fut distraite par l'arrivée de Perkin et par sa réaction en voyant sa fille. « Qu'est-ce qui se passe ? Qu'est-ce qui est arrivé à Annet ? »

Ce fut Peg qui répondit : « Elle a eu le malheur de croiser la route de Ralph et d'Alan alors qu'elle était seule dans la forêt. »

Le visage de Perkin s'assombrit de colère. « Et pourquoi était-elle toute seule ?

— C'est ma faute, gémit Peg et elle fondit en larmes. Elle était comme toujours si paresseuse pour laver le linge que je lui ai ordonné de rester pour terminer son travail. Et c'est alors que ces deux brutes ont débarqué.

— On les a vus plus tôt, traversant le champ du ruisseau, dit Perkin. Ils devaient venir du lavoir… C'est une sale affaire, ajouta-t-il effrayé, le genre de chose qui peut ruiner une famille.

— Mais nous ne lui avons rien fait, *nous* ! protesta Peg.

— Justement. Il ne nous en détestera que plus. »

Gwenda se rallia intérieurement à son jugement. Perkin avait du discernement par-delà son obséquiosité.

Billy Howard, le mari d'Annet, entra à son tour, essuyant ses mains pleines de terre sur le devant de sa chemise. Rob le suivait de près. Billy regarda les bleus de son épouse et s'exclama : « Que t'est-il arrivé ? » Peg répondit à sa place : « C'est Ralph et Alan. »

Billy regarda Annet fixement : « Qu'est-ce qu'ils t'ont fait ? »

Annet baissa les yeux et resta muette.

« Je les tuerai tous les deux ! » s'écria Billy avec rage. Venant de lui, la menace ne portait pas à conséquence. C'était un homme doux et de constitution fluette, que l'on n'avait jamais vu se battre même lorsqu'il avait bu.

Wulfric fut le dernier à passer la porte. Gwenda se rendit compte trop tard combien Annet était attirante avec son long cou et ses jolies épaules dénudées qui laissaient voir le haut de ses seins. Ces bleus affreux ne faisaient que renforcer ses charmes. Incapable de cacher ses sentiments, Wulfric ne pouvait détacher d'elle ses yeux admiratifs. Il lui fallut un certain temps pour remarquer les méchantes marques sur ses bras. Son visage se crispa.

« Ils t'ont violée ? » demandait Billy.

Gwenda observait Wulfric. Sous le coup de l'émotion, il rougissait, comprenant enfin de quoi il retournait. Son visage exprimait à la fois l'émoi et la consternation.

« J'attends, femme ! » répétait Billy.

Subitement, Gwenda éprouva de la compassion pour cette Annet si peu attachante. Pourquoi tout le monde se sentait-il autorisé à lui poser des questions dérangeantes ?

Enfin, celle-ci répondit à la question de son mari par un hochement de tête.

Une fureur noire s'empara de Wulfric. « Qui donc ? » rugit-il.

À quoi Billy lui jeta : « Ce n'est pas ton affaire, Wulfric. Rentre chez toi ! »

Perkin intervint timidement : « Je ne veux pas d'ennuis. Nous ne devons pas nous laisser détruire par tout ça. »

Billy se tourna vers son beau-père avec rage. « Que dites-vous ? Que nous devons rester sans réagir ? »

— À nous faire un ennemi du seigneur, nous vivrons une vie de misère jusqu'à la fin de nos jours.

— Mais il a violé Annet ! »

Wulfric s'écria, incrédule : « C'est Ralph qui a fait ça ?

— Dieu le punira, répondit Perkin.

— Moi aussi, par le Christ ! dit Wulfric.

— Wulfric, je t'en supplie ! » s'exclama Gwenda, mais il se dirigeait déjà vers la porte.

Saisie d'effroi, elle se précipita et lui saisit le bras. Quelques minutes seulement s'étaient écoulées depuis qu'elle avait transmis à Ralph son faux message. S'il y avait cru, avait-il cru aussi à l'urgence ? À coup sûr, il n'avait pas encore quitté le village. « Ne va pas au manoir, dit-elle avec ardeur. Je t'en supplie, Wulfric ! »

Il la repoussa rudement : « Écarte-toi !

— Et ton enfant ! s'écria-t-elle en désignant Sammy dans son couffin. Le laisseras-tu sans père ? »

Wulfric passa la porte.

Elle lui emboîta le pas, les autres hommes le suivirent. Wulfric traversa le village comme l'ange de la mort, les bras collés le long du corps et les poings serrés, le regard fixe, le visage tordu par un rictus de rage. Des villageois qui rentraient chez eux pour le repas et qui l'interrogèrent n'obtinrent pas de réponse. Certains d'entre eux se joignirent au groupe. Tant et si bien qu'au bout de quelques minutes, toute une petite foule se dirigeait vers le manoir. Nathan le Bailli, sorti sur le pas de sa porte, demanda à Gwenda ce qui s'était produit. Mais elle ne parvenait qu'à répéter : « Retenez-le, s'il vous plaît. Arrêtez-le ! » Las, c'était impossible, quand bien même quelqu'un s'y serait risqué.

Wulfric ouvrit la porte du manoir à toute volée et pénétra à l'intérieur, Gwenda sur les talons. La foule poussait derrière eux pour entrer à son tour. Indignée, Vira, la servante, s'écria : « On frappe avant d'entrer !

— Où est ton maître ? » la coupa Wulfric.

En voyant son expression, elle prit peur. « À l'écurie, dit-elle, il est sur le point de partir pour Château-le-Comte. »

Wulfric la repoussa et traversa la cuisine, toujours suivi de Gwenda. Ils sortirent dans la cour. Ralph et Alan mettaient le pied à l'étrier. Les apercevant, Gwenda retint un cri de dépit. À quelques secondes près, le seigneur et son écuyer auraient eu le temps de partir !

Wulfric s'élança. Mue par le désespoir, Gwenda tendit la jambe. Wulfric s'affala dans la boue.

Ralph ne les avait pas remarqués. Il piqua des talons et quitta la cour au petit trot. Alan, en revanche, les aperçut. Jaugeant la situation d'un coup d'œil, il opta pour éviter les ennuis et rejoindre son seigneur. Arrivé au bout de la cour, il éperonna son cheval, l'incitant à prendre un petit galop. Ralph se voyant doublé, accéléra l'allure.

Wulfric bondit sur ses pieds en jurant et se lança à leurs trousses. Gwenda courut derrière lui. Non pas qu'elle craigne que Wulfric rattrape les chevaux, mais plutôt que Ralph se retourne et revienne sur ses pas.

Mais le seigneur et son écuyer dévalaient la route menant hors du village sans jeter un regard en arrière, tout au plaisir de galoper sur des chevaux frais. En l'espace de quelques secondes ils eurent disparu.

Wulfric se laissa choir sur les genoux dans la boue.

Gwenda le rejoignit. Elle voulut l'aider à se remettre debout. Il la repoussa avec tant de violence qu'elle trébucha et faillit tomber. Elle le regarda, sidérée. Ce n'était pas dans son caractère de se montrer brutal avec elle.

« Tu m'as fait un croche-pied ! jeta-t-il en se relevant tout seul.

« — Je t'ai sauvé la vie !

— Je ne te le pardonnerai jamais ! » Il la regardait sans ciller et, dans ses yeux, elle lut de la haine.

*

Arrivé à Château-le-Comte, Ralph s'entendit dire que le comte ne l'avait jamais fait quérir. Du haut des remparts, les freux accueillirent sa déconvenue avec un rire moqueur.

« Ça doit être en rapport avec Annet, dit Alan. Quand nous partions, j'ai vu Wulfric sortir du manoir par la porte de derrière. Ça ne m'est pas venu à l'esprit sur le moment, mais peut-être était-il venu dans l'intention de vous affronter.

— Je parie que c'est ça ! s'écria Ralph en caressant le long poignard pendu à sa ceinture. Tu aurais dû me prévenir. J'accueillerai de bon cœur toute excuse pour lui enfoncer mon couteau dans le ventre.

— Et Gwenda, qui le sait, a inventé cette histoire de messager. Probablement pour vous éloigner de son mari.

— Bien sûr ! Ça explique que personne d'autre n'ait vu ce messager. Il n'a jamais existé, pardi ! Elle est maligne, la chienne ! »

Elle méritait d'être punie. Cependant, la châtier pouvait se révéler difficile. Elle prétendrait avoir voulu bien faire, et il serait malvenu de la part du seigneur d'arguer qu'elle avait eu tort d'empêcher son mari de venir l'attaquer au manoir. Pire, s'il accusait Gwenda de l'avoir trompé et faisait un scandale, on se gausserait de sa crédulité. Non, il ne la châtierait pas selon la loi coutumière, il trouverait un moyen plus discret de lui faire payer sa rouerie.

L'occasion s'offrit à Ralph de chasser avec le comte et sa cour. Il la saisit et oublia Annet. Du moins jusqu'à ce que Roland le fasse appeler dans ses appartements, à la fin du deuxième jour. Une seule personne se trouvait dans la pièce, hormis le comte : le père Jérôme, son secrétaire. Roland ne pria pas Ralph de s'asseoir. Il attaqua d'emblée : « Le prêtre de Wigleigh est ici.

— Le père Gaspard ? s'étonna Ralph. À Château-le-Comte ? »

Roland ne prit pas la peine de répondre à des questions qui relevaient de la rhétorique la plus fruste. « Il se plaint que tu as violé une femme du nom d'Annet, épouse de Billy Howard, l'un de tes serfs. »

Ralph sentit son cœur chavirer. Que ses paysans aient le front de se plaindre au comte ne lui avait pas traversé l'esprit. Il était très difficile à un serf de porter une accusation en justice à l'encontre de son seigneur. Mais ils étaient matois, à Wigleigh. Quelqu'un avait dû réussir à convaincre le prêtre de déposer la plainte lui-même.

Ralph choisit de jouer l'indifférence. « Bêtises que cela ! J'ai couché avec elle, c'est un fait, mais elle était consentante… C'est le moins qu'on puisse dire ! » ajouta-t-il en décochant à Roland un sourire entendu.

Une expression de dégoût se répandit sur les traits du comte. Il adressa au père Jérôme un regard interrogateur.

Jérôme était un jeune homme instruit et ambitieux, le genre de personnage que Ralph détestait tout particulièrement. « La fille est ici, annonça-t-il sur un ton supérieur. La femme, je devrais dire, bien qu'elle n'ait que dix-neuf ans. Elle a de nombreuses contusions sur les bras et sa robe est tachée de sang. Elle raconte que tu es tombé sur elle dans la forêt, et que ton écuyer s'est agenouillé sur elle pour l'immobiliser. Et il y a aussi un homme du nom de Wulfric qui affirme t'avoir vu quitter les lieux à cheval. »

C'était Wulfric qui avait persuadé le père Gaspard de venir à Château-le-Comte ! conclut Ralph par-devers lui. « C'est faux », lança-t-il en mettant dans sa voix toute l'indignation dont il était capable.

Jérôme semblait sceptique. « Pourquoi mentirait-elle ?

— Peut-être que quelqu'un nous a vus et en a informé son mari. C'est lui qui lui a fait ces contusions, je présume. Et elle a prétendu au viol pour qu'il cesse de la battre. Ensuite, elle a souillé sa robe avec du sang de poulet. »

Roland poussa un soupir. « C'est un peu mufle, non ? »

Ralph ne comprit pas bien ce qu'il entendait par là. Attendait-il de ses hommes qu'ils se comportent comme des moines ?

Roland continuait : « On m'avait prévenu que tu étais comme ça. Ma belle-fille m'a toujours averti que tu me créerais des problèmes.

— Philippa ?

— Dame Philippa, quand tu prononces son nom ! »

Brusquement, une foule de choses restées jusque-là incomprises prirent un sens aux yeux de Ralph et il s'écria, incrédule : « Et c'est pour ça que vous ne m'avez pas adoubé après que je vous ai sauvé la vie ? Parce qu'*une femme* a parlé contre moi ? Quelle armée aurez-vous si vous laissez des filles sélectionner vos hommes ?

— Tu as raison, naturellement, c'est pourquoi j'ai fini par aller à l'encontre de son avis. Nous ne pouvons pas emmener au combat des poules mouillées. Un homme qui n'a pas un peu de rage en lui n'est bon qu'à labourer la terre ! Mais cela, les femmes ne le comprennent pas. Toutefois, elle avait raison quand elle m'a mis en garde contre toi, en prédisant que tu me causerais des ennuis. Je ne veux pas que de satanés curés viennent me tracasser, qui plus est en temps de paix, et pleurnicher dans mon giron que des serves ont été violées. Que cela ne se reproduise plus ! Il m'indiffère que tu couches avec tes paysannes, puisqu'on en parle. Mais si tu prends une femme mariée, que ce soit de gré ou de force, prépare-toi à compenser son mari d'une manière ou d'une autre. La plupart des paysans peuvent être achetés. Fais en sorte que cela demeure ton problème et ne devienne pas le mien. C'est tout.

— Oui, seigneur. »

Jérôme intervint : « Que dois-je faire avec ce Gaspard ?

— Laissez-moi réfléchir, dit Roland. Wigleigh se trouve en bordure de mon territoire, n'est-ce pas ? Tout près des terres de mon fils William ?

— Oui, indiqua Ralph.

— À quelle distance étais-tu de la frontière quand tu as rencontré cette fille ?

— Un mille. Nous étions juste en dehors de Wigleigh.

— Tant pis. Tout le monde comprendra que c'est une excuse, dit-il en s'adressant au père Jérôme, mais expliquez au père Gaspard que l'incident s'étant produit sur les terres du seigneur William, je ne suis pas habilité à le juger.

— Très bien, mon seigneur. »

Ralph reprit : « Et s'ils s'adressent au seigneur William ?

— Je doute qu'ils le fassent. Mais si jamais ils persistent, tu devras trouver un arrangement avec William. À force de déposer des plaintes, les paysans finiront bien par se lasser. »

Ralph hocha la tête, soulagé. L'espace d'un moment, il avait souffert mille morts à la pensée d'avoir commis une abominable bévue et de se retrouver dans l'obligation de dédommager Annet. Mais finalement, tout s'était résolu sans problème, comme il l'avait prévu.

« Merci, mon seigneur. »

Il se demanda ce que son frère dirait en apprenant la nouvelle. Cette pensée l'emplit de honte. Peut-être que Merthin n'en saurait jamais rien.

*

« Nous devons déposer une plainte auprès du seigneur William », déclara Wulfric, une fois rentré à Wigleigh.

Le village entier s'était rassemblé à l'église pour débattre du sujet. Le père Gaspard et Nathan le Bailli étaient présents tous les deux, mais c'était Wulfric qui dirigeait les opérations malgré son jeune âge. Il s'était avancé dans la nef, laissant sa femme et son fils au milieu de la foule.

Gwenda priait le ciel pour que le village décide d'abandonner les poursuites. Non pas qu'elle souhaite à Ralph de s'en tirer impunément, bien au contraire ! Elle aurait voulu le voir cuire à petit feu. N'avait-elle pas elle-même tué deux hommes qui avaient voulu la violer ? Ce qu'elle n'aimait pas, c'était l'idée que Wulfric prenne la tête du combat. En partie parce qu'il était mû par une flamme inextinguible pour Annet – ce qui la blessait et l'attristait –, mais surtout parce qu'elle craignait pour sa vie. Son hostilité à l'égard de Ralph lui avait déjà coûté son héritage. Quelle vengeance le seigneur lui ferait-il subir encore ?

Perkin prit la parole : « En tant que père de la victime, j'estime qu'il faut laisser tomber les poursuites. Je ne veux pas avoir d'ennuis supplémentaires. C'est très dangereux de déposer une plainte contre son seigneur. Qu'il ait tort ou raison, il trouvera toujours un moyen pour punir les plaignants.

— C'est trop tard, dit Wulfric, la plainte est déjà déposée. Tout du moins par l'entremise du père Gaspard. Nous ne gagnerons rien à tout abandonner maintenant.

— Nous sommes allés assez loin comme ça, insista Perkin. Nous avons mis Ralph dans l'embarras face au comte. Désormais, il sait qu'il ne peut pas faire tout ce qui lui passe par la tête.

— Au contraire, rétorqua Wulfric. Si nous ne faisons rien, il considérera qu'il s'en est sorti sans dommage. Et il est à craindre qu'il recommencera. Aucune femme du village ne sera plus en sécurité. »

Gwenda avait déjà exposé à Wulfric les arguments que Perkin développait ici. Il ne lui avait pas répondu. Depuis le fameux croche-pied dans la cour du manoir, il lui parlait à peine. Au début, elle s'était dit qu'il boudait parce qu'il était vexé, et elle s'était attendue à ce qu'il n'y pense plus, une fois revenu de Château-le-Comte. Mais elle s'était trompée. Cela faisait une semaine qu'il ne la touchait plus, ni la nuit ni le jour. Il croisait rarement son regard ; et il ne lui parlait que par monosyllabes et grognements. Elle en était au désespoir.

Nathan le Bailli intervint à son tour : « Tu ne gagneras jamais contre Ralph. Les serfs ne remportent pas la victoire sur les seigneurs.

— C'est à voir ! riposta Wulfric. Tout homme a des ennemis. Nous pouvons fort bien ne pas être les seuls à pâtir des débordements de Ralph. Peut-être n'aurons-nous jamais le plaisir de le voir condamné par un tribunal mais, en tout état de cause, nous devons lui créer le plus d'ennuis et d'embarras possible. C'est le seul moyen pour qu'il réfléchisse à deux fois avant de recommencer. »

Plusieurs villageois signifièrent leur accord d'un hochement de tête, mais personne ne s'aventura à le soutenir tout haut. Gwenda retrouvait peu à peu espoir. Mais c'était mal connaître Wulfric. Se tournant vers le prêtre, il demanda : « Qu'en pensez-vous, père Gaspard ? »

Jeune, pauvre et sincère, le prêtre ne craignait pas la noblesse, n'en attendant rien. Il ne caressait pas l'ambition de devenir évêque et ne rêvait pas d'être admis dans les hautes sphères du pouvoir. Il dit : « Annet a été violée de cruelle façon, et la paix de notre village brisée par la faute d'un criminel. Le seigneur Ralph a commis une action vile et honteuse. Il doit reconnaître sa faute et se repentir. Pour la victime et pour notre honneur personnel, mais aussi pour sauver le seigneur Ralph des flammes de l'enfer, nous nous devons d'en référer au seigneur William. »

Un grondement approbateur accueillit ses propos.

Wulfric regarda Billy Howard et Annet, assis côte à côte. Gwenda se dit qu'au bout du compte le village suivrait les volontés du couple. « Loin de moi le désir de créer des ennuis, déclara Billy, mais je considère que nous devons achever ce que nous avons entamé. Pour le bien de toutes les femmes du village. »

Annet continuait à fixer le sol, mais elle hocha la tête pour signifier son consentement. Wulfric l'avait emporté, au grand dam de Gwenda.

Au sortir de l'église, elle lui dit : « Tu as ce que tu voulais ! » Et comme il répondait par un grognement, elle insista : « Tu vas continuer à risquer ta vie pour l'honneur de la femme de Billy Howard et persister à ne plus parler à la tienne ? »

Il garda le silence. Percevant l'hostilité entre ses parents, Sammy se mit à pleurer. Gwenda était désespérée. Elle avait remué ciel et terre pour se rapprocher de l'homme qu'elle aimait, elle l'avait épousé et lui avait donné un enfant, et maintenant il la traitait en ennemie, ce que son père n'avait jamais fait subir à sa mère, et pourtant Dieu sait que Joby était loin d'être un bon exemple. Que pouvait-elle faire, à présent, pour regagner l'affection de Wulfric ? Elle avait tout essayé. Elle avait utilisé leur petit garçon qu'il aimait, tenant Sammy dans un bras, tout en prenant la main de Wulfric. Il avait reculé, les rejetant tous les deux. La nuit, elle avait tenté d'user de ses charmes, appuyant ses seins contre son dos, passant la main sur son ventre, allant jusqu'à caresser son membre. En vain. Elle aurait pu s'en douter en se rappelant sa résistance, l'année passée, juste avant qu'Annet n'épouse Billy.

Pour l'heure, exaspérée et anéantie, elle s'écria : « Mais qu'est-ce que tu as, à la fin ? Je n'ai fait qu'essayer de te sauver la vie !

— Tu n'aurais pas dû.

— Si je t'avais laissé tuer Ralph, tu serais pendu à l'heure qu'il est !

— Tu n'en avais pas le droit.

— Que vient faire le droit là-dedans ?

— Tu es bien comme ton père ! »

Elle le regarda, ébahie. « Qu'est-ce que tu veux dire ?

— Ton père se fiche bien de savoir s'il a le droit ou non de faire quelque chose. Il le fait si cela l'arrange. Comme de te vendre pour nourrir sa famille.

— Ça n'a rien à voir. Il m'a vendue à des hors-la-loi pour qu'ils me violent. Moi, je t'ai fait un croche-pied pour t'éviter la potence !

— Tant que tu penseras ainsi, tu ne comprendras jamais rien, ni à lui ni à moi. »

Elle ne regagnerait pas son affection en s'évertuant à lui montrer la justesse de ses vues. Aussi, elle admit : « En effet, je ne comprends pas, c'est tout.

— Tu m'as traité comme ton père te traitait, comme une chose à laquelle tu peux imposer tes ordres. Tu ne m'as pas traité comme un homme responsable. Tu m'as arraché des mains la possibilité d'agir par moi-même. Qu'importe que j'aie tort ou raison, c'est à moi de décider, pas à toi ! C'est ça que tu n'arrives pas à comprendre, exactement comme ton père qui ne voit pas ce qu'il t'arrache quand il te vend à quelqu'un ! »

Gwenda garda ses commentaires pour elle, bien qu'elle persistât à penser que ces deux situations n'avaient rien de comparable. Cependant, elle commençait à percevoir ce qui avait fâché Wulfric. C'était un homme qui plaçait son indépendance plus haut que tout – ce qu'elle pouvait comprendre car ce trait leur était commun. Peut-être l'avait-elle dépouillé de son droit à choisir, en effet. Balbutiant elle dit : « Je… je crois que je comprends.

— Vraiment ?

— En tout cas, j'essaierai de ne pas recommencer.

— C'est bon. »

Elle ne croyait qu'à moitié à ses propres paroles, mais elle souhaitait tant faire la paix avec lui qu'elle lui dit : « Excuse-moi, je t'en prie.

— Bien. »

Ce n'était pas grand-chose, mais elle sentit qu'elle pourrait le radoucir encore et elle ajouta : « Je ne souhaite pas que tu portes plainte contre Ralph auprès du seigneur William, mais puisque tu es décidé à le faire, je ne chercherai plus à t'en dissuader. J'espère que tu l'as compris.

— J'en suis heureux.

— D'ailleurs, dit-elle, je pourrai même t'aider.

— Ah oui ? Et comment ça ? »

36.

La demeure qu'occupaient le seigneur William et dame Philippa, à Casterham, avait été jadis un château fort. Il subsistait des remparts un donjon en pierre circulaire qui servait maintenant d'étable, bien qu'il soit à moitié démoli. Le mur d'enceinte de la cour était intact, mais le creux de terrain, qui accueillait désormais des légumes et des arbres fruitiers, rappelait qu'autrefois ce mur était entouré de douves. Une simple rampe remplaçait l'ancien pont-levis. Elle menait à la maison des gardes.

Gwenda, portant Sammy dans ses bras, franchit la voûte de la maison des gardes en compagnie du père Gaspard, de Billy Howard, d'Annet et de Wulfric. Un homme en armes, dont ce devait être le tour de garde, traînait sur un banc. Il ne les arrêta pas, probablement du fait de la présence d'un prêtre en soutane. Cette atmosphère bon enfant redonna du courage à Gwenda, qui espérait bien obtenir une audience privée de dame Philippa.

Entrés par la porte principale, les visiteurs débouchèrent dans la grande salle que l'on trouvait traditionnellement dans toutes les belles demeures. Ici, elle semblait occuper près de la moitié de la superficie du rez-de-chaussée et elle était éclairée par de hautes fenêtres comme on en trouvait dans les églises. Le reste de l'étage devait être réservé aux appartements privés, selon la mode du jour. Cette disposition préservait l'intimité de la famille noble et atténuait l'aspect militaire du lieu.

Assis à une table, un homme entre deux âges, vêtu d'une tunique de cuir, était en train de compter sur un bâton de contrôle. Ayant relevé les yeux brièvement, il se remit à son calcul et prit le temps d'inscrire le résultat sur une ardoise avant de saluer les nouveaux venus. « Bonne journée à vous, étrangers.

— Bonne journée, messire l'intendant général, prononça le père Gaspard, déduisant le statut de son interlocuteur à son occupation. Nous sommes venus pour voir le seigneur William.

— Il devrait être de retour pour l'heure du souper, mon père, répondit poliment l'intendant général. Puis-je vous demander ce que vous lui voulez ? »

Profitant que Gaspard se lançait dans ses explications, Gwenda ressortit discrètement dans la cour.

Là, elle fit le tour de la maison, cherchant les communs. Elle aperçut un appentis en bois qui devait abriter les cuisines.

Une servante, assise sur un tabouret près de la porte, un sac de choux à ses pieds, lavait les légumes dans une grande bassine. Elle était jeune et regarda tendrement le petit Sam. « Quel âge a-t-il ? demanda-t-elle.

— Il va sur ses cinq mois. Il s'appelle Sam ou Sammy. »

Le bébé sourit à la jeune fille qui répondit seulement : « Ah ! »

Gwenda déclara : « Je suis une femme du peuple, comme toi, mais je dois parler à dame Philippa. »

La servante se renfrogna. « Je ne suis qu'une fille de cuisine, dit-elle.

— Tu dois bien la voir de temps en temps. Tu peux lui parler de moi ? »

La servante jeta un coup d'œil derrière elle, comme si elle craignait d'être entendue : « J'aime mieux pas.

— Tu ne peux pas juste lui confier un message de ma part ? » insista Gwenda, comprenant que ce ne serait peut-être pas aussi facile qu'elle l'avait imaginé.

La bonne secoua la tête.

Une voix lui parvint de l'intérieur de la maison : « Qui veut me transmettre un message ? »

Gwenda se raidit, craignant d'être allée au-devant des ennuis. Elle tourna la tête vers la porte de la cuisine.

L'instant d'après, dame Philippa en personne apparut.

Elle n'était pas d'une beauté extraordinaire et l'on ne pouvait pas non plus la qualifier de jolie, mais elle avait du charme et de la prestance. Elle avait le nez droit, la mâchoire forte et des yeux verts limpides. Elle ne souriait pas ; elle fronçait même un peu les sourcils. Cependant son expression était chaleureuse et compréhensive.

Gwenda répondit à sa question. « Moi, ma dame, Gwenda de Wigleigh.

« — Wigleigh? répéta dame Philippa et son froncement de sourcils s'accentua. Et qu'as-tu à me dire?

— C'est au sujet du seigneur Ralph.

— C'est bien ce que je craignais. Entre et réchauffe ce bébé près du feu. »

Bien des dames de la noblesse auraient refusé de parler à une fille de sa modeste condition, mais Gwenda avait senti un grand cœur sous les dehors imposants de l'épouse du seigneur William. Elle la suivit donc à l'intérieur. Comme Sammy commençait à pleurnicher, Gwenda lui donna le sein.

« Tu peux t'asseoir », dit dame Philippa.

Cette amabilité était encore plus rare, car d'ordinaire un serf restait debout pour s'adresser à une dame. Ce devait être à cause du bébé, supposa Gwenda.

« Bien, dis-moi tout. Qu'a donc encore fait Ralph?

— Vous vous rappelez peut-être, ma dame, une bagarre à la foire à la laine de Kingsbridge l'année dernière.

— Certainement. Ralph a tripoté une paysanne et son jeune et beau promis lui a cassé le nez. Il n'aurait pas dû le faire, naturellement, mais Ralph est une brute.

— Il l'est, assurément. La semaine dernière, dans les bois, il est à nouveau tombé sur cette fille, Annet, et il l'a violée pendant que son écuyer la maintenait immobilisée.

— Oh, Dieu nous préserve! s'écria Philippa avec un désarroi sincère. Ce Ralph est un animal, un porc, un sanglier. Je savais bien qu'il n'aurait jamais dû être adoubé chevalier. J'avais pourtant dit à mon beau-père de ne pas l'élever à ce rang.

— Il est bien dommage que le comte Roland ne vous ait pas écoutée.

— Et le fiancé réclame justice, je suppose. »

Gwenda laissa passer une pause, hésitant à faire le récit détaillé d'une histoire aussi compliquée. Puis elle se dit que ce serait une erreur que de ne pas agir en toute sincérité. « Annet est mariée, en effet, ma dame, mais à quelqu'un d'autre.

— Et qui a eu la chance d'épouser ce beau jeune homme?

— Il se trouve que c'est moi.

— Je te félicite.

— Mais Wulfric est venu, lui aussi, avec le mari d'Annet, pour témoigner. »

Philippa posa sur Gwenda un regard appuyé comme si elle voulait faire une remarque, puis elle se ravisa et dit simplement : « Comment se fait-il que vous soyez venus chercher protection auprès du seigneur William ? Wigleigh n'est pas de sa juridiction.

— L'affaire s'est déroulée dans la forêt. Le comte a déclaré que c'était sur les terres du seigneur William et qu'il n'était pas habilité à se prononcer sur le sujet.

— C'est un prétexte. Roland peut juger à sa guise n'importe quelle affaire. Tout simplement, il ne souhaite pas châtier un homme qu'il a lui-même adoubé récemment.

— Le prêtre de notre village est venu avec nous pour raconter au seigneur William ce qui s'est passé.

— Et qu'attends-tu de moi ?

— Vous êtes une femme, vous comprenez ces choses. Vous savez que les hommes se trouvent toujours de bonnes excuses pour violer une femme. Ils prétendent qu'elle leur a fait les yeux doux ou qu'elle les a provoqués.

— Oui.

— Si le seigneur Ralph n'est pas puni, il risque de recommencer. Et je serai peut-être alors sa prochaine victime.

— Ou moi, dit Philippa. Tu devrais voir ses yeux quand il me regarde. On dirait un chien fixant une oie sur l'étang. »

Ces paroles encourageantes incitèrent Gwenda à poursuivre : « Peut-être pourriez-vous faire entendre au seigneur William combien il est important que Ralph ne demeure pas impuni. »

Philippa inclina la tête. « Je pense pouvoir le faire. »

Sammy avait cessé de téter et dormait paisiblement. Gwenda se leva. « Je vous remercie, ma dame.

— Je suis heureuse que tu sois venue me trouver », répondit Philippa.

*

Le seigneur William les convoqua dans la grande salle le lendemain matin. Dame Philippa siégeait à ses côtés, au grand bonheur de Gwenda qui espéra que son regard amical cherchait à lui signifier qu'elle avait rapporté leur conversation à son époux.

De haute taille, William avait les cheveux noirs de son père. Toutefois, la calvitie le guettait. Associé à sa barbe fleurie et à ses noirs sourcils, le dôme nu de son crâne lui donnait un air d'autorité réfléchie correspondant à sa réputation. Il examina les taches de sang sur la robe d'Annet et les meurtrissures sur ses bras. Elles avaient perdu leur rougeur inquiétante et viré au bleu. Néanmoins, elles suscitèrent chez dame Philippa une fureur muette. Gwenda imagina qu'elle se représentait la scène : l'écuyer musclé immobilisant une jeune fille pour que son seigneur puisse la violenter plus commodément.

William s'adressa à Annet : « Jusqu'ici, tu as pris les justes mesures. Tu es allée immédiatement au village le plus proche montrer tes blessures à des hommes de bonne réputation et tu as désigné ton agresseur. Maintenant, tu dois présenter une requête à un juge de paix du tribunal du comté de Shiring.

— Qu'est-ce que ça veut dire ? s'enquit Annet d'une voix angoissée.

— Une requête est une plainte rédigée en latin.

— Je ne sais pas écrire en anglais, seigneur, comment pourrais-je écrire en latin ? »

— Le père Gaspard le fera à ta place. Le juge présentera ta requête devant un jury d'accusation, et tu leur raconteras ce qui s'est passé. Tu en seras capable ? Sache qu'ils te poseront peut-être des questions embarrassantes. »

Annet hocha la tête avec détermination.

« S'ils te croient, ils ordonneront au shérif d'amener le seigneur Ralph devant la cour pour être jugé. À ce moment-là, tu auras besoin de deux garants, c'est-à-dire de gens qui déposeront en gage une somme d'argent pour garantir que tu te présenteras bien au procès.

— Mais qui seront mes garants ?

— Le père Gaspard pourra être l'un d'eux. Je serai l'autre. Je déposerai la somme nécessaire.

— Merci, seigneur !

— Remercie mon épouse. Elle a su me persuader de ne pas admettre qu'un viol menace la paix du roi sur mes terres. »

Annet adressa un sourire reconnaissant à dame Philippa.

Gwenda se tourna vers Wulfric. Elle lui avait rapporté sa conversation avec l'épouse du seigneur. Il croisa son regard et lui exprima sa gratitude d'un signe presque imperceptible.

William continuait : « Au procès, tu devras raconter à nouveau ton histoire. Tes amis devront tous témoigner : Gwenda dira qu'elle t'a vue sortir de la forêt dans ta robe tachée de sang, le père Gaspard que tu lui as rapporté ce qui s'était passé, Wulfric qu'il a vu Ralph et Alan quitter les lieux à cheval. »

Ils inclinèrent tous la tête solennellement.

« Une dernière chose : quand on entame une action comme celle-ci, il n'est plus possible de l'interrompre. Retirer une plainte est un délit, et tu serais sévèrement punie. Je ne parle même pas de la vengeance de Ralph.

— Je ne changerai pas d'avis, déclara Annet. Mais le seigneur Ralph, quel châtiment subira-t-il ?

— Il n'y en a qu'un seul pour le viol : la pendaison. »

*

Cette nuit-là, ils restèrent tous à dormir dans la grande salle du château avec les domestiques de William, ses écuyers et ses chiens, étendus par terre sur le tapis de jonc qui recouvrait le sol, emmitouflés dans leurs manteaux. Lorsque les braises dans l'énorme cheminée se furent assombries jusqu'à n'émettre plus qu'une faible lueur, Gwenda se risqua à tendre le bras vers son mari. Elle posa une main hésitante sur son bras et caressa la manche de son manteau. Ils n'avaient pas fait l'amour depuis le jour du viol et elle ne savait pas s'il en avait envie ou non. Son intervention auprès de dame Philippa compenserait-elle ce croche-pied qui l'avait tant irrité ?

Il répondit immédiatement à sa caresse en l'attirant contre lui et l'embrassa sur la bouche. Elle se lova avec gratitude dans ses bras. Ils jouèrent l'un avec l'autre pendant un moment. Le bonheur de Gwenda était tel qu'elle en aurait pleuré.

Elle attendit qu'il roule sur elle, mais il ne le fit pas. Elle savait qu'il en avait envie, parce qu'il était très affectueux et que son membre était dur sous ses doigts. Peut-être était-il intimidé par la proximité de tant de gens, bien qu'il n'y ait rien d'extraordinaire à faire l'amour en leur présence. C'était l'habitude, personne n'y prêtait attention.

Décidée à sceller leur réconciliation, Gwenda finit par prendre l'initiative et s'allongea sur lui, tirant son manteau sur eux deux pour se protéger des regards indiscrets. Alors qu'ils commençaient à remuer de concert, elle vit qu'un jeune garçon les observait, les yeux écarquillés. Un adulte aurait poliment détourné le regard, naturellement, mais il était à l'âge où l'amour demeure un mystère captivant et il était incapable de s'arracher à ce spectacle. Gwenda nageait dans une telle joie qu'elle s'en souciait à peine. Croisant son regard, elle lui sourit sans cesser ses mouvements. Le gamin en resta bouche bée, paralysé de honte. Il se tourna enfin sur le côté, se couvrant les yeux de son bras.

Gwenda remonta le manteau par-dessus sa tête et celle de Wulfric. Enfouissant le visage dans son cou, elle se laissa emporter par le plaisir.

37.

En ce jour de comparution devant la cour de justice du roi, Caris se sentait confiante. La splendeur et l'immensité de Westminster Hall, qui l'avaient tant désarçonnée l'année précédente, lui étaient à présent familières. N'étant plus intimidée, elle était en mesure de promener un œil serein sur les puissants et les nantis qui s'agglutinaient autour des bancs des juges : elle n'était plus en terre inconnue, elle connaissait les coutumes du lieu. Elle portait même des atours aux couleurs de Londres, vert à droite et bleu à gauche. Observer les gens, deviner leur caractère d'après leur expression – suffisante ou désespérée, déconcertée ou matoise –, lui procuraient de l'amusement. Repérant à leurs yeux ébahis et à leur gaucherie les provinciaux nouvellement débarqués dans la capitale, elle éprouvait l'agréable sentiment de leur être supérieure.

Si elle avait des craintes, celles-ci se concentraient sur la personne de son avocat, Francis le Lettré. C'était un jeune homme bien informé et très sûr de lui, à l'instar des membres de sa profession, se disait-elle. Blond et de petite taille, vif et toujours prêt à en découdre oralement, il évoquait à Caris un oiseau effronté qui picore des miettes sur le rebord de la fenêtre en chassant méchamment ses rivaux. Il les avait assurés, son père et elle, que leur cas ne pouvait être contesté.

Naturellement, Godwyn avait pour défenseur Grégory Long-fellow, juriste blanchi sous le harnais grâce à qui, l'an passé, le prieuré avait gagné l'affaire l'opposant au comte Roland. En comparaison, l'avocat d'Edmond et de Caris était un inconnu. Toutefois, ils détenaient une arme redoutable et comptaient bien s'en servir pour estourbir le prieur.

Si Godwyn avait conscience d'avoir trahi Caris, son père et la ville de Kingsbridge tout entière, il ne le montrait pas. Lui qui s'était toujours présenté comme un réformateur impa-tient de bouleverser le train-train cher au prieur Anthony, lui qui s'était attaché à donner de lui-même l'image d'un homme attentif aux besoins de la ville et désireux d'apporter la pros-périté à ses moines aussi bien qu'aux marchands, voilà qu'en l'espace d'une année il avait fait volte-face au point qu'il était aujourd'hui plus traditionaliste que le prieur auquel il avait suc-cédé. En éprouvait-il de la honte ? Pas la moindre, et Caris s'en étouffait de colère chaque fois qu'elle y pensait.

Le prieur n'avait aucunement le droit de forcer les habitants à utiliser son foulon. Les autres obligations auxquelles il se plai-sait à les soumettre – comme celle de ne pas posséder un moulin à bras, un étang à poissons ou des lapins de garenne – pouvaient se justifier sur le plan juridique, quand bien même elles étaient d'une sévérité outrageante. Mais le foulon, non ! Son utilisation devait se faire à titre gracieux, et Godwyn le savait parfaitement. Croyait-il toute tromperie pardonnable du moment qu'elle visait à servir le Seigneur ? Assurément, en matière d'honnêteté, un homme de Dieu devrait se montrer encore plus scrupuleux qu'un laïc.

Elle en débattit avec son père tandis qu'ils arpentaient le tribu-nal en attendant que leur affaire passe en jugement. Sa réponse fut la suivante : « Je ne fais jamais confiance aux hommes qui proclament leur moralité du haut de la chaire. Ces belles âmes trouvent toujours une excuse pour briser les règles qu'elles ont elles-mêmes instituées. Je préfère être en affaires avec un brave pêcheur qui pense qu'à long terme il a tout intérêt à dire la vérité et à tenir ses engagements. Parce que je suis certain qu'il ne changera pas d'avis. »

Dans des moments comme celui-ci, lorsque Edmond retrou-vait son esprit d'antan, Caris se rendait compte combien son père avait vieilli. Ces derniers temps, il n'était plus aussi judicieux et vif qu'autrefois. Le plus souvent, il était étourdi et distrait. Probablement avait-il commencé à décliner depuis un certain temps déjà sans qu'elle s'en aperçoive ? Cela expliquerait qu'il n'ait pas prévu l'effondrement des cours de la laine.

Après plusieurs jours d'attente, ils furent appelés devant sieur Wilbert Wheatfield, le même juge au teint rose et aux dents gâtées qui avait jugé l'affaire opposant Kingsbridge au comte Roland, l'an passé. À peine Caris le vit-elle prendre place sur son banc, le long du mur est, que sa confiance se mit à s'effriter. Qu'un simple mortel puisse détenir une telle puissance était proprement terrifiant. Qu'il prononce un jugement en faveur de Godwyn, et ses nouveaux desseins s'en trouveraient compromis, son père serait ruiné et personne n'aurait plus les moyens financiers de faire construire le nouveau pont.

Puis, quand son avocat prit la parole, elle se rasséréna. Francis commença par évoquer l'histoire du foulon, expliquant que sa machinerie avait été inventée par Jack le Bâtisseur qui avait construit le premier moulin de ce type et que, des années plus tard, le prieur Philippe avait accordé aux habitants de la ville le droit de l'utiliser gracieusement.

Il passa ensuite à l'examen des arguments adverses que ses contradicteurs ne manqueraient pas de développer, désarmant ainsi l'ennemi avant même qu'il n'expose son cas. « Il est vrai que le moulin nécessite de sérieuses réparations, qu'il est lent et tombe souvent en panne. Mais comment le prieur peut-il en prendre prétexte pour arguer que le peuple a perdu son droit à l'utiliser ? Le moulin étant propriété du prieuré, c'est au prieuré qu'il revient de veiller à son bon fonctionnement. Que le peuple ait manqué à le faire est hors de propos. Il n'entre pas dans ses obligations d'effectuer les réparations et il ne s'est jamais engagé à le faire. Le prieur Philippe a accordé à la ville la concession de ce moulin sans aucune contrepartie. »

Ce fut alors que Francis sortit son arme secrète. « Pour le cas où le prieur Godwyn tenterait de clamer que la concession *était* soumise à conditions, j'invite la cour à lire cette copie de l'acte édicté par le prieur Philippe. »

Godwyn en demeura abasourdi. Il avait toujours affirmé que l'édit s'était perdu. Mais à la demande de Merthin, Thomas Langley avait fait des recherches et, l'ayant trouvé, il l'avait discrètement sorti de la bibliothèque pendant toute une journée, le temps pour Edmond d'en faire exécuter une copie.

Caris vit avec jubilation l'expression ébahie et outragée de son cousin lorsqu'il fut bien obligé de constater que sa supercherie avait été déjouée. « Comment êtes-vous entré en possession de ce document ? » s'écria-il sur un ton indigné.

La question était révélatrice. En de telles circonstances, la logique en effet aurait voulu qu'il demande : « Où l'avez-vous trouvé ? »

Son avocat, embarrassé, lui fit signe de se calmer. Godwyn se tut et regagna sa place, comprenant un peu tard qu'il s'était trahi lui-même. Le juge ne manquerait pas de voir une seule explication à pareille réaction : Godwyn connaissait la teneur du parchemin et, le sachant favorable à la ville, il avait tenté de le supprimer.

Après ces révélations, Francis se hâta de conclure. Caris applaudit intérieurement à cette sage décision. Le juge aurait ainsi plus présente à l'esprit la duplicité de Godwyn lorsqu'il donnerait la parole à la défense.

Mais la façon dont Grégory débuta son plaidoyer prit tout le monde au dépourvu.

Il s'avança et annonça au juge : « Messire, la ville de Kingsbridge ne bénéficie pas d'une charte royale. » Il s'arrêta là, comme si tout était dit.

Le fait était exact. La plupart des villes possédaient une charte royale les autorisant à tenir des marchés et à commercer sans rien devoir au comte ou au baron local. Leurs habitants étaient des hommes libres, ne devant allégeance qu'au roi. Toutefois, certaines villes, dont Kingsbridge, demeuraient sous la coupe d'un suzerain – le plus souvent un évêque ou un prieur – et leur statut n'était pas aussi clairement défini. C'était également le cas de Saint-Albans et de Bury-Saint-Edmonds.

Le juge s'exclama : « Voilà qui fait une différence de taille. Seuls les hommes libres sont autorisés à en appeler à cette cour royale. Qu'avez-vous à répondre à cela, Francis le Lettré ? Vos clients sont-ils des serfs ? »

Francis se pencha vers Edmond et lui chuchota sur un ton pressant : « Les habitants de Kingsbridge ont-ils fait appel à la cour de justice du roi dans le passé ?

— Non. C'est le prieur qui s'en est chargé...

— Et la guilde de la paroisse... ? Avant que vous n'en soyez à sa tête ?

— Il n'existe aucune trace d'un fait semblable...

— Par l'enfer ! Nous ne pouvons nous référer à aucun précédent. » Francis se retourna vers le juge. En l'espace d'un éclair, d'inquiète son expression se fit confiante, et ce fut sur le ton de la condescendance qu'il répondit, comme s'il s'agissait là d'une pure formalité : « Les habitants de Kingsbridge sont des hommes libres, messire. Ils bénéficient du titre de citoyens. »

Grégory intervint aussitôt : « Il n'existe pas de référence universelle correspondant à l'expression "titre de citoyen". Elle varie selon les lieux. »

Le juge demanda : « Existe-t-il un *Livre des coutumes* ? »

Francis regarda Edmond, qui secoua la tête et expliqua tout bas : « Aucun prieur n'a jamais rien voulu mettre par écrit. »

Francis revint au juge : « Il n'existe pas de déclaration écrite, messire, mais à l'évidence...

— Dans ce cas, cette cour doit d'abord juger du statut des habitants, voir si ce sont bien des hommes libres », déclara le juge.

Edmond s'avança pour exposer son cas lui-même : « Messire, les citoyens de Kingsbridge ont toute liberté pour acheter et vendre leurs maisons. » C'était un droit important et qui ne s'étendait pas aux serfs, lesquels ne pouvaient le faire sans autorisation de leur seigneur.

Grégory objecta : « Toutefois, les obligations qui vous lient au prieur, comme celles d'utiliser son moulin et de pêcher dans ses étangs, sont de nature féodale. »

Sieur Wilbert intervint : « Ne nous noyons pas dans ces étangs, voulez-vous ! Ce qui compte ici, c'est la relation entre les citoyens et la cour de justice du roi. La ville laisse-t-elle entrer librement le shérif du roi dans ses murs ?

— Non, répondit Grégory. Il est tenu de demander la permission d'entrer dans la ville. »

À quoi Edmond rétorqua, indigné : « Sur décision du prieur, pas sur la nôtre !

— Très bien, dit sieur Wilbert. Faites-vous œuvre de citoyens en siégeant dans les jurys royaux ou réclamez-vous d'en être dispensés ? »

Edmond hésita. Godwyn exultait. Siéger dans les jurys était une corvée interminable à laquelle chacun s'efforçait de se soustraire. Après une pause, Edmond admit : « Nous demandons à en être exemptés.

— Eh bien, la question est réglée, dit le juge. Si vous refusez d'accomplir votre devoir de citoyens sous prétexte que vous êtes des serfs, vous ne pouvez pas passer au-dessus de la tête de votre suzerain pour en appeler à la cour de justice du roi ! »

Et Grégory de clamer triomphalement : « À la lumière de ce qui a été exposé, je vous prie de repousser la requête des gens de la ville.

— Qu'il en soit ainsi ! laissa tomber le juge.

— Puis-je prendre la parole, messire ? lança Francis, outré.

— Certainement pas ! répondit le juge.

— Mais, messire…

— Encore un mot, et je vous fais arrêter pour injure ! »

Francis se tut et courba la tête.

« Affaire suivante ! » appela le juge.

Un autre avocat prit la parole.

Caris était stupéfiée, l'avocat révolté. Et ce fut sur un ton vibrant de protestation qu'il déclara, s'adressant à son père et à elle : « Comment avez-vous osé me cacher que vous étiez des serfs ?

— Mais nous ne le sommes pas.

— Le juge vient de statuer ainsi. Comment voulez-vous que je gagne un procès si je ne dispose que d'informations tronquées ? »

À quoi bon discuter avec lui ? Il n'était pas homme à admettre une erreur.

Quant à Godwyn, il plastronnait, bouffi de contentement. Au moment de partir, il ne put résister au plaisir de tirer une dernière salve. Pointant le doigt sur Edmond et Caris et l'agitant nerveusement, il lança sur un ton solennel : « Vous verrez désormais qu'il est sage de se soumettre à la volonté de Dieu.

— Oh, va-t'en ! lâcha Caris, et elle lui tourna le dos. La décision du juge nous dépouille de tout pouvoir, dit-elle à son père. Apporter la preuve que nous étions en droit d'utiliser le moulin gratuitement n'a servi à rien. Et maintenant, Godwyn a toute liberté de nous ôter ce droit !

— Oui, apparemment ! » reconnut-il.

Caris se tourna vers Francis. « Il y a sûrement *quelque chose* à faire ! s'écria-t-elle avec colère.

— Eh bien, dit-il, vous pourriez essayer d'obtenir que Kingsbridge devienne une cité de plein droit, dotée d'une charte royale stipulant précisément vos devoirs et vos obligations. Vous seriez alors habilités à en appeler à la cour de justice du roi.

— Comment y parvenir ? demanda Caris, s'accrochant à cette lueur d'espoir.

— Vous devez présenter au roi une requête en ce sens.

— Il nous l'accordera ?

— Si vous arguez du fait que cette charte vous est indispensable pour payer vos impôts, il y prêtera certainement une oreille attentive.

— Alors, nous devons le faire ! »

Edmond la mit en garde : « Godwyn sera furieux !

— C'est son affaire ! rétorqua Caris avec une intonation sinistre.

— Ne sous-estime pas le danger, insista son père. Tu sais qu'il est sans pitié, même pour des vétilles. Un acte de cette ampleur ne mènera qu'à la guerre.

— La guerre totale ! renchérit Caris, impassible. Qu'il en soit ainsi ! »

*

« Oh, Ralph, comment as-tu pu faire une chose pareille ? » s'exclama dame Maud.

À la faible lumière qui régnait dans la maisonnette, Merthin scruta le visage de son frère. À l'évidence, déni et justification menaient un dur combat en lui. « C'est elle qui m'y a poussé, finit-il par déclarer.

— Enfin, Ralph, elle est mariée ! fit remarquer sa mère sur un ton plus attristé que fâché.

575

« — À un paysan.

— Quelle différence !

— Ne vous inquiétez pas, mère ! On ne condamnera pas un seigneur sur la foi des dires d'un serf. »

Merthin n'en était pas aussi convaincu, son frère n'était pas un grand seigneur, loin de là. De surcroît, il s'était gagné l'hostilité de William de Caster, semblait-il. Nul ne pouvait prédire comment tournerait le procès.

Sieur Gérald réagit avec sévérité : « Que tu sois condamné ou pas – et je prie pour cela –, la honte sera sur toi ! Comment as-tu pu oublier que tu étais fils de chevalier ? »

Merthin, pour sa part, était à la fois horrifié et furieux. À ses yeux, pareil forfait méritait à son auteur d'être pendu haut et court. Mais là, il s'agissait de son frère. Pour autant, il n'était pas surpris. Enfant, Ralph était constamment prêt à en découdre ; la violence lui était inhérente. Combien de fois Merthin n'avait-il pas dû désamorcer une discussion sur le point de se régler à coups de poing ? Hélas, dans les circonstances présentes, une blague ou une plaisanterie n'étaient pas de mise.

Ralph ne cessait de lui lancer des regards furtifs. Il craignait ses reproches, peut-être même plus que ceux de leur mère. Il avait toujours admiré son grand frère. En son for intérieur, Merthin se demandait comment contenir l'agressivité de Ralph, maintenant qu'il n'était plus à ses côtés pour y veiller.

La discussion avec leurs parents éplorés risquait fort de s'éterniser quand des coups furent frappés à la porte. Caris fit son entrée dans la modeste maison. Son sourire à l'adresse de sieur Gérald et dame Maud s'effaça aussitôt qu'elle aperçut leur fils cadet.

Comprenant qu'elle était à sa recherche, Merthin se leva. « Je ne te savais pas rentrée de Londres, dit-il.

— J'arrive à l'instant. Puis-je te parler ? Juste deux mots. »

Il jeta un manteau sur ses épaules et sortit avec elle dans la faible lumière grise de cette froide journée de décembre. Cela faisait un an déjà qu'ils n'entretenaient plus de rapports amoureux. Il avait appris que sa grossesse s'était achevée à l'hospice et il subodorait qu'elle y avait mis un terme délibérément. Au cours des semaines suivantes, il lui avait demandé par deux fois de revenir sur sa décision. Elle avait refusé. Obstination d'autant plus ahurissante qu'elle l'aimait toujours, il le sentait bien. Peu à peu, il avait fini par abandonner tout espoir de renouer avec elle et il se disait que son chagrin s'estomperait avec le temps. Pour l'heure, il souffrait toujours. Chaque fois qu'il la rencontrait, son cœur se mettait à battre plus rapidement. Rien ne lui procurait plus grand bonheur que de parler avec elle.

Ils remontèrent la grand-rue et entrèrent à La Cloche. En cette fin d'après-midi, la taverne était silencieuse. Ils commandèrent du vin chaud aux épices.

« Nous avons perdu, annonça Caris.

— Mais comment est-ce possible ? s'écria Merthin, abasourdi. Vous aviez l'édit du prieur Philippe…

— Le juge n'en a pas tenu compte, lâcha-t-elle sur un ton amer et Merthin put voir combien sa déception était grande. L'avocat de Godwyn a été malin. Il a argué qu'étant serfs du prieur, les habitants de Kingsbridge n'étaient pas habilités à présenter une requête devant la cour de justice royale. Et l'affaire a été classée. »

Merthin fut pris de colère. « Mais c'est ridicule ! Désormais, le prieur peut faire tout ce qui lui chante, sans se soucier des chartes et des lois ?…

— Ben, oui ! » lança-t-elle avec impatience, agacée de l'entendre répéter ces phrases qu'elle s'était déjà répétées cent fois. Le comprenant, Merthin remisa son indignation et se concentra sur l'aspect pratique de la situation. « Que comptes-tu faire ?

— Présenter une requête au roi l'appelant à faire de Kingsbridge une cité à part entière. Cela nous libérera de la tutelle du prieuré. D'après notre avocat, nous avons de bonnes chances de réussir. Enfin… Il pensait aussi que nous gagnerions dans cette affaire ! Le roi est aux abois. Il lui faut de l'argent pour mener sa guerre contre la France ; il a besoin de villes prospères qui lui versent de lourds impôts.

— Combien de temps faut-il pour obtenir une charte ?

— Une année, voire plus, ce qui n'est pas une bonne nouvelle.

— Et pendant ce temps, tu ne pourras pas fabriquer ton tissu écarlate.

— Non, du moins pas avec le vieux moulin du prieuré.

— Ce qui fait que nous serons nous aussi obligés d'arrêter le travail sur le pont.

« — Je ne vois pas d'issue.

— Quelle plaie ! » Merthin soupira. Et tout cela par la seule obstination d'un homme qui s'évertuait à leur mettre des bâtons dans les roues alors qu'ils s'échinaient pour rendre sa prospérité à la ville ! Comment pouvait-on se montrer aussi déraisonnable ! « Ah, nous avons bien mal jugé Godwyn ! reprit-il.

— Ne m'en parle pas !

— En tout cas, nous devons échapper à sa tutelle, c'est capital.

— Oui.

— Et le plus tôt sera le mieux !

— Si seulement il y avait un moyen ! »

Merthin se mit à réfléchir sans cesser d'étudier Caris. Elle portait une robe qu'il ne lui connaissait pas. Probablement rapportée de Londres. Bicolore, comme le voulait la mode. Elle ajoutait une note de gaieté à son air solennel et anxieux. Ses couleurs, vert foncé et bleu moyen, semblaient avoir été créées dans le seul but de rehausser son teint et de faire miroiter ses yeux. Qu'elle était belle, aujourd'hui ! Merthin se surprenait souvent à s'en faire la remarque au beau milieu d'une conversation, alors qu'ils débattaient de sujets sérieux – le plus souvent du pont, car ils parlaient rarement d'autre chose désormais. Le fait de penser à Caris n'empêchait pas la partie de son cerveau dévolue à résoudre les problèmes ardus de fonctionner efficacement. Et c'est ainsi qu'une idée lumineuse lui vint. « Si nous voulons disposer librement d'un moulin, nous devons le construire ! »

Caris secoua la tête. « Tu sais bien que nous n'en avons pas le droit. Godwyn ordonnera immédiatement à John le Sergent de le démolir.

— Et si nous le construisons en dehors des limites de la ville ?

— Dans la forêt, tu veux dire ? C'est tout aussi interdit. Là, ce seront les forestiers du roi que tu auras sur le dos.

— Je ne pensais pas à la forêt, mais ailleurs.

— Où qu'on aille, il faudra obtenir l'autorisation du seigneur.

— Mon frère est seigneur. »

Au nom de Ralph, Caris eut une expression de dégoût qui s'effaça sitôt qu'elle eut compris à quoi pensait Merthin. « Construire le moulin à Wigleigh, tu veux dire ?

— Exactement !

— Y a-t-il un cours d'eau, là-bas, pour faire tourner la meule ?

— Je crois bien. Mais s'il n'y en a pas, on pourra toujours y atteler un bœuf qui le fera tourner. Comme pour le bac !

— Et Ralph l'autorisera ?

— Évidemment, c'est mon frère. Si je le lui demande, il dira oui.

— Godwyn sera fou de rage.

— Ralph n'en a rien à faire de Godwyn. »

À l'évidence, cette idée remplissait Caris de joie et d'excitation. Elle était heureuse de voir le problème résolu et ravie de damer le pion à Godwyn. Mais par-delà ces deux sentiments, Merthin n'arrivait pas à déchiffrer ses autres pensées.

« Réfléchissons bien avant de nous réjouir ! disait-elle. Godwyn va édicter un règlement interdisant de sortir le tissu de Kingsbridge pour le fouler ailleurs. Un bon nombre de villes ont des lois semblables.

— Il aura du mal à la faire appliquer sans le soutien de la guilde. D'ailleurs, tu peux la contourner aisément. Tu m'as bien dit que la plus grosse partie de ton tissu était fabriquée dans les villages alentour, n'est-ce pas ?

— Oui.

— Eh bien, ne le ramène pas en ville. Demande aux tisserands de le livrer à Wigleigh. Effectue la teinture et le foulage là-bas, dans le nouveau moulin, et envoie-le à Londres directement de Wigleigh. Godwyn n'aura ainsi aucune juridiction sur ce tissu.

— Combien de temps faut-il pour construire un moulin ? »

Merthin réfléchit. « Le bâtiment lui-même devrait prendre deux jours, la machinerie plus longtemps, parce qu'il faut mesurer le bois avec une grande précision. Le plus long, ce sera de transporter les matériaux là-bas. Je devrais l'avoir terminé une semaine après Noël.

— C'est merveilleux, dit-elle. C'est ce que nous allons faire. »

*

Élisabeth lança les dés et déplaça son dernier pion sur la case de l'échiquier. « Je gagne pour la troisième fois. Exécute-toi ! »

Merthin lui remit un penny d'argent. Deux personnes seulement le battaient à ce jeu : Élisabeth et Caris. Il ne se souciait pas de perdre, l'important pour lui était d'affronter un adversaire à sa taille.

Il se laissa retomber contre le dossier de sa chaise et but une gorgée de son vin de poire. C'était par un froid samedi du mois de janvier et, dehors, il faisait déjà noir. Au coin du feu, la mère d'Élisabeth s'était assoupie sur sa chaise et ronflait doucement, la bouche ouverte. Elle travaillait à La Cloche, mais elle était toujours présente quand Merthin rendait visite à sa fille. Celui-ci était loin de s'en plaindre. Cette situation lui permettait de reporter à plus tard la décision d'embrasser ou non Élisabeth. La question n'était pas facile car s'il gardait un plaisant souvenir de ses lèvres fraîches et de ses seins quasi inexistants mais fermes, le désir n'entrait pas seul en ligne de compte. L'élément déterminant, c'était Caris. Entamer une aventure avec Élisabeth signifiait en effet abandonner à jamais tout espoir de renouer avec Caris, et Merthin ne s'y résolvait pas.

« Où en es-tu avec ton moulin de Wigleigh ? s'enquit Élisabeth.

— Il est achevé et il fonctionne, répondit-il fièrement. Cela fait déjà une semaine que Caris foule sa laine là-bas.

— Elle-même ? s'étonna Élisabeth.

— Non, c'était une façon de parler. En fait, c'est Marc le Tisserand qui fait marcher le moulin, et il forme des gens du village pour prendre la relève.

— C'est bien que Marc devienne le bras droit de Caris. Pour lui qui a été pauvre toute sa vie, c'est une grande chance.

— Cette nouvelle entreprise sera bénéfique pour tout le monde. En ce qui me concerne, elle me permettra d'achever la construction du pont.

— Caris est une fille intelligente, releva Élisabeth d'une voix égale. Mais que dit Godwyn de tout ça ?

— Rien, pour le moment. Je ne crois pas qu'il soit au courant.

— Il ne tardera pas à l'être.

— Je doute qu'il puisse y faire quelque chose.

— C'est un homme orgueilleux. S'il croit qu'il s'est fait rouler dans la farine, il ne te le pardonnera jamais.

— Je m'en remettrai.

— Et où en es-tu avec le pont ?

— Malgré toutes ces complications, le travail n'a pris que deux semaines de retard. J'ai eu des frais supplémentaires pour rattraper le temps perdu, mais nous aurons un pont pour la prochaine foire à la laine, avec un tablier en bois provisoire.

— À vous deux, Caris et toi, vous aurez sauvé la ville.

— Ce n'est pas encore fait, mais nous y parviendrons. »

Il y eut des coups frappés à la porte et la mère d'Élisabeth s'éveilla en maugréant. « Qui cela peut-il bien être à cette heure, alors qu'il fait tout noir dehors ? »

C'était l'un des commis d'Edmond. « Maître Merthin est attendu à la réunion de la guilde de la paroisse, dit-il.

— À quel propos ? lui demanda Merthin.

— Maître Edmond m'a prié de vous dire que vous étiez attendu à la réunion de la guilde de la paroisse », répéta le garçon. À l'évidence, il avait appris son message par cœur et ne savait rien de plus.

« Quelque chose en rapport avec le pont, je suppose, lâcha Merthin à l'adresse d'Élisabeth. Ils doivent s'inquiéter à propos du prix, ajouta-t-il en ramassant son manteau. Je te remercie pour le vin et le jeu.

— Tu peux compter sur moi pour une autre partie quand tu voudras », dit-elle.

Accompagné de l'apprenti, il partit pour la halle de la guilde, située dans la grand-rue. Il ne s'agissait pas d'un banquet, mais d'une réunion. N'étaient rassemblés qu'une vingtaine de notables parmi les plus éminents de Kingsbridge. Assis autour d'une longue table à tréteaux, ils buvaient, qui du vin, qui de la bière anglaise, mais en échangeant des messes basses. L'atmosphère était lourde d'une colère sous-jacente. Percevant la tension, Merthin se crispa.

Edmond siégeait à la place d'honneur, Godwyn à côté de lui. Le prieur n'étant pas membre de la guilde, sa présence donnait à penser que la réunion avait pour sujet le pont, comme Merthin l'avait supposé. Pourtant, frère Thomas, maître d'ouvrage du prieuré, brillait par son absence alors que Philémon se trouvait avec eux, ce qui était curieux.

Merthin avait eu récemment un léger accrochage avec Godwyn concernant le renouvellement de son contrat. Tout au long de l'année, il avait été payé deux pennies par jour, étant entendu qu'il disposait également d'un bail sur l'île aux lépreux. Godwyn avait proposé de continuer à lui verser cette somme. Merthin avait insisté pour toucher le double. Godwyn avait fini par accepter. Se serait-il plaint à la guilde ?

Edmond prit la parole et déclara sans ambages, selon son habitude : « Nous t'avons fait appeler parce que le prieur Godwyn souhaite te dessaisir de tes responsabilités de constructeur en chef du pont. »

Merthin eut l'impression d'avoir reçu un coup de poing en pleine figure. Voilà bien une chose à laquelle il ne s'attendait pas. « Comment ? dit-il, mais c'est le prieur qui m'a lui-même engagé !

— J'ai donc toute autorité pour te renvoyer.

— Pour quel motif ?

— Le retard pris dans le travail et les frais supplémentaires.

— Le travail a pris du retard parce que le comte a fermé la carrière ; et les frais supplémentaires découlent de la nécessité de rattraper le temps perdu.

— Ce sont des excuses.

— J'invente le fait qu'un charretier a été tué ?

— Tué par ton propre frère ! riposta Godwyn.

— Quel rapport cela a-t-il ?

— Un homme accusé de viol, qui plus est ! ajouta Godwyn avec force sans se soucier de répondre à la question.

— Vous ne pouvez pas renvoyer un constructeur en chef sous prétexte que son frère se conduit mal !

— Ce n'est pas à toi de me dire ce que je peux faire ou pas !

— Mais c'est moi qui ai conçu ce pont ! » Et tout en prononçant ces mots, Merthin se rendit compte brusquement que la majeure partie du travail nécessitant l'intervention d'un constructeur était achevée. Les pièces les plus compliquées étaient fabriquées, de même que les calibres en bois dont auraient besoin les tailleurs de pierre. Les batardeaux, que personne d'autre que lui n'aurait su édifier, étaient en place, et, sur le rivage, les grues flottantes et les palans qui permettraient de placer les lourdes pierres au milieu du courant n'attendaient plus que d'être utilisés. N'importe quel maître d'œuvre pouvait terminer les travaux.

« Ton contrat ne stipule aucune garantie de renouvellement », assena Godwyn.

C'était l'exacte vérité. Merthin promena les yeux sur l'assistance. Personne n'osait croiser son regard. À l'évidence, ils avaient déjà débattu de la question avec Godwyn. Le désespoir le saisit. Cette décision était forcément motivée par quelque chose. Ce n'était pas le retard pris par les travaux, ni le dépassement du budget, puisque ni l'un ni l'autre ne pouvait lui être imputé. Il y avait donc une autre raison. Laquelle ? À peine cette question se fut-elle formée dans son esprit que Merthin en connut la réponse. Il s'exclama : « C'est à cause du moulin de Wigleigh !

— Je ne vois pas en quoi ces deux choses devraient être liées ! » laissa tomber Godwyn sur un ton pincé.

À quoi Edmond répliqua d'une voix étouffée mais que tout le monde entendit : « Un moine qui ment ! »

Philémon intervint pour la première fois : « Prenez garde, messire le prévôt ! »

Mais Edmond était lancé : « Merthin et Caris t'ont bien eu, Godwyn, pas vrai ? Leur moulin de Wigleigh est entièrement légal. Ton avidité et ton entêtement sont seuls responsables de ta défaite. Alors tu te venges comme tu peux ! »

Godwyn ne pouvait ignorer que Merthin était le meilleur constructeur de la ville, car la question ne faisait plus débat. Mais visiblement, le prieur s'en souciait comme d'une guigne.

« Qui comptez-vous engager à ma place ? s'enquit le jeune homme, pour ajouter aussitôt, répondant lui-même à la question : Elfric, je suppose.

— Ce n'est pas encore décidé.

— Autre mensonge ! » lâcha Edmond.

Et Philémon de reprendre de sa voix de fausset : « Pour de telles paroles, vous pouvez être traduit en cour ecclésiastique ! »

Tout cela n'était peut-être que de la poudre aux yeux, se disait Merthin, le moyen pour Godwyn de renégocier le contrat passé

avec lui. C'est pourquoi il se tourna vers Edmond et demanda :
« La guilde de la paroisse est-elle d'accord avec le prieur sur
ce sujet ?

— Elle n'a pas à être d'accord ou pas ! » aboya Godwyn.

Ignorant son intervention, Merthin continuait de regarder
Edmond. Et celui-ci admit, dépité et honteux : « C'est une prérogative qui revient au prieur, on ne peut le nier. Certes, ce sont
nous, les membres de la guilde, qui finançons par nos prêts la
construction du pont, mais le prieur est le seigneur de la ville. Il
en a été convenu dès le départ. »

Merthin s'adressa alors à Godwyn. « Avez-vous autre chose
à me faire savoir, seigneur prieur ? »

Il attendit, espérant au fond de lui que Godwyn exposerait
ses véritables mobiles. Mais celui-ci répondit sur un ton glacé :
« Non.

— Dans ce cas, je vous salue. »

Il attendit une seconde de plus. Personne ne dit un mot. Ce
silence lui signifia que tout était terminé.

Il sortit de la salle.

Dehors, il aspira une grande goulée de l'air froid de la nuit. Il
n'était plus le constructeur du pont, il n'arrivait pas à le croire.

Il déambula dans les rues. La nuit était claire, la lumière de la
lune lui permettait de trouver son chemin. Il dépassa la maison
d'Élisabeth : il ne voulait pas lui parler. Arrivé devant celle de
Caris, il marqua une hésitation. Puis il reprit sa route. Sa petite
barque l'attendait au bord de la rivière, amarrée en face de l'île
aux lépreux. Il embarqua et traversa à la rame.

Arrivé devant sa maison, il fit une pause et regarda les étoiles,
luttant contre ses larmes.

La vérité, c'était qu'il n'avait pas été plus malin que Godwyn.
Il avait sous-estimé l'acharnement du prieur à punir quiconque
s'opposait à lui. Il s'était cru intelligent, mais Godwyn avait été
plus rusé. Ou plus impitoyable. Il était prêt à ruiner la ville et
le prieuré pour venger sa fierté blessée. Et cet acharnement lui
avait apporté la victoire.

Merthin entra chez lui et se coucha, seul et vaincu.

38

De toute la nuit qui précéda son procès, Ralph ne put trouver le sommeil. Il avait assisté à bien des pendaisons. Tous les ans entre vingt et trente personnes – des hommes surtout, mais aussi des femmes – étaient transportées à bord d'une charrette de la prison du château de Shiring jusqu'à la place du marché où se dressait la potence. La vision de ces condamnés était restée gravée dans sa mémoire et, cette nuit, elle était revenue le tourmenter. Certains mouraient rapidement, le cou brisé au moment de la chute, mais ils n'étaient pas si nombreux, finalement. La plupart mouraient lentement, étranglés. Ils donnaient des coups de pied et se débattaient, mais de leurs bouches ouvertes ne sortaient que des cris haletants et muets. Ils pissaient sous eux, quand ce n'était pas pire. Une vieille femme par exemple, condamnée pour sorcellerie, s'était mordue si fort quand la trappe s'était ouverte qu'un morceau de langue avait jailli hors de sa bouche. Et la foule agglutinée autour de l'échafaud s'était reculée, prise de dégoût, en voyant ce tronçon traverser les airs et atterrir dans la poussière.

On avait beau lui affirmer qu'il ne serait pas pendu, Ralph ne parvenait pas à s'en convaincre. Le comte, lui assurait-on, ne permettrait pas qu'un de ses seigneurs soit exécuté sur les dires d'un serf mais, pour l'heure, Roland ne s'était pas manifesté.

Le jury qui avait statué sur sa culpabilité lors de l'audition préliminaire avait adressé au juge de paix de Shiring un acte d'accusation à son encontre. Ce jury, à l'instar de tous ceux chargés d'examiner des cas semblables, était constitué en majorité de chevaliers du comté ayant fait allégeance à Roland. Pourtant, ils n'avaient pas hésité à accuser un de leurs pairs, se fiant à la parole des paysans de Wigleigh. À en juger par leurs questions, ces hommes – car les jurés n'étaient jamais des femmes – lui avaient manifesté le plus grand mépris, et plusieurs d'entre eux avaient refusé de lui serrer la main par la suite.

Ralph avait voulu enfermer Annet à Wigleigh pour l'empêcher de témoigner encore à son procès d'accusation, mais elle devait avoir prévu ses intentions car elle était déjà partie pour Shiring lorsqu'il était arrivé chez elle.

Bien que son affaire soit jugée par un jury différent, quatre des hommes appelés à siéger avaient déjà assisté à l'audience préliminaire. Comme les deux parties présentaient des preuves identiques, il était peu probable qu'ils rendent un verdict différent: À moins, bien sûr, qu'ils n'aient fait l'objet de pressions, mais il était déjà bien tard.

Levé aux premières lueurs de l'aube, il descendit au rez-de-chaussée de l'auberge du Tribunal, située sur la place du marché de Shiring. Un jeune garçon, grelottant de froid, était en train de casser la glace du puits dans l'arrière-cour. Il lui ordonna d'aller chercher du pain et de la bière anglaise. Puis il partit pour le dortoir communal où son frère Merthin était descendu.

Ils prirent place dans la grande salle froide où planaient des relents éventés de bière et de vin. Et Ralph dit : « Je serai pendu, j'en ai peur.

— Je le crains également, avoua Merthin.

— Je ne sais que faire. »

Le garçon leur apporta des chopes et la moitié d'un pain. Ralph saisit le sien d'une main tremblante, puis avala une longue goulée.

Merthin grignota un morceau de pain mécaniquement, les sourcils froncés et les yeux levés, signe qu'il réfléchissait profondément. « Je ne vois rien d'autre qu'essayer de convaincre Annet de retirer sa plainte. Mais tu devras lui offrir une compensation. »

Ralph secoua la tête. « C'est impossible, c'est interdit. Si elle le fait, elle encourt un châtiment.

— Je sais. Cependant, elle pourrait apporter des preuves peu convaincantes, qui laissent planer le doute. C'est ce qui se pratique, en général. »

Une lueur d'espoir étincela dans le cœur de Ralph. « Je ne sais pas si elle acceptera. »

Le garçon de salle entra, des bûches dans les bras, et s'agenouilla devant la cheminée pour allumer le feu. Merthin s'enquit pensivement : « Combien pourrais-tu lui proposer ?

— Je possède en tout vingt florins. » En monnaie anglaise, cela équivalait à trois livres.

« Ce n'est pas beaucoup, fit remarquer Merthin en passant la main dans ses cheveux fous.

— Si, dans les campagnes. Mais ils sont riches, pour des paysans.

— J'aurais pensé que le village de Wigleigh te rapportait de plus gros revenus.

— J'ai dû acheter mon armure. Un seigneur doit être prêt à partir à la guerre à tout moment.

— Je pourrais te prêter de l'argent.

— Combien as-tu ?

— Treize livres.

— Où as-tu trouvé une somme pareille ? » s'étonna Ralph. Sa surprise était telle qu'il en oublia un instant ses ennuis.

« Je travaille dur et je suis bien payé, répondit Merthin, quelque peu irrité.

— Mais tu ne construis plus le pont, tu as été remercié.

— Le travail ne manque pas. Et je loue ma terre de l'île aux lépreux.

— Ainsi donc un charpentier est plus riche qu'un seigneur ? releva Ralph aigrement.

— Tu ne vas pas t'en plaindre, j'espère ? À ton avis, combien Annet accepterait-elle ? »

Ralph réfléchit. « Tout dépend de Wulfric. C'est lui le meneur dans cette histoire.

— Bien sûr. » Merthin avait passé assez de temps à Wigleigh pendant la construction du foulon pour savoir que Wulfric aimait Annet et n'avait épousé Gwenda qu'après avoir été rejeté par la première. « Dans ce cas-là, c'est avec lui qu'il faut discuter. »

Ralph doutait que cet entretien change quoi que ce soit à l'affaire. Mais qu'avait-il à perdre ?

Ils sortirent dans un jour gris et morne, resserrant leurs manteaux autour de leurs épaules pour se protéger du vent froid de février.

Ils traversèrent le marché et entrèrent dans l'auberge du Taureau où étaient descendus les gens de Wigleigh. Tous frais payés par le seigneur William certainement, se dit Ralph. Sans lui, ils n'auraient jamais osé entreprendre quoi que ce soit. Sa véritable ennemie était dame Philippa, l'épouse voluptueuse de William,

Ralph n'en doutait plus un instant. Apparemment, elle le détestait. Peut-être était-ce à cause de cela, justement, que lui-même la trouvait aussi fascinante et attirante.

Wulfric était assis et mangeait un gruau au lard. À la vue de Ralph, son visage s'empourpra. Il bondit sur ses pieds.

Ralph porta la main à son épée, prêt à en découdre sur-le-champ. Merthin se précipita entre eux, les deux mains ouvertes en un geste de conciliation. « Je viens en ami, Wulfric, dit-il. Ne te fâche pas, sinon c'est toi qui termineras sur l'échafaud à la place de mon frère. »

Wulfric gardait les bras le long du corps. Ralph en fut désappointé, une bonne bagarre l'aurait soulagé de la tension insupportable que lui faisait subir l'incertitude.

Wulfric cracha un morceau de couenne sur le plancher et déglutit.

« Qu'est-ce qu'il vient chercher ici, à part les ennuis ?

— Un règlement à l'amiable. Il est prêt à payer à Annet dix livres en dédommagement des violences subies. »

La somme indiquée par son frère sans la moindre hésitation laissa Ralph pantois. D'autant que c'était lui qui en débourserait la majeure partie.

Wulfric répondit : « Annet ne peut pas retirer sa plainte, c'est interdit.

— Elle peut modifier un peu ses dires. Si elle prétend maintenant qu'elle était consentante au début, puis a changé d'avis, Ralph ne sera pas condamné. »

Celui-ci scrutait les traits de son paysan, cherchant à y lire un signe de bonne volonté, mais Wulfric conservait un visage de pierre. Il dit à Merthin : « Si je comprends bien, tu proposes à Annet un pot-de-vin pour qu'elle commette un parjure ? »

Ralph touchait le fond du désespoir. À l'évidence, Wulfric ne permettrait pas qu'on soudoie Annet. Son seul objectif était la vengeance. Il voulait le voir pendu haut et court.

Prenant un ton conciliant, Merthin affirma : « Ce que je lui propose, c'est une justice différente.

— Tu veux seulement arracher ton frère à la potence.

— Tu ferais la même chose à ma place si ton frère était vivant. » Et Ralph se rappela que le frère de Wulfric était mort dans l'effondrement du pont, ainsi que ses parents. Merthin continuait : « N'essaierais-tu pas de lui sauver la vie, même s'il avait commis un acte abominable ? »

Cet appel au sentiment familial désarçonna Wulfric. Visiblement, il ne lui était pas venu à l'esprit que Ralph avait une famille qui l'aimait. Il répéta au bout d'un moment : « Mon frère n'aurait jamais fait une chose pareille de sa vie.

— Naturellement, dit Merthin avec douceur. Mais tu ne peux pas me blâmer de chercher à sauver la vie du mien si je peux y parvenir sans porter préjudice à Annet. »

Ralph admira la délicatesse de son frère. Merthin ferait descendre un oiseau de sa branche rien qu'en usant de belles paroles.

Mais Wulfric ne se laissait pas persuader aussi facilement. « Le village a souffert des agissements de ton frère. Les gens ont peur qu'il recommence. »

Merthin préféra éviter le sujet. « Peut-être pourrais-tu soumettre notre proposition à Annet. C'est à elle de décider, tu ne crois pas ? »

Wulfric réfléchit un instant. « Comment pouvons-nous être certains que l'argent sera versé ? »

Le cœur de Ralph fit un bond : Wulfric se laissait attendrir.

Merthin répondit : « Nous donnerons l'argent à Caris la Lainière avant le procès. Et elle le remettra à Annet dès que Ralph aura été reconnu innocent. Tu as confiance en elle, n'est-ce pas ? Nous aussi. »

Wulfric hocha la tête. « Comme tu le dis, ce n'est pas à moi de décider. Je vais transmettre ta proposition à Annet. » Il monta l'escalier.

Merthin poussa un long soupir de soulagement. « Par le ciel, il est très en colère.

— Tu as quand même réussi à le convaincre, par Dieu ! s'étonna Ralph avec admiration.

— Il a seulement accepté de porter le message. »

Ils s'assirent à la table que Wulfric venait de quitter. Un garçon de salle leur demanda s'ils voulaient prendre un petit déjeuner. Ils refusèrent tous deux.

La salle s'était remplie. Les clients réclamaient à cor et à cri du jambon, du fromage et de la bière. Le procès attirait une foule impatiente et les auberges de la ville ne chômaient pas. À moins d'avoir une bonne excuse, tous les chevaliers de la région étaient tenus d'assister aux procès. Avant sa disgrâce, le père de Ralph et Merthin s'était régulièrement plié à cette obligation. Ce n'était pas la seule obligation qui incombait aux seigneurs : ils devaient également payer des impôts et élire des députés au Parlement. Les notables devaient, eux aussi, faire acte de présence aux procès : c'est-à-dire les ecclésiastiques qui occupaient des fonctions importantes, les marchands fortunés et quiconque disposait d'un revenu supérieur à quarante livres par an. En conséquence seraient présents aujourd'hui le seigneur William, le prieur Godwyn et Edmond le Lainier. Aux spectateurs, il convenait d'ajouter les accusés, les victimes, les témoins et les garants.

Wulfric se faisait attendre. Ralph gémit : « De quoi peuvent-ils bien discuter, là-haut ?

— À mon avis, Annet doit pencher pour accepter la proposition. Son père partage sûrement cette opinion et Billy aussi, probablement. Mais Wulfric est le genre d'homme à considérer que la vérité vaut plus que tout l'argent du monde, et Gwenda le soutiendra par loyauté. Le père Gaspard aussi, je suppose. Toutefois, ils ne prendront pas de décision sans avoir consulté le seigneur William, et celui-ci fera ce que dame Philippa lui dira. Elle te déteste, je ne sais pas pourquoi. Mais d'un autre côté, une femme préfère souvent choisir la conciliation pour éviter la confrontation.

— De sorte qu'elle peut aussi bien accepter que refuser.

— Exactement. »

La salle de l'auberge se vidait. Leur petit déjeuner achevé, les clients commençaient à se diriger vers le tribunal où l'audience devait s'ouvrir sous peu.

Wulfric réapparut enfin. « Elle a dit non, lança-t-il sur un ton brusque, et il tourna les talons.

— Attends ! » s'écria Merthin.

Mais Wulfric ne voulut rien entendre. Il remonta à l'étage.

Ralph laissa échapper un juron. L'espace d'un instant, il avait cru à un sursis. À présent, son destin reposait entre les mains du jury.

Un vigoureux tintement de clochettes leur parvint de la rue. Un représentant du shérif appelait toutes les personnes concernées à gagner le tribunal. Merthin se leva. Ralph le suivit, la mort dans l'âme.

Ils pénétrèrent dans la grande salle d'audience. Le banc du juge se trouvait tout au fond, sous un dais. À vrai dire, il s'agissait plutôt d'une cathèdre en bois sculpté assez semblable à un trône. Le juge n'y avait pas encore pris place, mais le greffier était déjà installé à une table devant le dais, plongé dans la lecture d'un parchemin. Il y avait encore, sur un côté de la salle, deux longs bancs destinés aux jurés. Le public resterait debout à l'endroit qui lui plairait. Le bon ordre serait maintenu grâce au juge qui avait le pouvoir de sanctionner immédiatement tout comportement incongru. Lorsqu'un délit était commis en présence d'un juge, son auteur pouvait être puni sur-le-champ, sans procès d'aucune sorte.

Ayant repéré son écuyer, Ralph alla le rejoindre. Alan Fougère semblait terrifié.

Ralph commençait à penser qu'il aurait mieux fait de ne pas venir à l'audience. Il aurait pu prétexter qu'il était malade, qu'il s'était trompé de date, que son cheval s'était blessé en route. Mais cela ne lui aurait offert qu'un ajournement. Plus tard, le shérif serait venu l'arrêter chez lui, accompagné d'hommes en armes. Et si d'aventure il s'était enfui, il aurait alors été déclaré proscrit. Cela ne valait-il pas mieux que d'être pendu ?

Il se demanda s'il ne devrait pas s'enfuir maintenant. Il parviendrait certainement à se frayer un chemin hors de la taverne à coups de poing. Toutefois il n'irait pas très loin, à pied. La moitié de la ville le prendrait en chasse et, s'il n'était pas arrêté, les hommes d'armes du shérif le rattraperaient à cheval. De plus, sa fuite serait considérée comme un aveu. Pour l'heure, il avait encore une chance d'être acquitté. Annet, intimidée, pouvait ne pas convaincre ; des témoins importants pouvaient se désister ; et le comte Roland pouvait encore intervenir, à la toute dernière minute.

La salle d'audience s'était remplie. Il y avait là Annet, les habitants de Shiring, le seigneur William et dame Philippa, Edmond le Lainier et Caris, le prieur Godwyn et son servile Philémon. Le greffier tapa sur sa table pour réclamer le silence et le juge entra par une porte latérale. C'était un grand propriétaire du nom de Guy de Bois et un vieux camarade d'armes du comte, ce qui pouvait lui être favorable, se dit Ralph. D'un autre côté, il était aussi l'oncle de dame Philippa, ce qui redressait le plateau de la balance, car elle lui avait certainement chuchoté des méchancetés à l'oreille.

Le juge était chauve et arborait un tour de taille impressionnant. Il avait le teint rougeaud de l'homme qui s'est goinfré de bœuf salé et de bière au petit déjeuner. Il s'assit, laissa échapper un pet sonore, soupira avec satisfaction et déclara : « Très bien, ne perdons pas plus de temps ! »

Le comte Roland ne s'était pas déplacé.

L'affaire de Ralph passait en premier. C'était celle qui intéressait le plus grand nombre, à commencer par le juge lui-même. L'acte d'accusation fut lu à haute voix, puis Annet appelée à témoigner.

Curieusement, Ralph n'arrivait pas à se concentrer. Il est vrai qu'il avait déjà entendu l'exposé des faits au cours de l'audience précédente, mais il aurait pu tendre l'oreille pour découvrir si la plaignante racontait aujourd'hui une version différente – ceci pour relever ses hésitations, saisir un trébuchement. Mais il était fataliste. Ses ennemis étaient là en force. Son puissant ami, le comte Roland, était absent. Il n'avait que son frère auprès de lui, et Merthin avait déjà accompli tout ce qui était en son pouvoir pour l'aider. Sans résultat. Il serait condamné.

Les témoins se succédèrent : Gwenda, Wulfric, Peg Perkin et le père Gaspard. Ralph, qui avait toujours pensé détenir une puissance absolue sur tous ses paysans, se découvrait soudain vaincu par eux. Le représentant des jurés, sieur Herbert Montain, l'un de ceux qui avaient refusé de lui serrer la main, posait des questions visant à souligner tout ce que son crime avait d'odieux, demandant à Annet si la douleur avait été supportable, si elle avait perdu beaucoup de sang et si elle avait pleuré.

Quand vint son tour, Ralph répéta mot pour mot l'histoire à laquelle les jurés n'avaient pas cru lors de l'audience préliminaire. Il la dit à voix basse et en hésitant. Alan Fougère plaida leur cause avec plus de conviction, affirmant avec force qu'Annet n'avait pas du tout repoussé Ralph, et que les deux amoureux lui avaient demandé de disparaître pendant qu'ils s'offraient mutuellement du plaisir auprès du cours d'eau. Mais les jurés ne le crurent pas, comme Ralph put s'en convaincre en les regardant attentivement à tour de rôle. Cette mascarade commençait à l'agacer. Il souhaitait qu'elle s'achève au plus tôt, que son destin soit définitivement scellé.

Comme Alan regagnait sa place, il sentit une présence dans son dos. Une voix étouffée lui souffla : « Écoutez-moi. »

Il jeta un coup d'œil derrière lui et reconnut le père Jérôme, le secrétaire du comte. Curieusement, il lui vint à l'esprit que les hommes d'Église ne pouvaient être jugés par une cour comme celle-ci, quand bien même ils commettaient des crimes.

Le juge s'adressait au jury pour lui demander son verdict.

Le père Jérôme murmura : « Vos chevaux vous attendent dehors, sellés et prêts à s'élancer. »

Ralph s'immobilisa. Avait-il bien entendu ? Il se retourna et fit : « Pardon ?

— Fuyez ! »

Ralph regarda derrière lui. Cent hommes lui barraient la route vers la sortie et un bon nombre d'entre eux étaient armés. « C'est impossible !

— Passez par le côté », indiqua le père Jérôme en désignant discrètement l'entrée par laquelle le juge était arrivé. Ralph inclina la tête. Seuls quelques paysans de Wigleigh se tenaient entre cette porte et lui.

Le représentant du jury, sieur Herbert, se leva d'un air important.

Ralph attira l'attention d'Alan Fougère. L'écuyer, qui avait tout entendu, attendait son signal.

« Allez-y, maintenant ! » chuchota Jérôme.

Ralph posa la main sur son épée.

« Le jury estime que le seigneur Ralph de Wigleigh s'est rendu coupable de viol », prononça Herbert.

Ralph dégaina son épée. La faisant tournoyer au-dessus de sa tête, il fila vers la porte.

Il y eut quelques secondes d'un silence abasourdi, puis ce fut le vacarme. Ralph était le seul homme dans la pièce à brandir une arme et il savait qu'un certain temps s'écoulerait avant que les autres ne songent à dégainer la leur.

Seul Wulfric se mit en travers de son chemin avec une sorte d'insouciance. Son visage n'exprimait pas le moindre effroi, uniquement la détermination. Ralph leva son épée et l'abattit de toutes ses forces sur le crâne de Wulfric, espérant le fendre en deux en son milieu. Celui-ci avait reculé sur le côté avec agilité. Pas assez vite, cependant, pour éviter la pointe de l'épée, qui lui pourfendit tout le côté gauche du visage, de la tempe à la mâchoire. Il poussa un hurlement de douleur, portant involontairement les mains à sa joue.

Ralph en profita pour le contourner. Ouvrant la porte à toute volée, il franchit le seuil et se retourna. Alan Fougère le doubla en courant, poursuivi par le représentant des jurés brandissant son épée. Ralph connut alors un moment de pure exaltation. Voilà comment les choses devaient se régler, par la lutte, et non par des palabres ! La victoire ou la défaite, il n'y avait pas d'autre choix !

Poussant un hurlement de joie, il porta l'estocade et toucha sieur Herbert à la poitrine. La pointe de son épée ne fit que déchirer la tunique en cuir. Le représentant des jurés était trop loin pour que la lame pénètre entre ses côtes. Il n'écopa que d'une estafilade, ce qui ne l'empêcha pas de crier – de peur, plus que de douleur. Il trébucha et tomba à la renverse sur ceux qui s'étaient précipités à sa suite. Ralph leur referma la porte au nez.

Il se trouvait dans un étroit passage longeant le flanc du tribunal et donnant d'un côté sur la place du marché, fermée par une porte, et de l'autre sur une cour avec des écuries. Où étaient les chevaux ? Le père Jérôme n'avait rien dit, uniquement qu'ils attendaient dehors. Comme Alan s'élançait vers la cour, Ralph se rua derrière lui. Un tohu-bohu dans son dos lui apprit que la foule se précipitait hors de la salle d'audience à sa poursuite.

Il n'y avait aucun cheval dans la cour. Ralph fit demi-tour et franchit la voûte qui donnait sur la place du marché.

L'y attendait le spectacle le plus doux à son cœur en cet instant précis : Griff, son cheval de chasse, sellé et piaffant, ainsi que le destrier d'Alan, une bête de deux ans, tenus par un garçon d'écurie, pieds nus et mâchonnant un quignon de pain.

Ralph lui arracha les rênes des mains. D'un bond, il fut en selle. Alan l'imita. Ils éperonnèrent leurs montures juste au moment où la foule se déversait sur la place du marché. Le garçon d'écurie n'eut que le temps de se jeter sur le côté, terrifié. Les chevaux filèrent au loin.

Quelqu'un dans la foule lança un couteau. Il pénétra d'un quart de pouce dans le flanc de Griff et retomba sans blesser le cheval, à qui cette piqûre ne fit pas plus d'effet qu'un coup d'éperon.

Ils s'engouffrèrent au grand galop dans les rues, faisant fuir tous ceux qui se trouvaient devant eux, hommes, femmes ou enfants, sans plus s'en soucier que si c'était du bétail. Ils franchirent une poterne percée dans les remparts et traversèrent le faubourg, un entrelacs de maisonnettes entourées de jardins et de vergers. Ralph regarda en arrière. Personne ne les poursuivait. Les hommes du shérif n'allaient pas tarder à les prendre en chasse, mais ils devaient d'abord trouver des chevaux et les seller.

Ralph et Alan avaient déjà une bonne lieue d'avance. Leurs montures ne présentaient aucun signe de fatigue. Ralph était rempli d'allégresse. Cinq minutes auparavant, il se voyait pendu, et maintenant il était libre !

Ils étaient arrivés à un embranchement. Au hasard, Ralph prit à gauche. Au-delà des champs, on apercevait la forêt. Parvenus là-bas, ils quitteraient la route et disparaîtraient.

Ensuite, que feraient-ils ?

39.

« Le comte Roland a agi avec sagesse, expliqua Merthin à Élisabeth. Il a laissé la justice suivre son cours presque jusqu'au bout. Il n'a pas suborné le juge ; il n'a pas influencé le jury ; il n'a pas intimidé les témoins. Et il s'est évité une querelle avec son fils, le seigneur William. Et en même temps, il a échappé à l'humiliation de voir un de ses hommes pendus.

— Où est ton frère maintenant ? demanda-t-elle.

— Je n'en ai aucune idée. Je ne l'ai pas revu depuis le procès », répondit Merthin.

En cet après-midi de dimanche, il se trouvait chez la jeune fille, dans la cuisine, et venait d'achever un dîner qu'elle avait préparé tout spécialement à son intention : des légumes verts et du jambon aux pommes, arrosés d'un vin que sa mère avait acheté, ou dérobé peut-être, à l'auberge où elle travaillait.

Élisabeth poursuivit : « Qu'est-ce qu'il peut faire ?

— Il ne peut pas revenir à Wigleigh ni même ici, car il encourt toujours la peine de mort. En prenant la fuite, il s'est déclaré proscrit.

— Il n'y a vraiment rien qu'il puisse faire ?

— Il pourrait obtenir le pardon du roi, mais cela coûte une fortune. Une somme considérable que je serais bien en peine de gagner, et lui moins encore.

— Ça ne te chagrine pas ? »

Merthin fit la grimace. « Comment te dire ? Il mérite d'être châtié pour ce qu'il a fait, naturellement. Mais je ne vais quand même pas regretter qu'il n'ait pas été pendu. Je ne peux qu'espérer que tout aille bien pour lui, où qu'il se trouve. »

Au cours des derniers jours, il avait répété à maintes gens le récit de ces événements. De tous, c'était Élisabeth qui lui avait posé les questions les plus pertinentes. Elle était intelligente et n'était pas non plus dénuée de compassion. La pensée l'effleura qu'il pourrait très bien passer ainsi tous les dimanches après-midi de sa vie.

Sairy, la mère d'Élisabeth, qui somnolait au coin de l'âtre selon son habitude, ouvrit les yeux brusquement. « Mon âme ! J'ai oublié le pâté en croûte ! » Elle se leva en tapotant ses cheveux gris décoiffés. « J'avais promis à Betty la Boulangère de lui faire un pâté en croûte fourré au jambon et aux œufs. Demain, la guilde des tanneurs tient son dernier dîner avant le carême à l'auberge de La Cloche. » Elle jeta une couverture sur ses épaules et sortit.

Il était rare que Merthin se retrouve ainsi en tête à tête avec Élisabeth, et il se sentit un peu gauche. La jeune fille, pour sa part, paraissait plutôt détendue. Elle dit : « Que comptes-tu faire, maintenant que tu ne travailles plus au pont ?

— Entre autres choses, je construis déjà une maison pour Dick le Brasseur. Il voudrait se retirer des affaires et transmettre sa brasserie à son fils. À ce qu'il dit, tant qu'il restera à l'auberge de L'Alambic, il trouvera toujours quelque chose à faire. C'est pour cela qu'il voudrait une maison en dehors de la ville, avec un jardin.

« — Ah, tu veux parler de ce terrain derrière le Champ aux amoureux ?

— Oui. Ce sera la plus grande demeure de Kingsbridge.

— Un brasseur n'est jamais à court d'argent !

— Tu veux que je te montre le site ?

— Le site ?

— Le chantier, si tu préfères. Les travaux ne sont pas terminés mais la maison a déjà quatre murs et un toit.

— Là, tout de suite ?

— On a encore une bonne heure de jour. »

Elle hésitait, comme si elle avait prévu une autre occupation pour la journée. « Volontiers », consentit-elle au bout d'un moment.

Ils passèrent leurs lourds manteaux à capuche et sortirent. C'était le premier jour du mois de mars. Des bourrasques de neige les poursuivirent jusqu'au bas de la côte. Ils prirent le bac pour rejoindre l'autre rive et les faubourgs de la ville.

Malgré les hauts et les bas que connaissait alors le commerce de la laine, la ville semblait regagner chaque jour un peu plus de sa prospérité d'antan. Le prieuré transformait nombre de ses pâturages et vergers en maisons d'habitation destinées aux nouveaux arrivants. À présent, le faubourg devait bien compter une cinquantaine de logements qui n'existaient pas douze ans plus tôt, à l'époque où la famille de Merthin était venue s'installer à Kingsbridge.

La nouvelle maison de Dick le Brasseur se dressait à l'écart de la route. C'était un bâtiment de deux étages qui n'avait pour l'heure ni porte ni volets et dont les ouvertures étaient bouchées par des planches ou des nattes de jonc tressé. Merthin en fit le tour et mena Élisabeth jusqu'à une petite porte en bois pourvue d'une serrure, installée provisoirement.

Jimmie, le gamin de seize ans qui lui servait d'apprenti, se tenait dans la cuisine. Il était chargé de garder la maison. C'était un garçon superstitieux, toujours en train de se signer ou de jeter du sel par-dessus son épaule. Assis sur un banc devant une belle flambée, il avait l'air inquiet. « Bonjour, maître. Puisque vous voilà, puis-je sortir pour aller chercher mon dîner ? Lol Turner était censé me l'apporter, mais il n'est pas venu.

— Oui, mais fais bien attention à ne pas te laisser surprendre par la nuit.

— Merci. » Il partit d'un pas vif.

Merthin franchit le seuil et pénétra dans la maison. « Il y a quatre salles en bas…, dit-il avec un grand geste du bras.

— Et Dick les utilisera toutes ? s'étonna-t-elle, incrédule.

— La cuisine, une pièce à vivre, une pièce à manger et le vestibule. »

L'escalier n'étant pas encore en place, Merthin gagna l'étage supérieur grâce à une échelle. Élisabeth le suivit.

« Quatre chambres à coucher, reprit-il alors qu'elle émergeait du trou.

— Et qui vivra ici ?

— Dick et sa femme, son dernier fils et son épouse, et enfin sa fille, qui ne restera pas éternellement célibataire. »

La plupart des familles de Kingsbridge vivaient dans une seule pièce et tout le monde dormait côte à côte sur le plancher : parents, enfants, grands-parents, et belle-famille.

« Cette maison a plus de pièces qu'un palais ! » s'exclama Élisabeth.

Et c'était vrai. D'ordinaire, les maisons des nobles ne comportaient que deux pièces, une chambre réservée au maître et à son épouse, et une grande salle où dormaient toutes les personnes constituant l'entourage. Mais ces derniers temps, tous les riches marchands de Kingsbridge, pour qui Merthin avait établi des plans, souhaitaient une plus grande intimité. Une nouvelle tendance, apparemment.

« Je suppose que les fenêtres auront des vitres, s'enquit Élisabeth.

— Oui. » C'était une autre de ces nouveautés à la mode. Si la ville, aujourd'hui, avait son vitrier, le jeune homme se rappelait l'époque, pas si lointaine, où les glaces étaient apportées par un marchand itinérant qui passait par Kingsbridge une ou deux fois l'an.

Ils redescendirent au rez-de-chaussée. Élisabeth s'assit à la place que Jimmie avait abandonnée, sur le banc en face de la cheminée. Merthin s'installa à côté d'elle. « Un jour, confia-t-il, je me construirai une maison comme celle-ci, avec un grand jardin et des arbres fruitiers. »

À sa grande surprise, elle posa la tête sur son épaule et soupira : « Quel joli rêve ! »

Ils restèrent tous deux à contempler le feu. Les cheveux d'Élisabeth lui chatouillaient la joue. Au bout d'un moment, elle posa la main sur son genou. Dans le silence, Merthin prit note de sa respiration. Puis de la sienne. Et enfin du craquement des bûches dans le feu.

« La maison de tes rêves est habitée ? Qui y vit ? voulut-elle savoir.

— Ça alors, tu m'en demandes trop.

— Voilà bien une réponse d'homme. En ce qui me concerne, je ne me représente pas du tout ma maison, mais je sais déjà en toute certitude que j'y vis avec un mari, des enfants, ma mère, et des beaux-parents âgés. Et aussi avec trois servantes.

— Les hommes et les femmes ont des rêves différents. »

Elle releva la tête pour le regarder et caressa sa joue. « Lorsqu'ils les additionnent, cela donne une vie. » Elle posa un baiser sur ses lèvres.

Il ferma les yeux. Il n'avait pas oublié la douceur de sa bouche, découverte des années auparavant.

Élisabeth prolongeait l'instant. Curieusement, lui-même se sentait détaché, comme s'il ne participait pas à la scène, mais l'observait de l'autre bout de la pièce. Il n'aurait su mettre un nom sur le sentiment qu'il éprouvait. Il baissa les yeux sur elle et nota une fois de plus combien elle était jolie. Qu'y avait-il de si remarquable en elle ? La réponse lui vint sans tarder : l'harmonie. Élisabeth avait cette harmonie que l'on trouve dans les belles cathédrales. Sa bouche, son menton, ses pommettes, son front, tout était exactement comme il l'aurait dessiné s'il avait été Dieu et qu'il avait dû créer la femme.

Elle lui rendit son regard. Ses yeux bleus étaient paisibles. « Caresse-moi », murmura-t-elle.

Il ouvrit son manteau et posa délicatement la main sur son sein. Un souvenir de fermeté et de rondeur à peine marquée lui revint. Le mamelon durcissait sous ses doigts, démentant le calme qu'elle affichait.

« J'aimerais bien vivre dans la maison de tes rêves », dit-elle, et elle l'embrassa encore.

Élisabeth n'était pas quelqu'un d'impulsif. S'en faisant la remarque, Merthin pensa qu'elle mettait en œuvre un projet longtemps caressé – probablement depuis qu'il lui rendait visite sans voir lui-même plus loin que le simple plaisir qu'il prenait à leurs rencontres. Durant tout ce temps, elle s'était imaginé leur vie ensemble. Peut-être même s'était-elle déjà représenté cette scène. Et sa mère, de mèche avec elle, s'était trouvé l'excuse du pâté en croûte pour les laisser en tête-à-tête aujourd'hui. En fait, en lui proposant d'aller visiter la maison de Dick le Brasseur, il avait presque fait capoter son doux projet. Mais Élisabeth ne s'était pas laissé démonter et, maintenant, elle s'attachait à poursuivre son objectif en dépit des circonstances.

Il n'y avait rien de mal à aborder les choses sans sentimentalité excessive, se dit-il. Élisabeth était une femme raisonnable. C'était d'ailleurs un des traits qu'il aimait chez elle, sachant que la passion brûlait sous sa surface impassible.

Ce qui le gênait davantage, c'était de se sentir lui-même aussi détaché. Il n'était pas dans son caractère d'être raisonnable vis-à-vis des femmes. L'amour était un sentiment qui le bouleversait totalement. Quand il l'avait éprouvé, il avait ressenti autant de rage et de rancœur que de plaisir et de tendresse. Pourtant, en cet instant, s'il se sentait intéressé, flatté, émoustillé, il conservait une parfaite maîtrise de soi.

Percevant sa tiédeur, elle s'écarta de lui. Il vit passer sur son visage l'ombre d'une émotion aussitôt réprimée avec violence. Il la subodora craintive derrière son masque aimable. De nature si posée, cela avait dû lui coûter beaucoup de faire des avances ; elle avait dû redouter de se voir rejetée.

Elle se leva. Plantée devant lui, elle souleva ses jupes. Elle avait des jambes longues et bien faites, couvertes d'un fin duvet blond presque invisible. Elle était grande et mince, et son corps s'élargissait juste en dessous des hanches avec une délicieuse féminité. Le regard de Merthin s'arrêta involontairement sur le delta de son sexe. Les poils étaient si clairs que l'on pouvait entrevoir le pâle gonflement des lèvres et la ligne délicate qui les séparait.

Il remonta les yeux vers son visage et y lut le désespoir. Elle avait tout essayé, sans résultat.

« Je suis désolé », dit Merthin.

Elle laissa retomber ses jupes.

« Je pense… » voulut-il ajouter.

Elle l'interrompit. « Ne dis rien ! » Son désir se muait en colère. « Tout ce que tu pourrais dire ne serait que mensonges ! »

Elle avait raison. Il avait voulu lui donner une excuse, elle n'en voulait pas. Le demi-mensonge qu'il aurait pu lui dire dans l'espoir de l'apaiser un peu – qu'il ne se sentait pas bien, que Jimmie pouvait revenir à tout moment – n'aurait fait qu'exacerber son ressentiment, car elle y aurait vu de la pitié.

Elle le regardait fixement et il pouvait lire sur le champ de bataille de son beau visage la lutte que se menaient le chagrin et la fureur. Des larmes d'exaspération lui vinrent aux yeux. « Pourquoi ? » gémit-elle. Mais quand il ouvrit la bouche, elle l'interrompit : « Ne dis rien. Ce ne serait pas la vérité. » Et là encore elle avait raison.

Elle fit demi-tour pour s'en aller et revint. « C'est la faute de Caris ! s'écria-t-elle, le visage tordu par l'émotion. Cette sorcière t'a jeté un charme. Elle ne t'épousera pas, mais ne laissera personne d'autre t'avoir. C'est une mauvaise femme ! »

Sur ce, elle ouvrit la porte à toute volée et fit un pas dehors. Il entendit ses sanglots alors qu'elle était déjà partie. Il resta à regarder le feu. « Oh, enfer et damnation ! »

*

« Il y a quelque chose que j'aimerais vous expliquer », dit Merthin à Edmond, une semaine plus tard, tandis qu'ils quittaient la cathédrale.

Edmond prit un air de léger amusement que Merthin lui connaissait bien. Un air qui signifiait : J'ai trente ans de plus que toi, c'est toi qui devrais m'écouter au lieu de me donner des leçons. Mais j'aime ton enthousiasme et je ne suis pas trop vieux pour apprendre encore certaines choses.

« Bien, dit-il, mais tu me l'expliqueras à l'auberge de La Cloche. J'ai envie d'une bonne tasse de vin. »

Ils entrèrent dans la taverne et s'assirent près du feu. La mère d'Élisabeth leur apporta un cruchon. Comme Sairy gardait le nez en l'air et ne leur disait pas un mot, Edmond souffla à Merthin : « C'est après toi ou après moi qu'elle en a ?

— Ça n'a pas d'importance, répondit Merthin. Est-ce qu'il vous est déjà arrivé de rester debout sur la plage, les pieds enfoncés dans le sable, et de sentir la mer caresser vos orteils ?

— Bien sûr, tous les enfants aiment patauger dans l'eau. Et figure-toi que j'ai été petit, moi aussi.

— Vous vous rappelez ce que font les vagues quand elles arrivent et qu'elles repartent ? On dirait qu'elles creusent le sable sous vos pieds et forment de petits tunnels.

— Oui, je crois en avoir gardé le souvenir, malgré les années.

— C'est ce qui s'est passé avec le vieux pont en bois. Le mouvement de la rivière a entraîné la terre qui se trouvait sous la pile centrale.

— Comment le sais-tu ?

— Aux lignes de fracture que présentait le bois juste avant que le pont ne s'écroule.

— Que veux-tu me faire comprendre ?

— Que la rivière n'a pas changé. Elle va saper le nouveau pont de la même manière qu'elle a sapé l'ancien, si nous ne trouvons pas un moyen de l'en empêcher.

— Comment ça ?

— Sur mon plan, j'ai dessiné un tas de grosses pierres autour de chacun des piliers du nouveau pont. Elles ont pour but de briser le courant et d'affaiblir ses effets néfastes. La différence est identique à celle qui existe entre le chatouillement d'un petit bout de laine et la flagellation d'une grosse corde.

— Comment le sais-tu ?

— J'ai interrogé Buonaventura le jour où le pont s'est effondré, avant qu'il ne reparte pour Londres. Il m'a rapporté qu'en Italie, il y avait toujours des tas de pierres autour des piles de pont et qu'il s'était toujours demandé pourquoi.

— C'est passionnant. Tu me dis tout cela pour ma culture générale, ou dans un but précis ?

— Les gens comme Godwyn et Elfric ne comprennent pas ces choses-là. Ils ne voudront pas m'écouter si je les mets en garde. Au cas où il viendrait à Elfric l'idée imbécile de ne pas suivre mon plan exactement, je voudrais être sûr qu'il y a au moins une personne en ville qui connaît la raison de ces tas de pierres.

— Mais tu es là, toi !

— Je vais quitter Kingsbridge. »

Edmond en resta pantois. « Quitter Kingsbridge ? Toi ? »

À cet instant, Caris fit son entrée. « Ne traîne pas trop, dit-elle à son père. Tante Pétronille a presque fini de préparer le dîner. Tu veux te joindre à nous, Merthin ?

— Merthin a décidé de quitter Kingsbridge ! » lança son père.

Voyant Caris pâlir, Merthin éprouva un petit sursaut de satisfaction. Elle ne voulait pas de lui, mais la nouvelle de son départ la peinait. Il s'en voulut aussitôt de ce sentiment mesquin. Il l'aimait trop pour se réjouir de la voir souffrir. D'un autre côté, si elle était restée de marbre, c'est lui qui aurait souffert.

« Mais pourquoi ? dit-elle.

— Plus rien d'intéressant ne m'attend ici. Qu'est-ce que je peux construire ? On m'a dessaisi de la construction du pont, et la ville possède déjà une cathédrale. Je ne vais pas passer ma vie à bâtir des maisons pour les marchands. »

Elle répondit d'une voix étouffée : « Où iras-tu ?

— À Florence. J'ai toujours eu envie de découvrir l'architecture italienne. Je demanderai des lettres d'introduction à Buonaventura Caroli. Si ça se trouve, je pourrai même lui servir de coursier.

— Mais tu as une maison ici, à Kingsbridge !

— Justement, je voulais t'en parler. Pourrais-tu t'en occuper en mon absence ? Je veux dire : toucher les loyers en gardant pour toi une commission, et donner le reste à Buonaventura, qui me fera parvenir l'argent par lettres de crédit.

— Je n'en veux pas de ta commission, tu peux te la garder ! »

Merthin haussa les épaules. « C'est un travail comme un autre, il doit être payé.

— Comment peux-tu envisager ça aussi froidement ? » s'exclama-t-elle d'une voix si aiguë que plusieurs personnes dans l'auberge relevèrent la tête. Mais elle n'en avait cure. « Tu abandonnes tes amis !

— Je n'agis pas avec froideur, je continue à trouver mes amis formidables. Mais j'aimerais me marier.

— Et tu ne peux pas trouver une femme ici, à Kingsbridge ? Il y en a beaucoup qui rêveraient de t'épouser. Si tu n'es pas beau, tu es prospère et c'est bien plus important. »

Merthin eut un sourire narquois. Edmond était parfois d'une franchise déconcertante. Caris d'ailleurs en avait hérité. Il répondit sur le même ton : « Pendant un moment, j'ai songé à épouser Élisabeth Leclerc.

— Ça ne m'étonne pas, dit Edmond, tandis que Caris s'écriait :

— Ce poisson froid !

— Tu n'es pas juste. Mais quand elle m'a demandé de l'épouser, j'ai freiné des deux pieds.

— Ah, je comprends maintenant pourquoi elle est de si mauvaise humeur, ces derniers temps ! s'exclama Caris.

— Et c'est pour ça aussi, probablement, que sa mère n'a pas voulu regarder Merthin tout à l'heure, ajouta Edmond.

— Et pourquoi ne veux-tu pas l'épouser ? s'enquit Caris.

— Il n'y a qu'une seule femme à Kingsbridge que j'aimerais épouser. Et elle refuse de se marier.

— Mais elle n'a pas envie de te perdre non plus.

— Que dois-je faire, alors ? » lança Merthin, fâché. Il avait parlé d'une voix forte et les conversations tout autour s'interrompirent. « Godwyn m'a remercié, tu ne veux pas de moi et mon frère est hors la loi. Au nom de quoi devrais-je rester dans cette ville, Dieu du ciel !

— Je ne veux pas que tu partes !

— Eh bien, ce n'est pas suffisant ! » Il criait maintenant.

Le silence s'était abattu sur la salle. Tout le monde les connaissait à l'auberge : le patron Paul la Cloche et sa fille Bessie aux rondeurs aguichantes ; Sairy, la servante aux cheveux gris, mère d'Élisabeth ; Bill Watkin, le constructeur qui avait refusé d'engager Merthin ; ce coureur de jupons d'Édouard le Boucher ; Jake Chepstow, qui louait à Merthin un entrepôt sur l'île aux lépreux ; Murdo, le frère lai ; Matthieu le Barbier et Marc le Tisserand. Ils étaient tous au courant des sentiments que Caris et Merthin avaient l'un pour l'autre et cette querelle les passionnait.

Merthin ne s'en souciait pas. Qu'ils écoutent, si cela les amusait ! Il jeta d'une voix furieuse : « Je ne vais pas passer ma vie à te suivre comme un toutou en attendant que tu veuilles bien me donner une caresse. Je ne suis pas Scrap ! Je serai ton mari, mais jamais ton petit chien !

— Très bien, puisque c'est comme ça…, dit-elle d'une petite voix.

— Puisque c'est comme ça quoi ? lança-t-il, surpris par son brusque changement de ton, et ne sachant pas très bien comment l'interpréter.

— Puisque c'est comme ça, je t'épouse. »

L'espace d'un instant, il fut tellement abasourdi par cette réponse qu'il en resta sans voix. Puis il ajouta sur un ton suspicieux : « Tu es sérieuse ? »

Elle releva les yeux et le regarda enfin, souriant timidement. « Oui, très sérieuse. Tu n'as qu'à me le demander.

— Bien. » Prenant une profonde inspiration, il dit : « Tu veux bien m'épouser ?

— Oui, je veux bien. »

Le « Hourrah ! » lancé par Edmond fut repris par tous les clients de la taverne, accompagné d'applaudissements. Merthin et Caris se mirent à rire. « C'est bien vrai ? demanda-t-il.

— Oui ! »

Ils s'embrassèrent. Il l'entoura de son bras et la serra très fort contre lui. Quand il desserra son étreinte, il vit qu'elle pleurait.

« Du vin pour ma fiancée ! s'écria-t-il. Une barrique tout entière, en fait. Que tout le monde ait sa tasse et trinque à notre santé !

— Tout de suite, tout de suite ! » s'exclama le patron et les vivats fusèrent à nouveau.

*

Une semaine plus tard, Élisabeth Leclerc entrait au couvent.

40.

Désormais, Ralph et Alan devaient vivre à la dure. N'ayant plus de toit, ils établissaient tous les soirs leur campement dans un lieu différent et allumaient un feu auprès duquel ils dormaient à même le sol. Mais en pleine nature, leurs manteaux épais ne suffisaient guère à leur tenir chaud. Ils vivaient de rapines, dépouillant tous les gens vulnérables qui croisaient leur chemin, et n'en tirant qu'un maigre butin : vieilles loques, fourrage à bestiaux ou pièces d'argent qui ne leur servaient à rien au fond des bois. À force de se nourrir exclusivement de venaison et d'eau fraîche, Ralph en venait à rêver d'aliments qu'il dédaignait autrefois : oignons, pommes, œufs, lait.

Un jour, ils volèrent un grand baril de vin. Ils le roulèrent jusque dans les taillis, à trois cents pas de la route, et s'en abreuvèrent jusqu'à plus soif avant de s'écrouler ivres morts. Au réveil, dolents et de mauvaise humeur, ils durent se rendre à l'évidence qu'ils ne pouvaient l'emporter avec eux. Ils l'abandonnèrent donc sur place.

Ralph se remémorait son ancienne vie avec nostalgie, son manoir où un bon feu crépitait dans les cheminées, ses serviteurs attentifs à ses moindres désirs et ses repas copieux. Toutefois, dans ses moments de lucidité, il se disait qu'il ne voulait pas de cette vie-là, trop terne à son goût. C'était probablement l'une des raisons pour lesquelles il avait violé Annet – pour mettre du piment dans sa vie.

Au bout d'un mois de cette existence au fond des bois, Ralph décréta qu'ils devaient s'organiser. Ils avaient besoin d'un lieu où s'abriter et stocker leurs vivres. Ils ne devaient voler que ce dont ils avaient véritablement besoin, c'est-à-dire des habits chauds et de la nourriture.

À l'époque où ils en vinrent à prendre cette décision, leurs errances les avaient ramenés à quelques lieues de Kingsbridge, dans une région de collines dénudées, désertées l'hiver, mais sillonnées par les troupeaux dès l'arrivée des beaux jours. Les bergers y avaient çà et là des cahutes dissimulées dans les replis du terrain. Enfant, Ralph était tombé une fois sur l'une de ces cabanes au cours d'une partie de chasse avec Merthin. Ils y avaient fait cuire les perdrix et les lapins qu'ils avaient tirés ce jour-là. Il avait déjà une passion pour la chasse : poursuivre une bête sauvage, la tirer à l'arc et l'achever au couteau ou à la massue lui procuraient un sentiment d'extase et de pouvoir inouï.

La transhumance ne commencerait pas avant deux bons mois, lorsque de la bonne herbe tendre recouvrirait les pâturages. Elle commençait traditionnellement le dimanche de la Pentecôte, qui était également le premier jour de la foire à la laine. Ils avaient donc devant eux deux mois de tranquillité. Ralph choisit la cahute la plus solide et en fit leur abri. Elle n'avait ni fenêtre ni même de porte à proprement parler, juste une ouverture basse par où entrer et un trou dans le toit pour laisser sortir la fumée. Ils allumèrent un feu et dormirent au chaud pour la première fois depuis des mois.

La proximité de Kingsbridge fit naître chez Ralph l'idée lumineuse de dépouiller les paysans des villages alentour qui se rendaient au marché de la ville pour écouler leur production – fromage, cidre, miel, gâteaux, toutes choses dont avaient besoin les citadins, mais aussi les proscrits.

Le marché de Kingsbridge se tenait le dimanche. Ralph, qui avait perdu la notion des jours, la retrouva en questionnant un moine itinérant avant de le soulager de trois shillings et d'une oie. Le samedi suivant, avec Alan, ils établirent leur camp à proximité de la route. Ils restèrent éveillés toute la nuit auprès de leur feu. Ensuite, ils allèrent se tapir dans les sous-bois pour attendre.

Le premier groupe de paysans à passer devant eux transportait du fourrage. Cette denrée, indispensable aux citadins de Kingsbridge pour nourrir leurs centaines de chevaux, ne présentait aucun intérêt pour Ralph et Alan dont les montures, Griff et Fletch, avaient de l'herbe à volonté.

L'attente ne pesait pas à Ralph. Tendre une embuscade, c'était comme observer une femme en train de se déshabiller : plus longtemps durait l'attente, plus grande était la satisfaction par la suite.

Bientôt leur parvint une musique étrange, des sons qui leur firent dresser les cheveux sur la tête : on aurait dit des anges descendus sur la terre. Il y avait de la brume, et lorsque les chanteurs se révélèrent à leurs yeux, Ralph les crut auréolés de lumière. La même pensée devait avoir saisi Alan car un gémissement de frayeur s'échappa de ses lèvres. Ce n'était que l'effet du pâle soleil d'hiver illuminant le brouillard derrière les voyageurs, des serfs qui se rendaient au marché. Leurs paniers remplis d'œufs ne méritaient pas qu'ils livrent bataille pour s'en emparer. Ils les laissèrent donc passer sans se montrer.

Le soleil escaladait le ciel rapidement. La route serait bientôt parcourue par une foule trop nombreuse pour que Ralph et Alan puissent s'adonner à leurs méfaits en toute quiétude. C'est alors qu'apparut une famille : un homme et sa femme d'une trentaine d'années tous deux, avec leurs enfants adolescents, un garçon et une fille que Ralph connaissait vaguement pour les avoir aperçus jadis au marché de Kingsbridge. Ils portaient toutes sortes de victuailles : le père une lourde huche sur le dos qui débordait de légumes, la mère une longue barre en travers des épaules où étaient suspendus des poulets vivants attachés les uns aux autres, la fille un cruchon qui contenait probablement du beurre salé et le garçon un gros jambon qui pesait lourd sur son épaule.

À la vue de ce jambon, Ralph sentit ses entrailles se crisper douloureusement. L'eau lui monta à la bouche. D'un signe de tête, il indiqua à Alan de se tenir prêt. Au moment où la famille arrivait à leur hauteur, ils s'élancèrent hors des fourrés d'un même mouvement. La paysanne se mit à hurler ; le garçon poussa un cri d'effroi ; quant au mari, il n'eut pas le temps de se libérer de son panier que Ralph l'avait déjà pourfendu, faisant remonter son épée de l'abdomen jusqu'à la gorge. Le cri de l'homme s'interrompit brutalement au moment où la lame pénétra dans son cœur.

De son côté, Alan abattit sa massue sur la tête de la femme avec tant de violence qu'elle en eut la nuque brisée. Un torrent de sang rouge jaillit subitement de sa bouche.

Ragaillardi par ce succès, Ralph s'intéressa au fils. Le gamin avait été prompt à réagir. Lâchant son jambon, il avait dégainé un couteau. Profitant que Ralph levait le bras pour prendre son élan, il se jeta sur lui dans l'intention de lui planter son poignard dans le ventre. Mais ce coup porté par un jeune garçon dépourvu d'entraînement était trop fougueux pour atteindre sa cible. Il manqua la poitrine de Ralph et ne fit qu'entailler le haut de son bras droit. La douleur, fulgurante, l'obligea quand même à lâcher son épée. Le garçon en profita pour s'enfuir à toutes jambes dans la direction de Kingsbridge.

Ralph jeta un coup d'œil à Alan.

Son écuyer achevait la mère avant de s'occuper de la fille. Ce retard faillit lui coûter la vie, car la petite lui jeta à toute volée le cruchon qu'elle tenait à la main. Qu'elle ait bien visé ou qu'elle ait eu de la chance, toujours est-il que le projectile atteignit Alan à l'arrière de la tête. Il s'écroula au sol aussi subitement que s'il avait été transpercé par une lance.

La petite fille s'élança à la suite de son frère. Le temps de ramasser son épée de la main gauche, Ralph la prit en chasse. Les deux gamins étaient jeunes et rapides, mais lui-même possédait de longues jambes.

Regardant par-dessus son épaule, le garçon vit que Ralph gagnait du terrain. Il pila sur place. Au lieu de repartir, il se précipita sur son agresseur en hurlant, le poignard brandi. Ralph s'immobilisa et leva son épée. Le garçon stoppa net, hors de portée. Ralph fit un pas en avant et plongea.

Le garçon sut éviter le coup. Voulant mettre à profit le déséquilibre de l'adversaire, il pénétra à l'intérieur de sa garde dans l'intention de le frapper de plus près. Ralph, qui n'attendait que cela, recula vivement d'un pas. Dressé sur la pointe des pieds, il enfonça son épée dans la gorge du garçon, appuyant de toutes ses forces jusqu'à ce que la pointe ressorte de l'autre côté. Le garçon s'effondra. Ravi de la précision et de l'efficacité de son coup, Ralph retira son épée.

Lorsqu'il releva les yeux vers la petite fille, elle était déjà loin. Impossible de la rattraper à pied. Quant à enfourcher son cheval, inutile d'y compter : la gamine aurait déjà atteint les faubourgs de Kingsbridge avant qu'il ait seulement retrouvé Griff caché dans les sous-bois.

Il se retourna. Alan se remettait debout tant bien que mal. « J'ai bien cru qu'elle t'avait occis ! » lui lança-t-il. Sa main gauche plaquée sur l'entaille qu'il avait au bras droit pour arrêter le saignement, il essuya son épée sur la tunique du garçon et la remit au fourreau.

« Par Satan, j'ai un de ces maux de crâne ! s'écria l'écuyer. Vous les avez tous tués, mon seigneur ?

— La fille s'est enfuie.

— Croyez-vous qu'elle nous ait reconnus ?

— Moi, oui, probablement. J'ai déjà vu ces gens-là.

— Si c'est le cas, nous ne sommes plus seulement des violeurs, mais aussi des assassins. »

Ralph haussa les épaules. « Mieux vaut le gibet que la faim... Cela dit, traînons-les quand même dans les buissons avant qu'un passant ne les aperçoive. » Il joignit le geste à la parole, attrapant l'homme de la main gauche. Alan vint l'aider. À eux deux, ils le balancèrent dans les taillis. Puis ils firent de même avec la femme et le garçon, et Ralph s'assura que les cadavres n'étaient pas visibles de la route. Le sang répandu sur la chaussée prenait déjà la couleur de la boue.

Arrachant un bout de tissu à la robe de la femme, Ralph le noua autour de sa blessure. À défaut de le soulager, le bandage ralentit l'hémorragie. Comme toujours après un combat, il éprouvait un léger abattement semblable à la tristesse qui fait suite à l'amour.

Alan avait commencé à rassembler le butin. « Une belle prise, se réjouit-il. Des poulets, du jambon, du beurre !... Il y a là même des oignons ! ajouta-t-il après avoir fourragé dans le panier de l'homme. De l'année dernière, évidemment, mais ils sont encore bons.

— Rien ne vaut les vieux oignons, soutient toujours ma mère ! » répondit Ralph.

Il se penchait pour ramasser le cruchon de beurre quand il sentit quelque chose lui piquer le cul. « Par le diable, qu'est-ce que c'est ? s'exclama-t-il, car Alan devant lui s'occupait des poulets.

— Pas un geste ! » ordonna une voix dure.

Ralph n'était pas homme à obéir à pareille injonction. Il bondit en avant et fit volte-face. Six ou sept hommes se dressaient devant lui, surgis de nulle part. Pris au dépourvu, il parvint cependant à tirer son épée de la main gauche. L'homme le plus proche de lui, vraisemblablement celui qui l'avait tenu embroché, dégaina à son tour, prêt à en découdre, laissant à ses comparses le soin de ramasser le butin. Les uns se jetèrent sur les poulets, les autres sur le jambon. L'épée d'Alan lança un éclair : il n'abandonnerait pas ses poulets sans se battre vaillamment. L'écuyer laissa donc son seigneur engager seul la lutte avec son adversaire.

Une indignation légitime soulevait Ralph à l'idée de se voir dépouiller d'un butin pour lequel il était allé jusqu'à tuer des innocents. Contraint de se battre du bras gauche, il se précipita néanmoins sur ces hors-la-loi bien supérieurs en nombre avec l'énergie de l'homme lésé dans son droit.

« Rangez vos lames, imbéciles ! »

Au son de cette voix autoritaire, les proscrits se figèrent. Bien qu'il craignît un traquenard, Ralph immobilisa son bras et tourna la tête. Un jeune homme d'une vingtaine d'années se tenait à l'écart. Il portait des habits de prix, mais sales et crottés : un pourpoint écarlate en lainage italien parsemé de feuilles et de rameaux, un justaucorps de riche brocart émaillé de taches, vestiges de quelque festin semblait-il, et une culotte d'épais cuir brun couverte d'égratignures et de boue.

« Dépouiller les voleurs n'est pas un crime, dit-on. Personnellement, j'y trouve de l'amusement. »

Bien qu'en mauvaise posture, Ralph ne put s'empêcher d'être intrigué. Il se dégageait de cet inconnu une véritable noblesse. Il voulut savoir : « Êtes-vous celui qu'on appelle Tam l'Insaisissable ?

— Je n'étais qu'un gamin qu'il courait déjà toutes sortes de contes sur Tam l'Insaisissable, répliqua le chef. Quelle que soit l'époque, il se trouve toujours quelqu'un pour endosser ce rôle, tel le moine qui incarne Lucifer dans les mystères qu'on joue sur le parvis des cathédrales.

— Vous êtes plutôt original, pour un hors-la-loi.

— Vous de même, car j'imagine que vous êtes Ralph Fitzgerald. »

Celui-ci hocha la tête.

« J'ai entendu parler de la façon dont vous avez pris la fuite à Shiring et je me demandais quand je tomberais enfin sur vous, dit Tam, tout en surveillant la route à droite et à gauche. Le hasard vient de nous mettre en présence. Qu'est-ce qui vous a décidé à élire cet endroit ?

— Le jour et l'heure. Aujourd'hui nous sommes dimanche. À cette heure de la journée, les paysans apportent leurs marchandises au marché de Kingsbridge où conduit cette route.

— Tiens, tiens ! Dix ans que je vis en bordure de la loi, et je n'avais jamais songé à ça. Nous devrions passer alliance. Avez-vous l'intention de ranger votre arme ? »

Ralph hésita. Tam étant désarmé, il avait l'avantage. Mais d'un autre côté, seul avec Alan, il ne faisait pas le poids face à la horde. Mieux valait éviter le combat. Lentement, il remit son épée au fourreau.

« Voilà qui est mieux ! »

Comme Tam passait le bras autour de ses épaules, Ralph put constater qu'il était de la même taille que lui, ce qui était plutôt rare. Tam l'entraînait déjà dans les bois. « Suis-moi ! Les autres se chargeront de porter le butin. Nous avons bien des choses à nous dire, toi et moi. »

*

Edmond frappa sur la table. « J'ai convoqué cette réunion extraordinaire de la guilde de la paroisse pour débattre du problème des hors-la-loi, expliqua-t-il. Mais je me fais vieux et je deviens paresseux avec l'âge. J'ai donc demandé à ma fille de vous résumer la situation. »

Caris était à présent membre à part entière de la guilde en raison de son succès dans la production du tissu écarlate. Cette nouvelle entreprise n'avait pas seulement sauvé la fortune de son père, mais permis aussi à bien des habitants de Kingsbridge de trouver la prospérité, à commencer par Marc le Tisserand. Edmond avait été en mesure de continuer à financer le pont, comme il l'avait promis, suivi en cela par d'autres marchands qui avaient également bénéficié de la reprise des affaires. Les travaux se poursuivaient donc à grande vitesse, supervisés maintenant par Elfric et non plus par Merthin, malheureusement.

Remisant ses préoccupations personnelles, Caris reporta son attention sur un problème qu'elle espérait voir rapidement réglé. « Au cours du mois dernier, les attaques des hors-la-loi se sont multipliées. Elles ont lieu principalement le dimanche, et visent invariablement les paysans qui se rendent au marché de Kingsbridge.

— Parle avec Merthin, c'est l'œuvre de son frère ! la coupa Elfric. C'est lui que ça regarde, pas nous ! »

Caris se retint de lui répondre vertement. Le mari de sa sœur ne ratait jamais l'occasion de lui envoyer des piques. En l'occurrence, Ralph était sans doute mêlé à cette histoire. Elle en était désolée pour Merthin, qui en souffrait, alors qu'Elfric s'en réjouissait ouvertement.

Dick le Brasseur prit la parole : « À mon avis, il s'agit de Tam l'Insaisissable.

— De tous les deux, peut-être, suggéra Caris. Ralph Fitzgerald, qui a reçu une éducation de soldat, a pu s'allier à une bande de proscrits et les organiser. »

— Tam ou Ralph, peu importe ! dit la grosse Betty, la boulangère la plus riche de la ville. Ce qui est sûr, c'est qu'ils nous poussent à la ruine. Plus personne ne vient au marché. »

Elle exagérait, mais il était vrai que la fréquentation du marché hebdomadaire avait sérieusement baissé et l'effet s'en faisait ressentir sur tous les commerces de la ville, des boulangeries aux bordels.

« Il y a pire, ajouta Caris. Dans quatre semaines s'ouvrira la foire à la laine. Un bon nombre d'entre nous ont investi des sommes colossales pour que le nouveau pont soit construit. Nous devrions pouvoir l'utiliser grâce à un tablier en bois. Notre prospérité, celle de la plupart d'entre nous en tout cas, dépend de cette foire annuelle. En ce qui me concerne, j'ai un entrepôt entier bourré de tissu rouge à vendre. Si la nouvelle vient à se répandre que la route de Kingsbridge est infestée de brigands, les gens y réfléchiront à deux fois avant d'entreprendre le voyage. »

Son inquiétude était bien plus grande qu'elle ne le laissait paraître. Ni son père ni elle n'avait encore touché d'argent comptant. Toute leur fortune était investie dans le pont et dans l'achat de laine vierge pour la fabrication du fameux tissu écarlate. Cette foire était leur seule chance de récupérer leur mise. Pour peu qu'elle n'attire qu'un petit nombre d'acheteurs, ils se retrouveraient dans un grand embarras. Entre autres choses, comment feraient-ils face aux frais du mariage ?

Caris n'était pas la seule à s'inquiéter, comme elle put le constater en entendant Rick l'Argentier gémir : « Cela ferait la troisième année d'affilée que nous aurions une mauvaise foire. » Le prévôt des joailliers était un homme tiré à quatre épingles et d'une rigueur tatillonne. « Nous faisons la moitié de notre chiffre d'affaires à la foire. »

Edmond renchérit : « Ce serait le coup de grâce pour la ville. »

Sa remarque fut commentée par plusieurs personnes. Caris, qui présidait la séance, les laissa maugréer. Plus ils seraient conscients de l'urgence, mieux ils accepteraient la solution radicale qu'elle s'apprêtait à leur exposer.

« C'est au shérif de Shiring de prendre des mesures, déclara Elfric. Pourquoi le payons-nous, si ce n'est pour veiller à ce que règne la paix ?

— Il n'a pas assez d'hommes pour fouiller la forêt tout entière, répliqua Caris.

— Qu'il s'adresse au comte Roland. »

C'était un vœu pieux mais, cette fois encore, Caris laissa la discussion se poursuivre de façon que tout le monde se convainque qu'il n'y avait aucune alternative à sa solution.

« Le comte ne nous aidera pas, répondit Edmond en se tournant vers Elfric. Je me suis déjà adressé à lui. » Caris, qui avait écrit la lettre de sa main, précisa : « Ralph était un homme du comte. Il l'est toujours. Vous noterez que les hors-la-loi n'attaquent jamais ceux qui se rendent au marché de Shiring.

— Ces paysans de Wigleigh n'auraient jamais dû porter plainte contre un écuyer du comte ! Mais pour qui se prennent-ils ? » rétorqua Elfric.

Caris s'apprêtait à lui faire une réponse bien sentie, quand Betty la Boulangère la devança : « Oh, parce que les seigneurs ont le droit de violer n'importe qui quand ça leur chante ?

— C'est hors sujet ! intervint Edmond avec une brusquerie qui n'était pas sans rappeler son autorité d'antan. Ce qui est fait est fait ! Ralph nous prend pour cible. Comment devons-nous réagir ? Le shérif ne dispose pas des forces nécessaires pour venir à notre secours et le comte refuse de nous prêter main-forte. »

Rick l'Argentier reprit la parole : « Et si nous nous adressions au seigneur William ? Il a pris le parti des paysans de Wigleigh. C'est à cause de lui que Ralph est désormais un hors-la-loi.

— Je lui ai également adressé une requête, expliqua Edmond. Il m'a répondu qu'il n'avait pas juridiction sur la ville de Kingsbridge.

— Voilà bien l'ennui d'être assujetti au prieuré ! reprit l'Argentier. À quoi sert un prieur quand on a besoin de protection ? »

Et Caris d'expliquer : « C'est une des raisons pour lesquelles nous présentons au roi une requête en vue d'obtenir une charte qui placera Kingsbridge sous protection royale.

— Nous avons déjà un sergent de ville. Que fait-il, celui-là ?

— Nous sommes prêts à faire ce qu'il faut ! se rebiffa Marc le Tisserand, qui appartenait au détachement de volontaires placés sous la férule de John. Donnez-nous-en l'ordre !

— Personne ne met votre courage en doute, Marc, indiqua Caris. Mais votre fonction consiste à pourchasser les fauteurs de troubles dans l'enceinte de la ville. John le Sergent n'est pas habilité à se lancer à la poursuite des hors-la-loi dans la campagne environnante.

« — Qui l'est, dans ce cas ? » demanda Marc quelque peu indigné.

Proche de Caris dont il dirigeait le moulin à Wigleigh, le tisserand pouvait se permettre de la contredire. Sa réaction servait parfaitement les objectifs de Caris.

« En fait, dit-elle, un soldat expérimenté est disposé à nous aider. J'ai pris la liberté de lui demander de venir ici ce soir. Il attend dans la chapelle. » Élevant la voix, elle appela : « Thomas, voulez-vous nous rejoindre ? »

Thomas Langley sortit de la petite chapelle à l'autre bout du vestibule.

« Un moine ? s'exclama Rick l'Argentier.

— Il a été soldat avant d'entrer dans les ordres, expliqua Caris. C'est ainsi qu'il a perdu son bras.

— La moindre des choses, avant de le convoquer, aurait été de requérir l'approbation des membres de la guilde ! » fit remarquer Elfric sur un ton désagréable. Personne ne releva, comme Caris le constata avec plaisir. L'assistance était bien trop curieuse de découvrir ce que Thomas avait à dire.

« Vous devriez former une milice, commença le moine. D'après ce que l'on sait, cette bande de brigands ne compte pas plus de vingt à trente personnes. Ce n'est pas beaucoup. Bien préparés et placés sous la conduite d'un chef compétent, une centaine d'habitants en viendront à bout facilement. La plupart d'entre vous savent tirer à l'arc grâce à l'entraînement du dimanche matin.

— C'est très beau tout ça, dit Rick l'Argentier, mais encore faut-il leur mettre la main dessus !

— C'est évident, répondit Thomas. Mais je pense que quelqu'un en ville devrait avoir une idée de l'endroit où ils se cachent. »

*

Merthin avait demandé à Jake Chepstow de lui rapporter du pays de Galles le plus grand morceau d'ardoise qu'il pourrait trouver, lorsqu'il irait chercher son prochain train de bois. Jake était revenu avec une feuille d'environ quatre pieds de long. Merthin l'avait sertie d'un cadre de bois et il s'en servait à présent pour tracer ses croquis.

C'était justement à cette occupation qu'il se livrait ce soir, dans sa maison de l'île aux lépreux, pendant que Caris assistait à la réunion à la guilde de la paroisse. Il voulait établir une carte de l'île. Louer des terrains bâtis comportant des entrepôts et des pontons n'était que la plus petite de ses ambitions. Ce dont il rêvait maintenant, c'était d'une route traversant l'île d'un bout à l'autre et reliant les deux ponts. Il la voyait déjà bordée des deux côtés d'auberges et de magasins qu'il aurait construits lui-même et louerait aux commerçants de Kingsbridge désireux de développer leurs affaires. Imaginer une ville encore inexistante, en concevoir les rues et les bâtiments qu'elle aurait dans l'avenir le passionnaient. Le prieuré l'aurait fait depuis longtemps s'il avait eu à sa tête des moines plus compétents. Le projet de Merthin comportait la nouvelle maison où il habiterait avec Caris. Au tout début de leur mariage, ce ne serait qu'une maisonnette confortable, mais il en bâtirait une plus grande par la suite, surtout s'ils avaient des enfants. Il avait déjà repéré sur le rivage sud un site agréablement rafraîchi par l'air du fleuve et, surtout, moins rocailleux que le reste de l'île, où il pourrait planter des arbres fruitiers.

Il traçait donc ses croquis en rêvant à la vie qu'il y mènerait au côté de Caris jusqu'à ce que la mort les sépare, quand des coups à la porte l'arrachèrent à sa rêverie. Il s'étonna. Une fois la nuit tombée, personne ne venait jamais sur l'île, sauf Caris, mais elle ne frappait pas. « Qui est là ? » demanda-t-il, saisi d'une légère anxiété.

Thomas Langley fit son entrée.

« Les moines ne sont-ils pas censés dormir à cette heure ? lança Merthin non sans surprise.

— Godwyn ne sait pas que je suis ici, répondit Thomas en regardant l'ardoise. Tu dessines de la main gauche ?

— Tantôt de la main gauche, tantôt de la main droite, indifféremment. Puis-je vous servir une tasse de vin ?

— Non, merci. Je ne voudrais pas me retrouver somnolant à matines. »

Depuis le jour, voilà déjà plus de dix ans, où Merthin lui avait promis de garder le secret sur la lettre enterrée, il s'était créé entre eux un lien que leur travail commun sur la réfection de la cathédrale avait consolidé au fil des ans. Merthin aimait la précision de Thomas quand il donnait des ordres et sa gentillesse envers les apprentis. Il appréciait également qu'il ne prenne pas prétexte de sa vocation pour traiter autrui avec supériorité. Si seulement tous les hommes de Dieu pouvaient lui ressembler ! songeait-il souvent.

Désignant du geste une chaise près du feu, il s'enquit du motif de sa visite.

« Je viens te voir à propos de ton frère. Ses débordements doivent être contenus. »

Merthin fit la même grimace que si on lui avait porté un coup douloureux. « Si je m'étais cru capable de faire quelque chose, sachez bien que je m'y serais employé depuis longtemps, mais je doute qu'il m'écoute aujourd'hui. L'époque où il buvait mes paroles est bel et bien révolue.

— J'arrive d'une réunion de la guilde de la paroisse où l'on m'a prié d'organiser une milice.

— Ne me demandez pas d'en faire partie !

— Je n'en avais pas l'intention, dit Thomas avec un sourire ironique. Je ne crois pas que tes nombreux talents incluent le génie militaire.

— Merci quand même ! fit Merthin en hochant la tête d'un air faussement vexé.

— Cependant, il y a une chose que tu pourrais faire, me semble-t-il, si tu le veux bien.

— Dites toujours, répondit Merthin, mal à l'aise.

— Les proscrits ont forcément une cachette près d'ici. Je voudrais que tu réfléchisses à un endroit que ton frère aurait pu choisir. Il s'agit sûrement d'un lieu que vous connaissez tous les deux – une caverne, peut-être, ou une ancienne cahute de garde forestier. »

Comme Merthin hésitait, il reprit : « Je comprends que ce soit pour toi comme une trahison. Mais pense à cette famille qu'il a attaquée : un paysan honnête et travailleur, sa femme, leur garçon de quatorze ans sont morts aujourd'hui, laissant une petite fille orpheline. Même si tu aimes ton frère, tu dois nous aider à l'attraper.

— Je sais…

— As-tu une idée de l'endroit où il pourrait se cacher ? »

Mais Merthin ne se résoudrait pas à parler sans la solide assurance que son frère ne serait pas abattu. « Vous lui laisserez la vie sauve ?

— Si c'est possible. »

Merthin secoua la tête. « J'ai besoin d'un véritable engagement. »

Thomas garda le silence quelques instants. Puis il dit : « Bien, je veillerai à ce qu'il reste en vie. Je ne sais pas comment, mais je trouverai un moyen. Je te le promets.

— Merci. » Merthin fit une pause. Son cœur se rebellait à l'idée de livrer son frère, et il lui fallut un moment pour se décider à parler. « Quand j'avais dans les treize ans, Ralph et moi allions souvent à la chasse avec des garçons plus âgés. Nous passions la journée dehors et nous mangions les bêtes que nous avions tirées. Parfois, nous poussions jusqu'à Colline-Blanche, là où les troupeaux paissent l'été. Les bergères ne sont pas farouches, certaines se laissent embrasser. » Il eut un bref sourire à ce souvenir. « L'hiver, quand tout le monde était rentré au village, nous nous abritions dans ces cabanes. Il est possible que Ralph se cache là-bas.

— Merci, dit Thomas, et il se leva.

— Je compte sur vous.

— Tu peux.

— Vous m'avez fait confiance, il y a plus de dix ans.

— Je n'ai pas oublié.

— Je ne vous ai jamais trahi, lui rappela Merthin.

— Je sais.

— Maintenant, c'est moi qui me trouve obligé de vous faire confiance. »

Ses paroles pouvaient aussi bien suggérer une demande de réciprocité qu'une menace voilée. Merthin s'en rendit compte en même temps qu'il les prononçait. Tant pis ! se dit-il. Que Thomas les comprenne à sa guise !

Celui-ci lui tendait la main. Merthin la saisit.

« Je tiendrai parole », promit le moine et, sur ces mots, il partit.

*

Ralph et Tam chevauchaient côte à côte. Alan Fougère venait derrière, à cheval lui aussi. Le reste de la bande suivait à pied. Ralph était d'humeur joyeuse. L'attaque d'aujourd'hui s'était révélée fructueuse. Les paysans apportaient plus de marchandises au marché, maintenant que le printemps s'était installé. Leur butin consistait en une demi-douzaine d'agneaux de lait, un tonneau de miel, une barrique de crème et plusieurs bouteilles de vin. Comme toujours, les proscrits n'avaient pas subi de grands dommages, uniquement des estafilades et des coups portés par les plus hardies de leurs victimes.

Son association avec Tam était une réussite. Une ou deux heures d'une lutte peu risquée le dimanche matin leur rapportaient de quoi vivre dans le luxe pendant tout le reste de la semaine. Ils partageaient ensuite leur temps en parties de chasse le jour et en beuveries le soir. Dans ces collines, Ralph ne craignait pas qu'un serf l'importune à propos de parcelles mal délimitées ou triche sur les loyers des fermes en métayage. La seule chose qui lui manquait, c'étaient les femmes. Et aujourd'hui, justement, il y avait remédié avec ses compagnons en enlevant deux petites sœurs potelées de treize ou quatorze ans.

Cependant, il avait un regret, celui de ne pas avoir eu l'occasion de se battre pour le roi, son rêve depuis l'enfance. La vie d'un hors-la-loi était trop facile à son goût. Quelle gloire y avait-il à massacrer des serfs désarmés pour un homme désireux de prouver au monde qu'il avait l'âme d'un chevalier ? Hélas, il n'avait pas encore eu la chance de se le prouver à lui-même. Chevauchant, poitrine au vent, parmi les collines, il interdit à cette triste pensée de gâcher sa belle humeur ! Un festin l'attendait ce soir, un agneau grillé à la broche, suivi de crème au miel. Ensuite, il y aurait les filles… Il les ferait s'allonger côte à côte, pour qu'elles puissent se voir lorsque les hommes de sa bande les violeraient tour à tour. À cette pensée, son cœur s'accéléra.

Ils arrivaient en vue de leurs cabanes en pierre. Quel dommage de les quitter bientôt ! L'herbe avait repoussé et les bergers ne tarderaient pas à revenir. Pâques était tombé tôt cette année ; la Pentecôte aurait lieu dans les premiers jours de mai. Il leur faudrait alors trouver une nouvelle cachette.

Arrivé à quelque deux cents pas de leur campement, quelle ne fut la surprise de Ralph de voir quelqu'un sortir de sa cabane ! Il tira sur les rênes. Les brigands se regroupèrent autour des deux chefs, la main sur leur arme.

L'homme s'avançait vers eux d'un pas nonchalant. « Par Dieu… ! » s'exclama Tam en découvrant qu'il s'agissait d'un moine.

Un moine dont une manche de l'habit volait au vent et en qui Ralph reconnut frère Thomas de Kingsbridge.

« Bonjour, Ralph ! lui lançait déjà celui-ci sur le ton qu'il aurait employé en le rencontrant par hasard dans la rue. Tu te souviens de moi ? »

Diable, que faisait-il ici ?

« Tu le connais ? » s'exclama Tam.

Thomas, arrivé par la droite jusqu'au cheval de Ralph, lui tendit la main. Perplexe, celui-ci se baissa pour la serrer. Un moine désarmé et manchot de surcroît ne présentait pas un grand risque. Mais Thomas fit remonter sa main le long du bras de Ralph et lui saisit le coude.

Du coin de l'œil, Ralph perçut un mouvement près des huttes en pierre. Relevant la tête, il vit sortir un homme de la plus proche, suivi d'un autre, puis d'un troisième. Soudain il en bondissait de toutes les cahutes, et chacun insérait une flèche sur la corde de son arc ! C'était une embuscade ! Au moment même où il s'en rendait compte, Thomas resserra ses doigts autour de son coude et, d'un mouvement subit, l'arracha à sa selle.

Un cri monta du groupe des proscrits. Ralph chuta sur le sol. Effrayé, Griff fit un saut sur le côté. Comme Ralph tentait de se relever, Thomas se laissa choir sur lui avec la violence d'un arbre abattu. Le maintenant cloué au sol, il s'allongea sur lui tel un amant et lui murmura à l'oreille : « Pas un geste et tu t'en sortiras sain et sauf ! »

Ralph entendit alors siffler des douzaines de flèches tirées simultanément, chuintement porteur de mort et dont le bruit était aussi audible et subit que celui d'une bourrasque d'orage. Un bruit colossal, en vérité, et Ralph se dit qu'il devait y avoir une centaine d'archers tapis dans les abris. Le geste de Thomas empoignant son bras avait probablement été un signal, et ils avaient aussitôt jailli de leur cachette pour tirer.

L'idée lui vint de repousser Thomas. Il se ravisa en entendant gémir ses compagnons atteints par les flèches. Dans la position où il se trouvait, il distinguait mal la scène. Il devinait seulement que plusieurs de ses camarades avaient sorti leur épée. Hélas, ils étaient trop loin. S'ils fonçaient vers les archers, ils seraient abattus avant d'avoir engagé le combat. Ce serait un massacre sans qu'il y ait eu bataille. Une tambourinade de sabots retentit. La terre vibra. Tam l'Insaisissable avait-il décidé de charger ou tournait-il casaque?

La confusion ne régna pas longtemps. Un instant plus tard, Thomas se relevait. Il sortit un poignard de dessous sa robe de bénédictin. « Je ne te conseille pas de dégainer. » Ralph put se convaincre alors que les proscrits avaient battu en retraite.

Il se remit sur ses pieds à son tour. Regardant en direction des archers, il en reconnut plusieurs, notamment Dick le Brasseur à sa grosse bedaine et aussi Édouard le Boucher, le gai luron toujours prêt à courir les filles. Mais il y avait également l'accueillant Paul la Cloche, ce grincheux de Bill Watkin et bien d'autres encore de ces citoyens timides et respectueux de la loi qui peuplaient son ancienne ville de Kingsbridge. Ils étaient là, tous, jusqu'au dernier. Il avait été capturé par des marchands ! Mais il y avait plus surprenant encore : le fait qu'ils aient été conduits par un moine ! Il dévisagea Thomas d'un air curieux. « Tu m'as sauvé la vie, dit-il.

— Uniquement parce que ton frère me l'a demandé, répliqua celui-ci sèchement. S'il n'en avait tenu qu'à moi, tu n'aurais pas touché terre vivant ! »

*

La prison de Kingsbridge, située au sous-sol de la halle de la guilde, avait des murs en pierre dépourvus de fenêtre et un sol en terre battue. Elle n'avait pas non plus de cheminée. En hiver, il n'était pas rare que les prisonniers succombent au froid. Mais l'on était au mois de mai, et Ralph avait un manteau de laine qui lui tenait chaud la nuit. Il disposait également de quelques meubles que Merthin avait loués auprès de John le Sergent – une chaise, un banc et une petite table. Le chef des forces de l'ordre occupait la salle située exactement de l'autre côté de la porte en chêne. Les jours de marché, c'était là qu'il se tenait avec sa petite troupe de volontaires, prêts à intervenir en cas de troubles.

Alan Fougère partageait sa cellule. Un archer de Kingsbridge l'avait ramassé, la cuisse transpercée d'une flèche, incapable de fuir comme l'avaient fait Tam l'Insaisissable ct sa bande. Ce jour était le dernier que les deux prisonniers passaient à Kingsbridge. Le shérif de Shiring était attendu à midi pour les conduire là-bas. Ils avaient déjà été condamnés à mort par contumace pour le viol d'Annet et pour les autres crimes commis dans la salle d'audience en présence du juge : l'agression sur les personnes du président des jurés et de Wulfric, et la fuite. Sitôt rendus à Shiring, ils seraient pendus.

Une heure avant que midi ne sonne, les parents de Ralph leur apportèrent à dîner : du jambon chaud, du pain frais et une cruche de bière forte. Merthin les accompagnait et Ralph en conclut qu'ils venaient lui faire leurs adieux.

Son père le confirma par ces mots : « Nous n'irons pas à Shiring. »

À quoi sa mère ajouta : « Nous ne voulons pas te voir... » Elle n'eut pas la force de poursuivre, mais la fin de sa phrase était claire pour tout le monde : « ... pendu. »

Ralph but seulement de la bière, incapable d'avaler quoi que ce soit. À quoi bon manger quand il se balancerait bientôt au bout d'une corde ? Outre que c'était inutile, il n'avait pas faim, à l'inverse d'Alan qui ne semblait pas se rendre compte de la tragédie à venir.

Un silence maladroit s'établit. Dans ces dernières minutes qu'ils passaient ensemble, personne ne savait que dire. Dame Maud pleurait sans bruit, sieur Gérald fulminait et Merthin restait assis, la tête dans les mains. Quant à Alan Fougère, il avait l'air de s'ennuyer profondément.

L'envie d'interroger son frère démangeait Ralph, mais quelque chose le retenait. La curiosité finit par l'emporter et il se lança, comprenant que c'était sa dernière chance de connaître la vérité : « Quand j'ai remercié frère Thomas de m'avoir sauvé la vie en me faisant un bouclier de son corps, il m'a répondu qu'il l'avait fait pour toi. »

Comme Merthin se contentait de hocher la tête, il insista : « C'était à ta demande ?

— Oui.

— Donc, tu étais au courant du guet-apens ?

— Oui.

— Donc… comment Thomas a-t-il pu savoir où j'étais ? »

Mais le père, abasourdi par cette nouvelle, s'écriait déjà : « Merthin ! Comment as-tu pu ? » À quoi renchérissait Alan : « Cochon de traître ! »

Merthin reprit : « Tu assassinais des familles entières d'innocents ! Il fallait bien retenir ton bras d'une façon ou d'une autre ! »

À ces mots, Ralph s'étonna de n'éprouver aucune fureur, seulement une sensation d'étouffement qui traduisait son émoi. Il déglutit et l'interrogea : « Mais pourquoi as-tu demandé à frère Thomas de m'épargner ? Tu préférais me voir pendu au gibet plutôt qu'abattu dans les collines ?

— Ralph ! s'exclama sa mère. Je t'en prie ! » Et elle éclata en sanglots.

« Je ne sais pas, répondit Merthin. Peut-être voulais-je seulement que tu vives un peu plus longtemps.

— Mais tu m'as trahi ! » s'écria Ralph et, à sa plus grande surprise, il sentit des larmes lui piquer les yeux. Sa tête bourdonnait, il se décomposait. « Tu m'as trahi ! répéta-t-il.

— Par Dieu, tu le méritais !

— Ne vous battez pas ! supplia dame Maud. Vous n'en avez plus ni l'âge ni le temps. »

La porte s'ouvrit sur John le Sergent. « Le shérif est arrivé. »

Dame Maud étreignit son fils, s'accrochant à lui en pleurant. Au bout d'un moment, sieur Gérald l'écarta gentiment.

John ressortit, précédant un Ralph fort étonné de ne pas être ligoté ou enchaîné. Ne craignait-on pas qu'il s'enfuie pour la seconde fois ? Il traversa la salle de garde, suivi des siens, et sortit dans la rue.

Il avait dû pleuvoir un peu plus tôt dans la journée, car le soleil qui se reflétait dans les flaques l'éblouit et l'obligea à plisser les paupières. S'étant habitué à la luminosité, il reconnut son cheval, sellé et prêt au départ. Sa vue réjouit son cœur. Il saisit sa bride et se tendit vers son oreille. « Toi, au moins, tu ne m'as jamais fait défaut ! » Griff renâcla et frotta son sabot sur le sol, heureux de sentir à nouveau son maître sur son dos.

Le shérif attendait, accompagné de plusieurs hommes à cheval, armés jusqu'aux dents. Il voulait bien permettre à Ralph de rejoindre Shiring à cheval, mais pas courir le risque de le voir s'échapper.

Scrutant plus attentivement le groupe, Ralph remarqua un détail inhabituel : non seulement la garde qui accompagnait le shérif de Shiring était constituée d'hommes du comte Roland, mais celui-ci se trouvait là également, reconnaissable à sa chevelure et à sa barbe d'un noir de jais. Que signifiait sa présence ?

Du haut de son destrier gris, le comte se pencha vers John le Sergent et lui tendit un rouleau de parchemin. « Lisez, si vous le pouvez ! ordonna-t-il en crachant les mots par un côté de la bouche, comme sa paralysie l'y contraignait désormais. C'est un mandat du roi. Tous les prisonniers du comté sont pardonnés et libérés s'ils acceptent de me suivre à la guerre !

— Hourra ! » s'écria sieur Gérald.

Dame Maud fondit en larmes. Merthin se pencha pour lire par-dessus l'épaule du sergent.

Ralph échangea un regard avec Alan, qui lui souffla : « Qu'est-ce que ça veut dire ?

— Que nous sommes libres ! »

Le sergent de ville regarda le comte : « Si, si, je sais lire ! » Et il se tourna vers le shérif. « Vous confirmez cet ordre ?

— Oui, dit le shérif.

— Dans ce cas, je n'ai pas d'objection. Ces hommes sont libres de suivre le comte. » Il roula le parchemin.

Ralph regarda son frère. Il pleurait. Larmes de joie ou de dépit ?

Mais l'heure n'était plus aux interrogations. Le comte s'écriait déjà avec impatience : « Les formalités sont achevées. En avant ! La route est longue jusqu'en France où nous attend le roi. »

Il piqua des talons et s'engagea dans la grand-rue.

Ralph éperonna Griff qui s'élança dans un trot plein d'ardeur à la suite de Roland.

41

« Cette fois-ci, je ne pense pas que vous remporterez gain de cause, annonça Grégory Longfellow à Godwyn en s'asseyant dans la grande chaise du vestibule de la maison du prieur. Le roi accordera bel et bien une charte à la ville de Kingsbridge. »

Godwyn continua de regarder fixement devant lui. L'avocat lui avait permis de gagner deux affaires devant la cour de justice royale, l'une l'opposant au comte, l'autre au prévôt. Si un homme de cette envergure se déclarait d'ores et déjà vaincu, la défaite était quasi certaine. Il ne pouvait l'admettre. Que Kingsbridge devienne une ville royale et c'en serait fini du pouvoir du prieuré. Or, cela faisait des siècles qu'il régnait sur la ville en maître incontesté.

Aux yeux de Godwyn, Kingsbridge n'existait que pour servir le prieuré, qui lui-même servait Dieu. Et voilà que le prieuré risquait de n'être plus qu'un simple rouage dans une ville gouvernée par des marchands au service du dieu Argent. Godwyn était d'autant plus consterné que cette abomination ne manquerait pas d'être consignée dans le livre de la ville comme s'étant produite sous son égide.

« En êtes-vous absolument certain ? demanda-t-il.

— Je n'avance jamais rien dont je ne sois certain », laissa tomber Grégory avec dédain.

Si sa morgue avait réjoui Godwyn lorsqu'elle était dirigée contre ses adversaires, elle l'exaspérait maintenant qu'il en faisait les frais. Ce fut donc avec colère qu'il s'écria : « Vous avez fait tout ce chemin jusqu'à Kingsbridge pour me dire que vous ne pouviez pas exécuter ma requête ?

— Et aussi pour toucher mes honoraires », ajouta Grégory joyeusement.

Godwyn regretta fort de ne pas pouvoir le faire jeter dans l'étang aux poissons, dans ses beaux habits londoniens !

C'était le samedi précédant la Pentecôte, la veille de l'ouverture de la foire à la laine. Dehors, sur le parvis de la cathédrale, des centaines de commerçants montaient leurs stalles. Leurs bavardages et leurs cris d'un étal à l'autre s'entendaient jusqu'à l'intérieur de la maison du prieur, dans ce vestibule où, présentement,

Godwyn et Grégory se faisaient face, assis à la table à manger.

Philémon, qui occupait un banc dans un coin, s'adressa à l'avocat : « Peut-être pourriez-vous expliquer à notre révérend prieur comment vous en êtes arrivé à cette triste conclusion ? » Ces derniers temps, le novice avait pris un ton de voix mi-méprisant, mi-obséquieux que Godwyn n'appréciait guère.

Grégory ne sembla pas s'en formaliser. « Naturellement, dit-il. Le roi est en France, tout simplement.

— Cela fait presque une année qu'il s'y trouve, rétorqua Godwyn, et il ne s'est pas passé grand-chose.

— Attendez cet hiver.

— Que doit-il se passer ?

— Vous avez sans doute entendu parler des attaques lancées par les Français contre nos ports de la côte sud.

— Absolument, dit Philémon. On dit même qu'à Cantorbéry des marins français ont violé des religieuses.

— Les ragots habituels ! lâcha Grégory avec condescendance. Rien ne vaut les viols de bonnes sœurs pour encourager le peuple à soutenir la guerre. Mais il est vrai que les Français ont brûlé Portsmouth et que nos exportations s'en ressentent gravement. Vous n'êtes pas sans avoir remarqué une sérieuse chute des cours de la laine, je suppose.

— Certainement.

— C'est dû en partie à la difficulté d'expédier la marchandise en Flandre. Le prix du vin de Bordeaux est en hausse pour la même raison. »

L'ancien prix était déjà bien au-dessus de nos moyens, se dit Godwyn, mais il garda ses réflexions pour lui.

Grégory poursuivait : « Ces incursions ne sont que des préliminaires, manifestement. Les Français rassemblent une flotte pour nous envahir. Nos espions rapportent que plus de deux cents navires sont déjà ancrés dans l'embouchure du Zwyn. »

Godwyn ne manqua pas de noter que Grégory avait dit « nos espions » comme s'il faisait partie du gouvernement alors qu'il ne colportait que des racontars. Cependant, son ton de voix avait quelque chose de convaincant et Godwyn ne put que demander : « En quoi la guerre avec la France peut-elle influer sur le statut de Kingsbridge ?

« — Les impôts. Le roi a besoin d'argent. La guilde de la paroisse a argué que la ville serait plus prospère, et donc paierait plus d'impôts, si les marchands étaient libérés de la tutelle du prieuré.

— Et le roi l'a cru ?

— Cela a été prouvé en maintes circonstances similaires. C'est pourquoi les rois accordent volontiers le statut de ville royale à celles qui en font la requête. Les villes suscitent des échanges commerciaux qui engendrent, à leur tour, des recettes fiscales. »

L'argent, encore ! pensa Godwyn avec dégoût. Tout haut, il s'enquit : « N'y a-t-il rien que nous puissions faire ?

— Pas à Londres. Je vous conseillerais plutôt de vous concentrer sur Kingsbridge. Ne pourriez-vous pas persuader la guilde de la paroisse de retirer sa demande ? Quel genre d'homme est le vieux prévôt ? Peut-il être soudoyé ?

— Mon oncle Edmond ? Sa santé décline chaque jour un peu plus. C'est sa fille Caris, ma cousine, qui est la véritable instigatrice de tout cela.

— Ah oui, je me rappelle l'avoir vue au procès. Plutôt arrogante, m'a-t-il semblé. »

Le genre de femme qui ne s'en laisse pas conter, qui voit au-delà des apparences, songea Godwyn, et il résuma sa pensée par ces mots : « C'est une sorcière.

— Une sorcière, vraiment ? Cela pourrait être un argument de poids.

— C'était une façon de parler. »

Mais Philémon intervenait déjà : « En fait, certaines rumeurs... » Et comme Grégory haussait les sourcils d'un air intéressé, il poursuivit : « C'est une grande amie d'une sage appelée Mattie, qui concocte des potions magiques à l'intention des gens crédules. »

Godwyn s'apprêtait à traiter cette idée de sorcellerie par le plus grand mépris quand l'idée lui vint qu'il devait faire arme de tout bois. Ces rumeurs étaient sans conteste envoyées par Dieu. Allez savoir, Caris usait peut-être de sorcellerie ?

« Je vous vois hésiter, intervint Grégory. Évidemment, si vous aimez votre cousine...

— Je l'aimais beaucoup lorsque nous étions jeunes, répondit le prieur, non sans un certain regret pour les années passées.

Mais je dois admettre à ma grande tristesse qu'elle n'est pas très croyante.

— Dans ce cas…

— Il faut que j'enquête sur le sujet.

— Si je peux faire une suggestion… ? » émit Grégory.

Fâché de ne pas avoir le courage de clouer le bec à cet avocat très agaçant, Godwyn répondit avec une courtoisie quelque peu exagérée : « Mais je vous en prie.

— Les enquêtes en vue d'un procès en hérésie obligent souvent à remuer de la boue. Mieux vaudrait ne pas vous salir les mains. Les témoins sont parfois mal à l'aise devant un prieur. Il serait bon de déléguer cette tâche à quelqu'un de moins intimidant. À ce jeune novice, par exemple, dit-il en désignant Philémon qui rougit de plaisir. Il me fait l'effet d'être un homme raisonnable. »

Godwyn acquiesça. Philémon, à n'en pas douter, était la personne tout indiquée pour accomplir une tâche indigne. N'avait-il pas découvert les relations coupables de l'évêque Richard avec Margerie ? « Bien, acquiesça-t-il. Vois ce que tu peux découvrir, Philémon.

— À vos ordres, monseigneur le prieur, répondit celui-ci. Rien ne me procurera plus grand plaisir ! »

*

Le dimanche matin, les visiteurs continuaient d'affluer à Kingsbridge. La joie au cœur, Caris les regardait traverser les deux ponts conçus par Merthin, à pied, à cheval, à bord de charrettes ou de chariots à deux ou quatre roues, chargés de marchandises pour la foire et tirés par un cheval ou par un bœuf. Le pont n'étant pas véritablement achevé, aucune cérémonie d'inauguration n'avait été prévue. Toutefois, la rumeur s'était répandue qu'on pouvait l'utiliser grâce à ce tablier de bois et que les routes étaient sûres désormais. Buonaventura Caroli lui-même avait fait le déplacement.

Merthin avait eu l'idée d'une nouvelle formule pour collecter les péages, et sa solution avait été aussitôt adoptée par la guilde. Au lieu de la simple guérite installée au bout du pont qui créait un goulot d'étranglement, il avait imaginé d'en répartir une dizaine sur l'île aux lépreux, sur la partie de route séparant les deux ponts, de sorte que, dorénavant, la plupart des visiteurs pouvaient remettre la somme due sans même s'arrêter. « Il n'y a plus de file d'attente ! » s'ébahit Caris à voix haute, s'adressant à elle-même.

Il faisait un temps doux et ensoleillé, sans la moindre menace de pluie. La foire de cette année promettait d'être un triomphe.

Et, dans une semaine, elle serait mariée à Merthin.

Ses craintes ne l'avaient pas quittée. L'idée de perdre son indépendance et de devenir la propriété d'un homme continuait de la terrifier bien que Merthin ne soit pas le genre de personne à profiter de la situation, elle le savait. Les rares fois où elle s'était ouverte de son angoisse à quelqu'un, à Gwenda par exemple ou à Mattie la Sage, on lui avait répondu qu'elle pensait comme un homme. Eh bien, qu'il en soit ainsi, si telle était sa façon de ressentir les choses !

Mais l'idée de perdre Merthin lui avait paru encore plus insupportable. Que lui serait-il resté alors, en dehors d'une fabrique de tissu qui ne l'intéressait pas ? Lorsque Merthin avait annoncé son intention de quitter la ville, l'avenir lui était soudain apparu vide de sens et elle avait compris qu'il n'y avait qu'une seule chose au monde pire que celle d'être mariée à Merthin : ne pas l'être.

Tel était donc le discours qu'elle se tenait dans ses périodes d'enthousiasme. Pourtant, au milieu de la nuit, quand le sommeil la fuyait, elle s'imaginait parfois ne se mariant plus à la dernière minute, souvent même au beau milieu de la cérémonie, se découvrant subitement incapable de prononcer les vœux de soumission à son époux et se précipitant hors de l'église à la consternation générale.

Aujourd'hui, cependant, sous le ciel radieux de cette belle journée, elle se disait que tout cela n'était que bêtises. Tout allait bien. Elle épouserait Merthin, et elle serait heureuse.

Elle quitta la berge et remonta la rue. La cathédrale était déjà remplie de fidèles réunis pour l'office du matin.

Le souvenir de ses rencontres avec Merthin derrière un pilier lui revint en mémoire et elle éprouva de la nostalgie pour l'insouciance qu'ils avaient connue au tout début de leur amour, pour leurs intenses et interminables conversations et pour leurs baisers volés.

Sans même s'en rendre compte, elle se retrouva au premier rang des fidèles, à côté de Merthin, en train d'examiner le bas-côté sud du chœur qui s'était effondré sous leurs yeux, deux ans plus tôt. Elle se rappela sa visite de la face invisible de la voûte et la conversation surprise entre frère Thomas et son épouse abandonnée. C'était cette conversation qui avait cristallisé en elle cette peur du mariage et qui lui avait fait rejeter Merthin. Balayant ces pensées, elle déclara à Merthin, en devinant les siennes : « Ça tient bon, on dirait ! »

Le jeune homme n'avait pas l'air convaincu. « Deux ans, c'est un laps de temps bien court dans la vie d'une cathédrale.

— Pourtant, on ne voit aucun signe de détérioration.

— C'est bien ça, le problème. Car il peut y avoir quelque part une faiblesse qui restera invisible pendant des années. Jusqu'au jour où tout s'écroulera d'un coup.

— Peut-être qu'il n'y en a pas.

— Si, il y en a forcément une quelque part, dit-il, une note d'impatience dans la voix. La cathédrale ne s'est pas effondrée sans raison. Cette raison, nous ne l'avons jamais découverte, par conséquent elle est toujours là !

— Peut-être qu'elle s'est réparée toute seule, spontanément. »

Elle le contredisait pour le simple plaisir de le voir réagir, mais il prenait ses paroles au sérieux. « Les bâtiments n'ont pas pour habitude de se réparer tout seuls ! lâcha-t-il. Enfin, admettons… Des gargouilles ont pu s'engorger et, par la suite, l'eau a pu suivre une voie de dérivation moins dangereuse pour l'édifice. »

Les moines commençaient à entrer. Les conversations se turent. Les religieuses apparurent à leur tour, par l'entrée qui leur était désormais réservée. Une novice releva la tête, et l'on put entrevoir son beau visage dans la file des têtes à demi cachées par des coiffes. À la vue de Merthin et de Caris côte à côte, une joie mauvaise brilla dans son regard. Caris, qui l'avait surprise, ne put retenir un frisson. Mais Élisabeth s'était déjà fondue dans l'anonymat de l'habit religieux.

« Elle te hait ! s'exclama Merthin.

— Elle croit que je t'ai empêché de l'épouser.

— Elle a raison.

— Mais pas du tout ! Tu aurais pu épouser n'importe quelle autre fille.

— Sauf que je ne voulais que toi.

— Il n'empêche que tu t'es amusé avec elle.

— En tout cas, c'est ainsi qu'elle a dû le prendre, dit-il sur un ton confus. En fait, j'aimais simplement parler avec elle. Surtout à l'époque où tu me battais froid. »

Caris se sentait mal à l'aise. « Je sais, mais Élisabeth se sent trahie. Je n'aime pas ses yeux quand elle me regarde. Elle me fait peur.

— Ne t'inquiète pas. Maintenant qu'elle a pris le voile, elle ne peut rien te faire de mal. »

Ils gardèrent le silence un moment, debout côte à côte, leurs épaules se frôlant, suivant des yeux l'évêque Richard qui prenait place sur son trône dans la partie est du chœur. Le rituel était une chose que Merthin appréciait. Il se sentait toujours apaisé après avoir assisté à un office religieux. La paix intérieure, voilà ce que les fidèles devaient trouver à l'église, affirmait-il. Pour sa part, Caris n'assistait à la messe que pour étouffer les ragots qu'aurait suscités son absence. Elle avait des doutes sur tout ce qui touchait à la religion. Elle croyait en Dieu, certes, mais elle avait du mal à admettre qu'il puisse choisir de révéler ses volontés à des hommes tels que son cousin Godwyn, et seulement à eux. Pourquoi Dieu se soucierait-il d'être vénéré ? C'étaient les rois et les comtes qui exigeaient que leurs vassaux les vénèrent, réclamant d'eux un hommage d'autant plus appuyé qu'ils occupaient un rang mineur. Que le peuple de Kingsbridge chante ou non ses louanges ne devrait pas plus intéresser un Dieu tout-puissant que ne l'intéressait elle-même la frayeur d'un cerf dans la forêt. Parfois, Caris se risquait à exprimer tout haut des idées semblables, mais personne ne la prenait au sérieux.

Ses pensées dévièrent vers l'avenir. Bien des signes laissaient présager que le roi accorderait une charte à la ville. Son père en deviendrait probablement le premier maire, à condition qu'il recouvre la santé. L'entreprise de tissu qu'elle avait créée continuerait à se développer et Marc le Tisserand connaîtrait enfin l'aisance. La prospérité revenue, la guilde de la paroisse serait en mesure de faire construire une bourse à la laine où les marchands pourraient traiter leurs affaires confortablement, sans s'inquiéter du mauvais temps. À coup sûr, Merthin s'en verrait confier la construction, et tout cela profiterait grandement au prieuré, même si Godwyn refusait de le reconnaître.

La cérémonie touchait à sa fin. Moines et religieuses commencèrent à sortir. Un novice quitta les rangs pour rejoindre la congrégation des fidèles. C'était Philémon. À la surprise de Caris, il vint la trouver. « Puis-je vous parler ? » demanda-t-il.

Elle réprima un frisson. Le frère de Gwenda avait quelque chose de répugnant.

« De quoi donc ? répliqua-t-elle sur un ton à peine poli.

— En fait, j'aimerais vous demander votre avis, dit-il avec un sourire mielleux, cherchant à se gagner ses bonnes grâces. Vous connaissez Mattie la Sage, n'est-ce pas ?

— Oui.

— Que pensez-vous de ses méthodes ? »

Elle le regarda durement. Qu'avait-il derrière la tête pour lui poser cette question ? Elle prit le parti de défendre son amie. « Il est certain qu'elle n'a jamais étudié les textes des anciens, mais ses remèdes sont parfois plus efficaces que ceux des moines. Je pense que c'est parce qu'elle se fonde sur l'expérience, et non sur des théories se rapportant aux humeurs du corps. »

Les personnes se tenant à côté tendirent l'oreille. Certaines d'entre elles se mêlèrent d'office à la conversation, telle Madge la Tisserande.

« La potion qu'elle a donnée à notre Nora a fait tomber sa fièvre !

— Quand je me suis cassé le bras, renchérit John le Sergent, et que Matthieu le Barbier m'a remis l'os en place, les onguents de Mattie ont apaisé mes douleurs. »

Philémon demanda encore : « Quelles litanies prononce-t-elle, quand elle fabrique ses mixtures ?

— Aucune, voyons ! s'exclama Caris sur un ton indigné. Elle dit toujours aux malades que Dieu seul est capable de leur apporter la guérison et qu'ils doivent prier quand ils prennent leur traitement.

— Se pourrait-il qu'elle soit une sorcière ?

— Mais pas du tout ! C'est une idée grotesque !

— Pourtant une plainte contre elle a été déposée devant la cour ecclésiastique. »

Un froid glacial s'abattit sur Caris. « Déposée par qui ?

— Je ne puis vous le dire. Mais on m'a prié de mener l'enquête. »

Sa réponse mystifia Caris. Qui pouvait en vouloir à Mattie ? « Mattie fait le bien autour d'elle et tu es mieux placé que personne pour le savoir, car ta sœur serait morte en mettant Sam au monde si elle n'avait pas été là. Sans elle, Gwenda n'aurait pas survécu à son hémorragie.

— Oui, semble-t-il, admit Philémon.

— Semble-t-il ? Pour autant que je sache, ta sœur est vivante, non ?

— Oui, bien sûr. Donc, vous êtes sûre que Mattie ne prononce pas d'invocations au démon ? »

Philémon avait légèrement haussé le ton pour poser la question comme s'il voulait être entendu des gens autour d'eux. Désarçonnée, Caris répliqua d'une voix assurée : « Évidemment que j'en suis certaine. Je suis prête à en faire le serment, si tu y tiens.

— Oh non ! Ce ne sera pas nécessaire, répondit Philémon gentiment. Je vous remercie de m'avoir fait part de votre avis. » Il inclina la tête dans une sorte de salut et se retira.

Caris et Merthin se dirigèrent vers la sortie.

« Mattie, une sorcière ! On entend vraiment n'importe quoi ! » s'écria la jeune fille.

Mais cette conversation laissait Merthin préoccupé. « On aurait dit que Philémon cherchait à amasser des preuves contre elle, tu ne trouves pas ?

— Si.

— C'est quand même curieux qu'il soit venu te trouver ! Toi, la personne au monde qui ne pouvait que réfuter ses accusations. Pour quelle raison l'a-t-on chargé de mener une enquête ?

— Je n'en sais rien. »

Ils franchirent le grand portail et sortirent sur le parvis. La foire battait son plein. Un joyeux soleil brillait sur les centaines d'étals et leurs marchandises multicolores. « C'est quand même étrange, dit Merthin. Ça m'inquiète.

— Pourquoi ?

— C'est comme la faiblesse dans l'aile sud. Ce n'est pas parce que tu ne vois rien qu'un travail de sape n'est pas en train de se produire. Et tu ne t'en rendras compte que lorsque tout s'écroulera. »

*

Le tissu rouge présenté sur l'étal de Caris n'était pas d'aussi belle qualité que celui vendu par Loro le Florentin, même s'il fallait avoir un œil acéré pour s'en apercevoir. Le tissage en était plus lâche, parce que les Italiens possédaient des métiers à tisser bien supérieurs à ceux qui existaient en Angleterre. Si la couleur en était aussi vive, elle n'était pas aussi bien répartie sur toute la longueur de la balle, et cela parce qu'à l'évidence les teinturiers anglais ne travaillaient pas aussi bien que les Italiens. C'est pour cela qu'elle pratiquait un prix inférieur de dix pour cent à celui de Loro. Néanmoins, c'était le plus beau tissu écarlate de fabrication anglaise qu'on ait vendu à ce jour sur le marché de Kingsbridge et les affaires allaient bon train. Marc et Madge se chargeaient de la vente au détail, mesurant et coupant le tissu pour les particuliers. Caris s'occupait de la vente en gros. Elle négociait des réductions pour une balle entière, voire pour six, avec des drapiers venus de Winchester, de Gloucester et même de Londres. Le lundi après-midi, elle savait déjà qu'elle aurait écoulé toute sa marchandise avant la fin de la semaine.

Vers midi, quand les affaires ralentirent pour la pause du repas, elle se promena parmi les étals, emplie d'une grande satisfaction. Comme Merthin, elle avait su triompher de l'adversité. Elle s'arrêta devant la stalle de Perkin pour bavarder avec les paysans de Wigleigh.

Son amie Gwenda avait des raisons de se réjouir, elle aussi. Elle était mariée à Wulfric, chose qui avait semblé parfaitement impossible jadis, et elle était là avec leur petit Sammy, un gros bébé d'un an qui jouait par terre à ses pieds. Annet vendait des œufs, comme toujours, et Ralph n'était plus là pour l'importuner. Il était parti se battre aux côtés du roi en France. Peut-être ne reviendrait-il jamais.

Caris aperçut le père de Gwenda un peu à l'écart, occupé à vendre des peaux d'écureuils, et se réjouit que cet homme méchant ait perdu tout pouvoir de faire souffrir sa fille.

Elle alla retrouver son père dans sa stalle. Elle l'avait persuadé d'acheter de la laine vierge en plus petite quantité cette année, considérant que le marché international ne pourrait pas être florissant alors que la guerre faisait rage entre les Français et les Anglais, que les ports étaient mis à sac et les navires incendiés.

« Les affaires sont bonnes ? lui demanda-t-elle.

— Le flot est régulier, dit-il. Je crois que j'ai bien jugé de la situation. » Il avait oublié qu'il devait à sa fille d'avoir fait preuve de prudence. Mais ce n'était pas grave.

Sur ces entrefaites, Tutty, leur cuisinière, arriva, apportant son repas à Edmond : une petite marmite de ragoût de mouton, une miche de pain et un cruchon de bière. Comme Edmond l'avait expliqué à Caris des années auparavant, il était important d'avoir l'air prospère, mais avec retenue. L'essentiel était de convaincre les acheteurs qu'ils faisaient affaire avec un marchand bien établi, sans leur donner l'impression qu'ils contribuaient à accroître la fortune d'un homme qui roulait déjà sur l'or.

« Ça va ? lui demanda-t-elle.

— Je meurs de faim ! »

Il tendait la main vers la marmite quand, subitement, il chancela et s'écroula par terre en laissant échapper un son bizarre à mi-chemin entre le râle et le cri.

Tutty poussa un hurlement.

« Père ! » s'exclama Caris. Mais elle savait déjà qu'il ne répondrait pas. Il s'était effondré lourdement, comme un sac d'oignons, et il gisait maintenant, inerte. Elle s'agenouilla près de lui. Il était vivant, mais respirait difficilement. Son pouls était lent, mais perceptible, et son visage congestionné bien plus rougeaud que d'habitude.

« Qu'est-ce qu'il a ? Qu'est-ce qu'il a ? répétait la cuisinière.

— C'est une attaque, expliqua Caris, se forçant au calme. Va chercher Marc le Tisserand. Il faut le transporter à l'hospice ! »

La cuisinière s'élança. Vendeurs et acheteurs accouraient des étals voisins. « Pauvre Edmond ! Je peux faire quelque chose ? » s'écria Dick le Brasseur. Mais il était trop âgé pour soulever Edmond. Aurait-il eu la force nécessaire, que sa bedaine l'en aurait empêché.

« Marc va le transporter, dit Caris, et elle fondit en larmes.
J'espère qu'il ira bien. »

Marc arriva bientôt. Soulevant le prévôt dans ses bras de
géant, il prit la direction de l'hospice aux cris de « Écartez-vous,
bonnes gens ! Laissez passer un blessé ! ».

Caris le suivit, ses yeux brouillés de larmes rivés sur son large
dos. Entrés à l'intérieur du bâtiment, ils eurent le bonheur d'apercevoir la vieille Julie. « Allez chercher mère Cécilia le plus vite
possible, je vous en supplie ! » la pria Caris. La vieille religieuse
partit à toutes jambes, tandis que Marc étendait Edmond sur une
couche près de l'autel.

Le prévôt n'avait pas repris connaissance. Il avait toujours
les yeux fermés et sa respiration était haletante. Caris posa la
main sur son front. Il n'était pas chaud, mais pas glacé non plus.
L'attaque avait été si soudaine ! Qu'est-ce qui avait pu la provoquer ? La minute d'avant, son père parlait normalement et, tout
d'un coup, il avait perdu connaissance ! Comment pareille chose
pouvait-elle se produire ?

Mère Cécilia arriva. Ses gestes rapides et efficaces surent apai-
ser Caris dans l'instant. S'étant agenouillée près de la couche
d'Edmond, elle posa la main sur son cœur et prit son pouls.
Puis elle se concentra sur sa respiration et toucha son visage.
« Apportez-lui un oreiller et une couverture, ordonna-t-elle à
Julie, et allez chercher un moine médecin. »

Elle se releva et dit à Caris, la regardant droit dans les yeux :
« C'est une attaque. Peut-être s'en sortira-t-il. Il n'y a pas grand-
chose à faire, sinon veiller à son confort. Le médecin recomman-
dera peut-être une saignée. En dehors de cela, je ne vois que la
prière. »

Mais Caris voulait une intervention efficace. « Je vais chercher Mattie », dit-elle.

Elle s'élança hors du bâtiment, évitant la foire, comme
l'année précédente lorsqu'elle avait couru chercher la guérisseuse pour sauver Gwenda. Cette fois-ci, il s'agissait de son
père et son angoisse était bien différente. Ce n'était plus la
tristesse à l'idée de perdre une amie, mais le désespoir face
à son monde qui s'écroulait. La terreur de voir son père mourir engendrait en elle une émotion qu'elle éprouvait parfois en
rêve, quand elle se voyait, juchée sur le toit de la cathédrale de

Kingsbridge, sans autre solution pour en descendre que de se jeter dans le vide.

L'effort physique que réclamait sa course éperdue la calma un peu. Le temps d'arriver chez Mattie, elle s'était reprise. La guérisseuse saurait quoi faire. Elle dirait : « J'ai déjà rencontré un cas similaire. Voici le traitement à suivre, j'en connais les risques. »

Caris tambourina à la porte. N'entendant pas de réponse, elle souleva le loquet. La porte n'était pas verrouillée. « Mattie ! cria-t-elle tout en se précipitant à l'intérieur. Viens à l'hospice immédiatement ! Mon père se meurt ! »

La pièce était vide. Caris écarta sans hésiter le rideau qui en cachait le fond. Mattie n'était pas non plus dans la cuisine.

« Mais pourquoi faut-il que tu sois absente juste en ce moment ! » s'écria-t-elle à pleine voix.

Regardant autour d'elle pour deviner où son amie pouvait être allée, elle fut brusquement frappée par la nudité des lieux. Il ne restait pas une seule de toutes les petites fioles et bouteilles qui s'entassaient d'habitude sur les étagères, pas un seul mortier parmi tous ceux dont Mattie se servait pour préparer ses ingrédients, pas un seul de ces petits pots où elle les mélangeait et les faisait bouillir, pas un seul des couteaux avec lesquels elle coupait les herbes ! Revenant dans la pièce de devant, Caris constata que tous les objets personnels de Mattie avaient également disparu : la boîte à couture, les coupes en bois verni dans lesquelles elle buvait du vin, le châle brodé accroché au mur en guise de décoration, le peigne en os sculpté qu'elle aimait tant.

Mattie avait pris la poudre d'escampette en emportant toutes ses affaires !

La raison de ce départ ne faisait aucun doute : on avait dû lui rapporter que Philémon s'était intéressé à elle, hier, après l'office. Traditionnellement, la cour ecclésiastique se réunissait le samedi de la foire à la laine. C'était ce jour-là que, deux ans plus tôt, Nell la folle avait été jugée sur des accusations absurdes et condamnée pour hérésie.

Mattie n'était pas une hérétique, bien sûr, mais comment le prouver ? Nombreuses étaient les vieilles femmes qui l'avaient appris à leurs dépens ! Elle devait avoir considéré ses maigres chances de survivre à pareil procès et, sans prévenir personne, elle avait rassemblé ses affaires et quitté la ville. Vraisemblablement en priant un paysan qui s'en retournait chez lui, ses marchandises vendues, de la prendre à bord de son char à bœuf. Caris l'imagina dans la lumière de l'aube, son baluchon sur les genoux, sa capuche rabattue sur sa tête. Qui pouvait dire où elle était allée ?

« Que vais-je faire ? » se lamenta-t-elle.

Elle se laissa choir sur une chaise, encore essoufflée de sa course. Elle songea à rentrer à l'hospice aussi vite qu'elle en était venue, mais à quoi bon ? Pouvait-elle aider son père ? D'ailleurs, qui pouvait quelque chose pour lui ?

Il y avait forcément quelqu'un d'autre en ville qui ne comptait pas exclusivement sur les prières et l'eau bénite ; quelqu'un pour qui les saignées n'étaient pas la panacée ; quelqu'un qui recourait à des traitements simples et qui avaient prouvé leur efficacité ! Tout en se tenant ce discours, seule dans cette maison désertée, il lui apparut soudain qu'il n'y avait à Kingsbridge qu'une seule personne capable de combler ses espoirs – une femme qui connaissait les méthodes de Mattie et croyait aux vertus de sa philosophie fondée sur l'expérience. Et cette femme-là, c'était elle-même.

Cette pensée s'imposa à elle avec tout l'éclat d'une révélation. Elle se figea, déconcertée par tout ce qu'impliquait cette découverte.

Elle connaissait la recette des potions les plus couramment utilisées par Mattie : celles qui soulageaient la douleur ; celles qui faisaient vomir ; celles qui nettoyaient les blessures ou faisaient baisser la fièvre. Elle savait comment utiliser l'aneth pour soigner les problèmes de digestion ; le fenouil pour faire tomber la fièvre ; la rue pour empêcher les flatulences ; le cresson pour rendre les femmes fertiles. Elle connaissait même certains traitements auxquels Mattie ne recourait jamais, par exemple les cataplasmes à base de bouse de vache, les potions à base d'or et d'argent, l'application à l'endroit du corps douloureux de versets sacrés recopiés sur du vélin.

Et puis, n'avait-elle pas un don pour soigner les gens ? Mère Cécilia en était persuadée. Eh bien, à défaut d'entrer au couvent, comme le lui conseillait l'abbesse, elle prendrait la place de Mattie. Marc le Tisserand était tout à fait capable de la remplacer à la tête de l'entreprise de tissu. Il effectuait déjà la plus grande partie du travail.

Oui, elle partirait à la recherche d'autres femmes connues pour leur sagesse. Elle irait à Shiring, à Winchester, à Londres au besoin, et elle les interrogerait sur leurs méthodes, sur les traitements qui étaient efficaces et sur ceux qui ne l'étaient pas. En règle générale, les femmes partageaient volontiers leurs connaissances avec d'autres femmes, contrairement aux hommes qui aimaient à garder leurs activités secrètes, les qualifiant de « mystères ». À croire qu'il fallait posséder un talent surnaturel pour tanner le cuir ou forger un fer à cheval !

Oui, elle lirait même les écrits des moines des temps anciens. Ils recelaient sûrement certaines vérités. Ce bon instinct, que lui prêtait mère Cécilia, l'aiderait peut-être à faire éclore certaines graines bénéfiques au milieu de tous les leurres dans lesquels les prêtres se vautraient obstinément, armés de leur charabia.

Elle se leva et reprit le chemin de l'hospice. Elle marchait lentement, à la fois terrifiée par la situation qui l'y attendait et s'y soumettant avec fatalisme. Son père s'en sortirait ou ne s'en sortirait pas. La seule chose en son pouvoir, c'était de ne pas trahir le serment qu'elle venait de se faire à elle-même : soulager du mieux qu'elle le pouvait les êtres chers à son cœur.

Luttant contre ses larmes, elle traversa le champ de foire. Quand elle entra dans l'hospice, ce fut à peine si elle eut la force de regarder l'endroit où son père était étendu. Une petite foule entourait sa couche. Elle reconnut mère Cécilia, la vieille Julie, frère Joseph, Marc le Tisserand, Pétronille, Alice et Elfric.

Advienne que pourra ! pensa-t-elle. Elle donna une petite tape sur l'épaule de sa sœur, qui s'écarta pour lui laisser de la place. Et Caris regarda enfin son père.

Ses yeux étaient ouverts, il avait repris connaissance. Il était pâle et il avait les traits tirés. Il s'efforça de lui sourire. « Je crois que je t'ai donné des frayeurs, dit-il. Tu m'en vois désolé, ma chère.

— Oh, merci, mon Dieu ! » s'écria Caris, et elle fondit en larmes.

*

Le mercredi matin, Merthin s'en vint trouver Caris à sa stalle de la foire et lui dit d'une voix consternée : « Betty la Boulangère vient de me poser une question bien étrange. Elle voulait savoir qui avait l'intention de se présenter contre Elfric à l'élection du prévôt.

— Quelle élection ? demanda Caris. C'est mon père qui… ! Oh, je vois… ! »

À coup sûr, Elfric devait raconter à qui voulait l'entendre que l'âge et la santé d'Edmond ne lui permettaient plus de diriger la guilde, que la ville avait besoin de sang neuf. Et, bien évidemment, il se présentait pour le remplacer au poste de prévôt. « Nous devons prévenir mon père immédiatement ! »

Accompagnée de Merthin, elle traversa le champ de foire puis la grand-rue pour rentrer chez elle. Edmond avait quitté l'hospice la veille, affirmant non sans raison que les moines ne pouvaient rien pour lui et que leurs saignées ne feraient que l'affaiblir davantage. Transporté chez lui, il avait été installé dans son parloir du rez-de-chaussée.

C'était donc là qu'il se trouvait ce matin, étendu sur une couche improvisée et soutenu par des coussins. Il semblait si las que Caris hésita à l'importuner. Merthin vint s'asseoir à côté de lui et lui exposa la situation sans détour.

« Elfric a raison, dit Edmond quand Merthin eut fini. Regarde-moi, je peux à peine me tenir droit. La guilde a besoin d'un homme fort pour la conduire ; un malade ne peut pas remplir ces fonctions.

— Mais dans quelque temps tu iras mieux ! s'écria Caris.

— Peut-être. Mais j'ai vieilli. Tu n'es pas sans avoir noté ma distraction. J'oublie les choses, tu le sais bien. L'année dernière, ma lenteur à réagir à la baisse des cours nous a été fatale alors que j'aurais dû m'inquiéter immédiatement. Si nous avons pu rétablir notre fortune, Dieu merci, c'est uniquement grâce à toi et à ton tissu écarlate. Moi, je n'y suis pour rien ! »

Caris le savait, bien sûr, mais son indignation était la plus forte. « Et tu laisseras Elfric te succéder ?

— Certainement pas ! Ce serait un désastre. Il est totalement manipulé par Godwyn. La ville a besoin d'un prévôt capable de tenir tête au prieur, même après qu'elle aura reçu le statut de ville libre.

— Qui peut remplir ce rôle, à ton avis ?

— Dick le Brasseur. C'est l'un des marchands les plus riches de la ville et un prévôt se doit de l'être pour être respecté des autres marchands. Il n'a peur ni de Godwyn ni d'aucun moine. Il fera un bon chef. »

Pour Caris, écouter ce discours équivalait à accepter l'idée que, bientôt, son père ne serait plus. Voir un autre homme à la tête d'une guilde dont il avait été le prévôt aussi loin que remontaient ses souvenirs était un bouleversement trop grand pour qu'elle puisse seulement l'envisager. Merthin comprenait son émotion. Néanmoins il insista : « Si nous n'y prenons garde, nous nous retrouverons avec Elfric comme prévôt. Tel que je le connais, il risque de manigancer pour invalider notre requête auprès du roi d'octroyer une charte à Kingsbridge. »

Ce dernier argument la décida. « Tu as raison, reconnut-elle, allons trouver Dick. »

Le brasseur avait plusieurs chariots surmontés d'une énorme barrique, répartis à différents endroits du champ de foire. La famille vendait de la bière à tour de bras – enfants, petits-enfants, belles-filles et gendres. Caris et Merthin le découvrirent donnant l'exemple aux visiteurs de la foire en dégustant lui-même une grande chope de sa bière tout juste brassée. Cela sans perdre de vue la manière dont les siens faisaient rentrer l'argent dans les caisses. Ils le prirent à l'écart et lui expliquèrent la situation.

Dick dit alors à Caris : « À la mort de ton père, je suppose que sa fortune sera divisée à égalité entre ta sœur et toi, n'est-ce pas ?

— Oui. » Edmond avait déjà fait part à Caris du contenu de son testament.

« Quand l'héritage d'Alice viendra s'ajouter à ce qu'il possède déjà, Elfric sera un homme très riche. »

Cette remarque fit prendre conscience à Caris d'un détail auquel elle n'avait jamais réfléchi auparavant. À savoir qu'à la mort de son père, tout l'argent gagné grâce à son entreprise de tissu écarlate irait pour moitié à sa sœur. Cette découverte l'abasourdit. Non pas que l'argent comptât à ses yeux. Mais l'idée de contribuer par un moyen quelconque à faire qu'Elfric devienne le prévôt des marchands la révulsait. « La richesse n'est pas tout ! lança-t-elle avec force. Ce qui importe, c'est que l'homme à la tête des marchands soit capable de se battre pour le bien de tous.

— Si c'est ce que tu veux, tu dois alors proposer quelqu'un d'autre, expliqua Dick.

— Voulez-vous l'être ? » demanda-t-elle carrément.

Il secoua la tête. « Inutile de perdre ton temps à me persuader. À la fin de cette semaine, je transmets toutes mes affaires à mon fils aîné. J'en ai fini de brasser la bière ! Désormais, je veux la boire ! » Et pour donner plus de poids à ses dires, il but une longue goulée et rota avec satisfaction.

Comprenant qu'elle ne le ferait pas revenir sur sa décision, Caris le pria de lui suggérer un nom.

« Je ne vois qu'une personne : toi !

— Moi ! s'exclama Caris, sidérée. Mais pourquoi ?

— Tout d'abord, parce que tu es à l'origine de toute cette campagne pour l'obtention d'une charte. Ensuite, parce que ton fiancé a sauvé la foire à la laine avec son pont, et que ton affaire de tissu a contribué grandement à restaurer la prospérité générale après la faillite des cours de la laine. Enfin, parce que tu es l'enfant du prévôt existant. Et s'il ne s'agit pas là d'une fonction héréditaire, les gens ont malgré tout tendance à considérer que les chefs engendrent des chefs. Au fond, ils n'ont pas tort. Cela fait un moment que tu remplis les fonctions de prévôt. Presque un an déjà, depuis que ton père a commencé à décliner.

— Y a-t-il déjà eu une femme prévôt à Kingsbridge ?

— Pas que je me souvienne. Et pas non plus quelqu'un d'aussi jeune que toi. Ces deux désavantages pèseront lourd dans la balance et je ne suis pas certain que tu l'emporteras contre Elfric. Je dis simplement que personne n'a de meilleures chances que toi. »

Cette tirade laissa Caris quelque peu étourdie. Serait-elle vraiment capable de tenir ce rôle ? Qu'en serait-il alors de son serment de devenir guérisseuse ? N'y avait-il pas en ville des marchands mieux placés pour remplir cette tâche ? « Et Marc le Tisserand ? demanda-t-elle.

— Il ferait un bon prévôt, surtout avec la femme qu'il a, car elle est maligne, sa Madge. Mais les gens de la ville continuent de voir en lui un pauvre tisserand.

— Pourtant il est riche maintenant.

— Grâce à ton tissu écarlate. Les gens regardent toujours les fortunes récentes d'un œil suspicieux. Ils diront qu'il pète plus haut que son cul. Ils préféreront élire un prévôt venant d'une famille établie, quelqu'un dont le père était déjà riche et le grand-père aussi, de préférence. »

L'idée de damer le pion à Elfric n'était pas pour déplaire à Caris. Toutefois, elle doutait de ses capacités. Avait-elle la patience et la ruse de son père, sa convivialité chaleureuse, son énergie inépuisable ? Elle regarda Merthin.

Il dit : « Tu serais le meilleur prévôt que la ville ait connu à ce jour. »

Sa confiance inébranlable la décida. « Eh bien, je vais me présenter. »

*

Le vendredi de la semaine de la foire, Godwyn invita Elfric à dîner. Il ordonna qu'un repas coûteux leur soit présenté : du cygne au gingembre et au miel. Philémon les servit et prit place avec eux à la table.

Les habitants de la ville avaient décidé d'élire un nouveau prévôt et, dans un laps de temps remarquablement court, deux personnes émergeaient du lot des candidats : Elfric et Caris.

À défaut de l'apprécier, Godwyn voyait en Elfric un homme utile. De caractère servile, ce constructeur au médiocre talent avait su entrer dans les bonnes grâces du prieur Anthony et obtenir par ses flagorneries les contrats touchant à la réfection de la cathédrale. Godwyn l'avait maintenu dans ses fonctions quand il avait succédé à son oncle à la tête du monastère. S'il n'était guère aimé des gens de sa profession, il offrait du travail à la plupart des artisans et des fournisseurs de la ville ou sous-traitait avec eux, et ceux-ci le courtisaient. Ils avaient sa confiance et souhaitaient tous qu'il continue à occuper ce poste avantageux pour eux. Moyennant quoi, Elfric disposait d'une assise solide.

« Je n'aime pas l'incertitude », déclara Godwyn tout de go.

Elfric prit une bouchée de cygne et marmonna un éloge à propos de sa cuisson avant de demander : « L'incertitude en quoi ?

— En ce qui concerne l'élection du nouveau prévôt.

— Toute élection est incertaine de par sa nature même. À moins, bien sûr, qu'il ne se présente qu'un seul candidat.

— Je préférerais ça.

— Moi aussi, naturellement. À condition encore que je sois ce candidat.

— C'est ce que je voulais dire. »

Elfric releva les yeux de son assiette. « Vraiment !

— Dites-moi, Elfric, jusqu'où va votre envie de devenir prévôt. »

Elfric avala sa bouchée. « Assez loin ! dit-il et il descendit une lampée de vin pour s'éclaircir la voix. D'autant que je le mérite ! continua-t-il, et sa voix vibra d'une légère indignation. Je suis aussi bon que les autres, n'est-ce pas ? Pourquoi ne serais-je pas prévôt ?

— Avez-vous l'intention de poursuivre l'action entreprise en vue d'obtenir une charte pour la ville ? »

Elfric regarda longuement Godwyn d'un air pensif : « Me demandez-vous de retirer la requête ?

— Si vous êtes élu prévôt, oui.

— Est-ce une manière de me proposer votre soutien pour remporter l'élection ?

— Oui.

— Comment ?

— En éliminant votre rivale.

— Je ne vois pas comment vous pourriez le faire », déclara Elfric d'un air sceptique.

Godwyn hocha la tête à l'adresse de Philémon, qui déclara : « Je crois que Caris est hérétique. »

Elfric en laissa tomber son couteau. « Vous voulez lui intenter un procès en sorcellerie !

— Il ne faut en toucher un mot à personne ! ajouta Philémon. Si jamais l'information venait à ses oreilles, elle risquerait de prendre la fuite.

— Comme Mattie la Sage.

— J'ai laissé entendre à certaines gens que Mattie avait été capturée et passerait samedi devant la cour ecclésiastique. À la dernière minute, quelqu'un d'autre sera jugé. »

Elfric comprit à demi-mot. « Et les procès en cour ecclésiastique ne nécessitent ni acte d'accusation ni jury, ce qui est bien commode. Et vous serez l'un des juges, bien sûr ? demanda-t-il en se tournant vers Godwyn.

— Malheureusement, non. La séance sera présidée par l'évêque Richard. Nous devons absolument lui apporter des preuves convaincantes.

— En avez-vous ? s'enquit Elfric sur un ton suspicieux.

— Quelques-unes. Nous aimerions pouvoir en présenter davantage. Celles que nous détenons suffiraient si l'accusée était une vieille femme sans famille ni amis, comme Nell la folle. Mais Caris est connue de tous et elle descend d'une famille riche et influente, je n'ai pas besoin de vous le rappeler. »

Et Philémon d'ajouter : « C'est une grande chance pour nous que son père soit trop malade pour quitter sa couche. Dieu ne veut pas qu'il défende sa fille… »

Godwyn manifesta son assentiment d'un signe de tête. « Néanmoins, dit-il, elle a beaucoup d'amis. Nos preuves doivent donc être irréfutables.

— Qu'avez-vous en tête ? » voulut savoir Elfric.

Ce fut Philémon qui répondit : « Il serait fort utile qu'un membre de sa famille témoigne l'avoir entendue invoquer le diable ou converser avec quelqu'un dans une pièce manifestement vide. Ou l'avoir vue tenir un crucifix à l'envers. »

Pendant un moment, Elfric donna l'impression de ne pas avoir compris ce qu'on réclamait de lui. Enfin, il réagit : « Ah ! Et ce membre de la famille, ce serait moi ?

— Réfléchissez très sérieusement avant de répondre.

— Vous me demandez de vous aider à envoyer à la potence la sœur de ma femme ?

— Votre belle-sœur, oui. Laquelle se trouve être également ma cousine, répondit Godwyn.

— Eh bien, je vais y réfléchir. »

L'ambition, la vanité et l'avidité se lurent tour à tour sur les traits d'Elfric, révélant à son interlocuteur le cheminement de ses pensées. Pour un homme comme lui, préoccupé de profit et de gloire personnelle, la position de prévôt offrait des ressources infinies, contrairement à Edmond qui s'était dévoué corps et âme au bonheur de tous les marchands de sa ville, sans jamais faire passer le sien en premier. Et Godwyn s'émerveilla de la façon dont le Seigneur utilisait les faiblesses humaines pour exécuter son projet divin.

Philémon reprenait, sur un timbre égal et assuré : « Évidemment, si vous n'avez jamais été témoin d'un acte suspect, la question est close. Toutefois, je vous prierai de fouiller votre mémoire soigneusement. »

Godwyn s'étonna une fois de plus de la vitesse à laquelle son protégé avait appris à se conduire, en deux ans de temps. De l'ancien domestique, il ne restait plus rien. Philémon s'exprimait comme l'aurait fait un archidiacre.

« Sur l'heure, des événements ont pu vous sembler parfaitement inoffensifs alors qu'ils prennent aujourd'hui, à la lumière de ce que nous savons, une coloration sinistre. Et il est possible que vous considériez maintenant, en y réfléchissant mieux, que ces événements-là n'étaient pas aussi innocents qu'ils vous étaient parus alors.

— Je comprends ce que vous voulez dire, mon frère », répondit Elfric.

Il y eut un long silence. Personne ne mangeait. Godwyn attendait patiemment qu'Elfric prenne sa décision.

Philémon ajouta : « Bien sûr, si Caris devait mourir, la fortune d'Edmond reviendrait tout entière à sa sœur, Alice… votre épouse.

— En effet, reconnut Elfric. J'y avais déjà pensé.

— Alors ? insista Philémon. Vous vient-il une chose à l'esprit ?

— Oh oui ! dit Elfric au bout d'un certain temps. Et plus d'une ! »

42.

Malgré tous ses efforts, Caris ne parvint pas à découvrir ce qui était arrivé à Mattie la Sage. D'aucuns affirmaient qu'elle était emprisonnée dans une cellule du prieuré ; d'autres qu'elle n'avait pas été rattrapée et serait jugée par contumace ; un troisième groupe enfin clamait qu'une autre personne dont on ignorait le nom serait jugée à sa place. Godwyn refusa de répondre aux questions de Caris ; quant aux autres moines, ils prétendirent ne rien savoir.

Le samedi matin, la jeune fille se rendit à la cathédrale, déterminée à prendre la défense de Mattie, qu'elle soit présente ou pas ; de Mattie ou de toute autre vieille qui serait l'objet de cette absurde accusation d'hérésie. Mais pourquoi les moines et les prêtres détestaient-ils autant les femmes ? En dehors de leur Vierge bénie qu'ils adoraient, ils considéraient toute autre représentante du sexe féminin comme une incarnation du diable. D'où leur venaient ces idées ridicules ?

S'il s'était agi d'un procès séculier, il aurait été précédé d'une audition préliminaire au cours de laquelle un jury se serait attaché à établir un acte d'accusation et les preuves avancées à l'encontre de Mattie auraient été connues. Hélas, l'Église avait ses propres lois.

Quelles que soient les accusations portées à son encontre, Caris déclarerait haut et fort que Mattie était simplement une guérisseuse qui soignait les malades à l'aide de mixtures à base d'herbes en leur enjoignant toujours de prier le Seigneur pour qu'il leur rende la santé. Plusieurs des habitants de la ville ne manqueraient pas de se joindre à elle pour soutenir Mattie, elle en était convaincue.

Mais sa certitude commença à s'effriter lorsque, debout dans le transept nord à côté de Merthin, elle se rappela le procès de Nell la folle, deux ans auparavant. Elle y avait pris la parole et affirmé que Nell ne voulait pas de mal aux gens, que son seul tort était de n'avoir pas toute sa raison. À quoi son intervention avait-elle servi ?

Aujourd'hui, comme alors, une foule se pressait dans la cathédrale, gens de la ville et visiteurs assoiffés de drame. Accusations, contre-accusations, querelles, hurlements, malédictions – tout cela se terminerait par le spectacle d'une femme promenée dans les rues et flagellée avant d'être conduite au gibet.

Murdo, le frère lai, était là, bien sûr. Les procès sensationnels lui offraient l'occasion d'accomplir ce qu'il faisait le mieux : exciter l'exaspération des foules. On n'attendait plus que le clergé.

Les pensées de Caris sautèrent d'un sujet à l'autre. Demain, dans cette même cathédrale, elle épouserait Merthin. Betty la Boulangère et ses quatre filles fabriquaient déjà le pain et les gâteaux pour la fête. Demain soir, elle dormirait avec Merthin dans sa maison de l'île aux lépreux.

Ses inquiétudes sur le mariage l'avaient abandonnée. Elle avait pris sa décision et en acceptait déjà les conséquences. En vérité, elle était heureuse, et elle se demandait sur quel motif s'étaient fondées ses craintes. Merthin était incapable de faire de quiconque un esclave, ce n'était pas dans sa nature. Même envers son apprenti, Jimmie, il manifestait une grande douceur.

Mais ce qu'elle aimait le plus dans leur amour, c'était l'intimité physique qu'ils connaissaient l'un avec l'autre. C'était la plus belle chose qui lui était arrivée dans la vie à ce jour. Désormais, sa plus grande aspiration était d'avoir une maison où vivre avec lui, un lit où faire l'amour chaque fois qu'ils le désiraient, le soir au coucher ou le matin au réveil, au milieu de la nuit comme au milieu du jour.

Enfin, les moines et les religieuses apparurent, précédés par l'archevêque Richard et son assistant, l'archidiacre Lloyd. Quand ils eurent pris place dans leurs sièges, le prieur Godwyn s'avança et dit : « Nous sommes réunis en ce lieu aujourd'hui, pour juger de l'accusation d'hérésie portée à l'encontre de Caris, la fille d'Edmond le Lainier. »

La foule laissa échapper un cri de surprise.

« Non ! » hurla Merthin.

Toutes les têtes se tournèrent vers Caris. Elle était estomaquée, abasourdie, terrorisée. « Mais pourquoi ? » s'écria-t-elle. Personne ne lui répondit.

Les avertissements de son père lui revinrent tout d'un coup en mémoire. « Tu sais comme il est intraitable, même pour des vétilles, avait dit Edmond. Demander au roi d'accorder une charte à la ville mènera à la guerre totale. » Et Caris de se rappeler maintenant avec un frisson la réponse qu'elle lui avait faite : « La guerre totale. Qu'il en soit ainsi ! »

Face à un Edmond en bonne santé, Godwyn n'aurait guère eu de chances de l'emporter. Son oncle, en effet, n'aurait pas abandonné la lutte sans s'être assuré qu'il avait définitivement stoppé ses tentatives, quitte à le détruire s'il le fallait. Hélas, aujourd'hui Caris était seule, et cela changeait complètement la donne, car elle n'avait ni la puissance ni l'autorité de son père, et pas non plus le soutien de la population.

Sans lui, elle était vulnérable.

Elle aperçut sa tante parmi la foule. Comment Pétronille pouvait-elle garder le silence ? Certes, elle soutenait son fils en toute occasion, mais les circonstances actuelles étaient d'une telle gravité qu'elle ne pouvait faire autrement que d'empêcher la mort de sa nièce. Ne lui avait-elle pas dit un jour qu'elle voulait être une mère pour elle ? En la voyant garder les yeux obstinément fixés devant elle, incapable de croiser son regard, Caris perdit ses dernières illusions : Pétronille conservait pour son fils une dévotion inébranlée. Sa décision était prise : elle n'interviendrait pas.

Philémon se leva. « Mon évêque et seigneur, dit-il, prétendant s'adresser au juge mais se tournant vers la foule, comme personne ne l'ignore, la femme Mattie la Sage s'est enfuie, terrorisée à l'idée de passer en jugement alors qu'elle se savait coupable. Or, Caris rend régulièrement visite à Mattie depuis de longues années. Très récemment, elle a pris sa défense ici même, dans la cathédrale, et cela devant plusieurs témoins. »

Tel était donc le but que poursuivait Philémon l'autre jour, en l'interrogeant sur Mattie ! Caris échangea un coup d'œil avec Merthin. Il s'était inquiété, alors, ne comprenant pas où le novice voulait en venir.

Le Philémon qui se tenait en cet instant devant l'évêque, le prieur et les habitants de la ville n'était plus le garçon gauche et malheureux qu'elle avait connu, mais un ecclésiastique arrogant et sûr de lui, qui crachait son venin tel un serpent prêt à frapper. Et Caris ne put que s'ébahir d'une transformation à ce point radicale.

Philémon poursuivait : « Elle s'est dite prête à jurer que Mattie n'était aucunement une sorcière. Pourquoi en venir à de tels serments, si ce n'était pour se disculper elle-même ?

— Parce qu'elle est innocente, comme Mattie, espèce de menteur hypocrite ! » s'écria Merthin.

L'insulte aurait pu lui valoir le pilori, mais elle ne souleva aucun commentaire, noyée qu'elle était sous les cris d'innombrables fidèles.

« Récemment, continuait Philémon, Caris est parvenue miraculeusement à teindre sa laine d'une couleur écarlate parfaitement identique à celle des Italiens, chose que nos teinturiers de Kingsbridge n'avaient jamais réussi à faire. Comment a-t-elle pu accomplir ce prodige, sinon en recourant à la magie ?

— C'est un mensonge ! gronda Marc le Tisserand, dont la forte voix de basse parvint jusqu'aux oreilles de Caris.

— Incapable d'accomplir ce prodige en plein jour, naturellement, elle l'a fait de nuit grâce à un feu allumé dans son arrière-cour, comme les voisins ont pu le constater. »

Philémon n'avait pas renâclé à la tâche, il était allé jusqu'à interroger son entourage. Un sombre pressentiment s'immisça en Caris.

« Et elle chantait d'étranges mélopées. Pourquoi cela ? »

Pour chasser l'ennui, bien sûr, tandis qu'elle mélangeait ses teintures et faisait tremper son tissu ! Mais Philémon avait le talent de transformer toute activité innocente en une intervention du Malin. Baissant le ton jusqu'à ce qu'il ne sorte plus de sa gorge qu'un murmure angoissant, il ajouta : « Parce que, en secret, elle appelait à l'aide le prince des ténèbres !... Lucifer ! » hurla-t-il ensuite.

Un gémissement terrifié monta de la foule.

« Cette couleur écarlate est l'œuvre de Satan ! »

Caris se tourna vers Merthin qui murmura, effondré : « Ces imbéciles commencent à le croire ! »

Son désespoir fouetta le courage de la jeune fille. « Ne désespère pas. Je n'ai pas dit mon dernier mot ! »

Il lui prit la main et la serra.

« Et son œuvre maléfique ne s'arrête pas là, reprit Philémon d'une voix redevenue normale. Car Mattie concoctait des philtres d'amour, lâcha-t-il en promenant des yeux accusateurs sur la foule. Il se peut même qu'ils se trouvent parmi nous aujourd'hui, dans cette cathédrale, des filles mauvaises qui ont eu recours à ses pouvoirs pour ensorceler un homme. »

Comme ta propre sœur ! eut envie de crier Caris, mais Philémon le savait-il ?

Il lança : « Une novice peut en témoigner. »

Et voilà qu'Élisabeth Leclerc se leva et prit la parole d'une voix tranquille, les yeux baissés, image même de la modestie en habit de bénédictine. « Cette déclaration a pour moi valeur de serment, car j'espère être sauvée, commença-t-elle. J'étais fiancée à Merthin le constructeur.

— Tu mens ! cria Merthin.

— Nous nous aimions, nous étions très heureux, continuait Élisabeth. Et brusquement tout a changé. Il est devenu froid à mon égard et je n'ai plus été qu'une étrangère à ses yeux. »

Philémon lui demanda : « Avez-vous noté en lui quelque chose d'inhabituel, ma sœur ?

— Oui, mon frère. Je l'ai vu tenir son couteau de la main gauche. »

Un grondement monta de la foule. Il s'agissait là d'un signe bien connu d'appartenance au monde des sorciers. Mais Merthin était ambidextre, comme Caris le savait.

Élisabeth continuait : « C'est alors qu'il m'a annoncé qu'il allait épouser Caris ! »

Caris en resta stupéfaite. Il avait suffi d'altérer à peine la vérité pour lui donner une coloration sinistre. En réalité, Merthin et Élisabeth avaient été amis jusqu'à ce qu'elle exige de lui davantage. Ne partageant pas ses sentiments, il avait préféré ne plus la revoir. Mais le recours à un charme et l'intervention du démon rendaient son récit bien plus intéressant et Élisabeth avait dû se convaincre qu'elle disait la vérité. Quant à Philémon, qui savait parfaitement que c'était un mensonge, il n'était rien d'autre que l'instrument par lequel Godwyn exerçait sa vengeance. Comment son cousin pouvait-il commettre pareille vilenie et garder la conscience pure ? Croyait-il que tout acte était justifié du moment qu'il servait les intérêts du prieuré ?

Élisabeth acheva : « Incapable d'aimer un autre homme, j'ai décidé d'offrir ma vie à Dieu. » Elle se rassit.

C'était un témoignage capital. Caris, qui s'en rendait compte, sentit subitement une noirceur hivernale l'entourer. Le fait qu'Élisabeth ait pris le voile donnait à ses propos force de conviction, alors que ses paroles n'étaient qu'allégations captieuses visant à apitoyer la foule : « Oserez-vous mettre ma parole en doute, bonnes gens, vous qui voyez l'étendue de mon sacrifice ? »

Le tohu-bohu s'était calmé. Le spectacle qui se déroulait sous les yeux des fidèles n'était pas celui, hilarant, d'une vieille folle condamnée à être pendue, c'était le combat qu'une habitante de la ville connue et respectée de tous devait livrer pour défendre sa vie.

Philémon déclara : « Le plus convaincant de tous nos témoins, mon évêque et seigneur, sera le dernier à se présenter, un proche de l'accusée puisqu'il s'agit de son beau-frère, Elfric le Bâtisseur. »

Caris en resta pantoise. Après son cousin Godwyn, le frère de sa meilleure amie, Philémon, et l'instant d'avant Élisabeth, voilà que le mari de sa propre sœur s'apprêtait à témoigner contre elle ! Ce coup bas, d'une traîtrise insigne, lui vaudrait le mépris de ses concitoyens.

Elfric se leva. Son expression de défi, mieux que toute autre chose, fit comprendre à Caris la honte qu'il éprouvait au fond de lui. « Je parle sous le sceau du serment car j'espère être sauvé », commença-t-il.

Caris chercha vainement sa sœur dans la foule. Si Alice avait été là, elle aurait certainement retenu Elfric. Son mari devait lui avoir ordonné de rester à la maison sous un prétexte ou sous un autre. Elle n'avait probablement aucune idée de ce qui se déroulait en ce moment.

« J'ai vu Caris parler à des présences invisibles dans des pièces vides ! déclara Elfric.

— À des esprits ? lui souffla Philémon.

— Je le crains. »

Un murmure d'horreur accueillit cette déclaration.

Il était vrai que Caris parlait souvent tout haut lorsqu'elle était seule. Habitude qui ne portait pas à conséquence, même si elle était un peu embarrassante. C'était le lot des gens imaginatifs, affirmait son père. Et voilà qu'on s'en servait maintenant pour la condamner !

Elle se mordit les lèvres pour s'empêcher de protester avec force. Mieux valait laisser le procès suivre son cours. Elle réfuterait les accusations plus tard, l'une après l'autre, sitôt que la parole lui serait donnée.

« Et quand s'adonne-t-elle à ce genre d'activité ? voulut savoir Philémon.

— Quand elle se croit seule, répondit Elfric.

— Que dit-elle exactement ?

— Ce n'est pas facile de saisir ses paroles, il doit s'agir d'une langue étrangère. »

Les fidèles réagirent avec émotion à cette assertion. Les sorcières et leurs acolytes usaient d'une langue qu'ils étaient seuls à comprendre, croyait-on.

« Cependant, que dit-elle à votre avis ?

— Si j'en juge par son ton, elle demande de l'aide ; elle supplie la chance de l'accompagner et maudit tous ceux qui lui porteront malheur. Ce genre de choses, quoi. »

À ces mots, Merthin ne put contenir davantage sa révolte. « Ce témoignage ne constitue en aucun cas une preuve. »

Tous les yeux se tournèrent vers lui. Il ajouta : « Elfric vient d'admettre qu'il ne comprenait pas ce que disait Caris. Comment peut-il alors citer ses paroles ? Ce ne sont là que des inventions ! »

Il y eut bien quelques citoyens modérés pour soutenir Merthin, mais Caris les aurait souhaités plus nombreux et plus véhéments.

« Silence ! ordonna l'évêque Richard, prenant la parole pour la première fois. Les personnes qui troublent les débats seront mises à la porte par le sergent de ville. Poursuivez, frère Philémon. Mais n'incitez pas les témoins à fabriquer des preuves quand ils viennent d'admettre qu'ils ignoraient la vérité. »

À défaut d'autre chose, la remarque était impartiale, Caris s'en réjouit. Richard et les siens ne portaient pas Godwyn dans leur cœur depuis la querelle survenue lors du mariage de Margerie. Toutefois, en tant qu'ecclésiastique, le prélat ne devait pas voir d'un bon œil la ville échapper au prieuré si elle obtenait une charte royale. Mais peut-être observerait-il dans ce domaine aussi une stricte neutralité ? Caris ne pouvait que l'espérer.

Philémon reprit son interrogatoire : « Maître Elfric, pensez-vous que les formules que prononce l'accusée lui soient d'un secours quelconque ?

— Sans aucun doute ! répliqua le constructeur. Les amis de Caris, ceux à qui elle manifeste ses faveurs, se trouvent avoir tous beaucoup de chance. Merthin est devenu un bâtisseur reconnu, bien qu'il n'ait jamais terminé son apprentissage de charpentier ; Marc le Tisserand est aujourd'hui un homme riche, lui qui était un indigent encore tout récemment ; et son amie Gwenda a épousé un homme promis à quelqu'un d'autre. Comment toutes ces choses auraient-elles pu se produire sans l'aide de forces surnaturelles ?

— Merci. »

Elfric se rassit. Philémon entreprit de résumer les preuves avancées par les divers témoins. Caris l'écouta en s'efforçant de chasser de son esprit la vision de Nell la folle flagellée derrière le char à bœuf. Elle devait se concentrer sur les arguments qu'elle allait faire valoir pour se défendre au mieux. Tourner en ridicule les propos portés à son encontre ne serait pas suffisant ; il fallait dévoiler au grand jour quels motifs avaient poussé les témoins à mentir.

Philémon se tut. Godwyn s'adressa à Caris. Avait-elle quelque chose à répondre ?

« Bien sûr ! » déclara-t-elle d'une voix forte et plus assurée qu'elle ne l'était en réalité. Et elle sortit de la foule pour ne pas laisser à son accusateur le monopole de l'autorité.

Elle prit son temps, forçant l'assistance à attendre. Puis elle s'avança vers la cathèdre de l'évêque et dit, le fixant droit dans les yeux : « Mon évêque et seigneur, je m'exprime sous le sceau du serment car j'espère être sauvée… » Se retournant vers la masse des fidèles, elle ajouta : « Ce que n'a pas fait Philémon, comme j'ai pu le remarquer.

— En tant que moine, il n'est pas tenu de prêter serment ! la coupa Godwyn.

— C'est une chance pour lui, car sinon il brûlerait en enfer pour tous les mensonges qu'il a proférés aujourd'hui ! » répliqua-t-elle du tac au tac.

Elle se félicita intérieurement pour cette repartie bien sentie. Elle avait décidé de s'adresser à la foule, sachant que sa réaction influencerait grandement l'évêque, car c'était à lui qu'il revenait de prendre la décision finale et il n'était pas connu pour être un homme de grands principes.

« Mattie la Sage a soigné bon nombre d'entre vous, bonnes gens, commença-t-elle. Il y a deux ans, jour pour jour, lorsque le vieux pont s'est effondré, elle a été l'une des premières à se joindre à mère Cécilia et aux religieuses pour soigner les blessés. En promenant maintenant les yeux sur l'assemblée, je reconnais parmi vous un grand nombre de personnes qui ont profité de ses soins en cette période terrible. Y a-t-il quelqu'un parmi vous qui l'ait entendue invoquer le démon, ce jour-là ? Si tel est le cas, qu'il s'avance et prenne la parole. »

Elle marqua une pause, laissant le silence impressionner son auditoire. Puis elle désigna Madge, la femme de Marc le Tisserand.

« Lorsque Mattie t'a remis une potion qui ferait tomber la fièvre de ton enfant, qu'est-ce qu'elle t'a dit ? »

Madge avait l'air terrifiée. Nul n'aimait à se voir désigné pour témoigner en faveur d'une sorcière, mais Madge avait une dette envers Caris et elle se redressa. D'une voix où perçait le défi, elle déclara : « Mattie m'a dit : "Prie Dieu, parce que lui seul est capable d'apporter la guérison !" »

Caris alors pointa le doigt sur John le Sergent : « Et vous John ? Mattie a calmé vos douleurs pendant que Matthieu le Barbier reboutait les os de votre bras cassé. Que vous a-t-elle dit alors ? »

John parut décontenancé de se voir appelé à défendre un accusé. Ses fonctions le plaçaient d'ordinaire du côté des accusateurs. Néanmoins, il énonça la vérité d'une voix forte : « Prie le Seigneur, m'a-t-elle enjoint, car lui seul peut t'apporter la guérison. »

Caris enchaîna, s'adressant à la foule tout entière : « Tout le monde ici sait pertinemment que Mattie n'est pas une sorcière. Pourtant, frère Philémon demande : "Dans ce cas, pourquoi s'est-elle enfuie ?" La réponse est facile : elle a eu peur que l'on dise sur elle autant de mensonges qu'il vient d'en être dit sur moi. Qui donc, parmi toutes les femmes ici présentes, se sentirait sûre d'elle et capable de prouver son innocence devant un tribunal composé de prêtres et de moines si elle était faussement accusée d'hérésie ? »

Caris laissa son regard errer sur la foule et s'arrêter sur les femmes les plus connues de la ville : Lib le Rouleur, Sarah Tavernier, Susanna Chepstow.

« Maintenant, pour quelle raison ai-je mélangé les teintures pendant la nuit ? reprit-elle. Tout simplement parce que les journées étaient trop courtes ! Comme beaucoup d'entre vous, mon père n'a pas vendu ses laines l'année passée. J'ai donc décidé de les transformer en une marchandise vendable. Découvrir la formule de l'écarlate ne m'a pas été aisé, cependant j'y suis parvenue. Et cela en travaillant d'arrache-pied, des heures entières, jour et nuit. Et sans l'aide de Satan. »

Elle fit une pause pour reprendre son souffle. Puis, quand elle recommença à parler, elle le fit sur un ton différent, d'une voix plus espiègle. « On m'accuse aussi d'avoir ensorcelé Merthin. Je dois admettre que l'argument de mes adversaires est solide. Il suffit de regarder sœur Élisabeth pour s'en convaincre. Ma sœur, levez-vous, s'il vous plaît ! »

Élisabeth obtempéra à contrecœur.

« Elle est belle, n'est-ce pas ? dit Caris. Et intelligente aussi. Ce n'est pas pour rien qu'elle est fille d'un évêque ! Oh, pardonnez-moi, mon évêque et seigneur ! Je ne voulais pas être irrévérencieuse. »

L'assemblée rit sous cape. Godwyn prit un air outragé ; l'évêque Richard dissimula un sourire.

« Sœur Élisabeth ne peut pas comprendre qu'un homme me préfère à elle. Moi non plus, à vrai dire. Mais il est de fait que Merthin m'aime malgré mon manque de beauté. Je serais bien en peine de dire pourquoi. » Les rires s'amplifièrent. « Je suis désolée qu'Élisabeth le prenne aussi mal. Si nous vivions à l'époque de l'Ancien Testament, Merthin pourrait avoir deux femmes et tout le monde serait content. » Un vrai rire commençait à secouer la foule. Caris attendit que le calme revienne, pour assener sur un ton redevenu grave : « Une chose me désole, cependant. C'est que la banale jalousie d'une femme dépitée puisse être reprise par un novice félon et devenir prétexte à m'accuser d'un crime aussi odieux que l'hérésie. »

Philémon bondit sur ses pieds, décidé à défendre son honneur, mais l'évêque Richard agita la main dans sa direction et dit : « Laisse-la s'exprimer ! Laisse-la s'exprimer ! »

Considérant les accusations d'Élisabeth démontées, Caris poursuivit son argumentation : « Je confesse que j'use parfois de mots vulgaires lorsque je suis seule, surtout quand je me cogne le pied. En revanche, vous pouvez vous demander pourquoi mon propre beau-frère témoigne contre moi et prétend que mes marmonnements sont des invocations au Malin. Je crains, bien malheureusement, d'être en mesure de répondre à cette question. » Elle marqua une pause et reprit sur un ton solennel : « Mon père est malade. S'il meurt, sa fortune sera divisée entre ma sœur et moi. Si je meurs avant elle, ma sœur héritera de toute la fortune de notre père. Et ma sœur est l'épouse d'Elfric. »

Elle s'interrompit à nouveau, pour promener un regard interrogateur sur l'assemblée.

« Cela vous choque ? demanda-t-elle. Moi aussi ! Mais les gens commettent des crimes pour des sommes bien inférieures à celle dont il est question ici ! »

Elle fit mine de partir, comme si elle en avait terminé. Philémon se leva de son banc. Caris effectua un demi-tour sur elle-même et lui lança en latin : « *Caput tuum in ano est.* »

Les moines éclatèrent de rire, Philémon rougit comme une pivoine.

Caris regarda Elfric : « Tu n'as pas compris ce que j'ai dit, n'est-ce pas, Elfric ?

— Non, répondit-il sèchement.

— Tu as même pu croire que j'utilisais une abominable langue de sorcière, n'est-ce pas ?... Mon frère, ajouta-t-elle en se tournant vers Philémon, vous savez forcément en quelle langue j'ai parlé, n'est-ce pas ?

— En latin, répondit Philémon.

— Pouvez-vous nous répéter tout haut ce que j'ai dit ? »

Philémon lança un regard suppliant vers l'évêque. Mais Richard s'amusait de la situation. Il ordonna : « Répondez à la question. »

Philémon s'exécuta d'un air furieux. « Elle a dit : "Tu as la tête dans le cul !" »

Le fou rire secoua l'assemblée tout entière et Caris regagna sa place.

Quand l'assemblée se calma, Philémon voulut prendre la parole. Richard l'interrompit. « J'en ai assez entendu de toi, dit-il. Tu as développé une argumentation solide et l'accusée s'est défendue vigoureusement. Quelqu'un d'autre veut-il prendre la parole concernant cette accusation ?

— Moi, mon évêque et seigneur ! » Frère Murdo fit un pas en avant. Des voix saluèrent son intervention, d'autres la huèrent. Le frère lai suscitait toujours des réactions passionnées. « L'hérésie est le fruit du Malin, commença-t-il sur son ton de prêcheur. Elle corrompt les âmes des hommes et des femmes...

— Merci, mon frère, mais je crois savoir en quoi consiste l'hérésie, le coupa Richard. Avez-vous autre chose à dire ? Sinon...

— Juste ceci, répliqua Murdo. Je suis d'accord avec ce qui a été dit et je répète...

— Si cela a déjà été dit...

— ... Le commentaire que vous avez fait vous-même, à savoir : l'accusation est forte, mais la défense aussi.

657

— Dans ce cas...

— J'ai une solution à proposer.

— Très bien, frère Murdo, de quoi s'agit-il ? Et en termes concis, je vous prie.

— L'accusée doit être examinée afin de déterminer si elle porte, oui ou non, la marque du diable ! »

Caris crut que son cœur s'arrêtait de battre. « Bien sûr, dit l'évêque. Je crois me souvenir que vous avez fait la même suggestion au procès précédent.

— Bien sûr, monseigneur, car le Malin tète le sang chaud de ses acolytes grâce à ce mamelon dont il est seul à faire usage, de même que le bébé qui vient de naître tète les seins gonflés...

— Très bien, mon frère, je vous remercie. Inutile d'entrer dans les détails. Mère Cécilia, voulez-vous emmener l'accusée dans un lieu où vous pourrez l'examiner avec deux autres religieuses ? »

Caris regarda Merthin. Il était saisi d'horreur. Tous deux pensaient au grain de beauté de Caris.

Il était tout petit, mais les religieuses ne manqueraient pas de le découvrir, car il se trouvait exactement à l'endroit que le démon préférait assurément entre tous : juste à côté de sa vulve, en dessous de la fente, à gauche. De couleur sombre, il se voyait parfaitement parmi les poils roux qui l'entouraient. La première fois que Merthin l'avait remarqué, il avait fait une plaisanterie : « Tu n'as pas intérêt à le montrer à Murdo, il te traiterait de sorcière ! » Et elle avait répondu : « Oh, ça ne risque pas, quand bien même il serait le dernier homme sur terre ! » Comment avaient-ils pu parler avec tant de légèreté d'un grain de beauté qui maintenant la condamnait à mort ! Elle promena sur l'assemblée un regard désespéré. Elle aurait voulu fuir, mais des centaines de gens l'entouraient et, parmi eux, un grand nombre chercherait à l'arrêter. Elle vit que Merthin avait porté la main sur le couteau pendu à sa ceinture. Mais à quoi bon ? Quand bien même ce couteau aurait été une épée et Merthin un vaillant chevalier, toute tentative serait demeurée inutile.

Mère Cécilia s'avança vers elle et la prit par la main.

Caris décida de s'échapper, sitôt qu'elle aurait quitté la cathédrale. Dans le cloître, elle y parviendrait certainement.

Hélas, Godwyn déclara : « Que le sergent de ville et un volontaire escortent cette femme jusqu'au lieu de l'examen et montent la garde devant la porte jusqu'à ce que les sœurs aient achevé leur œuvre. »

Caris aurait pu échapper à Cécilia mais pas à deux hommes solides.

Voyant que John regardait Marc le Tisserand, le meilleur des hommes de sa troupe de volontaires, elle reprit espoir : Marc lui serait loyal. Las, le sergent dut avoir la même pensée car il se tourna vers Christophe le Forgeron.

Cécilia entraîna Caris gentiment.

Celle-ci se laissa conduire, telle une somnambule, hors de la cathédrale. Le petit groupe sortit par le portail nord, Cécilia et Caris en tête, suivies de sœur Mair et de la vieille Julie. John le Sergent et Christophe le Forgeron fermaient la marche. Ils traversèrent le cloître, pénétrèrent dans le couvent, et se dirigèrent vers le dortoir. Les deux hommes restèrent devant la porte.

Cécilia la ferma soigneusement.

« Inutile de m'examiner, dit Caris d'une voix vacillante. J'ai une marque.

— Nous le savons, répondit Cécilia.

— Comment cela ? s'étonna Caris.

— Nous avons procédé à ta toilette… toutes les trois, précisa-t-elle en désignant sœur Mair et sœur Julie. Quand tu es venue à l'hospice pour un empoisonnement, il y a deux Noël de cela. »

Si Cécilia subodorait que Caris avait avalé une potion pour mettre un terme à sa grossesse, elle ne le montra pas. Elle continua sur ce même ton tranquille : « Tu vomissais et tu déféquais sous toi. Tu perdais du sang aussi, et nous avons dû te laver plusieurs fois. C'est à ce moment-là que nous avons vu ton grain de beauté. »

Le désespoir s'abattit sur Caris, telle une vague l'emportant dans son ressac. Elle ne chercha pas à résister. Les yeux fermés, elle marmonna si bas que sa voix n'était guère plus qu'un murmure : « Et maintenant, vous me condamnerez à mort…

— Pas obligatoirement, dit Cécilia. Une solution sera peut-être trouvée. »

*

Merthin était effondré. Caris était prisonnière. Elle serait condamnée à être pendue et il n'avait aucun pouvoir de l'empêcher, quand bien même il aurait possédé une épée, la carrure de Ralph et sa passion pour la violence. Horrifié, il fixait la porte par laquelle l'amour de sa vie venait de disparaître. Les religieuses ne manqueraient pas de découvrir le grain de beauté de Caris. C'était l'endroit de son corps qu'elles examineraient le plus attentivement.

Tout autour de lui, la foule se livrait à des commentaires passionnés, prenant fait et cause pour ou contre Caris, revisitant tel ou tel moment du procès. Merthin était bien incapable de suivre ce qu'ils se disaient. Leurs paroles résonnaient à ses oreilles comme la chamade d'une centaine de tambours.

Il se surprit à observer Godwyn. À quoi pouvait bien penser le prieur ? Si Merthin pouvait s'expliquer les mobiles des autres accusateurs – la jalousie dévorante d'Élisabeth, la cupidité d'Elfric, la malveillance de Philémon –, la position de Godwyn ne laissait pas de le mystifier. Une grande proximité avait uni les cousins dans l'enfance ; Godwyn savait que Caris n'était pas une sorcière. Pourtant, il était prêt à l'envoyer à la potence sans remords. Mais comment pouvait-il commettre une telle vilenie ? Quelle excuse revendiquait-il ? Croyait-il agir pour la gloire de Dieu ? À une certaine époque, Godwyn avait donné l'impression d'être un homme éclairé qui tendait vers le bien, l'opposé du prieur Anthony englué dans le conservatisme. Mais il s'était révélé pire que lui. Il poursuivait des objectifs tout aussi surannés et se montrait bien plus impitoyable.

Si Caris meurt, je le tuerai ! se jura Merthin.

Ses parents s'approchèrent de lui. Ils avaient assisté au procès, eux aussi. Son père lui prononça une phrase qu'il ne comprit pas. « Quoi ? » dit-il.

Mais à ce moment-là, le portail nord s'ouvrit et le silence se fit. Mère Cécilia entra, seule, et referma la porte sur elle. Un murmure parcourut la foule. Qu'allait-il se passer ?

La mère supérieure s'avança jusqu'à la cathèdre de l'évêque.

Richard dit : « Eh bien, ma mère ? Qu'avez-vous à rapporter à la cour ecclésiastique ? »

Cécilia prononça lentement : « Caris a confessé… »

Interrompue par le grondement de la foule, Cécilia dut hausser le ton. « … Confessé ses péchés. »

Le silence se fit. Que signifiaient les paroles de la religieuse ?

« Elle a reçu l'absolution…

— De qui ? la coupa Godwyn. Une religieuse n'est pas habilitée à absoudre les péchés !

— Du père Joffroi. »

Le curé de l'église Saint-Marc dont Merthin avait réparé le toit. Quelqu'un qui ne portait pas le prieur Godwyn dans son cœur !

La situation, cependant, était hautement inhabituelle et tout le monde attendait les explications de mère Cécilia.

Elle reprit : « Caris a demandé à entrer au couvent… »

Des cris l'interrompirent à nouveau tant la nouvelle stupéfiait l'assemblée. Cette fois, la mère supérieure dut élever la voix pour se faire entendre : « J'ai accédé à sa demande ! »

S'ensuivit un tohu-bohu général. Godwyn s'époumonait sans parvenir à dominer le chaos. Les traits d'Élisabeth révélaient sa rage. Philémon fixait Cécilia avec une haine non dissimulée. Elfric était décontenancé et l'évêque amusé. Merthin, quant à lui, tentait de considérer à la fois toutes les conséquences découlant d'une telle décision. En premier lieu, l'évêque l'accepterait-il ? Cela signifiait-il que l'affaire était close et Caris définitivement arrachée au gibet ?

Le tumulte se calma peu à peu. Sitôt qu'il put se faire entendre, Godwyn prit la parole. Il était blême de rage. « A-t-elle confessé son hérésie, oui ou non ?

— J'ignore ce qu'elle a confessé au père Joffroi, déclara mère Cécilia, imperturbable. Et si je le savais, je ne vous le dirais pas plus qu'à quelqu'un d'autre. Le secret de la confession est sacré !

— Porte-t-elle la marque de Satan ?

— Nous ne l'avons pas examinée », expliqua-t-elle encore. Et Merthin nota que sa réponse était volontairement évasive. Mais bien vite, mère Cécilia ajouta : « Ce n'était pas nécessaire puisqu'elle avait reçu l'absolution. »

Godwyn s'emporta, abandonnant l'attitude adoptée jusquelà qui laissait à Philémon le rôle de procureur. « C'est inadmissible ! La mère prieure ne peut intervenir de cette façon dans les procédures de cette cour !

— Je vous remercie, père prieur…, le coupa l'évêque.

— L'ordre du jour de la cour doit être respecté !

— Cela suffit ! » laissa tomber Richard en haussant le ton.

Godwyn ouvrit la bouche pour protester et se ravisa au dernier moment.

Richard poursuivit : « Il ne m'est pas nécessaire d'écouter d'autres plaidoyers. Ma décision est prise. Je vais annoncer maintenant mon jugement. »

Le silence se fit.

« La proposition soumise à mon jugement, à savoir que Caris soit autorisée à prendre le voile, me paraît intéressante. Si Caris est une sorcière, la sainteté de l'environnement l'empêchera d'accomplir ses mauvaises actions, car le diable est impuissant à pénétrer en ces lieux. D'un autre côté, si Caris n'est pas une sorcière, nous nous serons évité l'erreur de condamner une innocente. La vie conventuelle n'est peut-être pas celle que cette jeune fille aurait choisie, mais elle aura la consolation de se vouer au service du Seigneur. Tout bien considéré, je trouve que c'est là une solution satisfaisante.

— Et si elle s'enfuit du couvent ? demanda Godwyn.

— La question est pertinente, dit l'évêque. C'est pourquoi je condamne Caris à mort et suspends la sentence aussi longtemps qu'elle restera au couvent. Si elle vient à trahir ses vœux, alors la sentence sera exécutée. »

À ces mots, Merthin ne put réprimer des larmes de rage et de chagrin. C'était bel et bien une condamnation à mort malgré tout !

Richard se leva. « Le procès est ajourné ! » déclara Godwyn. L'évêque se retira, suivi du cortège des moines et des religieuses.

Pétrifié de stupéfaction, Merthin n'entendait pas un mot des consolations que lui prodiguait sa mère. Il se laissa porter par la foule jusque sur le parvis de la cathédrale. Les commerçants étaient en train de rassembler leurs invendus et de démonter leurs stalles. La foire à la laine était finie pour cette année. Godwyn avait obtenu ce qu'il voulait : Elfric serait le prochain prévôt. Plus rien ne l'empêchait puisque Edmond était à deux doigts de la mort et Caris enfermée au couvent. Sa première action, bien sûr, serait de retirer la requête déposée auprès du roi pour obtenir à Kingsbridge le statut de ville libre.

Tout en se disant cela, Merthin scrutait la pierre grise des murs du couvent sans pouvoir en détacher les yeux. C'était là, désormais, que Caris était emprisonnée. Jouant des coudes pour se frayer un passage dans la marée humaine, il prit la direction de l'hospice.

Les lieux, déserts, avaient été balayés et les paillasses des visiteurs de la nuit précédente soigneusement rangées le long des murs. Une bougie brûlait sur l'autel. Merthin parcourut lentement toute la longueur de la salle. Que faire, à présent ?

De ses lectures du *Livre de Timothée*, il se rappela subitement que Jack le Bâtisseur, son ancêtre, avait été novice à une période de sa vie. Timothée laissait entendre que Jack n'était pas entré au monastère de son plein gré et que la discipline monastique lui avait pesé. Quoi qu'il en soit, son noviciat s'était achevé dans des circonstances sur lesquelles Timothée avait laissé planer un voile discret.

Le statut de Caris était bien différent puisque l'évêque avait statué que sa condamnation à mort serait effective sitôt qu'elle quitterait les murs du couvent.

Une jeune religieuse apparut. Reconnaissant Merthin, elle parut effrayée. « Que faites-vous ici ? lui demanda-t-elle.

— Je dois parler à Caris !

— Je vais me renseigner. » Elle partit en hâte.

Planté devant l'autel, Merthin contempla le crucifix. Au-dessus était accroché un triptyque illustrant la vie d'Élisabeth de Hongrie, patronne des hôpitaux. Le premier panneau montrait la sainte nourrissant les indigents dans sa tenue de reine, une couronne sur la tête. Sur le second, on la voyait en train de bâtir son hospice. Le troisième représentait le miracle au cours duquel la nourriture qu'elle dissimulait sous son manteau s'était transformée en roses. Comment une jeune fille aussi sceptique que Caris parviendrait-elle à survivre en ces lieux, elle qui doutait de tous les enseignements de l'Église ou presque ? Elle ne croyait pas qu'une princesse ait le pouvoir de transformer le pain en roses. Les récits considérés comme authentiques par tout le monde soulevaient immédiatement chez elle des questions. « Comment le sait-on ? » avait-elle coutume de dire à propos de l'histoire d'Adam et Ève, de l'arche de Noé, de David et Goliath, et même de la Nativité. Au couvent, elle serait comme un animal sauvage en captivité.

Il fallait absolument qu'il lui parle, qu'il comprenne ce qui l'avait poussée à prendre cette décision. Car elle avait forcément un plan, même s'il n'en devinait ni les tenants ni les aboutissants. C'était donc avec une grande impatience que Merthin attendait le retour de la religieuse. C'en fut une autre qu'il découvrit devant lui.

« Dieu du ciel, merci ! s'écria-t-il en reconnaissant la vieille Julie. Je dois voir Caris sans attendre !

— Je regrette, jeune Merthin. Elle ne veut pas vous parler.

— Ne dites pas de bêtises ! Nous sommes fiancés, nous sommes censés nous marier demain ! Il faut qu'elle me voie !

— Elle est entrée au couvent. Elle ne se mariera pas.

— Si c'est la vérité, qu'elle me la dise elle-même, s'écria Merthin en haussant le ton. Ne croyez-vous pas ?

— Je ne saurais le dire. Elle sait que vous êtes ici et refuse de vous voir.

— Je ne vous crois pas ! »

La bousculant, Merthin se précipita sur la porte par laquelle elle était entrée et se retrouva dans un petit vestibule inconnu. Rares étaient les hommes à pénétrer dans cette partie du prieuré réservée à l'usage exclusif des sœurs. Il passa une autre porte et déboucha dans le cloître. Plusieurs religieuses y déambulaient d'un air méditatif autour d'un parterre carré, les unes plongées dans la lecture d'un ouvrage, les autres bavardant entre elles à voix basse.

Il s'élança le long de l'arcade. Une nonne l'aperçut et cria. Il n'y prit pas garde. Voyant un escalier, il le grimpa et pénétra dans la première pièce qui se présenta. C'était un dortoir, avec deux rangées de matelas surmontés de couvertures soigneusement pliées. La pièce était déserte. Il longea un petit corridor et tenta d'ouvrir la porte suivante. Elle était fermée à clef.

« Caris ! cria-t-il à toute voix. Es-tu là ? Réponds ! » Il se mit à tambouriner sur la porte avec tant de violence qu'il s'écorcha la main. Mais il n'en avait cure. « Laisse-moi entrer ! hurlait-il. Laisse-moi entrer ! »

Une voix derrière lui déclara : « Je vais vous laisser entrer. »

Il se retourna d'un bond pour se retrouver nez à nez avec mère Cécilia.

Choisissant une clef au trousseau pendu à sa ceinture, elle ouvrit calmement la porte. Merthin poussa le battant à toute volée. La pièce se révéla un petit cagibi pourvu d'une unique fenêtre. Du sol au plafond, les murs étaient tapissés de rayonnages remplis de vêtements pliés.

« C'est là où nous entreposons nos habits d'hiver, dit mère Cécilia.

— Où est-elle ? cria Merthin.

— Dans une chambre fermée à clef à sa demande. Une chambre que vous ne trouverez pas. Et si d'aventure vous la trouviez, Caris refuserait d'en sortir.

— Comment puis-je savoir en toute certitude qu'elle n'est pas morte ? demanda Merthin, et sa voix se brisa sous l'émotion.

— Vous me connaissez ! Je vous assure qu'elle est vivante... Mais... vous vous êtes fait mal à la main ! s'interrompit mère Cécilia. Venez avec moi, que je mette de l'onguent sur ces coupures », lui dit-elle avec sollicitude.

Il jeta un regard à sa main et releva la tête aussitôt. « Vous êtes une diablesse ! » lança-t-il et il s'enfuit à toutes jambes, refaisant à l'envers le chemin par où il était arrivé. Revenu à l'intérieur de l'hospice, il passa en trombe devant une Julie ébahie et sortit au grand air devant la cathédrale. Plongeant dans le tumulte de cette fin de foire, il finit par émerger dans la grand-rue.

Il avait eu l'intention d'aller voir Edmond, mais il se ravisa. Que quelqu'un d'autre apprenne au père de Caris ce qu'il était advenu de sa fille.

En qui pouvait-il avoir confiance ? En Marc le Tisserand ? Le géant avait emménagé avec sa famille dans une vaste maison de la grand-rue. Le rez-de-chaussée, en pierre, abritait un entrepôt où il emmagasinait des balles de tissu, et une cuisine qu'aucun métier à tisser n'encombrait plus, car le tissage à présent était effectué par d'autres artisans sous sa supervision.

Marc et Madge, assis sur un banc, affichaient un air solennel. Dès que Merthin fit son entrée, Marc bondit sur ses pieds. « Tu l'as vue ? s'écria-t-il.

— On ne m'a pas laissé la voir.

— C'est une honte ! Ils n'ont pas le droit de lui interdire de voir l'homme qu'elle est censée épouser !

— D'après les religieuses, c'est elle qui ne veut pas me voir.

— J'ai du mal à le croire !

— Moi aussi. Je suis entré de force dans le couvent pour la chercher. Il y a une foule de portes fermées à clef.

— Elle est forcément quelque part là-bas !

— Évidemment. Tu veux bien y retourner avec moi, avec un marteau ? On détruira toutes les portes jusqu'à ce qu'on la retrouve ! »

L'idée ne souleva pas vraiment l'enthousiasme de Marc. Tout géant qu'il était, il haïssait la violence.

« Je dois la retrouver. Qui sait, elle est peut-être morte ? »

Madge intervint, devançant son mari : « J'ai une meilleure solution. »

Les deux hommes la regardèrent.

« C'est moi qui irai au couvent, proposa-t-elle. Les religieuses seront moins effarouchées à la vue d'une femme. Peut-être sauront-elles persuader Caris de me voir. »

Marc accueillit plus volontiers cette idée. « Nous saurons alors pour de vrai si elle est vivante.

— Ce n'est pas suffisant, dit Merthin. Je dois savoir bien d'autres choses encore. Si elle a une idée derrière la tête ; si elle compte s'évader, une fois l'agitation calmée ; si elle veut que je l'arrache à cet endroit ou au contraire que je patiente, et si oui, combien de temps. Un mois, un an, sept ans ?

— Si on me laisse la voir, je lui poserai toutes ces questions, l'assura Madge en se levant. Attendez-moi ici.

— Non, je t'accompagne ! dit Merthin. J'attendrai dehors.

— Dans ce cas, viens aussi, Marc. Tu tiendras compagnie à Merthin. »

Et tu l'empêcheras de faire des bêtises, acheva Merthin dans son for intérieur, mais il n'en prit pas ombrage. Il avait demandé leur aide aux deux tisserands, il était heureux de voir qu'ils ne renâclaient pas.

Ils partirent tous les trois en hâte pour le prieuré. Marc et Merthin attendirent dehors, laissant Madge pénétrer seule dans l'hospice. Assis sur le seuil, Scrap, le vieux chien de Caris, attendait lui aussi sa maîtresse.

Au bout d'une demi-heure, Merthin déclara : « Ils ont dû laisser entrer Madge, sinon elle serait revenue depuis longtemps.

— Va-t'en savoir ! » répondit Marc.

Ils regardèrent les derniers commerçants finir d'emballer leurs marchandises et prendre le départ. La pelouse devant la cathédrale n'était plus qu'une mer de boue. Merthin arpentait les lieux de long en large ; Marc, lui, restait assis, immobile, telle une statue de Samson. Une autre heure passa. Ce délai était la preuve que Madge était bien en train de parler avec Caris. Et Merthin s'en réjouissait par-delà son impatience.

Le soleil se couchait déjà à l'ouest de la ville quand Madge réapparut enfin, le visage baigné de larmes, l'air solennel.

« Caris est vivante, annonça-t-elle. Et elle est en bonne forme physique et morale. Elle a tous ses esprits.

— Qu'est-ce qu'elle dit ? demanda Merthin avec ferveur.

— Je vais te rapporter chacune de ses paroles. Allons nous asseoir dans le jardin. »

Ils entrèrent dans le potager et s'assirent sur un banc pour contempler le coucher du soleil. La sérénité affichée par Madge commençait à inquiéter Merthin. Il aurait préféré la voir éclater de fureur. Son attitude signifiait que les nouvelles étaient mauvaises et il s'en désespérait déjà.

« C'est vrai qu'elle ne veut pas me voir ? »

Madge laissa échapper un long soupir. « Oui.

— Mais pourquoi ?

— Je le lui ai demandé. Elle m'a dit que ça lui briserait le cœur. »

Merthin éclata en sanglots.

Madge poursuivit d'une voix claire mais étouffée. « Mère Cécilia nous a laissées seules, de sorte que nous avons pu parler franchement, sans crainte d'être entendues. Caris est persuadée que Godwyn et Philémon ont voulu se débarrasser d'elle à cause de cette requête auprès du roi pour que le statut de ville libre soit octroyé à Kingsbridge. Derrière les murs de ce couvent elle se considère protégée et craint qu'on ne la tue si elle en sort.

— Elle pourrait s'enfuir ! s'exclama Merthin. Je l'emmènerais à Londres. Là-bas, Godwyn ne nous retrouverait pas ! »

Madge acquiesça d'un mouvement de la tête. « C'est ce que je lui ai dit. Nous en avons discuté longuement. Elle pense que vous seriez alors des fugitifs pour le restant de votre vie. Elle ne veut pas te condamner à cela. Ton destin est d'être le plus grand bâtisseur de ta génération. Tu seras célèbre. Si tu restes auprès d'elle, tu seras toujours obligé de mentir sur ton identité et de vivre caché.

— Ça m'est égal !

— Elle était sûre que tu répondrais ça ! Elle estime qu'au fond ça ne t'est pas égal et que ça ne doit pas le devenir, car ton destin compte énormément pour elle. Elle ne veut t'en priver pour rien au monde.

— Elle aurait pu m'expliquer tout ça elle-même !

— Elle a craint que tu ne parviennes à la convaincre. »

Madge disait la vérité, Merthin n'en doutait pas. Elle disait la vérité tout comme mère Cécilia l'avait dite avant elle : Caris refusait bel et bien de le voir. Il déglutit péniblement, étouffé par le chagrin. Ayant essuyé ses larmes avec sa manche, il bredouilla : « Mais que va-t-elle devenir ?

— Elle fera en sorte de tirer le meilleur parti de cette horrible situation et d'être une bonne religieuse.

— Mais elle déteste l'Église !

— Je sais. Elle n'a jamais montré un grand respect à l'égard du clergé. Comment le pourrait-on dans cette ville ? Toutefois, elle croit que soigner son prochain sera pour elle une consolation. »

Cette dernière phrase laissa Merthin pensif. Marc et Madge le regardèrent en silence. Merthin pouvait imaginer Caris soignant les malades à l'hospice. Mais passer la moitié de ses nuits à prier et à chanter ? « Elle se tuera, dit-il après une longue pause.

— Je ne crois pas, le contredit Madge avec conviction. Elle ne m'en a pas donné l'impression malgré son infinie tristesse.

— Alors elle tuera quelqu'un d'autre.

— C'est déjà plus probable.

— Enfin… il est possible qu'elle trouve une sorte de bonheur », admit Merthin à contrecœur.

Comme Madge gardait le silence, il planta son regard dans le sien. Comme elle hochait la tête, il comprit brusquement qu'il venait d'exprimer une vérité terrible. Caris trouverait peut-être une sorte de bonheur, effectivement. Elle avait perdu sa maison, sa liberté, son futur époux, et finalement elle serait peut-être heureuse, malgré tout.

Que pouvait-on dire de plus ?

Il se leva. « Merci à tous les deux d'être mes amis. » Sur ces mots il s'éloigna.

« Eh ! Où vas-tu ? » s'écria Marc.

Merthin se retourna et s'arrêta. Une pensée, encore indistincte, était en train d'éclore dans son esprit. Il attendit qu'elle lui apparaisse en toute clarté. Quand elle se révéla à lui, il en fut ébahi. Puis il comprit immédiatement que c'était une bonne idée. Mieux que bonne, parfaite.

Essuyant ses larmes, il regarda Marc et Madge dans la lumière rouge du soleil mourant.

« Je pars pour Florence. Adieu. »

CINQUIÈME PARTIE

Mars 1346-décembre 1348

43.

Sœur Caris quitta le cloître du couvent et entra d'un pas vif dans l'hospice. Trois malades étaient allongés sur des paillasses : la vieille Julie, désormais trop handicapée pour assister aux offices ou seulement grimper l'escalier menant au dortoir ; Bella, la belle-fille de Dick le Brasseur, qui se remettait d'un accouchement difficile ; et enfin, Rick l'Argentier, un petit gars de treize ans, qui souffrait d'une fracture au bras que Matthieu le Barbier s'était chargé de réduire. Deux autres personnes, assises sur un banc le long du bas-côté, étaient occupées à bavarder. Il s'agissait d'une novice appelée Nellie et d'un serviteur du prieuré du nom de Bob.

L'habitude permit à Caris d'embrasser la situation en un clin d'œil. Des assiettes sales traînaient à côté de chaque lit alors que l'heure du dîner était passée depuis longtemps. « Bob ! » s'écria-t-elle. L'interpellé bondit sur ses pieds. « Emportez ce plateau à la cuisine, et que ça saute ! C'est un monastère, ici. La propreté est de rigueur !

— Pardonnez-moi, ma sœur !

— Nellie, avez-vous emmené la vieille Julie aux latrines ?

— Pas encore, ma sœur.

— Elle doit toujours y aller après le dîner. Emmenez-la rapidement, avant qu'il n'y ait un drame. »

Nellie entreprit d'aider la vieille nonne à se mettre debout.

Caris s'efforçait d'apprendre la patience mais, après sept ans de vie religieuse, elle n'y était toujours pas parvenue. Répéter indéfiniment les mêmes ordres l'agaçait au plus haut point. Bob savait parfaitement qu'il devait emporter les restes sitôt le dîner achevé ; combien de fois ne le lui avait-elle pas dit ! Quant à Nellie, elle ne pouvait pas davantage ignorer les besoins de Julie. Pourtant, à chacune de ses tournées, Caris les retrouvait toujours en train de bavarder sur leur banc.

Elle ramassa une bassine utilisée pour se laver les mains et traversa toute la pièce pour aller jeter l'eau dehors. Un homme qu'elle ne connaissait pas se soulageait contre le mur. Ce devait être un voyageur en quête d'un lit. « La prochaine fois, lui jeta-t-elle d'un ton cassant, utilisez les latrines derrière l'écurie ! »

Il la regarda par en dessous, tenant son pénis dans ses mains. « Et je peux savoir qui vous êtes ? demanda-t-il sur un ton insolent.

— La responsable de l'hospice. Si vous voulez y passer la nuit, vous avez intérêt à améliorer vos manières !

— Oh ! On est du genre dragon, à ce que je vois ! » Il secouait son pénis pour faire tomber les dernières gouttes en prenant tout son temps.

« Rangez donc votre petite chose ridicule. Si vous la laissez à l'air, vous ne serez pas admis à demeurer en ville, et encore moins au prieuré ! »

Caris jeta sa bassine d'eau droit sur lui. Il bondit en arrière, la culotte trempée.

Revenue dans l'hospice, elle remplit la bassine à la fontaine. Une canalisation souterraine apportait au prieuré une eau pure, puisée en amont de la ville, qui alimentait les fontaines des cloîtres, les cuisines et l'hospice. Un tuyau de dérivation, relié aux latrines, permettait une évacuation rapide. Caris aurait souhaité faire construire de nouvelles latrines adjacentes à l'hospice, pour que les patients tels que Julie n'aient pas à marcher aussi loin.

L'étranger la suivit à l'intérieur. « Lavez-vous les mains ! » lui ordonna-t-elle en lui tendant la bassine.

Il la prit, non sans marquer une légère hésitation, et se dirigea vers la fontaine.

Elle le regarda. Il devait avoir son âge, vingt-neuf ans. « Comment vous appelez-vous ? lui demanda-t-elle.

— Gilbert de Hereford, je suis un pèlerin, expliqua-t-il. Je suis venu me recueillir devant les reliques de saint Adolphe.

— Dans ce cas, vous êtes le bienvenu à l'hospice et vous pourrez y passer la nuit, à condition d'être respectueux envers tout le monde, à commencer par moi.

— Oui, ma sœur ! »

Caris s'en retourna dans le cloître. C'était une belle journée de printemps ; le soleil brillait sur les vieilles pierres usées de la cour. Dans la promenade, côté ouest, sœur Mair enseignait un nouveau cantique aux petites filles de l'école. Caris s'arrêta pour les regarder. On disait de sœur Mair qu'elle ressemblait à un ange. Elle avait le teint clair, des yeux brillants et une bouche arrondie. L'école, à proprement parler, était sous la tutelle de Caris, qui y avait elle-même été élève, voilà presque vingt ans. Aujourd'hui, elle y enseignait de temps à autre, mais sa responsabilité principale, outre les soins à donner aux patients, concernait les allées et venues de toutes les personnes du monde extérieur qui pénétraient dans l'enceinte du couvent.

Les classes comptaient dix élèves âgées de neuf à quinze ans. Les unes étaient les filles de marchands de Kingsbridge, les autres appartenaient à la noblesse. Le cantique, qui célébrait la bonté de Dieu, s'acheva. Une petite fille demanda : « Sœur Mair, si Dieu est bon, pourquoi a-t-il rappelé à lui mes parents ? »

C'était une question courante, que tout enfant doué d'intelligence posait tôt ou tard. Caris se rappela l'avoir posée elle-même. Elle regarda avec intérêt l'élève qui manifestait cette curiosité-là. C'était Tilly de Shiring, la nièce du comte Roland, une petite fille de douze ans au regard espiègle. Caris l'aimait bien. Sa mère était morte d'une hémorragie à sa naissance et son père s'était brisé le cou dans un accident de chasse peu après, de sorte qu'elle avait été recueillie par le comte et élevée par son entourage.

Sœur Mair lui expliqua avec douceur que les voies de Dieu étaient impénétrables, mais ces réponses n'étaient pas de nature à satisfaire la fillette qui se réfugia dans le silence, incapable qu'elle était de formuler ses interrogations plus précisément. Caris se dit qu'elle ne tarderait pas à reposer la question.

Sœur Mair ordonna aux petites filles d'entonner à nouveau le cantique et s'en vint trouver Caris.

« C'est une élève intelligente, fit remarquer celle-ci.

— La meilleure de la classe. Je ne lui donne pas trois ans pour débattre pied à pied avec moi !

— Elle me rappelle quelqu'un… Sa mère peut-être, bien que je n'arrive pas à revoir son visage.

— Elle vous rappelle l'enfant que vous étiez », dit Mair, en posant délicatement la main sur le bras de Caris. Les gestes d'affection entre religieuses étaient interdits, mais Caris n'était pas très stricte sur ces choses-là.

« Oh, je n'ai jamais été aussi jolie ! » répliqua Caris avec un rire.

Mais ce n'était pas sa beauté que Mair avait à l'esprit. Enfant, Caris n'avait cessé d'exprimer des doutes. Novice, elle entamait des débats à tous les cours de théologie, tant et si bien qu'au bout d'une semaine, mère Cécilia avait été obligée de lui demander de se taire pendant les leçons. Alors, Caris s'était mise à enfreindre les règles de la vie conventuelle et opposer mille et un arguments chaque fois qu'elle faisait l'objet d'un rappel à l'ordre. Là encore, elle avait été priée de garder ses réflexions pour elle.

Mère Cécilia n'avait pas tardé à proposer à Caris un accord selon lequel elle était autorisée à ne pas assister aux services religieux lorsque son travail à l'hospice la retenait, à condition de ne plus se moquer de la discipline et de ne pas répandre autour d'elle ses idées subversives. Caris s'y était résolue de mauvais gré. L'arrangement s'était révélé sage et il fonctionnait jusqu'à ce jour, tout simplement parce que Caris passait la majeure partie de son temps à l'hospice et avait foi dans les tâches qu'elle y accomplissait. Elle sautait plus de la moitié des offices et ne se permettait plus que de rares critiques.

Sœur Mair sourit. « Vous êtes très jolie maintenant, dit-elle. Surtout quand vous riez. »

L'espace d'un instant, Caris se sentit envoûtée par les yeux bleus de Mair. Puis un cri d'enfant rompit le charme.

Elle s'éloigna. Le hurlement ne provenait pas du groupe dans le cloître, mais de l'hospice. Elle franchit rapidement le petit vestibule. Christophe le Forgeron venait d'entrer à l'hospice en portant dans ses bras une petite fille d'environ huit ans qui hurlait de douleur. Caris reconnut en elle la petite Minnie.

« Allongez-la sur une paillasse ! » ordonna-t-elle aussitôt. Le père obtempéra. « Que lui est-il arrivé ?

— Elle est tombée sur une barre de fer rougie à blanc, répondit le père d'une voix déformée par la panique. Je vous en supplie, ma sœur, faites quelque chose, vite. Elle souffre le martyre. »

Caris posa la main sur la joue de l'enfant. « Là, là, Minnie, nous allons te soulager tout de suite. »

Lui donner de l'extrait de pavot? Non, elle était trop jeune, cela pourrait la tuer. « Nellie, cours à ma pharmacie et rapporte-moi la bouteille marquée "essence de chanvre". Dépêche-toi, mais sans courir cette fois, pour ne pas risquer de casser la bouteille en tombant. Il me faudrait des heures pour en refaire. » Nellie partit sans attendre.

Caris examina la brûlure. Minnie avait des cloques sur presque tout l'avant-bras et, au milieu, la chair était roussie. Heureusement, seul le bras était atteint. Rien n'était plus dangereux que des brûlures sur tout le corps, comme cela arrivait aux victimes d'un incendie.

Cherchant de l'aide, Caris aperçut sœur Mair. « Allez à la cuisine et rapportez-moi une demi-pinte de vin et autant d'huile d'olive dans deux récipients séparés, s'il vous plaît. Faites-les chauffer, mais pas trop. » Mair partit.

Puis Caris s'adressa à l'enfant : « Minnie, il faut que tu arrêtes de crier, s'il te plaît. Je sais que ça fait mal, mais il faut que tu m'écoutes. Je vais te donner quelque chose qui apaisera la douleur. » Les hurlements s'espacèrent pour céder la place à des sanglots.

Nellie revint avec l'essence réclamée. Caris versa un peu de cette mixture dans une cuiller et la fit absorber à Minnie, l'obligeant à desserrer les dents en lui bouchant le nez. L'enfant avala la potion et recommença à crier. Au bout d'une minute, les hurlements diminuèrent.

« Une serviette propre, s'il vous plaît ! » lança Caris à Nellie. On en utilisait une grande quantité à l'hospice et Caris exigeait que l'armoire derrière l'autel en soit toujours pourvue.

Mair revint de la cuisine avec l'huile et le vin demandés. Caris étendit une serviette par terre à côté de la paillasse de Minnie et posa délicatement dessus le bras brûlé. « Comment tu te sens ? l'interrogea-t-elle.

— J'ai mal », pleura Minnie.

Caris hocha la tête d'un air satisfait. C'étaient les premiers mots cohérents que prononçait la petite fille depuis son arrivée. Le pire était passé.

Le chanvre commençait à faire son effet, Minnie papillotait des yeux. « Je vais appliquer un onguent sur ton bras. Essaye de ne pas remuer, tu veux bien ? »

Minnie acquiesça.

Caris versa un peu de vin chaud sur le poignet de Minnie, là où la brûlure était superficielle. L'enfant battit des paupières et fit de son mieux pour ne pas retirer son bras. Encouragée par ce succès, Caris fit remonter lentement la bouteille le long du bras vers l'endroit où la brûlure était la plus profonde. Le vin avait pour but de nettoyer la blessure, l'huile d'olive d'adoucir la peau et de protéger les chairs des humeurs mauvaises qui stagnaient dans l'air. Finalement, elle enroula un tissu propre autour du bras de l'enfant pour le protéger des mouches.

Minnie gémissait, à demi endormie. Caris la regarda avec anxiété. Son visage était marbré de plaques rouges, ce qui était bon signe. Si la petite fille avait perdu ses couleurs, cela aurait signifié que la dose était trop forte. Caris n'était jamais sûre d'elle quand elle employait ses remèdes. Il n'était pas possible d'en connaître précisément l'efficacité à l'avance, tout dépendait de la préparation. Si le remède n'était pas assez fort, il restait sans effet, et s'il était trop puissant, il pouvait être dangereux, surtout pour les enfants. Poussés par l'inquiétude, les parents insistaient toujours pour que l'on donne des doses fortes à leurs enfants.

Ce fut ce moment que choisit frère Joseph pour faire son entrée. Il frisait maintenant la soixantaine, un âge avancé, et il avait perdu toutes ses dents. Néanmoins il avait toujours le titre de médecin-chef du prieuré. À sa vue, Christophe le Forgeron bondit sur ses pieds. « Oh, frère Joseph ! Dieu merci, vous voilà ! Ma petite fille s'est atrocement brûlée.

— Regardons ça ! » répondit le moine.

Caris s'effaça, ravalant son irritation. Tout le monde croyait les moines tout-puissants, capables d'accomplir des miracles. On ne prêtait aux sœurs que la capacité de nourrir les malades et de les laver. Caris avait cessé depuis longtemps de lutter contre cette croyance, mais elle n'en avait toujours pas pris son parti.

Joseph retira le pansement et regarda la blessure, appuyant avec ses doigts sur le bras de l'enfant. Minnie gémit dans son sommeil. « Une vilaine blessure, mais ce n'est pas mortel ! » Se tournant vers Caris, il ajouta : « Appliquez-lui un cataplasme fait pour trois parts de graisse de poulet, trois parts de crottin de chèvre et une part de plomb. Cela fera sortir le pus.

— Oui, mon frère », acquiesça Caris en n'en pensant pas moins. Elle avait remarqué qu'un grand nombre de blessures guérissaient parfaitement sans présence de pus, contrairement à l'idée chère aux moines que le pus était un signe de bonne santé. Par expérience personnelle, elle savait que de tels traitements risquaient fort d'aggraver le mal au lieu de le chasser. Hélas, les moines ne partageaient pas ses vues, à l'exception de frère Thomas qui était convaincu d'avoir perdu son bras vingt ans plus tôt à cause du cataplasme que lui avait prescrit le prieur Anthony. Mais c'était une autre de ces batailles que Caris ne menait plus. Les méthodes préconisées par les moines jouissaient de l'autorité d'Hippocrate et de Galien, et personne ne doutait de leur bien-fondé.

Joseph se retira. Caris s'assura que Minnie était installée confortablement et son père rassuré. « Quand elle se réveillera, elle aura soif. Veillez à lui donner à boire aussi souvent qu'elle le voudra. De la bière ou du vin, mais coupés d'eau. »

Elle n'était pas pressée de confectionner le cataplasme. Mieux valait donner à Dieu quelques heures supplémentaires avant d'appliquer le remède du médecin-chef. Il y avait peu de chances pour qu'il revienne plus tard vérifier l'état de la malade. Ayant envoyé Nellie ramasser du crottin de chèvre sur la pelouse devant le grand portail, elle se rendit à sa pharmacie.

C'était un réduit mal éclairé, qui ne possédait malheureusement pas de larges fenêtres, comme la salle contiguë, la bibliothèque des moines. Néanmoins, Caris disposait là d'une table, de quelques étagères où ranger ses ingrédients et d'une petite cheminée où faire cuire ses mixtures.

Elle y conservait également un petit cahier fait de morceaux de parchemin cousus ensemble. Les feuillets avaient des formes différentes, car elle avait réuni des fragments mis au rebut. Le parchemin valait très cher; un paquet de feuillets identiques n'était employé que pour recopier les Saintes Écritures. Dans ce cahier, Caris consignait les cas les plus graves, indiquant la date, le nom du patient, ses symptômes et le remède employé. Par la suite, elle ajoutait des notes concernant le résultat de ses soins, reportant avec une grande exactitude le nombre de jours ou d'heures écoulés entre le début et la fin du traitement. Elle relisait fréquemment ses écrits pour se rafraîchir la mémoire et juger de l'efficacité des soins.

Aujourd'hui, en inscrivant l'âge de Minnie, il lui vint à l'esprit que son enfant à elle – une petite fille, se dit-elle sans raison – aurait eu huit ans cette année. Elle se demanda comment elle aurait réagi si elle avait eu un accident. Aurait-elle été capable de la soigner avec le détachement voulu ? Aurait-elle été aussi affolée que Christophe ?

Elle venait tout juste d'achever sa rédaction quand la cloche sonna le salut. Elle se rendit à l'office. Après vint l'heure du souper. Du réfectoire, les religieuses se rendaient au dortoir pour dormir un peu avant matines, à trois heures du matin.

Caris n'alla pas se coucher. Elle retourna à sa pharmacie pour fabriquer le cataplasme. Malaxer du crottin de chèvre ne la dérangeait pas. Quiconque travaillait dans un hospice voyait bien pire. Cependant, elle se demanda comment Joseph pouvait imaginer que du crottin de chèvre était indiqué en cas de brûlures.

Quoi qu'il en soit, elle ne poserait pas ce cataplasme avant le lendemain matin. D'ici là, la brûlure de Minnie aurait déjà commencé à cicatriser, la petite fille était en bonne santé.

Elle mélangeait les ingrédients quand elle eut la surprise de voir entrer sœur Mair. « Que faites-vous hors du lit, à cette heure ? lui demanda-t-elle, étonnée.

— Je suis venue vous aider, répondit Mair en s'approchant.

— Ce n'est pas bien difficile de confectionner un cataplasme. Qu'a dit sœur Nathalie ? »

Sœur Nathalie, mère abbesse en second chargée de la discipline, n'autorisait personne à quitter le dortoir la nuit sans une raison hautement valable.

« Elle s'endort toujours très vite. Pensez-vous réellement que vous n'êtes pas jolie ?

— C'est pour me poser cette question que vous avez quitté le dortoir sans permission ?

— Je suis sûre que Merthin vous trouvait très jolie.

— En effet, répondit Caris avec un sourire.

— Il vous manque ? »

Caris, qui avait terminé de mélanger les ingrédients, se détourna pour se laver les mains dans une bassine. « Je pense à lui chaque jour, dit-elle. C'est l'architecte le plus en vue de Florence.

— Comment le savez-vous ?

— J'ai de ses nouvelles tous les ans par Buonaventura Caroli, lors de la foire à la laine.

— Et vous lui donnez de vos nouvelles ?

— Quelles nouvelles ? Il n'y a rien à dire à mon sujet. Je suis une religieuse.

— Vous vous languissez de lui ? »

Caris se retourna et regarda Mair droit dans les yeux. « Les religieuses n'ont pas à se languir d'un homme.

— En revanche, elles peuvent se languir d'une femme », riposta Mair et, se tendant en avant, elle effleura de ses lèvres la bouche de Caris.

Celle-ci en fut tellement sidérée qu'elle resta sans réaction un instant. Mair en profita pour prolonger le baiser. Les lèvres d'une femme étaient douces, mais elles n'avaient rien à voir avec celles de Merthin. Par-delà sa surprise, Caris n'était pas horrifiée. Cela faisait maintenant sept ans que personne ne l'avait embrassée ; elle prenait subitement conscience que ce tendre contact lui manquait.

Dans le silence, un bruit sonore retentit dans la pièce adjacente, la bibliothèque.

Mair fit un bond en arrière d'un air coupable. « Qu'est-ce que c'est ?

— On aurait dit une boîte tombant par terre.

— Mais comment est-ce possible ?

— En effet. À cette heure de la nuit, la bibliothèque devrait être déserte. Les moines sont censés être au lit, comme nous », répondit Caris.

Elle était intriguée ; sa compagne, quant à elle, semblait effrayée.

« Nous devrions aller jeter un coup d'œil », déclara-t-elle.

Elles quittèrent la pharmacie. Bien qu'une simple cloison sépare la pharmacie de Caris et la bibliothèque, elles durent traverser le cloître du couvent, puis celui du monastère, pour s'y rendre. C'était une nuit sans lune. Mais les deux religieuses, qui vivaient ici depuis des années, auraient retrouvé leur chemin les yeux bandés. Juste avant d'atteindre la bibliothèque, elles aperçurent par l'une des hautes fenêtres une lumière tremblotante à l'intérieur. La porte, d'ordinaire fermée à clef la nuit, était entrouverte.

Caris poussa le battant violemment.

Un bref instant, le spectacle qui s'offrit à ses yeux lui fut incompréhensible : une silhouette indistincte se mouvait derrière une table supportant une grosse boîte et une bougie, et, dans son dos, l'une des armoires avait la porte ouverte… Armoire qui renfermait le trésor du prieuré, les chartes et autres objets de valeur ! se rappela-t-elle immédiatement, comprenant en même temps que la boîte sur la table n'était autre que le coffre contenant les ornements d'or et d'argent employés pour les cérémonies solennelles. Quant à la silhouette, elle transvasait des objets du coffre dans un sac !

La silhouette en question releva la tête. Caris reconnut aussitôt le pèlerin arrivé plus tôt dans la journée, ce Gilbert soi-disant originaire de Hereford : un voleur tout simplement !

Ils restèrent à se regarder un instant, immobiles l'un et l'autre, puis Mair se mit à hurler et s'enfuit.

Gilbert souffla la bougie.

Caris ressortit dans le cloître et referma la porte sur elle pour ralentir la fuite de l'intrus, avant de prendre ses jambes à son cou. Arrivée au pied de l'escalier menant au dortoir des hommes, elle se dissimula dans un renfoncement, attirant Mair contre elle.

Réveillés par le hurlement de Mair, les moines auraient déjà dû réagir.

« Courez prévenir les moines ! » cria-t-elle à sa compagne. Mair s'élança vers l'escalier aussi vite qu'elle le put.

Un craquement parvint aux oreilles de Caris. Ce devait être la porte de la bibliothèque qui s'ouvrait. Elle tendit l'oreille. Mais Gilbert ne devait pas en être à son coup d'essai car ses pas ne faisaient aucun bruit sur les dalles. Elle retint son souffle pour mieux écouter. Un vacarme retentit au sommet de l'escalier.

Le voleur dut comprendre qu'il ne lui restait que quelques secondes pour s'échapper car Caris percevait maintenant le bruit d'une course.

Le vol des joyaux n'était pas ce qui l'inquiétait le plus, car ces précieux ornements procuraient vraisemblablement plus de bonheur à l'évêque et au prieur qu'au Seigneur tout-puissant. En revanche, l'idée que ce Gilbert puisse gagner une fortune en dérobant le trésor du prieuré la révoltait. Elle bondit hors de son recoin.

À l'évidence, les pas couraient dans sa direction, bien que l'obscurité ne lui permette pas de distinguer grand-chose. Elle avançait, les bras tendus devant elle, et c'est ainsi que Gilbert la percuta. Sous l'effet du choc elle trébucha. S'agrippant aux habits du voleur, elle l'entraîna dans sa chute. Ils s'écroulèrent tous deux dans un bruyant cliquetis de crucifix et de calices.

La douleur qu'elle ressentit décupla la fureur de Caris. Lâchant les vêtements du voleur, elle leva la main vers l'endroit où devait se trouver son visage. Au contact de sa peau, elle y planta ses ongles et tira vers elle. L'homme cria. Elle sentit du sang sous ses doigts.

Mais Gilbert eut vite fait de la terrasser et de se jeter sur elle à califourchon. Une lumière soudain apparue au sommet de l'escalier lui permit de voir son visage à quelques pouces du sien. L'instant d'après, il lui décochait un coup de poing de toute la force de son bras droit, puis du bras gauche, et encore du bras droit. Elle hurla de douleur.

La lumière augmenta. Les moines dévalaient les escaliers. Mair hurlait à pleins poumons : « Lâchez-la, démon ! » En un bond, Gilbert fut de nouveau sur ses pieds. Il voulut attraper son sac. Hélas, Mair se jetait sur lui, brandissant un lourd objet. Le coup atteignit le voleur à la tête. Il se retournait pour le rendre quand une vague de moines s'abattit sur lui.

Caris se remit debout. Mair s'approcha d'elle et la serra contre son cœur.

« Qu'est-ce que vous lui avez fait ?

— Un croche-pied, et je lui ai labouré le visage de mes ongles. Et vous, avec quoi l'avez-vous frappé ?

— Avec la croix en bois accrochée devant le dortoir.

— Eh bien, dit Caris, ce n'est pas ce qu'on appelle tendre l'autre joue ! »

44.

Gilbert de Hereford passa en jugement devant la cour ecclésiastique. Reconnu coupable, il fut condamné par le prieur Godwyn à subir le châtiment réservé aux pilleurs d'église : être écorché vif. On lui retirerait la peau du corps, vivant, et il saigne-rait jusqu'à ce que mort s'ensuive.

Le supplice devait avoir lieu le jour où Godwyn recevait mère Cécilia. Ils avaient pris l'habitude de se rencontrer une fois par semaine en présence de leurs assistants : le sous-prieur Philémon et la mère supérieure en second Nathalie. Tandis qu'ils attendaient l'arrivée des deux religieuses dans la grande salle de la maison du prieur, Godwyn déclara à Philémon : « Nous ne pouvons plus conserver le trésor du prieuré dans une boîte à la bibliothèque, il doit être rassemblé dans un lieu amé-nagé tout spécialement. Nous devons absolument convaincre les sœurs de nous remettre les fonds nécessaires à sa construc-tion.

— Avez-vous à l'esprit un lieu que le couvent et le monas-tère utiliseront en commun ? s'enquit Philémon d'un air rusé.

— Forcément. Nous n'avons pas les moyens de payer la construction de ce local. »

Et Godwyn de se rappeler tristement ses ambitions de jadis lorsqu'il rêvait de restituer au monastère sa splendeur passée. Hélas, malgré réformes et décrets, il n'était pas parvenu à redres-ser les finances, sans comprendre pourquoi. Ce n'était pas faute d'avoir usé de sévérité, car désormais les habitants de la ville étaient contraints d'utiliser le foulon du prieuré, de pêcher dans ses étangs et de chasser dans ses réserves, et tout cela en payant le prix fort. Mais chaque fois, ils s'étaient arrangés pour contour-ner les interdictions. En foulant la laine dans les villages voi-sins, par exemple.

Quiconque, homme ou femme, surpris à braconner ou à cou-per du bois dans les forêts du prieuré avait été durement châtié. Les flagorneurs n'avaient pas réussi à le détourner de son objec-tif. Il n'avait pas autorisé la construction d'un nouveau moulin, dépense inutile, ni permis aux fabricants de charbon de bois et aux fondeurs de fer d'exercer leur profession sur les terres du prieuré, ce qui aurait été faire un mauvais usage de la richesse forestière. Il avait agi sagement, il en était convaincu, et cepen-dant aucune des mesures imposées ne lui avait rapporté les reve-nus attendus.

« Donc, vous allez demander à mère Cécilia d'en financer la construction…, reprit Philémon sur un ton pensif. Oui, conserver nos richesses dans un lieu qui nous soit commun peut en effet présenter certains avantages.

— Oh, je me garderai bien de le faire valoir à mère Cécilia ! répondit Godwyn, devinant sur quelle voie s'engageait l'esprit tortueux de Philémon.

— Cela va de soi !

— Très bien, je lui soumettrai cette proposition.

— Puisqu'elle n'est pas encore là…

— Oui ?

— J'aimerais vous entretenir d'un problème qui concerne le village de Long Ham. »

Godwyn indiqua d'un signe de tête qu'il situait parfaitement ce village parmi les douzaines qui rendaient hommage au prieuré sous forme de taxes féodales.

Philémon poursuivit : « Plus précisément, il concerne les terres d'une veuve dénommée Mary-Lynn. À la mort de son mari, elle a permis à un voisin du nom de John Nott de les exploiter. Maintenant, elle s'est remariée et souhaiterait les récupérer pour que son mari les exploite lui-même. »

Cette querelle typiquement paysanne ne nécessitait nullement l'attention du prieur. Philémon avait une bonne raison d'en faire état, comprit Godwyn, et il s'enquit : « Qu'en pense le bailli ?

— Que la terre devrait revenir à la veuve puisqu'il s'est agi dès le départ d'une convention temporaire.

— Eh bien, qu'il en soit ainsi !

— Un détail vient compliquer la situation. Sœur Élisabeth a des parents dans ce village, un demi-frère et deux demi-sœurs.

— Ah ! » s'exclama Godwyn. Sœur Élisabeth, jadis Élisabeth Leclerc, était une religieuse jeune et intelligente qui s'élèverait certainement dans la hiérarchie. S'en faire une alliée pouvait se révéler d'autant plus intéressant qu'elle occupait actuellement au couvent les fonctions de maître d'ouvrage. Toute question relative aux bâtiments relevait donc de sa compétence.

« Ces paysans sont ses seuls parents, en dehors de sa mère qui travaille à l'auberge de La Cloche, poursuivait Philémon, elle les aime beaucoup. Quant à eux, ils la révèrent comme la sainte de la famille. À chacune de leurs visites à Kingsbridge, ils apportent au couvent toutes sortes d'offrandes, des fruits, du miel, des œufs.

« — Et alors?

— Ce John Nott se trouve être le demi-frère de sœur Élisabeth.

— T'a-t-elle prié d'intercéder auprès de moi?

— Oui, et en me précisant bien de ne pas en parler à mère Cécilia. »

Situation ô combien appréciée de son sous-prieur, pensa Godwyn, qui n'était pas sans avoir remarqué son attirance pour les actions menées en sous-main. Qu'on le considère comme un homme de pouvoir, comme quelqu'un susceptible d'user de son influence pour favoriser une partie ou une autre dans une dispute, flattait son insatiable vanité. Le fait qu'Élisabeth ne veuille pas que la mère supérieure soit informée de sa requête avait tout pour le ravir. Dépositaire d'un secret honteux, Philémon le garderait aussi jalousement qu'un avare ses pièces d'or.

« Que proposes-tu? demanda Godwyn.

— D'autoriser John Nott à conserver la terre. Sœur Élisabeth nous sera ainsi redevable d'un bienfait. Un jour ou l'autre, nous pourrons en tirer avantage. Mais, bien sûr, il en ira comme vous le déciderez.

— Ce n'est pas très équitable vis-à-vis de la veuve, objecta Godwyn, mal à l'aise.

— Je ne le nie pas, mais il convient de garder à l'esprit les intérêts du prieuré.

— Nulle contingence ne saurait entraver l'œuvre du Seigneur. Très bien... Préviens le bailli.

— La veuve se verra récompensée au centuple dans l'autre monde.

— Évidemment. » À une époque, Godwyn avait hésité à laisser Philémon manigancer de la sorte, mais il y avait beau temps qu'il s'y était résigné. Au fil des ans, son acolyte lui était devenu par trop nécessaire, comme sa mère le lui avait prédit jadis.

Il y eut un petit coup frappé à la porte, et Pétronille, justement, fit son entrée.

Elle vivait à présent dans une petite maison confortable de la place aux Chandelles, en retrait de la grand-rue. Son frère Edmond lui avait accordé une généreuse donation qui lui suffirait jusqu'à la fin de ses jours. Aujourd'hui, à l'âge de cinquante-huit ans, elle ne se tenait plus aussi droite et marchait en s'aidant d'une canne, mais elle n'avait rien perdu de sa vivacité d'esprit. Comme toujours, Godwyn fut partagé entre le bonheur de la voir et la crainte de s'entendre reprocher quelque chose.

La mort d'Anthony dans l'écroulement du pont et celle d'Edmond, survenue voilà déjà sept ans, avaient fait d'elle l'unique survivante de sa génération. Désormais chef de famille, Pétronille n'hésitait pas à dire son fait à Godwyn. Elle agissait de même avec sa nièce Alice et avec Elfric, son mari, tout prévôt qu'il était. Elle étendait son autorité jusque sur Griselda, qu'elle considérait comme sa petite-nièce, et sur son fils de huit ans, Petit Merthin, qu'elle terrorisait littéralement. En règle générale, tout ce petit monde se conformait à ses décisions, estimant ses jugements toujours aussi incisifs. Que feraient-ils quand elle ne serait plus là ? s'inquiétait Godwyn. Pour l'heure, quand elle les laissait libres d'agir à leur guise pour une raison quelconque, ils s'enquéraient malgré tout de ses avis et lorsque, d'aventure, ils ne suivaient pas ses conseils, fait rarissime, ils s'arrangeaient pour qu'elle ne le sache pas. Seule Caris osait la contrecarrer. « Ne vous avisez pas de me dire ce que je dois faire, lui rétorquait-elle sans ambages. On m'aurait condamnée à mort que vous n'auriez pas levé le petit doigt pour me sauver du gibet ! »

Pétronille prit un siège et promena les yeux tout autour de la pièce. « Ce n'est pas assez bien ! déclara-t-elle.

— Que voulez-vous dire ? réagit Godwyn sur un ton crispé, incapable de s'accoutumer à la brusquerie de sa mère.

— Cette maison n'est pas assez belle pour toi.

— Je sais. » Huit ans auparavant, Godwin avait tenté vainement de convaincre mère Cécilia de lui bailler des fonds pour construire un palais. Elle avait promis de les lui verser trois ans plus tard. Le moment venu, elle avait déclaré avoir changé d'avis. À coup sûr, en raison du procès en hérésie intenté à Caris à son instigation, supposait-il, car, depuis lors, son charme n'agissait plus sur la mère prieure. Lui soutirer la moindre somme d'argent était devenu quasiment impossible.

Pétronille poursuivait : « Tu ne peux pas recevoir les évêques et les archevêques, les barons et les comtes. Il te faut un palais.

— Nous ne recevons plus grand monde. Le comte Roland et l'évêque Richard passent la majeure partie de leur temps en France, ces dernières années. » En effet, le roi Édouard avait envahi le nord-est de la France en 1339 et il y avait passé toute l'année suivante. En 1342, il y était reparti, pour le Nord-Ouest cette fois, la Bretagne. En 1345, le Sud-Ouest avait été conquis, notamment la Gascogne, région célèbre pour son vin. Et si le roi se trouvait présentement en Angleterre, ce n'était que pour y lever une nouvelle armée en vue de poursuivre sa politique de conquêtes.

« La noblesse ne se réduit pas aux seuls Roland et Richard, répliqua Pétronille avec humeur.

— Les autres ne se déplacent jamais jusque dans nos contrées.

— Parce que tu ne peux pas les recevoir avec les marques de respect qu'ils sont en droit d'attendre. Il te faut une halle pour les banquets ainsi qu'une chapelle particulière, sans compter de spacieuses chambres à coucher. »

À l'évidence, elle avait passé la nuit à réfléchir à cette question. C'était tout à fait dans la manière de sa mère que de ruminer les choses jusqu'à en tirer des conclusions aussi acérées que des flèches. À laquelle avait-elle abouti cette fois-ci ?

« Cette idée n'est-elle pas un peu extravagante ? lança-t-il pour le plaisir de l'agacer un peu.

— Ne comprends-tu donc pas ? jeta-t-elle sèchement. Le prieuré ne jouit pas de l'influence qui devrait être la sienne, et cela parce que tu ne rencontres jamais les puissants du pays ! Dès que tu posséderas un palais et des salles dignes de les accueillir, ils viendront ! »

Elle avait probablement raison. Les monastères fortunés comme ceux de Durham et de Saint-Albans se plaignaient sans cesse du nombre d'hôtes qu'ils devaient accueillir, membres de la noblesse, voire de la famille royale.

« Hier, reprit-elle, c'était l'anniversaire de la mort de mon père. »

Ainsi, c'était le souvenir de la grandiose carrière de son père qui avait suggéré à sa mère ces idées de splendeur, déduisit Godwyn, tandis qu'elle assenait : « Voilà près de neuf ans que tu es prieur de ce monastère. Je ne veux pas t'y voir végéter. Les archevêques et le roi devraient envisager de te nommer évêque, te confier la direction d'une grande abbaye telle que Durham ou t'envoyer en mission auprès du pape. »

Que Kingsbridge soit pour lui un tremplin vers de plus hautes destinées était une ambition longtemps caressée par Godwyn. Il réalisait brusquement qu'il avait laissé ce rêve se faner. Son élection au poste de prieur lui semblait avoir eu lieu la veille. Il avait l'impression de commencer seulement à se hisser à la hauteur de sa tâche. Mais Pétronille disait vrai : plus de huit ans s'étaient effectivement écoulés.

« Pourquoi ne pense-t-on pas à toi pour des positions plus importantes ? lança-t-elle par pur souci de rhétorique. Parce que l'on ignore jusqu'à ton existence ! Tu es le prieur d'un grand monastère, et tu ne l'as jamais fait savoir à personne ! Il est grand temps que tu révèles ta magnificence. Fais bâtir un palais et que le premier hôte en soit l'archevêque de Cantorbéry ! Dédie la chapelle à ton saint préféré. Fais savoir au souverain que tu as construit une chambre du roi dans l'espoir qu'il t'honorera de sa visite !

— Chaque chose en son temps ! protesta Godwyn. Je n'ai pas le premier sou pour construire un palais.

— Eh bien, trouve l'argent nécessaire ! »

Il lui aurait volontiers demandé le moyen d'y parvenir quand la supérieure du couvent fit son entrée, escortée de la sous-prieure. Pétronille et Cécilia se saluèrent avec une courtoisie circonspecte, puis la première prit congé.

Mère Cécilia et sœur Nathalie s'assirent. Cécilia avait cinquante et un ans maintenant, les cheveux gris et une mauvaise vue. Elle s'affairait toujours de-ci de-là, comme un petit oiseau débordant d'activité, visitait toutes les salles de l'hospice en gazouillant ses instructions aux religieuses, aux novices et aux domestiques, mais les années l'avaient adoucie. À présent, elle désirait avant tout éviter les conflits.

Pour l'heure, elle avait entre les mains un rouleau de parchemin. « Le couvent a reçu un don, dit-elle en remuant sur son siège pour trouver une position confortable. D'une pieuse femme de Thornbury.

— À combien s'élève-t-il ? s'enquit Godwyn.

— Cent cinquante livres en pièces d'or. »

Une somme colossale, exactement celle nécessaire à la construction d'un modeste palais. « Qui est le bénéficiaire de ce legs, le couvent ou le prieuré ? demanda-t-il.

— Le couvent! déclara mère Cécilia avec force. Ce rouleau est la copie du testament.

— Pour quelle raison vous a-t-elle laissé une telle somme?

— Apparemment, c'est en remerciement des soins que nous lui avons prodigués lorsqu'elle est tombée malade loin de chez elle, en rentrant de Londres. »

Sœur Nathalie prit la parole. Elle était un peu plus âgée que mère Cécilia. Son visage au doux arrondi laissait présager un caractère bonhomme. « Un problème nous préoccupe : où conserver cet argent? »

Godwyn jeta un coup d'œil à Philémon. Par ces mots, Nathalie lui tendait la perche. Il s'enquit : « Où conservez-vous votre argent en ce moment?

— Dans la chambre de la mère abbesse. On y accède en traversant le dortoir.

— Peut-être…, commença Godwyn avec une lenteur censée démontrer qu'il envisageait cette question pour la première fois, serait-il bienvenu de consacrer une partie de ce legs à la construction d'une réserve pour les trésors.

— Je crois, en effet, que c'est nécessaire, dit Cécilia. Une petite salle du trésor en pierre toute simple, sans fenêtre et fermée par une solide porte en chêne.

— Cela devrait pouvoir se faire en peu de temps, dit Godwyn. Et vous coûter entre cinq et dix livres.

— Par mesure de sécurité, nous considérons qu'elle devrait se trouver à l'intérieur de la cathédrale.

— Ah! » fit Godwyn, comprenant enfin pourquoi les religieuses évoquaient le sujet. Le sanctuaire étant utilisé en commun par le couvent et le monastère, elles avaient besoin de son assentiment pour y aménager une salle du trésor, alors qu'elles auraient pu s'en passer si elles avaient décidé de le bâtir dans l'enceinte du couvent. « Oui, dit-il, on pourrait le construire contre le mur qui fait l'angle du chœur et du transept nord.

— C'est exactement l'endroit que j'avais à l'esprit.

— Si vous le désirez, j'en parlerai à Elfric aujourd'hui même. Je lui demanderai de nous soumettre un devis.

— S'il vous plaît, je vous en saurai gré. »

Cependant, le plaisir qu'éprouvait Godwyn à avoir délesté mère Cécilia d'une partie de son argent était gâché par son regret de ne pas avoir fait main basse sur le tout, comme l'y incitait sa conversation avec Pétronille. Comment s'approprier le reste ? Là était la question.

La cloche de la cathédrale retentit, sonnant l'heure du supplice. Ils se levèrent tous les quatre et sortirent.

Le condamné à mort était exposé nu à la vue de tous sur le grand parvis de la cathédrale, attaché par les mains et les pieds à l'intérieur d'une armature en bois en forme de chambranle de porte. Une centaine de badauds s'étaient rassemblés pour assister à l'exécution. Seuls les religieuses et les moines de haut rang avaient été conviés, les autres n'étant pas censés voir des effusions de sang.

Will le Tanneur faisait office de bourreau. C'était un homme d'une cinquantaine d'années, à la peau brunie par son métier. Protégé par un tablier de toile propre, il se tenait à côté d'une petite table supportant ses instruments. Il était en train d'aiguiser un couteau à l'aide d'une pierre et le grincement de l'acier sur le granit fit frissonner Godwyn.

Le prieur entreprit de réciter une série de prières qu'il fit suivre d'un sermon en anglais. Il y souligna que la mort du voleur servait les intérêts de Dieu en ce sens qu'elle décourageait les vivants de commettre ce même péché. Puis, d'un hochement de la tête, il signifia à Will de procéder à l'exécution.

Celui-ci alla se placer derrière le voleur, armé d'un petit couteau. Il en enfonça la lame acérée dans la nuque de Gilbert, très précisément au milieu, et fit descendre son bras jusqu'au bas du dos, sans dévier sa course. Le sang jaillit de la coupure tandis que le supplicié hurlait de douleur.

Will pratiqua ensuite en travers des épaules une seconde incision formant la lettre T avec la précédente puis il changea de couteau. S'étant muni d'un outil à longue lame effilée, il l'inséra avec beaucoup de soin à l'endroit où les deux coupures se rejoignaient. Le condamné hurla encore. Le tanneur saisit alors de la main gauche un coin de la peau et le souleva, puis il se mit en demeure de séparer la peau de la chair avec une extrême attention.

Les hurlements de Gilbert s'amplifièrent.

Sœur Nathalie étouffa un cri. Se détournant, elle s'enfuit vers le couvent. Mère Cécilia ferma les yeux et se mit à prier.

Godwyn réprima un hoquet de nausée. Dans la foule, un badaud s'évanouit. Seul Philémon resta de marbre.

Will agissait d'une main sûre et rapide. Son couteau aiguisé tranchait le gras, dénudant l'entrecroisement des muscles sous la peau. Comme le sang coulait à flots, il lui fallait parfois s'arrêter, le temps de s'essuyer les mains à son tablier. À chaque nouvelle incision, Gilbert hurlait de plus belle. Bientôt, toute la peau de son dos pendit sur ses flancs, de part et d'autre de ses cuisses, comme de grands ailerons.

Will s'attaqua aux jambes. Pour ce faire, il s'agenouilla par terre dans une mare de sang profonde d'un pouce au moins.

Les cris cessèrent brutalement. Vraisemblablement, le supplicié avait perdu connaissance. Godwyn en fut soulagé. Certes, il avait souhaité que le pilleur d'église souffre l'agonie sous les yeux de la foule, mais supporter ses cris était au-dessus de ses forces.

Will continuait son œuvre avec flegme, indifférent au fait que la victime soit consciente ou pas. Quand il eut détaché toute la peau du dos et des jambes, il vint se placer devant le condamné pour pratiquer des incisions autour de ses chevilles et de ses poignets. La chose étant faite, il détacha la peau du corps, qui se mit à pendre aux épaules et aux hanches du supplicié. Le voyant maintenant travailler en remontant à partir du pelvis, Godwyn réalisa soudain qu'il s'efforçait de retirer la peau d'une seule pièce. Et de fait, il ne resta bientôt plus un pouce de peau sur le corps du malheureux, hormis celle de sa tête.

Gilbert respirait toujours.

Ayant pratiqué une série d'incisions tout autour du crâne, Will reposa ses couteaux et s'essuya les mains une fois de plus. Ayant saisi la peau de Gilbert à hauteur des épaules, il tira d'un coup sec en soulevant : la peau du visage et du crâne s'arracha sans se détacher du reste du corps. Will brandit la dépouille du condamné, tel un trophée de chasse. La foule applaudit.

*

L'idée de partager avec les moines un local où étaient enfermés les trésors du couvent déplaisait grandement à Caris. Ennuyée par ses questions, sœur Beth se résolut à lui montrer les lieux afin qu'elle s'assure par elle-même que l'argent des religieuses était bien en sécurité.

Godwyn et Philémon se trouvaient dans la cathédrale à ce moment-là, comme par hasard. Apercevant les deux religieuses, ils leur emboîtèrent le pas.

Elles franchirent une arche récemment pratiquée dans le mur sud du chœur et débouchèrent dans un petit vestibule fermé en face par une formidable porte en bois ornée de clous. Sœur Beth sortit une grosse clef en fer. C'était une femme humble et discrète, comme la plupart des religieuses. « Cette partie-là du trésor est la nôtre, dit-elle à Caris. Nous pouvons y entrer chaque fois que nous le souhaitons.

— Je l'espère bien ! répondit sèchement Caris. C'est nous qui en avons payé la construction ! » Elles pénétrèrent dans une petite salle carrée, meublée d'une table de comptes supportant des rouleaux de parchemin, de deux tabourets et d'un grand coffre serti de fer.

« Ce coffre est trop grand pour passer par la porte, précisa sœur Beth.

— Comment l'avez-vous fait entrer alors ? s'enquit Caris.

— En morceaux, que le menuisier a chevillés ici même, dans cette salle. »

Caris, qui ne parlait plus à Godwyn que contrainte et forcée depuis son procès, s'adressa à lui sur un ton sans réplique, scrutant ses traits d'un air glacial. « Le couvent doit absolument posséder une clef ouvrant ce coffre.

— Ce n'est pas nécessaire, répondit Godwyn avec hâte. Il ne contient que les objets de culte confiés à la garde du sacristain, et celui-ci est toujours un moine.

— Montrez-les-moi ! » ordonna-t-elle.

À l'évidence, son ton irritait son cousin et il était partagé entre l'idée de refuser et celle d'apparaître comme un homme ouvert et dénué de rouerie. Il finit par prendre une clef au trousseau accroché à sa ceinture et ouvrit la serrure. Outre les ornements de la cathédrale, le coffre renfermait des douzaines de parchemins, les chartes du prieuré.

« Je vois qu'il n'y a pas là que des objets de culte ! fit-elle remarquer sur un ton lourd de soupçon.

— En effet, il y a aussi des chartes.

— Y compris celles concernant le couvent ? insista-t-elle.

— Oui.

— Dans ce cas, nous avons droit à une clef, nous aussi !

— Je propose que nous recopiions toutes ces chartes et en gardions les copies dans la bibliothèque où nous pourrons les consulter chaque fois que nous en avons besoin. Ainsi, les précieux originaux resteront sous clef. »

Sœur Beth, qui détestait les conflits, intervint d'une voix timide : « Cette solution me paraît tout à fait raisonnable, ma sœur.

— À condition que nous ayons toujours libre accès à nos documents », admit Caris à contrecœur. Et, ignorant délibérément Godwyn, elle enchaîna à l'intention de sœur Beth : « Et l'argent, où est-il gardé ?

— Dans des caissons dissimulés sous les dalles. Il y en a quatre en tout : deux pour les moines, deux pour les religieuses. En regardant bien, vous pouvez voir que certaines dalles ne sont pas jointives. »

Caris examina le sol attentivement. « En effet, je ne l'aurais pas remarqué si vous ne me l'aviez pas indiqué. Est-ce que ces caissons peuvent être cadenassés ?

— Je suppose que oui, dit Godwyn. Mais alors, on devinera aisément leur emplacement, ce qui réduira à néant l'effet de les avoir dissimulés.

— Certes, mais dans ce cas, les moines comme les religieuses auront libre accès à un argent qui ne leur appartient pas. »

C'en était trop pour Philémon. Toisant Caris d'un air accusateur, il jeta : « Que faites-vous ici, d'abord ? Il n'entre pas dans vos attributions de veiller sur le trésor, que je sache ! »

Caris n'éprouvait pour lui qu'une détestation pure et simple. À ses yeux, cet homme n'était pas un être humain. Il n'avait aucun sens du bien ou du mal, aucun scrupule, aucun principe. Godwyn, pour qui elle n'avait que mépris, était un homme mauvais, mais qui connaissait parfaitement la frontière entre le bien et le mal. Philémon, lui, était un animal vicieux, un chien de garde devenu fou, une bête sauvage. « Je fais toujours attention aux détails, laissa-t-elle tomber sèchement.

— Vous n'avez confiance en personne », dit-il avec rancœur.

Caris s'esclaffa d'un rire dénué d'humour. « Venant de vous, Philémon, c'est le comble de l'ironie !

— Je ne vois pas ce que vous voulez dire ! riposta-t-il, vexé.

— C'est moi qui ai proposé à sœur Caris de visiter cette chambre forte, intervint sœur Beth pour tenter de ramener la paix. Elle pose toujours des questions qui ne me viendraient jamais à l'esprit.

— En l'occurrence, celle-ci, à titre d'exemple, ajouta Caris. Comment pouvons-nous être sûres que le prieuré ne s'appropriera pas notre argent ?

— Je vais vous montrer », dit sœur Beth. Elle attrapa une barre en chêne suspendue au mur et, s'en servant comme levier, souleva une dalle du sol. Un creux apparut. « Un coffret spécial a été fabriqué. Pour chacune de ces cachettes », dit-elle en plongeant la main dans le trou pour en extirper un.

Caris l'examina. À première vue, il paraissait solide. Le couvercle articulé possédait un rabat fermé à l'aide d'un cadenas en fer. « D'où vient cette serrure ? demanda-t-elle

— C'est Christophe le Forgeron qui l'a fabriquée. »

Christophe, qui avait pignon sur rue, n'aurait pas mis en péril sa réputation d'artisan en fournissant le double de la clef à des voleurs.

Caris ne trouva rien à redire à ces arrangements. Peut-être s'était-elle inquiétée inutilement, pensa-t-elle par-devers elle. Elle s'apprêtait à quitter les lieux quand Elfric apparut, accompagné d'un apprenti portant un sac.

« Voulez-vous que je le suspende maintenant ? » demanda-t-il.

Philémon se chargea de lui répondre. « Oui, dit-il, allez-y, je vous prie. »

L'assistant d'Elfric sortit de son sac une grande pièce de cuir.

« Qu'est-ce que c'est ? voulut savoir sœur Beth.

— Vous allez voir ! répondit Philémon.

— J'ai dû attendre que ça sèche, déclara l'apprenti en déroulant l'objet et en le tenant devant la porte.

— La peau de Gilbert Hereford, en guise d'avertissement ! » déclara Philémon.

Beth laissa échapper un cri d'horreur.

« C'est dégoûtant ! » jeta Caris.

La peau avait viré au jaune et les cheveux se détachaient du crâne. Néanmoins, on reconnaissait parfaitement un visage : les oreilles, deux trous pour les yeux et une entaille en forme de sourire à hauteur de la bouche.

« Si les voleurs ne sont pas terrifiés en découvrant ça ! » s'exclama Philémon sur un ton satisfait.

Elfric entreprit de clouer la peau sur la porte de chêne protégeant le trésor.

Les religieuses parties, Godwyn et Philémon attendirent qu'Elfric termine sa tâche macabre pour entrer à nouveau dans la petite salle.

« Nous nous en sommes bien sortis, je crois », estima le prieur.

Philémon acquiesça. « Caris ne s'en laisse pas conter, mais nous avons su éviter ses chausse-trappes.

— Et donc, maintenant… »

Philémon referma la porte. Ayant pris soin de la verrouiller, il se mit en demeure de soulever la dalle en pierre masquant l'une des deux cachettes des religieuses et en extirpa le coffret dissimulé à l'intérieur.

« Sœur Beth garde au couvent une petite somme d'argent pour les besoins courants, expliqua-t-il à Godwyn. Elle vient ici uniquement pour déposer ou retirer des sommes plus importantes. Et toujours de l'autre coffret, qui contient surtout des pièces d'argent. Celui-ci, elle ne l'ouvre pour ainsi dire jamais. C'est là qu'est conservé le legs. »

Il le retourna pour examiner la charnière en fer placée à l'arrière : elle était fixée au bois par quatre clous. Il sortit de sa poche un petit burin en acier et une paire de pinces. Godwyn ne lui demanda pas où il s'était procuré ces instruments. Parfois, il était plus sage de ne pas tout savoir.

Philémon introduisit le côté pointu de son burin sous le bord de la charnière et appuya délicatement sur le manche. La charnière joua un peu. Il enfonça la lame plus loin et recommença. Il agissait avec patience et douceur, attentif à ne pas laisser de traces révélatrices sur le bois. Les clous se soulevèrent peu à peu et la partie plate de la charnière finit par se désolidariser du coffret. Les ayant retirés à l'aide de ses pinces, il put enfin faire jouer le couvercle.

« Voici donc ce qu'a légué aux sœurs la pieuse femme de Thornbury », dit-il.

L'offrande consistait en ducats vénitiens. Sur une face des pièces était représenté le doge de Venise agenouillé devant saint Marc, sur l'autre la Vierge Marie entourée d'étoiles, autrement dit au paradis. Les ducats étaient de même valeur que les florins de Florence ; ils étaient de taille et de poids identiques et l'alliage dont ils étaient faits avait le même degré de pureté. En monnaie anglaise, chacune de ces pièces valait trois shillings, ou trente-six pennies d'argent. Depuis quelque temps, l'Angleterre, à l'initiative du roi Édouard, frappait des pièces d'or – nobles, demi-nobles et quarts de noble. Toutefois cette nouvelle monnaie, entrée en circulation à peine deux ans plus tôt, n'avait pas totalement évincé les pièces d'or étrangères.

Godwyn s'empara de cinquante ducats, somme équivalente à sept livres et huit shillings. Philémon replaça le couvercle. Ayant pris soin d'entourer la tige des clous d'une très mince bande de cuir pour qu'ils tiennent mieux, il refixa la charnière, déposa le coffret dans sa cachette et remit la dalle en place.

« Elles finiront bien par se rendre compte de la disparition de l'argent, dit-il.

— Il leur faudra peut-être des années, répondit Godwyn. Nous aviserons le moment venu. »

Ils ressortirent dans la cathédrale et Godwyn ferma à clef la porte de la réserve. « Va chercher Elfric et venez me rejoindre au cimetière », ordonna-t-il à Philémon, qui partit aussitôt.

Lui-même se rendit dans la partie du cimetière la plus proche de la maison du prieur. C'était par une venteuse journée du mois de mai, la brise fraîche faisait voler sa robe autour de ses jambes. Une oie échappée du bercail picorait parmi les tombes. Godwyn l'observa d'un air méditatif.

Quand les religieuses découvriraient le vol – pas avant un an, et plutôt davantage, mais savait-on jamais ? – ce serait la guerre ouverte entre couvent et prieuré. Mais que risquait-il, finalement ? Il n'était pas comme ce Gilbert de Hereford, qui avait pillé un sanctuaire à des fins personnelles. Le legs de cette pieuse femme serait employé à de saints objectifs.

Il remisa ses inquiétudes. Sa mère avait raison : pour être reconnu, il devait magnifier son rôle à la tête du prieuré de Kingsbridge.

Quand Philémon s'en revint avec Elfric, il déclara : « Je veux construire un palais ici même, le plus loin à l'est de l'endroit où s'élève actuellement la maison du prieur. »

Elfric hocha la tête. « Un site particulièrement bien choisi, si je puis me permettre, monseigneur le prieur. Proche de la maison du chapitre et de la façade est de la cathédrale, mais séparé du marché par le cimetière, ce qui préservera votre intimité et votre quiétude.

— Je veux qu'il y ait en bas une grande salle pour les banquets, continua Godwyn. Qui mesure environ cent pieds de long. Une salle véritablement prestigieuse et impressionnante, destinée à recevoir la noblesse et peut-être même la royauté.

— Très bien.

— Et aussi une chapelle au rez-de-chaussée, à l'est.

— Mais vous ne serez qu'à quelques pas de la cathédrale !

— Les grands seigneurs ne souhaitent pas toujours être vus du peuple. Ils doivent pouvoir se recueillir en privé s'ils le désirent.

— Et à l'étage ?

— La chambre du prieur, bien sûr. Assez spacieuse pour accueillir un autel et un reposoir pour les Écritures. Et aussi trois grandes chambres pour les hôtes.

— Splendide !

— Combien cela coûtera-t-il ?

— Plus d'une centaine de livres, peut-être deux. Je vais faire des plans. Je pourrais alors vous soumettre un devis plus précis.

— Que le total ne dépasse pas cent cinquante livres. C'est tout ce dont je dispose. »

Si la subite richesse de Godwyn le surprit, Elfric n'en laissa rien paraître. « Dans ce cas, il me faut emmagasiner des pierres sans plus attendre, dit-il. Pouvez-vous me donner une avance pour que je puisse m'en occuper dès maintenant ?

— Combien voulez-vous ? Cinq livres ?

— Dix vaudraient mieux.

— Je vais vous donner l'équivalent de sept livres et dix shillings en ducats », dit Godwyn, et il lui remit les cinquante pièces d'or subtilisées dans le coffret appartenant au couvent.

*

Trois jours plus tard, profitant qu'elle quittait la cathédrale après l'office de none, à midi, sœur Élisabeth s'en vint trouver Godwyn.

Les moines et les religieuses n'étant pas censés se parler, elle avait dû user d'un prétexte. Justement, un chien, entré dans la cathédrale, avait aboyé pendant l'office. Le fait étant courant, l'on n'y prêtait guère attention. Mais en cette occasion, Élisabeth jugea bon de quitter le cortège pour le chasser de la nef. Ce qui lui permit de croiser la file des moines. Elle ajusta son allure de sorte à passer devant Godwyn et s'en excusa avec un sourir : « Je vous prie de me pardonner, frère prieur. » Et d'ajouter en baissant la voix : « Retrouvez-moi à la bibliothèque, comme si c'était par hasard. » Elle s'éloigna sur ces mots pour aller chasser le chien par le portail ouest.

Intrigué, Godwyn se rendit à la bibliothèque et se plongea dans la lecture de la règle de saint Benoît. Élisabeth entra quelques minutes plus tard et prit l'Évangile de saint Matthieu. Les religieuses avaient fait construire une bibliothèque destinée à leur seul usage peu après l'intronisation de Godwyn dans ses fonctions de prieur, pour satisfaire à sa demande de respecter plus rigoureusement la séparation entre hommes et femmes. Très vite, en constatant le piteux état de sa bibliothèque vidée de tous les ouvrages appartenant au couvent, Godwyn était revenu sur sa décision. La bibliothèque du couvent servait désormais de salle de classe pendant l'hiver.

Pour ne pas donner l'impression qu'ils complotaient à qui pouvait les apercevoir, Élisabeth s'assit dos à Godwyn mais suffisamment près de lui pour qu'il puisse l'entendre clairement. « Il est une chose que je me sens obligée de vous dire, commença-t-elle. Sœur Caris n'aime pas l'idée que l'argent des religieuses soit conservé dans le nouveau trésor.

— Ce n'est pas nouveau ! répondit Godwyn.

— Elle a persuadé sœur Beth de recompter les pièces pour s'assurer qu'il n'en manquait pas. J'ai pensé que vous aimeriez le savoir, au cas où… vous en auriez emprunté. »

Godwyn crut que son cœur s'arrêtait de battre. Il ne s'était pas attendu à une réaction aussi rapide de la part des religieuses. Il maudit Caris. Le comptage allait révéler la disparition des cinquante ducats alors qu'il avait encore besoin du reste pour construire son palais. « Quand cela ? demanda-t-il d'une voix enrouée.

— Aujourd'hui. Je ne sais pas à quelle heure. Caris a fait valoir avec force que vous ne deviez en aucun cas en être averti. »

Il devrait remettre les ducats en place, et le plus vite possible. « Je vous remercie, ma sœur. J'apprécie votre dévouement.

— Je tenais à vous remercier pour vos bontés à l'égard des miens à Long Ham », dit-elle et elle se leva pour partir.

Godwyn se hâta de l'imiter. Quel bonheur qu'Élisabeth se considère comme sa débitrice ! Les talents de Philémon pour l'intrigue s'avéraient inestimables. Il s'en faisait la remarque quand il aperçut son sous-prieur dans le cloître. « File chercher tes outils et retrouve-moi devant le trésor ! » lui souffla-t-il à voix basse avant de quitter le prieuré.

Il traversa la pelouse d'un pas vif et déboucha dans la grand-rue en face de la maison de son oncle Edmond le Lainier, l'une des demeures les plus imposantes de la ville. Désormais c'était là que vivait sa cousine Alice. Elle en avait hérité, ainsi que de tout l'argent gagné par Caris grâce au tissu écarlate. Elfric et elle vivaient sur un très grand pied, maintenant.

Godwyn frappa à la porte et entra. Alice était assise à la table du vestibule devant les reliques d'un dîner. Sa belle-fille Griselda et Petit Merthin lui tenaient compagnie. Le gamin ressemblait tant à Thurstan, l'amant de Griselda qui avait pris la fuite, qu'il ne se trouvait plus personne pour croire à la paternité de Merthin Fitzgerald. Les gens polis l'appelaient « fils d'Harold », du nom de l'employé de son père qu'avait épousé Griselda, les autres disaient « Merthin le bâtard ».

À la vue de Godwyn, Alice bondit sur ses pieds. « Eh bien, mon cousin le prieur, quel bon vent vous amène ? Prendrez-vous un petit bol de vin avec nous ?

— Où est Elfric ? la coupa Godwyn sans se soucier de ses amabilités.

— En haut. Il fait un petit somme avant de reprendre le travail. Prenez place dans le parloir, je vais le chercher.

— Hâte-toi, je t'en prie ! »

Godwyn entra dans la pièce voisine et se mit à l'arpenter de long en large, aveugle aux deux sièges confortables qui lui tendaient les bras.

Elfric entra en se frottant les yeux. « Excusez-moi, dit-il j'étais juste…

— Ces cinquante ducats que je vous ai donnés, il y a trois jours, dit Godwyn, il me les faut immédiatement.

— Cet argent était destiné à l'achat de pierres…, objecta Elfric, déconcerté.

— Je sais parfaitement à quel usage il était destiné. Il me le faut immédiatement !

— J'en ai dépensé une partie pour payer le transport des pierres de la carrière jusqu'ici.

— Combien ?

— La moitié, à peu près.

— Eh bien, vous pouvez prendre ce montant sur vos fonds personnels, je suppose ?

— Vous avez changé d'avis concernant le palais ?

— Naturellement pas ! Mais j'ai besoin de cette somme. Ne me demandez pas pourquoi. Remettez-la-moi, un point c'est tout !

— Que ferai-je des pierres déjà achetées ?

— Gardez-les ! Vous retrouverez votre argent. Je n'en ai besoin que pour quelques jours. Vite !

— Très bien. Attendez-moi ici, si vous le voulez bien.

— Je n'ai pas l'intention d'en bouger d'une semelle ! »

Elfric sortit. Godwyn se demanda où il cachait son argent. La plupart du temps, c'était dans l'âtre, sous la pierre du foyer. Mais Elfric, de par son métier, devait connaître des cachettes moins évidentes.

Quoi qu'il en soit, le constructeur revint au bout de quelques minutes. Il compta cinquante pièces d'or et les déposa dans la main de Godwyn.

« Je vous ai donné des ducats. Or plusieurs de ces pièces sont des florins ! » De même taille que les florins, les ducats étaient frappés d'effigies différentes : saint Jean-Baptiste sur une face, une fleur sur l'autre.

« Je vous l'ai dit : j'ai déjà dépensé une partie de la somme. Mais les florins ont la même valeur, n'est-ce pas ? »

Les religieuses verraient-elles la différence ?

Godwyn enfourna les pièces dans la bourse pendue à sa ceinture et quitta les lieux sans prononcer un mot de plus.

Philémon l'attendait devant le trésor.

« Les religieuses ont décidé d'effectuer un comptage de leur argent, expliqua Godwyn, hors d'haleine. J'ai pu récupérer auprès d'Elfric la somme subtilisée. Ouvre le coffret, vite ! »

Philémon s'exécuta. Ayant soulevé la dalle, il sortit le coffret de sa cachette et en retira les clous tenant la charnière. Il souleva le couvercle.

Godwyn remua les pièces d'or. Il n'y avait là que des ducats !

Que faire, sinon y ajouter ses florins ? Il prit soin de les dissimuler tout au fond. « Referme la boîte et remets-la à sa place ! » ordonna-t-il à Philémon.

L'espace d'un instant, il éprouva une sorte de soulagement. À défaut d'être effacé, son crime n'était plus aussi évident.

« Je tiens à être ici quand elle comptera les pièces, dit-il encore. Je m'inquiète de sa réaction quand elle découvrira des florins au milieu de tous ces ducats.

— Savez-vous quand elle a l'intention de venir ?

— Non.

— Je peux ordonner à un novice de balayer le chœur si vous le voulez. Dès que sœur Beth se montrera, il courra nous chercher », proposa Philémon. Il bénéficiait d'une certaine admiration parmi les novices, qui étaient toujours prêts à exécuter ses ordres.

Cette précaution s'avéra inutile. Sœur Beth arrivait déjà sur les lieux, accompagnée de sœur Caris.

« Nous devons vérifier sur un parchemin plus ancien, mon frère ! s'exclama Godwyn, feignant d'être surpris au milieu d'une conversation concernant les comptes du prieuré. Ah, mes sœurs ! Bonjour… »

Caris ouvrit les deux cachettes et en sortit les coffrets.

« Puis-je vous aider en quelque chose ? » proposa Godwyn.

Caris l'ignora. Sœur Beth expliqua : « Merci, père prieur, nous voulons juste voir quelque chose. Cela ne nous prendra pas longtemps.

— Je vous en prie, je vous en prie, répondit-il avec bienveillance, le cœur battant à tout rompre.

— Nous n'avons nul besoin de nous excuser d'être là, sœur Beth, intervint Caris sur un ton irrité. Ce trésor et cet argent nous appartiennent en propre ! »

Godwyn déroula un parchemin pris au hasard et prétendit l'étudier avec Philémon. Beth et Caris se mirent en demeure de compter l'argent conservé dans le premier coffret : des quarts de penny, des demi-pennies, des pennies et quelques luxembourgs, c'est-à-dire de faux pennies grossièrement fabriqués dans un mauvais alliage d'argent, que l'on utilisait en guise de menue monnaie. Il y avait aussi quelques pièces d'or : des florins, des ducats et d'autres pièces similaires telles que le génois qui avait cours dans la ville de Gênes, le real utilisé à Naples. Il y avait aussi des moutons français de taille plus imposante, et des nobles anglais. Sœur Beth compara le montant avec celui reporté dans un petit cahier. « Le compte est juste », dit-elle quand elle eut fini.

Elles remirent toutes les pièces dans le coffret, le fermèrent, et le rangèrent dans sa cachette souterraine.

Puis elles entreprirent de compter les pièces d'or du second coffret, les rangeant en piles de dix. Arrivée presque au fond, sœur Beth laissa échapper un petit cri.

« Qu'y a-t-il ? » demanda Caris.

Godwyn sentit une peur coupable l'oppresser.

Sœur Beth expliqua : « Ce coffret contient exclusivement la somme léguée par la femme pieuse de Thornbury. J'ai veillé à ne pas la mélanger au reste.

— Que voulez-vous dire ?

— J'étais certaine que la somme tout entière était en ducats, or je vois qu'il y a là des florins ! »

Godwyn et Philémon se figèrent, aux aguets.

« Il est vrai que son mari commerçait avec Venise.

— C'est curieux, malgré tout, déclara Caris.

— Ce sera une erreur de ma part.

— Je trouve cela suspect.

— Vraiment ? objecta sœur Beth. Des voleurs ne viendraient pas déposer de l'argent dans notre trésor.

— Vous avez raison », admit Caris de mauvais gré.

Elles achevèrent leur comptage. Elles avaient devant elles dix piles de pièces équivalant à la somme de cent cinquante livres.

« C'est bien le chiffre reporté dans mon livre.

— La somme exacte jusqu'au dernier penny ! »

Et sœur Beth de conclure : « Comme je vous le disais, ma sœur ! »

45

Déconcertée par ce baiser, Caris avait passé des heures entières à penser à sœur Mair. Sa propre réaction l'étonnait plus encore, car elle devait bien admettre qu'elle avait éprouvé une sorte d'excitation. À ce jour, elle ne s'était jamais sentie attirée par Mair ou par une autre femme. À vrai dire, une seule personne au monde avait fait naître en elle le désir d'être touchée, embrassée et pénétrée : Merthin. Au couvent, elle avait appris à se passer de tout contact physique. L'unique main à se promener sur son corps avec sensualité était la sienne, dans l'obscurité du dortoir, lorsqu'elle se rappelait les moments où elle avait été aimée. Elle enfouissait alors son visage dans l'oreiller pour que les autres religieuses ne l'entendent pas haleter.

Si Mair était loin de lui inspirer le désir joyeux que la simple vue de Merthin suffisait jadis à susciter en elle, elle lui plaisait bien malgré tout, se dit-elle après mûre réflexion. Probablement à cause de son visage angélique, de ses yeux bleus, et de la gentillesse dont elle faisait preuve tant à l'hospice qu'à l'école. Et puis Merthin n'était-il pas à mille lieues de Kingsbridge ? Cela faisait sept ans déjà qu'elle ne l'avait pas vu.

Mair lui parlait toujours avec douceur. Quand personne ne les regardait, elle frôlait son bras ou son épaule. Une fois, elle avait même osé lui caresser la joue. Sans aller jusqu'à la repousser, Caris veillait à ne pas répondre à ses gestes. Non qu'elle considère ces relations comme un péché, car Dieu, dans son infinie sagesse, ne pouvait pas tenir rigueur aux femmes de vouloir procurer du plaisir à autrui ou à soi-même ou en recevoir ; non, si elle se retenait, c'était plutôt par crainte de décevoir Mair, devinant instinctivement que celle-ci éprouvait pour elle des sentiments forts et définis alors que les siens étaient incertains. Mair est amoureuse de moi, comprenait-elle, moi, je ne le suis pas. Si je l'embrasse encore, elle risque de voir en moi une âme sœur pour le reste de sa vie, et moi, je ne peux rien lui promettre.

Et c'est ainsi qu'elle ne répondit à aucune des avances de la jolie religieuse jusqu'à la semaine de la foire à la laine.

La foire de Kingsbridge avait retrouvé son éclat depuis la récession de 1338. Certes, le marché de la laine vierge continuait à pâtir des édits royaux et les marchands italiens ne se déplaçaient plus qu'une fois tous les deux ans, mais le bénéfice tiré des nouvelles entreprises de tissage et de teinture compensait les pertes. Si la ville n'atteignait pas le niveau de prospérité qu'elle était en droit d'espérer, c'était avant tout en raison de l'interdiction promulguée par Godwyn de fouler la laine chez soi. Chassée des murs de la ville, l'industrie avait trouvé refuge dans les villages environnants. Toutefois, le tissu fabriqué s'était acquis une certaine renommée sous l'appellation d'« écarlate de Kingsbridge » et c'était là, à la foire de Kingsbridge, que la plus grande partie de la production se vendait. Le double pont imaginé par Merthin et achevé par Elfric permettait désormais aux attelages de se rendre facilement à la foire.

Le samedi soir, veille de l'ouverture officielle, l'hospice était comble.

L'un des visiteurs était souffrant. Il avait pour nom Maldwyn le Cuisinier. Son commerce consistait à préparer avec de la farine et des restes de viande ou de poisson de petits beignets salés qu'il faisait rissoler rapidement dans du beurre et vendait tout chauds pour un quart de penny les six. Peu après son arrivée, il avait été pris d'un subit mal de ventre, accompagné de vomissements et de diarrhées. Caris n'avait rien pu lui offrir de mieux qu'un lit près de la porte.

Il y avait beau temps qu'elle réclamait l'installation de latrines près de l'hospice afin de veiller plus facilement à leur propreté, mais ce n'était là qu'une des nombreuses améliorations qu'elle espérait voir un jour réalisées. Elle avait également besoin d'une pharmacie contiguë à l'hospice, une pièce bien éclairée où préparer tranquillement ses remèdes et rédiger ses notes. Enfin, elle continuait à réfléchir aux moyens d'offrir aux malades un peu d'intimité. Pour l'heure, quiconque se trouvait dans la pièce pouvait se repaître du spectacle d'une femme en train d'accoucher, d'un homme saisi de tremblements ou d'un enfant pris de vomissements. Les personnes en situation de détresse méritaient d'être regroupées dans de petites salles particulières, réparties autour d'une autre plus grande, à la façon des chapelles latérales dans une cathédrale. Mais comment faire ? L'hospice n'était pas assez spacieux. Elle en avait débattu avec Jimmie, l'ancien apprenti de Merthin, mais les solutions qu'il lui avait proposées ne l'avaient pas satisfaite.

Le lendemain matin, trois autres personnes souffraient des mêmes symptômes que Maldwyn le Cuisinier.

Le petit déjeuner distribué, Caris fit sortir les visiteurs sur la place du marché ; seuls les malades furent autorisés à rester dans l'hospice. Le sol en était plus sale que d'habitude. Elle le fit balayer et nettoyer à grande eau avant de se rendre à l'office dans la cathédrale.

L'évêque Richard n'était pas là. Il se trouvait auprès du roi qui s'apprêtait à envahir la France une nouvelle fois. Il avait toujours considéré son épiscopat comme un moyen lui permettant de mener la vie aristocratique qu'il aimait. En son absence, le diocèse était dirigé par l'archidiacre Lloyd, qui collectait les dîmes et les loyers dus à l'évêché, baptisait les enfants, et célébrait les offices avec une efficacité résolue mais dénuée d'imagination. L'ennuyeux sermon qu'il dévida pendant la cérémonie en fut la meilleure preuve : en ce jour où s'ouvrait l'une des foires commerciales les plus célèbres d'Angleterre, il choisit de démontrer que Dieu était plus important que l'argent.

Qu'importe, la bonne humeur était générale, comme il se devait. Pour les habitants de la ville et des villages alentour, la foire était le grand moment de l'année. L'argent gagné était aussitôt dépensé dans les tripots ; les belles filles de la campagne se laissaient prendre au bagout des jeunes citadins ; les paysans nantis demandaient aux prostituées de leur rendre des services qu'ils n'osaient demander à leurs femmes ; et le tout s'accompagnait généralement d'un crime, voire de plusieurs.

Caris repéra dans la foule la silhouette imposante et richement vêtue de Buonaventura Caroli. À sa vue, son cœur s'accéléra. Elle suivit l'office distraitement, marmonnant les Psaumes. Au moment de sortir, elle parvint à attraper son regard. Il lui sourit. Elle tenta de lui faire comprendre d'une inclinaison de la tête qu'elle souhaitait le rencontrer plus tard, mais elle ne fut pas certaine qu'il ait reçu le message.

Elle se rendit néanmoins à l'hospice, le seul endroit du prieuré où une religieuse pouvait rencontrer un laïc. Buonaventura ne se fit pas attendre. À son habitude, il portait un manteau de prix, de couleur bleue, et des souliers pointus. « La dernière fois que je vous ai vue, dit-il, vous veniez d'être consacrée religieuse par l'archevêque Richard.

— À présent, j'ai prononcé mes vœux.

— Mes félicitations ! Je n'aurais jamais imaginé que vous vous adapteriez si facilement à la vie conventuelle.

— Moi non plus ! dit-elle en riant.

— Le prieuré a l'air prospère.

— Qu'est-ce qui vous fait dire ça ?

— Godwyn fait construire un palais, paraît-il.

— En effet.

— J'en conclus que ses affaires vont bien.

— Je suppose. Et vous, comment vont les vôtres ?

— Nous rencontrons des difficultés de transport en raison de la guerre entre la France et l'Angleterre. Et le roi Édouard, avec ses taxes, ne facilite pas le commerce. La laine d'ici est plus chère que celle d'Espagne, mais il faut reconnaître qu'elle est de meilleure qualité. »

De tout temps, les gens se plaignaient des taxes. L'ayant écouté, Caris aborda le sujet qui l'intéressait. « Vous avez des nouvelles de Merthin ?

— Oui, justement, répondit Buonaventura, et Caris perçut dans sa réponse comme une hésitation par-delà son affabilité. Il s'est marié. »

La nouvelle produisit sur Caris l'effet d'un coup de poing au ventre. Elle ne s'y attendait pas, elle n'avait même jamais imaginé que cela puisse arriver un jour. Comment Merthin avait-il pu s'y résoudre ? Il était… Ils étaient…

Naturellement, il n'y avait pas de raison pour qu'il ne se marie pas. Elle l'avait repoussé à tant de reprises. Et son dernier refus était bien sans appel puisqu'elle l'avait exprimé en entrant au couvent. Elle ne pouvait que s'étonner qu'il ait attendu si longtemps pour se marier. Elle n'avait pas le droit de se sentir blessée.

Elle se força à sourire. « C'est merveilleux. Transmettez-lui mes félicitations. Qui a-t-il épousé ? »

Buonaventura feignit de ne pas remarquer son émoi. « Une dame du nom de Sylvia, dit-il sur le ton léger qu'il aurait pris pour rapporter des ragots. C'est la fille cadette d'Alessandro Christi, l'un des notables les plus estimés de la ville. Il fait commerce d'épices orientales et possède plusieurs navires.

— Son âge ?

— Alessandro ? demanda-t-il avec un sourire. Le même que moi, j'imagine…

— Ne me taquinez pas ! riposta-t-elle en se forçant à rire car, au fond d'elle-même, elle était reconnaissante à Buonaventura de vouloir alléger l'atmosphère par une plaisanterie. Je veux parler de Sylvia.

— Vingt-trois ans.

— Six de moins que moi.

— Une jolie fille…

— Jolie mais quoi… ? » insista Caris, qui avait cru percevoir un sous-entendu dans le ton de Buonaventura.

L'Italien pencha la tête sur le côté comme s'il présentait une excuse : « Elle a la réputation d'avoir la langue bien pendue. Naturellement, les gens racontent toutes sortes de choses, mais cela explique peut-être qu'elle soit restée demoiselle si longtemps. À Florence, les filles se marient d'habitude avant l'âge de dix-huit ans.

— Oh, c'est sûrement vrai, dit Caris. En dehors de moi, Merthin n'aimait qu'une fille à Kingsbridge, Élisabeth Leclerc, et c'est une langue de vipère comme moi. »

Buonaventura se mit à rire. « Mais non, mais non !

— Quand a eu lieu le mariage ?

— Il y a deux ans. Peu après que nous nous sommes vus l'autre fois à la foire. »

Caris comprit soudain que Merthin était resté célibataire jusqu'à ce qu'elle prononce ses vœux perpétuels, probablement jusqu'à ce que Buonaventura lui apprenne qu'elle avait accompli le pas ultime. Elle l'imagina en terre étrangère, noyé dans l'espoir et l'attente pendant plus de quatre ans. Sa fragile façade de gaieté commença à se craqueler.

Buonaventura reprit : « Ils ont eu une petite fille. Elle s'appelle Lolla. »

C'en était trop. Le chagrin qu'elle avait ressenti sept ans plus tôt, cette peine qu'elle croyait passée à tout jamais, lui revint d'un coup, plus fort encore. Et elle prenait soudain pleinement conscience qu'en 1339, elle n'avait pas vraiment perdu Merthin, car il était resté fidèle à sa mémoire pendant toutes ces années. C'était maintenant qu'elle le perdait, à tout jamais, pour l'éternité.

Elle était bouleversée. Comprenant qu'elle ne parviendrait plus très longtemps à donner le change, elle prit congé : « Cela a été un vrai plaisir pour moi que de vous voir et de bavarder avec vous, dit-elle d'une voix tremblante, mais mon travail m'attend.

— J'espère que je ne vous ai pas trop attristée, dit-il avec sollicitude. J'ai pensé que vous préféreriez savoir.

— Ne me prenez pas en pitié, je déteste ça ! » Sur ces mots, elle s'éloigna d'un pas pressé.

Quittant l'hospice, elle entra dans le cloître, tenant la tête baissée pour dissimuler son émotion. Cherchant la solitude, elle grimpa en courant l'escalier qui menait au dortoir, le sachant désert à cette heure de la journée. À peine y eut-elle pénétré qu'elle se mit à sangloter. Mère Cécilia avait sa chambre tout au bout de cette longue salle. Personne n'était autorisé à y pénétrer sans y avoir été expressément convié. Cela n'empêcha pas Caris d'ouvrir la porte à toute volée et de se jeter sur le lit sans se préoccuper de son voile tombé de sa tête. La tête enfouie dans le matelas de paille, elle pleura à gros sanglots.

Au bout d'un moment, elle sentit une main caresser ses cheveux coupés court. Elle n'avait entendu personne entrer et ne se souciait pas de savoir qui était sa consolatrice. Cette présence, néanmoins, l'apaisa peu à peu. Ses sanglots perdirent de leur violence, ses larmes se tarirent et l'ouragan de ses émotions diminua d'intensité. Elle roula sur le dos et découvrit sœur Mair.

« Merthin est marié et il a une petite fille ! » lâcha-t-elle et elle recommença à pleurer.

Mair s'allongea sur le lit et serra la tête de Caris sur son cœur. Celle-ci enfouit son visage dans la douce poitrine de la religieuse, inondant de larmes sa robe de bure. « Là, là », murmurait Mair.

Caris finit par se calmer. L'épuisement vint à bout de son chagrin, mais pas seulement. Y contribua également le bonheur de savoir Merthin comblé, et Caris sombra dans le sommeil en ayant devant les yeux l'image d'un Merthin émerveillé tenant dans ses bras un petit bébé aux cheveux noirs.

*

La maladie qui avait frappé Maldwyn le Cuisinier se propagea comme un feu en été. Le lundi, elle passa de l'hospice aux tavernes ; le mardi, des visiteurs aux habitants de Kingsbridge. Caris en inscrivit les caractéristiques dans son cahier : cela commençait par des douleurs d'estomac qui déclenchaient rapidement vomissements et diarrhées et il en allait ainsi pendant un ou deux jours. Les adultes s'en tiraient sans grand dommage, mais les personnes âgées et les enfants en bas âge n'y réchappaient pas.

Le mercredi, l'épidémie atteignit le couvent et l'école des filles. Mair et Tilly tombèrent malades toutes les deux. Caris alla trouver Buonaventura à l'auberge de La Cloche et lui demanda instamment si les médecins italiens connaissaient un traitement pour ce mal.

« Il n'y a pas de remède, dit-il. De remède qui agisse, en tout cas. Les médecins prescrivent toujours quelque chose pour soutirer de l'argent aux malades. Cependant, certains médecins arabes considèrent possible de retarder une épidémie.

— Oh, vraiment ? Et comment cela ? » demanda Caris avec un grand intérêt. Elle avait entendu des marchands dire que les médecins musulmans étaient supérieurs aux chrétiens, ce que les prêtres médecins niaient farouchement.

« Ils croient qu'on attrape la maladie quand un malade vous regarde. Selon eux, les rayons qui partent de nos yeux et touchent les choses que nous voyons fonctionnent de la même façon que notre doigt quand il les touche pour savoir si elles sont chaudes, humides, dures, etc. Mais ces rayons sont également capables de projeter la maladie. C'est pourquoi on peut éviter de l'attraper en ne se trouvant jamais dans la même pièce qu'une personne atteinte. »

Caris ne croyait pas que la maladie puisse se transmettre par le regard. Autrement, tous les fidèles présents dans la cathédrale attraperaient le rhume de l'archevêque, et le roi, s'il était malade, infecterait les centaines de personnes qui posaient les yeux sur lui. Surtout, une chose pareille, si elle était vraie, ne serait pas restée inaperçue jusqu'à aujourd'hui.

Cependant, l'idée qu'il ne fallait pas partager une chambre avec un malade lui paraissait convaincante. À l'hospice, la maladie de Maldwyn semblait s'être propagée tout d'abord aux personnes qui s'étaient approchées de lui : sa femme et sa famille. Après seulement aux malades des lits voisins.

Elle avait également remarqué que certaines maladies, telles que les maux d'estomac, les toux et les rhumes ou encore la variole, se répandaient principalement lors des foires et des marchés ; à l'évidence, elles se transmettaient donc d'une personne à une autre.

Le mercredi soir, à l'heure du souper, la maladie touchait la moitié des visiteurs descendus à l'hospice. Le jeudi matin, tout le monde en était atteint. La domesticité du prieuré n'avait pas été épargnée, et Caris manquait de bras pour l'aider à nettoyer.

Le lendemain, au petit déjeuner, mère Cécilia proposa de fermer l'hospice en voyant le chaos dans lequel il se trouvait.

Consternée par son impuissance, Caris était prête à envisager n'importe quelle solution. « Mais où iront les malades ? demanda-t-elle.

— Envoyez-les dans les tavernes.

— Ça ne va pas mieux là-bas que chez nous. Et si nous les installions dans la cathédrale ? »

Cécilia secoua la tête. « Le prieur Godwyn ne voudra pas voir des paysans vomir dans la nef pendant que nous chantons nos cantiques dans le chœur.

— Quoi qu'il en soit, nous devons veiller en tout lieu à séparer au mieux les malades des bien-portants. D'après Buonaventura, c'est le seul moyen de retarder la diffusion de la maladie.

— Cette idée me paraît tout à fait raisonnable. »

Mais une autre venait de traverser l'esprit de Caris, une idée à laquelle elle n'avait jamais pensé mais qui lui paraissait soudain d'une remarquable évidence. « Peut-être que nous ne devrions pas chercher à améliorer l'organisation de l'hospice, dit-elle, mais en construire un second à l'intention des malades, et réserver l'ancien aux pèlerins et aux visiteurs en bonne santé. »

Cécilia réfléchit un instant. « Cela coûtera beaucoup d'argent.

— Nous avons cent cinquante livres, objecta Caris, emportée par son imagination. Nous pourrions avoir une nouvelle pharmacie, des salles particulières pour les malades chroniques.

— Voyez ce qu'il nous en coûterait. Vous pouvez demander à Elfric d'établir un devis.

— Il est occupé avec la construction du nouveau palais pour le prieur, répondit Caris enchantée de trouver là une bonne excuse, car elle détestait Elfric depuis toujours, bien avant qu'il ne témoigne contre elle. Je préférerais m'adresser à Jimmie.

— À votre guise. »

Caris éprouva un élan d'affection pour mère Cécilia. Bien que sévère sur la discipline, la mère supérieure laissait aux personnes sous ses ordres le soin de prendre leurs propres décisions. Elle avait toujours compris les passions contradictoires qui agitaient Caris. Au lieu de les mater à tout prix, elle cherchait le moyen d'en faire bon usage. Elle lui avait confié des tâches qui l'engageaient et permettaient à son énergie rebelle de s'exprimer. Et maintenant, se disait Caris, tandis que je piétine sans savoir que faire face à cette crise, elle m'indique calmement comment effectuer les premiers pas dans un projet qui me tient à cœur. « Je vous remercie, mère Cécilia », lança-t-elle avec force.

Plus tard, ce même jour, elle déambula dans l'enceinte du prieuré en compagnie de Jimmie pour lui expliquer ce qu'elle attendait de lui. Aussi superstitieux que par le passé, le jeune bâtisseur persistait à voir dans les incidents les plus insignifiants de la journée l'intervention d'un saint ou d'un démon. Cependant, il avait de l'imagination et il était ouvert aux idées nouvelles, qualité acquise grâce à son apprentissage auprès de Merthin.

Ils convinrent rapidement du meilleur endroit où bâtir le nouvel hospice : à côté des cuisines, au sud. Il serait ainsi séparé des autres bâtiments tout en étant assez près du cloître pour que les religieuses s'y rendent facilement. Les malades auraient moins de contact avec les bien-portants et la nourriture leur serait portée aisément. Le montant global des travaux, comprenant la construction de la pharmacie, des latrines et des chambres particulières à l'étage supérieur, devrait tourner autour d'une centaine de livres, ce qui correspondait à une grosse part du legs.

Caris discuta du site avec mère Cécilia. Ce terrain n'appartenant ni aux moines ni aux religieuses, elles allèrent trouver Godwyn.

Elles le découvrirent sur les lieux de son propre édifice. La structure du nouveau palais était achevée et le toit posé. Caris, qui n'avait pas visité le chantier depuis plusieurs semaines, s'étonna de constater qu'il serait aussi grand que le nouvel hospice. Elle comprit pourquoi Buonaventura l'avait qualifié d'impressionnant. La salle de banquet était plus vaste que le réfectoire des nonnes. Pour l'heure, le site grouillait d'ouvriers affairés comme si Godwyn était pressé de voir la construction achevée. Les maçons étaient en train de poser un carrelage multicolore à dessins géométriques, des charpentiers fabriquaient des portes et un maître verrier s'activait auprès d'un feu pour fabriquer les vitres des futures fenêtres. Godwyn ne lésinait pas sur les dépenses.

En compagnie de Philémon, il montrait les lieux à l'archidiacre Lloyd. Voyant les religieuses s'approcher, il se tut.

« Je vous en prie, ne vous interrompez pas pour moi. Quand vous aurez fini, retrouvez-moi devant l'hospice. J'aimerais vous montrer quelque chose.

— Certainement », dit Godwyn.

Caris et mère Cécilia s'en revinrent par le champ de foire. Le vendredi, les commerçants bradaient leurs invendus pour ne pas avoir à les remporter. Caris aperçut Marc le Tisserand, sanglé dans un manteau en écarlate de Kingsbridge. Il avait à présent des joues rebondies et un ventre imposant. Ses quatre enfants l'aidaient à la vente. Caris avait une affection particulière pour Nora, âgée de quinze ans. Elle ressemblait à sa mère en plus mince et affichait la même confiance imperturbable.

« Les affaires ont l'air de marcher ! lança Caris en décochant à Marc un sourire chaleureux.

— C'est vous qui devriez vous pavaner car, sans vous, le colorant n'aurait jamais été inventé. Je n'ai fait que suivre vos instructions. Ça me laisse comme le sentiment de vous avoir grugée.

— Mais non, vous avez bien mérité d'être récompensé ; vous vous êtes tant dévoué à la tâche ! » Pourquoi en aurait-elle voulu à Marc et à Madge d'avoir fait fortune grâce à son invention ? Pourquoi aurait-elle éprouvé de l'envie ou des regrets ? Elle n'avait jamais aspiré à gagner de l'argent. Peut-être était-ce parce qu'elle n'en avait jamais manqué. Ce qui l'intéressait, c'était de relever un défi. Sa vie actuelle, dans un lieu d'où l'argent était banni, lui convenait parfaitement et elle se réjouissait du fond du cœur de voir les enfants des tisserands pétulants de santé et bien vêtus, eux qui dormaient autrefois recroquevillés les uns contre les autres dans une pièce où le métier à tisser occupait tout l'espace.

En compagnie de mère Cécilia, elle se rendit tout au sud du prieuré. Avec ses petits bâtiments, son colombier, son poulailler et sa cabane à outils, le terrain autour des étables ressemblait à une cour de ferme. Des poulets grattaient le sol à la recherche de nourriture et des cochons fouillaient les détritus de la cuisine. Tout ce laisser-aller agaçait Caris, qui aurait bien voulu y remédier.

Godwyn et Philémon les rejoignirent bientôt, accompagnés de l'archidiacre. Mère Cécilia désigna le terrain adjacent aux cuisines et dit : « J'ai l'intention de construire un nouvel hospice, et je voudrais le faire ici. Qu'en pensez-vous ?

— Un nouvel hospice ? s'exclama Godwyn. Mais pourquoi ? »

Caris le trouva curieusement anxieux.

Cécilia expliquait : « Nous voulons avoir un hospice réservé aux malades et une maison d'hôtes séparée, pour recevoir les visiteurs bien portants.

— En voilà une idée qui sort de l'ordinaire !

— Elle nous est venue suite à cette soudaine épidémie qui, rappelez-vous, a commencé avec Maldwyn le Cuisinier. La maladie avait un caractère particulièrement virulent, c'est un bon exemple de ce qui peut se produire. Vous noterez que les maladies débutent souvent pendant les foires. La raison pour laquelle elles se répandent si vite est peut-être due au fait que malades et bien-portants mangent et dorment ensemble et font leurs besoins au même endroit. »

Godwyn se rembrunit. « Oho ! Les religieuses sont médecins maintenant ! »

Caris prit note de son ironie. Ricaner ainsi n'était pas dans le style de son cousin, plus enclin à user de son charme pour voir ses désirs satisfaits. Sa méchanceté présente devait cacher quelque chose.

« Loin de nous cette prétention, répliqua Cécilia. Mais nous savons tous que certaines maladies se propagent d'un patient à l'autre, c'est une évidence. »

Caris intervint : « Les médecins arabes croient qu'elles se transmettent en regardant les malades.

— Vraiment ? Mais c'est passionnant ! réagit Godwyn avec une ironie manifeste. Ceux d'entre nous qui ont passé sept années à étudier la médecine à l'université sont toujours enchantés de recevoir des leçons de jeunes religieuses à peine sorties du noviciat. »

Caris ne se laissa pas intimider. En vertu de quoi aurait-elle dû respecter un hypocrite et un menteur qui avait tout fait pour la condamner à mort ? Elle répliqua vertement : « Si vous ne croyez pas à la transmission des maladies, venez donc nous le prouver en dormant ce soir à l'hospice à côté de cent personnes atteintes de nausées et de diarrhées !

— Sœur Caris, ça suffit ! l'interrompit Cécilia. Pardonnez-la, père Godwin. Il n'était pas dans mes intentions de vous obliger à débattre avec une simple religieuse. Je voulais juste m'assurer que vous ne voyiez pas d'objection au terrain que j'ai choisi.

— De toute façon, vous ne pouvez pas le construire dans l'immédiat, dit Godwyn. Elfric est bien trop occupé avec le palais.

— Nous ne voulons pas d'Elfric comme bâtisseur, nous utiliserons Jimmie ! déclara Caris.

— Silence, Caris ! Sachez rester à votre place et n'interrompez plus ma conversation avec monseigneur le prieur ! »

Caris baissa la tête, comprenant qu'en ne réprimant pas sa fougue, elle causait de l'embarras à mère Cécilia qui ne pouvait plus mener la conversation à sa manière. « Veuillez m'excuser, mère prieure. »

Cécilia reprit : « La question n'est pas *quand* nous nous apprêtons à construire cet hospice, mais *où*.

— Je suis au regret de vous dire que je n'approuve pas cette décision, déclara Godwyn avec raideur.

— Où préférez-vous qu'il soit bâti ?

— Je ne pense pas que vous ayez besoin d'un nouvel hospice.

— Vous m'excuserez, mais c'est moi qui ai la charge du couvent ! répondit Cécilia sans ménagement. Vous n'êtes pas habilité à me dire ce que je dois faire d'un argent qui nous appartient. Je vous consulte uniquement sur le lieu où le bâtiment s'élèvera. Je suis sûr, ajouta-t-elle en regardant Lloyd, que l'archidiacre en conviendra avec moi.

— Il faut trouver un accord », répondit celui-ci sur un ton qui ne l'engageait en rien.

L'obstination de Godwyn déroutait Caris. De quoi s'inquiétait-il ? Il construisait son palais au nord de la cathédrale ; quelle importance pour lui que les religieuses construisent un nouveau bâtiment tout au sud du prieuré, dans un endroit où les moines ne venaient quasiment jamais ?

« Je vous répète que je n'approuve ni l'endroit ni l'idée de construire un nouvel hospice, insistait Godwyn. Le sujet est clos. »

Comprenant brusquement ce qui motivait l'entêtement de son cousin, Caris fut à ce point abasourdie qu'elle ne put retenir un cri : « Vous avez volé notre argent !

— Caris ! Je vous ai dit...

— Il a volé l'héritage de la pieuse femme de Thornbury ! répéta Caris d'un ton bien plus outragé que celui de la mère supérieure. D'où croyez-vous qu'il tire les fonds pour construire son palais ? Il nous empêche de bâtir cet hôpital parce qu'il sait que notre cassette est vide ! Que tout l'argent que nous conservions dans le trésor de la cathédrale s'est envolé ! »

Son indignation était telle qu'elle en aurait éclaté de fureur.

« Ne soyez pas ridicule ! » laissa tomber Godwyn.

Mais son ton était bien peu convaincant. Le fait de voir ses soupçons confirmés plongea Caris dans une rage pire encore. « Prouvez-le ! glapit-elle, avant de reprendre d'une voix plus posée : Allons de ce pas au trésor et ouvrons les cassettes. Vous ne pouvez pas vous y opposer, père prieur, n'est-ce pas ?

— Ce serait indigne ! déclara Philémon. Un prieur n'a pas à se soumettre à pareille exigence ! »

Mais Caris l'ignora. « Le coffret du couvent doit contenir cent cinquante livres en or !

— C'est hors de question ! répéta Godwyn.

— Très bien, dit Caris. Maintenant que j'ai porté cette accusation, les religieuses iront de toute façon vérifier le trésor. » Elle regarda la mère supérieure, qui acquiesça d'un signe de tête. « Si le père prieur préfère ne pas être présent à l'ouverture de notre cassette, l'archidiacre se fera sans doute un plaisir d'y assister en tant que témoin. »

Visiblement, Lloyd aurait préféré ne pas être mêlé à cette dispute, mais il lui était difficile de refuser de jouer le rôle d'arbitre, et il murmura : « Si ma présence peut servir les intérêts des deux parties, bien sûr… »

Caris était lancée. Soudain, toutes sortes de questions lui venaient à l'esprit : « Comment avez-vous fait pour ouvrir la serrure ? Je doute que Christophe le Forgeron, qui a fabriqué la serrure, vous ait remis un double des clefs. Il est trop honnête pour cela. Vous avez fait sauter la charnière ?… Ah, c'est donc ça ! dit-elle triomphalement en surprenant le coup d'œil involontaire de Godwyn au sous-prieur. C'est donc Philémon qui a fait sauter la charnière ! Le prieur n'a eu qu'à s'emparer de l'argent et à le remettre à Elfric ! »

Cécilia coupa court à sa tirade. « Trêve de spéculations, réglons le problème ! Nous allons tous nous rendre au trésor et ouvrir le coffret. Nous verrons bien ce qu'il en est. »

Et subitement Godwyn déclara : « Ce n'était pas du vol. »

Il y eut un silence sidéré, et tous les yeux se tournèrent vers lui.

« Donc, vous avouez ! s'enquit Cécilia.

— Ce n'était pas du vol, s'entêta Godwyn. Cet argent est utilisé pour le bien du prieuré, pour la gloire du Seigneur.

— Cela n'entre pas en ligne de compte, rétorqua Caris. Cet argent n'était pas le vôtre !

— C'est l'argent de Dieu ! affirma Godwyn avec obstination.

— Un argent légué au couvent, précisa mère Cécilia. Vous le savez. Vous avez vu le testament.

— Je n'ai entendu parler d'aucun testament.

— Bien sûr que si ! Je vous l'ai remis pour que vous en fassiez une copie…, lui rappela mère Cécilia, et sa voix se brisa.

— Je n'ai entendu parler d'aucun testament ! répéta Godwyn.

— Il l'a détruit ! s'exclama Caris. Il a prétendu qu'il en ferait une copie et rangerait l'original dans le coffre qui se trouve dans le trésor, mais il l'a détruit ! »

Cécilia dévisageait Godwyn, bouche bée. « J'aurais dû m'en douter, après vos manigances à l'encontre de Caris. Je n'aurais jamais dû vous faire confiance à nouveau. J'espérais que votre âme avait été sauvée ! Comme je me suis trompée !

— Heureusement que nous avons pensé à en faire une copie avant de vous remettre l'original ! inventa Caris, prise de court.

— Un faux, évidemment ! lâcha Godwyn.

— Si cet argent vous avait appartenu, vous n'auriez pas eu besoin de briser le coffret pour le prendre. Allons voir dans quel état est ce coffret, d'ailleurs. Cela réglera la question d'une façon ou d'une autre.

— Qu'une charnière ait été manipulée ne prouve pas qu'il y ait eu vol ! intervint Philémon.

— Ainsi donc, j'ai raison ! s'exclama Caris. D'où connaissez-vous l'état de la charnière ? En vérité, parce que vous l'avez vous-même sorti de sa cachette. Sœur Beth n'est pas allée au trésor depuis la dernière vérification et le coffret était alors en parfait état. »

Philémon, déconcerté, ne trouva rien à répondre.

Cécilia se tourna vers l'archidiacre : « En tant que représentant de l'évêque, il est de votre devoir d'exiger du prieur qu'il restitue au couvent la somme dérobée ! »

Lloyd semblait profondément ennuyé. « Vous reste-t-il un tant soit peu de cet d'argent pris dans le coffret ? » demanda-t-il à Godwyn.

Sa question ne fit qu'aiguiser davantage la fureur de Caris. « Lorsqu'on attrape un voleur, on ne s'inquiète pas de savoir s'il a ou n'a pas la possibilité de restituer le bien mal acquis !

— Plus de la moitié a déjà été dépensée pour le palais, dit Godwyn.

— La construction doit s'arrêter immédiatement ! lança Caris avec force. Les ouvriers doivent être débauchés aujourd'hui même, le bâtiment détruit et les matériaux vendus. Vous devez nous rendre ce que vous nous avez volé jusqu'au dernier penny et ce que vous ne pourrez pas nous rembourser en argent comptant, une fois le palais démoli, devra être rendu sous forme de terres ou autres possessions, qui deviendront alors propriété du couvent !

— Je m'y refuse absolument ! dit Godwyn.

— Archidiacre, je vous prie, faites votre devoir ! réitéra Cécilia à l'adresse de Lloyd. Vous ne pouvez pas permettre qu'un homme subordonné à l'autorité de l'évêque que vous représentez en vole un autre sous prétexte d'accomplir l'œuvre du Seigneur, ce à quoi la partie spoliée s'emploie également.

— Je ne saurais prendre sous mon bonnet de juger une dispute aussi grave que celle-ci. »

La faiblesse de Lloyd et son refus d'intervenir laissèrent Caris sans voix. L'abbesse protesta : « Pourtant, vous le devez ! »

L'archidiacre secoua la tête avec obstination. « Ces accusations de vol, de destruction de testament et de faux en écritures dépassent mes compétences. C'est à l'évêque en personne de juger !

— Mais l'évêque Richard est en route pour la France. Nul ne sait quand il en reviendra. Pendant ce temps-là, Godwyn dépense notre argent !

— Je ne peux rien y faire, je suis désolé, répéta Lloyd. Vous devez en appeler à l'évêque Richard.

— Très bien ! conclut Caris, et le ton de sa voix lui attira les regards de tous. Puisqu'il en est ainsi, il ne nous reste plus qu'une solution : aller trouver l'évêque ! »

46.

Au mois de juillet de l'an de grâce 1346, le roi Édouard III d'Angleterre regroupa à Portsmouth près de mille navires, la plus grande flotte jamais réunie à ce jour dans le pays pour envahir une terre étrangère. Des vents contraires retardèrent son départ et ce ne fut que le 11 juillet qu'elle prit la mer pour une destination inconnue.

Caris et Mair arrivèrent à Portsmouth deux jours plus tard, alors que l'évêque Richard venait juste de s'embarquer avec le roi. Elles décidèrent de suivre l'armée en France. Obtenir l'accord de mère Cécilia pour effectuer le voyage jusqu'à Portsmouth n'avait pas été chose facile, même s'il arrivait souvent à des religieuses de quitter leur couvent pour accomplir un pèlerinage ou pour se rendre à Londres, Cantorbéry ou même Rome régler des affaires concernant le couvent. Réunies en chapitre, les sœurs avaient émis des craintes, considérant que

Caris et Mair risquaient d'être confrontées à de grands dangers tant sur le plan moral que physique. Finalement, le désir de récupérer la somme dérobée les avait convaincues de les laisser partir.

Quant à traverser la Manche, il était à croire que les deux religieuses n'y auraient jamais été autorisées si cette question avait été soulevée au chapitre. Mais à Portsmouth, elles se trouvaient dans l'impossibilité de le solliciter et s'en réjouirent.

Cependant, elles ne furent pas en mesure de suivre l'armée immédiatement. Outre que la destination prise par les troupes était tenue secrète, toutes les embarcations capables de naviguer en haute mer avaient été réquisitionnées en vue de l'invasion. Caris et Mair, qui étaient descendues dans un couvent situé juste à l'extérieur de la ville, se virent donc obligées de ronger leur frein, dans l'attente d'informations plus précises.

Enfin, on sut que le roi et son armée avaient débarqué en Normandie, à Saint-Vaast-la-Hougue, près de Barfleur. On s'attendit à ce que les bateaux réquisitionnés reviennent. Ils ne le firent pas. Durant deux semaines, ils longèrent la côte normande en direction de l'est, suivant sur mer la progression des troupes sur la terre ferme jusqu'à Caen. Là, ils remplirent leurs cales du butin déjà raflé dans les riches cités normandes : bijoux, tissus de prix, plats d'or et d'argent. Ce n'est qu'alors qu'ils s'en retournèrent à Portsmouth.

L'un des premiers à entrer dans le port fut *La Grâce*, une solide embarcation à la poupe et à la proue arrondies servant au transport des marchandises. Elle avait pour capitaine un loup de mer au visage tanné comme le cuir qui avait nom Rollo et qui ne tarissait pas d'éloges sur le roi. Il avait été payé un prix modique pour son bateau et son équipage, mais il avait rapporté pour lui-même une bonne part de butin. « C'est la plus grande armée que j'aie vue de ma vie », s'exclamait-il avec admiration. À l'en croire, elle comptait quinze mille hommes au moins dont la moitié étaient des archers, et certainement cinq mille chevaux. « Je peux vous emmener jusqu'à Caen. Je puis vous dire en toute certitude qu'ils sont passés par cette ville. Là, vous aurez vite fait de repérer leurs traces. Les rattraper sera un jeu d'enfant. Quelle que soit la direction prise, ils n'ont pas plus d'une semaine d'avance sur vous. »

Caris et Mair débattirent d'un prix avec Rollo et embarquèrent sur *La Grâce* avec deux solides poneys, Blackie et Stamp. Ces montures devraient leur permettre de rattraper les troupes anglaises facilement, raisonna Caris. Elles ne seraient pas moins rapides que les chevaux de l'armée qui devaient s'arrêter à tout moment pour combattre.

Ils atteignirent la côte française et entrèrent dans l'estuaire de l'Orne tôt le matin. C'était par une belle journée du mois d'août. La brise transportait une déplaisante odeur de cendres froides. Observant la campagne des deux côtés de la rivière, Caris remarqua que les champs étaient noirs, comme si le feu avait ravagé les récoltes. « C'est une pratique courante, expliqua Rollo. L'armée brûle tout ce qu'elle ne peut emporter pour que l'ennemi n'en profite pas. » En arrivant au port de Caen, ils doublèrent plusieurs carcasses de bateaux incendiés, probablement pour la même raison.

« Personne ne sait rien des projets du roi, poursuivit encore Rollo. Il peut aussi bien prendre au sud et marcher sur Paris, que tourner vers le nord-est en direction de Calais pour effectuer sa jonction avec nos alliés flamands. Mais vous le suivrez facilement. Les champs calcinés vous serviront de repères. »

Quand elles débarquèrent, Rollo leur fit cadeau d'un jambon.

« Merci, mais nous avons du poisson séché et du fromage dans nos sacs de selle, dit Caris. Et nous avons de l'argent, nous pourrons acheter ce dont nous avons besoin.

— Prenez-le, insista le capitaine. Votre argent ne vous sera peut-être d'aucune utilité, s'il n'y a rien à acheter. Une armée, c'est comme une invasion de sauterelles : après son passage, il ne reste plus rien.

— C'est vraiment très gentil à vous. Au revoir.

— Priez pour moi, s'il vous plaît, ma sœur ! J'ai commis dans le temps pas mal de gros péchés. »

Caen, à l'instar de Kingsbridge, était une ville de plusieurs milliers d'âmes, composée de deux parties séparées par la rivière Odon et reliées par le pont Saint-Pierre : la vieille ville et la ville nouvelle. Près du pont, des pêcheurs vendaient leur prise. Caris s'enquit du prix d'une anguille. Elle eut du mal à comprendre la réponse. Le pêcheur s'exprimait dans un dialecte de français qu'elle n'avait jamais entendu. Quand elle réussit enfin à saisir ce qu'il disait, la somme réclamée la laissa pantoise. Visiblement, la nourriture manquait tellement qu'elle était plus chère que des joyaux. Elle en éprouva un élan de reconnaissance pour Rollo.

Caris et Mair avaient décidé de se faire passer pour des religieuses irlandaises en route pour Rome, mais à présent, alors qu'elles s'éloignaient de la rivière, elles se demandaient avec inquiétude si les gens d'ici devineraient à leur accent qu'elles étaient anglaises.

Elles ne croisèrent pas grand monde en chemin. Les portes brisées et les volets arrachés révélaient des maisons désertées. Il régnait un silence fantomatique. Nul vendeur des rues ne vantait sa marchandise, aucun enfant ne se querellait et les cloches de toutes les églises demeuraient muettes. À première vue, les enterrements étaient la seule tâche à laquelle s'adonnait la population. La bataille pour la ville s'était déroulée depuis plus d'une semaine, mais des hommes au visage sombre continuaient à extraire des corps des bâtiments et à les empiler sur des chariots. Manifestement, l'armée anglaise avait massacré hommes, femmes et enfants. Elles passèrent devant une église où un prêtre officiait devant une fosse commune. C'était un puits énorme creusé sur le parvis dans lequel les corps étaient jetés sans cercueil, sans même un linceul. La puanteur était intolérable.

Un homme bien vêtu s'inclina devant elles et leur demanda si elles avaient besoin d'aide. Ses manières de propriétaire laissaient supposer un citoyen important, désireux de s'assurer qu'aucun mal n'était fait à des religieuses. Caris déclina son offre. Elle nota cependant qu'il s'exprimait dans un français normand qui ne différait pas de celui que parlaient les nobles en Angleterre. Peut-être, se dit-elle, les classes inférieures ont-elles des dialectes qui varient d'une région à l'autre tandis que les dirigeants s'expriment de la même façon partout dans le monde et avec un accent similaire.

Elles partirent en direction de l'est, heureuses de laisser derrière elles ces rues hantées. La campagne était dans le même état d'abandon. Caris ne pouvait se défaire d'un amer goût de cendre dans la bouche. Des deux côtés de la route, champs et vergers avaient été incendiés. Toutes les deux ou trois lieues, elles traversaient des villages calcinés. Les paysans devaient s'être enfuis avant l'arrivée de l'armée ou avoir été tués dans la bataille, car il n'y avait quasiment aucun signe de vie, hormis les oiseaux, un cochon ou un poulet passés inaperçus des envahisseurs ou encore un chien, ici ou là, qui fouillait les décombres d'un air affolé, cherchant l'odeur de son maître au milieu des tisons refroidis.

Leur destination première était un couvent situé à une demi-journée de cheval de Caen. Elles avaient décidé, chaque fois que possible, de passer la nuit dans un couvent, un monastère ou un hospice, comme elles l'avaient fait entre Kingsbridge et Portsmouth. Elles connaissaient le nom de cinquante et une de ces institutions entre Caen et Paris. Si elles parvenaient à les rejoindre, elles n'auraient rien à dépenser pour leur couche et leur nourriture et seraient à l'abri des mauvaises rencontres.

À ces arguments mère Cécilia n'aurait pas manqué d'ajouter qu'elles seraient également à l'abri des tentations de la chair, telles que la boisson et la compagnie des hommes. Malgré son discernement, la mère abbesse n'avait pas senti qu'il planait entre Caris et Mair une autre forme de tentation. C'était d'ailleurs la raison pour laquelle Caris avait tout d'abord refusé que Mair l'accompagne. Décidée à effectuer le voyage à bride abattue, elle ne voulait pas voir sa mission retardée par des relations d'ordre passionnel, qu'elle s'y livre ou pas. Cela dit, il lui fallait à ses côtés une personne courageuse et pleine de ressources et, de toutes les religieuses de couvent, Mair était la seule à ne pas craindre de se lancer dans une telle équipée. À présent qu'elle était en terre de France, Caris se félicitait de son choix.

Elle avait eu l'intention d'avoir une conversation franche avec Mair avant de prendre le départ, de lui dire qu'il ne devait y avoir aucune affection physique entre elles pendant le voyage. En effet, cela pourrait leur créer des ennuis considérables, si elles étaient vues s'adonnant à ces pratiques. Hélas, l'occasion d'évoquer le sujet ne s'était pas présentée et maintenant qu'elles voyageaient en France sans en avoir débattu, cette question non résolue les suivait dans leur épopée, telle une troisième compagne chevauchant un destrier muet.

Elles s'arrêtèrent à midi au bord d'un cours d'eau à l'orée d'un bois, devant une étendue d'herbe miraculeusement intacte où leurs montures trouvèrent à brouter. Caris sortit le jambon de Rollo et entreprit d'en couper des tranches. Mair déballa une miche de pain rassis dont elle s'était munie à Portsmouth. Elles burent à la source. L'eau avait un goût de cendre.

Réprimant son impatience, Caris décida de laisser les chevaux se reposer pendant les heures chaudes de la journée. Au moment de partir, elle découvrit avec ébahissement qu'elles étaient observées. Elle s'immobilisa, le couteau dans une main, le jambon dans l'autre.

« Qu'y a-t-il ? » s'inquiéta Mair. Suivant le regard de Caris, elle comprit.

Deux hommes se tenaient à quelques pas d'elles, à l'ombre des arbres, et les observaient. Ils avaient l'air jeunes, mais c'était difficile à dire car ils avaient le visage noir de suie et des habits crasseux.

Au bout d'un moment, Caris s'adressa à eux en français normand. « Dieu vous bénisse, mes enfants ! »

Ils ne répondirent pas. Ils devaient hésiter sur la conduite à tenir. Voler ? Violer ? Il y avait en eux quelque chose de sauvage.

Elle se força à réfléchir calmement. Quelles que soient leurs intentions, ils devaient avoir faim. « Vite, lança-t-elle à Mair, donnez-moi des tranches de ce pain ! »

Mair obtempéra, coupant des tranches épaisses, tandis que Caris faisait de même avec le jambon. Ayant posé le jambon sur le pain, elle dit à Mair d'aller le leur porter.

Celle-ci traversa l'étendue d'herbe d'un pas ferme malgré sa terreur et offrit la nourriture aux deux hommes. Ils la lui arrachèrent des mains et mangèrent avidement. Caris remercia sa bonne étoile.

Remisant rapidement le jambon dans le sac de selle de Blackie et le couteau dans sa ceinture, elle enfourcha son cheval. Du haut de sa monture, elle se sentit plus rassurée. Mair l'imita dès qu'elle eut rangé le pain dans le bagage de Stamp.

Le plus grand des deux hommes s'avança vers elles d'un pas vif. Caris n'eut pas le temps d'éperonner Blackie. L'homme avait saisi la bride.

« Je vous remercie, dit-il avec ce fort accent du cru.

— Remerciez Dieu plutôt, car il m'a envoyée pour vous venir en aide. Il vous regarde, il voit tout ce que vous faites.

— Vous avez encore de la viande dans votre sac ?

— Dieu me dira à qui la donner. »

Il y eut une pause, comme si l'homme ruminait le sens de cette phrase. Puis il ajouta : « Donnez-moi votre bénédiction. »

L'idée de tendre son bras dans le geste traditionnel de la bénédiction inquiétait Caris, car sa main serait alors trop éloignée du couteau pendu à sa ceinture. Oh, ce n'était pas une arme, simplement un de ces ustensiles dont on se servait pour manger et que tout un chacun portait sur soi, homme ou femme. Mais sa courte lame était suffisante pour taillader le dos de la main de cet homme et l'obliger à lâcher la bride. Saisie d'une inspiration, elle déclara : « Mettez-vous à genoux ! »

L'homme marqua une hésitation.

« Vous devez vous agenouiller si vous voulez recevoir ma bénédiction ! » précisa-t-elle en élevant légèrement le ton.

L'homme se mit à genoux, tenant toujours sa nourriture dans sa main. Caris releva les yeux sur son compagnon qui finit par s'agenouiller lui aussi.

Elle les bénit tous les deux, puis donna un petit coup de talons à Blackie qui s'éloigna au trot. Un moment plus tard, elle se retourna. Mair la serrait de près. Les deux hommes affamés s'étaient relevés et les regardaient fixement.

Caris repensa à cette scène avec anxiété au cours de l'après-midi, tandis qu'elle parcourait à cheval des lieux dévastés sous un soleil radieux qui brillait comme les feux de l'enfer. Çà et là, des tourbillons de fumée s'élevaient d'un bois ou d'une grange en ruine. La campagne n'était pas complètement désertée, comme elle s'en rendit compte peu à peu. Là, une femme enceinte ramassait des haricots dans un champ qui avait échappé aux torches anglaises ; ici, deux enfants au regard épouvanté scrutaient les environs, derrière les pierres noircies d'un manoir ; par endroits, elle entrevoyait à la lisière des bois des hommes se déplaçant en groupe avec une détermination de bêtes sauvages. Ces hommes, surtout, l'inquiétaient. Ils semblaient affamés et la faim était un puissant pousse-au-crime. Ne ferait-elle pas mieux de se préoccuper de leur propre sécurité au lieu de songer seulement à réduire la distance qui les séparait encore de l'évêque ?

Pour l'heure, il s'agissait de trouver le chemin du couvent où elle avait projeté de passer la nuit et la tâche s'avérait plus difficile que prévu. Elle n'avait pas imaginé que l'armée anglaise laisserait un tel saccage derrière elle. Elle avait pensé pouvoir demander sa route aux paysans. En temps normal, déjà, il n'était pas toujours aisé d'obtenir des renseignements précis de la part de personnes qui n'avaient pas dépassé la ville où se tenait le marché le plus proche de chez eux. Dans les circonstances actuelles, ses interlocuteurs terrifiés risquaient d'être volontairement évasifs, voire dangereux.

Elle savait d'après le soleil qu'elle se dirigeait vers l'est. Aux profondes ornières et aux traces de roues dans la boue desséchée, elle estimait se trouver sur la grand-route. Le village qu'elle comptait atteindre ce soir s'appelait L'Hospice-des-Sœurs en raison du couvent qui s'élevait en son centre. Mais les ombres s'allongeaient devant elle et elle cherchait avec une angoisse grandissante quelqu'un auprès de qui se renseigner.

Malheureusement, les enfants se sauvaient à leur approche, terrifiés. Quant à interroger ces hommes affamés, Caris ne jugeait pas la situation assez désespérée pour s'y risquer. Elle espérait toujours tomber sur une femme. Hélas, n'en voyant aucune à l'horizon, elle en venait à se représenter le triste destin qui avait peut-être été le leur si elles étaient tombées aux mains de soldats anglais en maraude. De temps à autre, elle apercevait au loin une silhouette solitaire glanant dans un champ les cosses qui avaient réchappé à l'incendie, mais elle craignait trop de s'éloigner de la route.

Enfin, elles découvrirent une vieille femme ridée assise sous un pommier à côté d'une solide maison de pierre. Elle mangeait de petites pommes tombées de l'arbre bien avant d'être mûres. Elle semblait terrorisée. Caris descendit de sa monture afin de lui paraître moins intimidante. La vieille femme essaya de cacher son pauvre repas dans les plis de sa robe. Visiblement, elle n'avait plus la force de s'enfuir.

Caris s'adressa à elle poliment : « Bonsoir, la mère. Est-ce que cette route conduit bien à L'Hospice-des-Sœurs, s'il vous plaît ? »

La vieille parut reprendre ses esprits. Elle tendit le doigt dans la direction que suivaient les religieuses et répondit de manière intelligible : « C'est à travers les bois et de l'autre côté de la colline. »

Elle n'avait plus de dents. Grignoter une pomme verte dans ces conditions ne devait pas être facile, pensa Caris avec compassion. Tout haut, elle demanda : « C'est encore loin ?

— Oh, c'est une longue route. »

À son âge, toutes les distances devaient être longues, se dit encore Caris. « Est-ce que nous pourrons y être avant la nuit ?

— À cheval, oui.

— Merci, la mère.

— J'avais une fille, ajouta la vieille femme. Et deux petits-fils. L'un de quatorze ans, l'autre de seize. De gentils garçons.

— Je suis bien désolée d'entendre ça…

— Ah, ces Anglais ! s'exclama la vieille femme. Puissent-ils tous brûler en enfer ! »

À l'évidence, il ne lui était pas venu à l'esprit que Caris et Mair puissent être anglaises. Cette constatation effaçait déjà une inquiétude : être prises pour des étrangères.

« Comment s'appelaient vos garçons, la mère ?

— Gilles et Jean.

— Je prierai pour le repos de leur âme.

— Avez-vous du pain ? »

Caris scruta les environs pour s'assurer qu'il n'y avait personne alentour prêt à bondir sur elle. Puis, d'un hochement de la tête, elle signifia à Mair de sortir la miche de pain de son sac de selle.

Elle la tendit à la femme, qui la lui arracha des mains et se mit à la ronger de sa bouche édentée.

Caris et Mair reprirent leur chemin.

Mair déclara : « Si nous continuons à offrir notre nourriture à tout le monde, nous allons mourir de faim !

— Je sais, répondit Caris, mais comment refuser ?

— Et mortes, comment accomplirons-nous notre mission ?

— Nous sommes des religieuses ! réagit Caris sèchement. Nous devons aider ceux qui sont dans le besoin et laisser à Dieu le soin de décider l'heure de notre mort !

— Je ne vous ai jamais entendue parler comme ça auparavant, s'étonna Mair, quelque peu décontenancée.

— Mon père détestait les gens qui font des leçons de morale. Nous sommes tous très bons lorsque cela nous arrange, disait-il souvent. C'est quand nous sommes sur le point de commettre une mauvaise action que nous avons besoin de règles, quand nous sommes sur le point de faire fortune grâce à une malhonnêteté, quand nous baisons les douces lèvres de la femme du voisin ou quand nous disons un mensonge pour nous sortir d'un mauvais pas. L'intégrité est comme une épée, assenait-il encore. Il ne faut la brandir que si l'on est déterminé à s'en servir. Non pas qu'il ait été un spécialiste en matière de chevalerie. »

Mair garda le silence.

Réfléchissait-elle à ses propos ? Préférait-elle laisser tomber la discussion ? Caris n'aurait su le dire. Pour sa part, le fait d'évoquer son père lui avait rappelé, comme toujours, combien il lui manquait. Devenu la pierre angulaire de sa vie à la mort de sa mère, il avait été présent à ses côtés chaque fois qu'elle avait eu besoin de réconfort et de compréhension, d'un conseil avisé ou d'un simple renseignement. Il savait tant de choses sur le monde ! À présent, elle n'avait personne auprès de qui se tourner quand elle recherchait un soutien.

Elles traversèrent un bois et escaladèrent la colline dont leur avait parlé la vieille femme. À leurs pieds, au creux de la vallée, s'étendait un village incendié identique à tous les autres, sinon que s'y élevait au centre un groupe de bâtiments en pierre qui pouvait être un petit couvent.

« Dieu soit loué ! s'exclama Caris. C'est sûrement L'Hospice-des-Sœurs ! » Tout en descendant la colline, elle se surprit à attendre avec impatience le moment d'accomplir le rite du lavage des mains, du repas pris en silence, du coucher dès la nuit tombée et même des matines célébrées dans la quiétude du demi-sommeil à trois heures du matin. Oui, elle s'était habituée à la vie du couvent. Après les horreurs découvertes aujourd'hui, ces murs gris lui apparaissaient comme un havre de paix et de sécurité. Elle piqua des talons pour obliger Blackie à prendre le trot.

L'endroit, pourtant, semblait figé dans une immobilité inhabituelle. Caris voulut se rassurer : le couvent était petit, somme toute, et situé dans un village isolé. Elle ne pouvait s'attendre à y découvrir l'agitation et l'activité qui régnaient à Kingsbridge. Cependant, à cette heure du jour où l'on préparait le souper, de la fumée aurait dû s'échapper de la cheminée. D'autres signes sinistres vinrent étayer ses craintes à mesure qu'elle se rapprochait du village. L'édifice le plus proche avait perdu son toit ; les fenêtres, privées de volets ou de vitres, ressemblaient à des trous béants. Certains murs étaient couverts de suie. Et il régnait un silence absolu. Pas un son, pas un tintement de cloche, pas un cri de palefrenier ou de fille de cuisine. Les lieux avaient été abandonnés.

Caris en prit conscience en pénétrant dans la cour du couvent. Le découragement la saisit. Ici, comme dans le reste du village, tout avait été ravagé par un incendie. Les murs, en pierre pour la plupart, tenaient encore debout, mais les charpentes s'étaient effondrées ; tout ce qui était en bois, portes et ornements, avait brûlé et les vitres avaient explosé sous l'effet de la chaleur.

« Ils ont mis le feu à un couvent ? s'exclama Maïr, sidérée.

— Qu'on n'évoque plus devant moi l'esprit chevaleresque ! » renchérit Caris, tout aussi ébahie. Elle avait toujours cru que les armées d'envahisseurs laissaient intacts les bâtiments religieux. C'était une règle de fer, disait-on. Un chef d'armée mettait à mort tout soldat qui violait un édifice sacré. Elle n'avait jamais remis ce discours en question.

Les deux religieuses descendirent de cheval. D'un pas précautionneux, elles s'avancèrent parmi les poutres noircies et les pierres roussies jusqu'au quartier des domestiques.

Arrivée à la porte de la cuisine, Maïr poussa un cri perçant : « Oh, Seigneur ! Qu'est-ce que c'est ?

— Une religieuse décédée », répondit Caris avant même d'apercevoir le cadavre dévêtu qui gisait sur le sol.

Et de fait, cette tête aux cheveux coupés était bien celle d'une nonne. Curieusement, le feu l'avait épargnée. En revanche, des oiseaux avaient picoré ses yeux et des prédateurs dévoré une partie du visage. Cette femme était sans doute morte depuis une semaine.

Ses seins aussi avaient disparu, tranchés par la lame d'un couteau.

« Et ce sont les Anglais qui ont fait ça ? s'exclama Maïr, saisie de stupéfaction.

— Assurément, ce ne sont pas les Français !

— Mais il y a des étrangers parmi nos combattants, n'est-ce pas ? Des Germains, des hommes de Cornouailles. Peut-être que ce sont eux !

— Ils sont tous sous les ordres de notre roi, prononça Caris sur le ton d'une terrible condamnation. C'est lui qui les a fait venir ici. Il est responsable de leurs actes. »

Elles restaient là, les yeux fixés sur cette vision d'horreur, quand soudain une souris s'échappa de la bouche du cadavre. Mair se détourna en hurlant.

Caris la serra dans ses bras. « Calmez-vous, dit-elle en lui frottant le dos pour la réconforter. Allez, venez. Partons d'ici ! »

Elles revinrent à leurs chevaux. Caris réprima l'envie d'enterrer la religieuse. Elles n'en auraient pas le temps, elles seraient surprises par la nuit. Mais où aller ? Où trouver refuge ? Le soleil se couchait rapidement.

« Retournons auprès de la vieille femme sous le pommier, décida Caris. Sa maison était la seule à tenir encore debout, de toutes celles que nous avons vues depuis Caen. En poussant les chevaux nous serons rendues avant qu'il ne fasse nuit noire. »

Elles forcèrent leurs montures à prendre une allure soutenue. Devant elles, le soleil ne tarda pas à se cacher derrière l'horizon. Quand elles arrivèrent à la maison près du pommier, le monde était noyé dans l'obscurité.

La vieille femme, qui s'appelait Jeanne, les accueillit avec bonheur, espérant partager leur nourriture. Ce qu'elles firent bien entendu, dans le noir complet. Il n'y avait pas de feu dans l'âtre, mais le temps était doux, et les trois femmes s'enroulèrent côte à côte dans des couvertures. Caris et Mair serrèrent contre elles les sacs de selle contenant leurs réserves.

Caris resta un moment les yeux ouverts. Elle était heureuse d'avoir finalement pu entreprendre ce voyage, après tout le temps perdu à Portsmouth. Elle avait bien progressé au cours de ces deux jours. L'évêque Richard forcerait le prieur à rembourser l'argent qu'il s'était approprié, elle en était certaine. Le tout était de parvenir jusqu'à lui. Richard n'était pas un modèle d'intégrité, mais il avait l'esprit ouvert et, à sa manière, il était juste. Une manière qu'on pouvait qualifier de nonchalante. Lors de son procès en sorcellerie, il n'avait pas pris systématiquement le parti de Godwyn. Caris était convaincue qu'il lui remettrait une lettre ordonnant à Godwyn de rembourser le couvent sur la vente de biens appartenant au prieuré. De toute façon, elle ferait tout ce qui était en son pouvoir en vue de le convaincre d'agir en ce sens.

Pour l'heure, elle s'inquiétait pour sa sécurité et celle de Mair. L'idée que les soldats ne touchaient jamais aux religieuses s'était révélée fausse, elle avait pu s'en convaincre à L'Hospice-des-Sœurs. Il leur fallait un déguisement.

Quand elle se réveilla, au point du jour, elle demanda à Jeanne : « Avez-vous conservé les habits de vos petits-fils ?

— Prenez ce que vous voulez, dit la vieille femme en ouvrant une commode. Je n'ai personne à qui les offrir. » Sur ces mots, elle se saisit d'une cruche et partit tirer de l'eau.

Caris entreprit de trier les vêtements rangés dans les tiroirs. La vieille femme ne réclama rien en échange. Tant de gens étaient morts que les vêtements n'avaient plus aucune valeur monétaire.

« Que faites-vous ? s'enquit Mair.

— C'est dangereux de nous promener en habit de religieuses, expliqua Caris. Transformons-nous en pages au service d'un Breton de petite noblesse, Pierre, sieur de Longchamp, par exemple. Pierre est un prénom courant et il doit y avoir un bon nombre de lieux qui s'appellent Longchamp. Notre maître a été capturé par les Anglais, et notre maîtresse nous envoie pour le retrouver et payer sa rançon.

— Bien ! s'exclama Mair avec ardeur.

— Gilles et Jean avaient quatorze et seize ans. Avec un peu de chance, leurs habits nous iront. »

Caris se choisit une tunique, un haut-de-chausses et une cape à capuchon, le tout en laine vierge écrue. Mair se trouva une tenue similaire, de couleur verte, avec des manches courtes et une chemise. D'ordinaire, les femmes ne portaient pas de caleçons, contrairement aux hommes. Par bonheur, Jeanne avait lavé avec amour les dessous de ses proches décédés. Quant aux chaussures, Caris et Mair pouvaient conserver les leurs – de commodes souliers de marche dont l'aspect ne différait guère de ceux portés par les hommes.

Elles retirèrent leur robe de religieuse. Caris, qui n'avait jamais vu Mair nue, ne put résister à la tentation de jeter un coup d'œil. Sa beauté la laissa sans voix. Sa peau avait un éclat de perle rose. Sa poitrine, généreuse, avait des tétons pâles de petite fille, et son mont de Vénus s'ornait d'une luxuriante toison de poils blonds.

Consciente de ne pas être aussi belle, Caris se détourna pour enfiler vivement sa tunique par-dessus sa tête. La coupe en était identique à celle d'une robe de femme, sauf qu'elle s'arrêtait aux genoux au lieu de descendre jusqu'aux chevilles. Elle mit ensuite les caleçons et le haut-de-chausses, puis enfila ses chaussures et boucla le ceinturon autour de sa taille.

« Comment suis-je ? » lança Mair.

Caris l'étudia. Elle avait posé une casquette de garçon en biais sur ses cheveux blonds coupés court et souriait avec bonheur.

« Tu as l'air si heureuse ! s'exclama Caris, surprise.

— J'ai toujours aimé les habits de garçon, répondit Mair et elle se mit à arpenter la pièce. C'est ainsi qu'ils marchent, ajouta-t-elle. Il faut toujours qu'ils prennent plus de place qu'ils n'en ont besoin. »

Son imitation était si réussie que Caris éclata de rire. Mais bientôt, elle se figea, frappée par une idée : « Est-ce que nous allons devoir pisser debout ?

— Moi je sais, mais pas avec des caleçons. »

Caris pouffa. « Difficile d'utiliser les braguettes. Une bourrasque inattendue pourrait déjouer… nos prétentions. »

Mair rit. Puis elle se mit à fixer Caris d'une manière étrange, mais qui ne lui était pas complètement inconnue, en faisant remonter ses yeux de bas en haut jusqu'à rencontrer son regard.

« Qu'est-ce que tu fais ?

— C'est comme ça que les hommes regardent les femmes. Comme s'ils nous possédaient. Mais attention, si vous regardez un homme de cette façon, il devient agressif !

— Ce n'est peut-être pas une bonne idée de nous déguiser…

— Vous êtes trop belle, dit Mair. Il faut vous salir. » Elle alla à la cheminée et frotta sa main contre la suie. Puis elle revint vers Caris et lui barbouilla le visage. Le contact de ses mains sur ses joues fit à celle-ci l'effet d'une caresse. Je n'ai pas un beau visage, pensa Caris par-devers elle. En tout cas, personne ne me l'a jamais dit, sauf Merthin bien sûr…

« J'en ai trop mis ! constata Mair au bout d'une minute et elle essuya la suie de son autre main. Là, c'est mieux. »

Elle salit également les mains de Caris puis, se plaçant bien en face d'elle, elle lui dit : « À mon tour maintenant ! »

Caris répandit une ombre légère sur la mâchoire et la gorge de Mair, s'attachant à imiter une barbe naissante. Il y avait quelque chose de très intime à caresser délicatement le visage de quelqu'un tout en l'observant attentivement. Elle noircit également le front et les joues de sa compagne. À présent, Mair n'avait plus rien d'une femme. Elle ressemblait à un joli garçon. Elles s'étudièrent l'une l'autre. Un sourire recourbait les lèvres rouges de Mair. Caris eut soudain le pressentiment qu'un événement très important était sur le point de se produire.

Une voix effrayée retentit : « Où sont passées les religieuses ? » Elles se retournèrent toutes deux d'un air coupable. Jeanne se tenait sur le seuil, un lourd seau d'eau au bout du bras. « Que leur avez-vous fait ? »

Ce ne fut qu'en entendant Caris et Mair éclater de rire que Jeanne les reconnut. « Que vous êtes changées ! »

Elles burent de l'eau et Caris partagea en trois ce qui restait du poisson fumé. C'était un bon signe que Jeanne ne les ait pas reconnues. En s'y prenant bien, peut-être parviendraient-elles à passer vraiment pour des garçons.

Elles firent leurs adieux à la vieille et reprirent la route. Au moment où elles arrivaient au sommet de la colline qui dominait L'Hospice-des-Sœurs, les rayons du soleil levant illuminèrent de rouge le couvent. On aurait pu croire que les ruines brûlaient toujours. Caris et Mair traversèrent le village au trot en s'efforçant de ne pas penser à la religieuse mutilée abandonnée dans les décombres.

Puis le soleil apparut dans le ciel et elles furent inondées de lumière.

47.

Le mardi 22 août, l'armée anglaise poursuivait toujours sa fulgurante progression.

Ralph Fitzgerald y participait avec ébahissement. Les régiments avaient traversé la Normandie d'ouest en est à la vitesse de l'éclair sans rencontrer la moindre résistance, brûlant et pillant tout sur leur passage. Il était dans son élément. Dans sa marche, un soldat pouvait s'emparer de tout ce sur quoi ses yeux se posaient – nourriture, bijoux, femmes – et tuer quiconque s'opposait à lui. C'était ça, la vie ! La vie telle qu'elle devait être !

Le roi Édouard III avait tout pour lui plaire. Il adorait se battre. Quand il n'était pas en train de guerroyer quelque part, il passait la plus grande partie de son temps à mettre en place des tournois compliqués ou de fausses batailles entre armées de chevaliers portant des uniformes spécialement taillés pour ce divertissement fort onéreux. À la guerre, Ralph n'hésitait pas à risquer sa vie. Il n'était pas comme ces marchands de Kingsbridge qui s'arrêtaient à tout moment pour évaluer les dangers et les avantages, non ! Il était toujours prêt à lancer une attaque ou piller. Les comtes et les chevaliers de plus haut rang se plaignaient de sa brutalité et s'étaient élevés contre sa pratique, à Caen, de violer les femmes systématiquement. Mais le roi n'en avait cure. Apprenant que des habitants de la ville avaient jeté des pierres aux soldats qui mettaient à sac leurs maisons, il avait ordonné de tuer la population tout entière et n'était revenu sur sa décision qu'après les vigoureuses protestations de plusieurs seigneurs, dont Godefroy de Harcourt.

Arrivés près de la Seine, la situation s'était inversée. À Rouen, le pont avait été détruit. Quant à la ville sise sur l'autre rive, elle était protégée par des fortifications et le roi de France Philippe VI s'y trouvait en personne, lui aussi à la tête d'une puissante armée.

Les Anglais remontèrent la rivière à la recherche d'un gué. Mais Philippe VI était passé par là avant eux, et les ponts qui n'étaient pas en ruine étaient défendus par des détachements impressionnants. Ils parvinrent néanmoins jusqu'à Poissy, à moins de dix lieues de Paris, et Ralph se dit qu'ils allaient attaquer la capitale. Des guerriers expérimentés lui rétorquèrent en secouant sagement la tête que c'était impossible. Paris était une ville de cinquante mille âmes. La population, informée du saccage de Caen, se battrait jusqu'à la mort, sachant qu'elle n'avait aucune pitié à attendre de l'ennemi.

Si le roi n'avait pas l'intention d'attaquer Paris, quel était donc son plan ? se demandait Ralph. Personne n'en avait la moindre idée et il pensait encore que son roi n'avait qu'un seul projet : tout réduire en cendres.

La ville de Poissy avait été évacuée. Les ingénieurs anglais réussirent à reconstruire le pont pendant que l'armée soutenait une attaque des Français, et les envahisseurs purent enfin traverser la rivière.

Il devint alors évident que le roi de France avait réuni des troupes bien plus nombreuses que celles du roi d'Angleterre. Édouard III décida de foncer vers le nord pour rejoindre les forces anglo-flamandes qui envahissaient le pays à partir du nord-est.

Le roi Philippe lui donna la chasse.

Les Anglais avaient établi leur camp au sud d'une autre grande rivière, la Somme. D'après les patrouilles de reconnaissance, les Français avaient repris la stratégie utilisée en Normandie : tous les ponts, semblait-il, avaient été détruits et toutes les villes en bordure de la rivière étaient pourvues de fortifications solides. Un détachement anglais apporta une nouvelle sinistre : ils avaient vu flotter sur l'autre rive l'étendard du plus fameux et du plus effrayant de tous les alliés du roi de France, celui de Jean l'Aveugle, roi de Bohême.

Édouard avait quitté l'Angleterre à la tête d'une armée de quinze mille hommes. En six semaines de campagne, bon nombre d'entre eux avaient trouvé la mort ou étaient repartis chez eux, leurs sacs de selle bourrés d'or. L'armée ne devait plus compter qu'une dizaine de milliers d'hommes, estimait Ralph, et les rapports des espions laissaient entendre qu'à Amiens, à quelques lieues en amont, Philippe VI avait maintenant soixante mille fantassins et douze mille chevaliers montés, ce qui représentait un avantage en nombre désespérant. Ralph connut alors une inquiétude qu'il n'avait encore jamais ressentie depuis qu'il avait posé le pied en Normandie. Les Anglais étaient dans un grand embarras.

Le lendemain, ils suivirent la Somme en aval en direction d'Abbeville, dernier pont avant l'estuaire. Mais la ville était imprenable, comme ils purent s'en convaincre. Au fil des ans, les bourgeois avaient entouré leur cité de remparts colossaux sans lésiner sur les dépenses ; ils étaient à ce point convaincus de leur supériorité qu'ils envoyèrent une grosse troupe de chevaliers attaquer l'avant-garde de l'armée anglaise. L'escarmouche fut féroce et les Français se retirèrent à l'intérieur de leur forteresse.

Philippe VI quitta Amiens et remonta vers le nord, emprisonnant Édouard tout au bout de la pointe d'un triangle. Sur leur flanc droit, les Anglais avaient l'estuaire ; sur leur flanc gauche, la mer ; et, derrière eux, une armée française qui ne rêvait que de répandre le sang de ces envahisseurs barbares.

Cet après-midi-là, le comte Roland s'en vint trouver Ralph.

Celui-ci se battait dans son escadron depuis sept ans et le suzerain ne le considérait plus comme un réchappé de la potence. S'il ne semblait pas le porter dans son cœur, il avait sans aucun doute du respect pour sa bravoure et recourait toujours à son détachement quand il s'agissait de renforcer une faiblesse dans la ligne de front, d'effectuer une sortie ou d'organiser une razzia.

Ralph avait perdu trois doigts de la main gauche, et il boitait quand il était fatigué, séquelle d'une blessure reçue sous les remparts de Nantes en 1342 lorsqu'un Français lui avait transpercé le tibia de son pieu. Malgré sa vaillance, le roi ne lui avait toujours pas accordé le titre de chevalier. Cette omission lui causait d'autant plus d'amertume qu'à l'instar de son père, il se battait pour l'honneur, et non pour la fortune. La majeure partie du butin qu'il avait amassé se trouvait à Londres, confié à la bonne garde d'un orfèvre, mais cela ne suffisait pas à satisfaire ses ambitions. Il ne s'était pas élevé d'une seule marche sur l'échelle de la noblesse. Et son père, lorsqu'il l'apprendrait, en serait aussi marri que lui.

À l'arrivée de Roland, Ralph était assis dans un champ de blé mûr tellement piétiné par l'armée qu'il ne restait pas un épi debout. En compagnie d'Alan Fougère et d'une demi-douzaine de camarades, il était en train de manger un maigre dîner composé d'une soupe aux pois et d'oignons. Les vivres s'épuisaient. Les hommes ne recevaient plus aucune ration de viande. Exténués par ces marches constantes et par le spectacle des ponts détruits et des forteresses invincibles, ils avaient le moral au plus bas. Que se passerait-il lorsque l'armée française les aurait rattrapés ?

À présent, Roland était un vieil homme aux cheveux et à la barbe gris. Cependant, il se tenait toujours droit et n'avait rien perdu de son autorité. Il avait appris à conserver un masque impassible de sorte que l'on remarquait à peine que le côté gauche de son visage était paralysé. Il dit : « L'estuaire de la Somme est soumis au mouvement des marées. Quand la mer est basse, il y a, par endroits, des poches d'eau profonde. De plus, le lit de la rivière est recouvert d'une boue épaisse qui rend sa traversée impossible.

— Autrement dit, nous sommes coincés ici, soupira Ralph, tout en comprenant que le comte n'était pas venu jusqu'à lui dans le seul but de lui apprendre de mauvaises nouvelles.

— Il devrait y avoir un gué, poursuivait Roland, à un endroit où le fond est plus ferme. Si c'est le cas, les Français le sauront.

— Vous voulez que je découvre où il se trouve ?

— Le plus rapidement possible. Il y a des prisonniers dans le champ voisin. »

Ralph secoua la tête. « Ces soldats peuvent venir de n'importe où en France, ou même d'un autre pays. Ce sont les gens du cru qu'il faut questionner.

— Peu m'importe qui tu interroges. Mais je veux qu'avant la nuit, tu te sois rendu à la tente du roi avec la réponse ! » Sur ces mots, Roland tourna les talons.

Ralph finit son bol de soupe et se mit sur ses pieds, heureux de se voir confier une tâche périlleuse. « En selle, les gars ! » cria-t-il.

Il avait toujours la même monture. Miraculeusement, Griff avait survécu à sept années de guerre. Plus petit qu'un cheval de bataille, il avait plus de courage que les énormes destriers des chevaliers. Il était désormais habitué à la guerre et, sur le champ de bataille, le tintement de ses sabots ferrés était pour son cavalier aussi précieux qu'une arme supplémentaire. Ralph l'aimait plus qu'aucun de ses compagnons. En fait, le seul être vivant pour qui il éprouvait de l'affection était son frère, mais il ne l'avait pas vu depuis sept ans et ne le reverrait peut-être jamais puisque Merthin était parti pour Florence.

Ils s'élancèrent vers l'estuaire, au nord-est. Tout paysan vivant à une demi-journée de marche de la rivière saurait forcément s'il existait un gué. Les habitants de la région devaient s'en servir constamment pour se rendre à la ville vendre leurs produits, assister à un mariage, à un enterrement ou à une grande fête religieuse. À l'évidence, ils ne seraient guère disposés à livrer cette information à l'envahisseur anglais, mais Ralph savait comment les y inciter.

Ils pénétrèrent dans une région qui n'avait pas encore souffert de l'arrivée de milliers d'hommes. Des moutons paissaient dans les pâtures et le blé ondulait sous le vent. Ils arrivèrent à un village d'où l'on apercevait au loin l'estuaire. Éperonnant leurs montures, ils les lancèrent au petit galop le long du chemin herbeux qui menait au hameau. Les petites huttes d'une ou deux pièces évoquèrent à Ralph son village de Wigleigh. Comme il s'y attendait, les paysans s'enfuirent à leur vue dans toutes les directions, les femmes portant leurs bébés, les enfants et les hommes lestés pour la plupart d'une hache ou d'une faucille.

Pour Ralph et ses compagnons éclaireurs, cette scène était des plus habituelles; ils l'avaient jouée vingt ou trente fois déjà au cours des dernières semaines, le plus souvent pour apprendre où les paysans avaient caché vivres et bétail. Généralement, les animaux et les moutons avaient été conduits dans les bois, les sacs de farine enterrés et le fourrage dissimulé dans le clocher. Ils avaient beau savoir qu'ils se condamnaient à la famine en révélant leur cachette, ils finissaient tôt ou tard par livrer l'information. En d'autres occasions, lorsqu'il s'agissait pour les chefs d'armée de trouver quel chemin suivre pour atteindre une grande ville, un pont stratégique ou une abbaye fortifiée, les paysans répondaient d'ordinaire sans hésiter. Mais encore fallait-il s'assurer qu'ils disaient bien la vérité, car les plus hardis d'entre eux pouvaient vouloir tromper l'envahisseur, certains de leur impunité, car les soldats ne feraient pas demi-tour pour les châtier.

Cette fois-ci, dans leur chasse aux paysans à travers champs et jardins, Ralph et ses hommes se concentrèrent sur les femmes et les enfants. Leur capture forcerait les époux et les pères à se montrer.

Ralph rattrapa une fille d'environ treize ans. Il resta plusieurs secondes à trotter à sa hauteur, se repaissant de son visage terrifié. Elle était du type qu'il aimait : des cheveux sombres et la peau mate, des traits simples et un corps jeune aux rondeurs déjà féminines. Le souvenir de Gwenda flotta devant ses yeux.

En d'autres circonstances, il aurait abusé d'elle comme il l'avait fait maintes fois, ces dernières semaines. Mais aujourd'hui, des tâches plus importantes l'attendaient. Il fit tourner son cheval de façon à lui couper la route. Essayant de l'éviter, elle trébucha dans les légumes d'un potager et s'écroula. Ralph sauta à bas de sa monture et la saisit au moment où elle se relevait. Elle hurla et lui griffa le visage. Il lui décocha un coup de poing au ventre pour la faire taire et l'attrapa par ses longs cheveux. Et c'est ainsi qu'il la ramena au village, menant d'une main son cheval par la bride, de l'autre la traînant par les cheveux sans se soucier qu'elle tombe ou s'emmêle les pieds et sans prêter attention à ses cris de douleur. Au bout d'un moment, elle marcha droit.

Les huit soldats anglais regroupèrent leurs prisonniers dans la petite église en bois. En tout, ils avaient capturé quatre femmes, quatre enfants et deux bébés qui n'étaient pas en âge de marcher. Ils les firent asseoir par terre devant l'autel. Peu après, un homme accourut, priant et suppliant, marmonnant des mots indistincts dans son patois local. Quatre autres suivirent.

Ralph sourit avec satisfaction.

Il se tenait près de l'autel, une simple table de bois peinte en blanc. « Silence ! » hurla-t-il en agitant son épée et tout le monde se tut. « Toi ! dit-il en désignant un jeune homme. Quel est ton métier ?

— Je travaille le cuir, seigneur. S'il vous plaît, ne faites pas de mal à ma femme et à mon enfant, ils ne vous ont rien fait. »

Ralph désigna un autre homme. « Toi ! »

La fille qu'il avait capturée laissa échapper un gémissement. Il en conclut qu'ils étaient de la même famille, le père et la fille probablement.

« Je ne suis qu'un pauvre vacher, seigneur.

— Un vacher ? répéta Ralph en se réjouissant intérieurement. Et combien de fois par an emmènes-tu ton troupeau de l'autre côté de la rivière ?

— Une ou deux fois l'an, seigneur, quand je vais au marché.

— Et où se trouve le gué ? »

Le paysan hésita. « Le gué ? Il n'y en a pas, de gué. Pour traverser, il faut prendre le pont à Abbeville.

— C'est bien vrai, ça ?

— Oui, seigneur. »

Ralph promena les yeux sur l'assemblée. « Vous tous, est-ce que c'est vrai ? »

Ils hochèrent la tête en chœur.

Ralph scruta leurs visages. Ils étaient effrayés, terrifiés même, mais ils pouvaient encore mentir. « Si j'envoie chercher le prêtre, est-ce que vous jurerez tous sur sa bible que votre âme immortelle sera damnée pour toute l'éternité si jamais il y a un gué pour traverser l'estuaire ?

— Oui, seigneur. »

Mais cela prendrait trop longtemps.

« Viens ici, toi ! » ordonna-t-il à la fille qu'il avait capturée.

Elle se leva, mais au lieu de s'avancer fit un pas en arrière.

Le vacher se laissa tomber à genoux. « Je vous en supplie, seigneur ! Ne faites pas de mal à une enfant innocente. Elle n'a que treize ans… »

Alan Fougère la souleva comme un sac d'oignons et la lança à Ralph qui la rattrapa et la remit sur ses pieds en la tenant fermement.

« Vous mentez, tous autant que vous êtes ! Il y a un gué, j'en suis certain. J'ai juste besoin de savoir où il se trouve.

— C'est bon, s'écria le vacher. Je vais vous le dire. Mais lâchez mon enfant.

— Où se trouve-t-il ?

— À une demi-lieue en aval d'Abbeville.

— Le nom du village ? »

Le vacher hésita. Visiblement, il ne s'était pas attendu à cette question. Il finit par répondre : « Il n'y a pas de village. Juste une auberge de l'autre côté. »

Il mentait. Il n'était jamais sorti de son village, sinon il aurait su qu'il y avait toujours un village à proximité d'un gué.

S'emparant de la main de la fille, Ralph la posa sur l'autel. Puis, d'un mouvement vif, il sortit son couteau. La lourde lame eut tôt fait de trancher l'os fragile d'un doigt de la petite fille. La captive poussa un hurlement de douleur. Un jet de sang rouge jaillit de sa main, éclaboussant le bois blanc de l'autel. Les paysans crièrent d'horreur. Le vacher fit un pas en avant d'un air menaçant. La pointe de l'épée d'Alan Fougère stoppa son mouvement.

Retenant la fille d'une main, Ralph leva en l'air le doigt tranché, planté sur la pointe de son couteau.

« Vous êtes le diable en personne ! s'écria le vacher en tremblant d'émotion.

— Non, ce n'est pas vrai ! s'exclama Ralph, que cette accusation si souvent entendue continuait malgré tout d'ébranler. Au contraire ! En agissant ainsi, je sauve la vie de milliers d'hommes. S'il le faut je lui couperai tous les doigts des deux mains, un par un !

— Non ! Non !

— Alors, dites-moi où se trouve le gué ! ordonna Ralph en brandissant à nouveau son couteau.

— La Blanchetaque, s'écria le vacher. Ça s'appelle la Blanchetaque ! S'il vous plaît, lâchez-la !

— La Blanchetaque ? » répéta Ralph. Il avait pris un ton volontairement dubitatif, bien que ce nom, de par sa rareté même, lui semble prometteur. Il évoquait en effet une sorte de plate-forme blanche. Ce n'était pas une chose qu'un homme terrifié pouvait inventer sous l'impulsion du moment.

« Oui, seigneur. C'est à cause des pierres blanches qu'il y a au fond de la rivière pour empêcher qu'on s'enfonce dans la vase. » La panique s'était emparée de lui ; les larmes inondaient ses joues. Il y avait fort à croire qu'il disait la vérité, pensa Ralph avec satisfaction. « On raconte que ce sont les Romains qui les ont posées là, au temps jadis, continuait-il d'une voix hachée. Je vous en prie, lâchez ma fille !

— Où est-il situé ?

— À trois lieues en aval d'Abbeville.

— Pas à une demi-lieue, alors ?

— Non. Cette fois, je dis la vérité. Aussi sûr que j'espère être sauvé !

— Le nom du village ?

— Saigneville.

— Le gué est-il toujours praticable, ou seulement à marée basse ?

— Seulement à marée basse, seigneur. Surtout avec du bétail ou des chariots.

— Et toi, tu connais les marées, bien sûr ?

— Oui.

— Eh bien, il me reste encore une question à te poser. Une question très importante. Si jamais je te soupçonne de mentir, je lui coupe toute la main. »

La fille hurla. Et Ralph d'ajouter : « Tu sais que je ne plaisante pas, n'est-ce pas ?

— Oui, seigneur. Je vous dirai tout ce que je sais.

— Demain, à quelle heure la mer sera-t-elle basse ? »

La terreur se répandit sur les traits du vacher. « Oui, oui… Laissez-moi calculer… » Il était tellement angoissé qu'il pouvait à peine réfléchir.

« Je vais vous le dire, moi, intervint le cordonnier. Mon frère a pris le gué hier, alors je connais l'heure. Demain matin, c'est dans le milieu de la matinée que la mer sera basse. Deux heures avant midi.

— Oui ! lança le vacher. C'est ça ! C'est ce que j'essayais de calculer. Le milieu de la matinée ou un petit peu plus tard. Et de nouveau le soir. »

Ralph tenait toujours fermement la main ensanglantée de la petite fille. « Tu en es vraiment sûr ?

— Oh, seigneur ! Aussi sûr que de mon propre nom, je le jure ! »

À l'évidence, le paysan aurait été bien en peine de dire son nom en cet instant tant la terreur bouleversait son esprit. Ralph regarda le cordonnier. Son visage n'exprimait ni ruse, ni défi, ni volonté de plaire, uniquement une sorte de honte, comme s'il avait été forcé de faire le mal contre sa volonté. Ralph exulta intérieurement : l'homme avait dit la vérité. Tout haut, il répéta les informations obtenues : « La Blanchetaque, à trois lieues en aval d'Abbeville, au village de Saigneville. Des pierres blanches au fond de la rivière. La mer sera basse demain dans le milieu de la matinée.

— Oui, seigneur. »

Ralph lâcha le poignet de la fille qui courut vers son père en sanglotant. Le vacher la serra dans ses bras.

Une mare de sang maculait l'autel. Une véritable inondation pour une gamine aussi petite, se dit Ralph et, sur cette considération gardée par-devers lui, il lança à sa troupe : « C'est bon, les gars. Nous en avons fini ici ! »

*

Aux premières lueurs de l'aube, Ralph fut tiré du sommeil par une sonnerie de trompette. Il n'avait pas le temps d'allumer un feu ou de manger quelque chose. L'armée levait le camp immédiatement. Une distance de trois lieues devait être couverte avant le milieu de la matinée par une armée de dix mille hommes dont la plupart était à pied. La division du prince de Galles ouvrait la marche, suivie par celle du roi puis par le train de bagages. En queue venait l'arrière-garde. Des éclaireurs avaient été envoyés loin devant sous les ordres du fils du roi, un jeune homme de seize ans qui portait le même nom que son père : Édouard. Ils avaient pour consigne de découvrir à quelle distance se trouvaient les Français. Les Anglais espéraient prendre les Français par surprise en traversant la Somme à gué. Ralph était du nombre.

La nuit dernière, le roi lui avait dit : « Du beau travail, Ralph Fitzgerald ! » Mais depuis le temps qu'il accomplissait toutes sortes de missions dangereuses ou importantes à la demande du roi Édouard, du comte Roland ou d'autres grands seigneurs, il avait compris que ces félicitations n'étaient que paroles en l'air dont il ne tirerait aucun bénéfice. En ces moments-là, il éprouvait un pincement au cœur.

Aujourd'hui, pourtant, alors que le risque de périr était plus grand que jamais, sa joie d'avoir découvert une issue à la menace d'encerclement était telle qu'il ne se souciait pas qu'on lui reconnaisse ou non l'honneur d'avoir sauvé l'armée entière.

L'armée se dirigeait donc vers le gué. Elle avançait en ordre de marche sous la surveillance continue d'une quantité de maréchaux et de sous-maréchaux qui en remontaient et en redescendaient les colonnes inlassablement, veillant à suivre la bonne direction, à maintenir les formations ensemble et les divisions séparées, à faire s'activer les retardataires. Ces maréchaux étaient tous des nobles, parce qu'il fallait avoir de l'autorité pour donner des ordres. Et le roi Édouard était intransigeant sur l'ordre de marche des troupes quand elles se déplaçaient.

Il avait mis le cap au nord. Le terrain s'élevait en pente douce jusqu'à une crête d'où l'on pouvait voir scintiller l'estuaire au loin. Arrivés là, ils redescendirent à travers des champs de blé. Lors de la traversée des villages, les maréchaux s'assurèrent que personne n'emportait de butin. Il ne fallait pas que l'armée ait à transporter sur l'autre rive des charges supplémentaires. Ils s'abstinrent également d'incendier les récoltes, de peur que la fumée ne trahisse leur position.

Le soleil était sur le point de se lever quand l'avant-garde atteignit Saigneville. Le village, édifié sur une falaise, dominait la baie d'une hauteur de trente pieds. Ralph contempla le formidable obstacle qui se présentait devant lui : une étendue de marécages sur presque toute une lieue où l'on distinguait, sous l'eau, les pierres blanches indiquant le gué. Sur l'autre rive se dressait une colline verdoyante. Mais soudain, alors que le soleil apparaissait à sa droite, un bref éclat de lumière attira son regard sur cette colline – le reflet de l'astre sur une pièce métallique, sans aucun doute. Aussitôt après, il vit des couleurs bouger. Désespoir et consternation s'abattirent sur lui.

La lumière du jour, devenue plus vive, confirma ses soupçons : l'ennemi les attendait de pied ferme. Les Français connaissaient forcément l'existence de ce gué, et un commandant avisé avait prévu la possibilité que les Anglais le découvrent.

Ralph regarda l'eau. Elle coulait vers l'ouest, signe que la marée était descendante, mais elle était encore trop profonde pour que l'on puisse franchir l'estuaire à pied. Il faudrait attendre.

L'armée anglaise continuait d'affluer sur le rivage. Chaque minute, des centaines d'hommes arrivaient. Faire demi-tour serait un cauchemar, si d'aventure le roi en donnait l'ordre.

Un éclaireur revint. Ralph l'écouta faire son rapport au prince de Galles. L'armée du roi de France avait quitté Abbeville et se rapprochait d'eux, sur ce côté-ci de la rivière. Dans l'impossibilité de rebrousser chemin les Anglais allaient être obligés de traverser l'estuaire, se dit-il, la peur au ventre.

L'éclaireur fut renvoyé avec mission de déterminer à quelle vitesse l'armée française se déplaçait.

Ralph scruta la rive opposée, essayant de deviner combien de Français s'y trouvaient cantonnés. Plus d'un millier, assurément. Mais le plus grand danger venait encore de cette armée de dizaines de milliers d'hommes qui arrivait d'Abbeville. Au cours de ses multiples rencontres avec les Français, Ralph avait appris qu'ils étaient d'une imprudence extraordinaire, braves parfois mais surtout follement indisciplinés. Ils marchaient en désordre, n'obéissaient pas à leurs chefs, lançaient parfois des attaques pour le seul plaisir de prouver leur valeur alors qu'il eût été plus sage d'attendre. Si par malheur ils parvenaient à dompter leur indiscipline et se regroupaient au cours des prochaines heures, ils rattraperaient l'armée du roi Édouard au milieu de l'estuaire. Pris en étau par un ennemi occupant les deux rives, les Anglais risquaient fort d'être massacrés. D'autant qu'ils n'avaient aucune merci à attendre des Français après les dévastations perpétrées au cours des six dernières semaines.

De plus, les combattants anglais ne portaient pas leurs armures. Celle de Ralph, prise sur le cadavre d'un Français à Cambrai, sept ans plus tôt, suivait dans le train de l'intendance. De toute façon, comment aurait-il pataugé dans l'eau et la boue sur une si longue distance, encombré de ce poids ? Pour toute protection, il portait un casque d'acier et une courte cotte de mailles, sa tenue habituelle lorsque l'armée était en marche. Ses compagnons n'étaient pas mieux lotis. La plupart des soldats de l'infanterie gardaient leurs casques accrochés à la ceinture. Ils ne les mettaient qu'arrivés à portée de l'ennemi. Personne n'effectuait de longues marches, armé de pied en cap.

À l'est, le soleil avait déjà escaladé une bonne partie du ciel. L'eau avait baissé jusqu'au niveau du genou. Des seigneurs de l'entourage du roi avaient donné l'ordre de commencer la traversée. Ce fut le fils du comte Roland, William de Caster, qui en avertit le groupe de Ralph. « Que les archers partent en premier. Ils commenceront à tirer sitôt qu'ils seront assez proches de l'autre rive. »

Ralph le considéra d'un regard de pierre. Il n'avait pas oublié que William avait essayé de le faire pendre pour avoir commis ce à quoi la moitié de l'armée anglaise s'était adonnée ces dernières semaines.

« Quand vous arriverez sur la berge, poursuivait William, que les archers s'écartent à droite et à gauche pour laisser passer les chevaliers et les hommes en armes. »

À l'entendre, c'était un jeu d'enfant. Il en allait toujours ainsi avec les ordres. Mais aujourd'hui, ce serait sanglant, pensa Ralph par-devers lui. L'ennemi occupait une position parfaite. De la pente où ils étaient, dominant la rivière, les Français n'auraient qu'à choisir tranquillement leur cible parmi tous ces Anglais qui pataugeraient dans l'eau.

Les hommes de Hugh Despenser ouvrirent la marche, arborant son fameux étendard noir et blanc. Les archers entrèrent dans l'eau, tenant leurs arcs levés au-dessus des vaguelettes ; les chevaliers et les fantassins suivirent dans des gerbes d'eau. Puis ce fut au tour des hommes de Roland. Bientôt Ralph et Alan se retrouvèrent à cheval au milieu du courant.

Une lieue, ce n'était pas une très grande distance sur la terre ferme, mais dans la vase et la boue d'un marécage, c'était un long trajet, même pour un cheval. La profondeur variait. Tantôt l'on marchait sur un terrain marécageux à fleur d'eau, tantôt l'on s'enfonçait jusqu'au ventre. Hommes et bêtes fatiguèrent rapidement. Le soleil du mois d'août leur chauffait impitoyablement le crâne alors qu'ils ne sentaient presque plus leurs pieds glacés. Et lorsqu'ils relevaient les yeux, c'était pour apercevoir de plus en plus distinctement l'ennemi massé sur la berge.

Ralph étudiait les forces opposées avec une trépidation grandissante. La ligne de front, déployée sur le rivage, était constituée d'arbalétriers. Ce n'était pas des Français, mais des mercenaires italiens appelés Génois, d'où qu'ils viennent. Les arbalètes avaient une vitesse de tir bien moins rapide que les arcs de guerre, mais les Génois disposeraient de tout le temps voulu pour recharger leur arme pendant que leurs cibles avanceraient, tant bien que mal, empêtrées dans les algues du marécage. Derrière les archers, sur la pente verdoyante, les fantassins et les chevaliers montés attendaient, prêts à charger.

Regardant derrière lui, Ralph vit des milliers d'hommes poussant en avant pour se regrouper autour de ceux qui avaient ouvert la voie. Comment faire demi-tour dans ces conditions ?

À présent, il apercevait clairement les rangs ennemis et les lignes de pavois le long du rivage. Derrière chacun de ces lourds boucliers de bois se cachait un Génois.

Les arbalétriers commencèrent à tirer, sitôt que les Anglais furent à portée de leurs flèches. À une distance de quatre cents pas, le tir manquait de précision et les flèches parvenaient à vitesse ralentie. Néanmoins, des hommes furent touchés. Ils s'écroulèrent et furent emportés par le courant. Des chevaux blessés se débattirent dans la vase, colorant l'eau de leur sang. Le cœur de Ralph battit plus vite.

À mesure que les Anglais se rapprochaient du rivage, les tirs génois gagnaient en précision et en puissance. Leurs flèches, munies d'une pointe en fer inclinée, frappaient avec une violence effrayante. Tout autour de Ralph, bêtes et hommes tombaient, foudroyés. Certains d'entre eux mouraient dans l'instant. Saisi d'une crainte grandissante, Ralph comprit qu'il était sans défense : soit il mourrait lui aussi, soit il aurait de la chance. Cela ne dépendait pas de lui. L'air résonnait du bruit monstrueux de la bataille : sifflement sinistre des flèches, jurons des mourants, hennissements des chevaux blessés.

Les archers anglais de la première colonne répondirent. Leurs arcs de guerre qui mesuraient six pieds de long traînaient dans l'eau. Pour tirer, ils devaient les incliner de façon inhabituelle, et cela tout en s'ingéniant à ne pas déraper sur le sol glissant.

En revanche, tirées à courte distance, les flèches des arbalétriers génois pouvaient pénétrer une armure. Et les Anglais n'en portaient pas. Hormis leurs casques, quelle protection avaient-ils contre cette pluie mortelle ?

S'il l'avait pu, Ralph aurait pris ses jambes à son cou mais, derrière lui, ils étaient maintenant dix mille hommes et cinq mille chevaux à pousser en avant. Ils l'auraient piétiné et noyé s'il avait tenté de repartir dans l'autre sens. Non, une seule issue s'offrait à lui : baisser la tête et la tenir tout contre l'encolure de Griff en le suppliant de tenir bon.

Les survivants des premières lignes d'archers anglais atteignirent enfin une eau moins profonde et purent utiliser leurs armes plus efficacement. Ils tiraient à la file, visant au-dessus des pavois. Une fois qu'ils étaient lancés, ils pouvaient tirer douze flèches à la minute, des flèches constituées d'une tige en bois durcie au feu et terminée par une pointe d'acier. Elles s'abattaient sur l'ennemi en une pluie terrifiante.

Soudain, le tir ennemi diminua. Certains pavois tombèrent. Les Génois étaient rappelés en arrière. Les Anglais commençaient à atteindre le rivage.

Sitôt que les archers eurent posé le pied sur la terre ferme, ils se dispersèrent à droite et à gauche pour laisser passer les chevaliers. Ceux-ci sortirent de l'eau et chargèrent. Ralph, quant à lui, pataugeait toujours dans la rivière. Ayant participé à bon nombre de batailles, il devina aisément la réaction des Français. En principe, ils auraient dû serrer les rangs et laisser les arbalétriers continuer à massacrer les Anglais sur la plage et dans l'eau. Mais c'était mal connaître les nobles français. Leur code d'honneur ne leur permettait pas de se cacher derrière des archers issus du peuple. Ils devaient forcer les rangs et foncer à cheval à la rencontre des chevaliers anglais pour engager avec eux un combat d'égal à égal, quitte à perdre de ce fait une grande partie du bénéfice acquis. Cette pensée fit renaître en Ralph un espoir vacillant.

Les Génois retirés, ce fut la mêlée sur la plage. Le cœur de Ralph s'emballa sous l'effet de la peur et de l'excitation. Outre leurs armures, les Français jouissaient encore d'un avantage : ils chargeaient en descendant la pente. En un clin d'œil, la troupe de Hugh Despenser fut taillée en pièces et l'avant-garde française se jeta à l'eau, massacrant les hommes qui n'avaient pas encore atteint le rivage.

Les archers du comte Roland atteignirent le bord, juste devant Ralph et Alan. Les survivants se dispersèrent aussitôt sur le rivage. Les Anglais allaient subir une défaite tragique. Ralph était convaincu qu'il n'en sortirait pas vivant. Mais que faire sinon aller de l'avant ? Et il se retrouva subitement en train de charger droit sur la ligne française, la tête enfouie dans l'encolure de Griff, l'épée brandie. Esquivant un glaive prêt à le trancher en deux, il atteignit la terre ferme. Il frappa inutilement un casque d'acier et Griff percuta un cheval. La monture française, plus grande mais plus jeune, fit un violent écart, projetant son cavalier dans la boue. Ralph fit faire demi-tour à Griff et s'en revint, prêt à charger encore.

Son épée ne lui était pas d'une grande utilité contre des ennemis en armure. Ses seuls avantages étaient sa haute taille et son cheval intrépide. Dans ces circonstances, le mieux, le seul espoir, c'était de renverser les chevaliers français à bas de leurs montures. Il chargea à nouveau. À ce moment de la bataille, tout effroi l'avait quitté, remplacé par une fureur grisante qui le poussait à tuer autant d'ennemis qu'il le pourrait. Quand un combat était engagé, le temps n'existait plus pour lui. Il était entièrement concentré sur l'instant présent. Ce soir, une fois la bataille achevée et s'il était encore vivant, il constaterait avec ébahissement que le soleil était en train de se coucher, qu'une journée entière s'était écoulée. Pour l'heure, il se lançait contre l'ennemi, encore et encore, esquivant les coups, frappant chaque fois qu'il en avait l'occasion, sans jamais ralentir son allure, ce qui lui aurait été fatal.

Soudain – s'était-il passé quelques minutes ou plusieurs heures ? – il se rendit compte que les Anglais ne se laissaient plus massacrer. En fait, ils donnaient même l'impression d'avoir repris espoir et de gagner du terrain. Haletant, il sortit de la mêlée pour faire une pause afin d'évaluer la situation.

La plage était recouverte de cadavres et l'on pouvait compter parmi les morts autant de Français que d'Anglais. Cette charge française avait été une folie. Dès que les chevaliers des deux camps avaient engagé le combat, les Génois avaient cessé de tirer par peur de toucher leurs camarades. Les Français n'avaient donc plus visé les Anglais dans l'eau comme des canards sur un étang. À partir de ce moment-là, la horde anglaise avait émergé de l'estuaire, tout le monde respectant le même ordre : les archers s'écartant à droite et à gauche, les chevaliers et les fantassins continuant tout droit devant eux sans relâche. Les Français avaient été submergés par le nombre.

Tandis qu'il reprenait son souffle, Ralph porta les yeux sur la rivière. La mer avait commencé à remonter. Les Anglais encore dans l'eau s'activaient désespérément pour rejoindre le rivage sans se préoccuper du sort qui les y attendait. Les Français perdaient de leur vigueur. Boutés hors de la berge, obligés de remonter la pente, dépassés en nombre par une armée déterminée à sortir de l'eau avant d'être engloutie, ils commençaient à battre en retraite. Les Anglais poursuivaient leur poussée, sans oser croire à leur chance. Et comme bien souvent et en un temps remarquablement court, la retraite se transforma en une fuite éperdue où chacun ne cherchait plus qu'à sauver sa peau.

Cependant, le train de l'intendance était encore au milieu de l'estuaire. Les chevaux et les bœufs tiraient leurs lourds chargements le long du gué sous les coups de fouet effrénés de leurs conducteurs affolés à l'idée de périr noyés. Sur l'autre rive, des combats désordonnés se poursuivaient aussi. L'avant-garde du roi Philippe devait être arrivée sur les lieux et s'en prenait aux traînards. À la lumière du soleil, Ralph crut reconnaître les couleurs des chevau-légers de Bohême. Ils arrivaient trop tard.

Il s'affaissa sur sa selle, pris d'une faiblesse subite qu'il attribua au soulagement : la bataille était finie. Contre toute attente, et aussi incroyable que cela puisse paraître, les Anglais avaient échappé au piège des Français.

Ils étaient sains et saufs. Aujourd'hui, tout du moins.

48.

Caris et Mair atteignirent la région d'Abbeville le 25 août pour découvrir, à leur grand désarroi, que l'armée française s'y trouvait déjà. Des dizaines de milliers de fantassins et d'archers étaient cantonnés dans toute la région. Sur la route, elles entendirent des parlers provenant de toutes les régions de France et de plus loin encore : de Flandre, de Bohême, d'Italie, de Savoie, de Majorque. Les Français et leurs alliés étaient à la poursuite du roi Édouard III d'Angleterre et de son armée, comme elles l'étaient elles-mêmes. Parviendraient-elles à les devancer dans cette course ?

Tard dans l'après-midi, lorsqu'elles franchirent les portes de la ville, ce fut pour découvrir le spectacle d'une foule grouillante de nobles français vêtus de riches atours, chaussés de souliers élégants et montant des chevaux magnifiques, tels qu'elle n'en avait jamais vu même à Londres. On aurait dit que l'aristocratie française tout entière s'était donné rendez-vous là. Les aubergistes, les boulangers, les musiciens des rues et les prostituées se démenaient du mieux qu'ils le pouvaient pour satisfaire les besoins de ces hôtes. Pas une taverne sans un comte attablé, pas une maison sans un chevalier dormant à même le sol.

L'abbaye de Saint-Pierre se trouvait sur leur liste des couvents où faire halte. Hélas, auraient-elles porté leur habit religieux qu'elles n'auraient pu y descendre, car c'était là que le roi de France s'était installé avec sa cour. Et les deux religieuses de Kingsbridge, à présent déguisées en Christophe et Michel de Longchamp, furent dirigées vers l'église de la grande abbaye. La nef accueillait déjà plusieurs centaines d'écuyers, de palefreniers et d'autres serviteurs du roi. Ils y dormaient la nuit sur les dalles froides. Le maréchal chargé de l'organisation des lieux refusa de les loger : elles devraient dormir dans les champs, comme toute personne de rang inférieur.

Le transept nord avait été transformé en hôpital de campagne. En quittant l'église, Caris s'arrêta pour regarder un chirurgien recoudre une profonde entaille sur la joue d'un homme d'armes. Il agissait avec adresse et rapidité et, quand il eut fini, Caris lui manifesta son admiration : « Vous avez fait là du beau travail !

— Merci, mais comment le sais-tu, petit ? »

Ne pouvant dire qu'elle avait souvent observé Matthieu le Barbier lorsqu'il opérait, elle inventa rapidement une histoire. « À Longchamp, mon père est le chirurgien du seigneur.

— Et tu es ici avec ton seigneur ?

— Non, il a été capturé par les Anglais. Ma dame nous a envoyés, mon frère et moi, négocier sa rançon.

— Je vois. Tu aurais aussi bien fait d'aller directement à Londres. S'il n'y est pas encore, il y sera bientôt. Quoi qu'il en soit, puisque tu es là, tu peux te gagner une place ici pour la nuit en acceptant de m'aider.

— Oh, avec plaisir.

— As-tu déjà vu ton père nettoyer des blessures avec du vin chaud ? »

S'il était une chose que Caris pouvait accomplir les yeux fermés, c'était bien celle-là. Et elle se retrouva bientôt, ainsi que Mair, à faire la chose au monde qu'elle connaissait le mieux : soigner.

La plupart des hommes avaient été blessés la veille, dans une bataille près d'un gué. Les nobles avaient été traités en premier ; maintenant, c'était au tour des simples soldats. Caris et Mair s'affairèrent sans relâche plusieurs heures durant. Le long soir d'été se changea en crépuscule ; des chandelles furent apportées. Enfin, toutes les fractures furent réduites, tous les membres gravement blessés amputés et toutes les entailles recousues. Martin le Chirurgien les emmena alors au réfectoire pour souper.

Considérées comme appartenant à l'entourage du roi, elles se virent offrir du ragoût de mouton aux oignons et un vin rouge que Mair but avec délice. Caris se réjouit de cette viande qui leur redonnait des forces. Elles n'en avaient pas mangé depuis une semaine. Cependant, elle s'inquiétait. Les Anglais étaient encore loin. Parviendraient-elles à les rattraper ?

Un chevalier qui partageait leur table déclara : « Vous rendez-vous compte que dans la pièce à côté, le réfectoire de l'abbaye, quatre rois et deux archevêques sont en train de souper ? Les rois de France, de Bohême, de Rome et de Majorque et les archevêques de Rouen et de Sens ! »

La nouvelle piqua la curiosité de Caris. Elle décida d'aller voir ce qu'il en était. Elle s'esquiva par un passage qui menait aux cuisines, semblait-il. Comme des servantes quittaient les lieux, chargées de nourriture, elle profita de ce que la porte s'ouvrait pour jeter un œil dans la salle voisine.

Indubitablement, les hommes qui se tenaient assis autour d'une table croulant sous les volailles rôties, les pièces de bœuf et de mouton, les tourtes et des pyramides de fruits confits étaient des personnages de haut rang. Celui qui occupait la place d'honneur devait être le roi de France, Philippe. Il avait cinquante-trois ans et une barbe blonde parsemée de poils gris. À son côté se trouvait un homme qui lui ressemblait fort et affirmait, le visage empourpré par la fureur : « Les Anglais n'ont aucune noblesse. Ils agissent comme les brigands qui dépouillent les gens la nuit et s'enfuient ! »

Martin, qui avait rejoint Caris, lui murmura à l'oreille : « C'est mon vrai maître, Charles, le comte d'Alençon, frère du roi. »

Une autre voix intervenait : « Je ne suis pas d'accord. » Celui qui avait parlé étant aveugle, Caris en conclut que c'était le roi Jean de Bohême. « Les Anglais ne pourront pas s'enfuir long-temps. Ils manquent de vivres et ils sont épuisés.

— Édouard veut effectuer la jonction avec les forces fla-mandes qui ont envahi la France par le nord-est. »

Jean de Bohême secoua la tête. « Nous avons appris aujourd'hui que cette armée-là, les Anglo-Flamands, battait en retraite. Je pense qu'Édouard va établir un camp et attaquer. Et cela le plus tôt possible, tant que le moral de ses hommes n'est pas trop bas. Car il ne pourra que baisser encore à mesure que les jours passent.

— Dans ce cas, s'exclama Charles sur un ton plein d'exci-tation, il décidera peut-être de livrer bataille demain. Après le carnage qu'ils ont fait en Normandie, ils devraient tous mou-rir jusqu'au dernier, chevaliers, seigneurs et jusqu'au roi lui-même ! »

Le roi de France posa une main sur le bras de son frère, qui se tut. « La colère de notre frère est compréhensible, dit-il. Mais n'oublions pas une chose : quand nous rencontrerons l'ennemi, le plus important sera de remiser nos différends, d'oublier nos querelles et nos rancœurs, de nous faire confiance les uns les autres, même si cela ne doit durer que le temps des combats. Nous sommes supérieurs en nombre. Nous devrions remporter la victoire facilement. Pour cela, nous devons combattre ensemble, comme une seule armée. Levons nos verres à l'union ! »

Ce vœu était révélateur, songea Caris en se retirant discrètement. Manifestement, le roi craignait de voir ses alliés agir chacun de son côté. Toutefois, la nouvelle la plus inquiétante dans cette conversation, c'était l'imminence d'une bataille, peut-être même le lendemain. Elles devraient donc veiller, Mair et elle, à ne pas se retrouver prises entre l'enclume et le marteau.

Tandis qu'elle retournait au réfectoire avec Martin, celui-ci lui dit tranquillement : « Comme notre roi, vous avez un frère difficilement contrôlable. »

Et, de fait, sous son habit d'homme, la religieuse au visage angélique avait pris à cœur son rôle de garçon. Assise les jambes écartées et les coudes sur la table, elle déclarait d'une voix changée par l'ivresse : « Par tous les saints, c'était un bon ragoût ou je ne m'y connais pas. Mais il me fait péter comme le démon. Excusez la puanteur, les gars ! » Elle remplit à nouveau son bol et le lampa d'un coup.

Les hommes rirent avec indulgence, amusés par le spectacle de ce jeune garçon qui s'enivrait pour la première fois. Sans doute se rappelaient-ils des moments embarrassants de leur propre jeunesse.

Caris la prit par le bras. « Allez, petit frère ! C'est l'heure de faire dodo. »

Mair la suivit sans se faire trop prier. « Mon grand frère aime bien jouer les vieilles femmes, dit-elle à la compagnie. Mais il m'aime, vous savez ? N'est-ce pas que tu m'aimes, Christophe ?

— Oui, Michel. Je t'aime », répondit Caris et les hommes rirent encore.

Caris ramena dans l'église une Mair qui se collait à elle. Ayant retrouvé l'endroit où elles avaient laissé leurs couvertures, elle aida Mair à s'allonger et l'enveloppa chaudement.

« Embrasse-moi pour me souhaiter bonne nuit, Christophe ! » ordonna Mair.

Caris déposa un baiser sur ses lèvres et lui dit : « Dors, tu es saoule ! Nous devons partir très tôt demain matin. »

L'inquiétude tint Caris éveillée un certain temps. Quelle malchance ! Juste au moment où elle allait rattraper l'armée anglaise et l'évêque Richard, voilà que les Français risquaient de la devancer ! Demain, il lui faudrait veiller à ne pas trop s'approcher du champ de bataille. D'un autre côté, elle ne pouvait pas rester collée à l'arrière-garde française, sinon elle ne rattraperait jamais les Anglais ! Tout bien considéré, mieux valait devancer les Français et prendre la route avant l'aube. Organiser une armée de cette taille en ordre de marche exigerait plusieurs heures. En se débrouillant bien, elles parviendraient à conserver leur avance et à rejoindre les forces de leur pays. L'entreprise était risquée, certes, mais qu'avaient-elles fait depuis Portsmouth, sinon prendre des risques ?

Elle finit par glisser dans le sommeil et s'éveilla peu après trois heures du matin, lorsque la cloche sonna matines. Elle réveilla Mair et refusa de compatir à son mal de tête. Laissant les moines chanter les Psaumes, elles se rendirent aux écuries et sellèrent leurs chevaux. Le ciel était limpide, les étoiles éclairaient le chemin.

Les boulangers s'étaient échinés toute la nuit de sorte qu'elles purent s'acheter des miches de pain pour le voyage. Mais les portes de la ville étaient encore fermées. Elles durent attendre que l'aube se lève. L'air était frisquet. Elles se réchauffèrent en mangeant leur pain chaud.

Enfin, sur les coups de quatre heures et demie, elles quittèrent Abbeville et remontèrent la Somme sur sa rive droite vers le nord-est, direction prise par l'ennemi à en croire les rumeurs. Caris n'avait pas perdu l'espoir d'atteindre le camp des Anglais avant les Français. L'armée du roi de France devrait s'arrêter et se regrouper avant de lancer l'attaque. Cela lui donnerait le temps de retrouver ses compatriotes, puis de se mettre en sécurité loin des combats. Elle craignait plus que tout de se faire prendre entre les deux armées. Elle commençait à se dire que cela avait été une folie de se lancer dans cette entreprise. Ne sachant rien de la guerre, comment pouvait-elle en imaginer les dangers et les difficultés ? Hélas, il était trop tard pour se lamenter. Jusqu'à présent, tout s'était bien passé.

Elles n'avaient parcouru qu'un quart de mille quand les remparts de la ville leur renvoyèrent l'écho de trompettes sonnant le lever des troupes. Le roi Philippe, à l'instar de Caris, avait décidé de prendre le départ de bonne heure. Dans les champs, soldats et hommes d'armes commencèrent à se harnacher. Les maréchaux devaient avoir reçu des ordres la veille au soir, car ils semblaient savoir parfaitement ce qu'ils avaient à faire.

Une partie de l'armée ne tarda pas à rattraper Caris et Mair sur la route. Ce n'étaient pas des soldats français mais italiens. Ils portaient des arbalètes en acier et quantité de flèches en fer. Ils étaient chaleureux et Caris bavarda avec eux dans un mélange de normand et de latin, mâtiné de quelques mots d'italien appris auprès de Buonaventura Caroli. Sur le champ de bataille, lui dirent-ils, ils étaient en première ligne et tiraient, abrités derrière de lourds pavois en bois qui, pour l'heure, étaient encore rangés dans les chariots de l'intendance, quelque part derrière eux. Ils grommelèrent à propos de leur petit déjeuner qu'ils n'avaient pas eu le temps de prendre normalement, critiquèrent les chevaliers français qui étaient impulsifs et querelleurs et parlèrent avec ferveur de leur chef, Ottone Doria, qui se trouvait tout au début de la colonne.

Le soleil s'était levé. La chaleur devint bientôt pénible pour tout le monde. En prévision de la bataille à venir, les arbalétriers portaient, outre leur armement, de lourds manteaux matelassés, des casques en fer et des genouillères.

Aux alentours de midi, Mair déclara qu'elle allait s'évanouir si elle ne s'arrêtait pas pour se délasser un moment. Caris s'y résolut de mauvais gré bien qu'elle soit elle-même exténuée. Elles chevauchaient depuis l'aube ; leurs montures aussi avaient besoin de prendre du repos. Caris et Mair les baignèrent dans la Somme puis mangèrent encore un peu de pain.

Quand elles reprirent leur route, les milliers d'arbalétriers les avaient dépassées. Elles se retrouvèrent à cheminer à côté de chevaliers et de soldats, des Français cette fois. En la personne de leur chef, Caris reconnut Charles, le colérique frère du roi. Elles étaient maintenant au beau milieu du gros de l'armée française, dans l'incapacité de rien faire, sinon forcer l'allure. Ce qu'elles firent, en espérant parvenir à grignoter peu à peu du terrain et à rattraper l'avant-garde.

Peu après midi, un ordre se transmit d'un bataillon à l'autre : « Quart de tour vers le nord pour tout le monde ! » Les Anglais n'étaient pas à l'ouest, comme on l'avait cru jusque-là. Ordre était donné à l'armée tout entière par le roi de France de bifurquer dans cette direction, non pas une colonne après l'autre, mais toutes les divisions en même temps. Les hommes qui se trouvaient à hauteur de Caris et de Mair quittèrent la berge du fleuve sous l'autorité du comte Charles pour s'engager dans un étroit chemin à travers champs. Caris suivit le mouvement, le cœur lourd.

Et voilà qu'elle s'entendit appeler par une voix familière. Le chirurgien Martin vint se placer près d'elle. « C'est le chaos, dit-il d'un air sinistre. L'ordre de marche est totalement bouleversé. » Un petit groupe d'hommes montés sur des chevaux rapides apparut de l'autre côté du champ. « Des éclaireurs », nota Martin. Les voyant héler le comte Charles, il partit devant pour entendre leur rapport. Les poneys de Caris et de Mair emboîtèrent le pas à sa monture, fidèles à cet instinct naturel qui pousse les chevaux à se rassembler.

« Les Anglais ont fait halte et occupent une position défensive sur un piton rocheux, près de la ville de Crécy », entendirent les deux religieuses.

Martin souffla à Caris : « C'est Henri Lemoine, un vieux compagnon d'armes du roi de Bohême. »

Charles s'écriait déjà joyeusement : « S'il en est ainsi, nous nous battrons aujourd'hui ! » Les chevaliers qui l'entouraient l'applaudirent chaleureusement.

Henri leva une main en un geste de mise en garde. « Nous proposons que toutes les unités s'arrêtent et se regroupent, dit-il.

— Nous arrêter maintenant ? brailla Charles. Alors que les Anglais sont enfin disposés à se battre ! Lançons l'attaque, au contraire !

— Les hommes et les chevaux ont besoin de repos, objecta Henri tranquillement. Le roi est très loin à l'arrière. Il faut lui laisser une chance de nous rattraper et de voir par lui-même le champ de bataille. Il pourra prendre ses dispositions pour une attaque demain, quand nos hommes auront repris des forces.

— Au diable vos dispositions ! Les Anglais ne sont que quelques milliers. Nous les aurons défaits en un clin d'œil ! »

Henri fit un geste montrant son impuissance. « Je n'ai pas d'ordres à vous donner, mon seigneur. Mais je dois quérir mes instructions auprès de votre frère le roi.

— C'est ça ! Allez les lui demander ! » s'écria Charles, et il donna le signal de reprendre la marche en avant.

Martin se tourna vers Caris : « Cette intempérance qui ronge mon maître est une chose que je n'arrive pas à comprendre. »

À quoi Caris répondit pensivement : « Il doit vouloir prouver au monde qu'il possède le courage nécessaire pour régner, même si le hasard a voulu qu'il naisse le second.

— Tu es bien avisé pour un garçon si jeune ! » remarqua Martin en posant sur Caris un regard appuyé.

Elle évita son regard, se jurant de se rappeler à l'avenir sa fausse identité. La voix de Martin ne recelait aucune hostilité, simplement un soupçon. De par son métier de chirurgien, il connaissait forcément les subtiles différences dans l'ossature des hommes et des femmes et il avait certainement noté la finesse anormale des deux frères Longchamp. Par bonheur, il n'insista pas.

Le ciel commençait à se charger de nuages. La chaleur n'avait pas diminué et l'air était toujours aussi humide. À gauche s'étendait une région boisée dont Martin apprit à Caris qu'il s'agissait de la forêt de Crécy. Les Anglais n'étaient donc plus très loin, se dit-elle. Comment quitter le bataillon français et rejoindre les Anglais sans se faire tuer par l'un ou l'autre camp ?

La présence de la forêt eut pour conséquence de resserrer l'armée en marche sur son flanc gauche. La route sur laquelle Caris chevauchait fut bientôt envahie par des soldats appartenant à toutes sortes de divisions et incapables dans la cohue de retrouver leur commandement.

Des courriers parcoururent les lignes, portant de nouvelles instructions du roi : l'armée avait ordre de s'arrêter et d'établir un camp. Caris reprit confiance. L'occasion tant attendue s'offrait enfin : elles allaient pouvoir s'esquiver. Mais une altercation venait de survenir entre Charles et un courrier du roi. Martin, qui s'était rapproché du comte pour en connaître la cause, s'en revint vers Caris et Mair, l'air incrédule. « Le comte Charles refuse d'obéir aux ordres !

— Quoi ? s'écria Caris.

— Il estime la prudence de son frère excessive et affirme qu'il n'aura pas la couardise de s'arrêter devant un ennemi aussi faible.

— Je croyais qu'à la guerre tout le monde devait obéir aux ordres du roi !

— En principe, oui. Mais pour les nobles français, rien ne compte, for l'honneur. Ils préféreront mourir plutôt que faire acte de couardise. »

L'armée poursuivrait donc sa marche sans se préoccuper des ordres.

« Je suis content de vous avoir à mes côtés, reprit Martin. Nous allons avoir du pain sur la planche avant le coucher du soleil, que nous l'emportions ou que nous perdions. »

Caris ne réussirait donc pas à s'échapper. Curieusement, cette nouvelle ne la fâcha pas, mais fit naître en elle une ardeur inattendue. En un certain sens, elle ne souhaitait plus vraiment quitter ces hommes. S'ils étaient assez fous pour se mutiler les uns les autres, elle pourrait au moins secourir les blessés.

Sur ces entrefaites, Ottone Doria, le chef des arbalétriers, arriva sur son cheval, non sans avoir franchi péniblement la foule en marche qui le séparait du comte. « Arrêtez vos hommes ! » hurla-t-il à Charles d'Alençon.

Celui-ci le prit de haut. « Qui es-tu pour me donner des ordres ?

— Nous devons nous arrêter sur ordre du roi. Mes hommes ne peuvent pas le faire à cause des vôtres qui poussent par-derrière !

— Qu'ils avancent, alors !

— Nous sommes en vue de l'ennemi. Un pas de plus et nous devrons livrer bataille.

— Qu'il en soit ainsi !

— Mes hommes ne sont pas en état de se battre. Ils ont marché toute la journée, ils ont faim et soif, ils sont fatigués. Et ils n'ont même pas leurs pavois !

— Sont-ils couards au point de ne pouvoir se battre sans ?

— Traitez-vous mes hommes de couards ?

— Oui, s'ils ne se battent pas ! »

Ottone Doria garda le silence un instant puis il déclara d'une voix étouffée, que Caris entendit à peine : « Vous êtes un imbécile, d'Alençon. Ce soir, vous grillerez en enfer ! »

Sur ces mots, il tourna bride.

Une goutte d'eau tomba sur le nez de Caris. Elle leva les yeux vers le ciel. La pluie se mettait de la partie !

49.

L'averse, violente, fut de courte durée. Quand la pluie cessa, Ralph baissa les yeux vers la vallée et vit que l'ennemi était arrivé. Il tressaillit.

Les Anglais occupaient une crête rocheuse qui courait du sud-ouest au nord-est. Sur leur arrière, au nord-est, s'étendait une forêt ; devant et sur les côtés, le terrain était vallonné. Le flanc droit dominait la ville de Crécy-en-Ponthieu, nichée dans une vallée traversée par la rivière Maye.

Les Français arrivaient par le sud.

Ralph se trouvait sur le flanc gauche. Les hommes du comte Roland, sous les ordres du jeune prince de Galles, avaient pris la formation qui avait démontré toute son efficacité lors des combats contre les Écossais. Cette tactique, d'une nouveauté radicale, consistait à déployer les archers en deux triangles à droite et à gauche, les bataillons disposés en dents de scie, et à regrouper au centre non seulement les hommes d'armes, mais aussi les chevaliers à pied. On comprendra donc qu'elle n'ait pas la faveur de ces derniers, qui se sentaient vulnérables, privés de leurs destriers. Las, le roi avait été implacable : tout le monde irait à pied ! À l'avant, le terrain avait été creusé de trous carrés, profonds d'un pied, destinés à faire trébucher les montures ennemies.

Sur la droite de Ralph, tout au bout de la crête, des machines, d'une extraordinaire innovation technique elles aussi, avaient été installées. Elles lançaient des pierres rondes grâce à l'utilisation d'une poudre explosive. Appelées bombardes ou canons, ces machines étaient au nombre de trois. Elles avaient été tractées à travers toute la Normandie au gré de la campagne militaire, mais n'avaient pas encore servi. On ignorait donc si elles fonctionneraient. Aujourd'hui, face à un ennemi entre quatre et sept fois supérieur, le roi Édouard avait ordonné de les monter, déterminé qu'il était à utiliser tous les moyens à sa disposition.

Sur le flanc gauche, les hommes du comte de Northampton avaient été placés eux aussi selon cette même formation en herse. Derrière cette ligne de front, un troisième bataillon mené par le roi se tenait en réserve, conforté sur l'arrière par deux remparts. Le premier était constitué par les chariots de l'intendance disposés en cercle et servant de muraille aux bêtes de somme et à tous ceux qui ne participaient pas au combat : des cantiniers aux ingénieurs, en passant par les palefreniers ; le second était le bois lui-même où les survivants de l'armée anglaise, étant à pied, pourraient s'enfuir en cas de défaite sans être poursuivis par les chevaliers français dont les destriers seraient incapables de se frayer une voie à travers les taillis.

Les Anglais attendaient là depuis les premières heures du matin, le ventre creux, n'ayant reçu pour pitance que de la soupe aux pois et des oignons. Sous son armure, Ralph souffrait de la chaleur. Il avait accueilli l'averse d'orage avec d'autant plus de bonheur qu'elle avait rendu la pente boueuse et traîtreusement glissante, ce qui ralentirait l'assaut des Français.

Il devinait déjà leur tactique. Les Génois tireraient à l'arbalète, dissimulés derrière leurs pavois, pour affaiblir les lignes de front anglaises. Puis, quand ils considéreraient avoir causé suffisamment de dommages, ils s'écarteraient pour céder le passage aux chevaliers français, qui s'élanceraient à l'assaut sur leurs chevaux de bataille.

Rien n'était plus terrifiant que cette charge. Appelée « fureur francisque », c'était l'arme ultime de la noblesse française. Juchés sur des bêtes prodigieuses, des êtres monstrueux recouverts de fer de la tête aux pieds déferlaient telle une vague sur les archers tapis derrière leurs boucliers, de même que sur les hommes d'armes brandissant leurs épées.

Cette tactique, bien sûr, ne leur garantissait pas systématiquement la victoire car l'assaut pouvait être repoussé, en particulier lorsque le terrain favorisait les défenseurs comme c'était le cas ici, mais les Français ne se laissaient pas décourager : fidèles à leur code de l'honneur, ils chargeraient encore, au mépris du danger.

Face à leur colossale supériorité numérique, les Anglais ne résisteraient pas indéfiniment, se disait Ralph avec effroi. Pour autant, il ne regrettait pas d'être là. Depuis sept ans déjà, il menait la vie qu'il avait toujours souhaité vivre, une vie où les forts étaient les rois et où les faibles ne comptaient pas. Il avait vingt-neuf ans, un âge qu'atteignaient rarement les hommes d'action. Il avait commis mille péchés dont il avait toujours été absous, notamment ce matin même par l'évêque de Kingsbridge en personne, lequel se tenait à présent à côté de son père, le comte de Shiring, armé d'une massue car les prêtres n'étaient pas censés répandre le sang. Mais cette règle, ils la détournaient en ramassant les armes émoussées sur les champs de bataille.

Les arbalétriers dans leurs capes blanches avaient atteint le pied de la colline. Les archers anglais, restés assis jusque-là, leurs flèches fichées dans le sol devant eux, se mirent debout et bandèrent leurs arcs. Ralph se dit que la plupart d'entre eux devaient éprouver un sentiment identique au sien, où se mêlaient le soulagement de voir une longue attente s'achever enfin et la peur que la chance ne leur sourie pas aujourd'hui.

Les combats ne commenceraient pas avant longtemps. Les Génois n'avaient pas encore leurs grands pavois, élément essentiel de leur tactique. Les Français ne livreraient pas bataille tant que leurs arbalétriers n'auraient pas leurs défenses, Ralph en était convaincu.

Des milliers de chevaliers se déversaient dans la vallée par le sud, se répartissant à droite et à gauche derrière les lignes des arbalétriers. Le soleil réapparut, faisant étinceler les couleurs des bannières et des caparaçons des chevaux. Ralph reconnut celles du comte d'Alençon, Charles, le frère du roi Philippe.

Les arbalétriers s'arrêtèrent au pied de la colline. Ils étaient des milliers. Soudain, comme s'ils répondaient à un signal donné, ils se mirent à pousser des cris effrayants, et certains même à sauter en l'air. Les trompettes sonnèrent.

C'était le cri de guerre, un cri censé terroriser l'ennemi, mais qui laissa les Anglais de marbre : en six semaines de campagne, ils avaient eu le temps de s'y habituer.

Mais voilà qu'à l'ébahissement de Ralph, les Génois levèrent leurs armes. Que faisaient-ils ? Ils n'avaient même pas leurs boucliers !

Éclata soudain le bruit terrifiant de cinq mille flèches en fer traversant les airs. Mais les Anglais étaient hors d'atteinte. Les arbalétriers auraient-ils oublié qu'ils tiraient vers le haut ? Étaient-ils éblouis par le soleil de l'après-midi, que les Anglais avaient dans le dos ? Quelle qu'en soit la raison, les flèches retombèrent sans avoir touché personne.

Il y eut alors, au milieu de la ligne de front anglaise, l'éclair d'une flamme, suivi d'un craquement aussi retentissant que le tonnerre. Ralph vit de la fumée s'élever de l'endroit où les nouvelles machines étaient installées. Le vacarme était impressionnant. Quand il reporta les yeux sur l'ennemi, il constata que les bombardes n'avaient pas causé grand dommage dans les rangs ennemis. À défaut, elles avaient à ce point stupéfié les arbalétriers qu'ils en avaient oublié de recharger leurs armes.

Le prince de Galles en profita pour donner à ses archers l'ordre de tirer. Deux mille arcs de guerre se levèrent ensemble.

Se sachant trop éloignés, les archers ne tirèrent pas parallèlement au sol mais visèrent le ciel, devinant intuitivement le tracé que suivaient leurs flèches. Tous les arcs se courbèrent simultanément comme les épis d'un champ ployant sous une brise soudaine, et les flèches furent lâchées dans un bruit de tocsin. Elles escaladèrent le ciel plus vite que l'oiseau le plus vif et retombèrent en piqué pour s'abattre sur les arbalétriers telle une averse de grêle.

L'ennemi se massait en rangs serrés. Leurs pourpoints matelassés n'offraient aux Génois qu'une protection dérisoire. Sans leurs pavois, ils étaient vulnérables. Ils s'écroulèrent par centaines, morts ou blessés.

Ce n'était que le début du combat. Les survivants rechargèrent leurs armes, les Anglais tirèrent à nouveau. Un archer n'avait pas besoin de plus de quatre ou cinq secondes pour arracher du sol la flèche plantée devant lui, la poser sur la corde, bander son arc, viser et tirer, et il lui fallait moins de temps encore s'il était expérimenté. En l'espace d'une seule minute, vingt mille flèches s'abattirent sur des arbalétriers privés de toute protection.

Ce fut un massacre. La conséquence, prévisible, ne se fit pas attendre : ils tournèrent les talons et s'enfuirent à toutes jambes.

En un instant, les Génois furent hors de portée. Les Anglais cessèrent le tir, riant à ce triomphe auquel ils ne s'attendaient pas, raillant l'ennemi.

Les Génois qui fuyaient en un troupeau compact se retrouvèrent nez à nez avec la masse des chevaliers français sur le point de charger. Ce fut le chaos !

Ralph fut alors témoin d'une scène stupéfiante : les ennemis se battaient entre eux. Les chevaliers brandissaient leurs épées contre les archers, et ceux-ci, en retour, visaient les chevaliers ou les attaquaient au couteau. Les nobles auraient dû s'employer à faire cesser le carnage, mais apparemment ceux qui portaient les armures les plus riches et montaient les chevaux les plus grands étaient les premiers à taillader leurs propres soldats, et cela avec une fureur redoublée.

Les chevaliers forcèrent les fuyards à remonter la pente jusqu'à se trouver à nouveau à portée des Anglais.

Le prince de Galles, bien évidemment, donna l'ordre de tirer à ses archers. Leurs flèches, à présent, s'abattirent sur les chevaliers français aussi bien que sur les Génois. En sept années de guerre, Ralph n'avait jamais vu cela. Les ennemis gisaient par centaines sur le sol, morts ou blessés. Et pas un seul Anglais n'avait reçu une simple égratignure !

Les chevaliers français finirent par sonner la retraite. Ce qui restait des arbalétriers se dispersa dans la campagne, laissant le flanc de colline jonché de corps juste en dessous des positions anglaises.

Des soldats originaires du pays de Galles et de Cornouailles s'élancèrent alors des rangs anglais pour achever les Français blessés et ramasser les flèches réutilisables. Et aussi, certainement, pour dépouiller les cadavres. Pendant ce temps, les coursiers filèrent s'approvisionner en flèches auprès de l'intendance et les rapportèrent aux premières lignes des forces anglaises.

Il y eut une pause, elle fut de courte durée.

Les chevaliers français s'étaient regroupés. Des forces nouvelles venaient s'adjoindre à celles du comte d'Alençon ; elles arrivaient par centaines et par milliers. Les voyant apparaître,

Ralph en scruta les rangs. Il reconnut les couleurs des Flandres et de la Normandie.

Les troupes du comte d'Alençon s'avancèrent en première ligne, les trompettes sonnèrent et les cavaliers se mirent en mouvement.

Ralph abaissa son heaume et sortit son épée du fourreau. Il eut une pensée pour sa mère. Il savait qu'elle priait pour lui chaque fois qu'elle allait à l'église et il éprouva subitement pour elle une chaleureuse gratitude. Puis il reporta les yeux sur l'ennemi.

Entravés par le poids de leurs cavaliers en armure, les énormes chevaux étaient lents à démarrer. Les rayons du soleil couchant se reflétaient sur les casques d'acier des Français et leurs bannières claquaient dans la brise du soir. Peu à peu, le tintement des sabots résonna plus fortement et l'allure des chevaux s'accéléra. Les chevaliers flattaient leurs montures et se hurlaient des encouragements l'un à l'autre, en agitant leurs piques et leurs épées. La vitesse à laquelle ils déferlaient telle une vague sur la plage créait l'impression qu'ils étaient de plus en plus nombreux à mesure qu'ils se rapprochaient. Ralph avait la bouche sèche, son cœur battait comme un tambour.

Les Français étaient arrivés à portée de tir, et le prince, une fois de plus, donna l'ordre de tirer. À nouveau, les flèches s'élevèrent dans le ciel et retombèrent comme une pluie mortelle.

Les chevaliers lancés à l'assaut de la colline étaient recouverts de la tête aux pieds par leur armure et c'était un miracle lorsqu'une flèche trouvait la jointure entre deux plaques de métal. Leurs montures, en revanche, n'avaient que le museau et l'encolure protégés par une plaque de métal ou une cotte de mailles, et lorsqu'une flèche se plantait dans leur flanc ou leur poitrail, soit ils s'immobilisaient, soit ils s'écroulaient, soit ils faisaient demi-tour. Les collisions entre chevaux causaient de nombreuses chutes et leurs cavaliers, à l'instar des archers, se retrouvaient alors écrasés par ceux qui arrivaient derrière et qui, emportés par leur élan, leur passaient sur le corps.

Mais aujourd'hui, les chevaliers se comptaient par milliers, et il en arrivait encore et encore !

Les rangs des archers s'effilochaient, leurs tirs perdaient en précision. Lorsque les Français ne furent plus qu'à quelques centaines de pas, ils changèrent leurs flèches en pointe pour d'autres à bout carré, capables de perforer les armures. À présent, ils étaient en mesure de tuer les cavaliers, même si abattre leurs montures s'avérait presque aussi efficace.

Le sol était détrempé par la pluie. Dans quelques instants, les Français parviendraient à la partie de terrain creusée par les Anglais. À la vitesse qui était la leur, les bêtes allaient trébucher et même s'écrouler si elles posaient le pied dans un trou. Et leurs cavaliers, bien souvent projetés au sol, se retrouveraient sous les pattes mêmes des autres chevaux.

Comme l'avaient prévu les Anglais, les chevaliers qui arrivaient à la charge s'écartèrent sur la droite et sur la gauche pour éviter les archers. C'est alors qu'ils se découvrirent canalisés dans un étroit goulot, devenus la cible de tirs venant des deux côtés à la fois.

La stratégie anglaise allait démontrer toute sa raison d'être. L'ordre intimé aux chevaliers anglais de combattre à pied prenait maintenant tout son sens. À cheval, ils n'auraient pas résisté à la tentation de s'élancer à la rencontre des Français et les archers auraient cessé de tirer de peur de tuer leurs propres combattants. Mais comme les chevaliers et les hommes d'armes campaient sur les positions qui leur avaient été assignées, l'ennemi put être massacré sans que les Anglais ne subissent de pertes.

Hélas, face au nombre et à la bravoure des Français, cette ruse ne suffit pas. L'assaut se poursuivit et les Français finirent par atteindre les chevaliers et les soldats anglais, massés entre les deux groupes d'archers. La bataille, alors, commença véritablement.

Si les cavaliers français étaient parvenus à enfoncer les premiers rangs des lignes anglaises, malgré le terrain glissant et la pente, ils n'étaient plus en nombre suffisant pour affronter le gros des troupes anglaises massé là.

Brutalement plongé au cœur de la mêlée, Ralph s'efforçait du mieux qu'il pouvait d'éviter les coups que lui portaient les chevaliers français du haut de leurs montures. À grand renfort de moulinets, il cherchait à trancher les jarrets des chevaux, moyen le plus facile et le plus rapide d'invalider l'animal. La bataille faisait rage. Les Anglais n'avaient pas de base de repli. Quant aux Français, ils savaient que, s'ils battaient en retraite, ils subiraient à nouveau la même averse de flèches qu'en montant.

Autour de Ralph, les hommes s'écroulaient, pourfendus par les épées et les haches de guerre et aussitôt piétinés par les puissants sabots des destriers. Ralph vit le comte Roland déraper et tomber sous les coups d'épée d'un Français et l'évêque Richard faire tournoyer sa massue pour protéger son père à terre. Mais un cheval de guerre percuta l'évêque et le comte fut piétiné sous les sabots de la bête.

Les Anglais étaient contraints de reculer.

Ralph se rendit compte brusquement que les Français s'étaient concentrés sur le prince de Galles. À vrai dire, il n'éprouvait pas une affection particulière pour ce garçon de seize ans, mais il savait que la mort ou la capture de l'héritier du trône porterait un coup terrible au moral des Anglais. Il recula donc vers la gauche et rejoignit plusieurs de ses camarades qui formaient une défense autour de leur prince. Las, les Français intensifiaient leurs efforts, et ils étaient à cheval.

À un moment, Ralph se retrouva épaule contre épaule avec le prince qu'il reconnut à son pourpoint : fleurs de lys sur fond bleu et lions héraldiques sur fond rouge.

L'instant était critique.

Il bondit sur l'attaquant du prince et parvint à introduire son épée sous son bras, à l'endroit précis où les deux parties de son armure se rejoignaient. Avec quel plaisir il sentit la pointe de son arme entailler la chair du Français et vit le sang jaillir de la blessure.

Un guerrier s'était jeté à califourchon sur le prince tombé à terre et le protégeait en balançant son épée, déterminé à empêcher quiconque, homme et cheval, d'approcher de son maître. Ralph reconnut en lui Richard Fitzsimon, le porte-étendard du prince. Il avait laissé choir son drapeau, dissimulant ainsi le prince aux yeux de l'ennemi. Ralph se battit comme un lion à ses côtés, sans même savoir si le fils du roi était mort ou vivant.

Des renforts arrivèrent. Le comte d'Arundel apparut à la tête de nouvelles troupes. Ces hommes, nombreux et reposés, se lancèrent dans la mêlée avec ardeur et surent inverser la situation. Les Français commencèrent à reculer.

Le prince de Galles se redressa sur les genoux. Ralph leva son heaume et l'aida à se mettre debout. Il avait été touché mais sa blessure ne semblait pas être grave. Ralph se retourna pour reprendre le combat.

Les Français se dispersaient. Leur courage suppléant à leur folie, ils étaient presque parvenus à briser les lignes anglaises, mais n'avaient pas réussi à les mettre en déroute et, maintenant, c'étaient eux qui fuyaient pour rejoindre leurs lignes, se livrant aux flèches des archers. Il en tomba un grand nombre tandis qu'ils dévalaient la pente couverte de sang. Un cri de joie monta des forces anglaises, épuisées mais radieuses.

Une fois de plus, les Gallois envahirent le champ de bataille, tranchant la gorge aux blessés et ramassant des milliers de flèches. Les archers récoltèrent aussi les tiges, pour renouveler leurs munitions. Des cantonniers apparurent de l'arrière, avec des jarres de bière et de vin, et les chirurgiens se précipitèrent pour soigner les nobles blessés.

Ralph vit William de Caster penché sur son père. Le comte Roland respirait encore, mais il avait les yeux fermés et il semblait bien près de mourir.

Ralph essuya dans l'herbe le sang de son épée et releva sa visière pour boire une chope de bière. Le prince de Galles s'avança vers lui. « Comment t'appelles-tu ?

— Ralph Fitzgerald, de Wigleigh, mon seigneur.

— Tu t'es battu bravement. Demain, tu seras sieur Ralph si le roi daigne m'écouter. »

Ralph eut un sourire resplendissant. « Je vous remercie, mon seigneur. » Le prince lui décocha un gracieux signe de tête et poursuivit son chemin.

50.

Caris assista au début des combats depuis l'autre côté de la vallée. Elle vit les Génois tenter de fuir et être réduits en pièces par les chevaliers de leur propre camp ; elle vit la première grande charge durant laquelle des hommes portant les couleurs du comte d'Alençon menèrent à la bataille des milliers de chevaliers et d'hommes en armes ; elle vit ensuite ces mêmes chevaliers tomber par centaines sous les flèches anglaises et être aussitôt piétinés par leurs énormes destriers.

Elle ne connaissait rien à la guerre, ce spectacle la rendit malade. Elle était trop loin pour bien comprendre la nature de ces combats au corps à corps, mais toutes ces épées qui jetaient des éclats et tous ces hommes qui s'écroulaient à terre lui donnaient envie de pleurer. À l'hospice de Kingsbridge, elle avait été souvent appelée à soigner des hommes tombés d'échafaudages très hauts, blessés à la chasse ou en maniant un outil. Chaque fois, la vue d'une jambe cassée, d'une main écrasée, d'un cerveau endommagé la plongeait dans une grande tristesse et elle gardait au fond du cœur un sentiment de gaspillage irréparable. Aujourd'hui, face à ces hommes qui s'infligeaient mutuellement d'aussi terribles blessures, elle était prise de révolte.

Si elle avait entendu parler de cette bataille en Angleterre, elle aurait souhaité de toute son âme que les Anglais remportent la victoire. Se trouvant en France, elle n'éprouvait plus qu'une sorte de neutralité dégoûtée après toutes les horreurs qu'elle avait vues au cours des deux dernières semaines. Comment s'identifier à ces Anglais qui assassinaient les paysans et brûlaient leurs récoltes ? Le fait qu'ils commettent ces atrocités en terre étrangère ne changeait rien à l'affaire. Bien sûr, ils affirmeraient la leçon bien méritée puisque les Français avaient brûlé Portsmouth. Mais penser ainsi était d'une bêtise insigne. Cela ne conduisait qu'à des scènes d'horreur, telle que celle qui se déroulait à présent sous ses yeux.

Pendant un long moment, il fut difficile de prédire quel camp l'emporterait. Les Français avaient battu en retraite ; on pouvait supposer qu'ils allaient se regrouper et se réorganiser en attendant que le roi arrive et propose un nouveau plan de bataille. Ils disposaient toujours d'une écrasante supériorité numérique. De nouvelles troupes affluaient sans relâche, grossissant les rangs des milliers d'hommes déjà massés dans la vallée.

Mais les Français ne se regroupèrent pas. À peine un nouveau bataillon arrivait-il qu'il se lançait aussitôt à l'assaut de la colline toujours aux mains des Anglais, et ce ballet suicidaire se répétait à l'infini. Les pertes subies au cours de la seconde charge et de celles qui suivirent furent encore plus terribles que lors du premier assaut. Certains bataillons furent décimés par les archers avant même d'avoir atteint les premières lignes anglaises, d'autres écrasés par les fantassins. La colline était rouge du sang de centaines d'hommes et de chevaux.

Après le premier assaut, Caris ne s'intéressa plus au combat que par intermittence, trop occupée à soigner les blessés qui avaient réussi à fuir le champ de bataille. S'étant convaincu de ses capacités de chirurgien, Martin l'avait autorisée à se servir de tous ses instruments. Il les laissa bientôt, Mair et elle, agir comme elles l'entendaient. Et, des heures durant, les deux religieuses s'affairèrent à nettoyer des blessures, à les recoudre et à les bander.

Du front leur parvenaient les noms des victimes les plus prestigieuses. Charles d'Alençon fut le premier des grands personnages à trouver la mort. Il ne l'avait pas volé ! ne put s'empêcher de penser Caris, se rappelant sa fougue imbécile et son mépris de la discipline. Des heures plus tard, on annonça la mort du roi Jean de Bohême. Quelle folie pouvait pousser un aveugle à faire la guerre ? se demanda-t-elle.

« Au nom du ciel, pourquoi ne baissent-ils pas les armes ? s'écria-t-elle à l'adresse de Martin qui lui apportait un bol de bière pour qu'elle se rafraîchisse.

— La peur les anime, expliqua-t-il. La peur du déshonneur. Plutôt mourir que quitter le champ de bataille sans coup férir ! La honte serait impardonnable.

— Eh bien, un grand nombre d'entre eux pourront se réjouir de voir leurs vœux exaucés », répliqua Caris d'un air sombre.

Elle vida son bol et se remit à la tâche. Ses connaissances thérapeutiques et sa compréhension du corps humain progressaient à pas de géant. Elle avait là, sous les yeux, tout ce qui constituait un corps humain vivant : le cerveau sous les os brisés d'un crâne ; le réseau de tuyaux qui partait d'une gorge ; les muscles d'un bras ouvert par un coup d'épée ; le cœur et les poumons à l'intérieur d'une cage thoracique écrasée ; l'embrouillamini gluant des intestins ; toutes les articulations, hanche, genou, cheville. En une heure de temps sur un champ de bataille, elle en apprenait plus qu'en toute une année à l'hospice du prieuré. Voilà donc comment Matthieu le Barbier avait acquis son savoir ! Elle comprenait maintenant qu'il puisse manifester une telle confiance en soi.

Le carnage se poursuivit jusqu'à la nuit tombée. Les Anglais allumèrent des torches par crainte d'une attaque surprise sous le couvert de l'obscurité. Mais ses compatriotes n'avaient plus rien à craindre ; Caris le savait bien, là où elle se trouvait. Les Français étaient en pleine déroute. Elle les entendait fouiller le champ de bataille à la recherche de leurs compagnons d'armes tombés au combat. Le roi, qui était arrivé à temps pour participer à l'un des derniers assauts désespérés, avait quitté les lieux. Après son départ, la débandade avait été générale.

Du brouillard s'éleva de la rivière et emplit bientôt la vallée. Les feux lointains des Anglais disparurent, happés par la brume. Et recommença pour Mair et Caris une longue nuit à soigner les blessés à la lumière des torches. Tous ceux qui étaient en état de marcher ou de boitiller s'éloignaient le plus loin possible de l'infirmerie pour échapper à l'inévitable opération de nettoyage qui aurait lieu le lendemain.

Pour Caris et Mair aussi, c'était le moment ou jamais de s'esquiver.

Ayant repris leurs poneys, elles les conduisirent par la bride à la lumière d'une torche. Parvenues tout au fond de la vallée, elles se retrouvèrent en terrain neutre. À l'abri du brouillard et de l'obscurité, elles se défirent de leurs vêtements. L'espace d'un moment, elles furent terriblement vulnérables, nues comme elles l'étaient si près du champ de bataille. Mais nul ne pouvait les voir et, une seconde plus tard, elles avaient déjà revêtu leur habit de nonne. Elles rangèrent leurs tenues masculines dans leurs sacs de selle au cas où elles en auraient encore besoin. Il leur restait un long chemin à parcourir avant de regagner les murs de leur couvent.

Caris décida d'éteindre la torche de peur qu'un archer anglais n'ait la mauvaise idée de tirer par automatisme, sans même se demander sur quoi. Menant toujours leurs poneys par la bride, elles reprirent leur marche en se tenant par la main pour ne pas risquer d'être séparées. Aucune lumière ne venait des astres ou de la lune, le brouillard aspirait tout, et ce fut à l'aveuglette qu'elles gravirent la colline menant jusqu'aux lignes anglaises. Il régnait une odeur de boucherie. Tant de cadavres jonchaient le sol qu'elles ne pouvaient les éviter. Les dents serrées, elles enjambaient les hommes et contournaient les chevaux morts. Leurs souliers furent bientôt recouverts d'une boue de terre et de sang.

Les cadavres s'espacèrent peu à peu, jusqu'à disparaître complètement. À mesure qu'elle se rapprochait de l'armée anglaise, Caris sentait une sorte de soulagement s'infiltrer en elle et peu à peu l'envahir. Elle avait parcouru des centaines de lieues, portée par le seul espoir de rencontrer l'évêque Richard ; les deux semaines d'atrocités qu'elle venait de vivre lui avaient presque fait oublier la raison de son équipée : récupérer les cent cinquante livres dérobées au couvent par le prieur Godwyn.

Au regard de tout ce sang versé, c'était un but bien dérisoire. Néanmoins, justice devait être rendue, et Caris comptait bien en appeler à l'évêque au nom de son couvent.

La distance qui la séparait des lignes anglaises lui semblait bien supérieure à ce qu'elle avait supposé en examinant les lieux du fond de la vallée, en plein jour. Elle se demandait avec inquiétude si elle ne s'était pas égarée. Se pouvait-il qu'elle ait tourné dans la mauvaise direction et continué tout droit au-delà des forces anglaises, de sorte que l'armée de son roi se trouvait maintenant dans son dos ? Elle tendit l'oreille. Dix mille hommes ne pouvaient être complètement silencieux, même s'ils étaient terrassés par le sommeil. Mais le brouillard étouffait tous les sons.

Elle se raccrocha à la conviction que le roi Édouard avait nécessairement positionné ses armées sur le point le plus élevé de la colline. Par conséquent, aussi longtemps qu'elle montait, elle se rapprochait de lui. Las, cette obscurité aveugle n'était pas seulement agaçante, elle était dangereuse car elle pouvait cacher un précipice.

L'aube commençait à colorer le brouillard d'une teinte gris perle lorsqu'elle entendit une voix. Elle s'arrêta.

C'était un homme qui parlait tout bas. Un autre homme répondit. Mair serra nerveusement la main de Caris. En quelle langue parlaient-ils ? se demanda Caris. Impossible de rien comprendre. Se pouvait-il qu'elles aient tourné en rond et soient revenues à leur point de départ, du côté des Français ?

Tenant fermement la main de Mair, elle se dirigea vers les voix. À présent, le rougeoiement d'une flamme transperçait la brume. Caris bénit le ciel de lui offrir ainsi un cap sur lequel se diriger. À chacun de ses pas, les voix devenaient plus distinctes. Elle comprit bientôt qu'elles s'exprimaient en anglais.

L'instant d'après, elle entrevit un groupe de soldats autour d'un feu. Plusieurs d'entre eux dormaient, emmitouflés dans des couvertures ; trois étaient assis autour d'un âtre, les jambes croisées, et bavardaient en regardant les flammes. L'un d'eux se leva et scruta le brouillard. Ce devait être une sentinelle de faction. Le fait qu'il ne les ait pas vues approcher était la meilleure preuve que le brouillard effaçait tout.

« Dieu vous bénisse, hommes d'Angleterre ! » chuchota Caris à voix basse pour attirer leur attention.

Assurément, elle les effraya, car l'un d'eux laissa échapper un cri et il fallut un certain temps à la sentinelle pour lancer : « Qui va là ?

— Deux religieuses du prieuré de Kingsbridge », expliqua Caris. Et, comme les hommes la regardaient avec une frayeur superstitieuse, elle se hâta de préciser : « Ne craignez rien, nous sommes bien des êtres de chair et de sang, et nos poneys aussi.

— Vous avez dit de Kingsbridge ? s'étonna l'un des hommes présents. Mais je vous connais, ajouta-t-il en se levant. Je vous ai déjà vue.

— Seigneur William de Caster ! s'écria Caris, le reconnaissant à son tour.

— Je suis le comte de Shiring maintenant. Mon père est mort de ses blessures, il y a une heure.

— Que son âme repose en paix ! Nous avons accompli tout ce voyage pour rencontrer votre frère, l'évêque Richard, qui est notre abbé.

— Vous arrivez trop tard. Mon frère est mort lui aussi. »

*

Plus tard, une fois le brouillard dissipé, ce fut un abattoir qui se révéla aux yeux de Caris et de Mair dans la lumière du soleil. Le comte William les emmena auprès du roi Édouard.

L'assistance tout entière s'émerveilla au récit de ces deux religieuses qui avaient suivi l'armée anglaise à travers la Normandie. Ces guerriers qui, la veille encore, affrontaient la mort les écoutèrent, sidérés, narrer leurs aventures.

Âgé de trente-trois ans à peine, Édouard III régnait sur l'Angleterre depuis maintenant dix-neuf ans. De grande taille et de forte carrure, il était plus imposant que bel homme. Son nez fort, ses pommettes marquées et son abondante chevelure étaient ceux d'un homme fait pour le pouvoir. Son surnom de « Lion » lui allait comme un gant.

Il était assis sur un tabouret devant sa tente, élégamment vêtu d'une culotte de deux couleurs et d'une cape bordée d'un galon tuyauté. Il ne portait ni arme ni armure ; à quoi lui auraient-elles servi ? Les Français s'étaient évanouis dans les airs et des troupes vengeresses envoyées dans la vallée s'employaient à pourchasser les traînards et à les tuer. Une poignée de barons l'entourait.

Caris entreprit de raconter comment Mair et elle-même avaient cherché abri et nourriture dans la campagne normande dévastée. Tout en évoquant ses aventures, elle craignit que le roi ne perçoive la critique dans ses propos. Mais il ne semblait pas avoir conscience des souffrances qu'il avait causées. Il l'écoutait détailler ses exploits avec le plaisir qu'il aurait pris à entendre un naufragé relater comment son courage lui avait permis de survivre.

Elle conclut son récit en lui exposant son désarroi à l'annonce que l'évêque Richard était mort. « Nous attendions de lui justice. Je supplie donc Votre Majesté d'ordonner au prieur de Kingsbridge de restituer au couvent l'argent qu'il lui a dérobé. »

Édouard eut un sourire attristé. « Vous avez de la bravoure, mais vous ne connaissez rien à la politique, lui dit-il avec condescendance. Le roi ne saurait être mêlé à une querelle ecclésiastique sans encourir le risque de voir tous les évêques frapper à sa porte. »

Caris garda le silence, pensant en son for intérieur que le roi ne voyait aucun empêchement à se mêler des affaires de l'Église lorsque cela servait ses buts.

Édouard poursuivait : « De plus, cela n'arrangerait pas votre affaire. L'Église en serait outragée et, du plus bas au plus haut de l'échelle, tous les ecclésiastiques du pays s'opposeraient à notre pouvoir, sans se préoccuper de nos mérites. »

La remarque du souverain n'était pas dénuée de fondement, jugea Caris. Toutefois, son impuissance n'était telle qu'il voulait le laisser croire. « Je sais, dit-elle, que Votre Majesté se rappellera l'offense faite aux religieuses de Kingsbridge et qu'elle rapportera leur histoire au nouvel évêque de Kingsbridge lorsqu'elle le désignera.

— Bien sûr », affirma le roi, mais sa réponse ne la convainquit pas.

L'entrevue semblait terminée lorsque le comte William intervint : « Votre Majesté, maintenant que vous avez bien voulu me permettre de succéder à mon père et que vous avez gracieusement confirmé mon titre de comte, il reste à régler la désignation du prochain seigneur de Caster.

— Ah oui. Notre fils, le prince de Galles, a proposé le nom du seigneur Ralph Fitzgerald, qui a été élevé hier soir au rang de chevalier pour lui avoir sauvé la vie. »

Caris laissa échapper un petit cri que le roi n'entendit pas, contrairement à William. Celui-ci partageait manifestement son dépit. Il ne chercha pas à celer son indignation : « Avant d'obtenir votre royal pardon en entrant dans l'armée de Votre Majesté, Ralph était un hors-la-loi qui s'est rendu coupable de nombreux vols, meurtres et viols. »

Si cet éclat émut Caris, il laissa le roi de marbre. « Cela fait maintenant sept ans que Ralph se bat pour nous, déclara-t-il. Il mérite une seconde chance.

— Certainement, objecta William avec diplomatie. Mais compte tenu des troubles que nous avons connus dans le passé par sa faute, je souhaiterais le voir mener une vie paisible pendant un an ou deux avant d'être anobli.

— Eh bien, nous ne t'imposerons pas cette décision de force, mais ce sera à toi, en tant que son suzerain, de veiller à ce qu'il se comporte pacifiquement. » Puis, après un instant de réflexion, le roi reprit : « N'as-tu pas une cousine en âge de se marier ?

— Oui, dit William. Matilda. Nous la surnommons Tilly.

— C'est exact. C'était la pupille de ton père Roland. Son père possédait trois villages près de Shiring.

— Votre Majesté a bonne mémoire des détails.

— Que Matilda épouse Ralph et qu'il reçoive les villages de son père ! décréta le roi.

— Mais elle n'a que douze ans ! » s'exclama Caris, qui connaissait la petite Tilly, élève à l'école du couvent.

William la fit taire.

Le roi Édouard se tourna vers elle avec froideur. « Les enfants de la noblesse se doivent de grandir rapidement, ma sœur. La reine n'avait que quatorze ans lorsque je l'ai épousée. »

Mais Caris était trop révoltée pour se contenir. Tilly n'avait que quatre ans de plus que l'enfant qu'elle aurait pu avoir de Merthin. « Entre douze et quatorze ans, la différence est de taille, insista-t-elle désespérément.

— En présence du souverain, on ne donne son opinion que lorsqu'elle vous est demandée, laissa tomber le roi sur un ton glacial. Et il s'inquiète rarement de connaître celle des femmes. »

Caris poursuivit néanmoins, s'en prenant au caractère de Ralph, puisque l'âge n'était pas le bon angle d'attaque. « On ne saurait marier une petite fille aussi gentille que Tilly à cette brute de Ralph !

— Caris, vous vous adressez au roi ! » lui chuchota Mair à l'oreille sur un ton apeuré.

Le souverain se tourna vers William. « Emmène-la, Shiring, avant qu'elle ne lâche des propos auxquels je ne pourrais rester sourd. »

S'emparant de son bras, William l'entraîna hors de la présence royale. Mair suivit. Dans son dos, Caris entendit Édouard s'exclamer : « Je comprends qu'elle ait survécu en Normandie ! Les gens du cru ont dû être terrifiés. » Et les nobles tout autour de s'esclaffer.

« Vous êtes devenue folle ! chuchota William.

— Moi ? s'indigna Caris sans craindre de hausser le ton, ne pouvant plus être entendue du roi. Au cours de ces six dernières semaines, le roi a causé la mort de milliers de gens, hommes, femmes et enfants ; il a incendié leurs récoltes et leurs maisons. Pour ma part, je n'ai fait qu'essayer de sauver une petite fille d'un mariage avec un assassin. Lequel de nous deux est le plus fou, seigneur William, dites-le-moi, je vous prie ? »

51.

En l'an 1347, la moisson fut mauvaise à Wigleigh. Les paysans firent comme toujours en période de vaches maigres :

ils rognèrent sur la nourriture, remirent à plus tard les achats superflus et, la nuit, se serrèrent plus étroitement les uns contre les autres pour se tenir chaud. La vieille veuve Hubert mourut avant son heure ; Janey Jones, elle, fut emportée par une toux à laquelle elle aurait dû survivre aisément et le dernier-né de Joanna David n'atteignit pas sa première année, ce qu'il aurait fait en temps ordinaire.

Gwenda surveillait ses deux garçons d'un œil anxieux. Sam, qui avait huit ans, était grand pour son âge. Il ressemblait à Wulfric, disait-on, mais Gwenda voyait en lui son vrai père, Ralph Fitzgerald. David, baptisé ainsi en souvenir du frère de Wulfric disparu dans l'effondrement du pont, était petit pour ses six ans et fluet comme sa mère, de qui il avait également hérité son teint noiraud. Les deux enfants étaient visiblement affaiblis par la malnutrition. Tout au long de l'automne, David avait souffert de maux divers, un rhume pour commencer, puis une poussée de boutons et, pour terminer, une vilaine toux.

En cette courte journée du milieu de l'hiver, Gwenda les emmena avec elle quand elle partit avec Wulfric finir de semer le blé d'hiver sur les terres de Perkin. Un vent glacial balayait les champs. Elle lança les semences dans les sillons pendant que Sam et David effrayaient les oiseaux pleins d'audace qui tentaient de picorer le blé avant que Wulfric n'ait eu le temps de retourner la terre. En voyant ses enfants courir, sauter et crier, Gwenda s'émerveilla que ces deux petits êtres aient pu sortir de son ventre. Ils avaient transformé la chasse aux oiseaux en une sorte de compétition et l'imagination dont ils faisaient preuve la ravissait. N'était-ce pas miraculeux qu'ils puissent avoir maintenant des pensées à eux dont elle ignorait tout ?

Les pieds lourds de la boue qui collait à leurs semelles, ils arpentaient le champ tous ensemble, avançant au rythme des marteaux de bois du foulon dont le son leur parvenait de l'autre côté du cours d'eau. Construit par Merthin voilà déjà neuf ans, le moulin était tenu par deux frères célibataires, Jack et Eli, des originaux qui employaient leur neveu comme apprenti. Paysans sans terre, ils étaient les seuls du village à ne pas avoir souffert de la mauvaise récolte car Marc le Tisserand leur versait un salaire régulier.

Gwenda et les siens achevèrent les semailles juste au moment où le ciel gris commençait à virer au noir et la brume du crépuscule à s'amasser dans les bois. Ils étaient vannés.

Il leur restait un demi-sac de graines ; ils le rapportèrent chez Perkin. Ils atteignaient sa maison quand ils le virent arriver de l'autre bout du village, marchant à côté du chariot que conduisait sa fille, Annet. Ils s'en revenaient de Kingsbridge où ils étaient allés vendre les dernières pommes et poires de leurs vergers.

Âgée de vingt-huit ans et mère d'un enfant, Annet avait conservé sa silhouette de jeune fille et le faisait remarquer en portant des robes trop courtes et en laissant des mèches folles s'échapper joliment de sa coiffe. Elle avait l'air idiot, pensait Gwenda, et toutes les femmes du village partageaient son opinion. Aucun homme n'y souscrivait.

En voyant Perkin s'en retourner du marché avec une carriole aussi chargée qu'au départ, Gwenda resta médusée : « Que s'est-il passé ? s'écria-t-elle.

— L'hiver n'a pas été plus clément là-bas que chez nous, répondit Perkin, le visage morose. Les gens n'ont pas d'argent. Il ne nous reste plus qu'à faire du cidre de toutes ces pommes. »

C'était un désastre, Gwenda le comprit aussitôt. Annet, quant à elle, ne semblait pas le moins du monde affectée par la quantité d'invendus. Elle tendit une main à Wulfric, qui s'empressa de la saisir pour l'aider à descendre du chariot. Posant le pied à terre, elle trébucha et s'affala contre lui. « Oh là là ! » s'exclamat-elle en reprenant son équilibre, la main posée sur son torse. Et Wulfric rougit de plaisir au sourire qu'elle lui décocha.

Ce crétin ne voit rien ! pensa Gwenda par-devers elle.

Ils entrèrent dans la maison. Perkin s'assit à la table ; Peggy, son épouse, lui apporta un bol de potage. Il découpa une tranche épaisse du pain posé sur une planche, tandis que Peggy commençait à remplir les écuelles. Elle servit sa famille en premier : sa fille Annet et son mari, Billy Howard, puis son fils Rob et son épouse. Elle ne versa qu'une louchée à la fille d'Annet, Angéla, qui avait quatre ans, et s'occupa ensuite des deux fils de Rob. Ce n'est qu'alors qu'elle invita Wulfric et les siens à prendre place.

Gwenda avala sa soupe avec voracité. Le brouet, épaissi avec du pain rassis, était plus consistant que celui qu'elle préparait.

Chez elle, le pain n'avait jamais le temps de rassir. Les Perkin eurent également droit à des bolées de bière anglaise. Peggy n'en versa ni à Gwenda ni à Wulfric : l'hospitalité avait ses limites dans les moments difficiles.

Perkin réservait ses facéties à ses clients ; le reste du temps, il bougonnait. Sous son toit, l'atmosphère était toujours un peu morne. Il décrivit avec découragement le marché de Kingsbridge. La journée avait été mauvaise pour presque tous les commerçants. Seuls ceux qui proposaient des produits de base comme le blé, la viande et le sel avaient tiré leur épingle du jeu. Quant au tissu écarlate devenu si célèbre, il ne s'en était pas vendu un seul coupon.

Peggy alluma une lampe. Gwenda serait volontiers rentrée chez elle, d'autant que ses garçons commençaient à courir tout autour de la pièce en bousculant les grandes personnes, mais elle attendait son salaire. « C'est presque l'heure où je les couche d'habitude », dit-elle, ce qui n'était pas tout à fait vrai.

Wulfric se décida enfin : « Nous partirons dès que nous aurons touché notre paie.

— Je n'ai pas un sou », laissa tomber Perkin.

Gwenda le dévisagea avec ébahissement. En neuf ans, c'était la première fois qu'il leur faisait une telle réponse.

Wulfric insista : « Nous devons recevoir notre salaire. Il faut bien que nous mangions !

— Vous avez eu de la soupe, pas vrai ? répliqua Perkin.

— Nous travaillons pour de l'argent, pas pour de la soupe ! réagit Gwenda, offusquée.

— Puisque je vous dis que je n'en ai pas ! répéta Perkin. Je suis allé vendre mes pommes au marché et personne ne m'a rien acheté. Des pommes, j'en ai plus que je ne pourrai jamais en manger ; mais d'argent, nenni ! »

Que Perkin puisse un jour ne pas les payer, elle ne l'avait jamais imaginé. Elle en était à ce point sidérée qu'elle ne trouvait rien à répondre. Confrontée subitement à sa propre impuissance, elle se découvrait apeurée devant l'avenir.

Wulfric prononça lentement : « Comment allons-nous régler la question ? Devons-nous retourner à Longchamp et déterrer les graines que nous avons semées ?

— Je vous devrai cette semaine de salaire. Je vous la réglerai quand les choses iront mieux.

— La semaine prochaine?

— Je n'aurai pas plus d'argent la semaine prochaine. Vous croyez que je n'ai qu'à me baisser pour en ramasser?

— Allons trouver Marc le Tisserand, suggéra Gwenda. Peut-être nous trouvera-t-il du travail au moulin. »

Perkin secoua la tête. « Je l'ai vu, hier, à Kingsbridge. Je lui ai déjà posé la question. Sa réponse est non. Il ne vend pas assez de tissu. Il va garder Jack, Eli et le garçon, et il conservera sa production jusqu'à ce que le commerce reprenne. Dans l'intervalle, il n'a pas les moyens d'engager qui que ce soit.

— Mais comment vivrons-nous? s'exclama Wulfric. Et vous, comment comptez-vous effectuer les labours de printemps?

— Vous pouvez travailler contre de la nourriture », proposa Perkin.

Wulfric échangea un regard avec Gwenda. Elle refoula avec difficulté une réplique cinglante : ce n'était pas le moment de se faire des ennemis. Elle réfléchit rapidement. Le choix était simple : manger ou mourir de faim. « D'accord pour un travail payé en nourriture, dit-elle, mais temporairement! Vous resterez à nous devoir nos salaires. »

Perkin secoua la tête. « Ta proposition est peut-être juste…

— Bien sûr qu'elle est juste!

— Je l'admets : c'est juste, mais ça n'y change rien. Je ne sais pas quand j'aurai de l'argent et je ne veux pas vous devoir une livre à la Pentecôte! Non, ce sera travail contre nourriture, un point c'est tout!

— Dans ce cas-là, ce sera de la nourriture pour nous quatre.

— Oui.

— Et Wulfric sera seul à travailler.

— Ça… heu…

— Entretenir une famille, ce n'est pas seulement la nourrir. Il faut encore habiller les enfants. Le père a besoin de nouvelles bottes. Si vous ne me payez plus, il faudra bien que je trouve de l'argent quelque part pour acheter tout ça.

— Comment feras-tu?

— Je ne sais pas. »

Elle se tut. À vrai dire, elle n'en avait aucune idée et la panique commençait à la gagner. « Je demanderai à mon père comment il se débrouille.

— À ta place, je m'en abstiendrais ! intervint Peggy. Le seul conseil qu'il te donnera, ce sera de voler. »

La remarque de Peggy piqua Gwenda au vif. Comment osait-elle parler de Joby avec tant de mépris ? Lui, au moins, n'avait jamais employé un journalier pour lui annoncer, une fois la tâche accomplie, qu'il ne le paierait pas ! Refoulant sa colère, elle dit gentiment : « Il m'a nourrie pendant dix-huit hivers avant de me vendre à des hors-la-loi. »

Peggy secoua la tête et entreprit de ramasser bruyamment les assiettes sur la table.

« Rentrons maintenant, il se fait tard », dit Wulfric.

Mais Gwenda ne se leva pas. C'était maintenant qu'il fallait arracher des avantages à Perkin ! Sitôt qu'ils auraient mis le pied dehors, le paysan jugerait l'affaire réglée et il ne serait plus possible alors de revenir sur les termes de l'accord. Elle se concentra. Se rappelant que Peggy ne leur avait pas offert de bière, elle déclara : « D'accord pour la nourriture, mais ne comptez pas vous en tirer en nous servant du poisson rance et de la bière coupée d'eau. Vous devrez nous servir exactement ce que vous donnez à votre famille : de la viande, du pain, de la bière et tout le reste. »

Peggy émit un « tss tss » agacé. À l'évidence, Gwenda avait déjoué ses intentions.

« Cela, naturellement, si vous voulez que Wulfric accomplisse le même travail que Rob et vous-même », ajouta Gwenda, sous-entendant par là un fait connu de toute la tablée : Wulfric avait abattu bien plus de travail que Rob lorsqu'il s'était agi de creuser le puits, et certainement deux fois plus que Perkin.

« C'est bon, lâcha Perkin, contraint de se soumettre.

— Et il ne s'agit que d'un accord temporaire. Sitôt que vous aurez de l'argent, vous recommencerez à nous payer en espèces. Et au même tarif qu'avant : un penny par jour et par personne.

— Oui. »

Il y eut une courte pause et Wulfric demanda : « Tout a été dit ?

— Je crois, oui, répondit Gwenda. À présent, il ne vous reste plus qu'à toper tous les deux. Pour sceller l'accord. »

Les deux hommes s'exécutèrent.

Ayant appelé leurs enfants, Gwenda et Wulfric partirent dans la nuit noire. De gros nuages cachaient la lune et les étoiles et ils durent effectuer le trajet jusque chez eux à la seule lueur filtrant autour des volets et des portes des maisons qu'ils longeaient. Heureusement, ils connaissaient par cœur tous les écueils du chemin.

Laissant Wulfric allumer une lampe et faire du feu, Gwenda s'occupa de coucher les garçons dans la cuisine. La famille persistait à ne pas occuper les chambres à l'étage, préférant dormir en bas tous ensemble pour se tenir plus chaud.

Gwenda enveloppa les garçons dans des couvertures et les installa près de l'âtre. Elle avait le cœur serré. Tout au long de son enfance, elle s'était juré de ne pas vivre comme sa mère, dans la constante inquiétude du lendemain. Depuis toujours, elle avait aspiré à l'indépendance. Si Wulfric n'avait qu'un rêve – récupérer les terres de son père –, le sien était d'avoir un petit lopin à cultiver, un mari travailleur et un seigneur compréhensif. Hélas, elle se retrouvait aujourd'hui dans la situation tant redoutée : indigente, mariée à un travailleur sans terre. Avec un patron qui ne pouvait même pas leur verser leurs deux pennies par jour ! Si grande était sa peine qu'elle n'avait même plus de larmes à verser.

Voyant Wulfric aller prendre un pichet en terre sur l'étagère pour se verser une bolée de bière, elle lui jeta avec aigreur : « Profites-en ! Ce n'est pas demain la veille que tu t'en rachèteras ! »

Wulfric ne releva pas. Ce fut sur son ton habituel qu'il lâcha : « C'est quand même stupéfiant que Perkin n'ait pas un sou, lui, l'homme le plus riche du village après Nathan le Bailli.

— Mais bien sûr qu'il en a, de l'argent ! Il a toute une jarre pleine de pennies cachée sous la pierre de sa cheminée. Je l'ai vue de mes yeux !

— Mais alors, pourquoi refuse-t-il de nous payer ?

— Pour ne pas toucher à son épargne, pardi ! »

Wulfric en resta pantois. « Tu veux dire qu'il pourrait nous payer s'il le voulait ?

— Évidemment.

— Eh bien alors, pourquoi devrais-je travailler pour de la nourriture ? »

Gwenda laissa échapper un grognement impatienté. « Parce que c'est ça ou pas de travail du tout !

— Nous aurions dû insister pour être payés ! maugréa Wulfric comprenant, mais un peu tard, qu'ils avaient été grugés.

« — Pourquoi ne l'as-tu pas fait ?

— Je ne savais pas qu'il avait toute une jarre de pennies sous la pierre de sa cheminée.

— Mais enfin, Wulfric, crois-tu vraiment qu'un homme aussi riche que Perkin puisse se retrouver sur la paille à cause d'une charretée de pommes invendues ? Il a de l'argent, c'est évident ! À Wigleigh, c'est lui qui détient le plus grand nombre d'acres depuis qu'il a fait main basse sur les terres de ton père, voilà dix ans !

— Oui, je comprends maintenant. »

Elle resta à fixer le feu tandis qu'il sirotait sa bière. Lorsqu'ils se couchèrent, Wulfric prit Gwenda dans ses bras. Elle posa la tête sur sa poitrine, mais refusa de faire l'amour. Elle était trop en colère. Elle se morigéna intérieurement d'en vouloir à son mari. Il n'y pouvait rien si Perkin se conduisait lâchement avec eux. Ne pas toucher d'argent pour son travail, c'était un malheur que tout journalier connaissait un jour ou l'autre. Sa colère, se rendit-elle compte au moment de glisser dans le sommeil, avait une autre origine. Laquelle ?

Elle revit l'arrivée de Perkin et d'Annet ; elle revit la façon dont cette idiote s'était affalée contre Wulfric en descendant du chariot ; elle revit son sourire provocateur et Wulfric rougissant de plaisir, et elle eut envie de le gifler. Je t'en veux, pensa-t-elle, parce que cette saleté qui ne vaut pas trois sous arrive à faire de toi un fieffé imbécile !

*

Le dimanche précédant Noël, les serfs tinrent réunion dans l'église après l'office. Enveloppés dans des capes et des couvertures, ils se blottissaient les uns contre les autres, en raison du froid qui sévissait toujours. En l'absence du seigneur de Wigleigh, c'était Nathan le Bailli qui réglait les affaires. Ralph Fitzgerald, en effet, n'avait pas remis les pieds au village depuis plusieurs années, au grand bonheur de Gwenda. Pâturages et attelages à bœuf ne devaient plus guère l'intéresser maintenant qu'il avait été anobli et avait reçu trois autres villages pour faits de guerre.

La question du jour concernait les terres d'Alfred Courte-Maison, décédé dans la semaine. Veuf sans descendance, il laissait dix acres de terre arable.

« Puisqu'il n'a pas d'héritier, Perkin se propose de reprendre ses parcelles », déclara le bailli.

Comment Perkin pouvait-il envisager de cultiver des terres encore plus grandes ? Abasourdie par la nouvelle, Gwenda ne réagit pas immédiatement. Aaron Dupommier, le joueur de cornemuse, la devança. « Il va en avoir du pain sur la planche, le Perkin ! Vu qu'à cause de sa maladie Alfred n'a fait ni les labours d'automne ni les semailles d'hiver, il va devoir se cracher dans les mains !

— Qu'est-ce que tu sous-entends ? réagit Nathan avec agressivité. Tu veux cette terre pour toi ? »

Aaron secoua la tête. « Si l'occasion se représente d'ici quelques années, quand mes garçons seront en âge de m'aider aux champs, je sauterai dessus à pieds joints. Pour l'heure, je n'ai pas les bras pour cultiver cette terre.

— Je les ai, moi ! » assura Perkin.

Gwenda se concentra. À l'évidence, Nathan souhaitait que ces parcelles reviennent à Perkin. À coup sûr, celui-ci lui avait promis un dessous-de-table. Que Perkin, qui se prétendait ruiné, ait de quoi payer les taxes de transmission corroborait seulement ses suppositions. Mais à quoi bon démontrer à tous la duplicité de Perkin ? L'important pour Gwenda, c'était trouver le moyen de tirer avantage de la situation.

Mais en entendant Nathan affirmer que Perkin pourrait engager un autre travailleur, son sang ne fit qu'un tour. « Une minute ! s'écria-t-elle. Comment Perkin le paiera-t-il, alors qu'il ne peut plus nous payer, Wulfric et moi, qui travaillons déjà pour lui ? »

Dans l'incapacité de la contredire, Perkin, pris au dépourvu, garda le silence.

« Bien, lâcha le bailli. Quelqu'un d'autre veut-il prendre ces terres à sa charge ?

— Nous ! lança Gwenda avec empressement. » Et comme Nathan s'étonnait, elle précisa : « À l'heure actuelle, Wulfric est payé en nourriture et, moi, je suis sans travail. Il nous faut des terres. »

Elle constata avec plaisir que plusieurs paysans opinaient, signe qu'ils étaient favorables à sa proposition. Le comportement de Perkin à leur égard n'avait pas été bien accepté par les villageois, chacun craignant de connaître un jour cette triste situation.

Voyant ses projets partir en fumée, Nathan réagit vertement : « Je ne peux pas vous les attribuer. Vous n'avez pas de quoi payer le heriot.

— Nous le réglerons petit à petit. »

Nathan secoua la tête. « Non, je veux que ces terres soient louées à un paysan capable de payer l'impôt immédiatement. »

Il promena les yeux sur l'assemblée. Personne ne se proposait. « Et toi, David Johns ? »

L'homme auquel il s'adressait avait des fils qui possédaient déjà des terres. Il répondit : « L'année dernière, j'aurais dit oui sans hésiter. Mais avec toute cette pluie qui est tombée à l'automne, je suis sur le flanc. »

En temps ordinaire, les villageois se seraient battus pour se voir attribuer ces dix acres, mais l'année avait été mauvaise pour tout le monde. Pour Gwenda et Wulfric, la situation était différente : ils rêvaient de posséder des terres et n'en faisaient pas secret. Les parcelles d'Alfred n'étaient en rien comparables à celles dont Wulfric avait été spolié, mais c'était mieux que rien.

« Donne-les donc à Wulfric, Nathan ! intervint Aaron Dupommier. Il les labourera en temps voulu. Il est dur à la tâche. Et ils méritent bien cette chance, sa femme et lui. Ils ont mangé plus que leur part de pain sec. »

Au grand dam de Nathan, les paysans clamaient leur accord. Le couple était respecté au village, malgré sa pauvreté.

Gwenda, quant à elle, tremblait de tous ses membres, littéralement, tant elle était émue. Cet extraordinaire concours de circonstances lui faisait miroiter la possibilité d'un nouveau départ dans la vie.

Las, Nathan n'était pas facile à convaincre. Il objecta : « Le seigneur Ralph n'entérinera pas cette décision, il déteste Wulfric. »

Celui-ci porta involontairement sa main à sa joue balafrée, souvenir du coup d'épée reçu de Ralph dans la salle du tribunal.

« Je sais, dit Gwenda. Mais pour l'heure, il n'est pas là. »

52

La mort du comte Roland, au lendemain de la bataille de Crécy, eut pour effet d'accélérer l'ascension sociale d'un certain nombre de personnes. Ayant hérité du titre, son fils aîné, William, ne fut plus redevable de ses actes qu'au roi seul. L'un de ses cousins, sieur Édouard Courteculotte, devenu son vassal par l'octroi de la seigneurie de Caster et des quarante villages composant ce fief, emménagea dans l'ancienne demeure de William et de Philippa à Casterham. Quant à sieur Ralph Fitzgerald, il reçut le titre de seigneur de Tench.

Au cours des dix-huit mois qui suivirent, aucun de ces personnages ne rentra chez lui, occupés qu'ils étaient à occire des Français dans leurs marches d'un bout à l'autre de ce pays sous l'étendard du roi Édouard. Mais en l'an de grâce 1347, la guerre s'enlisa. Les Anglais s'emparèrent de Calais et surent y demeurer, victoire non négligeable car cette ville était un port important. Nul succès notable n'avait marqué cette décennie guerrière, n'était la quantité de butin amassé.

En janvier 1348, Ralph prit possession de sa nouvelle seigneurie. Elle se composait du gros bourg de Tench, qui comptait une centaine de familles de paysans, et de deux petits villages voisins. Par ailleurs, il possédait toujours le village de Wigleigh, à une demi-journée de cheval.

Ce fut avec un tressaillement de fierté qu'il entra dans son bourg en caracolant, instant attendu entre tous depuis l'enfance. Les serfs se courbaient sur son passage, leurs enfants le dévisageaient les yeux ronds. Dorénavant, il était le seigneur et maître de toutes personnes et de toutes choses en ces lieux.

La demeure se dressait au centre d'un terrain cerné de remparts. En y pénétrant, suivi d'un chariot transportant le butin rapporté de France, Ralph ne manqua pas de noter la décrépitude du mur d'enceinte. Il s'interrogea sur la nécessité de le réparer. En Normandie aussi presque toutes les villes avaient des défenses mal entretenues et cela avait grandement facilité la tâche des Anglais quand ils avaient voulu s'en emparer. Toutefois, il était peu probable que l'Angleterre ait à se protéger d'une invasion lancée à partir des côtes du Sud. La majeure partie de la flotte française avait été coulée dans le port de Sluys. Désormais les Anglais étaient maîtres du chenal qui séparait les deux pays. Mis à part quelques incursions mineures perpétrées par des pirates agissant pour leur propre compte, tous les combats menés depuis lors s'étaient déroulés sur le sol français. Tout bien considéré, rebâtir ce mur d'enceinte ne semblait pas la première des tâches à entreprendre.

Des palefreniers apparurent, qui saisirent les brides des chevaux. Ralph laissa Alan Fougère s'occuper du déchargement et marcha vers sa nouvelle maison. Il boitait : sa jambe blessée le faisait toujours souffrir après un long trajet à cheval. Le manoir de Tench, en pierre, avait un aspect imposant, se dit-il avec satisfaction. Déserté depuis la mort du père de dame Matilda, il nécessiterait certainement des réparations, mais à en juger d'après l'extérieur, sa construction semblait récente. Dans les maisons du temps jadis, lorsque le seigneur voulait avoir des appartements privés, il devait faire ajouter des pièces tout au bout du vestibule, qui demeurait la salle la plus vaste de tout le bâtiment. Ici, l'espace destiné à la famille occupait apparemment la moitié du manoir.

Ralph pénétra dans sa demeure d'un pas joyeux. Grande fut sa déconvenue en apercevant au fond de la longue salle le comte William trônant dans une haute cathèdre en bois sombre. Siège, selon toute évidence, réservé au maître des lieux, à en croire les riches sculptures dont il était orné : anges et lions sur le dossier, serpents et monstres sur les bras et les pieds.

Une grande partie du plaisir de Ralph s'en trouva effacée d'un coup. Comment apprécier pleinement son nouveau statut de propriétaire lorsque le regard du suzerain pesait sur vous ? C'était comme de coucher avec une femme pendant que son mari tendait l'oreille derrière la porte.

Masquant son déplaisir, il salua le comte dans les formes requises. William lui présenta l'homme debout à ses côtés : « Voici Daniel. Il est bailli de ce bourg depuis une bonne vingtaine d'années. Il a pris grand soin de cette seigneurie en lieu et place de mon père pendant toutes les années où ta fiancée, Tilly, a vécu à Château-le-Comte. »

Ralph salua le bailli avec raideur. Le message de William était clair : il tenait à voir Daniel confirmé dans ses fonctions.

Un bailli aussi dévoué au comte Roland le serait tout autant à son fils, songea Ralph. Or, s'il était une chose qu'il ne souhaitait pas, c'était bien qu'un homme du comte contrôle son domaine. La personne qu'il nommerait à ce poste devrait avant tout être loyal envers lui.

William attendait que son vassal exprime son assentiment. Dix ans plus tôt, Ralph aurait débattu aussitôt de la question. Mais il n'avait pas passé tant d'années auprès du roi sans apprendre certaines choses, notamment qu'un seigneur n'avait pas besoin de l'approbation de son suzerain pour nommer un bailli. En conséquence, il désignerait qui bon lui semblerait et, pour l'heure, tairait ses intentions. À peine William reparti, il assignerait Daniel à une autre charge.

Un silence s'instaura entre William et Ralph, chacun demeurant muré dans son obstination. L'ouverture d'une grande porte donnant sur les appartements privés rompit la gêne. La silhouette élancée de dame Philippa s'encadra sur le seuil. Sa vue laissa Ralph pantelant. Sa passion d'antan lui revint avec la violence d'un coup de poing au ventre. N'ayant pas vu dame Philippa depuis plusieurs années, il découvrait aujourd'hui une femme mûre dans toute la perfection de sa beauté. Peut-être était-elle un peu plus ronde que dans son souvenir, ses hanches plus marquées, ses seins plus lourds, mais ces rondeurs n'en rehaussaient que mieux ses attraits. En la voyant s'avancer vers lui de sa démarche de reine, il se demanda avec rancœur pourquoi il n'avait pas une épouse aussi belle.

Dame Philippa lui sourit en agitant la main, elle qui jadis daignait à peine le remarquer. « Ah, je vois que vous avez fait connaissance avec Daniel ! »

À l'évidence, elle aussi souhaitait voir l'intendant du comte maintenu dans ses fonctions, d'où sa subite amabilité. Raison de plus pour me débarrasser de lui sans tarder, se dit Ralph avec un plaisir secret et, tout haut, il se contenta d'un : « Je viens juste d'arriver » qui ne l'engageait pas.

« Nous n'aurions pour rien au monde manqué votre première rencontre avec Tilly, poursuivit dame Philippa, comme si elle se sentait tenue d'expliquer leur présence. Elle fait partie de notre famille, vous savez ? »

Curieux de découvrir enfin à quoi ressemblait sa fiancée, Ralph avait ordonné aux religieuses de Kingsbridge de la conduire ici aujourd'hui même. Apparemment, ces pipelettes de bonnes sœurs n'avaient rien trouvé de mieux que de rapporter son ordre au comte William. « Dame Matilda était sous la tutelle du comte Roland, paix à son âme ! répondit-il, soulignant par ces derniers mots que ce lien avait pris fin au décès du tuteur.

— Je m'attendais à ce que mon mari, en tant qu'héritier du comte, soit chargé de veiller sur elle, répliqua-t-elle et il était évident que le choix du roi ne lui seyait pas.

— Le souverain en a décidé autrement, riposta Ralph. Il me l'a donnée pour épouse. »

De par cette décision royale, la jeune fille était passée automatiquement sous sa tutelle avant même les noces, de sorte que, à strictement parler, le comte William et dame Philippa n'auraient pas dû s'inviter d'autorité chez lui comme s'ils étaient les garants de Tilly. Toutefois, en sa qualité de suzerain, William était en droit de visiter à sa guise n'importe lequel de ses vassaux.

À quoi bon entamer une dispute ? jugea Ralph. Le comte avait mille moyens de lui compliquer la vie. Cependant, le fait qu'il se soit déplacé jusqu'à Tench depuis Shiring – assurément sur les instances de son épouse – démontrait à lui seul qu'il doutait un peu de son autorité. Ralph décida donc de ne pas se laisser intimider. Sept années passées à guerroyer lui avaient inculqué la confiance nécessaire pour défendre une indépendance à laquelle il avait droit.

De plus, croiser le fer avec Philippa n'était pas pour lui déplaire. Cette occasion lui offrait un prétexte pour laisser son regard errer de la ligne autoritaire de sa mâchoire à la plénitude de ses lèvres. Manifestement, il en coûtait à cette gente dame de se retrouver dans l'obligation de converser avec lui.

« Tilly est très jeune, fit-elle remarquer.

— Elle aura quatorze ans cette année, laissa tomber Ralph. L'âge de notre reine quand elle a épousé le roi, comme le souverain s'est plu à nous le préciser, au comte William et à moi-même, après la bataille de Crécy.

— Le jour qui suit une bataille n'est pas nécessairement le meilleur moment pour décider du destin d'une jeune fille », émit encore Philippa sur un ton étouffé.

Ralph réagit aussitôt : « En ce qui me concerne, je me sens obligé de me soumettre aux décisions de Sa Majesté.

— Comme nous tous », dit-elle dans un murmure, et sa phrase déclencha chez Ralph le sentiment de l'avoir vaincue. Il en éprouva brusquement une satisfaction de nature quasiment sexuelle, comme s'il venait de la posséder.

Enchanté de lui-même, il se tourna vers Daniel. « Ma future épouse devrait arriver pour le dîner. Assure-toi qu'un festin nous attend.

— J'y ai déjà veillé », intervint Philippa.

Observant une lenteur étudiée, Ralph tourna la tête jusqu'à ce que ses yeux se posent à nouveau sur le visage de son interlocutrice. Elle rougit. En pénétrant dans sa cuisine et en donnant des ordres à ses serviteurs, elle avait dérogé à la bienséance et le savait.

« J'ignorais à quelle heure vous arriveriez. »

Ralph ne répondit pas. Elle ne lui présenterait pas d'excuses. Cependant, elle s'était sentie obligée de lui fournir une explication. Pour une femme aussi fière, cela équivalait à un recul, et il se réjouit dans son for intérieur.

Depuis un court instant, des bruits de chevaux parvenaient du dehors. Sieur Gérald et dame Maud firent leur entrée. Ralph s'élança vers eux pour les embrasser, il n'avait pas vu ses parents depuis plusieurs années.

Ils avaient tous deux la cinquantaine. Sa mère lui parut plus vieillie que son père. Elle avait les cheveux blancs, le visage ridé, et le maintien d'une femme âgée, le corps légèrement penché en avant. Son père semblait avoir conservé sa robustesse. Sa barbe rousse ne recelait pas un seul poil gris et sa mince silhouette était toujours aussi gaillarde. Cependant, sa joie et sa fierté de retrouver un fils aussi valeureux ne devaient pas être étrangères à la vigueur qu'il affichait, car il bombait le torse et secouait le bras de Ralph comme s'il pompait l'eau d'un puits. Ses parents arboraient tous deux des vêtements neufs, sieur Gérald un lourd manteau de laine, dame Maud une cape de fourrure, acquis l'un et l'autre grâce à l'argent que leur fils leur avait envoyé.

Ralph claqua des doigts à l'adresse de Daniel. « Apportenous du vin ! » lança-t-il.

L'espace d'un instant, on put croire que le bailli allait protester de se voir rabaissé au niveau d'un domestique, mais il ravala sa fierté et partit vers les cuisines.

« Comte William et dame Philippa, permettez-moi de vous présenter mon père et ma mère, sieur Gérald et dame Maud. »

Contrairement à ses craintes, William et Philippa saluèrent ses parents avec une courtoisie dénuée de condescendance.

Gérald dit à William : « Nous avons été compagnons d'armes, votre père et moi. Puisse-t-il reposer en paix ! En fait, comte, je vous ai connu petit garçon. Bien sûr, vous ne pouvez pas vous souvenir de moi. »

Ralph espéra que son père éviterait de mentionner ses hauts faits d'autrefois. Son passé glorieux ne ferait que souligner sa déchéance actuelle.

Mais William avait choisi de s'intéresser à la dernière phrase de son père. « Eh bien, savez-vous, je crois bien que je me rappelle… » Probablement voulait-il être aimable, tout simplement. Quoi qu'il en soit, sieur Gérald en fut tout aise tandis que William continuait : « Oui… en effet. Je me souviens d'un géant qui mesurait au moins sept pieds de haut ! »

Et sieur Gérald, qui était petit, de rire avec bonne humeur.

Dame Maud promenait les yeux tout autour de la pièce. « C'est une bien belle demeure que tu as là, Ralph.

— Je voulais la décorer avec tous les trésors que j'ai rapportés de France, mais je viens seulement d'arriver. »

Une fille de cuisine apporta une cruche de vin et des gobelets sur un plateau. Tout le monde prit un rafraîchissement. Le vin était un bon bordeaux, clair et fruité. La maison était bien pourvue, nota Ralph. Prêt à en attribuer le crédit à Daniel, il se dit, après réflexion, que personne n'avait été là pour vider la cave. Hormis Daniel naturellement.

Il s'enquit de Merthin auprès de sa mère.

« Tout va très bien pour lui, répondit-elle fièrement. Il est marié et il a une fille. Il est riche. En ce moment, il construit un palais pour la famille de Buonaventura Caroli.

— Les Italiens ne l'ont pas encore fait comte ? » lança Ralph en manière de plaisanterie. Mais derrière sa question, on sentit son désir de souligner que c'était lui, le cadet, qui avait comblé les espoirs de leur père en restituant à la famille son ancienne noblesse et que son frère, malgré ses nombreux succès, n'avait pas reçu de titre.

« Tout espoir n'est pas perdu », dit son père gaiement comme s'il était imaginable que Merthin puisse être anobli en Italie.

Sa réaction déplut à Ralph un bref instant.

Puis sa mère demanda : « Pouvons-nous voir nos chambres ? »

Il marqua une hésitation. Que voulait-elle dire par « nos chambres » ? La pensée l'effleura que ses parents se voyaient déjà vivre au manoir, perspective horrible qu'il n'admettrait à aucun prix. Non seulement ils ne cesseraient d'évoquer leur déshonneur passé, mais leur présence lui imposerait de surcroît des contraintes permanentes. D'un autre côté, ils ne pouvaient pas demeurer à la charge du prieuré et loger dans une maison-nette d'une seule pièce, ce serait une honte pour le noble qu'il était devenu. La question ne lui avait même pas traversé l'esprit jusque-là, il allait devoir l'étudier sérieusement. Pour l'heure, il se contenta d'expliquer qu'il n'avait pas encore eu le temps de visiter lui-même les quartiers privés du manoir. « J'espère qu'ils seront suffisamment confortables pour quelques nuits, dit-il.

— Quelques nuits ? le coupa vivement sa mère. Compterais-tu nous renvoyer dans notre taudis de Kingsbridge ? »

Ralph fut mortifié de voir le sujet abordé devant William et Philippa. « Je ne pense pas qu'il y ait assez de place pour que vous puissiez vivre ici à demeure.

— Comment peux-tu le savoir, puisque tu n'as pas visité la maison ? »

Daniel interrompit la discussion en entrant pour déclarer qu'un paysan de Wigleigh du nom de Perkin voulait présenter ses respects au seigneur et débattre avec lui d'une affaire pressante.

En temps ordinaire, Ralph l'aurait renvoyé pour avoir osé s'immiscer dans la conversation. Heureux de la diversion, il enjoignit à sa mère de visiter les chambres, pendant qu'il avait à faire avec le paysan.

William et Philippa quittèrent également la pièce. Daniel fit entrer Perkin et le conduisit jusqu'à la table.

« Je suis bien aise de voir Votre Seigneurie saine et entière après ces guerres en France, commença Perkin avec son obsé-quiosité habituelle.

— Entier ? Enfin presque, répondit Ralph en baissant les yeux sur sa main gauche où manquaient trois doigts.

— Le village compatit à vos blessures, seigneur. Mais quelles récompenses ! Un titre de chevalier, trois villages et dame Matilda pour épouse !

— Je te remercie de tes félicitations, mais quelle est donc cette affaire pressante dont tu veux discuter ?

— Seigneur, cela ne prendra pas trop de votre temps que de l'écouter. Alfred Courtemaison est mort sans héritier à qui transmettre ses terres. J'ai proposé de me charger de ses dix acres, et pourtant les temps sont bien difficiles après tous les orages que nous avons connus cet été.

— Abrège !

— Oui, seigneur. Donc, Nathan le Bailli a pris une décision que vous n'approuverez pas, me semble-t-il. »

Ralph sentait l'impatience le gagner. Il se souciait fort peu de savoir auquel de ses paysans iraient les dix acres de cet Alfred. « Quelle que soit la décision de Nathan...

— Il a donné la terre à Wulfric.

— Ah !

— Au village, certains pensent qu'il la mérite puisqu'il n'a pas de terre. Mais il n'a pas non plus l'argent pour payer la taxe de transmission...

— Tu n'as pas besoin de me convaincre ! le coupa Ralph. Je ne laisserai pas ce fauteur de troubles posséder des terres dans un village qui m'appartient.

— Merci, seigneur. Puis-je dire à Nathan le Bailli que vous souhaitez que les dix acres de terre me reviennent ?

— Oui, jeta Ralph en voyant le comte et la comtesse s'en revenir, suivis de ses parents. Je me rendrai à Wigleigh dans les deux semaines à venir pour le confirmer en personne. » Sur ces mots, il renvoya Perkin d'un geste de la main.

Au même instant, dame Matilda fit son apparition.

Elle pénétra dans le vestibule, flanquée de chaque côté par une religieuse. En l'une d'elles, Ralph reconnut l'ancienne amie de son frère qui avait signalé au roi que Tilly était trop jeune pour se marier, en l'autre la nonne au visage angélique qui avait partagé l'épopée de Caris jusqu'à Crécy. Il ignorait son nom. Derrière elles, leur servant de garde du corps, se tenait le moine manchot qui l'avait capturé si adroitement neuf ans plus tôt : frère Thomas.

Ralph n'eut qu'à poser les yeux sur Tilly, au centre du petit groupe, pour comprendre pourquoi les religieuses avaient voulu empêcher le mariage. Avec son nez délicat parsemé de taches de rousseur et le petit espace entre ses deux dents de devant, sa promise était l'innocence en personne. On avait cherché à souligner son aspect enfantin en cachant ses cheveux sous une coiffe toute simple et en la vêtant d'une robe de religieuse, mais le tissu blanc ne parvenait pas à dissimuler ses courbes féminines. La vue de cette toute jeune fille jetant autour d'elle des regards effrayés eut sur le futur époux l'effet opposé à celui attendu.

L'une des choses que Ralph avait apprises au service du roi, c'était qu'il suffisait bien souvent de prendre la parole le premier pour se rendre maître d'une situation. Fort de cette expérience, il ordonna d'une voix péremptoire : « Approche, Tilly ! »

La petite fit un pas dans sa direction. Les membres de l'escorte hésitèrent puis restèrent à leur place.

« Je suis ton mari, dit-il, et je m'appelle sieur Ralph Fitzgerald, seigneur de Tench. »

Elle leva sur lui des yeux terrifiés. « Je suis heureuse de faire votre connaissance, messire.

— Cette maison est la tienne désormais, comme elle l'était au temps de ton enfance, quand ton père était le seigneur de ces lieux. Dorénavant tu seras Mme de Tench, comme ta mère l'a été avant toi. Es-tu heureuse d'être de retour dans ta famille et sous ton toit ?

— Oui, seigneur, répondit-elle d'une voix désespérée.

— Je suis sûr que les sœurs t'ont dit que tu devais être une épouse obéissante et t'attacher à plaire en toute chose à ton mari, qui est désormais ton seigneur et maître.

— Oui, seigneur.

— Fais connaissance avec ma mère et mon père. Ils seront tes parents à l'avenir. »

Elle esquissa une petite révérence à l'adresse de sieur Gérald et de dame Maud.

« Approche », dit Ralph, en tendant les mains.

Tilly tendit les siennes par automatisme. Mais en apercevant la main gauche mutilée de son futur époux, elle ne put retenir un mouvement de dégoût et fit un pas en arrière.

Un juron monta aux lèvres de Ralph. Il parvint à le réprimer et réussit non sans peine à lancer sur un ton léger : « Que ma blessure ne soit pas pour toi cause de frayeur mais de fierté, car c'est en servant le roi que j'ai perdu mes doigts. » Il tendit les deux mains devant lui, attendant qu'elle se reprenne.

Accomplissant un effort sur elle-même, elle les saisit.

« Maintenant, tu peux m'embrasser, Tilly. »

Se penchant vers Ralph, demeuré assis, elle présenta sa joue. Celui-ci, plaquant sa main blessée sur l'arrière de sa tête, la força à tourner le visage jusqu'à ce que sa bouche se retrouve sous la sienne. La voyant hésiter, il prit plaisir à prolonger le baiser. Et pas seulement parce que ses lèvres étaient si douces, mais pour exaspérer le reste de la compagnie. D'un geste lent et délibéré, il promena sa main valide sur la poitrine de la petite. Ses seins, ronds et fermes, n'étaient pas ceux d'une enfant.

Sur un soupir de satisfaction, il la libéra de son étreinte. « Nous serons bientôt époux et femme. »

Puis il parcourut des yeux l'assistance : Caris cachait mal sa colère. « La cérémonie aura lieu dans la cathédrale de Kingsbridge dans quatre semaines à compter de ce dimanche », précisa-t-il avec lenteur. Arrêtant son regard sur dame Philippa, il s'adressa à William : « Ce mariage étant le souhait clairement exprimé de Sa Majesté le roi Édouard, votre présence à la cérémonie serait pour moi un honneur, comte William. »

Ce dernier acquiesça d'une brusque inclinaison de la tête.

Caris prit alors la parole pour la première fois : « Seigneur, le prieur de Kingsbridge vous envoie ses salutations et vous fait savoir qu'il sera honoré de célébrer la cérémonie, à moins bien sûr que le nouvel évêque ne le souhaite lui-même. »

Comme Ralph hochait la tête aimablement, elle ajouta : « Les personnes qui ont eu pour charge de veiller sur cette enfant persistent à la considérer trop jeune pour vivre maritalement avec son époux.

— Je partage cette opinion », renchérit Philippa.

Sieur Gérald s'y rallia aussitôt. « Tu sais, fils, j'ai attendu des années avant d'épouser ta mère. »

Mais Ralph n'avait pas l'intention d'entendre une histoire évoquée mille fois devant lui. « À votre différence, père, le coupa-t-il, j'épouse dame Matilda sur ordre du roi. »

Sa mère intervint : « Tu pourrais peut-être attendre un peu, mon fils.

— J'ai déjà attendu plus d'une année ! Elle avait douze ans quand le roi me l'a donnée. »

Caris dit encore : « Épousez cette enfant, oui, et avec tout le faste requis, mais laissez-la retourner au couvent une année de plus. Laissez à sa féminité le temps de se développer entièrement avant de la ramener chez vous. »

Ralph émit un grognement de mépris. « Dans un an, je serai peut-être mort, surtout si le roi décide de repartir pour la France. Il faut un héritier aux Fitzgerald !

— C'est une enfant… »

Ralph haussa la voix. « Elle, une enfant ? Regardez-la mieux ! Ce ridicule habit de nonne ne parvient pas à cacher ses tétons.

— C'est du gras de bébé potelé…

— Est-ce qu'elle a des poils là où les femmes en ont ? » lança Ralph.

Sa brutale crudité coupa le souffle à Tilly. Le rouge de la honte envahit ses joues.

Caris hésita à répondre.

Ralph enchaîna : « Ma mère devrait peut-être l'examiner en mon nom et me rapporter ce qu'il en est.

— Ce ne sera pas nécessaire, intervint Caris. Tilly a effectivement des poils là où les enfants n'en ont pas.

— Je le savais ! s'écria Ralph. Ce n'est pas la première fille… » Il s'interrompit, se rendant compte à temps qu'il valait mieux ne pas décrire devant cette assemblée en quelles circonstances il avait vu des jeunes filles du même âge que Tilly dans le plus simple appareil. « Je m'en étais douté à sa silhouette, se reprit-il en évitant le regard de sa mère.

— Voyons, Ralph ! En esprit Tilly est toujours une enfant ! » insista Caris sur un ton suppliant très éloigné de celui qu'on lui connaissait.

Ralph aurait volontiers rétorqué qu'il n'en avait cure. Il se retint et martela : « Elle a quatre semaines pour apprendre ce qu'elle ignore encore. Je ne doute pas que vous serez pour elle la meilleure des enseignantes, sœur Caris », ajouta-t-il en faisant peser sur celle-ci un regard lourd de sous-entendus.

Caris rougit, les religieuses étant censées ne rien connaître de l'intimité maritale.

« Peut-être pourrait-on trouver un compromis…, osa encore dame Maud.

— Vous ne comprenez donc pas, mère ? L'âge de Tilly est le cadet des soucis des personnes ici présentes ! s'exclama-t-il brutalement. Si j'épousais la fille d'un boucher de Kingsbridge, qui se préoccuperait qu'elle ait neuf ans ou plus ? Seul le fait que Tilly soit de haut lignage explique leurs objections. Vous ne voyez donc pas qu'ils se croient supérieurs à nous ? »

Il s'entendait crier ; il avait pleinement conscience de la stupéfaction qu'engendraient ses paroles. Il s'en souciait comme d'une guigne.

« Ils ne veulent pas que la cousine du comte de Shiring épouse le fils d'un chevalier déchu. S'ils veulent reporter les noces, c'est parce qu'ils espèrent que je serai tué avant d'avoir consommé le mariage ! » Il s'interrompit pour s'essuyer la bouche et reprit : « Mais j'ai beau être le fils d'un chevalier déchu, je n'en ai pas moins sauvé la vie du prince de Galles à Crécy ! Et ça, c'est la seule chose qui compte aux yeux du roi. »

Il dévisagea tour à tour chacun des membres de l'assemblée : William considérait la scène avec hauteur, Philippa ne cachait pas son mépris, Caris bouillait de fureur contenue et ses parents le fixaient, abasourdis.

« Tous autant que vous êtes, vous feriez bien d'accepter les faits que voici : Ralph Fitzgerald est désormais un chevalier et un seigneur ; il est aussi un compagnon d'armes du roi et il épousera dame Matilda, la cousine du comte, que ça vous plaise ou non ! »

Un long silence interloqué succéda à sa tirade. Puis Ralph se tourna vers Daniel : « Tu peux servir le dîner. »

53.

Lorsque Merthin ouvrit les yeux en ce jour de printemps de l'année 1348, il eut l'impression d'émerger d'un cauchemar. Il n'en gardait pas un souvenir précis, uniquement une faiblesse craintive. Il se trouvait dans une salle haute de plafond dont les murs blancs et le carrelage rouge étaient découpés en rayures aveuglantes par la lumière qui tombait des persiennes. L'air était doux. Il lui revint lentement qu'il était étendu sur son lit, dans la chambre à coucher de sa maison de Florence, et qu'il sortait d'une éprouvante maladie.

Ce fut cette maladie qui se rappela tout d'abord à sa mémoire – ses démangeaisons au tout début, puis les taches noires ou violacées apparues sur sa poitrine et sur ses bras, enfin le douloureux bubon sous son aisselle. Une forte fièvre l'avait cloué sur sa couche, en sueur et agité, faisant un fouillis de ses draps. Il avait toussé, vomi du sang et cru sa mort venue. Le pire avait été la soif, une soif inextinguible qui l'aurait poussé à se jeter dans l'Arno, la bouche ouverte, s'il en avait eu la force.

Il n'était pas la seule personne atteinte. La peste avait frappé les Italiens par milliers, par dizaines de milliers. Sur ses chantiers, la moitié des ouvriers y avaient succombé et, chez lui, la plupart de ses domestiques. Quasiment tous les malades décédaient dans les cinq jours. D'où ce nom de *moria grande* donné à cette épidémie, la « grande mort ».

Pour sa part, il y avait survécu, manifestement.

Une pensée le harcelait : celle d'avoir pris une décision capitale durant sa maladie. Mais laquelle ? Il était incapable de se la rappeler. Plus il se concentrait, plus son souvenir le fuyait, et elle finit par disparaître complètement.

Il se redressa et s'assit. La tête lui tournait, ses membres étaient sans force. Il remarqua qu'il portait une chemise de nuit en toile propre et se demanda qui la lui avait passée. Au bout d'un moment, il se leva.

Il vivait dans une maison de quatre étages donnant sur un jardin à l'arrière, dont il avait lui-même conçu les plans et surveillé la construction. Il avait remplacé les traditionnelles avancées en surplomb de la façade par un mur plat orné d'éléments architecturaux tels que des colonnes classiques ou encore des linteaux de fenêtre arrondis. Les voisins avaient donné à sa demeure le nom de *palagetto*, « petit palais ». Tout cela remontait à sept ans. Depuis, plusieurs marchands de Florence lui avaient passé commande de *palagetti*. Et c'était ainsi que sa carrière avait pris son envol sur le sol italien.

Florence était une république. N'ayant à sa tête ni prince ni duc, elle était dirigée par les familles des marchands les plus en vue, qui ne cessaient de se chamailler entre eux. S'ils faisaient ou défaisaient la fortune des milliers de tisserands qui peuplaient la ville, ils consacraient aussi leurs richesses à faire bâtir d'immenses demeures, transformant cette cité en un lieu idéal pour tous les jeunes architectes de talent, avides de reconnaissance.

Merthin marcha jusqu'à la porte de sa chambre et appela : « Silvia ! Où es-tu ? »

Après neuf ans de vie en Toscane, l'italien lui venait aux lèvres naturellement et il se trouvait même parfois un accent du terroir.

Il se rappela alors que son épouse était tombée malade aussi, de même que Laura, leur petite fille de trois ans. Il fut saisi d'une crainte terrible. Silvia était-elle vivante ? Et Lolla ? se demandat-il, usant du surnom que la petite fille se donnait à elle-même dans sa prononciation enfantine.

La maison était plongée dans le silence. La ville également, remarqua-t-il soudain. Pourtant, c'était le milieu de la matinée, à en juger d'après l'angle selon lequel la lumière entrait dans la pièce. En cette heure du jour, les colporteurs auraient dû crier leurs boniments, les sabots des chevaux cliqueter sur le pavé et les roues en bois des charrettes gronder dans les rues, pour ne rien dire des mille conversations étouffées qui auraient dû parvenir à ses oreilles. Or, de tout ce concert de bruits, il ne percevait pas un son !

Il monta l'escalier. Cet effort l'essouffla. Il ouvrit la porte de la chambre d'enfant. La trouvant déserte, il fut saisi de peur. La sueur perla à son front. Il y avait là le petit lit de Lolla, son coffre à vêtements et sa boîte à jouets, ainsi qu'une petite table et deux chaises minuscules. Un déclic le fit se retourner : l'enfant, assise par terre dans une robe toute propre, jouait avec un petit cheval en bois à jambes articulées. Sous l'effet du soulagement, un cri étranglé s'échappa de sa gorge. La petite fille releva les yeux. « Papa ! » dit-elle sur le ton de la constatation.

Merthin la prit dans ses bras et l'étreignit sur son cœur, s'écriant en anglais : « Tu es vivante ! »

Du bruit lui parvint de la salle voisine et une femme à cheveux gris d'une cinquantaine d'années fit son entrée : Maria, la servante qui s'occupait de Lolla. « Maître ! s'exclama-t-elle. Vous êtes debout ! Comment vous sentez-vous ?

— Où est votre maîtresse ? »

Le visage de Maria s'affaissa. « La maîtresse n'est plus ! C'est si triste, maître. »

Et Lolla d'ajouter : « Maman est partie. »

Merthin crut recevoir un coup sur la tête. Assommé, il remit l'enfant à Maria et sortit de la pièce d'un pas lent et précautionneux. Il redescendit au *piano nobile*, l'« étage noble », partie centrale de la demeure où se trouvait une grande salle de réception. Le regard fixe, il en considéra la longue table, les chaises vides, les tapis couvrant le plancher et les tableaux ornant les murs comme s'il visitait ce lieu pour la première fois.

Il alla se planter devant une peinture représentant la Vierge Marie et sa mère. Les artistes italiens surpassaient de loin tous les autres, à commencer par les Anglais. Celui-ci avait donné à sainte Anne le visage de son épouse. Il avait su rendre sa beauté altière, son teint mat sans défaut et ses traits empreints de noblesse. Surtout, il avait perçu la passion sensuelle qui couvait dans le regard réservé de ses yeux noirs.

Comment comprendre que Silvia n'était plus ? Revoyant son corps mince, Merthin se rappela combien il s'était souvent émerveillé de sa beauté et de la perfection de ses seins. Ce corps, qu'il avait connu dans son intimité la plus totale, reposait maintenant quelque part sous terre, se dit-il en se représentant clairement tout ce que cela impliquait. Devant l'image que lui renvoya son esprit, les larmes lui montèrent aux yeux. Il éclata en sanglots.

Où est sa tombe ? s'interrogea-t-il dans son chagrin. Il lui revint qu'on avait cessé de célébrer des funérailles. Les Florentins étaient trop terrifiés à l'idée de sortir de chez eux. On se contentait de traîner les morts dans la rue et de les y abandonner. Voleurs, mendiants et ivrognes s'étaient acquis une nouvelle profession : *becchini*, « porteurs de cadavres ». Ils réclamaient des sommes exorbitantes pour ramasser les corps et les transporter dans des fosses communes. Dans ces circonstances, savoir ce qu'il était advenu de Silvia était impossible.

Ils avaient été mariés quatre ans. En la regardant peinte sous les traits de la mère de la Vierge, dans cette robe rouge dont sainte Anne était parée traditionnellement, Merthin ressentit la douloureuse nécessité de répondre en toute franchise à une question qui le taraudait : l'avait-il vraiment aimée ? Certes, il l'avait tenue en grande affection, à défaut d'éprouver pour elle une passion dévorante. De caractère indépendant, Silvia avait la langue acérée. Malgré la richesse de son père, il avait été le seul homme de Florence à oser la courtiser. Elle l'avait payé en retour par une dévotion absolue, sans se faire toutefois d'illusions sur l'amour qu'il lui portait. « À quoi penses-tu ? » s'enquérait-elle au début. Et le tressaillement coupable avec lequel il réagissait lui faisait comprendre qu'il était plongé dans ses souvenirs de Kingsbridge. Soucieuse de précision, elle n'avait pas tardé à formuler sa phrase différemment : « À qui penses-tu ? » Et elle avait ajouté, bien qu'il ne lui ait jamais parlé de Caris : « Il s'agit sûrement d'une femme, je le vois à ton expression. » Par la suite, elle s'était mise à évoquer son « Anglaise ». « Tu es en train de te rappeler ton Anglaise », lançait-elle de temps à autre et, chaque fois, elle avait raison. Elle ne semblait pas en prendre ombrage. Merthin lui était fidèle et il adorait Lolla.

Au bout d'un moment, Maria lui apporta un potage et du pain. « Quel jour sommes-nous ? voulut-il savoir.

— Mardi.

— Combien de temps suis-je resté au lit ?

— Deux semaines. Vous avez été affreusement malade. »

Il se demanda pourquoi il avait survécu à la maladie alors que l'immense majorité des personnes atteintes y succombaient. Certaines gens, il est vrai, ne l'attrapaient pas, comme s'ils en étaient protégés par quelque chose à l'intérieur d'eux-mêmes. Et ces rares chanceux l'étaient doublement, parce que c'était un mal que l'on ne contractait jamais deux fois.

Son repas le requinqua. Il allait devoir rebâtir sa vie, comprit-il soudain. À cette pensée, il eut le sentiment d'avoir déjà pris une décision allant dans ce sens à un moment dont il avait perdu tout souvenir – en fait, pendant qu'il était alité – mais, là encore, il demeura impuissant à remonter le fil de sa mémoire.

Avant toute autre chose, il devait découvrir qui de sa famille était toujours de ce monde.

Il emporta son couvert à la cuisine. Maria était en train de donner à Lolla du pain trempé dans du lait de chèvre. Il lui demanda : « Savez-vous comment vont les parents de Silvia ? Sont-ils vivants ?

— Je ne sais pas. Je n'ai rien entendu dire à leur sujet. Je ne mets le nez dehors que pour acheter à manger.

— Je ferais bien d'aller aux nouvelles. »

Il s'habilla et descendit au rez-de-chaussée. Le bas de la maison était occupé par un atelier qui donnait à l'arrière sur une cour où il conservait du bois et des pierres. Il n'y avait personne en vue, ni dehors ni dans le hangar.

Il sortit dans la rue. Les bâtiments alentour, certains immenses, étaient en pierre pour la plupart. Aucune demeure de Kingsbridge n'aurait pu rivaliser avec eux. Edmond le Lainier, le marchand le plus riche là-bas, habitait une maison en bois comme ici les pauvres gens.

La rue lui parut sinistre. Il ne l'avait jamais vue aussi vide, même au cœur de la nuit. Il se demanda combien de gens étaient morts : un tiers de la population ? La moitié ? Leurs fantômes, attardés le long des allées ou tapis dans les coins sombres, suivaient-ils d'un œil envieux les faits et gestes des rares Florentins qui avaient eu la chance de survivre ?

Le père de Silvia, Alessandro Christi, avait sa demeure dans la rue voisine. C'était la première personne avec qui Merthin s'était lié d'amitié à Florence, par l'intermédiaire de Buonaventura Caroli. Il était aussi le premier à lui avoir commandé la construction d'un bâtiment, un simple entrepôt, cela avant de devenir son meilleur ami et, par la suite, le grand-père de sa fille.

Fait rare, la porte en bois du *palagetto* d'Alessandro était fermée à clef. Merthin frappa fortement plusieurs coups d'affilée et attendit un long moment. Ce fut la lingère qui vint lui ouvrir, une servante boulotte et courte sur pattes répondant au nom d'Elizabetta. Elle le dévisagea avec ahurissement du haut de sa petite taille et s'écria : « Vous êtes vivant !

— Bonjour, Betta, répondit-il. Je suis bien aise de vous voir saine et sauve, vous aussi. »

Elle se retourna et cria dans toute la maison : « Le seigneur anglais est là ! »

Il avait répété maintes fois aux domestiques qu'il n'était pas seigneur, mais ils refusaient de le croire. Il fit un pas à l'intérieur. « Comment va Alessandro ? »

Elle secoua la tête et se mit à pleurer.

« Et votre maîtresse ?

— Ils sont morts tous les deux. »

Un escalier menait à l'étage noble. Merthin le grimpa lentement, étonné de se découvrir aussi faible. Entré dans la pièce principale, il s'assit pour reprendre son souffle. Alessandro était riche, les lieux abondaient en tentures et tapis, en tableaux et ornements, en livres incrustés de pierres précieuses.

« Qui d'autre est encore vivant, ici ? demanda-t-il.

— Uniquement Lena et ses enfants. »

Lena était une esclave asiatique. Elle avait eu d'Alessandro deux enfants encore en bas âge, un garçon et une fille, qu'il avait toujours traités à égalité avec ses descendants légitimes, Gianni et Silvia. Cette dernière avait d'ailleurs confié à Merthin, non sans dépit, que son père s'occupait bien plus d'eux qu'il ne s'était intéressé à son frère ou à elle. La situation, sans être rare à Florence, était toutefois peu fréquente et considérée parmi les gens appartenant à la haute société comme plus excentrique que scandaleuse.

« Et le signor Gianni ? s'enquit Merthin.

— Mort, de même que sa femme. Leur bébé est ici avec moi.

— Mon Dieu !

— Et chez vous, seigneur ? interrogea Betta d'une voix hésitante.

— Mon épouse est morte.

— J'en suis désolée pour vous.

— Mais Lolla est vivante.

— Grâces soient rendues à Dieu !

— Maria prend soin d'elle.

— Maria est une femme de cœur. Voulez-vous une boisson fraîche ? »

Il hocha la tête, elle s'éclipsa. Les enfants de Lena entrèrent et se plantèrent devant lui, les yeux écarquillés. Le garçon de sept ans ressemblait à Alessandro, mis à part ses pupilles noires ; la jolie petite fille de quatre ans avait les yeux bridés de sa mère. Lena entra à leur suite, portant un plateau sur lequel étaient posés un gobelet d'argent rempli de vin rouge de Toscane et une coupelle d'olives et d'amandes. Elle avait le teint doré et de hautes pommettes. Dans la fraîcheur de ses vingt-cinq ans, elle était belle.

Elle dit : « Vous allez vous installer ici, seigneur ?

— Je ne pense pas, répondit Merthin, étonné. Pourquoi ?

— Cette maison est à vous, maintenant… Tout ce qui s'y trouve vous appartient », précisa-t-elle en désignant de la main les richesses de la famille Christi.

Merthin se rendit compte brusquement qu'elle disait vrai. Seul adulte encore de ce monde apparenté à Alessandro Christi, il devenait de facto son héritier et le tuteur de ses trois enfants.

« Tout », répéta Lena en le regardant droit dans les yeux.

Merthin croisa son regard. Il y lut sans erreur qu'elle s'offrait à lui.

Il réfléchit. Ce palais splendide était le cadre de vie de Lena et de ses enfants. Ils y étaient accoutumés. Ces lieux étaient également familiers à Lolla ainsi qu'au bébé de Gianni. Oui, tous les enfants de la famille seraient heureux d'habiter ici. Quant à lui, il se trouvait désormais à la tête d'une fortune qui lui permettrait de vivre jusqu'à son dernier jour sans travailler. Lena était une femme intelligente et d'expérience et Merthin imaginait sans mal les plaisirs qu'il aurait à partager son intimité.

L'esclave lisait dans ses pensées. Elle saisit sa main et la pressa contre sa poitrine. Ses seins lui parurent chauds et moelleux sous la laine légère de sa robe.

Mais tel n'était pas l'avenir que Merthin souhaitait pour lui-même. Il écarta sa main et la baisa. « Sois sans crainte, dit-il. Je pourvoirai à tes besoins et à ceux de tes enfants.

— Merci, seigneur. »

Elle semblait déçue. L'expression qui passa dans son regard fit comprendre à Merthin que sa proposition ne lui avait pas été dictée par un simple souci pratique, mais par l'espoir sincère de le voir devenir autre chose que son nouveau maître. En cela, justement, résidait le problème, car Merthin ne pouvait envisager de posséder une femme. Cette seule idée lui répugnait.

Il but son vin à petites gorgées. Ses forces revenaient un peu. Si la perspective d'une vie facile dans le luxe et l'assouvissement sensuel ne l'attirait pas, qu'attendait-il donc de l'avenir ? Que lui restait-il, hormis Lolla ? Certes, il y avait son travail. Actuellement, trois bâtiments se construisaient en ville selon ses plans. Il n'allait pas renoncer à un métier qu'il aimait. Il n'avait pas survécu à la grande mort pour couler ses jours dans l'oisiveté. Il se rappela ses ambitions d'antan : construire l'édifice le plus haut d'Angleterre. Il allait reprendre son travail là où il l'avait interrompu. Pour oublier son chagrin, il allait se jeter corps et âme dans ses projets de construction.

Il se leva pour partir. Lena se pendit à son cou. « Merci, dit-elle. Merci d'avoir promis de prendre soin de mes enfants. »

Il lui tapota le dos. « Ce sont aussi ceux d'Alessandro. Quand ils seront grands, ils seront riches », répliqua-t-il, car, à Florence, les enfants d'esclaves n'étaient pas nécessairement esclaves eux-mêmes.

Il détacha gentiment ses bras et descendit l'escalier.

Dehors, toutes les maisons de Florence avaient portes et persiennes closes. Çà et là, une forme enveloppée dans un linceul gisait sur un seuil. De rares silhouettes erraient dans les rues, de pauvres gens pour la plupart. Une telle désolation ne laissait pas d'être déconcertante. Florence était la plus grande cité du monde chrétien, une métropole commerciale. Des milliers d'aunes de lainage y étaient tissées chaque jour ; des sommes énormes y changeaient de main quotidiennement sur la foi d'une lettre expédiée d'Anvers ou sur la simple promesse verbale d'un prince. La vue de ces rues muettes et désertes était aussi incongrue que celle d'un cheval affalé au sol, incapable de se relever. Elle forçait l'homme à admettre qu'une puissance colossale pouvait être réduite à néant du jour au lendemain.

Au cours de ses déambulations, Merthin ne croisa personne de sa connaissance. Ses amis restaient probablement terrés chez eux, du moins ceux qui étaient toujours vivants. Il se rendit tout d'abord sur une place de la vieille ville romaine, non loin de chez les Christi, sur laquelle il construisait une fontaine à la demande de la municipalité. Cette fontaine promettait d'être stupéfiante à plus d'un titre. Par sa beauté, d'abord, car il avait engagé le meilleur tailleur de pierre de la ville pour en sculpter la pièce maîtresse et lui avait ouvert son atelier, mais également par son mode d'alimentation, car il avait lui-même mis au point un système de recyclage grâce auquel presque toute l'eau pourrait être réutilisée, ce qui serait extrêmement précieux pendant les longs étés torrides.

Hélas, il n'avait pas atteint la place qu'il put se convaincre que le chantier était arrêté. Pas un seul ouvrier n'y travaillait.

Les canalisations souterraines avaient été installées et les tranchées remblayées avant sa maladie, de même le premier niveau du socle en maçonnerie destiné à recevoir le plan d'eau avait été posé. Mais les pierres qui jonchaient le terrain çà et là indiquaient que rien d'autre n'avait été accompli depuis des jours. Une petite pyramide de ciment abandonnée sur une planche en bois s'était solidifiée au point de devenir incassable. Il s'en éleva seulement un nuage de poussière quand il y donna un coup de pied. Des outils traînaient un peu partout. Un miracle qu'ils n'aient pas été dérobés !

Face à ce spectacle, Merthin resta pétrifié. Ses maçons n'étaient quand même pas tous décédés ! Avaient-ils suspendu le travail dans l'attente de nouvelles sur son état de santé ?

Pour prestigieux que soit ce projet, ce n'était jamais que le plus petit des trois sur lesquels il travaillait actuellement. Merthin reprit donc son chemin pour aller visiter le second, au nord de la ville. En cours de route, l'inquiétude le saisit. Personne n'était en mesure de lui fournir d'informations globales sur la situation. Qu'était devenu le gouvernement, par exemple ? L'épidémie allait-elle empirant ou régressant ? Que se passait-il dans le reste de l'Italie ?

Chaque chose en son temps, se dit-il.

Ce second projet était une commande de Giulielmo Caroli, le frère aîné de Buonaventura. Ce serait un véritable *palazzo* de plusieurs étages, pourvu d'une double entrée se déployant autour d'un escalier monumental, plus large que bien des ruelles de la ville. Le rez-de-chaussée sortait déjà de terre. Près du sol, les murs, légèrement inclinés, créaient une impression de forteresse que venaient alléger d'élégantes fenêtres à double section dont l'ogive était coiffée d'un trèfle. Par tout son aspect, cette façade proclamerait qu'une famille puissante et raffinée vivait entre ces murs. Et c'était exactement le sentiment que les Caroli souhaitaient susciter.

Pas un seul des cinq maçons censés s'y affairer ne travaillait sur l'échafaudage érigé en vue de bâtir le second étage ! Seule présence sur le chantier, le vieux gardien dans sa cahute en bois tout au bout du terrain. Merthin le découvrit faisant griller un poulet, accroupi devant un âtre bricolé à partir de coûteuses plaques de marbre. L'imbécile !

« Où est tout le monde ? » lui lança Merthin sèchement.

Le gardien bondit sur ses pieds. « Le signor Caroli est mort et son fils, Agostino, n'a pas voulu payer les travailleurs. Alors, ils sont partis. Enfin, ceux qui n'étaient pas déjà décédés. »

Si les Caroli, l'une des familles les plus fortunées de Florence, en venaient à reconsidérer la construction de ce palais, la crise était sérieuse !

« Je t'ai bien compris ? Agostino est vivant ?

— Oui, maître, je l'ai vu ce matin. »

Moins avisé que son père ou son oncle Buonaventura, le jeune Agostino compensait son manque d'intelligence par un conservatisme et une prudence extrêmes. Assurément, tant qu'il ne se serait pas convaincu que tout danger financier était bel et bien écarté, le chantier serait suspendu.

Oui, la situation était grave. Néanmoins, elle ne devrait pas avoir d'incidence sur son troisième projet, le plus grand de tous, tenta-t-il de se rassurer. La commande en effet émanait d'un ordre monastique qui jouissait de toutes les faveurs des marchands de Florence. Elle concernait la construction d'une église sur la rive sud de l'Arno.

Pour s'y rendre, Merthin emprunta le pont construit deux ans plus tôt par le peintre Taddeo Gaddi, désigné pour l'occasion bâtisseur en chef, et sous l'égide duquel il avait conçu certaines parties de l'ouvrage, notamment des piles qui devaient résister à un courant accru en période de fonte des neiges. Ce travail lui avait demandé une grande réflexion. Tout en traversant le pont, il constata que toutes les échoppes d'orfèvres étaient fermées. Ce n'était pas de bon augure.

L'église Sant'Anna dei Frari était à ce jour son projet le plus ambitieux. L'ordre étant riche, le bâtiment aurait les dimensions d'une cathédrale, mais il ne ressemblerait en rien à celle de Kingsbridge. En Italie, les cathédrales étaient de style gothique, et celle de Milan était l'une des plus vastes. Les Italiens n'appréciaient pas les arcs-boutants ni les larges fenêtres prisées en France ou en Angleterre. À leurs yeux, c'étaient des manies d'étrangers. Pour eux qui recherchaient avant tout l'ombre et la fraîcheur, la passion pour la lumière des peuples du nord-ouest de l'Europe était une perversion. Le style qui parlait à leurs cœurs était celui, classique, de la Rome antique, dont ils pouvaient voir maints exemples dans les ruines tout autour de leurs villes. Ils aimaient les pignons et les arches rondes et n'avaient que mépris pour les sculptures extérieures, leur préférant le jeu de pierres et de marbres de différentes couleurs.

Avec cette église, Merthin comptait surprendre les plus blasés des Florentins. Le plan qu'il avait conçu consistait en une enfilade de cubes surmontés d'un dôme – cinq pour la nef, deux pour chaque bras du transept. Ces dômes, dont il avait entendu parler en Angleterre, n'existaient pas à Florence. C'était à Sienne qu'il en avait vu pour la première fois, en visitant la cathédrale. La claire-voie présenterait une rangée d'ouvertures rondes appelées « oculi ». Les piliers, au lieu d'être placés en ligne et de se tendre ensemble vers le ciel en signe d'espérance, formeraient des cercles complets, recréant ainsi l'impression d'autosuffisance terrienne propre à l'esprit commerçant des habitants de cette ville.

Si l'absence de maçons sur les échafaudages ne surprit pas Merthin, il en éprouva néanmoins un grand dépit. Pas un ouvrier ne transportait de pierres ; pas une femme ne remuait le mortier à l'aide de sa pelle géante : ce chantier était aussi silencieux que les deux précédents. Malgré tout, Merthin ne douta pas un seul instant de pouvoir lui redonner vie. Les ordres religieux menaient une existence nullement comparable à celle des simples particuliers.

Ayant inspecté le site, il pénétra dans l'abbaye. Le silence y régnait également. Certes, c'était le propre des monastères que d'être silencieux, mais ce silence-là recelait quelque chose d'angoissant. Il passa du vestibule au tour. Habituellement, un frère s'y tenait, partageant son temps entre l'accueil des visiteurs et l'étude des Saintes Écritures. Aujourd'hui, la salle était vide. Saisi d'un pressentiment sinistre, Merthin franchit la porte de la clôture et déboucha dans le cloître carré. Désert, lui aussi. « Bonjour ! lança-t-il. Il y a quelqu'un ? » Sa voix rebondit sur les arcades en pierre.

Il parcourut l'abbaye d'un bout à l'autre sans y découvrir un seul moine. Dans la cuisine, il tomba sur trois hommes attablés devant du jambon et du vin. Au premier regard, leurs vêtements coûteux les affiliaient à la classe des marchands, mais leurs cheveux emmêlés, leurs barbes mal taillées et leurs mains crasseuses lui donnèrent vite à comprendre qu'il s'agissait d'indigents ayant fait main basse sur les tenues de notables décédés. À la vue de Merthin, ils prirent un air à la fois coupable et provocant.

« Où sont les saints frères ? s'enquit Merthin.

— Tous morts.

— Tous ?

— Jusqu'au dernier. Z'ont soigné les malades, vous comprenez ? Z'ont attrapé la maladie. »

L'homme était ivre assurément, mais il disait sans doute la vérité. Il avait trop bien pris ses aises dans cette cuisine, à manger la nourriture des moines et à boire leur vin avec ses compagnons, pour craindre une quelconque réprimande.

Merthin retourna sur le chantier. Les murs du chœur et des transepts étaient déjà montés et les oculi de la claire-voie apparaissaient clairement. Il s'assit sur un tas de pierres au beau milieu de la croisée du transept et regarda son œuvre. De combien de temps ce projet serait-il retardé ? Et qui paierait les travaux s'il ne restait plus un seul moine vivant ? Pour autant qu'il le sache, ce monastère n'appartenait pas à une congrégation. L'évêque ferait donc valoir ses droits, le pape aussi. S'ensuivraient des complications juridiques qui ne se résoudraient pas avant des années.

Brusquement, Merthin se découvrit sans rien à faire, du moins pour le moment, lui qui avait justement décidé ce matin même de noyer son chagrin dans le travail. Depuis le jour où il s'était lancé à réparer le toit de l'église Saint-Marc à Kingsbridge, dix ans plus tôt, c'était la première fois qu'il était confronté à pareille situation. Sans projet à réaliser, il se sentait perdu. La panique se faufilait en lui.

Il s'était réveillé ce matin face à sa vie en ruine. Se retrouver subitement à la tête d'une immense fortune avait intensifié encore le cauchemar qu'il traversait. Hormis sa petite fille, il ne lui restait plus rien de son ancienne existence. Il ne savait même pas où aller.

À un moment ou à un autre, il faudrait bien qu'il reprenne le chemin de chez lui, forcément, mais il ne pourrait pas passer ses journées entières à jouer avec une enfant de trois ans et à bavarder avec sa gouvernante. Il demeura où il était, assis sur un disque en pierre destiné à fabriquer une colonne, les yeux fixés sur ce qui aurait dû bientôt être une nef.

Le soleil avait entamé sa course descendante. Sa maladie commença à lui revenir en mémoire. Il avait été certain de mourir. Pourquoi y aurait-il survécu quand si peu de gens en réchappaient ? Dans ses instants de lucidité, il avait passé en revue l'histoire de sa vie comme si elle était déjà achevée. Ses réflexions l'avaient conduit à prendre conscience d'une chose capitale. Il en était certain, quand bien même ce souvenir persistait à le fuir. Peu à peu, dans la paix de ce sanctuaire inachevé, il lui revint à l'esprit que c'était la certitude d'avoir commis une erreur colossale au cours de sa vie. Laquelle ? Sa dispute avec Elfric ? Sa relation avec Griselda ? Son rejet d'Élisabeth Leclerc ?... Non, ces faits-là avaient été la source de multiples ennuis, assurément, mais aucun d'eux ne pouvait être considéré comme *la* grande erreur de sa vie.

Une chose seulement l'avait maintenu en vie tandis qu'il était allongé en sueur sur sa couche à tousser sans relâche et à souffrir de la soif en appelant la mort de ses vœux, un désir fou qui lui apparaissait maintenant en toute clarté : revoir Caris !

Oui, c'était elle sa raison de vivre !

En revoyant son visage dans son délire, il avait pleuré toutes les larmes de son corps à l'idée de mourir à Florence, à des milliers de lieues de là où elle était.

Oui, l'erreur de sa vie avait été de s'éloigner de Caris.

Lorsque la vérité s'imposa à lui avec une évidence aveuglante, une sorte d'allégresse s'empara de Merthin. Ce bonheur subit ne rimait à rien, tout bien considéré, puisque Caris était entrée au couvent sans juger bon de s'expliquer avec lui. Mais son âme refusait de se soumettre aux lois de la raison et s'obstinait à lui dire qu'il devrait être là où Caris se trouvait. Il se demanda ce qu'elle faisait à cette seconde précise, pendant qu'il était assis dans cette église à moitié construite, dans une ville presque totalement détruite par la peste.

La dernière chose qu'il avait entendue à son propos était qu'elle avait prononcé ses vœux perpétuels devant l'évêque. Engagement irrévocable, disait-on. De la part de Caris qui ne supportait pas qu'on lui dicte des règles, cette décision était pour le moins surprenante. Mais il était vrai aussi qu'elle n'était pas femme à changer d'avis, une fois sa décision prise. Celle-ci, sans aucun doute, démontrait la fermeté de son engagement.

Qu'importe ! Il voulait la revoir. Ne pas le faire serait commettre pour la deuxième fois la grande erreur de sa vie.

D'autant qu'il était libre, désormais. Plus aucun lien ne le rattachait à Florence : son épouse était morte, de même que tous ses parents par alliance, hormis trois neveux. La seule famille qu'il lui restait encore dans cette ville se résumait à sa fille. Il pouvait l'emmener avec lui. Lolla était très jeune, elle ne regretterait pas ce qu'elle abandonnait derrière elle.

C'était là une décision capitale, se dit-il. Pour la mettre en œuvre, il lui faudrait d'abord régler les questions concernant l'héritage d'Alessandro et l'avenir de ses enfants. Agostino Caroli l'y aiderait. Après cela, il devrait changer sa fortune en or et la transférer en Angleterre. Là aussi, les Caroli lui viendraient en aide, si toutefois leur réseau international fonctionnait toujours. Le plus difficile serait le voyage lui-même : de Florence à Kingsbridge il y avait plusieurs milliers de lieues. Cela équivalait à parcourir une grande partie de l'Europe sans avoir la moindre idée de l'accueil que lui réserverait Caris à l'arrivée.

À l'évidence, cette décision nécessitait une réflexion longue et attentive.

Il la prit sur-le-champ.

Il rentrerait en Angleterre.

54.

Merthin quitta l'Italie en compagnie d'une douzaine de marchands originaires de Florence et de Lucques. À Gênes, ils embarquèrent sur un bateau qui les conduisit à l'antique port de Marseille. À partir de là, le voyage s'effectua sur la terre ferme. Ils gagnèrent tout d'abord Avignon, où les papes s'étaient établis voilà déjà quarante ans et tenaient la cour la plus somptueuse d'Europe. Cette cité parut à Merthin la plus parfumée de toutes les villes qu'il avait visitées au cours de sa vie. Là, son petit groupe de voyageurs se joignit à une nombreuse troupe de laïcs et de religieux qui s'en revenaient d'un pèlerinage dans le Sud.

Il était en effet bien préférable de ne pas faire route en solitaire. Un groupe important offrait plus de sécurité en cas d'attaque par des bandits de grand chemin. C'était pour cela qu'au départ, les marchands italiens avaient volontiers accepté la présence de Merthin parmi eux. Transportant de l'argent et des marchandises de valeur, ils étaient escortés par des soldats qui assureraient leur défense, naturellement. Cependant, ils se réjouirent de voyager de concert avec une communauté de croyants dont les habits religieux et les insignes de pèlerins n'attireraient pas l'attention des brigands.

Merthin avait confié la plus grosse partie de sa fortune aux Caroli, qui la lui remettraient en Angleterre par l'intermédiaire de leurs parents établis là-bas. Ils pratiquaient ces transactions internationales à longueur de temps et Merthin avait déjà eu recours à leurs services neuf ans plus tôt, lorsqu'il avait transféré ses richesses, bien moindres il est vrai, de Kingsbridge à Florence. Ce système, toutefois, n'était pas sans danger, car une faillite était toujours possible si les familles qui pratiquaient ces transferts de fonds prêtaient de grosses sommes à des personnages peu fiables, tels que les rois et les princes. Le sachant, Merthin avait conservé sur lui, cousue dans sa chemise, une somme importante en florins d'or.

Lolla apprécia le voyage. Seule enfant du groupe, elle bénéficiait de toutes les attentions. Pendant les longs trajets à cheval, elle était assise devant son père qui la maintenait bien en selle entre ses bras, tout en tenant les rênes. Il lui chantait des chansons, récitait des vers, racontait des histoires et commentait tout ce qu'ils voyaient autour d'eux – les arbres, les moulins, les ponts, les églises. Il est à croire qu'elle ne comprenait pas la moitié de ce qu'il disait, mais la voix de son père la rendait heureuse.

Avant de se lancer dans cette équipée, il n'avait guère consacré de temps à sa fille en raison de toutes ses occupations. À présent, il espérait que leur proximité permanente scellerait entre Lolla et lui une intimité qui aiderait la petite fille à supporter l'absence de sa mère. Tel était le sentiment qu'il éprouvait lui-même, car, sans Lolla, la solitude lui aurait pesé affreusement. De fait, l'enfant cessa bientôt de réclamer sa maman. En revanche, il lui arrivait parfois de se cramponner désespérément à son cou comme si elle était terrifiée à l'idée de le perdre, lui aussi.

Ce ne fut qu'à Chartres, à une vingtaine de lieues de Paris, que Merthin douta pour la première fois de la sagesse de sa décision : lorsqu'il se trouva face à l'immense cathédrale. Devait-il réellement retourner en Angleterre ? La vue de ces deux tours, dont celle du nord demeurait inachevée, alors que celle du sud s'élevait à trois cent cinquante pieds au-dessus du sol, avait ravivé son ancien désir de bâtir d'aussi grands monuments. Hélas, il était peu probable que sa vie à Kingsbridge lui offre à l'avenir l'occasion de réaliser ses ambitieux projets.

Il séjourna deux semaines à Paris. La peste n'était pas arrivée jusque-là et c'était un immense soulagement que de voir autour de soi des gens mener une vie normale, vendre et acheter ce dont ils avaient besoin et se promener dans les rues sans crainte de découvrir des cadavres empilés sur le seuil des maisons. Ce spectacle le ragaillardit et il se rendit compte combien l'horreur qu'il avait vécue à Florence l'avait grandement affecté. Il visita différents palais de la ville ainsi que la cathédrale, dessinant dans son carnet toutes sortes de détails intéressants. Il s'était fait fabriquer un petit cahier dans ce nouveau matériau destiné à l'écriture et appelé « papier » dont l'emploi s'était très vite répandu en Italie.

Au départ de Paris, il fit route avec une famille de la noblesse qui s'en retournait à Cherbourg. L'ayant entendu converser en italien avec Lolla, les Normands et leur entourage n'avaient pas imaginé avoir affaire à des Anglais. Merthin ne chercha pas à les détromper ; il savait combien ses compatriotes étaient haïs dans le nord de la France. Traversant cette contrée à la vitesse d'un promeneur, il eut tout loisir d'observer sur les églises et les abbayes les traces du saccage perpétré par l'armée du roi Édouard, dix-huit mois plus tôt.

Il aurait pu voyager plus rapidement, bien qu'il mène par la bride un cheval de trait portant leur bagage, mais il voulait profiter de la chance qui lui était offerte d'admirer une architecture aussi variée. Qui pouvait dire si l'occasion se représenterait ? Cependant, dans ses moments de grande sincérité, il admettait qu'un autre motif l'incitait à ne pas forcer l'allure : la peur de ce qui l'attendait à Kingsbridge.

Il rentrait dans son pays afin de rencontrer une Caris qui ne serait évidemment plus la même que celle qu'il avait quittée neuf ans plus tôt ; qui aurait changé physiquement et mentalement. Certaines religieuses devenaient obèses, le seul plaisir qui leur restait dans la vie consistant à manger. Connaissant Caris, il l'imaginait davantage se privant de nourriture dans une extase de renoncement. N'aurait-elle plus que la peau sur les os ? Était-elle habitée par la religion au point de prier tout au long du jour, en se flagellant pour des péchés qu'elle n'avait pas commis ? Et si elle était morte ?

Telles étaient les angoisses de Merthin, bien qu'il sache au fond de lui que Caris ne serait ni obèse ni possédée par l'idée du salut. Quant à penser qu'elle était morte, impossible ! Il aurait eu vent de la nouvelle de la même manière qu'il avait appris le décès d'Edmond. Non, à coup sûr, elle aurait comme autrefois un corps menu et une tête claire. Son esprit serait toujours aussi vif et déterminé. Une chose, cependant, ne laissait pas d'inquiéter Merthin : l'accueil qu'elle lui réserverait. Que pensait-elle de lui à présent ? Appartenait-il à un passé trop lointain pour qu'elle s'en préoccupe, de la même façon, par exemple, que lui-même ne se préoccupait plus de Griselda ? Se languissait-elle de lui au fond de son âme ? Il n'aurait su le dire et c'était bien cette ignorance qui était véritablement la source de son émoi.

Ils firent voile jusqu'à Portsmouth et poursuivirent leur voyage avec un groupe de marchands qu'ils abandonnèrent une fois arrivés au gué de Mude. Leurs compagnons continuaient vers Shiring alors qu'eux-mêmes devaient traverser la rivière pour rejoindre la route de Kingsbridge. Quel dommage qu'aucun signe n'en indique la direction ! pensa Merthin tout en entrant dans l'eau à cheval, la rivière étant peu profonde à cet endroit. Combien de marchands poursuivaient ainsi tout droit jusqu'à Shiring sans même imaginer qu'une ville aussi importante que Kingsbridge se trouvait à proximité.

C'était une chaude journée d'été. Un soleil éclatant brillait dans le ciel quand il aperçut enfin au-dessus des arbres la tour de la cathédrale. Elle ne s'était pas écroulée. Les travaux de consolidation effectués sous la direction d'Elfric avaient tenu onze ans.

C'était déjà ça, pensa-t-il. Il déplorait seulement qu'on ne voie pas le monument du gué : les visiteurs seraient bien plus nombreux à se rendre à Kingsbridge.

En trottant vers la ville, il fut saisi d'une anxiété si violente que la nausée faillit l'obliger à descendre de monture pour vomir. Il tenta de se raisonner. Que pouvait-il arriver de pire ? Que Caris n'ait plus de sentiment pour lui ? Finalement, il n'en mourrait pas.

Aux abords de Villeneuve, il remarqua plusieurs bâtiments récents. Les faubourgs s'étaient tellement étendus que la splendide demeure construite pour Dick le Brasseur aux confins de Kingsbridge se trouvait désormais englobée dans la nouvelle ville.

La vue de son pont lui fit oublier momentanément son appréhension. Il s'élevait en une arche élégante de la berge jusqu'à l'île au milieu de la rivière pour rejaillir plus loin et enjamber le deuxième bras. La pierre blanche étincelait au soleil. Hommes et chariots s'y croisaient dans les deux sens. À ce spectacle, le cœur de Merthin se gonfla de fierté. L'ouvrage remplissait toutes ses espérances : il était beau, utile et solide. Et c'est moi qui l'ai imaginé ! se dit-il avec bonheur.

Quelle ne fut sa surprise, en s'approchant du premier pont, de découvrir que la maçonnerie se délitait autour du pilier central. D'affreux croisillons métalliques de renfort apposés n'importe comment à l'endroit des fissures témoignaient qu'Elfric était passé par là. La vue des sombres traînées de rouille en dessous des clous acheva de le consterner. Il se crut ramené onze ans en arrière, au jour où il avait inspecté les réparations effectuées par son patron sur le vieux pont en bois. L'erreur était humaine, certes, mais il fallait être un imbécile pour ne pas en tirer de leçon ! « Quel fieffé crétin ! lança-t-il à haute voix.

— Fieffé crétin ! » reprit Lolla en écho, apprenant l'anglais à sa manière.

Il s'engagea sur le pont. Le tablier avait été correctement achevé, constata-t-il avec plaisir. Le parapet lui plut également, notamment les chapiteaux du solide muret, sculptés dans le même esprit que ceux de la cathédrale, et il se félicita d'avoir eu l'idée d'ajouter cette protection à l'intention des piétons.

Sur l'île aux lépreux, les lapins n'avaient pas plus déguerpi qu'il n'avait lui-même résilié son bail. En son absence, Marc le

Tisserand s'était chargé de collecter les loyers et de les lui faire parvenir une fois l'an par l'intermédiaire des Caroli, déduits des honoraires convenus entre eux et de la somme symbolique qu'il devait verser chaque année au prieuré. Ses bénéfices après ces retenues n'étaient pas très élevés, mais en augmentation constante.

La maison qu'il possédait sur l'île était occupée, à en juger par ses volets ouverts et son seuil proprement balayé. Jimmie, son ancien apprenti, devait toujours y vivre, comme il l'y avait autorisé. Ce devait être un homme aujourd'hui.

À l'entrée du second pont, un vieillard que Merthin ne reconnut pas collectait les péages tout en se chauffant au soleil. Merthin lui remit un penny. Le vieux le regarda fixement, comme s'il cherchait à se rappeler où il l'avait rencontré, mais il ne dit rien.

La ville parut à Merthin à la fois identique et changée. Les différences, somme toute peu nombreuses, lui donnèrent l'impression qu'une bonne fée au cours de la nuit avait tout embelli d'un coup de baguette magique : d'élégantes demeures remplaçaient une rangée de taudis ; une auberge pleine de vie s'élevait à la place de la grande maison sombre où vivait une riche veuve autrefois ; un puits avait été asséché et sa fosse comblée et pavée ; enfin une maison jadis grise avait été repeinte en blanc.

L'auberge de La Cloche était toujours à sa place, dans la grand-rue à côté du portail du prieuré, inchangée. Compte tenu de sa situation, elle y serait encore dans des centaines d'années. Merthin s'y rendit. Ayant confié chevaux et bagages à un palefrenier, il entra dans la salle, tenant Lolla par la main.

La taverne ne se différenciait en rien des autres établissements de ce type : à l'avant, il y avait une grande salle meublée de tables et de bancs en bois grossièrement équarri et, dans le fond, une cuisine où l'on entreposait aussi les barriques de bière et de vin. L'auberge devait avoir une bonne clientèle et rapporter gros. En témoignaient la paille propre qui couvrait le plancher et les murs récemment passés à la chaux. En hiver, il devait y flamber un feu énorme. Mais en cette belle journée d'été, toutes les fenêtres étaient ouvertes et une brise agréable rafraîchissait les lieux.

Au bout d'un moment, Bessie la Cloche sortit de l'arrière-salle. Merthin se souvenait d'une jeune fille aux rondeurs prometteuses. Neuf ans plus tard, une femme bien en chair se planta devant lui et le dévisagea sans le reconnaître, jugeant à sa mise que c'était un client fortuné. « Bien le bonjour à vous, voyageur. Que pouvons-nous faire pour vous rendre la vie agréable, à vous et à votre enfant ? »

Merthin sourit. « J'aimerais louer ta chambre particulière, si tu veux bien, Bessie.

— Mon âme ! Mais c'est Merthin le Pontier ! » s'écria-t-elle, l'identifiant au son de sa voix. Ignorant la main qu'il lui tendait, elle se jeta à son cou. Elle avait toujours eu un faible pour lui. Elle fit un pas en arrière pour mieux le regarder. « C'est à cause de ta barbe. Autrement, je t'aurais remis tout de suite ! C'est ta fille ?

— Oui, elle s'appelle Lolla.

— Tu es une bien jolie petite fille, ma chère ! Ta maman doit être très jolie !

— Ma femme est morte, répondit Merthin.

— C'est triste. Enfin, elle est encore toute jeune, elle pourra l'oublier. Moi, j'ai perdu mon mari.

— Je ne savais pas que tu étais mariée.

— Si, à Richard le Brun, de Gloucester. Je l'ai rencontré après ton départ. Ça fait un an qu'il est parti.

— Tu m'en vois désolé.

— Je suis toute seule pour tenir la maison, mon père est en pèlerinage à Cantorbéry.

— J'aimais bien ton père.

— Oh, il te le rendait bien ! Il a toujours apprécié les hommes qui avaient quelque chose dans le crâne. Il n'avait pas une passion pour mon Richard.

— Ah. » La conversation prenait un tour un peu trop personnel au goût de Merthin, qui s'empressa de demander à Bessie si elle avait des nouvelles de ses parents.

« Ils ne sont pas en ville, mais à Tench, chez ton frère, dans son nouveau manoir. »

Merthin avait appris par Buonaventura que Ralph avait été nommé seigneur de Tench. « Mon père doit en être très heureux.

« — Il est fier comme un paon, tu veux dire ! Mais je parle, je parle, alors que tu dois mourir de faim et de fatigue ! Ajouta-t-elle en souriant. Je vais demander aux garçons de monter tes bagages et je t'apporte une chope de bière et du potage. » Sur ces mots, elle partit.

« C'est gentil, mais... »

Elle s'arrêta sur le seuil.

« J'ai une course à faire. Si tu pouvais donner du potage à Lolla, je t'en serais très reconnaissant.

— Naturellement. Tu veux bien venir avec tante Bessie ? J'imagine que tu mangerais volontiers un quignon de pain, n'est-ce pas ? Tu aimes le pain frais, dis-moi ? »

Merthin traduisit la question en italien. Lolla hocha la tête joyeusement.

Bessie releva les yeux vers Merthin. « Tu vas voir sœur Caris ? »

Pour une raison absurde, il se sentit coupable. « Oui, répondit-il. Elle est donc toujours ici ?

— Oh oui ! Elle est sœur hôtelière, maintenant. C'est elle qui dirige l'hospice. Je serais surprise qu'elle ne devienne pas prieure un jour. » Elle prit Lolla par la main et se dirigea vers l'arrière-salle, jetant par-dessus son épaule : « Bonne chance ! » à Merthin. Pour étouffante qu'elle soit, l'affection de Bessie était sincère ; son accueil chaleureux avait réchauffé le cœur du voyageur.

Il sortit dans la rue et franchit le portail du prieuré. À quelques pas de l'entrée, il s'arrêta pour admirer la cathédrale vieille de presque deux cents ans et toujours aussi inspirante.

Sur la gauche de l'édifice, près de la façade nord, au-delà du cimetière, se dressait un nouveau bâtiment en pierre de deux étages. Il s'élevait non loin de l'endroit où se trouvait jadis la maison du prieur, qu'il remplaçait probablement. Avec son entrée imposante et son étage, il avait quelque chose d'un petit palais. Merthin se demanda où Godwyn avait trouvé les fonds pour le construire.

Il s'en approcha. En fait, c'était un très grand palais. Pourtant, il suscitait la désagréable impression d'être écrasé par la cathédrale, probablement parce qu'il n'y était relié à aucun niveau, ni au rez-de-chaussée ni à l'étage. Les détails avaient été bâclés.

Le fronton de la porte, par exemple, fastueux, bouchait en partie l'une des fenêtres de l'étage. Mais il y avait pire : l'orientation générale du bâtiment, édifié sans tenir compte de l'axe de la cathédrale, ce qui lui donnait l'air bancal.

C'était signé Elfric, indubitablement.

Un chat replet se chauffait au soleil sur le seuil, un chat tout noir avec seulement le bout de la queue blanche. Il dévisagea Merthin méchamment. Celui-ci tourna les talons.

D'un pas lent, il se dirigea vers l'hospice. La pelouse devant la cathédrale était déserte. Ce n'était pas jour de marché. À l'idée de tomber à tout moment sur Caris, il sentait à nouveau cet affreux mélange d'excitation et d'angoisse lui tordre l'estomac. Il atteignit le perron de l'hospice et entra. La salle tout en longueur lui parut plus claire et plus fraîche que dans son souvenir, nettoyée et briquée dans ses moindres recoins. Plusieurs personnes étaient étendues sur des paillasses par terre, des vieux pour la plupart. Près de l'autel, une jeune religieuse récitait des prières à voix haute. Il attendit qu'elle finisse. Son impatience était telle qu'il avait l'impression d'être atteint d'un mal bien plus grave que les patients qui reposaient ici. Il avait parcouru près de mille lieues pour vivre cet instant. Son voyage avait-il été inutile ?

Enfin, sur un dernier « Amen », la nonne se retourna. Il ne la connaissait pas. Elle s'approcha de lui et le salua poliment. « Dieu vous bénisse, étranger. »

Merthin prit une profonde inspiration. « Je voudrais voir sœur Caris. »

*

À présent, les religieuses tenaient leurs réunions du chapitre au réfectoire. Jadis, elles partageaient avec les moines l'élégante bâtisse octogonale au nord-est de la cathédrale qui abritait la salle capitulaire. Malheureusement, la méfiance entre couvent et prieuré avait atteint un degré tel que les sœurs ne voulaient pas courir le risque d'être entendues à leur insu. Voilà pourquoi elles se réunissaient désormais dans la longue salle nue où elles prenaient leurs repas.

Les religieuses occupant des fonctions de responsabilité siégeaient à une table, assises de part et d'autre de mère Cécilia.

Depuis la mort de sœur Nathalie à l'âge de cinquante-sept ans, quelques semaines plus tôt, le couvent était sans sous-prieure, Cécilia n'ayant encore nommé personne à son poste. À sa droite, étaient assises sœur Beth, la trésorière, et son adjointe chargée des bâtiments, sœur Élisabeth, anciennement Élisabeth Leclerc. À sa gauche, il y avait sœur Margaret, la cellérière responsable des approvisionnements, et la sœur hôtelière qui lui était subordonnée. Trente-cinq religieuses assises sur plusieurs rangées de bancs faisaient face à cet aréopage.

Après la prière et la lecture, mère Cécilia fit ses annonces. « Nous avons reçu une missive de notre évêque et seigneur en réponse à notre plainte concernant le vol de notre argent par le prieur Godwyn. »

Un murmure plein d'attente monta des bancs. La réponse avait tardé à venir. Il avait fallu presque un an au roi Édouard pour désigner un successeur à l'évêque Richard. Le comte William s'était démené pour faire nommer le père Jérôme, l'ancien secrétaire de son père, qui était un homme capable. En vain. Le roi avait finalement arrêté son choix sur un prélat originaire du Hainault, au nord de la France, un certain Henri de Mons, qui se trouvait être apparenté à son épouse. Venu en Angleterre pour son intronisation, le nouvel évêque s'était ensuite rendu à Rome pour être confirmé dans ses fonctions par le pape. À son retour, il avait emménagé dans son palais de Shiring. Ce n'était qu'après tous ces atermoiements qu'il avait pris le temps de répondre à la plainte officielle déposée par mère Cécilia.

Elle poursuivit : « L'évêque refuse de prendre position par quelque mesure que ce soit dans cette affaire de vol. Il fait valoir que les événements ont eu lieu sous l'évêque Richard, et que le passé est le passé. »

Les religieuses en eurent le souffle coupé. Elles avaient remisé leur impatience, confiantes d'obtenir justice au bout du compte. Ce refus de prendre parti leur paraissait d'autant plus révoltant que l'attente avait été longue.

Caris, qui avait lu la réponse de l'évêque, affichait une mine moins abasourdie. Que le nouvel évêque ne souhaite pas commencer son exercice par une querelle avec le prieur de Kingsbridge n'était pas pour l'étonner. Sa lettre, en revanche, laissait entendre que le pragmatisme l'emportait chez lui sur les principes. Ce en quoi il ne différait guère de la majorité des prélats qui gravitaient avec succès dans les milieux politiques de l'Église.

Néanmoins, sa déception était grande. La décision épiscopale signifiait que son rêve de construire un nouvel hospice n'était pas près de se réaliser. Mais à quoi bon s'affliger ? Finalement, isoler les malades des hôtes bien portants comme elle voulait le faire était un luxe dont le prieuré s'était passé pendant des siècles. Attendre dix ans de plus, ce n'était au fond pas si grave. Malgré tout, cela l'irritait de voir les maladies se propager d'un patient à l'autre sans que rien ne soit fait pour y remédier, comme deux ans plus tôt, à l'époque de la foire à la laine, lorsque Maldwyn le Cuisinier avait été pris de ces étranges vomissements et que tant de gens avaient ensuite attrapé son mal. Personne ne savait vraiment comment les maladies se transmettaient – si c'était en regardant le malade, en le touchant ou simplement en se trouvant dans la même salle que lui. Toutefois, il ne faisait aucun doute qu'un grand nombre d'entre elles passaient de l'un à l'autre, ce qui tendait à indiquer que la proximité était un facteur important.

Un marmonnement irrité s'élevait du chœur des religieuses réparties sur les bancs. Une voix finit par se détacher des autres : « Dorénavant les moines n'en feront qu'à leur tête. »

Elle avait raison, songea Caris. Non seulement Godwyn et Philémon, prétextant avoir agi par souci de célébrer la gloire du Seigneur avec plus de faste, se tiraient d'un vol éhonté sans même écoper d'un blâme, mais encore ils avaient tout loisir d'estimer que l'évêque s'était rangé de leur côté. La défaite était particulièrement amère pour Mair et pour elle-même.

Mère Cécilia n'entendait pas perdre son temps à ressasser des regrets. « Ce n'est la faute de personne, sauf peut-être la mienne, car j'ai trop fait confiance au prieur. »

Caris, quant à elle, n'avait jamais cru un mot des mensonges de Godwyn. Elle ne le fit pas valoir, préférant attendre la fin du discours. La mère supérieure devait en effet annoncer plusieurs changements parmi les affectations de responsabilité et personne ne savait en quoi ils consistaient.

« Il est impératif que nous soyons davantage sur nos gardes à l'avenir, reprit mère Cécilia. Nous devons conserver notre trésor en un lieu bien à nous auquel les moines n'auront pas accès. Et j'espère bien qu'ils seront tenus dans l'ignorance de son emplacement. Sœur Beth abandonnera ses fonctions de trésorière, avec tous nos remerciements pour ses longs et loyaux services. Elle sera remplacée par sœur Élisabeth, qui a toute ma confiance. »

Caris fit de son mieux pour ne pas laisser transparaître sa désapprobation. À l'inverse de la prieure, elle n'avait pas pardonné à Élisabeth d'avoir témoigné contre elle lors de son procès en sorcellerie. Mais ce n'était pas la seule raison de son antipathie. À ses yeux, Élisabeth était une femme aigrie et à l'esprit tordu, qui laissait ses rancœurs entacher son jugement. Exactement le genre de personne qui avait tendance à agir sur la base de préjugés et en qui on ne saurait se fier.

Cécilia poursuivait : « Sœur Margaret ayant demandé à être déchargée de ses fonctions, sœur Caris prendra sa suite en tant que sœur cellérière. »

Caris fut déçue. Elle avait espéré être élevée au rang de sous-prieure. Elle essaya de sourire comme si cette nomination la comblait. Cela lui fut difficile. À l'évidence, Cécilia ne nommerait personne pour la seconder. Elle aurait pour subalternes deux rivales, Caris et Élisabeth, et elle les laisserait se battre entre elles. Caris surprit dans le bref regard que lui lança Élisabeth une haine à peine dissimulée.

Cécilia continuait : « Sœur Mair deviendra sœur hôtelière sous la supervision de sœur Caris. »

Un sourire rayonnant apparut sur les lèvres de Mair : elle était enchantée de se voir décerner une promotion et, plus encore, de travailler à l'avenir au côté de Caris. Celle-ci aussi se réjouit. Comme elle, Mair avait la hantise de la malpropreté et se méfiait des traitements prescrits à tout-va, tels que les saignées si chères aux moines médecins.

Cécilia annonça d'autres nominations de moindre importance. Caris l'écouta tout en s'efforçant de faire contre mauvaise fortune bon cœur. La séance levée, elle alla la remercier.

« N'allez pas croire que cette décision me soit venue facilement, avoua la mère prieure. Élisabeth est une femme intelligente et déterminée. De plus, elle est rigoureuse dans les domaines où vous-même avez tendance à vous disperser. En revanche, vous avez de l'imagination et vous savez tirer des gens le meilleur d'eux-mêmes. J'ai besoin de vous deux, autant d'elle que de vous. »

Comment Caris se serait-elle rebiffée contre une analyse aussi juste ? Mère Cécilia la connaissait bien, pensa-t-elle non sans un certain dépit. Mieux que personne au monde assurément, maintenant que son père était mort et que Merthin était loin. Elle ressentit un élan d'affection pour mère Cécilia. Nonobstant ses mille et une occupations, la prieure, telle une oiselle, n'oubliait jamais de veiller sur ses oisillons, toujours attentive et toujours affairée. « Je ferai tout mon possible pour me hisser à la hauteur de vos espérances, ma mère », promit Caris et elle quitta le réfectoire.

Elle devait vérifier que la vieille Julie ne manquait de rien. Malgré ses remontrances, aucune des sœurs sous ses ordres ne s'en occupait aussi bien qu'elle. À croire qu'une personne âgée et impotente n'avait pas besoin d'une couverture quand le temps était frais, d'une boisson quand elle avait soif, ou d'un bras secourable pour l'accompagner aux latrines aux heures où elle y allait habituellement. Caris décida de lui apporter une tisane qui d'ordinaire la requinquait. Elle passa donc par sa pharmacie pour la préparer.

Elle avait mis une petite casserole d'eau à bouillir sur le feu quand Mair entra. « N'est-ce pas merveilleux ? s'exclama-t-elle en refermant la porte sur elle. À partir de maintenant, nous travaillerons toujours ensemble ! » Elle serra Caris contre elle et posa un baiser sur ses lèvres.

Caris lui rendit son étreinte et se dégagea rapidement. « Ne m'embrasse pas comme ça !

— C'est parce que je t'aime.

— Moi aussi, mais pas de la même manière. »

De fait, Caris aimait beaucoup Mair. Elles étaient devenues très proches en France, quand elles avaient risqué leurs vies ensemble. Caris s'était même sentie attirée par la beauté de sa compagne et, une fois, elle avait fini par succomber à ses avances. C'était à Calais, dans une auberge où elles s'étaient arrêtées pour passer la nuit. Leur chambre avait une porte qui fermait à clef. Mair l'avait caressée et baisée dans les endroits les plus intimes de son corps, et elle lui avait rendu la pareille.

Mair avait affirmé que c'était le plus beau jour de sa vie. Pour Caris, la découverte avait été agréable, certes, mais elle ne souhaitait pas la répéter.

« Ce n'est pas grave, répondit Mair. Du moment que tu m'aimes, ne serait-ce qu'un petit peu, ça me suffit. Tu ne cesseras pas, n'est-ce pas ? »

Caris versa l'eau bouillante sur les feuilles de tisane. « Je te promets que quand tu seras aussi vieille que Julie, je t'apporterai une infusion pour te maintenir en vie.

— C'est la chose la plus gentille qu'on m'ait dite de ma vie ! » bredouilla Mair, les yeux embués de larmes.

Craignant qu'elle ne voie dans cette phrase la promesse d'un amour éternel, Caris la prévint gentiment de ne pas se laisser aller à la sentimentalité. « C'est bon, lâcha-t-elle tout en versant l'infusion dans un bol en bois à travers une passoire. Allons voir comment se porte Julie. »

Elles traversèrent le cloître et entrèrent dans l'hospice. Un homme à l'abondante barbe rousse se tenait près de l'autel. Elle s'approcha de lui. « Dieu vous bénisse, étranger », le salua-t-elle.

L'inconnu lui rappelait quelqu'un. Curieusement, il ne répondit pas à sa phrase de bienvenue, mais la dévisageait intensément de ses prunelles mordorées. Le reconnaissant, elle laissa choir son bol. « Seigneur Dieu ! Toi ! »

*

Ces quelques secondes avant que Caris ne remarque sa présence avaient été pour Merthin un moment exquis qu'il conserverait à tout jamais gravé dans sa mémoire, quelle qu'en soit l'issue. Face à ce visage dont la vue lui avait été si longtemps interdite, il éprouvait un choc comparable à ce que l'on ressent quand on plonge dans une rivière glacée un jour de canicule. Il fixait avidement Caris, se rappelant brutalement combien il l'avait chérie. Ses craintes avaient été vaines, Caris avait à peine changé. Ces neuf années ne l'avaient pas marquée ; pourtant, elle aurait bientôt trente ans. Elle était toujours aussi mince et vive qu'à vingt ans. Un bol en bois à la main, elle était entrée dans l'hospice d'un pas rapide dénotant une autorité indiscutée ;

elle l'avait aperçu, avait marqué une pause et laissé échapper son bol.

Il lui sourit, éperdu de bonheur.

« Toi ici ! Je te croyais à Florence !

— Je suis bien aise d'être de retour. »

Elle regarda la flaque répandue sur les dalles. « Je m'en occupe, dit la religieuse qui l'accompagnait. Allez parler avec lui. » Elle avait un joli visage, mais aussi les larmes aux yeux. Tout à sa joie, Merthin le nota sans y prêter véritablement attention.

« Quand es-tu revenu ? demanda Caris.

— Il y a une heure à peine. Tu as l'air en bonne forme.

— Et toi… un homme, maintenant ! »

Il rit.

Elle reprit : « Qu'est-ce qui t'a poussé à revenir ?

— C'est une longue histoire ; j'aimerais te la raconter.

— Sortons dans le jardin. » Elle posa légèrement la main sur son bras et l'entraîna dehors. Les religieuses étaient censées n'avoir aucun contact physique, et surtout ne jamais s'entretenir avec un homme en privé, mais il avait toujours été permis à Caris de respecter ces règles ou pas. Merthin se réjouit de constater que neuf années de couvent ne lui avaient pas enseigné à plier devant l'autorité.

Il marcha en direction du potager. « Le jour où tu es entrée au couvent, c'était là, sur ce banc, que j'étais assis avec Marc quand Madge est venue me dire que tu refusais de me voir. »

Caris hocha la tête. « C'était le jour le plus malheureux de ma vie. Te voir n'aurait fait que me désespérer davantage.

— Moi aussi, sauf que je voulais te voir quand même. Quitte à en être désespéré. »

Elle planta dans ses yeux ses prunelles vertes pailletées d'or et le dévisagea avec la même candeur qu'autrefois. « C'est un reproche ?

— Peut-être, parce que je t'en ai beaucoup voulu. Quelle que soit ta décision, tu me devais une explication ! »

Ce n'était pas ainsi qu'il avait imaginé leur conversation, mais c'était plus fort que lui. Elle ne lui présenta pas d'excuses.

« C'est simple, pourtant. Je ne supportais pas l'idée de te quitter. Si j'avais dû te parler, je crois que je me serais tuée. »

Sa réponse le prit de court. Neuf années durant, il avait estimé qu'elle n'avait pensé qu'à elle, ce jour-là. Il se rendait compte maintenant que c'était lui qui avait été égoïste en exigeant de la voir. Caris avait toujours eu le don de le forcer à se remettre en question. C'était désagréable, mais il devait convenir qu'elle avait souvent raison.

Ils ne s'assirent pas sur le banc, mais bifurquèrent en direction de la cathédrale. Le ciel s'était couvert, le soleil était caché par les nuages. « En Italie, nous venons de subir une épidémie de peste abominable, dit-il. Là-bas, les gens l'appellent *la grande moria*.

— J'en ai entendu parler. Elle a touché aussi le sud de la France, n'est-ce pas ? Ça paraît redoutable.

— J'ai attrapé la maladie, mais je m'en suis sorti, ce qui est peu courant. Mon épouse, Silvia, est morte, elle. »

La nouvelle bouleversa Caris. « Je suis bien triste pour toi. Tu dois être très malheureux.

— Toute la famille est morte, tous mes commanditaires aussi. Je me suis dit que c'était le moment ou jamais de revenir au pays. Et toi ?

— Je viens d'être élevée au rang de cellérière », lui annonça-t-elle avec une évidente fierté.

Le fait lui parut anodin après l'abomination qu'il venait de vivre à Florence, mais ce devait être important dans la vie d'un couvent. Regardant la cathédrale, il dit : « Il y a une cathédrale magnifique à Florence. La façade est faite de pierres de différentes couleurs qui forment toutes sortes de dessins. Mais je préfère celle-ci, d'un seul ton et avec des sculptures. » Comme il levait les yeux vers la tour dont la pierre grise se détachait sur le ciel gris, il reçut une goutte de pluie.

Ils s'abritèrent à l'intérieur du sanctuaire. Une douzaine de personnes se trouvaient dans la nef, des visiteurs étrangers à la ville qui admiraient l'architecture, des dévots originaires de Kingsbridge occupés à prier et deux novices qui balayaient les lieux. « Je me rappelle le jour où je t'ai caressée derrière ce pilier, ajouta Merthin avec le sourire.

— Moi aussi, répondit Caris, évitant son regard.

— J'éprouve toujours pour toi les mêmes sentiments que ce jour-là. C'est pour ça que je suis revenu. »

Elle se tourna vers lui et le regarda avec colère. « Ça ne t'a pas empêché de te marier !

— Et toi d'entrer au couvent !

— Comment as-tu pu épouser cette Silvia si tu m'aimais ?

— Je croyais pouvoir t'oublier. Je n'ai pas réussi. Plus tard, quand j'ai cru ma dernière heure venue, j'ai compris que je ne t'oublierais jamais. »

Sa colère disparut aussi vite qu'elle était apparue. Ses yeux s'embuèrent de larmes. « Je sais, dit-elle en baissant le regard.

— Et toi, tu ressens toujours la même chose ?

— Je n'ai jamais changé.

— Tu as essayé ? »

Elle planta ses yeux dans les siens : « Il y a une nonne…

— La jolie, qui t'accompagnait tout à l'heure ?

— Comment as-tu deviné ?

— Elle a pleuré en me voyant. Je me demandais pourquoi. »

L'air coupable de Caris lui rappela le sentiment qu'il éprouvait lui-même quand Silvia lui disait : « Tu penses à ton Anglaise. »

« J'ai de la tendresse pour Mair, expliqua Caris. Elle m'aime mais…

— Mais tu ne peux pas m'oublier.

— Non.

— Dans ce cas, tu devrais renoncer à tes vœux, quitter le couvent et m'épouser, déclara-t-il avec insistance en faisant de son mieux pour dissimuler son triomphe.

— Quitter le couvent ?

— Il faudra d'abord que tu obtiennes le pardon pour ta condamnation, je le comprends bien, mais je suis sûr que ce sera possible. S'il faut pour cela suborner l'évêque, l'archevêque ou même le pape, je le ferai. J'en ai les moyens. »

Ce ne serait pas aussi facile qu'il le pensait, songea Caris, mais là n'était pas le problème principal. « Ce n'est pas que je n'en aie pas envie, dit-elle, mais j'ai promis à Cécilia de ne pas trahir sa confiance… Je dois aussi aider Mair à prendre ma succession au poste de sœur hôtelière… Et puis, nous devons construire une nouvelle salle du trésor… Enfin, il y a la vieille Julie. Je suis la seule à m'en occuper correctement…

— Tout cela est-il si important ? s'étonna Merthin.

— Naturellement ! jeta-t-elle avec colère.

— Je croyais qu'un couvent, c'était une congrégation de vieilles femmes qui récitaient des prières.

— Et qui soignent les malades, nourrissent les pauvres, supervisent des milliers d'acres de terre ! Ce n'est pas moins important que de bâtir des églises et des ponts. »

Il n'avait pas prévu sa réaction. Caris avait toujours manifesté du scepticisme à l'égard de la religion. Elle était entrée au couvent contrainte et forcée, parce que c'était le seul moyen pour elle de garder la vie sauve après sa condamnation pour sorcellerie. Et voilà qu'elle en était venue à aimer son châtiment ! découvrait-il avec ahurissement. « Tu es comme un prisonnier qui ne veut plus quitter son cachot, quand bien même on lui en ouvre la porte !

— La porte est loin d'être grande ouverte ! Je devrai rompre mes vœux. Mère Cécilia…

— S'il y a tant de problèmes à régler, attelons-nous-y sans perdre un instant ! »

Elle parut désemparée. « Je ne sais pas si… »

Elle était déchirée, manifestement. Il n'en croyait pas ses yeux. « Et c'est toi qui dis ça ? Toi qui fustigeais l'hypocrisie et la fausseté qui régnaient au prieuré ? La paresse, la convoitise, la malhonnêteté, la tyrannie…

— C'est toujours vrai, en ce qui concerne Godwyn et Philémon.

— Eh bien alors, pars !

— Pour faire quoi ?

— Pour m'épouser, naturellement !

— C'est tout ? »

Cette fois encore, sa réponse le déconcerta. « Personnellement, c'est tout ce que je veux.

— Non, ce n'est pas vrai. Tu veux aussi construire des palais et des châteaux ; tu veux construire le plus grand bâtiment d'Angleterre.

— S'il faut absolument que tu t'occupes de quelqu'un…

— Oui ?

— J'ai une petite fille de trois ans. Elle s'appelle Lolla. »

Ces mots semblèrent la décider. Elle soupira. « Tu me demandes, à moi qui ai des responsabilités importantes dans un couvent de quarante religieuses, dix novices et vingt-cinq serviteurs, avec une école, un hospice et une pharmacie, de tout quitter pour prendre soin d'une petite fille que je n'ai jamais vue ? »

Il abandonna la discussion. « Tout ce que je sais, c'est que je t'aime et que je veux vivre avec toi. »

Elle rit sans humour. « Si tu m'avais dit ça sans rien ajouter d'autre, tu m'aurais peut-être convaincue.

— Je ne comprends plus rien. Tu me rejettes encore ?

— Je ne sais pas. »

55.

Merthin demeura éveillé une grande partie de la nuit, non pas qu'il soit dérangé par le bruit, car il s'était accoutumé à dormir dans le tapage des auberges et, généralement, la présence de Lolla l'apaisait, mais par la réaction de Caris qui le laissait désemparé. En fait, il n'avait jamais réfléchi en termes de logique à la façon dont elle l'accueillerait après tant d'années. Il s'était laissé emporter par la vision cauchemardesque des changements qui avaient pu s'opérer en elle tout en espérant, au fond de son cœur, que la réconciliation s'effectuerait dans la joie. Que Caris ne l'ait pas oublié ne l'étonnait pas. Ce qui l'étonnait, c'était son propre comportement : avoir imaginé, la connaissant si bien, qu'elle ait pu passer neuf ans de sa vie à pleurer son absence !

Néanmoins, la voir aussi dévouée à ses œuvres de religieuse le stupéfiait. Pour autant qu'il s'en souvienne, elle avait toujours manifesté une certaine hostilité vis-à-vis de l'Église. Mais peut-être, en raison du danger qu'il y avait à critiquer la religion, Caris dissimulait-elle son scepticisme et, l'habitude aidant, n'avait-elle pas fait exception pour lui. Quoi qu'il en soit, il avait été ébahi de lui découvrir si peu d'enthousiasme à l'idée d'abandonner son couvent. Qu'elle craigne de voir mise à exécution la sentence de mort suspendue sur sa tête si elle rompait ses vœux, oui, il l'avait envisagé, mais pas l'éventualité qu'elle ait trouvé dans son cloître une vie à ce point enrichissante qu'elle hésite à la quitter pour l'épouser.

Il était furieux et regrettait de ne pas avoir rétorqué vertement : « Comment oses-tu me dire que tu n'es pas sûre de vouloir m'épouser alors que je viens de parcourir près de mille lieues pour te demander d'être ma femme ? » Mais peut-être était-ce une bonne chose que cette réplique mordante ne lui soit pas venue aux lèvres sur le moment, car leur conversation ne s'était pas achevée sur un rejet sans appel, mais sur la demande de Caris de lui accorder un répit pour se remettre de sa surprise et réfléchir à son avenir.

Il y avait consenti, ne pouvant faire autrement, mais cette attente le crucifiait, le laissait en suspens entre la vie et la mort.

Il finit par sombrer dans un sommeil agité.

Lolla le réveilla de bonne heure, selon son habitude. Ils descendirent dans la grande salle prendre leur gruau du matin. Il réprima son envie d'aller de ce pas à l'hospice, comprenant que cela n'arrangerait pas son affaire. De plus, il risquait de se trouver confronté à d'autres désagréments inattendus. Le mieux, se dit-il, c'est encore de me renseigner sur ce qui s'est passé à Kingsbridge pendant mon absence. Dans cette intention, il se rendit chez Marc et Madge dès le petit déjeuner terminé.

Le couple de tisserands habitait à présent la vaste demeure qu'ils avaient achetée peu de temps après avoir été engagés par Caris pour diriger son entreprise de tissu. Merthin se rappelait l'époque où ils vivaient avec leurs quatre enfants dans une pièce unique à peine plus large que leur métier à tisser. Située dans la grand-rue, leur nouvelle maison comportait au rez-de-chaussée une grande salle qui servait d'entrepôt et de magasin. Cette partie-là était en pierre. L'étage, en revanche, était en bois. Y étaient regroupées les pièces d'habitation. Merthin découvrit Madge dans le magasin, occupée à vérifier la qualité d'un chargement de tissu écarlate qui venait de lui être livré d'un des moulins qu'ils exploitaient en dehors de la ville. Elle avait presque quarante ans maintenant et ses cheveux sombres étaient parsemés de fils d'argent. De rondelette, elle était devenue replète. Sa forte poitrine et son postérieur imposant évoquèrent à Merthin l'image d'un pigeon dodu, mais aussi batailleur à cause de son menton en saillie et de ses façons autoritaires.

Deux personnes s'affairaient à ses côtés, une belle jeune fille d'environ dix-sept ans et un jeune homme de deux ou trois ans de plus. Ce devait être ses aînés, Dora et Jean. Se les rappelant enfants, petite fille maigrichonne dans une robe en loques et gamin tout timide, Merthin eut soudain l'impression d'être un vieillard avec ses trente-deux ans. Aujourd'hui, Jean soulevait sans effort de lourdes balles de tissu dont Dora tenait le compte en traçant des entailles sur un bâton.

À la vue de son visiteur, Madge poussa un cri de surprise et de joie. Elle l'étreignit, posa de gros baisers sur ses joues barbues et fit toute une fête à Lolla. « Je me disais qu'elle pourrait jouer avec tes enfants, expliqua Merthin, désolé pour sa fille. Mais ils n'ont plus l'âge, bien sûr.

— Les deux autres, Denis et Noé, ont treize et onze ans. En ce moment, ils sont à l'école du prieuré, expliqua Madge. Mais Dora va s'amuser avec elle, elle adore les enfants. »

De fait, Dora avait déjà pris Lolla dans ses bras. « La chatte d'à côté vient d'avoir des petits. Tu veux les voir ? »

La petite répondit par une tirade en italien. L'interprétant comme un consentement, Dora sortit avec elle dans la cour.

Laissant Jean finir de décharger le chariot, Madge conduisit Merthin dans la grande salle à l'étage. « Marc est à Melcombe pour expédier du tissu, lui apprit-elle. Il devrait être de retour aujourd'hui ou demain. Notre écarlate se vend jusqu'en Bretagne et en Gascogne. »

Merthin s'assit. Madge lui apporta une chope de bière. « La ville a l'air de prospérer, fit-il remarquer.

— La laine vierge est en déclin. Tout ça, c'est la faute aux taxes de guerre. Pour être bien sûr qu'elles seront collectées, le roi exige que ce commerce soit entièrement rassemblé entre les mains de quelques gros marchands. Il n'en subsiste plus guère à Kingsbridge. Il y a bien Pétronille, qui a repris les affaires d'Edmond, mais ça n'a plus rien à voir avec ce que c'était dans le temps. Heureusement, le tissu a pris la relève. Chez nous, en tout cas.

— Godwyn est toujours prieur ?

— Malheureusement oui.

— Il continue à vous rendre la vie difficile ?

— Il est d'une étroitesse d'esprit ! Il s'oppose à tout changement, interdit tout ce qui pourrait ressembler de près ou de loin à un progrès. Je te donne un exemple : Marc a proposé à titre d'expérience que le marché se tienne aussi le samedi et non plus seulement le dimanche.

— C'est une bonne idée. Qu'a-t-il donc trouvé à y redire ?

— Que si les gens allaient au marché le samedi, ils ne reviendraient pas le lendemain à Kingsbridge pour assister à la messe.

— Il y en aurait eu d'autres qui seraient allés deux fois à l'église, le samedi en plus du dimanche.

— Tu le connais, il voit toujours tout en noir.

— La guilde de la paroisse lui tient tête, je suppose ?

— Oh, pas souvent ! C'est Elfric le prévôt. Grâce à Alice, il détient la presque totalité de ce qu'Edmond a laissé.

— Rien n'oblige à ce que le prévôt soit l'homme le plus riche de la ville.

— Bien sûr, mais c'est presque toujours le cas, tu le sais bien. Et je ne t'apprendrai pas non plus qu'Elfric emploie quantité d'artisans – charpentiers, tailleurs de pierre, gâcheurs de plâtre, monteurs d'échafaudages – et qu'il se fournit en matériaux auprès de tous les marchands de la ville. Moyennant quoi il s'en trouve à la pelle, des gens prêts à le soutenir !

— Et il a toujours été proche de Godwyn.

— Je ne te le fais pas dire ! Il rafle tous les travaux commandités par le prieuré, tous les ouvrages publics, jusqu'au dernier !

— Alors que c'est un piètre constructeur !

— Curieux, non ? » Sur un ton amusé Madge ajouta : « On pourrait croire que Godwyn aurait à cœur d'employer les meilleurs artisans. Nenni ! Pour lui, la seule chose qui compte, c'est qu'on se plie à ses volontés, qu'on obéisse à ses désirs sans poser de question. »

Rien n'avait changé, songea Merthin avec un certain abattement. Ses ennemis d'antan étaient toujours au pouvoir. Il ne lui serait probablement pas facile de reprendre son ancienne vie. « Ce ne sont pas de bonnes nouvelles que tu me donnes là !… Je ferais bien d'aller jeter un œil à mon île, conclut-il en se levant.

— Je dirai à Marc d'aller te voir dès son retour. »

Merthin passa chez les voisins chercher Lolla. La petite fille s'amusait si bien qu'il la laissa avec Dora. Du pas d'un promeneur, il partit à la découverte de la ville. En traversant le pont, il s'arrêta pour étudier les fissures de plus près. Un long examen ne lui fut pas nécessaire pour en comprendre l'origine. Il reprit son chemin.

L'île aux lépreux n'avait guère changé, constata-t-il en en faisant le tour. Des quais et des entrepôts avaient été construits à l'ouest, mais il n'y avait toujours qu'une seule maison d'habitation : la sienne, prêtée à Jimmie. Elle s'élevait dans la partie est, près de la route reliant les deux ponts.

Aucun de ses ambitieux projets de développement n'avait vu le jour pendant ses années d'exil, ce qui n'était pas surprenant. Pourrait-il les réaliser maintenant ? Il entreprit d'arpenter le terrain à grandes enjambées pour se faire une idée des distances, visualisant les bâtiments et même les rues. Cette occupation le retint jusqu'à ce que sonne midi.

Il partit alors chercher Lolla et s'en retourna à La Cloche. Bessie leur servit un délicieux ragoût de porc épaissi avec de l'orge. Comme il n'y avait pas foule, elle put se joindre à eux, apportant un cruchon de son meilleur vin rouge. À la fin du repas, alors qu'elle lui versait une autre bolée, Merthin lui fit part de ses idées concernant l'île. « Une route entre deux ponts, c'est un emplacement idéal pour ouvrir un magasin.

— Et des tavernes ! renchérit-elle. Tout lieu de passage est garant d'une bonne clientèle. Prends La Cloche et Le Buisson. Si ce sont les auberges les plus fréquentées de la ville, c'est parce qu'elles sont toutes les deux à quelques pas de la cathédrale.

— Si j'en construisais une sur l'île aux lépreux, tu t'en occuperais ?

— On pourrait s'en occuper ensemble, répondit-elle en plantant ses yeux dans les siens. Toi et moi. »

Repu après ce bon repas, il répondit par un sourire songeant par-devers lui que tout homme se serait volontiers laissé tomber sur un lit avec elle pour jouir de ses rondeurs. Las, son cœur à lui était pris. « J'aimais beaucoup ma femme, dit-il, mais pas un instant je n'ai cessé de penser à Caris durant notre vie commune. Et Silvia le savait. »

Betty détourna les yeux. « C'est triste.

— Je sais. C'est pourquoi je ne veux pas faire subir ce tourment à une autre femme. Non pas que je sois d'une bonté admirable, mais je ne suis pas non plus mauvais à ce point-là. Je ne me remarierai qu'avec Caris.

— Elle ne t'épousera peut-être jamais.

— Je sais. »

Elle se leva et ramassa leurs écuelles. « Si ! Tu es quelqu'un de très bon. Trop bon, même. » Sur ces mots, elle partit vers la cuisine.

Merthin mit Lolla au lit pour une courte sieste et s'en alla s'asseoir sur le banc devant la taverne. Tout en se chauffant au soleil de septembre, il se mit à tracer sur une grande ardoise des cartes de l'île aux lépreux, telle qu'elle lui apparaissait vue d'ici, du haut de la colline. Ses esquisses n'avançaient guère. À tout moment, un passant l'interrompait pour lui souhaiter la bienvenue et s'enquérir de sa vie ces neuf dernières années.

Tard dans l'après-midi, il reconnut la silhouette massive de Marc le Tisserand gravissant la colline à bord d'un chariot sur lequel se dressait un baril. Le géant lui parut encore plus volumineux que jadis. Merthin lui serra la main longuement.

« Je m'en reviens de Melcombe, expliqua Marc. J'y vais toutes les deux ou trois semaines.

— Qu'est-ce qu'il y a dans ton tonneau ?

— Du vin de Bordeaux, tout juste débarqué d'un bateau qui a apporté en même temps de bien tristes nouvelles. Tu savais que la princesse Joan faisait route vers l'Espagne ?

— Oui. » Quiconque en Europe était un tant soit peu informé des événements du monde savait que la fille du roi Édouard, âgée de quinze ans, devait épouser le prince Pedro, héritier du trône de Castille. Ce mariage, qui scellerait l'alliance entre l'Angleterre et le plus grand des royaumes ibériques, permettrait à Édouard de se concentrer sur la guerre interminable qu'il menait contre la France sans la crainte d'un danger venu du Sud.

« Eh bien, la princesse Joan est morte de la peste à Bordeaux.

— À Bordeaux ? » répéta Merthin, abasourdi. La nouvelle était doublement mauvaise : en premier lieu, la position du roi Édouard vis-à-vis de la France n'était plus aussi solide ; en second lieu, l'épidémie s'était propagée très loin de l'Italie.

« À en croire les marins français, les cadavres s'empilent dans les rues ! »

Merthin en demeura sans voix. Il avait quitté Florence, convaincu de laisser derrière lui la *grande moria*, et voilà qu'elle risquait d'atteindre les rives de l'Angleterre. Oh, ce n'était pas pour sa fille ni pour lui-même, puisque Lolla appartenait à cette catégorie de gens qui n'attrapaient jamais cette maladie et que lui-même n'en serait plus atteint, l'ayant déjà eue. C'était pour tous les autres qu'il était terrifié, à commencer par Caris.

Des pensées bien différentes préoccupaient le tisserand. « Tu rentres au bon moment, dit-il à Merthin. Certains marchands de la guilde, notamment les plus jeunes, réclament un nouveau prévôt. Ils commencent à en avoir par-dessus la tête d'Elfric et de ses connivences avec Godwyn. J'ai décidé de me présenter contre lui. Tu pourrais avoir une bonne influence. La guilde de la paroisse tient justement réunion ce soir. Viens, nous régulariserons ton admission sur-le-champ.

— Bien que je n'aie pas achevé mon apprentissage ?

— Avec tout ce que tu as construit ici et à l'étranger, ils ne chipoteront pas ! »

Merthin acquiesça volontiers. S'il voulait développer l'île aux lépreux, il lui fallait être membre de la guilde. La populace trouvait toujours des raisons pour s'opposer à la construction de nouveaux bâtiments. Bénéficier d'appuis à l'intérieur de la guilde lui serait utile, car il était loin de partager les certitudes de Marc concernant son admission.

Le tisserand reprit sa route avec sa barrique de vin. Merthin rentra dans l'auberge pour faire souper Lolla. Au crépuscule, Marc passa le chercher à La Cloche pour l'emmener à la réunion. Les deux amis remontèrent la grand-rue dans l'agréable fraîcheur de la soirée.

Jadis, il y avait bien des années, lorsque Merthin était venu à la guilde défendre son projet de pont, la grande halle lui avait paru de toute beauté. Maintenant qu'il connaissait les vastes bâtiments publics de l'Italie, il n'en vit que les défauts et il se demanda ce que des hommes tels que Buonaventura Caroli et Loro le Florentin avaient pensé d'une bâtisse abritant à la fois une prison et des cuisines dans son soubassement en pierre et, au rez-de-chaussée, une salle d'apparat coupée en deux par une rangée de piliers pour soutenir le toit.

Marc le présenta à différentes personnes, des nouveaux venus en ville ou des habitants de Kingsbridge ayant acquis quelque renommée en son absence. Merthin reconnut une grande partie de l'assistance. Il salua ceux qu'il n'avait pas encore rencontrés depuis son retour. Elfric était du nombre – un Elfric vêtu avec ostentation d'un surtout en brocart d'argent et manifestement informé de sa présence en ville car il ne parut pas étonné de le voir et ne lui dissimula pas sa franche hostilité.

Le prieur et son sous-prieur assistaient également à la réunion. Âgé de quarante-deux ans, Godwyn ressemblait désormais à son oncle Anthony, avec son air renfrogné et ses rides amères aux commissures des lèvres. Cependant, l'affabilité qu'il déploya à l'adresse de Merthin aurait trompé quiconque ne le connaissait pas. Frère Philémon aussi avait changé. Sa gaucherie et sa maladresse avaient cédé la place à une rondeur de commerçant prospère. Mais, derrière son arrogante assurance, Merthin décela sans mal l'inquiétude et la haine de soi propres aux flagorneurs. Philémon lui serra la main comme si on le forçait à saisir un serpent entre ses doigts. Les vieilles rancunes avaient la vie dure, et c'était bien déprimant de devoir le constater.

En apercevant Merthin, un jeune homme aux cheveux sombres et à la belle prestance se signa et s'avança vers lui. C'était Jimmie, son ancien protégé, connu maintenant sous le nom de Jérémie le Bâtisseur. Amusé de le découvrir toujours aussi superstitieux, Merthin fut enchanté de voir que ses affaires marchaient assez bien pour qu'il ait été admis au sein de la guilde.

Marc annonçait la mort de la princesse Joan à toutes les personnes auxquelles il s'adressait. Deux marchands interrogèrent Merthin sur la peste. Dans leur grande majorité, ils s'inquiétaient davantage que l'alliance avec la Castille ne s'en trouve rompue, car alors les hostilités avec la France se prolongeraient, ce qui était mauvais pour les affaires.

Elfric prit place dans la cathèdre, devant les monumentales balances servant à peser les sacs de laine. Sitôt la séance ouverte, Marc proposa que Merthin soit admis à la guilde.

Elfric ne manqua pas d'objecter qu'il n'avait pas achevé son apprentissage, raison pour laquelle sa candidature n'avait pas été acceptée autrefois.

« Tu veux dire : parce qu'il a refusé d'épouser ta fille ! » lança quelqu'un, et tout le monde s'esclaffa.

Il fallut à Merthin quelques instants pour remettre un nom sur le visage de l'homme qui s'était exprimé. C'était Bill Watkin, le constructeur, dont le crâne chauve était désormais ceint d'une couronne de cheveux gris.

« Parce qu'il n'a pas les qualités requises d'un artisan, insista Elfric obstinément.

— Comment pouvez-vous dire ça ? protesta Marc. Il a construit des maisons, des églises, des palais…

— Et notre pont qui se fend au bout de huit ans.

— C'est vous qui l'avez construit, maître Elfric.

— En suivant ses plans fidèlement ! À l'évidence, les voûtes ne sont pas assez solides pour soutenir le poids du tablier et de la circulation. Les fissures ne cessent de s'élargir malgré les croisillons de fer que j'y ai apposés. Par conséquent, je propose de doubler l'épaisseur des voûtes des deux côtés de la pile centrale à l'aide d'une maçonnerie, et cela sur les deux ponts. J'ai d'ailleurs préparé un devis, me doutant que le sujet serait évoqué ce soir. »

Elfric avait dû projeter cette attaque contre lui, sitôt averti de son retour, en déduisit Merthin. Rien n'avait changé : son ancien maître préférait le considérer en ennemi plutôt que de chercher à comprendre l'origine des désordres affectant le pont.

Cela lui donnait une chance. Se penchant vers Jimmie, il lui souffla à voix basse : « Tu peux me rendre un service ?

— Tout ce que vous voudrez, vous avez tant fait pour moi !

— File au prieuré et demande à parler de toute urgence à sœur Caris. Demande-lui de retrouver mes plans du pont. Ils devraient être rangés là-bas, dans la bibliothèque. Rapporte-les-moi immédiatement. »

Jimmie ne se le fit pas dire deux fois.

Elfric continuait : « Je me dois de prévenir les membres de la guilde que j'ai déjà fait part du problème au prieur Godwyn. Le prieuré n'a pas les moyens de payer ces réparations. Nous devrons les financer nous-mêmes, de la même façon que nous avons financé le premier pont : en nous remboursant sur les péages. Le montant en est d'un penny par personne, comme vous le savez. »

L'assistance poussa des hauts cris ! S'ensuivit une longue et hargneuse discussion sur la contribution que chacun des membres de la guilde aurait à verser. Merthin sentait croître l'animosité à son égard, ce qui était assurément l'objectif recherché par Elfric. Les yeux fixés sur la porte, il guettait le retour de Jimmie.

Bill Watkin finit par déclarer : « Si la faute en incombe à Merthin, ce devrait être à lui de payer les réparations. »

Celui-ci ne pouvait rester plus longtemps en dehors de la discussion. Faisant fi de toute prudence, il répliqua d'une voix forte : « J'en conviens ! »

Un silence ébahi succéda à sa déclaration.

« S'il apparaît que mes plans sont à l'origine des fissures, je réparerai le pont à mes dépens », affirma-t-il sans se laisser démonter.

Construire un pont coûtait une fortune. S'il s'avérait dans son tort, il risquait de perdre la moitié de sa richesse. « Tu dis ça pour le plaisir de faire une belle phrase ? s'enquit Bill.

— Non point ! riposta Merthin. Mais je dois d'abord préciser certaines choses, si les membres de la guilde m'y autorisent. »

Il regarda Elfric. Celui-ci hésitait. Manifestement il cherchait un prétexte pour ne pas lui donner la parole. Mais Bill reprit : « Qu'il s'exprime ! » et sa phrase fut accueillie par un concert d'acquiescements.

Elfric hocha la tête à contrecœur.

« Merci, dit Merthin. Quand une voûte présente des signes de faiblesse, les fissures suivent des tracés tout à fait caractéristiques. Les pierres du dessus de la voûte s'enfoncent. Elles s'écartent l'une de l'autre dans leur partie inférieure et une fente apparaît dans la clef de voûte sur l'intrados, c'est-à-dire la face de la voûte qui est visible quand on se tient en dessous.

— C'est exact, approuva Bill Watkin. J'ai souvent rencontré ce genre de fissures. En général, ce n'est pas dramatique.

— Dans le cas du pont, vous constaterez qu'il s'agit de fissures différentes, poursuivit Merthin. Contrairement à ce qu'avance Elfric, ces voûtes ont *tout à fait* la solidité nécessaire pour supporter la charge qu'elles subissent. Leur épaisseur est égale au vingtième de leur diamètre à la base, ce qui est la proportion admise dans tous les pays. »

Les constructeurs présents dans la salle opinèrent, cette proportion étant connue de tous.

« Vous remarquerez qu'ici, la clef de voûte est intacte. Les fissures partent de l'endroit où commence l'arrondi et elles ont un tracé horizontal. Cela, des deux côtés de la pile centrale. »

Cette fois encore, Bill fut le premier à réagir : « On trouve parfois ce type de fissures dans les voûtes à quatre voûtains.

— Ce qui n'est pas le cas, puisque ici nous avons des voûtes simples.

— À quoi sont-elles dues, alors ?

— Tout simplement, Elfric n'a pas respecté mon plan.

— Mais si ! rétorqua Elfric.

— J'avais indiqué très spécifiquement d'entasser de grosses pierres au pied des piles situées aux deux extrémités du pont, des pierres non cimentées entre elles.

— Un tas de pierres ! railla Elfric. Et tu prétends qu'il aurait gardé ton pont debout ?

— Exactement ! » affirma Merthin.

Visiblement, le scepticisme du prévôt était partagé par les constructeurs eux-mêmes, car ils ne connaissaient rien aux ponts ni à l'art de construire un ouvrage soumis à la contrainte de l'eau. « Ces tas de pierres sont une partie essentielle de la conception générale, insista Merthin.

— En tout cas, ils n'étaient pas représentés sur tes plans ! riposta Elfric.

— Voulez-vous nous les montrer, pour justifier vos dires ?

— Il y a belle lurette que la planche à dessin a été réutilisée pour d'autres projets.

— Heureusement, j'avais pris soin d'en exécuter une copie. Elle devrait se trouver dans la bibliothèque du prieuré. »

Elfric jeta un coup d'œil à Godwyn, démontrant ainsi, de façon éclatante, la complicité qui les unissait. Merthin espéra que le reste de l'assemblée avait remarqué comme lui cette entente tacite.

« Le parchemin est cher, laissa tomber Godwyn. Celui qui portait ces plans a été effacé depuis longtemps et réemployé. »

Merthin hocha la tête comme s'il gobait l'explication du prieur. Si Jimmie tardait trop à revenir, il lui faudrait poursuivre la bataille désormais engagée sans disposer de preuve pour étayer ses affirmations. Il réitéra avec force : « Les pierres au pied des piles auraient évité le problème.

— C'est vous qui le dites ! intervint Philémon. Votre parole contre celle d'Elfric. En vertu de quoi devrions-nous vous croire ? »

Merthin n'arriverait à rien s'il ne fournissait pas plus de précision. La lutte était sans merci. Le comprenant, il déclara : « Je vous prouverai la justesse de mon point de vue quand il fera jour, si vous voulez bien me retrouver sur place demain matin à l'aube. »

Une fois de plus, l'expression d'Elfric montra qu'il cherchait un moyen de s'opposer à cette proposition. Mais Bill Watkin le devança : « Ça me paraît juste ! Nous y serons.

— Dans ce cas, reprit Merthin, pouvez-vous vous faire accompagner de deux garçons intelligents et bons nageurs ?

— Aisément. »

Elfric avait perdu le contrôle de la réunion, nota Godwyn, et il s'exclama avec colère : « À quelle moquerie comptez-vous encore vous livrer ? »

Son intervention ne prouvait que mieux qu'Elfric était une marionnette entre ses mains. De plus, sa riposte venait trop tard, la curiosité de l'assemblée était déjà aiguisée. Et Bill répliqua : « Qu'il fasse sa démonstration ! S'il se moque de nous, nous le verrons tout de suite. »

Sur ces entrefaites, Jimmie revint dans la salle, portant une grande feuille de parchemin clouée sur un cadre en bois. Abasourdi, Elfric le regarda s'avancer vers lui. Godwyn blêmit. « Qui vous a remis ça ?

— La question de notre seigneur le prieur est hautement révélatrice ! ironisa Merthin. Il ne cherche pas à savoir ce qui est représenté sur ce parchemin, ni même d'où il provient, car il connaît assurément la réponse à ces deux questions. Non, ce qu'exige le prieur, c'est le nom de la personne qui a remis ce plan à Jimmie !

— Peu importe ! le coupa Bill. Allez, Jimmie, montre-nous donc ce schéma. »

Celui-ci alla se placer près des balances et fit pivoter le cadre de façon à ce que tout le monde voie bien le dessin. Au pied des deux piliers, les entassements de pierres mentionnés par Merthin étaient bel et bien représentés !

Il se leva. « Demain matin, je vous expliquerai à quoi ils servent. »

*

L'été ferait bientôt place à l'automne. À l'aube, la température était fraîche au bord de la rivière. D'une façon ou d'une autre, la rumeur s'était répandue qu'un événement exceptionnel devait avoir lieu, et une foule de deux ou trois cents personnes avait rejoint les membres de la guilde sur la berge. Caris elle-même était venue. L'on comprenait que la dispute entre Merthin et Elfric dépassait de loin les questions techniques, mais qu'il s'agissait bien d'un règlement de comptes, qu'un jeune taurillon battait en brèche l'autorité d'un vieux taureau, et le troupeau avait tenu à assister à la lutte.

Bill Watkin fit avancer deux gamins d'une douzaine d'années grelottant dans leurs caleçons. C'était les deux cadets de Marc le Tisserand, Denis et Noé. Âgé de treize ans, Denis était un garçon bien enveloppé et court sur pattes à l'instar de sa mère, avec des cheveux de la couleur des feuilles à la fin des beaux jours. Noé, qui avait deux ans de moins, le dépassait déjà et promettait d'être un géant comme son père. Merthin se demanda in petto si le petit rouquin n'était pas gêné, comme lui-même en son temps, d'avoir un frère cadet plus grand et plus fort que lui.

L'idée le traversa qu'Elfric allait les rejeter sous prétexte de l'amitié qui le liait à leur père, sous-entendant par là que Marc leur avait peut-être soufflé la réponse à donner. Mais Elfric ne dit rien. L'honnêteté du tisserand était proverbiale. S'il s'était permis de mettre en doute son intégrité, Godwyn l'aurait fait taire sur-le-champ.

Merthin expliqua aux garçons ce qu'il attendait d'eux. « Nagez jusqu'à la pile centrale. Arrivés là, descendez sous l'eau le long du pilier. Vous verrez qu'il est lisse presque jusqu'en bas. Quand vous sentirez sous vos doigts un gros tas de pierres tenues ensemble avec du mortier, vous saurez alors que vous avez atteint la base. Descendez encore. Quand vous atteindrez le fond de la rivière, tâtez la base du pilier avec vos doigts. Vous ne pourrez probablement rien voir, parce que l'eau sera trop boueuse. Mais tenez votre souffle aussi longtemps que vous le pourrez et tâchez de faire le tour de toute la base avec vos doigts. Après, quand vous remonterez à la surface, vous nous direz exactement ce que vous aurez découvert. »

Les gamins entrèrent dans l'eau. Tandis qu'ils s'éloignaient du rivage, Merthin entreprit d'expliquer les choses aux habitants rassemblés sur la berge : « Cette rivière coule sur un terrain non rocheux. Son lit est constitué de boue. En tourbillonnant autour des piles du pont, le courant arrache la boue qui se trouve sous les piles et il se creuse à la place ce qu'on appelle un affouillement, c'est-à-dire un trou qui se remplit d'eau. C'est ce qui s'était déjà produit avec l'ancien pont en bois. Ses piles en chêne ne reposaient plus sur le lit de la rivière, mais pendaient de la structure émergée. C'est pour ça qu'il s'est effondré. Pour éviter que ce problème ne se répète avec le nouveau pont, j'ai spécifié qu'on entasse de grosses pierres mal équarries autour des piles. En venant se briser dessus, le courant se disperse dans toutes les directions et perd de sa force. Mais voilà, on n'a pas entassé de pierres. Le sol sous les piles s'est creusé et maintenant elles ne soutiennent plus le pont. Elles sont en suspension dans l'eau, toujours accrochées au pont ! D'où ces fissures à la jonction du pilier et de la voûte. »

Elfric émit un petit bruit sceptique. Les autres bâtisseurs semblaient intrigués. Quant aux gamins, ils avaient atteint la pile centrale. Prenant leur souffle, ils disparurent sous l'eau.

« Quand les garçons remonteront, ajouta Merthin, ils nous diront que la pile ne repose plus sur le lit du fleuve, mais qu'elle pend au-dessus d'une dépression, probablement assez grande pour accueillir un homme. »

Il espérait ne pas se tromper.

Les deux garçons restèrent sous l'eau un temps étonnamment long. Merthin lui-même n'arrivait plus à retenir son souffle. Enfin une tête rousse émergea, bientôt suivie d'une autre, brune celle-là. Les deux garçons échangèrent quelques mots et hochèrent la tête. Vu de loin, on pouvait croire que leur constat était identique. Ils revinrent vers le rivage.

Merthin doutait encore de ses explications, mais aucune autre ne lui était venue à l'esprit pour justifier la présence de ces fissures. Si par malheur il s'était trompé, il apparaîtrait comme un parfait imbécile! Tant pis! Pour l'heure, il devait afficher une confiance inébranlable.

Les garçons atteignirent le rivage et sortirent de l'eau, haletant et grelottant. Madge leur donna des couvertures dans lesquelles ils s'enroulèrent. Merthin leur laissa le temps de reprendre leur souffle avant de les interroger : « Alors? Qu'avez-vous découvert?

— Rien, répondit l'aîné, Denis.

— Comment ça "rien"?

— Il n'y a rien au fond, au pied du pilier.

— Tu veux dire : juste la boue du fleuve? lança Elfric sur un ton triomphant.

— Non! répondit Denis. Pas de boue, juste de l'eau. »

Et Noé d'ajouter : « Un trou si grand que vous entreriez dedans facilement. Ce grand pilier, il est suspendu dans l'eau sans rien dessous! »

Merthin s'efforça de masquer son soulagement.

Elfric commença à faire du tapage : « Merthin n'a aucune autorité pour affirmer qu'un tas de pierres même pas cimentées aurait résolu le problème. » Mais personne ne l'écoutait. Aux yeux de la foule, Merthin avait démontré la justesse de son argument. Les gens se rassemblèrent autour de lui pour commenter la situation et poser des questions. Au bout d'un moment, Elfric s'éloigna, seul.

Merthin éprouva pour lui une subite compassion. Puis, il se rappela comment son patron l'avait frappé au visage avec sa toise en bois. Sa pitié s'évanouit aussitôt dans l'air froid du matin.

56.

Le lendemain matin, un moine vint trouver Merthin à La Cloche. Quand il eut rabattu sa capuche, ce fut un homme entre deux âges qui se révéla à sa vue, un homme à la barbe grise et avec des rides aux coins des yeux et de la bouche, qu'il n'avait jamais rencontré. Ce ne fut qu'en remarquant sa manche gauche coupée au coude qu'il reconnut frère Thomas. Son visiteur n'avait plus rien du jeune chevalier poursuivi par des sbires en raison du secret qu'il détenait. Sa vie était-elle toujours menacée après tant d'années écoulées ? se demanda néanmoins Merthin. Que se passerait-il si son secret venait à transpirer ?

Mais Thomas n'était pas venu pour évoquer de vieux souvenirs. « Tu avais raison à propos du pont », dit-il.

Merthin acquiesça avec une certaine amertume, même s'il était satisfait de voir sa valeur reconnue. Depuis le tout début il avait eu raison ! Cela n'avait pas empêché le prieur de le dessaisir du chantier. Et son pont, n'ayant pas été achevé dans les règles de l'art, ne serait jamais parfait. « À l'époque de la construction, j'ai voulu expliquer en quoi ces pierres mal taillées étaient essentielles à la bonne tenue de l'ouvrage, mais Elfric et Godwyn ne voulaient pas m'écouter, je l'ai vu tout de suite. J'en ai parlé à Edmond le Lainier ; hélas, il est mort.

— Tu aurais dû m'en parler aussi.

— Je regrette de ne pas l'avoir fait.

— Viens avec moi, si tu veux bien, le pria Thomas. Puisque tu comprends si bien les fissures et leurs causes, je voudrais t'en montrer plusieurs dans la cathédrale. »

Il mena Merthin jusqu'au transept sud. Cette voûte et sa voisine, celle au-dessus du chœur qui s'était déjà effondrée en partie onze ans plus tôt, étaient parcourues d'inquiétantes lignes de fracture. Et cela malgré les réparations effectuées par Elfric.

« Tu m'avais prévenu qu'elles réapparaîtraient, tu avais raison.

— Elles reviendront tant que l'on n'aura pas découvert l'origine du désordre.

— Elfric s'est donc trompé deux fois. »

Faudrait-il rebâtir la tour ? À cette pensée, Merthin sentit l'excitation le saisir et il dut se faire violence pour ne pas le montrer. « Vous comprenez qu'il y a un problème, je le vois bien. Mais Godwyn ?

— À ton avis, qu'est-ce qui cause ces fissures ? » s'enquit Thomas sans répondre à sa question.

Merthin rassembla ses idées. Durant toutes ces années, il s'était souvent interrogé sur ce qui avait pu provoquer l'effondrement de la voûte. « Pour autant que je sache, cette tour n'est pas celle bâtie à l'origine. Il est dit dans le *Livre de Timothée* qu'elle a été reconstruite et surélevée.

— C'est exact, il y a de ça une centaine d'années, à l'époque où le commerce de la laine vierge commençait à prendre son essor. Tu crois qu'elle est trop haute ?

— Tout dépend de ses fondations. »

Côté sud, le terrain sur lequel s'élevait la cathédrale descendait en pente douce jusqu'à la rivière : il était possible que ce facteur ait joué un rôle. Pour s'en convaincre, Merthin traversa la croisée du transept, passa sous la tour et continua tout droit le long du bras nord pour s'arrêter au pied de l'énorme pilier au nord-est du transept. Renversant la tête en arrière, il étudia l'arche au-dessus de sa tête qui surplombait aussi la partie nord du chœur.

« C'est le côté sud qui m'inquiète, grogna Thomas. Ici, tout va bien.

— Non, c'est fendillé là-haut, répliqua Merthin en montrant du doigt la clef de voûte. Vous voyez ? Tout en haut de l'intrados. Dans les ponts, ce genre de fente survient quand les piles commencent à s'écarter l'une de l'autre parce qu'elles ne sont pas ancrées assez profondément dans le sol.

— Tu veux dire que la tour s'écarterait du bras nord du transept ? »

Merthin regagna l'autre côté de la croisée du transept, et alla se planter sous l'arche qui correspondait, au sud, à celle qu'il venait d'examiner. « Ici, c'est sur l'extrados que la voûte est fendue. Vous voyez ? Et le mur qui monte au-dessus est fissuré lui aussi.

— Ces fissures-là ne sont pas très grandes.

— C'est exact, mais elles nous indiquent ce qui se passe. En fait, la voûte située au nord subit un étirement tandis que celle située au sud se tasse. Cela signifie que la tour penche vers le sud. »

Thomas fit remonter son regard le long du fût d'un air dubitatif. « Elle donne pourtant l'impression d'être parfaitement verticale.

— Pour s'en convaincre, il faut monter tout en haut et laisser tomber un fil à plomb le long d'une des colonnes de la croisée du transept – n'importe laquelle. Si vous partez juste en dessous du chapiteau, là où démarre la voûte, vous verrez que l'écart entre le fil et la colonne sera déjà de plusieurs pouces bien avant que le plomb ne frôle le sol… En penchant, la tour se désolidarise du mur du chœur, et c'est là que les dégâts sont les plus importants.

— Comment peut-on y remédier ? »

Merthin se serait volontiers exclamé : « Il faut construire une nouvelle tour. Engagez-moi, je vous la bâtirai ! », mais c'était prématuré. « Avant tout, il convient d'effectuer des recherches plus poussées. La tour se fissure parce qu'elle bouge, c'est évident. Ce qu'il faut établir maintenant, c'est *pourquoi* elle bouge.

— Comment le savoir ?

— En effectuant un sondage pour voir l'état des fondations ! »

Thomas ne voulut pas confier cette tâche à Merthin. La situation était déjà assez tendue comme ça, expliqua-t-il. Il devait au préalable arracher à Godwyn l'engagement que les ouvriers seraient payés. Or, le prieur trouvait toujours une bonne raison pour rétorquer qu'il n'avait pas un sou, quoi qu'on lui demande. Comme Thomas ne souhaitait pas non plus engager Elfric, qui aurait prétendu qu'il n'y avait rien à rechercher, il s'adressa à Jimmie. C'était un compromis parfait, non seulement parce que celui-ci avait tout appris de Merthin, mais aussi parce qu'il n'était pas de ces bâtisseurs qui faisaient traîner la tâche en longueur. Le premier jour, ses hommes retirèrent le dallage du transept sud. Le lendemain, ils commencèrent à creuser tout autour de l'énorme pilier sud-est. Lui-même s'était attelé à la fabrication d'une grue en bois destinée à évacuer les seaux remplis de terre. Vers la deuxième semaine, les travaux étaient si bien avancés que les travailleurs devaient utiliser des échelles pour descendre au fond de la fosse.

Entre-temps, la guilde de la paroisse avait signé avec Merthin un contrat concernant la réparation du pont, contre l'avis d'Elfric, naturellement. Mais celui-ci ne chercha pas à remettre en question cette décision à l'heure du vote, il n'était pas en situation de se proclamer mieux placé pour se charger de l'ouvrage.

*

Merthin se mit à l'œuvre avec énergie. Ayant installé des batardeaux autour des deux piles dégradées, il les vida de leur eau et entreprit de combler les affouillements avec de la blocaille et du mortier. Ensuite, il entasserait de gros blocs de pierre autour des piles, comme cela avait été prévu à l'origine. Quant à ces affreux croisillons de fer cloués par Elfric, il les supprimerait au tout dernier moment, lorsqu'il en serait à reboucher les fissures. Si toutes les réparations étaient effectuées dans les règles de l'art, les fissures ne se rouvriraient pas.

Son rêve, cependant, demeurait de reconstruire la tour. Il ne lui serait pas facile de s'en voir confier la tâche. Ses plans devraient d'abord être approuvés par la guilde et par le prieuré, deux institutions dirigées par ses pires ennemis, Elfric et Godwyn. Et le prieur devait encore trouver les fonds nécessaires.

Dans ces circonstances, sa stratégie consista donc à encourager Marc à se présenter à l'élection du prévôt, laquelle était censée se tenir le 1er novembre, jour de la Toussaint, selon la tradition. La réunion débouchait rarement sur un vote. En règle générale, les prévôts occupaient leurs fonctions jusqu'à leur mort, à moins qu'ils ne se retirent volontairement. Néanmoins, un membre de la guilde était parfaitement en droit de soumettre sa candidature à ce poste. Elfric l'avait fait lui-même quand il avait proposé de remplacer Edmond le Lainier alors que celui était toujours en fonction.

Convaincre Marc ne fut pas difficile : le tisserand rêvait depuis longtemps de mettre un terme au pouvoir d'Elfric. En effet, à quoi bon posséder une guilde si son prévôt était totalement inféodé à un prieuré qui régissait déjà la ville ? Et la régissait mal, puisque le prieuré en question, sourd aux intérêts des habitants, se méfiait a priori de toute idée nouvelle !

Les deux candidats commencèrent donc à battre le rappel de leurs troupes. Elfric avait ses adeptes – principalement parmi les fournisseurs de matériaux et les artisans qu'il employait, mais il avait perdu la face dans la dispute concernant le pont. Ceux qui l'avaient soutenu alors étaient en piètre posture, tandis que les partisans de Marc caracolaient.

Merthin allait tous les jours à la cathédrale pour constater la situation. Les pierres des fondations, identiques à celles utilisées pour le reste de l'édifice, étaient taillées grossièrement puisqu'elles n'étaient pas destinées à être vues. Cimentées avec soin, elles reposaient en couches qui allaient s'élargissant à la façon d'une pyramide, comme le révélaient peu à peu les fouilles à mesure que l'on creusait. Merthin les étudiait attentivement, à l'affût du moindre signe susceptible de révéler une faiblesse. Pour l'heure, il n'avait trouvé aucun désordre, mais il était sûr et certain d'en découvrir plus bas.

Il n'avait fait part à personne de ses soupçons. S'ils s'avéraient exacts, cela signifierait que les fondations, qui dataient du XIIe siècle, n'étaient pas assez solides pour soutenir cette tour reconstruite au XIIIe. Il faudrait prendre alors des mesures énergiques : c'est-à-dire démolir la tour pour la reconstruire à neuf. Et bâtir alors la plus haute du pays ? Pourquoi pas ?...

Un jour, vers le milieu du mois d'octobre, Caris apparut près de l'excavation. C'était tôt le matin et le soleil d'hiver, qui pénétrait dans la nef par la grande fenêtre de la façade est, transformait en auréole la capuche sur sa tête. Debout au bord de la fosse, elle était plus belle que jamais. Merthin sentit son cœur s'emballer. Venait-elle lui apporter sa réponse ? Il se hâta d'escalader l'échelle.

Dans cette vive lumière matinale, l'infime marque du temps sur son visage devenait perceptible. Sa peau n'était plus aussi lisse qu'auparavant et l'on distinguait de minuscules ridules aux commissures de ses lèvres. Mais ses yeux verts pétillaient toujours de cette intelligence alerte qu'il aimait tant.

Ils avancèrent le long du bas-côté sud et s'arrêtèrent près du pilier devant lequel Merthin ne pouvait passer sans se rappeler le jour où il l'avait caressée pendant l'office. « Je suis heureux de te voir. Tu t'étais cloîtrée.

— C'est le propre des religieuses, non ?

— Sauf que toi, tu envisages de rompre tes vœux.

— Je n'ai pas encore pris ma décision.

— Combien de temps te faudra-t-il ? ne put-il s'empêcher de lâcher sur un ton découragé.

— Je n'en sais rien. »

Il détourna les yeux pour ne pas lui montrer combien ses atermoiements lui étaient pénibles. Il ne dit rien. Il aurait pu la supplier de se montrer un peu plus raisonnable, mais à quoi bon ?

« Tu vas bientôt aller à Tench voir tes parents, je suppose ?

— Oui, répondit-il. Ils seront heureux de connaître Lolla. »
Il lui tardait également de les revoir. Il n'avait repoussé son
voyage que parce qu'il s'était plongé corps et âme dans la réfection du pont et, maintenant, dans l'étude de cette tour.

« Je voudrais que tu intercèdes en faveur de Wulfric auprès
de ton frère.

— Que veux-tu que je lui dise ? répondit Merthin plutôt fraîchement, dépité de la voir aborder un autre sujet que celui qui
l'intéressait : leur avenir à tous les deux.

— Wulfric travaille sans toucher un sou. Il est payé seulement en nourriture. Tout ça parce que Ralph refuse de lui donner ne serait-ce qu'un tout petit lopin de terre à cultiver.

— Wulfric lui a quand même cassé le nez ! » répondit
Merthin en levant les épaules.

Leur conversation allait tourner à la querelle une fois de
plus. Merthin sentait déjà l'énervement le gagner. Cherchant à
comprendre les raisons de sa colère, il dut se rendre à la triste évidence que Caris ne lui avait pas dit un mot depuis des semaines,
alors que, apparemment, elle s'entretenait avec Gwenda. Que la
paysanne occupe tant de place dans le cœur de Caris, voilà ce
qui le fâchait ! C'était un sentiment indigne, il le comprit aussitôt et s'en voulut de l'éprouver. Hélas, c'était plus fort que lui.

« Ralph pourrait quand même arrêter de punir Wulfric, tu
ne crois pas ? poursuivait Caris, agacée elle aussi. Leur bagarre
remonte à plus de douze ans ! »

Entendre Caris user de ce ton cassant qu'il avait volontairement enfoui au fond de sa mémoire raviva en Merthin le
souvenir de leurs disputes passées. Il opta pour l'ironie. « Naturellement qu'il devrait arrêter. Enfin, je le pense humblement,
mais il se trouve que mon avis ne compte pas.

— Tâche quand même de le convaincre d'y renoncer !

— Ordonnez, gente dame, ordonnez ! Votre serviteur
n'attend que votre commandement ! riposta-t-il, offensé par
l'attitude impérieuse de Caris.

— On peut savoir pourquoi tu prends ce ton moqueur ?

— Parce que je ne suis *pas* à ta disposition, bien évidemment, contrairement à ce que tu sembles croire. Je me sens un
peu bête d'accepter des ordres de toi.

— Pitié, je t'en prie ! Tu es fâché que je te demande un service ? »

Sans raison, il eut soudain la conviction qu'elle avait d'ores et déjà décidé de rester au couvent. S'efforçant de maîtriser son émotion, il s'expliqua : « Si nous étions mari et femme, tu pourrais tout exiger de moi. Mais puisque tu as choisi de conserver par-devers toi la possibilité de me dire non, je trouve un peu présomptueux de ta part de m'adresser une requête. » Il eut conscience, tout en prononçant ces mots, de s'exprimer pompeusement, mais que faire ? S'il avait pu laisser libre cours à ses sentiments, il aurait fondu en larmes.

Caris, submergée par sa propre indignation, n'était pas en état de percevoir sa détresse. « Tu noteras que je ne réclame rien pour moi !

— La générosité t'inspire, je le conçois fort bien ! Mais ça ne retire rien au sentiment que j'ai d'être utilisé.

— Eh bien, ne fais rien dans ce cas-là !

— Évidemment que je ferai quelque chose ! » lâcha-t-il avec colère.

Tout cela était trop stupide ! Il tourna les talons et remonta le bas-côté, tremblant sous l'effet d'une émotion à laquelle il ne pouvait donner de nom, mais qu'il était bien incapable de maîtriser. Ce ne fut que parvenu près du pilier qu'il regarda en arrière. Caris avait disparu.

Debout au bord de la fosse, les yeux fixés au fond, il attendit que l'orage s'apaise en lui. Au bout d'un moment, il s'aperçut qu'en bas, à trente pieds sous lui, le travail avait atteint un stade crucial. Les ouvriers avaient dépassé le niveau où s'arrêtait la maçonnerie et commençaient à mettre au jour ce qui se trouvait dessous. Autant me concentrer sur ma tâche, se dit-il, puisqu'il n'y a rien que je puisse faire concernant Caris ! Fort de sa décision, il prit une longue inspiration et s'engagea sur l'échelle : l'heure de vérité était sur le point de sonner.

Il regarda les hommes extraire à la pelle une boue épaisse, hissée ensuite dans des seaux jusqu'en haut. Son désespoir s'estompait peu à peu. La couche de terre mise au jour au pied des fondations ressemblait à un mélange de sable et de gravillons.

Comme les ouvriers continuaient à la dégager, du sable se mit à ruisseler. Merthin leur ordonna sur-le-champ d'arrêter de creuser. S'étant agenouillé, il en saisit une poignée. Ce matériau, très différent du sol tout autour, avait à l'évidence été posé à cet endroit-là volontairement par les bâtisseurs de l'ancien temps. L'excitation qui s'empara de lui alors effaça définitivement son chagrin. « Jimmie ! cria-t-il. Fais venir ici frère Thomas de toute urgence ! » Puis il dit aux hommes de recommencer à creuser, mais en réduisant sensiblement le diamètre du trou car la fosse, en raison de sa profondeur, présentait déjà un danger pour l'édifice tout entier.

Jimmie s'en revint bientôt, accompagné de Thomas. Les trois hommes regardèrent les ouvriers poursuivre l'excavation. Sous la couche de sable apparut une nouvelle strate de terre boueuse, identique à celle retirée précédemment.

« Je me demande ce que signifie la présence de ce sable, s'interrogea Thomas à haute voix.

— Je crois le savoir », répondit Merthin en dissimulant son triomphe. Clamer : « Je vous l'avais bien dit ! » n'était jamais sage, quand bien même tout le justifiait. N'avait-il pas annoncé, voilà des années, que les réparations d'Elfric ne tiendraient jamais tant que la cause du désordre n'aurait pas été découverte ?

Thomas et Jimmie attendirent avec impatience qu'il s'explique.

« Quand on creuse un trou censé accueillir des fondations, avant toute autre chose on en recouvre le fond de gravier mélangé à du mortier. Cette technique est parfaite tant que le poids de l'édifice est en rapport avec la maçonnerie sur laquelle il s'élève.

— Tout cela, nous le savons, le coupa Thomas.

— Ce qui se passe ici, c'est que la tour érigée par la suite est beaucoup trop haute pour ces fondations-là. En un siècle, le surplus de poids a fini par écraser la couche de gravier et de mortier déposée en protection et par la réduire en sable. Matériau dénué de cohésion, ce sable s'est retrouvé poussé vers l'extérieur. Il s'est infiltré dans le sol alentour et toute la structure s'est enfoncée. Si les conséquences se voient davantage au sud, c'est tout simplement parce que le terrain présente une pente naturelle dans cette direction », conclut Merthin.

Il éprouvait une véritable satisfaction à avoir remonté la chaîne des causes et des effets dans sa totalité. Cependant, ses déductions laissaient ses interlocuteurs pensifs. « J'imagine, dit finalement Thomas, qu'il va falloir renforcer les fondations. »

Jimmie secoua la tête. « Non, car il faudrait d'abord extraire tout le sable qui se trouve sous la maçonnerie et la tour s'écroulerait, n'étant plus soutenue. »

Thomas en resta confondu. « Que préconisez-vous, alors ? »

— Avant toute chose, il convient de construire un toit provisoire au-dessus du transept, déclara Merthin. Ensuite, on montera un échafaudage vertical grâce auquel on descendra la tour, pierre à pierre. Alors seulement pourra-t-on renforcer les fondations.

— Autrement dit, il faut construire une nouvelle tour.

— J'en ai peur », soupira Merthin sur un ton volontairement affligé. En effet, s'il se réjouissait de voir Thomas aboutir de lui-même à la conclusion qui comblait ses vœux les plus intimes, il ne voulait pas qu'on le soupçonne de laisser ses aspirations empiéter sur son jugement.

« Le prieur ne sera pas content !

— C'est certain, dit Merthin. Mais a-t-il le choix ? »

*

Le lendemain, Merthin quitta Kingsbridge à cheval, Lolla à califourchon devant lui sur la selle. Tout au long du chemin à travers la forêt, il ressassa les détails de la scène avec Caris. Quelle bêtise d'avoir manqué à ce point de générosité quand il cherchait avant tout à regagner son amour ! Quelle mouche l'avait donc piqué ? La demande de Caris n'était nullement déraisonnable. Pourquoi n'avait-il pas eu à cœur de rendre un service à la femme qu'il voulait épouser ?

Sauf qu'il y avait un hic : Caris ne lui avait pas donné sa réponse. Elle persistait à se réserver le droit de lui dire non. En fait, elle voulait disposer des privilèges d'une fiancée sans elle-même s'engager. De là venait sa colère.

Une colère qu'alimentait encore le sentiment d'avoir été non seulement mesquin mais idiot, puisqu'il avait tourné en dispute une entrevue qui aurait pu être un délicieux moment d'intimité.

D'un autre côté, il souffrait trop. Combien de temps Caris le ferait-elle lanterner encore avant de l'informer de sa décision ? Aurait-il la patience d'attendre ? Il préférait ne pas y songer.

Quoi qu'il en soit, parvenir à convaincre Ralph de ne plus persécuter Wulfric ne pouvait qu'arranger ses affaires avec Caris. Il allait donc s'y employer.

Tench se trouvant à l'autre bout du comté, Merthin décida de faire étape à Wigleigh pour la nuit. Dans ce village balayé par les vents, il découvrit une Gwenda et un Wulfric amaigris par deux années de mauvaises récoltes. Sur la joue creusée de Wulfric, la cicatrice laissée par l'épée de Ralph était plus visible qu'autrefois. Quant à leurs deux garçons pâlichons, ils avaient le nez qui coulait et des boutons de fièvre sur la lèvre.

Merthin leur remit une cuisse de mouton, un petit baril de vin et un florin d'or, prétendant ces cadeaux envoyés par Caris. Gwenda mit aussitôt le mouton à griller sur le feu.

D'une voix pointue qui débordait de rage, elle évoqua l'injustice dont ils étaient l'objet. « Perkin détient presque la moitié des terres du village. S'il réussit à les cultiver, c'est uniquement parce que Wulfric abat à lui seul le travail de trois hommes. Mais il exige toujours plus de lui et nous maintient dans la misère.

— Ça me désole de voir que mon frère a la hargne aussi tenace, répondit Merthin.

— Surtout que c'est lui qui est à l'origine de tout ! renchérit Gwenda. Même dame Philippa l'admet.

— Les querelles ont la vie longue, intervint Wulfric avec philosophie.

— J'essaierai de lui faire entendre raison, promit Merthin, mais je doute qu'il m'écoute. Si jamais il se laisse attendrir, qu'attendez-vous exactement de lui ?

— Ah, dit Wulfric et une expression rêveuse qui ne lui était pas habituelle passa dans son regard. Récupérer les terres que mon père avait en métayage. Je prie pour ça tous les dimanches.

— Ça n'arrivera jamais ! le coupa Gwenda. Perkin est indélogeable. Et même s'il mourait, il a un fils et une fille mariés qui n'attendent que son héritage. Pour ne rien dire de ses deux petits-fils qui poussent chaque jour un peu plus. Un lopin de terre à nous, voilà ce qu'il nous faudrait ! Cela fait onze ans que Wulfric se tue à la tâche pour nourrir les enfants des autres. Il est temps qu'il tire un petit bénéfice pour lui-même et les siens, tant qu'il a encore des forces.

« — Je dirai à mon frère que la punition a assez duré », promit Merthin.

Le jour suivant, il reprit la route avec Lolla, résolu à intercéder en faveur de Wulfric. Sa décision n'était pas seulement motivée par le souci de plaire à Caris et d'effacer l'image désagréable qu'il avait pu donner de lui-même. Non, il était sincèrement triste et indigné de voir un couple aussi honnête et travailleur que Wulfric et Gwenda vivre dans l'indigence sans autre raison que la vindicte de son frère.

Ses parents n'habitaient pas au manoir, mais au village. Merthin fut bouleversé de découvrir combien sa mère avait vieilli, même si la vue de sa petite-fille la ragaillardit très vite. Son père lui parut en meilleure forme. « Ralph est très bon envers nous », affirma sieur Gérald ; son ton défensif fut loin de convaincre Merthin. Ses parents lui firent les honneurs de leur maison, qui était assez agréable, mais il était clair qu'ils auraient préféré vivre au manoir près de leur fils. Merthin devina aisément que Ralph ne souhaitait pas voir sa mère surveiller ses faits et gestes.

Gérald voulut avoir des nouvelles de Kingsbridge. « Ça va, mais les effets de la guerre commencent à se faire sentir, répondit son fils.

— Ah, mais ! Le roi se doit de faire respecter son droit de naissance. Il est quand même l'héritier légitime du trône de France, que je sache !

— C'est un rêve, père. Il pourra envahir le pays aussi souvent qu'il le voudra, la noblesse française n'acceptera jamais d'être gouvernée par un Anglais. Et un roi ne peut pas régner s'il n'a pas l'appui des comtes.

— Il faut bien que nous empêchions les Français de mettre à sac nos côtes méridionales.

— Nos ports n'ont subi aucune attaque sérieuse en huit ans, depuis que nous avons détruit leur flotte à la bataille de Sluys. Et ce n'est pas en brûlant les récoltes des paysans français que nous empêcherons les pirates de nous attaquer. Ça risquerait plutôt d'augmenter leur nombre.

— Les Français soutiennent les Écossais qui ne cessent d'envahir nos comtés du Nord.

— Ne croyez-vous pas que le roi se défendrait mieux des incursions écossaises en déployant ses troupes au nord de l'Angleterre plutôt qu'au nord de la France ? »

Gérald parut dérouté. Il ne lui était probablement jamais venu à l'esprit de s'interroger sur le bien-fondé de la guerre. « Ralph a été adoubé, dit-il fièrement, et il a rapporté de Calais un chandelier en argent pour ta mère. »

Gloire et butin, voilà bien à quoi se résumait le propos, songea Merthin. Au fond, c'était bien là les seuls motifs pour faire la guerre.

Ils se rendirent tous ensemble au manoir. Ralph était sorti chasser avec Alan Fougère. Dans la grande salle, il y avait une monumentale chaise en bois sculpté – celle du seigneur, manifestement. Présenté à une toute jeune fille enceinte, Merthin fut bien étonné d'apprendre que c'était Tilly, l'épouse de son frère : il l'avait prise pour une servante. Il profita de ce qu'elle allait chercher du vin à la cuisine pour s'enquérir de son âge auprès de sa mère.

« Quatorze ans », lui apprit dame Maud.

Il n'était pas rare qu'une femme donne naissance à un âge aussi précoce. Cependant, c'était parmi les couches les plus incultes de la paysannerie que cette situation se rencontrait le plus souvent, ou alors au sein des familles royales contraintes d'assurer la lignée pour satisfaire aux exigences de la politique. Dans les villes, les comportements étaient plus évolués, notamment parmi la classe des marchands.

Jugeant le fait malheureux, Merthin demanda à sa mère si elle ne trouvait pas Tilly un peu jeune pour avoir un enfant. Dame Maud partageait sans aucun doute son opinion, car elle répondit : « Ralph n'a rien voulu entendre. Tout le monde l'a pourtant supplié ! »

Tilly s'en revint, accompagnée d'une servante qui portait une cruche de vin et une coupe de pommes. Elle aurait pu être jolie si elle n'avait pas eu l'air aussi épuisé, pensa Merthin.

Sieur Gérald s'adressa à elle avec une jovialité forcée. « Souris, Tilly ! Ton mari sera bientôt de retour. Tu ne vas pas l'accueillir avec un visage long d'une aune.

— Que j'en ai assez d'être enceinte ! soupira-t-elle. Si seulement ce bébé pouvait venir plus vite.

— Cela ne sera plus long, maintenant, la réconforta Maud. Trois ou quatre semaines, tout au plus.

— Mon Dieu, c'est une éternité ! »

On entendit des chevaux au-dehors. « Ralph est rentré, dirait-on ! » lança dame Maud.

En cet instant précis, Merthin se sentit la proie d'émotions plus confuses que jamais à l'égard de ce frère qui s'était rendu coupable de tant d'ignominies. Combien d'innocents paysans n'avait-il pas tués à l'époque où il vivait parmi les hors-la-loi ? Le viol d'Annet n'avait été que le prélude à sa furie. Et il avait certainement perpétré bien d'autres crimes pendant qu'il guerroyait. Il était naïf d'espérer qu'il se soit tenu à l'écart de l'orgie de viols, d'incendies, de pillages et de tueries perpétrée par les armées du roi Édouard en Normandie, dont on lui avait fait le récit au cours de son voyage.

La connaissance de tous ces faits entachait son affection pour lui. Mais Ralph était aussi son frère. Et il ne l'avait pas vu depuis si longtemps !

De son côté, se disait-il, Ralph devait éprouver pour lui des sentiments tout aussi mélangés. Il ne pouvait pas lui avoir pardonné d'avoir révélé sa cachette à frère Thomas, en sachant pertinemment que son arrestation signifiait la potence. Le fait d'avoir arraché au moine la promesse de lui laisser la vie sauve lors de sa capture n'y changeait pas grand-chose. Et d'ailleurs, les derniers mots que Ralph lui avait adressés au moment de quitter la prison de Kingsbridge, au sous-sol de la halle de la guilde, avaient été : « Tu m'as trahi. »

Le maître de séant fit son entrée, accompagné d'un Alan aussi crotté que lui après leur journée de chasse. Merthin découvrit avec surprise que son frère boitait. Ralph mit un instant à le reconnaître. Puis il s'écria avec un large sourire : « Mon grand ! »

À cette vieille plaisanterie – puisque depuis des temps immémoriaux Merthin était le plus petit des deux –, les frères ne purent que se jeter dans les bras l'un de l'autre, portés par une affection plus puissante que tout. Au moins, nous sommes vivants, songea Merthin. La guerre et la peste n'auront pas eu raison de nous !

Ralph se laissa tomber dans la cathèdre. « Apporte-nous de la bière, nous mourons de soif ! » ordonna-t-il à Tilly.

Merthin comprit à son ton que son cadet n'admettait pas la moindre objection. Il se mit à l'observer. Ralph avait bien changé depuis ce jour de 1339 où il avait quitté Kingsbridge à la suite du comte Roland, plongeant les siens dans la crainte de ne plus jamais le revoir. Il lui manquait des doigts à la main gauche, vraisemblablement amputés à la suite d'une blessure de guerre. Son teint rougeaud de buveur impénitent, sa peau sèche et desquamée témoignaient d'une vie dissipée.

« La chasse était bonne ? s'enquit Merthin.

— Nous avons rapporté un cerf aussi gros qu'une vache, répondit Ralph avec satisfaction. Vous aurez son foie pour le souper. »

Merthin l'interrogea sur ses années au sein des armées du roi. Ralph relata divers épisodes de la guerre parmi les plus impressionnants. « Un chevalier anglais vaut bien dix chevaliers français ! s'exclama sieur Gérald en donnant libre cours à son enthousiasme. La bataille de Crécy l'a parfaitement démontré. »

La réponse que lui fit Ralph étonna Merthin par sa mesure. « À mon avis, les chevaliers anglais et français ne sont pas très différents. Les Français n'ont toujours pas compris le but que nous poursuivons avec notre fameuse formation en herse où les archers sont déployés de part et d'autre des chevaliers et des soldats qui vont à pied. Ils nous chargent de façon suicidaire des heures durant. Le jour où ils auront compris notre stratégie, ils modifieront la leur. En attendant, nous demeurons presque imbattables sur le plan de la défense. Mais pour l'attaque, la herse ne vaut rien et, en fin de compte, cette tactique ne nous rapporte pas grand-chose. »

Merthin fut frappé par la maturité de son frère. La guerre lui avait fait acquérir une profondeur et une subtilité qu'il ne possédait pas auparavant.

À son tour, il parla de Florence, évoqua l'immensité de la ville, la fortune de ses marchands, la richesse de ses églises et de ses palais. Ralph parut tout particulièrement intéressé par ce qu'il raconta à propos des femmes esclaves.

Le soir était tombé ; les serviteurs apportèrent des lampes et des candélabres. Puis vint le moment du souper. Ralph but beaucoup de vin. Merthin remarqua qu'il s'adressait à peine à Tilly. Peut-être n'y avait-il pas lieu de s'en étonner ? À trente et un ans, son frère avait passé la moitié de sa vie d'adulte sur les champs de bataille, alors que son épouse sortait tout juste de l'école d'un couvent. De quoi auraient-ils pu parler ?

Tard dans la soirée, quand sieur Gérald et dame Maud s'en furent retournés chez eux et Tilly partie se coucher, Merthin aborda le sujet qui tenait tant à cœur à Caris. Il se sentait plus optimiste qu'auparavant. Ralph semblait plus réfléchi. Il lui avait pardonné ce qu'il avait jadis considéré comme une trahison et, dans son analyse des tactiques anglaise et française, il s'était montré libre de tout esprit tribal.

« En venant ici, commença Merthin, j'ai passé la nuit à Wigleigh.

— Le foulon continue à bien tourner, semble-t-il.

— Grâce au tissu écarlate, les marchands de Kingsbridge ont réussi à tirer leur épingle du jeu. »

Ralph haussa les épaules. Parler d'argent n'était pas digne d'un noble. « Marc le Tisserand s'acquitte de son loyer en temps et en heure.

— J'ai passé la nuit chez Gwenda et Wulfric, reprit Merthin. Comme tu le sais, Gwenda et Caris sont amies depuis l'enfance.

— Je n'ai pas oublié le jour où nous sommes tombés tous ensemble sur sieur Thomas Langley. »

Merthin jeta un bref regard en direction d'Alan Fougère, craignant de voir son frère mentionner devant lui un secret qu'ils avaient tous juré de garder, étant enfants. Il n'avait aucune raison précise de vouloir protéger ce secret, sinon le sentiment, inexplicable d'ailleurs, qu'il importait à Thomas que rien ne soit éventé. Grâce au ciel, l'écuyer n'avait pas réagi. Il avait beaucoup bu, lui aussi, et n'avait plus l'esprit assez délié pour percevoir les sous-entendus.

Merthin ne releva donc pas la phrase de Ralph et poursuivit : « Caris m'a prié d'intercéder auprès de toi en faveur de Wulfric. Elle trouve que tu l'as suffisamment puni pour avoir levé la main sur toi. Je partage son avis.

— Il m'a cassé le nez !

— Hé, j'y étais, tu te souviens ? lança Merthin gaiement pour mettre un peu de légèreté dans la conversation. Ne me joue pas le coup de la blanche colombe. Tu étais quand même en train de caresser sa promise ! Comment s'appelait-elle déjà ?

— Annet.

— Si ses seins ne méritaient pas un nez cassé, tu ne peux t'en prendre qu'à toi-même. »

Alan s'esclaffa, Ralph se rembrunit. « Ce Wulfric a bien failli avoir ma peau. Il a monté le seigneur William contre moi quand Annet a prétendu que je l'avais violée.

— Au bout du compte, tu n'as pas été pendu et tu lui as tailladé la joue en t'enfuyant du tribunal. Une sacrée blessure, tu peux me croire ! On voyait ses dents derrière. Il en portera la cicatrice toute sa vie.

— Tant mieux !

— Cela fait onze ans, Ralph ! Gwenda n'a que la peau sur les os, leurs enfants sont malades. Tu ne crois pas que ça suffit ?

— Non !

— Qu'est-ce que tu veux dire ?

— Que ça ne suffit pas.

— Mais pourquoi ? s'écria Merthin. Je ne comprends pas.

— Je continuerai à le punir, le brimer et l'humilier, lui et toutes ses femmes.

— Mais jusqu'à quand, pour l'amour du ciel ? s'exclama Merthin, médusé par la franchise de son frère.

— En temps ordinaire, je ne répondrais pas à cette question. J'ai appris à mes dépens que s'expliquer rapportait plus d'ennuis qu'autre chose. Mais tu es mon grand frère et j'ai toujours eu besoin que tu m'approuves. »

Non, Ralph n'avait pas vraiment changé. Excepté qu'il se connaissait mieux et se comprenait mieux.

« C'est tout simple, continuait-il. Wulfric n'a pas peur de moi. Ce jour-là, à la foire, il n'avait pas peur de moi, et il n'a pas plus peur aujourd'hui malgré tout ce que je lui ai fait subir. C'est pour ça que je continuerai à le maltraiter.

— Mais c'est une sentence à mort ! s'écria Merthin, horrifié.

— Le jour où je lirai la crainte dans ses yeux, il obtiendra de moi tout ce qu'il voudra.

— C'est donc si important pour toi que les gens te craignent ? demanda Merthin, abasourdi.

— C'est la chose la plus importante au monde. »

57

Le retour de Merthin avait des répercussions sur toute la vie de Kingsbridge, constatait Caris avec une stupéfaction mêlée d'admiration. La déconfiture d'Elfric à la réunion de la guilde de la paroisse avait marqué le début des changements, lorsqu'il était apparu que son incompétence aurait pu valoir à la ville de perdre son pont. Cette découverte tira les habitants de leur apathie. Sachant que le prévôt n'était qu'une marionnette entre les mains de Godwyn, ils dirigèrent leurs attaques contre le prieuré, qui concentra bientôt sur lui tous les ressentiments.

Dans l'atmosphère de défiance qui s'était instaurée, Marc le Tisserand avait de fortes chances de remplacer Elfric à la tête de la guilde, se disait Caris avec bonheur. C'en serait fini alors de la tyrannie de Godwyn. La ville connaîtrait peut-être un nouvel essor : le marché se tiendrait également le samedi; de nouveaux moulins seraient sans doute construits et les commerçants retrouveraient confiance en une justice rendue en toute indépendance. Tout allait se jouer le premier jour de novembre

Toutefois, Caris s'intéressait surtout aux répercussions du retour de Merthin sur sa vie personnelle. Le revoir avait bouleversé les fondements mêmes de son existence, avec la violence d'un tremblement de terre. Lorsqu'il lui avait demandé de quitter le couvent, l'effroi l'avait saisie. Cela signifiait abandonner tout ce à quoi elle avait œuvré ces neuf dernières années : quitter sa position au sein de la hiérarchie du couvent, laisser derrière elle une véritable mère en la personne de Cécilia, une Mair affectueuse, une vieille Julie malade et, surtout, un hospice devenu par ses soins infiniment plus propre, mieux organisé et plus accueillant qu'il ne l'avait jamais été.

Quand les jours raccourcirent et que le temps se fit plus froid, quand Merthin eut réparé le pont et posé sur l'île aux lépreux les fondations d'une rue bientôt bordée d'échoppes, Caris sentit ses résolutions faiblir. Les restrictions auxquelles l'astreignaient ses vœux monastiques recommencèrent à lui peser. La passion de Mair, jadis agréable dérivatif, se mit à l'irriter et des pensées sur la vie qu'elle pourrait mener, mariée à Merthin, lui vinrent de plus en plus souvent à l'esprit.

De même, elle pensa beaucoup à Lolla. Dans un premier temps, l'idée de tout abandonner pour s'occuper d'une petite fille qui n'était pas la sienne l'avait rebutée. Sa vindicte s'estompa dès qu'elle l'eut rencontrée. Et elle ne put s'empêcher de la comparer à l'enfant qu'elle aurait pu avoir. Lolla avait des yeux sombres et des cheveux noirs, vraisemblablement hérités de sa mère italienne ; sa fille à elle aurait peut-être eu les yeux verts de tous les Lainier.

Caris, hélas, ne pouvait parler à personne de ses atermoiements. Mère Cécilia lui aurait dit de ne pas rompre ses vœux, Mair l'aurait suppliée de rester. Dans la solitude de la nuit, Caris souffrait donc mille morts.

Sa querelle avec Merthin la mettait au désespoir. Quand il lui avait tourné le dos, dans la cathédrale, elle avait couru cacher ses pleurs dans sa pharmacie. Pourquoi fallait-il que les choses soient si difficiles ? Elle avait seulement voulu aider Wulfric.

Ce fut à Madge qu'elle finit par se confier. Leur conversation eut lieu alors que Merthin séjournait à Tench.

Deux jours après son départ, Madge débarqua à l'hospice au point du jour, juste au moment où Caris effectuait sa ronde avec Mair. « Je me fais du souci pour Marc, dit-elle.

— Il est revenu de Melcombe avec de la fièvre et des maux d'estomac, expliqua Mair qui était passée le voir chez lui la veille. Je ne vous en avais pas parlé parce que ça ne m'avait pas semblé grave.

— Mais maintenant, il crache le sang, insista Madge.

— Je viens ! » répondit Caris. Marc étant un vieil ami, elle préférait s'occuper de lui en personne. S'étant munie de quelques médicaments, elle partit avec Madge.

Les Tisserand habitaient dans la grand-rue, au-dessus de leur magasin. Caris ne s'attarda pas auprès de leurs trois fils qui attendaient anxieusement dans la grande salle où la famille prenait ses repas. À la suite de Madge, elle entra directement dans la chambre à coucher. Une puanteur insupportable l'assaillit aussitôt, et pourtant elle était habituée aux remugles des salles d'hospice où l'odeur de transpiration et de vomi se mêlait à celle des excréments.

Étendu sur une paillasse, Marc transpirait à grosses gouttes. Son ventre ballonné aurait pu rivaliser avec celui d'une femme enceinte. Dora, sa fille de dix-sept ans, se tenait à son chevet.

Caris s'agenouilla auprès de lui. « Comment vous sentez-vous ?

— Mal, répondit Marc d'une voix cassée. Je peux avoir à boire ? »

Dora tendit une tasse de vin à Caris, qui la tint contre les lèvres de Marc. Ce géant terrassé suscitait en elle la même surprise déconcertée que la vue d'un chêne séculaire abattu par la foudre.

Elle posa la main sur son front. Il était brûlant. « Donnez-lui à boire aussi souvent qu'il le demande. Mais de la bière coupée d'eau plutôt que du vin », ordonna-t-elle à la mère et à la fille.

Elle se garda de confier à Madge l'inquiétude et la perplexité que soulevait en elle cette maladie inconnue. Fièvre et diarrhée étaient des maux courants ; cracher le sang, c'était autrement dangereux.

Elle sortit de son sac une fiole d'eau de rose et en imbiba un petit carré de lainage pour bassiner le visage et le cou du tisserand. L'effet fut immédiat : la fraîcheur de l'eau apaisa momentanément le malaise de Marc et le parfum des roses estompa la pestilence. « Les moines en prescrivent dans les cas d'inflammation du cerveau. Ils disent que la fièvre est chaude et humide et les roses fraîches et sèches. Que ce soit vrai ou pas, ça le soulagera. Je vous en donnerai un peu en puisant sur mes réserves, promit-elle à Madge.

— Je vous remercie. »

Hélas, Caris ne connaissait pas de remède contre les toux mêlées de sang. À coup sûr, les médecins diagnostiqueraient un excès sanguin et recommanderaient une saignée. C'était le traitement qu'ils ordonnaient dans presque tous les cas, mais Caris ne croyait guère à ses bienfaits.

Tout en tamponnant la gorge de Marc, elle remarqua sur son cou et sa poitrine des taches violet sombre dont Madge ne lui avait pas parlé. N'en ayant jamais vu de semblables, elle préféra ne pas avancer d'explication. « Raccompagnez-moi, que je vous donne de l'eau de rose », proposa-t-elle à Madge.

Elles s'en revinrent ensemble à l'hospice dans les rayons du soleil levant. « Vous avez toujours été si bonne pour nous, dit Madge. Si vous ne nous aviez pas engagés dans votre affaire de tissu écarlate, nous serions encore parmi les plus pauvres de la ville.

— Si ce commerce s'est développé, c'est avant tout grâce à votre énergie et à votre industrie. »

Madge hocha la tête. Elle savait très bien de quoi elle était redevable et à qui. « Sans vous, nous serions encore dans notre taudis. »

Mue par une impulsion, Caris décida de l'emmener dans sa pharmacie pour lui parler en tête à tête. Les laïcs n'étaient pas censés pénétrer dans la clôture, mais il y avait des exceptions et Caris détenait à présent des responsabilités assez hautes pour décider par elle-même de l'opportunité d'enfreindre les règles.

Seule avec Madge dans sa petite salle étroite, Caris commença par remplir d'eau de rose une petite bouteille en terre pour laquelle elle réclama six pences à son amie. Cela étant fait, elle se lança : « Je songe à rompre mes vœux.

— Ah, enfin !... Tout le monde se demandait ce que vous alliez faire. »

Madge n'avait pas l'air surpris. « Comment cela ? s'ébahit Caris, médusée d'apprendre que ses réflexions les plus intimes avaient été percées à jour.

— Oh, il ne faut pas être devin, vous savez ! Il est de notoriété publique que vous n'êtes entrée au couvent que pour échapper à cette condamnation à mort pour sorcellerie. Vous vous aimez depuis toujours, Merthin et vous ; vous avez toujours donné l'impression d'être faits l'un pour l'autre. Maintenant qu'il est revenu, c'est la moindre des choses que vous songiez à l'épouser. Après tout ce que vous avez fait ici, vous devriez obtenir le pardon.

— Je n'arrive pas à me figurer à quoi ressemblerait ma vie d'épouse. »

Madge haussa les épaules. « Un peu à la mienne, j'imagine. Je dirige l'entreprise avec Marc et je veille à la bonne marche de la maison. C'est une chose que tous les maris attendent de leur femme. Ce n'est pas la mer à boire, surtout quand on a des moyens et des domestiques. Les enfants, en revanche, demeureront toujours plus de votre responsabilité que de celle de votre époux. Mais si, moi, j'arrive à tout faire, vous y arriverez aussi.

— Vous ne me brossez pas un tableau très passionnant de la vie conjugale ! »

Madge sourit. « Vous en connaissez déjà les bons côtés, je suppose : être aimée et adorée ; savoir qu'au moins une personne sur terre ne vous fera jamais défaut dans les moments difficiles ; se coucher tous les soirs que Dieu fait à côté d'un homme fort et tendre qui attend avec impatience le moment de vous étreindre… Pour moi, c'est le bonheur. »

En se représentant les scènes que Madge décrivait en termes si simples, Caris se sentit emplie d'un désir ardent, à la limite du tolérable. Subitement, la vie froide, dure et privée d'amour du couvent, où tout contact physique était considéré comme un péché insigne, lui parut insupportable. Si Merthin était entré dans la pièce à ce moment-là, elle lui aurait arraché ses vêtements et l'aurait violenté, là, à même le plancher !

Voyant que Madge la regardait avec un petit sourire, elle rougit, persuadée que son amie lisait dans ses pensées.

« Tout va bien, je comprends, dit la tisserande en déposant six pences d'argent sur le banc. Allons, je ferais bien de rentrer à la maison m'occuper de mon homme. »

Non sans mal, Caris se ressaisit. « Faites en sorte qu'il ait tout pour être à l'aise et, au moindre changement, venez sur-le-champ me chercher.

— Merci, ma sœur, dit Madge. Je ne sais pas ce que nous ferions sans vous. »

*

Merthin resta songeur pendant tout le voyage de retour à Kingsbridge. Le joyeux babillage de Lolla fut impuissant à le dérider. Si ses années de guerre avaient enseigné bien des choses à son frère, elles ne l'avaient pas changé. Ralph était toujours aussi cruel. Il négligeait son épouse qui n'était encore qu'une enfant, tolérait à peine ses parents et souffrait d'une soif de vengeance qui frisait l'obsession. Le plaisir d'être un seigneur ne s'accompagnait chez lui d'aucun sentiment de responsabilité vis-à-vis des êtres placés sous son pouvoir. Leur bien-être ne comptait pas à ses yeux. Tout ce qui constituait son entourage n'était là que pour satisfaire ses désirs, les personnes aussi bien que les choses.

Concernant Kingsbridge, Merthin était plus optimiste. En effet, tout prêtait à croire que Marc serait élu prévôt à la Toussaint. On pouvait s'attendre à voir la ville prendre un nouvel essor.

Merthin arriva à Kingsbridge le dernier jour d'octobre, veille de la Toussaint. C'était un vendredi. L'affluence était moindre que si la fête était tombée un samedi, comme cela s'était produit l'année de ses onze ans, l'année où il avait fait la connaissance d'une petite fille qui s'appelait Caris et qui avait un an de moins que lui. Une atmosphère inquiète planait sur la ville et tout le monde se promettait d'être couché sitôt la nuit venue.

Dans la grand-rue, il rencontra le fils aîné de Marc, John, qui lui annonça que son père avait été transporté à l'hospice.

« Ce n'est pas le moment d'être malade, réagit Merthin.

— Que voulez-vous, ce n'est pas un jour faste.

— Je veux parler de la réunion de demain à la guilde de la paroisse. Il faut absolument qu'il y assiste. Un prévôt ne saurait être élu *in abstentio*.

— Je doute qu'il soit en état de s'y rendre. »

La nouvelle était alarmante. Merthin laissa son cheval à La Cloche et confia Lolla aux bons soins de Betty, puis il partit pour le prieuré.

À peine en eut-il franchi l'enceinte qu'il tomba sur Godwyn et Pétronille, plongés dans une conversation animée. Ils devaient avoir dîné ensemble et, maintenant, le prieur raccompagnait sa mère chez elle. À peine eurent-ils aperçu Merthin qu'ils se turent subitement. Sans doute se tourmentaient-ils à l'idée qu'Elfric perde l'élection. « Je suis bien désolée d'apprendre que Marc est souffrant, déclara Pétronille sur un ton mielleux.

— Ce n'est qu'une fièvre, répondit Merthin en se forçant à être aimable.

— Nous prierons pour qu'il se remette rapidement.

— Je vous en remercie. »

Entré dans l'hospice, il découvrit une Madge, éperdue d'angoisse, tenant une tasse contre les lèvres de son mari. « Il crache du sang et je n'arrive pas à étancher sa soif ! »

Marc avait le visage et les bras couverts de taches violacées. Il transpirait à grande eau et saignait du nez.

« Eh bien, Marc, ça n'a pas l'air d'aller fort !

« — À boire ! » marmonna le géant d'une voix rauque, sans paraître le voir.

Madge approcha de nouveau la tasse. « J'ai beau lui donner à boire et à boire, il est toujours aussi assoiffé. »

Il y avait dans sa voix une note de panique que Merthin ne lui avait jamais entendue. La crainte le saisit. Marc se rendait souvent à Melcombe et rencontrait là-bas des marins en provenance de Bordeaux, où la peste sévissait.

À l'évidence, le tisserand serait dans l'incapacité de se rendre le lendemain à la réunion de la guilde. Merthin ne s'en inquiétait plus : la mort aurait bientôt emporté quiconque se trouvait dans cette salle. Il l'aurait volontiers hurlé à pleins poumons ; il sut refréner son impulsion : personne n'écouterait un homme qui bredouillait d'effroi et ne pouvait produire aucune preuve étayant ses dires. Peut-être se trompait-il ? Mieux valait attendre un peu. Quand il se serait convaincu qu'il s'agissait bien de la peste, il prendrait Caris à part et lui expliquerait les choses calmement et logiquement. Pourvu seulement que ce moment ne tarde pas trop à venir.

Caris vint bassiner le visage de Marc avec un liquide fleurant bon. À son expression de pierre, Merthin comprit qu'elle était pleinement consciente de la gravité de la situation et jugulait ainsi ses émotions.

Marc serrait les doigts sur un petit rouleau de parchemin, semblait-il. Une prière devait y être inscrite, ou un verset de la Bible, voire une incantation magique. L'idée venait certainement de Caris car Madge n'avait aucune foi dans la puissance des Écritures pour guérir les malades.

Le prieur fit son entrée, suivi comme toujours de Philémon. Celui-ci ordonna immédiatement à tout le monde de s'écarter du lit. « Comment voulez-vous que cet homme guérisse s'il ne peut pas voir l'autel ? »

Merthin, Madge et Caris reculèrent d'un pas. Godwyn se pencha sur le géant. Il appliqua sa main sur son front et son cou avant de prendre son pouls. « Qu'on me montre l'urine du patient ! » ordonna-t-il.

Les moines médecins attachaient une grande importance à l'examen des urines. L'hospice possédait toute une collection de bouteilles en verre appelées « urinoirs », réservées à cette collecte. Caris en remit une à Godwyn. Il n'était pas nécessaire d'être passé par Oxford pour constater la présence de sang dans celle-ci.

Godwyn restitua le flacon à Caris. « Cet homme souffre d'une montée de sang et doit subir une saignée. Qu'on le nourrisse ensuite de pommes aigres et de tripes ! »

Godwyn racontait des bêtises. Merthin s'abstint de tout commentaire. Il n'avait plus de doute sur la maladie de son ami. Ces plaques sur la peau, ces saignements, cette soif inextinguible, c'étaient bien les caractéristiques du mal qui avait emporté Silvia et toute sa famille, le laissant lui-même en vie.

La peste était arrivée à Kingsbridge ! *La grande moria.*

*

En cette veille de la Toussaint, à l'heure où le soir tombait, Marc le Tisserand commença à ne plus pouvoir respirer.

La révolte s'empara de Caris comme chaque fois qu'elle devait admettre son impuissance. Marc sombra dans un coma agité. Il avait les yeux fermés et ne semblait plus avoir conscience du monde qui l'entourait ; il suait et haletait. À la demande de Merthin exprimée par gestes, Caris palpa ses aisselles et y découvrit un gros renflement brûlant. Elle s'abstint de l'interroger en présence de Madge et de ses quatre enfants éplorés. Près de l'autel, les religieuses priaient et chantaient des cantiques.

Marc fut soudain pris de convulsions. Un flot de sang jaillit de sa bouche et il retomba en arrière, immobile. Il ne respirait plus.

Dora, sa fille aînée, éclata en pleurs. Les trois fils, hébétés, luttaient contre leurs larmes. Madge se mit à sangloter. « C'était le meilleur des hommes sur toute la terre. Pourquoi Dieu nous l'a-t-il enlevé ? »

Caris combattait son chagrin. Comparée à la leur, sa tristesse était minime, mais elle ouvrait la voie à de douloureuses interrogations. En effet, pourquoi Dieu choisissait-il si souvent de rappeler à lui les êtres les meilleurs et de laisser vivre les pires ? Admettre qu'il se penchait sur tous avec la même bienveillance était bien difficile dans les moments de grande douleur. À en croire les prêtres, la maladie était un châtiment envoyé par le Seigneur pour nous punir de nos péchés. Mais pour quel péché Marc et Madge auraient-ils dû être punis ? Ils s'aimaient l'un l'autre, ils prenaient soin de leurs enfants et ils travaillaient sans relâche !

À ces questions d'ordre théologique, l'homme n'était pas en mesure d'apporter une réponse. D'autres, en revanche, relevaient du domaine pratique et devaient être résolues sans perdre un instant. En premier lieu, il convenait de découvrir à quel mal Marc avait succombé. Or, Merthin semblait détenir certaines connaissances.

Ravalant ses larmes, Caris commença par renvoyer Madge et ses enfants chez eux afin qu'ils se reposent un peu. Puis elle ordonna aux religieuses de préparer le corps pour l'enterrement. Enfin elle dit à Merthin qu'elle voulait lui parler.

« Moi aussi », répondit-il.

Caris décela dans sa voix une rare inquiétude. Ses craintes s'amplifièrent. « Allons dans la cathédrale, nous pourrons y parler tranquillement. »

Dehors, un vent d'hiver balayait la pelouse. La nuit était claire ; à la lumière des étoiles, ils suivirent aisément le chemin jusqu'à la cathédrale. Dans le chœur, des moines préparaient le sanctuaire en prévision de l'office qui devait se tenir à l'aube. Caris et Merthin se réfugièrent dans la partie nord-ouest de la nef, à l'abri des regards indiscrets. Caris tremblait. Elle serra sa robe plus étroitement contre elle. « Tu sais de quoi Marc est mort ? »

Merthin eut un soupir saccadé. « De la peste, dit-il. *La grande moria.* »

Cette réponse tant redoutée eut raison des derniers doutes de Caris. Elle insista néanmoins sur un ton revendicateur. « Comment peux-tu l'affirmer avec tant de certitude ?

— À Malcombe, Marc est en affaire avec des marins de Bordeaux. Là-bas, les corps s'entassent dans les rues.

— Il en revient justement ! Mais qu'est-ce qui te fait croire qu'il s'agit bien de la peste ?

— Les manifestations sont identiques : la fièvre, les taches violacées, les saignements et ce bubon sous les aisselles. Et surtout la soif ! Par le Christ, cette soif dévorante, je ne l'oublierai jamais ! C'est un mal dont on meurt dans les cinq jours en général, souvent moins. Je suis l'une des rares personnes à en être réchappé. »

Caris sentait le monde s'écrouler sous ses pieds. Elle n'ignorait rien des histoires affreuses qui circulaient sur ce fléau : en Italie et dans le sud de la France, des familles entières avaient disparu d'un coup ; les palais déserts n'abritaient plus que des cadavres en décomposition ; les rues étaient pleines d'enfants en pleurs qui cherchaient leurs parents ; dans les campagnes désertées, le bétail décimé jonchait les champs. Cette malédiction allait-elle toucher aussi la ville de Kingsbridge ? « Que font les médecins en Italie ?

— Ils prient et chantent des cantiques ; ils pratiquent des saignées, prescrivent leurs remèdes favoris et se font payer une fortune pour des conseils inutiles, car tout ce que l'on tente demeure sans effet. »

Ils se tenaient très près l'un de l'autre et parlaient à voix basse. Dans la faible lumière des cierges allumés dans le chœur, Caris parvenait à distinguer les traits de Merthin. Il scrutait son visage avec une rare intensité. Et son expression lui faisait savoir que si la mort de Marc l'affligeait, ce qui le préoccupait avant tout, c'était son sort à elle !

Elle demanda encore : « Comment sont les médecins italiens, comparés aux nôtres ?

— On dit que ce sont les meilleurs du monde après les Arabes. Ils ont déjà pratiqué des dissections sur des cadavres pour tenter d'en savoir un peu plus sur ce mal. Mais à ce jour, ils n'ont guéri personne. »

Caris refusait de se laisser aller à un désespoir aussi absolu. « Il n'est pas possible que nous en soyons réduits à une telle impuissance !

— À défaut de soigner cette maladie, ils préconisent certaines règles de conduite pour ne pas l'attraper.

— Lesquelles ? demanda-t-elle avec ardeur.

— Apparemment, la peste se transmet d'une personne à l'autre.

— C'est le propre d'un grand nombre de maladies.

— Oui, mais dans ce cas, la promiscuité est véritablement un facteur essentiel. Si quelqu'un l'attrape, généralement tous ses proches l'attrapent aussi.

— C'est logique. D'aucuns affirment que l'on contracte un mal simplement en regardant quelqu'un qui en est atteint.

— À Florence, les religieuses conseillaient aux gens de rester enfermés chez eux, d'éviter tous les rassemblements tels que marchés, réunions des guildes et des conseils.

— Et les offices religieux ?

— Elles n'en ont pas parlé, mais bien des gens n'allaient plus à la messe. »

Ces recommandations correspondaient totalement aux convictions de Caris. Les méthodes qu'elle s'efforçait de mettre en œuvre depuis des années sauraient-elles tenir la peste en respect ? À cette pensée, elle sentit un vague espoir renaître en elle. « Et les religieuses elles-mêmes ? Et les médecins qui sont forcés d'approcher les patients et même de les toucher ?

— Des prêtres ont refusé d'écouter les pénitents qui chuchotaient trop bas à confesse, pour ne pas avoir à se trouver trop près d'eux. Les religieuses portaient des masques en toile qui leur couvraient la bouche et le nez, pour ne pas respirer le même air. Certaines se lavaient les mains au vinaigre entre chaque patient. Les prêtres médecins n'ont jamais reconnu l'efficacité de ces précautions mais, de toute façon, la plupart d'entre eux avaient quitté la ville.

— À ton avis, elles ont servi à quelque chose ?

— C'est difficile à dire. La maladie était déjà bien installée lorsqu'on les a prises. Et tout le monde ne les appliquait pas. Chacun essayait ce qu'il pensait être bon.

— Qu'importe. Nous devons les appliquer ici ! »

Il hocha la tête et dit, après une pause : « En tout cas, il y a *une* chose à faire.

— Quoi donc ?

— Partir le plus loin possible. »

Caris comprit qu'il attendait de placer cette phrase depuis le tout début de leur conversation. D'ailleurs, il enchaînait : « Comme on dit : "Pars de bonne heure, parcours une longue route et ne reviens pas avant longtemps." Les gens qui ont mis ce proverbe en pratique ont tous échappé à la maladie.

— Mais nous ne pouvons pas partir.

— Pourquoi ?

— Voyons, ne sois pas bête ! La ville compte six ou sept mille habitants. Tout le monde ne peut pas en partir. Et pour où, dis-moi ?

— Je parlais de toi, pas des autres. Il est fort possible que tu n'aies pas attrapé la peste, tu as passé beaucoup moins de temps auprès de Marc que Madge et ses enfants qui, eux, l'ont probablement contractée. Si tu es en état, on pourrait partir. Partir aujourd'hui même. Tous les trois : toi, moi et Lolla. »

L'idée que le mal se propageait déjà en ville stupéfiait Caris et la consternait à la fois. Était-elle déjà condamnée ?

« Mais… pour aller où ?

— Au pays de Galles, en Irlande ; dans un village isolé où l'on reste des années sans voir un étranger.

— Mais toi, tu ne risques rien ! Tu m'as bien dit qu'on n'attrapait jamais deux fois cette maladie !

— Non, jamais. Et certaines personnes ne l'attrapent tout simplement pas, sans qu'on puisse l'expliquer. C'est le cas de Lolla. Elle ne l'a pas attrapée de sa mère, elle a donc peu de chances de l'attraper un jour.

— Eh bien alors, pourquoi veux-tu partir pour le pays de Galles ? »

Merthin ne répondit pas. Elle comprit à son regard intense qu'il n'avait de crainte que pour elle : l'idée qu'elle meure le terrifiait ! La phrase de Madge lui revint à l'esprit : « Savoir qu'au moins une personne sur terre ne vous fera jamais défaut dans les moments difficiles. » Ses yeux s'emplirent de larmes. Oui, quoi qu'elle fasse, Merthin serait à ses côtés et chercherait avant tout à prendre soin d'elle. Elle se représenta la pauvre Madge, écrasée par le chagrin d'avoir perdu le seul être au monde qui l'ait toujours soutenue. Comment rejeter Merthin dans ces circonstances ?

Et pourtant elle dit : « Je ne peux pas abandonner Kingsbridge au moment précis où une épidémie se déclare. On compte sur moi pour soigner les malades. C'est vers moi qu'ils se tourneront. Si je m'enfuyais… Enfin, je n'ai pas besoin de te l'expliquer.

— Je comprends. Tu serais comme le soldat qui prend ses jambes à son cou à la première flèche : tu aurais l'impression d'être lâche.

— Lâche et malhonnête, aussi. Pour avoir donné l'illusion à tous, et pendant tant d'années, que j'avais voué ma vie au service de mon prochain.

— Je savais que tu refuserais, mais je ne pouvais pas ne pas te poser la question. » Et Merthin ajouta avec une tristesse si grande dans la voix que Caris en eut le cœur brisé : « Je suppose que cela signifie que tu ne rompras pas non plus tes vœux.

— Non. L'hospice est l'endroit où l'on vient chercher de l'aide. Je me dois d'y être et de remplir mon rôle. Je dois rester au couvent.

— Puisque c'est ainsi…

— Ne sois pas trop désespéré !

— Pourquoi ne devrais-je pas me désespérer ? s'écria-t-il avec douleur.

— Tu m'as bien dit que ce mal avait tué la moitié de Florence ?

— À peu près.

— Autrement dit, la moitié de la population ne l'a pas attrapé.

— Comme Lolla, sans qu'on sache pourquoi. Peut-être que certaines gens ont en elles une force particulière. Ou que la maladie frappe au hasard, comme les flèches ennemies qui épargnent les uns et tuent les autres.

— En conséquence, quel que soit l'angle sous lequel on aborde la question, j'ai de bonnes chances de m'en sortir.

— Une sur deux.

— Comme à la loterie.

— Pile ou face. La mort ou la vie ! »

58.

Des centaines de personnes assistèrent à l'enterrement de Marc le Tisserand. Certes, il comptait parmi les personnages les plus importants de la ville. Mais si une foule aussi nombreuse avait tenu à venir – quitte à marcher des heures comme les pauvres tisserands des villages voisins –, c'était parce qu'il avait été aimé comme peu de gens le sont. La douceur cachée derrière sa carapace de géant avait subjugué quiconque l'avait approché.

Telles étaient les réflexions que se faisait Merthin, sous une pluie qui trempait sans distinction toutes les têtes dénudées, celles des notables comme celles des indigents. Sur les visages, les gouttes glacées se mêlaient aux larmes.

Madge serrant Denis et Noé sur son cœur donnait l'impression d'être la petite fille du couple que formaient ses aînés, John et Dora, qui la dominaient tous deux d'une bonne tête. En les regardant, Merthin ne put s'empêcher de se demander lequel d'entre eux serait la prochaine victime.

Ahanant sous le poids, six hommes solides unirent leurs forces pour abaisser l'immense cercueil dans la tombe. Madge sanglotait sans pouvoir se contenir. Les moines entonnèrent l'ultime cantique. Puis les fossoyeurs entreprirent de combler la fosse et la foule commença à se disperser.

Sa capuche remontée sur sa tête pour se protéger de la pluie, frère Thomas s'approcha de Merthin. « Le prieuré n'a pas les moyens de reconstruire une tour neuve, annonça-t-il. Godwyn a passé commande à Elfric pour démolir l'ancienne et poser un toit au-dessus du transept. »

Merthin s'arracha à ses pensées apocalyptiques. « Comment Godwyn s'apprête-t-il à le payer ?

— Le couvent s'en chargera.

— Je croyais que les sœurs détestaient Godwyn ?

— C'est exact, mais elles ont aussi besoin d'un lieu de prière, et elles ont pour trésorière sœur Élisabeth. Godwyn prodigue ses bienveillances à sa famille, qui loue des terres au prieuré.

— À votre avis, si je trouvais la somme nécessaire, le prieuré accepterait-il de construire une nouvelle tour ? » s'enquit Merthin, mû par son idée d'en bâtir une plus haute.

Thomas leva les épaules. « C'est difficile à dire. »

Cet après-midi-là, Elfric fut réélu au poste de prévôt de la guilde. Après la réunion, Merthin échangea quelques mots avec Bill Watkin, dont l'entreprise occupait la seconde place à Kingsbridge après celle d'Elfric. « Les fondations réparées, on pourrait élever une tour beaucoup plus haute, lui confia-t-il.

— Oui, ça ne devrait pas être impossible. Mais à quoi ça servirait ?

— À ce qu'on la voie depuis le gué de Mude. Quantité de voyageurs – pèlerins ou marchands – ratent la route vers chez nous et continuent jusqu'à Shiring. C'est un énorme manque à gagner pour Kingsbridge.

— J'entends déjà Godwyn rétorquer qu'il n'a pas un sou.

— Supposons qu'on en finance la construction de la même manière que pour le pont. Les marchands avanceraient l'argent et se rembourseraient sur les péages. »

Bill resta un moment à gratter la frange de cheveux à présent toute grise qui entourait son crâne chauve et accentuait encore sa ressemblance avec un moine. Financer les ouvrages de cette façon n'était pas habituel. « Une tour n'a rien à voir avec un pont, finit-il par lâcher.

— Naturellement, mais est-ce si important ?

— Probablement pas.

— Les péages garantiront que l'avance sera bien remboursée.

— Est-ce qu'une partie du travail me sera confiée ? demanda Bill, qui ne perdait pas de vue ses intérêts.

— Compte tenu de l'ampleur du projet, tous les constructeurs de la ville y prendront part.

— Personne ne sera de trop, en effet.

— Dites-moi : à supposer que j'établisse des plans pour une tour très haute, pourrai-je compter sur vous pour soutenir mon projet à la prochaine réunion de la guilde ?

— La guilde n'apprécie pas beaucoup l'extravagance, répondit Bill d'un air mitigé.

— Il ne s'agit pas d'extravagance, uniquement de hauteur. En couvrant le transept d'un toit en dôme, je pourrais élever au-dessus une tour sans point d'appui au centre.

— Un dôme ? On n'a jamais vu ça !

— Il y en a des quantités en Italie.

— C'est sûr que le coût en serait fortement diminué.

— On pourrait également coiffer la tour d'une flèche en bois, ce qui serait à la fois économique et d'une grande beauté.

— Je vois que tu en as déjà tous les plans en tête.

— Pas vraiment, mais j'y pense sans cesse depuis mon retour.

— Eh bien, cela me paraît une bonne idée, en effet. Bonne pour les affaires et bonne pour la ville.

— Pour ne rien dire du salut de nos âmes.

— Je ferai de mon mieux pour soutenir ton projet.

— Je vous remercie. »

Sans délaisser pour autant les bâtiments séculiers qui l'occupaient déjà, c'est-à-dire le pont et plusieurs maisons sur l'île aux lépreux, Merthin se concentra sur la tour. Réfléchir à ce projet l'aidait à écarter de son esprit la pensée lancinante et redoutable que Caris était peut-être atteinte de la peste. Il gardait devant les yeux l'image de la tour sud de la cathédrale de Chartres, véritable chef-d'œuvre bien qu'un peu dépassé aujourd'hui puisqu'il avait été conçu voilà près de deux siècles. Ce que Merthin aimait tout particulièrement dans cette construction, c'était la façon dont la base carrée se transformait en flèche octogonale. Il se rappelait clairement comment s'effectuait la transition. Au sommet de la tour les quatre coins étaient agrémentés de pinacles placés en diagonale par rapport à l'angle des murs et tournés vers l'extérieur. Au niveau de ces pinacles, les quatre façades étaient percées en leur centre d'une fenêtre dormante d'aspect identique. À ces huit éléments correspondaient les huit pentes du toit de la flèche. Comme la base de la flèche demeurait invisible vue du sol, l'œil remarquait à peine le passage du carré à l'octogone.

La tour de Chartres conservait néanmoins un aspect trapu en raison des contraintes techniques de l'époque. Dans la sienne, Merthin pratiquerait de grandes ouvertures : elles auraient pour effet d'alléger la charge supportée par les piliers et de réduire la surface de résistance au vent. En outre, il ornerait les façades de minces colonnes afin d'accentuer l'apparence de légèreté.

Dans son atelier sur l'île, il traça ses plans sur une planche à dessin dont il était seul à se servir. Imaginer les détails lui procurait un grand plaisir. Il multiplia par deux, voire par quatre, le nombre d'arcs en lancette des fenêtres de sa tour, bien plus étroites que celles de Chartres, et il s'attacha à créer des piliers et des chapiteaux au goût du jour.

La hauteur finale de sa tour lui demeurait inconnue ; il n'avait aucun moyen de calculer la taille que devrait avoir la flèche en bois pour être vue du gué de Mude. Il ne le saurait qu'une fois achevée la construction de la partie en pierre. À ce moment-là, il érigerait une flèche provisoire et se rendrait à Mude par temps clair. La cathédrale étant bâtie sur une éminence, la flèche devrait être visible de la route qui montait vers le village de Mude avant de redescendre vers le gué. Son instinct lui soufflait que sa tour, flèche comprise, serait probablement un peu plus élévéé que celle de Chartres et mesurerait environ quatre cents pieds.

Ce qui était la taille exacte de la cathédrale de Salisbury.

Merthin se plaisait à imaginer que la sienne ferait un pied de plus.

Un jour, alors qu'il était en train de dessiner les pinacles, accroupi devant sa planche, Bill Watkin apparut sur le seuil. « À votre avis, lui demanda-t-il en guise d'accueil, la flèche doit-elle être surmontée d'une croix qui pointe vers le ciel ou d'un ange qui veille sur l'humanité ?

— Ni de l'un ni de l'autre, répondit Bill, pour la bonne raison qu'elle ne sera pas construite. »

Merthin se releva, une règle dans la main gauche, un stylet acéré dans la main droite. « Qu'est-ce qui vous fait dire ça ?

— Je viens de recevoir la visite de frère Philémon. J'ai préféré te prévenir sans attendre.

— Qu'est-ce qu'il voulait encore, ce serpent ?

— Il a fait semblant de se confier à moi par amitié, prétendant avoir mes intérêts à cœur. Il m'a assuré qu'il serait malavisé de ma part de soutenir un quelconque projet de tour émanant de toi.

— Pourquoi ?

— Parce que ça déplairait au prieur et que Godwyn, de toute façon, n'approuverait jamais tes plans, aussi réussis soient-ils. »

Merthin ne fut pas surpris. Néanmoins sa déconvenue était amère. Envers et contre tout, il s'était raccroché à l'espoir que la situation finirait par changer. Cela aurait pu se produire si Marc le Tisserand était devenu prévôt car l'équilibre des forces aurait été modifié et peut-être même l'aurait-on chargé de construire la nouvelle tour. Hélas, Marc n'était plus. La chance persistait à le fuir. « Elfric héritera de la commande, je suppose ?

— C'était sous-entendu.

— Godwyn ne tirera donc jamais aucun enseignement de ses erreurs ?

— Rien de tel que l'orgueil pour faire perdre à un homme tout bon sens.

— Et la guilde de la paroisse acceptera de payer la petite tour courtaude dont accouchera Elfric ?

— Probablement. Oh, pas de gaieté de cœur, mais ils sont trop fiers de leur cathédrale pour ne pas s'y résoudre.

— L'incompétence d'Elfric a déjà failli leur coûter un pont ! s'indigna Merthin.

— Ils le savent.

— Si je n'avais pas été là pour signaler le désordre, la tour se serait effondrée et aurait réduit la cathédrale en pièces ! répliqua Merthin avec acrimonie, s'autorisant pour une fois à exprimer librement ses sentiments.

— Ils le savent, bien sûr. Mais ils ne se battront pas contre Godwyn sous prétexte qu'il est injuste envers toi !

— Je peux les comprendre », dit Merthin sur un ton radouci. La plupart des gens n'agissaient-ils pas conformément à leur intérêt immédiat ? Néanmoins, son amertume était grande de voir les habitants refuser de prendre parti pour lui, qui s'était toujours soucié de leur bien, contrairement à Godwyn.

« La gratitude n'est pas de ce monde, j'en suis désolé pour toi, conclut Bill.

— Oui, dit Merthin. Que voulez-vous !... » Il regarda le constructeur puis détourna les yeux. Jetant au loin ses instruments de dessin, il partit à grands pas.

*

À l'office de laudes, célébré avant l'aube, une volumineuse silhouette agenouillée devant la fresque du bas-côté nord représentant la Résurrection attira le regard de Caris. Dans cette personne mal éclairée par la lumière vacillante d'une bougie, elle finit par reconnaître Madge à son menton en galoche. Elle s'étonna fort de sa présence.

La tisserande demeura immergée dans ses prières pendant toute la durée de l'office sans prêter attention aux Psaumes. Peut-être suppliait-elle le Seigneur d'accueillir Marc en son sein et de lui pardonner ses péchés, bien qu'il n'ait pas dû en commettre beaucoup. Plus probablement, elle devait demander à son époux de lui envoyer la bonne fortune du monde des esprits, car elle reprendrait sûrement l'affaire de tissu avec ses deux aînés, c'était la pratique habituelle quand un marchand laissait une entreprise prospère. Oui, Madge devait prier Marc de bénir ses efforts.

Cette explication, malgré tout, ne satisfaisait pas pleinement Caris. L'intensité et le calme qui se dégageaient de son amie lui évoquaient davantage une grande passion, comme si elle adressait au ciel une supplique très particulière. Intriguée, la religieuse se détacha du cortège quand les moines et les sœurs commencèrent à partir. Marchant le long de la nef obscure, elle se dirigea vers la bougie.

Au bruit de ses pas, Madge se releva. Reconnaissant Caris, elle lui lança sur un ton accusateur : « Marc est mort de la peste, n'est-ce pas ?

— J'en ai bien l'impression.

— Vous ne m'en avez rien dit.

— Je n'en étais pas certaine. Je ne voulais pas vous effrayer sur la base de simples suppositions, ni répandre la panique parmi les habitants.

— D'après ce qu'on raconte, ça vient de Bristol. »

Ainsi, les habitants étaient au courant. « De Londres aussi, indiqua Caris, qui tenait ce renseignement d'un pèlerin.

— Qu'est-ce qui va nous arriver ? »

Ces mots produisirent sur Caris l'effet d'un coup de poignard en plein cœur. Terrassée, elle ne trouva rien à dire. « Je ne sais pas.

— Il paraît que ça se transmet d'une personne à l'autre.

— Comme de nombreuses maladies. »

L'agressivité de Madge fondit d'un coup, cédant la place à une douleur éperdue et suppliante qui émut Caris jusqu'au désespoir.

« Est-ce que mes enfants vont mourir ? demanda Madge d'une voix qui n'était plus qu'un souffle.

— La femme de Merthin en est morte ainsi que toute sa famille, répondit Caris, mais lui-même s'en est sorti et Lolla n'a jamais contracté la maladie.

— Mes enfants survivront, alors ?

— Nul ne peut le dire. Certaines personnes l'attrapent, d'autres pas. »

Cette réponse n'était pas de nature à satisfaire la tisserande. Comme la plupart des gens, elle voulait des certitudes et non des peut-être. « Comment puis-je les protéger ?

— Vous faites là le maximum », répondit Caris en regardant la fresque du Christ. Elle commençait à perdre pied. Réprimant un sanglot, elle tourna les talons et s'enfuit en hâte.

Parvenue à la clôture, elle erra dans le cloître, le temps de se reprendre en main, avant de gagner l'hospice, comme tous les jours à cette heure.

Mair n'était pas là. Elle avait dû être appelée en ville. Caris prit la direction des opérations. Elle surveilla la distribution du petit déjeuner aux invités et aux malades, puis s'assura que les lieux étaient propres avant d'entamer sa tournée des patients. Ces occupations apaisèrent sa détresse. Ensuite, elle lut un psaume à la vieille Julie. Sa lecture achevée, elle s'étonna que Mair ne soit pas encore revenue. Elle partit à sa recherche.

Elle la découvrit dans le dortoir, le visage enfoui dans sa paillasse. Prise de frayeur, elle s'écria : « Mair ! Ça ne va pas ? »

La religieuse roula sur le dos. Elle était pâle et transpirait. Elle toussa, mais ne dit rien.

Caris s'agenouilla près d'elle et posa la main sur son front. « Tu as de la fièvre, déclara-t-elle en essayant de juguler la crainte qui lui tordait le ventre comme une nausée. Depuis combien de temps ?

— Je toussais déjà hier, mais j'ai très bien dormi cette nuit et, ce matin en me levant, je me sentais bien. C'est au petit déjeuner que ça a commencé. J'ai cru que j'allais vomir. Je suis allée aux latrines et je suis revenue ici pour m'allonger un moment. J'ai dû m'endormir… Quelle heure est-il ?

— La cloche va bientôt sonner tierce. Mais tu es tout excusée. » Ce n'était peut-être qu'un mal ordinaire, espéra Caris en posant la main sur le cou de Mair pour abaisser son col.

« Tu veux regarder mes seins ? demanda Mair avec un faible sourire.

— Oui.

— Les religieuses sont faites sur le même modèle, tu sais. »

Mair n'avait pas de marque sur le corps. Peut-être n'était-ce qu'un gros rhume. « Des douleurs particulières ?

— Oui, sous l'aisselle. »

Ce n'était pas un véritable signe. D'autres maladies s'accompagnaient d'un gonflement douloureux aux aisselles ou à l'aine. « Nous allons te descendre à l'hospice », décréta Caris.

Mais quand Mair souleva la tête et qu'elle découvrit la paillasse tachée de sang, elle crut recevoir un coup de massue sur le crâne.

Marc le Tisserand avait craché le sang et Mair était la toute première personne à s'être occupée de lui. Elle s'était rendue chez lui la veille du jour où elle-même y était allée.

Les larmes lui vinrent aux yeux. Elle sut les refouler. Dissimulant son angoisse, elle aida Mair à se lever. Celle-ci passa le bras autour de sa taille et posa la tête sur son épaule, incapable de marcher sans aide. Caris entoura son épaule de son bras et c'est ainsi qu'elles descendirent l'escalier et gagnèrent l'hospice.

Caris installa la malade sur un matelas près de l'autel avant d'aller puiser une tasse d'eau fraîche à la fontaine du cloître. Mair la but avidement. Caris lui bassina le visage et le cou avec de l'eau de rose. Au bout d'un moment, Mair parut s'endormir.

La cloche sonna tierce. En temps ordinaire, Caris était dispensée d'y assister. Aujourd'hui, sa soif d'apaisement était telle qu'elle se joignit à la file des sœurs qui se rendaient à la cathédrale. Les vieilles pierres grises lui parurent froides et dures. Elle chanta comme un automate. Le tumulte faisait rage en elle.

Mair était atteinte de la peste. Elle n'avait pas de taches sur le corps, mais elle avait de la fièvre, elle avait soif et elle crachait le sang. Tout laissait à penser qu'elle mourrait bientôt.

Un sentiment de culpabilité terrible envahissait Caris à la pensée qu'elle n'avait jamais pu offrir à Mair l'amour que celle-ci lui avait donné fidèlement et avait tant espéré recevoir en retour. Et maintenant elle se mourait. Caris regrettait atrocement de n'avoir pas été différente, de ne pas l'avoir rendue heureuse. Il fallait qu'elle la sauve ! Elle chanta les Psaumes, le visage baigné de larmes. Peut-être la croirait-on en proie à une extase religieuse, si d'aventure on remarquait son désarroi.

À la fin de l'office, une novice l'attendait impatiemment près du portail sud. « Une dame vous mande de toute urgence à l'hospice ! »

Caris découvrit là-bas une Madge au visage blanc de terreur.

Elle comprit sans même l'interroger. Saisissant sa trousse, elle quitta le prieuré à la suite de son amie. Elles traversèrent la pelouse devant la cathédrale dans le vent piquant de novembre. Arrivées chez Madge, elles montèrent à l'étage. Les enfants étaient rassemblés dans la grande salle, les deux plus jeunes étendus par terre, les deux aînés assis à table, l'air épouvanté.

Caris les examina tous les quatre rapidement. Ils étaient fébriles. Dora saignait du nez, les trois garçons toussaient.

Et tous avaient des taches violacées sur les épaules et sur le cou.

Madge demanda : « C'est la même chose que Marc, n'est-ce pas, cette maladie dont il est mort ? Ils ont la peste ? »

Caris ne put que hocher la tête. « Je suis si triste pour vous...

— Pourvu seulement que je l'attrape aussi ! soupira Madge d'une voix brisée. Nous serons alors tous ensemble au paradis. »

59.

De retour à l'hospice, Caris s'attacha à mettre en place les mesures de précaution dont Merthin lui avait parlé. Elle fit couper des bandes de toile à l'intention des religieuses qui avaient affaire aux malades atteints de la peste pour qu'elles se protègent la bouche et le nez, et elle obligea tout le monde, après chaque visite à un patient, à se laver les mains au vinaigre et à l'eau. Les sœurs ne tardèrent pas à se plaindre d'avoir les mains gercées.

Madge fit transporter ses quatre enfants à l'hospice et, finalement, tomba malade à son tour. La vieille Julie, qui occupait la paillasse contiguë à celle de Marc le Tisserand, succomba au mal peu après. Pour tous ces malades, Caris ne put guère faire autre chose que de bassiner leur visage pour les rafraîchir, leur donner à boire de l'eau pure puisée à la fontaine du cloître et nettoyer leur vomi mêlé de sang en attendant qu'ils passent de vie à trépas.

Débordée par la tâche, elle n'avait pas le temps de songer à sa propre mort. Et si elle lisait dans les yeux de ses concitoyens une sorte d'admiration craintive devant tant d'abnégation, elle ne se prenait pas pour une martyre, plutôt pour quelqu'un qui préférait agir que rester à bougonner dans son coin. Comme tout un chacun à Kingsbridge, elle était hantée par la question de leur avenir à tous. Mais elle, elle s'interdisait d'y penser.

Le prieur Godwyn venait à l'hospice. Il refusait de porter le masque protecteur, affirmant qu'il s'agissait là de bêtises de bonnes femmes. Son diagnostic était immuable : échauffement du sang, et il continuait à préconiser des saignées et une nourriture à base de pommes aigres et de tripes.

Dans les circonstances présentes, l'alimentation n'était pas un élément essentiel du traitement puisque les patients rendaient tout ce qu'ils mangeaient. Les saignées, en revanche, accéléraient les progrès du mal, Caris en était convaincue. Les malades étaient déjà bien trop affaiblis par tout le sang perdu en toussant, en vomissant et en urinant. Mais c'était aux moines de décider puisque eux seuls étaient médecins ; elle ne pouvait que suivre leurs instructions. Débordée par la tâche, elle n'avait même plus le temps de se fâcher intérieurement quand elle voyait un moine ou une religieuse s'agenouiller près d'un patient, tenir son bras hors du lit, inciser sa veine à l'aide d'une lancette et laisser s'écouler une bonne pinte de sang dans une cuvette posée sur le plancher.

Sentant venir la fin, Caris s'assit au chevet de Mair et lui tint la main sans se préoccuper d'attirer les regards. Pour soulager ses tourments, elle lui donna une toute petite quantité de cette drogue euphorisante que Mattie lui avait appris à préparer à partir de fleurs de pavot. À défaut de calmer la toux, le remède la rendait plus supportable. Après une quinte, Mair respira plus facilement pendant un moment et fut même capable de parler. « Merci pour cette nuit à Calais, chuchota-t-elle à Caris. Tu n'as pas vraiment aimé ça, mais moi, j'étais au paradis. »

Caris essaya de ne pas pleurer. « Je suis si désolée de n'avoir pu être la personne que tu attendais.

— Tu m'as aimée à ta façon, je le sais. »

Elle toussa encore. La crise passée, Caris essuya le sang sur ses lèvres.

« Je t'aime », soupira Mair et elle ferma les yeux.

Caris se laissa aller à sa peine sans chercher à dissimuler ses pleurs. À travers l'écran de ses larmes, elle vit les couleurs quitter peu à peu le visage de Mair et sa respiration devenir de plus en plus difficile jusqu'à cesser complètement. Elle demeura accroupie par terre près de la paillasse, à caresser sa main morte, Mair était toujours aussi belle, malgré sa pâleur et son immobilité. Caris prit conscience subitement qu'une seule personne au monde l'avait aimée comme elle : Merthin, dont elle avait également rejeté l'amour. Perplexe, elle se dit que le problème devait trouver son origine en elle-même. Souffrait-elle d'une malformation de l'âme qui l'empêchait d'accueillir l'amour avec bonheur, comme les autres femmes ?

Plus tard, au cours de cette même nuit, les quatre enfants de Marc le Tisserand succombèrent à leur tour, ainsi que la vieille Julie.

Bouleversée, Caris ne savait plus où donner de la tête. La peste se propageait rapidement et tuait tous ceux qui en étaient atteints. Les gens vivaient comme des prisonniers enfermés dans une geôle qui se demandait lequel d'entre eux sera le prochain pendu. Après Florence et Bordeaux, Kingsbridge allait-elle devenir à son tour une ville aux rues jonchées de cadavres ? Dimanche prochain, ce serait jour de marché. De tous les villages à la ronde d'où l'on pouvait gagner Kingsbridge à pied, les paysans afflueraient par centaines pour commercer sur le parvis de la cathédrale. Combien seraient-ils à rentrer chez eux frappés d'un mal fatal, après s'être mêlés aux habitants d'ici dans les églises et les tavernes ? Dans cette situation, l'on ne pouvait que mesurer son impuissance. Face à ces forces terribles, on comprenait que les gens abandonnent la lutte, préférant affirmer que tout dépendait du monde des esprits. Mais cette attitude n'avait jamais été celle de Caris.

Traditionnellement, lorsqu'un moine ou une religieuse décédait, son enterrement donnait lieu à une cérémonie particulière à laquelle les frères et les sœurs participaient conjointement. Celle-ci se distingua par une profonde émotion, non seulement parce que Mair et la vieille Julie avaient toutes deux été aimées, la première pour sa beauté, la seconde pour son bon cœur, mais parce qu'aux prières récitées à l'intention de leurs âmes furent associés les enfants de Madge, également enterrés ce jour-là. Aux larmes de plusieurs religieuses se joignirent celles de nombreux habitants de la ville parmi les centaines qui avaient tenu à assister à l'office. Madge, pour sa part, ne put s'y rendre, n'étant pas en état de quitter sa couche à l'hospice.

La foule se réunit dans le cimetière. Le vent froid du nord et le ciel couleur d'ardoise annonçaient la neige. Frère Joseph prononça les oraisons et six cercueils furent déposés dans les tombes.

C'est alors qu'une voix s'éleva, exprimant haut et fort la question qui brûlait toutes les lèvres : « Allons-nous tous mourir, frère Joseph ? »

De tous les moines médecins, frère Joseph était le plus aimé. Il savait allier réflexion et chaleur humaine. À présent âgé d'une soixantaine d'années, il ne lui restait plus une seule dent. Voici ce qu'il déclara : « Nous sommes tous voués à mourir un jour, mon ami, mais personne ne connaît l'heure de sa mort. C'est pourquoi nous devons toujours être prêts à rencontrer notre Dieu. »

Fidèle à son habitude de poser toujours les questions dérangeantes, Betty la Boulangère prit la parole à son tour : « Que pouvons-nous faire pour nous protéger de ce mal ? Car c'est la peste, n'est-ce pas ?

— La meilleure protection demeure la prière. Quel que soit le nom de cette maladie, venez à l'église vous confesser de vos péchés pour le cas où Dieu aurait décidé de vous rappeler à lui. »

Ces formules toutes faites ne pouvaient satisfaire Betty. Elle insista : « Merthin dit qu'à Florence, les gens restaient chez eux pour avoir le moins de contact possible avec les malades. Est-ce une bonne idée ?

— J'en doute. Les Florentins ont-ils évité la peste ? »

Tous les yeux se tournèrent vers Merthin, présent lui aussi, sa petite Lolla dans les bras. « Non, admit-il, ils n'ont pas évité la peste, mais s'ils n'étaient pas restés chez eux, le nombre de morts aurait peut-être été bien plus élevé.

— Rester chez soi et ne pas aller à l'église ? s'indigna Joseph en secouant la tête. Non ! Le meilleur remède consiste sans aucun doute à mener une vie sainte. »

C'en était trop pour Caris, qui s'exclama avec colère : « Mais puisque la peste se propage d'une personne à l'autre ! C'est en restant loin des autres qu'on a le plus de chances de ne pas l'attraper !

— Parce que les femmes sont médecins, maintenant ! » ricana le prieur.

Caris ignora son interruption. « Il faut annuler le marché, affirma-t-elle avec force. C'est ainsi que nous sauverons des vies !

— Annuler le marché ? ironisa Godwyn sur un ton méprisant. Et comment cela ? En envoyant des messagers dans tous les villages ?

— En fermant les portes de la ville ! riposta-t-elle. Et en bloquant le pont. Il faut interdire la ville à quiconque n'est pas de Kingsbridge.

— Mais la maladie est déjà parmi nous.

— Il faut fermer les tavernes, annuler les réunions des guildes, interdire les banquets de mariage.

— À Florence, intervint Merthin, le conseil municipal suspendit ses réunions.

— Mais alors, comment commercera-t-on ? jeta Elfric.

— Tenez boutique ouverte, et ce sera la mort pour vous et tous les vôtres ! répondit Caris. À vous de choisir ! »

À cela, Betty déclara : « Pour ma part, je n'ai pas du tout envie de fermer boutique. Pourtant, je n'hésiterai pas à le faire si cela peut m'aider à garder la vie sauve. Et tant pis si je perds de l'argent ! »

À ces mots, Caris sentit naître en elle l'espoir d'avoir été comprise. Hélas, son soulagement fut de courte durée, car la boulangère ajoutait déjà : « Qu'en pensent les médecins ? Ce sont eux qui ont la meilleure connaissance de ces choses. »

Le soupir de Caris fut audible de tous.

Le prieur Godwyn se chargea de répondre : « La peste nous est envoyée par le Seigneur en punition de nos péchés. Le monde est devenu mauvais. L'hérésie, la luxure et l'irrévérence y règnent en maîtres. Les hommes remettent l'autorité en question ; les femmes affichent leurs corps ; les enfants désobéissent à leurs parents. Dieu est en colère et son ire est terrible. Vous aurez beau vous démener pour échapper à sa justice, son bras vous débusquera où que vous vous cachiez.

— Que faire, alors?

— Allez à l'église! Confessez vos péchés, priez et menez meilleure vie!»

Toute discussion était inutile, Caris le savait. Néanmoins, elle ne put s'empêcher d'objecter: «S'il est vrai qu'un homme affamé doit aller à l'église, il est tout aussi vrai qu'il doit se sustenter.

— Sœur Caris, vous n'avez pas besoin d'en dire plus, intervint mère Cécilia.

— Nous sauverions bien davantage…

— Cela suffit!

— Mais c'est une question de vie ou de mort!

— Peut-être, répondit Cécilia en baissant la voix, mais personne ne vous écoute. Alors, cessez!»

La supérieure avait raison, évidemment; débattre de la question des heures durant, arguments à l'appui, ne servait à rien: le peuple se rallierait toujours au discours des prêtres! Contrainte de l'admettre, Caris se mordit les lèvres et n'émit plus un son.

Carlus l'aveugle entonna un hymne. Les moines commencèrent à regagner la cathédrale en procession. Les nonnes les suivirent; la foule se dispersa.

En passant du sanctuaire à la clôture, mère Cécilia éternua.

*

Tous les soirs, dans leur chambre particulière à l'auberge de La Cloche, Merthin chantait une chanson à Lolla au moment de la mettre au lit. Ou bien il lui récitait un poème ou lui racontait une histoire. C'était l'heure de la journée où la petite fille se confiait à son père, lui posant les questions surprenantes que pose un enfant de trois ans et dont certaines sont enfantines, d'autres comiques et d'autres encore d'une profondeur inattendue.

Ce soir-là, alors qu'il lui chantait une berceuse, Lolla fondit en larmes. «Pourquoi est-ce que Dora est morte?» Elle s'était prise d'une véritable affection pour la fille de Madge, avec laquelle elle avait passé de longs moments à jouer à la marchande ou à tresser ses cheveux. «Elle a attrapé la peste, lui expliqua Merthin.

— Comme maman, répondit Lolla. C'est *la grande moria,* ajouta-t-elle en italien, n'ayant pas encore complètement oublié cette langue.

— Moi aussi, je l'ai eue. Mais, tu vois, maintenant je suis remis.

— Libia aussi est guérie, déclara Lolla, parlant de la poupée en bois qu'elle n'avait pas lâchée depuis qu'ils étaient partis de Florence.

— Ah, parce que Libia avait attrapé la peste?

— Oui. Elle éternuait, elle avait de la fièvre et aussi des taches sur le corps. Mais une religieuse l'a bien soignée.

— Tu m'en vois ravi pour elle parce que, maintenant, elle ne risque plus de retomber malade. Vois-tu, c'est une maladie qu'on n'attrape jamais deux fois.

— Toi non plus, tu ne retomberas plus malade, alors?

— Non. »

Sur cette affirmation rassurante, il lui souhaita bonne nuit.

« Bonne nuit! » répondit-elle. Mais au moment où il atteignait la porte, elle ajouta : « Et Bessie? Elle tombera malade?

— Dors, maintenant.

— Je l'aime bien, Bessie.

— Tu as tout à fait raison. Allez, dors bien! » Il ferma la porte.

En bas, la grande salle de l'auberge était déserte. Les gens hésitaient à se rendre dans des lieux fréquentés. Le message de Caris avait porté ses fruits malgré le discours de Godwyn.

Une savoureuse odeur de potage guida Merthin jusqu'à la cuisine. Bessie était en train de remuer une potée sur le feu. « Des fèves au lard », lui lança-t-elle.

Merthin s'assit à la table à côté de son père et se servit en pain. Paul, un gaillard d'une cinquantaine d'années, lui versa une chope de bière.

Bessie remplit les écuelles. Merthin la regarda s'activer en se réjouissant intérieurement de savoir qu'elle rendait à Lolla son affection. Elle surveillait souvent sa fille le soir et la petite avait déjà confié à son père qu'elle préférait Bessie à la bonne qu'il avait engagée pour s'occuper d'elle dans la journée.

La pensée lui vint qu'il ne pouvait pas demeurer éternellement à La Cloche. Il s'y était installé parce que sa maison de l'île aux lépreux était occupée par Jimmie et qu'il n'avait pas envie de le mettre à la porte. C'était de plus une toute petite maison, bien plus petite que son *palagetto* de Florence. Et puis, il se sentait bien dans cette auberge. L'endroit était chaleureux et parfaitement tenu ; la nourriture y était bonne et la boisson abondante. S'il n'avait pas eu de note à payer tous les samedis, il aurait pu se croire au sein de sa famille.

Néanmoins, il avait hâte d'emménager dans un lieu à lui. Plus longtemps il resterait à La Cloche, plus Lolla aurait de la peine à quitter Bessie. Or sa fille avait déjà perdu trop de personnes aimées au cours de sa jeune vie ; elle avait besoin de stabilité. Peut-être devrait-il déménager maintenant, se dit-il, avant qu'elle ne s'attache trop à Bessie ?

Le souper achevé, Paul se retira pour aller dormir. Bessie lui versa une autre chope de bière et ils restèrent tous deux à deviser au coin du feu. « Combien de personnes sont-elles mortes à Florence ? voulut-elle savoir.

— Des milliers. Probablement, des dizaines de milliers. Il n'a pas été possible d'en tenir le compte.

— Je me demande qui sera le prochain à mourir chez nous.

— J'y pense sans arrêt.

— Ce pourrait être moi.

— C'est effrayant, n'est-ce pas ?

— Avant de mourir, j'aimerais bien connaître un homme une dernière fois. »

Merthin se contenta de sourire.

« Je n'en ai pas vu un seul depuis que mon Richard est décédé, et ça fait plus d'une année.

— Il te manque ?

— Et toi ? Depuis combien de temps es-tu sans femme ? »

En fait, cela remontait à la mort de Silvia. Au souvenir de son épouse, Merthin regretta de ne pas lui avoir manifesté assez de gratitude pour l'amour qu'elle lui portait. « Ça doit faire à peu près aussi longtemps, répondit-il.

— C'était ton épouse ?

— Oui, paix à son âme !

— C'est difficile de rester aussi longtemps sans connaître l'amour.

— Oui.

— Enfin, toi, tu n'es pas le genre à aller avec n'importe qui. Tu veux quelqu'un qui t'aime.

— Probablement.

— Je suis pareille. C'est merveilleux d'être avec un homme. Il n'y a rien de meilleur au monde, mais seulement si on s'aime vraiment l'un l'autre. Je n'ai connu qu'un homme dans ma vie, mon mari. Je ne suis jamais allée avec quelqu'un d'autre. »

Bessie disait-elle vrai? Merthin n'avait aucun moyen de le savoir en toute certitude. Elle paraissait sincère. Mais c'était le genre de phrase que toute femme aurait prononcée, quoi qu'il arrive.

« Et toi? poursuivit-elle. Combien de femmes as-tu eu? »

— Trois.

— Ton épouse, et Caris avant elle. Mais la troisième, qui était-ce?... Ah, oui, bien sûr : Griselda !

— Je ne livrerai pas leurs noms.

— Ne t'inquiète pas, tout le monde les connaît. »

Merthin eut un petit sourire dépité. Il se doutait bien que la ville entière était au courant de ses amours, même si personne n'en détenait la preuve. Mais dans ce domaine, les gens ne se trompaient guère en règle générale.

« Quel âge a le petit de Griselda maintenant? Sept ans? Huit?

— Dix.

— Oh là là, j'ai un de ces mal aux genoux ! se plaignit Bessie. Regarde, ils sont énormes ! » Et, pour appuyer son propos, elle remonta sa jupe sur ses jambes. « J'ai toujours détesté mes genoux, mais Richard les aimait bien. »

Merthin baissa les yeux. Son regard effleura les cuisses blanches de Bessie pour se poser sur ses genoux. Ils étaient effectivement dodus au point de présenter des fossettes.

« Richard aimait bien les embrasser, dit-elle. Il était si doux. » Elle rajusta sa robe en la relevant complètement sur ses jambes, comme s'il n'y avait pas moyen de faire autrement. L'espace d'un instant, elle offrit à Merthin une vue parfaite sur son attirante touffe de poils près de l'aine. « Parfois, il m'embrassait partout, surtout après le bain. Je m'y suis habituée. J'aimais tout ce qu'il me faisait. Un homme peut faire tout ce qu'il aime à une femme qui l'aime. Tu ne trouves pas? »

Merthin se leva. « Tu as probablement raison, mais ce genre de conversation ne débouche que sur une chose. Mieux vaut que j'aille me coucher avant de commettre un péché. »

Elle lui souhaita bonne nuit avec un sourire attristé. « Dors bien. Si tu te sens seul, tu me trouveras ici, près du feu.

— J'en prends note. »

*

Mère Cécilia eut droit à un véritable lit, et non à une paillasse à même le sol, lorsqu'on l'installa dans l'hospice à l'endroit le plus saint de tous : juste devant l'autel. Rassemblées autour de sa couche, les religieuses prièrent et chantèrent sans interruption toute la journée et toute la nuit par petits groupes qui se relayaient, veillant à ce qu'il y ait toujours à portée de sa main une tasse d'eau claire puisée à la fontaine et quelqu'un pour rafraîchir son visage avec de l'eau de rose. Las, ces soins demeuraient sans effet ; la mère prieure déclina aussi rapidement que les autres malades. Son sang s'échappait par presque tous ses orifices, du nez au vagin. Sa respiration était de plus en plus difficile et sa soif inextinguible.

Au cours de la quatrième nuit, après avoir éternué, elle manda Caris.

Celle-ci était profondément endormie, épuisée par son activité incessante dans cet hospice qui ne désemplissait pas. En cet instant précis, elle était immergée dans un rêve où tous les enfants de Kingsbridge étaient atteints de la peste et où elle courait d'un bout à l'autre de la grande salle pour s'occuper de tout le monde à la fois. Et voilà qu'un enfant tirait sur sa manche violemment, juste au moment où elle venait de se rendre compte qu'elle aussi avait attrapé la maladie. Elle refusait de lui prêter attention, essayant désespérément d'imaginer un moyen pour que la multitude de patients continue à bénéficier de soins alors qu'elle-même serait bientôt sans forces. Brusquement, elle prit conscience qu'on la secouait pour de vrai, par l'épaule, en la suppliant instamment de se réveiller. « Ma sœur, vite ! La mère prieure vous réclame de toute urgence ! »

Elle ouvrit les yeux. Une novice se tenait près de sa couche, une bougie à la main. « Comment va-t-elle ? demanda Caris.

— Elle est au plus mal, mais elle peut encore parler et vous réclame ! »

Caris bondit hors de son lit et chaussa ses sandales. C'était le milieu de la nuit. Dehors, il faisait un froid glacial. S'étant couchée tout habillée, elle n'eut qu'à jeter sa couverture sur ses épaules. L'instant d'après, elle dévalait l'escalier en pierre.

L'hospice croulait sous le nombre des morts. Une forte odeur de sang imprégnait l'atmosphère. Les paillasses avaient été alignées en épi sur le sol pour que les patients encore capables de se tenir assis puissent apercevoir l'autel. Les familles se pressaient autour des lits. À genoux auprès de Cécilia, quatre religieuses chantaient.

Caris prit une bande de toile propre dans un panier placé près de la porte et s'en couvrit la bouche et le nez. Apercevant la prieure les yeux fermés, elle craignit d'être arrivée trop tard. Mais celle-ci, sentant sa présence, tourna la tête et ouvrit les yeux.

Caris s'assit au bord de son lit. Ayant imbibé un chiffon d'eau de roses, elle entreprit de nettoyer le sang qui maculait sa lèvre supérieure.

Respirer était devenu une torture pour mère Cécilia. Entre deux halètements, elle parvint à marmonner : « Quelqu'un a-t-il survécu à cette terrible maladie ?

— Seulement Madge la Tisserande.

— Qui justement ne voulait plus vivre.

— Ses quatre enfants sont morts.

— Je n'en ai plus pour longtemps, moi non plus.

— Ne dites pas cela.

— Tu t'oublies ! Les religieuses ne craignent pas la mort. Quand elle vient, nous lui faisons bon accueil car nous avons aspiré, notre vie entière, à être unies à Jésus. » Épuisée par ce long discours, elle fut prise d'une quinte de toux.

« Oui, ma mère, répondit Caris en essuyant le sang sur son menton. Mais il n'est pas interdit de pleurer à celles qui restent en arrière. » Elle avait les larmes aux yeux ; elle était désespérée de perdre mère Cécilia après sœur Mair et la vieille Julie.

« Ne te lamente pas, laisse cela aux autres ! Toi, tu dois être forte.

— Pourquoi le devrais-je ?

— Parce que je crois qu'il est dans les intentions du Seigneur que tu me remplaces à la tête du couvent. »

Quelle étrange décision ! D'ordinaire, Dieu place à ce poste des religieuses aux vues plus orthodoxes, songea Caris in petto. Mais elle ne dit rien. Elle avait appris depuis longtemps qu'il était inutile d'exprimer tout haut ce genre d'opinions. Aussi répondit-elle : « Je ferai de mon mieux pour être à la hauteur de la tâche si les sœurs me choisissent.

— Je pense qu'elles t'éliront.

— Sœur Élisabeth voudra certainement que sa candidature soit prise en considération.

— Élisabeth est intelligente. Toi, tu as du cœur ! »

Caris hocha la tête. Mère Cécilia avait probablement raison, Élisabeth serait une prieure trop sévère. Elle-même était certainement mieux faite pour diriger le couvent, malgré ses doutes sur l'efficacité de la prière et des cantiques, convaincue qu'elle était des bienfaits de la médecine et de l'éducation. Fasse le ciel que sœur Élisabeth ne dirige jamais l'hospice ! se dit-elle tout bas.

« Je dois encore te transmettre une chose, déclara Cécilia d'une voix volontairement si basse que Caris dut se pencher très près pour l'entendre. C'est une chose que m'a dite le prieur Anthony au moment de mourir et qu'il avait gardée secrète jusque-là. Je fais de même. »

Caris aurait préféré ne pas se voir confier un secret lourd à porter. Hélas, face à la mort, de tels scrupules n'étaient pas de mise.

Cécilia déclara : « L'ancien roi n'est pas mort d'une chute. »

La nouvelle laissa Caris pantoise. L'affaire avait beau s'être passée voilà plus de vingt ans, elle avait encore présentes à l'esprit les rumeurs d'assassinat qui avaient circulé à l'époque. Assassiner un roi était le pire crime qui se puisse imaginer ! C'était même un double crime puisqu'au meurtre s'alliait la trahison – péchés mortels l'un et l'autre. Être au fait d'une telle ignominie plaçait quiconque en grand danger. Il n'était donc pas surprenant qu'Anthony ait gardé ce secret pour lui jusqu'à son dernier souffle.

Cécilia continuait : « La reine et son amant Mortimer, profitant que le prince héritier n'était encore qu'un petit garçon, voulurent se débarrasser d'Édouard II. Et Mortimer réunit effectivement entre ses mains tous les pouvoirs d'un roi sans en porter le nom. Mais il ne régna pas aussi longtemps qu'il l'avait espéré. Le jeune Édouard III grandit trop vite. » Une quinte de toux très affaiblie contraignit Cécilia à se taire.

« Je me souviens de l'époque où Mortimer fut exécuté, dit Caris. J'étais déjà adolescente.

— Édouard n'a jamais voulu que la vérité sur la mort de son père se sache. Voilà pourquoi le mystère demeure jusqu'à aujourd'hui. »

Caris était abasourdie. Car la reine Isabelle vivait toujours. Elle menait grand train à Norfolk, révérée de tous en tant que mère du souverain régnant. Si la nouvelle se répandait qu'elle avait sur les mains le sang de son royal époux, le bouleversement politique qui en résulterait aurait la violence d'un tremblement de terre ! Du seul fait qu'elle connaissait la vérité, Caris sentit subitement peser sur elle une chape de culpabilité. Elle voulut s'assurer qu'elle avait bien entendu.

« Il a vraiment été assassiné ? » demanda-t-elle.

Comme la supérieure ne répondait pas, elle scruta ses traits. Mère Cécilia ne bougeait plus ; son visage était immobile, ses yeux fixaient le ciel. La mère prieure avait quitté ce bas monde.

60.

Au lendemain de la mort de mère Cécilia, Godwyn convia sœur Élisabeth à dîner.

Le moment était délicat. La disparition de Cécilia déséquilibrait les rapports de pouvoir entre les deux entités composant le prieuré. Or, Godwyn avait besoin du couvent pour rendre viable un monastère dont il n'avait jamais réussi à redresser les finances. Malheureusement, la plupart des religieuses lui gardaient rancune pour le vol de leur trésor, et ne lui cachaient pas leur hostilité. Qu'elles tombent sous la coupe d'une prieure décidée à se venger – comme Caris, certainement –, ce serait la ruine du monastère.

Une autre crainte le taraudait : la peste. Que se passerait-il s'il l'attrapait ? Ou si Philémon mourait ? Bien qu'anéanti, il parvenait généralement à repousser ces pensées cauchemardesques tout au fond de son esprit, déterminé qu'il était à ne pas se laisser distraire de son but ultime.

Toutefois, l'élection de la prieure était un sujet critique qui nécessitait d'être réglé immédiatement. Ses pires visions lui brossaient le tableau catastrophique du monastère fermant ses portes et de lui-même abandonnant Kingsbridge dans le déshonneur pour redevenir simple moine ailleurs, soumis à un prieur qui prendrait plaisir à l'humilier et à le soumettre à toutes sortes de contraintes. Face à l'éventualité d'un avenir aussi cruel, son angoisse était telle qu'il en venait à songer à mettre fin à ses jours.

Cependant, tout n'était pas joué. En manœuvrant habilement, il pouvait retourner la situation à son avantage. Pour cela, il avait besoin d'une prieure susceptible de le laisser diriger le couvent à sa place. Il avait donc décidé de miser sur Élisabeth, la jugeant son meilleur atout.

Elle serait impérieuse, exigerait de voir sa dignité respectée, mais Godwyn ne se braquait pas sur ce défaut, la sachant également pragmatique ; elle le lui avait prouvé en le prévenant personnellement le jour où Caris s'apprêtait à vérifier le trésor. Oui, Élisabeth ferait une bonne alliée.

Elle pénétra dans la pièce, la tête haute, certaine de son importance soudaine et s'en félicitant. Conscient de son état d'esprit, Godwyn se demanda anxieusement si elle accepterait le plan qu'il s'apprêtait à lui proposer. Il allait devoir jouer serré.

Promenant les yeux sur la grande salle de banquet, elle déclara : « Vous avez bâti là un palais splendide », manière de lui rappeler la contribution extorquée au couvent.

« Merci », répondit-il, comprenant subitement que c'était la première fois qu'elle pénétrait dans ce palais achevé depuis un an. À ce jour, seules Pétronille et Cécilia y avaient été admises, puisque les femmes n'étaient pas autorisées à pénétrer dans les parties du prieuré réservées aux moines. « Je crois qu'il nous vaut le respect des nobles et des puissants. Nous avons déjà reçu ici l'archevêque de Monmouth. »

Il avait consacré les derniers florins des religieuses à l'achat de tapisseries illustrant la vie des saints. L'une d'elles représentait Daniel dans la fosse aux lions. « C'est très beau, dit-elle.

— Cela vient d'Arras.

— Est-ce un chat que j'aperçois sous le buffet ? »

Godwyn laissa échapper un petit bruit de dépit. « Je n'arrive pas à m'en débarrasser », prétendit-il tout en chassant l'animal de la pièce. Les animaux de compagnie n'étaient pas admis au monastère, mais Godwyn avait un faible pour celui-ci. Sa présence l'apaisait, contrairement à celle d'Élisabeth.

En la voyant prendre ses aises lorsqu'il l'invita à s'asseoir à un bout de la longue table de banquet il ne put réprimer un tressaillement agacé. Se considérait-elle l'égale d'un homme ? Il cacha de son mieux son déplaisir.

Il avait commandé pour l'occasion un plat raffiné : du porc au gingembre, accompagné de pommes. Philémon se chargea de remplir les gobelets d'un vin de Gascogne. Élisabeth dégusta une bouchée de porc et vanta les talents du cuisinier.

Contrairement à Philémon qui se jeta sur son écuelle, Godwyn n'était pas très porté sur la nourriture ; la bonne chère était pour lui un moyen d'impressionner ses visiteurs. Il en vint donc rapidement à l'affaire qui l'intéressait. « Comment comptez-vous gagner cette élection, ma sœur ?

— Je crois que je remplirai mieux que sœur Caris les fonctions de mère supérieure », répondit-elle et, derrière ses paroles, Godwyn perçut sans possible erreur l'émotion avec laquelle elle avait prononcé le nom de sa rivale. Visiblement, elle lui en voulait encore d'avoir remporté le cœur de Merthin. L'élection à venir lui offrait l'occasion d'engager la joute, et, cette fois-ci, elle n'hésiterait pas à tuer pour remporter la partie, devina Godwyn, et il s'en félicita.

Philémon intervint : « En quoi vous considérez-vous mieux placée que sœur Caris pour assurer la tâche d'une prieure ?

— Je suis plus âgée qu'elle, j'ai passé plus de temps au couvent et j'y occupe une place de responsabilité depuis plus longtemps. Enfin, je suis née au sein d'une famille très religieuse et j'ai été élevée dans le respect des traditions chrétiennes. »

Philémon secoua la tête d'un air peu convaincu. « Rien de tout cela ne me paraît susceptible de faire pencher la balance en votre faveur. »

Elle haussa les sourcils, déstabilisée par la brutalité de Philémon. Godwyn craignit que ce dernier ne se soit montré trop abrupt. Il lui aurait volontiers soufflé de ne pas l'effaroucher, car ils avaient besoin d'une prieure soumise, mais Philémon poursuivait sans remords : « En ce qui concerne votre présence au couvent, vous n'y avez jamais passé qu'une année de plus que Caris. Et le fait d'avoir pour père un évêque, paix à son âme, jouera contre vous, les évêques n'étant pas censés avoir des enfants. »

Elle rougit. « Les prieurs ne sont pas censés avoir des chats.

— Nous ne discutons pas du prieur ! » réagit Philémon avec impatience.

Devant tant d'insolence, Godwyn se rembrunit. Il savait parfaitement masquer son hostilité derrière une façade chaleureuse. Philémon, malheureusement, n'avait jamais appris à maîtriser cet art.

Élisabeth ne sembla pas se formaliser. « M'auriez-vous invitée à dîner pour m'expliquer que je n'avais aucune chance de l'emporter ? Cela m'étonne, ajouta-t-elle en se tournant vers Godwyn, ce n'est pas dans vos manières d'inviter une femme à partager votre repas pour le simple plaisir de lui offrir un plat coûteux.

— Vous avez tout à fait raison, dit Godwyn. Nous souhaitons en effet vous voir élue prieure, et nous ferons tout ce qui est en notre pouvoir pour vous y aider. »

Philémon reprit : « C'est pourquoi nous allons commencer par examiner vos atouts d'un œil réaliste. Caris est aimée de tous – des religieuses, des moines, des marchands et de la noblesse. Son travail au couvent la sert mieux que tout : des centaines de personnes ont été soignées par elle. En revanche, vos fonctions de trésorière vous offrent rarement l'occasion d'entrer en contact avec les gens de l'extérieur. Ils ont tendance à vous imaginer comme une personne froide et calculatrice.

— J'apprécie votre franchise. Peut-être devrais-je effectivement me retirer de la course. »

Était-ce de l'ironie ? Godwyn n'aurait su le dire.

Philémon ajouta : « Toutefois, si vous ne pouvez pas remporter la bataille, Caris peut la perdre.

— Cessez donc de parler par énigmes, c'est fatigant à la fin. Dites-moi clairement ce que vous avez derrière la tête ! » répliqua Élisabeth, et la sécheresse de son ton fit comprendre à Godwyn pourquoi elle n'était pas aimée.

Philémon feignit de ne pas le remarquer. « Dans les scmaines à venir, votre tâche consistera à détruire Caris. Vous devrez transformer l'image que les sœurs se font d'elle. Faire en sorte qu'elles ne voient plus en elle une religieuse aimable, assidue à la tâche et compatissante, mais un monstre ! »

À l'éclat qui passa dans l'œil d'Élisabeth, Godwyn comprit que cette perspective la ravissait.

« Croyez-vous que ce soit possible ?

— Oui, si nous vous y aidons.

— Je vous écoute.

— Caris continue-t-elle à ordonner aux religieuses de porter des masques de toile à l'hospice ?

— Oui.

— Et à se laver les mains ?

— Oui.

— Rien chez Galien ni chez aucun médecin de l'Antiquité n'indique qu'il faille observer ces procédures. Et la Bible n'en fait certainement pas mention. Apparemment il s'agit là de superstition pure et simple. »

Élisabeth frissonna. « Les médecins italiens, semble-t-il, considèrent que la peste se diffuse par voie aérienne. Qu'on peut l'attraper en regardant les malades, en les touchant ou en respirant leur haleine. Je ne vois pas très bien comment…

— Où ont-ils pêché de telles idées ?

— En observant les malades, à ce que l'on dit.

— J'ai entendu Merthin affirmer que les médecins italiens étaient les meilleurs du monde après les Arabes. »

Élisabeth hocha la tête. « Je l'ai entendu également.

— Donc, toute cette affaire de masque tire probablement son origine d'une pratique musulmane.

— C'est à croire.

— En d'autres termes, païenne.

— Je suppose. »

Philémon se laissa retomber en arrière sur son dossier, sa démonstration achevée.

« Vous voulez dire que nous pourrons réduire à néant les chances de Caris en répandant le bruit qu'elle introduit des superstitions païennes dans les murs du couvent ? questionna Élisabeth, doutant d'avoir tout compris.

— Pas exactement, répondit Philémon avec un sourire rusé. Nous dirons qu'elle pratique la sorcellerie.

— Bien sûr ! s'écria Élisabeth. J'avais presque oublié ce détail.

— Pourtant, vous avez témoigné contre elle à son procès.

— C'était il y a bien longtemps.

— J'ai du mal à imaginer qu'on puisse oublier que son ennemi a fait l'objet d'accusations semblables dans le passé ! » ironisa Philémon.

Assurément, lui-même ne l'aurait jamais oublié. L'art dans lequel il était passé maître consistait à connaître les faiblesses d'autrui afin de les exploiter sans scrupules. Face à sa malveillance, Godwyn en venait parfois à éprouver une sorte de culpabilité. Mais cette méchanceté lui était devenue à ce point nécessaire qu'il s'interdisait de réfléchir sur ses aspects négatifs. Qui d'autre, sinon Philémon, aurait concocté pareille manœuvre pour contrer une Caris aimée de tous ?

Un novice apporta des pommes et du fromage. Philémon remplit à nouveau les gobelets de vin.

Élisabeth déclara : « Je comprends la logique cachée derrière cette tactique. Avez-vous pensé en détail à la meilleure façon de procéder ?

— Le plus important, c'est de préparer le terrain, expliqua Philémon. On ne saurait lancer de telles accusations sans s'être assuré au préalable qu'un grand nombre de personnes sont déjà persuadées de leur bien-fondé. »

Oui, Philémon avait vraiment un talent pour les manipulations retorses, se dit Godwyn avec admiration.

« Et comment faut-il s'y prendre, à votre avis ? s'enquit Élisabeth.

— Dans ce genre de situation, les actes valent mieux que tous les discours. Refusez de porter le masque. Si l'on vous interroge, affirmez tranquillement avoir entendu dire que c'était une pratique musulmane et que, personnellement, vous préférez vous en remettre aux méthodes chrétiennes. Encouragez vos amies à vous imiter, en signe de soutien. Ne vous lavez plus les mains aussi souvent. Quand vous verrez des gens suivre les conseils de Caris, contentez-vous de froncer les sourcils d'un air réprobateur, mais sans leur faire de remontrances. »

Godwyn manifesta son accord d'un hochement de la tête. La rouerie de Philémon approchait parfois le génie.

« Et l'hérésie, faut-il en parler ?

— Parlez-en autant que vous le voulez, mais sans établir de lien direct avec Caris. Faites savoir que vous avez entendu parler d'un hérétique exécuté dans une autre ville, d'un adorateur du diable qui avait perverti un couvent tout entier. En France peut-être.

— Je m'en voudrais de faire une entorse à la vérité, lâcha Élisabeth avec une raideur appuyée.

— Nous le comprenons bien, intervint Godwyn, déplorant par-devers lui la fâcheuse tendance de Philémon à oublier que le monde entier n'était pas taillé dans la même étoffe que lui. Le sous-prieur sous-entend seulement que vous devriez vous attacher à répéter ces histoires, si vous les avez entendues, naturellement, afin de rappeler aux sœurs que le diable ne baisse jamais la garde. »

Comme la cloche sonnait, Élisabeth se leva. « Je m'en voudrais de rater l'office. Je n'aimerais pas que mon absence soit remarquée et que l'on en conclue que je suis venue chez vous.

— C'est très bien, dit Godwyn. De toute façon, nous nous sommes mis d'accord.

— Pas de masque ! approuva-t-elle en hochant la tête.

— Vous ne croyez quand même pas à leur efficacité ? s'enquit Godwyn, percevant comme une incertitude chez elle.

— Non, répliqua-t-elle, non, bien sûr ! Comment serait-ce possible ?

— Exactement.

— Je vous remercie pour le dîner », ajouta-t-elle encore avant de quitter les lieux.

Les choses ne s'étaient pas trop mal passées, estima Godwyn, bien qu'il ait encore quelques inquiétudes. Et ce fut sur un ton angoissé qu'il déclara à Philémon : « Je doute qu'Élisabeth arrive par ses propres moyens à convaincre les gens que Caris est une sorcière.

— Nous devrions peut-être lui donner un petit coup de pouce.

— Au moyen d'un sermon ?

— Tout à fait.

— Je vais parler de la peste dans la cathédrale.

— Peut-être vaudrait-il mieux ne pas attaquer Caris directement, fit remarquer Philémon d'un air pensif. Évitons le grabuge. »

Godwyn en convint. Si un différend apparaissait entre Caris et lui, il était à croire que les citadins soutiendraient celle qui apaisait leurs souffrances.

« Je veillerai à ne pas prononcer son nom.

— Contentez-vous de semer les graines du soupçon. Les gens tireront par eux-mêmes les conclusions qui s'imposent.

— Je blâmerai l'hérésie en général, les adorateurs de Satan, et toutes les pratiques impures. »

Sur ces entrefaites, Pétronille fit son entrée. Les années avaient courbé sa haute taille et elle se déplaçait à présent à l'aide de deux cannes. Mais sa tête, bien qu'un peu penchée, se dressait encore avec assurance sur ses épaules décharnées.

« Comment s'est passée la réunion ? » voulut-elle savoir. C'était elle qui avait incité Godwyn à attaquer Caris et qui avait ensuite approuvé le plan imaginé par Philémon.

« Élisabeth agira comme nous le souhaitons, lui apprit Godwyn avec plaisir.

— Bien. Maintenant, je voudrais te parler de tout autre chose. Nous n'aurons plus besoin de toi, Philémon », ajouta-t-elle en se tournant vers le moine.

Mortifié, celui-ci pinça les lèvres. Volontiers coupant avec autrui, il ne supportait pas de se voir traité de même. Il réagissait comme un enfant réprimandé. Toutefois, il se reprit rapidement et feignit d'être amusé par le dédain de Pétronille. « Mais naturellement, ma dame ! » dit-il en déployant une déférence exagérée.

Godwyn le pria de se charger de l'office.

Quand il fut parti, Pétronille prit place à la grande table. « C'est moi qui ai insisté pour que tu développes les talents de ce jeune homme, je le sais. Néanmoins, je dois admettre qu'aujourd'hui il me donne le frisson.

— Il m'est plus utile que jamais.

— On ne peut jamais faire confiance à un homme sans pitié. S'il trahit les autres, il peut te trahir aussi.

— Je m'en souviendrai », dit Godwyn. Mais il garda pour lui le fait qu'il était à présent si lié à Philémon qu'il n'imaginait même plus pouvoir agir sans lui. Pour changer de sujet, il proposa un bol de vin à sa mère.

Elle secoua la tête. « Je ne suis déjà plus très stable sur mes jambes. Assieds-toi, et écoute-moi.

— Très bien, mère. » Il prit place à côté d'elle à la table.

« Je veux que tu quittes Kingsbridge avant que l'épidémie n'empire.

— Cela m'est impossible. Mais vous devez partir, vous !

— Mon sort ne doit pas entrer en considération, je n'en ai plus pour longtemps. »

À l'idée que sa mère puisse disparaître, la panique submergea Godwyn. « Ne dites pas ça !

— Ne sois pas bête ! J'ai déjà cinquante-cinq ans. Regarde-moi, je ne peux même plus me redresser. Ma vie s'achève. Toi, tu n'as que quarante-deux ans et un brillant avenir devant toi ! Tu pourrais être évêque, archevêque, cardinal même... »

Comme toujours, l'ambition inextinguible de sa mère lui donna le vertige. Était-il vraiment capable de devenir cardinal ? Sa mère n'était-elle pas tout simplement aveugle ? Il n'aurait su le dire.

« Je ne veux pas que la peste t'empêche d'accomplir ton destin.

— Vous n'allez pas mourir, mère ?

— Cesse de me placer au centre du monde ! jeta-t-elle avec colère.

— Je ne peux pas m'enfuir sans m'être assuré que Caris ne sera pas élue prieure.

— Dans ce cas, débrouille-toi pour que l'élection ne tarde pas. Si tu n'y parviens pas, remets-la entre les mains de Dieu et quitte la ville. »

La crainte de voir Caris élue épouvantait Godwyn autant que la peste. « Je risque de tout perdre !

— Et moi, de te perdre ! dit-elle d'une voix radoucie. Je ne le supporterai pas. Tu es mon seul enfant ! »

900

Son brusque changement de ton le força au silence. Elle poursuivit : « Je t'en conjure, pars d'ici ! Cache-toi dans un lieu où la peste ne t'atteindra pas. »

Bouleversé d'entendre sa mère le supplier, chose qu'elle ne faisait jamais en quelque situation que ce soit, il répondit, pour l'obliger à se taire : « Je vais y réfléchir.

— Cette peste, c'est comme le loup dans la forêt. Quand tu l'aperçois, tu prends tes jambes à ton cou sans poser de questions ! »

*

Godwyn délivra son sermon le dimanche qui précéda Noël.

Il faisait un froid sec ; de hauts nuages pâles tapissaient la voûte du ciel. La tour centrale de la cathédrale disparaissait derrière des échafaudages de bois et de cordes. Elfric la démolissait en partant du sommet. Sur l'esplanade du marché, de rares clients préoccupés passaient sans s'attarder devant les étals des commerçants frigorifiés. Les affaires n'étaient pas mirobolantes. Plus loin, dans le cimetière, on comptait déjà plus de cent tombes nouvelles, reconnaissables aux taches sombres qui émaillaient la pelouse.

La cathédrale était bondée. Sous l'effet de la chaleur produite par une si nombreuse assemblée, les traces de gel que Godwyn avait remarquées sur les murs pendant l'office de prime s'étaient dissoutes bien avant le début de la messe. Blottis dans leurs manteaux et leurs houppelandes couleur de terre, les fidèles ressemblaient à du bétail dans un enclos. C'était la peur qui les réunissait dans ce lieu. Aux milliers de citadins s'étaient joints quelques centaines de paysans venus de leur campagne rechercher aussi la protection divine face à une maladie qui frappait déjà une famille dans chaque rue de la ville et dans chaque hameau. Godwyn, saisi d'une compassion inhabituelle, priait ces derniers temps avec plus de ferveur.

En temps ordinaire, seules les personnes placées aux premiers rangs suivaient l'office avec solennité. Ceux qui étaient derrière bavardaient avec leurs amis et leurs voisins, tandis que les jeunes s'amusaient tout au fond. Aujourd'hui, la nef était silencieuse. Toutes les têtes étaient tournées vers les moines et les religieuses. L'assemblée observait le rite avec une rare attention et prononçait scrupuleusement les répons, si grande était son espérance en la toute-puissance du Seigneur. Godwyn étudiait les visages. La majorité d'entre eux exprimaient l'effroi. Comme lui-même, chacun se demandait qui serait le prochain à éternuer, à saigner du nez, à être couvert de taches violacées.

Au premier rang, il reconnut le comte William et dame Philippa, ainsi que leurs deux grands fils, Roland et Richard, et leur fille Odila, beaucoup plus jeune, puisqu'elle n'avait que quatorze ans. William dirigeait le comté de la même manière que son père Roland, avec ordre et justice, parfois aussi avec une cruelle sévérité. Son inquiétude était visible : cette éruption de peste dans son comté était un événement auquel il ne pouvait commander, aussi intransigeant se montre-t-il. Philippa entourait l'épaule de sa fille d'un bras protecteur.

À côté d'eux se tenait Ralph, le seigneur de Tench. Il n'avait jamais su cacher ses sentiments et sa terreur était manifeste. Sa femme-enfant portait dans ses bras un bébé qu'il avait lui-même baptisé récemment du nom de Gérald, en l'honneur de son grand-père. À côté d'elle se tenait la grand-mère, dame Maud.

Passant à la rangée suivante, Godwyn aperçut Merthin, le frère de Ralph. En apprenant son retour de Florence, il avait espéré que Caris romprait ses vœux et quitterait le couvent, estimant que sa cousine lui créerait moins d'ennuis en se mariant qu'en demeurant cloîtrée. Hélas, cela ne s'était pas produit. Merthin tenait la main de sa petite fille italienne. Venait ensuite Bessie la Cloche, dont le père, Paul, avait succombé à la peste la veille.

À quelques pas de là était regroupée la famille d'Elfric : sa fille Griselda, que Merthin avait refusé d'épouser, accompagnée de son fils âgé maintenant de dix ans qu'elle s'était obstinée à prénommer Merthin et, enfin, Harold Masson, l'homme qu'elle avait épousé quand elle avait fini par admettre que le Merthin adulte ne la prendrait jamais pour femme. À côté d'elle se tenait son père, flanqué de sa seconde épouse, Alice, sœur de Caris et donc sa cousine. Elfric ne cessait de lever les yeux vers le plafond provisoire qu'il avait installé au-dessus de la croisée du transept, le temps de démolir la tour, admirant son ouvrage ou peut-être s'inquiétant d'éventuelles conséquences.

L'évêque de Shiring, Henri de Mons, brillait par son absence. En général, c'était lui qui prononçait les homélies pendant l'Avent. Mais il n'était pas venu. Tant de prêtres étaient décédés qu'il passait son temps à visiter les paroisses pour leur trouver des remplaçants. On parlait déjà de simplifier les conditions d'admission au grand séminaire et d'ordonner prêtres des hommes qui n'avaient pas vingt-cinq ans ou qui étaient issus d'unions illégitimes.

Godwyn fit un pas en avant pour prononcer son sermon. La tâche était délicate. Il devait à la fois éveiller la peur des fidèles et exciter leur haine envers la personne qu'ils aimaient entre toutes à Kingsbridge. Et il devait le faire sans mentionner son nom. Sans même laisser croire qu'il lui était hostile. Lorsque les fidèles retourneraient leur fureur contre elle, ils devraient être convaincus d'agir par eux-mêmes, et en aucun cas se sentir l'objet d'une manipulation.

Les offices religieux ne s'accompagnaient pas toujours d'un sermon. Les homélies étaient réservées aux cérémonies solennelles auxquelles assistait une foule imposante. Et même en ces occasions, Godwyn se contentait souvent de proclamer les annonces requises, c'est-à-dire les messages émanant de l'archevêque ou du roi et concernant des événements de portée nationale : une victoire militaire, un nouvel impôt, une naissance ou un décès au sein de la famille royale. Aujourd'hui, la situation était particulière.

« Qu'est-ce que la maladie ? » lança-t-il dans un silence remarquable qui s'amplifia jusqu'à devenir absolu : cette question était celle que tout le monde avait à l'esprit.

« Pourquoi Dieu nous envoie-t-il des maladies et des fléaux qui nous tourmentent et nous tuent ? »

Surprenant le regard de sa mère, debout derrière Elfric et Alice, il se rappela brutalement sa phrase sur sa mort prochaine et fut soudain paralysé de terreur. L'assemblée se mit à se balancer d'un pied sur l'autre, attendant la suite du sermon. La panique s'empara de lui, une panique qui ne fit que le paralyser davantage. Aucun son ne sortait de ses lèvres !

Ce moment passé, il reprit : « La maladie est la punition que Dieu nous inflige pour nos péchés ! »

Au fil des années, il avait mis au point une façon bien à lui de délivrer ses prêches. Il ne hurlait pas, comme frère Murdo ; il s'exprimait sur le ton de la conversation, ce qui le faisait passer pour un homme raisonnable plutôt que pour un démagogue. En l'occurrence, il craignait que cette méthode ne soit pas la plus efficace pour engendrer la haine, mais Philémon l'avait persuadé que, au contraire, elle rendrait son propos plus convaincant.

« La peste étant une maladie très particulière, nous pouvons en déduire que Dieu nous inflige un châtiment tout à fait particulier. »

Un bruit entre murmure et gémissement accueillit ses paroles. C'était exactement la réaction qu'il avait espérée. Il en fut ragaillardi.

« Nous devons donc nous demander quels péchés nous avons commis pour mériter pareille punition. »

Tout en prononçant ces mots, il reconnut Madge la Tisserande, seule dans la foule. La dernière fois qu'elle était venue à l'église, elle avait un mari et quatre enfants. Il fut tenté de dire qu'elle s'était enrichie grâce à l'utilisation de colorants inventés par sorcellerie, mais il se ravisa. Madge était trop aimée et respectée.

« Je vous le dis : Dieu nous punit tous pour hérésie. Il y a des gens de par le monde – et même dans notre ville, dans notre grande cathédrale aujourd'hui – qui remettent en question l'autorité de la sainte Église de Dieu et de son clergé. Ils doutent que le pain se transforme réellement en corps du Christ ; ils nient l'efficacité des messes pour les âmes des morts et prétendent que c'est de l'idolâtrie que de prier devant les statues des saints. » Ces hérésies étaient celles qui passionnaient les étudiants en théologie d'Oxford, mais à Kingsbridge, rares étaient ceux qui s'intéressaient à ce genre de débat. Voyant ennui et déception se peindre sur les traits des fidèles, Godwyn fut à nouveau pris de panique. En désespoir de cause, il assena : « Il y a des gens dans notre ville qui s'adonnent à la sorcellerie ! »

Cette déclaration lui valut l'attention générale. Un halètement s'échappa de toutes les poitrines.

« Nous devons demeurer vigilants et contrer toute manifestation de fausse religion, reprit-il. Rappelez-vous que Dieu seul peut soigner la maladie. Prière, confession, remords et communion, voilà les remèdes que les chrétiens reconnaissent. Tout le reste est blasphème ! » conclut-il d'une voix forte.

Mais avait-il été bien clair ? Peut-être convenait-il d'enfoncer le clou.

« Car si Dieu nous envoie une punition et que nous essayons d'y échapper, cela ne revient-il pas à défier Sa volonté ? Nous pouvons prier et Le supplier de nous pardonner. Peut-être, dans Sa sagesse, Dieu décidera-t-Il de nous guérir de notre maladie. Mais les soins hérétiques ne feront qu'aggraver les choses. » L'assistance était conquise. Godwyn s'échauffa : « Je vous préviens : les incantations magiques, le recours aux guérisseurs, les litanies non approuvées par notre mère l'Église, et notamment les pratiques païennes : tout cela relève de la sorcellerie et est interdit par la sainte Église de Dieu. »

En fait, les personnes à qui s'adressait ce discours étaient les vingt-deux religieuses debout derrière lui dans le chœur de l'église. À ce jour, seules quelques-unes avaient exprimé leur opposition à Caris en refusant de porter le masque. Au train où allaient les choses, celle-ci allait remporter l'élection sans difficulté, la semaine prochaine. Pour l'éviter, Godwyn devait faire passer aux religieuses un message qui laisse entendre clairement que les méthodes de Caris étaient en réalité hérétiques.

« Quiconque se rend coupable de tels agissements… »

Il s'interrompit, tendu vers l'assemblée des fidèles, les yeux rivés sur elle.

« En ville… ou au prieuré…, précisa-t-il, tourné maintenant vers les stalles du chœur qu'occupaient moines et religieuses. Quiconque s'adonne à de tels agissements, répéta-t-il, en reportant les yeux sur ses ouailles, doit être absolument tenu à l'écart. »

Il prolongea sa pause, soucieux de ménager son effet : « Puisse Dieu avoir pitié de son âme ! »

61.

Paul la Cloche fut enterré trois jours avant Noël. Tous ceux qui se réunirent devant la terre gelée de sa tombe, en cette froide journée de décembre, furent conviés par Bessie à venir à l'auberge boire à sa mémoire. Elle ne voulait pas le pleurer seule. Désormais patronne des lieux, elle fit couler à flots la meilleure bière de sa taverne. Et les mélopées que Lennie le Violoneux tirait de son instrument à cinq cordes arrachaient aux invités des larmes de plus en plus bruyantes à mesure qu'ils s'enivraient.

Merthin était assis dans un coin de la salle avec Lolla. La veille, au marché, il avait acheté à un prix exorbitant une friandise délicieuse, des raisins de Corinthe, qu'il partageait maintenant avec sa fille tout en lui enseignant les bases du calcul. Il compta d'abord neuf grains pour lui-même, puis en compta pour Lolla en sautant un chiffre sur deux. « Un, trois, cinq, sept, neuf.

— Non, c'est pas ça ! » Elle riait, sachant qu'il la taquinait.

« Mais j'en ai compté neuf pour toi aussi !

— Tu en as plus que moi !

— Ça alors ! Comment cela se fait-il ? Je me le demande !

— C'est parce que tu ne les as pas bien comptés, bébête !

— Alors tu devrais les compter toi-même. Tu le ferais peut-être mieux que moi ! »

Bessie vint s'asseoir à leurs côtés. Elle portait sa robe des dimanches qui la boudinait un peu. « Je peux avoir des raisins, moi aussi ?

— Oui, mais ne laisse pas papa les compter pour toi !

— Oh, ne t'en fais pas ! Je sais qu'il est roué, le mâtin.

— Tiens, voilà pour toi ! dit Merthin à Bessie. Un, trois, neuf, treize ! Mais treize, c'est beaucoup trop ! Il faut que j'en enlève… Douze, onze, dix, compta-t-il tout en retirant trois grains. Voilà, maintenant tu as tes dix grains.

— Mais non, elle n'en a qu'un ! s'exclama Lolla, qui trouvait le jeu follement drôle.

— Tu crois que j'aurais encore mal compté ?

— Oh, c'est sûr. On peut te faire confiance ! N'est-ce pas, Bessie ? On sait qu'il est roué, le mâtin !

— Alors, compte-les toi-même ! »

La porte de l'auberge s'ouvrit. Un souffle d'air glacé précéda l'entrée d'une Caris emmitouflée dans une épaisse houppelande. Merthin sourit. Chacune de leurs rencontres était pour lui l'heureuse occasion de constater qu'elle était toujours en vie.

« Bonjour, ma sœur ! l'accueillit Bessie. Tu es bien bonne de te souvenir de mon père. » Son regard méfiant tempérait l'amabilité de son propos.

« Sa disparition m'afflige, c'était un homme de cœur », répondit Caris.

En les écoutant échanger des phrases aussi convenues, Merthin découvrit à son étonnement que ces deux femmes s'estimaient rivales et il se demanda ce qu'il avait fait pour susciter un tel intérêt.

« Merci, disait Bessie. Je t'offre une bière ?

— Non, merci, c'est gentil, je voudrais parler à Merthin. »

Bessie se tourna vers Lolla : « Tu viens ? On va faire griller des noix sur le feu.

— Oh oui ! s'exclama la petite fille et elle lui emboîta le pas.

— Elles ont l'air de bien s'entendre », fit remarquer Caris.

Merthin acquiesça. « Bessie a bon cœur et pas d'enfant.

— Moi non plus, je n'ai pas d'enfant, dit Caris avec tristesse. Mais peut-être n'ai-je pas bon cœur non plus. »

Merthin posa la main sur la sienne. « Oh si, tu as bon cœur ! Je le sais, moi. Un cœur si bon que tu ne t'occupes pas d'un enfant ou de deux, mais de douzaines de personnes !

— C'est gentil à toi de le penser.

— C'est la vérité pure et simple. Comment ça va, à l'hospice ?

— C'est devenu insupportable. On croule sous le nombre de mourants et l'on ne peut rien faire, sinon les enterrer. »

Merthin éprouva un élan de compassion pour Caris, d'habitude si capable, si sûre d'elle. Mais la fatigue se faisait sentir. Elle l'admettait en face de lui, ce qu'elle n'aurait jamais fait devant quiconque. Il lui dit : « Tu as l'air épuisée.

— Je le suis, Dieu m'en est témoin !

— J'imagine que tu t'inquiètes aussi à propos de l'élection de votre prochaine prieure.

— C'est à ce sujet que je suis venue te voir. Pour te demander de l'aide. »

Merthin hésita à répondre, tiraillé par des sentiments contradictoires. D'un côté, il avait envie de la voir réaliser ses ambitions ; d'un autre, il ne le souhaitait pas car, devenue prieure, elle ne serait jamais sa femme. Au fond de lui, il caressait l'espoir de la voir perdre l'élection et rompre ses vœux, et il se morigénait d'être aussi égoïste. Oui, il l'aiderait quoi qu'il arrive, parce qu'il l'aimait tout simplement. « Je t'écoute, dit-il.

— Le sermon de Godwyn hier m'a causé grand tort.

— Combien de temps cette ridicule accusation de sorcellerie te collera-t-elle encore à la peau !

— Que veux-tu, les gens sont bêtes ! En tout cas, le sermon de Godwyn a produit son effet sur la congrégation.

— C'était le but recherché.

— Sans aucun doute. Jusqu'à hier, peu de sœurs croyaient Élisabeth quand elle disait que mes masques étaient une invention païenne. Seules ses proches amies refusaient d'en porter : Cressie, Élaine, Jeannie, Rosie et Simone. Mais depuis que Godwyn l'a affirmé dans son homélie, tout a changé. Les sœurs les plus impressionnables refusent maintenant de porter un masque. D'autres préfèrent ne plus venir à l'hospice pour ne pas avoir à choisir. Nous ne sommes plus qu'une poignée à continuer de le porter : quatre sœurs qui me sont proches et moi-même.

— C'est bien ce que je craignais.

— Maintenant que mère Cécilia, Mair et la vieille Julie ne sont plus, nous ne sommes plus que trente-deux à pouvoir participer au vote. Pour remporter l'élection, il suffit donc d'obtenir dix-sept voix. Au début, Élisabeth n'en avait que cinq d'assurées. Ce sermon lui en a fourni onze de plus. En comptant sa voix, elle a les dix-sept requises, alors que je n'en ai que cinq. Et même si toutes les religieuses qui hésitent encore votaient pour moi, je n'aurais pas la majorité. »

Merthin comprenait sa colère et la partageait. Ce devait être affreux de se voir rejeté quand on avait accompli tant de choses pour le bien de la communauté. « Que puis-je faire ?

— Mon dernier espoir est l'évêque. S'il annonce qu'il ne ratifiera pas l'élection d'Élisabeth, elle pourrait perdre plusieurs voix, et alors j'aurais une chance.

— Comment comptes-tu l'influencer ?

— Personnellement, je n'ai aucun moyen d'action. Mais tu en as, toi, ou la guilde de la paroisse.

— Oui, je suppose.

— Elle se réunit ce soir. Tu te rendras à cette réunion, je présume ?

— Oui.

— Godwyn tient déjà la ville dans son étau. Il est proche d'Élisabeth et s'est toujours arrangé pour favoriser sa famille qui loue des terres au prieuré. Si elle est élue prieure, elle se montrera aussi complaisante qu'Elfric à son égard, et il n'aura alors plus aucune opposition à l'intérieur ou à l'extérieur du prieuré. Ce sera la mort de Kingsbridge.

— Je vois. Je ne sais pas si la guilde acceptera d'intervenir auprès de l'évêque. »

À ces mots, Caris parut soudain très découragée. « Essaye au moins. S'ils refusent, tant pis. »

Son désespoir émut Merthin. « Je vais essayer, bien sûr, répondit-il. Je regrette de ne pas pouvoir faire preuve d'un plus grand optimisme.

— Merci, conclut-elle en se levant. Je comprends que ce ne soit pas facile pour toi. Je te remercie d'être un véritable ami. »

Il esquissa un sourire. Il ne se souciait pas d'être un ami, c'était un mari qu'il voulait être, mais il faisait contre mauvaise fortune bon cœur.

Elle sortit dans le froid.

Merthin rejoignit Bessie et Lolla auprès de l'âtre et picora quelques noix grillées d'un air soucieux. Godwyn avait sur la ville une influence néfaste et, pourtant, son pouvoir ne cessait de croître. Comment expliquer cela ? Par une ambition dénuée de scrupules ? Il est vrai que c'était là un alliage puissant.

Quand le soir tomba, il coucha Lolla et engagea la fille d'un voisin pour venir la garder. Bessie confia l'auberge à Sairy, sa serveuse, et partit avec Merthin pour la réunion de la guilde. Enveloppés dans leurs épais manteaux, ils remontèrent la grand-rue jusqu'à la halle.

Un tonneau de bière avait été installé au fond de la longue salle, à l'intention des membres. En cette période de Noël, la population semblait s'adonner aux réjouissances d'une façon quelque peu débridée, pensa Merthin. Ils avaient beaucoup bu à la soirée de commémoration et plusieurs de ceux qui avaient suivi Merthin de l'auberge à la guilde remplissaient à nouveau leur gobelet comme s'ils n'avaient pas bu de bière depuis plus d'une semaine. Boire les aidait peut-être à chasser la peste de leurs pensées.

Outre Bessie, trois nouveaux membres venaient d'être admis à la guilde : les fils aînés de marchands prospères décédés récemment. En tant que suzerain de la ville, Godwyn avait tout lieu de se réjouir. L'épidémie, par le truchement des taxes sur les héritages, allait faire grimper ses revenus.

Les affaires de routine expédiées, Merthin demanda la parole pour évoquer l'élection de la nouvelle prieure.

« Le sujet ne nous concerne pas, déclara immédiatement Elfric.

— Au contraire, le résultat de cette élection affectera le commerce de notre ville pendant des années, pour ne pas dire des décennies, répliqua Merthin. Le couvent étant l'une des entités les plus riches et les plus puissantes de Kingsbridge, nous devons faire ce qui est en notre pouvoir pour qu'il soit dirigé par une prieure favorable au développement du commerce.

— Que pouvons-nous faire ? Nous n'avons pas voix au chapitre.

— Nous avons de l'influence. Nous pouvons envoyer une pétition à l'évêque.

— Ça ne s'est jamais fait.

— Ce n'est pas une raison.

— On connaît le nom des candidates ? intervint Bill Watkin.

— Excusez-moi, je pensais que tout le monde était au courant, répondit Merthin. Il s'agit de sœur Caris et de sœur Élisabeth. Je considère que nous devrions soutenir sœur Caris.

— Ben voyons, ricana Elfric. Inutile de nous expliquer pourquoi ! »

Une cascade de rires s'ensuivit, la ville entière connaissant les amours de Merthin et de Caris, qui duraient depuis si longtemps.

Merthin sourit. « Rigolez autant que vous le voulez, ça ne me dérange pas. Gardez seulement à l'esprit que Caris a grandi dans le commerce de la laine. Elle connaît les problèmes et les difficultés auxquels sont confrontés les marchands, alors que sa rivale, en tant que fille d'évêque, sera plus encline à adhérer aux idées de Godwyn. »

Elfric était cramoisi. Probablement en raison de la quantité de bière qu'il avait ingurgitée, mais il y avait autre chose : en fait, la rage l'étouffait.

« Pourquoi me détestes-tu autant ? » lança le prévôt de but en blanc.

Merthin le regarda d'un air surpris. « Moi, vous détester ? J'ai toujours cru que c'était l'inverse.

— Tu as séduit ma fille, puis tu as refusé de l'épouser. Tu as tout fait pour m'empêcher de construire le pont. Quand tu es parti, j'ai cru qu'on serait enfin débarrassé de toi, mais tu es revenu pour m'humilier encore à propos des fissures. Tu as essayé de m'éliminer à la tête de la guilde et de me remplacer par ton ami Marc et tu as même suggéré que les fissures de la cathédrale seraient de ma faute, alors que je n'étais même pas né à l'époque de sa construction. Je te le redemande : quelle raison te pousse à me haïr ainsi ? »

Merthin en resta coi. Elfric ne se rendait-il pas compte de ce qu'il lui avait fait subir ? Mais à quoi bon en débattre devant la guilde ? Ils auraient l'air de deux gamins. « Je ne vous hais pas, Elfric. Pourtant, j'aurais toutes les raisons de le faire : vous avez été cruel envers moi lorsque j'étais votre apprenti, vous êtes négligent dans votre métier et vous usez de flagornerie vis-à-vis de Godwyn !

— C'est à cela que vous vous occupez pendant les réunions de la guilde ? À vous chipoter bêtement ? » intervint l'un des nouveaux membres, un certain Joseph le Forgeron.

Merthin se sentit d'autant plus attaqué que ce n'était pas lui qui avait fait dévier la conversation sur le terrain personnel. Malheureusement, s'il le faisait remarquer, d'aucuns penseraient qu'il cherchait seulement à poursuivre cette discussion stupide. Il garda donc un silence prudent, constatant dans son for intérieur combien Elfric était rusé.

« Joe a raison, dit Bill Watkin. Nous ne sommes pas venus pour entendre Elfric et Merthin se disputer. »

Ce dernier n'apprécia pas de se voir placé sur le même rang qu'Elfric, et par Bill Watkin de surcroît. Depuis la dispute sur les fissures du pont, il s'était acquis une certaine popularité. Désormais les membres de la guilde se méfiaient un peu d'Elfric. Il ne faisait aucun doute que Marc aurait été élu prévôt s'il n'était pas mort de la peste. Cette épidémie changeait toute la donne.

« Pouvons-nous revenir au sujet qui nous intéresse ? proposa Merthin. À savoir la pétition pour que l'évêque soutienne la candidature de Caris au poste de prieure.

— Je suis contre, déclara Elfric. Le prieur Godwyn appuie la candidature d'Élisabeth. »

Une voix nouvelle s'éleva, celle de Marcel la Chandelle : « Je soutiens Elfric. Nous ne voulons pas de dispute avec le père Godwyn. » Merthin ne fut pas surpris de sa réaction. Fabricant de cierges, Marcel avait pour plus gros client le prieuré.

En revanche, il resta pantois de voir l'orateur suivant s'y rallier, car c'était Jimmie, son ancien apprenti. « Je ne pense pas que nous devions soutenir quelqu'un accusé d'hérésie ! » Le jeune bâtisseur ponctua sa déclaration de deux crachats par terre, l'un à droite, l'autre à gauche, avant de se signer. Merthin le savait superstitieux, certes, mais pas au point de le trahir, lui, son mentor.

Il ne se trouva que Bessie pour défendre Caris. « C'est une accusation grotesque, affirma-t-elle énergiquement.

— Rien ne l'a démentie », insista Jimmie.

Merthin le regarda fixement. « Qu'est-ce qui te prend, Jimmie ? »

Son ancien apprenti fuyait son regard. « Je ne veux pas mourir de la peste. Vous avez entendu le sermon comme moi : il faut se tenir à l'écart de toute personne usant de remèdes païens. Ce n'est pas fuir sœur Caris que de demander à l'évêque de la nommer prieure ! »

Les murmures de la salle apprirent à Merthin que l'assistance lui apportait son soutien. Le vent de l'opinion avait tourné. Les autres membres de la guilde n'étaient pas nécessairement aussi bornés que le jeune bâtisseur, mais ils partageaient son effroi. La peste ébranlait jusqu'aux personnes les moins naïves, se dit Merthin. Le sermon de Godwyn avait eu un retentissement bien plus fort qu'il ne l'avait imaginé. Il était sur le point de tout abandonner, quand la vision du visage épuisé et découragé de Caris s'imposa à ses yeux. Il tenta une dernière fois : « J'ai déjà connu la peste à Florence. Sachez bien que les moines et les prêtres n'en sauveront personne ! Et vous, vous aurez offert la ville sur un plateau à Godwyn, sans rien gagner au change !

— C'est quasiment un blasphème », décréta Jimmie.

Merthin regarda autour de lui, impuissant. L'assemblée hochait la tête, trop effrayée pour retrouver la raison.

Il fut décidé que la guilde n'interviendrait pas dans l'élection de la prieure. La réunion prit fin peu après dans la mauvaise humeur générale. Les participants prirent des tisons brûlants dans l'âtre pour s'éclairer au retour.

L'heure était trop tardive pour aller rendre compte de la situation à Caris, jugea Merthin. Moines et religieuses se couchaient à la tombée de la nuit pour se lever aux premières lueurs de l'aube. Mais il eut la surprise de reconnaître la silhouette postée devant la halle de la guilde. La lumière de sa torche lui révéla son visage tourmenté. « Alors ? demanda-t-elle anxieusement.

— Raté, soupira-t-il, j'en suis navré. »

La lueur vacillante faisait ressortir son expression pathétique. « Qu'est-ce qu'ils ont dit ?

— Ils ne veulent pas intervenir. Ils ont cru au sermon.

— Les crétins ! »

Ils descendirent la grand-rue d'un même pas. Arrivé devant le portail du prieuré, Merthin ajouta : « Quitte le couvent, Caris ! Je ne dis pas ça pour moi, mais pour toi. Sous les ordres d'Élisabeth, tu ne pourras pas agir comme tu l'entends. Elle te déteste ; elle te mettra des bâtons dans les roues à la moindre occasion.

— Elle n'a pas encore gagné !

— Mais elle gagnera, tu l'as dit toi-même. Romps tes vœux et épouse-moi.

— Le mariage aussi est un vœu. Si je renonce à celui que j'ai prononcé devant Dieu, comment pourras-tu avoir confiance en ma parole ? »

Il sourit. « Je prends ce risque !

— Laisse-moi y réfléchir encore.

— Ça fait des mois que tu y réfléchis, objecta Merthin avec amertume. Si tu ne pars pas maintenant, tu ne partiras jamais.

— Partir maintenant, c'est impossible. Les gens ont plus que jamais besoin de moi. »

Il commença à s'énerver. « Je ne passerai pas ma vie à te le demander.

— Je sais.

— En fait, après ce soir, je ne te le demanderai plus. »

Elle se mit à pleurer. « Comment veux-tu que j'abandonne l'hospice en cette période tragique ?

— L'hospice !

— Et les gens de la ville.

— Tu penses un peu à toi, parfois ? » À la lumière de sa flamme, Merthin voyait ses larmes étinceler.

« Ils ont tant besoin de moi.

— Personne ne te sait gré de rien. Pas plus les religieuses que les moines ou les habitants de la ville. Et je sais de quoi je parle, tu peux me croire !

— Ça m'est égal. »

Il s'inclina devant son choix, essayant de refouler la colère égoïste qui l'inondait. « Si tu estimes que tel est ton devoir…

— Je te remercie d'être aussi compréhensif.

— Je préférerais ne pas avoir à l'être.

— Moi aussi.

— Tiens, prends cette torche.

— Merci. »

Elle s'empara du bout de bois enflammé et s'éloigna de son pas déterminé et assuré, mais la tête baissée. Il la regarda franchir la grille en se demandant si c'était la fin de leur amour, si tout était fini entre eux. Elle disparut à sa vue.

Les interstices des volets et de la porte de l'auberge de La Cloche laissaient filtrer une joyeuse lumière. Il entra dans la grande salle.

Les derniers clients s'échangeaient des au revoir enivrés ; Sairy ramassait les gobelets et nettoyait les tables. Merthin monta voir Lolla, qui dormait profondément. Il paya la somme promise à la fille qui l'avait gardée et songea à se coucher, lui aussi. Il ne dormirait pas, il le savait déjà. Il était trop bouleversé. Pourquoi avait-il justement perdu patience ce soir, et non pas un autre jour, lui qui savait si bien se maîtriser ? D'où avait surgi sa colère ? Il se calma très vite en comprenant qu'elle venait de sa peur que Caris ne soit emportée par la peste.

Assis sur un banc dans la salle de l'auberge, il retira ses bottes et resta à fixer le feu. Pourquoi le sort lui refusait-il la seule chose qu'il désirait dans la vie ?

Bessie entra et suspendit son manteau à une patère. Sairy partit, elle ferma la porte à clef et prit place en face de Merthin dans la grande chaise de son père. « Les choses n'ont pas tourné comme tu l'espérais à la guilde, dit-elle. Je ne sais pas bien qui a tort ou qui a raison, mais je sais que tu es déçu, et je compatis.

— Merci quand même de m'avoir soutenu.

— Je te soutiendrai toujours.

— Je devrais peut-être cesser de défendre systématiquement les causes de Caris.

— Je suis d'accord, mais ça te rend triste, je le vois bien.

— Triste et furieux. J'ai l'impression d'avoir perdu la moitié de ma vie à l'attendre.

— L'amour n'est jamais du temps perdu. »

Il la regarda, surpris, et déclara au bout d'un moment : « Tu es quelqu'un d'avisé.

— Nous sommes tous les deux seuls dans la maison, à part Lolla. Tous les clients de Noël sont partis. » Elle se leva et vint s'agenouiller devant lui. « Je voudrais t'apporter mon réconfort, si c'est possible. »

Il regarda son visage rond et chaleureux et sentit ses résolutions mollir. Il y avait si longtemps qu'il n'avait tenu entre ses bras le doux corps d'une femme. Néanmoins, il secoua la tête. « Je ne veux pas me servir de toi ! »

Elle sourit. « Je ne te demande pas de m'épouser ; je ne te demande même pas de m'aimer. Il se trouve seulement que je viens d'enterrer mon père et toi, de subir une déception. Nous avons l'un comme l'autre besoin de nous raccrocher à la chaleur d'un être.

— Pour atténuer la douleur, comme on boit un verre de vin ? »

Elle saisit ses mains et posa un baiser au creux de ses paumes, avant de les appliquer sur sa poitrine. « C'est mieux que le vin ! »

Ses seins, fermes et doux, arrachèrent un soupir à Merthin. Elle releva la tête, il se pencha et effleura ses lèvres. Elle murmura de plaisir. Le baiser était aussi délicieux qu'une boisson fraîche par une chaude journée. Pourquoi l'interrompre ?

Elle finit par se détacher, pantelante, pour faire passer sa robe par-dessus sa tête. Dans la lumière du feu, son corps n'était que rondeurs rosées. Rondes les hanches sur lesquelles il posa les mains pour l'attirer vers lui, rond son ventre qu'il baisa sans quitter son siège, et ronds aussi les tétons roses de ses seins.

Levant les yeux vers son visage empourpré, il proposa dans un murmure : « Tu veux monter à l'étage ?

— Non, répondit-elle hors d'haleine, je ne peux plus attendre. »

62.

L'élection de la prieure devait se dérouler le lendemain de Noël. Au matin de ce jour-là, Caris se sentit si déprimée qu'elle put à peine sortir de son lit. Quand les cloches sonnèrent matines, elle faillit rabattre sa couverture sur sa tête et se faire porter malade. Mais comment se prétendre mal en point quand tant de personnes étaient aux portes de la mort ? Elle se força donc à se lever pour conduire le cortège des religieuses jusqu'à la cathédrale.

Marchant de front avec Élisabeth, elle traînait des pieds sur les dalles glacées du cloître. Marcher de front, tel était la procédure retenue puisque ni l'une ni l'autre ne voulait céder la préséance à sa rivale, et il en irait ainsi jusqu'à ce que la situation soit clarifiée. Mais Caris ne se souciait plus du résultat du vote. Il était d'ores et déjà connu : Élisabeth serait élue prieure. Bâillant et tremblant de froid dans le chœur, Caris passa tout le temps dévolu à la récitation des Psaumes et aux lectures à ressasser sa colère – colère à l'égard des religieuses qui l'avaient rejetée, à l'égard de Godwyn qui la haïssait et à l'égard de ces méprisables marchands de la ville qui avaient refusé d'intervenir en sa faveur.

Sa vie était un échec. Elle n'avait pas construit l'hôpital dont elle rêvait et elle ne le ferait jamais.

Sa colère se portait également sur Merthin qui s'obstinait à lui faire une proposition qu'elle ne pouvait accepter. Il ne comprenait rien. Pour lui, le mariage était comme la clef de voûte couronnant sa vie d'architecte ; pour elle, l'épouser signifiait abandonner définitivement le travail auquel elle se dévouait depuis tant d'années. Voilà pourquoi elle continuait d'hésiter. Cela n'avait rien à voir avec ses sentiments personnels, car elle éprouvait pour lui une attirance presque insoutenable.

Elle marmonna les derniers répons et prit machinalement la tête de la colonne au moment de quitter la cathédrale. De retour dans le cloître, elle entendit une sœur éternuer derrière elle. Elle ne se retourna pas pour voir de qui il s'agissait : elle était trop découragée.

Les religieuses grimpèrent l'escalier pour rejoindre le dortoir. À peine entrée dans la salle, Caris perçut un râle essoufflé. Une sœur n'avait pas assisté à matines. Sa chandelle lui révéla Simone, la maîtresse des novices, une religieuse entre deux âges, austère et très consciencieuse, qu'on ne pouvait soupçonner, comme certaines, de se faire porter malade pour éviter cet office si matinal.

Prenant soin de protéger son visage, elle s'agenouilla près du matelas. Simone transpirait abondamment et paraissait effrayée.

« Comment te sens-tu ? demanda Caris.

— Très mal. J'ai fait des rêves étranges. »

Son front était bouillant.

« Je peux avoir quelque chose à boire ?

— Dans un instant.

— J'ai dû attraper froid, je pense.

— Tu as de la fièvre, cela ne fait aucun doute.

— Ce n'est pas la peste, n'est-ce pas ? Ce n'est pas si grave…

— On va t'emmener à l'hospice, ça vaut mieux, répondit Caris en restant volontairement évasive. Tu peux marcher ? »

Simone se leva avec difficulté. Caris attrapa une couverture sur le lit et en enveloppa ses épaules.

Comme elle l'emmenait vers la porte, elle entendit éternuer. C'était sœur Rose, la plantureuse religieuse chargée des biens portés au registre du couvent. Caris scruta ses traits. Elle paraissait terrorisée.

« Sœur Cressie, lança Caris au hasard. Emmène Simone à l'hôpital pendant que j'examine Rose. »

Cressie prit le bras de Simone pour l'aider à descendre l'escalier.

Levant sa bougie, Caris vit que Rose dégoulinait de sueur. Ses épaules et sa poitrine étaient parsemées de petits points rouges, remarqua-t-elle aussi en abaissant l'encolure de sa robe.

« Non ! s'écria Rose. Pitié, Seigneur !

— Ce n'est peut-être rien du tout, mentit Caris.

— Je ne veux pas mourir de la peste ! » gémit Rose, et sa voix se brisa.

Caris lui dit de garder son calme et de la suivre. Et elle lui empoigna fermement le bras.

« Non, ça ira ! jeta Rose en se débattant.

— Essaie de réciter une prière. L'*Ave Maria*, allez ! »

Rose commença à prier. Quelques minutes plus tard, elle ne résistait plus.

Des lampes à mèches et les cierges de l'autel éclairaient faiblement la grande salle de l'hospice. Une forte odeur de transpiration, de vomi et de sang imprégnait l'atmosphère. L'hospice croulait sous le nombre des malades, auxquels il fallait ajouter les familles éplorées. Quelques religieuses s'affairaient auprès des patients restés éveillés pour la plupart malgré l'heure tardive, les aidant à boire ou nettoyant leurs déjections. Certaines seulement continuaient à porter un masque.

Frère Joseph était là, lui aussi. C'était le plus âgé des moines médecins et le plus aimé de tous. Pour l'heure, il administrait les derniers sacrements au patron de la guilde des bijoutiers. Entouré de ses enfants et de ses petits-enfants, Rick l'Argentier chuchotait sa confession et Joseph l'écoutait, la tête penchée vers lui.

Caris aménagea une place pour Rose et l'obligea à s'allonger. Une religieuse lui apporta un gobelet d'eau fraîche. Rose restait calme et se tenait tranquille mais ses yeux furetaient dans toutes les directions. Elle savait ce qui l'attendait, et son effroi était visible. « Frère Joseph va venir te voir dans un instant, lui dit Caris.

— Tu avais raison, sœur Caris, lâcha Rose.

— Dans quel sens ?

— Parmi les amies d'Élisabeth, Simone et moi avons été les premières à refuser de porter le masque, et regarde ce qui nous arrive ! »

Que la mort puisse sanctionner ceux qui ne partageaient pas ses vues n'avait pas effleuré Caris, et elle en était horrifiée. Elle aurait préféré s'être trompée.

Elle alla examiner Simone. Celle-ci était allongée et affichait plus de sérénité que Rose, peut-être en raison de ses quelques années de plus. Néanmoins, la peur se lisait dans son regard et dans la façon dont elle serrait la main de Cressie.

Caris fit remonter ses yeux de leurs mains réunies jusqu'au visage de Cressie. Elle était de celles qui avaient cessé de porter le masque très tôt. Remarquant une traînée sombre au-dessus de sa lèvre, Caris l'essuya du revers de sa manche.

« Qu'est-ce que c'était ? voulut savoir Cressie.

— Du sang », répondit Caris.

*

L'élection eut lieu au réfectoire, une heure avant le repas de midi. Caris et Élisabeth étaient assises côte à côte derrière une table placée à un bout de la pièce. La congrégation occupait des bancs alignés devant elles.

La situation s'était renversée. Frère Joseph, qui avait soigné les victimes de la peste sans jamais porter de masque, avait fini par la contracter à son tour. Simone, Rose et Cressie étaient alitées à l'hospice, toutes trois atteintes de la maladie ; quant à Élaine et Jeannie, les deux autres sœurs qui, dès les tout débuts, avaient refusé de porter le masque, elles présentaient déjà l'une et l'autre les premiers symptômes du mal : Élaine éternuait et Jeannie transpirait à grosses gouttes. Toutefois, elles étaient présentes au réfectoire. Le reste de la communauté s'était résolu à suivre le conseil de Caris. Si porter le masque signifiait qu'on la soutenait, alors Caris pouvait se considérer d'ores et déjà élue.

L'assemblée était tendue et agitée. En sa qualité de doyenne, sœur Beth, l'ancienne trésorière, ouvrit la séance par la lecture d'une prière. Elle avait à peine refermé son livre que plusieurs religieuses tentèrent de prendre la parole en même temps. Dans le brouhaha général, la voix de sœur Margaret s'imposa : « C'est Caris qui avait raison. Celles qui ont suivi les conseils d'Élisabeth sont mourantes, maintenant. » Une bruyante approbation accueillit le constat de l'ancienne cellérière.

« J'aurais préféré avoir tort. J'aurais préféré que Rose, Simone et Cressie soient assises parmi vous et votent contre moi ! » dit

Caris en le pensant très sincèrement. Elle ne supportait plus de voir les gens mourir. Le reste n'était que futilité.

Élisabeth se leva. « Je propose de reporter l'élection. Trois religieuses sont décédées et trois autres sont à l'hospice. Il vaudrait mieux attendre la fin de l'épidémie. »

Caris ne s'était pas attendue à cette manœuvre. Elle avait cru qu'Élisabeth accepterait sa défaite en voyant que personne ne votait pour elle.

Son indifférence disparut d'un seul coup. Toutes les raisons qu'elle avait de vouloir devenir prieure lui revinrent ensemble à l'esprit : améliorer l'hospice, enseigner aux petites filles à lire et à écrire, contribuer à faire de Kingsbridge une ville prospère. Si Élisabeth l'emportait, rien de tout cela ne se réaliserait jamais.

Or les religieuses qui la soutenaient étaient peut-être bien aises de ne pas avoir à choisir aujourd'hui. D'ailleurs la proposition d'Élisabeth remportait déjà l'adhésion de la vieille sœur Beth. « Nous ne saurions procéder à une élection dans l'état de panique qui est le nôtre actuellement. Nous risquerions de regretter notre choix par la suite, une fois la situation apaisée. »

Ce discours était manifestement préparé ; c'était l'œuvre d'Élisabeth, bien évidemment. Cependant, l'argument n'était pas dénué de fondement et Caris sentit croître son inquiétude.

Mais sœur Margaret réagissait déjà, indignée : « Tu dis cela, Beth, parce que tu sais qu'Élisabeth va perdre. »

Caris se garda d'ajouter un mot, de crainte de se voir opposer la même critique.

Sœur Naomi, qui ne s'était engagée ni d'un côté ni de l'autre, intervint : « L'ennui, c'est que nous n'avons pas de responsable, puisque mère Cécilia, qu'elle repose en paix, n'a pas nommé de sous-prieure à la mort de Nathalie.

— Est-ce si mal ? demanda Élisabeth.

— Oui, dit Margaret. Nous n'arrivons déjà pas à nous mettre d'accord sur celle qui marchera en tête pour conduire la congrégation à la cathédrale !

— Il y a bien d'autres décisions à prendre, et de toute urgence, fit remarquer Caris. En particulier, concernant les terres de nos métayers morts de la peste. Il serait difficile de rester sans prieure plus longtemps. »

Son intervention fut soutenue par sœur Élaine, qui pourtant était une fidèle d'Élisabeth. « Je déteste les élections, dit-elle, car elles aboutissent à nous dresser les unes contre les autres. » Elle s'interrompit pour éternuer et reprit : « Puis la rancune s'en mêle. Dans la situation présente, je voudrais me débarrasser de celle-ci au plus vite pour que nous nous retrouvions unies face à cette horrible épidémie. »

Une acclamation lui répondit.

Et comme Élisabeth lui jetait un regard furieux, elle conclut : « Vous voyez bien, je ne peux même pas faire une objection pacifique sans qu'Élisabeth me regarde comme si je l'avais trahie ! »

L'interpellée baissa les yeux.

« Eh bien, votons ! dit Margaret. Que celles qui sont pour Élisabeth disent : "Oui" ! »

Pendant un moment, personne n'émit un son, puis Jeannie chuchota « Oui ».

Caris attendit que d'autres voix s'expriment, mais Jeannie fut la seule.

Caris sentit son cœur se mettre à battre plus vite. Allait-elle l'emporter, malgré tout ?

« Qui est pour Caris ? » s'enquit Margaret.

Un chœur de « Oui » retentit dans l'instant. À croire que la communauté tout entière avait voté pour elle. Ça y est ! pensa-t-elle. Je suis prieure ! Maintenant, les choses peuvent vraiment commencer.

« Dans ce cas… », prononçait Margaret, quand une voix d'homme retentit : « Attendez ! »

Plusieurs religieuses laissèrent échapper un cri apeuré, l'une d'elles alla même jusqu'à hurler de frayeur. Philémon se tenait dans l'embrasure de la porte. Il avait dû suivre le déroulement du vote, tapi derrière le battant, se dit Caris.

« Avant que vous n'alliez plus loin… », commença-t-il.

Mais Caris ne l'entendait pas de cette oreille. Se levant, elle l'interrompit : « Comment osez-vous entrer dans un couvent sans permission ? lança-t-elle. Sortez immédiatement. Vous n'êtes pas le bienvenu chez nous !

— Je suis envoyé par le seigneur prieur.

— Il n'a aucun droit…

— Il est la haute autorité religieuse de Kingsbridge, la coupa Philémon. En l'absence de prieure, ou de sous-prieure, il a autorité sur les religieuses.

— Nous ne sommes plus sans prieure, frère Philémon, déclara Caris en marchant sur lui. Je viens juste d'être élue. »

Les sœurs, qui détestaient Philémon, applaudirent joyeusement.

« Le père Godwyn n'a pas autorisé cette élection.

— C'est trop tard. Faites-lui savoir que mère Caris est maintenant à la tête du couvent et qu'elle vous a flanqué à la porte. »

Philémon recula : « Tant que l'élection n'a pas été ratifiée par l'évêque, vous n'êtes rien !

— Dehors ! » cria Caris.

Et toute la communauté reprit en chœur : « Dehors ! Dehors ! Dehors ! »

Philémon en fut intimidé. Il n'avait pas l'habitude de se voir contredit. Comme elle faisait encore un pas, il recula, surpris, mais aussi effrayé par la situation. Les cris allaient s'amplifiant. Subitement, il pivota sur ses talons et prit ses jambes à son cou.

Les religieuses saluèrent sa fuite par des rires joyeux.

Néanmoins, la remarque de Philémon était vraie : l'élection de Caris devait être ratifiée par l'évêque. Et, à l'évidence, Godwyn ferait tout ce qui était en son pouvoir pour qu'elle ne le soit pas.

*

Une équipe de volontaires recrutés parmi les habitants de la ville avait défriché une acre de forêt sur l'autre rive de la rivière en vue d'y établir un nouveau cimetière. En effet, tous ceux situés à l'intérieur des murs de la ville étaient pleins et celui de la cathédrale le serait bientôt.

Suivi des moines et des religieuses psalmodiant des prières, Godwyn arpentait le terrain d'un bout à l'autre, armé d'un goupillon. Dans le vent glacé, les gouttes d'eau bénite se transformaient en glaçons avant même d'atteindre le sol. Bien que la cérémonie ne soit pas achevée, les fossoyeurs étaient déjà à l'œuvre. Des monticules de terre s'alignaient soigneusement près des trous rectangulaires creusés le plus près possible les uns des autres pour ne pas perdre de place. Hélas, il apparaissait d'ores et déjà qu'une acre ne suffirait pas. D'ailleurs, non loin de là, des hommes commençaient à débroussailler une nouvelle parcelle.

En de tels moments, Godwyn devait se faire violence pour parvenir à conserver son sang-froid. La peste, telle une marée montante, submergeait tout sur son passage ; rien ne lui résistait. Durant la semaine de Noël, les moines avaient effectué une centaine d'enterrements et le nombre des défunts continuait d'augmenter. Frère Joseph était mort hier ; deux moines s'étaient alités aujourd'hui. Jusqu'où cela irait-il ? Tout le monde était-il condamné à périr ? Allait-il mourir lui aussi ?

L'effroi le saisit, l'obligeant à suspendre ses bénédictions. Les yeux rivés sur son goupillon en or, il se demanda comment cet objet avait abouti entre ses doigts. L'espace d'un instant, sa peur panique fut telle qu'il fut dans l'incapacité de faire un mouvement. Philémon, qui marchait en tête de la file des moines, le poussa doucement par-derrière. Il trébucha et reprit sa marche. Il devait chasser de son esprit ces pensées terrifiantes.

Pour ce faire, il se concentra sur l'élection de la prieure. Son homélie de l'autre jour avait rencontré un accueil si favorable auprès des religieuses qu'il avait cru la victoire d'Élisabeth définitivement acquise. Hélas, le vent avait tourné avec une rapidité déroutante. Le regain de popularité de Caris l'avait pris de court et Philémon était intervenu trop tard. Godwyn en aurait hurlé de rage.

Mais tout n'était pas encore joué. Caris pouvait se moquer de Philémon, la vérité était qu'elle n'avait pas encore été confirmée dans ses fonctions par l'évêque.

Malheureusement, Godwyn n'avait pas eu le temps d'entrer dans les bonnes grâces d'Henri de Mans, qui ne parlait pas l'anglais et n'était venu qu'une seule fois à Kingsbridge. Et il n'avait pas été nommé depuis assez longtemps pour que Philémon ait réussi à découvrir en lui des faiblesses susceptibles d'être utilisées. Néanmoins il était à croire que l'évêque, en tant qu'homme et en tant que prêtre, aurait tendance à prendre le parti du prieuré contre le couvent.

Par mesure de précaution, Godwyn lui avait écrit pour lui rapporter que Caris avait ensorcelé sa congrégation en se prétendant capable de la sauver de la peste. Il en avait profité pour exposer en détail certains aspects de sa biographie : l'accusation d'hérésie dont elle avait fait l'objet huit ans plus tôt, les termes de la sentence rendue contre elle et la façon dont mère Cécilia s'était débrouillée pour lui éviter le gibet. Il espérait que sa missive saurait façonner l'opinion de l'évêque et l'inciterait à faire le déplacement jusqu'à Kingsbridge.

Mais quand ? Henri avait déjà manqué l'office de Noël à la cathédrale, ce qui ne s'était jamais vu. Un mot signé de l'archidiacre Lloyd avait prévenu en termes simples et sans fioritures qu'Henri était trop occupé à désigner des remplaçants aux membres du clergé décédés de la peste. Il était possible que Lloyd lui soit hostile, se disait Godwyn. C'était un proche du comte William et il devait sa position actuelle au frère de celui-ci, feu l'évêque Richard. Avant cela, il avait servi le comte Roland, qui le haïssait ouvertement. Mais ce n'était pas Lloyd qui décidait, c'était Henri, et il était difficile de prédire l'avenir. La seule chose dont Godwyn était certain, c'était que Caris représentait une menace pour son pouvoir et la peste un danger pour sa vie. Bref, il avait perdu le contrôle de la situation.

Une légère neige se mit à tomber alors que la consécration du cimetière touchait à sa fin. Plusieurs convois funèbres attendaient déjà que Godwyn leur signale d'avancer. Le premier cadavre était enfermé dans un cercueil, les autres reposaient sur des civières, enveloppés dans des linceuls. En temps normal, les cercueils étaient déjà un luxe réservé aux riches. Maintenant que le bois atteignait des sommes astronomiques et que les menuisiers croulaient sous la tâche, seuls les personnages les plus fortunés pouvaient espérer se faire enterrer dans un cercueil de bois.

Merthin marchait à la tête du premier convoi, sa petite fille dans les bras, des flocons de neige accrochés à ses cheveux et à sa barbe cuivrée. Godwyn en déduisit que le cadavre dans le cercueil devait être celui de Bessie la Cloche. N'ayant pas d'héritiers, elle avait laissé sa taverne à Merthin, se rappela-t-il. Il était au courant du testament de Bessie car des droits de mutation devaient être versés au prieuré. Merthin s'en était acquitté sans hésiter en les payant avec des florins d'or. L'argent se collait à cet homme comme des feuilles mouillées, ressassa Godwyn avec rancœur. Il possédait déjà l'île aux lépreux ; il était revenu de Florence à la tête d'une fortune et, maintenant, il possédait la taverne la plus fréquentée de la ville.

Le seul avantage que rapportait la peste, se dit-il encore, c'était que le prieuré se retrouvait subitement en possession de grosses sommes d'argent.

Godwyn ne célébra qu'une seule cérémonie pour les sept décédés. C'était devenu la norme à présent, un enterrement le matin, un enterrement l'après-midi, quel que soit le nombre des défunts. Il n'y avait plus assez de prêtres en ville pour procéder à des cérémonies individuelles.

Cette pensée raviva sa peur. S'imaginant lui-même porté en terre, il se mit soudain à buter sur les mots et dut laisser passer un moment avant de pouvoir continuer son office.

Le service achevé, il reconduisit la procession des moines et des religieuses jusqu'à la cathédrale et pénétra dans le sanctuaire. Arrivées dans la nef, les deux files se séparèrent et les moines retournèrent à leurs occupations habituelles.

C'est alors qu'une novice s'approcha de lui timidement et le pria de se rendre à l'hospice.

« Pour quoi faire ? aboya Godwyn, furieux de recevoir des ordres par le biais d'une novice.

— Je l'ignore, mon père, je suis désolée. On m'a seulement ordonné de vous faire la commission.

— Je viendrai dès que je le pourrai », répondit-il d'un ton irrité.

Aucune tâche ne requérait son intervention immédiate, mais il s'attarda dans la cathédrale à seule fin de manifester son autorité et se mit à débattre avec frère Eli d'une question concernant l'habit des moines. Quelques minutes plus tard, il traversa le cloître et entra dans l'hospice.

Plusieurs religieuses entouraient un lit dressé devant l'autel. Il devait s'agir d'un patient important. Il se demanda qui cela pouvait être. Une des nonnes qui s'occupaient de ce malade tourna la tête vers lui. Malgré le masque en tissu qui recouvrait son nez et sa bouche, il reconnut sa cousine Caris au vert pailleté de ses yeux identique au sien, signe distinctif de toute sa famille. Son regard avait une expression étrange, très éloignée de l'antipathie et du mépris auxquels il s'attendait. C'était plutôt une inquiétante compassion.

Il s'avança vers la couche. À sa vue, les autres soignantes s'écartèrent avec déférence. Il découvrit alors sa mère.

La grande tête de Pétronille reposait sur un oreiller blanc. Elle transpirait et du sang coulait inlassablement de son nez, aussitôt essuyé par une religieuse. Une autre sœur la faisait boire, et il entrevit sur le cou ridé de Pétronille des points rouges qu'il n'avait jamais vus auparavant.

Le hurlement qui s'échappa de ses lèvres fut tel qu'on aurait cru qu'il avait reçu un coup. Horrifié, il ne pouvait détacher ses yeux de sa mère. Celle-ci le fixait d'un regard débordant de douleur. Il n'y avait pas de place pour le doute : la peste était sur le point d'accomplir son œuvre. « Non ! cria-t-il. Non ! Non ! » Il avait l'impression d'avoir reçu une flèche en plein cœur, sa douleur était insoutenable.

Il entendit Philémon lui souffler d'une voix effrayée de se reprendre. Hélas, il en était bien incapable. Il ouvrit la bouche pour crier à nouveau : aucun son n'en sortit. Il était soudain comme détaché de son corps, incapable de contrôler ses mouvements. Une vapeur noire, s'élevant du sol, remontait le long de son corps, envahissait sa bouche, pénétrait à l'intérieur de ses narines et bloquait sa respiration. Elle atteignit ses yeux, l'aveuglant complètement. Il perdit connaissance.

Godwyn garda le lit cinq jours au cours desquels il ne but que de l'eau lorsque Philémon portait un verre à sa bouche, incapable de faire un geste par lui-même. Sa raison l'avait quitté. Il n'avait aucune idée de ce qu'il devait faire. Il sanglotait, dormait, se réveillait et recommençait à pleurer. Il avait vaguement conscience qu'une main se posait sur son front, qu'on récoltait un spécimen de ses urines. Une fièvre cérébrale fut diagnostiquée et il dut subir une saignée.

Le dernier jour de décembre, un Philémon apeuré lui apporta la nouvelle que sa mère n'était plus.

Godwyn se leva : il se fit raser, se changea et se rendit à l'hospice.

Les religieuses avaient préparé le corps pour la cérémonie. Pétronille avait été lavée et revêtue d'une robe coupée dans un tissu italien de qualité. Ses cheveux avaient été brossés. La voyant ainsi parée, le visage blême et les yeux fermés à jamais, un nouvel accès de panique le submergea. Il sut y résister. « Emmenez le corps dans la cathédrale », ordonna-t-il, bien que l'honneur d'être étendu dans le chœur soit réservé en principe aux moines, aux religieuses, aux prélats de haut rang et à la noblesse. Mais personne ne se permettrait de contester sa décision, il le savait.

Transportée dans la cathédrale, Pétronille fut placée devant l'autel. Godwyn s'agenouilla auprès d'elle et pria. La prière l'aida à dominer sa frayeur. Peu à peu, une idée se fit jour en lui et il sut ce qui lui restait à faire. Quand il se releva, il donna à Philémon l'instruction de rassembler sur-le-champ le chapitre. Il chancelait.

Pour parvenir à ses fins, il devait se reprendre. Il avait toujours eu le don de la persuasion. Il allait en user sur-le-champ.

Les moines rassemblés, il leur lut un passage de la Genèse. « Et il advint après cela que Dieu tenta Abraham, lui disant : "Regarde, Abraham, regarde, je suis ici, et il dit : Prends ton fils maintenant, ton fils unique Isaac, que tu aimes, et va dans sur la terre des Moriah. Et offre-le au Seigneur sur un bûcher dressé sur l'une des montagnes que je t'indiquerai. Et Abraham se leva tôt le lendemain, sella son âne et le chargea de bois pour l'holocauste et il grimpa la montagne et il pénétra dans la terre des Moriah, comme Dieu le lui avait prescrit." »

Godwyn releva la tête. Les moines avaient les yeux braqués sur lui. Ils connaissaient tous l'histoire d'Abraham et Isaac ; ce qui les intéressait, c'était lui, Godwyn. Ils attendaient, inquiets, se demandant ce qui allait suivre.

« Que nous enseigne l'histoire d'Abraham et Isaac ? lança-t-il en manière d'introduction rhétorique. Dieu ordonne à Abraham de tuer son fils, lequel n'est pas seulement pour lui un fils aîné, mais un fils unique, né alors qu'il avait lui-même déjà cent ans. Comment réagit Abraham ? Proteste-t-il ? Implore-t-il la pitié du Seigneur ? Cherche-t-il à discuter son ordre ? Fait-il remarquer que tuer Isaac, ce serait commettre un meurtre, un infanticide, un terrible péché ? » Godwyn laissa la question en suspens pendant un moment et s'en revint au livre. Il lut : « Et Abraham se leva de bon matin, et sella son âne. »

Godwyn releva les yeux à nouveau. « Dieu peut vouloir nous tenter aussi. Nous ordonner de commettre des actes apparemment néfastes. Peut-être même nous ordonnera-t-il d'accomplir une chose qui peut sembler un péché. Quand cela se produira, nous devrons nous souvenir d'Abraham. »

Godwyn s'exprimait dans un style dont ses prêches avaient maintes fois prouvé l'efficacité, usant d'un rythme à la fois balancé et dénué de fioritures. Au silence qui régnait dans la pièce octogonale du chapitre, à l'absence de bruit et de mouvements, il comprit qu'il avait capté l'attention de son auditoire.

« Nous ne devons pas mettre en question la parole de Dieu ! Nous ne devons pas la discuter. Quand le Seigneur nous indique la voie à suivre, nous devons respecter ses volontés, quand bien même elles semblent insensées, pécheresses ou cruelles à nos pauvres esprits humains. Car c'est nous qui le sommes, faibles et insensés, et notre compréhension des choses n'est que partielle. Il ne nous appartient pas de faire des choix ou de prendre des décisions. Notre devoir est simple : il consiste à obéir. »

Il leur dit alors ce qu'il attendait d'eux.

*

L'évêque arriva à Kingsbridge bien après la tombée de la nuit au terme d'une chevauchée effectuée à la lumière des torches. Il était presque minuit quand son équipage franchit l'enceinte du prieuré. La plupart des personnes y résidant étaient couchées depuis des heures. Un groupe de religieuses s'affairait à l'hospice. L'une d'elles vint réveiller Caris. « L'évêque est là, dit-elle.

— Que me veut-il ? demanda Caris d'une voix ensommeillée.

— Je ne le sais pas, mère prieure. »

Le contraire eût été surprenant. Caris s'extirpa de son lit et passa une cape.

En chemin vers l'hospice, elle s'arrêta dans le cloître pour boire un grand bol d'eau. L'air frais de la nuit acheva de la réveiller. Elle tenait à produire une bonne impression sur l'évêque afin qu'il entérine son élection au poste de prieure.

L'archidiacre Lloyd se trouvait à l'hospice, il semblait fatigué, le bout de son long nez pointu était rougi par le froid. « Venez saluer l'évêque », dit-il de mauvaise humeur, comme s'il eût été du devoir de Caris d'attendre le prélat dehors.

Elle le suivit à l'extérieur. Un serviteur patientait près de la porte, une torche à la main. Ils traversèrent la pelouse jusqu'à l'endroit où l'évêque se tenait à cheval.

C'était un homme de petite taille coiffé d'un grand chapeau. Il semblait au comble de l'exaspération.

« Bienvenue au prieuré de Kingsbridge, monseigneur l'évêque, le salua Caris en normand.

— Qui êtes-vous ? » demanda Henri avec mauvaise humeur.

Caris l'avait déjà rencontré mais ne lui avait jamais parlé. « Je suis sœur Caris, la prieure élue.

— La sorcière ! »

Elle se sentit défaillir. Godwyn avait déjà entrepris de monter Henri contre elle. D'un ton indigné, elle répondit avec une aigreur plus marquée qu'elle ne l'aurait dû : « Non, monseigneur, il n'y a pas de sorcières ici. Uniquement des religieuses qui font de leur mieux pour venir en aide à la population d'une ville frappée par la peste. »

Il ignora son objection. « Où est le prieur Godwyn ?

— Dans son palais.

— Non, il n'y est pas. »

L'archidiacre Lloyd expliqua qu'ils en venaient et que les lieux étaient déserts.

« Vraiment ?

— Oui, vraiment ! » répliqua l'archidiacre avec une irritation non dissimulée.

Au même moment Caris repéra le chat de Godwyn à son petit bout de queue tout blanc. Les novices l'avaient surnommé l'Archevêque. Il traversait le perron du portail ouest en glissant un œil entre les piliers, comme s'il cherchait son maître.

« Voilà qui est curieux ! s'étonna-t-elle. Peut-être a-t-il décidé de dormir au dortoir avec les moines.

— Et pourquoi l'aurait-il fait ? J'espère qu'il n'y a pas de gêne à aller y regarder ? »

Caris secoua la tête avec mépris. Si l'évêque supposait un manquement au vœu de chasteté, il faisait fausse route. Godwyn n'avait aucun penchant pour ce genre de licence. « Il a mal réagi en apprenant la maladie de sa mère. Aujourd'hui, pendant son enterrement, il a été pris d'une crise étrange, suivie d'un évanouissement.

— Dans ce cas, c'est d'autant plus curieux qu'il ne soit pas dans son lit ! »

Tout avait pu arriver, compte tenu du choc que lui avait causé le décès de sa mère. « Votre Seigneurie désire-t-elle parler à un moine de haut rang ?

— Oui, si l'on en trouve un ! répliqua Henri de méchante humeur.

— Je pourrais conduire l'archidiacre au dortoir…

— Tout de suite ! »

Lloyd prit une torche à l'un des serviteurs. D'un pas vif, Caris lui fit traverser la cathédrale glaciale jusqu'au cloître. L'endroit était silencieux comme les monastères le sont à cette heure de la nuit. Ils arrivèrent au pied de l'escalier qui menait au dortoir. Caris s'arrêta. « Montez seul, dit-elle, si vous le voulez bien. Une religieuse ne saurait voir un moine dans son lit.

— Bien sûr. » Lloyd s'exécuta, conservant la torche et abandonnant Caris dans le noir. Elle attendit, poussée par la curiosité. « Ohé ? » l'entendit-elle crier. Le silence alentour avait quelque chose d'anormal. Au bout de quelques minutes, Lloyd lança d'une voix bizarre : « Ma sœur ?

— Oui ?

— Pouvez-vous monter ? »

Intriguée, elle grimpa les marches et entra dans le dortoir. Debout près de Lloyd, elle scruta la pièce à la lueur dansante de la torche. Les paillasses des moines étaient soigneusement alignées à leur place de part et d'autre de la pièce. Aucune d'elles n'était occupée.

« Mais… il n'y a personne ! s'exclama Caris.

— Pas une âme ! renchérit Lloyd. Qu'a-t-il bien pu se passer ?

— Je n'en sais rien. Je ne peux soupçonner qu'une seule chose, répliqua Caris.

— Dans ce cas, ayez donc la bonté d'éclairer ma lanterne, je vous prie.

— N'est-ce pas évident? Ils ont pris la poudre d'escampette! »

SIXIÈME PARTIE

Janvier 1349-janvier 1351

63.

Il apparut que Godwyn avait emporté dans sa fuite tous les objets précieux conservés dans le trésor de la cathédrale, y compris les chartes du couvent que les religieuses n'avaient jamais réussi à se faire restituer. Il avait également fait main basse sur le somptueux reliquaire contenant les os de saint Adolphe.

Caris le découvrit le lendemain matin, le premier jour de janvier, fête de la circoncision du Christ, lorsqu'elle se rendit au trésor, près du transept sud, accompagnée de l'évêque Henri et de sœur Élisabeth. Henri se conduisait avec elle avec une réserve distante qui ne laissait pas de l'inquiéter. Mais peut-être se montrait-il taciturne avec tout le monde.

La peau du supplicié était toujours clouée à la porte. Elle avait durci et pris peu à peu une teinte jaunâtre et il s'en dégageait une perceptible odeur de pourriture.

La porte n'était pas fermée à clef.

Ils entrèrent. Caris n'avait pas mis les pieds dans cette salle depuis que Godwyn avait dérobé les cent cinquante livres du trésor des religieuses pour bâtir son palais. Par la suite, le couvent avait conservé ses richesses en un lieu aménagé tout spécialement à cette intention.

Les dalles soulevées et abandonnées en l'état et le couvercle du coffre arraché ne laissaient planer aucun doute : coffrets et cassettes avaient bel et bien été vidés de leur contenu.

Face à ce spectacle, le mépris dans lequel Caris tenait Godwyn trouva toute sa justification. Moine médecin, prêtre, responsable du monastère, il avait pris la fuite au moment précis où ses talents étaient le plus nécessaires. À présent, chacun pouvait se convaincre de sa véritable nature.

L'archidiacre Lloyd était outré : « Il a tout volé !

— Le voilà dans toute sa splendeur, l'homme qui manigançait pour annuler mon élection ! » assena Caris, s'adressant à l'évêque.

Celui-ci réagit par un bougonnement qui ne l'engageait pas.

Élisabeth essayait désespérément de trouver une excuse à Godwyn. « Le seigneur prieur a pris les trésors afin de les mettre en sûreté, j'en suis persuadée. »

Sa remarque piqua l'évêque, qui répondit froidement : « Bêtises que cela. Si votre domestique vide votre bourse et disparaît sans prévenir, ce n'est pas pour protéger vos sous, c'est pour les dérober. »

Élisabeth tenta une autre manœuvre : « Je suis persuadée que c'est une idée de Philémon.

— Le sous-prieur ? demanda Henri d'un air soupçonneux. Il est sous les ordres de Godwyn, que je sache ! C'est donc au prieur d'assumer la responsabilité ! »

Élisabeth se tut.

Godwyn avait dû se remettre de la mort de sa mère, songeait Caris, ne serait-ce que le temps de convaincre les moines de le suivre, ce qui avait certainement requis un certain doigté. Où avaient-ils bien pu aller ?

L'évêque Henri se posait la même question. Il la formula à voix haute : « Où ces lâches se sont-ils réfugiés ? »

Se rappelant les propos de Merthin lorsqu'il avait voulu la persuader de partir, sa suggestion de s'enfuir au pays de Galles ou en Irlande, de gagner un village perdu où les habitants pouvaient rester des années sans rencontrer un étranger, Caris répondit à l'évêque : « Ils ont dû se cacher dans un lieu isolé où nul ne va jamais.

— Trouvez lequel ! » ordonna-t-il.

La fuite de Godwyn effaçait donc toute opposition à son élection. « Je vais lancer des recherches en ville, proposa-t-elle, en s'efforçant de cacher son triomphe. Quelqu'un les aura forcément vus partir.

— Bien, dit l'évêque. Je ne pense pas qu'ils reviennent de si-tôt. En attendant, vous devrez vous débrouiller sans hommes. Continuez à célébrer les offices religieux comme vous le pouvez. Pour la messe à la cathédrale, faites appel au curé d'une paroisse, si vous en trouvez un encore en vie ! À défaut de dire la messe, je vous autorise à confesser. Compte tenu du nombre de prêtres disparus, une dérogation spéciale a été promulguée par l'archevêque.

— Me confirmez-vous dans mes fonctions de prieure ? se permit d'intervenir Caris, car elle ne voulait pas laisser l'évêque repartir sans que cette question n'ait été résolue.

— Bien sûr, dit-il d'un air irrité.

— Dans ce cas, avant que d'accepter cet honneur…

— Vous n'avez pas voix au chapitre, mère prieure ! répliquat-il avec colère. Il est de votre devoir de m'obéir ! »

Mais Caris avait une promesse autrement plus importante à arracher à l'évêque. Sachant qu'elle jouait gros, elle prétendit ne pas être véritablement intéressée par sa nomination. « Nous vivons une époque étrange, n'est-ce pas ? Les religieuses sont autorisées à confesser ; la préparation à la prêtrise est écourtée et, pourtant, il vous est très difficile, à ce que l'on raconte, de trouver assez de prêtres pour remplacer tous ceux qui ont disparu, emportés par la peste.

— Auriez-vous l'intention de profiter des difficultés que traverse l'Église pour satisfaire des intérêts personnels ?

— Non, mais il y a une chose que vous devez faire, si vous voulez que je puisse exécuter vos ordres. »

Henri soupira, visiblement fâché de se voir admonesté de la sorte. Mais, comme Caris le soupçonnait, il avait davantage besoin d'elle qu'elle-même avait besoin de lui. « Très bien, de quoi s'agit-il ?

— Je veux que vous convoquiez la réunion d'une cour ecclésiastique pour procéder au réexamen de mon procès en sorcellerie.

— Dieu du ciel, et pourquoi cela ?

— Pour proclamer mon innocence, naturellement. Tant que cela ne sera pas fait, il me sera difficile d'exercer une quelconque autorité. À chaque désaccord, n'importe qui alléguera de ma condamnation pour saper mon autorité. »

Homme à l'esprit bien ordonné, l'archidiacre apprécia la proposition à sa juste valeur. « Il serait bon en effet que cette affaire soit classée une fois pour toutes, Votre Éminence.

— Alors, c'est entendu, dit Henri.

— Merci. »

Une bouffée de plaisir et de soulagement inonda Caris. Elle inclina la tête de peur que son visage ne trahisse son bonheur. « Je mettrai tout en œuvre pour être digne de l'honneur qui m'est fait.

— Ne perdez pas de temps et recherchez Godwyn. J'aimerais obtenir certaines réponses avant de quitter la ville.

— Je vais aller trouver le prévôt des marchands. Il est à la solde de Godwyn. Si quelqu'un sait où les moines sont allés, ce sera lui.

— Faites-le immédiatement, je vous prie ! »

Caris prit congé. À défaut d'être aimable, l'évêque Henri semblait compétent ; travailler sous sa tutelle ne serait pas une tâche impossible. Qui sait, il était peut-être de ces gens qui prennent leurs décisions en se fondant sur la justesse du cas sans soutenir systématiquement ceux qu'ils croient être leurs alliés. Si tel était le cas, le changement serait notoire.

En passant devant l'auberge de La Cloche, elle fut tentée d'y entrer pour annoncer la nouvelle à Merthin. Elle se ravisa. Mieux valait trouver d'abord Elfric.

Sur le trottoir devant la taverne du Buisson, elle aperçut Duncan le Teinturier, affalé par terre. Assise sur le banc dehors, sa femme Winnie pleurait à gros sanglots. Caris crut que son mari était blessé ; Winnie lui apprit qu'il était seulement ivre.

« L'heure du dîner n'a même pas sonné ! réagit Caris, interloquée.

— Son oncle Pierre le Teinturier est mort de la peste, ainsi que sa femme et ses enfants. Duncan a hérité de toute sa fortune et l'a bue jusqu'au dernier sou. Je ne sais plus que faire.

— Ramenons-le chez lui, dit Caris. Je vais t'aider à le soulever. » Le prenant chacune par un bras, elles le remirent sur pied et le tirèrent jusqu'à sa maison, le soutenant pour qu'il ne s'écroule pas. Puis elles l'étendirent par terre et le recouvrirent d'une couverture. « Il se saoule comme ça tous les jours, expliqua Winnie. Il dit que ça ne vaut plus la peine de travailler puisqu'on va tous mourir. Que dois-je faire ? »

Caris réfléchit un instant. « Enterre ton argent dans le jardin pendant qu'il dort. Quand il se réveillera, dis-lui qu'il a tout perdu au jeu avec un homme qui a quitté la ville.

— Oui, c'est une idée », dit Winnie.

Caris traversa la rue pour entrer chez Elfric. Sa sœur Alice était à la cuisine en train de coudre des chausses. Leurs relations avaient commencé à se dégrader quand Alice avait épousé Elfric pour se briser définitivement lorsque celui-ci avait témoigné contre Caris à son procès en hérésie. Partagée entre sa sœur et son mari, Alice avait choisi son mari. Caris ne lui en voulait pas, comprenant ses raisons, mais elle avait perdu toute affection pour elle.

En voyant sa sœur, Alice se leva, abandonnant sa couture.

« Que viens-tu faire ici ?

— Les moines ont disparu, tous jusqu'au dernier. Ils ont dû s'enfuir pendant la nuit.

— Ah, c'était donc ça ! s'exclama Alice.

— Les as-tu vus ?

— Non, mais j'ai entendu des piétinements d'hommes et de chevaux cette nuit. Ce n'était pas très bruyant. Maintenant que j'y pense, ils devaient veiller à ne pas faire de bruit. Mais on ne peut pas demander à des chevaux d'être silencieux. Le bruit m'a réveillée, mais je ne me suis pas levée pour aller voir, il faisait trop froid. C'est cette raison qui te pousse à entrer chez moi pour la première fois en dix ans ?

— Tu savais qu'ils s'apprêtaient à fuir ?

— C'est ce qu'ils ont fait ? Ils se sont enfuis ? À cause de la peste ?

— Je présume.

— Je n'y crois pas ! À quoi serviraient les médecins s'ils s'enfuyaient sitôt en présence de la maladie ? Je ne comprends pas », s'exclama Alice. Un tel comportement de la part d'un homme pour qui son mari travaillait la troublait, visiblement.

« Je me demandais si Elfric était au courant.

— S'il l'est, il ne m'en a rien dit.

— Où peut-on le trouver ?

— À Saint-Pierre. Rick l'Argentier a légué une somme d'argent à l'église et le prêtre voudrait refaire le dallage de la nef.

— Je vais aller lui poser la question », déclara Caris. Par politesse, elle se força à demander à sa sœur des nouvelles de sa belle-fille Griselda, puisque Alice n'avait pas d'enfant elle-même.

« Elle baigne dans le bonheur, répondit Alice avec une pointe de défi dans la voix destinée à piquer sa sœur.

— Et ton petit-fils ? s'enquit Caris, incapable de se résoudre à prononcer le prénom du jeune Merthin.

— Adorable ! Et il y en a un autre en route.

— Je suis ravie pour Griselda.

— Oui. Vu la façon dont les choses se sont déroulées, c'est une chance qu'elle n'ait pas épousé ton Merthin !

— Eh bien, je pars retrouver Elfric ! » déclara Caris, refusant d'entrer dans le jeu.

L'église Saint-Pierre se trouvait tout à l'ouest de la ville. Comme Caris marchait le long des ruelles tortueuses, elle tomba sur deux hommes en train de se battre sous les yeux d'une petite foule. Ils s'insultaient et s'assenaient des coups violents pendant que deux femmes, leurs épouses probablement, hurlaient qu'ils allaient se tuer. La porte d'une des maisons était arrachée de ses gonds et à côté, par terre, il y avait une cage faite d'osier tressé avec de vieux chiffons contenant trois poulets.

S'étant approchée, Caris vint se placer entre les combattants. « Arrêtez sur-le-champ, je vous le demande au nom de Dieu ! »

Elle n'eut pas besoin de répéter son ordre, car ils reculèrent tous deux immédiatement en laissant retomber leurs bras. Ils devaient avoir assouvi leur colère dès les premiers coups et cherchaient probablement une excuse pour cesser la bagarre.

« Sur quoi porte la dispute ? » voulut savoir Caris.

Ils se mirent à parler ensemble, imités par leurs épouses.

« Une personne à la fois », ordonna Caris. Elle désigna le plus grand des deux, un homme aux cheveux noirs, dont l'œil poché défigurait le beau visage. « Mais... tu es Joe le Forgeron, n'est-ce pas ? Explique-toi !

— J'ai surpris Toby Peterson en train de voler les poulets de Jack la Courge. Il a même défoncé sa porte. »

Plus petit de taille, Toby avait une assurance de coq de combat. « Jack la Courge me doit cinq shillings, éructa-t-il malgré ses lèvres tuméfiées. Ses poulets me reviennent donc d'office !

— C'est moi qui les nourris depuis deux semaines, depuis que Jack et toute sa famille sont morts de la peste. Sans moi, les poulets auraient crevé aussi. Si quelqu'un doit les avoir, c'est moi.

— Si je comprends bien, vous considérez tous les deux avoir droit à ces poulets, n'est-ce pas ? Toby à cause de la dette, Joe parce qu'il les a gardés en vie à ses frais. »

À l'idée d'avoir peut-être raison l'un et l'autre, les combattants la dévisagèrent, médusés.

Caris ordonna : « Joe, sors un des poulets de la cage.

— Eh, attendez un peu ! objecta Toby.

— Fais-moi confiance, Toby. Je ne te léserai pas, tu le sais bien.

— C'est sûr, mais… »

Joe ouvrit la cage et en sortit un poulet maigrichon. Tenu par les pattes, l'oiseau tournait la tête dans tous les sens, déconcerté de voir le monde à l'envers.

« Maintenant, donne-le à la femme de Toby.

— Quoi ?

— Crois-tu vraiment que je chercherais à te dépouiller, Joe ? »

De mauvaise grâce, le forgeron remit l'animal à l'épouse de Toby, une jeune femme à l'air pincé. « Tiens, Jane ! »

Jane s'en empara prestement.

« Toi, remercie Joe, lui enjoignit Caris.

— Je te remercie, le Forgeron, marmonna Jane sans se départir de son air bougon.

— Maintenant, poursuivit Caris, donne un poulet à Ellie, Toby. »

Celui-ci obéit avec un sourire benêt. La femme de Joe le Forgeron, qui était à quelques jours d'accoucher, sourit joyeusement. « Merci, Toby Peterson. »

Ils avaient retrouvé le sens commun et commençaient à entrevoir la bêtise de la bagarre.

« Et le troisième poulet ? demanda Jane.

— J'y viens », répondit Caris. Balayant la foule des yeux, elle désigna une fillette de onze ou douze ans, à l'air réfléchi. « Comment t'appelles-tu ?

— Jesca, mère prieure. Je suis la fille de John le Sergent.

— Prends le troisième poulet et porte-le à l'église Saint-Pierre. Donne-le au père Michael en lui disant que Toby et Joe vont venir lui demander son pardon pour avoir commis un péché de convoitise.

— Bien, ma mère. » Jesca prit le poulet restant et s'en alla.

Ellie, la femme de Joe, dit à Caris : « Vous vous souvenez peut-être, mère Caris, que vous avez soigné la petite sœur de mon mari, il y a quelques années, quand elle s'était brûlé le bras à la forge. Elle s'appelle Minnie.

— Absolument, dit Caris. C'était une méchante brûlure, elle doit avoir dans les dix ans aujourd'hui.

— Exactement.

— Elle se porte bien ?

— Comme un charme, grâce à Dieu et à vous.

— Cela me fait bien plaisir de l'apprendre.

— Me feriez-vous l'honneur de prendre une chope de bière chez moi, mère prieure ?

— Ce serait avec plaisir, mais je suis très pressée. » S'adressant aux hommes, elle ajouta : « Que Dieu vous bénisse et ne vous battez plus ! »

Joe la remercia.

Caris s'éloigna.

« Merci, ma mère ! » cria Toby à sa suite.

Elle leur fit un signe de la main sans se retourner.

Tout en cheminant, elle remarqua que d'autres portes avaient été fracturées, probablement pour y commettre des larcins après la mort de leurs propriétaires. Quelqu'un devrait s'occuper de ce problème ! se dit-elle. Mais avec un prieur en fuite et un prévôt de la trempe d'Elfric, il n'y avait pas grand monde pour prendre des initiatives.

Arrivée à Saint-Pierre, elle découvrit Elfric dans la nef avec des paveurs et leurs apprentis. Des dalles de pierre étaient empilées tout autour. Des hommes préparaient le terrain, répandant du sable et l'aplatissant avec des bâtons. Elfric surveillait le niveau à l'aide d'un appareil constitué d'un cadre de bois et d'une corde au bout de laquelle était accroché un poids en plomb. La ressemblance avec une potence de cet instrument compliqué rappela à Caris les manigances de son beau-frère pour la faire condamner pour sorcellerie, voilà dix ans. Elle s'étonna de n'éprouver que mépris pour lui, sans trace de haine. C'était un homme méchant et borné.

Elle attendit qu'il ait fini pour lancer sèchement : « Tu savais que Godwyn projetait de s'enfuir ? »

942

Elle avait compté le surprendre. Son air ébahi la convainquit qu'il n'était pas au courant. « S'enfuir ? Mais pourquoi… ?
Quand… ? Oh, hier soir ?

— Tu les as vus ?

— J'ai entendu du bruit.

— Moi, je les ai vus ! dit un paveur, et il prit appui sur sa
pelle pour raconter la scène. Je sortais de l'auberge du Buisson.
Il faisait nuit noire, mais ils avaient des torches. Le prieur était
à cheval, les autres à pied. Ils avaient des quantités de bagages :
des tonneaux de vin, des roues de fromage et Dieu sait quoi
encore. »

Caris n'ignorait pas que Godwyn avait vidé les celliers du
prieuré. Il n'avait pu emporter les provisions des sœurs, gardées
à part.

« Quelle heure était-il ? demanda-t-elle

— Pas très tard, neuf ou dix heures.

— Vous leur avez parlé ?

— Je leur ai juste souhaité bonne nuit.

— Vous avez une idée de la direction qu'ils ont prise ? »

Le paveur secoua la tête. « Ils ont traversé le pont, mais arrivés à la croisée au Gibet, je n'ai pas vu sur quel chemin ils
s'engageaient. »

Caris se tourna vers Elfric. « Essaie de te souvenir de ce
qui s'est passé au cours des derniers jours. Godwyn t'a-t-il dit
quelque chose ? A-t-il laissé échapper un indice, un nom de lieu
qui pourrait nous apprendre où il est allé ? Monmouth, York,
Anvers, Brême ?

— Non, il ne m'a pas prévenu de son départ », répondit Elfric
et son mécontentement incita Caris à penser qu'il disait vrai.

Si le prévôt n'était pas au courant des projets de Godwyn,
il était peu probable que quelqu'un d'autre le soit. Godwyn
fuyait la peste ; il ne voulait pas être suivi de peur d'être rattrapé par la maladie. « Partir de bonne heure, parcourir un long
trajet et ne pas revenir avant longtemps », comme l'avait dit
Merthin l'autre jour. Oui, Godwyn pouvait être allé n'importe
où.

« Si tu apprends quoi que ce soit le concernant, lui ou l'un des
moines, fais-le-moi savoir aussitôt ! » dit Caris.

Elfric ne répondit pas.

Élevant la voix de manière à être entendue de tous les ouvriers présents, elle ajouta : « Godwyn a dérobé tous les objets précieux de la cathédrale ! » Un murmure d'indignation accueillit ses paroles. La population tout entière se sentait propriétaire de ces ornements, achetés, pour certains, grâce aux contributions des membres les plus riches de la guilde. « L'évêque tient à les retrouver. Quiconque soutiendra Godwyn, ne serait-ce qu'en taisant le lieu où il se trouve actuellement, se rendra coupable de sacrilège. »

Manifestement, Elfric était stupéfié. Sa vie entière, il s'était attaché à rechercher les faveurs de Godwyn. Et voilà que le prieur s'était enfui ! « Il y a peut-être une explication parfaitement innocente à son départ.

— S'il y en a une, pourquoi ne l'a-t-il confiée à personne ? Ou n'a-t-il pas laissé une lettre derrière lui ? »

Elfric ne sut que répondre.

Comprenant qu'il était indispensable de prévenir les notables, Caris demanda à Elfric de convoquer de toute urgence une réunion de la guilde. Pour donner plus de poids à sa demande, elle précisa : « L'évêque veut qu'elle se réunisse aujourd'hui même, après le dîner. Informe les membres !

— Très bien », dit Elfric.

Caris ne douta pas un instant qu'ils viendraient tous, poussés par la curiosité.

Elle rentra au prieuré. En passant devant la taverne du Cheval blanc, elle surprit une jeune fille en grande conversation avec un homme plus âgé. Quelque chose dans leur comportement la força à s'arrêter. La question des jeunes filles et de leur vulnérabilité lui tenait très à cœur, soit qu'elle se souvienne de l'adolescente qu'elle avait été, soit qu'elle déplore de ne pas avoir donné naissance à la petite fille qu'elle avait attendue. Dissimulée dans le renfoncement d'une porte, elle observa le couple avec une réprobation croissante.

L'homme arborait une coûteuse toque de fourrure qui ne correspondait pas à sa pauvre tenue d'ouvrier agricole. Il en avait probablement hérité récemment. Tant de gens étaient morts qu'un grand nombre de beaux atours passaient de main en main et il n'était pas rare de tomber sur des gens portant des accoutrements inattendus. La fille, jolie, devait avoir dans les quatorze ans. Son corps n'était pas encore celui d'une femme, mais elle s'essayait déjà à la coquetterie. Sans grand succès d'ailleurs. L'homme sortit de l'argent de sa bourse. La conversation se poursuivit et l'homme se mit à caresser les petits seins de la fille.

Caris en avait vu assez! Elle sortit de sa cachette. Sitôt qu'il la vit dans son habit de religieuse, l'homme partit sans demander son reste. La fille avait l'air coupable, mais aussi furieux. « Que faisais-tu? lui lança Caris. Tu essayais de vendre ton corps?

— Non, ma mère!

— Avoue la vérité! Pourquoi l'as-tu laissé te caresser les seins?

— Que puis-je faire d'autre? Je n'ai rien à manger, et maintenant vous l'avez chassé! » Elle éclata en sanglots.

Que la fille souffre de la faim, Caris n'en douta pas un instant en voyant sa maigreur. « Viens avec moi, dit-elle. Je vais te donner à manger. »

Elle prit la fille par le bras et la ramena au prieuré. « Comment t'appelles-tu?

— Ismay.

— Quel âge as-tu?

— Treize ans. »

Caris l'emmena à la cuisine où une novice appelée Oonagh surveillait la préparation du repas des religieuses, en remplacement de sœur Joséphine la cuisinière, morte de la peste. « Donne du pain et du beurre à cette enfant », lui ordonna Caris.

Elle s'assit et regarda la petite manger. De toute évidence, Ismay n'avait rien avalé depuis des jours. Elle dévora la moitié d'une miche de quatre livres avant de ralentir un peu l'allure.

Caris lui versa un bol de cidre. « Comment se fait-il que tu aies aussi faim?

— J'ai perdu toute ma famille.

— Que faisait ton père?

— Il était tailleur. Moi aussi je couds très bien, mais personne n'achète plus de vêtements. Les gens se servent gratuitement dans les maisons des morts.

— C'est pour ça que tu voulais te prostituer? »

Ismay baissa les yeux. « J'avais si faim, mère prieure, pardonnez-moi.

— C'était la première fois ? »

Elle secoua la tête, mais ne se risqua pas à soutenir le regard de Caris.

Celle-ci sentit des larmes de colère lui monter aux yeux. Quel homme fallait-il être pour souhaiter avoir des rapports sexuels avec une fillette affamée de treize ans ? Comment Dieu pouvait-il conduire une petite fille à un tel désespoir ? « Tu veux habiter ici, avec les religieuses, et travailler à la cuisine ? Tu auras tous les jours le ventre plein. »

Ismay releva la tête joyeusement. « Oh oui, ma mère ! Je voudrais tant.

— Eh bien, c'est dit ! Tu peux commencer à aider la novice à préparer le repas des sœurs. Oonagh, je te présente une nouvelle recrue !

— Merci, mère Caris. J'accepte toute l'aide qu'on voudra bien me donner. »

Caris sortit de la cuisine et se rendit à la cathédrale pour l'office de sexte. La peste n'attaquait pas seulement le corps, mais l'âme aussi. L'exemple d'Ismay le prouvait bien.

La célébration de l'office débuta, laissant à Caris tout loisir de se plonger dans ses pensées. Bien des questions devraient être abordées à la réunion de la guilde, outre la fuite des moines. La vie de la ville devait être réorganisée de fond en comble et au plus vite, si l'on voulait combattre efficacement les effets de la peste. Mais comment ?

Elle consacra tout son dîner à étudier la question. Pour toutes sortes de raisons, le temps était venu de prendre de grandes décisions. La présence de l'évêque en ville lui assurait une autorité indiscutée aux yeux de la population. Ne devait-elle pas en profiter pour mettre en place des mesures difficiles à accepter ?

Et peut-être pour aussi obtenir d'Henri de Mons d'autres faveurs… Cette pensée en fit naître mille autres dans son esprit…

Le dîner achevé, elle alla le trouver à la maison du prieur où il était descendu. Il était à table avec l'archidiacre Lloyd. C'était la cuisine du couvent qui avait assuré leur repas et ils buvaient du vin tandis qu'un serviteur du prieuré débarrassait. « J'ose espérer que le dîner vous a plu, monseigneur l'évêque », dit-elle cérémonieusement.

Il avait l'air un peu moins grincheux qu'à l'habitude. « C'était bien. Merci, mère Caris. Le brochet était très savoureux. Des nouvelles concernant notre fuyard de prieur ?

— Apparemment, il a pris grand soin de ne rien divulguer sur sa destination.

— C'est décourageant.

— En parcourant la ville pour interroger les habitants, j'ai noté plusieurs scènes qui m'ont fortement déplu : une fille de treize ans se prostituait ; deux hommes, qui d'habitude professent le plus grand respect des lois, se battaient pour les possessions d'un voisin décédé ; un autre était ivre mort à midi.

— Ce sont les effets de la peste. Des scènes semblables se déroulent dans tout le pays !

— Je considère qu'il faut réagir, prendre des mesures. »

Il leva les sourcils. C'était à croire que cette idée ne lui avait jamais traversé l'esprit ! « Lesquelles ? voulut-il savoir.

— Le prieur se trouve être le suzerain de Kingsbridge, c'est à lui de prendre l'initiative.

— Mais il a disparu !

— En votre qualité d'évêque, vous êtes notre abbé. Je pense que vous devriez vous installer à Kingsbridge de façon permanente pour vous occuper de la ville. »

À vrai dire, c'était la dernière chose au monde qu'elle souhaitait, mais il y avait fort peu de chances pour que l'évêque se rallie à cette proposition, il avait bien trop à faire ailleurs. En la formulant, elle cherchait seulement à lui faire prendre conscience de la situation.

Il hésitait. Pendant un court instant, elle craignit de l'avoir mal jugé. Que ferait-elle s'il se rendait à ses vues ? Par bonheur il répondit que c'était hors de question. « Toutes les villes du diocèse souffrent des mêmes difficultés, Shiring la première. Je dois veiller à ce que la toile du christianisme ne se délite pas malgré le décès de tous mes prêtres. C'est ma tâche essentielle. Je n'ai pas le temps de m'occuper des ivrognes ou des prostituées.

— Alors quelqu'un se doit d'agir en tant que prieur de Kingsbridge. La ville ne saurait se passer de guide moral. »

À cela l'archidiacre Lloyd ajouta : « Monseigneur, il se pose également la question de savoir qui collectera l'argent dû au prieuré, qui veillera au bon état de la cathédrale et des autres bâtiments, qui surveillera le rendement des terres et le travail des serfs…

— Eh bien, déclara Henri, il faudra que vous vous en chargiez, mère Caris. »

Elle répondit, comme si ces questions ne l'avaient jamais effleurée : « Certes, je pourrai m'occuper des affaires les moins importantes, de l'argent des moines et de leurs terres, mais il demeure des choses que je ne saurais accomplir, monseigneur l'évêque, contrairement à vous : administrer les saints sacrements.

— Nous en avons déjà parlé, dit-il avec impatience. J'ordonne des prêtres à une cadence accélérée. En dehors de la messe, vous pouvez faire tout le reste.

— On pourrait croire que vous me demandez d'agir de fait en tant que prieure de la ville.

— C'est exactement ce que j'attends de vous. »

Caris se garda bien de montrer sa joie, y croyant à peine elle-même. Prieure en titre, elle allait pouvoir régler toutes les questions qui la passionnaient. Les autres ne comptaient pas puisqu'elle ne s'y intéressait pas. Toutefois cette situation ne dissimulait-elle pas des embûches ?

L'archidiacre précisa : « Avec votre permission, je rédigerai un écrit pour asseoir solidement l'autorité de mère Caris.

— Pour que la ville se rallie à ces décisions, il serait bon que vous exposiez qu'il s'agit là de votre volonté personnelle. Une réunion de la guilde doit commencer sous peu. Si vous le voulez bien, monseigneur, je souhaiterais que vous y assistiez et y fassiez une déclaration dans ce sens.

— C'est entendu, allons-y ! »

Ils quittèrent le palais de Godwyn et remontèrent la grand-rue jusqu'à la halle de la guilde. Les membres attendaient avec impatience de savoir ce qui était arrivé aux moines. Plusieurs personnes les avaient vus ou entendus partir la veille au soir ; mais personne n'avait ni compris ni seulement subodoré que la communauté tout entière prenait la fuite.

Caris commença son discours par l'exposition des faits qui lui étaient connus. Puis, elle enjoignit aux marchands de prêter une oreille attentive aux propos des voyageurs qui avaient pu rencontrer en chemin un grand groupe de moines se déplaçant avec de lourds bagages.

« Nous devons accepter l'idée que nous ne les reverrons pas de sitôt. À ce sujet, notre seigneur l'évêque a une communication à nous faire », dit-elle, préférant que l'information soit donnée par le prélat lui-même.

Henri se racla la gorge. « J'ai entériné l'élection de sœur Caris au poste de mère prieure du couvent et je l'ai nommée prieure du prieuré par intérim. Je vous prie de la traiter comme mon représentant et votre suzerain dans tous les domaines, sauf ceux réservés aux prêtres ordonnés. »

Caris observa tour à tour les visages de l'assistance. Elfric ne cachait pas sa rage. Merthin, un vague sourire aux lèvres, devinait certainement qu'elle ne devait qu'à elle-même de s'être hissée à cette position et s'en réjouissait assurément, pour la ville autant que pour elle. Toutefois, un pli au coin de sa bouche révélait sa tristesse, puisque la victoire qu'elle remportait aujourd'hui signait sa défaite, en la tenant éloignée de ses étreintes. Les autres membres semblaient contents. Ils la connaissaient et lui faisaient confiance : en restant à Kingsbridge alors que Godwyn avait fui, elle s'était acquis leur loyauté.

Elle décida d'en tirer tout de suite avantage. « En ce jour où j'entre dans mes fonctions à la tête du prieuré, il y a trois choses dont je voudrais m'occuper : il s'agit en premier lieu de l'ivrognerie. Aujourd'hui, je suis tombée dans la rue sur Duncan le Teinturier ivre mort, alors que midi n'avait pas sonné. J'estime que cela contribue à créer une atmosphère de débauche dans la ville. En cette période d'épreuves, c'est la dernière chose dont nous ayons besoin. »

La salle approuva chaleureusement. La guilde de la paroisse était sous la domination des marchands les plus âgés et les plus conservateurs. Si d'aventure ils s'enivraient le matin, ils le faisaient chez eux, à l'abri des regards.

Caris continua : « C'est pourquoi je souhaite donner à John le Sergent un assistant qui aura ordre d'arrêter quiconque sera saoul pendant la journée. Les personnes interpellées pourront être gardées en prison jusqu'à ce qu'elles retrouvent leurs esprits. »

Même Elfric approuva.

« En second lieu, il y a la question des biens dont les propriétaires sont décédés sans laisser d'héritiers. Ce matin, j'ai découvert Joe le Forgeron et Toby Peterson se battant pour trois poulets ayant appartenu à Jack, le marchand des quatre saisons. »

L'idée que des adultes puissent en venir à échanger des horions souleva les rires.

« En principe, rappela Caris qui avait creusé la question, la loi veut que la propriété sur ces biens revienne au seigneur du manoir. À Kingsbridge, ce terme correspond au prieuré. Toutefois, pour éviter que le monastère ne se transforme en resserre à chiffons, je propose que cette loi ne s'applique qu'aux héritages dont la valeur est supérieure à deux livres. Les voisins les plus proches devront fermer la maison pour s'assurer que rien n'y sera dérobé. Un inventaire sera ensuite établi par le prêtre de la paroisse qui entendra également les revendications des créanciers s'il y a lieu. En l'absence de prêtre, que l'on vienne me chercher. Les dettes payées, les effets personnels du défunt, vêtements, meubles, victuailles et boissons, seront partagés entre ses voisins. Quant aux sommes en espèces, elles reviendront à la paroisse. »

À son tour, cette proposition fut approuvée par une large majorité avec force marmonnements et hochements de tête.

« Pour terminer, reprit Caris, j'ai trouvé une orpheline de treize ans en train de vendre ses charmes à la porte du Cheval blanc parce qu'elle n'avait rien à manger. Il s'agit d'Ismay. Quelqu'un peut-il m'expliquer comment une chose pareille est possible dans une ville de chrétiens ? dit Caris avec force en promenant sur la salle un regard provocateur. Toute sa famille est morte. N'avait-elle pas d'amis ou de voisins ? Qui laisse un enfant mourir de faim ?

— Ismay Taylor ? Elle est plutôt mal élevée, la gamine ! ronchonna Édouard le Boucher.

— Ce n'est pas une excuse. Elle n'a que treize ans !

— Je veux dire qu'on lui a peut-être proposé de l'aider et qu'elle a refusé.

— Depuis quand demande-t-on leur avis aux enfants ? Il est de notre devoir à tous de prendre soin des orphelins. À quoi vous sert votre religion, si ce n'est pas à cela ? »

Une expression penaude se répandit sur tous les visages.

« À l'avenir, quand un enfant perd ses parents, je veux que ses deux voisins les plus proches me l'amènent. Ceux qui ne pourront pas être placés dans une famille seront accueillis au prieuré. Les filles habiteront au couvent. Le dortoir des moines sera dévolu aux garçons. Le matin, ces enfants seront instruits ; l'après-midi, ils se rendront utiles. »

Là aussi, l'adhésion fut générale.

Elfric prit la parole. « Avez-vous terminé, mère Caris ?

— Je crois. À moins que quelqu'un souhaite discuter de ces propositions. »

Personne ne voulut s'exprimer. Comme l'assistance commençait à manifester son désir de clore la séance, Elfric reprit : « Certains d'entre vous se souviennent peut-être de m'avoir élu prévôt de la guilde », lança-t-il d'une voix pleine de ressentiment.

L'assemblée se mit à bouger nerveusement.

« Le prieur de Kingsbridge vient d'être accusé de vol devant nous et condamné sans procès », continua-t-il.

Sa phrase fut mal accueillie, personne ne croyant Godwyn innocent.

Ignorant l'humeur ambiante, il poursuivit : « Nous sommes restés assis comme des esclaves, à laisser une femme nous dicter les lois de la ville. De quel droit les ivrognes devraient-ils être jetés en prison ? Par son droit à elle ! Qui sera l'instance ultime en matière d'héritage ? Elle ! Qui s'occupera des orphelins de la ville ? Elle encore. N'avez-vous pas votre mot à dire ? N'êtes-vous pas des hommes ?

— Non ! » répliqua Betty la Boulangère en riant, et la salle s'esclaffa.

Caris décida de ne pas intervenir, c'était inutile. Elle jeta un coup d'œil à l'évêque, se demandant s'il avait l'intention de contrecarrer Elfric. Elle vit qu'il gardait la bouche serrée. À l'évidence, il avait compris lui aussi qu'Elfric se lançait dans une bataille perdue d'avance.

Le bâtisseur haussa la voix : « Je dis que nous devons rejeter l'idée d'avoir une femme pour prieure de la ville, même de façon intérimaire. Et nous refusons à la prieure du couvent le droit d'assister aux réunions de la guilde paroissiale et de nous donner des ordres. »

Certains manifestèrent à mi-voix leur rébellion. Deux ou trois personnes se levèrent pour partir en signe de dégoût. Quelqu'un cria : « Ça suffit, Elfric ! »

Il persista. « Et cette femme qui veut nous faire la loi a été accusée de sorcellerie et condamnée à mort ! »

Tous les hommes étaient debout maintenant. L'un d'eux quitta la pièce.

« Reviens ! cria Elfric. Je n'ai pas levé la séance. »

Personne ne lui prêta attention.

Caris se joignit au groupe près de la porte. Elle laissa passer l'évêque et l'archidiacre. Elle fut la dernière à partir. Sur le pas de la porte, elle se retourna et regarda Elfric, demeuré assis tout au bout de la salle.

Elle sortit.

64.

Douze ans s'étaient écoulés depuis le jour où Godwyn s'était rendu à Saint-Jean-des-Bois, accompagné de Philémon. Il se rappelait avoir été impressionné, à l'époque, par la belle ordonnance des lieux, par les champs bien entretenus, les haies taillées avec soin, les fossés curés, les pommiers joliment alignés dans le verger. Apparemment, rien de tout cela n'avait changé aujourd'hui. Quant à Saül Tête-Blanche, il était certainement resté le même.

Vus de loin, ces champs gelés évoquaient un échiquier. Godwyn et sa caravane les traversèrent en direction du monastère. À mesure qu'il s'approchait des bâtiments, Godwyn remarqua différentes modifications. Douze ans plus tôt, la petite église en pierre, flanquée de son cloître et du dortoir, était entourée d'appentis en bois abritant les cuisines, les écuries, la laiterie et la boulangerie. Ces annexes avaient disparu, remplacées par plusieurs corps de bâtiment en pierre attenant à l'église. L'ensemble offrait un aspect plus solide qu'autrefois.

« À mon avis, c'est à cause de ces hors-la-loi dont le nombre ne cesse d'augmenter, expliqua Philémon. Avec tous ces soldats qui reviennent des guerres contre la France…

— Je n'ai pas souvenir que mon avis ait été sollicité concernant un projet de construction, fit observer Godwyn d'un air pincé.

— Il ne l'a pas été.

— Hmm. » Au vu des circonstances présentes, il ne pouvait s'en plaindre. Toutefois, il fallait que Saül ait manqué à ses devoirs pour que pareil projet ait été mené à bien sans qu'il en soit informé, lui, le prieur de Kingsbridge.

Cela étant, il était bien aise de voir ce lieu efficacement protégé contre d'éventuelles intrusions.

Ces deux journées de voyage avaient quelque peu apaisé l'angoisse dans laquelle l'avait plongé la mort de sa mère. Pas un instant depuis sa disparition, il n'avait cessé de s'imaginer lui-même aux portes de la mort. À la réunion du chapitre, c'était à peine s'il avait eu la force de prendre la parole et d'organiser la fuite. Malgré son éloquence, certains moines avaient exprimé des réticences à partir. Heureusement, il avait pu alléguer le vœu de soumission. L'habitude d'obéir avait prévalu. Néanmoins, il ne s'était senti en sûreté qu'une fois le double pont traversé, lorsque la colonne des moines s'était retrouvée cheminant sur la route à la lumière de torches enflammées.

Pourtant, son anxiété ne l'avait pas quitté. Mille idées se bousculaient dans sa tête et il se surprenait à vouloir s'en ouvrir à Pétronille. Las, quand il se rappelait qu'il ne recevrait jamais plus aucun conseil de sa mère, une peur panique remontait en lui du tréfonds de ses entrailles, telle une nausée chargée de bile.

Il fuyait la peste, ce qu'il aurait déjà dû faire trois mois plus tôt, quand Marc le Tisserand était mort. Aujourd'hui, n'était-il pas trop tard ? Il refoula sa peur. Il ne se sentirait totalement rassuré que lorsqu'il serait derrière les murs de l'ermitage, à l'abri du monde.

Il ramena ses pensées à l'instant présent. En cette période de l'année, les champs étaient déserts. En revanche, devant le bâtiment, une poignée de moines s'affairaient sur une petite étendue de terre battue : l'un était occupé à ferrer un cheval, un autre à réparer une charrue ; plus loin, un petit groupe faisait tourner le levier d'une presse à cidre.

Ils interrompirent tous leur occupation pour regarder d'un œil étonné la cohorte qui marchait vers eux : vingt moines, une demi-douzaine de novices, quatre chariots et dix chevaux chargés. Godwyn avait emmené tout le monde, sauf les serviteurs du prieuré.

Un moine s'écarta du pressoir et s'avança vers les visiteurs. Godwyn reconnut en lui le prieur de l'ermitage. Ils se rencontraient tous les ans lorsque Saül Tête-Blanche venait à Kingsbridge. Pour la première fois, Godwyn remarqua que la chevelure blond cendré qui lui avait valu son surnom était parsemée de mèches grises.

Ils avaient fait leurs humanités ensemble à Oxford. Saül était un élève brillant, vif d'esprit et habile à argumenter. Surtout, c'était le plus dévot de tous les étudiants. S'il avait été moins religieux, s'il avait réfléchi à sa carrière au lieu de s'en remettre à Dieu, il aurait pu devenir prieur de Kingsbridge. À la mort du prieur Anthony, Godwyn l'avait évincé aisément.

Cependant, Saül n'était pas un faible, mais un homme mû par une vertu obstinée et ce trait de caractère ne laissait pas d'inquiéter Godwyn aujourd'hui, incapable qu'il était de prédire si Saül se rangerait à ses vues ou soulèverait toutes sortes de difficultés. Surmontant un nouvel accès de panique, il s'efforça de montrer un visage serein.

Il scruta attentivement les traits de Saül. Celui-ci, étonné de le voir et, à l'évidence, mécontent, affichait une cordialité limitée à la plus stricte politesse. Aucun sourire ne l'égayait.

À l'époque de l'élection du prieur, Godwyn avait clamé haut et fort qu'il ne briguait pas cette fonction, tout en s'attachant à éliminer les autres candidats, y compris Saül. Celui-ci avait-il conscience d'avoir été dupé ?

« Le bonjour à vous, père prieur, disait-il maintenant. Voilà une bénédiction à laquelle nous ne nous attendions pas ! »

À tout prendre, son attitude n'était pas franchement hostile, se dit Godwyn avec soulagement. Sans doute pensait-il que l'inverse aurait été contraire à son vœu d'obéissance. « Que Dieu vous bénisse, mon fils ! répondit-il. Cela faisait trop longtemps que je n'avais rendu visite à mes ouailles de Saint-Jean. »

Saül laissa errer son regard sur la congrégation de moines, les chevaux, les chariots chargés de vivres. « Apparemment, il ne s'agit pas là d'une simple visite. » Il ne proposa pas à Godwyn de l'aider à mettre pied à terre, comme s'il attendait une explication avant de les laisser entrer dans le monastère, comportement ridicule puisqu'il ne pouvait en aucun cas renvoyer son supérieur.

Néanmoins, Godwyn se sentit tenu de la lui fournir. « Avez-vous entendu parler de la peste ?

— Peu de visiteurs nous informent de la marche du monde, mais des rumeurs sont parvenues jusqu'à nous. »

Godwyn s'en réjouit. Ce peu de visiteurs était justement ce qui l'avait poussé à chercher refuge ici.

« L'épidémie a tué des centaines de gens à Kingsbridge. J'ai craint que le prieuré ne soit décimé. C'est pourquoi j'ai conduit les moines ici. C'est peut-être le seul moyen pour nous d'assurer notre survie.

— Vous êtes les bienvenus, naturellement, quelles que soient les raisons de votre visite.

— Cela va sans dire, lâcha Godwyn sèchement, furieux de s'être justifié.

— Je me demande comment caser tout le monde pour dormir, reprit Saül d'un air pensif.

— J'en déciderai le moment venu, répliqua Godwyn, soucieux de rétablir son autorité. Vous pouvez me faire visiter l'ermitage pendant que la cuisine nous prépare à dîner. » Il descendit de cheval sans l'aide de personne et pénétra dans le monastère.

Saül fut bien obligé de le suivre.

L'aspect dénudé et récuré de l'ermitage montrait combien son prieur plaçait haut le vœu de pauvreté. Pour l'heure, Godwyn s'intéressait surtout à la façon la plus rapide d'interdire l'accès des lieux aux gens de l'extérieur. Fort heureusement, l'amour de l'ordre et de l'organisation avait incité Saül à construire des bâtiments pourvus d'un petit nombre d'ouvertures. Le prieuré ne possédait que trois accès : par la cuisine, par l'écurie ou par l'église. Chacun d'eux était fermé par une porte massive que l'on pouvait barricader à l'aide d'une barre.

Conçu pour une dizaine de moines, le dortoir était petit ; le prieur n'avait pas de chambre séparée. Seule l'église pouvait accueillir vingt moines supplémentaires. Ils dormiraient à même le sol en terre battue.

Godwyn songea à récupérer le dortoir pour lui seul, mais la pièce ne recelait aucun meuble où remiser les trésors de la cathédrale, et il tenait à les garder à portée de main. En revanche, l'église était flanquée d'une petite chapelle munie d'une porte ; il décida d'y établir ses quartiers. Les moines de Kingsbridge répandirent de la paille sur le sol humide de la nef et s'organisèrent du mieux qu'ils le pouvaient.

Les vivres et le vin furent transportés dans la cave et Philémon se chargea de disposer les ornements sacrés dans la chapelle.

De ses discussions avec les moines de Saint-Jean, le sous-prieur avait déjà tiré certaines informations qu'il s'empressa de rapporter à Godwyn : « Saül dirige les choses à sa manière. Il exige obéissance à Dieu et à la règle de saint Benoît. D'après les frères, il ne se place pas lui-même sur un piédestal. Il dort dans le dortoir, mange la même nourriture que tout le monde et ne s'octroie quasiment aucun privilège. Inutile de dire qu'ils l'aiment pour ces raisons. Cependant, un moine attire les punitions, un certain frère Jonquille.

— Je me souviens de lui. À Kingsbridge, du temps de son noviciat, il avait déjà toutes sortes de problèmes : retard, négligence, paresse et cupidité. Il était incapable de se contrôler. Il avait probablement choisi la vie monastique dans l'espoir de se voir imposer des limites qu'il était incapable de se donner lui-même. Je doute qu'il nous soit d'une grande aide.

— Il saura se dégager du lot, pourvu qu'on lui en offre l'occasion, dit Philémon, mais il n'a pas de poids, personne ne le suivra.

— Ils n'ont rien à reprocher à Saül ? Se réveille-t-il tard, impose-t-il des tâches pénibles, garde-t-il le meilleur vin pour lui ?

— Apparemment pas.

— Hmm. » Saül professait la même rigueur qu'autrefois. À défaut d'en être surpris, Godwyn en était marri.

Pendant l'office du soir, il s'étonna de la gravité et de la discipline manifestées par les moines de Saint-Jean. Lui-même s'était attaché tout au long des années passées à débarrasser le prieuré de Kingsbridge des moines qui posaient des problèmes – les révoltés, les malades mentaux, ceux qui doutaient des enseignements de l'Église ou s'intéressaient aux idées hérétiques – en les expédiant à l'ermitage. Saül ne s'était jamais plaint d'aucun d'entre eux et n'en avait jamais renvoyé un. Il avait le don de changer les insoumis en moines exemplaires.

Après l'office, Godwyn ordonna aux moines de Kingsbridge de se rendre au réfectoire pour souper, ne conservant auprès de lui que Philémon et deux solides gaillards. Quand tout le monde eut quitté l'église, il pria Philémon de se poster à la porte donnant sur le cloître, puis ordonna aux deux moines de déplacer l'autel de bois sculpté et de creuser un trou dessous.

Lorsque le trou fut assez profond, Godwyn apporta les ornements de la petite chapelle pour les y enterrer. La tâche n'était pas achevée quand un échange véhément lui parvint du fond de l'église.

« Le seigneur prieur désire être seul », tempêtait Philémon.

Et Saül d'insister : « Qu'il me le dise en personne ! »

— Justement, il m'a chargé de vous le faire savoir. »

Saül haussa le ton : « Personne ne me mettra à la porte de ma propre église, et toi moins que quiconque ! »

— Ferez-vous violence au sous-prieur de Kingsbridge ?

— Si tu me barres le chemin, je te prends par la peau du dos et je te balance dans la fontaine ! »

Godwyn intervint. Il aurait préféré tenir Saül dans l'ignorance de ses activités, mais le sort en avait décidé autrement. « Laisse, Philémon ! »

Celui-ci s'écarta. Saül entra dans le sanctuaire. Apercevant les bagages, il en ouvrit un derechef, sans s'inquiéter d'y être autorisé. « Par mon âme ! hurla-t-il en extirpant une burette en argent. Que signifie tout cela ? »

Godwyn faillit lui rétorquer qu'il n'était pas habilité à questionner ses supérieurs. Saül, qui croyait aux vertus de l'humilité, se soumettrait probablement. Il préféra lui expliquer qu'il avait apporté avec lui les trésors de la cathédrale. Cela, pour ne pas instiller de soupçons dans son esprit.

Le prieur de l'ermitage eut une moue de dégoût. « Je comprends que ces babioles aient leur place dans une grande cathédrale, mais elles n'ont pas la leur ici, dans cet humble cloître de la forêt.

— Tu n'auras pas à les contempler, car elles seront dissimulées aux regards. Il n'y a pas de mal à ce que tu connaisses la cachette, quand bien même j'avais songé à t'épargner le poids d'un tel secret. »

Saül le dévisagea d'un air méfiant. « Pourquoi les avoir apportées, alors ?

— Pour les sauvegarder en lieu sûr. »

Saül demeurait dubitatif. « Je m'étonne que l'évêque t'ait autorisé à les emporter. »

Godwyn, qui n'avait requis aucune permission, se garda de l'avouer. « En ce moment, les choses vont si mal à Kingsbridge qu'il était hasardeux de les laisser au prieuré.

— Ils y auraient été plus en sécurité qu'ici, où nous sommes entourés de hors-la-loi. Grâce à Dieu, vous n'en avez pas rencontré en chemin.

— Dieu nous protège.

— Ses joyaux aussi, j'espère. »

L'attitude de Saül frisait l'insubordination. Godwyn, toutefois, ne le réprimanda pas. Une réaction exagérée de sa part risquait de révéler sa culpabilité. Il nota toutefois que l'humilité de Saül avait ses limites. Finalement, peut-être avait-il conscience d'avoir été manipulé douze ans plus tôt.

Godwyn déclara : « Demande aux moines de rester au réfectoire après le souper. Dès que j'en aurai fini ici, j'irai leur parler. » Façon comme une autre de renvoyer Saül.

Celui-ci ne se rebiffa pas et quitta les lieux. Godwyn enterra les objets précieux, les chartes du prieuré, les reliques de saint Adolphe et la presque totalité de l'argent. Les moines comblèrent le trou. Ayant tassé la terre, ils remirent l'autel à sa place et allèrent jeter dehors le surplus de terre. Quand ils eurent fini, ils se rendirent tous au réfectoire.

Les vingt moines de Kingsbridge s'entassaient tant bien que mal dans la petite pièce. Debout derrière un lutrin, un moine lisait un passage de l'Évangile selon saint Marc. Il s'interrompit à l'entrée de Godwyn.

Le prieur lui désigna une place dans la salle et vint le remplacer au lutrin. « Dieu nous a envoyé ce terrible fléau pour nous punir de nos péchés. Nous sommes venus dans cette sainte retraite pour nous laver de ces péchés loin de l'influence corrompue de la ville.

— De quels péchés plus particulièrement, père Godwyn ? » l'interrompit Saül d'une voix forte.

Et Godwyn, qui n'avait pas eu l'intention d'entamer un débat sur ce thème, se vit contraint d'improviser : « L'autorité de la sainte Église de Dieu est l'objet de contestations ; les femmes sont devenues lascives ; les moines ont failli à établir une séparation totale avec elles ; les religieuses sont tombées dans l'hérésie et la sorcellerie.

— Combien de temps cela prendra-t-il de nous laver de ces péchés ?

— Quand la peste aura disparu, nous saurons que nous avons remporté la victoire sur le démon. »

Un autre moine de Saint-Jean prit la parole, un homme de haute taille aux mouvements désordonnés et au regard fou. Godwyn reconnut en lui frère Jonquille. « Et vous-même, comment vous en laverez-vous ? »

Que les moines de Saint-Jean se permettent d'interroger leur supérieur aussi librement stupéfia Godwyn. « Par la prière, la méditation et le jeûne.

— Le jeûne, c'est une bonne idée, fit remarquer frère Jonquille, parce que nous n'avons pas grand-chose à partager, question nourriture. »

Sa repartie suscita de petits rires.

Inquiet de ne plus tenir son auditoire, Godwyn réclama le silence par des coups frappés sur son lutrin. « Dorénavant, les visiteurs seront éconduits. Toute personne étrangère au monastère est un danger pour nous. Je veux que toutes les portes soient barricadées, de jour comme de nuit. Aucun moine ne doit sortir sans mon autorisation expresse. Laquelle ne sera accordée que dans des cas d'urgence. Nous allons nous enfermer jusqu'à la fin de cette terrible épidémie.

— Mais si... », intervint frère Jonquille.

Godwyn lui coupa la parole. « Je n'ai pas requis tes commentaires, mon frère ! » Il promena sur l'assemblée un regard impérieux. « Vous êtes moines. Vous me devez obéissance. Et maintenant, prions. »

*

Godwyn s'inquiétait. Son autorité risquait fort de se voir battue en brèche avant longtemps. Son discours avait pris tout le monde au dépourvu. Sur le moment, personne ne s'était rebellé ; les moines lui avaient obéi d'instinct, comme à leur supérieur. Mais le jour viendrait où des décisions seraient à prendre. Que se passerait-il alors ?... Dieu merci, l'heure de vérité ne sonnerait pas de sitôt, se disait-il pour tenter de se rassurer.

Hélas, elle survint dès le lendemain, alors qu'ils chantaient le premier office de la nuit dans la petite église. Ankylosé par le froid glacial, le prieur souffrait de courbatures après une nuit inconfortable, loin de son lit douillet et des multiples cheminées de son palais. Les fenêtres laissaient filtrer la lumière grise de l'aube hivernale quand un coup violent fut frappé à la porte de l'église qui donnait sur le monde extérieur.

Godwyn se tendit. Quelle guigne de ne pas avoir disposé d'un jour de plus pour asseoir son pouvoir !

Il fit signe aux moines de continuer à chanter. Le coup fut suivi de cris. Comme Saül se levait avec l'intention de gagner la porte, Godwyn lui intima l'ordre de s'asseoir d'un geste de la main. Non sans marquer une hésitation, le prieur des lieux obtempéra.

Godwyn était résolu à tenir bon, convaincu que l'intrus partirait si son appel demeurait sans réponse. Las, qu'il était difficile de forcer les gens à ne rien faire ! Distraits, les moines ne se concentraient plus sur les Psaumes. Ils chuchotaient entre eux en jetant des coups d'œil par-dessus leur épaule. Les chants perdaient de leur pureté et de leur cadence. Ils finirent par se taire complètement. Seule s'élevait encore la voix de Godwyn.

La colère ne tarda pas à le saisir. Si les moines l'avaient imité, ils n'auraient pas été interrompus maintenant ! Agacé par leur faiblesse, il finit par quitter sa place et descendit la courte nef jusqu'à la porte, qui était fermée. « Qu'y a-t-il ? demanda-t-il d'une voix forte.

— Laissez-nous entrer ! répondit une voix assourdie.

— C'est impossible, s'écria Godwyn. Allez-vous-en ! »

Saül apparut à ses côtés. « Que fais-tu ? s'exclama-t-il, horrifié. Les chasserais-tu de l'église ?

— Je l'ai dit : pas de visiteurs ! »

Les coups recommencèrent de plus belle. « Laissez-nous entrer !

— Qui êtes-vous ? » s'enquit Saül.

Il y eut une pause, puis la voix reprit : « Des hommes de la forêt !

— Des hors-la-loi ! piailla Philémon.

— Des pécheurs comme toi-même ! le corrigea Saül sur un ton de mépris. Et des enfants de Dieu tout autant !

— Ce n'est pas une raison pour qu'ils nous assassinent !

— Peut-être faudrait-il d'abord s'enquérir de leur intention ! »
Saül se dirigea vers la fenêtre à droite de la porte. L'église était un bâtiment bas et le rebord de la fenêtre se trouvait juste au-dessous du niveau de ses yeux. Les ouvertures n'avaient pas de vitres, elles étaient protégées du froid par des tentures de lin translucide. Saül les écarta. Se dressant sur la pointe des pieds, il demanda. « Pour quelle raison frappez-vous à notre porte ?

— L'un de nous est malade, répondit un homme, que Godwyn entendit parfaitement.

— Je vais leur parler », dit-il à Saül.

Celui-ci le toisa.

« Éloigne-toi de la fenêtre ! »

Saül obtempéra à contrecœur.

« Nous ne pouvons pas vous laisser entrer, allez-vous-en ! » cria Godwyn.

Saül le dévisagea avec stupeur : « Tu renvoies un homme malade ? Alors que nous sommes non seulement moines, mais aussi médecins !

— Si cet homme a la peste, il n'y a rien que nous puissions faire pour lui. Si nous le laissons entrer, nous nous tuons nous-mêmes.

— À Dieu d'en décider !

— Dieu ne permet pas que nous nous suicidions !

— Tu ne sais même pas de quoi souffre cet homme ! Il peut très bien n'avoir qu'un bras cassé ! »

Godwyn alla se pencher à la fenêtre située de l'autre côté de la porte, à gauche, et regarda au-dehors. Un groupe de six gaillards entourait une civière posée à terre sur le perron. Ils portaient des vêtements coûteux mais sales, comme s'ils avaient dormi dans leurs habits du dimanche. Il en allait toujours ainsi avec les hors-la-loi : ils dépouillaient les voyageurs et, en deux temps trois mouvements, transformaient en guenilles les coûteux vêtements dérobés. Ces hommes-là étaient armés. Certains d'entre eux avaient des épées, des poignards et des arcs de bonne qualité. On pouvait en conclure qu'il s'agissait de soldats démobilisés.

Le malade sur la civière transpirait abondamment malgré le froid glacial de cette aube de janvier, et il saignait du nez. Involontairement, l'image de sa mère se mourant à l'hospice s'imposa à Godwyn. Il revit le filet de sang qui coulait sans relâche des narines de Pétronille malgré les efforts de la sœur qui s'occupait d'elle. Ce jour-là, se rappela-t-il, l'idée de contracter cette maladie l'avait à ce point bouleversé qu'il avait songé à se jeter du toit de la cathédrale de Kingsbridge, préférant mourir en un instant d'une douleur atroce plutôt qu'agoniser pendant trois ou cinq jours, en délirant et en souffrant d'une soif inextinguible. « Cet homme a la peste ! » s'écria-t-il et il perçut dans sa propre voix une note d'hystérie.

Un des hors-la-loi s'avança vers sa fenêtre. « Je vous connais, vous êtes le prieur de Kingsbridge ! »

Godwyn tenta de se reprendre. Il dévisagea le bandit avec peur et colère. Ce devait être le meneur. Il se comportait avec l'arrogante assurance d'un homme bien né. Il avait dû être beau jadis, mais des années de vie difficile l'avaient marqué. « Qui es-tu, toi qui viens cogner à la porte d'une église alors que les moines chantent des Psaumes à la gloire du Seigneur ? s'enquit Godwyn.

— D'aucuns m'appellent Tam l'Insaisissable », répondit le hors-la-loi.

Les moines laissèrent échapper de petits cris médusés. Tam l'Insaisissable était une légende vivante ! « Ils vont tous nous tuer ! s'exclama frère Jonquille.

— Silence ! gronda Saül. Chacun de nous mourra à l'heure où Dieu l'aura décidé, et pas une seconde plus tôt !

— Excusez-moi, mon père ! »

Saül retourna à la fenêtre. « L'année dernière, ça ne vous a pas dérangé de voler nos poulets.

— Pardonnez-nous, mon père ! Nous mourions de faim !

— Et aujourd'hui c'est à nous que vous venez réclamer notre aide ?

— Parce que vous dites dans vos sermons que Dieu est pardon. »

S'adressant à Saül, Godwyn ordonna : « Laisse-moi m'en occuper ! »

Le prieur de l'ermitage hésita. Honte et rébellion s'exprimèrent tour à tour sur ses traits, signes de la lutte qui se déroulait en lui. Il finit par s'incliner.

« Dieu pardonne à ceux dont le repentir est sincère, déclara Godwyn à l'adresse de Tam.

— Eh bien, cet homme s'appelle Win Bonhomme et il se repent vraiment de ses nombreux péchés. Il voudrait entrer dans l'église afin de prier pour sa guérison ou, du moins, pour rendre l'âme dans un lieu saint. »

Un autre hors-la-loi éternua.

Quittant sa fenêtre, Saül vint se planter devant Godwyn, les poings sur les hanches. « Nous ne pouvons pas le renvoyer ! » assena-t-il.

Godwyn fit de son mieux pour celer son angoisse. « Cet éternuement que tu viens d'entendre comme moi, tu sais ce qu'il veut dire ? » Il se retourna vers les moines. « Ces brigands ont la peste ! » prononça-t-il d'une voix forte de manière à être entendu de tous.

Un murmure apeuré lui répondit. Il s'en réjouit. Il avait compté que leur effroi inciterait les moines à se rallier à lui, au cas où Saül défierait ses ordres.

De fait, Saül déclarait : « Il est de notre devoir de leur porter secours, même s'ils sont atteints de la peste. Nos vies ne nous appartiennent pas, pour que nous cherchions à les protéger comme on cache l'or sous la terre. Nous les avons offertes à Dieu afin qu'il en use à sa guise et y mette un terme au moment le plus opportun pour servir ses buts sacrés !

— Laisser entrer ces hors-la-loi équivaudrait à choisir le suicide ! Ils nous tueront tous.

— Qu'avons-nous à craindre, père prieur ? Nous sommes des hommes de Dieu. Pour nous, la mort n'est que l'union joyeuse avec le Christ ! »

Conscient de laisser transparaître sa peur alors que Saül conservait un sang-froid remarquable, Godwyn se força à s'exprimer sur un ton calme et empreint de philosophie : « Il n'en demeure pas moins que c'est un péché que de rechercher la mort !

— Toutefois, lorsqu'elle se présente à nous dans l'exercice de notre saint devoir, nous l'accueillons avec plaisir ! » objecta Saül.

Débattre ainsi n'aboutirait à rien. Le comprenant, Godwyn décida de faire preuve d'autorité. Il rabattit son volet de tissu et ordonna : « Bouche ta fenêtre, frère Saül, et rejoins-moi ! »

Le fixant droit dans les yeux, il attendit.

Après une hésitation, Saül s'exécuta.

« Quels sont tes trois vœux, mon frère ? »

Saül laissa durer la pause. Le jeu auquel Godwyn s'adonnait lui était clair : le prieur de Kingsbridge refusait de considérer le prieur de Saint-Jean comme son égal.

Saül donna tout d'abord l'impression qu'il ne répondrait pas. Puis sa formation monastique prit le dessus : « La pauvreté, la chasteté et l'obéissance.

— À qui dois-tu obéissance ?

— À Dieu, à la loi de saint Benoît et à mon prieur.

— Ton prieur se tient ici devant toi. Me reconnais-tu comme tel ?

— Oui.

— Tu peux dire : "Oui, père prieur."

— Oui, père prieur.

— Maintenant je vais te dire ce que tu dois faire, et tu obéiras. » Godwyn promena les yeux sur l'assemblée et enchaîna : « Que chacun retourne à sa place ! »

Il y eut un moment de silence glacial pendant lequel personne ne bougea ni ne dit mot. Godwyn retenait son souffle. Tout pouvait arriver : soumission ou mutinerie, ordre ou anarchie, victoire ou défaite.

Finalement, Saül esquissa un mouvement : il baissa la tête et s'en alla. Il remonta le bas-côté et regagna sa place devant l'autel.

Les autres l'imitèrent.

Quelques cris retentirent encore à l'extérieur, mais ce n'étaient que des salves d'adieu. Les hors-la-loi avaient compris qu'ils ne pouvaient forcer un médecin à soigner un de leurs camarades malades.

Revenu près de l'autel, Godwyn s'adressa aux moines : « Achevons le Psaume interrompu ! »

Et il commença à chanter.

« Gloire à Dieu…

— À son fils…

— Et au Saint-Esprit. »

Le cantique était hésitant, les moines étaient encore trop émus pour adopter le ton qui convenait. Qu'importe ! Ils étaient chacun à leur place et poursuivaient leur rituel. Godwyn avait gagné.

« Comme cela était au commencement…

— Comme cela l'est maintenant…

— Et le sera dans les siècles des siècles…

— Amen.

— Amen », répéta Godwyn.

Un moine éternua.

65.

Peu après la fuite de Godwyn, Elfric mourut de la peste.

Caris en fut attristée pour sa sœur Alice, restée veuve. Ce sentiment mis à part, elle eut du mal à ne pas se réjouir de la disparition du bâtisseur : il avait persécuté les faibles, flatté les puissants et il l'avait presque conduite à la potence avec ses mensonges. Le monde se porterait mieux sans lui. À commencer par son entreprise de construction qui serait mieux dirigée par son gendre, Harold Masson.

Élu prévôt de la guilde de la paroisse en remplacement d'Elfric, Merthin accueillit sa nomination par ces mots : « Me voilà désormais capitaine d'un bateau en perdition. »

L'épidémie continuait ses ravages, l'horreur régnait partout. Violence et cruauté ne choquaient plus personne. À force d'enterrer parents, voisins, clients et employés, les habitants de Kingsbridge avaient perdu toute retenue. Sentant leur mort prochaine, ils s'abandonnaient à leurs instincts les plus bas sans se soucier des conséquences.

Il fallait batailler dur pour préserver un semblant de normalité à la ville. Caris et Merthin menaient le combat de front. L'orphelinat était l'une des plus belles réussites de la prieure. Les enfants, déchirés par la disparition de leurs parents, retrouvaient là une atmosphère paisible, un lieu où ils étaient non seulement en sécurité mais nourris à leur faim. Le couvent disposait en effet de réserves d'autant plus abondantes que les rangs des religieuses ne cessaient de s'éclaircir. Prendre soin des petits, leur apprendre à lire et à chanter les cantiques réveillaient chez certaines sœurs un instinct maternel longtemps tenu caché et le prieuré de Kingsbridge retentissait à présent de joyeuses voix enfantines.

En ville, la situation était plus difficile. À longueur de temps éclataient de violentes disputes concernant les biens des personnes décédées. Des gens s'introduisaient sans vergogne dans les maisons désertées pour y rafler ce qui leur plaisait. Des enfants devenus subitement propriétaires d'une somme rondelette ou d'entrepôts bien garnis étaient adoptés par des voisins sans scrupule, mus par le seul souci de s'accaparer leur héritage. Et Caris de songer avec désespoir que la perspective d'accumuler des richesses sans effort engendrait le pire chez ses concitoyens.

Les mesures visant à restaurer un comportement normal au sein de la population ne portaient guère de fruits. L'ivrognerie persistait malgré la répression exercée par John le Sergent. Veufs et veuves se lançaient dans la recherche frénétique d'une compagne ou d'un compagnon et il n'était pas rare de tomber sur des couples d'un certain âge s'adonnant à leur passion dans les tavernes ou même sur le pas des portes. Caris ne s'en offusquait pas outre mesure ; ce qu'elle déplorait, c'était que l'ivresse et la débauche, source de mille et une bagarres, se déploient sur la voie publique. Malheureusement, Merthin et la guilde demeuraient impuissants à mettre un terme à ces dérèglements.

En cette période où la population aurait eu le plus besoin d'un cadre strict, la fuite des moines engendrait à l'inverse le laisser-aller et l'abattement. D'autant qu'ils avaient emporté les reliques, gage de prospérité pour la cité. De là à conclure de leur départ que le Tout-Puissant avait abandonné la ville, il n'y avait qu'un pas. D'aucuns y voyaient le signe que la chance avait tourné. Chaque semaine l'absence des crucifix et des précieux chandeliers lors de la messe du dimanche renforçait les citoyens dans leur conviction que Kingsbridge était damné. En de telles circonstances, pourquoi ne se seraient-ils pas saoulés et livrés à la fornication au vu et au su de tous ?

Peuplée d'environ sept mille habitants, la ville de Kingsbridge en avait perdu un millier à la mi-janvier. Il en allait de même dans les autres cités du pays. Malgré le port du masque, le couvent connaissait un taux de mortalité élevé, probablement parce que les religieuses étaient en contact permanent avec les malades. Des trente-cinq qu'elles étaient avant l'épidémie, elles n'étaient plus qu'une vingtaine. Toutefois, elles s'estimaient chanceuses, car désormais de nombreux monastères et couvents du pays comptaient à peine une poignée de religieux, quand ce n'était pas un seul, pour assurer le travail. Caris avait abrégé la durée du noviciat et mis en place une formation aux soins en vue d'augmenter le nombre des sœurs capables d'œuvrer à l'hospice.

Merthin engagea le serveur de l'auberge du Buisson en qualité de gérant pour sa taverne de La Cloche. Il prit aussi à son service une intelligente jeune fille de dix-sept ans prénommée Martine, pour s'occuper de Lolla.

Et puis l'épidémie sembla perdre de sa virulence. En janvier, l'on n'enterra plus qu'une cinquantaine de personnes, un net recul comparé à la semaine qui avait précédé Noël où une centaine d'habitants avaient trouvé la mort. Caris se prit à espérer que le cauchemar touchait à sa fin.

L'un des malheureux à contracter la maladie durant cette période fut un étranger qui se présenta un jour à la porte de l'hospice, un chiffon ensanglanté plaqué sur le nez. C'était un bel homme aux cheveux noirs d'une trentaine d'années. « Hier, je croyais avoir pris froid. Aujourd'hui, j'ai des saignements de nez incessants.

— Je vais vous trouver un endroit où vous étendre, lui répondit Caris à travers son masque en tissu.

— C'est la peste, n'est-ce pas ? demanda-t-il avec un calme et une résignation bien différents de l'anxiété que les patients manifestaient d'ordinaire. Pourrez-vous faire quelque chose pour me guérir ?

— Nous pouvons vous soulager et prier pour vous.

— Cela ne servira à rien. Même vous, vous n'y croyez pas, je le vois bien. »

Elle fut ébahie de découvrir qu'il déchiffrait aussi aisément ses pensées. « Vous ne savez pas ce que vous dites, protesta-t-elle sans conviction. Je suis religieuse, je dois y croire.

— Vous pouvez me dire la vérité : vais-je mourir bientôt ? »

Elle le regarda longuement. Il lui souriait d'un sourire enjôleur qui avait dû tourner la tête à bien des femmes. « Comment se fait-il que vous n'ayez pas peur ? Tout le monde a peur.

— Je ne crois pas à ce que racontent les prêtres, dit-il en la regardant effrontément. Vous non plus, je le soupçonne ! »

Ne voulant pas en débattre avec un inconnu, aussi charmant soit-il, elle répondit sans ménagement : « Les malades atteints de la peste meurent dans les trois à cinq jours. Certaines personnes survivent sans que l'on sache pourquoi. »

Il accueillit la nouvelle paisiblement. « C'est bien ce que je pensais.

— Vous pouvez vous étendre ici.

— Cela me fera-t-il du bien ? lança-t-il en lui décochant à nouveau son sourire de mauvais garçon.

— Si vous ne vous étendez pas rapidement, vous allez tomber.

— C'est bon. »

Il s'étendit sur la paillasse qu'elle lui avait désignée. Elle lui apporta une couverture. « Comment vous appelez-vous ?

— Tam. »

Elle scruta son visage. Derrière son charme, elle décela de la cruauté et se dit qu'il était du genre à violer les femmes qui résistaient à ses tentatives de séduction. Il avait la peau tannée par la vie au grand air et un nez d'ivrogne ; ses vêtements étaient de bonne qualité, mais sales. « Je sais qui vous êtes. N'avez-vous pas peur d'être puni pour vos péchés ?

— Si j'avais craint de l'être, je ne les aurais pas commis. Et vous, avez-vous peur de brûler en enfer ? »

D'ordinaire, Caris esquivait ce genre de question. Mais ce hors-la-loi moribond méritait une vraie réponse. « Je crois que mes actes deviennent partie inhérente de moi-même. Lorsque je suis courageuse et forte, que je prends soin des enfants, des malades et des pauvres, je deviens meilleure ; mais quand je suis cruelle ou lâche, quand je raconte des mensonges ou que je me saoule, je me transforme alors en une personne de peu de valeur et je ne me respecte plus. Telle est la récompense divine et c'est en cela que je crois. »

Il la regarda pensivement. « J'aurais aimé vous rencontrer il y a vingt ans. »

Elle eut un petit « tss tss » dédaigneux : « J'en avais douze à l'époque ! »

Le voyant hausser un sourcil intéressé, elle mit fin à ce badinage. Il commençait à lui conter fleurette et elle se surprenait à apprécier ses discours. Elle tourna les talons.

Il dit encore : « Vous êtes bien courageuse d'accomplir ces tâches, car elles vous tueront certainement !

— Je sais », répondit-elle en revenant vers lui. Plantant ses yeux dans les siens, elle ajouta : « Je suis incapable de fuir les gens qui ont besoin de moi. Tel est mon destin.

— Visiblement, votre prieur ne possède pas cette qualité.

— Il a disparu.

— Les gens ne disparaissent pas.

— Je veux dire personne ne sait où le prieur Godwyn et les moines s'en sont allés.

— Je le sais, moi », répondit Tam.

*

Le temps en cette fin février était doux et ensoleillé lorsque Caris quitta la ville pour Saint-Jean-des-Bois, montée sur un petit cheval gris. Merthin, qui l'accompagnait, chevauchait un étalon noir. En temps normal, le spectacle d'un homme et d'une religieuse voyageant seuls aurait fait jaser, mais l'époque était telle qu'on ne s'arrêtait plus à cela.

On craignait moins les hors-la-loi. Un grand nombre d'entre eux étaient morts, victimes de la peste, comme Tam l'Insaisissable l'avait appris à Caris avant de décéder. La hausse subite de la mortalité avait eu pour effet d'endiguer les agressions. Partout, il y avait abondance de nourriture, de vin et de vêtements, denrées qui peu de temps auparavant suscitaient la convoitise des brigands. Les gens qui avaient survécu à la peste trouvaient à se fournir dans des villages déserts ou des villes fantômes, et ils faisaient main basse sur tout ce qu'ils trouvaient.

Au début, Caris avait été mortifiée d'apprendre que Godwyn n'était qu'à deux jours de Kingsbridge. Elle l'avait imaginé caché dans un lieu si lointain qu'il n'en reviendrait jamais. Mais bien vite elle se réjouit de cette proximité qui allait lui permettre de récupérer facilement l'argent et les biens du prieuré, notamment les chartes du couvent sans lesquelles la congrégation ne pouvait faire valoir ses droits en cas de litige, que cela concerne une propriété ou l'application des droits féodaux.

Elle était fermement décidée à exiger de Godwyn qu'il lui restitue les biens du prieuré, en lieu et place de l'évêque. Quel plaisir ce serait que de le confronter et l'obliger à admettre sa couardise et sa malhonnêteté ! Elle avait en sa possession une lettre d'Henri l'autorisant à prendre possession de ces biens. Si Godwyn refusait de les rendre, cela prouverait de manière éclatante qu'il ne les avait pas emportés pour les mettre en sécurité, mais bien pour les dérober. L'évêque pourrait alors, si nécessaire, entreprendre une action en justice ou simplement débarquer à l'ermitage à la tête d'une petite troupe d'hommes armés.

Au sortir de Kingsbridge, le trajet à cheval évoqua à Caris son aventure sur les routes de France et une grande tristesse l'envahit au souvenir de Mair, de sa beauté, de sa bonté et de son amour. De toutes les sœurs emportées par la peste, Mair était celle qui lui manquait le plus.

La pensée de passer deux jours entiers en tête à tête avec Merthin sans être dérangée par quiconque la consola bientôt. Trottant côte à côte, ils bavardaient continuellement, comme au temps de leur adolescence, se racontant tout ce qui leur passait par la tête.

À son habitude, Merthin débordait d'idées plus intelligentes les unes que les autres. L'épidémie n'avait pas tué en lui le désir d'ouvrir des magasins et des tavernes sur l'île aux lépreux. Il lui confia son intention de démolir l'auberge de La Cloche qu'il avait héritée de Bessie pour la reconstruire deux fois plus grande.

Caris se dit qu'ils avaient certainement été amants. Sinon pourquoi Bessie lui aurait-elle laissé La Cloche ? Elle en ressentit du dépit, tout en sachant qu'elle ne pouvait s'en prendre qu'à elle-même. Puis elle se convainquit que Bessie n'avait été qu'un pis-aller pour Merthin, et qu'elle avait dû le savoir. Néanmoins, l'idée que cette grosse aubergiste ait pu folâtrer avec lui suscitait en elle une jalousie et une colère qu'elle ne pouvait combattre.

À midi, ils firent une halte au bord d'un ruisseau pour se reposer. Ils mangèrent du pain, du fromage et des pommes, nourriture habituelle de tous les voyageurs qui n'étaient pas fortunés. Ils donnèrent aussi du grain à leurs chevaux, car une monture ne pouvait porter un cavalier sur son dos une journée entière en ne se nourrissant que d'herbe broutée de temps à autre. Leur repas achevé, ils voulurent s'étendre quelques instants au soleil, mais le sol froid et humide n'incitait pas au sommeil. Ils se relevèrent donc et reprirent la route.

Ils avaient retrouvé rapidement l'affectueuse intimité de leur jeunesse. Côtoyant la mort en permanence, Caris avait grand besoin de légèreté et Merthin, justement, avait toujours su l'égayer. Il la divertit si bien qu'elle en oublia même sa vindicte à l'encontre de Bessie.

Ils suivaient la route que les moines de Kingsbridge empruntaient depuis des centaines d'années pour se rendre à l'ermitage. Ils s'arrêtèrent pour la nuit à l'auberge de La Vache rouge, dans la petite ville de Lordsborough, à mi-chemin. Ils dînèrent de rôti de bœuf, accompagné de bière forte.

À ce moment-là du voyage, Caris ressentait dans tout son corps un désir si lancinant qu'il en était presque douloureux. Les dix dernières années de sa vie s'étaient évaporées de sa mémoire et elle ne rêvait plus que d'une chose : prendre Merthin dans ses bras et faire l'amour avec lui comme autrefois. Hélas, c'était impossible. La Vache rouge n'avait que deux chambres : l'une pour les hommes, l'autre pour les femmes, raison pour laquelle les moines avaient fait de ce lieu leur étape. Caris et Merthin se séparèrent sur le palier. Caris resta éveillée à se caresser, bercée par les ronflements de l'épouse d'un chevalier et par la respiration sifflante d'une marchande d'épices, en imaginant que cette main entre ses cuisses était celle de Merthin.

Au matin, elle se leva, lasse et désabusée. Au petit déjeuner, ce fut d'un geste machinal qu'elle porta à sa bouche les cuillerées du gruau. Mais Merthin affichait un tel bonheur qu'elle retrouva bien vite sa bonne humeur et ils quittèrent l'auberge dans un état d'esprit aussi joyeux que la veille.

La route traversait une forêt dense. Ils ne croisèrent pas un seul voyageur de toute la matinée. Leur conversation acquit un tour plus intime. Caris en apprit davantage sur la vie de Merthin à Florence, sur son épouse Silvia, sur les circonstances dans lesquelles il l'avait rencontrée et sur son caractère. Elle lui aurait volontiers demandé ce qu'il avait éprouvé à faire l'amour avec elle, si c'était différent de ce qu'ils avaient connu ensemble et en quoi. Elle se retint, estimant ces questions indiscrètes, même si Silvia n'était plus de ce monde. De toute façon, le ton de Merthin lui en révélait déjà beaucoup. Elle devinait qu'il avait été heureux au lit avec Silvia, mais que leur relation n'avait pas été aussi intense et passionnée que la leur.

N'étant pas habituée à passer des heures en selle, Caris fut bien aise de s'arrêter pour dîner. Après le repas, ils s'adossèrent à un tronc d'arbre pour se reposer avant de reprendre la route.

Les pensées de Caris tournaient autour de Godwyn. Elle s'inquiétait de ce qu'elle allait découvrir à Saint-Jean-des-Bois quand elle eut soudain le pressentiment que dans la minute suivante, elle ferait l'amour avec Merthin. Elle n'aurait su expliquer comment elle le savait car leurs corps ne se frôlaient même pas. Néanmoins, elle en avait la certitude absolue. Elle tourna la tête vers lui et lut dans ses yeux la même conviction : il lui souriait sans vergogne et son regard lui révélait tous ses espoirs et ses regrets des dix dernières années, toutes ses douleurs et tous ses pleurs.

Il saisit la main de Caris et déposa un baiser au creux de sa paume. Puis il fit remonter ses lèvres sur la partie délicate de son poignet. « Je sens ton pouls, dit-il doucement.

— Le pouls n'enseigne pas grand-chose, il va falloir que tu m'examines complètement. »

Il baisa son front, ses paupières, son nez. « J'espère que tu n'auras pas de honte à me laisser voir ton corps.

— Ne t'en fais pas. Je ne vais certainement pas me dévêtir par ce temps ! »

Ils gloussèrent tous les deux.

« Pourrais-tu avoir la bonté de relever le bas de ton habit pour que je puisse procéder à l'examen ? »

Elle se pencha, saisit son ourlet entre ses doigts et fit remonter lentement sa robe le long de ses jambes. Apparurent tout d'abord ses chevilles puis ses genoux enserrés dans des bas, et enfin ses cuisses. Bien que d'humeur mutine, elle s'inquiétait des dégâts subis par son corps en dix années de temps. Elle avait maigri, son bassin s'était élargi, sa peau était un peu moins souple et moins douce que par le passé, sa poitrine n'était plus aussi ferme ni plantée aussi haut. Merthin serait-il déçu? Balayant ses craintes, elle poursuivit le jeu. « Suis-je assez dénudée pour les besoins médicaux?

— Pas tout à fait.

— La patiente ne porte malheureusement pas de sous-vêtements. Ce luxe est considéré comme inconvenant pour une religieuse.

— Nous autres, médecins, sommes tenus de déployer une méticulosité irréprochable en toutes circonstances, que cela nous plaise ou non.

— Oh, Seigneur, quel dommage! s'exclama-t-elle avec un sourire. Eh bien, vaille que vaille, alors! »

Sans quitter Merthin des yeux, elle souleva sa robe avec lenteur jusqu'à sa taille.

Il resta à contempler son corps, sa respiration devenue haletante. « Ça alors, par exemple! C'est un cas très inquiétant. » Il déglutit puis releva les yeux vers elle : « Je n'en peux plus. Pour moi, ce n'est pas un jeu. »

Elle le prit dans ses bras et l'attira contre elle, le serrant de toutes ses forces, s'accrochant à lui comme une noyée. « Fais-moi l'amour, Merthin. Maintenant, tout de suite! »

*

Dans la lumière de l'après-midi, le prieuré de Saint-Jean-des-Bois avait une tranquillité suspecte, se dit Caris. Personne ne travaillait aux champs. Pourtant, ceux qui entouraient le petit ermitage et fournissaient la nourriture avaient grand besoin d'être hersés et labourés. Ils étaient couverts de mares stagnantes.

En s'approchant, elle aperçut une rangée de tombes fraîchement creusées dans le petit cimetière jouxtant l'église. « La peste est arrivée jusqu'ici », constata Merthin.

Caris acquiesça. « Fuir lâchement ne lui aura servi à rien! ajouta-t-elle à propos de Godwyn, non sans une pointe de satisfaction.

— Peut-être y a-t-il lui-même succombé ? » émit Merthin.

Caris se prit à l'espérer, mais eut honte de l'avouer à haute voix.

Les deux voyageurs firent le tour du monastère silencieux et parvinrent dans une cour qui était manifestement celle de l'écurie. La porte en était ouverte et des chevaux broutaient dans la prairie près de l'étang. Ils mirent pied à terre. Personne n'était sorti pour les accueillir.

Ils traversèrent les écuries et pénétrèrent dans le bâtiment. Le silence inquiétant qui régnait sur les lieux fit craindre à Caris le pire. Ils regardèrent à l'intérieur d'une cuisine. Elle n'était pas aussi propre qu'elle aurait dû l'être et le four à pain était froid. Ils débouchèrent dans le cloître. Leurs pas résonnèrent dans l'air gris et glacé. En marchant vers l'église, ils tombèrent sur frère Thomas.

« Grâce à Dieu, vous nous avez retrouvés ! » s'exclama-t-il.

Caris l'embrassa, sachant que les femmes n'étaient pas un objet de tentation pour lui. « Quel bonheur de vous découvrir en vie !

— J'ai été bien malade et puis je me suis remis, expliqua-t-il.

— Ce n'est pas fréquent.

— Je le sais.

— Racontez-nous ce qui est arrivé !

— Godwyn et Philémon avaient bien préparé leur coup, on peut le dire ! Personne ne s'y attendait. Au chapitre, Godwyn a relu l'histoire d'Abraham et Isaac pour montrer que Dieu exige parfois de nous des actes qui peuvent sembler mauvais au premier regard. Puis il a déclaré que nous partirions la nuit même. La plupart des moines ont accueilli la nouvelle avec soulagement. Ceux qui hésitaient se sont fait rappeler leur vœu d'obéissance. »

Caris hocha la tête. « J'imagine la scène sans mal. Quoi de plus agréable que d'obéir à des ordres qui vont exactement dans le sens que vous souhaitez ?

— Je ne suis pas fier de moi !

— Ce n'était pas un reproche, frère Thomas ! » dit-elle.

Merthin intervint : « Quand même, compte tenu de votre nombre, je suis surpris que rien n'ait transpiré concernant votre destination.

— Nous n'en étions pas informés, voilà pourquoi! Quand nous sommes arrivés ici, la plupart d'entre nous ne savaient même pas où nous étions. Nous avons dû questionner les moines d'ici.

— Mais la peste vous a rattrapés!

— Vous avez vu le cimetière? Tous les moines de Saint-Jean y reposent, sauf le prieur Saül qui est enterré dans l'église. Presque tous les moines de Kingsbridge sont décédés. Quelques-uns se sont enfuis quand la peste s'est déclarée, Dieu seul sait ce qui leur est arrivé.

— Et frère Matthias? s'enquit Caris avec délicatesse, se souvenant que Thomas avait été très proche de ce moine aimable, un peu plus jeune que lui.

— Mort! » répondit Thomas avec brusquerie. Les larmes lui montèrent aux yeux, et il se détourna, gêné.

« Je suis bien triste pour vous, dit Caris en posant la main sur son épaule.

— Tant de gens sont frappés par un deuil! »

Comprenant qu'il valait mieux ne pas insister, Caris l'interrogea sur Godwyn et Philémon.

« Philémon s'est enfui. Quant à Godwyn, il est vivant. Il n'a pas attrapé la maladie!

— J'ai un message de l'évêque pour lui.

— Je m'en doute.

— Conduisez-moi à lui!

— Il est dans l'église. Il a installé son lit dans une chapelle latérale. Il est persuadé que c'est la raison pour laquelle il n'est pas tombé malade. Venez avec moi. »

Ils traversèrent le cloître et entrèrent dans le lieu saint. Sur le mur est, on remarquait une fresque dont le sujet était véritablement de circonstance puisqu'il représentait le Jugement dernier. Une odeur de dortoir planait sur le sanctuaire. La nef en terre battue était jonchée de paille et de couvertures abandonnées. De la petite foule qui avait dormi ici ces derniers temps, il n'y avait qu'une seule personne dans l'église : Godwyn. Il était étendu devant l'autel, face contre terre, les bras en croix. Un bref instant, Caris le crut mort, puis elle se rendit compte qu'il avait adopté la position des pénitents.

« Père prieur, vous avez des visiteurs! » annonça Thomas.

Godwyn ne réagit pas. Caris songea tout d'abord qu'il faisait délibérément la sourde oreille, puis quelque chose dans son immobilité lui donna à comprendre qu'il suppliait vraiment le Seigneur de lui accorder Son pardon.

Enfin, il se releva avec lenteur et leur fit face.

Il était pâle et maigre ; il avait l'air épuisé et dévoré d'anxiété.

« Toi ! s'écria-t-il.

— On t'a retrouvé, Godwyn ! lâcha-t-elle d'une voix vibrante de satisfaction, décidée à ne pas donner du "mon père" à ce scélérat.

— C'est Tam l'Insaisissable qui m'a trahi, je présume. »

À l'évidence, son esprit n'avait rien perdu de son acuité. Tout haut, Caris reprit : « Tu as voulu échapper à la justice, mais en vain !

— Je n'ai rien à craindre de la justice. Je suis venu ici dans l'espoir de sauver la vie de mes moines. Mon erreur a été de partir trop tard.

— Un innocent ne s'enfuit pas en catimini à la faveur de la nuit !

— Je devais tenir ma destination secrète. Si j'avais laissé quiconque me suivre, j'aurais mis ma congrégation en péril.

— Tu as volé les ornements de la cathédrale !

— Je ne les ai pas volés. Je les ai emportés afin de les mettre en sécurité. Je les restituerai quand tout danger sera écarté.

— Alors pourquoi n'as-tu prévenu personne de ton intention ?

— Mais si ! J'ai écrit à l'évêque Henri. N'aurait-il pas reçu ma lettre ? »

Caris ragea intérieurement, de plus en plus dégoûtée par l'attitude de Godwyn. Elle laissa tomber dédaigneusement : « Aucune lettre n'a été reçue pour la bonne raison, j'en suis sûre, qu'il n'en a pas été envoyé !

— Le messager est peut-être mort de la peste avant d'avoir pu la remettre ?

— Et quel était le nom de ce messager décédé ?

— Je l'ignore. C'est Philémon qui l'avait engagé.

— Et comme le hasard fait si bien les choses, Philémon n'est plus là pour nous le révéler ! dit-elle avec sarcasme. Raconte ce que tu veux. L'évêque Henri t'accuse d'avoir volé les trésors de la cathédrale et il m'a envoyée ici pour te demander de me les restituer. J'ai une lettre t'ordonnant de tout me remettre sur-le-champ.

— Ce ne sera pas nécessaire. Je les lui apporterai moi-même.

— Ce n'est pas ce que l'évêque t'ordonne de faire.

— Tu me laisseras en être juge.

— Ton refus est la preuve même de ton larcin !

— Je ne doute pas de parvenir à convaincre l'évêque de voir les choses différemment. »

Caris sentit la victoire lui échapper. Godwyn était persuasif. Henri, comme la plupart des évêques, se réjouirait d'éviter une confrontation, pour peu que l'occasion lui en soit donnée.

Comprenant qu'il avait l'avantage, Godwyn se permit un petit sourire satisfait. La rage saisit Caris. Une rage impuissante. Que pouvait-elle faire de plus ? Il ne lui restait qu'à rentrer à Kingsbridge et à rapporter à l'évêque la façon dont s'était déroulé l'entretien.

Elle en demeurait ébahie. Se pouvait-il vraiment que Godwyn revienne à Kingsbridge et reprenne ses fonctions de prieur ? Comment pourrait-il entrer dans la cathédrale la tête haute après tout le tort causé au prieuré, à la ville et à l'Église ? Si l'évêque acceptait son retour, la population se révolterait, c'était certain. Que l'avenir était sombre ! Les choses les plus étranges se produisaient sans qu'on n'y puisse rien. N'y avait-il donc pas de justice ?

Elle regarda son cousin. Il rayonnait. Son air de triomphe devait répondre à la défaite qu'il lisait sur ses traits.

Puis elle remarqua quelque chose, un détail qui la rasséréna car il risquait fort de faire à nouveau basculer la situation : une petite goutte de sang sur la lèvre supérieure de Godwyn, juste en dessous de sa narine gauche !

*

Le lendemain matin, Godwyn ne quitta pas son lit. La bouche et le nez couverts d'un masque de tissu, Caris le soigna avec dévouement. Elle baigna son visage avec de l'eau de rose et lui donna du vin coupé d'eau sitôt qu'il réclamait à boire. Après chaque traitement, elle se lavait soigneusement les mains au vinaigre.

Hormis Godwyn et Thomas, deux moines étaient encore à l'ermitage, deux novices de Kingsbridge. Hélas, ils se mouraient de la peste, eux aussi. Elle les fit descendre du dortoir et les installa dans l'église. Et elle s'affaira auprès d'eux, se déplaçant de l'un à l'autre, légère comme une ombre dans la lumière tamisée de la nef.

Elle demanda à Godwyn où il avait caché les trésors de la cathédrale. Il refusa de le dire.

Merthin et Thomas entreprirent de fouiller les lieux. Le premier endroit qu'ils vérifièrent fut l'église où quelque chose avait été enterré récemment sous l'autel – comme l'attestait la terre fraîchement remuée. Ils creusèrent un trou. Bien que manchot, Thomas maniait la pelle avec adresse. La cachette se révéla vide.

Ils passèrent ensuite le monastère au peigne fin, sans remettre la main sur une pierre précieuse, sur une relique ou sur une charte. Ils firent tinter leurs instruments dans toutes les salles désertes, allèrent jusqu'à examiner le four à pain dans la boulangerie et les cuves dans le pressoir. En vain. Toutes les barriques étaient vides.

La seconde nuit, de sa propre initiative et sans le moindre commentaire, Thomas quitta le dortoir à pas de loup pour laisser Merthin et Caris dormir seuls. Débordant de gratitude, les deux amants se blottirent l'un contre l'autre et firent l'amour sous une pile de couvertures. Après, Caris demeura éveillée longtemps. Une chouette avait élu domicile dans la toiture ; elle l'entendait hululer et aussi, parfois, crier un petit animal pris au piège de ses serres. Elle s'inquiéta à l'idée de tomber enceinte à nouveau. Elle ne voulait pas mettre un terme à sa vie religieuse, et ne voulait pas non plus renoncer au bonheur d'être dans les bras de Merthin. Elle s'interdit de penser à l'avenir.

Le troisième jour, alors qu'ils dînaient au réfectoire, Thomas dit à Caris : « La prochaine fois que Godwyn demandera à boire, refusez de lui donner quoi que ce soit jusqu'à ce qu'il avoue où il a caché le trésor. »

Caris réfléchit. Cette solution, parfaitement justifiée, lui parut néanmoins une forme de torture. Elle refusa. « Je sais bien qu'il le mérite, mais j'en suis incapable. Si un malade réclame à boire, je dois lui donner à boire. C'est plus important que tous les objets de culte de la Chrétienté.

— Vous ne lui devez aucune compassion. Il ne vous en a jamais témoigné.

— J'ai transformé l'église en hospice. Je n'en ferai pas une salle de torture. »

Thomas aurait volontiers poursuivi la discussion mais, d'un signe de tête, Merthin l'en dissuada. « Réfléchissez, frère Thomas. Quand avez-vous vu ces objets pour la dernière fois ?

— La nuit de notre arrivée, répondit le moine. Ils étaient rangés dans des sacs de cuir et dans des caisses transportés jusqu'ici sur deux chevaux. Ils ont été déchargés en même temps que le reste des bagages et regroupés dans l'église, je crois.

— Que leur est-il arrivé ensuite ?

— Je ne les ai plus revus. Après l'office du soir, quand nous sommes tous allés souper au réfectoire, Godwyn et Philémon sont restés dans l'église avec deux autres moines, Jules et Jean.

— Des moines jeunes et forts tous les deux, n'est-ce pas ? s'enquit Caris.

— Oui.

— C'est probablement à ce moment-là que le trésor a été enterré sous l'autel, dit Merthin. Mais quand a-t-il été déterré ?

— À un moment où il n'y avait personne dans l'église, probablement. Cela n'a donc pu se produire qu'à l'heure des repas.

— En ont-ils manqué d'autres ?

— Plusieurs. Godwyn et Philémon agissaient comme s'ils étaient au-dessus des règles. Leurs absences aux repas ou aux offices ont été trop fréquentes pour que je me souvienne de chacune d'elles avec précision. »

Caris dit : « Vous souvenez-vous si Jules et Jean se sont absentés une seconde fois ? Il est à croire que Godwyn et Philémon ont à nouveau eu besoin de leur aide.

— Pas nécessairement, intervint Merthin. Il est bien plus facile de creuser un trou quand la terre a déjà été retournée. Godwyn n'a jamais que quarante-trois ans et Philémon trente-trois. Ils ont très bien pu déterrer le trésor sans l'aide de personne. »

Cette nuit-là, Godwyn commença à délirer. À certains moments, il citait la Bible, à d'autres il déclamait un sermon, à d'autres encore il présentait ses excuses. Caris l'écouta attentivement pendant longtemps, espérant surprendre un indice. « La Grande Babylone est tombée, et toutes les nations ont goûté à la colère de sa fornication. Du trône ont jailli le feu et le tonnerre, et tous les marchands de la terre se lamenteront. Repentez-vous, oh, repentez-vous, vous tous qui avez forniqué avec la mère des putains. Tout s'accomplit pour servir un dessein supérieur, tout est fait pour magnifier la gloire de Dieu, et la fin justifie les moyens. À boire, pour l'amour de Dieu ! » Son ton apocalyptique lui venait probablement de la vision des fresques sur les murs, où les tortures de l'enfer étaient dépeintes avec force détails.

Caris porta une tasse à ses lèvres. « Où sont les objets précieux de la cathédrale, Godwyn ?

— J'ai vu sept chandeliers d'or constellés de perles et de pierreries, enveloppés dans une riche étoffe violet et rouge, couchés dans une arche en bois de cèdre et de santal et rehaussée d'argent. J'ai vu, hurlant des blasphèmes, une femme qui chevauchait une bête écarlate à sept têtes et dix cornes. » La nef retentissait de ses vociférations.

Le lendemain, les deux novices décédèrent. Merthin et Thomas les enterrèrent l'après-midi même, dans le cimetière au nord du monastère, où s'alignaient les nouvelles tombes de tous les autres moines, excepté celle de Saül. Le corps de celui-ci reposait dans le chœur de la petite église, honneur réservé aux plus saints des prieurs. En dépit du temps froid et humide, les deux hommes transpirèrent abondamment en creusant les tombes. Thomas célébra l'office des morts en présence de Caris et Merthin, debout devant la fosse. Dans ce monde où tout partait à la dérive, observer les rites aidait à conserver un semblant de normalité.

Le service terminé, Caris retourna à l'église. La partie du sanctuaire où Saül avait été inhumé était dallée, et l'on voyait que des dalles avaient été soulevées pour creuser la tombe. Quand on les avait replacées, l'une d'elles avait été nettoyée et gravée d'une inscription, nota Caris. Mais les cris de Godwyn qui délirait toujours à propos de bêtes à sept têtes l'empêchaient de réfléchir.

Remarquant son air pensif, Merthin suivit son regard. Devinant ses pensées, il s'écria d'une voix horrifiée : « Godwyn n'a quand même pas caché le trésor dans le cercueil de Saül Tête-Blanche !

— Il est difficile d'imaginer des moines profanant une tombe, répondit-elle. Mais, d'un autre côté, j'ai du mal à croire que le trésor ait quitté l'église. »

Thomas dit : « Saül est mort une semaine avant votre arrivée. Quant à Philémon, il a disparu deux jours après.

— Il a donc pu aider Godwyn à ouvrir la tombe.

— Oui. »

Caris, Thomas et Merthin échangèrent un regard, bouchant leurs oreilles aux marmonnements fous de Godwyn. Puis Merthin déclara : « Il n'y a qu'un seul moyen de nous en assurer. »

Il reprit sa pelle en bois, imité par frère Thomas. Ils soulevèrent la pierre tombale et quelques dalles autour avant de commencer à creuser.

Pour pallier l'absence de son bras, Thomas avait mis au point la technique suivante : il enfonçait la pelle dans la terre de sa main unique, la retournait, puis introduisait sa main dans l'espace ainsi aménagé et la faisait descendre le long du manche. Arrivé à la lame, il la soulevait en l'agrippant entre ses doigts. À force de tout exécuter d'un seul bras, le droit, il avait développé une puissante musculature.

Néanmoins, déterrer le cercueil du prieur leur prit un long moment. Ces derniers temps, l'habitude s'était instaurée d'ensevelir les défunts dans des tombes moins profondes que les six pieds requis. Mais pour le prieur Saül, on s'était attaché à respecter la tradition. Dehors, la nuit était tombée. Caris alla chercher un candélabre. Dans la lueur vacillante des bougies, les démons des fresques se mirent à danser la sarabande.

Merthin et Thomas étaient descendus dans la tombe. Seules leurs têtes dépassaient du trou. Tout à coup, Merthin s'écria : « Attendez, j'ai heurté quelque chose. »

Se penchant, Caris aperçut un morceau de tissu blanc couvert de terre qui ressemblait à cette étoffe utilisée parfois pour les linceuls, et enduite de cire d'abeille pour la rendre imperméable.

« Mais… où est passé le cercueil ? s'ébahit Thomas.

— Il a été enterré dans un cercueil ? » demanda Merthin, car ceux-ci étaient réservés à l'élite. Les pauvres, eux, étaient enveloppés dans un linceul.

« Absolument ! répondit Thomas. Saül a été enterré dans un cercueil, je l'ai vu de mes propres yeux ! Le bois n'est pas un problème, ici, en pleine forêt. Tous les moines ont été enterrés dans des cercueils jusqu'à ce que frère Silas tombe malade à son tour. C'était lui le charpentier.

— Attendez ! » dit Merthin. Il enfonça son outil dans la terre, à côté du linceul, et retira une pelletée de terre. Puis il frappa le fond du trou du tranchant de sa bêche. Un bruit sourd leur parvint, choc de métal contre du bois.

« Le cercueil est là, en dessous !

— Comment le corps en est-il sorti ? » s'enquit Thomas.

Caris frissonna de peur.

Dans son coin au fond de l'église, Godwyn haussa la voix : « Et il subira le tourment du feu et du soufre à la vue des saints anges ; et la fumée de sa torture s'élèvera à jamais dans le ciel. »

Thomas soupira. « Vous n'avez pas un moyen de le faire taire ?

— Je n'ai pas emporté de médicaments avec moi, répondit Caris.

— En fait, énonça Merthin, il ne s'est rien passé de surnaturel. À mon avis, Godwyn et Philémon ont simplement sorti le corps du cercueil et mis à la place le trésor dérobé.

— Dans ce cas-là, nous ferions bien de jeter un coup d'œil à l'intérieur du cercueil », décréta Thomas qui s'était ressaisi.

Il fallait d'abord extraire de la tombe le corps enveloppé dans le linceul. S'étant baissés d'un même mouvement, Merthin et Thomas attrapèrent le cadavre par les épaules et les genoux et le soulevèrent. Quand ils l'eurent monté à hauteur de leurs épaules, une seule solution s'offrit à eux : le jeter dans le chœur. Le corps atterrit sur le sol de l'église avec un son mat. Une expression d'effroi se répandit sur les traits des deux hommes. Caris elle-même prit peur, pourtant elle ne croyait à aucune des sornettes que l'on racontait sur le monde des esprits. Involontairement, elle tourna la tête vers le fond de l'église et en scruta les sombres recoins.

Merthin balaya la terre couvrant le cercueil tandis que Thomas allait chercher une barre de fer. Ensemble, ils ouvrirent le couvercle.

Armée de deux bougies, Caris éclaira la bière.

Un autre corps enveloppé d'un linceul reposait à l'intérieur.

« C'est étrange, dit Thomas d'une voix dont il ne put dissimuler le tremblement.

— Réfléchissons posément. Commençons par regarder qui occupe ce cercueil ! » déclara Merthin. Il affichait une grande sérénité, mais Caris, qui le connaissait bien, savait qu'il ne se maîtrisait que par un puissant effort de volonté.

Attrapant le linceul des deux mains, il en déchira les coutures en partant de la tête. Une odeur nauséabonde s'en échappa. L'homme était mort depuis une semaine mais son cadavre, enseveli dans le sol froid d'une église non chauffée, n'était pas encore décomposé. La lumière tremblotante des bougies que tenait Caris n'éclairait guère, cependant aucun doute n'était permis quant à l'identité du défunt : ce crâne surmonté d'une frange de cheveux blond cendré était bien celui de Saül Tête-Blanche.

« Il repose donc dans son cercueil, dit Merthin.

— Mais alors, quel est l'autre cadavre ? » s'étonna Caris.

Merthin recouvrit Saül de son linceul et remit en place le couvercle du cercueil.

Caris s'agenouilla auprès du second corps. Si elle avait fréquemment vu des morts, elle n'en avait jamais sorti un de sa tombe. Et ce fut les mains tremblantes qu'elle défit le linceul pour découvrir le visage de celui-ci. À sa grande horreur, le cadavre avait les yeux ouverts et semblait la regarder. Dominant son émotion, elle ferma les paupières du défunt.

Il s'agissait d'un moine jeune et de haute taille qu'elle ne connaissait pas. Thomas le regarda depuis la fosse, dressé sur la pointe des pieds. « C'est frère Jonquille, dit-il. Il est mort un jour après le prieur Saül.

— Où avait-il été enterré ? demanda Caris.

— Dans le cimetière. Du moins, nous le pensions.

— Dans un cercueil ?

— Oui.

— Pourtant, il est ici !

— J'ai moi-même aidé à porter son cercueil, précisa Thomas. Je me souviens qu'il pesait assez lourd.

— Je crois deviner ce qui s'est passé, dit alors Merthin. Jonquille est étendu dans l'église, dans son cercueil, attendant d'être enseveli. Profitant que les moines sont au réfectoire, Godwyn et Philémon ouvrent la bière et en extraient le corps. Ils retirent les dalles fermant la tombe de Saül puis font basculer Jonquille à l'intérieur et remettent les pierres en place. Ensuite, ils entassent les trésors de la cathédrale dans le cercueil de Jonquille et referment le couvercle comme il l'était à l'origine.

— Dans ce cas-là, dit Thomas, il faut aller extraire le cercueil de Jonquille qui se trouve au cimetière. »

Caris leva les yeux vers les fenêtres de l'église. Elles étaient noires ; la nuit était tombée pendant qu'ils examinaient la tombe de Saül. « Cela peut attendre demain », dit-elle.

Les deux hommes gardèrent le silence un long moment, et Thomas finit par lâcher : « Non, terminons-en maintenant ! »

Caris alla prendre deux bûches dans la pile de bois de la cuisine et les embrasa au feu qui brûlait dans l'âtre. Munie de ces torches, elle s'en revint à l'église.

Comme ils en sortaient tous les trois, Godwyn se mit à hurler : « Et les pressoirs de la colère de Dieu furent foulés aux pieds à l'extérieur de la ville, et il jaillit de ces grappes tant de sang que la terre en fut noyée aussi haut que les brides des chevaux. »

Caris frissonna. Cette image, atroce, tirée de la Révélation de saint Jean le Divin, la dégoûta et elle fit de son mieux pour la chasser de son esprit.

Ils gagnèrent le cimetière d'un pas vif, à la lueur rougeoyante de leurs torches. Pour Caris, ce fut un soulagement que de se retrouver loin de ces fresques terrifiantes et des délires fous de Godwyn. Ayant repéré la tombe de Jonquille, les deux hommes se mirent en demeure de creuser.

C'était la quatrième sépulture qu'ils fouillaient depuis le repas de midi. Avant celle de Saül, il y avait eu celles des deux novices. L'épuisement commençait à se lire sur les traits de Merthin. Thomas, quant à lui, suait sang et eau ! Néanmoins, ils s'activaient résolument. Le monticule de terre à côté de la tombe s'élevait peu à peu, à mesure que la fosse gagnait en profondeur. Finalement, une pelle heurta du bois...

Caris passa la barre de fer à Merthin et s'agenouilla au bord de la tombe, une torche dans chaque main. Merthin força le couvercle du cercueil et le jeta au loin.

La bière ne contenait aucun corps.

Elle était remplie de sacs et de coffrets. Merthin ouvrit l'un d'eux et en sortit un crucifix serti de pierres précieuses. « Alléluia ! » s'exclama-t-il sombrement.

Thomas ouvrit un coffre. Des rouleaux de parchemins y étaient rangés, serrés les uns contre les autres comme des harengs en caque : les chartes du prieuré.

Un poids immense fut ôté des épaules de Caris.

Thomas plongea la main dans un autre sac. Découvrant qu'il contenait un crâne, il écarta les doigts en poussant un cri de terreur !

« Saint Adolphe ! s'exclama Merthin d'une voix égale. Les pèlerins parcourent des centaines de lieues pour toucher son reliquaire. Nous avons de la chance », dit-il. Ramassant le crâne, il le remit dans le sac.

« Si je peux me permettre, intervint Caris, nous devons rapporter tout cela à Kingsbridge. Il nous faudrait un chariot. Je propose que nous laissions le trésor là où il est, dans cette bière. Elle n'attirera pas la convoitise des bandits de grand chemin.

— Excellente idée, approuva Merthin, nous allons seulement la sortir de la fosse. »

Thomas alla chercher des cordes au prieuré pour hisser le cercueil hors de la tombe. Le couvercle remis en place, ils passèrent des cordes tout autour du bois.

Ils s'apprêtaient à le traîner à l'intérieur de l'église quand un hurlement leur parvint. Caris réagit par un cri identique. D'un même mouvement, ils se retournèrent. Une silhouette accourait de l'église, les yeux hagards, du sang jaillissant de sa bouche. Un effroi intense s'empara de Caris. Les récits les plus aberrants sur le monde des esprits lui revinrent d'un coup, se bousculant dans sa tête. Puis elle se rendit compte que c'était Godwyn. Mû par une force insoupçonnée, le moribond, dans sa folie, s'était levé de sa couche pour se traîner dehors. Ayant aperçu leurs torches, il accourait vers eux.

Ils le contemplèrent, figés de stupeur.

Godwyn s'arrêta. Il regarda le cercueil, puis la tombe ouverte. À la flamme agitée des torches, Caris crut voir une lueur de compréhension passer sur son visage grimaçant. Brusquement, ses forces l'abandonnèrent. Il chancela et s'écroula sur le monticule de terre à côté de la tombe. Il roula sur lui-même et sombra dans la fosse.

Ils s'approchèrent et regardèrent au fond du trou.

Godwyn était étendu sur le dos, la tête tournée vers eux. Ses yeux ouverts ne voyaient plus.

66.

À peine rentrée à Kingsbridge, Caris reprit la route, cette fois-ci pour visiter les domaines du couvent.

Les souvenirs qu'elle avait rapportés de Saint-Jean-des-Bois ne se résumaient pas au cimetière ou aux cadavres déterrés par Merthin et Thomas, mais également à l'image de champs jadis bien entretenus et désormais à l'abandon. Sur le chemin du retour, assise à côté de Merthin dans la charrette que conduisait Thomas, la vue de tant de parcelles abandonnées lui avait laissé présager une crise prochaine.

Le couvent, comme le monastère, tirait la plupart de ses revenus de terres laissées en jouissance à des serfs qui les cultivaient ou y élevaient du bétail en échange d'un tribut qu'ils payaient en nature. Ce tribut – une douzaine de sacs de farine, trois moutons, un veau, une charretée d'oignons –, c'était au père prieur ou à la mère supérieure qu'ils le versaient, l'apportant à la cathédrale de Kingsbridge de la même façon qu'ils l'auraient apporté au château d'un chevalier ou d'un comte. Telle était la tradition bien que, depuis quelque temps, la coutume de payer en espèces se répande de plus en plus.

Si personne ne travaille plus aux champs, se disait Caris, les loyers ne seront plus payés. Comment les religieuses se nourriront-elles, alors ?

Les biens récupérés à Saint-Jean-des-Bois, les précieux objets de culte, l'argent et les chartes, Caris les fit installer dans le nouveau trésor construit par Jimmie à la demande de mère Cécilia. Il se trouvait dans un lieu tenu secret, dont personne ne pouvait soupçonner qu'il recelait une cachette à moins d'en avoir été informé. Tous les ornements de la cathédrale avaient été retrouvés à l'exception d'un candélabre en or offert par la guilde des chandeliers de Kingsbridge, les fabricants de bougies en cire.

Le dimanche suivant son retour, Caris conduisit un office triomphal au cours duquel les reliques du saint furent présentées à la population. Elle nomma ensuite Thomas à la tête de l'orphelinat de garçons, car certains d'entre eux avaient besoin d'une présence masculine forte. Enfin, elle emménagea dans le palais du prieur, riant sous cape en imaginant la consternation de Godwyn s'il avait pu voir sa demeure occupée par une femme. Dès qu'elle en eut fini avec toutes ces affaires, elle partit pour Outhenby.

La vallée de l'Outhen était une région fertile au sol gras et lourd. Située à une journée de Kingsbridge, elle avait été offerte au couvent, voilà cent ans, par un vieux chevalier grincheux, inquiet pour le salut de son âme au terme d'une vie de péchés.

Cinq villages s'échelonnaient le long de la rivière Outhen. Sur les deux rives s'étendaient jusqu'au pied des collines de grands champs divisés en parcelles octroyées à différentes familles. Comme Caris l'avait craint, nombre de ces terres n'étaient plus cultivées. La peste avait radicalement changé la situation. Personne ne s'était préoccupé de réorganiser la vie en tenant compte des nouvelles donnes, ou n'en avait eu le courage. À présent, c'était à elle de s'en charger. Elle avait d'ores et déjà une vague idée de ce qu'il convenait de faire et prévoyait d'en affiner les détails en cours de route.

L'accompagnait sœur Joan, une religieuse à peine sortie du noviciat. Brune aux yeux bleus, c'était une jeune fille intelligente, dont l'esprit curieux, la brusquerie et le scepticisme rappelaient à Caris la jeune femme qu'elle avait été dix ans plus tôt.

Elles chevauchèrent jusqu'à Outhenby, le village le plus important, où résidait Will l'Intendant, le régisseur de toute la vallée. Lorsqu'elles arrivèrent, il n'était pas chez lui, dans sa grande maison de bois près de l'église. Il semait de l'avoine dans le champ le plus éloigné, à côté d'une parcelle en jachère où quelques moutons broutaient l'herbe folle.

Will était un homme de haute taille et lent que Caris connaissait car il venait plusieurs fois l'an au prieuré apporter les loyers des villageois. Ne s'attendant pas à sa visite, il lui fallut un moment pour la remettre. « Sœur Caris ! s'exclama-t-il. Quel bon vent vous amène ?

— Je suis désormais mère Caris, Will. Je suis venue constater par moi-même le bon entretien de nos champs.

— Ah ! gémit-il en secouant la tête. Nous faisons de notre mieux, comme vous le voyez. Mais nous avons perdu tant de paysans que c'est difficile, bien difficile ! »

C'était une habitude chez lui que de se plaindre en toute occasion mais, en l'occurrence, il avait raison.

Caris descendit de cheval. « Promène-toi avec moi sur les terres et raconte-moi tes difficultés. » À quelque distance, sur la pente douce de la colline, un paysan labourait à l'aide d'un attelage de huit bœufs. Comme il avait arrêté ses bêtes pour la regarder avec curiosité, elle alla le trouver.

Will reprenait seulement ses esprits. Marchant à ses côtés, il dit : « On ne saurait attendre d'une religieuse vouée à l'adoration de Dieu qu'elle connaisse grand-chose au travail des champs, naturellement, mais je vais faire de mon mieux pour vous en expliquer les principes les plus importants.

— Ce sera bien aimable à toi. » Habituée à la condescendance des hommes, Caris avait compris qu'il ne servait à rien de les prendre au défi. Mieux valait les endormir par une fausse bienveillance, on en apprenait ainsi bien davantage. « Combien de paysans sont morts de la peste ?

— Oh, beaucoup !

— Combien ?

— Ben, laissez-moi voir : il y a eu d'abord William Jones et ses deux fils, puis Richard Carpentier et sa femme.

— Peu importent les noms ! dit-elle en refrénant son agacement. C'est le nombre que je te demande, approximativement.

— Il faut que je réfléchisse. »

Ils étaient arrivés près de l'homme à la charrue. Les villageois chargés de conduire les attelages à huit bœufs pendant les labours étaient en général les plus intelligents. S'adressant à lui, Caris réitéra sa question : « Combien de personnes sont mortes de la peste dans la vallée ?

— Je dirais à peu près deux cents. »

Caris l'étudia. Il n'était pas grand mais musclé, avec une barbe blonde en broussaille et un air sûr de lui, comme en arborent souvent les jeunes.

« Comment t'appelles-tu ? s'enquit-elle.

— Harry, fils de Richard, révérende sœur.

— Je suis mère Caris. Comment parviens-tu à ce nombre de deux cents ?

— Quarante-deux personnes sont mortes ici, à Outhenby, pour autant que je sache. Pareil à Ham et à Petit-Acre, ce qui fait à peu près cent vingt. À Longues-Eaux, personne n'a été touché, mais à Vieille-Église, tout le monde est mort sauf le vieux Roger Breton, qui a près de quatre-vingts ans. Ça fait donc deux cents. »

Elle se tourna vers Will. « Combien la vallée compte-t-elle d'habitants en tout ?

— Ah, laissez-moi voir…

— Avant la peste, pas loin d'un millier, lança Harry le Laboureur.

— C'est pour ça que vous me trouvez en train de travailler moi-même ma parcelle, alors que les labours auraient dû être effectués par d'autres. Mais voilà, tous les laboureurs sont morts, reprit l'intendant.

— Ou partis travailler ailleurs pour un meilleur salaire », précisa Harry.

Caris dressa l'oreille. « Ah ? Et qui propose de meilleurs salaires ?

— Plusieurs paysans riches de la vallée d'à côté, s'exclama Will avec indignation. Les seigneurs paient les journaliers un penny la journée. C'est ce qui s'est toujours fait et ça ne devrait pas changer ! Mais il y a des gens qui se croient tout permis.

— Chez eux, les semailles sont achevées, je présume, émit Caris.

— On ne peut pas confondre le bien et le mal, mère Caris ! » s'obstina Will.

Caris désigna la parcelle en jachère où paissaient les moutons. « Et cette terre, pourquoi n'a-t-elle pas été labourée ?

— Elle appartenait à William Jones, expliqua Will. Il est mort et ses fils aussi. Quant à sa femme, elle est partie vivre chez sa sœur à Shiring.

— As-tu cherché un autre locataire ?

— Impossible d'en trouver, ma mère. »

Harry intervint à nouveau : « En tout cas, pas aux conditions d'avant ! »

Will lui lança un regard furieux.

« Que veux-tu dire ? demanda Caris.

— Les prix ont chuté, voyez-vous ? Et pourtant, nous sommes au printemps, la saison où le blé est le plus cher. »

Caris hocha la tête. C'était ainsi que fonctionnaient les marchés, tout le monde le savait. S'il y avait moins d'acheteurs, les prix baissaient. Il fallait bien que les gens vivent.

« Ils ne veulent plus semer de blé, d'orge ou d'avoine, continuait Harry. Et, chez nous, ils sont obligés de semer ce qu'on leur dit. Alors, celui qui cherche une location préférera aller voir dans un autre village.

— Et qu'obtiendra-t-il là-bas ?

— Ils ne veulent en faire qu'à leur tête, je vous dis ! s'écria Will, coupant la parole à Harry.

— Ce qu'ils veulent, expliqua celui-ci qui comprenait le sens des questions de Caris, c'est devenir des métayers libres et payer leur location en espèces, plutôt que de rester des serfs astreints à la corvée. Ce qu'ils veulent aussi, c'est faire pousser autre chose.

— Quoi donc ?

— Du chanvre, du lin, des pommes, des poires. Des produits qu'ils sont sûrs de vendre au marché. Des produits différents chaque année, peut-être. Chez nous, à Outhenby, ça n'a jamais été autorisé... Sans vouloir offenser votre saint ordre, mère prieure, ni Will l'Intendant qui est un homme honnête, comme chacun sait », ajouta le laboureur après une pause.

Tous les régisseurs étaient conservateurs, opina Caris dans son for intérieur. En période de vaches grasses, cela n'avait pas d'importance, les vieilles coutumes convenaient parfaitement. Mais en période de vaches maigres comme maintenant...

Prenant sa voix la plus autoritaire, elle déclara : « Très bien ! Écoute-moi attentivement, Will l'Intendant, je vais te dire ce que tu vas faire ! »

Il parut étonné. Il avait cru que la mère supérieure prenait conseil auprès de lui, il n'avait pas supposé qu'elle puisse lui donner des ordres !

« D'abord, tu vas cesser de labourer les flancs de la colline. C'est de la bêtise quand il y a de la bonne terre en jachère.

— Mais...

— Tais-toi et ouvre tes oreilles ! Tu vas proposer à chaque métayer d'échanger ses terres à flanc de coteau contre de la bonne terre au fond de la vallée, et cela à raison d'une acre pour une acre.

— Et que ferons-nous des coteaux ?

— Des herbages. Les vaches dans les prairies basses, les moutons en haut. Il ne faut pas grand monde pour garder les bêtes. Juste quelques gamins.

— Oh ! s'exclama Will qui aurait volontiers entamé une discussion, mais aucune objection ne lui venait à l'esprit.

— Ensuite, poursuivit Caris, toute terre située au pied des collines et n'ayant pas de locataire actuellement sera louée libre pour un loyer payable en espèces à quiconque voudra s'en porter locataire. »

Par « libre », il fallait entendre libéré des servitudes féodales. Le métayer en question n'étant pas serf, il n'était pas tenu de travailler sur la terre du seigneur, il n'avait pas besoin de son autorisation pour se marier ni pour construire sa maison. Sa seule obligation consistait à payer son loyer.

« Vous faites fi de toutes les vieilles coutumes !

— Mes terres dépérissent à cause de ces vieilles coutumes ! répliqua-t-elle en désignant la jachère. Tu as une autre solution à proposer ?

— Eh bien… ! dit Will et, après une longue pause, il secoua la tête en silence.

— Troisièmement, propose des salaires de deux pennies la journée à qui voudra cultiver la terre.

— Deux pennies la journée ! » s'exclama-t-il, horrifié.

Caris comprit alors qu'elle ne pourrait pas compter sur lui pour mettre en œuvre ces changements avec la vigueur nécessaire. Il se ferait tirer l'oreille, inventerait toutes sortes de prétextes. Elle s'adressa donc au laboureur qui avait l'air si sûr de lui. Elle allait en faire l'instrument de ses réformes. « Harry, déclara-t-elle, dans les semaines à venir, je veux que tu te rendes à tous les marchés de la contrée et que tu fasses savoir partout que les paysans désireux de s'établir quelque part trouveront un bonheur assuré à Outhenby. Si des journaliers sont en quête de travail, je veux qu'ils décident de venir chez nous ! »

Harry sourit et acquiesça. Quant à Will, la tête lui tournait, manifestement.

« Je veux voir toute cette bonne terre donner une récolte abondante cet été, c'est bien clair ?

— Oui, dit Will. Merci, mère prieure. »

*

Aidée de sœur Joan, Caris éplucha la totalité des chartes du couvent, notant les dates et le contenu de chacune d'elles. Puis elle décida de les faire recopier, toutes sans exception. C'était le prétexte invoqué par Godwyn pour s'en emparer, mais l'idée en soi était bonne : plus il y aurait en circulation de copies d'un même document, plus il serait difficile de le faire disparaître.

Un accord daté de 1327 ne laissa pas de l'intriguer. Il concernait une ferme située dans le Norfolk, près de la ville de Lynn, et appelée Grange-lès-Lynn, qui avait été octroyée au prieuré à la condition expresse qu'un chevalier du nom de sieur Thomas Langley soit admis comme novice au monastère.

Le souvenir de son aventure dans les bois en compagnie de Ralph et Gwenda lui revint en mémoire. C'était ce jour-là que Thomas, sous leurs yeux, avait eu le bras pourfendu.

Elle montra la charte à Joan. Celle-ci haussa les épaules et déclara : « De telles offrandes sont courantes lorsque le descendant d'une famille fortunée décide d'entrer en religion.

— Mais vois le nom du donneur ! »

Joan regarda la signature au bas de la charte. « La reine Isabelle ! »

C'était la veuve du roi Édouard II, mère de l'actuel roi Édouard III.

« Pourquoi s'intéresse-t-elle à notre couvent ?

— Ou à frère Thomas ! » précisa Caris.

Quelques jours plus tard, ce don devait faire l'objet d'une discussion entre elle-même et André, l'intendant de Grange-lès-Lynn, venu à Kingsbridge comme il le faisait deux fois l'an.

Âgé d'une bonne cinquantaine d'années et la tête toute blanche, l'intendant était originaire de Norfolk et occupait sa charge à Grange-lès-Lynn depuis que ce hameau avait été offert au prieuré. Son embonpoint suggéra à Caris que son village n'avait pas connu la peste. Norfolk étant à plusieurs jours de distance, il réglait le tribut dû par les villageois en espèces, s'évitant ainsi un difficile transport de bétail ou de produits agricoles. En l'occurrence, il s'agissait de pièces d'or récentes portant l'effigie du roi Édouard debout sur le pont d'un bateau. Chaque pièce valait un tiers de livre. Quand Caris les eut comptées et remises à sœur Joan pour qu'elle les range au trésor, elle demanda à André : « Sais-tu pourquoi la reine Isabelle nous a fait don de Grange-lès-Lynn, il y a vingt-deux ans ? »

À sa grande surprise, une pâleur subite se répandit sur le visage rose d'André. Il esquissa une ou deux réponses et finit par déclarer : « Qui suis-je pour remettre en question les décisions de Sa Majesté ?

— En effet, fit Caris sur un ton qui se voulait rassurant. Je me demandais seulement quel avait été son motif.

— C'est une sainte femme qui a multiplié les actes pieux tout au long de sa vie. »

Comme assassiner son mari ! songea Caris par-devers elle. « Cependant, dit-elle, il y a forcément une raison pour qu'elle ait décidé de faire cette offrande pour le compte de frère Thomas.

— Il avait soumis une requête à la reine, des centaines de personnes le font. Elle lui a gracieusement accordé cette faveur, comme souvent les grandes dames.

— Lorsqu'elles ont un rapport particulier avec le demandeur.

— Non, non, je suis sûr qu'ils ne sont liés en rien. »

Son anxiété renforçait Caris dans sa conviction qu'il mentait. Comprenant qu'elle ne tirerait rien de lui, elle changea de sujet et l'envoya souper à l'hospice.

Le lendemain matin, frère Thomas vint la trouver dans le cloître. Il était désormais le seul moine du monastère. L'air furieux il lança : « Pourquoi avez-vous interrogé André de Lynn ?

— Parce que je me posais des questions, répondit-elle, étonnée par sa colère.

— Quel but poursuivez-vous ?

— Mais aucun ! » répliqua-t-elle, offusquée par son comportement. Ne voulant pas se disputer avec lui, mais souhaitant apaiser sa tension, elle s'assit sur le muret qui courait au pied des arcades du cloître éclairé par un éclatant soleil de printemps.

« De quoi s'agit-il ? » demanda-t-elle sur le ton de la conversation.

Thomas répondit avec dureté : « Pourquoi posez-vous des questions à mon propos ?

— Mais pas le moins du monde, calmez-vous ! Je consulte simplement les chartes. J'en établis une liste afin de les faire copier. Il se trouve que l'une d'elles m'a intriguée.

— Vous vous mêlez de choses qui ne vous regardent pas ! »

Elle se rebiffa. « Je suis la prieure du couvent et de facto prieure du prieuré tout entier. Rien de ce qui se passe ici ne doit m'être étranger.

— Si vous commencez à déterrer ces vieilles histoires, vous le regretterez, je vous le promets ! »

Ses paroles ressemblaient fort à une menace. Caris prit le parti de ne pas s'opposer à Thomas ouvertement et tenta une autre tactique. « Je nous croyais amis. Vous n'avez aucun droit de m'interdire quoi que ce soit, je suis déçue de voir que vous vous y employez. N'avez-vous pas confiance en moi ?

— Vous ne savez pas ce que vous demandez !

— Eh bien, dites-le-moi ! Quel rapport y a-t-il entre la reine Isabelle, vous-même, Kingsbridge et moi ?

— Aucun ! La reine est désormais une vieille dame qui vit en recluse.

— Elle n'a que cinquante-trois ans. Elle a détrôné un roi et pourrait en déposer un autre si tel était son bon vouloir. De plus, elle entretient avec mon prieuré des liens secrets que vous essayez de me cacher.

— Pour votre bien ! »

Elle ignora son interruption. « Lors de notre première rencontre, il y a vingt-deux ans, on essayait de vous tuer. La personne qui n'a pas réussi à vous éliminer alors a-t-elle acheté votre silence en payant votre admission au monastère ?

— De retour à Lynn, André ira trouver la reine et lui fera part de votre curiosité. Vous en rendez-vous compte ?

— En quoi cela devrait-il la déranger ? Pourquoi les gens ont-ils si peur de vous, Thomas ?

— Toutes les questions recevront des réponses après ma mort. Plus rien alors n'aura d'importance. » Il tourna les talons et partit.

La cloche annonça le dîner. Caris se rendit au palais du prieur, plongée dans ses réflexions. Assis sur le pas de la porte, le chat de Godwyn, l'Archevêque, la considéra d'un air hautain. Elle le repoussa du pied, elle ne voulait pas de lui dans la maison.

Elle avait pris l'habitude de partager tous ses repas de midi avec Merthin. Que le prieur dîne parfois en compagnie du prévôt était une coutume établie. La répéter quotidiennement était inhabituel, mais tout était inhabituel en ces temps d'épidémie. Telle était l'excuse que Caris comptait avancer le jour où quelqu'un se permettrait une remarque, mais apparemment personne n'y trouvait rien à redire. Quoi qu'il en soit, les deux amis cherchaient un nouveau prétexte pour repartir en voyage ensemble.

Merthin arriva, tout crotté de son chantier de l'île aux lépreux. Il avait cessé d'exiger qu'elle rompe ses vœux et quitte le prieuré. Pour l'heure, tout du moins. Il semblait heureux de la rencontrer chaque jour et espérait pouvoir partager avec elle d'autres moments d'intimité.

Un serviteur leur apporta un ragoût de jambon aux légumes de saison. Quand il se fut retiré, Caris raconta à Merthin son entrevue avec Thomas. « Il détient un secret qui pourrait nuire à la reine mère s'il venait à être découvert.

— Tu as probablement raison, dit Merthin d'un air pensif.

— À la Toussaint, en 1327, quand je me suis enfuie avec les autres, toi, tu es resté avec lui, tu te souviens ?

— Oui. Il m'a demandé de l'aider à enterrer une lettre et m'a fait jurer de ne rien en dire jusqu'à sa mort. Après, je devrais la déterrer et la remettre à un prêtre.

— Il m'a dit que toutes les questions trouveraient leurs réponses après sa mort.

— À mon avis, cette lettre fait planer une menace sur la tête de ses ennemis. Ils doivent savoir qu'à sa mort, son contenu sera dévoilé et ils craignent de le voir mourir. Ils ont peur de le tuer. En fait, ils ont fait tout leur possible pour le garder en vie et bien portant. C'est pour cela qu'ils ont facilité son admission au monastère.

— Tu crois que ce secret a encore de l'importance ?

— Dix ans après cette scène dans la forêt, je l'ai assuré que je n'avais jamais divulgué son secret. Il m'a répondu : "Si tu l'avais fait, tu ne serais plus de ce monde." Sa phrase m'a plongé dans une terreur plus grande que le jour où je lui ai juré le secret.

— Mère Cécilia m'a confié qu'Édouard II n'était pas décédé de mort naturelle.

— Comment le savait-elle ?

— Si j'en crois ce qu'elle m'a dit, c'est mon oncle Anthony qui le lui aurait appris. J'en ai déduit que ce secret, c'était que la reine Isabelle avait fait assassiner son mari.

— La moitié du pays en est persuadée. Mais il est vrai que si des preuves tangibles venaient confirmer ces soupçons… Cécilia t'a-t-elle appris comment il avait été tué ? »

Caris se concentra. « Non. Maintenant que j'y pense, elle m'a dit exactement : "Le vieux roi n'est pas mort d'une chute." Je lui ai demandé s'il avait été assassiné, mais elle est morte avant de m'avoir répondu.

— La lettre de Thomas doit être la preuve que la reine a été effectivement impliquée dans un complot. »

Ils terminèrent leur dîner dans un silence songeur.

Au prieuré, l'heure qui suivit le dîner était consacrée d'ordinaire au repos et à la lecture. Caris et Merthin s'attardaient souvent un certain temps. Aujourd'hui, cependant, Merthin avait des inquiétudes à propos du toit de la nouvelle taverne qu'il était en train de construire sur l'île aux lépreux, où des poutres ne se rejoignaient pas en formant l'angle prévu. Après de fougueux baisers, il s'arracha à Caris et retourna sur son chantier. Déçue, celle-ci se mit à parcourir un ouvrage nommé *Ars Medica*. C'était la traduction latine d'un vieux traité du médecin grec Galien, pierre angulaire de toute la médecine enseignée à l'université. Elle le lisait pour savoir ce que les prêtres apprenaient à Oxford ou à Paris, mais jusqu'ici elle n'en avait pas tiré grand-chose d'utile.

La servante revint débarrasser. « Demande à frère Thomas de venir me voir, s'il te plaît », lui ordonna Caris. Elle tenait à s'assurer que leur amitié demeurait solide, malgré leur discussion orageuse.

Un vacarme retentit subitement au-dehors. S'y mêlaient les bruits de plusieurs chevaux et des cris annonçant l'arrivée d'un noble, soucieux d'attirer l'attention sur lui. Un instant plus tard, la porte s'ouvrait brutalement sous la poigne du seigneur de Tench, Ralph Fitzgerald.

Sa fureur était visible. Caris prétendit ne pas la remarquer. « Bonjour, Ralph, dit-elle de sa voix la plus aimable. C'est un plaisir inespéré que de te voir ici. Bienvenue à Kingsbridge ! »

— Laisse tomber ton baratin ! » répondit-il grossièrement. S'étant approché de son siège, il se planta devant elle dans une pose agressive. « Te rends-tu compte que tu mènes à la ruine la paysannerie du pays tout entier ? »

Un autre personnage avait suivi Ralph pour se poster près de la porte, un homme de haute taille avec une petite tête. Caris reconnut en lui Alan Fougère, son acolyte de toujours. Ils étaient tous deux armés d'épées et de poignards.

Se sachant seule dans le palais, Caris tenta d'alléger l'atmosphère. « Puis-je t'offrir du jambon, Ralph ? Je viens d'achever mon dîner. »

Mais Ralph se cramponnait à sa colère. « Tu me voles mes paysans !

— Tes faisans ? »

Alan Fougère éclata de rire.

« Si tu te moques de moi, tu le regretteras ! » assena Ralph. Il était rouge de fureur et se faisait encore plus menaçant. Caris regretta son jeu de mots.

Elle versa de la bière dans une chope. « Loin de moi le désir de me moquer de toi ! Dis-moi exactement ce que tu me reproches », dit-elle en lui offrant la chope d'une main tremblante.

Ralph pointa le doigt sur Caris. « Les journaliers quittent mes villages. Quand je demande de leurs nouvelles, on m'explique qu'ils se sont installés dans des villages qui t'appartiennent et où les salaires sont plus élevés. »

Caris acquiesça d'un hochement de la tête. « Si tu vendais un cheval et que deux acheteurs se présentaient, ne le vendrais-tu pas au plus offrant ?

— Ce n'est pas la même chose.

— Je crois que si. Prends un peu de bière. »

D'un geste brusque, il fit voler la chope de la main de Caris. La bière se répandit dans la paille.

« Il s'agit de journaliers qui m'appartiennent ! »

Caris s'obligea à ne pas regarder sa main endolorie. Elle se baissa, ramassa la chope et la replaça sur la desserte. « S'il s'agit de journaliers, ce ne sont pas des hommes qui t'appartiennent vraiment, dit-elle. Journaliers, cela veut dire que tu ne leur as jamais alloué de terres. Moyennant quoi ils sont libres de partir ailleurs.

— Je demeure leur seigneur, bon sang ! Et il n'y a pas que ça ! L'autre jour, j'ai proposé une location libre à un paysan et il l'a refusée en prétextant qu'il trouverait mieux sur les terres du prieuré de Kingsbridge.

— Je suis dans la même situation que toi, Ralph. J'ai besoin de tous les bras que je peux trouver. Voilà pourquoi je satisfais le plus possible les demandes des paysans.

— Tu es une femme, tu ne peux pas penser à tout ! Tu ne vois pas que nous allons finir par payer plus cher le travail de ces mêmes paysans.

— Pas forcément. Des salaires plus élevés risquent d'attirer des gens qui n'ont pas de travail du tout – les hors-la-loi, par exemple, ou les vagabonds qui vivent de ce qu'ils trouvent dans les villages désertés. Alors les journaliers aujourd'hui souhaiteront peut-être devenir des locataires et travailleront davantage, si la terre est à eux. »

Il frappa du poing sur la table. Le coup, retentissant, fit sursauter Caris. « Tu n'as pas le droit de modifier les vieilles coutumes.

— Je crois que si ! »

Il l'attrapa par le devant de son habit. « Je ne tolérerai pas…

— Bas les pattes, espèce de mufle ! »

Sur ces entrefaites, Thomas entra. « Vous m'avez demandé ? Mais par le diable, que se passe-t-il ici ? »

Il traversa la pièce d'un pas vif. Ralph lâcha la robe de Caris comme si elle était en feu. Thomas n'était pas armé et il était manchot, mais il s'était déjà battu avec Ralph et celui-ci ne souhaitait pas recommencer ! Il fit un pas en arrière. Aussitôt il eut honte de ce recul qui révélait sa peur.

« Nous n'avons plus rien à faire ici ! » cria-t-il d'une voix forte et il partit vers la porte.

Caris lança à sa suite : « Ce que je fais à Outhenby ou ailleurs est parfaitement légal, Ralph.

— Ça contredit l'ordre naturel !

— Aucune loi ne l'interdit. »

Alan ouvrit la porte pour son maître.

« Tu ne perds rien pour attendre ! » jeta Ralph et il sortit.

67.

En cette année 1349, au début du mois de mars, Gwenda et Wulfric accompagnèrent Nathan le Bailli à Northwood. Cette petite bourgade était célèbre pour son marché au bois depuis des temps immémoriaux.

Ils avaient échappé à la peste et travaillaient maintenant pour le compte du seigneur Ralph. C'était Nathan, son intendant à Wigleigh, qui leur avait proposé de les embaucher après que plusieurs journaliers eurent succombé à l'épidémie. Ils avaient accepté parce que le salaire promis était convenable et que Perkin s'obstinait à payer Wulfric en nourriture sans rien lui donner d'autre.

À la perspective de perdre son employé, le paysan se découvrit subitement tout à fait capable de le payer en espèces, ainsi que Gwenda, mais sa proposition venait trop tard : leur décision était prise.

En ce milieu de semaine, ils emmenaient donc à Northwood une charrette chargée de bois coupé dans les forêts seigneuriales. Sam et David étaient du voyage, Gwenda n'ayant trouvé personne à qui les laisser pour la journée. Sa mère était morte deux ans plus tôt ; quant à son père, on ne pouvait avoir confiance en lui. Les parents de Wulfric, on le sait, étaient morts depuis longtemps, dans l'effondrement du pont.

Ils n'étaient pas les seuls habitants de Wigleigh à faire le déplacement. Le curé était là également, pour acheter des semences pour son potager, ainsi que Joby, le père de Gwenda, qui vendait les lapins qu'il avait récemment pris au piège.

Son infirmité lui interdisant de soulever la moindre bûche, Nathan le Bailli avait confié à Gwenda et à Wulfric le soin de décharger la marchandise et s'occupait des clients. À midi, il leur remit un penny pour payer leur repas à l'auberge du

Vieux Chêne, l'une des tavernes de la place. Ils commandèrent un plat de bacon aux poireaux qu'ils partagèrent avec leurs garçons. À huit ans, David avait encore un appétit d'enfant, mais Sam, qui allait sur ses dix ans, était toujours affamé.

Tandis qu'ils mangeaient, Gwenda s'intéressa à un groupe d'hommes debout dans un coin, qui discutaient, en buvant de grandes chopes de bière. Ils étaient jeunes et vêtus pauvrement, sauf l'un d'eux, un blond à la barbe hirsute, qui se pavanait dans une culotte de peau, chaussé de bottes solides et coiffé d'un chapeau tout neuf. Sa tenue révélait l'artisan de village ou le paysan prospère. « À Outhenby, disait-il, nous payons nos journaliers deux pennies par jour. » Et sa phrase avait retenu l'attention de Gwenda.

Elle tendit l'oreille, essayant d'en savoir davantage. Las, elle ne parvenait à saisir que des bribes de leur conversation. En raison de la pénurie de main-d'œuvre due à l'épidémie de peste, certains employeurs payaient leurs journaliers à un taux bien plus élevé que l'habituel penny par jour, elle l'avait entendu dire en effet, mais n'avait pas voulu y croire : c'était trop beau pour être vrai. À présent, son cœur battait à tout rompre. Se pouvait-il que la vie commence enfin à leur sourire, après tant d'années de misère ?

Elle ne dit rien à Wulfric pour le moment. Il n'avait pas entendu ces mots magiques. Le repas achevé, ils allèrent s'asseoir dehors sur un banc et regardèrent leurs garçons courir avec d'autres enfants autour du gros arbre qui avait donné son nom à la taverne. « Wulfric, lui souffla-t-elle à mi-voix, que dirais-tu de gagner deux pennies par jour ? Chacun deux pennies !

— Comment ça ?

— En allant à Outhenby. » Elle lui raconta ce qu'elle avait entendu et conclut : « Ce pourrait être pour nous l'occasion d'un nouveau départ dans la vie.

— Et je mettrais une croix sur les terres de mon père ? »

Elle l'aurait volontiers battu d'être aussi bête. Croyait-il encore récupérer ces terres un jour ? Prenant sa voix la plus douce, elle tenta de le convaincre : « Quelles chances as-tu ? Ça fait douze ans que tu as été déshérité. Pendant ce temps, Ralph est devenu de plus en plus puissant et il n'a pas fait montre de clémence envers toi. »

Il laissa passer un temps avant de demander : « Et où habiterions-nous ?

— Il doit bien y avoir des maisons à Outhenby.

— Ralph nous laissera-t-il partir ?

— Il ne peut pas nous l'interdire. Nous ne sommes pas serfs, nous sommes des ouvriers agricoles et comme tels indépendants, tu le sais bien.

— Moi oui, mais lui ?

— Il suffit d'agir de telle sorte qu'il ne puisse pas s'interposer.

— Comment ça ?

— Eh bien… »

Elle n'avait pas pris le temps de retourner la question dans sa tête avant d'en parler à Wulfric et elle le regrettait ! Mais le temps pressait. Ils devaient se décider rapidement. « Eh bien, dit-elle, on pourrait partir aujourd'hui même, directement d'ici. »

Aller s'établir dans un village inconnu, sans même rentrer chez soi pour préparer le voyage, c'était une idée effrayante pour deux paysans qui avaient passé leur vie entière au hameau de Wigleigh. Mais ce n'était pas la seule inquiétude de Wulfric. Il craignait aussi la réaction du bailli. Nathan le bossu traversait justement la place en direction du marchand de bougies. « Que va dire Nathan ?

— Nous lui tairons nos intentions. Nous dirons uniquement que nous voudrions passer la nuit ici pour une raison quelconque et que nous rentrerons au village demain. Comme ça, personne ne saura où nous sommes allés et nous ne retournerons plus à Wigleigh.

— Ne plus retourner à Wigleigh ? » s'écria Wulfric, et un soupir découragé succéda à son exclamation.

Gwenda jugula son impatience, elle connaissait son mari : il était long à la détente, mais une fois décidé, impossible de le faire changer d'avis ! N'étant pas borné, il finirait par se faire à cette idée. Il était seulement prudent et circonspect et détestait prendre des décisions à la hâte, contrairement à elle. Gwenda estimait en effet que c'était bien souvent le seul moyen d'aboutir à quelque chose.

Le jeune homme à la barbe blonde sortit du Vieux Chêne. Gwenda regarda autour d'elle. N'apercevant personne de son village à proximité, elle alla le trouver. « Vous ai-je bien entendu parler d'un travail payé deux pennies par jour ? demanda-t-elle.

— Oui, maîtresse, répondit-il. Dans la vallée de l'Outhenby, à une demi-journée de marche d'ici, au sud-ouest. Nous avons besoin de tout le monde.

— Qui êtes-vous ?

— Je m'appelle Harry et je suis le laboureur d'Outhenby. »

Outhenby devait être un grand village prospère pour posséder en propre un laboureur, se dit Gwenda. En général, les laboureurs travaillaient pour tout un groupe de villages. « Et qui est votre seigneur ?

— La prieure de Kingsbridge. »

— Mère Caris ? » La bonne humeur de Gwenda s'amplifia à l'annonce de cette nouvelle.

« Oui, c'est la nouvelle prieure, dit Harry. Une femme qui n'a pas les deux pieds dans le même sabot.

— C'est bien vrai !

— Elle veut que ses champs soient cultivés pour nourrir le couvent ; elle ne tolère aucune excuse.

— Il y a des maisons, chez vous, pour accueillir les ouvriers ? Loger ceux qui ont des familles ?

— Des quantités, malheureusement. La peste a tué tant de gens !

— Et c'est au sud-ouest d'ici, dites-vous ?

— Prenez la route du sud en direction de Badford et remontez l'Outhen.

— Oh, ce n'est pas pour moi que je m'informe, mais pour des amis, précisa Gwenda par souci de prudence.

— Je comprends, fit-il sans la croire. Eh bien, transmettez-leur de venir aussi vite qu'ils le peuvent. Nous avons encore des labours et des semailles à finir.

— Je n'y manquerai pas. »

La tête lui tournait un peu, comme si elle avait bu du vin très fort. Gagner deux pennies par jour en travaillant pour Caris, abandonner Ralph, Perkin et cette aguicheuse d'Annet à des lieues derrière eux, c'était un rêve !

Elle alla se rasseoir près de Wulfric. « Tu as entendu ?

— D'autres aussi, malheureusement ! » Il désigna du doigt un homme debout près de la porte de la taverne. Gwenda se retourna : c'était Joby, son père !

*

Vers le milieu de l'après-midi, Nathan ordonna à Wulfric d'atteler le cheval. « Il est temps de rentrer !

— Nous allons avoir besoin d'une avance sur notre salaire de la semaine.

— Vous serez payés dimanche, comme d'habitude, répondit Nathan, l'esprit ailleurs. Attelle la rosse, je te dis ! »

Mais Wulfric insista : « Je te demande de me payer aujourd'hui. Tu as de l'argent, tu as vendu tout le bois. »

Nathan se retourna et le dévisagea. « Et en vertu de quoi je te paierais en avance ? jeta-t-il, agacé.

— Parce que je ne rentre pas à Wigleigh, ce soir.

— Et pourquoi ça ? s'enquit Nathan, étonné.

— Parce que nous allons à Melcombe, expliqua Gwenda, prenant le relais.

— Quoi ? s'écria Nathan, outré. Les gens comme vous n'ont rien à faire à Melcombe.

— Nous avons rencontré un pêcheur qui recrute des hommes d'équipage pour deux pennies la journée. » Gwenda avait inventé cette histoire dans l'espoir de brouiller les pistes.

Et Wulfric d'ajouter : « Nos respects au seigneur Ralph, et que Dieu le protège.

— À vrai dire, nous espérons bien ne jamais le revoir ! » lâcha Gwenda pour le simple plaisir de prononcer cette phrase.

Nathan s'indigna : « Mais il ne veut peut-être pas vous voir partir.

— Il ne peut rien nous interdire, répliqua Wulfric. Nous ne sommes pas serfs, puisque nous n'avons pas de terres !

— Tu es fils de serf ! objecta Nathan.

— Ralph m'a dépossédé de mon héritage. Il serait malvenu de me réclamer obéissance.

— C'est dangereux pour un pauvre de faire valoir ses droits.

— Je sais, mais je le fais quand même. Advienne que pourra !

1003

— Ça ne se passera pas comme ça ! menaça Nathan.

— Alors, je l'attelle toujours ce canasson ?

— Bien sûr », bougonna Nathan, pestant contre sa bosse qui l'empêchait d'accomplir toutes sortes de tâches et ce cheval, bien trop grand pour lui.

« Je le ferai avec grand plaisir si tu as la bonté de me payer d'abord mon dû ! » répéta Wulfric.

Nathan exhuma sa bourse et entreprit de compter six pennies d'argent d'un air furieux.

Gwenda les empocha, Wulfric attela le cheval.

Nathan s'éloigna sans un mot.

« Et voilà ! soupira Gwenda. Une bonne chose de faite ! » Elle regarda Wulfric : son sourire allait d'une oreille à l'autre. « Qu'est-ce que tu as ?

— Comment dire ? J'ai l'impression qu'on vient de me libérer d'un joug de fer que je portais depuis des années.

— Eh bien, c'est formidable ! s'exclama-t-elle, ravie de son bonheur. Maintenant, trouvons un endroit pour passer la nuit. »

Le Vieux Chêne, situé sur la place du marché, pratiquait des prix bien au-dessus de leurs moyens. Ils déambulèrent dans la petite ville à la recherche d'une auberge meilleur marché. À la Maison de la Grille, Gwenda obtint après un long marchandage de payer un penny pour un matelas à même le sol et les repas du soir et du matin pour eux quatre. Les garçons avaient besoin d'une bonne nuit de sommeil et d'un petit déjeuner solide, s'ils devaient marcher toute la matinée.

Elle put à peine dormir tant son excitation était grande. Ses inquiétudes aussi. Dans quelle aventure avait-elle entraîné sa famille ? Elle n'avait que la parole d'un homme, un étranger qui plus est. Que trouveraient-ils là-bas, à Outhenby ? Elle aurait dû s'informer davantage avant de prendre une décision.

Mais voilà, cela faisait des années qu'ils étaient enfermés au fin fond de leur village, Wulfric et elle ! Harry le Laboureur était le premier à leur offrir le moyen d'en partir.

Le petit déjeuner, un gruau liquide et une bolée de cidre coupé d'eau, n'était guère copieux. Gwenda acheta une grosse miche de pain qu'ils mangeraient en cours de route et Wulfric emplit sa gourde d'eau fraîche à la margelle d'un puits. Le soleil était levé depuis une heure lorsqu'ils franchirent les portes de la ville et s'engagèrent sur la route du sud.

En chemin, le souvenir de son père lui revint. Apprenant qu'elle n'était pas rentrée à Wigleigh, Joby devinerait qu'elle était partie pour Outhenby. Il ne croirait pas à son histoire de Melcombe. Il était trop bon menteur lui-même pour se laisser berner par une ruse aussi grossière. L'interrogerait-on pour savoir ce qu'elle était devenue ? Pas forcément, il était de notoriété publique qu'ils ne se parlaient pas. Cependant, si on lui posait la question, lâcherait-il le morceau ou se tairait-il, mû par un vestige de sentiment paternel ?

Dans l'impossibilité d'influencer son père, elle préféra ne plus penser à lui.

C'était un plaisir que de voyager en cette saison. Après les pluies des jours précédents, le sol était souple et il n'y avait pas de poussière. Le soleil, capricieux, brillait par intermittence de sorte qu'il ne faisait ni trop chaud ni trop froid. Néanmoins, les garçons se fatiguèrent vite, surtout David, le plus jeune. Wulfric dut les distraire avec des chants, des poèmes, des questions sur les noms des arbres et des plantes ou avec des jeux de chiffres ou des histoires.

Gwenda osait à peine croire à son bonheur. La veille, à la même heure, ils se lamentaient, persuadés d'être condamnés à connaître éternellement la misère, le labeur et les espoirs déçus. Maintenant, ils cheminaient vers une vie nouvelle.

Elle ne laissait pas grand-chose derrière elle, dans cette maison où elle avait vécu dix ans avec Wulfric : quelques ustensiles de cuisine, une pile de bûches, un demi-jambon et quatre couvertures. Tous leurs vêtements, ils les portaient sur eux. Elle n'avait ni bijou, ni ruban, ni gants, ni peigne. Les poulets et cochons qui, jadis, s'ébattaient dans la cour avaient été mangés l'un après l'autre ou vendus pendant les années de disette. L'avenir leur souriait : s'ils étaient payés au tarif promis, ils auraient remplacé leurs maigres possessions en l'espace d'une semaine.

Conformément aux instructions de Harry, ils suivirent la route du sud jusqu'à un gué boueux et remontèrent l'Outhen en direction de l'ouest. La rivière était de moins en moins large. Elle coulait entre deux chaînes de collines au milieu d'une terre que Wulfric jugea bonne et fertile. « Évidemment, ça demande une solide charrue pour labourer. »

Vers midi, ils atteignirent une grosse bourgade. Une église en pierre se dressait en son centre, flanquée d'un manoir en bois. Ils s'y dirigèrent. Gwenda frappa à la porte anxieusement. Leur dirait-on que Harry le Laboureur était un hâbleur qui ne savait pas de quoi il parlait ? Qu'il n'y avait pas de travail ici ? Allait-elle découvrir qu'elle avait obligé sa famille à faire une demi-journée de marche pour rien ? Quelle humiliation ce serait que de retourner à Wigleigh et de supplier Nathan de leur redonner du travail.

Une femme aux cheveux gris ouvrit la porte. Elle dévisagea Gwenda de cet air soupçonneux avec lequel les villageois examinent les étrangers. « C'est pour quoi ?

— Bonjour, maîtresse, la salua Gwenda. Sommes-nous bien à Outhenby ?

— Vous y êtes.

— Nous sommes des journaliers en quête de travail. Harry le Laboureur nous a dit de venir ici.

— Ah ! »

Manifestement, la situation n'était pas aussi simple que prévu, ou alors cette vieille vache s'était levée du pied gauche. Gwenda faillit presque lui poser la question carrément. Se retenant, elle demanda : « Est-ce que Harry habite ici ?

— Certainement pas ! répondit la femme. Ce n'est qu'un laboureur. Cette maison est celle de l'intendant.

— Alors, c'est lui que nous devrions voir, je pense, déclara Gwenda, supposant qu'il devait y avoir du tiraillement entre les deux hommes.

— Il n'est pas là.

— Dans ce cas, auriez-vous la grande bonté de nous indiquer où nous pourrions le trouver ? » s'enquit Gwenda patiemment.

La femme désigna l'autre côté de la vallée. « Dans le Champ du nord. »

Gwenda scruta la direction indiquée. Le temps de se retourner, la femme avait refermé sa porte.

« Elle n'avait pas l'air ravie de nous voir, fit remarquer Wulfric.

— Les vieilles détestent le changement. Allons trouver cet intendant.

— Les garçons sont fatigués.

— Ils se reposeront bientôt. »

Ils se remirent en marche à travers champs. Une grande activité régnait sur les parcelles. Des enfants retiraient les pierres des champs labourés, des femmes semaient et des hommes épandaient de l'engrais. Plus loin, huit bœufs puissants tiraient une charrue. La terre retournée était grasse et humide.

Ils tombèrent sur un groupe d'hommes et de femmes essayant d'extirper d'un fossé une herse attelée à un cheval. Gwenda et Wulfric joignirent leurs forces aux leurs. Les larges épaules de Wulfric firent la différence et la herse fut dégagée.

Les villageois admirèrent la force du nouveau venu. Un homme de haute taille, au visage brûlé sur tout un côté, lui dit aimablement : « On a toujours besoin d'un costaud comme toi au village. Comment t'appelles-tu ?

— Wulfric et voici ma femme, Gwenda. Nous sommes des journaliers à la recherche d'un travail.

— Bienvenue à Outhenby ! »

*

Ralph débarqua dix jours plus tard.

Wulfric et Gwenda vivaient à présent dans une maisonnette bien construite, dotée d'une cheminée en pierre et d'une chambre à l'étage où ils pouvaient dormir séparés de leurs enfants. Les villageois plus âgés et conservateurs leur avaient réservé un accueil mitigé, à commencer par Will l'Intendant et sa femme Vi qui avait été si désagréable avec eux, le premier jour. Mais Harry le Laboureur et les jeunes du village étaient ravis d'avoir de l'aide aux champs.

Ils étaient payés deux pennies par jour comme promis, et Gwenda attendait avec impatience de toucher la paie pour une semaine de travail complète : douze pennies chacun – un shilling à eux deux ! –, une fortune. Le double du salaire le plus élevé qu'on leur ait jamais versé ! Que feraient-ils de tout cet argent ?

Wulfric et Gwenda, qui n'avaient jamais été embauchés ailleurs qu'à Wigleigh, découvrirent avec surprise que travailler sur des terres appartenant au couvent de Kingsbridge était bien différent. Ici, chacun semblait connaître les volontés de la prieure et, la plupart du temps, les paysans réglaient leurs différends en se demandant simplement quelle serait sa position en l'occurrence. On était loin des méthodes en vigueur à Wigleigh où l'arbitraire et le bon vouloir régnaient en maîtres et où il ne faisait pas bon d'en appeler au jugement du seigneur.

Au moment où Ralph arriva, un désaccord venait d'être résolu à l'amiable. Le soleil se couchait et les paysans rentraient des champs, fatigués après leur journée de labeur. Les enfants couraient devant, Harry le Laboureur fermait la marche avec ses bœufs qu'il avait dételés. Ce jour-là, un vendredi, Carl Shaftesbury, l'homme au visage brûlé, avait pêché à l'aube deux anguilles qu'il comptait manger au souper avec sa famille. Et là résidait le litige. Nouveau venu à Outhenby et journalier, comme Wulfric et Gwenda, Carl était-il autorisé à pêcher des poissons dans l'Outhen pour se nourrir les jours maigres, à l'instar des métayers ? Harry le Laboureur affirmait que ce privilège s'étendait à tous les résidents d'Outhenby. Vi, l'épouse de l'intendant, objectait que les métayers devaient bénéficier de certains privilèges puisqu'ils étaient tenus de verser des redevances au couvent, alors que les journaliers en étaient exemptés.

Appelé pour rendre son verdict, Will l'Intendant avait pris le contre-pied de sa femme. « À mon avis, avait-il déclaré, la mère prieure dirait que si l'Église veut que les gens mangent du poisson les jours maigres, ils doivent pouvoir le pêcher facilement. » Sa décision avait remporté l'adhésion générale.

En regardant dans la direction du village, Gwenda aperçut brusquement deux cavaliers.

Un vent froid se leva tout à coup.

Ils étaient à l'autre bout des champs, mais compte tenu de la direction qu'ils suivaient, ils allaient forcément croiser leur route. À en juger par la taille de leurs chevaux et leurs silhouettes volumineuses, c'était des hommes d'armes. Ceux-ci, en effet, portaient le plus souvent des vêtements rembourrés. Gwenda tira Wulfric par la manche.

« J'ai vu », dit-il sombrement.

N'ayant que mépris pour la population paysanne qui cultivait la terre et élevait le bétail, les hommes d'armes ne venaient dans les villages que contraints et forcés – en général, pour se fournir en denrées que leur fierté leur interdisait de produire, telles que le pain, la viande et la boisson. Leurs visites s'accompagnaient presque toujours de complications, car les soudards n'étaient jamais d'accord avec les paysans sur ce qu'ils étaient en droit de réclamer, ni sur la somme qu'ils devaient payer.

En quelques instants, tous les villageois les eurent aperçus. Le silence se fit. Gwenda vit Harry faire dévier ses bœufs de leur trajectoire pour les diriger vers l'autre bout du village. Elle n'en comprit pas tout de suite la raison.

Une question bien plus grave la préoccupait : ces soudards seraient-ils à la recherche de journaliers en fuite ? Elle pria le ciel pour qu'ils soient à la solde du maître de ce Carl Shaftesbury ou d'un autre nouveau venu.

Hélas, quand ils furent plus près, elle reconnut distinctement Ralph Fitzgerald et son écuyer Alan Fougère. Son cœur se serra.

Le moment tant redouté avait fini par arriver : Ralph les avait retrouvés ! Sur les indications de Joby, sans doute. On pouvait lui faire confiance pour dénoncer sa fille !

Impossible de fuir. Ils marchaient tous ensemble le long d'un chemin séparant de grands champs labourés. Si l'un d'eux quittait le groupe, Ralph et Alan le verraient tout de suite et se lanceraient à sa poursuite. En fait, ils étaient pris au piège. La meilleure protection était encore de rester collés aux villageois !

Aucune loi n'autorisait Ralph à les reprendre. Mais voilà, il était noble et chevalier : il n'en ferait qu'à sa tête, comme la plupart de ces gens-là !

Elle rappela ses garçons. « Sam, David, venez ici ! »

Ils n'entendirent pas ou refusèrent de l'entendre et Gwenda se précipita à leurs trousses. Croyant à un jeu, les gamins accélérèrent l'allure. Ils étaient presque arrivés au village. Elle-même n'avait plus la force de courir. En larmes, elle cria une dernière fois : « Revenez ! »

Wulfric vint à son secours. Il rattrapa David et le souleva dans ses bras. Sam courait déjà en riant parmi les maisons dispersées.

Les cavaliers étaient arrêtés près de l'église. Comme Sam courait vers eux, Ralph lança sa monture. Se baissant sur sa selle, il attrapa le gamin par sa chemise et l'assit sur l'encolure de son cheval.

Sam hurla de frayeur.

Gwenda répondit par un cri identique.

David dans ses bras, Wulfric marcha sur Ralph.

« Ton fils, je présume ? » lui demanda le seigneur.

Gwenda était pétrifiée d'horreur. Elle avait peur pour son fils bien sûr, peur d'un accident car Ralph ne s'en prendrait pas à un enfant, ce qui serait indigne d'un homme de sa condition. Elle avait peur surtout d'autre chose : que Wulfric se rende compte, en voyant Ralph et Sam côte à côte, qu'ils étaient père et fils ! Certes, Sam avait encore un visage aux traits poupins, mais il avait aussi les épais cheveux noirs et les yeux de son vrai père. Et surtout sa large carrure, bien qu'il soit encore maigrichon.

Gwenda regarda son mari. Rien dans son expression n'indiquait qu'il ait noté la moindre ressemblance. Elle balaya des yeux les visages des autres villageois : apparemment, personne n'avait conscience de cette vérité pourtant criante, sauf peut-être la femme de l'intendant, cette vieille virago qui la fixait durement.

Will l'Intendant s'approcha des cavaliers. « Le bonjour à vous, mes seigneurs. Je suis Will, l'intendant de ce village, puis-je demander…

— Ta gueule, intendant ! Contente-toi de me dire ce que fait ce type ici ! » s'écria Ralph en désignant Wulfric.

Comprenant qu'ils n'étaient pas la cible de l'ire du seigneur, les villageois se détendirent un peu.

« C'est un journalier, mon seigneur, expliqua Will. Il est ici sous l'autorité de la prieure de Kingsbridge.

— C'est un fuyard, dit Ralph. Il doit rentrer dans son village. »

Will, se tut, maté.

Carl Shaftesbury prit la relève : « De quelle autorité vous revendiquez-vous pour formuler cette exigence ? »

Ralph le dévisagea comme s'il cherchait à graver ses traits dans sa mémoire. « Surveille ton langage, mâtin, ou je te défigure l'autre moitié du visage !

— Nous ne voulons pas qu'il y ait de sang versé ! intervint Will nerveusement.

— C'est très sage à toi, intendant. Comment s'appelle ce paysan insolent ?

— Qu'importe mon nom, chevalier ! répondit Carl grossiè-rement. Moi, je sais qui tu es. Tu es Ralph Fitzgerald, un cri-minel convaincu de viol et condamné à mort par le tribunal de Shiring !

— Mais toujours vivant ! ironisa Ralph.

— Par erreur ! Les journaliers ne sont pas soumis au droit féodal. Si tu essaies d'user de la force pour emmener celui-ci, tu prendras une trempe. »

Plusieurs personnes parmi les villageois s'ébahirent. Tenir de tels propos à un chevalier armé était insensé. Wulfric voulut calmer le jeu : « Tais-toi, Carl. Je ne veux pas que tu perdes la vie à cause de moi.

— Il ne s'agit pas de toi ! Si ce vaurien se croit permis de t'emmener de force, demain quelqu'un viendra me chercher aussi. Nous devons faire front. Tous ensemble, nous ne sommes pas démunis. »

Gwenda comprit qu'il ne parlait pas pour ne rien dire. Elle prit peur. Carl était un homme solide, plus grand que Wulfric et presque aussi large d'épaules que lui. La bagarre promettait d'être terrible, et Sam était toujours prisonnier de Ralph. « Nous allons simplement partir avec le seigneur, dit-elle désespéré-ment. Ce sera mieux.

— Non, ce ne sera pas mieux, rétorqua Carl. Je l'empêcherai de vous emmener, que tu le veuilles ou non ! Parce qu'il y va de mon salut aussi. »

Il y eut un murmure approbateur. Gwenda promena les yeux sur les hommes autour d'elle. La plupart portaient des bêches ou des houes et manifestaient l'envie de s'en servir, malgré leur frayeur.

Tournant le dos à Ralph, Wulfric ordonna à voix basse aux femmes d'emmener les enfants à l'église sans tarder. Elles furent plusieurs à prendre leurs bambins dans leurs bras et à filer en traînant les petits par la main. Gwenda demeura clouée sur place, d'autres femmes aussi.

D'instinct, les hommes du village se regroupèrent pour faire front, épaules contre épaules.

Ralph et Alan balançaient : ils ne s'étaient pas attendus à devoir affronter une foule de cinquante paysans en colère. Toute-fois, ils étaient à cheval, ils pouvaient s'échapper à tout moment.

« Puisqu'il en est ainsi, je ne ramènerai que ce gamin à Wigleigh ! »

Gwenda en resta paralysée d'horreur.

« Si ses parents le veulent, continuait Ralph, qu'ils reviennent au village d'où ils n'auraient jamais dû s'enfuir ! »

Gwenda devint comme folle : Ralph tenait son fils prisonnier, il pouvait en faire ce qu'il voulait ! Refoulant son angoisse, elle tenta de réfléchir : s'il faisait tourner bride à son cheval, elle se jetterait sur lui et essaierait d'arracher Sam de la selle ! Elle se rapprocha d'un pas.

C'est alors qu'elle aperçut les bœufs derrière Ralph et Alan. Harry le Laboureur les faisait venir de l'autre bout du village. Les huit bêtes massives marchaient d'un pas lourd en direction de l'église. Arrivées à hauteur de l'attroupement, elles s'arrêtèrent, ne sachant où aller et regardant stupidement autour d'elles. Ralph et Alan se retrouvaient pris au piège d'un triangle constitué d'un côté par les villageois, de l'autre par les bœufs, d'un troisième par l'église.

Voilà le plan qu'avait imaginé Harry pour empêcher Ralph de les emmener, Wulfric et elle, comprit Gwenda. Dans la situation présente, ce moyen était très efficace.

« Dépose l'enfant à terre, seigneur Ralph, et que la paix t'accompagne ! » ordonna Carl.

Pour Ralph, céder signifiait perdre la face. Pour un chevalier digne de ce nom, qui plaçait son honneur plus haut que tout, et n'hésitait pas à piétiner la loi au besoin, c'était une abomination. En réalité, c'était une question de vanité : plutôt la mort que l'humiliation !

L'espace d'un moment, tous les acteurs de la scène demeurèrent figés dans l'expectative : le seigneur et l'enfant resté sur l'encolure du cheval, les villageois brandissant leurs outils et les bœufs indécis.

Ralph déposa Sam par terre.

Les larmes montèrent aux yeux de Gwenda.

Sam courut vers elle et lui entoura la taille de ses bras, pleurant dans son giron.

La tension se relâcha. Pelles et houes s'abaissèrent.

« Hop ! Hop ! » cria Ralph en tira sur ses rênes. L'animal se cabra. Il l'éperonna. Le cheval se rua sur la foule qui s'éparpilla en bonds éperdus. Alan s'élança à sa suite, laissant derrière lui des paysans écroulés dans la boue, cul par-dessus tête, et se piétinant l'un l'autre. Par miracle, aucun d'eux ne le fut par les chevaux.

Ralph et Alan traversèrent le village au galop en riant aux éclats, comme si toute cette scène n'avait été qu'une farce.

Mais en vérité le seigneur avait été humilié.

Par conséquent, il reviendrait, cela ne faisait pas l'ombre d'un doute.

68.

Douze ans s'étaient écoulés depuis le jour où Merthin était venu à Château-le-Comte, à la demande du comte Roland qui voulait faire bâtir un nouveau château digne de son statut en lieu et place de sa vieille forteresse, devenue inutile dans un pays en paix. Il avait refusé, préférant se consacrer au nouveau pont de Kingsbridge. Apparemment, le projet de rénovation avait été ajourné car la muraille octogonale et les deux ponts-levis étaient toujours là, ainsi que le vieux donjon, lové dans la dernière enceinte, où la famille vivait comme des lapins au fond d'un terrier qu'aucun renard n'assiège. Les lieux n'avaient pas changé depuis l'époque de dame Aliena et de Jack le Bâtisseur.

Si Merthin s'y rendait aujourd'hui, c'était pour accompagner Caris, convoquée par la comtesse. Le comte William, en effet, était tombé malade et dame Philippa craignait qu'il ne s'agisse de la peste.

À cette nouvelle, Caris avait été consternée. Elle croyait l'épidémie enrayée. Depuis six semaines, personne n'en était mort à Kingsbridge. Elle avait donc pris la route sans perdre un instant. Hélas, le messager avait mis deux jours pour venir de Château-le-Comte à Kingsbridge et il lui en avait fallu à elle-même deux autres pour effectuer le trajet inverse. Le comte devait être aux portes de la mort, s'il n'était pas déjà décédé. « Je ne vois pas ce que je pourrai faire, sinon lui donner de l'essence d'opium pour soulager son agonie, dit Caris alors qu'ils chevauchaient.

— Tu feras bien plus que cela, répondit Merthin. Tu es calme et savante, ta présence est un réconfort. Tu emploies des mots que les gens comprennent : gonflement, trouble, douleur. Tu ne cherches pas à les impressionner avec des expressions, comme "humeurs", qui les terrorisent et leur font seulement toucher du doigt leur ignorance et leur impuissance. Quand tu es là, ils savent que l'impossible sera tenté pour les sauver, et c'est exactement ce qu'ils attendent de toi.

— J'espère que tu dis vrai. »

Merthin était bien en deçà de la vérité. Caris avait effectivement un talent indéniable pour rassurer les malades. Combien de fois n'avait-il pas vu des patients terrifiés – des hommes aussi bien que des femmes – se changer soudainement en êtres raisonnables et capables d'assumer leur destin après avoir passé seulement quelques instants avec elle ?

Depuis l'épidémie de peste, une espèce de réputation surnaturelle entourait la mère prieure ; on la prenait volontiers pour une sainte. Des lieues à la ronde, la nouvelle s'était répandue qu'après le départ des moines, Caris et les religieuses s'étaient consacrées aux malades avec un dévouement inlassable, aveugles au danger qu'elles-mêmes encouraient.

Au château, l'atmosphère était sombre. Ceux des serviteurs chargés de chercher du bois ou de l'eau, de nourrir les chevaux, d'aiguiser les armes, de cuire le pain ou d'abattre le bétail continuaient d'accomplir ces tâches quotidiennes, mais les employés aux écritures, les hommes d'armes, les messagers demeuraient assis à ne rien faire, attendant des nouvelles de la chambre du malade.

Les corbeaux saluèrent l'arrivée des voyageurs par un croassement sarcastique quand ils franchirent le pont intérieur conduisant au donjon. C'était là, se rappela Merthin, qu'avait vécu, des siècles auparavant, le comte Thomas, fils de Jack le Bâtisseur et de dame Aliena, dont son père, sieur Gérald, prétendait descendre en ligne directe. Il compta les marches menant à la grande salle en prenant soin de poser ses pieds dans les creux laissés par des milliers de bottes, et très certainement par celles de ses ancêtres. S'il éprouvait une certaine émotion à fouler les mêmes pierres qu'eux, il n'était pas obnubilé, comme Ralph, par la volonté de restaurer sa famille dans sa gloire passée.

Caris grimpait l'escalier devant lui. Le balancement de ses hanches lui arracha un sourire involontaire et il regretta de ne pouvoir passer toutes ses nuits avec elle. Cela dit, les rares occasions où il leur était donné de se retrouver en tête à tête en devenaient d'autant plus excitantes. Hier, par exemple, ils avaient fait l'amour toute une partie de ce doux après-midi de printemps, dans une clairière inondée de soleil, pendant que leurs chevaux paissaient plus loin, indifférents à leur passion.

Leur relation n'était pas courante, mais Caris était une femme d'exception : pricure ayant charge d'âmes, elle remettait en question bon nombre des enseignements de l'Église ; religieuse ayant prononcé ses vœux perpétuels, elle faisait fi de la chasteté et s'adonnait à sa passion charnelle aussi souvent qu'elle le pouvait ; guérisseuse révérée de tous, elle rejetait la médecine que pratiquaient les moines. Et Merthin de se dire que s'il avait voulu mener une vie conforme aux traditions, il aurait dû jeter son dévolu sur une femme plus soucieuse de bienséance.

Une nombreuse assemblée se pressait dans la grande salle du château au milieu des serviteurs occupés à étendre sur le sol de la paille fraîche, à allumer le feu, à dresser la table pour le dîner. Tout au bout de la longue pièce, près de l'escalier menant aux appartements privés du comte, était assise une jeune fille d'une quinzaine d'années élégamment vêtue. À l'arrivée du couple, elle se leva et se dirigea vers eux d'un pas princier. À sa haute taille et à son corps admirable, Merthin devina que c'était la fille de dame Philippa. « Je suis damoiselle Odila, se présenta-t-elle avec une hauteur héritée de sa mère. Vous devez être mère Caris. Je vous remercie d'être venue prendre soin de mon père. » Ses paupières rougies et fripées par les larmes démentaient son calme.

Merthin dit : « Je suis le prévôt de Kingsbridge, Merthin le Pontier. Comment se porte le comte William ?

— Il est au plus mal et mes deux frères sont bien faibles eux aussi. » Merthin se souvint alors que le comte et la comtesse avaient deux garçons d'environ dix-neuf et vingt ans. « Ma mère prie ma dame la prieure de venir les voir tout de suite.

— Je vous suis ! » répondit Caris. Mais elle prit le temps d'extraire de son sac une bande de tissu propre pour s'en couvrir le nez et la bouche avant d'emboîter le pas à Odila.

Merthin s'installa sur un banc et se mit en demeure d'examiner les lieux de son œil averti. Comment cette foule s'organisait-elle pour dormir ici la nuit? Si ses rapports intimes avec Caris n'étaient qu'occasionnels, il tenait néanmoins à ne rien ignorer des moyens lui permettant d'assouvir sa passion. Lesquels, malheureusement, ne seraient guère nombreux dans ce bâtiment construit selon le plan traditionnel. Cette vaste pièce, le vestibule, était probablement l'endroit où tout le monde mangeait et dormait. L'escalier menait sans doute à une terrasse sur laquelle donnait la chambre du comte et de la comtesse. Les châteaux plus récents disposaient d'appartements en enfilade destinés à la famille et aux invités. À l'évidence, ce luxe n'existait pas ici. Si, cette nuit, il couchait par terre dans cette salle à côté de Caris, il devrait se contenter de dormir pour ne pas provoquer de scandale.

Au bout d'un moment, dame Philippa apparut au sommet de l'escalier. Elle descendit les marches et fit son entrée à l'instar d'une reine, consciente que tous les regards étaient levés vers elle. La dignité de son maintien n'en rehaussait que mieux ses attraits, ses hanches rondes et sa fière poitrine. Aujourd'hui, cependant, son visage d'habitude si serein était gonflé et ses yeux rougis. Sa coiffe à la mode était posée un peu de travers sur sa tête et les mèches de cheveux qui s'en échappaient révélaient l'affolement qu'elle tentait de dissimuler derrière sa prestance.

Merthin se leva, empli d'attente.

« Mon mari a la peste, comme je le craignais, déclara-t-elle à la cantonade. Mes deux fils aussi. »

Un murmure consterné accueillit ses mots.

Peut-être s'agissait-il seulement d'un sursaut de l'épidémie, songea Merthin en l'espérant de tout son cœur. Mais cela pouvait aussi bien signifier la recrudescence du mal. À voix haute, il demanda : « Comment se sent le comte ? »

Philippa vint le rejoindre sur son banc. « Mère Caris a calmé ses douleurs. D'après elle, la fin est proche. »

Leurs genoux se touchaient presque et, malgré l'amour fou qu'il portait à Caris, Merthin ne put s'empêcher d'être sensible à la sensualité qui émanait de dame Philippa en dépit de son chagrin. « Et vos fils ? » s'enquit-il.

Elle baissa les yeux sur sa robe de brocart bleu et se mit à examiner fixement les entrelacs de fils d'or et d'argent qui en composaient le motif. « Ils sont dans le même état que leur père.

— Je comprends combien cela doit être difficile pour vous, ma dame, dit-il doucement. Très difficile. »

Elle tourna vers lui un regard las. « Vous êtes bien différent de votre frère. »

Merthin se demanda si dame Philippa était consciente de l'amour obsédant que Ralph lui avait voué pendant de longues années. Finalement, ça n'avait guère d'importance. Ce qui comptait, c'était que son frère avait fait un bon choix : tant qu'à aimer sans espoir, autant aimer une femme extraordinaire. Il répondit sur un ton neutre : « Ralph et moi sommes très différents, en effet.

— Je me souviens de vous encore tout jeune. Vous ne manquiez pas d'aplomb. Vous m'avez dit d'acheter de la soie verte pour aller avec mes yeux. Après cela, votre frère a provoqué une bagarre.

— Il arrive parfois que le cadet cherche par tous les moyens à se démarquer de l'aîné, expliqua Merthin.

— Oh, c'est certainement la vérité en ce qui concerne mes fils. Rollo a hérité de son père et de son grand-père un esprit déterminé et résolu, alors que Rick déborde de bonnes intentions et aime à rendre service. Oh, mon Dieu, quand je pense que je vais les perdre tous les trois ! »

Elle se mit à pleurer. Merthin lui prit la main et lui dit gentiment : « Qui peut prédire l'avenir ? J'ai attrapé la peste à Florence, et j'y ai survécu. Ma fille est tout simplement passée au travers.

— Et votre femme ? » demanda-t-elle en relevant les yeux vers lui.

Merthin regarda ses mains qu'elle tenait jointes, des mains bien plus fripées que les siennes alors que quatre ans seulement les séparaient. « Elle est décédée, dit-il.

— Je prie le Seigneur de ne pas m'épargner. Si tous mes hommes disparaissent, je veux mourir aussi.

— Mais non !

— Voyez-vous, le destin des femmes bien nées est d'épouser des hommes qu'elles n'aiment pas. Pour ma part, je peux considérer que la chance m'a souri puisque j'ai aimé William au premier regard, bien qu'il ait été choisi pour moi. Je ne supporterais pas d'avoir un autre époux…, ajouta-t-elle d'une voix défaillante.

— Vous dites cela maintenant », objecta-t-il tout en pensant par-devers lui qu'il était étrange de tenir pareils propos quand son mari était encore en vie. Mais elle était si triste qu'elle devait dire ce qui lui passait par la tête, sans penser aux convenances.

« Et vous ? Êtes-vous remarié ? reprit-elle avec effort.

— Non, répondit-il, ne pouvant avouer qu'il entretenait une liaison avec la prieure de Kingsbridge. Toutefois, je crois que je le pourrais si l'élue de mon cœur le voulait bien. Peut-être en arriverez-vous à penser comme moi.

— Il ne s'agit pas de cela ! Veuve d'un comte décédé sans héritier, je serai tenue d'épouser l'homme que le roi choisira pour moi. Et il ne se préoccupera pas de connaître mes sentiments. Son seul souci sera de placer à la tête du comté un vassal qui lui convienne.

— Je comprends », répondit Merthin. L'aspect politique de la question ne l'avait pas effleuré, il n'en avait envisagé que le côté sentimental et comprenait qu'un remariage arrangé puisse être détestable pour une veuve qui avait aimé d'amour son premier époux.

Dame Philippa enchaînait déjà : « Que c'est mal de ma part d'évoquer cette question alors que William respire encore. Je ne sais pas ce qui m'a pris. »

Merthin lui tapota les mains avec compassion. « C'est tout à fait compréhensible. »

La porte en haut de l'escalier s'ouvrit sur une Caris en train de se sécher les mains avec une serviette. Soudain gêné de son geste, Merthin fut tenté de s'écarter de dame Philippa. Il résista à cette impulsion que Caris pouvait interpréter comme un aveu de culpabilité. Mais celle-ci ne réagit pas à la vue de leurs mains jointes. Elle descendit les marches tout en détachant son masque. Ce fut avec un sourire à son adresse que Merthin s'informa de l'état des malades.

Philippa retira sa main lentement.

« Ma dame, dit-elle doucement, j'ai la grande tristesse de vous annoncer que le comte n'est plus. »

*

« Il me faut un autre cheval », déclara Ralph Fitzgerald. Griff, son fougueux palefroi bai, se faisait vieux. Il s'était foulé le postérieur gauche et la blessure avait mis des mois à guérir. Et voilà qu'il recommençait à boiter de la même jambe. Ralph en était fort marri. Griff était sa monture préférée. Il la tenait du comte Roland, qui la lui avait offerte alors qu'il était tout jeune écuyer. Il l'avait gardée depuis, l'emmenant dans toutes ses guerres contre les Français. Il pourrait encore le monter quelques années pour parcourir son domaine à une allure modérée, pour effectuer de courts trajets d'un village à l'autre, mais le temps où il chassait avec lui était désormais révolu.

« Si nous allions demain au marché de Shiring en acheter un autre ? » proposa Alan Fougère.

Ils étaient à l'écurie, en train d'examiner le boulet de Griff. C'était un lieu que Ralph aimait pour son odeur de terre, pour la force et la beauté des chevaux qui l'occupaient et pour les hommes frustes qui s'adonnaient à des tâches uniquement physiques. Cela le ramenait au temps de sa jeunesse, quand le monde lui paraissait si simple.

Il ne répondit pas tout de suite. Son écuyer ignorait un détail capital : il n'avait plus d'argent.

La peste l'avait d'abord enrichi, grâce aux taxes perçues sur les mutations. En effet, des terres jadis transmises une fois par génération – et ce de père en fils – avaient soudain changé de mains à plusieurs reprises en l'espace de quelques mois et, chaque fois, il avait touché l'impôt. Celui-ci consistait le plus souvent en une somme fixe, versée en argent sonnant et trébuchant, qui pouvait, parfois, être remplacée par la meilleure bête du troupeau. Hélas, la terre n'avait bientôt plus été cultivée en raison du manque de bras. Les cours des produits agricoles avaient chuté et les revenus de Ralph s'en étaient trouvés considérablement diminués, que l'impôt lui soit versé en espèces ou en nature.

Quand un chevalier en vient à ne plus pouvoir s'offrir un cheval, la situation est grave ! se dit-il amèrement. Puis il se rappela que Nathan le Bailli devait venir à Tench le jour même, apporter les cotisations trimestrielles de Wigleigh. Ce village était tenu de fournir chaque printemps vingt-quatre agneaux d'un an à son seigneur. En les vendant au marché de Shiring, il aurait de quoi s'offrir un palefroi, à défaut d'un cheval pour la chasse. « C'est une idée, dit-il à Alan. Allons voir si le bailli de Wigleigh est arrivé. »

À peine entré dans la maison, il perdit sa bonne humeur. Depuis la naissance voilà trois mois de son héritier pétulant de santé et prénommé Gerry en l'honneur de son grand-père, une détestable atmosphère féminine avait envahi le vestibule. Assise auprès du feu, Tilly était occupée à l'allaiter. Elle était vaillante, elle aussi, nonobstant sa grossesse à un âge aussi jeune. Malheureusement, elle avait perdu son corps menu de petite fille. Ses seins lourds avaient des tétons durcis et son ventre pendait comme celui d'une vieille femme. Ralph n'avait pas couché avec elle depuis des mois et il était à croire qu'il ne le referait plus.

Il aperçut ses parents assis à côté de sa femme. Sieur Gérald et dame Maud, à présent vieux et chenus, venaient au manoir tous les matins depuis leur maison du village pour voir leur petit-fils. Sa mère affirmait que le bébé lui ressemblait. Ralph ne partageait pas son opinion.

Il fut content de voir que Nathan se trouvait également dans la pièce. À son entrée, le bossu sauta immédiatement à bas de son siège pour le saluer. Ralph ne fut pas sans noter son air de chien battu.

« Qu'est-ce que tu as, Nathan ? Tu m'as apporté mes agneaux de lait ?

— Non, seigneur.

— Et pourquoi ça, par le diable ?

— Parce qu'il n'y en a point, seigneur. Il n'y a plus aucun mouton à Wigleigh, tout juste quelques vieilles brebis.

— Les aurait-on volés ? s'enquit Ralph, abasourdi par la nouvelle.

— Non. Nous vous en avons déjà donné quelques-uns à la mort de leurs propriétaires. Ensuite, nous n'avons pas trouvé de remplaçant pour la terre de Jack le Berger, et beaucoup de bêtes ont péri pendant l'hiver. Après, au printemps, il ne restait quasiment plus personne pour s'occuper des petits et nous les avons presque tous perdus, ainsi que plusieurs brebis.

— Mais c'est impossible ! s'écria Ralph, pris de fureur. Comment les nobles vivront-ils si les serfs laissent crever le bétail ?

— Nous avions cru l'épidémie achevée en janvier et en février mais, apparemment, elle repart. »

Ralph réprima un frisson. Comme tous les survivants, il avait béni le ciel d'avoir échappé à la peste. La nouvelle l'inquiéta grandement.

Nathan continuait : « Perkin est décédé cette semaine, ainsi que sa femme Meg, son fils Rob et son gendre, Billy Howard. Annet se retrouve donc avec toutes ces terres sur les bras, incapable de les cultiver seule.

— La taxe à payer pour obtenir cette propriété sera très élevée.

— Assurément. Encore faut-il trouver quelqu'un qui veuille bien la reprendre ! »

Ralph fut consterné. Il avait placé grand espoir dans un train de lois, en instance d'être votées par le Parlement, visant à empêcher les journaliers de quitter leurs villages d'origine pour écumer le pays en quête de salaires plus élevés. Il s'était persuadé qu'une stricte application de ces décrets dans son domaine lui permettrait de récupérer ses journaliers. Il découvrait maintenant que toute cette réglementation ne servirait à rien si personne ne se chargeait de cultiver les terres.

« Vous ne savez pas encore, je suppose, que le comte William est décédé, ajouta Nathan.

— Quoi ? s'écria Ralph, abasourdi.

— Le comte William est mort ? répéta sieur Gérald.

— Oui, de la peste ! » expliqua Nathan.

Et Tilly de s'exclamer : « Pauvre oncle William ! » bien que le comte soit plus exactement son cousin issu de germain.

Le bébé, sensible à son désarroi, se mit à pleurer et Ralph dut élever la voix pour couvrir ses vagissements : « Quand cela est-il arrivé ?

— Il y a trois jours à peine », répondit Nathan.

Tilly redonna le sein au bébé, qui se tut.

« Le fils aîné de William est donc notre nouveau comte, réfléchit Ralph à voix haute. Il ne doit pas avoir plus de vingt ans. »

Nathan secoua la tête. « Rollo est mort de la peste, également.

— Et le cadet ?

— Emporté, lui aussi.

— Les deux fils ! »

Ralph tressaillit d'une joie anticipée. Devenir comte de Shiring avait toujours été son rêve. La peste renforçait ses chances de réaliser cet espoir en éliminant les prétendants légitimes.

Il surprit le regard de son père, que la même pensée avait effleuré.

« Rolo et Rick ? Mais c'est affreux ! » laissa échapper Tilly.

Sourd à son chagrin, Ralph considéra la situation. « Qui nous reste-t-il comme successeur parmi les proches du comte ?

— J'imagine que la comtesse est morte aussi ? intervint sieur Gérald, s'adressant au bailli.

— Non, messire. Dame Philippa est en vie, ainsi que sa fille Odila.

— Ah ! dit Gérald. Dans ce cas, la personne choisie par le roi devra épouser Philippa pour devenir comte. »

Cette information pétrifia Ralph aussi sûrement que si la foudre l'avait frappé. Depuis sa tendre jeunesse, il caressait le rêve d'épouser dame Philippa. Brusquement, ses deux ambitions les plus folles étaient sur le point de se réaliser.

À un détail près, cependant : il était lui-même marié !

Désappointé, sieur Gérald se laissa retomber sur son siège en marmonnant : « Dans ce cas, l'affaire est réglée. »

Ralph regarda Tilly qui donnait le sein à l'enfant en pleurant à chaudes larmes. Avec ses quinze ans et ses cinq pieds de haut, elle se dressait telle une muraille entre ses rêves et lui.

Un flot de haine l'inonda.

*

Les funérailles du comte William furent célébrées par l'évêque Henri dans la cathédrale de Kingsbridge en la présence de l'unique moine du monastère, frère Thomas. Les religieuses chantèrent les cantiques. Dame Philippa et damoiselle Odila suivirent le cercueil, emmitouflées dans des épaisseurs de voiles noirs. Ralph jugea que les obsèques, malgré leur solennité, n'avaient pas la majesté que l'on était en droit d'attendre d'une telle cérémonie. Y manquait ce sentiment essentiel et constitutif des événements historiques, du temps qui s'écoule tel un fleuve. Elle montrait seulement qu'en cette époque de mort omniprésente, les grands de ce monde n'étaient pas épargnés.

Il se demanda s'il y avait dans l'assistance un fidèle contaminé qui propageait la maladie par son souffle ou par les rayons invisibles émanant de ses yeux. Cette pensée le bouleversa, lui qui avait appris à dominer sa peur sur les champs de bataille et qui avait affronté la mort maintes fois ! Mais la peste était un ennemi contre lequel l'homme était impuissant. Elle arrivait par-derrière et vous frappait de son long couteau pour disparaître aussitôt. Ralph frissonna et tenta de chasser cette pensée.

Près de lui se tenait un homme d'une taille tout à fait impressionnante, en qui il reconnut Grégory Longfellow, l'avocat qui avait défendu la ville de Kingsbridge dans différents procès. Il appartenait maintenant au conseil du roi, un groupe d'experts triés sur le volet qui conseillaient le monarque non pas sur ce qu'il devait faire, cela étant la prérogative du Parlement, mais sur la façon dont les décisions devaient être accomplies.

Les décrets royaux étaient souvent lus au cours des offices religieux, à l'occasion de cérémonies solennelles. L'évêque Henri profita donc des funérailles célébrées ce jour pour évoquer un nouveau décret désigné sous le nom d'« ordonnance des travailleurs ». Sieur Grégory devait en avoir apporté copie avec lui et avoir décidé de rester à Kingsbridge pour juger des réactions qu'il soulevait.

Ralph prêta une oreille attentive au discours de l'évêque. Il n'avait jamais été convoqué au Parlement, mais il avait discuté de cette crise des journaliers avec deux de ses membres : le comte William, qui siégeait à la Chambre des seigneurs, et sieur Peter Jeffries, qui représentait le comté de Shiring à la Chambre des communes. Le problème lui était donc connu.

« Tout homme doit travailler pour le seigneur du village dont il est originaire et ne peut déménager ailleurs ni ne peut travailler pour un autre maître sans avoir été au préalable libéré de ses obligations par son seigneur », déclara l'évêque.

Ralph se réjouit. Avant la peste, la contrée n'avait jamais connu de pénurie de main-d'œuvre. Au contraire, dans bien des villages, c'était le travail qui manquait. Quand les paysans sans terre se retrouvaient sans emploi, ils quémandaient la charité auprès de leur seigneur, ce qui était une gêne pour celui-ci, qu'il accepte ou refuse de leur venir en aide. Si d'aventure les serfs décidaient de s'établir ailleurs, le seigneur s'en trouvait bien soulagé. Le nouveau décret, qui obligeait les journaliers à demeurer sur leur terre d'origine, aurait été jadis une entrave pour le seigneur. Dans les circonstances présentes, ces culs-terreux se permettaient de faire la loi en matière de salaires. Pareille situation ne pouvait être tolérée plus longtemps.

Des murmures d'approbation accueillirent les propos de l'évêque. Ils n'émanaient pas des habitants de Kingsbridge, mais des nombreux hobereaux venus tout spécialement de leur campagne pour assister aux obsèques. C'étaient eux qui avaient élaboré ce décret concernant les journaliers, et ils l'avaient fait en veillant avant tout à leurs intérêts propres. Ils se réjouissaient fort de le voir enfin promulgué.

L'évêque continua : « Il est désormais illégal de réclamer, proposer ou accepter un salaire supérieur à celui versé en 1347 pour des tâches identiques. »

Ralph exprima son accord d'un hochement de tête satisfait. Cette situation intenable allait bientôt prendre fin, du moins l'espérait-il.

Sieur Grégory, qui avait croisé son regard, lui souffla : « Vous semblez approuver ce décret.

— Nous l'appelions de tous nos vœux, répondit Ralph. Pour ma part, je veillerai à ce qu'il soit exécuté dans les plus brefs délais, vous pouvez en être assuré. Je tiens à ramener sur mon territoire certains de mes paysans qui ont pris la fuite.

— Je vous accompagnerai volontiers dans vos recherches, si vous n'y voyez pas d'objection, dit l'homme de loi. Je suis curieux de voir comment ce nouveau décret est mis en place. »

69.

En ce dimanche de printemps, Gwenda fut bien étonnée d'entendre sonner les cloches car depuis la mort du prêtre, emporté par la peste, plus aucun service religieux n'était célébré à Outhenby.

Parti aux nouvelles, Wulfric revint annoncer qu'un certain père Derek avait été nommé temporairement au village. Gwenda débarbouilla les enfants et toute la famille s'empressa de se rendre à l'église.

C'était une belle matinée et le soleil baignait d'une lumière éclatante les vieilles pierres grises du petit sanctuaire. Les habitants du village s'y étaient rassemblés, curieux de faire la connaissance de leur nouveau curé.

En découvrant ce prêtre vêtu à la mode des villes, Gwenda ne put s'empêcher de s'interroger. Sa venue avait-elle un sens caché? En vertu de quoi le clergé se souvenait-il soudain de l'existence de leur petite paroisse de campagne?. Elle se morigéna d'imaginer toujours le pire, mais persista à subodorer qu'il y avait là quelque chose d'anormal.

Tout en regardant le père Derek officier, debout dans la nef avec Wulfric et les garçons, elle sentait croître en elle le pressentiment d'une catastrophe. En général, un curé fixait ses ouailles pendant qu'il récitait les prières ou chantait les cantiques, cela pour bien leur faire comprendre que la messe n'était pas un échange privé entre Dieu et lui-même, mais une cérémonie célébrée à leur intention. Ce nouveau prêtre, quant à lui, laissait planer son regard au-dessus de leurs têtes.

Il ne tint pas longtemps ses fidèles dans l'ignorance. En effet, à la fin de la messe, il annonça que le roi et le Parlement venaient de promulguer une loi selon laquelle les paysans sans terre avaient l'obligation de travailler pour le seigneur de leur village d'origine, si celui-ci le requérait.

Outrée, Gwenda s'exclama : « Travailler pour le seigneur, alors que lui-même n'est pas tenu de nous venir en aide quand nous sommes dans le besoin? Mais comment est-ce possible? Je sais de quoi je parle, je suis fille d'un paysan sans terre. J'ai connu la faim quand mon père n'avait pas de travail. Pour quelle raison un journalier devrait-il se montrer loyal vis-à-vis d'un seigneur qui ne le paie pas en retour d'une même loyauté? »

Comme la foule exprimait bruyamment son approbation, le prêtre dut hausser la voix. « Telle est la décision du roi! Et le roi a été choisi par Dieu pour régner sur nous. En conséquence, nous devons nous plier à sa volonté.

— Comment le roi peut-il changer une coutume vieille de plusieurs siècles? insista Gwenda.

— Les temps sont durs. Au cours des dernières semaines, vous avez été nombreux à vous installer à Outhenby…

— À l'invitation du laboureur ! coupa Carl Shaftesbury, et son visage couturé de cicatrices était livide de rage.

— Du laboureur et de tout le village, je le sais, admit le prêtre. Et nous vous sommes bien reconnaissants d'avoir répondu à l'appel. Mais le roi dans sa sagesse a décidé que ces déplacements ne pouvaient pas durer.

— Et que les pauvres devaient continuer à végéter dans la misère ? lança Carl.

— Dieu l'a ainsi ordonné. Chaque homme doit occuper la place que le ciel lui a assignée. »

Harry le Laboureur intervint : « Et Dieu a-t-il dit comment nous devrions faire, nous, pour cultiver nos champs sans l'aide des journaliers ? Comment nous débrouillerons-nous s'ils s'en vont tous ?

— Ils n'y seront peut-être pas tous obligés, dit Derek. Selon la nouvelle loi, seuls sont tenus de rentrer chez eux les journaliers qui en reçoivent l'injonction. »

Cette précision apaisa quelque peu l'assistance. Les uns se demandèrent si leur ancien seigneur saurait les retrouver, les autres tentèrent de se figurer combien d'étrangers resteraient au village. Quant à Gwenda, elle ne nourrit aucune illusion sur son sort. Ralph viendrait les chercher ici tôt ou tard, elle et les siens.

À ce moment-là, nous serons déjà loin ! décida-t-elle.

Le prêtre se retira. Comme les fidèles commençaient à se diriger vers la sortie, elle souffla à son mari : « Nous devons partir sur-le-champ. Avant que Ralph ne nous retrouve !

— Pour aller où ? ·

— Je ne sais pas, mais c'est peut-être aussi bien. Si nous ignorons nous-mêmes notre destination, personne ne pourra dire où nous sommes partis.

— Mais comment vivrons-nous ?

— Nous trouverons un village où l'on aura besoin de travailleurs.

— Je me demande s'il y en a tant que ça ! »

Elle répondit patiemment, sachant que Wulfric n'avait pas un esprit aussi rapide que le sien : « Il y en a forcément un bon nombre. Le roi n'a pas promulgué cette loi uniquement pour Outhenby.

— C'est vrai.

— Il faut partir aujourd'hui même, affirma-t-elle avec force. Nous sommes dimanche, nous ne perdons aucun jour ouvré. Il ne doit pas être encore midi, ajouta-t-elle après avoir jeté un coup d'œil par la fenêtre de l'église. En prenant la route tout de suite, nous aurons couvert une bonne distance avant la tombée de la nuit. Qui sait, demain à cette heure-ci, peut-être serons-nous déjà en train de travailler ailleurs ?

— Tu as raison, dit Wulfric. Avec Ralph, on ne sait jamais comment il réagira.

— Surtout, pas un mot à quiconque ! On rentre à la maison, on empaquète tout ce qu'on peut emporter et on part sans perdre un instant.

— Entendu. »

Ils avaient atteint la porte et sortaient dans la lumière du soleil.

Hélas !

Six cavaliers se tenaient sur le parvis de l'église : Ralph et son fidèle Alan, un inconnu de haute taille vêtu à la mode de la capitale et trois brutes dépenaillées et balafrées, de cette engeance qu'on engage pour quelques sous dans toutes les tavernes malfamées du pays.

Un sourire triomphant aux lèvres, Ralph dévisagea Gwenda. Elle balaya la place des yeux, au désespoir. L'autre fois, les hommes du village avaient pu lui tenir tête ainsi qu'à son écuyer. Ils rentraient des champs, lestés de leurs outils, et ils étaient portés par la conviction d'avoir le droit pour eux. Aujourd'hui, ce nouveau décret changeait tout. Ils ne savaient plus très bien à quoi s'en tenir et ils étaient désarmés puisqu'ils sortaient de l'église.

Plusieurs villageois se détournèrent quand Gwenda posa les yeux sur eux. Elle comprit qu'ils ne se battraient pas.

Elle crut défaillir, tant sa déception était grande. Elle dut prendre appui sur un rebord du porche pour ne pas s'écrouler, terrassée par l'accablement. Dans sa poitrine, son cœur s'était transformé en une masse pesante, glacée et visqueuse, semblable à la terre qui recouvre les tombes en hiver.

L'espace de quelques jours, elle avait connu la liberté avec Wulfric. Mais cela n'avait été qu'un rêve, un rêve désormais achevé.

*

L'après-midi était déjà bien avancée quand Ralph entra au pas dans le village de Wigleigh, tirant Wulfric au bout d'une corde attachée à son cou. Pour aller plus vite, il avait autorisé les deux garçons à partager les montures de ses hommes de main et il n'avait pas entravé Gwenda, certain qu'elle n'abandonnerait pas ses enfants. Celle-ci fermait donc la marche, libre de ses mouvements.

En cette journée de dimanche, la plupart des habitants se prélassaient au soleil sur le pas de leur porte. Comme l'avait escompté leur seigneur, ce fut dans un silence horrifié qu'ils regardèrent passer la lugubre procession. L'humiliation qu'il faisait subir à Wulfric avait pour but de décourager les autres journaliers de fuir le village en quête d'un meilleur salaire.

Enfin, la petite troupe atteignit le manoir. Là, Wulfric fut relâché et renvoyé chez lui avec femme et enfants. Ralph paya les ruffians et fit entrer Alan et sieur Grégory dans cette demeure qu'il avait habitée avant d'être nommé seigneur de Tench.

Tout y était propre et prêt pour sa visite. Il ordonna à Vira de leur apporter du vin et de préparer à souper. Il était trop tard pour continuer la route.

Grégory s'installa dans un siège, ses longues jambes étendues devant lui. Apparemment, l'avocat était homme à prendre ses aises partout où il se trouvait. Sa chevelure noire et raide à présent parsemée de fils d'argent et son long nez aux narines bien dessinées accentuaient encore son air hautain. « À votre avis, demanda-t-il, la procédure s'est-elle bien déroulée ? »

La réponse de Ralph ne se fit pas attendre. Il avait retourné la question dans sa tête pendant tout le trajet. « Ce décret restera sans effet.

— Je partage l'avis du seigneur », renchérit Alan.

Grégory haussa les sourcils. « Tiens donc ? Et pourquoi ça ?

— Tout d'abord, expliqua Ralph, parce qu'il faut découvrir où sont les fuyards et ce n'est pas facile.

— C'est un hasard que nous ayons retrouvé Wulfric, précisa Alan. Quelqu'un avait surpris une conversation entre sa femme et lui et connaissait ainsi leur destination.

— Ensuite, continua Ralph, il faut avoir du temps devant soi.

— En effet, acquiesça Grégory. Nous y avons passé la journée entière.

— Et j'ai dû engager ces ruffians et leur fournir des chevaux ! Non, pour ma part, je ne dépenserai pas mon temps et mon argent à battre la campagne à la recherche des travailleurs en fuite.

— Je comprends.

— Surtout qu'il demeure une question : comment les empêcher de fuir encore, la semaine suivante ?

— Et là, si personne ne sait où ils sont allés, on ne les retrouvera jamais ! renchérit Alan.

— Il y aurait bien un moyen, dit Ralph, le seul qui me vienne à l'esprit : envoyer dans tous les villages un émissaire chargé de recenser les nouveaux arrivants et de les punir.

— Vous imaginez une sorte de commission des travailleurs ? demanda Grégory.

— Précisément. Nommer dans chaque comté un groupe d'une douzaine d'hommes qui irait de village en hameau traquer les fuyards.

— Autrement dit, ce que vous aimeriez, c'est que quelqu'un se charge de ce travail à votre place.

— Pas nécessairement, répliqua Ralph sur un ton tranquille, bien que le sarcasme de l'avocat lui ait fortement déplu. Je pourrais être moi-même l'un de ces commissaires. L'important, c'est que la tâche soit accomplie comme il se doit. On ne moissonne pas un champ en cueillant les épis un à un.

— C'est une remarque intéressante ! » laissa tomber Grégory.

Vira apporta un pichet de vin et leur servit un gobelet à chacun.

« Vous ne manquez pas de ressources, sieur Ralph, reprit l'homme de loi. Êtes-vous membre du Parlement ?

— Non.

— Dommage, je pense que le roi trouverait vos conseils avisés.

— Vous êtes trop aimable, fit Ralph en s'efforçant de cacher sa joie. À ce propos, ajouta-t-il en se penchant vers son hôte, la mort du comte William crée une vacance. »

Voyant une brèche devant lui, il était décidé à s'y engouffrer sans plus attendre quand l'entrée inopinée du bailli le coupa dans son élan.

« Bien joué, seigneur Ralph, si je puis me permettre ! s'écria Nathan. Grâce à vous, deux de nos meilleurs travailleurs sont de retour au bercail !

— Espérons que le village paiera mieux son tribut dorénavant, jeta Ralph sèchement, fâché d'avoir été interrompu à un moment aussi critique.

— Certainement, seigneur. À condition qu'ils ne s'enfuient pas de nouveau ! »

Ralph se rembrunit. Le bailli disait vrai : comment faire en sorte que Wulfric reste à Wigleigh ? On ne pouvait quand même pas l'enchaîner à sa charrue jour et nuit !

« Je sens, bailli, intervint Grégory, que vous avez une suggestion à soumettre à votre seigneur.

— Oui, messire, en effet.

— C'est bien ce que je pensais. »

Se considérant invité à parler, Nathan se tourna vers Ralph : « Il est effectivement une chose que vous avez tout pouvoir d'accomplir, seigneur, et qui vous assurera que Wulfric ne quittera plus Wigleigh jusqu'à l'heure de sa mort. »

Ralph subodorait déjà que la proposition du bailli n'allait pas lui plaire, mais comment l'empêcher d'exposer son idée ?

« La voici, dit Nathan. Restituez à Wulfric les terres que son père travaillait. »

Ralph l'aurait volontiers agoni d'injures. Il se retint, craignant de faire mauvaise impression sur Grégory. « Je ne pense pas que j'y souscrirai, déclara-t-il sur un ton ferme.

— Je ne trouve pas de métayer pour autant d'arpents, insista Nathan, et Annet ne peut pas s'en occuper maintenant que tous les hommes de sa famille sont décédés.

— C'est égal. Wulfric n'aura pas cette terre.

— Et pourquoi ça ? » s'enquit Grégory.

Ne pouvant admettre devant un conseiller du roi qu'il en voulait encore au paysan pour une dispute vieille de douze ans,

Ralph se hâta d'inventer une excuse plausible. « Ce serait mal perçu par les autres serfs. Ils verraient dans cette décision une récompense pour s'être enfui.

— J'en doute, répliqua Grégory. Si j'en crois le bailli, vous ne feriez jamais que donner à ce paysan-là une terre dont personne ne veut.

— Quand même, ce serait mal compris.

— Vos scrupules n'ont pas lieu d'être, laissa tomber Grégory, qui n'était pas homme à garder ses opinions pour lui. Chacun sait que vous cherchez désespérément un métayer pour ces terres. La plupart des grands propriétaires, d'ailleurs, sont dans le même cas que vous. Vos serfs comprendront aisément que vous agissez dans le seul souci de vos intérêts et que ce Wulfric est tout simplement l'heureux bénéficiaire d'une aubaine inattendue. »

Nathan jugea bon d'ajouter : « Wulfric et Gwenda travailleraient encore deux fois plus si les terres étaient à eux. »

Ralph était acculé. La conversation sur l'avenir du comté n'était pas achevée. S'il ne voulait pas gâcher la bonne impression produite sur Grégory, il devait céder. Ce qui se jouait entre l'avocat et lui était trop important pour qu'il se laisse aveugler par sa haine.

« Vous avez peut-être raison… », finit-il par admettre, les dents serrées, rageant de voir ce paysan réaliser grâce à lui son rêve de toujours.

Craignant de laisser transparaître sa fureur, il se força non sans mal à prendre un ton nonchalant : « Après tout, on l'a ramené chez lui. Le village tout entier a été témoin de son humiliation. C'est peut-être suffisant.

— Oh, j'en suis convaincu.

— C'est bon, conclut Ralph à l'adresse du bailli. Dis à Wulfric qu'il peut récupérer la terre de son père.

— Ce sera transmis avant la tombée de la nuit », promit Nathan et, sur ces mots, il partit.

Grégory demanda : « Que disiez-vous tout à l'heure, à propos du comte ? »

Ralph choisit ses mots soigneusement. « Lorsque le comte Roland est mort à la bataille de Crécy, j'ai pensé que le roi songerait à moi pour devenir comte de Shiring puisque j'avais sauvé la vie du jeune prince de Galles.

— Mais Roland avait un héritier parfaitement légitime, qui avait lui-même deux fils.

— Exactement. Aujourd'hui, en revanche, la situation est différente puisqu'ils sont morts tous les trois.

— Hmm ! » Grégory but une gorgée de vin et en vanta la qualité.

« C'est du vin de Gascogne.

— Il vient de Melcombe, je suppose ?

— En effet.

— Il est délicieux. » Grégory en but à nouveau quelques gorgées. Ralph garda le silence, devinant que l'avocat avait encore une chose à lui dire. Enfin, celui-ci se décida. « Il y a ici, quelque part dans la région de Kingsbridge, une lettre… qui ne doit plus exister », dit-il en pesant soigneusement ses mots.

Ralph tendit l'oreille, curieux de ce qui allait suivre.

Grégory continua : « Durant de nombreuses années, cette lettre est restée entre les mains d'une personne de confiance qui n'en a pas ébruité la teneur pour toutes sortes de raisons compliquées. Mais des questions posées récemment laissent entendre que son contenu pourrait être divulgué sous peu.

— Je ne comprends pas, intervint Ralph, impatienté par ce discours volontairement énigmatique. De qui émanent ces questions embarrassantes ?

— De la prieure de Kingsbridge.

— Ah !

— Il est possible qu'elle n'ait que des soupçons, que ses questions soient parfaitement innocentes. Toutefois, un ami du roi craint que cette missive ne se trouve à présent entre ses mains.

— Que contient-elle donc de si intéressant ? »

Cette fois encore, Grégory agit avec prudence, choisissant ses mots de la même façon qu'il aurait choisi les pierres sur lesquelles poser le pied pour traverser à gué un torrent tumultueux. « Cela concerne la mère de notre roi bien-aimé.

— La reine Isabelle ? » s'enquit Ralph. D'après les ragots, cette vieille sorcière était toujours de ce monde et vivait dans son splendide château de Lynn en lisant du matin au soir des romans d'amour écrits en français, sa langue maternelle.

« Pour ne pas m'étendre, reprit Grégory, je vous dirai seulement que je dois découvrir si la prieure détient ou non cette lettre. Mais personne ne doit savoir que ce sujet m'intéresse.

— Dans ce cas, dit Ralph, vous devez soit vous rendre au prieuré et consulter les archives des religieuses, soit vous faire remettre ce document.

— Je préférerais la deuxième solution. »

Ralph acquiesça. Il commençait à comprendre ce que Grégory attendait de lui.

« J'ai mené mon enquête avec grande discrétion, poursuivait l'homme de loi. J'ai appris ainsi que personne ne savait avec précision où les religieuses conservaient leur trésor.

— Il y en a forcément parmi elles qui connaissent son emplacement.

— Elles ne le révéleront à personne. Cependant, je me suis laissé dire que vous étiez maître dans l'art de faire parler les gens. »

À l'évidence, Grégory était au fait de ses activités en France. Sa conversation n'avait rien de spontané, se dit Ralph, il l'avait au contraire soigneusement préparée. Peut-être même était-ce l'unique raison de sa venue à Kingsbridge. Tout haut, il déclara : « Je pourrais éventuellement apporter mon concours aux amis du roi pour résoudre ce problème...

— Bien.

— ... Si en récompense le comté de Shiring m'était promis. »

Grégory marqua un temps. « Le nouveau comte devra épouser l'ancienne comtesse. »

Ralph veilla à dissimuler son excitation, devinant instinctivement que Grégory serait peu enclin à respecter un homme poussé par le désir de posséder une femme, quand bien même ce n'était chez lui qu'un mobile parmi d'autres. « Il est vrai que dame Philippa a cinq ans de plus que moi, mais je ne la refuserais pas. »

Grégory le dévisagea d'un air soupçonneux : « C'est une très belle femme, dit-il. Celui à qui le roi la donnera pour épouse pourra se considérer chanceux.

— Je m'en voudrais de paraître indifférent à sa beauté, s'empressa Ralph, comprenant qu'il avait manqué de finesse. Je partage totalement votre avis.

— Mais… me tromperais-je ? Ne seriez-vous pas déjà marié ? » s'enquit Grégory.

Ralph surprit le regard d'Alan. Ce dernier, manifestement, était impatient d'entendre sa réponse. « Ma femme…, soupira-t-il, ma femme est très malade et n'en a plus pour longtemps. »

*

De retour dans la vieille maison où Wulfric avait vécu depuis sa naissance, Gwenda alluma un feu dans la cuisine. Ayant retrouvé ses marmites, elle alla puiser de l'eau au puits et mit quelques oignons à cuire, première étape du ragoût qu'elle ferait mijoter. Wulfric apporta d'autres bûches. Tout à la joie de retrouver leurs anciens amis, les garçons jouaient dehors, inconscients de la tragédie qui avait frappé leur famille.

Gwenda s'adonna à toutes sortes de tâches ménagères pour s'interdire de réfléchir. Penser à l'avenir, au passé, à son mari ou à elle-même ne faisait qu'attiser sa tristesse. Assis sur un banc, Wulfric fixait le feu sans mot dire.

Leur voisin, David Jones, arriva avec un grand pichet de bière, accompagné de sa fille encore adolescente mais pas de sa femme, qui était morte de la peste. Gwenda aurait préféré ressasser son malheur dans la solitude. Mais comment mettre à la porte des personnes pleines de bonnes intentions ? Attrapant un chiffon, elle se mit tristement en demeure d'essuyer des bols en bois pour en retirer la poussière.

David entreprit de verser de la bière à tout le monde.

« Nous sommes bien désolés que les choses se terminent ainsi pour vous, mais nous sommes contents de vous revoir », dit-il en levant sa tasse.

Wulfric avala d'un trait le contenu de la sienne et en redemanda.

Un peu plus tard, Aaron Dupommier débarqua à son tour avec sa femme Ulla, chargée d'une panière pleine de petits pains dont l'odeur emplit la maison et fit monter l'eau à la bouche de tout monde. « Ils sortent du four. J'ai pensé que vous n'en auriez pas », dit-elle en faisant passer son plat à la ronde. David Johns versa de la bière aux nouveaux venus et tout le monde se rassit.

« Comment avez-vous trouvé le courage de vous enfuir ? demanda Ulla avec admiration. À votre place, j'aurais été morte de peur. »

Gwenda commençait à narrer leurs aventures quand Jack et Elli arrivèrent du moulin, apportant avec eux un plat de poires cuites au miel. Wulfric mangea beaucoup et but plus encore. L'atmosphère se détendit et la mauvaise humeur de Gwenda se dissipa un peu. D'autres voisins se joignirent à eux, chacun venant avec un cadeau.

Quand Gwenda raconta comment les villageois d'Outhenby s'étaient dressés contre Ralph et Alan, armés de leurs pelles et de leurs faux, l'assemblée tout entière éclata d'un rire joyeux. Mais lorsqu'elle en vint à la journée présente, son amertume la reprit. « Tout s'est ligué contre nous, marmonna-t-elle amèrement. Ralph et ses sbires, bien sûr, mais le roi et l'Église aussi. Nous n'avions aucune chance. »

Les voisins hochèrent la tête avec compassion.

« Quand il a passé la corde autour du cou de mon pauvre Wulfric…, commença-t-elle, mais sa voix se brisa et elle dut avaler une gorgée de bière pour parvenir à dominer son chagrin. Quand il a passé cette corde au cou de l'homme le plus fort et le plus courageux que j'aie connu à ce jour – et vous tous de même –, et quand ensuite il s'est mis à le promener à travers le village comme une bête de foire, ce monstre sans cœur, arrogant et brutal, j'aurais voulu que le ciel nous tombe sur la tête et nous écrabouille tous autant que nous étions ! »

Ces dures paroles recueillirent l'assentiment général car, de tous les maux que les serfs avaient à subir de leurs seigneurs – famine, tromperies, coups et vols –, l'humiliation était certainement le pire, et ils ne le pardonnaient jamais.

À présent, le soleil était couché. Dehors, il faisait déjà noir. Le désir d'être seule revint tarauder Gwenda. Elle n'avait pas même envie de parler à Wulfric. Tout ce qu'elle souhaitait, c'était s'étendre et ruminer ses tristes pensées. Elle s'apprêtait à demander aux voisins de partir quand le bailli entra.

Tout le monde se tut aussitôt.

« Que nous voulez-vous ? demanda Gwenda.

— Je vous apporte une bonne nouvelle ! » lança-t-il joyeusement.

Elle fit la grimace. « Il ne saurait y avoir de bonne nouvelle pour nous, un jour comme aujourd'hui.

— Attends de l'entendre, tu jugeras après.

— C'est bon. De quoi s'agit-il ?

— Le seigneur Ralph dit que Wulfric doit récupérer les terres de son père. »

À ces mots, Wulfric bondit sur ses pieds. « En tant que métayer ? Pas seulement pour y travailler comme journalier ?

— En tant que métayer, au même titre que ton père, déclara Nathan et il y avait tant de chaleur dans sa voix qu'on aurait pu croire qu'il n'était pas seulement un messager mais l'auteur de cette bonne action.

— C'est merveilleux ! s'écria Wulfric, le visage rayonnant.

— Acceptes-tu ? demanda Nathan gaiement, comme s'il ne s'agissait que d'une simple formalité.

— Refuse, discute des termes avant d'accepter quoi que ce soit ! intervint Gwenda à voix basse. Profites-en pour ne pas demeurer asservi comme ton père. Réclame un métayage libéré des obligations féodales. C'est le moment ou jamais ! Après, il sera trop tard pour négocier !

— Négocier ? » répéta Wulfric. Et d'ajouter après une brève hésitation : « Pas question. Ça fait douze ans que j'attends cet instant ! » Se tournant vers Nathan, il déclara : « J'accepte ! »

Il leva sa tasse.

Tout le monde applaudit.

70.

Au lendemain du dimanche de Pâques de l'an 1349, les malades recommencèrent à affluer à l'hospice. Après l'accalmie trompeuse des premiers mois de l'année, la peste avait resurgi, plus virulente que jamais. La salle commune, bondée, offrait un spectacle consternant. Les paillasses disposées en épi étaient si serrées les unes contre les autres que les religieuses devaient veiller à chacun de leurs pas à ne pas trébucher. Elles circulaient toutefois avec plus de facilité depuis que les familles avaient déserté le chevet de leurs proches. Au début, malgré le danger, l'amour l'avait emporté sur la peur : les mères restaient auprès de leurs enfants, les maris auprès de leurs femmes, les fils et les filles auprès de leurs parents âgés. Aujourd'hui, il n'en allait plus ainsi : la mort, tel un acide, avait rongé les liens les plus forts. Face à la contagion, les gens avaient perdu toute compassion. Désormais, le parent ou l'époux qui amenait un malade l'abandonnait aussitôt, insensible à ses cris de désespoir. Seules les religieuses osaient braver la maladie. Elles étaient toutes équipées de masques et se lavaient constamment les mains au vinaigre.

Par bonheur, Caris ne manquait pas d'assistantes. Une arrivée massive de novices, attirées en partie par sa réputation de sainte femme, avait pallié la disparition des religieuses emportées par la peste. Le même phénomène s'était produit au monastère, si bien que Thomas avait à présent toute une classe de jeunes moines à former. Dans ce monde devenu fou, chacun était en quête de repères.

Cette fois-ci, la peste avait fait des ravages parmi les notables de la ville. John le Sergent était du nombre et sa mort ajoutait à l'anxiété de Caris. Car si elle n'allait pas jusqu'à regretter ses méthodes, lesquelles consistaient tout d'abord à assommer les fauteurs de troubles et ensuite à les interroger, elle devait convenir qu'en son absence, il ne serait pas facile d'assurer le maintien de la paix. Betty la Boulangère avait succombé, elle aussi. C'en était fini de ses petits pains spéciaux préparés à l'occasion des fêtes et de ses reparties pleines de sagacité aux réunions de la guilde. Ses quatre filles s'étaient partagé son affaire dans l'acrimonie. Enfin, la peste avait eu raison de Dick le Brasseur. Avec lui était mort le dernier représentant d'une génération d'entrepreneurs talentueux qui, comme le père de Caris, avaient su s'enrichir tout en profitant de la vie.

Pour limiter la propagation de la maladie, Caris et Merthin avaient annulé tous les rassemblements importants. À Pâques, il n'y avait pas eu de procession dans la cathédrale ; à la Pentecôte, il n'y aurait pas de foire à la laine. Quant au marché hebdomadaire, il se tenait désormais hors les murs, dans le Champ aux amoureux, et la plupart des citadins ne s'y rendaient même plus. Dès l'apparition des premiers cas de peste, Caris avait voulu appliquer les mesures mises en place dans certaines villes italiennes. Elle avait proposé de fermer les portes de la ville comme cela s'était fait là-bas, à en croire Merthin, pour des périodes de trente ou quarante jours appelées « trentaines » ou « quarantaines ». Mais Godwyn et Elfric s'y étaient opposés. À présent, de telles restrictions ne permettraient plus d'endiguer l'épidémie : au mieux, elles sauveraient quelques vies.

En revanche, l'argent ne manquait pas. De plus en plus de malades, privés d'héritiers, léguaient leur fortune au couvent, et les novices apportaient en dot terres, troupeaux, vergers et pièces d'or. Le couvent n'avait jamais été aussi riche.

Pourtant cette manne financière ne suffisait pas à consoler Caris. Pour la première fois de sa vie, elle ressentait de la lassitude : le découragement venait s'ajouter à son épuisement. L'épidémie faisait deux cents victimes par semaine, une hécatombe inconnue auparavant. Caris ne savait plus où puiser la force de continuer la lutte. Elle était percluse de courbatures, la tête lui pesait ; parfois, sa vue se brouillait. Face à l'adversité, il lui arrivait de ne plus éprouver qu'un morne désespoir. Jusqu'où l'horreur irait-elle ? La population entière était-elle vouée à disparaître ?

Plongée dans ses réflexions, Caris vit du coin de l'œil deux hommes entrer dans l'hospice d'un pas chancelant. Ils étaient en sang. S'étant précipitée pour leur venir en aide, elle s'immobilisa à deux ou trois pas d'eux, stoppée dans son élan par leur haleine fétide. Midi n'avait pas sonné qu'ils puaient l'alcool à plein nez et tenaient à peine sur leurs jambes ! Elle marmonna une phrase contrariée : s'enivrer au beau milieu de la journée était devenu monnaie courante.

Elle les connaissait de vue : c'étaient deux jeunes costauds du nom de Barney et Lou, employés à l'abattoir d'Édouard le Boucher. Le premier avait le bras qui pendait, probablement cassé ; le second le nez écrasé et l'œil enfoui au milieu d'un amas de chair sanguinolente, une blessure effroyable. Tous deux étaient trop soûls pour sentir la douleur. « On s'est battus, marmonna Barney, la bouche pâteuse. Je voulais pas lui faire de mal, c'est mon meilleur ami. Je l'aime. »

Caris et sœur Nellie les installèrent sur des paillasses voisines. Barney n'avait pas le bras cassé mais simplement démis. Nellie envoya une novice quérir Matthieu le Barbier, qui faisait office de chirurgien. Caris baigna le visage de Lou. Son œil, malheureusement, ne pourrait être sauvé : il avait éclaté comme un œuf poché. Ce genre de situation rendait Caris folle de rage. Ces deux idiots n'étaient ni malades ni accidentés : ils s'étaient battus parce qu'ils avaient trop bu !

Après la première vague de peste, elle avait réussi à redonner courage aux habitants, à les convaincre de restaurer l'ordre public. Las, les ravages de la seconde vague avaient atteint les survivants jusqu'au plus profond de leur âme. Quand elle les exhortait à se conduire en êtres civilisés, ils ne l'écoutaient plus. Elle ne savait que faire et sentait ses forces la quitter.

Elle contemplait les deux hommes étendus côte à côte quand un étrange grondement parvint à ses oreilles. Le bruit venait du dehors. L'espace d'un instant, elle se crut transportée trois ans en arrière, à la bataille de Crécy, au cœur du fracas terrifiant que produisaient les nouvelles machines du roi Édouard en projetant des boulets de fer dans les rangs ennemis. Après quelques secondes de silence, le grondement retentit à nouveau. Caris comprit qu'il émanait d'un ou de plusieurs tambours frappés sur un rythme irrégulier. Puis elle perçut un concert de flûtes et de cloches qui ne jouaient pas véritablement une mélodie. Lui succédèrent des cris rauques, sorte de lamentations ou d'exclamations qui pouvaient signifier aussi bien le triomphe que le désespoir, peut-être les deux à la fois. Ce vacarme ressemblait à s'y méprendre à celui d'une bataille, sauf qu'il y manquait le funeste sifflement des flèches et les hennissements des chevaux blessés. Intriguée, elle sortit aux nouvelles.

Un groupe d'une quarantaine d'individus avait pénétré dans l'enceinte du prieuré et s'avançait vers la cathédrale en dansant la gigue. Certains jouaient de différents instruments, si tant est qu'on puisse nommer ainsi leur cacophonie. Ils portaient de légers vêtements de couleur claire, en loques et maculés de taches, ou bien ils allaient nus, exposant leurs parties intimes à la vue de tous. Ceux qui n'avaient pas d'instrument brandissaient un fouet. Des badauds se pressaient en foule derrière eux, suivant la scène avec une curiosité mêlée de stupeur.

Frère Murdo marchait en tête du cortège, plus énorme que jamais. Il caracolait avec énergie, le visage dégoulinant d'une sueur poussiéreuse qui gouttait de sa barbe hirsute. Ayant mené les danseurs jusqu'au grand portail de la façade ouest, il pila. Se tournant vers la foule, il rugit : « Nous avons péché, tous autant que nous sommes ! »

Une clameur confuse et exaltée s'éleva de la horde des disciples, mélange de cris inarticulés et de grognements.

« Nous sommes la lie de la terre ! continuait le frère lai avec véhémence. Nous nous vautrons dans la luxure comme les porcs dans la fange. Nous cédons à nos désirs charnels en tremblant de fièvre. Cette peste, nous l'avons méritée !

— Oui ! crièrent les disciples.

— Que devons-nous faire ?

— Souffrir ! hurlèrent-ils en chœur. Souffrir ! »

Un adepte s'élança en avant, le fouet brandi. Un fouet à trois lanières de cuir auxquelles étaient attachées des pierres coupantes, crut voir Caris. S'étant jeté aux pieds de Murdo, il entreprit de se lacérer le dos. Le fin tissu de sa tunique se déchira ; du sang se mit à couler. Il hurla de douleur. Ses compagnons l'encouragèrent à grand renfort de gémissements.

Une femme s'avança à son tour et défit sa robe jusqu'à la taille. Exhibant ses seins à la vue de la foule, elle se flagella aussi, provoquant un nouveau concert de lamentations.

Les pénitents continuaient d'avancer, seuls ou en couple, et à s'administrer des coups de fouet. Un grand nombre d'entre eux avaient le corps couvert de plaies. Certaines, en voie de cicatrisation, indiquaient que ce n'était pas la première fois qu'ils s'infligeaient ce supplice. Sans doute allaient-ils de ville en ville, rejouant partout le même spectacle. Connaissant Murdo, Caris se dit qu'un disciple n'allait pas tarder à promener une sébile parmi les spectateurs.

Soudain, une femme jaillit de la foule des villageois en hurlant : « Moi aussi, je dois souffrir ! » Abasourdie, Caris reconnut l'épouse de Marcel le Chandelier, Mared, une jeune femme timide dont les péchés étaient sans doute minimes. Mais peut-être trouvait-elle dans cette scène l'occasion de pimenter un peu sa morne existence. S'étant débarrassée de sa robe, elle se tint devant le moine, nue comme au premier jour. Son corps intact dont aucune marque ne déparait la blancheur était d'une grande beauté.

Murdo la contempla un long moment, puis il ordonna :
« Baise-moi les pieds ! »

Elle s'agenouilla devant lui et posa les lèvres sur ses pieds crasseux, gratifiant la foule émue du spectacle de son séant.

Murdo arracha un fouet des mains d'un pénitent et le tendit à la jeune femme qui s'en cingla les épaules. La douleur lui arracha un cri perçant. De traces rouges marbrèrent sa peau.

D'autres badauds, des hommes pour la plupart, s'avancèrent à leur tour, fébriles. Murdo leur enjoignit de sacrifier au même rituel. Puis, le chaos repartit de plus belle et, dans le tintamarre des tambours et des cloches, les pénitents recommencèrent à se flageller tout en se trémoussant dans une gigue démoniaque.

Ils étaient en proie à une frénésie inquiétante. Cependant, nota Caris, leurs coups de fouets, bien que violents et douloureux, ne semblaient pas leur causer de blessures irrémédiables.

Soudain, Merthin se matérialisa à côté d'elle. « Que penses-tu de tout ça ? lui demanda-t-il.

— Je trouve ce spectacle extrêmement choquant. Je ne sais pas pourquoi, car, si ces gens se flagellent, c'est qu'ils y trouvent leur compte. Ça leur apporte peut-être du réconfort.

— Je crois deviner ce qui te dérange. Tu penses que Murdo les manipule.

— Non, ce n'est pas ça… »

En fait, ce qui la gênait, c'était l'absence de repentir. De la part de pénitents, elle se serait attendue à une certaine réserve, à un désir de réflexion, à du chagrin et à du remords, alors qu'elle ne sentait qu'une atmosphère d'excitation.

« C'est une orgie, dit-elle.

— Oui, reconnut Merthin. Sauf que leur ivresse ne provient pas de l'alcool, mais de la haine de soi.

— Ils en tirent une sorte d'extase.

— Cela dit, ils ne forniquent pas.

— Ce n'est que le début. »

Murdo reprit la tête de son cortège pour quitter l'enceinte du prieuré. Comme Caris l'avait supposé, certains des flagellants sortirent des bols et mendièrent auprès des badauds. À coup sûr, la procession allait parcourir les principales rues de la ville et finirait par échouer dans une auberge où tout le monde ferait ripaille aux frais des habitants.

« Tu es bien pâle, dit Merthin en posant la main sur le bras de Caris. Tu te sens bien ?

— Je suis fatiguée », lâcha-t-elle sèchement, agacée de s'entendre rappeler son épuisement. Avait-elle le choix, quand tant de malades affluaient à l'hospice ? En même temps, c'était gentil de la part de Merthin de s'inquiéter pour elle. Elle reprit sur un ton plus doux : « Accompagne-moi au palais du prieur. C'est bientôt l'heure du déjeuner. »

La procession disparaissait au coin de la rue. Caris et Merthin traversèrent le pré pour gagner le palais. La porte à peine refermée, Caris noua ses bras autour du cou de Merthin, soudain tout émoustillée. Elle glissa sa langue dans sa bouche, sachant qu'il appréciait ce genre de baiser. Encouragé par son ardeur, il posa les mains sur ses seins et resserra doucement ses doigts. Jamais ils ne s'étaient livrés à leur passion à l'intérieur du palais. Caris se demanda si la vue des bacchanales de Murdo n'était pas responsable de sa subite impudeur.

« Tu es toute chaude ! » lui souffla Merthin à l'oreille.

Elle aurait voulu qu'il arrache sa robe et couvre sa poitrine de baisers. Elle se sentait perdre pied. Si elle n'y prenait garde, ils allaient se retrouver en train de faire l'amour par terre, dans cette pièce où n'importe qui pouvait entrer à tout moment.

D'ailleurs, une voix retentit. « Ne croyez pas que je vous espionne. »

Caris s'écarta de Merthin avec une brusquerie coupable et se retourna, cherchant à voir qui avait parlé. Une jeune fille, un bébé dans les bras, était assise sur un banc à l'autre bout de la pièce. « Tilly ! » s'écria Caris.

Celle-ci s'était levée. « Pardonnez-moi, dit-elle. Excusez-moi si je vous ai fait peur. »

Caris la dévisagea, soulagée. Tilly ne ferait rien qui puisse lui nuire. Elle l'aimait beaucoup depuis l'époque où elle avait été pensionnaire au couvent, avant d'épouser Ralph Fitzgerald. Néanmoins, que faisait-elle ici ? Elle avait l'air épuisée et effrayée.

« Tu te sens bien ? s'enquit Caris.

— Je suis un peu fatiguée. »

Elle chancelait. Caris se précipita pour la soutenir.

Comme le bébé s'était mis à pleurer, Merthin le prit dans ses bras et entreprit de le bercer. « Là, là, mon petit neveu... » Il semblait parfaitement maîtriser la situation.

« Comment es-tu venue jusqu'ici ? voulut savoir Caris.

— À pied.

— À pied ? Depuis Tench ? Et avec Gerry dans les bras ? s'ébahit Caris, car un enfant de six mois, c'était déjà un fardeau.

— Ça m'a pris trois bons jours.

— Bonté divine. Mais que s'est-il passé ?

— Je me suis enfuie.

— Ralph ne s'est pas lancé à ta recherche ?

— Si, avec Alan. J'étais dans la forêt. Je me suis cachée dans les taillis en les entendant arriver. Heureusement, Gerry a été très sage, il n'a pas pleuré. »

Caris sentit sa gorge se nouer en se représentant la scène. « Mais... pourquoi t'es-tu enfuie ?

— Parce que Ralph veut me tuer », expliqua Tilly, et elle éclata en sanglots.

Caris la fit asseoir. Merthin lui apporta une coupe de vin. Ils la laissèrent pleurer tout son saoul. Caris prit place sur le banc à côté d'elle et entoura ses épaules de son bras, laissant Merthin continuer à bercer Gerry. Elle attendit que Tilly sèche ses larmes pour demander : « Qu'est-ce qui te fait croire que Ralph veut te tuer ?

— Je le sens... à la façon dont il me regarde...

— J'aimerais pouvoir dire que mon frère en est incapable, marmonna Merthin.

— Mais pourquoi voudrait-il faire une chose pareille ? dit Caris.

— Je ne sais pas, gémit Tilly. Tout a commencé aux funérailles d'oncle William. Là-bas, Ralph a rencontré un avocat de Londres, un certain sieur Grégory Longfellow.

— Je le connais, dit Caris. C'est un homme intelligent, mais je ne l'aime pas.

— Depuis, Ralph n'est plus le même. Il me fait peur. J'ai le sentiment que tout est lié à ce sieur Longfellow.

— Il faut vraiment que tu aies eu peur pour te lancer dans un tel voyage avec ton enfant.

— Je sais que ça paraît une invention, mais il reste des heures à me fixer avec des yeux pleins de haine ! Comment peut-on regarder sa femme ainsi ?

— Calme-toi ! Tu as bien fait de venir. Ici, tu es en sécurité.

— Je peux rester ? Vous n'allez pas me renvoyer chez moi, n'est-ce pas ? demanda-t-elle d'une voix suppliante.

— Bien sûr que non. »

Caris croisa le regard de Merthin et comprit qu'il la jugeait imprudente de s'avancer ainsi. Si les églises étaient considérées en règle générale comme des lieux d'asile, il était peu probable qu'un couvent soit habilité à offrir refuge à l'épouse et au fils d'un seigneur, héritier du titre. Il était à croire que Ralph obligerait Tilly à abandonner son enfant. Néanmoins, Caris répéta de sa voix la plus assurée : « Tu peux rester ici aussi longtemps que tu le souhaiteras !

— Oh, merci !

— Tu logeras dans l'une des chambres d'hôtes au-dessus de la grand-salle de l'hospice, poursuivit Caris, espérant de tout son cœur être en mesure de tenir sa promesse.

— Mais… si Ralph vient me chercher ? s'inquiéta Tilly.

— Il n'osera pas. Toutefois, si tu préfères, tu peux dormir dans l'ancienne chambre de mère Cécilia, au fond du dortoir du couvent.

— Oh oui ! S'il vous plaît ! »

Une servante du prieuré entra pour dresser la table. « Je vais t'emmener au réfectoire, dit Caris. Ton dîner achevé, tu iras te reposer. »

Comme elle se levait, elle fut prise d'un vertige et dut prendre appui sur la table pour ne pas perdre l'équilibre.

« Qu'est-ce qui t'arrive ? s'exclama Merthin avec angoisse, le petit Gerry toujours dans les bras.

— Un coup de fatigue. Ça ira mieux dans un instant. »

Elle s'écroula sur le sol.

*

Une vague de panique submergea Merthin. Caris n'était jamais souffrante, n'avait jamais besoin d'être soutenue : c'était elle qui prenait toujours soin des autres. Incapable de l'imaginer sous les traits d'une victime, il demeurait sur place, éberlué.

Reprenant ses esprits, il rendit son bébé à Tilly.

Près de la table, la servante s'était figée et fixait Caris évanouie, les yeux emplis de terreur. « Cours à l'hospice, lui intima Merthin sur un ton aussi calme que possible. Dis-leur que mère Caris est souffrante et ramène sœur Oonagh. File, ajouta-t-il, ne perds pas un instant ! » La jeune fille partit en courant.

Merthin s'agenouilla près de Caris. « M'entends-tu, ma chérie ? » Il prit sa main et la tapota, caressa sa joue, souleva l'une de ses paupières. Elle demeurait inconsciente.

« C'est la peste, n'est-ce pas ? dit Tilly.

— Oh, mon Dieu… »

Fluet de constitution, Merthin avait acquis une force insoupçonnée de par son métier. Ayant pris Caris dans ses bras, il la souleva sans peine et la déposa délicatement sur la table. « Ne nous quitte pas. Je t'en supplie, ne nous quitte pas. »

Il déposa un baiser sur son front. Elle avait la peau brûlante. Il l'avait remarqué tout à l'heure, quand ils s'étaient embrassés, mais il ne s'en était pas inquiété, troublé par la passion qu'elle manifestait. Une passion due à la fièvre ? se demandait-il maintenant. La fièvre, parfois, vous mettait dans des états inattendus.

L'arrivée de sœur Oonagh fut pour Merthin un tel soulagement qu'il en eut les larmes aux yeux. Il savait que Caris considérait cette religieuse sortie du noviciat un ou deux ans auparavant comme l'une de ses meilleures recrues et qu'elle la formait dans l'intention de lui confier un jour la direction de l'hospice.

Oonagh prit soin de se couvrir la bouche et le nez d'un bandeau de lin qu'elle noua sur sa nuque avant de s'approcher de Caris. Ayant posé la main sur son front puis sa joue, elle s'enquit : « A-t-elle éternué ?

— Non », répondit Merthin en s'essuyant les yeux.

Il l'aurait forcément remarqué. Dans les circonstances actuelles, tout le monde savait qu'un éternuement était de très mauvais augure.

Oonagh défit le haut de la robe de Caris pour examiner sa poitrine. Qu'elle semblait vulnérable, ainsi dénudée ! songea Merthin avec émotion. Contemplant sa gorge délicate, il constata avec soulagement qu'elle ne présentait aucune tache violacée.

Oonagh la rhabilla et entreprit d'inspecter ses narines. « Pas de saignement », observa-t-elle. Elle prit son pouls, l'air pensif. Au bout de quelques secondes, elle se tourna vers Merthin. « Ce n'est sans doute pas la peste, mais c'est grave. Elle a de la fièvre, son pouls est rapide et sa respiration haletante. Portez-la dans sa chambre, couchez-la et baignez son visage à l'eau de roses. Quiconque s'occupera d'elle devra porter un masque et se laver les mains au vinaigre, comme si elle avait la peste. Cela vaut également pour vous », ajouta-t-elle en tendant un bandeau de lin à Merthin.

Il attacha son masque en pleurant. Caris dans les bras, il grimpa l'escalier qui menait à sa chambre et la déposa sur sa couche. Il était en train d'arranger sa robe quand deux religieuses entrèrent avec de l'eau de roses et du vinaigre. Merthin leur transmit les instructions de Caris concernant Tilly. Elles repartirent en emmenant avec elles la jeune mère et son enfant pour les conduire au réfectoire. Merthin s'assit auprès de Caris. Il bassina son front et ses joues avec un linge imbibé d'eau parfumée en priant pour qu'elle reprenne connaissance.

Enfin, elle ouvrit les yeux. Regardant autour d'elle sans comprendre, elle demanda d'une voix inquiète : « Que s'est-il passé ?

— Tu t'es évanouie », répondit Merthin.

Elle voulut se redresser.

« Ne t'agite pas, dit-il. Tu es malade. Sœur Oonagh dit que ce n'est pas la peste, mais que c'est très grave. »

Elle devait se sentir faible, car elle reposa la tête sur l'oreiller sans protester. « Je vais dormir une heure, dit-elle. Pas plus. »

Elle garda le lit deux semaines.

*

Au bout de trois jours, Caris avait le blanc des yeux jaune vif. Sœur Oonagh diagnostiqua une jaunisse. Elle prépara une tisane aux plantes qu'elle adoucit au miel et ordonna à Caris d'en boire un bol fumant trois fois par jour. Ce remède fit tomber la fièvre assez vite. Hélas, il ne lui rendit pas les forces dont elle avait besoin pour reprendre son travail. Chaque jour, elle s'inquiétait de l'état de Tilly. Oonagh lui donnait de ses nouvelles, mais refusait d'évoquer tout autre aspect de la vie du couvent pour ne pas la fatiguer. Trop faible pour lui tenir tête, Caris n'avait d'autre choix que de se soumettre.

Durant toute sa convalescence, Merthin ne quitta pas le palais du prieur. Le jour, il demeurait au rez-de-chaussée, assez près de l'escalier pour l'entendre au cas où elle l'appellerait, et c'était là qu'il recevait les responsables de ses différents chantiers venus prendre leurs instructions. Le soir, il s'étendait sur un matelas à côté de Caris, s'éveillant au moindre de ses mouvements ou au plus petit changement de rythme dans sa respiration. Il avait installé Lolla dans la pièce voisine.

Un matin, vers la fin de la première semaine, Ralph poussa la porte du palais.

« Ma femme a disparu ! » lança-t-il en guise de salut.

Occupé à tracer un plan sur une grande ardoise, Merthin releva les yeux sur lui. « Bonjour, frérot ! »

Ralph avait l'air nerveux, remarqua-t-il par-devers lui. Comme tout homme ayant perdu son épouse, se dit-il aussitôt, bien qu'il sache pertinemment que son frère n'avait jamais aimé la sienne. Sans doute était-il mortifié que Tilly l'ait quitté.

Il se sentit un peu coupable : en venant en aide à la jeune maman, il avait participé à l'humiliation de son frère.

Ralph s'assit sur un banc. « Tu as du vin ? J'ai le gosier sec. »

Merthin alla prendre une carafe dans le buffet et servit une coupe à Ralph. L'espace d'un instant, il songea à lui dire qu'il n'avait pas la moindre idée de l'endroit où se trouvait Tilly, mais l'idée de lui mentir – qui plus est sur un sujet aussi grave – lui déplut. De toute façon, trop de religieuses, de novices et d'employés du prieuré l'avaient aperçue au cours des jours passés. Il tendit la coupe à Ralph. « Elle est ici, au couvent, avec le petit.

— Je m'en doutais. »

Ralph saisit la coupe de sa main gauche, amputée de trois doigts, et la vida d'un trait. « Qu'est-ce qui lui a pris de partir comme ça ?

— Apparemment, elle te fuit.

— Tu aurais dû me prévenir qu'elle était ici.

— Je sais, excuse-moi. Je ne pouvais pas la trahir. Elle était terrifiée.

— Mais pourquoi prends-tu son parti contre moi ? Je suis ton frère, quand même !

— Parce que je te connais. Si Tilly a peur de toi, il y a sûrement une raison.

— Mais c'est insensé ! »

Ralph avait beau jouer l'indignation, il n'était pas convaincant. Merthin se demanda ce qu'il avait derrière la tête.

« Nous ne pouvons pas l'expulser, dit-il. Elle a réclamé asile et protection au prieuré.

— Gerry est mon fils et mon héritier. Vous ne pouvez pas le garder ici.

— Pas indéfiniment, non. Si tu intentes un procès au couvent, tu le gagneras assurément. Mais tu n'irais pas jusqu'à séparer un enfant de sa mère, quand même ?

— Je ne les séparerai pas : il y a tout à parier que, si je récupère le petit, elle rentrera avec lui. »

C'était probable, en effet. Merthin cherchait désespérément un argument susceptible de convaincre Ralph de laisser Tilly en paix quand Thomas fit son entrée. De sa main unique, il emprisonnait le bras d'Alan Fougère et le maintenait comme pour l'empêcher de s'échapper. « J'ai trouvé cette canaille en train de fouiner dans le prieuré.

— Mais pas du tout ! protesta Alan. Je me promenais tranquillement dans le monastère, persuadé qu'il était désert.

— Comme tu vois, il est habité ! dit Merthin. Il y a ici un moine, six novices et plusieurs dizaines d'orphelins.

— De toute façon, expliqua Thomas, ce triste sire n'était pas dans le monastère, mais dans le cloître du couvent ! »

Merthin s'assombrit. Il entendait, au loin, chanter un Psaume. Alan avait soigneusement minuté sa visite : il s'était introduit dans le couvent pendant que la congrégation tout entière assistait à sexte à la cathédrale. La plupart des bâtiments du prieuré étaient vides à cette heure ; il avait pu rôder à sa guise pendant un bon moment.

Ses déambulations ne ressemblaient pas à une simple promenade d'agrément.

« Heureusement, un gâte-sauce l'a repéré et l'on est venu me prévenir pendant l'office », ajouta Thomas.

Que faisait donc Alan ? se demanda Merthin. Cherchait-il Tilly ? Il n'aurait quand même pas osé l'arracher à la protection du couvent en plein jour ? « Que complotez-vous, tous les deux ? » lança-t-il à son frère.

Ralph renvoya la question à Alan. « Que fabriquais-tu là-bas, gredin ? s'écria-t-il avec une colère qui parut feinte à Merthin.

— Je l'ai déjà dit, répondit Alan en haussant les épaules, je me promenais en vous attendant. »

Mensonge, pensa Merthin. Un homme d'armes désœuvré n'attendrait pas son maître dans le cloître d'un couvent, mais à l'écurie ou à l'auberge !

« Eh bien… ne recommence pas ! » dit Ralph, et Merthin comprit que son frère s'en tiendrait à cette version des faits. À quoi bon lui dire la vérité, songea-t-il avec tristesse, si c'est pour ne pas être payé de même en retour ! Néanmoins, il renouvela ses efforts pour tenter d'éloigner Ralph du couvent. « Tilly est très bien ici. Pourquoi ne la laisses-tu pas tranquille quelque temps ? Elle finira par se rendre compte que tu ne lui veux pas de mal et elle rentrera d'elle-même à ce moment-là.

— Non, c'est trop humiliant.

— Pas vraiment. Il n'est pas rare qu'une noble dame éprouve le besoin de se retirer du monde et séjourne dans un couvent.

— Oui, quand elle a perdu son mari ou qu'il est parti à la guerre. Dans les autres cas, on pense qu'elle fuit son mari.

— Et alors ? Ne me dis pas que tu n'aimerais pas passer un peu de temps loin de ta femme.

— Non, en effet… Après tout, tu dois avoir raison. »

Sidéré de voir son frère capituler aussi vite, Merthin resta muet de surprise et dut laisser passer un instant avant de réagir. « Très bien, donne-lui trois mois. À la fin de cette période, tu reviendras lui parler. » Tilly ne changerait probablement pas d'avis mais, au moins, ils auraient reporté la crise jusque-là.

« Trois mois, répéta Ralph. C'est convenu. » Il se leva pour partir.

Merthin lui serra la main. « Comment vont les parents ? lui demanda-t-il. Cela fait des mois que je ne les ai vus.

— Ils vieillissent. Père ne quitte plus la maison, maintenant.

— Dis-leur que je leur rendrai visite dès que Caris ira mieux. Elle se remet d'une jaunisse.

— Je n'y manquerai pas. Transmets à Caris mes bons vœux de rétablissement. »

Il remonta en selle et tourna bride, suivi d'Alan, laissant sur le pas de la porte un Merthin en proie à la plus vive inquiétude.

À l'évidence, Ralph n'était pas venu seulement pour reprendre sa femme. Il avait d'autres intentions, plus troubles, et ses mensonges laissaient présager quelque sinistre manigance.

Il alla se rasseoir devant son ardoise et, pendant un long moment, resta à fixer son plan sans le voir.

*

À la fin de la seconde semaine, il ne fit plus de doute que Caris se remettrait. Le jour où il s'en convainquit, Merthin coucha Lolla plus tôt que de coutume et sortit en ville pour la première fois, épuisé mais heureux comme un condamné gracié.

C'était par une belle soirée de printemps, et il flâna dans les rues, grisé par la douce lumière du soleil et la tiédeur de l'air embaumé. Sa taverne, La Cloche, était fermée pour rénovation, mais l'auberge du Buisson ne désemplissait pas et les clients s'entassaient sur les bancs, dehors, avec leurs chopes. Ils étaient si nombreux à profiter du beau temps que Merthin s'arrêta pour leur demander s'ils célébraient une fête qu'il aurait oubliée, vivant cloîtré depuis deux semaines. « C'est tous les jours la fête, maintenant, lui répondit l'un d'eux. À quoi bon travailler quand nous allons tous mourir de la peste ? Allez, buvez donc une tasse de bière.

— Non merci. »

Il reprit sa route. Il croisait en chemin des gens parés de riches vêtements, arborant des coiffes raffinées et des tuniques brodées qui ne correspondaient en rien à leur statut social. Ils avaient dû en hériter, ou les avoir volées sur le dos de notables décédés. Ces chapeaux de velours sur des tignasses crasseuses, ces pourpoints cousus et tachés de gras, ces bas de laine en loques dans ces souliers incrustés de pierreries produisaient un effet quelque peu cauchemardesque.

Plus loin, dans la grand-rue, il aperçut deux hommes habillés en femmes d'une longue robe et d'une guimpe, déambulant bras dessus bras dessous comme des épouses de marchands faisant admirer leurs atours ; mais c'étaient bien des hommes, barbus et avec des mains et des pieds gigantesques. Merthin éprouvait un malaise grandissant : il avait le sentiment de ne plus pouvoir se fier à rien.

Il traversa le pont menant à l'île aux lépreux et se retrouva dans la rue bordée de boutiques et de tavernes qu'il y avait construites. L'obscurité était tombée. Pour l'heure, les lieux étaient encore inoccupés. Des planches barricadaient les fenêtres et les portes pour empêcher les vagabonds de s'y installer. Cette situation perdurerait tant qu'il y aurait la peste, tant que la vie n'aurait pas repris son cours normal à Kingsbridge. Et si la peste s'installait à jamais, eh bien, ces locaux ne seraient jamais loués, mais ce serait alors le cadet de ses soucis.

Il repartit vers la vieille ville. Il l'atteignit au moment où les gardes fermaient la porte pour la nuit. À l'auberge du Cheval blanc, on aurait dit qu'une fête battait son plein : la salle était vivement éclairée et une foule bruyante et réjouie débordait dans la rue. « Que se passe-t-il ? s'enquit-il auprès d'un buveur.

— Le patron a attrapé la peste, répondit l'homme avec un sourire ravi. Comme il n'a personne à qui léguer l'auberge, il a décidé de vider ses tonneaux dans nos chopes pour pas un sou ! Buvez donc à vous exploser la panse, les tournées de bière sont gratuites ! »

Visiblement, des dizaines de citadins s'étaient donné le mot. Merthin se fraya un chemin parmi la foule braillarde et titubante. Des couples dansaient au son d'un tambour. Un petit attroupement s'était formé et les gens se bousculaient pour voir au-dessus des épaules. Merthin s'approcha. Affalée sur la table, une femme de vingt ans ivre morte se faisait prendre par-derrière sous les yeux des ivrognes qui attendaient leur tour sans le moindre scrupule. Merthin se détourna, écœuré. À l'angle du bâtiment, dissimulé derrière des tonneaux vidés, il reconnut, agenouillé par terre, Ozzie le Palefrenier. Ce riche marchand de chevaux, bon père de famille et digne membre de la guilde, était occupé à sucer le sexe d'un homme plus jeune que lui. C'était un acte interdit par la loi et puni de mort mais, de toute évidence, personne ne s'en souciait. Croisant le regard de Merthin, Ozzie ne tressaillit même pas ; au contraire, il redoubla d'ardeur, comme si le fait de se savoir observé augmentait son excitation. Merthin secoua la tête, sidéré. Plus loin, une longue table poussée contre le mur de l'auberge croulait sous des mets à demi consommés : poissons fumés, rôtis, gâteaux et fromages. Un chien avait sauté au milieu du buffet et déchiquetait un jambon à belles dents à côté d'un homme qui vomissait dans un bol de ragoût. Le patron des lieux, David le Cheval blanc, s'était installé dans un grand fauteuil en bois sur le pas de sa porte, armé d'une monumentale coupe de vin qu'il portait à ses lèvres entre deux éternuements. La sueur, sur son visage, se mêlait au sang qui coulait de son nez, mais il demeurait alerte et jovial et encourageait les noceurs avec entrain. Manifestement, il avait décidé de trouver la mort dans la boisson plutôt que de laisser la peste accomplir son œuvre.

Au bord de la nausée, Merthin quitta l'auberge et s'empressa de rentrer au prieuré.

À son arrivée, il eut la surprise de découvrir une Caris levée et habillée, l'attendant dans la grand-salle. « Je suis guérie, annonça-t-elle. Dès demain, je vais pouvoir retourner m'occuper des malades. » Devant le regard sceptique de Merthin, elle ajouta : « C'est sœur Oonagh qui l'a dit.

— Si quelqu'un te dicte ta conduite, c'est que tu n'es pas encore tout à fait guérie », répliqua-t-il.

Elle éclata de rire. Merthin en eut les larmes aux yeux. Il n'avait pas entendu son rire depuis deux semaines et, par moments, avait redouté de ne plus jamais l'entendre.

« Où étais-tu ? » lui demanda-t-elle.

Merthin lui rapporta sa singulière promenade sans rien lui cacher des scènes sordides auxquelles il avait assisté. « Ce n'est pas si terrible, conclut-il, mais je me demande sur quoi tout cela débouchera. Quand ils auront satisfait leurs désirs les plus cachés, commenceront-ils à s'entretuer ? »

Une servante entra avec une soupière de potage aux poireaux. Caris y goûta avec méfiance : depuis deux semaines, la nourriture l'écœurait. Cette fois-ci, elle put avaler toute une écuelle de soupe. Quand la table fut débarrassée, elle confia à Merthin : « Tu sais, j'ai vraiment cru que j'allais mourir.

— Pourtant, tu n'as pas demandé de prêtre.

— Non. Je ne crois pas que Dieu se laisse berner par des remords de dernière minute.

— Tu avais peur ?

— J'avais surtout des regrets.

— À propos de quoi ?

— De tout. Je regrettais d'entretenir de mauvais rapports avec ma sœur, par exemple. De ne pas avoir eu d'enfant. De ne plus porter le manteau écarlate que mon père avait offert à ma mère le jour où elle est morte.

— Tu l'as perdu ?

— Je n'ai pas été autorisée à le prendre avec moi quand je suis entrée au couvent. Je ne sais pas ce qu'il est devenu.

— De tous ces regrets, qu'est-ce qui te faisait le plus de peine ?

— Deux choses. D'abord, le fait de ne pas avoir construit mon hospice. Ensuite, de ne pas avoir assez fait l'amour avec toi. »

Merthin haussa les sourcils. « Ça peut s'arranger.

— Je sais.

— Que penseraient les religieuses ?

— Tu sais, plus rien n'a vraiment d'importance. Au couvent, c'est un peu comme en ville : nous avons trop de travail avec les malades pour nous soucier des vieilles règles. Joan et Oonagh passent toutes leurs nuits ensemble dans l'une des chambres privées de l'hospice, et tout le monde s'en moque.

— C'est curieux qu'elles s'adonnent au péché et prennent encore la peine de se lever au milieu de la nuit pour assister aux offices. Comment arrivent-elles à concilier ces deux choses ?

— "Que celui qui possède deux tuniques partage avec celui qui n'en a pas", a dit saint Luc. À ton avis, comment l'évêque de Shiring concilie-t-il ce passage de l'Évangile avec les milliers de soutanes qu'il a dans ses armoires ? Dans les enseignements de l'Église, chacun retient ce qui lui plaît et ignore le reste.

— Et toi ?

— Moi la première. Mais je ne prétends pas l'inverse. D'ailleurs, à partir de maintenant, je veux que nous habitions ensemble, toi et moi, comme mari et femme. Si l'on me pose des questions, je répondrai que nous vivons des temps étranges. »

Elle alla se planter devant la porte, lui barrant le passage vers l'extérieur. « Cela fait deux semaines que tu dors ici. Ne pars pas.

— Inutile de me tenir prisonnier, dit-il en riant. Je reste de mon plein gré. »

Il la prit dans ses bras.

« Te souviens-tu de ce que nous nous apprêtions à faire quand Tilly nous a interrompus ? Avant que je ne m'évanouisse ?

— Bien sûr ! Tu bouillais de fièvre.

— Eh bien, cette fièvre ne m'a pas quittée.

— Dans ce cas, nous devrions reprendre là où nous en étions restés, tu ne crois pas ?

— Si nous allions nous coucher d'abord ?

— Comme tu voudras ! »

Main dans la main, ils montèrent l'escalier.

71.

Ralph et ses hommes attendaient, cachés dans la forêt au nord de Kingsbridge. En ce mois de mai, les journées étaient longues et, quand la nuit tomba enfin, Ralph enjoignit à ses compagnons de prendre un peu de repos pendant qu'il ferait le guet.

C'étaient des soldats du roi démobilisés, qu'Alan avait recrutés à Gloucester, à l'auberge du Lion rouge. Ils n'avaient pas la moindre idée de l'identité de Ralph et ils ne l'avaient pas vu au grand jour. C'était idéal : ils exécuteraient les ordres et prendraient leur argent sans poser de questions.

Comme en France, lors de ses tours de garde, Ralph avait une notion précise du temps qui passait. Il avait remarqué que lorsqu'il se contentait d'évaluer instinctivement le nombre d'heures écoulées, il ne se trompait jamais. Pour mesurer le temps, les moines se servaient de chandelles graduées, de clepsydres ou de sabliers. Ralph, lui, se fiait totalement à son intuition.

Adossé à un arbre, il observait une immobilité parfaite, les yeux fixés sur les flammes légères de leur feu de camp. Alentour, des craquements montaient des taillis au passage d'un petit animal et une chouette ululait de temps en temps. Durant les heures d'attente qui précédaient l'action, Ralph éprouvait toujours une grande sérénité. Dans le silence et l'obscurité, il avait du temps pour penser. L'imminence du danger avait sur lui un effet apaisant, contrairement à bien des hommes que l'inaction rendait nerveux.

Il ne craignait pas d'être blessé. Au cours du corps à corps de cette nuit, il n'aurait à affronter que de gros pleins de soupe de la ville ou des moines timorés. Non, s'il y avait un danger, c'était qu'on le reconnaisse, car l'acte qu'il s'apprêtait à accomplir choquerait les esprits. On en discuterait avec indignation dans toutes les églises du pays, peut-être même jusqu'en Europe. Sieur Grégory Longfellow, pour le compte duquel il remplissait cette mission, serait le premier à condamner son crime et à se poser en ennemi virulent.

Si jamais il était découvert, il serait pendu haut et court. En revanche, s'il réussissait, le comté de Shiring serait à lui.

Quand il estima qu'il était deux heures du matin, il réveilla ses compagnons.

Laissant leurs chevaux cachés dans les bois, ils s'engagèrent sur la route qui menait à Kingsbridge. Alan transportait le matériel comme au cours de leurs campagnes en France : la petite échelle, la longue corde et le grappin grâce auquel ils avaient escaladé les remparts des villes normandes. Il avait aussi plusieurs grands sacs roulés serrés et ficelés ensemble, ainsi qu'un burin et un marteau glissés dans sa ceinture. Ils n'en auraient pas nécessairement besoin, mais Ralph savait d'expérience qu'il valait mieux être paré à toute éventualité.

Arrivé en vue des murailles, il distribua à ses hommes des cagoules percées de trous pour les yeux et la bouche. Il en passa une lui-même. Il avait veillé à porter une moufle à la main gauche, pour dissimuler ses doigts manquants. Ainsi, personne ne le reconnaîtrait. À moins, bien sûr, qu'il ne soit capturé.

Ensuite, pour étouffer le bruit de leurs bottes, chacun s'enveloppa les pieds dans des sacs de feutre lacés sous le genou.

La ville de Kingsbridge n'ayant pas été attaquée depuis des siècles, la surveillance était très relâchée, et l'épidémie de peste n'avait pas amélioré la situation. Néanmoins, il était difficile d'entrer dans la ville par le sud, car le grand pont construit par Merthin était fermé, côté ville, par un porche en pierre et sa monumentale porte en bois. Ralph avait donc décidé de s'introduire dans la cité par le nord. Là, les remparts étaient délabrés et l'on pouvait accéder par voie de terre.

De méchantes maisonnettes se massaient devant les murailles comme des chiens à la porte d'une boucherie. Alan ouvrait la marche. Il avait profité de leur visite au prieuré quelques jours plus tôt pour repérer le terrain. Ralph et ses mercenaires marchaient sur ses talons, se glissant entre les masures en veillant à faire le moins de bruit possible de peur qu'un habitant des faubourgs, dérangé dans son sommeil, ne donne l'alarme. Un chien se mit à aboyer, au grand dam de Ralph, mais un juron lancé depuis l'un des taudis le fit taire. Quelques instants plus tard, le petit groupe atteignait un endroit des remparts éboulé, qui pouvait être escaladé aisément.

Ils atterrirent derrière des entrepôts, dans un étroit passage situé juste en dessous du porche de la ville où n'était postée qu'une unique sentinelle. Les six hommes avançaient en silence. Ils avaient beau se trouver maintenant à l'intérieur de la ville, ils devaient rester vigilants. Le garde, en les apercevant, pouvait se poser des questions et appeler des renforts. Par chance, il dormait à poings fermés sur son tabouret, adossé au mur de sa guérite. Un bout de chandelle se consumait sur une étagère près de lui.

À quoi bon prendre des risques ? S'approchant de lui sur la pointe des pieds, Ralph lui trancha la gorge de son long couteau. L'homme ouvrit les yeux sous l'effet de la douleur et voulut hurler. Le sang qui jaillit de sa bouche l'en empêcha. Ralph le retint dans ses bras pour éviter qu'il ne s'affaisse avec bruit, puis il le reposa sur son tabouret.

Ayant essuyé son poignard ensanglanté sur la tunique du mort, il le rangea dans son fourreau.

Avant de s'engager dans la grand-rue, il prit soin de retirer la barre transversale barricadant les battants du portail, en prévision de leur fuite, puis il partit avec ses compagnons en direction du prieuré.

La nuit était sans lune et la ville chichement éclairée par les étoiles. C'était pour cette raison que Ralph avait choisi cette date pour lancer son attaque. Il marchait en surveillant les maisons d'un œil anxieux, surtout les étages supérieurs, craignant qu'un citadin pris d'insomnie n'aperçoive leurs effrayantes silhouettes cagoulées. Heureusement, le temps n'était pas encore assez chaud pour que la population dorme les fenêtres ouvertes. Par précaution, Ralph rabattit quand même la capuche de son manteau sur sa tête, la tirant le plus bas possible sur son front pour mieux dissimuler sa cagoule, et il fit signe à ses comparses de l'imiter.

Il avait passé son enfance dans cette ville, il en connaissait toutes les rues. Merthin y vivait encore. Où exactement, il l'ignorait.

Ils étaient arrivés au bout de la grand-rue. Ils dépassèrent l'auberge du Buisson, désertée depuis plusieurs heures et fermée pour la nuit, et franchirent le mur d'enceinte du prieuré. Le grand portail ne pivotait plus sur ses gonds rouillés et, de ce fait, restait ouvert de jour comme de nuit.

Les lieux étaient plongés dans l'obscurité ; une faible lueur filtrait seulement des fenêtres de l'hospice. C'était le moment de la nuit où les religieuses et les moines étaient profondément endormis. Dans un peu plus d'une heure, ils se réveilleraient pour assister à matines, l'office célébré avant l'aube.

Alan, qui s'était chargé de reconnaître le terrain, leur fit contourner la cathédrale par le flanc nord, traverser le cimetière, longer le palais du prieur, puis la cathédrale sur son flanc est, en suivant l'étroite bande de terre qui la séparait de la rivière. Tout au bout se dressait un mur peu élevé. Arrivé là, Alan s'arrêta et appuya son échelle contre les pierres. « C'est le cloître du couvent, chuchota-t-il. Suivez-moi ! »

Il escalada le mur et se hissa sans bruit sur le toit d'ardoises. Par bonheur, il n'eut pas à utiliser son grappin : le choc du métal contre les tuiles aurait réveillé tout le couvent.

Il ordonna à ses hommes de passer devant lui et grimpa le dernier.

Du toit, ils se laissèrent tomber doucement sur le gazon. Ralph promena un regard méfiant sur les lieux. Les colonnes du cloître évoquaient une armée de sentinelles aux yeux fixes et menaçants. Tout était calme. Il bénit le règlement qui interdisait la présence de chiens dans l'enceinte du prieuré.

Plongeant dans l'ombre profonde des arcades, Alan condui-sit le petit groupe jusqu'à une lourde porte qu'il franchit. « La cuisine », dit-il. Les braises qui restaient d'un grand feu éclai-raient la pièce d'une faible lumière. « Prenez garde à ne rien faire tomber. »

Ralph attendit que ses yeux s'accoutument à l'obscurité. Il discerna bientôt une grande table, plusieurs tonneaux et des piles d'ustensiles de cuisine. Il se tourna vers ses hommes. « Trouvez-vous un endroit confortable pour vous asseoir ou vous coucher. Nous resterons ici jusqu'à ce que tout le monde soit parti pour l'église. »

*

Une heure plus tard, les premières religieuses sortirent du dortoir et traversèrent le cloître pour rejoindre la cathédrale. Leurs lampes projetaient des ombres monstrueuses sur les voûtes de la galerie. Ralph glissa un œil par la porte entrebâillée et entreprit de les compter. « Vingt-cinq », chuchota-t-il à Alan.

Comme il s'y attendait, Tilly n'était pas parmi elles. Les nobles dames de passage n'étaient pas tenues d'assister aux offices de la nuit.

Quand toutes les religieuses eurent disparu, Ralph s'avança dans le cloître, laissant ses hommes à la cuisine.

Tilly ne pouvait se trouver qu'à deux endroits : dans une salle privée de l'hospice ou dans le dortoir du couvent. Il décida de visiter le dortoir en premier, convaincu qu'elle s'y était installée parce qu'il était moins facile d'accès.

Le feutre protégeant ses chausses lui permit de monter l'escalier sans bruit. Le dortoir, éclairé d'une unique bougie, semblait désert. Il s'avança prudemment le long des rangées de lits, craignant qu'une religieuse, malade ou paresseuse, soit restée dans son lit au lieu d'aller à l'église, ce qui aurait compliqué sa tâche. Mais il n'y avait personne. Il allait repartir quand il aperçut une porte tout au fond de la salle.

Il traversa le dortoir à pas de loup, saisissant le bougeoir au passage. Ayant poussé la porte tout doucement, il découvrit, à la lumière vacillante de son lumignon, sa jeune épouse endormie. Elle était si jolie avec ses longs cheveux épars sur l'oreiller, si innocente, qu'il ressentit soudain un élan de tendresse et il dut se rappeler combien il la haïssait de faire obstacle à ses ambitions.

Couché près d'elle dans un berceau, Gerry dormait à poings fermés, la bouche ouverte.

Ralph s'approcha lentement. D'un geste vif, il plaqua la main sur la bouche de Tilly l'éveillant en sursaut. Les yeux écarquillés, elle le fixa avec terreur.

Ralph posa le bougeoir. Il avait toujours dans ses poches une quantité de petites choses utiles, comme des liens en cuir et des bouts de chiffon. Il en enfonça un dans la bouche de Tilly pour l'empêcher de crier. Il n'avait pas prononcé un mot, pourtant il avait l'impression qu'elle l'avait reconnu malgré sa cagoule et son gant. Peut-être l'avait-elle identifié à son odeur, comme les chiens. Quelle importance ! Elle n'aurait pas l'occasion de parler.

Il lui lia les mains et les pieds avec ses lanières. Elle ne se débattait pas encore, mais cela n'allait pas tarder. Ayant vérifié la solidité du bâillon, il s'assit et attendit.

L'écho des Psaumes lui parvenait, porté par un puissant chœur de femmes et quelques voix masculines qui suivaient péniblement. Tilly le regardait avec de grands yeux implorants. Il la tourna sur l'autre flanc pour ne plus voir son visage.

Dès le début, elle avait su qu'il voulait la tuer. Elle l'avait lu dans ses pensées. Ce devait être une sorcière. Peut-être toutes les femmes étaient-elles des sorcières. Quoi qu'il en soit, elle avait deviné ses intentions dès l'instant où le projet s'était formé dans son esprit. Elle s'était mise à le surveiller, le soir surtout : elle suivait d'un œil craintif ses moindres déplacements, ses moindres gestes. La nuit, allongée à côté de lui, elle demeurait tendue, les sens en alerte, jusqu'à ce qu'il s'endorme ; le matin, elle était invariablement levée quand il se réveillait. Et, un beau jour, elle avait disparu. Il l'avait cherchée avec Alan sans succès, jusqu'à ce que des rumeurs lui apprennent qu'elle avait trouvé refuge au prieuré de Kingsbridge.

Ce qui, par un heureux hasard, s'accordait parfaitement avec ses plans.

Gerry émit de petits bruits dans son sommeil. L'idée qu'il pouvait se mettre à pleurer traversa soudain l'esprit de Ralph. Que faire si les religieuses revenaient de la cathédrale juste à ce moment-là ? L'une ou l'autre viendrait certainement voir si tout allait bien. Dans ce cas-là, il emploierait les grands moyens, se dit-il. Ce ne serait pas la première fois qu'il tuerait des bonnes sœurs. Il s'était fait la main en France.

Enfin, il entendit des pas étouffés fouler le sol du dortoir : les religieuses remontaient se coucher. Alan devait les compter depuis la cuisine, au fur et à mesure qu'elles passaient devant lui. Quand elles seraient toutes dans le dortoir, ses hommes entreraient en scène, armés de leurs épées. Ralph mit Tilly debout sur ses jambes. Son visage ruisselait de larmes. La retournant dos à lui, il passa le bras autour de sa taille et la souleva sur sa hanche. Elle était aussi légère qu'une enfant.

Il dégaina son poignard.

Derrière la porte, il entendit un homme lancer : « Silence, ou vous mourrez ! » Il reconnut la voix d'Alan, bien qu'étouffée par la cagoule.

Il retint son souffle. Surtout, ne pas alerter les sœurs qui veillaient les malades à l'hospice ou les moines qui venaient de regagner leur dortoir.

Des cris de surprise et de peur retentirent malgré l'avertissement. Pas assez forts pour les mettre en danger, jugea Ralph. Jusque-là, tout allait bien.

Ouvrant la porte à toute volée, il s'avança dans le dortoir, portant Tilly sur la hanche.

La pièce étant à présent éclairée par les lanternes des religieuses, Ralph vit qu'Alan avait empoigné l'une d'elles et la maintenait plaquée contre lui, le couteau sur la gorge. Deux mercenaires se tenaient à côté de lui ; les deux autres devaient monter la garde au pied de l'escalier.

« Écoutez-moi ! » dit Ralph.

Reconnaissant sa voix, Tilly se tordit sur sa hanche. Ralph ne s'en soucia pas : personne d'autre ne pouvait l'identifier.

Un silence terrifié s'était instauré.

Ralph le brisa : « Laquelle d'entre vous est trésorière du couvent ? »

Comme personne ne répondait, il appliqua le tranchant de son poignard sur la gorge de Tilly, qui se débattit. Las, elle était si menue qu'il la maîtrisa aisément.

Le moment est venu d'en finir avec elle ! se dit-il. Pourtant, il hésitait. Lui qui avait si souvent donné la mort, il se sentait subitement incapable de plonger sa lame dans le corps chaud et tendre d'une femme qu'il avait enlacée, embrassée et aimée. Une femme qui avait porté son enfant.

Les religieuses, se dit-il, seraient plus impressionnées si la victime était l'une d'entre elles.

Il fit un signe de tête à Alan.

D'un geste décidé, celui-ci trancha le col de son otage. Le sang gicla de la blessure et se répandit sur le sol.

Une religieuse se mit à crier.

Ce n'était pas un glapissement craintif, mais un véritable hurlement de terreur, un cri à réveiller les morts, qui ne cessa que lorsqu'un sbire lui asséna un violent coup de matraque sur le crâne. Elle s'écroula sur le sol, inerte, un filet de sang au coin des lèvres.

« Laquelle d'entre vous est trésorière ? » répéta Ralph.

*

Merthin s'était réveillé un bref instant lorsque la cloche avait sonné matines et que Caris était sortie du lit. Comme d'habitude, il se retourna sur le flanc et sombra de nouveau dans le sommeil, si bien que lorsqu'elle revint et se glissa sous les couvertures, il lui sembla qu'elle venait à peine de quitter leur couche. La sentant frissonner, il l'attira contre lui et l'enlaça. Ils restaient souvent ainsi un certain temps, à bavarder, et ils faisaient presque toujours l'amour avant de se rendormir. C'était le moment de la journée qu'il préférait.

Caris se serra contre lui, pressant agréablement sa poitrine contre son torse. Il posa un baiser sur son front. Quand elle se fut réchauffée, il glissa la main entre ses cuisses et se mit à caresser sa douce toison du bout des doigts.

Mais Caris était d'humeur bavarde. « Tu as entendu ce qu'on racontait, hier ? Il paraît que des hors-la-loi se seraient regroupés dans la forêt au nord de la ville et prépareraient une attaque.

— Ça me paraît assez improbable.

— Je ne sais pas... Les remparts sont en piteux état de ce côté-là, ils pourraient entrer facilement dans la ville.

— Et alors, ils n'auraient pas besoin d'agresser qui que ce soit. Il y a tant de maisons abandonnées qu'ils pourraient s'approprier tout ce qu'ils veulent sans que personne ne s'aperçoive de rien. Pour la viande, ils n'ont qu'à se servir dans les pâtures. Ça regorge de vaches et de moutons.

— Justement, c'est ce qui rend ces rumeurs si étranges.

— De nos jours, voler, c'est comme se pencher par-dessus la clôture pour respirer l'air du voisin. »

Caris soupira. « Et tout ça à cause de cette horrible peste... Quand je pense qu'il y a trois mois, je croyais en être débarrassée.

— Combien y a-t-il eu de nouvelles victimes ?

— Un millier au moins, depuis Pâques.

— À ce que l'on dit, les autres villes ne sont pas mieux loties », laissa tomber Merthin.

Probablement Caris hochait-elle la tête dans l'obscurité car il sentit ses cheveux effleurer son épaule. « Il paraît qu'un quart de la population du pays a déjà été emportée, dit-elle.

— Et plus de la moitié du clergé.

— C'est parce que les services religieux attirent un si grand nombre de fidèles. Ils ne peuvent pas échapper à la contagion.

— Pourtant, la moitié des églises sont fermées.

— Ce n'est pas plus mal, à mon avis. Car c'est la foule, plus que tout le reste, qui contribue à propager la maladie, j'en suis convaincue.

— De toute façon, la plupart des gens ont perdu tout respect pour la religion. »

Cet état de fait n'inquiétait guère Caris. « S'ils pouvaient en profiter pour abandonner leurs vieilles superstitions et reconnaître l'efficacité de la vraie médecine…

— Comment veux-tu qu'ils fassent la différence ?

— C'est pourtant simple : il y a en tout quatre règles à retenir. »

Merthin sourit. Les listes de Caris l'avaient toujours amusé. « Je t'écoute.

— Premièrement : s'il existe une dizaine de remèdes différents pour soigner un même mal, tu peux être certain qu'aucun d'eux ne fonctionne.

— Pourquoi ?

— Parce que si c'était le cas, les gens auraient adopté le meilleur et oublié les autres.

— Logique.

— Deuxièmement : ce n'est pas parce qu'un remède est répugnant qu'il est efficace. Avaler toute crue une cervelle d'alouette n'a jamais fait passer le mal de gorge. En revanche, ça donne envie de vomir. Tandis que boire une grande tasse d'eau chaude avec du miel, voilà ce qui apaise la douleur !

— C'est bon à savoir.

— Troisièmement : les excréments humains et animaux n'ont jamais été bons pour la santé. Au contraire.

— Eh bien, je suis soulagé de te l'entendre dire !

— Quatrièmement : si le remède ressemble à la maladie, il y a de fortes chances pour qu'il ne guérisse rien. Par exemple, les plumes tachetées de la grive censées agir sur la varicelle, ou l'urine de mouton qui soignerait la jaunisse.

— Tu devrais écrire un ouvrage dans lequel tu expliquerais tout ça.

— Oh non, grommela Caris avec dédain. L'université le condamnera puisqu'il ne ferait pas référence à l'Antiquité grecque.

— Au diable les savants ! Je pensais aux gens comme toi : les religieuses, les sages-femmes, les barbiers, les guérisseuses… Je suis sûr que ça les intéresserait.

— Les guérisseuses et les sages-femmes ne savent pas lire.

— C'est faux, il y en a qui savent, et les autres peuvent trouver quelqu'un d'instruit qui leur lira le texte.

— Tu as peut-être raison. Ce serait sans doute un bon moyen d'enseigner à la population comment réagir face à la peste. »

Elle garda le silence quelques instants, pensive.

Un cri déchira la nuit.

« Qu'est-ce que c'était ? murmura Merthin.

— On aurait dit une musaraigne capturée par une chouette.

— Non, autre chose ! »

Il bondit hors du lit.

*

« Je vous en supplie, ne faites pas de mal à Tilly ! » implora une religieuse en s'avançant vers Ralph. C'était une sœur encore toute jeune, brune avec des yeux bleus. « Nous vous donnerons tout ce que vous voudrez, mais, par pitié, n'usez plus de violence. C'est moi la trésorière. Je m'appelle sœur Joan.

— Je suis Tam l'Insaisissable, répondit Ralph. Vous avez les clés du trésor ?

— Oui, pendues à ma ceinture.

— Alors, allons-y ! »

Joan parut hésiter. Elle devait sentir qu'il ignorait l'emplacement du trésor, se dit Ralph. Lors de sa visite de reconnaissance, Alan n'avait pas eu le temps de repérer à fond les lieux : il avait localisé la cuisine et le dortoir, mais il n'avait pas découvert où se trouvait la salle du trésor. À l'évidence, sœur Joan n'était pas prête à l'aider.

Ralph n'avait pas de temps à perdre. Quelqu'un pouvait avoir entendu le cri. Appuyant son couteau sur la gorge de Tilly, il fit perler une goutte de sang.

« Je vous en supplie, ne faites pas de mal à Tilly ! répéta sœur Joan. Je vais vous y emmener, venez.

— J'aime mieux ça ! » dit Ralph.

Il confia la surveillance du dortoir aux deux mercenaires et suivit Joan dans l'escalier, portant toujours Tilly. Alan lui emboîta le pas. Au pied des marches, ils retrouvèrent les deux ruffians chargés de faire le guet. Ils tenaient sous la menace de leur couteau les infirmières de garde qui avaient accouru en entendant le hurlement. Un danger de moins, se réjouit Ralph. Mais où étaient les moines ?

Il expédia les trois religieuses rejoindre leurs compagnes dans le dortoir et laissa un homme de main monter la garde au pied de l'escalier. Puis, avec les autres, il suivit Joan au réfectoire.

Cette salle était située au rez-de-chaussée du même bâtiment que le dortoir. À la lumière tremblante de la lampe que portait sœur Joan, les hommes discernèrent de longues tables à tréteaux, des bancs, un pupitre et une grande fresque représentant Jésus aux noces de Cana.

Joan s'avança jusqu'au fond de la pièce et déplaça une table, révélant une grande trappe fermée par une serrure, à l'instar d'une porte. Elle fit jouer une clé et souleva le lourd panneau de bois. Il dissimulait un étroit escalier en colimaçon. Laissant la salle à la garde du sbire, Ralph s'y engagea à la suite de la religieuse, embarrassé par Tilly qu'il n'avait pas lâchée. Alan fermait la marche.

Arrivé au bas de l'escalier, Ralph regarda autour de lui avec satisfaction. Il se trouvait dans le saint des saints, la salle secrète du trésor. Les lieux, sombres et exigus, avaient quelque chose d'un cachot, mais les murs étaient recouverts de pierres taillées avec soin et le sol pavé de dalles lisses comme la nef de la cathédrale. L'air était sec et la température agréablement fraîche. Ralph déposa Tilly par terre, troussée comme un poulet.

La plus grande partie de la pièce était occupée par un coffre attaché au mur par une chaîne et un anneau. Sa taille colossale évoquait un cercueil de géant. Le reste du mobilier se composait de deux tabourets, d'un bureau et d'une étagère encombrée d'une pile de parchemins : sans doute les livres de comptes du couvent. Deux lourds manteaux de laine pendaient à des crochets. La trésorière et son assistante devaient s'en revêtir lorsqu'elles travaillaient là pendant les mois d'hiver.

À l'évidence, le coffre avait été assemblé sur place car il était bien trop volumineux pour passer par l'escalier. Il pointa le doigt vers le cadenas. Joan l'ouvrit avec une clé pendue à sa ceinture.

À l'intérieur se trouvaient des dizaines de parchemins roulés et rangés dans de grands casiers en bois : les chartes et titres de propriété du couvent. Il y avait également plusieurs sacs en cuir ou en laine remplis d'objets de culte précieux, ainsi qu'une cassette contenant certainement de l'argent.

À présent, il devait agir avec une extrême subtilité. Contrairement à ce qu'il allait faire croire, seules les chartes l'intéressaient. Le plus difficile serait de les dérober sans qu'on s'aperçoive de leur disparition.

Il donna l'ordre à Joan d'ouvrir la cassette. Elle renfermait quelques pièces d'or – bien peu, en vérité. À coup sûr, il y en avait d'autres cachées dans cette salle, à l'abri derrière des pierres descellées. Il ne prit pas le temps de les chercher. Il n'était pas intéressé par cet argent, il voulait seulement qu'on le croie. Il s'attacha donc à vider ostensiblement la cassette dans la bourse qu'il portait à sa ceinture, tandis qu'Alan entassait les ornements religieux dans un grand sac.

Puis il fit remonter Joan au réfectoire.

Tilly l'observait toujours, les yeux agrandis de terreur. Ce qu'elle pouvait voir de la scène n'avait pas d'importance puisqu'elle n'aurait plus l'occasion d'en parler à quiconque.

Ralph déplia un autre sac et se hâta d'y glisser les parchemins.

Une fois les casiers vidés, il ordonna à Alan de les réduire en pièces. Laissant son écuyer jouer du marteau et du burin, il alla décrocher les manteaux pendus au mur, les roula en boule et en approcha la flamme de sa bougie. La laine prit feu immédiatement. Il empila les débris de bois sur les manteaux et le tout s'embrasa si bien qu'il dut reculer de plusieurs pas.

Il regarda Tilly, étendue sur les dalles, sans défense ; il dégaina son poignard. Puis, encore une fois, hésita.

*

Caris avait suivi Merthin quand il s'était levé, alarmé par le cri. Une porte dérobée permettait d'accéder directement du palais du prieur à la salle du chapitre, laquelle communiquait avec le transept nord de la cathédrale. Ils poussèrent cette porte : la salle du chapitre était vide. Ils pénétrèrent dans l'église. La flamme de leur bougie perçait à peine l'obscurité du vaste édifice. Arrivés à la croisée du transept, ils s'arrêtèrent pour tendre l'oreille.

Le claquement d'un loquet résonna dans le silence. « Qui est là ? dit Merthin, honteux de la peur qui faisait trembler sa voix.

— Frère Thomas. »

La voix venait du transept sud. Un instant plus tard, Thomas apparaissait dans la lumière de leur bougie. « J'ai cru entendre crier, chuchota-t-il.

— Nous aussi. Mais ça ne venait pas d'ici : d'ailleurs l'église est vide.

— Allons faire un tour dehors.

— Et les novices ? Et les garçons ? Ils n'ont rien entendu ?

— Si. Je leur ai dit de se rendormir. »

Ils longèrent le transept sud et sortirent dans le cloître du monastère. Personne là non plus. Pas un bruit ne troublait le silence. Ils rejoignirent l'hospice en passant par les réserves attenant aux cuisines. Tout paraissait normal : les patients étaient couchés, endormis pour la plupart. Quelques-uns, éveillés, bougeaient un peu et poussaient de temps à autre un grognement de douleur. Merthin remarqua alors qu'il n'y avait aucune religieuse dans la salle.

« C'est étrange », dit Caris.

On aurait pu penser que le cri venait de l'hospice, mais rien ne suggérait qu'il s'y soit produit le moindre incident.

Ils se rendirent ensuite à la cuisine, qui était vide, comme ils s'y attendaient.

Cependant Thomas se figea, palpitant des narines.

« Qu'y a-t-il ? l'interrogea Merthin, chuchotant malgré lui.

— Un étranger est entré ici, répondit Thomas dans un murmure. Je sens une odeur de crasse. Nos moines sont propres, ça ne peut pas être l'un d'eux. »

Merthin ne sentait rien d'inhabituel.

Thomas saisit un couperet, de ceux utilisés par le cuisinier pour trancher les os.

Ils s'apprêtaient à sortir de la cuisine quand Thomas les retint de son bras mutilé levé en l'air. Une faible lueur éclairait le cloître du couvent. Une bougie devait brûler au réfectoire des religieuses ou bien dans l'escalier qui menait à leur dortoir.

Thomas ôta ses sandales et se dirigea vers l'endroit d'où venait la lumière. Ses pieds nus ne faisaient aucun bruit sur les dalles de pierre. Il se fondit bientôt dans l'ombre des arcades.

Soudain, une étrange senteur parvint aux narines de Merthin, une odeur âcre, très différente de celle que Thomas avait détectée dans la cuisine. Un instant plus tard, il l'identifia comme étant de la fumée.

Thomas devait l'avoir sentie aussi, car il s'immobilisa soudain et se plaqua contre le mur.

Dans la faible lumière, ils virent un homme au visage dissimulé sous une cagoule émerger d'un renfoncement et se diriger vers la porte du réfectoire.

Thomas leva son couperet.

La lame jeta un éclat dans l'obscurité avant de s'enfoncer avec un bruit sinistre dans les côtes de l'homme. Il poussa un cri d'effroi et de douleur, vacillant sur ses jambes. Thomas le frappa à nouveau. Le cri se mua en un horrible gargouillement et se tut. Le corps sans vie heurta les dalles avec un son mat.

Caris eut un hoquet épouvanté.

Merthin se précipita vers Thomas. « Que se passe-t-il ? criat-il.

— Silence ! » chuchota le moine d'une voix fébrile et, de son couperet, il lui indiqua de retourner à la cuisine.

Subitement, la lumière se fit plus vive. Le rougeoiement d'une flamme illumina le cloître. Quelqu'un arrivait.

Un instant plus tard, un homme à la carrure impressionnante, un sac dans une main, une torche enflammée dans l'autre, sortait en courant du réfectoire. On aurait dit un fantôme. Merthin comprit qu'il portait une cagoule.

Au même instant, Thomas jaillit devant l'inconnu en brandissant son couperet. Hélas, il ne fut pas assez rapide. L'homme le percuta violemment et l'envoya s'écraser contre une colonne.

On entendit le craquement de son crâne frappant la pierre, et il s'affaissa au sol, inconscient. Caris s'élança pour lui porter secours.

D'autres hommes apparurent alors, tous cagoulés, certains munis de torches. Merthin eut l'impression qu'ils surgissaient à la fois du réfectoire et du dortoir. Au même moment, il entendit des femmes hurler et gémir. Et tout devint chaos.

Pressentant une bousculade, Merthin se précipita vers Caris pour la protéger.

Les intrus, découvrant leur camarade à terre, s'étaient figés sur place. À la lumière de leurs torches, ils virent la mare de sang, la tête quasiment détachée du tronc. L'homme était mort, indubitablement. Ils scrutèrent l'obscurité, roulant des yeux en tous sens et le mouvement affolé de leurs pupilles laissait parfois entrevoir dans les trous de leurs cagoules des taches rondes toutes blanches qui évoquaient les yeux de poissons monstrueux.

L'un d'eux repéra bientôt le couperet couvert de sang abandonné par terre et distingua plus loin les silhouettes de Caris et de Thomas. Avec un grognement de colère, il dégaina son épée.

Terrifié pour Caris, Merthin fit un pas en avant, cherchant à détourner l'attention de l'assaillant. L'homme fit pivoter la pointe de son épée sur lui. Merthin recula vers le mur du cloître. La menace pesait maintenant sur lui. Tremblant de peur, il reculait toujours. Soudain, il dérapa dans le sang du mort et partit à la renverse.

L'homme s'avança au-dessus de lui, l'épée brandie.

Il s'apprêtait à le tuer quand l'un de ses compagnons, le plus grand de la bande, intervint avec une rapidité fulgurante et saisit son bras. Ce devait être le chef car il n'eut pas besoin de proférer un son. Il secoua seulement la tête et l'autre, aussitôt, baissa son arme docilement.

Merthin n'eut que le temps de remarquer que son sauveur portait une moufle à la main gauche.

Puis, tout à coup, l'un des hommes cagoulés fila vers la cuisine. Les autres le suivirent. Ils avaient tout prévu, comprit Merthin, car il y avait là une porte donnant sur le pré devant la cathédrale. C'était la façon la plus rapide de quitter le prieuré. Ils disparurent. Le cloître, privé de la lumière de leurs torches, retomba dans l'obscurité.

Merthin demeurait immobile, incapable de prendre une décision. Devait-il se lancer à la poursuite des malfaiteurs, monter au dortoir voir pourquoi les religieuses avaient hurlé, essayer de trouver ce qui était en train de brûler ?

Il s'agenouilla près de Caris, qui examinait Thomas. « Il est vivant ?

— Oui. Il a perdu connaissance en se cognant la tête, mais il respire et il ne saigne pas. »

À peine avait-elle prononcé ces mots qu'une voix retentit derrière eux. « À l'aide, par pitié ! »

Ils se retournèrent. Sœur Joan se tenait sur le seuil du réfectoire, les traits déformés par la lumière de sa lanterne. Un nuage de fumée formait une auréole grotesque autour de sa tête. « Pour l'amour de Dieu, venez vite ! »

Merthin se leva d'un bond et se rua vers elle. Joan avait déjà disparu à l'intérieur du réfectoire.

Elle courait entre les tables. Sa lanterne, en oscillant, faisait tanguer les ombres, et Merthin avait du mal à la suivre. Arrivé au fond de la salle, il aperçut de la fumée s'échappant d'un trou pratiqué dans le sol. Cette ouverture, parfaitement carrée, avec des bords nets et une trappe de belle facture, était de toute évidence l'œuvre d'un maçon de talent. Il devina qu'il s'agissait du trésor caché du couvent, construit dans le plus grand secret par Jimmie. À l'évidence, des voleurs l'avaient forcé cette nuit, pour la première fois.

Il se mit à tousser, gêné par la fumée. Qu'avait-on fait brûler dans cette crypte ? Pourquoi y avait-on mis le feu ? Il n'était pas question d'aller y voir de plus près, c'était bien trop dangereux, se disait-il quand sœur Joan, le regard fou, hurla : « Tilly est en bas !

— Oh, mon Dieu », murmura Merthin. Bloquant sa respiration, il se précipita.

En maçon accompli, il nota involontairement, malgré l'épais nuage, que l'escalier était fait dans les règles de l'art : les marches en étaient toutes de la même taille et de la même forme, et la spirale autour du limon d'une régularité parfaite. On pouvait descendre sans crainte de trébucher.

L'instant d'après, il posait le pied dans la salle du trésor. Un grand feu crépitait au milieu de la pièce. La chaleur était intense. Merthin comprit qu'il ne la supporterait pas longtemps. Il continuait à retenir son souffle, protégeant ses poumons des tourbillons de fumée, mais ses yeux larmoyaient. Il les essuya du revers de sa manche, scrutant les lieux à la recherche de Tilly. Où était-elle ? Il ne voyait même pas le sol.

Il s'accroupit. À cette hauteur, la vision était meilleure. Il avança à quatre pattes, fouillant des yeux le brouillard qui l'entourait, chassant de la main les nappes stagnantes qui revenaient aussitôt l'aveugler.

« Tilly ! cria-t-il. Tilly, où es-tu ? »

La fumée s'engouffra dans ses poumons. Une violente quinte de toux l'empêcha d'entendre si la jeune fille avait répondu.

Il fallait qu'il remonte. Il toussait sans pouvoir s'arrêter. Chaque bouffée d'air aspirée l'étouffait davantage. La fumée lui brûlait les yeux. Dans une dernière tentative pour retrouver Tilly, il s'avança si près des flammes que sa manche commença à s'embraser. S'il perdait connaissance, il n'en réchapperait pas.

Et voilà que sa main rencontra de la peau !

Il referma les doigts sur une jambe, une petite jambe de femme. Tilly ! Il l'attira vers lui. Ses vêtements commençaient déjà à se consumer. À en croire son visage, qu'il distinguait à peine, elle était évanouie. Elle avait les pieds et les mains liés. Luttant contre sa toux, Merthin la souleva dans ses bras.

Quand il se redressa, la fumée lui parut opaque. Impossible de se rappeler de quel côté était l'escalier. S'éloignant des flammes en titubant, il alla s'écraser contre la paroi de la crypte et manqua laisser tomber Tilly. Devait-il aller à gauche ? À droite ? Il opta pour la gauche et buta sur un mur. Il fit demi-tour.

Il avait l'impression de se noyer. À bout de forces, il s'écroula sur les genoux. Sa chute le sauva, entrouvrant le rideau aveugle : une marche en pierre apparut devant lui, telle une vision divine.

Serrant contre lui le corps inanimé de Tilly, il avança sur les genoux jusqu'à l'escalier. Au prix d'un effort surhumain, il parvint à se relever. Il posa le pied sur la première marche, s'y hissa, fit de même pour la deuxième. Malgré une toux de plus en plus violente, il gravit toutes les marches, à force de volonté. Arrivé au sommet, il chancela. Sentant ses jambes fléchir, il lâcha Tilly et s'effondra sur le sol du réfectoire.

Quelqu'un se pencha au-dessus de lui. Il balbutia : « Fermez la crypte… Étouffez le feu ! »

L'instant d'après, il entendait la trappe retomber avec fracas.

On le souleva par les aisselles. Entrouvrant les yeux, il vit le visage de Caris par en dessous. Elle le traînait sur le sol. Sa vue se brouilla.

Puis la fumée se fit moins épaisse, un peu d'air frais pénétra dans ses poumons. Encore un moment, et il sentit sur sa peau la fraîcheur de la nuit. Caris l'allongeait par terre. Il l'entendit repartir en courant à l'intérieur du réfectoire.

Il suffoqua, terrassé par un nouvel accès de toux. Petit à petit, sa respiration redevint normale, ses yeux cessèrent de larmoyer. L'aube était sur le point d'éclore. Dans la lueur diffuse, il distingua des silhouettes rassemblées, la communauté des religieuses.

Il se redressa juste au moment où Caris, aidée d'une sœur, revenait en portant Tilly. Elles l'étendirent auprès de lui. Il voulut parler ; une quinte l'en empêcha. Puis il articula, péniblement : « Comment va-t-elle ?

— Elle a été poignardée en plein cœur, répondit Caris, et elle fondit en larmes. Elle était déjà morte quand tu es arrivé. »

72.

Quand Merthin ouvrit les yeux, il faisait grand jour. Il avait dormi tard : d'après l'angle que faisaient les rayons de soleil en entrant par la fenêtre de la chambre, c'était déjà le milieu de la matinée. Le souvenir des événements de la veille lui revint comme un mauvais rêve. Pendant un instant, il se cramponna à l'espoir qu'ils n'avaient pas eu lieu. Mais la douleur qui cisaillait ses poumons à chaque inspiration et la peau de son visage douloureusement tendue lui rappelèrent que Tilly avait bien été assassinée. Les assaillants avaient également tué sœur Nellie. Deux jeunes femmes innocentes. Comment Dieu pouvait-il permettre de telles horreurs ?

Du coin de l'œil, il aperçut Caris en train de poser un plateau sur la table près du lit. Elle lui tournait le dos mais il devinait, à sa posture crispée, que la colère bouillait en elle. Elle devait être désespérée par la mort de Tilly et scandalisée qu'on ait osé violer la sainteté du couvent.

Il se leva. Caris approcha deux tabourets de la table et ils s'assirent. Il observa son visage avec tendresse. Elle avait les yeux cernés. Il se demanda si elle avait dormi. Remarquant une tache de cendre sur sa joue, il l'essuya doucement de son doigt humide.

Elle avait apporté du pain, du beurre frais et un pichet de cidre. Merthin se rendit compte qu'il avait faim et soif. Il mangea de bon appétit. Caris ne toucha pas à la nourriture. Elle tremblait d'une rage contenue.

« Comment va Thomas aujourd'hui ? s'enquit Merthin, la bouche pleine.

— Il est à l'hospice. Il a très mal à la tête, mais il ne délire pas et il est capable de répondre quand on l'interroge. Je pense qu'il ne gardera pas de séquelles.

— Tant mieux. Maintenant, il va falloir ouvrir une enquête sur la mort de Tilly et Nellie.

— J'ai déjà envoyé un message au shérif de Shiring.

— Ils inculperont Tam l'Insaisissable, c'est certain.

— Tam est mort depuis trois mois, Merthin ! »

Il ferma les yeux. Le petit déjeuner l'avait mis de bonne humeur, mais déjà il sentait l'accablement reprendre le dessus. Il avala sa salive et repoussa son assiette, inquiet d'entendre ce qu'elle allait lui dire.

Caris continua : « L'individu qui s'est introduit ici la nuit dernière tenait à cacher son identité. C'est pour cela qu'il a menti, ignorant que Tam était mort ici, à l'hospice.

— Et qui était-ce, à ton avis ?

— Quelqu'un que nous connaissons bien. D'où la cagoule.

— Tu crois ?

— Naturellement. Les vrais brigands agissent à visage découvert. »

C'était vrai. En général, les hors-la-loi tiraient orgueil de leurs méfaits. Les intrus de la veille, avec leurs cagoules, n'assumaient pas leurs crimes. Il y avait tout lieu de croire que c'était l'œuvre d'individus craignant d'être reconnus.

Avec une logique implacable, Caris poursuivait : « Ils ont tué Nellie pour une raison évidente : convaincre Joan de les mener au trésor. Mais pourquoi, une fois là-bas, s'en sont-ils pris à Tilly ? Ils n'en avaient nul besoin. Ils pouvaient laisser le feu se charger de lui ôter la vie. S'ils l'ont poignardée, c'est qu'ils tenaient à s'assurer qu'elle était morte et bien morte.

— Et alors, qu'en déduis-tu ? »

Caris ignora sa question. « Tilly s'était réfugiée ici pour échapper à Ralph, parce qu'elle craignait pour sa vie.

— Je sais bien.

— Et tu te souviens, la nuit dernière, quand tu es tombé à terre et que ton adversaire s'apprêtait à te tuer... »

Sa voix s'étrangla. Elle but une gorgée de cidre dans le bol de Merthin et prit une profonde inspiration avant de poursuivre : « Son chef a retenu son bras. Pourquoi, à ton avis ? Il venait d'occire une religieuse et une dame de la noblesse... Quels scrupules aurait-il eus à tuer un vulgaire maçon ?

— Tu penses que c'était Ralph, n'est-ce pas ?

— Pas toi ?

— Si, avoua Merthin avec un profond soupir. Il portait une moufle, tu as remarqué ?

— J'ai vu qu'il était ganté. »

Merthin secoua la tête. « Ce n'étaient pas des gants, mais des moufles. Et il n'en portait qu'une. À la main gauche.

— Pour cacher sa blessure...

— Je ne peux rien affirmer, n'ayant pas de preuves, mais j'ai l'affreuse conviction que c'était lui.

— Allons inspecter les dégâts », dit Caris en se levant.

Au réfectoire, ils trouvèrent les novices et les orphelines occupées à déblayer la salle du trésor. Elles émergeaient de la crypte, lestées de sacs remplis de cendres et de bois carbonisé qu'elles allaient jeter dehors, sur le tas de détritus. Tout ce qui avait échappé au feu était remis à sœur Joan.

Étalés sur l'une des grandes tables en bois, Merthin aperçut des ornements utilisés lors de grandes cérémonies dans la cathédrale : des chandeliers d'or et d'argent, des crucifix et des plats, tous objets finement gravés et incrustés de pierres précieuses. « Ils ont laissé ces merveilles ? demanda-t-il à Caris.

— Non, mais il faut croire qu'ils ont changé d'avis en cours de route. Un paysan venu vendre ses œufs en ville les a trouvés, ce matin, dans un fossé. Une chance qu'il ait été honnête. »

S'étant emparé d'une superbe aiguière en forme de coq, Merthin s'émerveilla de la délicatesse avec laquelle avaient été ciselés les détails, jusqu'aux plumes du cou. « De tels chefs-d'œuvre ne sont pas faciles à vendre, fit-il observer. Peu de gens ont les moyens de se les offrir. La plupart des acheteurs se seraient doutés qu'il s'agissait d'objets volés.

— Les voleurs auraient pu les fondre pour récupérer l'or.

— C'était sans doute trop compliqué pour eux.

— Sans doute, oui. »

Mais Caris n'était pas convaincue. Lui-même, d'ailleurs, était conscient des failles de son raisonnement. L'attaque du trésor avait été organisée avec trop de soin pour que les voleurs n'aient pas su à l'avance ce qu'ils feraient des objets précieux : les emporter ou les laisser derrière eux.

En descendant l'escalier en colimaçon en compagnie de Caris, Merthin revécut avec terreur l'épreuve de la nuit passée. Armées de seaux et de serpillières, des novices lavaient à grande eau le sol et les murs de la crypte. Caris leur enjoignit de prendre un moment de repos.

Restée seule avec Merthin, elle saisit sur une étagère une longue pique en bois et s'en servit pour soulever une des dalles du sol. Celle-ci en effet n'était pas jointive, détail passé inaperçu à Merthin jusqu'alors. Elle dissimulait une vaste cavité contenant un coffret en bois. Caris le saisit et l'ouvrit à l'aide d'une clé pendue à sa ceinture. Il regorgeait de pièces d'or.

« Ça alors ! s'exclama Merthin. Ils sont passés à côté de ça ?

— Et pas seulement ! renchérit Caris. Car il y a une seconde cachette dans le sol, et deux autres dans les murs. Ils n'en ont trouvé aucune.

— Étrange. La plupart des trésors foisonnent de cachettes secrètes, tout le monde le sait.

— Surtout les voleurs.

— Que faut-il en conclure ? Qu'ils s'intéressaient à autre chose qu'à ces pièces d'or ?

— Exactement, dit Caris en refermant le coffret et en le replaçant dans sa cachette.

— Mais s'ils ne voulaient ni les objets précieux ni les pièces d'or, pourquoi sont-ils venus jusqu'ici ?

— Pour tuer Tilly. Le vol n'était qu'une couverture. »

Merthin se tut, songeur. « C'est absurde, objecta-t-il au bout de quelques instants. À quoi leur servait une telle mise en scène ?

Si le but avait été de tuer Tilly, ils l'auraient fait dans le dortoir et seraient repartis tranquillement avant le retour des sœurs, une fois leur forfait accompli. Ils pouvaient même faire croire à un accident, en l'étouffant avec un oreiller, par exemple.

— C'est vrai. Mais alors, je ne comprends pas pourquoi ils ont exigé d'accéder au trésor si c'était seulement pour emporter quelques pièces d'or ! »

Merthin regarda autour de lui. « Et les chartes, où sont-elles ?

— Elles ont dû brûler. Mais ce n'est pas très grave, j'ai des copies de tout.

— Brûler ? Ça ne brûle pas très bien, le parchemin.

— Je dois t'avouer que je n'ai jamais essayé d'y mettre le feu.

— Ça noircit, ça se tord et ça se rétracte, mais ça ne part pas en fumée.

— Dans ce cas, les novices ont peut-être récupéré ce qui en restait ?

— Allons vérifier tout de suite. »

Ils remontèrent les marches et rejoignirent sœur Joan dans le cloître. « Avez-vous retrouvé des fragments de parchemins dans la salle du trésor ? lui demanda Caris.

— Aucun, répondit Joan en secouant la tête.

— Vous êtes certaine ?

— Oui, je les aurais vus ; à moins qu'ils n'aient été réduits en cendres.

— D'après Merthin, c'est impossible. » Elle se tourna vers lui. « Mais qui pourrait s'intéresser à nos chartes ?

— Eh bien, dit Merthin réfléchissant à haute voix, imagine qu'un document secret ou compromettant se soit trouvé parmi les chartes. Ou que quelqu'un l'ait cru et ait voulu s'en empa-rer.

— Quel document, par exemple ?

— Je ne sais pas, répondit-il, perplexe. En général, quand on consigne un acte, c'est pour permettre aux intéressés d'en retrou-ver les détails lorsqu'ils en auront besoin. Quand on ne veut pas qu'un fait s'ébruite, on évite d'en garder la trace écrite... »

Une pensée lui traversa l'esprit. Attirant Caris à l'écart, il déambula le long des allées de la clôture. Quand il fut certain que personne ne pouvait les entendre, il reprit à voix basse : « Il y a tout de même un document secret dont nous connaissons l'existence.

— La lettre que Thomas a enterrée dans la forêt.

— Oui.

— Mais pourquoi quelqu'un irait-il imaginer que cette lettre se trouve dans le trésor du couvent ?

— Essaye de te souvenir. Tu n'aurais pas entendu récemment quelqu'un parler de choses se rapportant de près ou de loin à cette lettre ?

— Oh, mon âme ! s'exclama Caris, et la consternation se peignit sur ses traits.

— Quoi donc ?

— Tu sais, ces terres près de Lynn que la reine Isabelle a données aux moines pour les remercier d'avoir accueilli Thomas…

— Eh bien ?

— J'en ai parlé au bailli de Lynn. Et Thomas était furieux : il m'a dit que mes paroles risquaient d'avoir des conséquences terribles.

— Quelqu'un doit redouter que la lettre secrète se trouve entre tes mains.

— Ralph ?

— Non, à mon avis, il ne sait rien de cette histoire. Je suis le seul à avoir vu Thomas enterrer cette lettre. Il doit agir pour le compte de quelqu'un.

— La reine Isabelle ? demanda Caris, effrayée.

— Ou le roi lui-même.

— Tu crois que le roi aurait donné à Ralph l'ordre d'attaquer le couvent ?

— Il ne l'a certainement pas fait lui-même, non. Il a dû avoir recours à un intermédiaire, un individu dévoué, ambitieux et sans scrupule. À Florence, j'ai rencontré des hommes de cet acabit, qui passaient leurs journées au palais des podestats. C'est la lie de la terre.

— Je me demande bien de qui il s'agit.

— Je crois le savoir », dit Merthin.

*

Grégory Longfellow retrouva Ralph et Alan dans le petit manoir à colombages de Wigleigh trois jours plus tard. Ralph avait choisi ce lieu parce qu'ils y seraient plus tranquilles qu'à Tench, où ses faits et gestes étaient l'objet d'une observation constante de la part de ses serviteurs, de son entourage et de ses parents. Ici, seuls les paysans étaient susceptibles de remarquer le grand sac que portait Alan, et ils étaient bien trop occupés par leur travail aux champs pour songer à s'en étonner.

« Tout s'est-il déroulé comme prévu ? s'enquit Grégory. La nouvelle de l'attaque du couvent a déjà fait le tour du comté…

— Tout s'est bien passé », dit Ralph, quelque peu vexé par la froideur de l'avocat. Après tout le mal qu'il s'était donné pour lui rapporter ses chartes, il s'était attendu à un peu plus de reconnaissance.

« Le shérif a annoncé l'ouverture d'une enquête, bien évidemment, précisa l'avocat.

— Il n'y a pas de quoi s'inquiéter, dit Ralph. Ils chercheront du côté des proscrits.

— Vous êtes sûr qu'on ne vous a pas reconnus ?

— Sûr et certain. Nous portions des cagoules. »

Grégory le regardait d'un air étrange. « Je ne savais pas que votre femme séjournait au couvent.

— Une heureuse coïncidence. Qui m'a permis de faire d'une pierre deux coups. »

Grégory continuait à le fixer avec cette expression indéchiffrable, et Ralph commençait à s'en agacer. L'avocat n'allait tout de même pas s'indigner qu'il ait tué sa femme ? S'il avait ce culot, Ralph n'hésiterait pas à lui rappeler sa complicité dans toute cette affaire. N'était-il pas l'instigateur du vol ? De quel droit le jugeait-il ? Il attendit qu'il reprenne la parole, décidé à le remettre à sa place si d'aventure il se permettait de lui faire un reproche. Longfellow dit seulement, après un long silence : « Si nous jetions un coup d'œil à ces chartes ? »

Ralph envoya la servante faire une course à l'autre bout du village et posta Alan devant la porte pour refouler les éventuels visiteurs. Resté seul avec Grégory, il le regarda vider le sac sur la table et s'installer devant les parchemins. Les chartes se présentaient sous forme de rouleaux, de liasses ou de feuillets cousus ensemble. Il en déroula une, lut quelques lignes à la lumière du soleil qui pénétrait par les fenêtres ouvertes, puis la jeta dans le sac et passa à la suivante.

Ralph n'avait aucune idée de ce qu'il cherchait. Grégory avait seulement précisé qu'il s'agissait d'un document susceptible d'embarrasser le roi, et Ralph se demandait comment Caris avait pu entrer en possession d'un écrit aussi dangereux.

Il commençait à en avoir assez de regarder l'avocat lire ces grimoires, mais il était décidé à rester jusqu'au bout. Il avait rempli sa mission. À Grégory d'honorer maintenant sa part du marché.

L'avocat étudiait les chartes une à une. Le tas diminuait peu à peu. L'une d'entre elles parut éveiller en lui un intérêt particulier. Il la lut avec attention et, finalement, l'envoya rejoindre les autres au fond du sac.

Ralph laissa vagabonder ses pensées. Il avait passé toute la semaine à Bristol avec Alan. Au cas, peu probable, où on les interrogerait sur leurs récents déplacements, ils argueraient qu'ils n'avaient pas quitté la ville : leurs compagnons de beuverie pourraient en témoigner. Ils avaient passé toutes leurs soirées à la taverne, sauf une, bien sûr : celle où ils étaient allés à Kingsbridge. Leurs amis de débauche ne manqueraient pas de se rappeler toutes les tournées qu'il avait payées, oubliant qu'un soir, Ralph et Alan leur avaient fait faux bond. Et si par hasard ils s'en souvenaient, ils seraient bien en peine de dire si c'était le quatrième mercredi après Pâques ou deux jeudis avant la Pentecôte.

Grégory avait fini d'examiner les chartes. Devant lui, la table était vide et le sac à nouveau plein.

« Vous n'avez pas trouvé ce que vous recherchiez ? s'enquit Ralph.

— M'avez-vous tout apporté ? l'interrogea Grégory sans répondre à sa question.

— Ma foi, tout est là, oui.

— Bon.

— Donc, vous n'avez pas trouvé ? »

À son habitude, Grégory choisit ses mots avec soin. « La pièce qui m'intéresse ne se trouve pas ici, non. Toutefois, j'ai découvert un titre de propriété qui explique peut-être l'apparition de ce... problème... il y a quelques mois.

— Donc, vous êtes satisfait malgré tout, conclut Ralph.

— Oui.

— Et le roi n'a plus de raisons de s'inquiéter.

— Laissez-moi me charger des inquiétudes du roi ! répliqua Grégory non sans une certaine impatience.

— Je peux donc espérer obtenir ma récompense rapidement.

— Oui, dit Grégory. Vous serez comte de Shiring avant le début des moissons. »

Ralph se rengorgea. Comte de Shiring, enfin ! Il s'était battu si longtemps pour remporter ce titre ! Son père serait fier de lui. « Merci, dit-il.

— À votre place, dit Grégory, j'irais dès maintenant faire ma cour à dame Philippa.

— Faire ma cour ? répéta Ralph, stupéfié.

— Elle n'a pas vraiment son mot à dire, bien sûr, remarqua Grégory en haussant les épaules. Néanmoins, il est bon de respecter les convenances. Dites-lui que le roi vous a donné l'autorisation de demander sa main, et que vous espérez qu'elle apprendra à vous aimer autant que vous l'aimez déjà.

— Ah, fit Ralph. Très bien.

— Et apportez-lui un cadeau », suggéra Grégory.

73.

Le jour de l'enterrement de Tilly, Caris et Merthin se retrouvèrent à l'aube sur le toit de la cathédrale.

Ce toit était un monde à part. Calculer la surface de ces pentes d'ardoise était un exercice de géométrie qu'on soumettait de tout temps aux élèves du prieuré, au cours de mathématiques avancées. Un réseau de passerelles et d'échelles reliait les versants et les arêtes, les recoins et les rigoles, les tourelles et les pinacles, les gouttières et les gargouilles. Il avait été installé à l'intention des ouvriers qui devaient y accéder constamment pour assurer l'entretien et procéder aux réparations. La tour surplombant la croisée du transept n'avait pas encore été reconstruite, mais du haut de la façade ouest la vue était déjà impressionnante.

En cette heure du jour, le prieuré grouillait d'activité. Les funérailles de Tilly promettaient d'être grandioses. Vivante, elle avait été une personne banale ; morte, elle devenait la victime d'un meurtre dont tout le monde parlait, une gente dame assassinée dans un couvent. Assurément, une foule d'inconnus viendrait la pleurer. Caris aurait souhaité décourager la population d'assister à la cérémonie à cause du risque de propagation de la peste, mais ç'aurait été peine perdue.

L'évêque était arrivé la veille et occupait la meilleure chambre du palais du prieur, celle qu'elle occupait d'habitude avec Merthin. Ils avaient donc dormi séparément la nuit passée, Caris au dortoir du couvent, Merthin à l'auberge du Buisson avec Lolla. Ralph, l'époux endeuillé, s'était vu offrir l'une des chambres privées au premier étage de l'hospice, tout comme dame Philippa et sa fille Odila, tante et cousine de la défunte. Les religieuses prenaient soin du petit Gerry.

À l'arrivée de Ralph au prieuré, Caris et Merthin ne lui avaient pas adressé la parole. Ne détenant pas de preuve, ils ne pouvaient l'accuser de rien, mais ils connaissaient la vérité et avaient peine à contenir leur révolte. À ce jour, ils n'avaient révélé à personne ce qu'ils savaient de sorte que, aujourd'hui, pendant les funérailles, ils devraient se comporter vis-à-vis de lui comme s'ils ignoraient tout de son implication dans l'assassinat de Tilly. Cela ne leur serait pas facile.

Les hôtes de marque n'avaient pas encore quitté leurs quartiers. Religieuses et serviteurs du prieuré s'affairaient à préparer activement le repas des funérailles. De la fumée s'élevait du four à pain, où l'on venait de mettre à cuire plusieurs dizaines de miches de quatre livres. Deux hommes faisaient rouler un tonneau de vin vers la maison du prieur. Dans le pré devant la cathédrale, des novices installaient des bancs et des tables à tréteaux à l'intention des gens du peuple.

Le soleil se levait derrière la rivière et ses rayons obliques coloraient de jaune les toits de Kingsbridge. Neuf mois de peste ne s'étaient pas écoulés sans laisser de marques sur la ville et Caris les étudiait depuis le toit de la cathédrale. Les rangées de maisons trouées d'espaces vides évoquaient des mâchoires aux dents pourries. De tout temps, des bâtiments s'effondraient, bien sûr, dévastés par des incendies, minés par des infiltrations ou simplement sous l'effet des années ou d'un défaut de construction. Ce qui avait changé, c'était qu'à présent, plus personne ne prenait la peine de les reconstruire. Quand une habitation s'écroulait, ses occupants se contentaient de déménager dans une maison abandonnée plus loin dans la rue. Seul Merthin poursuivait avec obstination son métier de bâtisseur, passant pour un idéaliste forcené qui dépensait inutilement son argent et ses forces.

De l'autre côté de la rivière, les fossoyeurs creusaient des tombes dans le nouveau cimetière récemment consacré. La peste ne montrait aucun signe d'essoufflement. Que se passerait-il si les ravages perduraient ? Les maisons continueraient-elles à tomber en ruines, les unes après les autres, jusqu'à ce qu'il n'en reste aucune et que la ville ne soit plus qu'un amoncellement de tuiles brisées et de bois calciné massé autour d'une cathédrale désertée et bordé par un cimetière de cent acres ?

« Ça ne peut pas durer ! s'exclama-t-elle.

— Les funérailles ? demanda Merthin.

— Non, dit Caris avec un grand geste du bras qui englobait la ville et le pays entier. Tout ça : les ivrognes qui se battent et se mutilent ; les parents qui abandonnent leurs enfants malades sur les marches de l'hospice ; les hommes qui font la queue pour baiser une femme soûle sur une table d'auberge ; les bêtes qui meurent dans les pâtures ; les pénitents à moitié nus qui se flagellent pour ensuite faire la quête auprès des badauds ; et surtout le meurtre brutal d'une jeune maman, ici, dans mon couvent ! Ça m'est égal que la peste nous tue tous, mais tant que je serai en vie, je ne permettrai pas que notre monde parte ainsi à vau-l'eau !

— Tu as tout mon soutien. »

Elle lui sourit avec gratitude, heureuse de la confiance indéfectible qu'il lui témoignait dans une situation où la plupart des gens lui auraient fait remarquer son impuissance. Elle contempla un pinacle et ses anges de pierre aux traits estompés par deux siècles de pluie et de vent, et elle songea à la passion qui animait les bâtisseurs de la cathédrale. « Nous allons rétablir l'ordre et obliger la population à reprendre une vie normale, de gré ou de force. Et nous allons reconstruire cette ville, lui redonner vie sans nous inquiéter de la peste. Il faut profiter de ce meurtre abominable et agir dès aujourd'hui.

— Profiter de la colère des gens ?

— Oui, et de leur terreur à l'idée que des hommes armés puissent entrer dans la ville en pleine nuit et trucider qui bon leur semble. Ils ont le sentiment de n'être plus en sécurité.

— Que comptes-tu faire ?

— Tout d'abord leur dire que ça ne doit plus jamais arriver. »

*

« Plus jamais ! » cria Caris. Sa voix retentit dans le cimetière, et les vieux murs gris de la cathédrale en répercutèrent l'écho.

Les femmes n'étaient pas autorisées à prendre la parole lors des cérémonies publiques, mais les enterrements se déroulaient hors les murs de l'église et il arrivait parfois que des laïcs, proches du défunt, usent de cette occasion solennelle pour prononcer des discours ou réciter des prières à voix haute.

Néanmoins, en enfreignant une règle, Caris s'exposait à des remontrances de la part de l'évêque Henri. Car c'était lui qui officiait, assisté de l'archidiacre Lloyd, clerc du diocèse depuis des années, et d'un prélat français, le chanoine Claude. En présence d'une compagnie aussi distinguée, c'était une audace, pour une religieuse, que de faire un discours sans en avoir été priée.

Mais Caris ne s'était jamais embarrassée de ces considérations.

Elle avait pris la parole au moment où les fossoyeurs portaient en terre le petit cercueil. Cinq cents fidèles au moins assistaient à la cérémonie et plusieurs personnes avaient fondu en larmes. Au son de sa voix, le silence s'était fait.

« En pleine nuit, des hommes armés ont pénétré dans notre ville et jusque dans la clôture de notre couvent pour tuer une jeune femme. Je ne le tolérerai pas ! »

Un grondement d'approbation monta de la foule.

Caris haussa la voix. « Le prieuré ne le tolérera pas, l'évêque ne le tolérera pas, les hommes et les femmes de Kingsbridge ne le toléreront pas ! »

Le cimetière se mit à résonner de clameurs enthousiastes. « Non, nous ne le tolérerons pas ! hurlait la foule. Ainsi soit-il !

— On affirme que Dieu nous a envoyé la peste. Mais quand il nous envoie la pluie, nous nous abritons. Quand il nous envoie l'hiver, nous allumons un feu. Quand il nous envoie des mauvaises herbes, nous les arrachons. Il en est de même avec cette maladie : nous devons nous défendre ! »

Caris jeta un regard à l'évêque Henri. Il observait la scène avec stupeur. Elle ne l'avait pas prévenu de ses intentions, sachant qu'il ne l'aurait jamais autorisée à prononcer cette harangue. Cependant, il n'était pas sans remarquer le soutien que lui manifestait la foule, et il n'osait intervenir.

« Dans ces circonstances, quels moyens d'action avons-nous ? » reprit-elle.

Elle promena les yeux sur l'assistance. Tous les visages se tendaient vers elle. À l'évidence, la population était anxieuse d'entendre ses propositions. Pour peu qu'elles fassent renaître un tant soit peu d'espoir, elles seraient accueillies avec exaltation.

« Tout d'abord, nous devons construire un nouveau mur d'enceinte ! » cria-t-elle.

La foule rugit sa joie.

« Une muraille plus haute, plus longue et plus solide que l'ancienne, une muraille qui nous préserve des meurtriers, ajouta-t-elle en cherchant le regard de Ralph.

— Oui ! Une muraille ! » hurla la foule.

Ralph détourna les yeux.

« Ensuite, nous devons élire un nouveau sergent de ville et former un corps de volontaires et de sentinelles qui feront respecter la loi et empêcheront que de tels crimes se reproduisent !

— Bien dit !

— La guilde de la paroisse se réunira ce soir pour mettre au point les détails pratiques. Les décisions seront annoncées à la cathédrale dimanche prochain. Je vous remercie, bonnes gens, et que Dieu vous bénisse ! »

*

Le banquet de funérailles se tint dans la grande salle à manger du palais du prieur. À la droite de l'évêque Henri, qui occupait la place d'honneur, était assise dame Philippa, veuve de l'ancien comte de Shiring. Le siège à côté d'elle était occupé par celui que la mort de Tilly touchait de la façon la plus intime puisqu'elle faisait de lui un veuf : le seigneur Ralph Fitzgerald.

Et celui-ci avait tout lieu de se réjouir de sa place à table. Elle lui procurait en effet l'occasion d'admirer la poitrine de sa voisine, chaque fois qu'elle se penchait en avant, et il glissait volontiers un regard dans le décolleté carré de sa fine robe d'été, se délectant à l'avance du jour prochain où elle lui offrirait ses seins magnifiques, entièrement dénudés. Car dame Philippa avait beau l'ignorer encore, le jour n'était pas loin où il lui ordonnerait de s'avancer vers lui dans le plus simple appareil.

Caris avait fait servir un dîner copieux, mais sans extravagance. On ne voyait sur la table ni cygne doré au four ni pièce montée en fil de sucre, simplement une abondance de rôtis, de poissons bouillis, de flageolets, de pain frais et de baies de saison. Ralph servit à Philippa une écuelle de soupe au poulet et au lait d'amande.

Elle le regarda et déclara, l'air grave : « C'est une horrible tragédie. Vous avez ma plus profonde sympathie. »

Tant de gens lui témoignaient leur compassion que Ralph en arrivait parfois, le temps d'un instant, à se considérer comme un veuf éploré, oubliant que c'était sa main criminelle qui avait planté le couteau dans le jeune cœur de Tilly. « Merci, répondit-il sur un ton solennel. Tilly était bien jeune pour mourir. Mais nous autres, soldats, sommes accoutumés à voir la mort surgir sans crier gare. L'homme qui vous sauve la vie un jour peut très bien, le lendemain, recevoir une flèche d'arbalète en plein cœur. Et vous qui lui aviez juré fidélité éternelle, vous l'oubliez aussitôt. »

Le regard que lui jeta Philippa lui rappela la façon dont sieur Grégory l'avait dévisagé à Wigleigh, le jour de leur rencontre. Il s'y lisait un mélange de curiosité et de dégoût. Ralph se demanda ce qui, dans sa manière d'évoquer la mort de Tilly, provoquait pareille réaction.

« Heureusement, reprit Philippa après une légère hésitation, il vous reste votre petit garçon.

— Gerry, oui. Aujourd'hui, les religieuses s'occupent de lui mais, dès demain, je le ramènerai chez moi, au manoir de Tench. J'ai trouvé une nourrice. » Voyant là l'occasion d'aborder le sujet qui l'intéressait par une fine allusion, il ajouta : « Il est vrai, bien sûr, qu'il aura besoin d'une véritable mère pour l'élever.

— Bien sûr, oui. »

Se rappelant soudain que la comtesse était en deuil, elle aussi, il dit avec un soupir : « Mais vous savez vous-même ce que c'est que de perdre l'être aimé.

— J'ai eu la joie de connaître vingt et une années de merveilleux bonheur auprès de mon cher William.

— Vous devez vous sentir bien seule.

— En effet. J'ai perdu les trois hommes de ma vie : William et nos deux fils. Le château paraît si vide… »

Le moment n'était certes pas le mieux choisi pour faire sa demande, mais rien n'empêchait Ralph de préparer le terrain. « Peut-être ne le restera-t-il pas longtemps. »

Elle le dévisagea avec ébahissement, n'en croyant pas ses oreilles, avant de lui tourner le dos pour converser avec son autre voisin de table, l'évêque Henri. Conscient de l'avoir offensée, Ralph demeura coi. Il ne tarda pas à reporter son attention sur sa voisine de droite, damoiselle Odila, la fille de dame Philippa.

« Voulez-vous goûter à ce pâté en croûte ? lui demanda-t-il. Il est au paon et au lièvre. » Elle hocha la tête et il lui en coupa une part. « Quel âge avez-vous ?

— J'aurai quinze ans cette année. »

Elle était grande et possédait déjà une silhouette semblable à celle de sa mère, une gorge pleine et des hanches voluptueuses. « Je vous aurais crue plus âgée », dit-il, les yeux rivés sur sa poitrine.

Il espérait lui faire un compliment, mais Odila, gênée, rougit et se détourna.

Ralph baissa les yeux sur sa platée et piqua un morceau de porc au gingembre, qu'il mâchonna avec humeur, conscient de n'être pas très doué pour ce que Grégory appelait « faire la cour ».

*

Caris avait pris place entre l'évêque Henri, à sa gauche, et Merthin, à sa droite, convié au banquet en sa qualité de prévôt.

À côté de lui se trouvait sieur Grégory Longfellow, qui était demeuré à Kingsbridge depuis les funérailles du comte William, trois mois plus tôt. Caris éprouvait un profond dégoût à être assise à la même table que le meurtrier de Tilly et l'homme qui l'avait, presque certainement, incité à commettre ce crime. Mais elle remisa sa répugnance, décidée à ne pas se laisser distraire de son objectif : sauver Kingsbridge. Elle avait un plan pour ce faire. La reconstruction du mur d'enceinte n'en était que la première étape ; la seconde nécessitait de rallier l'évêque Henri à sa cause.

Elle servit au prélat un gobelet d'un délicieux vin rouge de Gascogne. Il en but une longue goulée, puis, s'étant essuyé la bouche, déclara : « Vous prêchez avec talent.

— Je vous remercie, monseigneur, répondit Caris, bien qu'elle ait parfaitement noté le reproche et l'ironie qu'il avait mis dans son ton. Cette ville est en train de sombrer dans le chaos et la débauche. Si nous voulons y remédier, il est de notre devoir d'insuffler de l'énergie et de l'espoir aux paroissiens. Je ne doute pas que vous en conviendrez.

— C'est un peu tard pour me poser la question, mais j'en conviens cependant. »

À défaut d'apprécier l'insubordination, l'évêque était un homme réaliste qui savait reconnaître les qualités de ses interlocuteurs. Caris s'en réjouit. Elle se servit une part de héron grillé parfumé au poivre et aux clous de girofle, mais elle n'y toucha pas. L'important était de convaincre l'évêque. « Mon projet ne se limite pas à la reconstruction du mur et à la formation d'un nouveau corps de police.

— Je m'en doutais un peu.

— J'estime que l'évêque de Kingsbridge mérite d'officier dans la cathédrale la plus haute de toute l'Angleterre. »

Henri haussa les sourcils. « Voilà bien une chose à laquelle je ne m'attendais pas !

— Il y a deux cents ans, notre prieuré était l'un des plus importants du royaume. Il doit le redevenir. Une nouvelle tour de croisée symboliserait sa renaissance et siérait à votre grandeur. »

Henri esquissa un sourire sarcastique. Sentant qu'il n'était pas insensible à la flatterie, Caris poursuivit : « La ville serait la première à bénéficier de cette tour : visible à des lieues à la ronde, elle attirerait pèlerins et marchands.

— Et comment comptez-vous en financer la construction ?

— Le prieuré ne manque pas de ressources.

— Vraiment ? s'étonna l'évêque. Le prieur Godwyn se plaignait constamment de problèmes d'argent.

— C'était un très mauvais gestionnaire.

— Il m'a pourtant fait l'effet d'un homme compétent.

— Oui, il donnait cette impression à beaucoup de gens, mais en réalité, il ne prenait que de mauvaises décisions. Au cours des premières semaines de son exercice, il a refusé de réparer le foulon, qui lui aurait assuré des revenus, ensuite il a dépensé des sommes considérables pour édifier ce palais qui ne lui rapporte rien.

— Et en quoi les choses ont-elles changé maintenant ?

— J'ai renvoyé la plupart des baillis. Je les ai remplacés par des hommes plus jeunes et moins conservateurs. J'ai converti la moitié des terres en pâturages ; c'est plus rentable en ces temps où l'on manque de main-d'œuvre. L'autre moitié, je l'ai mise en fermage avec des loyers payables en espèces et libérée des obligations coutumières. Par ailleurs, nous avons fait valoir notre droit sur de nombreux héritages et reçu en legs les biens de toutes les victimes de la peste décédées sans héritiers. À présent, le monastère est aussi riche que le couvent.

— Mais si vos paysans n'ont plus d'obligations coutumières, ce sont donc des hommes libres ?

— En effet, pour la plupart. Au lieu d'offrir au prieuré un jour de travail par semaine à cultiver les terres, engranger le foin, garder les moutons sur le pré seigneurial et autres corvées, ils nous payent en argent sonnant. C'est plus simple, pour eux comme pour nous.

— Un grand nombre de seigneurs vilipende ces pratiques, et bien des abbés également. Ils affirment qu'elles corrompent la paysannerie.

— Je ne vois pas en quoi, répliqua Caris en haussant les épaules. La seule chose que nous y perdons, nous, les seigneurs, c'est le pouvoir d'imposer aux serfs nos mesquineries, d'en favoriser certains et d'en persécuter d'autres, et de les garder tous à notre botte. Les fermiers n'ont pas besoin de nos conseils pour savoir ce qu'ils doivent semer et ce qu'ils pourront vendre au marché. Les congrégations religieuses n'ont pas à les tyranniser. Qu'elles les laissent donc tranquilles, ils n'en travailleront que mieux, je vous le garantis.

— Si je vous comprends bien, vous estimez que le prieuré dispose de fonds suffisants pour offrir une nouvelle tour à la cathédrale ? fit l'évêque d'un air suspicieux, s'attendant à ce qu'elle lui extorque de l'argent.

— Non, ce n'est pas tout à fait ça, répondit-elle, car les marchands de la ville sont prêts à participer aux frais. Mais j'ai besoin de votre intervention.

— Je me disais bien, aussi !

— Oh, il ne s'agit pas d'une contribution financière. D'ailleurs, ce que je compte vous demander vaut bien plus que de l'argent.

— Vous m'intriguez.

— Voici mon souhait : j'aimerais soumettre une requête au roi l'appelant à accorder le statut de ville libre à Kingsbridge. »

Caris se surprit à éprouver de l'appréhension en prononçant ces mots. Elle n'avait pas oublié que la bataille menée en ce sens contre Godwyn dix ans plus tôt s'était soldée par sa condamnation pour sorcellerie. Cette lutte pour l'obtention d'une charte royale avait failli lui coûter la vie à l'époque. Certes, les circonstances étaient entièrement différentes aujourd'hui, mais l'enjeu n'avait rien perdu de son importance. Elle posa son couteau à côté de son assiette et croisa les mains sur ses genoux pour qu'on ne les voie pas trembler.

« Une charte royale... », répéta Henri sur un ton qui ne l'engageait à rien.

Caris déglutit péniblement. « C'est essentiel pour redonner de l'élan à l'activité commerciale de la ville. Celle-ci est depuis trop longtemps bridée par l'omnipotence du prieuré et de ses responsables, qui refusent instinctivement tout changement, toute innovation. Les marchands, eux, ont besoin d'évoluer sans cesse : ils cherchent toujours de nouveaux moyens de s'enrichir, du moins les plus avisés. Si nous voulons qu'ils nous aident à payer notre nouvelle tour, nous devons leur accorder cette liberté dont ils ont besoin pour prospérer.

— Je vois...

— Cette charte conférerait à la guilde des marchands le pouvoir de former son propre tribunal et d'édicter ses propres lois. En d'autres termes, les marchands acquerraient un pouvoir réel, bien supérieur à celui qu'ils détiennent aujourd'hui.

— Mais croyez-vous que le roi serait prêt à vous l'accorder ?

— Pourquoi pas ? Les villes libres payent beaucoup d'impôts. Cela ne sera pas pour lui déplaire. Jusqu'ici, le prieur de Kingsbridge s'est démené pour que le souverain ne donne pas suite à la requête des marchands.

— Vous jugez les prieurs trop conservateurs ?

— Trop timorés.

— Eh bien, s'esclaffa l'évêque, on peut dire que vous ne souffrez pas de ce défaut ! »

Caris insista : « Je pense sincèrement que cette charte nous est indispensable si nous voulons bâtir la nouvelle tour.

— Je reconnais que cela vous aiderait sans doute.

— Alors, vous êtes d'accord ?

— Pour quoi ? Pour la tour ou pour la charte ?

— Les deux choses vont de pair.

— Seriez-vous en train de me proposer un marché, mère Caris ? s'amusa Henri.

— Seriez-vous prêt à l'accepter ?

— Eh bien, c'est dit. Construisez-moi une tour, je vous aiderai à obtenir cette charte.

— Non. Cela doit se faire dans l'autre sens. Il nous faut d'abord la charte.

— Ce qui signifie que je dois vous faire confiance.

— Est-ce si difficile ?

— Très sincèrement ? Non.

— Dans ce cas, marché conclu ?

— Marché conclu ! »

Se penchant en avant, Caris s'adressa au voisin de Merthin. « Sieur Grégory ?

— Oui, mère Caris ? »

Avec une politesse étudiée, elle s'enquit : « Avez-vous goûté à ce lapin en sauce sucrée ? Je vous le recommande. »

Grégory prit le plat qu'elle lui tendait et se servit. « Je vous remercie.

« — Dites-moi, vous vous souvenez sans doute que Kingsbridge n'est pas une ville libre ?

— Certainement. »

C'était l'argument qu'il avait employé dix ans plus tôt pour convaincre la cour royale de débouter la guilde dans l'affaire du foulon. « L'évêque pense qu'il est temps pour nous de demander une charte au roi. »

Grégory approuva d'un hochement de tête. « Il me semble en effet que le roi pourrait accéder à une requête en ce sens, surtout si elle lui est présentée avec tact et délicatesse.

— Peut-être auriez-vous l'amabilité de nous conseiller ? lui demanda Caris, en espérant que son écœurement ne se lisait pas sur ses traits.

— Volontiers. Si vous le voulez, nous discuterons des détails un peu plus tard. »

À l'évidence, Grégory exigerait un pot-de-vin, qu'il désignerait sous le nom d'« honoraires ». « C'est entendu », dit Caris en réprimant un frisson.

Les servantes commençaient à débarrasser la table. Caris baissa les yeux sur son écuelle. Elle n'y avait pas touché.

*

« Nos deux familles sont apparentées, expliquait Ralph à dame Philippa. Oh, cela remonte à bien longtemps, se hâta-t-il de préciser, mais mon père descend en droite ligne du premier comte de Shiring, le fils de dame Aliena et de Jack le Bâtisseur. » Il regarda Merthin, assis de l'autre côté de la table, et reprit : « Je crois avoir hérité du sang des comtes ; dans les veines de mon frère coule celui des bâtisseurs. »

Il guetta la réaction de Philippa. Elle ne semblait pas impressionnée.

« J'ai été élevé dans la demeure de feu votre beau-père, le comte Roland, continua-t-il.

— Oui, je me souviens de vous à l'époque où vous y étiez écuyer.

— Je me suis battu sous ses ordres en France, dans l'armée du roi. À la bataille de Crécy, j'ai même sauvé la vie du prince de Galles.

— Mon Dieu, c'est formidable », dit-elle poliment.

Il s'évertuait à lui démontrer sa valeur pour qu'elle le considère comme son égal lorsqu'il lui ferait sa demande en mariage et ne s'offusque pas. Mais il la sentait lointaine. Visiblement, sa conversation ne lui inspirait que de l'ennui et peut-être aussi une certaine perplexité.

On apporta les desserts : des fraises au sucre, des gaufres au miel, des dattes, des raisins secs et du vin aux épices. Ralph se servit une tasse de ce vin et la vida d'un trait pour la remplir à nouveau dans l'espoir que l'alcool l'aiderait à se détendre. Pourquoi avait-il tant de mal à converser avec dame Philippa ? Était-ce parce que, aujourd'hui, il enterrait sa femme ? Parce que Philippa était comtesse ? Parce qu'il était épris d'elle depuis des années et n'arrivait pas à croire qu'elle puisse enfin devenir son épouse ?

« Rentrerez-vous à Château-le-Comte après les funérailles ? lui demanda-t-il.

— Oui, nous repartons demain.

— Y resterez-vous longtemps ?

— Comment cela ? Je ne vois pas où j'irais. » Elle fronça les sourcils. « Pourquoi me posez-vous cette question ?

— Parce que j'aimerais vous y rendre visite, si vous me le permettez.

— Dans quel but ? lâcha-t-elle, glaciale.

— Je voudrais discuter avec vous d'un sujet qu'il ne serait pas convenable d'évoquer en ce lieu et à cette heure.

— Que diable voulez-vous dire ?

— Je viendrai vous voir dans les jours qui viennent. »

Philippa éleva le ton, de plus en plus agitée : « De quoi pourrions-nous bien parler ?

— Comme je vous l'ai dit, il serait malséant d'en discuter aujourd'hui.

— Parce que nous enterrons votre épouse ? »

Ralph opina du chef.

« Dieu du ciel ! murmura Philippa, soudain très pâle. Vous n'insinuez tout de même pas que…

— Encore une fois, je ne souhaite pas aborder le sujet maintenant.

— Mais je dois savoir ! s'écria-t-elle. Auriez-vous l'intention de demander ma main ? »

Ralph hésita. Puis, avec un haussement d'épaules, il acquiesça d'un signe de tête.

« Mais… qu'est-ce qui vous y autorise ? jeta-t-elle. Il vous faut la permission du roi ! »

Il planta son regard dans le sien et haussa brièvement les sourcils.

« Non ! » s'exclama Philippa en se levant d'un bond.

Tous les convives se tournèrent vers elle.

Elle dévisagea Grégory. « Est-ce vrai ? Le roi s'apprêterait-il à me donner à cet individu ? » dit-elle en pointant sur son voisin un doigt méprisant.

Ses paroles firent à Ralph l'effet d'un coup de couteau. Il ne s'était pas attendu à une réaction aussi violente de sa part. Était-il si repoussant ?

Grégory lui jeta un regard de reproche. « Ce n'était pas le moment d'aborder le sujet.

— Alors, c'est vrai ! s'écria Philippa. Que Dieu me vienne en aide ! »

Ralph croisa le regard d'Odila. Elle le fixait d'un air horrifié. Qu'avait-il pu faire pour lui déplaire à elle aussi ?

« Je n'aurai pas la force de le supporter ! gémit Philippa.

— Quoi ? dit Ralph. Qu'y a-t-il de si terrible à cela ? De quel droit nous rabaissez-vous ainsi, ma famille et moi-même ? » Il promena les yeux sur la tablée, figée dans le silence. Son frère, son allié Grégory, l'évêque, la mère prieure, quelques petits hobereaux et les notables de la ville, tout le monde se taisait, ébahi et intrigué par l'explosion de colère de Philippa.

Elle ne prit pas la peine de lui répondre. S'adressant à Grégory, elle hurla : « Je m'y refuse ! Je m'y refuse, vous m'entendez ? » Elle était blanche de rage ; des larmes coulaient sur ses joues.

Bien qu'en ce moment elle l'humilie et le rejette avec tant de véhémence, Ralph ne put s'empêcher d'admirer sa beauté.

« Cette décision n'est pas de votre ressort, dame Philippa ! déclara Grégory avec froideur. Et elle n'est certainement pas du mien. Le roi agira comme bon lui semblera.

— Peut-être m'obligerez-vous à passer une robe de mariée et à marcher jusqu'à l'autel, martela-t-elle avec fureur. Mais lorsque l'évêque me demandera si j'accepte de prendre Ralph

Fitzgerald pour époux, ne comptez pas que je dise oui ! Je ne le dirai jamais ! Oh non ! Jamais, jamais, jamais ! »

Elle quitta la salle, portée par sa fureur, sa fille sur les talons.

*

À la fin du banquet, les citadins rentrèrent chez eux, et les invités de marque montèrent faire la sieste dans leur chambre. Caris demeura dans la salle pour superviser le nettoyage. Elle était désolée pour Philippa, profondément désolée. D'autant plus désolée qu'elle savait que Ralph avait tué Tilly, ce que Philippa ignorait. Elle espérait de tout son cœur que la comtesse ne connaîtrait pas le même sort. Toutefois, d'autres sujets requéraient son attention pressante : l'avenir de toute la ville. Les choses s'étaient passées mieux qu'elle ne l'avait escompté. Les citadins l'avaient acclamée et l'évêque avait accepté de l'aider. Malgré la peste, la civilisation avait-elle une chance de reprendre ses droits à Kingsbridge ?

Caris aperçut l'Archevêque, le chat de Godwyn, devant la porte de service où l'on avait jeté les déchets du repas. Il était en train de dépiauter une carcasse de poulet. Elle le chassa du pied. Il détala, puis se retourna vers elle, le dos rond, la queue dressée avec arrogance.

Elle se replongea dans ses réflexions. Quel était le meilleur moyen de mener à bien son projet ? Perdue dans ses pensées, elle monta l'escalier. Arrivée en haut des marches, elle poussa la porte de la chambre qu'elle partageait avec Merthin.

L'espace d'un instant, elle se demanda si elle ne s'était pas trompée de pièce. Deux hommes se tenaient au milieu de la salle, nus comme des vers, et s'embrassaient, enlacés. Il lui fallut quelques secondes pour reconnaître Henri et son assistant, le chanoine Claude. Elle se souvint alors que sa chambre avait été attribuée à l'évêque pour la durée de son séjour à Kingsbridge, et cela tout naturellement puisque c'était la meilleure du prieuré.

Ils n'avaient pas entendu la porte s'ouvrir et ne s'étaient pas rendu compte de sa présence.

« Oh ! » s'écria-t-elle, ébahie.

Ils se tournèrent vers elle en même temps. Une expression de culpabilité horrifiée se répandit sur les traits d'Henri.

« Je suis désolée ! » s'écria Caris.

D'un bond, les deux hommes s'écartèrent l'un de l'autre, comme s'ils pouvaient encore nier la situation en dépit de leur nudité. Henri était corpulent ; il avait le ventre rond, des jambes épaisses et le torse ombré de poils gris. Claude, plus jeune et plus mince, était glabre, hormis une touffe de poils châtains au niveau du pubis. C'était la première fois que Caris voyait deux pénis en érection au même moment.

« Je vous demande pardon ! balbutia-t-elle, ne sachant où poser les yeux. C'est ma faute, j'ai oublié… »

Elle se répandait en excuses tandis que les prélats, frappés de stupeur, ne disaient pas un mot.

Reprenant ses esprits, elle tourna les talons et claqua la porte derrière elle.

*

À la fin du banquet, Merthin avait quitté le prieuré en compagnie de Madge. Il avait une grande amitié pour cette petite femme bien en chair, au menton en galoche et au derrière rebondi. Il admirait le courage et la détermination avec lesquels elle faisait prospérer son entreprise, malgré la mort de son mari et de ses quatre enfants, emportés par la peste. Coûte que coûte, elle continuait à tisser la laine et à la teindre en rouge selon la recette de Caris.

« Admirable, le sermon ! dit-elle à Merthin. Caris a raison, comme d'habitude. Nous devons nous reprendre en main.

— Si quelqu'un n'est pas concerné, c'est bien vous, Madge ! Vous ne vous êtes jamais laissée aller, malgré les épreuves.

— Non, c'est vrai que j'ai tenu bon. Mais j'ai du mal à trouver des ouvriers pour m'aider à l'atelier.

— On est tous dans le même cas. Moi, ce sont les maçons que je n'arrive pas à embaucher.

— Le manque de main-d'œuvre est mon seul problème, car le cours de la laine vierge n'a pas augmenté, et mon drap écarlate se vend encore très bien. J'aimerais seulement en produire davantage.

— Vous savez, remarqua Merthin, pensif, je me souviens qu'à Florence, les tisserands travaillaient sur des métiers beaucoup plus rapides que les nôtres : des métiers à pédale.

— Vraiment? dit Madge avec intérêt. Je n'ai jamais entendu parler de ça. Comment fonctionnent-ils?

— Comment vous expliquer... Vous connaissez le principe du tissage, évidemment : on tend un certain nombre de fils sur la longueur d'un cadre pour former ce qu'on appelle la chaîne, et on entrelace ensuite un autre fil à cette chaîne, dans la largeur, en le faisant passer une fois au-dessus, une fois en dessous, jusqu'au bout, avant de repartir dans l'autre sens. Et cela, c'est la trame.

— Exact. Mais ce que vous décrivez là, c'est un métier de base. Les nôtres sont plus élaborés que cela.

— Je sais bien. Les vôtres sont plus rapides, ils comportent une barre mobile, appelée harnais, à laquelle sont attachés les fils de la chaîne, un sur deux très exactement. Quand on soulève ce harnais, la moitié des fils remonte pendant que l'autre moitié reste en place. Ainsi, au lieu que le fil de trame passe au-dessus et en dessous de chaque fil de la chaîne l'un après l'autre, il parcourt le trajet en un seul mouvement, en passant dans l'intervalle aménagé par le harnais. Ensuite, on fait retomber le harnais; la position des fils s'inverse, et l'on effectue le trajet de retour de la même manière qu'à l'aller.

— C'est ça. Sauf que vous avez oublié de dire que le fil de trame est enroulé sur une navette.

— C'est juste. Cette navette, on la lance donc à travers la chaîne, d'abord dans un sens, puis dans l'autre. Sur vos métiers, quand vous avez lancé votre navette dans un sens, vous êtes obligée de la lâcher avant de la lancer dans l'autre sens parce que vous devez changer la position du harnais et que cette opération nécessite vos deux mains.

— Oui, c'est juste.

— Eh bien, c'est là que les métiers italiens se distinguent des nôtres : ils sont équipés d'une pédale qui permet de soulever et d'abaisser le harnais par simple pression du pied. De cette façon, on n'a jamais à poser la navette.

— Oh, mon âme! Vraiment?

— Ça représente une grande économie de temps, n'est-ce pas?

— Une économie colossale! Qui me permettrait de produire deux fois plus de tissu dans le même temps!

— C'est bien ce que je pensais. Vous voulez que je vous en fabrique un, pour voir?

— Oh, que oui !

— Je vais essayer de me rappeler comment ils étaient conçus. Il me semble que la pédale commandait un système de poulies et de leviers… » Il réfléchit, les sourcils froncés. « Bon, je vais voir. Je suis sûr que j'y arriverai. »

*

En fin d'après-midi, Caris croisa le chanoine Claude au sortir de la bibliothèque, un petit livre à la main. En l'apercevant, il s'arrêta, gêné. Elle devina qu'il repensait, comme elle, à la situation dans laquelle elle l'avait surpris quelques heures plus tôt. Puis, elle vit un sourire se dessiner sur ses lèvres. Il mit la main devant sa bouche pour le cacher, craignant sans doute qu'elle ne s'indigne de sa désinvolture. Mais, se remémorant la tête des prélats quand elle avait ouvert la porte, elle sentit le fou rire la prendre. Incapable de se contenir, elle lâcha : « Que vous étiez drôles, tous les deux ! » Claude gloussa malgré lui. Caris ne put s'empêcher de pouffer. Le regard qu'ils échangèrent eut pour effet de libérer la tension et ils se retrouvèrent dans les bras l'un de l'autre, riant aux éclats, les joues inondées de larmes.

*

Ce soir-là, Caris emmena Merthin dans le potager, à l'angle sud-ouest du prieuré, près de la rivière. Il faisait bon, et la terre humide exhalait un doux parfum de printemps. Des oignons verts et des radis commençaient à pointer le nez. « Alors, comme ça, ton frère va devenir comte de Shiring? dit-elle à Merthin.

— Oui, sauf si Philippa peut l'en empêcher.

— Une comtesse ne doit-elle pas se soumettre à la volonté du roi?

— En théorie, toutes les femmes sont censées obéir aux hommes, dit Merthin avec un sourire. Mais certaines ne l'entendent pas de cette oreille.

— Je ne vois pas à qui tu penses.

— Quel monde absurde ! s'écria Merthin, retrouvant brusquement son sérieux. Un homme assassine sa femme et le roi l'élève au plus haut rang de la noblesse !

— Ce n'est pas la première fois que ça arrive, mais il est vrai que c'est difficile à accepter quand l'histoire vous touche d'aussi près. Pauvre Tilly... »

Merthin se frotta les yeux comme pour chasser de son esprit des images désagréables. « Pourquoi m'as-tu amené ici ?

— Pour discuter avec toi de la dernière étape de mon plan : le nouvel hôtel-dieu.

— Ah, c'est pour ça. Je me disais aussi...

— À ton avis, ce serait possible de le construire ici ? »

Merthin regarda autour de lui. « Je ne vois rien qui nous en empêche. Le terrain est en pente, mais pas plus que dans le reste du prieuré, et il ne s'agit pas de construire une nouvelle cathédrale. Combien de niveaux voudrais-tu qu'il comporte ? Un, deux ?

— Un seul. Mais je ne veux pas d'une salle commune. J'aimerais avoir plusieurs chambres de taille moyenne, de quatre ou six lits au plus, pour limiter le risque de propagation des maladies. Je voudrais aussi avoir une pharmacie : une grande pièce, bien éclairée, exclusivement réservée à la préparation des remèdes, et, juste à côté, un potager où faire pousser des plantes médicinales. Et puis des latrines spacieuses et aérées, avec des tuyaux amenant l'eau, nécessaire au nettoyage. En fait, ce que je veux, c'est un endroit vaste et bien éclairé. Mais surtout situé à trois cents pas au moins des autres bâtiments du prieuré, c'est primordial. Je tiens à séparer les malades des bien-portants !

— Je vois. Je te ferai des plans demain matin. »

D'un coup d'œil, elle s'assura que personne ne les observait et l'embrassa. « Tu te rends compte de ce que cela représente pour moi ? Cet hospice sera l'aboutissement de toute ma vie de travail !

— Voyons, tu n'as que trente-deux ans. C'est un peu tôt pour parler ainsi, tu ne crois pas ?

— Je ne sais pas quel âge j'aurai quand cet hôtel-dieu ouvrira ses portes.

— Tu ne seras pas bien vieille, ne t'inquiète pas. Je vais lancer le chantier tout de suite ; mes maçons pourront y travailler pendant que je creuserai les fondations de la nouvelle tour de la cathédrale. L'hospice terminé, ils me rejoindront pour aider à sa construction. »

Ils repartirent vers le palais du prieur. Caris se réjouissait de l'enthousiasme de Merthin. « Elle mesurera combien de pieds, ta tour ?

— Quatre cent cinq.

— Et combien fait celle de Salisbury ?

— Quatre cent quatre.

— Ce sera donc la plus haute d'Angleterre !

— Oui, jusqu'à ce qu'un autre bâtisseur en construise une plus haute. »

Ainsi Merthin réaliserait son rêve, lui aussi, pensa Caris, en glissant son bras sous le sien. Elle était heureuse. N'était-ce pas étrange ? La peste avait fait des centaines de victimes à Kingsbridge, Ralph avait assassiné Tilly et, pourtant, elle se sentait emplie d'espoir. Ses projets étaient sur la bonne voie. Le nouveau mur d'enceinte, le corps de police, la tour, la charte royale et, surtout, cet hôtel-dieu : si elle parvenait à les mener tous à bien, la ville renaîtrait de ses cendres. Comment trouverait-elle le temps de s'occuper de tout ?

Elle entra dans la maison du prieur sans lâcher le bras de Merthin. Dans la grand-salle, elle aperçut l'évêque Henri et sieur Grégory en grande conversation avec un troisième personnage. Le nouveau venu lui tournait le dos, et pourtant sa silhouette lui était désagréablement familière. Un frisson la parcourut. Puis l'homme se retourna. Son expression sardonique, triomphante et moqueuse, débordait de haine.

C'était Philémon.

74.

L'évêque Henri et le reste des invités quittèrent Kingsbridge le lendemain matin. Après le petit déjeuner, Caris retourna au palais du prieur et monta dans sa chambre, désormais libérée.

Ouvrant la porte, elle tressaillit. Pour la seconde fois en deux jours, elle découvrait des hommes dans sa chambre ! Cette fois-ci, c'était Philémon, de profil devant la fenêtre, plongé dans la lecture d'un livre. Vêtu, Dieu merci ! Mais amaigri par les épreuves des six derniers mois, lui sembla-t-il.

« Que fais-tu ici ? » s'exclama-t-elle.

Il feignit l'incompréhension. « C'est la maison du prieur. Qu'y a-t-il d'étonnant à ce que je m'y trouve ?

— Ce n'est pas ta chambre !

— Je suis le sous-prieur de Kingsbridge. Je n'ai pas été relevé de mes fonctions, que je sache. Le prieur est mort. Qui d'autre que moi pourrait vivre ici ?

— Moi, bien sûr.

— Vous n'êtes pas moine.

— L'évêque Henri m'a nommée prieure suppléante. Hier soir, malgré ton retour, il ne m'a pas déchue de ces fonctions. Je suis ta supérieure, tu dois m'obéir.

— Vous êtes une religieuse : vous devez vivre dans la clôture des religieuses et non pas dans une demeure dévolue aux moines.

— J'y habite depuis des mois.

— Seule ? »

Caris se rendit compte soudain qu'elle s'avançait en terrain glissant. Quand bien même elle avait veillé à ne pas étaler au grand jour sa relation avec Merthin, Philémon avait deviné qu'ils vivaient plus ou moins maritalement. Il avait un instinct de bête sauvage pour détecter les faiblesses chez ses proies.

Elle réfléchit. Elle pouvait lui ordonner de déguerpir, elle pouvait même le faire jeter dehors : Thomas et les novices lui obéiraient. Mais que se passerait-il alors ? Philémon ferait tout ce qui était en son pouvoir pour provoquer un scandale. Il clamerait haut et fort et avec indignation qu'elle s'adonnait à des occupations illicites avec Merthin dans l'enceinte du palais. Sa révélation déclencherait une controverse et obligerait les notables de la ville à prendre parti. La plupart la soutiendraient avec une confiance aveugle, car ils l'aimaient et la respectaient, mais certains n'hésiteraient pas à condamner son comportement. Ce conflit affaiblirait son autorité et compromettrait tout ce qu'elle entreprendrait par la suite. Mieux valait admettre sa défaite.

« Tu peux occuper la chambre, dit-elle. Mais pas la grande salle du rez-de-chaussée que j'utilise pour mes réunions avec les notables et les dignitaires de passage. Et je ne veux pas te trouver ici pendant la journée : entre les offices, tu resteras dans le cloître du monastère. Un sous-prieur n'a pas de palais ! » Elle partit sans lui laisser le temps de répliquer. Elle avait sauvé la face, mais il avait tout de même gagné.

La veille, elle avait eu l'occasion de se convaincre de sa rouerie lorsque l'évêque Henri lui avait demandé de justifier son attitude déshonorante des derniers mois. À chacune de ses questions, Philémon avait trouvé une explication plausible. S'il avait déserté son poste au prieuré pour se réfugier à Saint-Jean-des-Bois, c'était pour préserver le monastère de l'extinction. La fuite lui était parue la seule solution. Un dicton ne disait-il pas : « Pars sans attendre, accomplis un long trajet et ne reviens pas avant longtemps » ? Aujourd'hui encore, n'était-ce pas le seul moyen d'éviter la peste, à en croire l'opinion générale ? Tout le monde en était convenu. Leur seule erreur avait été de ne pas quitter la ville plus tôt. Pourquoi, dans ce cas, l'évêque n'avait-il pas été informé du départ des moines ? Philémon, à son grand regret, n'avait fait qu'obéir aux ordres du prieur Godwyn. S'il s'était enfui de Saint-Jean quand la peste les y avait rattrapés, c'était pour répondre à l'appel de Dieu qui lui avait demandé de prendre en charge la paroisse de Monmouth. Il y était parti avec la permission de Godwyn. Si frère Thomas ignorait tout de cette autorisation, s'il allait même jusqu'à nier qu'elle lui ait été accordée, c'était parce que le prieur Godwyn avait jugé bon de la tenir secrète, pour ne pas susciter de jalousie parmi les moines. Et s'il avait quitté Monmouth peu après pour revenir à Kingsbridge, c'était parce que frère Murdo lui avait appris que le prieuré avait besoin de lui. Il avait vu là un nouveau message de Dieu.

De ses discours, Caris avait tiré la conclusion que Philémon avait fui devant la peste jusqu'au moment où il s'était rendu compte qu'il faisait sans doute partie des rares chanceux qui ne l'attrapaient pas. Par la suite, ayant appris de Murdo que Caris et Merthin habitaient ensemble dans la chambre du prieur, il avait décidé d'en tirer profit. Le Seigneur n'avait rien à voir avec son retour.

Mais l'évêque avait cru à ses boniments. Philémon avait pris soin d'adopter une attitude d'humilité frisant l'obséquiosité. Henri, qui ne le connaissait pas, s'était laissé berner.

Quittant le palais du prieur, Caris se dirigea vers la tour nord-est de la cathédrale et en gravit le long escalier en spirale qui menait à la loge des maçons. À quatre pattes sur le sol, Merthin était occupé à tracer des plans dans la lumière blanche qui pénétrait par les hautes fenêtres.

Elle s'approcha pour regarder ses croquis, bien qu'elle ait du mal à les lire. Déchiffrer des plans requérait une grande imagination. À la place des lignes toutes fines gravées dans le mortier, il fallait se représenter d'épais murs de pierre percés de portes et de fenêtres.

Le sourire aux lèvres, Merthin attendait sa réaction, persuadé sans doute que son projet ne la laisserait pas indifférente.

Peu à peu, elle parvint à tirer un sens de toutes ces droites et courbes qui s'entrecroisaient sous ses yeux. « Mais tu as dessiné... un cloître ! s'exclama-t-elle, déconcertée.

— Exactement ! Pourquoi un hospice devrait-il être long et étroit ? Ce n'est pas une nef d'église ! Tu voulais de l'air, de l'espace et de la lumière. J'ai donc réparti les salles autour d'un rectangle de verdure au lieu de les regrouper à la queue leu leu ! »

Elle essaya d'imaginer le résultat : un jardin au centre et, tout autour, des portes ouvrant sur des chambres de quatre ou six lits. Et les religieuses qui passaient d'une pièce à l'autre, abritées par les arcades. « C'est magnifique ! applaudit-elle. Cette idée ne me serait jamais venue à l'esprit. C'est idéal.

— Dans ce jardin protégé du vent mais bien ensoleillé, tu pourras faire pousser tes plantes médicinales. Au milieu, je te construirai une fontaine, comme ça tu auras de l'eau. Et j'installerai une canalisation qui passera par les latrines avant d'aller se jeter dans la rivière. »

Elle l'embrassa avec exubérance. « Tu es tellement intelligent ! » Puis elle se rappela la mauvaise nouvelle qu'elle était venue lui annoncer.

Il dut voir son visage se décomposer, car il demanda : « Qu'y a-t-il ?

— Nous ne pouvons plus habiter au palais. » Elle lui raconta sa conversation avec Philémon et lui expliqua pourquoi elle avait cédé. « Il va tout faire pour m'empoisonner la vie, je le sens. Je ne veux pas épuiser mes forces dans cette bataille-là.

— Je comprends. »

Il avait prononcé ces mots d'une voix calme, les yeux fixés sur son dessin, mais il vibrait de colère.

« Ce n'était pas mon seul motif, ajouta Caris. Si je demande aux habitants de Kingsbridge de mener une existence normale, si tant est que cela soit possible, de respecter l'ordre, de retrouver une vie de famille et de cesser leurs beuveries, je me dois de montrer l'exemple.

— Parce qu'une mère prieure qui vit avec son amant, c'est le degré ultime de la décadence ? » Il tremblait de rage, mais ne haussait pas le ton.

« J'en suis la première désolée, dit Caris.

— Pas autant que moi, si tu savais…

— Nous ne pouvons pas mettre en péril tout ce pour quoi nous nous sommes battus : ta tour, mon hospice et l'avenir de cette ville.

— Non. Mais cela signifie renoncer au bonheur de vivre ensemble.

— Pas entièrement. Nous dormirons séparément, ce que je regrette, mais nous aurons maintes occasions de nous retrouver.

— Où ça ? »

Elle haussa les épaules. « Ici, par exemple. » Elle se sentit soudain d'humeur espiègle. Tournant le dos à Merthin, elle s'avança vers la porte de l'escalier en relevant lentement le bas de sa robe. « Je ne vois personne venir, dit-elle.

— De toute façon, si quelqu'un vient, on l'entendra, fit observer Merthin. En bas, la porte grince. »

Ses jupes à présent remontées jusqu'à la taille, Caris se pencha en avant, faisant semblant de regarder au bas de l'escalier. « Ne vois-tu pas quelque chose d'inhabituel de là où tu es ? » lui lança-t-elle.

Il rit. Elle arrivait toujours à l'apaiser par une plaisanterie. « Je vois en effet une petite chose qui me fait de l'œil. »

Elle revint vers lui, sa robe toujours retroussée, et lui adressa un sourire triomphant. « Tu vois, nous ne sommes pas obligés de renoncer à tout. »

Il s'assit sur un tabouret et l'attira à lui. Elle le chevaucha, posant les fesses sur ses genoux. « Tu ferais bien de te procurer une paillasse », dit-elle, la voix enrouée par le désir.

Il frotta son nez contre ses seins. « Comment expliquerai-je que j'aie besoin d'un lit dans la loge des maçons ?

— Tu n'auras qu'à dire que tu possèdes des outils fragiles qui ne supportent d'être rangés que dans un endroit doux et moelleux. »

*

Une semaine plus tard, Caris et Thomas Langley allèrent inspecter le chantier du mur d'enceinte. C'était une entreprise colossale, mais qui ne présentait pas de difficulté majeure : le tracé du mur approuvé, son édification pourrait être confiée à de jeunes constructeurs et à des apprentis sans expérience. Caris se réjouissait de voir que les travaux avaient déjà commencé. En ces temps de troubles, la nouvelle enceinte permettrait à la ville de mieux se prémunir contre les assauts extérieurs. Pour les habitants unis autour d'un même projet, ce serait l'occasion de prendre conscience que, pour être plus forts, ils devaient commencer par rétablir l'ordre et l'harmonie parmi eux.

Elle était décidée à tout faire pour les y amener. Dans son for intérieur, elle trouvait une certaine ironie à se voir obligée de tenir ce rôle de gardienne des lois, elle qui avait toujours méprisé l'orthodoxie et bravé les conventions. Qui aurait cru qu'elle ferait un jour la morale à de joyeux fêtards ? C'était un miracle que personne ne l'ait encore traitée d'hypocrite.

Mais il était vrai que certaines personnes s'épanouissaient mieux dans une atmosphère d'anarchie. Merthin faisait partie de ceux-là. Sa sculpture des vierges sages et des vierges folles, par exemple, n'était autre que l'expression virtuose d'une créativité débridée, raison pour laquelle Elfric l'avait détruite. En revanche, des hommes comme Barney et Lou, les ouvriers de l'abattoir, avaient besoin de lois, ne serait-ce que pour les empêcher de se mutiler dans des rixes d'ivrognes.

Quoi qu'il en soit, Caris se trouvait dans une position délicate : quand on veut imposer des règles, il est difficile d'expliquer pourquoi on s'en dispense soi-même.

Telles étaient les pensées qu'elle ruminait tout en retournant au prieuré avec Thomas. À son arrivée, elle aperçut sœur Joan faisant les cent pas devant la cathédrale, en proie à une vive agitation. « Philémon me met hors de moi, s'exclama-t-elle. Il prétend que vous avez volé son argent et que je dois le lui rendre !

— Calmez-vous », dit Caris. Elle la fit s'asseoir sur un banc de pierre près de l'église. « Respirez profondément et expliquez-moi ce qui s'est passé.

— Philémon est venu me voir après l'office de tierce et m'a dit qu'il voulait acheter des cierges pour le reliquaire de saint Adolphe, et qu'il avait besoin de dix shillings. Je lui ai répondu que c'était à vous qu'il devait s'adresser.

— Et en cela vous avez bien fait.

— Alors, il est entré dans une colère noire et s'est mis à hurler qu'il s'agissait de l'argent du monastère, que je n'avais aucun droit de refuser de lui en donner. Il m'a demandé mes clefs. Je crois qu'il me les aurait prises de force, mais je lui ai fait remarquer que, de toute façon, il ne savait pas où se trouvait le trésor.

— Quelle bonne idée nous avons eu de garder le secret. »

Thomas, qui n'avait pas quitté Caris, suivait leur conversation. « Je vois que ce lâche a choisi le moment où je n'étais pas au prieuré…

— Joan, reprit Caris, vous avez eu tout à fait raison de refuser. Je suis navrée qu'il ait tenté de vous intimider. Thomas, allez le chercher. Je vous attends au palais. »

Elle les laissa et traversa le cimetière, absorbée dans ses pensées. De toute évidence, Philémon avait décidé de faire du grabuge. Et il n'était pas de ces brutes sans cervelle que l'on mate facilement, non. C'était un homme roublard, et elle devait se méfier de ne pas tomber dans un de ses pièges.

Quand elle ouvrit la porte de la maison du prieur, elle tressaillit. Philémon s'y trouvait, assis au bout de la grande table de la salle à manger.

« Que fais-tu ici ? s'écria-t-elle. Je t'ai expressément interdit de…

— Je vous cherchais. »

Elle comprit que si elle ne fermait pas le palais à clef pendant la journée, il imaginerait toujours un prétexte pour y pénétrer. Maîtrisant sa colère, elle répliqua : « Eh bien, tu ne me cherchais pas au bon endroit.

— Pourtant, je vous ai trouvée, n'est-ce pas ? »

Elle l'étudia avec attention. Rasé de frais, les cheveux coiffés avec soin, il portait une nouvelle soutane. Tout en lui, depuis son apparence jusqu'à son attitude calme et autoritaire, donnait l'illusion qu'il régnait sur le prieuré.

« Je viens de parler à sœur Joan, dit Caris. Elle est très contrariée.

— Et moi donc ! »

Elle se rendit compte qu'il était assis dans le grand fauteuil et qu'elle-même se tenait debout devant lui, telle une visiteuse venue quémander une faveur. Qu'il était habile à inverser les rapports de force ! « Si tu as besoin d'argent, assena-t-elle d'une voix ferme, c'est à moi que tu devras le demander.

— Je suis le sous-prieur !

— Et moi suppléante du prieur, je le répète, ce qui fait de moi ta supérieure ! La première chose que tu dois faire, continuat-elle en haussant la voix, c'est de te lever quand tu m'adresses la parole ! »

Il sursauta, surpris par la violence de son ton, mais il ne tarda pas à reprendre son sang-froid. Et ce fut avec une lenteur insultante qu'il s'extirpa du fauteuil.

Caris s'installa à sa place et ne lui offrit pas de siège.

Il ne parut aucunement décontenancé. « Si je comprends bien, vous utilisez l'argent du monastère pour construire la nouvelle tour.

— Sur ordre de l'évêque, oui. »

Un éclair d'agacement passa sur le visage de Philémon. Il avait espéré gagner les bonnes grâces d'Henri et s'en faire un allié contre Caris. Depuis l'enfance, il avait toujours agi en flagorneur auprès des personnages importants. C'était ainsi qu'il était entré au prieuré.

« Je veux avoir accès à la trésorerie du monastère. C'est à moi de gérer les biens.

— Pour les voler, comme la dernière fois ? »

Philémon pâlit : Caris l'avait touché au vif. « Ridicule, lâcha-t-il avec une arrogance destinée à cacher son embarras. Le prieur Godwyn avait emporté le trésor pour le mettre en lieu sûr.

— Eh bien, personne ne le mettra plus "en lieu sûr" tant que je serai à ce poste.

— J'apprécierais que vous me remettiez au moins les ornements. Ce sont des joyaux sacrés que seuls les prêtres sont habilités à manipuler. Les femmes ne sont pas censées y toucher.

— Thomas s'en occupe très bien : il les sort pour les offices
et les rapporte ensuite dans notre salle du trésor.

— Mais Thomas n'est pas…

— À ce propos, l'interrompit Caris, tu ne nous as pas tout
rendu.

— Si vous parlez de l'argent…

— Je parle des ornements. Il manque un candélabre en
or, un cadeau de la guilde des chandeliers. Tu ne l'aurais pas
gardé ? »

La réaction de Philémon la surprit. Elle s'attendait à ce qu'il
s'indigne de ses insinuations, mais il se contenta de répondre
d'un air gêné : « Cette pièce a toujours été conservée dans la
chambre du prieur.

— Ce qui signifie… ? lui demanda Caris en fronçant les sourcils.

— Que j'ai préféré la séparer des autres ornements.

— Dois-je comprendre que c'est toi qui détiens ce candélabre depuis tout ce temps ?

— Godwyn m'avait demandé de le garder précieusement.

— Et donc, bien entendu, plutôt que de le laisser à Saint-
Jean, tu as jugé préférable de l'emporter à Monmouth et partout
ailleurs.

— C'était le souhait du prieur. »

Son histoire n'était pas plausible une seconde, et il le savait. Il
était évident qu'il avait volé ce candélabre. « Tu l'as encore ? »

Il acquiesça d'un signe de tête, mal à l'aise.

À cet instant, Thomas entra dans la pièce. « Ah ! Eh bien,
vous voilà ! s'exclama-t-il à l'adresse de Philémon.

— Thomas, dit Caris, montez fouiller la chambre du sous-
prieur.

— Que dois-je y chercher ?

— Le candélabre en or que nous avions perdu.

— Inutile de fouiller, dit Philémon. Vous le trouverez sur le
prie-Dieu. »

Thomas monta dans la chambre et redescendit un instant plus
tard, lesté du fameux ornement. Il le tendit à Caris. Elle l'exa-

mina avec curiosité. L'objet était très lourd. Sur sa base étaient gravés, en lettres minuscules, les noms des douze membres de la guilde des chandeliers. Pour quelle raison Philémon l'avait-il subtilisé ? À l'évidence, ce n'était ni pour le vendre ni pour le fondre, car il aurait eu tout le temps de le faire avant de revenir au prieuré, si telle avait été son intention. Non, visiblement, il voulait seulement posséder un candélabre à lui. Passait-il de longs moments à le contempler et à le caresser quand il était seul dans sa chambre ?

Elle releva les yeux vers lui et vit qu'il était au bord des larmes.

« Vous allez me le reprendre ? »

Quelle question stupide ! « Évidemment, dit Caris. Sa place est dans la cathédrale, pas dans ta chambre. La guilde l'a dédié à la gloire de Dieu et nous en a fait don pour illuminer les offices religieux, certainement pas pour satisfaire le caprice d'un moine malhonnête. »

Il ne protesta pas. Il avait l'air désespéré. Pour autant, il n'éprouvait aucun remords. Ce qui le peinait, c'était d'avoir perdu son candélabre. Caris comprit alors qu'il ignorait la honte.

« Je crois que ceci met un terme à notre discussion concernant les biens du prieuré, laissa-t-elle tomber. À présent, tu peux disposer. »

Philémon parti, Caris remit le candélabre à Thomas. « Apportez-le à sœur Joan et dites-lui de le ranger dans le trésor. Nous informerons la guilde des chandeliers qu'il a été retrouvé, et nous l'utiliserons à la messe de dimanche prochain. »

Thomas s'exécuta. Restée seule, Caris réfléchit à la situation. Philémon la détestait. Elle ne perdit pas de temps à se demander pourquoi : cet homme-là n'aimait personne. C'était un ennemi implacable et sans scrupule. Et il était manifestement résolu à saisir toute occasion de créer des ennuis. Avait-elle quelque espoir de triompher de lui ? À chaque fois qu'elle déjouerait l'une de ses ruses et le remettrait à sa place, comme aujourd'hui, elle attiserait sa méchanceté. D'un autre côté, si elle le laissait mener la danse à sa guise, il multiplierait les actes d'insubordination.

La bataille promettait d'être sanglante. Quelle en serait l'issue ? Elle ne pouvait le dire.

*

Les flagellants revinrent un samedi soir du mois de juin.

Caris était dans le scriptorium, occupée à rédiger le premier chapitre de son livre. Elle avait décidé de traiter d'abord de la peste et de l'attitude à adopter face à l'épidémie. Elle en était aux masques de lin dont elle avait imposé le port à l'hospice de Kingsbridge et s'interrogeait sur la meilleure façon d'expliquer leur utilité alors qu'ils n'offraient pas une protection totale et absolue contre la maladie. Comme l'avait rappelé Philémon, l'unique solution consistait à quitter la ville avant l'arrivée de la peste et à en demeurer éloigné jusqu'à la fin de l'épidémie. Mais seuls de rares privilégiés en avaient les moyens. La majorité de la population devait se contenter d'appliquer certaines règles, en espérant qu'elles les aideraient à rester en vie. Plusieurs religieuses avaient attrapé la peste malgré leur masque, mais elles auraient été bien plus nombreuses à mourir si elles n'en avaient pas porté, Caris en était persuadée. Las, cette idée de protection partielle était difficile à faire admettre à des gens en quête de remèdes miracles. L'idée lui vint finalement de comparer ces masques à des boucliers : à défaut de lui garantir la vie sauve, son bouclier offrait néanmoins au soldat une protection précieuse. Pas un chevalier ne partirait au combat sans emporter le sien. Elle s'apprêtait à mettre cette pensée par écrit sur une feuille de parchemin vierge, quand elle reconnut dans le vacarme au-dehors le concert des flagellants. Elle se leva de son siège avec un grommellement exaspéré.

Les tambours évoquaient la marche titubante d'un ivrogne, les cornemuses les gémissements d'une bête sauvage blessée et les cloches une parodie de cérémonie funèbre. Elle sortit du scriptorium au moment où la procession pénétrait dans l'enceinte du prieuré. Ils étaient plus nombreux que la dernière fois, soixante-dix ou quatre-vingts, et ils semblaient plus échevelés encore, plus dépenaillés, plus déchaînés. Ils avaient déjà fait le tour de la ville et entraîné dans leur sillage une foule de badauds. Certains se contentaient d'observer le spectacle avec amusement, tandis que d'autres rejoignaient les pénitents et déchiraient leurs vêtements pour se flageller eux aussi.

Caris ne s'attendait pas à les revoir : le pape Clément VI avait condamné ces pratiques. Mais le pape vivait bien loin de Kingsbridge, en Avignon, et il laissait à d'autres le soin de faire respecter ses édits.

Comme de juste, frère Murdo ouvrait la marche. Elle suivit des yeux sa progression jusqu'à la cathédrale et constata avec stupéfaction que le portail central était grand ouvert. Thomas se serait-il permis… ? Non, il n'aurait jamais pris semblable initiative. À coup sûr, c'était un nouveau tour de Philémon. N'avait-il pas croisé la route de Murdo dans ses errances ? Celui-ci devait l'avoir averti de sa visite et conspiré avec lui pour faire entrer les flagellants dans l'église. Philémon allait arguer qu'il était le seul moine du prieuré à avoir été ordonné prêtre et qu'à ce titre, il était seul autorisé à décider des offices qui se tenaient dans la cathédrale.

Que cherchait-il ? Que lui importaient Murdo et ses flagellants ?

Le frère lai passa la double porte et pénétra dans la nef, suivi de la procession. La foule des citadins se pressait derrière eux. Caris hésita à les imiter tant ce spectacle lui répugnait, mais elle devait savoir de quoi il retournait.

En entrant, elle aperçut Philémon derrière l'autel. Frère Murdo s'avançait vers lui. Quand il l'eut rejoint, Philémon leva les mains pour réclamer le silence. « Nous sommes réunis ici aujourd'hui pour confesser nos mauvaises actions, nous repentir de nos péchés, faire pénitence et expier. »

Ce n'était pas un bon prêcheur, et ses paroles suscitèrent peu d'enthousiasme, mais le charismatique Murdo enchaîna aussitôt en criant : « Nous confessons que nos pensées sont lascives et nos actes abjects ! » Et la foule poussa une grande clameur d'approbation.

Les choses se passèrent ensuite comme la première fois. Rendus frénétiques par le prêche de Murdo, plusieurs disciples s'avancèrent vers lui. Se proclamant pécheurs, ils commencèrent à se flageller. Les gens de la ville observaient la scène, fascinés par la violence et la nudité des participants. C'était une scène montée de toutes pièces, bien évidemment, mais les coups de fouet, eux, étaient bien réels, et Caris frissonna à la vue des stries sanguinolentes qui couvraient le dos des flagellants. Certains d'entre eux portaient des cicatrices prouvant qu'ils s'étaient infligé ces blessures de façon répétée. D'autres en se flagellant maintenant rouvraient des plaies encore fraîches.

Bientôt, des gens de la ville se joignirent aux disciples. Chaque fois que l'un d'entre eux arrivait devant Murdo, Philémon lui présentait une écuelle. Personne n'avait le droit de se confesser ni d'embrasser les pieds de Murdo avant d'y avoir mis une pièce. C'était donc cela le motif de Philémon : l'argent. Comment n'y avait-elle pas pensé plus tôt ? Murdo gardait un œil sur les recettes, et Caris se dit qu'ils devaient être convenus de partager les gains.

Le roulement des tambours et la plainte des cornemuses s'amplifiaient à mesure qu'un plus grand nombre de gens s'approchaient. L'écuelle de Philémon se remplissait à une vitesse folle. Une fois « pardonnés », les pénitents se mettaient à danser, en extase, au son de la folle musique.

La musique monta crescendo jusqu'à un paroxysme puis cessa subitement. Caris s'aperçut alors que Murdo et Philémon avaient disparu. Ils avaient dû profiter du chaos pour s'éloigner discrètement par le transept sud et sortir dans le cloître. Sans doute étaient-ils en train de compter leurs pièces.

Le spectacle était terminé. Les danseurs s'étaient étendus par terre, épuisés. Les spectateurs commencèrent à se disperser, leur flot s'écoula lentement par les portes ouvertes dans l'air frais de ce soir d'été. Puis les flagellants trouvèrent la force de quitter la cathédrale à leur tour. La plupart d'entre eux se dirigeaient vers l'auberge du Buisson, remarqua Caris.

Pour sa part, elle prit le chemin du couvent et retrouva avec soulagement le doux silence qui y régnait. Après vêpres, elle dîna avec les autres religieuses tandis que le crépuscule envahissait le cloître. Puis elle passa à l'hospice.

La grande salle n'avait pas désempli : la peste continuait ses ravages sans faiblir. Tout était en ordre. Sœur Oonagh respectait ses consignes : port du masque obligatoire, saignées proscrites, propreté irréprochable. Caris était sur le point de monter se coucher quand elle vit entrer deux infirmières transportant un flagellant.

L'homme s'était brusquement effondré à l'auberge du Buisson et, en tombant, s'était cogné la tête sur un banc. En voyant son dos qui n'était plus qu'une plaie ouverte, Caris comprit que la perte de sang autant que le coup à la tête était à l'origine de son évanouissement.

Profitant qu'il était inconscient, Oonagh baigna ses plaies à l'eau salée. Puis, pour le ranimer, elle enflamma une corne de cerf et la plaça sous son nez. L'âcre fumée lui fit reprendre connaissance. Elle lui fit boire alors deux pintes d'eau additionnée de cannelle et de sucre pour le réhydrater.

Cet homme n'était que le premier d'une longue liste. Dans les heures qui suivirent, Caris vit arriver une ribambelle de malheureux dans le même état. Boisson, rixes, accidents, le nombre des patients était dix fois supérieur à ce qu'il était d'ordinaire un samedi soir. Un homme s'était flagellé si souvent que la chair de son dos était putride. Pour finir, après minuit, fut amenée une femme qui avait été ligotée et fouettée avant d'être violée.

La colère de Caris à l'égard de Murdo et de ses compagnons ne cessait de grandir pendant qu'elle soignait ces pauvres hères. Avec leur vision pervertie de la religion, ils poussaient tous ces déshérités à se mutiler. À les en croire, la peste, châtiment du ciel infligé aux hommes en punition de leurs péchés, épargnerait ceux qui avaient le courage de mortifier leur chair. Cela revenait à considérer que le Seigneur était un monstre vengeur et cruel qui imposait à ses créatures un jeu aux règles insensées. Pour sa part, Caris se refusait à voir en Dieu un être dont le sens de la justice n'était pas même celui d'un chef de bande de douze ans.

Elle soigna les blessés jusqu'à matines, puis monta dormir quelques heures. À son réveil, elle se rendit chez Merthin.

Il vivait à présent dans la plus belle des maisons qu'il avait construites sur l'île aux lépreux. Située sur la rive sud, elle se dressait au milieu d'un grand jardin planté de pommiers et de poiriers. Il avait embauché un couple d'âge moyen, Arnaud et Émily, surnommés Arn et Em, pour veiller sur Lolla et s'occuper des travaux domestiques. Em était à la cuisine quand Caris arriva. Elle lui indiqua que Merthin se trouvait au verger.

Il était en train de montrer à Lolla comment écrire son nom en traçant les lettres dans la terre avec un bâton. Lolla avait quatre ans ; c'était une jolie petite fille au teint mat et aux yeux bruns. Merthin la fit rire en dessinant un visage à l'intérieur du « O ».

En les regardant jouer ensemble, Caris éprouva un regret indicible. Cela faisait presque six mois qu'elle passait ses nuits avec Merthin. Et si elle ne voulait pas d'enfant, bien sûr, car cela équivaudrait à abandonner tous ses rêves, elle éprouvait malgré tout dans le secret de son cœur une certaine déception à ne pas tomber enceinte. La potion que Mattie la Sage lui avait donnée dix ans plus tôt pour mettre un terme à sa grossesse avait-elle endommagé un organe à l'intérieur de son ventre et détruit sa capacité à enfanter ? Une fois de plus, elle regretta d'en connaître si peu sur le corps humain et la façon dont il fonctionnait.

Merthin lui souhaita le bonjour avec un baiser, et ils se promenèrent dans le jardin. Lolla courait devant eux, jouant à un jeu très compliqué et incompréhensible qui consistait à converser avec tous les arbres sans en oublier aucun. Le jardin avait encore un aspect dénudé. Merthin avait fait charrier de la terre pour enrichir le sol pierreux de l'île, mais tous les végétaux n'avaient pas encore pris racine.

« Je suis venue te parler des flagellants, annonça Caris, et elle lui décrivit sa nuit à l'hospice. Je veux les bannir de Kingsbridge.

— C'est une excellente idée, approuva Merthin. Leur seule raison d'être, c'est de permettre à Murdo de se remplir les poches.

— À Murdo et à Philémon. C'est lui qui recueillait les dons. Tu pourras demander à la guilde d'intervenir ?

— Bien sûr. »

Kingsbridge était sous l'autorité du prieur. En tant que suppléante, Caris avait tout pouvoir pour bannir elle-même les flagellants. Néanmoins, si la cité obtenait bientôt le statut de ville libre, ce serait à la guilde d'exercer le pouvoir. Caris souhaitait engager la période de transition dès à présent. Par ailleurs, mieux valait s'entourer d'alliés lorsqu'on désirait imposer une décision.

« J'aimerais voir le sergent de ville escorter Murdo et ses disciples hors de Kingsbridge avant l'office de midi, dit-elle.

— Philémon sera furieux.

« — Tant pis pour lui ! Il est largement responsable des débordements. Il n'aurait pas dû ouvrir l'église sans avoir consulté qui que ce soit. »

Caris n'était pas sans redouter la réaction de Philémon, mais elle devait penser à la ville. « Par ces mesures, nous ne faisons qu'appliquer l'édit papal, continua-t-elle pour se rassurer. En agissant rapidement et avec discrétion, nous pouvons avoir tout réglé avant même que Philémon ait fini son petit déjeuner.

— Très bien, dit Merthin. Je vais essayer de rassembler les membres de la guilde à l'auberge du Buisson.

— Je t'y retrouve dans une heure. »

Comme toutes les associations de la ville, la guilde de la paroisse avait été décimée par la peste. Seule une poignée de marchands avait survécu, parmi lesquels Madge la Tisserande, Édouard le Boucher et Jake Chepstow. Tout le monde était présent à la réunion. Le nouveau sergent de ville, Mungo, fils de John, y assistait lui aussi. Ses volontaires attendaient les ordres dehors, devant l'auberge.

La discussion ne dura pas longtemps. Aucun des notables de la ville n'avait pris part à l'orgie de Murdo, et tous la désapprouvaient. Si le pape était du même avis, on n'allait pas épiloguer. En sa qualité de prieure, Caris promulgua donc un arrêté interdisant de se flageller en public et de se promener nu dans les rues. Tout contrevenant se verrait expulsé de la ville manu militari. La guilde adopta ensuite une résolution favorable au nouvel arrêté.

Puis, Mungo monta à l'étage et tira frère Murdo de son lit.

Celui-ci ne se laissa pas faire. L'auberge résonna de ses vociférations, entrecoupées de sanglots, de prières et de jurons. Au bas de l'escalier, deux des volontaires le saisirent par les bras et le traînèrent dehors. Dans la grand-rue, il se mit à crier encore plus fort. Plusieurs de ses disciples, descendus pour protester, furent arrêtés eux aussi. Et le groupe partit vers la porte sud. Le sergent et ses hommes encadraient les fauteurs de troubles ; les membres de la guilde fermaient la marche, bientôt rejoints par un nombre croissant de citadins. Personne n'émit d'objection à l'intervention du corps de police. Ceux qui s'étaient flagellés la veille gardaient le silence, un peu honteux. Quant à Philémon, il ne se montra pas.

Arrivée au pont, la foule se dispersa. Privé de son public, Murdo cessa ses vitupérations. Sa vertueuse indignation céda la place à une sourde malveillance. Quand les hommes de Mungo le relâchèrent, de l'autre côté de la rivière, il s'éloigna d'un pas rageur à travers le faubourg. Une petite troupe de disciples lui emboîta le pas sans grande conviction.

Il ne reviendrait pas de sitôt, se dit Caris.

Après avoir remercié Mungo et ses hommes, elle rentra au couvent.

À l'hospice, Oonagh évacuait les blessés de la veille pour libérer des paillasses à l'intention des nouveaux pestiférés. Caris lui apporta son concours jusqu'à midi et se rendit à la cathédrale afin d'assister à la grand-messe du dimanche. L'idée de passer une heure ou deux à réciter des Psaumes, à prier et à écouter un ennuyeux sermon la réjouissait presque et elle attendait ce moment de repos bien mérité.

Elle mena la procession des religieuses jusque dans la cathédrale. Arrivées dans le chœur, elles prirent place dans leurs stalles. Philémon entra à son tour, suivi de Thomas et des moines novices. Le regard qu'il lui jeta apprit à Caris qu'il était au courant du bannissement de Murdo et de ses mesures à l'encontre de ses disciples. Non contente de garder sous clef le trésor du prieuré, elle venait de le priver d'une source de revenus indépendante et prometteuse, et il en écumait de rage.

Pendant un moment, elle tenta d'imaginer à quoi sa colère allait le pousser, puis elle cessa de s'en inquiéter. Quoi qu'elle fasse, il trouverait toujours une raison de s'en prendre à elle. Elle devait seulement se tenir sur ses gardes, prête à déjouer ses ruses vengeresses.

Elle s'assoupit pendant les prières et se réveilla lorsque Philémon commença à prêcher. Parler en public faisait ressortir son absence de charisme. En général, ses sermons laissaient les fidèles indifférents. Cette fois-ci, il captiva immédiatement leur attention en annonçant le thème qu'il comptait aborder : la fornication.

Il prit pour texte de référence un verset de la première Épître de saint Paul aux Corinthiens. Il le lut d'abord en latin, puis le traduisit d'une voix vibrante : « Mais je vous ai écrit de ne pas avoir de relations avec celui qui, portant le nom de frère, mène une vie impudique ! »

Il s'attarda pesamment sur ce qu'il entendait par « relations » : « Ne mangez pas avec un tel homme, ne buvez pas avec lui, ne vivez pas avec lui, ne lui adressez pas la parole. » Caris se demandait avec anxiété ce qu'il avait derrière la tête. Il n'allait tout de même pas l'attaquer personnellement du haut de sa chaire ? Elle jeta un coup d'œil à Thomas, de l'autre côté du chœur, et surprit son regard inquiet.

Elle se retourna vers Philémon, qui poursuivait son prêche, le visage assombri par le ressentiment. Elle comprit brusquement qu'il était capable de tout.

« À qui saint Paul fait-il référence ? Pas à ceux du dehors, car ceux-là, dit-il, c'est à Dieu de les juger. En revanche, c'est à vous qu'il appartient de juger ceux du dedans. À vous ! » répéta-t-il en pointant le doigt sur la congrégation. Reprenant sa lecture, il clama : « Retranchez le méchant du milieu de vous ! »

Les fidèles l'écoutaient sans mot dire. Ils sentaient que son sermon était bien différent des conseils de bonne conduite auxquels on les exhortait d'ordinaire, qu'il contenait un message caché.

« Nous devons regarder autour de nous, continua-t-il. Dans notre ville, dans notre église, dans notre prieuré ! Y a-t-il des impudiques ? Si oui, nous devons les chasser ! »

À présent, il ne faisait plus aucun doute que son discours visait Caris. Les citadins qui avaient l'esprit le plus vif l'avaient certainement compris eux aussi. Que pouvait-elle faire ? Se lever et le contredire ? Quitter l'église ? Agir ainsi reviendrait à lui donner raison, et le plus stupide des fidèles comprendrait alors qu'elle était la cible de sa tirade. Non, elle ne pouvait que continuer à l'écouter, mortifiée.

Pour la première fois de sa vie, Philémon s'exprimait avec talent. Sa voix claire, forte et assurée était bien plus modulée et convaincante qu'à l'accoutumée. Visiblement, la haine était pour lui une source d'inspiration !

Caris tenta de se rassurer : personne ne la chasserait du prieuré. Aurait-elle été incompétente que l'évêque l'aurait maintenue à son poste tant il était difficile de trouver un remplaçant. La dévastation du clergé avait déjà contraint des dizaines d'églises et de monastères du pays à fermer leurs portes. L'évêché, qui cherchait désespérément à pourvoir les postes vacants, se gardait bien de démettre de leurs fonctions les responsables en place. De toute façon, si un évêque quel qu'il soit s'avisait de la destituer, les habitants de Kingsbridge se révolteraient.

Néanmoins, le sermon de Philémon allait nuire à sa réputation. Jusqu'ici, les notables de la ville avaient fermé les yeux sur sa liaison avec Merthin. Dorénavant, ils ne pourraient plus afficher la même indulgence. Les accusations de cet ordre étaient de nature à saper le respect. Si l'on pouvait ne pas tenir rigueur à un homme de se laisser aller à ses instincts charnels, on pardonnait moins volontiers de tels écarts à une femme, et moins encore à une religieuse qui prêchait avec véhémence le retour à l'ordre moral.

Les dents serrées, elle attendit que Philémon achève sa péroraison. Il réitéra ses exécrables insinuations avec une force renouvelée. Caris rongea son frein jusqu'à la fin de l'office. Sitôt qu'elle eut quitté la cathédrale en tête du cortège des sœurs, elle alla s'isoler dans sa pharmacie pour rédiger une lettre à l'attention de l'évêque Henri, le priant de transférer Philémon dans un autre monastère.

*

Hélas, les choses ne se passèrent pas ainsi.

Deux semaines après l'expulsion de Murdo, le prélat revint au prieuré en compagnie de l'archidiacre Lloyd et du chanoine Claude. C'était par une chaude journée d'été. Henri convoqua Philémon et Caris à la cathédrale, où il régnait une fraîcheur agréable. La compagnie était assemblée dans le transept nord ; Henri avait pris place dans sa cathèdre en bois sculpté, le reste de l'assistance était assis sur des bancs.

« Je vous nomme prieur de Kingsbridge », annonça Henri à Philémon.

Caris en fut atterrée. Pour convaincre l'évêque de la nécessité de relever Philémon de ses fonctions, elle avait relaté les innombrables méfaits dont il s'était rendu coupable, à commencer par le vol du candélabre en or. Sa lettre, semblait-il, avait eu l'effet inverse.

Épanoui de bonheur, Philémon lui décocha un regard de triomphe.

Caris voulut protester. Henri, l'œil sévère, leva la main pour l'interrompre. Elle se tut, curieuse de savoir ce qu'il avait à dire. Il ajouta : « J'ai pris cette décision, non pas en récompense, mais en dépit du comportement déplorable qui a été le vôtre depuis votre retour à Kingsbridge. Votre malhonnêteté n'a d'égale que votre indiscipline, et si l'Église ne connaissait pas actuellement une telle pénurie de prêtres, je ne vous aurais pas promu. Mais il nous faut un prieur et il n'est pas satisfaisant que ce rôle échoie à la mère supérieure du couvent, malgré ses indéniables capacités. »

Caris aurait préféré voir Thomas nommé à ce poste, même si elle savait qu'il ne l'aurait pas accepté, ayant été trop échaudé par les querelles acerbes qui avaient entouré la succession du prieur Anthony, douze ans auparavant. Peut-être Henri lui avait-il proposé le poste et, devant son refus, s'était-il rabattu sur Philémon.

« Je tiens néanmoins à ce que vous sachiez, continua Henri, que votre nomination prendra effet avec retard et à la condition expresse que certaines clauses soient remplies. Tout d'abord, vous ne pourrez être confirmé dans vos fonctions qu'une fois le statut de ville libre accordé à Kingsbridge. D'autre part, comme vous êtes incapable d'administrer le prieuré, je me refuse à vous confier cette responsabilité. Elle continuera d'être assumée par mère Caris, qui demeurera suppléante du prieur. Enfin, vous dormirez au monastère ; le palais du prieur restera fermé à clef. Si, durant cette période, vous faites le moindre faux pas, vous serez révoqué. »

Offense et colère se lurent sur le visage de Philémon, mais il ne broncha pas. Il avait ce qu'il voulait ; il n'allait pas discuter des conditions.

« D'autre part, poursuivit Henri, le monastère aura son propre trésor, mais celui-ci sera placé sous la responsabilité exclusive de frère Thomas. Aucune somme ne pourra être dépensée ni aucun objet précieux retiré du coffre sans son consentement. Par ailleurs, j'ai ordonné que soit édifiée la nouvelle tour, et j'ai autorisé le versement des paiements aux échéances prévues par Merthin le Pontier. L'argent sera prélevé sur les fonds du monastère, et ni vous ni personne n'aura le pouvoir de modifier cet arrangement. Je ne veux pas me retrouver avec une moitié de tour ! »

Merthin verrait son souhait exaucé, c'était déjà ça, pensa Caris avec soulagement.

Henri se tourna vers elle. « J'ai une dernière exigence, et elle vous concerne, mère Caris. » Il marqua une pause. « J'ai été averti d'un délit de fornication. »

Caris regarda l'évêque droit dans les yeux. Comment osait-il évoquer le sujet, lui qu'elle avait surpris dans sa chambre avec le chanoine Claude ?

« Je ne reviendrai pas sur le passé, enchaînait-il. Mais sachez qu'à l'avenir, il n'est pas admissible que la prieure de Kingsbridge entretienne une relation avec un homme. »

Elle eut envie de lui crier qu'il ne se gênait pas pour vivre avec son amant, mais elle croisa son regard suppliant et se retint. Il avait conscience de se montrer injuste, mais n'avait pas le choix. Par ses manœuvres, Philémon l'avait contraint à prendre ces mesures.

Bien que tentée de lui lancer une pique, elle se força à rester bouche cousue.

Il reprit : « Pouvez-vous me promettre solennellement, révérende mère prieure, qu'à partir de maintenant nul n'aura plus jamais l'occasion de porter pareille accusation à votre encontre ? »

Caris baissa les yeux. Une fois de plus, on exigeait d'elle qu'elle choisisse entre Merthin et les projets qui lui tenaient à cœur – l'hospice, la charte royale, la tour, etc.

Elle resta silencieuse quelques instants, puis elle releva la tête vers Henri et planta son regard dans le sien. « Oui, monseigneur l'évêque, dit-elle. Vous avez ma parole. »

*

Elle annonça la nouvelle à Merthin dans la grand-salle de l'hospice, au milieu des malades et des sœurs soignantes. Elle tremblait, au bord des larmes, mais elle préférait se donner à tous en spectacle plutôt que de se retrouver en tête à tête avec lui, car alors elle aurait flanché. Elle se serait jetée à son cou en lui jurant son amour et lui aurait promis de quitter le couvent pour l'épouser. Voilà pourquoi elle l'avait mandé à l'hospice et lui expliquait maintenant la situation, les bras croisés sur sa poitrine. Pour ne pas être tentée de toucher ce corps qu'elle aimait tant.

Quand elle se tut, elle lut dans les yeux de Merthin le désir de la tuer. « C'est la dernière fois, lâcha-t-il.

— Que veux-tu dire ?

— Sache que tu fais un choix irréversible ! Je ne continuerai pas à t'attendre comme un idiot, en espérant qu'un jour tu veuilles bien me prendre pour époux. »

Cette déclaration fit à Caris l'effet d'une gifle.

« Si tu parles sérieusement, sache que je m'efforcerai de t'oublier aussi vite que possible, continuait-il et chacune de ses paroles assenait un nouveau coup sur la tête de la prieure. J'ai trente-trois ans. Je n'ai pas l'éternité devant moi : mon père, à cinquante-huit ans, est déjà au seuil de la mort. Je fonderai une famille, j'aurai une femme, d'autres enfants et je serai le plus heureux des hommes ! »

Caris se mordait les lèvres, luttant de toutes ses forces pour ne pas exprimer sa peine. L'amertume de Merthin la bouleversait et elle fondit en larmes, torturée par le regret.

Il ne se laissa pas attendrir. « Je ne gâcherai pas ma vie à t'aimer plus longtemps. Ou tu quittes le couvent maintenant, ou tu y restes jusqu'à la fin de tes jours. »

Caris eut l'impression d'avoir été poignardée en plein cœur. Battant le rappel de ses forces, elle le regarda en face. « Je ne t'oublierai pas, Merthin. Je t'aimerai toujours.

— Mais pas assez. »

Elle garda le silence un long moment. Il avait tort. Le problème n'était pas que son amour n'était pas assez ardent, mais que cet amour l'enfermait dans une situation insoluble. Comment le lui expliquer ? « Tu le crois vraiment ? lui demanda-t-elle.

— Ça me paraît évident, non ? »

Elle acquiesça d'un signe de tête, sachant qu'elle ne le persuaderait pas du contraire. « Je suis au désespoir, dit-elle. De toute ma vie, je n'ai jamais eu à prendre de décision aussi douloureuse.

— Je suis tout aussi désolé. »

Sur ces mots, il tourna les talons.

75

Sieur Grégory finit par rentrer à Londres. À la vitesse à laquelle il revint, on aurait pu croire qu'il n'avait fait que rebondir sur les murs de cette ville majestueuse, telle une balle de cuir. Il arriva au manoir de Tench à l'heure du souper, épuisé, soufflant comme une forge par ses narines épanouies, ses longs cheveux gris collés de sueur. Il avait perdu de sa superbe ; rien dans son allure n'exprimait plus cette conviction absolue de régner sur tous les êtres, hommes ou bêtes. Quand il entra dans la grand-salle, Ralph et Alan, debout près d'une fenêtre, étaient occupés à examiner à la lumière du soir d'été un nouveau type de dague pourvue d'une large lame. Sans même les saluer, Grégory laissa tomber sa gigantesque personne dans le grand fauteuil sculpté de Ralph : quels qu'aient été les revers qu'il avait subis, il se considérait encore trop important pour attendre qu'on lui offre un siège.

Ralph et Alan attendirent, intrigués, qu'il leur expose l'objet de sa visite. Dame Maud, assise à table, le jugeait d'un œil réprobateur : elle exécrait les mauvaises manières.

Enfin, Grégory daigna parler. « Le roi n'aime pas qu'on lui désobéisse. »

À ces mots, Ralph prit peur.

Il regarda Grégory avec inquiétude. En quoi avait-il pu fâcher le souverain ? Il balbutia : « Je suis navré d'apprendre que Sa Majesté est mécontente. J'espère que ce n'est pas à cause de moi.

— Vous êtes en partie responsable, répliqua Grégory, je le suis aussi. » Sa réponse sibylline déplut fort au maître de céans. « Le roi estime que sa volonté doit être respectée, sous peine de créer un précédent dommageable.

— J'en conviens volontiers.

— C'est la raison pour laquelle nous allons, dès demain, nous rendre à Château-le-Comte rencontrer dame Philippa et l'obliger à vous épouser. »

C'était donc ça. Ralph en éprouva un certain soulagement. En toute justice, le roi ne pouvait pas le tenir pour responsable de la résistance de Philippa – si tant est, bien sûr, qu'un roi se soucie de justice. Mais Grégory avait dû se voir blâmé par le souverain et sommé de convaincre la comtesse. Maintenant, il était prêt à tout pour se racheter.

« Je peux d'ores et déjà vous promettre que quand j'en aurai fini avec elle, elle vous suppliera de la prendre pour épouse », reprit l'avocat et ses traits exprimèrent à la fois fureur et malice.

Son assurance laissait Ralph quelque peu sceptique. Comme Philippa l'avait fait remarquer elle-même, on pouvait traîner une femme jusqu'à l'autel, mais en aucun cas l'obliger à dire oui. En outre, certaines dispositions semblaient garantir à une veuve le droit de refuser de se remarier. « On m'a parlé de lois inscrites dans la *Magna Carta*? commença-t-il.

— Justement! répliqua l'avocat, venimeux. J'ai fait l'erreur de rappeler ce détail à Sa Majesté. »

Dans ce cas, à quelles promesses ou quelles menaces Grégory comptait-il recourir pour forcer Philippa à se plier à sa volonté? se demandait Ralph. Pour sa part, il n'envisageait d'autre moyen que de l'enlever et de la conduire dans une église isolée où un prêtre, grassement soudoyé, célébrerait la cérémonie en restant sourd à ses protestations.

Ils partirent tôt le lendemain matin, accompagné d'une petite escorte. La moisson battait son plein. Au Champ du nord, les hommes fauchaient les hautes tiges de seigle que les femmes ramassaient derrière eux et liaient en gerbes.

Ces derniers temps, Ralph s'était davantage inquiété des récoltes que de Philippa, non pas à cause du temps, qui était au beau, mais à cause de la peste qui avait décimé ses paysans. Bon nombre de survivants avaient déserté ses terres pour celles de seigneurs peu scrupuleux, comme la prieure Caris, qui comblaient leur propre pénurie de main-d'œuvre en séduisant les journaliers par la promesse de salaires plus élevés et les métayers par celle d'alléger les redevances dues au seigneur. Pour ne pas perdre tous ses serfs, Ralph avait dû octroyer des tenures libres à plusieurs d'entre eux, ce qui signifiait que rien ne les obligeait plus à travailler sur ses terres. Et comme, à présent, ils étaient tous occupés à moissonner leurs propres récoltes, Ralph craignait fort de voir une partie des siennes pourrir sur pied.

Cependant, il était convaincu que ses soucis disparaîtraient sitôt qu'il aurait épousé Philippa. Son fief serait en effet dix fois plus important en superficie. Il percevait des revenus de maintes autres sources : des tribunaux, des marchés, des moulins et de la forêt. Sa famille retrouverait la place qu'elle méritait d'occuper dans la noblesse et sieur Gérald connaîtrait, avant de mourir, la joie et la fierté de voir son fils élevé au rang de comte.

Une nouvelle fois, il se demanda ce que Grégory avait derrière la tête. En refusant de se donner à lui, la belle Philippa s'était dressée dans ses souliers de satin contre un homme à la volonté implacable et doté de puissantes relations. Ralph n'aurait pas voulu être à sa place.

Ils arrivèrent à Château-le-Comte peu avant midi. Comme toujours, le croassement des freux se querellant sur les remparts rappelèrent à Ralph les années qu'il avait passées en ce lieu, lorsqu'il était jeune écuyer au service du comte Roland. Cette époque, songeait-il parfois, avait été la plus heureuse de sa vie. Aujourd'hui, le château n'était plus habité par un comte et manquait singulièrement d'animation : on ne voyait plus d'écuyers jouant à se battre dans l'enceinte inférieure, plus de chevaux de guerre devant les écuries, renâclant et piaffant tandis qu'on les pansait ou qu'on les entraînait, plus un seul homme d'armes jouant aux dés sur les marches du donjon.

Ils trouvèrent Philippa dans la grand-salle du château, en compagnie d'Odila et de quelques suivantes. Mère et fille, assises côte à côte sur un banc, travaillaient ensemble à une tapisserie tendue sur un grand métier. Ralph s'en approcha pour voir ce qu'elle représentait : elle n'était pas achevée, mais l'on devinait une scène forestière. Philippa dessinait le tronc des arbres avec du fil brun, Odila les feuilles avec du fil vert.

« C'est très joli, mais vous devriez y mettre plus de vie, suggéra Ralph en s'efforçant de prendre une voix chaleureuse et gaie. Des oiseaux, quelques lapins, peut-être un ou deux chiens courant un cerf. »

Insensible à son charme, Philippa se leva et s'écarta de lui sans répondre. Sa fille l'imita. Ralph remarqua qu'elles étaient toutes deux de la même taille. « Pourquoi êtes-vous venu jusqu'ici ? » laissa tomber Philippa sur un ton glacial.

Tu veux la guerre, tu vas l'avoir, songea Ralph par-devers lui, le cœur débordant d'amertume. Se détournant à demi, il annonça : « Sieur Grégory ici présent a quelque chose à vous dire. » Puis, faisant mine de s'ennuyer à mourir, il alla se poster près d'une fenêtre, l'oreille aux aguets.

Grégory salua Philippa et sa fille avec déférence. Il espérait, dit-il, ne pas les déranger. En réalité, il s'en souciait comme d'une guigne, mais sa politesse parut apaiser Philippa, qui l'invita à s'asseoir. Grégory reprit alors : « Le roi s'irrite de votre attitude, comtesse. »

Philippa inclina la tête. « Je suis bien désolée d'avoir déplu à Sa Majesté.

— Il souhaite récompenser son loyal serviteur, sieur Ralph Fitzgerald, en le faisant comte de Shiring. Il voit également dans sa décision l'occasion de vous offrir un époux jeune et vigoureux, et un bon père pour votre fille. »

Philippa frissonna, mais Grégory continua sans ciller : « Votre résistance obstinée le laisse plus que perplexe. »

Remarquant son effroi, Ralph songea qu'elle avait raison de s'inquiéter. La peste la laissait seule face à la colère du roi, sans frère ni oncle pour assurer sa défense. « Que compte faire Sa Majesté ? s'enquit-elle d'une voix tremblante.

— Elle n'a pas prononcé le mot "trahison"... du moins pour l'heure. »

Ralph douta que Philippa puisse réellement être traînée en justice pour trahison. Néanmoins, elle pâlit sous la menace.

Grégory continua : « Pour commencer, il m'a demandé d'essayer de vous convaincre.

— Évidemment, lâcha Philippa. Aux yeux du roi, le mariage est une affaire d'intérêts...

— C'en est une, effectivement, la coupa Grégory. Si votre superbe fille vous déclarait soudain être amoureuse du fils jeune et charmant d'une de vos souillons de l'arrière-cuisine, vous lui diriez, comme je vous le dis moi-même en ce moment, qu'une dame de la noblesse ne peut épouser qui elle veut. Vous l'enfermeriez dans sa chambre et vous feriez fouetter le garçon sous ses fenêtres jusqu'à ce qu'il promette de renoncer à elle à jamais. »

Philippa lui lança un regard offensé. Elle n'avait pas besoin de se voir rappeler les obligations de son rang par un vulgaire avocat. « Je connais les devoirs qui incombent à une veuve de la noblesse, répliqua-t-elle avec hauteur. Je suis comtesse, ma grand-mère était comtesse, et ma sœur l'était aussi jusqu'à ce que la peste l'emporte. Toutefois, le mariage ne se résume pas à une question d'intérêts. Le cœur intervient lui aussi. Nous autres femmes en appelons à la bonté de nos seigneurs et maîtres. Ils ont le devoir de décider de notre destin avec sagesse. Nous les implorons de ne pas ignorer tout à fait nos sentiments. Ils nous écoutent toujours. »

Malgré son agitation visible, elle s'exprimait d'une voix ferme et n'avait rien perdu de sa morgue, nota Ralph. Ce mot de « sagesse », par exemple, elle l'avait prononcé avec un sarcasme évident.

« En temps ordinaire, vous auriez peut-être raison, répondit Grégory. Mais dans la situation présente, de telles considérations n'ont plus de sens. D'habitude, lorsque le roi recherche parmi ses vassaux un homme digne de se voir confier le gouvernement d'un comté, il en trouve des dizaines à qui conférer le titre en toute confiance, des hommes sages, forts, vigoureux, loyaux et désireux de le servir par tous les moyens. Mais voilà, la peste a emporté les meilleurs d'entre eux et le roi, telle la ménagère qui se rend chez le poissonnier en fin d'après-midi, n'a d'autre choix que de prendre ce qui reste sur l'étal. »

L'argument était convaincant, même s'il offensait Ralph, et celui-ci fit mine de n'avoir rien entendu.

Philippa changea de tactique. Faisant signe à une servante d'approcher, elle lui ordonna d'apporter un cruchon du meilleur vin de Gascogne. « Et qu'on nous cuisine de cet agneau à l'ail et au romarin. Sieur Grégory va rester déjeuner.

— Bien, ma dame.

— C'est fort aimable à vous, comtesse », dit Grégory.

Philippa ne savait pas badiner. Feindre qu'elle agissait par pur esprit d'hospitalité était au-dessus de ses forces. Elle ne tarda pas à revenir au seul sujet qui l'intéressait. « Sieur Grégory, je dois vous avouer que mon cœur, mon âme et mon être tout entier se révoltent à la pensée d'épouser le seigneur Ralph Fitzgerald.

— Mais pourquoi donc ? s'enquit-il. C'est un homme comme un autre.

— Non », répliqua-t-elle.

Ils parlaient de lui comme s'il n'était pas là et en des termes profondément insultants, pensa Ralph, mais il se dit aussi que le désespoir poussait Philippa à proférer n'importe quoi. Néanmoins, il était curieux de savoir ce qui la dégoûtait en lui et il préféra écouter plutôt que s'insurger.

Elle garda le silence un instant, le temps de rassembler ses pensées. « Les mots de violeur, tortionnaire et assassin me paraissent encore trop faibles pour le décrire. »

Ralph en resta stupéfait. Il ne se voyait pas ainsi. Bien sûr, il avait torturé des Français quand il guerroyait pour le roi ; il avait violé Annet et il avait tué des hommes, des femmes et des enfants lorsqu'il vivait dans les bois, mais tout de même… Au moins, se consola-t-il, Philippa ne semblait pas avoir deviné qu'il était le brigand masqué qui avait assassiné Tilly, sa propre épouse.

Elle continuait : « Tout être humain recèle en lui une force qui le retient d'agir ainsi. C'est la capacité… non, l'émotion intime qui l'incite à ressentir la douleur d'autrui. C'est un sentiment plus fort que soi. Vous, sieur Grégory, vous ne sauriez violer une femme car vous ressentiriez son angoisse et son horreur et vous souffririez avec elle. Cela vous empêcherait de lui faire du mal. Pour cette même raison, vous seriez incapable de tuer ou de torturer. En revanche, celui qui ne possède pas cette faculté n'est pas un homme au sens que nous donnons à ce terme, quand bien même il marche sur ses deux jambes et s'exprime dans notre langue. En ce qui me concerne, ajouta-t-elle d'une voix moins forte, en se penchant vers son interlocuteur, je ne coucherai pas avec un animal ! »

Ralph explosa : « Je ne suis pas un animal ! »

Contrairement à son attente, Grégory ne le soutint pas, mais parut respecter l'opinion de la comtesse. « C'est votre dernier mot, dame Philippa ? »

Ralph en fut stupéfié. Grégory allait-il laisser passer cette insolence, comme si elle contenait une parcelle de vérité ?

Philippa reprit : « Je vous en conjure, retournez voir le roi et assurez-le que je suis et demeure l'un de ses fidèles sujets et que je ne désire rien d'autre que de le satisfaire. Cependant, je ne pourrais épouser Ralph Fitzgerald, quand bien même l'archange Gabriel en personne me l'ordonnerait.

« — Je vois, dit Grégory en se levant. Nous ne resterons pas dîner. »

Les choses allaient-elles en rester là ? s'ébahit Ralph intérieurement. Le brillant avocat n'avait-il vraiment aucun atout caché dans sa manche de brocart ? Il s'était attendu à le voir produire une arme secrète : menace terrifiante ou offre irrésistible.

Philippa n'était pas moins surprise que lui de la façon dont se terminait l'entretien.

Grégory se dirigea vers la porte ; Ralph le suivit, déçu. Philippa et Odila les regardaient fixement, ne sachant comment interpréter la froideur de ce départ. Leurs suivantes avaient mis fin à leurs bavardages.

« Voudrez-vous bien supplier le roi de se montrer charitable ? dit Philippa.

— Il le sera, ma dame. Compte tenu de l'obstination que vous manifestez, il m'a permis de vous informer qu'il ne vous forcerait point à épouser un homme que vous haïssez.

— Oh, merci ! s'écria-t-elle. Vous me sauvez la vie ! »

Ralph ouvrit la bouche, prêt à fulminer. On lui avait promis ! Il avait commis un sacrilège, il avait tué pour obtenir le comté. On n'allait tout de même pas lui refuser sa récompense maintenant ?

Mais Grégory le devança. « Néanmoins, continua-t-il, c'est la volonté du roi que, dans ce cas, Ralph épouse votre fille… » Il marqua une pause et désigna la grande adolescente debout à côté d'elle. « Odila », articula-t-il lentement, comme pour imprimer dans l'esprit de la mère tout ce que signifiaient ses mots.

La comtesse laissa échapper un hoquet épouvanté, sa fille poussa un cri d'effroi.

Grégory les salua. « Mes dames, je vous souhaite le bon jour.

— Attendez ! » s'écria Philippa.

Mais Grégory s'était déjà retourné et Ralph sortit derrière lui, abasourdi.

*

Gwenda se réveilla épuisée. En ce mois d'août où la moisson battait son plein, elle passait toutes les heures de ces longues journées à travailler aux champs. Du lever du soleil à la tombée de la nuit, Wulfric fauchait le blé, infatigable, et elle ramassait les épis, pliée en deux derrière lui, pour les nouer en gerbes. À force de se pencher et de se redresser sans relâche, elle avait le dos en feu. Quand il faisait trop noir pour continuer, elle rentrait chez elle en trébuchant de sommeil et s'effondrait sur sa couche, laissant les siens souper sans elle.

Il faisait encore nuit quand Wulfric se leva ce jour-là. Ses mouvements arrachèrent Gwenda à son lourd sommeil. À grand-peine, elle l'imita. Toute la famille avait besoin de se sustenter en prévision du labeur à venir. Elle posa sur la table du mouton froid, du pain, du beurre et de la bière bien forte. Sam, qui avait dix ans, était déjà debout, mais David, qui n'en avait que huit, dormait encore. Comme tous les matins, Gwenda dut le tirer du lit.

« Cette tenure est bien trop grande pour être exploitée par un homme et sa femme, grommela-t-elle comme ils étaient attablés devant le petit déjeuner.

— Nous n'étions aussi que tous les deux l'année où le pont s'est écroulé, répliqua Wulfric d'une voix joyeuse. On a quand même réussi à rentrer la moisson en temps voulu. »

Son optimisme était irritant.

« J'avais douze ans de moins, à l'époque.

— Tu es plus belle maintenant. »

Gwenda n'était pas d'humeur à écouter des galanteries. « Quand ton père et ton frère étaient encore de ce monde, vous engagiez des journaliers à la moisson.

— Cette terre est à nous, désormais, c'est la seule chose qui compte. Nous y avons semé le blé et nous profiterons de la récolte au lieu d'être payés un malheureux penny par jour. Plus nous travaillerons, plus nous prospérerons. N'est-ce pas ce que tu as toujours voulu ?

— J'ai toujours voulu être indépendante, si c'est ce que tu veux dire. »

Elle alla jusqu'à la porte et regarda le ciel. « Vent d'ouest, annonça-t-elle. Il y a des nuages.

— Il ne faudrait pas qu'il pleuve avant deux ou trois jours, dit Wulfric d'un air inquiet.

— Je pense que ça ira. Allons, les garçons ! Il est temps de partir. Vous mangerez en route. »

Elle était en train de glisser un pain et de la viande dans un sac pour leur repas de midi quand la silhouette boiteuse de Nathan le Bailli s'encadra dans la porte. « Oh non! s'écria-t-elle. Pas aujourd'hui… Nous avons presque fini de rentrer la moisson!

— Le seigneur doit rentrer la sienne », dit Nathan.

Il était accompagné de son fils de dix ans, Jonathan, surnommé Jonno, qui se mit immédiatement à faire des grimaces à Sam.

« Accorde-nous trois jours de plus sur notre terre, implora Gwenda.

— Inutile de discuter! dit Nathan. Vous devez au seigneur un jour de travail par semaine. Deux pendant les moissons. En conséquence, aujourd'hui et demain, vous irez récolter l'orge au Champ du ruisseau.

— Le deuxième jour fait l'objet d'une dispense depuis des lustres.

— Cette dispense date de l'époque où la main-d'œuvre était abondante. Aujourd'hui, il y a pénurie! Avec tous ces serfs qui lui ont extorqué des tenures libres, le seigneur n'a quasiment plus personne pour rentrer sa moisson.

— Autrement dit, ce sont les gens comme nous, ceux qui n'ont pas discuté les conditions, qui n'ont pas exigé d'être relevés des obligations coutumières, qui se retrouvent punis et forcés de travailler deux fois plus sur les terres domaniales? » s'indigna Gwenda.

Elle lança un regard accusateur à Wulfric. Elle ne lui pardonnait pas d'avoir ignoré ses conseils quand elle l'avait supplié de négocier l'accord avec Nathan.

« Si on veut, répondit Nathan avec indifférence.

— Par l'enfer! s'exclama Gwenda.

— Ne jure pas! Le seigneur offre le déjeuner. Il y aura du pain complet et un tonneau de bière fraîche. Tu ne vas pas me dire que ce n'est pas tentant!

— Le seigneur nourrit la bête qu'il s'apprête à faire crever sous lui.

— Hâtez-vous, maintenant! » cria Nathan et il tourna les talons.

Son fils tira la langue à Sam, qui se jeta sur lui pour l'empoigner. Mais Jonno parvint à lui échapper et courut se réfugier près de son père.

D'un pas lourd, Gwenda et les siens traversèrent les champs pour se rendre à l'endroit où l'orge du seigneur ondulait sous le vent. Ils se mirent au travail. Wulfric fauchait, Gwenda ramassait les épis, et Sam marchait derrière elle, récupérant ceux qu'elle avait laissé tomber pour en former aussi une gerbe. Lorsque sa botte était assez grosse, il la tendait à sa mère pour qu'elle la noue à l'aide d'un de ces liens solides que David avait tressés de ses petits doigts agiles à partir de brins d'orge. D'autres serfs travaillaient à leur côté, des serfs qui, comme eux, avaient préféré rester liés au seigneur plutôt que de réclamer la liberté, à l'instar de ceux, plus malins, qui moissonnaient à présent des champs leur appartenant.

Quand le soleil fut au zénith, Nathan arriva, juché sur une charrette chargée d'un tonneau. Comme il l'avait promis, chacun eut droit à sa bolée de bière, et chaque famille reçut une grosse miche de pain complet bien frais. Quand tout le monde se fut rassasié, les adultes s'étendirent à l'ombre pour se reposer et laissèrent les enfants jouer.

Gwenda allait s'assoupir quand elle fut réveillée par des cris perçants. Elle se leva d'un bond, mue par un mauvais pressentiment, bien qu'elle n'ait pas reconnu la voix de ses garçons. Bien lui en prit, car Sam se battait avec Jonno, le fils du bailli. Ils étaient tous deux à peu près de la même taille, mais Sam avait nettement l'avantage. Le voyant maintenir Jonno au sol et le bourrer de coups de poing furieux, Gwenda se précipita pour les séparer. Wulfric fut plus rapide. D'une main puissante, il attrapa Sam par le bras et le força à se relever.

Jonno avait le nez et la bouche en sang et l'un de ses yeux, rougi, commençait à enfler. Secoué de sanglots, il se tenait le ventre en gémissant de douleur. Gwenda était consternée. Tous les garçons se bagarraient, bien sûr, mais là, c'était différent : Jonno avait reçu une véritable raclée.

Elle considéra son fils de dix ans avec inquiétude. Son visage ne portait pas trace de coup : Jonno, semblait-il, ne l'avait même pas frappé. Sam ne manifestait aucun signe de remords, au contraire : il arborait un air triomphant. Son expression rappela un visage à Gwenda. Le souvenir d'une scène similaire resurgit brutalement devant ses yeux : cette arrogance, c'était celle de Ralph Fitzgerald, le vrai père de Sam.

*

En quittant Château-le-Comte, Ralph réfléchit à la perspective d'un mariage avec Odila. La damoiselle était jolie, certes, mais des filles comme elle, il pouvait s'en offrir à Londres autant qu'il voulait pour seulement quelques pennies. Quant à la prendre pour épouse... Il avait déjà vécu avec une femme à peine sortie de l'enfance. Si, les tout premiers temps, il avait trouvé une certaine excitation à sa jeunesse, celle-ci n'avait pas tardé à ne lui inspirer qu'ennui et agacement.

Il se demanda tout de même si cette alliance ne lui offrirait pas la possibilité particulièrement alléchante de mettre à la fois la mère et la fille dans son lit. L'idée d'épouser Odila et d'avoir Philippa pour maîtresse fouetta son imagination. Qui sait ? Peut-être pourrait-il les prendre toutes les deux en même temps ? Il avait déjà fait l'expérience d'une situation semblable dans un bordel de Calais et, en s'adonnant à ce commerce qui frisait l'inceste, il avait éprouvé une impression de débauche des plus excitantes.

Hélas, tout cela n'était que rêve, il le savait. Jamais Philippa ne consentirait à un tel arrangement. En cherchant bien, il trouverait certainement le moyen de l'y contraindre, mais c'était une femme de tête qui ne se laissait pas intimider facilement. Rien ne garantissait qu'il parvienne à ses fins. Voilà pourquoi, sur le chemin du retour, il déclara à Grégory qu'il ne voulait pas épouser Odila.

« Vous n'aurez pas à le faire », répondit l'avocat.

Mais il refusa de lui fournir la moindre explication.

Deux jours plus tard, Ralph recevait la visite de dame Philippa au manoir de Tench. Elle vint accompagnée d'une suivante et d'un garde du corps, mais sans Odila. Lorsqu'elle entra dans la grand-salle, Ralph se fit la réflexion qu'elle avait perdu de sa morgue. Et de sa beauté, également : à l'évidence, elle n'avait pas dormi depuis deux jours.

C'était l'heure du dîner. Ralph venait de passer à table avec Alan, Grégory, des écuyers et un bailli. Philippa était la seule femme dans la pièce. Elle s'avança vers Grégory.

L'avocat avait remisé sa courtoisie. Il la regarda s'approcher sans se lever, la toisant froidement, comme si elle n'était qu'une servante venue lui faire ses doléances.

« Oui ? lâcha-t-il enfin.

— J'accepte d'épouser Ralph.

— Voyez-vous cela ! s'exclama-t-il. Alors, comme ça, vous avez changé d'avis ?

— Oui. Je préfère l'épouser plutôt que lui sacrifier ma fille.

— Vous semblez croire ma dame, répondit Grégory avec sarcasme, que le roi vous a conduite devant un buffet chargé de mets variés, en vous offrant de choisir celui que vous aimiez le mieux. Vous vous méprenez. Le roi ne s'est pas enquis de vos préférences, il vous a donné un ordre. Puisque vous avez refusé de l'accomplir, il en a émis un autre. C'est ainsi, vous devez vous y soumettre.

— Je regrette vivement mon attitude, insista Philippa. Je vous supplie d'épargner ma fille.

— S'il n'en tenait qu'à moi, je rejetterais votre requête pour châtier votre entêtement. Mais c'est au seigneur Ralph, ce me semble, qu'il revient de décider. »

Philippa se tourna vers le maître de céans. Le mélange de rage et de désespoir qu'il lut dans ses yeux l'emplit d'une excitation intense. La femme la plus hautaine qu'il ait connue de sa vie n'avait d'autre choix que de s'humilier devant lui. Il avait maté sa fierté. Il l'aurait volontiers possédée là, sur-le-champ.

Mais il tenait d'abord à savourer ce moment.

« Vous avez quelque chose à me dire ? lui lança-t-il.

— Je vous présente mes excuses.

— Approchez », dit-il en caressant la tête de lion sculptée sur l'accoudoir de son fauteuil. Il était assis en tête de table. « Je vous écoute, reprit-il quand elle fut près de lui.

— Je suis désolée de vous avoir éconduit plus tôt. Je retire ce que j'ai dit. J'accepte de vous épouser.

— Je n'ai pas renouvelé ma demande. Le roi m'a ordonné d'épouser Odila.

— Si vous priez le roi de revenir à son projet initial, je suis sûre qu'il vous entendra.

— C'est donc ce que vous me demandez de faire.

— Oui. » Elle le regarda dans les yeux, ravalant son ultime humiliation. « Je vous le demande... Je vous en implore, seigneur Ralph. Par pitié, faites de moi votre épouse. »

Ralph se leva de son fauteuil. « Embrassez-moi, alors. »

Elle ferma les yeux.

Il passa un bras autour de ses épaules et, l'attirant vers lui, posa ses lèvres sur les siennes. Elle se laissa faire sans réagir. Ayant emprisonné son sein dans sa main, il le découvrit aussi ferme et lourd qu'il l'avait toujours imaginé. Puis il fit descendre sa main le long de son corps, jusqu'à son entrejambe. Elle tressaillit, mais ne tenta pas de se dégager. Il pressa sa paume contre la fourche de ses cuisses et tint dans sa main le triangle rebondi de son mont de Vénus.

Sans le lâcher, il détacha ses lèvres de celles de Philippa et se tourna vers ses amis avec un sourire radieux.

76.

Le jour où Ralph fut nommé comte de Shiring, un jeune homme du nom de David Caerleon devint comte de Monmouth. Il n'était apparenté que de très loin au comte défunt, mais tous les autres héritiers du titre avaient été décimés par la peste.

Quelques jours avant Noël, l'évêque Henri célébra un office dans la cathédrale de Kingsbridge pour bénir les deux nouveaux comtes. Le même jour, les marchands fêtaient l'octroi de la charte royale à la ville, et David et Ralph furent conviés, en tant qu'hôtes d'honneur, au banquet donné à cette occasion par Merthin dans la salle de la guilde.

Ralph restait stupéfait devant la bonne fortune de David. Ce garçon, qui n'avait jamais quitté le royaume ni guerroyé, devenait comte à seulement dix-sept ans. Lui-même avait traversé toute la Normandie avec l'armée du roi Édouard, risqué sa vie dans maintes batailles, commis d'innombrables péchés au service du souverain et, malgré sa bravoure, il avait dû attendre l'âge de trente-deux ans pour se voir conférer ce titre.

Mais peu importait : il avait atteint son but et se trouvait maintenant assis à côté de l'évêque Henri, dans un somptueux manteau de brocart tissé de fils d'or et d'argent. Les gens qui le connaissaient le désignaient aux étrangers ; les riches marchands de la ville lui faisaient place et s'inclinaient respectueusement sur son passage ; quant à la jeune servante, ce fut d'une main tremblante qu'elle lui servit du vin. Son père, sieur Gérald, grabataire mais bien vivant, avait déclaré : « Descendant d'un comte et père d'un comte, je suis comblé. »

Ces honneurs procuraient à Ralph une profonde satisfaction et lui faisaient presque oublier ses soucis.

L'un d'eux cependant ne laissait de le tourmenter : la pénurie de main-d'œuvre paysanne. En cette époque de l'année où les labours d'automne étaient achevés, les journées étaient trop courtes et le temps trop froid pour travailler la terre. Mais, dès le printemps, il faudrait à nouveau labourer et semer, et les mêmes difficultés ressurgiraient. Les serfs recommenceraient à se mutiner pour obtenir des salaires plus élevés et, si Ralph refusait de les satisfaire, ils s'enfuiraient pour aller travailler chez d'autres seigneurs, beaucoup trop dépensiers et complètement irresponsables.

Cette situation n'avait que trop duré. Il devait en parler avec son jeune voisin de table, le comte de Monmouth, lui faire comprendre que la seule façon pour les nobles de mettre un terme à ce chaos, c'était de faire front commun en résistant systématiquement aux demandes d'augmentation de salaire et en refusant d'embaucher des serfs en fuite.

Voilà ce que Ralph aurait aimé expliquer à David. Hélas, le jeune homme ne semblait guère disposé à lui accorder son attention. Il paraissait s'intéresser davantage à Odila, assise en face de lui, et qui était à peu près de son âge. Ralph se dit qu'ils s'étaient certainement déjà rencontrés, sans doute lors d'un dîner donné par l'ancien comte de Monmouth, que Philippa et son premier mari, le comte William, fréquentaient beaucoup, à l'époque où David était son écuyer. Quoi qu'il en soit, on sentait que les deux jeunes gens s'appréciaient : David parlait avec animation et Odila, suspendue à ses lèvres, acquiesçait à tous ses propos, s'émerveillant de ses histoires et riant avec grâce à ses plaisanteries.

Ralph avait toujours rêvé de fasciner les femmes. Malheureusement, il ne possédait pas cette faculté, contrairement au jeune comte de Monmouth et à son frère qui, malgré sa petite taille, sa tignasse rousse et sa physionomie ingrate, séduisait sans effort les plus belles d'entre elles.

À cet égard, Ralph enviait Merthin ; pour le reste, il le plaignait. Depuis le jour où le comte Roland l'avait condamné à devenir charpentier, il n'avait jamais pu s'élever dans le monde. Pour l'heure, assis de l'autre côté du comte David, il n'avait pour se consoler que son charme et son titre de prévôt de la guilde.

Ralph, lui, n'arrivait même pas à séduire sa propre épouse. Dame Philippa lui adressait à peine la parole. Elle avait pour lui moins d'attentions que pour son chien.

Comment pouvait-il l'avoir désirée aussi ardemment pendant tant d'années, et être aussi peu satisfait ? Il avait passé treize ans de sa vie à soupirer pour elle. Aujourd'hui, après trois mois de mariage, il aurait tout donné pour en être débarrassé.

Pourtant, il n'aurait pu formuler un seul reproche à son encontre. Philippa se comportait en épouse modèle. Elle dirigeait le château avec le même savoir-faire que du vivant de son premier mari : les commandes étaient passées, les factures payées, la garde-robe du comte sans cesse enrichie ; un feu brûlait toujours dans la cheminée, et les mets et les vins arrivaient sur sa table sans faillir. Elle se soumettait même à son désir physique. Il pouvait lui faire tout ce qu'il voulait : déchirer ses vêtements, enfoncer dans sa fente ses doigts impatients, la prendre debout ou par-derrière : jamais elle ne protestait.

Mais elle ne lui rendait pas ses faveurs. Ses lèvres ne s'émouvaient pas contre les siennes, sa langue ne se glissait pas dans sa bouche, ses doigts ne caressaient pas sa peau. Quand il voulait coucher avec elle, elle lubrifiait son sexe mort avec quelques gouttes d'huile d'amande dont elle gardait toujours une fiole à portée de la main, et elle le laissait grogner au-dessus d'elle, immobile comme un cadavre. Dès qu'il roulait sur le côté, elle allait procéder à ses ablutions.

Le seul réconfort que trouvait Ralph à cette union, c'était la façon dont Odila prenait soin de Gerry. Le petit stimulait son instinct maternel naissant, et elle adorait babiller avec lui et le bercer en chantant pour qu'il s'endorme. Elle lui procurait une affection qu'il n'aurait jamais reçue d'une nourrice.

Mais Ralph avait tout de même des regrets. Les formes voluptueuses de Philippa, qui l'avaient naguère rendu fou de désir, n'éveillaient plus en lui que du dégoût. Il ne l'avait pas touchée depuis des semaines, et ne la toucherait sans doute plus jamais. À la vue de ses seins lourds et de ses hanches rondes, il repensait avec nostalgie au corps svelte, à la peau d'enfant de Tilly. Tilly, qu'il avait poignardée, perçant sa frêle poitrine d'une longue lame effilée qui s'était enfoncée dans son cœur battant. Jamais il n'avait osé confesser ce péché et il se demandait avec angoisse combien de temps il lui faudrait endurer le feu du purgatoire avant d'en être purifié.

Comme l'évêque et les autres dignitaires demeuraient au palais du prieur et que l'entourage du comte de Monmouth occupait toutes les chambres d'hôtes de l'hospice, Ralph logeait à l'auberge. Il était descendu à La Cloche, la taverne que son frère avait restaurée. C'était la seule maison de la ville à comporter deux étages : au premier, au-dessus de la vaste salle de restaurant, se trouvaient deux salles communes, l'une pour les hommes l'autre pour les femmes, et, au second, six chambres particulières réservées aux clients fortunés.

À la fin du banquet, Ralph et sa compagnie rentrèrent à l'auberge. Les hommes, installés devant l'âtre, réclamèrent du vin et se lancèrent dans des parties de dés. Quelque peu en retrait, Philippa discutait avec Caris tout en chaperonnant Odila, que le comte de Monmouth avait suivie jusque-là.

Des jeunes personnes éperdues d'admiration, comme en attirent toujours les gentilshommes prodigues, avaient formé un cercle autour des joueurs. Dans l'euphorie de la boisson et la fièvre du jeu, Ralph oublia peu à peu ses tracas.

Bientôt, il remarqua en face de lui une jeune blonde au regard intense qui ne le quittait pas des yeux tandis qu'il perdait joyeusement ses pièces d'argent, une pile après l'autre. Il lui fit signe de s'approcher. Elle lui apprit son nom : Ella, et s'assit près de lui. Il se remit à jouer. Comme la jeune fille, fébrile, agrippait sa cuisse aux moments décisifs, il se dit que ce n'était sans doute pas innocent : une femme sait toujours ce qu'elle fait.

Très vite, il se désintéressa du jeu et reporta son attention sur elle. Laissant ses hommes continuer à parier, il entreprit de lier connaissance. Elle n'avait rien de commun avec Philippa : elle était gaie, sensuelle et fascinée par lui. Ses mains se promenaient sans cesse entre leurs deux corps : tantôt pour écarter une mèche de cheveux de son visage ou se poser sur sa gorge, tantôt pour lui tapoter le bras ou effleurer son épaule en riant. Elle semblait passionnée par le récit de ses aventures en France.

À son grand déplaisir, Ralph vit son frère entrer dans la taverne et se diriger vers lui. Merthin avait donné La Cloche en location à la plus jeune fille de Betty la Boulangère, mais il se souciait malgré tout de son succès. Il s'inquiéta de savoir si Ralph trouvait les lieux à sa convenance. Celui-ci acquiesça et lui présenta sa compagne. « Je connais Ella », lâcha Merthin avec une étonnante absence de courtoisie.

Ralph n'avait revu son frère que deux ou trois fois depuis la mort de Tilly. En chacune de ces occasions, comme à son mariage, par exemple, ils n'avaient guère eu le temps de causer. Toutefois, à la façon dont Merthin le regardait, il sentait qu'il le soupçonnait d'être le meurtrier de Tilly. Cette suspicion se dressait entre eux telle une présence dont on ne parlait pas mais qu'on ne pouvait ignorer, de même que le paysan pauvre ne saurait ignorer la vache qui partage son logis exigu. Si d'aventure ils abordaient un jour le sujet, ils ne se reparleraient jamais plus, Ralph en était convaincu.

Une fois de plus, par une sorte de consentement mutuel, ils se contentèrent d'échanger des platitudes et Merthin repartit, prétextant un travail à finir. Ralph se demanda brièvement à quel genre de travail son frère pouvait bien s'adonner au crépuscule, un soir de décembre. Il n'avait pas la moindre idée de la façon dont Merthin occupait ses journées. Il ne chassait pas, n'avait pas de cour à entretenir et ne fréquentait pas celle du roi. Passait-il vraiment tout son temps, chaque jour de sa vie, à tracer des plans et à surveiller le travail de ses ouvriers ? Pour sa part, une vie pareille l'aurait rendu fou. Son frère, cependant, semblait en tirer des revenus stupéfiants. Merthin ne semblait jamais à court d'argent, alors que lui-même avait connu en permanence des difficultés financières avant de devenir comte de Shiring.

Ralph reporta son attention sur Ella. « Mon frère est un peu grincheux, dit-il en manière d'excuse.

— C'est normal, répliqua-t-elle avec un gloussement, il n'a pas eu de femme depuis six mois. Avant, il baisait la prieure, mais elle a été obligée de le congédier quand Philémon a rappliqué. »

Ralph feignit d'être choqué. « Les bonnes sœurs ne sont pas censées entretenir ce genre de relations.

— Mère Caris est une femme formidable, mais elle a le feu au cul. Ça se voit à sa démarche. »

Ces paroles licencieuses commençaient à exciter Ralph. Rentrant dans le jeu d'Ella, il déclara : « C'est très mauvais, pour un homme, de rester aussi longtemps sans femme.

— Oui, c'est bien mon avis.

— Ça provoque des… gonflements. »

Elle pencha la tête de côté en haussant les sourcils. Ralph baissa les yeux vers son bas-ventre. Elle suivit son regard. « Bigre ! Ça m'a l'air bien désagréable. » Elle posa la main sur sa queue dressée.

Au même moment, Philippa s'avança.

Ralph se figea, à la fois saisi d'effroi et furieux contre lui-même de se sentir coupable.

« Je monte me coucher… Oh ! »

Philippa fixait la main d'Ella qui n'avait pas lâché prise mais pressait au contraire doucement le membre de Ralph, en dévisageant la comtesse avec un sourire triomphant.

Le visage de Philippa s'empourpra. Ralph vit l'embarras et le dégoût se répandre sur ses traits.

Il voulut dire quelque chose, mais aucune explication satisfaisante ne lui vint à l'esprit. Il n'avait pas envie de présenter des excuses à cette mégère qui lui tenait lieu d'épouse. Elle n'avait pas volé l'humiliation qu'elle subissait. Néanmoins, il se sentait un peu idiot, assis avec une catin de taverne qui lui massait la queue, pendant que son épouse, la comtesse de Shiring, se tenait devant eux, pétrifiée de honte.

La scène ne dura qu'un instant. Ralph émit un son étranglé, Ella partit d'un petit rire et Philippa laissa échapper un « Oh ! » écœuré, avant de s'éloigner, plus hautaine encore que de coutume. Avec la grâce d'une biche escaladant une colline, elle grimpa les marches de l'escalier et disparut sans se retourner.

Un mélange de gêne et de colère s'était emparé de Ralph et il se fustigeait en son for intérieur, estimant que rien ne justifiait de tels sentiments. Cependant, son intérêt pour Ella diminua sensiblement. Il retira sa main de son entrejambe.

« Reprenez un peu de vin », susurra-t-elle, mais Ralph, qui sentait venir une migraine, repoussa la tasse en bois qu'elle s'était empressée de remplir pour lui.

Ella posa une main apaisante sur son bras en murmurant d'une voix chaude : « Ne me laissez pas tomber après m'avoir… émoustillée. »

Il se dégagea et se leva.

Les traits d'Ella prirent une expression dure. « Vous feriez bien de me donner une petite compensation. »

Il plongea la main dans sa bourse et en sortit, au hasard, une poignée de pièces qu'il jeta brutalement sur la table sans même un coup d'œil à Ella.

Elle se hâta d'empocher l'argent.

Ralph monta dans sa chambre. Philippa était assise, tout habillée, sur le lit, adossée au montant de bois. Elle avait seulement retiré ses chaussures. Elle le regarda entrer dans la pièce d'un œil accusateur.

« Vous n'avez aucun droit d'être en colère contre moi ! s'écria-t-il.

— Je ne suis pas en colère, c'est vous qui l'êtes ! »

Elle réussissait toujours à retourner la situation à son avantage. Il n'eut pas le temps de trouver une réplique qu'elle enchaînait déjà : « Ne seriez-vous pas plus heureux si je vous quittais ? »

Il la dévisagea, stupéfait. C'était bien la dernière chose à laquelle il s'attendait. « Pour aller où ?

— Ici, au couvent. Oh, pas pour prendre l'habit. Simplement pour me retirer du monde. J'emmènerais seulement quelques serviteurs : une bonne, un clerc et mon confesseur. Mère Caris est d'accord.

— Ma dernière femme m'a déjà quitté pour entrer au couvent. Que vont penser les gens ?

— Bien des femmes de la noblesse le font à un moment de leur vie. Certaines y restent à tout jamais, d'autres non. Les gens croiront que vous m'avez répudiée parce que je ne suis plus en âge de procréer, ce qui est sans doute le cas. De toute manière, vous souciez-vous vraiment de ce qu'ils pensent ? »

L'espace d'un instant, l'idée le traversa que ce serait dommage pour son fils Gerry de ne plus avoir Odila auprès de lui. Puis la possibilité de se retrouver libéré de la présence dédaigneuse et réprobatrice de Philippa fut une tentation trop forte. « Très bien. Faites ce que vous voulez. Qu'est-ce qui vous retient, d'ailleurs ? Tilly ne m'avait pas demandé la permission, vous savez.

— Je voudrais d'abord qu'Odila soit mariée.

— À qui ? »

Elle le regarda comme s'il était stupide.

« Oh, dit-il. Au jeune David, je suppose.

— Il est amoureux d'elle, et je les trouve bien assortis.

— Il est mineur. Il doit demander la permission au roi.

— C'est pour cela que j'évoque le sujet avec vous. Accepteriez-vous de l'accompagner devant le roi et d'appuyer sa demande en mariage ? Si vous me faites cette faveur, je jure de vous laisser en paix jusqu'à la fin de mes jours. »

Cela n'avait rien d'un sacrifice, réfléchit Ralph. Une alliance avec Monmouth ne pouvait que lui être profitable. « Et vous quitterez Château-le-Comte pour vous installer au couvent ?

— Oui, sitôt Odila mariée. »

C'était la fin d'un rêve, mais d'un rêve qui s'était mué en une réalité sinistre. Sans doute valait-il mieux admettre l'échec et prendre un nouveau départ.

« C'est entendu, dit-il, en sentant se mêler en lui regret et délivrance. Marché conclu. »

77.

En cet an de grâce 1350, les fêtes de Pâques tombèrent tôt. Le soir du Vendredi saint, un grand feu brûlait dans la cheminée chez Merthin. Un souper froid attendait sur la table : poisson fumé, fromage crémeux, pain frais, poires et un pichet de vin du Rhin. Merthin portait des sous-vêtements propres et une tunique neuve de couleur jaune. Le sol avait été balayé, et un bouquet de jonquilles ornait le buffet.

Il était seul. Lolla passait la nuit chez ses serviteurs, Arn et Em, qui vivaient dans une chaumière au bout du jardin. Lolla, qui avait cinq ans, adorait dormir là-bas. Elle appelait cela « partir en pèlerinage » et emportait un baluchon contenant sa brosse et sa poupée préférée.

Merthin ouvrit une fenêtre et regarda au-dehors. La surface de l'eau frissonnait et les herbes du pré pliaient sous la brise froide qui soufflait de Villeneuve. Il faisait presque nuit. Au loin, les dernières lueurs de jour s'estompaient ; la lumière semblait chuter du ciel et sombrer dans la rivière pour y être engloutie dans ses profondeurs obscures.

Il se représenta une silhouette encapuchonnée se faufilant hors du couvent et traversant en diagonale le pré devant la cathédrale. Elle dépassait sans s'y attarder l'auberge de La Cloche illuminée et descendait la grand-rue bourbeuse, tenant son visage dans l'ombre et ne parlant à personne. Il l'imagina arrivée à la porte de la ville. Avait-elle pour la rivière noire et glacée un regard méfiant, se remémorant un moment de désespoir assez profond pour engendrer des pensées funestes ? Si tel était le cas, elle chassait promptement ce souvenir. Elle s'engageait sur le pont qu'il avait bâti et le franchissait d'un pas décidé. Retrouvant la terre ferme à l'île aux lépreux, elle quittait la grand-rue, traversait une étendue d'herbe et de taillis où les lapins s'en donnaient à cœur joie, contournait le lazaret en ruine et débouchait sur le rivage sud. Là, elle frappait à la porte de sa maison.

Il ferma la fenêtre et attendit. Nul bruit de pas ne résonnait dans le silence. C'était son impatience qui le portait à croire que l'heure avait déjà sonné.

Il eut la tentation de se servir une tasse de vin, mais n'y succomba pas : un rituel s'était instauré entre eux, il voulait en respecter les phases.

Les trois coups à la porte retentirent quelques instants plus tard. Il alla ouvrir. Elle entra. Rejetant sa capuche en arrière, elle fit tomber de ses épaules sa lourde cape de laine grise.

Elle était plus grande que lui d'un bon pouce, et plus âgée de quelques années. Son visage fier, parfois hautain, rayonnait de joie en ce moment. Elle portait une robe coupée dans ce fameux écarlate de Kingsbridge. Il la prit dans ses bras. Serrant contre lui son corps voluptueux, il déposa un baiser sur ses lèvres pulpeuses en soupirant : « Ma chérie, ma Philippa ! »

Ils firent l'amour aussitôt, à même le sol, sans prendre le temps de se dévêtir. Il avait faim de son corps, et elle plus encore du sien. Il avait étalé sa cape sur la paille et elle s'y était allongée, relevant ses jupes. À présent, elle se cramponnait à lui comme un nageur sur le point de se noyer, les jambes enroulées autour des siennes, le visage enfoui au creux de son cou, l'étreignant contre son corps si doux. Ce corps sur lequel elle s'était juré, au moment de quitter Ralph, qu'aucun homme ne poserait jamais plus la main sur lui jusqu'à ce qu'il soit étendu, glacé, sur sa couche funèbre.

Lorsqu'elle lui avait fait cet aveu, Merthin avait senti les larmes lui monter aux yeux. Il avait lui-même aimé Caris avec tant de force qu'il avait cru que nulle femme au monde ne saurait éveiller en lui le même sentiment. Mais l'amour s'était présenté à lui aussi bien qu'à Philippa sous l'apparence d'un don du ciel inattendu, d'une source fraîche et vive au cœur d'un désert brûlant, et ils s'y étaient désaltérés tous deux comme l'auraient fait des voyageurs moribonds.

Leur désir assouvi, ils demeurèrent enlacés près du feu, haletants. Merthin se rappela leur première union. Peu après s'être installée au prieuré, Philippa avait commencé à s'intéresser à la construction de la tour. Femme active, elle avait de la peine à occuper les longues heures que les religieuses consacraient à la prière et à la méditation. Elle aimait passer du temps à la bibliothèque, mais ne supportait pas d'y rester enfermée la journée entière. Un matin, elle lui avait rendu visite dans la loge des maçons. Il lui avait montré les plans de la tour. Elle avait pris l'habitude de venir l'y voir tous les jours et de bavarder avec lui pendant qu'il travaillait. Il avait toujours admiré son intelligence et sa force de caractère ; maintenant, dans l'intimité de sa loge, il découvrait la chaleur et la générosité que cachait son maintien hiératique. Elle était fort drôle et riait volontiers à ses phrases d'un petit rire de gorge qui avait fait naître en lui le désir de lui faire l'amour. Un jour, elle lui avait adressé un compliment. « Vous êtes un homme bon, lui avait-elle dit. C'est une chose trop rare. » Touché de sa sincérité, il lui avait baisé la main. Ce geste d'affection, elle aurait pu le refuser sans crainte de le vexer, si elle l'avait souhaité : il suffisait qu'elle retire sa main et recule d'un pas. Elle ne l'avait pas fait. Au contraire, elle avait laissé sa main dans la sienne et l'avait regardé avec une expression qui ressemblait à de la passion. Il l'avait embrassée.

Ils avaient fait l'amour dans la loge, sur le matelas. Plus tard seulement s'était-il souvenu que cette paillasse opportunément placée là s'y trouvait à l'instigation de Caris, qui avait dit en plaisantant qu'un maçon avait besoin d'un endroit moelleux où ranger certains outils.

Caris ignorait tout de sa liaison avec Philippa. Personne n'en savait rien, à l'exception de ses domestiques, Arn et Em. À la tombée de la nuit, lorsque les religieuses se retiraient dans leur dortoir, Philippa montait se coucher dans sa chambre, à l'hospice. Puis, quand tout le monde était endormi, elle se glissait dehors en empruntant l'escalier extérieur qui permettait aux hôtes de marque d'aller et venir à leur guise sans passer par la salle commune. Elle revenait à l'aube, par le même chemin, quand les religieuses chantaient les matines, et plus tard descendait au réfectoire pour le petit déjeuner comme si elle n'avait jamais quitté son lit.

Merthin s'étonnait de pouvoir aimer une autre femme moins d'un an après la fin de sa liaison avec Caris. Une Caris qu'il n'avait pas oubliée, au contraire. Il éprouvait sans cesse le besoin d'aller la voir pour lui raconter une anecdote amusante ou lui demander son opinion sur un point épineux. Dans maintes situations, il se surprenait à appliquer ses conseils ; par exemple, lorsque Lolla se blessait et qu'il baignait ses écorchures avec du vin tiède. Il rencontrait Caris presque tous les jours. Non seulement elle suivait de près ses deux grands chantiers – le nouvel hôtel-dieu, qui était presque achevé, et la tour, qui n'était pas encore sortie de terre –, mais elle s'intéressait beaucoup à la mise en place des institutions nécessaires au bon fonctionnement d'une ville libre. Maintenant que le prieuré avait perdu son contrôle sur Kingsbridge, c'était aux marchands, dont Merthin était le prévôt, qu'il incombait de constituer les nouveaux tribunaux, de créer une bourse à la laine, de promouvoir l'établissement de normes et de mesures au sein des différentes guildes d'artisans.

Cependant, ces fréquents entretiens avec Caris lui laissaient un arrière-goût amer, semblable à l'aigreur qui persiste dans la gorge lorsqu'on a bu une gorgée de mauvaise bière. Il l'avait aimée de tout son être, et elle l'avait repoussé. Penser à elle, c'était comme se rappeler une journée de bonheur qui se serait achevée sur une dispute.

« Crois-tu que je ressente une attirance particulière pour les femmes interdites ? demanda-t-il malicieusement à Philippa.

— Non, pourquoi ?

— Il est curieux tout de même qu'après être resté douze ans amoureux d'une religieuse, et neuf mois célibataire, je m'éprenne de l'épouse de mon frère.

— Ce terme me fait horreur, répliqua vivement Philippa. Ce mariage était une mascarade. Je ne m'y suis soumise que contrainte et forcée, je n'ai partagé la couche de Ralph que pendant quelques jours. Je suis persuadée qu'il sera enchanté de ne jamais plus me revoir. »

Il lui serra doucement l'épaule. « Il n'empêche, nous devons rester très discrets, comme je l'étais avec Caris. »

Il n'osa ajouter que la loi autorisait un homme à tuer son épouse si elle commettait le péché d'adultère. Pour autant qu'il le sache, aucun mari jaloux n'en était arrivé à de telles extrémités, du moins parmi la noblesse, mais la fierté pouvait pousser son frère à commettre des actes monstrueux. Ralph avait assassiné Tilly, ce qu'il avait révélé à Philippa.

« Ton père a aimé ta mère en silence pendant des années tout en étant persuadé qu'il ne saurait jamais la séduire, n'est-ce pas ? répondit Philippa.

— Mais oui, c'est vrai ! s'exclama Merthin, qui avait presque oublié cette vieille histoire.

— Toi, tu as aimé une religieuse.

— Oui, et mon frère a été transi d'amour pour toi, l'épouse comblée d'un comte, pendant des années. Comme disent les prêtres, les péchés des pères retombent sur leurs enfants. Mais laissons ce chapitre. Veux-tu souper ?

— Dans un petit moment.

— Tu veux faire quelque chose avant ?

— Tu le sais bien. »

Il le savait, en effet. Il s'agenouilla entre ses jambes et déposa de doux baisers sur son ventre et ses cuisses. Elle avait la particularité de toujours vouloir jouir deux fois. Il entreprit de caresser son sexe du bout de sa langue. Elle gémit. Posant la main sur sa nuque, elle l'attira plus près encore. « Oh oui, dit-elle. Tu sais comme j'aime ça, surtout quand je suis pleine de ta semence. »

Il releva la tête. « Oui, je sais », dit-il en la regardant. Et il se remit à la tâche.

*

Au printemps, la peste connut un répit. Les gens continuaient de mourir, mais ils étaient beaucoup moins nombreux à tomber malades. À la grand-messe du dimanche de Pâques, l'évêque Henri annonça que la foire à la laine se tiendrait dans des conditions normales cette année.

Au cours de ce même office, six moines prononcèrent leurs vœux perpétuels au terme d'un noviciat écourté. Mais Henri souhaitait accroître le nombre de moines à Kingsbridge. La même tendance s'observait dans tout le pays, prétendait-il. Il profita de ce jour solennel pour ordonner cinq prêtres, formés sommairement eux aussi, qui seraient répartis dans les paroisses environnantes. Enfin, il accueillit deux moines qui revenaient à Kingsbridge, leur diplôme de médecin en poche après seulement trois années d'études au lieu des cinq ou sept requises autrefois. Ces nouveaux médecins se prénommaient frère Austin et frère Sime. Caris les avait vaguement connus à l'époque où elle était sœur hôtelière, avant qu'ils ne partent pour Oxford faire leurs études au collège de Kingsbridge. Le lendemain après-midi, profitant que ce lundi de Pâques était férié, elle leur fit visiter le chantier de l'hôtel-dieu, qui était presque achevé.

Ils se comportaient tous deux avec cette assurance proche de la prétention que l'université semblait instiller aux étudiants en même temps que la connaissance de la médecine et le goût pour les vins de Gascogne. Ses années de travail au contact des malades avaient donné à Caris tout autant d'assurance, et ce fut avec une autorité affirmée qu'elle leur présenta le bâtiment et décrivit la façon dont elle avait l'intention de le diriger.

Frère Austin, jeune homme mince au crâne dégarni et au regard sérieux, fut impressionné par la disposition originale des salles autour du cloître. Frère Sime, qui était un peu plus âgé, semblait, quant à lui, indifférent aux explications de Caris. Chaque fois qu'elle prenait la parole, il regardait ailleurs.

« Je pense que la propreté est primordiale dans un hospice, déclara-t-elle.

— Et pourquoi donc ? intervint Sime sur le ton condescendant qu'il aurait pris pour demander à une petite fille pourquoi sa poupée méritait une fessée.

— Une hygiène irréprochable préserve la santé.

— Ah. Et que faites-vous de l'équilibre des humeurs à l'intérieur du corps humain ?

— Nous n'appliquons plus guère cette théorie, ici. Face à l'épidémie de peste, elle a donné des résultats déplorables.

— Et balayer le sol a donné des résultats probants ?

— Tout au moins, cela a eu le mérite de remonter le moral des patients.

— Tu reconnaîtras, Sime, que certains de nos maîtres à Oxford partagent les vues de mère Caris, glissa Austin.

— Un petit groupe d'hétérodoxes…

— Si nous avons construit cet hôtel-dieu, reprit Caris, c'est avant tout pour être en mesure d'isoler les patients atteints de maladies contagieuses.

— À quelle fin ?

— Limiter la propagation de ces maladies, naturellement.

— Et comment ces maladies se transmettent-elles, je vous prie ?

— Nul ne le sait. »

Un petit sourire de triomphe tordit la bouche de Sime. « Dans ce cas, comment savez-vous par quels moyens limiter leur propagation ? » Par ce raisonnement, il pensait démontrer à Caris la vacuité de son argumentation. C'était ce sur quoi reposait l'essentiel de l'enseignement dispensé à Oxford.

Elle ne se laissa pas démonter. « Je le sais par expérience, répliqua-t-elle. Je suis comme le berger, qui ignore par quel miracle un agneau grandit dans le ventre de la brebis, mais qui sait, en revanche, que ce miracle ne se produira pas s'il tient le bélier à l'écart de la femelle.

— Hmm. »

Le dédain de Sime commençait à agacer Caris. Elle voyait en lui un homme intelligent, certes, mais incapable d'adapter son esprit au monde réel. Elle était frappée par le fossé qui séparait son intelligence, essentiellement intellectuelle, et celle de Merthin, tournée vers la pratique, ce qui n'empêchait pas le bâtisseur d'être un puits de science. Sa finesse d'esprit lui permettait de comprendre les choses dans toute leur complexité, sans jamais perdre de vue les contingences matérielles. Son intelligence, comme les édifices qu'il construisait, reposait sur des fondements solides et concrets. À cet égard, Merthin lui rappelait son père, homme chez qui l'intelligence et l'esprit pratique se mariaient également. Visiblement, à l'instar de Godwyn et d'Anthony, Sime était enclin à ne pas démordre de ses opinions, que ses patients succombent ou survivent !

Austin arborait un grand sourire. « La mère prieure t'a bien eu, Sime, dit-il, amusé de voir une femme qui n'avait jamais mis les pieds à l'université clouer le bec à son compagnon. Nous avons beau ignorer comment les maladies se propagent, séparer les malades des bien-portants ne saurait être néfaste. »

Sur ces entrefaites, sœur Joan, la trésorière, interrompit leur conversation. « Le bailli d'Outhenby vous demande, mère Caris.

— A-t-il apporté les veaux ? »

Chaque année, à Pâques, Outhenby devait offrir aux religieuses douze veaux d'un an.

« Oui, dit Joan.

— Enfermez les bêtes et dites-lui de venir ici, s'il vous plaît. »

Sime et Austin prirent congé. Caris était en train d'inspecter le sol carrelé des latrines quand Harry le Laboureur la rejoignit. C'était lui le nouveau bailli d'Outhenby. Caris avait renvoyé l'ancien, trop rétrograde à son gré, et nommé à sa place le jeune homme qui lui avait semblé le plus compétent du village.

Il lui serra la main avec une familiarité un peu déplacée, mais elle ne s'en offusqua pas, l'aimant bien. Elle s'enquit aimablement :

« Ce n'était pas trop compliqué de nous amener les bêtes, alors que vous êtes en pleins labours de printemps ?

— C'est comme ça », dit-il.

C'était un homme à la solide carrure et aux bras musclés, comme tous les laboureurs. Conduire un attelage de huit bœufs traînant une lourde charrue dans de la terre humide et argileuse exigeait autant de force que de technique. Il se dégageait d'Harry une impression de bonne santé, comme si l'air pur des champs l'accompagnait partout.

« Vous ne préféreriez pas nous régler la redevance en espèces ? lui demanda Caris. C'est courant, de nos jours.

— Ce serait plus pratique, oui. Mais tout dépend des conditions, ajouta-t-il en plissant les yeux, l'air méfiant.

— Eh bien… un veau d'un an se vend environ douze shillings au marché, mais il est vrai que les prix ont baissé cette saison.

— Oui, de moitié. Aujourd'hui, douze veaux ne valent plus que trois livres.

— Mais quand l'année est bonne, ils peuvent en valoir six.

— C'est bien là, le problème ! » dit Harry en souriant. Il prenait plaisir au marchandage.

« Donc, vous aimeriez mieux nous payer en argent qu'en nature ?

— Oui, si nous arrivions à convenir d'un montant raisonnable.

— Huit shillings, disons.

— Oui. Mais si, une année, le prix d'un veau n'est que de cinq shillings, où les villageois trouveront-ils l'argent pour payer la différence ?

— Voilà ce qu'on va faire. Désormais, à Pâques, Outhenby pourra nous donner au choix cinq livres ou douze veaux. Ce sera au village de décider. »

Harry réfléchit à cette proposition, y cherchant un piège. N'en trouvant pas, il signifia son accord. « À présent, il nous faut sceller ce marché.

— Comment ça ? »

À la stupeur de Caris, il posa ses mains calleuses sur ses minces épaules, baissa la tête et pressa ses lèvres contre les siennes !

Si frère Sime s'était autorisé ces privautés, elle aurait bondi en arrière. Mais Harry n'était pas frère Sime. Sa vigueur et sa virilité la troublaient-elles ? Toujours est-il que Caris se laissa attirer contre sa poitrine et accueillit sans résistance son baiser piquant à cause de sa barbe. Elle sentit son membre en érection et comprit alors qu'il ne demandait rien de mieux que de la prendre là, sur le sol fraîchement carrelé des latrines. À cette pensée, elle se ressaisit et le repoussa brusquement. « Arrêtez ! s'exclama-t-elle. Que faites-vous, enfin ?

— Je vous embrasse, ma chère », répondit-il sans la moindre gêne.

La situation était grave. Des commérages sur ses relations avec Merthin s'étaient sans doute répandus dans tout le comté. Ils étaient l'un et l'autre parmi les personnages les plus connus de Kingsbridge. Si ces rumeurs en soi lui importaient peu, elles avaient à l'évidence des conséquences fâcheuses puisqu'elles incitaient Harry à se conduire ainsi. Elle devait réagir dans l'instant, sinon c'en serait fini de son autorité. « À l'avenir, vous ne devez jamais plus vous permettre ces façons, dit-elle de sa voix la plus sévère.

— Vous aviez pourtant l'air d'apprécier !

— Alors votre péché est d'autant plus grave, car vous avez sciemment poussé une religieuse à violer ses vœux sacrés.

— Mais je vous aime. »

Il paraissait sincère, et Caris pouvait comprendre ses sentiments. Arrivée à l'improviste, elle avait fait souffler sur son village un vent nouveau, réorganisant tout et pliant les paysans à ses volontés. À ses yeux, elle était une déesse : elle avait reconnu ses talents et l'avait élevé au-dessus des autres villageois. Quoi d'étonnant à ce qu'il se soit épris d'elle ? Cependant, elle devait le remettre sur le droit chemin au plus vite. « Répétez ces mots une fois de plus, et j'appointe un autre bailli à Outhenby ! » le menaça-t-elle.

Ces paroles l'arrêtèrent plus efficacement que l'idée de commettre un péché.

« Maintenant, rentrez chez vous !

— Très bien, mère Caris.

— Et trouvez-vous une femme qui n'ait pas prononcé de vœux de chasteté.

— Jamais ! » dit-il, mais elle ne le crut pas.

Harry parti, elle demeura sur le chantier. Une nervosité lascive s'était emparée d'elle et elle se serait volontiers livrée à des plaisirs solitaires si elle avait été certaine que personne ne vienne la déranger. En neuf mois, c'était la première fois que le désir la taraudait. Après sa rupture avec Merthin, elle avait sombré dans une sorte de torpeur physique qui avait étouffé en elle toute pensée charnelle. Ses relations avec les autres religieuses lui procuraient l'affection et la chaleur dont elle avait besoin. L'amour qu'éprouvaient pour elle sœur Joan et sœur Oonagh ne se traduisait pas par des rapports physiques comme cela s'était passé avec Mair. D'autres passions occupaient l'esprit de Caris : l'hôtel-dieu, la tour, la renaissance de la ville.

Elle prit le chemin de la cathédrale. Aux quatre angles de la croisée du transept, Merthin avait fait creuser des trous monumentaux. Au cours des mois pluvieux de l'automne, les montagnes de terre extraite de ces trous grâce à d'immenses grues de sa fabrication avaient été chargées dans des tombereaux et transportées jusqu'à l'île aux lépreux. Tout au long du jour, des attelages de bœufs descendaient non sans peine la grand-rue et traversaient le premier pont pour aller déverser leur chargement sur le sol rocailleux de l'île et repartir vers la cathédrale, remplis cette fois de pierres de taille, livrées par bateau. Ces pierres s'accumulaient maintenant sur le chantier, en piles de plus en plus hautes.

Dès la fin des gelées hivernales, les maçons avaient commencé à édifier les fondations des piliers qui soutiendraient la nouvelle tour. Caris jeta un coup d'œil dans le trou creusé à l'angle de la nef et du bras nord du transept. Il était si profond qu'elle en eut le vertige. Le fond en était déjà recouvert de pierres de taille disposées avec soin en lignes régulières jointes par de fines couches de mortier. Ces fondations étaient tout à fait indépendantes des premières, qui s'étaient révélées insuffisantes. Les piliers s'élèveraient donc loin des murs, ce qui évitait d'avoir à démolir une partie de la nef et du transept. Une fois que le corps de la tour aurait été construit, on ôterait le toit temporaire posé par Elfric au-dessus de la croisée. Ce projet était typique de Merthin : simple mais efficace, et plein d'ingéniosité.

Le chantier était désert, comme celui de l'hospice, mais Caris remarqua un mouvement au fond du trou. Il y avait quelqu'un en bas. Un instant plus tard, elle reconnut Merthin. Elle s'approcha d'une des échelles étonnamment frêles, en corde et en branchages, que les maçons utilisaient pour descendre dans la fosse, et se risqua sur ses barreaux oscillants.

Elle fut soulagée d'arriver à bon port. Merthin l'aida à mettre pied à terre, le sourire aux lèvres. « Tu es un peu pâle, dit-il.

— C'est une longue descente. Alors, les travaux avancent ?

— Ils avancent, oui. Mais ça prendra encore plusieurs années.

— Pourquoi ? L'hôtel-dieu semblait plus compliqué à construire et il est déjà terminé.

— Eh bien, il y a deux raisons à cela. La première, c'est que plus on va monter, plus l'espace va se réduire. En s'élevant, la tour deviendra plus étroite, ce qui signifie que les douze maçons que j'emploie en ce moment pour poser les fondations ne pourront plus travailler en même temps. La seconde raison, c'est que ce mortier sèche très lentement. Il faudra le laisser durcir pendant des mois avant de commencer à construire les piliers. »

Elle l'écoutait à peine. Elle regardait son visage et se souvenait de toutes les fois où ils avaient fait l'amour dans le palais du prieur, entre matines et laudes, quand la lueur de l'aube naissante pénétrait par la fenêtre ouverte et tombait sur leurs corps nus comme une bénédiction.

Elle lui tapota le bras. « En tout cas, les travaux de l'hospice ont été rondement menés.

— Oui, tu devrais pouvoir emménager à la Pentecôte.

— Ce serait formidable. Même si la peste fait moins de victimes en ce moment. On dirait qu'elle recule.

— Dieu merci ! dit Merthin avec ferveur. Peut-être qu'on en sera enfin débarrassé. »

Caris secoua la tête, l'air sombre. « Nous avons déjà eu cette impression, tu te souviens ? L'année dernière, à peu près à la même période. Et l'épidémie est repartie de plus belle.

— Dieu nous préserve !

— Tu vas bien, toi, au moins ? » Elle caressa sa joue, puis sa barbe frisée.

Il semblait un peu mal à l'aise. « Dès que l'hôtel-dieu sera achevé, nous lancerons le chantier de la bourse à la laine.

— J'espère que tu as raison de croire que les affaires vont reprendre.

— Mais oui, elles vont reprendre ! Sauf si nous mourons tous.

— Ne dis pas cela. »

Elle posa un baiser sur sa joue.

« Évidemment, il faut partir du principe qu'on va survivre, mais la vérité, c'est qu'on n'en sait rien. » Il avait lâché ces mots comme si elle l'avait irrité.

« Ne pensons pas au pire. »

Elle enroula ses bras autour de sa taille et pressa ses seins contre son corps mince, éprouvant la fermeté de son torse sous son corps tendre et offert.

Il la repoussa avec tant de violence qu'elle manqua tomber. « Non ! » cria-t-il.

Elle en fut aussi ébahie que s'il venait de la frapper. « Qu'y a-t-il ?

— Arrête de me caresser !

— Je t'ai juste…

— Ne le fais pas, c'est tout ! Tu m'as quitté il y a neuf mois. Je t'ai dit que c'était la dernière fois, et j'étais sérieux. »

Elle ne comprenait pas sa colère : « Mais je t'ai juste pris dans mes bras…

— Eh bien, ne le fais pas ! Nous ne sommes plus amants. Tu n'as aucun droit de faire ça.

— Je n'ai pas le droit de te toucher ?

— Non !

— Je ne savais pas que j'avais besoin d'une permission.

— Tu le sais très bien. Toi non plus, tu ne laisses pas les gens te toucher !

— Merthin, tu n'es pas "les gens". Je te connais, et tu me connais. »

Mais en disant ces mots, elle savait que c'était lui qui avait raison et elle tort. Elle l'avait rejeté et refusait d'en accepter les conséquences. La scène avec Harry l'avait laissée brûlante d'un désir qu'elle était venue assouvir auprès de lui. Elle s'était dit que ses gestes affectueux n'étaient que l'expression d'une tendre amitié, mais c'était un mensonge. Telle une dame riche et oisive qui se désintéresse d'un livre puis le reprend quand l'envie la saisit, elle avait voulu disposer de Merthin à sa guise, sans vergogne. Pendant tout ce temps, elle lui avait retiré le privilège de la toucher. Elle ne pouvait pas le revendiquer maintenant pour la simple raison qu'un jeune laboureur musclé avait pris la liberté de l'embrasser.

Malgré tout, elle se serait attendue à ce que Merthin le lui fasse remarquer avec plus de gentillesse et d'affection. Or il venait de se comporter avec une hostilité brutale. Aurait-elle perdu son amitié en refusant son amour ? Ses yeux s'embuèrent de larmes. Elle se détourna et regagna l'échelle.

Elle eut du mal à grimper. L'escalade requérait un effort physique important et elle se sentait vidée de toute son énergie. Elle fit une pause et jeta un regard en bas. Merthin s'était rapproché de l'échelle et la maintenait fermement pour l'empêcher de se balancer.

Quand elle atteignit les derniers barreaux, elle baissa de nouveau les yeux vers le fond du trou. Merthin était toujours là. Il lui vint à l'idée qu'un simple saut mettrait fin à ses malheurs. Une chute de cette hauteur sur la pierre ne pardonnerait pas. Elle mourrait sur le coup.

Merthin parut deviner ses pensées car, d'un geste impatient de la main, il lui fit signe de se hâter. Elle songea à quel point il serait bouleversé si elle se tuait et, un bref instant, elle prit plaisir à imaginer son désespoir et ses regrets. Elle avait la conviction que Dieu l'accueillerait avec miséricorde, à supposer que l'au-delà existe vraiment.

Elle gravit les derniers barreaux, se hissa sur la terre ferme. Quelle bêtise ! Elle n'allait pas mettre fin à ses jours : elle avait beaucoup trop à faire. Elle retourna au couvent.

C'était l'heure des vêpres. Novice, elle s'était beaucoup agacée de la perte de temps que représentaient les offices. Mère Cécilia s'était ingéniée à lui assigner des tâches lui permettant, le plus souvent, de ne pas y assister. Aujourd'hui, elle voyait dans ces moments passés dans le sanctuaire une agréable occasion de méditer et de se reposer. Elle mena dans la cathédrale la procession des religieuses.

Cette dispute avec Merthin n'était qu'un incident déplaisant. Elle n'allait pas se laisser abattre. Elle s'efforça de chanter les Psaumes, mais elle avait bien de la peine à réprimer ses larmes !

Le souper, après l'office, se réduisait à de l'anguille fumée. De goût puissant et de consistance élastique, ce n'était pas le mets favori de Caris. De toute façon, elle n'avait pas faim. Elle se contenta de grignoter un peu de pain.

Puis elle se retira dans son officine. Deux novices s'y trouvaient, occupées à faire des copies de son livre de remèdes. Elle en avait terminé la rédaction peu après Noël et déjà des apothicaires, des religieuses, des barbiers et même quelques médecins lui en avaient réclamé des exemplaires. Le recopier faisait désormais partie de l'apprentissage des novices qui souhaitaient se vouer aux soins des malades. Comme c'était un recueil court et sans enluminures, il n'était pas cher à fabriquer et la demande ne faiblissait jamais.

La pièce était si petite qu'à trois on s'y sentait à l'étroit. Il tardait à Caris de s'installer dans l'officine de l'hôtel-dieu qui serait bien plus vaste et claire.

Éprouvant un besoin de solitude, elle envoya les novices se coucher. Las, quelques instants plus tard, dame Philippa poussait la porte.

Caris n'avait pas de grandes affinités avec la comtesse, mais elle éprouvait de la compassion pour elle, et elle était heureuse d'offrir l'asile à une femme qui fuyait un mari tel que Ralph. Philippa ne la dérangeait pas : elle avait peu d'exigences et passait la plupart de son temps dans sa chambre, peu disposée, semblait-il, à partager la vie de prière et de sacrifice des religieuses. Mais Caris n'allait pas lui jeter la pierre.

Elle l'invita à s'asseoir.

D'une courtoisie irréprochable, Philippa n'était cependant pas femme à cacher ses sentiments. Elle déclara sans préambule : « Je veux que vous laissiez Merthin tranquille.

— Je vous demande pardon ? balbutia Caris, stupéfaite et piquée au vif.

— Je sais que vos fonctions respectives requièrent que vous vous parliez, mais vous ne devez ni l'embrasser ni même le toucher.

— Comment osez-vous ? »

Que savait Philippa et, surtout, en quoi ses relations avec Merthin la concernaient-elles ?

« Il n'est plus votre amant. Cessez de l'importuner. »

Merthin avait dû lui raconter leur querelle de cet après-midi.

« Mais pourquoi vous a-t-il… ? » Elle n'acheva pas, devinant la réponse à sa question avant même d'avoir fini de la poser.

« Il n'est plus à vous, assena Philippa, confirmant son intuition. Il est à moi.

— Oh, mon âme ! s'écria Caris, atterrée. Merthin et vous ?

— Exactement !

— Avez-vous déjà… ?

— Oui.

— Et je n'en savais rien ! » Elle se sentait trahie, quand bien même elle n'avait rien à reprocher à Merthin. « Mais comment… ? Où… ?

— Vous n'avez pas besoin de connaître les détails.

— Non, bien sûr… »

Ils devaient se retrouver chez lui, sur l'île aux lépreux. La nuit, sans doute. « Depuis combien de temps ?

— Cela n'a pas d'importance. »

Moins d'un mois, forcément, calcula Caris, puisque avant Philippa vivait encore à Château-le-Comte. « Vous n'avez pas traîné ! » lâcha-t-elle.

C'était une raillerie bête et méchante, que Philippa eut la grâce d'ignorer. « C'est vous qui l'avez abandonné, reprit-elle. Il aurait tout donné pour rester avec vous. Surmonter sa peine et aimer quelqu'un d'autre ne lui ont pas été faciles, mais il y est parvenu. Alors, ne vous avisez pas de venir le tourmenter. »

Caris aurait voulu la rabrouer, lui jeter, avec toute sa colère, qu'elle n'avait aucun droit de lui donner des ordres ni de lui faire des leçons de morale, mais elle se rendait compte que Philippa avait raison sur un point : elle devait oublier Merthin à tout jamais.

Elle ne voulait pas s'effondrer devant la comtesse. « Pourriez-vous me laisser, maintenant ? » dit-elle en tentant d'imiter sa voix ferme et hautaine.

Il en fallait plus pour décontenancer Philippa. « Vous ne l'importunerez plus ? »

Caris n'avait plus le courage de résister. Elle rendit les armes.

« Non, bien sûr.

— Merci », dit Philippa.

Elle sortit. Caris attendit qu'elle se soit éloignée pour éclater en sanglots.

78.

Philémon se révéla un prieur tout aussi incompétent que Godwyn, incapable de gérer les finances du prieuré. Pendant les quelques mois où elle avait occupé ce poste, Caris avait établi une liste des différentes sources de revenus du monastère :

1. Redevances.
2. Part sur les bénéfices issus de l'industrie et du commerce (dîme).
3. Bénéfices issus de l'exploitation agricole des domaines seigneuriaux.

4. Bénéfices issus des moulins à grains et des autres moulins industriels.

5. Péages sur la traversée des rivières et prélèvement d'une part de la pêche.

6. Patente sur les étals des marchés.

7. Recettes issues des activités judiciaires – taxes et amendes générées par les tribunaux.

8. Donations en provenance des pèlerins et autres fidèles.

9. Vente de livres, d'eau bénite, de cierges, etc.

Elle avait remis cette liste à Philémon, qui la lui avait jetée au visage d'un air suffisant, sans même prendre le temps de la lire. Godwyn ne s'y serait pas plus intéressé, mais son amabilité superficielle l'aurait sans doute porté à remercier Caris pour son aide.

Il en allait de même pour la tenue des livres. Dans ce domaine, Caris avait introduit au couvent la méthode que lui avait enseignée le marchand italien Buonaventura Caroli à l'époque où elle aidait son père dans son commerce de laine. Ce système consistait non plus à rédiger à la suite de courts rapports concernant chaque transaction, mais à inscrire les recettes sur la gauche du parchemin et les dépenses sur la droite, et à inscrire le total de chacune des deux colonnes en bas de page. La différence entre les deux résultats permettait de savoir d'un simple coup d'œil si le couvent gagnait de l'argent ou en perdait. Sœur Joan avait adopté cette méthode avec enthousiasme. Hélas, quand Caris avait proposé à Philémon de la lui expliquer, il avait refusé tout net, s'offensant, comme à son habitude, qu'elle ose douter de ses compétences.

Il n'avait qu'un seul talent, le même que Godwyn : celui de manœuvrer les gens. Avec sa rouerie habituelle, il avait fait le tri parmi les nouveaux moines. Frère Austin, le médecin aux vues modernes, ainsi que deux autres brillants jeunes hommes s'étaient vu envoyer à Saint-Jean-des-Bois, à une distance les empêchant de défier son autorité.

Mais après tout, quelle raison Caris avait-elle de se tracasser ? L'évêque Henri avait nommé Philémon. À lui d'en assumer les conséquences ! Par bonheur, ses projets personnels ne risquaient plus d'être compromis. Kingsbridge était désormais une ville libre, et elle avait son nouvel hôtel-dieu.

Celui-ci devait justement être consacré par l'évêque le dimanche de la Pentecôte, sept semaines après Pâques. Quelques jours avant la cérémonie, Caris déménagea son matériel et ses réserves dans la nouvelle officine. Il y avait là une table pour les écritures et une paillasse assez grande pour permettre à deux personnes de travailler côte à côte à la composition de remèdes.

Caris était en train de préparer un émétique et Oonagh de réduire en poudre des herbes séchées pendant que Greta, une novice, recopiait le livre de Caris, quand un jeune garçon entra, chargé d'un petit coffre en bois. C'était Josiah, un novice que tout le monde surnommait Joshie. Il paraissait gêné de se trouver en présence de trois femmes. « Où dois-je poser ça ? » demanda-t-il.

Caris releva les yeux vers lui. « Qu'est-ce que c'est ?

— Un coffre.

— Je le vois bien, répondit-elle patiemment en songeant par-devers elle que ce jeune garçon avait l'air particulièrement niais, même s'il était capable d'apprendre à lire et à écrire. Mais que contient-il ?

— Des livres.

— Et pourquoi m'apportes-tu ce coffre rempli de livres ?

— Parce qu'on m'a dit de le faire. »

Comprenant, au bout d'un instant, que sa réponse manquait de précision, il ajouta : « Frère Sime.

— Frère Sime m'offre des livres, à présent ? » s'étonna Caris.

Joshie se sauva sans répondre.

Elle ouvrit le coffre. Il renfermait des ouvrages de médecine, tous écrits en latin. *Le Canon de la médecine* d'Avicenne, *Du régime* d'Hippocrate, *De l'utilité des parties du corps humain* de Galien, et *Liber Uriarum* d'Isaac Judaeus. Des classiques, tous écrits plus de trois cents ans auparavant.

Joshie revint, lesté d'un autre coffre.

« Qu'est-ce que c'est, encore ?

— Des instruments médicaux. Frère Sime a dit que vous ne deviez pas y toucher. Il viendra lui-même les ranger aux endroits qui conviennent. »

Consternée, Caris lui demanda : « Frère Sime veut entreposer ses livres et ses instruments ici ? Est-ce qu'il prévoit de travailler dans mon officine ? »

Bien entendu, Joshie ne savait rien des intentions du moine.

Sur ces entrefaites, Sime entra en personne, accompagné de Philémon. Sans un mot, il inspecta la pièce et entreprit de déballer ses affaires. Ôtant d'une étagère les pots que Caris y avait rangés, il y installa ses livres, puis vida le second coffre, alignant sur une autre étagère des lames effilées destinées à inciser les veines et des flacons en forme de goutte utilisés pour l'examen des urines.

D'un ton neutre, Caris s'enquit : « Comptez-vous passer beaucoup de temps ici, frère Sime ? »

Philémon répondit pour lui ; il avait dû anticiper la question avec délice. « Où voulez-vous qu'il aille ? s'indigna-t-il, comme si Caris s'était montrée impertinente. C'est un hospice, que je sache. Frère Sime est le seul médecin du prieuré. Qui soignera les malades, s'il n'est pas là ? »

Tout à coup, l'officine parut à Caris minuscule.

Avant qu'elle n'ait eu le temps de répliquer, un inconnu apparut. « Frère Thomas m'a conseillé de venir ici, dit-il. Je suis Jonas le Poudrier, de Londres. »

Âgé d'une cinquantaine d'années, vêtu d'un manteau brodé et d'une toque de fourrure, l'inconnu avait des manières affables et un sourire de commerçant. Il serra la main des différentes personnes présentes, puis parcourut la pièce du regard, en hochant la tête d'un air approbateur devant les impeccables rangées de pots et de fioles étiquetés par Caris. « Remarquable, commenta-t-il. Je n'ai jamais vu d'officine aussi bien approvisionnée ailleurs qu'à Londres.

— Êtes-vous médecin, messire ? demanda Philémon sur un ton prudent, soucieux d'accorder son attitude au statut de Jonas.

— Apothicaire. Je possède une boutique à Smithfield, près de l'hospice de Saint-Barthélemy : la plus grande de la ville, sans vouloir me vanter. »

Philémon se détendit. Un apothicaire n'était qu'un marchand, bien inférieur à un prieur dans l'ordre hiérarchique. Avec une note de raillerie dans la voix, il reprit : « Et pour quelle raison le plus grand apothicaire de Londres nous fait-il l'honneur de sa visite ?

— J'aimerais acheter *La Panacée de Kingsbridge*.

— La quoi ?

— Vous cultivez l'humilité, père prieur, dit Jonas avec un sourire entendu. Mais je vois que la novice assise ici est justement en train de le recopier.

— Ce livre ? intervint Caris. Il ne s'agit pas d'une panacée.

— Il explique pourtant comment guérir tous les maux. »

C'était une façon de voir les choses, en effet. « Mais comment en avez-vous entendu parler ?

— Je voyage beaucoup, à la recherche d'herbes rares et d'autres ingrédients. À Southampton, j'ai rencontré une religieuse qui m'a montré ce livre. C'est elle qui lui donnait le titre de *Panacée*.

— S'appelait-elle sœur Claudia ? intervint Caris.

— Oui, c'est cela. Je lui ai demandé de me prêter le livre, le temps d'en faire réaliser une copie, mais elle a refusé de s'en séparer. Elle m'a dit qu'il avait été écrit à Kingsbridge et que je pouvais sans doute en acquérir un exemplaire ici, si je le désirais.

— Je me souviens d'elle », dit Caris.

Venue à Kingsbridge en pèlerinage, la jeune femme avait séjourné au couvent et, surprise par l'épidémie de peste, y était restée pour soigner les malades avec un dévouement extraordinaire. Lorsqu'elle était repartie, quelques mois plus tôt, Caris lui avait offert son livre en remerciement.

« Un ouvrage remarquable ! s'enthousiasma Jonas. Et en anglais, avec ça !

— Il est destiné aux gens qui ne parlent pas le latin, ou très peu.

— Il n'existe aucun livre semblable dans aucune langue que ce soit !

— Qu'a-t-il de si original ?

— Sa table des matières ! s'exclama Jonas. Elle est unique ! Au lieu des humeurs du corps ou des classes de maladies, les chapitres font références aux douleurs du patient. Donc, selon que le client se plaint de maux de ventre, de saignements, de fièvre, de diarrhées ou d'éternùements, il suffit de se rendre à la bonne page pour savoir quel remède lui offrir !

— Oui, je ne doute pas un instant que ce soit parfait pour les apothicaires et leurs "clients" », persifla Philémon.

Jonas sembla ne rien remarquer de la raillerie. « Je suppose, père prieur, que vous êtes l'auteur de cet ouvrage inestimable ?

— Certainement pas !

— Mais alors, qui… ?

— C'est moi qui l'ai écrit, dit Caris.

— Une femme ! s'émerveilla Jonas. Mais d'où tenez-vous toutes ces informations ? La plupart d'entre elles ne figurent dans aucune source connue.

— En fait, les textes anciens ne m'ont jamais été d'une grande utilité. C'est une guérisseuse de Kingsbridge, du nom de Mattie, qui m'a initiée à la préparation des remèdes. Je ne sais pas ce qu'elle est devenue, elle a été contrainte de fuir la ville pour échapper à des accusations de sorcellerie. J'ai également appris beaucoup auprès de notre mère supérieure, mère Cécilia. Mais tout le monde connaît quantité de remèdes. Les rassembler est chose aisée. La difficulté, c'est d'identifier les médications efficaces au milieu du fatras d'erreurs et de charlataneries. Pour y parvenir, j'ai tenu un journal de tous les traitements que j'expérimentais, une année après l'autre, et de leurs effets. Et je n'ai inclus dans le livre que ceux dont j'avais vérifié personnellement l'infaillibilité.

— Je suis très impressionné de vous parler en personne.

— Et moi flattée que vous ayez fait un si long voyage pour trouver mon ouvrage ! Je vais vous en offrir une copie. » Elle ouvrit un placard. « Cet exemplaire était destiné à notre prieuré de Saint-Jean-des-Bois, mais ils attendront un peu. »

Jonas prit le livre avec autant de précaution que s'il s'agissait d'un objet sacré. « Je vous suis immensément reconnaissant. En gage de gratitude, acceptez ce modeste présent de ma famille au couvent de Kingsbridge. » Il lui tendit un sac de cuir souple.

Caris en sortit un petit objet enveloppé dans une bande de laine. En déroulant l'étoffe, elle découvrit un crucifix en or serti de pierres précieuses.

Un éclair d'avidité illumina le regard de Philémon.

Médusée, Caris s'écria : « C'est un cadeau de prix ! » Puis, prenant conscience de la grossièreté de sa remarque, elle ajouta : « C'est extraordinairement généreux de la part de votre famille, Messire. »

Il balaya ses remerciements d'un geste de la main. « Nous sommes prospères, Dieu merci.

— Un cadeau pareil, pour un recueil de recettes de bonne femme ! glapit Philémon, le cœur dévoré d'envie.

— Ah, père prieur, dit Jonas, de tels ouvrages ne sauraient retenir votre intérêt, je le comprends bien ! Mais nous autres n'aspirons pas à atteindre vos sommets intellectuels. Nous ne cherchons pas à comprendre les humeurs du corps humain. Tout comme l'enfant suce son doigt quand il saigne pour soulager sa douleur, nous n'appliquons nos traitements que parce qu'ils se sont avérés efficaces. Quant à expliquer le pourquoi et le comment de la guérison, nous laissons cela à des esprits plus éminents que les nôtres. La création de Dieu est par trop mystérieuse pour que des gens comme nous puissent y saisir quoi que ce soit. »

Caris se rendit compte que Jonas parlait avec une ironie à peine voilée. Elle vit Oonagh réprimer un sourire. Sime, lui aussi, nota le sarcasme des propos et ses yeux brillèrent de colère. Mais Philémon n'avait rien perçu. Au contraire, la flatterie parut l'apaiser. Son visage prit une expression rusée. À coup sûr, il réfléchissait au moyen de se faire offrir aussi des crucifix d'or incrustés de pierreries.

*

La foire à la laine s'ouvrit le dimanche de Pentecôte, conformément à la tradition. En général, ce jour-là, les sœurs soignantes avaient fort à faire à l'hospice. Cette année ne fit pas exception. Des visiteurs âgés tombaient d'épuisement après un voyage harassant ; des enfants, nourris de mets inhabituels, étaient atteints de coliques ; des hommes et des femmes buvaient plus que de raison dans les tavernes, se blessaient eux-mêmes ou blessaient les autres.

Pour la première fois, Caris avait la possibilité de séparer les patients en deux catégories. Les pestiférés, de moins en moins nombreux, et les personnes atteintes de maladies contagieuses, comme la rougeole ou certains dérangements intestinaux, avaient été installés dans l'hôtel-dieu, consacré le matin même par l'évêque. Les autres, blessés dans des accidents ou des rixes par exemple, étaient traités dans l'ancien hospice, à l'écart de toute contagion. L'époque où l'on pouvait entrer au prieuré avec un pouce cassé et y mourir d'une pneumonie était bel et bien révolue.

Du moins Caris le croyait-elle.

Le lendemain, en début d'après-midi, elle alla faire un tour à la foire. Jadis, les centaines de visiteurs et les milliers d'habitants de Kingsbridge envahissaient non seulement le pré devant la cathédrale, mais aussi toutes les grandes rues de la ville. Cette année, la foule était loin d'être aussi dense. Néanmoins, la foire rencontrait un succès tout à fait honorable, compte tenu des circonstances. Sans doute les gens sentaient-ils que la peste faiblissait et les survivants se croyaient-ils invulnérables. Peut-être l'étaient-ils en effet, pour certains. Cependant, loin d'avoir disparu, l'épidémie continuait à tuer.

Sur le champ de foire, on ne parlait que de l'étoffe de Madge. Les nouveaux métiers fabriqués par Merthin n'étaient pas seulement plus rapides, ils facilitaient également le tissage de motifs nettement plus élaborés.

Lorsque Caris s'arrêta devant son étal, Madge avait déjà vendu la moitié de sa marchandise. La Tisserande lui répéta une fois de plus que, sans elle, elle serait restée sans le sou. Caris l'assurait du contraire quand des cris s'élevèrent, à une trentaine de pas de là.

Les voix, éclatantes et agressives, provenaient du voisinage d'un tonneau de bière. À l'évidence, une bagarre était sur le point d'éclater. Subitement, les cris s'amplifièrent et une jeune femme poussa un hurlement. Caris se précipita, espérant prévenir l'altercation avant qu'elle n'échappe à tout contrôle.

Las, elle arriva trop tard. La rixe avait commencé. Quatre jeunes voyous de la ville se battaient furieusement avec un groupe de paysans identifiables à leurs vêtements de grosse toile. Ils venaient sûrement tous du même village. Une jolie jeune fille, sans doute celle qui avait crié, essayait vainement de séparer deux hommes qui s'expédiaient des coups de poing d'une violence impitoyable. L'un des garçons de la ville avait sorti un couteau ; les paysans brandissaient de lourdes pelles en bois. Le temps que Caris arrive à leur hauteur, la mêlée avait enflé, des renforts étant venus se joindre aux deux camps.

Caris se tourna vers Madge, qui l'avait suivie. « Envoyez quelqu'un quérir Mungo le Sergent, vite ! Il doit être dans la salle de police. » Madge partit en courant.

La bagarre allait empirant. Plusieurs des garçons de la ville avaient désormais le couteau à la main. Un jeune paysan gisait au sol, le bras en sang ; un autre continuait à se battre malgré une profonde entaille au visage. Bientôt, deux citadins se mirent à bourrer de coups de pied le paysan à terre.

Après une hésitation, Caris agrippa la tunique du garçon le plus proche. « Willie le Boulanger, cesse tes brutalités sur-le-champ ! » hurla-t-elle en mettant dans sa voix toute son autorité.

Le jeune homme incriminé lâcha son adversaire et recula, l'air coupable, surpris de découvrir Caris devant lui. Elle ouvrait la bouche pour interpeller les autres, quand elle reçut sur la tête un violent coup de pelle certainement destiné à Willie.

Elle ressentit une douleur insupportable. Sa vue se brouilla. Elle perdit l'équilibre et s'écroula sur l'herbe. Elle demeura un moment immobile, à tenter de reprendre ses esprits. Le monde tanguait autour d'elle. Puis elle se sentit soulevée par les aisselles et traînée à l'écart.

« Vous êtes blessée, mère Caris ? » lui demanda une voix familière, qu'elle ne put identifier.

Enfin, elle y vit un peu plus clair et parvint à se relever en chancelant, soutenue par son sauveur. C'était Megg Robins, la musculeuse marchande de maïs.

« Juste un peu étourdie, la rassura Caris. Vite, empêchons ces garçons de s'entre-tuer !

— Voilà le sergent et son équipe ! Ils vont s'en charger. »

En effet, Mungo et six ou sept de ses volontaires arrivaient en courant, matraques brandies. Ils plongèrent dans la mêlée, abattant leurs gourdins sans discrimination sur le crâne des belligérants. Leur intrusion soudaine sema la confusion sur le champ de bataille. Les combattants se figèrent, stupéfaits ; certains s'enfuirent. En un temps remarquablement court, le calme était revenu.

« Megg, courez chercher sœur Oonagh au couvent, et dites-lui d'apporter des bandages », lui intima Caris.

Megg s'exécuta.

Les blessés capables de marcher se dispersèrent très vite. Caris entreprit d'examiner ceux qui restaient. Un jeune paysan, le ventre déchiré par un coup de couteau, s'efforçait en vain de retenir ses boyaux. Pour lui, il n'y avait guère d'espoir. En revanche, celui au bras tailladé vivrait si l'on parvenait à arrêter l'hémorragie. Caris lui ôta sa ceinture et l'enroula autour de son bras en serrant fort, jusqu'à ce qu'il ne coule plus de sa blessure qu'un filet de sang. « Tenez ça », lui dit-elle et elle reporta son intérêt sur un garçon de la ville qui semblait s'être brisé plusieurs os de la main. Son mal de tête persistait, mais elle ignora la douleur.

Oonagh arriva bientôt, accompagnée de plusieurs religieuses. Matthieu le Barbier les suivait, lesté de sa sacoche. Tous ensemble ils s'activèrent pour apporter les premiers soins aux blessés. Sur les instructions de Caris, des volontaires transportèrent au couvent les plus mal en point. « Installez-les dans l'ancien hospice, surtout pas dans le nouveau ! » précisa-t-elle.

Elle était agenouillée par terre et voulut se relever quand elle fut prise d'un vertige. Elle se cramponna à Oonagh pour ne pas tomber. « Que se passe-t-il ? s'inquiéta la religieuse.

— Rien, ça va. Nous ferions bien de les rejoindre. »

Elles se frayèrent un chemin parmi les étals de la foire. Arrivées à l'ancien hospice, elles virent tout de suite qu'aucun blessé ne s'y trouvait. Caris poussa un juron. « Ces idiots les ont emmenés au mauvais endroit ! » Combien de temps faudrait-il pour que les gens comprennent les rôles respectifs des deux bâtiments ? pensa-t-elle intérieurement.

Elles marchèrent jusqu'à l'hôtel-dieu. Sous la grande arche de l'entrée qui donnait sur le cloître, elles croisèrent les volontaires qui repartaient. « Vous vous êtes trompés ! leur lança Caris, excédée.

— Mais, mère Caris…

— Hâtez-vous ! Ne perdons pas de temps à discuter. Transportez les blessés dans l'ancien hospice ! »

En pénétrant dans le cloître, elle aperçut deux religieuses conduisant le garçon au bras tailladé dans une chambre occupée par cinq pestiférés. Coupant à travers le jardin, elle se rua dans leur direction. « Arrêtez ! s'écria-t-elle d'une voix furieuse. Que faites-vous à la fin ?

— Elles exécutent mes ordres ! » répondit une voix.

Caris se figea et tourna la tête. C'était frère Sime. « Ne soyez pas stupide, lui jeta-t-elle. Il a une plaie ouverte ! Vous voulez qu'il meure de la peste ? »

Le visage poupin de Sime vira au rose foncé. « Je n'ai pas l'intention de soumettre ma décision à votre approbation, mère Caris. »

Elle ignora sa réplique imbécile et rétorqua : « Les blessés doivent être tenus à l'écart des pestiférés ou ils seront contaminés !

— Vous êtes surmenée, mère Caris. Vous devriez vous étendre.

— M'étendre ? s'exclama-t-elle, outrée. Je n'ai fait qu'examiner ces hommes. Je dois les soigner, à présent. Mais pas ici !

— Je vous remercie de votre aide, ma mère. Maintenant, vous pouvez me laisser. Je vais me charger de déterminer les traitements dont ces patients ont besoin.

— Espèce d'imbécile ! Vous allez les tuer !

— Je vous prierai de vous calmer ou de quitter l'hospice.

— Vous ne pouvez pas me jeter dehors, abruti ! Cet hospice a été construit avec l'argent du couvent. C'est moi qui commande, ici !

— Croyez-vous ? » dit-il d'une voix glaciale.

Assurément, Sime s'était préparé à l'incident de longue date. Il était en colère, mais il se contrôlait. À l'évidence, il avait un plan, alors qu'elle-même n'en avait pas, n'ayant jamais imaginé cette situation. Elle se tut pour tenter de l'analyser. Regardant autour d'elle, elle vit que tout le monde s'était arrêté, religieuses et volontaires, et observait la scène, dans l'attente d'en connaître l'issue.

« Nous devons soigner ces garçons, déclara-t-elle. Pendant que nous nous chamaillons, ils se vident de leur sang. J'accepterai donc pour l'heure un compromis. Déposez tous les blessés à l'endroit exact où vous vous trouvez », dit-elle en haussant le ton. Le temps était au beau. Les patients pouvaient rester dehors un moment. « Nous allons commencer par les soigner sur place, puis nous déciderons de l'endroit où ils doivent être installés. »

Les volontaires et les religieuses, qui connaissaient et respectaient Caris, s'empressèrent de lui obéir.

Sime comprit qu'il n'aurait pas le dessus. Les traits vibrant d'une fureur à peine contenue, il lança : « Je ne peux pas traiter les patients dans ces conditions ! » Et, sur ces mots, il quitta le cloître d'un pas rageur.

Caris le regarda partir, sidérée. Elle avait proposé un compromis pour lui épargner une humiliation. Qu'il puisse abandonner des patients gravement blessés dans un accès d'humeur ne lui avait pas traversé l'esprit !

Le chassant de ses pensées, elle se concentra sur sa tâche.

Deux heures durant, elle nettoya les plaies, les recousit quand c'était nécessaire et administra aux blessés des potions apaisantes et réconfortantes. À côté d'elle, Matthieu le Barbier reboutait les os cassés et replaçait les articulations démises. Il avait une cinquantaine d'années à présent, mais il avait enseigné son art à son fils Luc, qui l'assistait avec un grand savoir-faire.

Le soir arrivait et l'air commençait à fraîchir. Le dernier patient traité, ils s'assirent sur le muret du cloître pour se reposer. Sœur Joan leur apporta des chopes de cidre frais. Dans le feu de l'action, Caris avait presque oublié son mal de tête, mais la douleur était en train de revenir. Elle décida de se coucher tôt.

Elle buvait son cidre quand le jeune Joshie arriva. « L'évêque vous mande au palais du prieur dès que possible, mère Caris. »

À n'en pas douter, Sime s'était plaint à Henri. C'était bien la dernière chose dont elle avait besoin. Avec un grommellement irrité, elle répondit : « Dites-lui que j'arrive. » Puis, à voix plus basse : « Autant en finir tout de suite. » Elle vida sa chope et partit.

Elle traversa le pré d'un pas lourd. Les marchands étaient en train de couvrir leurs étals et de fermer leurs guérites pour la nuit. Elle coupa par le cimetière et pénétra dans le palais.

L'évêque Henri occupait la place d'honneur, flanqué du chanoine Claude et de l'archidiacre Lloyd. Philémon et Sime étaient également assis autour de la table. Couché sur les genoux d'Henri, Archevêque, le chat de Godwyn, fixait Caris de son regard méprisant. « Prenez place », dit l'évêque.

Elle s'assit à côté de Claude, qui lui murmura gentiment : « Vous avez l'air fatiguée, mère prieure.

— J'ai passé l'après-midi à soigner des idiots qui s'étaient blessés au cours d'une rixe. J'ai moi-même reçu un gros coup sur la tête.

— Oui, nous avons entendu parler de cette bagarre.

— Ainsi que de l'algarade survenue à l'hôtel-dieu, ajouta sèchement Henri.

— Je suppose que c'est à ce sujet que vous m'avez fait appeler ?

— Oui.

— La raison d'être de ce nouveau bâtiment est de permettre l'isolement des patients atteints de maladies contagieuses et je…

— J'ai parfaitement saisi le sujet de la querelle », la coupa Henri. Il se tourna vers les autres. « Mère Caris avait demandé que les blessés soient emmenés à l'ancien hospice. Sime a donné des ordres contraires. S'en est suivie une dispute fort inconvenante devant tout le monde !

— Je vous présente mes excuses, monseigneur », intervint Sime.

Henri l'ignora. « Avant d'aller plus loin, je tiens à mettre une chose au clair. » Il regarda Sime et Caris dans les yeux, l'un après l'autre. « Je suis votre évêque et l'abbé du prieuré de Kingsbridge *ex officio*. J'ai le droit et le pouvoir de vous donner des ordres. Il est de votre devoir à tous d'y obéir. L'acceptez-vous, frère Sime ?

— Oui, répondit le moine en inclinant la tête.

— Et vous, mère Caris ?

— Oui. » Elle n'allait pas discuter, bien sûr. L'évêque Henri avait raison. De toute façon, il n'était pas stupide au point de laisser une bande de vauriens blessés attraper la peste.

« Permettez-moi d'exposer les arguments en présence, reprit-il. La construction de l'hôtel-dieu a été financée par le couvent et suivie, depuis ses prémices et jusqu'à son achèvement, par mère Caris. Elle destinait ce bâtiment à l'accueil des pestiférés et de tous les malades dont les affections sont susceptibles, selon elle, de se transmettre aux bien-portants. Elle juge essentiel de séparer les deux types de patients. Elle estime donc avoir le droit d'exiger, en toutes circonstances, que ce principe soit respecté. C'est bien cela, ma mère ?

— Oui.

— Frère Sime était absent quand Caris a établi ce principe. Par conséquent, il n'a pu être consulté sur le sujet. Cependant, il a passé trois ans à étudier la médecine à l'université et il a obtenu un diplôme. Il nous a fait remarquer que Caris n'avait, pour sa part, reçu aucune formation et ne possédait, en dehors de ce que son expérience pratique lui a enseigné, qu'une compréhension très limitée de la nature des maladies. Lui-même est, en revanche, un médecin qualifié. Qui plus est, le seul au prieuré et même le seul à Kingsbridge.

— Tout à fait, répondit Sime.

— Comment pouvez-vous dire que je n'ai reçu aucune formation ? explosa Caris. Après toutes les années que j'ai passées à prendre soin de patients...

— Silence, s'il vous plaît ! l'interrompit Henri en élevant à peine la voix, mais quelque chose dans le calme du prélat l'obligea à se taire. J'étais sur le point d'évoquer toutes ces années de dévouement. Vous avez accompli un travail extraordinaire, mère Caris. Vous êtes connue dans tout le pays pour vos efforts sans relâche dans la lutte contre l'épidémie de peste. Votre expérience et votre savoir-faire sont inestimables.

— Merci, monseigneur.

— Néanmoins, Sime est prêtre, diplômé de l'université... et c'est un homme. Il nous apporte des connaissances essentielles à la bonne direction de l'hospice d'un prieuré. Nous ne voudrions pas le perdre.

— Certains des professeurs de l'université approuvent mes méthodes, dit Caris. Demandez à frère Austin.

— Frère Austin a été envoyé à Saint-Jean-des-Bois, expliqua Philémon.

— Nous savons bien pourquoi ! » riposta Caris.

L'évêque intervint : « C'est à moi qu'il revient de prendre une décision, pas à frère Austin ni aux professeurs de l'université. »

Caris n'était pas préparée à une telle confrontation. Elle se rendait compte qu'elle était prise au piège d'une lutte de pouvoir. Épuisée, souffrant d'une violente migraine, elle ne parvenait pas à rassembler ses pensées. Elle n'avait pas pris le temps de réfléchir à une stratégie. En temps normal, elle ne se serait pas rendue si vite à l'appel de l'évêque. Elle se serait couchée. Débarrassée de son mal de tête après une bonne nuit de sommeil, elle aurait élaboré un plan de bataille. Après, seulement, se serait-elle rendue à la convocation d'Henri.

Était-il trop tard ?

« Monseigneur, dit-elle, je ne me sens pas en état de mener cette discussion ce soir. Peut-être pourrions-nous la remettre à demain, quand j'irai mieux ?

« — Inutile ! répondit Henri. J'ai entendu la plainte de Sime, et je connais vos vues. En outre, je pars demain à l'aube. »

Il avait pris sa décision. Rien de ce qu'elle pourrait dire ne ferait pencher la balance. Mais qu'avait-il décidé ? De quel côté allait-il se ranger ? Elle n'en avait aucune idée. Elle se tut et attendit, trop fatiguée pour tenter d'influer sur son destin.

« L'homme manque de discernement, continua Henri. Comme le dit saint Paul, nous voyons le monde dans un miroir et de façon confuse. Nous nous trompons, nous nous égarons, nous multiplions les erreurs de jugement. Nous avons besoin d'aide. C'est pourquoi Dieu nous a donné son Église, le pape et les prêtres : pour nous guider, car nos propres ressources sont faillibles et déficientes. Si nous n'écoutons que nous-mêmes, nous échouerons à coup sûr. Nous devons toujours consulter ceux qui ont été désignés pour nous éclairer. »

Caris s'inquiéta. Ce discours semblait indiquer qu'il s'apprêtait à soutenir Sime. Il n'était tout de même pas obtus à ce point ?

Si. « Frère Sime a étudié la littérature médicale de l'Antiquité sous la supervision des grands maîtres de l'université. Ces enseignements sont approuvés par l'Église. Nous devons donc reconnaître leur autorité et, par voie de conséquence, celle de Sime. Son jugement ne saurait être subordonné à celui d'une femme sans instruction, aussi courageuse et admirable soit-elle. Ses décisions doivent prévaloir. »

Caris éprouvait une lassitude et un écœurement si grands qu'elle était presque heureuse que l'entretien se termine. Sime avait gagné. À présent, elle ne désirait plus qu'une seule chose : dormir. Elle se leva.

« Je suis navré de vous décevoir, mère Caris… »

Elle se dirigeait vers la porte.

« Quelle insolence ! siffla Philémon.

— Laissez-la partir », dit calmement Henri.

Elle sortit sans se retourner.

Tout en marchant lentement entre les tombes pour rejoindre le couvent, elle prit peu à peu la mesure de ce que signifiaient les paroles de l'évêque. Sime était désormais en charge de l'hôtel-dieu. Elle allait devoir obéir à ses ordres. Les malades contagieux ne seraient plus isolés ; les religieuses ne porteraient plus de masque et ne se laveraient plus les mains au vinaigre ; les patients les plus faibles subiraient encore des saignées et des purges qui les affaiblissaient ; des cataplasmes à base d'excréments animaux seraient encore appliqués sur les plaies pour forcer le corps à produire du pus ; et nul ne se soucierait plus de préserver la propreté et d'aérer la grand-salle.

Elle traversa le cloître, monta l'escalier du dortoir et s'enferma dans sa chambre sans avoir adressé la parole à quiconque. Elle s'allongea, le visage pressé contre l'oreiller. La douleur lui vrillait le crâne.

Elle avait perdu Merthin, elle avait perdu l'hôtel-dieu, elle avait tout perdu.

Un coup sur la tête pouvait être fatal, elle le savait. Peut-être s'endormirait-elle ce soir pour ne jamais plus se réveiller ?

Ce serait aussi bien.

79.

Merthin avait planté son verger au printemps 1349. Un an plus tard, il n'avait à déplorer la perte que d'un seul arbre, même si l'issue demeurait incertaine pour deux ou trois. Les autres portaient pour la plupart de belles feuilles vigoureuses, mais il n'allait pas jusqu'à espérer une récolte dès cette année. Pourtant, ô surprise, au mois de juillet, un arbrisseau précoce produisit une dizaine de poires minuscules, d'un vert foncé très prometteur.

Il les montra à Lolla un dimanche après-midi. La fillette ne put croire que ces petits cailloux durs deviendraient les fruits juteux et acidulés qu'elle aimait tant. Elle pensa qu'il s'agissait là d'une nouvelle taquinerie de son père et, lorsqu'il lui demanda d'où venaient les poires mûres, elle riposta : « Du marché, voyons ! Cette question ! »

Merthin se dit que sa fille mûrirait, elle aussi ; son petit corps maigrichon s'arrondirait et présenterait de gracieuses courbes, bien qu'il ait du mal à imaginer Lolla devenue femme. Lui donnerait-elle des petits-enfants ? Pour l'heure, elle n'avait que cinq ans. Il faudrait attendre encore une petite dizaine d'années.

Il était plongé dans ces réflexions sur l'évolution lorsqu'il aperçut Philippa venant à lui de l'autre bout du jardin. Quel bon vent l'amenait ? se demanda-t-il tout en remarquant la rondeur pleine de ses seins. Elle n'avait pas coutume de lui rendre visite dans la journée. Respectant sa position de beau-frère au cas où quelqu'un les aurait observés, Merthin se contenta de déposer un chaste baiser sur la joue de Philippa.

Elle semblait préoccupée. Depuis quelques jours, d'ailleurs, elle était d'une réserve inhabituelle. Lorsqu'elle se fut assise dans l'herbe auprès de lui, il l'interrogea d'une voix inquiète : « Un souci ?

— Je n'ai jamais su prendre de gants pour annoncer les mauvaises nouvelles… Je suis enceinte.

— Seigneur Dieu ! s'écria-t-il, incapable de cacher son émoi. Mais c'est incroyable. Tu m'avais dit que…

— Je sais. J'étais persuadée d'avoir passé l'âge. Ces deux dernières années, mon cycle était irrégulier et il avait fini par cesser complètement. Du moins le croyais-je. Car, depuis peu, je vomis le matin et mes seins me font souffrir.

— Oui, j'ai noté que ta poitrine s'était développée en te voyant entrer dans le jardin. En es-tu certaine ?

— Aucun doute n'est permis. Je le sais, j'ai été six fois enceinte : j'ai eu trois fausses couches en plus de mes trois enfants ! »

Merthin sourit : « Eh bien, nous allons avoir un bébé. »

Philippa resta de marbre. « Réfléchis aux conséquences avant de te réjouir. Je suis mariée au comte de Shiring. Je n'ai pas couché avec lui depuis le mois d'octobre. J'ai quitté le domicile conjugal en février et, en juillet, je suis enceinte de deux ou trois mois ? Le monde entier saura que Ralph n'est pas le père, lui le premier ; et l'on dira que la comtesse de Shiring a commis le péché d'adultère.

— Il n'oserait pas…

— Me tuer ? Il a déjà supprimé Tilly, non ?

— Mon Dieu, tu as raison. Mais…

— Il peut me tuer comme il peut tuer l'enfant. »

Merthin aurait voulu la détromper, lui assurer que Ralph était incapable d'une telle monstruosité. Hélas, son frère avait déjà donné la preuve du contraire.

« Je dois prendre une décision, insistait Philippa.

— Tu ne vas pas ingurgiter toutes sortes de potions pour avorter, c'est bien trop dangereux.

— Bien sûr que non !

— Tu vas donc le garder ?

— Oui, mais après ?

— Tu pourrais rester au couvent et taire ta grossesse ? Depuis la peste, l'orphelinat croule sous le nombre d'enfants.

— Je ne réussirais jamais à dissimuler mon amour de mère. On s'étonnerait que je tienne tant à ce petit et, finalement, Ralph découvrirait le fin mot de l'histoire.

— C'est vrai.

— Je pourrais partir, disparaître. Aller à Londres, York, Paris ou en Avignon. Ne révéler à personne où je me suis enfuie… Ralph ne retrouverait jamais ma trace.

— Je pourrais t'accompagner.

— Mais alors, tu n'achèverais pas ta tour.

— Et, toi, tu ne pourrais pas vivre loin d'Odila. »

La fille de Philippa avait épousé le comte David de Monmouth six mois auparavant et Merthin savait combien sa bien-aimée souffrirait de la quitter. Il savait aussi que ce serait pour lui un supplice que d'abandonner sa tour. Depuis qu'il était homme, il rêvait de bâtir l'édifice le plus haut d'Angleterre. À présent, les travaux avaient commencé. La seule pensée d'y renoncer peut-être lui brisait déjà le cœur.

Le souvenir de sa tour lui rappela Caris. Il sut d'emblée qu'elle serait anéantie par la nouvelle. Cela faisait déjà plusieurs semaines qu'il ne l'avait vue. Le coup qu'elle avait reçu sur la tête à la foire à la laine l'avait obligée à garder le lit. Depuis sa guérison, elle sortait rarement du prieuré. Sans doute avait-elle perdu une lutte de pouvoir car, désormais, c'était frère Sime qui dirigeait l'hospice. La grossesse de Philippa serait pour elle une douleur supplémentaire.

« Odila aussi est enceinte.

— Déjà ! s'exclama Merthin. C'est une excellente nouvelle… et une raison de plus pour oublier ce projet d'exil.

— Si je ne peux ni m'enfuir ni me cacher, que vais-je devenir ? Si je ne fais rien, Ralph me tuera.

— Il y a forcément une solution.

— Je n'en vois qu'une. »

Scrutant ses traits, il comprit que Philippa l'entretenait du problème après l'avoir réglé. Ses explications n'avaient qu'un seul
but : lui démontrer qu'il n'existait pas d'autre solution que celle
à laquelle elle avait abouti et qui, assurément, serait loin de lui
plaire.

« Je t'écoute.

— Ralph doit être persuadé qu'il est le père de l'enfant.

— Ce qui veut dire que tu vas…

— Oui.

— Je vois. »

L'idée qu'elle puisse s'offrir à Ralph lui était insupportable.
La jalousie n'était pas le facteur essentiel, bien qu'elle joue un
rôle aussi. Non, ce qui pesait sur son cœur, c'était de savoir que
Philippa éprouvait une véritable répulsion pour son époux, un
dégoût physique aussi bien qu'émotionnel, une révulsion qu'il
pouvait comprendre, même s'il ne la ressentait pas, habitué qu'il
était depuis l'enfance aux brutalités de cet être qui n'en demeurait pas moins son frère. Néanmoins, imaginer que Philippa
puisse être obligée d'en passer par là l'anéantissait.

« J'aimerais qu'il y ait une autre solution.

— Moi la première, tu peux me croire !

— Ta décision est prise ? demanda-t-il en sondant ses traits.

— Oui.

— J'en suis désespéré pour toi.

— Moi aussi.

— Crois-tu que ça marchera ? Que tu parviendras… à le
séduire ?

— Je n'en sais rien. Il faut déjà que j'essaie. »

*

La cathédrale avait été bâtie selon un plan symétrique. À
la loge des maçons, située dans l'angle ouest de la tour nord,
au-dessus du portail nord, correspondait au sud, dans la tour
jumelle, une salle de taille et de forme identiques qui, elle,
ouvrait sur le cloître. Elle servait de remise à divers objets
d'usage peu fréquent. C'était là qu'étaient entreposés les costumes et les accessoires utilisés lors des représentations des mys-

tères, ainsi que tout un assortiment d'objets usagés : chandeliers en bois, chaînes rouillées, marmites fêlées et un livre au vélin si moisi qu'on n'en déchiffrait plus le texte calligraphié jadis avec tant de soin.

À l'intérieur, la paroi présentait des fissures. Ce n'était pas forcément un signe de fragilité. Tous les bâtiments bougeaient. Une lézarde pouvait simplement témoigner d'une adaptation de l'édifice aux mouvements du terrain. Pour en avoir le cœur net, il fallait l'étudier d'un œil expert.

Dans cette intention, Merthin grimpa en haut d'une fenêtre et laissa pendre un fil à plomb.

La plupart des lézardes apparues dans ce mur étaient sans gravité. L'une d'elles, toutefois, éveilla sa curiosité en raison de sa forme. Un regard plus attentif lui apprit que quelqu'un avait profité de cette fissure naturelle pour desceller une pierre.

À peine l'eut-il retirée, qu'il découvrit la cachette d'un voleur. Il en extirpa tout ce qu'elle contenait : une broche féminine ornée d'une grosse pierre verte, une boucle de ceinture en argent, un châle en soie et un Psaume écrit sur un rouleau de parchemin. Un dernier objet, tout au fond du trou, ne possédait aucune valeur marchande. C'était un bout de bois poli où était gravé « M : Phmn : AMAT. »

« M » était une initiale ; *Amat* le verbe latin signifiant « aimer ». Quant aux lettres « Phmn », elles devaient désigner Philémon.

Preuve accablante de l'identité du coquin.

Fille ou garçon, quelqu'un dont le nom commençait par « M » avait aimé Philémon et lui avait remis ce présent. Et celui-ci l'avait soigneusement conservé avec ses autres larcins.

Le prieur traînait depuis l'enfance une réputation de chapardeur. Tout autour de lui, les objets disparaissaient. A priori, c'était là qu'ils atterrissaient. Merthin se plut à imaginer Philémon, seul, s'introduisant dans cette salle, peut-être de nuit, descellant la pierre et admirant son butin. Assurément, il souffrait d'une sorte de maladie.

La rumeur ne lui avait jamais prêté d'amants. À l'instar de son mentor Godwyn, il semblait faire partie des rares personnes peu attirées par les plaisirs de la chair. Pourtant, un jour, quelqu'un l'avait aimé et c'était un souvenir qu'il chérissait.

Doté d'une excellente mémoire, Merthin remit les objets exactement à leur place, réinséra la pierre et redescendit l'escalier en colimaçon, plongé dans d'étranges pensées.

*

Ce fut pour Ralph un grand étonnement que de voir Philippa arriver au château.

En cette rare journée ensoleillée d'un été jusque-là pluvieux, une chasse au faucon lui aurait procuré le plus grand plaisir, mais il avait eu le désagrément de devoir rester chez lui. En effet, la plupart de ses intendants, baillis et régisseurs, avaient sollicité une audience d'urgence, se trouvant confrontés à un problème identique : la pénurie de main-d'œuvre à l'approche des moissons.

Ralph n'avait aucune solution à leur proposer. Il traînait déjà en justice les journaliers qui abandonnaient leur village au mépris de la loi pour trouver ailleurs un meilleur salaire, mais les rares contrevenants qui se faisaient attraper ne s'acquittaient de l'amende que pour s'enfuir encore. Les baillis se débrouillaient comme ils le pouvaient. Telle était donc la situation qu'ils tenaient à expliquer au seigneur et celui-ci n'avait d'autre choix que de les écouter en approuvant leurs stratégies de fortune.

La grande salle était bondée : outre les baillis, plusieurs chevaliers, des hommes d'armes et deux prêtres s'entassaient parmi une bonne dizaine de domestiques indolents.

Et voilà qu'au milieu d'un silence, le cri des freux retentit comme un avertissement. Tournant la tête, Ralph aperçut son épouse sur le seuil.

Les premières paroles de dame Philippa s'adressèrent aux serviteurs : « Martha ! La table est encore souillée des restes du déjeuner. Va quérir de l'eau chaude et hâte-toi de la récurer. Dickie, tu lambines ici, à tailler un bout de bois, alors que le destrier préféré du comte est tout crotté. Regagne ta place aux écuries et nettoie son cheval. Quant à toi, petit, mets ce chiot dehors : il vient de pisser par terre. Seul le mastiff de ton seigneur a le droit d'entrer au château, tu le sais bien ! »

De tous côtés, les domestiques s'affairèrent ; même ceux à qui leur maîtresse n'avait rien dit se découvrirent soudain une occupation urgente.

Ralph ne s'offusqua pas de voir Philippa donner des ordres à ses domestiques : sans personne pour les aiguillonner, ils devenaient paresseux.

Elle alla saluer son époux d'une belle révérence, comme elle s'y devait après une aussi longue absence ; toutefois, elle ne l'embrassa pas.

« Votre visite est pour le moins… inattendue, lâcha-t-il d'une voix plate.

— Entendez-vous que j'aurais aussi bien pu rester où j'étais ? » rétorqua-t-elle avec irritation.

Le comte retint un grognement. « Qu'est-ce qui vous amène ? répliqua-t-il, persuadé que l'arrivée de sa femme n'augurait rien de bon, quel qu'en soit le motif.

— Mon manoir d'Ingsby. »

Philippa possédait en propre quelques villages dans la région de Gloucester qui lui payaient la redevance. Depuis son installation au couvent, les baillis des hameaux concernés l'apportaient directement au prieuré de Kingsbridge. Ingsby faisait office de délicate exception : les sommes dues par ce fief étaient versées à Ralph qui les remettait ensuite à son épouse. Or, depuis le départ de dame Philippa, le comte avait oublié de s'acquitter de la dette.

« Par l'enfer ! Cette histoire m'était sortie de l'esprit.

— Je comprends. Vous avez maintes choses en tête. »

Sur ces mots, elle monta dans ses appartements. Il se remit au travail, quelque peu étonné de l'attitude conciliante manifestée par sa femme. Six mois de séparation l'avaient peut-être bonifiée, se dit-il, tandis qu'un énième bailli lui débitait la liste des champs de blé mûr en se plaignant du manque de bras. Toutefois, il espéra en secret que Philippa repartirait bientôt : passer la nuit auprès d'elle, c'était comme partager le lit d'une vache morte.

Elle réapparut au dîner, prit place à côté de lui et s'entretint poliment avec les chevaliers de passage, sans aller toutefois jusqu'à se montrer affable ou de bonne humeur. Il nota malgré tout que, derrière sa froideur et sa réserve, il n'y avait plus trace de la haine glacée et implacable qu'elle lui avait témoignée au début de leur mariage. Elle s'en était débarrassée ou, du moins, la cachait mieux. Elle prit congé, sitôt le repas terminé, le laissant boire en compagnie de ses visiteurs.

Ralph imagina un instant qu'elle envisageait peut-être de revenir vivre au château, mais il écarta bien vite cette pensée. Elle ne l'aimerait jamais, ni ne l'apprécierait. Elle éprouverait toujours une aversion latente pour lui. Leur longue séparation avait seulement atténué la violence de son ressentiment.

Au moment de monter se coucher, il supposa qu'elle devait déjà dormir. À sa surprise, il la découvrit assise à son écritoire, vêtue d'une chemise de lin ivoire. Une unique bougie éclairait ses traits altiers et son épaisse chevelure noire. Sur la table était posée une longue lettre dont l'écriture enfantine était celle d'Odila, comtesse de Monmouth. Philippa était en train de lui répondre. Comme la plupart des dames de la noblesse, elle dictait ses courriers officiels à un clerc et rédigeait de sa main sa correspondance personnelle.

Après un bref passage dans le cabinet qui lui tenait lieu de garde-robe, Ralph revint dans la chambre et entreprit d'ôter sa tunique. L'été, il avait coutume de dormir en culottes.

Sa lettre achevée, Philippa se leva. Las, par mégarde, elle renversa son encrier. Elle bondit vivement en arrière. Réaction inutile car une grosse tache noire maculait sa chemise blanche. Elle lâcha un juron. De voir éclaboussée d'encre une femme si soucieuse de bienséance amusa le comte de Shiring.

Philippa hésitait, ne sachant quelle conduite adopter. Subitement, voilà qu'elle retira sa chemise de nuit !

Ralph en resta médusé. Son épouse n'était pas prompte à se défaire de ses habits ; cette tache devait l'avoir déstabilisée. Il détailla le corps nu qui s'offrait à ses regards. Elle avait pris un peu de poids au couvent : sa poitrine était plus ronde et opulente, son ventre légèrement renflé, et ses hanches présentaient des courbes séduisantes. À son grand étonnement, il en fut émoustillé.

Elle se pencha pour éponger l'encre à l'aide de sa chemise de nuit roulée en boule. Ses seins ballottaient tandis qu'elle frottait les dalles. Elle se retourna, présentant à Ralph une vue imprenable sur son généreux postérieur. S'il ne l'avait pas connue, il l'aurait soupçonnée de vouloir l'échauffer. Mais Philippa n'avait jamais voulu échauffer personne, et encore moins son époux. Elle était seulement gênée de sa maladresse. Cet embarras inhabituel rendait d'autant plus excitant le spectacle qu'elle lui offrait, nettoyant le sol dans le plus simple appareil.

Cela faisait maintenant plusieurs semaines que Ralph n'avait pas connu de femme. Sa dernière rencontre, avec une prostituée de Salisbury, n'avait pas comblé sa faim.

Quand Philippa se releva, son membre était en érection.

Voyant qu'il la dévorait des yeux, elle jeta : « Ne me regardez pas. Allez vous coucher ! »

S'étant débarrassée de son chiffon sali dans le panier à linge, elle souleva le couvercle de son coffre. En partant pour Kingsbridge, elle avait laissé la plupart de ses effets au château. Il était en effet mal vu de porter de riches atours au couvent, même pour les nobles de passage. Elle entreprit de déplier une autre chemise de nuit. Ralph en profita pour l'examiner de la tête aux pieds, admirant ses seins remontés, la touffe sombre sur son mont de Vénus. Il en avait la gorge sèche.

« Ne vous avisez pas de me toucher ! » lança-t-elle en surprenant son regard.

Elle n'aurait rien dit qu'il se serait sans doute couché et endormi, mais l'empressement qu'elle mettait à lui signifier son refus le piqua au vif. « Je suis le comte de Shiring, vous êtes mon épouse. Je vous toucherai chaque fois qu'il me plaira.

— Vous n'oseriez pas ! » siffla-t-elle avant de se retourner.

Sa remarque excita la colère de Ralph. Lorsqu'elle leva les bras pour enfiler sa chemise, il appliqua une claque puissante sur ses fesses nues. Elle sursauta en glapissant. Il sut alors qu'il lui avait fait mal. « Ne pas oser ? Moi ? » vociféra-t-il.

Elle se retourna vers lui, une phrase cinglante aux lèvres. Sans même y penser, il lui envoya son poing en plein visage. Déséquilibrée, elle tomba par terre. Ses mains se portèrent à sa bouche, un filet de sang coula entre ses doigts. Elle était sur le dos, nue, les jambes écartées. Les yeux de Ralph remontèrent vers le triangle touffu à la naissance de ses cuisses. Sa fente entrouverte était une invitation.

Il se jeta sur elle.

Elle se débattit violemment. Mais Ralph, plus grand et plus fort, la soumit avec une déconcertante facilité. L'instant d'après, il s'enfonçait en elle. Elle était sèche. Il en fut plutôt excité.

L'affaire fut vite conclue. Il roula sur le côté, essoufflé. Au bout d'un petit moment, il tourna la tête vers elle. Elle avait la lèvre en sang. Elle ne lui rendit pas son regard, ayant les yeux fermés. Pourtant, il lui trouva une expression étrange. Lorsque, enfin, il parvint à la qualifier, au bout de plusieurs minutes, il en fut encore plus désorienté. Car le mot qui lui était venu à l'esprit était curieusement : « triomphe ».

*

Croisant la servante de Philippa à l'auberge de La Cloche, Merthin sut que sa maîtresse était de retour. Il espéra qu'elle le rejoindrait cette nuit même. Il fut déçu qu'elle ne le fasse pas. Sans doute était-elle gênée de sa conduite. Aucune dame ne pouvait se résoudre de gaieté de cœur à accomplir un tel acte, même forcée par les circonstances et approuvée par l'homme qu'elle aimait.

Une seconde nuit s'écoula sans que Philippa ne se montre. Le lendemain, qui était un dimanche. Merthin se rendit à la cathédrale, certain de l'y retrouver. Hélas, elle n'assista pas à l'office. Qu'une femme de la noblesse manque la messe dominicale était quasiment inconcevable ! Un malheur lui serait-il arrivé ?

À la fin du service, il demanda à Arn et Em de ramener Lolla à la maison avec eux et partit de son côté. Il traversa la pelouse séparant la cathédrale du vieil hospice et en gravit l'escalier extérieur. Les trois salles à l'étage étaient allouées aux hôtes de marque.

Dans le couloir, il tomba nez à nez avec Caris. « La comtesse ne veut pas que tu la voies, lâcha-t-elle, sans même s'enquérir du motif de sa présence. Néanmoins, tu devrais y aller. »

Cette étrange formulation intrigua Merthin. En effet, Caris n'avait pas dit : « La comtesse ne veut pas te voir » mais : « La comtesse ne veut pas que *tu la* voies. »

Remarquant un linge taché de sang au fond de l'écuelle qu'elle tenait dans sa main, il balbutia, la peur au ventre : « Un problème ?

— Sans gravité. Le bébé n'a rien.

— Dieu soit loué !

— Je ne te demande pas si tu es le père.

— Je t'en prie, ne divulgue notre secret à personne.

— De toutes les années que nous avons passées ensemble, je n'aurai conçu qu'une malheureuse fois ! » soupira Caris sur un ton attristé.

Il détourna les yeux : « Où est-elle ?

— Désolée d'avoir parlé de moi. Je suis le cadet de tes soucis, réagit Caris avec une émotion mal contenue. Dame Philippa repose dans la chambre du milieu. »

Percevant enfin sa tristesse, Merthin, malgré son angoisse, prit le temps de la réconforter. « Ne crois pas que je ne m'intéresse pas à toi. Ma vie entière, je resterai sensible à tout ce qui t'arrive et je me soucierai de savoir si tu es heureuse.

— Je sais, souffla-t-elle, les larmes aux yeux. Je suis égoïste. Va la voir. »

Il laissa Caris et entra dans la chambre de Philippa. Agenouillée sur le prie-Dieu, la comtesse lui tournait le dos.

« Tu vas bien ? » lança-t-il sans s'inquiéter d'interrompre ses prières.

Elle se redressa et pivota vers lui. Elle avait le visage tuméfié : ses lèvres, méchamment entaillées, avaient triplé de volume.

Voilà qui expliquait le linge ensanglanté dans la bassine de Caris.

« Que s'est-il passé ? Peux-tu parler ?

— Je bredouille de curieuse façon, mais j'y parviens, marmonna-t-elle de manière somme toute compréhensible.

— C'est grave ?

— Je vais bien. Les plaies sont spectaculaires mais superficielles. »

Il la serra dans ses bras. Elle posa la tête sur son épaule. Il attendit, patient. Au bout de quelques secondes, elle s'effondra, secouée de sanglots. Il lui tapota le dos, caressa ses cheveux.

« Allons, allons », dit-il en déposant sur son front un baiser qui n'avait pas pour but de la faire taire.

Ses pleurs séchèrent peu à peu.

« Je peux t'embrasser sur les lèvres ?

— Tout doucement », accepta-t-elle.

Frôlant sa bouche, il y décela un petit goût d'amande : Caris avait passé de l'huile sur ses coupures.

« Raconte-moi ce qui t'est arrivé.

— Mon plan a fonctionné. Ralph n'a rien soupçonné. Il sera persuadé que l'enfant est de lui. »

De l'index, il lui effleura la bouche : « Il t'a rudoyée ?

— Ne te fâche pas, tu devrais t'en réjouir. Je voulais le provoquer, j'ai réussi.

— Me réjouir ! Et de quoi ?

— De ce qu'il est convaincu de m'avoir soumise. Il croit que je ne me serais pas rendue s'il n'avait pas usé de violence. Il ne se doute pas que c'est moi qui l'ai aguiché. Il ne soupçonnera jamais la vérité. Par conséquent, je suis en sécurité et notre enfant aussi. »

Merthin posa la main sur le ventre de Philippa : « Pourquoi n'es-tu pas venue me voir ?

— Dans un état pareil ?

— Quand tu souffres, je souhaite plus encore être à tes côtés. » Il fit remonter sa main vers sa poitrine. « Et tu m'as manqué. »

Elle le repoussa. « Je ne peux pas aller de l'un à l'autre comme une catin.

— Oh ! s'étonna-t-il, car il n'avait pas envisagé la situation sous cet angle-là.

— Me comprends-tu ?

— Je crois. »

Oui, pour un homme, c'était une source d'orgueil que de passer d'un jupon à un autre. Qu'il n'en aille pas de même pour une femme, Merthin le comprenait. « Combien de temps ? » voulut-il savoir.

Elle s'écarta avec un soupir. « Ce n'est pas une question de temps.

— Que veux-tu dire ?

— Nous nous sommes entendus pour faire savoir à tous que Ralph était le père de l'enfant. J'ai veillé à ce qu'il en soit lui-même persuadé. Désormais, il souhaitera l'élever.

— Je n'y avais pas songé ! s'écria Merthin consterné. J'imaginais que tu continuerais à vivre comme avant.

— Ralph n'admettra pas que sa progéniture grandisse dans un couvent. Surtout si c'est un garçon.

— Que vas-tu faire alors ? Rentrer à Château-le-Comte ?

— Oui. »

L'enfant n'existait pas encore ; ce n'était ni une personne ni même un nourrisson, à peine un renflement dans le ventre de Philippa, et pourtant, de par son existence, il poignardait déjà Merthin en plein cœur – un Merthin qui se languissait d'avoir un autre héritier depuis que Lolla lui avait fait découvrir l'immense joie d'être père.

Enfin, il pourrait encore profiter de Philippa quelque temps, c'était déjà ça.

« Quand comptes-tu repartir ?

— Tout de suite. »

En voyant son chagrin, elle ne put retenir ses propres larmes. « J'en suis si malheureuse moi-même. Las, je le serais plus encore si je m'offrais à toi pour retourner ensuite auprès de Ralph, J'éprouverais d'ailleurs ce même sentiment si vous n'étiez pas liés. Le fait que vous soyez frères ne fait qu'ajouter à l'horreur de la situation.

— Notre amour s'achève donc maintenant ? dit-il, les yeux brouillés de larmes. En cet instant précis ? »

Elle hocha la tête. « Une autre raison empêche que nous redevenions amants : j'ai confessé mon adultère. »

Comme il était d'usage chez les femmes de la noblesse, Philippa avait un confesseur attitré. Depuis qu'elle s'était établie à Kingsbridge, il logeait avec les moines, enrichissant d'une bonne âme leurs rangs clairsemés. Ainsi, elle lui avait révélé son aventure. Merthin espéra qu'il respecterait le secret de la confession.

« J'ai reçu l'absolution, je ne dois plus succomber à la tentation. »

Merthin acquiesça en silence. Philippa avait raison. Ils avaient tous deux péché. Elle avait trahi son époux, il avait trahi son frère. Si elle avait l'excuse d'un mariage forcé, lui-même n'en avait pas : une belle femme l'avait aimé et il l'avait aimée en retour, transgressant l'interdit. Le douloureux chagrin qui le tenaillait à présent n'était que le prolongement naturel de son inconséquence.

Il regarda ces froides prunelles gris-vert, cette bouche tuméfiée, ce corps mûr à point, et il comprit qu'il les avait perdus à jamais, si tant était qu'il les ait possédés un jour. Depuis le tout début, ils évoluaient au sein d'une situation malsaine, désormais c'était fini. Il voulut parler, lui dire au revoir, mais aucun son ne sortit de sa gorge. Les larmes l'aveuglaient. Il tourna les talons. Ayant trouvé la porte à grand-peine, il sortit de la chambre.

Une religieuse remontait le couloir, une cruche à la main. Incapable de distinguer ses traits, il la reconnut à sa voix.

« Merthin ? Ça va ? »

C'était Caris. Il poursuivit son chemin, dévala l'escalier extérieur de l'hospice et traversa la place devant la cathédrale en pleurant à chaudes larmes, sans se soucier du qu'en-dira-t-on. Puis il descendit la grand-rue et s'engagea sur le pont qui menait à son île.

80.

Au mois de septembre 1350, une atmosphère quasi euphorique régna à Kingsbridge malgré le temps froid et humide : la ville n'avait à déplorer qu'une seule victime de la peste, une femme de soixante ans du nom de Marge la Couturière. Dans la campagne alentour, les paysans s'échinaient à élever des meules détrempées. En octobre, novembre et décembre, pas un seul cas nouveau ne fut signalé. L'épidémie touchait à sa fin, se réjouit Merthin. Du moins, pour le moment.

L'éternelle migration paysanne vers la ville, dont le flux s'était inversé pendant la peste, reprenait son cours. Des campagnards entreprenants investissaient les habitations désertées de Kingsbridge, les remettaient en état et payaient un loyer au prieuré. Certains ouvraient des commerces – boulangeries, brasseries, fabriques de bougies – qui remplaçaient les établissements fermés à la mort des propriétaires et de leurs héritiers. Désireux de simplifier les procédures, le prévôt avait supprimé les innombrables demandes d'autorisation imposées jusque-là par le prieuré. Quant au marché hebdomadaire, il était en pleine expansion.

L'une après l'autre, les boutiques, maisons et tavernes que Merthin avait fait bâtir sur l'île aux lépreux furent louées, soit à des commerçants débutant dans le métier mais portés par le désir de réussir, soit à des commerçants chevronnés en quête d'un meilleur emplacement. La route qui reliait les deux ponts dans le prolongement de la grand-rue était devenue tout naturellement une zone marchande privilégiée. Douze ans plus tôt, Merthin avait été traité de fou quand il avait réclamé ce rocher stérile en paiement d'une partie de son travail sur le pont ; aujourd'hui, force était de constater qu'il avait su flairer le vent.

Avec l'arrivée de l'hiver, un nuage brun recommença à stagner sur la ville, fumée émanant des milliers de cheminées. Malgré les rigueurs du temps, les habitants n'en continuèrent pas moins à travailler et à faire leurs emplettes, à boire et à manger, à disputer des parties de dés dans les tavernes et à assister à la messe du dimanche. Pour le réveillon de Noël, la halle de la guilde tint un banquet dans ses murs, le tout premier depuis que Kingsbridge s'était vu octroyer le statut de ville royale et que la guilde de la paroisse s'était transformée en guilde de quartier.

Bien qu'ils n'aient plus aucune autorité sur les marchands, le père prieur et la mère supérieure, qui comptaient encore parmi les notables les plus éminents, furent bien évidemment conviés par Merthin. Caris, contrairement à Philémon, déclina l'invitation. Ce repli sur soi commençait à devenir inquiétant.

Merthin avait pour voisine de table Madge la Tisserande. Ce n'était pas seulement la plus riche commerçante de Kingsbridge, mais aussi le plus grand employeur de la ville, pour ne pas dire du pays tout entier. Elle était également prévôt en second et sans doute aurait-elle été élue prévôt s'il n'avait été incongru de voir une femme exercer une aussi haute fonction.

Merthin possédait, entre autres, une fabrique de métiers à tisser à pédale, grâce auxquels la qualité de l'écarlate de Kingsbridge s'était grandement améliorée. Madge lui achetait plus de la moitié des machines qu'il produisait, le reste était vendu à des entrepreneurs qui venaient parfois d'aussi loin que Londres. Ces métiers à tisser, d'une extrême complexité quant à leur assemblage, ne pouvaient être construits que par les meilleurs artisans menuisiers. Qu'importe, Merthin facturait le produit fini deux fois plus cher que son coût de construction et l'on s'arrachait encore sa marchandise.

D'aucuns l'incitaient à épouser Madge, mais cette idée ne les tentait ni l'un ni l'autre. La reine de l'écarlate n'avait jamais trouvé d'homme susceptible d'égaler son époux décédé, tant par le physique que par les qualités humaines, car Marc avait véritablement possédé une âme de saint dans un corps de géant. En la voyant engloutir une pleine écuelle de son jambon au gingembre arrosé d'une sauce aux pommes parfumée au clou de girofle, Merthin se dit que désormais, ses plus grands plaisirs étaient de bien manger et de bien boire, à part gagner de l'argent. De corpulente, elle était devenue obèse. Son torse présentait aujourd'hui une circonférence identique des fesses aux épaules et, à quarante ans passés, Madge avait tout d'un petit tonneau.

À la fin du repas, on servit un vin chaud baptisé « hypocras ». Après en avoir avalé une lampée, la tisserande rota et se pencha vers Merthin : « On ne peut pas laisser l'hospice mourir ainsi à petit feu.

— Les gens en ont-ils vraiment si grand besoin, répliqua-t-il, maintenant que l'épidémie est passée ?

— Cette question ! La fièvre n'a pas disparu, les maux de ventre et les cancers non plus ! Des femmes souffrent de stérilité, d'autres de complications à l'accouchement ; les enfants se brûlent ou dégringolent d'un arbre ; quant aux hommes, ils chutent de cheval, se font trucider par un ennemi ou fracasser le crâne par leur épouse en colère…

— Je vois, lâcha Merthin, amusé par tant de volubilité. En quoi consiste le problème ?

— Les gens ne veulent plus se faire soigner par frère Sime, ils n'ont pas confiance en lui. Il n'a pas connu la peste. À l'époque, il compulsait d'antiques traités à Oxford. Il s'acharne à prescrire des remèdes auxquels plus personne ne croit, comme les saignées ou les ventouses. La population réclame Caris à cor et à cri, mais elle ne se montre plus.

— Que font les malades s'ils ne vont plus à l'hospice ?

— Ils vont consulter Matthieu le Barbier, Silas l'Apothicaire ou Maria la Sagesse, une nouvelle venue en ville, spécialisée dans les troubles féminins.

— En quoi tout cela vous préoccupe-t-il ?

— Les habitants de Kingsbridge commencent à jaser contre le prieuré. Ils ne voient pas pourquoi ils débourseraient un denier pour reconstruire la tour de la cathédrale, alors que les moines ne leur procurent aucun soutien.

— Ah ! »

Cette tour était un projet très ambitieux dont le coût ne pouvait être pris en charge par une seule entité. La participation des trois sources de financement – monastère, couvent et cité – était indispensable. Si cette dernière se désistait, le projet tout entier tombait à l'eau.

« Je comprends, répondit Merthin sur un ton inquiet. C'est effectivement un problème. »

*

Pendant la messe de Noël, Caris se prit à considérer que l'année, somme toute, n'avait pas été si mauvaise. Les gens se remettaient des ravages de la peste à une vitesse prodigieuse. Certes, l'épidémie s'était accompagnée d'atroces souffrances et avait emporté presque la moitié de la population, selon ses calculs. Toutefois ce quasi-naufrage de la vie civilisée avait aussi été l'occasion de remettre en question quantité de principes établis. Désormais, dans les campagnes, les rescapés cultivaient seulement les sols les plus fertiles et la production par personne était en forte progression. Malgré les multiples tentatives des nobles, comme le comte Ralph, pour faire appliquer l'ordonnance sur les travailleurs, les paysans persistaient à fuir leurs villages pour s'installer dans des lieux où les salaires étaient meilleurs et les terres, bien souvent, plus fécondes. Caris voyait en cela un heureux changement : le grain poussait en abondance, les troupeaux se reconstituaient. En conséquence, le couvent était florissant. D'ailleurs, depuis qu'elle s'était mis en tête de réorganiser le monastère, après la fuite de Godwyn, le prieuré dans son ensemble connaissait une prospérité inconnue jusqu'à ce jour. La richesse engendrant la richesse, la bonne santé des campagnes amenait de l'activité à la ville. À Kingsbridge, les commerçants et les artisans retrouvaient peu à peu leur opulence d'antan.

À la fin de l'office, comme les religieuses quittaient la nef, Philémon dit à Caris qu'il souhaiterait lui parler. « Voulez-vous me rejoindre chez moi, mère prieure ? »

À une époque, elle aurait accepté d'emblée et poliment, mais ces temps-là étaient révolus eux aussi.

« Non, je ne crois pas. »

Il prit la mouche. « Vous ne pouvez pas me refuser un entretien !

— Je ne refuse aucun entretien, je refuse simplement de me rendre dans votre palais. Je ne me laisserai plus traiter par vous en subalterne. Cela étant, de quoi voulez-vous me parler ?

— De l'hospice. J'ai reçu des doléances.

— Adressez-vous à frère Sime. C'est lui qui en a la charge, comme vous le savez.

— Avez-vous perdu la raison ? jeta-t-il, exaspéré. S'il avait pu régler le problème, je ne serais pas venu vous trouver. »

Ils étaient arrivés au cloître des moines. Caris s'assit sur la pierre froide du muret.

« Cet endroit convient parfaitement à une discussion. Qu'avez-vous à me dire ? »

Philémon se résigna, malgré son agacement. Debout devant la mère prieure, c'était lui, maintenant, qui était en position de subordonné.

« Les habitants se plaignent de l'hospice.

— Cela ne m'étonne pas.

— Merthin m'en a touché un mot au banquet de Noël. Ils préfèrent aller consulter des charlatans comme Silas l'Apothicaire.

— Charlatan, lui ? Que dire alors de frère Sime ? »

Apercevant plusieurs novices l'oreille tendue dans leur direction, le prieur s'emporta : « Allez-vous-en ! Retournez à vos études. »

Ils détalèrent aussitôt.

« Les gens estiment que votre place est à l'hospice.

— Moi aussi, répondit Caris, mais je ne serai pas aux ordres de Sime, je m'y refuse énergiquement. Ses remèdes demeurent sans effet, quand ils n'aggravent pas la maladie ! Voilà pourquoi les malades ne veulent plus entendre parler de lui.

— Votre hôtel-dieu accueillait si peu de patients que nous l'avons transformé en maison pour nos hôtes. Cela vous est égal ? »

Son ironie fit mouche. Caris détourna la tête. « Si, je trouve cela désespérant, dit-elle, la gorge nouée.

— Alors, revenez ! Passez un compromis avec Sime. Avant son arrivée, vous étiez sous la tutelle de frère Joseph qui avait reçu le même enseignement.

— C'est exact, mais nous pensions déjà que ses méthodes faisaient souvent empirer les choses au lieu de les améliorer. La plupart du temps, nous appliquions les traitements qui nous paraissaient les mieux adaptées, sans nécessairement suivre les instructions des moines médecins à la lettre ni même les consulter. Nous ne nous en cachions pas. Moyennant quoi, nous arrivions à travailler en bonne intelligence.

— Ne me dites pas qu'ils se trompaient constamment !

— Non, il leur arrivait parfois de guérir des patients. Je me souviens qu'un jour, Joseph a ouvert le crâne d'un homme pour drainer le fluide qui lui causait d'insoutenables maux de tête. Très impressionnant !

— Agissez donc de même aujourd'hui.

— Sime s'est ingénié à rendre toute collaboration impossible. Après avoir transféré ses livres et son matériel dans ma pharmacie, il a pris la direction de l'hospice, grâce à un bienveillant coup de pouce de votre part, je n'en doute pas. D'ailleurs, vous étiez assurément à l'origine de cette intrigue. »

À la mine de Philémon, elle sut qu'elle avait deviné juste.

« Vous avez voulu me pousser dehors. Vous êtes parvenu à vos fins. Subissez-en les conséquences.

— Nous pouvons revenir à l'ancien système. J'ordonnerai à Sime de déménager son attirail.

— Non, la situation n'est plus du tout la même. Cette épidémie m'a beaucoup appris. Notamment que les méthodes de vos médecins pouvaient se révéler mortelles. J'en suis aujourd'hui plus que jamais convaincue. Figurez-vous que je n'ai pas l'intention de tuer qui que ce soit pour le simple plaisir de passer un compromis avec vous.

— Visiblement, certains enjeux vous échappent ! » laissa tomber Philémon, avec une petite moue suffisante.

Sa réplique n'étonna pas Caris. Elle le savait bien plus intéressé à concocter des manigances susceptibles de le hisser sur l'échelle du pouvoir sans porter atteinte à sa fierté, qu'à œuvrer pour la santé de ses ouailles. « Que me cachez-vous donc ? s'enquit-elle.

— Les habitants de Kingsbridge parlent de ne plus participer au financement de la tour. Ils vont jusqu'à dire : "À quoi bon nous saigner aux quatre veines pour la cathédrale alors que le prieuré ne fait rien pour nous ?" Maintenant que la ville a obtenu du roi une charte, mon statut de prieur ne me permet plus de les obliger à payer.

— Et s'ils ne paient pas… ?

— Votre Merthin bien-aimé devra dire adieu au rêve de sa vie », jubila Philémon.

Sans doute croyait-il avoir abattu sa carte maîtresse. Las, l'époque où une telle déclaration aurait ébranlé les convictions de Caris était bel et bien révolue.

« Merthin n'est plus mon bien-aimé. Vous vous y êtes également employé.

— L'évêque veut cette tour à tout prix ! s'affola Philémon. Vous ne sauriez remettre le projet en question ! »

Caris se leva du muret : « Ah bon ? Et pourquoi cela ? »

Elle tourna les talons et partit vers le couvent, le laissant pantois !

Il se ressaisit vite. « Comment pouvez-vous être aussi irresponsable ? » s'exclama-t-il à sa suite.

Elle faillit faire la sourde oreille et se ravisa. D'une voix sans emphase elle expliqua : « Tout ce à quoi je tenais dans la vie m'a été arraché… » Mais sa façade d'indifférence se craquela, sa voix la trahit et elle dut faire un effort sur elle-même pour enchaîner : « Voyez-vous, quand on a tout perdu, on n'a plus rien à perdre. »

*

Les premières neiges tombèrent en janvier. Un épais manteau se déposa sur le toit de la cathédrale, ensevelit les pignons finement ornés et dissimula le visage des anges et des saints sculptés sur le porche ouest. La paille dont on avait recouvert les nouvelles fondations de la tour pour empêcher le mortier de geler disparaissait elle aussi sous la neige.

Dans les monastères, peu de salles possédaient une cheminée. Les cuisines étaient dotées de fourneaux, bien sûr, ce qui expliquait l'empressement des novices à se proposer pour remplir toutes sortes de corvées, mais les cathédrales, où moines et religieuses passaient entre sept et huit heures par jour, n'étaient pas chauffées. Lorsqu'un incendie s'y déclarait, c'était bien souvent par la faute d'un moine qui y avait introduit un petit récipient rempli de braises, d'où s'envolait une étincelle qui allait se nicher dans le bois du plafond. En dehors des heures de prière et de travail, moines et religieuses étaient censés lire et se promener dans des cloîtres ouverts aux quatre vents. Au pire de l'hiver, ils étaient autorisés à se réfugier pendant de courtes périodes dans une petite salle voisine, appelée « chauffoir », où brûlait un feu, et c'était bien l'unique concession accordée à leur bien-être.

Faisant fi des règles ancestrales, selon son habitude, Caris permettait aux sœurs de porter des bas de laine en hiver. Dieu, disait-elle, n'avait nul besoin de serviteurs incapables de travailler à cause de leurs engelures.

L'évêque Henri était à ce point préoccupé par l'hospice – ou, plutôt, par les menaces qui planaient sur sa tour – qu'il n'hésita pas à faire le déplacement jusqu'à Kingsbridge malgré la neige. Accompagné du chanoine Claude et de l'archidiacre Lloyd, il quitta Shiring à bord d'une imposante carriole en bois munie de sièges rembourrés et tendue d'un dais en toile cirée. Descendus au palais du prieur, les trois hommes prirent à peine le temps de sécher leurs vêtements et de se réchauffer d'une coupe de vin avant de convoquer une réunion. Y furent conviés Philémon, frère Sime, Caris, sœur Oonagh, le prévôt Merthin et Madge la Tisserande.

Caris s'y rendit à seule fin de s'éviter un flot de suppliques, d'ordres et autres discours. Elle était convaincue que cette rencontre ne serait qu'une perte de temps : la querelle ne l'intéressait pas.

Tout en suivant des yeux la danse des flocons de neige derrière les carreaux brillants, elle écoutait d'une oreille distraite l'exposé de l'évêque, quand une phrase retint son attention : « La crise que nous connaissons maintenant est due au comportement rétif et déloyal de mère Caris. »

Piquée au vif, elle répliqua : « J'ai travaillé pendant dix ans à l'hospice. La réputation qu'il s'est acquise auprès de la population n'est due qu'à mes efforts et à ceux de mère Cécilia avant moi. » Pointant un doigt accusateur vers l'évêque, elle poursuivit : « Ne blâmez pas autrui, monseigneur. Vous avez personnellement mis le ver dans le fruit, assis sur cette même chaise, le jour où vous avez nommé frère Sime directeur de l'hospice. C'était une décision stupide. À vous d'en assumer les conséquences.

— Vous me devez obéissance ! glapit le prélat au comble de l'exaspération. Vous êtes religieuse : vous avez prononcé vos vœux. »

Dérangé par les cris stridents, Archevêque fila hors de la pièce.

« Si quelqu'un sait combien cette situation est insupportable, c'est bien moi, croyez-le ! »

Son discours n'était pas préparé. Pourtant, tandis que les mots s'échappaient de sa bouche, elle comprit qu'ils ne lui venaient pas sous l'effet d'une émotion irréfléchie, mais étaient au contraire le fruit d'un long ressassement.

Le cœur battant la chamade, elle enchaîna d'une voix qu'elle sut maîtriser : « Dans les conditions actuelles, il ne m'est plus possible de servir Dieu. J'ai donc décidé de rompre mes vœux et de quitter le couvent. »

Henri bondit de sa chaise : « Je vous l'interdis ! Je ne vous relèverai pas de vos vœux.

— Dieu le fera, lui ! » riposta-t-elle avec un mépris à peine voilé.

Redoublant de fureur, l'évêque éructa : « C'est un scandale, une hérésie, que de croire que tout un chacun peut traiter avec le Seigneur. Depuis la peste, les propos inconsidérés se multiplient beaucoup trop à mon goût. »

Les yeux rivés sur Philémon, Caris ironisa : « Peut-être parce qu'au plus fort de l'épidémie, tes pauvres gens venus chercher secours auprès de leurs prêtres et de leurs moines ont découvert subitement qu'ils s'étaient enfuis comme des couards. »

De sa main levée, Henri refréna l'indignation du prieur. « Nous sommes peut-être faillibles, mais il n'en demeure pas moins que l'on ne peut atteindre Dieu sans passer par l'Église et ses prêtres.

— Libre à vous de le penser, jeta Caris. Votre avis ne change rien à la question.

— Mais vous êtes le Diable en personne ! »

À ces mots, le chanoine Claude intervint : « Tout bien considéré, je ne crois pas, monseigneur, qu'étaler au grand jour une querelle entre la mère prieure et vous-même serait de quelque utilité pour vous. »

Il adressa un sourire amical à Caris. Il appréciait qu'elle n'ait pas trahi leur secret quand elle les avait surpris, Henri et lui, en train de s'embrasser.

« Ne nous braquons pas sur la résistance que mère Caris nous oppose aujourd'hui. Elle nous a prouvé sa valeur par de nombreuses années de services bons et loyaux, parfois même héroïques. De plus, le peuple l'adore.

— En quoi la relever de ses vœux résoudrait-il le problème ? » s'étonna Henri.

Merthin prit la parole pour la première fois : « Puis-je émettre une suggestion ? »

Tous les regards se dirigèrent sur lui.

« Que la ville bâtisse un nouvel hospice ! Je possède un grand terrain sur l'île aux lépreux. L'établissement abriterait un nouveau couvent, séparé du prieuré, dont les religieuses seraient placées sous l'autorité directe de l'évêque de Shiring sans dépendre du prieur de Kingsbridge ou des moines médecins. Ce nouvel hospice pourrait avoir pour directeur un laïc, un notable de la ville désigné par la guilde, qui en nommerait la mère prieure. »

S'ensuivit un long silence, le temps que cette proposition radicale pénètre les esprits. Caris était sous le choc. Un nouvel hospice… sur l'île aux lépreux… financé par la population de Kingsbridge… et géré par un nouvel ordre de religieuses… détaché du prieuré…

Elle parcourut des yeux l'assistance. À l'évidence, l'idée n'était pas pour plaire à Philémon ou à frère Sime. Quant à Henri, Claude et Lloyd, ils affichaient une mine perplexe.

« Ce directeur sera très puissant, fit observer l'évêque au bout d'un moment. Il représentera le peuple, réglera les factures et nommera la mère prieure. Autrement dit, il aura la mainmise sur l'établissement.

— C'est exact, acquiesça Merthin.

— Si j'autorise la création d'un nouvel hospice, les habitants de Kingsbridge accepteront-ils de participer au financement de la tour ? »

Madge la Tisserande sortit de son silence : « Oui, à condition que la bonne personne soit désignée au poste de directeur.

— Et, à votre avis, qui devrait être l'heureux élu ? » s'enquit Henri.

Caris s'aperçut que tous les regards convergeaient sur elle.

*

Quelques heures plus tard, emmitouflés dans de gros manteaux et chaussés de bottes, Caris et Merthin fendaient la neige jusqu'à l'emplacement potentiel du futur hôpital : situé sur le versant ouest de l'île, il se dresserait à proximité de la maison de Merthin et surplomberait la rivière.

Caris était encore grisée par ce revirement inattendu : après presque douze ans passés dans un couvent, voilà qu'elle serait bientôt relevée de ses vœux et redeviendrait une citoyenne ordinaire. Son départ du prieuré ne lui causait pas d'angoisse, toutes les personnes qu'elle y avait chéries étaient mortes aujourd'hui : mère Cécilia, la vieille Julie, Mair, Tilly. Elle appréciait sœur Joan et sœur Oonagh, mais c'était un sentiment différent.

De surcroît, elle allait reprendre la direction d'un hospice. Elle serait habilitée à en désigner la mère prieure, et même à la renvoyer au besoin ; elle pourrait mettre en pratique l'enseignement qu'elle avait tiré de l'épidémie. L'évêque avait tout accepté.

« Nous devrions reprendre ce plan de cloître, conseilla Merthin. Tu n'as eu qu'à t'en féliciter pendant le bref laps de temps où tu as été à la tête de l'hôtel-dieu. »

Face à cette étendue de neige immaculée, elle admira son talent de bâtisseur, sa capacité à imaginer des murs et des salles là où elle-même ne voyait que du blanc.

« La voûte du porche servait un peu de vestibule, précisa-t-elle. C'était là que les patients attendaient et que les religieuses procédaient à un premier examen avant de décider dans quelle salle les placer.

— Tu le souhaiterais plus grand ?

— Je pense qu'il devrait s'agir d'une vraie salle d'accueil.

— Très bien.

— Je n'arrive pas à y croire, Merthin. Tous mes souhaits sont exaucés.

— C'est ce que j'avais escompté.

— Ah oui?

— Je me suis demandé ce qui pourrait te faire plaisir et j'ai tout mis en œuvre pour te l'offrir. »

Elle le regarda. Il avait parlé sur un ton désinvolte, comme s'il ne faisait qu'expliquer l'enchaînement de pensées qui l'avait conduit à suggérer la construction du nouveau bâtiment. Qu'il se soucie de ses désirs et se préoccupe du moyen de les réaliser la touchait infiniment, même s'il ne semblait pas s'en apercevoir.

« Philippa a-t-elle accouché? se renseigna-t-elle.

— Oui, la semaine dernière.

— Garçon ou fille?

— Garçon.

— Félicitations. L'as-tu vu?

— Non. Aux yeux du monde, je ne suis que son oncle, mais Ralph m'a envoyé une lettre.

— Comment l'ont-ils appelé?

— Roland, en souvenir du vieux comte.

— Un hospice a besoin d'une eau pure, dit Caris pour changer de sujet. Ici, la rivière n'est pas très propre.

— Je t'installerai un aqueduc depuis les berges en amont. »

La neige se calma, puis cessa complètement, leur livrant bientôt une vue dégagée sur l'île entière.

« Tu as réponse à tout », sourit Caris.

Merthin secoua la tête : « De l'eau propre, des pièces claires et spacieuses, une salle d'accueil, ce sont des questions faciles à résoudre.

— Il y en a de difficiles? Lesquelles, par exemple? »

Il se tourna vers elle. Quelques flocons de neige s'étaient accrochés à sa barbe rousse.

« Par exemple : "M'aime-t-elle encore?" »

Ils demeurèrent les yeux vrillés l'un à l'autre pendant de longues secondes.

Caris nageait dans le bonheur.

SEPTIÈME PARTIE

Mars-novembre 1361

81.

À quarante ans, Wulfric demeurait aux yeux de Gwenda le plus bel homme qu'elle ait vu de sa vie. Les fils d'argent qui illuminaient désormais sa chevelure dorée lui donnaient un air sage et puissant. Dans sa jeunesse, il avait eu de larges épaules et une taille incroyablement fine. Aujourd'hui, son corps ne présentait plus la forme d'un sablier, car sa taille s'était épaissie, ce qui ne l'empêchait pas d'abattre encore le travail de deux hommes. Et il aurait toujours deux ans de moins qu'elle.

Gwenda estimait, pour sa part, avoir moins changé. Ses cheveux foncés n'étaient pas de nature à grisonner facilement. En vingt ans, elle n'avait pas grossi non plus, même si son ventre et ses seins s'étaient un peu alourdis après ses deux maternités.

Elle ne ressentait le poids des ans que lorsqu'elle regardait son plus jeune fils David, sa peau ferme et son allure sautillante. À vingt ans, il était sa copie conforme au même âge. Elle aussi avait eu ce visage lisse et cette démarche alerte, mais sa vie de labeur aux champs, qu'il neige ou qu'il vente, avait flétri la peau de ses mains et rougi ses pommettes. À présent, elle comptait ses pas et ménageait ses forces.

De petite taille, comme elle l'était elle-même, David était malin et cachottier. Gwenda n'était jamais certaine de connaître véritablement ses pensées. À l'inverse, son grand gaillard de Sam manquait d'astuce pour être fourbe, même s'il possédait indéniablement un fond de méchanceté hérité de son vrai père, Ralph Fitzgerald.

Voilà plusieurs années que les deux garçons secondaient Wulfric dans son travail aux champs. Or, depuis quinze jours, Sam avait disparu. Il s'était volatilisé au début des labours de printemps.

Les raisons de son départ n'étaient un mystère pour personne : tout l'hiver, il avait parlé de quitter Wigleigh pour se faire embaucher ailleurs à un meilleur prix.

Il avait raison, naturellement, néanmoins Gwenda était alarmée. Quitter son village ou toucher une paie supérieure aux barèmes de 1347 était puni par la loi, quand bien même, aux quatre coins du pays, des jeunes gens impatients bravaient l'interdiction et proposaient leurs services à des fermiers que le manque de main-d'œuvre mettait au désespoir. Pour l'heure, les propriétaires terriens comme le comte Ralph rongeaient leur frein.

Sam n'avait averti personne de son départ ni révélé sa destination. Gwenda était persuadée qu'il avait pris la route sur un coup de tête. Il avait dû entendre parler d'un village accueillant et se lancer sur les routes sans plus attendre. Ce à quoi David ne se serait jamais résolu, à moins d'avoir mûrement réfléchi à la question.

Certes, nul ne chercherait à exploiter ou à maltraiter un garçon de vingt-deux ans. Gwenda avait beau le savoir et se le répéter, elle souffrait malgré tout dans son cœur de mère.

Une pensée la rassurait : si elle-même n'avait pas réussi à retrouver son fils, personne n'y parviendrait, elle en était convaincue. Néanmoins, elle brûlait de savoir où il s'était établi, s'il était au service d'un maître honnête et si on était gentil avec lui.

Au cours de l'hiver, Wulfric s'était fabriqué une petite charrue afin de labourer ses terres les plus sablonneuses. Un jour de printemps, il se rendit au marché de Northwood avec l'intention d'y acquérir un soc en fer, seule partie de l'engin qu'il n'était pas capable de façonner lui-même. Gwenda l'accompagnait. Comme d'habitude, plusieurs habitants de Wigleigh s'étaient regroupés pour effectuer le trajet ensemble. Il y avait là Jack et Éli, du moulin à foulon de Madge la Tisserande, qui devaient acheter toutes sortes de victuailles car ils ne cultivaient rien, ne possédant pas de terre ; Annet et sa fille de dix-huit ans, Amabel, qui emportaient une dizaine de poules à vendre au marché ; et enfin Nathan le Bailli et son fils Jonno, ennemi juré de Sam depuis l'enfance.

Annet continuait d'aguicher les hommes, du moment qu'ils étaient bien faits. La plupart d'entre eux répondaient à son intérêt par de grands sourires idiots. En chemin vers Northwood, elle jeta son dévolu sur David qui n'avait pas la moitié de son âge. Renversant la tête en arrière, elle minaudait ou lui donnait de petites tapes sur le bras d'un air faussement indigné, comme si elle n'avait pas vingt ans de plus que lui. À l'évidence, elle n'avait pas conscience de ne plus être une donzelle, se disait Gwenda avec dépit. Quant à Amabel, aussi jolie que sa mère à son âge, elle s'obstinait à marcher à l'écart, gênée de sa conduite.

Le groupe atteignit Northwood en milieu de matinée. Leur achat effectué, Wulfric et Gwenda allèrent déjeuner à la taverne du Vieux Chêne.

Aussi loin que remontent ses souvenirs, Gwenda se rappelait l'arbre vénérable qui avait donné son nom au lieu. L'été, il déployait son ombre accueillante au-dessus de l'auberge et, l'hiver, évoquait un vieil homme courbé. Elle revoyait Sam et David se pourchassant autour de son tronc lorsqu'ils étaient enfants. Las, il avait dû mourir ou menacer de tomber, car il avait été abattu. N'en restait qu'une souche aussi large que Wulfric était grand, qui servait de table et de banc aux clients, et même pour l'heure, de lit à un charretier exténué.

Parmi les convives Gwenda reconnut Harry le Laboureur, bailli d'Outhenby, une énorme chope de bière anglaise à la main.

En l'espace d'un instant, elle fut ramenée douze ans en arrière avec une violence telle que les larmes lui vinrent aux yeux. Que sa foi en l'avenir était grande, le jour où elle s'était lancée avec les siens sur la route à travers la forêt dans l'espoir de commencer une vie nouvelle à Outhenby ! Hélas, moins de quinze jours plus tard, ses rêves étaient partis en fumée : Wulfric avait été ramené à Wigleigh, la corde au cou. À ce souvenir cuisant, Gwenda bouillait encore de rage.

Depuis lors, il n'en était pas toujours allé selon le bon vouloir du seigneur. À l'immense satisfaction de Gwenda, Ralph s'était vu contraint de restituer à Wulfric les terres que cultivait son père, mais sans lui accorder plus d'autonomie pour autant, à la différence de plusieurs de leurs voisins. Certes, ils étaient passés du statut de journaliers à celui de métayers et elle s'en réjouissait pour Wulfric, car c'était l'accomplissement du plus grand rêve de sa vie. Le sien était de jouir d'une indépendance plus grande encore – d'un bail libéré des obligations féodales et d'un loyer payable en espèces. Elle aurait souhaité que ces deux clauses figurent sur un contrat inscrit dans les registres seigneuriaux, ce qui aurait rendu impossible à quelque seigneur que ce soit de revenir sur l'accord. C'était un désir que partageaient la majorité des serfs. Depuis l'épidémie de peste, ils étaient d'ailleurs de plus en plus nombreux à obtenir satisfaction.

Harry les salua chaleureusement et tint à leur offrir une pinte de bière. Il avait été nommé bailli par mère Caris peu après leur départ d'Outhenby, et n'avait pas été relevé de ses fonctions lorsque sœur Joan avait succédé à Caris en tant que prieure du couvent. À en juger par le double menton du laboureur et sa bedaine de bon buveur, le village n'avait rien perdu de sa prospérité sous sa férule.

Au moment où Gwenda s'apprêtait à reprendre la route avec ses compagnons, Harry lui murmura à l'oreille : « Je viens d'embaucher un jeune homme du nom de Sam.

— Mon Sam ? s'exclama-t-elle, le cœur soudain empli de joie.

— Non, impossible. »

À quoi bon lui avoir mentionné la chose, dans ce cas-là ? s'étonna-t-elle, puis, le voyant tapoter son nez rubicond, elle comprit son jeu.

« Ce Sam-là prétend avoir pour seigneur un chevalier du Hampshire qui l'a autorisé à quitter son village. Personnellement, je n'ai jamais entendu parler de ce chevalier, mais je sais, comme tout un chacun, que votre suzerain, le comte Ralph, ne laisse jamais partir ses journaliers. Si ce Sam avait été ton fils, je n'aurais jamais pu l'embaucher. »

Elle devina qu'Harry lui indiquait par ces mots la version qu'il soutiendrait, si jamais il était interrogé officiellement.

« Sam est donc à Outhenby.

— À Vieille-Église, un petit hameau de la vallée.

— Il va bien ? s'enquit-elle avec fièvre.

— Il est en pleine forme.

— Dieu merci !

— C'est une force de la nature et un bon travailleur. Un peu querelleur, cependant. »

Gwenda opina, consciente que son aîné souffrait de ce défaut.

« A-t-il trouvé la chaleur d'un foyer ?

— Il loge chez un couple de vieilles gens au grand cœur, dont le fils est apprenti chez un tanneur de Kingsbridge. »

Les questions se pressaient sur les lèvres de Gwenda. Elle en aurait volontiers posé davantage, mais Nathan le Bailli l'observait, adossé à l'entrée de la taverne. Réprimant un juron, elle s'empressa de mettre un terme à son interrogatoire de peur que le bossu, identifiant Harry, ne devine où se cachait son fils. Elle pria vivement l'intendant de veiller à ce que Sam ne se batte pas.

« Je ferai de mon mieux », promit-il.

Sur un au revoir sans façon, Gwenda partit rejoindre son mari en s'efforçant de donner l'impression qu'elle venait de clore une conversation banale. Elle devrait se contenter du peu qu'elle avait appris.

Son lourd soc sur l'épaule, Wulfric cheminait d'un pas allègre au milieu des autres paysans. Gwenda brûlait de lui annoncer la nouvelle. Mieux valait attendre que leur petit groupe compact se dissémine le long de la route. Quand enfin la distance avec les autres villageois lui parut suffisante, elle transmit tout bas ses renseignements à Wulfric.

« Au moins, nous savons maintenant où notre fils a trouvé refuge, se réjouit-il, parlant d'une voix à peine essoufflée malgré son fardeau.

— Je veux aller à Outhenby.

Évidemment ! » Et bien qu'il n'ait pas pour habitude de discuter les décisions de Gwenda, il ajouta : « C'est risqué. Personne ne doit se douter de l'endroit où tu es allée.

— Bien sûr. À commencer par Nathan.

— Comment comptes-tu t'y prendre ?

— Il va falloir inventer une histoire plausible. Mon absence ne passera pas inaperçue.

— Je pourrai dire que tu es souffrante.

— Non. Il viendrait chez nous s'en assurer.

— Si nous racontions que tu es partie chez ton père ?

— Nathan ne sera pas dupe. Il sait que je vais le voir le moins possible. »

Elle continua à réfléchir en se rongeant un ongle, déplorant que les gens soient beaucoup moins crédules que les héros des contes de fées ou des histoires de fantômes qu'on se racontait au coin du feu pendant les longues soirées d'hiver. Dans ces récits, les personnages gobaient toutes les menteries sans jamais se poser de questions.

« On pourrait dire que je suis partie pour Kingsbridge, émit-elle au bout d'un moment.

— Pour quelle raison ?

— Acheter des poules pondeuses au marché, par exemple.

— Alors qu'Annet en vend chez nous ?

— Je ne donnerai jamais un sou à cette garce, c'est connu comme le loup blanc !

— En effet.

— Et Nathan n'est pas sans savoir que je suis une vieille amie de Caris. Je pourrai dire que je dors chez elle, ce sera tout à fait crédible.

— D'accord. »

Une telle histoire ne justifiait guère un départ aussi précipité, mais rien d'autre ne lui venait à l'esprit et elle avait tant envie de revoir son fils !

Elle partit dès le lendemain matin.

Emmitouflée dans une épaisse houppelande pour se protéger de la froide bise de mars, elle s'éclipsa discrètement de chez elle avant l'aube, ne voulant être vue ni avoir à répondre à des questions embarrassantes. Les mains tendues devant elle, se fiant à sa connaissance des lieux, elle traversa le village en tapinois. À cette heure de la nuit, personne n'était encore levé. Le chien du bailli grogna doucement à son approche et se calma bien vite en reconnaissant son pas. Le bruit cadencé de sa queue contre le bois de sa niche l'accompagna un moment.

Au sortir du village, elle coupa à travers champs. Elle avait déjà parcouru une demi-lieue lorsque le soleil se leva. Un coup d'œil en arrière lui apprit qu'elle n'avait pas été suivie.

En guise de petit déjeuner, elle grignota un quignon de pain sec et, vers dix heures du matin, fit halte dans une taverne à la croisée des deux routes menant soit à Kingsbridge, soit à Northwood et Outhenby. Elle n'y aperçut personne de sa connaissance. Néanmoins elle ne s'attarda pas. Elle avala un ragoût de poisson salé et descendit une pinte de cidre, les yeux rivés sur la porte, s'attachant à dissimuler son visage sitôt qu'un client entrait. Ce n'étaient que des inconnus et aucun d'eux ne lui prêta attention.

Gwenda atteignit la vallée d'Outhenby en milieu d'après-midi. Douze ans avaient beau s'être écoulés depuis sa dizaine de jours passés là-bas, les lieux n'avaient guère changé. Les ravages causés par la peste étaient quasiment effacés. Des bambins jouaient près des maisons, et la plupart des adultes étaient aux champs. Les uns labouraient et semaient, les autres s'occupaient des agneaux qui venaient de naître. Tous s'interrogèrent en voyant de loin cheminer une femme seule sur la route. S'ils avaient été plus près, plusieurs d'entre eux l'auraient reconnue. Son départ dramatique du village n'était pas de ces événements qu'on oublie. Un tel remue-ménage n'était pas fréquent.

Gwenda suivait la rivière Outhen qui serpentait dans la plaine entre deux rangées de collines. Elle avait laissé derrière elle le bourg principal et devait encore traverser des bourgades plus modestes – Ham, Petit-Acre et Longues-Eaux, si sa mémoire était bonne –, avant d'atteindre Vieille-Église, le hameau le plus éloigné et le plus petit de tous.

Son exaltation grandissante lui faisait oublier ses pieds meurtris. Vieille-Église la bien-nommée regroupait une trentaine de masures dont aucune n'était de nature à abriter un bailli et encore moins un seigneur. Le sanctuaire, quant à lui, devait dater de plusieurs siècles, supposa Gwenda. Il était fait de pierres brutes ; sa tour trapue dominait une courte nef aux murs épais, percés de minuscules ouvertures carrées disséminées au hasard, aurait-on dit à première vue.

Des bergers gardaient des bêtes dans une lointaine pâture. Gwenda les ignora pour se diriger vers les champs, convaincue qu'Harry le Laboureur n'aurait pas eu la bêtise d'assigner une corvée aussi simple à un gaillard comme Sam quand il pouvait l'utiliser à herser un champ, à déblayer un fossé ou à conduire avec d'autres les huit bœufs d'une charrue. Elle scruta les trois parcelles méthodiquement à la recherche d'un garçon dépassant d'une bonne tête les autres paysans. Ne voyant pas son fils immédiatement parmi les travailleurs coiffés de chauds bonnets qui se hélaient d'un bout à l'autre du champ, Gwenda fut prise d'inquiétude. Sam aurait-il été capturé ? Serait-il reparti pour un autre village ?

Elle finit par le reconnaître parmi des hommes aux bottes crottées qui répandaient du fumier au fond d'un sillon fraîchement tracé. En dépit du froid, il avait ôté sa cape et l'on voyait les muscles de son dos et de ses bras jouer sous sa vieille chemise en lin tandis qu'il maniait sa pelle en chêne. Le cœur de Gwenda se gonfla de fierté. Et dire qu'un corps aussi minuscule que le sien avait donné naissance à un gars aussi beau !

Les hommes relevèrent la tête à son approche et la dévisagèrent avec curiosité. Qui était cette inconnue, que venait-elle faire ici ? D'un pas décidé, Gwenda s'avança vers son fils et l'étreignit bien qu'il empeste le crottin.

« Bonjour, mère. »

Ses compagnons éclatèrent de rire, au grand étonnement de Gwenda.

« Pleure plus, p'tit Sam, tu l'as retrouvée, ta mère ! » lança un borgne maigrichon.

L'hilarité reprit de plus belle. Qu'un petit bout de femme comme elle débarque à l'improviste pour voir si son colosse de fils se conduisait bien les amusait follement.

« Comment m'avez-vous retrouvé ? demanda Sam.

— Je suis tombée sur Harry le Laboureur au marché de Northwood.

— Personne ne vous a suivie, j'espère ?

— Non. Je suis partie avant l'aube. Ton père racontera que je suis allée à Kingsbridge. »

Ils bavardèrent un court moment et Sam déclara qu'il devait se remettre à l'ouvrage sinon ses camarades lui reprocheraient de se reposer.

« Retournez au village et demandez la vieille Liza. Elle habite en face de l'église. Elle se fera un plaisir de vous offrir à boire. Je vous rejoindrai à la tombée de la nuit. »

Gwenda leva les yeux : le ciel s'assombrissait déjà. D'ici une heure tout au plus, les hommes devraient ranger leurs outils. Elle embrassa son fils sur la joue et le laissa.

La maison de Liza, à peine plus grande que les autres, possédait deux chambres. Comme Sam l'avait prédit, Liza l'accueillit à bras ouverts. Ayant présenté la visiteuse à son mari, Rob, qui était aveugle, elle lui servit un bol de bière anglaise et posa sur la table une miche de pain et du ragoût.

À la première question de Gwenda, Liza répondit en racontant par le menu toute la vie de son garçon depuis le berceau jusqu'à son départ en apprentissage. Soudain, Rob l'interrompit sèchement d'un simple mot : « Cheval ! »

Dans le silence qui s'établit, Gwenda entendit claquer des sabots.

« Petite monture, précisa Rob. Palefroi ou poney. Trop modeste pour un noble ou un chevalier. Peut-être une dame. »

Gwenda frémit.

« Deux visites en une heure, ajouta-t-il. C'est sûrement lié. »

Gwenda sentit ses craintes redoubler.

Elle alla jeter un coup d'œil à la porte. Un robuste poney noir trottinait sur le sentier entre les maisons monté par Jonno, le fils de Nathan ! Son cœur se serra.

Comment avait-il fait pour la débusquer ?

Elle n'eut pas le temps de battre en retraite, il l'avait aperçue.

« Gwenda ! s'écria-t-il et il piqua des talons.

— Faut-il que tu sois un démon !

— Je me demande bien ce que vous faites ici ! railla-t-il.

— Comment as-tu su que j'étais à Vieille-Église ? Personne ne m'a suivie.

— Mon père m'a envoyé à Kingsbridge, certain que vous manigianciez quelque chose. En cours de route, je me suis arrêté à la taverne de La Fourche. Des gens se sont rappelé vous avoir vue prendre la route d'Outhenby. »

Le gamin était perspicace ; réussirait-elle à le berner ?

« Pourquoi ne rendrais-je pas visite à de vieux amis ?

— Il n'y a pas de raison, en effet. Où est votre fuyard de fils ?

— Pas ici, contrairement à ce que j'espérais ! »

Il parut hésiter. Gwenda crut un instant qu'il avait gobé ses explications. Malheureusement, il ajouta : « Peut-être se cache-t-il ? Je ferais bien de fouiller les environs. »

D'un coup d'éperon, il fit repartir sa monture.

Gwenda le suivit des yeux, espérant avoir semé le doute dans son esprit, à défaut de l'avoir dupé. En se hâtant, elle parviendrait peut-être à prévenir Sam avant qu'il ne le trouve.

Elle s'élança à l'arrière de la maison, saluant ses hôtes au passage, et bondit au-dehors. Elle courut vers le champ, veillant à rester près de la haie. Se retournant vers le hameau, elle aperçut le cavalier. Peut-être ne la verrait-il pas sur ce fond de sombres branchages, en ce début de crépuscule.

Sam s'en revenait des champs avec ses compagnons, la pelle sur l'épaule et les bottes maculées de crottin. Sa vue lui évoqua Ralph : le comte et son fils avaient la même carrure, la même démarche assurée, le même visage séduisant sur un cou puissant. Pourtant, dès qu'il ouvrait la bouche, le jeune homme se mettait à ressembler à Wulfric : curieusement, sa façon de tourner la tête, de sourire timidement, de lever la main quand il n'était pas d'accord avec son interlocuteur étaient des gestes copiés de son père nourricier.

Les hommes repérèrent Gwenda près de la haie. « Bonjour, man-man ! » lança le borgne et tous se prirent à rire de bon cœur, encore amusés par sa visite de l'après-midi.

Elle entraîna son fils à l'écart. « Jonno est ici.

— Sacredieu ! Et vous disiez que vous n'aviez pas été suivie !

— Il a retrouvé ma trace.

— Par le diable ! Que faire maintenant ? Il n'est pas question que je rentre à Wigleigh !

— Je l'ai vu partir vers l'est, dit-elle en scrutant la pénombre sans distinguer grand-chose. En nous hâtant, nous pourrons peut-être regagner le village. Tu te cacherais alors… dans l'église ?

— D'accord. »

Ils pressèrent le pas et Gwenda lança par-dessus son épaule : « Si vous rencontrez un bailli dénommé Jonno… vous n'avez pas vu Sam de Wigleigh.

— Sam de Wigleigh ? Jamais entendu parler de lui, la mère ! » la rassura un journalier, bientôt approuvé par les autres. Les serfs s'entraidaient volontiers quand il s'agissait de déjouer les manœuvres des baillis.

Revenus au hameau sans avoir croisé le fils de Nathan, mère et fils se dirigèrent vers l'église dans l'espoir de s'y réfugier. Les chapelles de campagne, rarement ornées d'objets précieux, demeuraient le plus souvent ouvertes en permanence. Que feraient-ils si celle-ci avait porte close ? Ils n'en avaient aucune idée.

Rasant les murs, ils parvinrent en vue de l'édifice. Hélas, un poney noir était attaché à un piquet devant chez Liza. Gwenda ne put retenir un gémissement : Jonno avait hérité de son père son ignoble ruse ; à la faveur du crépuscule, il avait dû rebrousser chemin sans être vu, persuadé qu'elle ramènerait son fils au village. Il ne s'était pas trompé.

Empoignant Sam par le bras, elle voulut l'entraîner à l'intérieur de l'église. Au même moment, Jonno sortit de la maison de Liza.

« Sam ! Je savais bien que je te retrouverais ! »

La mère et le fils s'immobilisèrent puis se retournèrent lentement.

« Que comptes-tu faire ? lança Sam, en appui sur sa pelle en bois.

— Te ramener à Wigleigh, pardi ! déclara le fils du bailli avec un sourire de triomphe.

— J'aimerais voir ça ! »

Des paysans arrivaient de l'autre côté du hameau, des femmes en majorité. Ils s'attroupèrent.

Jonno sortit de sa sacoche un objet métallique muni d'une chaîne : « Je vais te mettre aux fers. Si tu as une once d'entendement, tu n'opposeras pas de résistance. »

Gwenda s'étonna de son sang-froid. Espérait-il vraiment capturer Sam à lui tout seul ? Il était bien charpenté, mais il était loin d'avoir la carrure de son fils. Comptait-il sur l'aide des villageois ? Certes, il avait la loi pour lui, mais rares seraient les paysans à lui prêter main-forte. Il ne devait pas avoir conscience de ses limites, tout simplement, animé qu'il était par la fougue de la jeunesse !

« Méfie-toi, Jonno ! Je te flanquais déjà des raclées quand on était petits. »

S'il était une chose que Gwenda redoutait, c'était bien que les deux garçons se battent. Que Sam l'emporte ou non, il n'en était pas moins un fugitif, un coupable aux yeux de la justice. Elle tenta d'intervenir : « Il est trop tard pour prendre la route. Pourquoi ne pas en rediscuter demain matin ? »

Jonno eut un petit rire méprisant : « Pour que Sam file en douce avant l'aube, comme vous-même ce matin ? Pas question ! Il dormira cette nuit les fers aux pieds ! »

Les compagnons de Sam, arrivés à leur tour, se joignirent à la petite foule.

« Les honnêtes gens ont le devoir de m'aider à arrêter ce fugitif, décréta Jonno. Quiconque m'en empêchera subira les foudres de la loi !

— Vous pouvez compter sur moi pour surveiller votre canasson ! » lança le borgne et les autres s'esclaffèrent.

Les villageois ne se ralliaient pas à Jonno, mais ils ne prenaient pas non plus la défense de son fils, remarqua Gwenda.

Jonno voulut agir sans tarder. Sa chaîne dans les mains, il se jeta dans les jambes de Sam, cherchant à l'entraver par surprise.

Face à un homme plus âgé, la tactique aurait pu réussir, mais Sam eut la riposte prompte : il recula d'un pas et balança sa jambe couverte de purin sur le bras de Jonno.

Sous l'effet de la douleur, le fils du bailli lâcha un grognement. Il se redressa, sa chaîne brandie, bien décidé à frapper Sam à la tête. Un cri d'effroi glaça Gwenda, avant qu'elle ne comprenne qu'il était sorti de son propre gosier.

Un second pas en arrière avait déjà placé Sam hors de portée.

Mais Jonno, devinant qu'il allait frapper le vide, lâcha son arme au tout dernier instant. Elle partit en vol plané.

Sam voulut s'écarter et se baisser. Trop tard : la ferraille l'atteignit à l'oreille et lui cingla le visage. Gwenda poussa un hurlement, comme si c'était elle la blessée ! Les témoins regardaient la scène, médusés. Sam vacilla, la chaîne et sa lourde menotte s'écrasèrent par terre. Tout le monde se figea.

Voyant du sang couler de l'oreille et du nez de son fils, Gwenda se précipita vers lui.

Sam recouvrait déjà ses esprits. Il projeta sa lourde pelle sur le côté et, d'un mouvement plein de grâce, lui fit effectuer un arc de cercle. Jonno, qui vacillait encore après son effort, ne put esquiver à temps. Le tranchant de la pelle l'atteignit à la tempe. Sam était une force de la nature, le bruit du bois sur l'os de Jonno s'entendit jusqu'au bout de la rue.

Le fils du bailli n'avait pas repris son équilibre que Sam lui assenait déjà un second coup, cette fois de haut en bas, en tenant sa pelle des deux mains. L'outil s'abattit sur sa tête avec une violence inouïe. Le son produit n'avait pas la même netteté : c'était un bruit plus sourd, un bruit de crâne fracassé.

Jonno était tombé à genoux. Sam en profita pour le frapper une troisième fois. La lame en bois pénétra sauvagement dans le front du blessé, causant plus de dégâts qu'un glaive. Au désespoir, Gwenda voulut retenir Sam. Les villageois la devancèrent. Quatre d'entre eux s'étaient jetés sur lui et le tiraient en arrière, pendus à ses bras.

Jonno gisait par terre, la tête dans une mare de sang. Écœurée par ce spectacle horrible, Gwenda imagina la douleur de Nathan quand il apprendrait de quelle blessure son fils était mort. La mère de Jonno ne souffrirait pas. Emportée par la peste, elle se trouvait maintenant dans un lieu où le chagrin ne l'atteignait plus.

À en juger par la façon dont Sam se débattait pour se libérer de la poigne de ses compagnons et repartir à l'assaut, sa blessure n'était pas grave, même s'il saignait abondamment. Gwenda se pencha au-dessus de Jonno. Ses paupières étaient closes et il ne bougeait plus. Elle posa la main sur son cœur et ne sentit rien. Elle essaya de prendre son pouls, comme Caris lui avait enseigné à le faire. Sans succès. Jonno était passé de vie à trépas.

Comprenant toutes les conséquences du geste de son fils, Gwenda fondit en larmes.

L'un était mort, l'autre était un meurtrier.

82.

En cette même année 1361, Caris et Merthin fêtèrent leurs dix ans de mariage le dimanche de Pâques.

Tout en regardant la procession entrer dans la cathédrale, Caris se remémora ses noces. Comme ses amours tumultueuses avec Merthin duraient depuis des lustres, elle avait cru que ce mariage n'avait d'autre raison d'être que celle d'officialiser une relation établie de longue date. Elle avait bêtement envisagé une cérémonie toute simple : une messe discrète à l'église Saint-Marc, suivie d'un dîner entre intimes à l'auberge de La Cloche. La veille, le père Joffroi l'avait informée que d'après ses calculs deux mille personnes au bas mot comptaient assister au mariage. Il avait donc fallu célébrer la cérémonie dans la cathédrale. Ils découvriraient ensuite que Madge la Tisserande avait organisé en secret un banquet à la halle de la guilde pour les notables et un pique-nique au Champ aux amoureux pour le reste de la population. Finalement, leurs épousailles étaient devenues la fête de l'année.

Au souvenir d'une si belle noce, Caris sourit. Ce jour-là, elle portait une robe de mariée en écarlate de Kingsbridge, couleur que l'évêque jugea sans doute tout à fait adaptée à son caractère. Merthin, rayonnant de bonheur, arborait un superbe manteau italien en brocart brun tissé de fils d'or. Ils avaient compris, tardivement, que les péripéties de leur romance, loin d'être circonscrites à leur entourage personnel comme ils le croyaient, passionnaient leurs concitoyens depuis des années. Tout le monde tenait à en célébrer l'heureux dénouement.

Les agréables souvenirs de Caris s'évanouirent quand son vieil ennemi Philémon monta en chaire. En dix ans, il s'était bien empâté. Le collier de graisse qui entourait son cou partait de son menton glabre et rejoignait la nuque sous son crâne tonsuré. Quant à son habit sacerdotal, il bouffait, telle une toile de tente.

Le prieur se lança dans un prêche vilipendant la dissection.

Les cadavres, commença-t-il, appartenaient à Dieu. Tout chrétien était tenu de les ensevelir selon un rituel précis : les défunts sauvés du péché originel dans une terre bénie, les autres ailleurs. Ne pas respecter cette tradition était contraire à la volonté divine. Quant à découper les corps, ajouta-t-il avec une ferveur inhabituelle, c'était un sacrilège ! Des trémolos dans la voix, il enjoignit à l'assemblée de se représenter l'effroyable spectacle que constituait la dépouille d'un homme découpée tout du long, puis sectionnée en divers morceaux, eux-mêmes redécoupés et sondés par de prétendus chercheurs en médecine. Un véritable chrétien savait que ces hommes et ces femmes morbides n'avaient aucune excuse.

L'expression « hommes et femmes », si rare dans la bouche de Philémon, avait nécessairement une signification particulière. Elle se tourna vers son mari tout proche : il haussait les sourcils d'un air inquiet.

De tout temps, l'Église avait opposé une ferme interdiction à l'examen des cadavres. Cependant, depuis l'épidémie de peste, le dogme classique s'était assoupli. Conscient que l'Église avait failli au devoir de soutenir les fidèles dans l'épreuve, le bas clergé, ouvert aux idées de progrès, avait hâte de voir les prêtres changer leur façon d'enseigner et de pratiquer la médecine. Hélas, les partisans des méthodes ancestrales, qui occupaient des positions plus élevées, mettaient un frein à toute évolution, si bien que la dissection, interdite en théorie, était tolérée en pratique.

Dès l'ouverture de son nouvel hospice, Caris avait procédé à des dissections, sans le crier sur les toits, naturellement. À quoi bon plonger dans le désarroi une population pétrie de superstitions ? Mais chaque occasion lui était bonne pour approfondir sa connaissance du corps humain.

Ces dernières années, un ou deux moines médecins parmi les plus jeunes venaient souvent l'assister. Leurs aînés, dans leur grande majorité, ne connaissaient du corps humain que ce qu'ils en voyaient lorsqu'ils étaient appelés à soigner de vilaines blessures. Ils n'étaient autorisés à disséquer que les carcasses de porcs, animal considéré comme possédant l'anatomie la plus proche de celle de l'homme.

L'attaque lancée par Philémon ne laissa pas d'étonner Caris et de l'inquiéter. Certes, il l'avait toujours détestée, elle le savait bien qu'elle en ignore la cause exacte. Depuis la terrible tempête de neige de 1351, il s'était contenté de la mépriser. Pour se consoler, peut-être, d'avoir perdu son emprise sur la ville, il avait décoré son palais d'une multitude d'objets précieux : tentures, tapis, argenterie, vitraux, manuscrits enluminés. Avide de prestige, il exigeait des moines et des novices des marques de déférence alambiquées, arborait des habits sacerdotaux splendides et, pour ses déplacements, utilisait une carriole digne de rivaliser en splendeur avec les pièces les plus richement meublées d'un château de duchesse.

Ce jour-là, plusieurs personnages de marque assistaient à l'office : l'évêque Henri, venu de Shiring, Piers, l'archevêque de Monmouth, et Reginald, l'archidiacre de York. Philémon comptait sans doute les impressionner par sa diatribe empreinte de conservatisme doctrinal. Mais dans quel but ? Aspirait-il à de plus hautes fonctions ? Briguerait-il la position de l'archevêque, qui était souffrant et avait dû être porté jusque dans la cathédrale sur une civière ? C'était déjà un miracle qu'un fils de paysan sans terre comme lui ait été nommé à la tête du monastère de Kingsbridge. Qu'un père prieur soit promu archevêque, c'était un peu comme si un chevalier était élevé au rang de duc sans passer par celui de baron ou de comte. Seul un favori distingué entre tous pouvait espérer une ascension aussi fulgurante.

Mais l'ambition de Philémon ne connaissait pas de bornes, réfléchit Caris. Non pas qu'il se crût doté de qualités exceptionnelles. Assurance et arrogance avaient été des traits propres à Godwyn, persuadé de posséder une rare intelligence qui lui avait valu d'être choisi par Dieu pour diriger le prieuré. Philémon, lui, souffrait du défaut inverse : l'absence d'estime de soi. Sa vie entière n'avait été qu'un combat mené contre lui-même pour se convaincre de sa propre valeur. Se jugeant insignifiant, il ne supportait pas de se voir rejeté. Et, par l'effet d'une susceptibilité exacerbée, il se considérait en droit de prétendre à n'importe quelle fonction, jusqu'à celles réservées aux plus hauts dignitaires du pays.

Caris envisagea de s'entretenir avec l'évêque Henri après l'office. Elle lui rappellerait qu'en vertu de l'accord passé voilà dix ans, l'hospice de l'île aux lépreux dépendait directement de son autorité et que, en conséquence, le prieur de Kingsbridge n'était pas habilité à exercer le moindre contrôle sur ses activités. Elle ferait valoir également que toute attaque portée à l'encontre de l'hospice Sainte-Élisabeth revenait à remettre en question des droits et des privilèges n'appartenant qu'à lui. À la réflexion, elle se dit que ses protestations n'aboutiraient qu'à étayer les rumeurs selon lesquelles elle pratiquait des dissections. Ce qui n'était pour l'heure qu'un vague soupçon, facile à dissiper, deviendrait alors un fait connu de tous qu'elle ne pourrait plus balayer d'un simple revers de main. Elle décida donc de garder le silence.

À côté d'elle se tenaient les fils du comte Ralph, par ailleurs neveux de Merthin. Âgés respectivement de treize et dix ans, Gerry et Roland fréquentaient l'école du monastère et vivaient au prieuré, mais ils passaient la plus grande partie de leur temps libre sur l'île aux lépreux. Merthin avait la main nonchalamment posée sur l'épaule de Roley, qui était en vérité son fils, ce que savaient trois personnes au monde seulement : lui-même, la mère, dame Philippa, et Caris. Merthin s'efforçait de ne jamais favoriser Roley, mais il avait du mal à cacher ses sentiments et il était aux anges dès que le petit apprenait quelque chose de nouveau à l'école ou recevait une bonne note.

Caris songeait souvent à l'enfant qu'elle aurait pu avoir avec Merthin si elle n'avait pas avorté. Une petite fille, elle en était persuadée, et qui aurait aujourd'hui vingt-trois ans et serait sans doute mariée et mère à son tour. Cette pensée lui était douloureuse comme peut l'être une blessure ancienne : désagréable mais trop familière pour être véritablement pénible.

À la fin de la messe, ils quittèrent les lieux tous ensemble. Comme à l'accoutumée, les garçons furent conviés au repas du dimanche. Sur le parvis, Merthin marqua un temps d'arrêt pour regarder la tour qui s'élevait désormais au centre de la cathédrale.

D'un œil critique, il scrutait les défauts invisibles de son œuvre quasi achevée. Caris l'observa avec tendresse. Elle le connaissait depuis l'âge de onze ans et l'aimait quasiment depuis le jour de leur rencontre. À présent, il en avait quarante-cinq. Son front s'était dégarni, il ne lui restait plus qu'une couronne de boucles rousses. Et s'il ne pouvait plus plier le bras gauche depuis qu'un petit corbeau en pierre, échappé des mains d'un maçon étourdi, avait atterri sur son épaule du haut d'un échafaudage, il n'avait rien perdu de cette fougue juvénile qui l'avait tant séduite trente ans plus tôt, le jour de la Toussaint.

Elle se déplaça pour regarder l'édifice à partir du même angle que lui. La tour donnait l'impression d'avoir une largeur équivalente à deux travées et de s'élever exactement au-dessus de la croisée du transept, alors qu'en réalité les énormes piliers sur lesquels elle s'appuyait étaient situés en avancée par rapport aux angles du transept qui reposaient sur des fondations nouvelles, distinctes de celles qui supportaient jadis la tour d'origine. D'apparence légère et aérienne, elle était flanquée de colonnes élancées et possédait de nombreuses ouvertures à travers lesquelles on apercevait l'azur du ciel par beau temps. Son toit carré était surmonté d'un lacis d'échafaudages qui permettraient de procéder à l'ultime étape de la construction : l'érection de la flèche.

Caris baissait à nouveau les yeux sur le monde quand elle vit sa sœur s'approcher. À quarante-cinq ans, Alice, son aînée d'un an, semblait appartenir à la génération précédente. À la mort d'Elfric, victime de la peste, elle ne s'était pas remariée et son caractère s'était aigri, à croire qu'une veuve ne pouvait pas rester coquette. Autrefois, Caris lui avait violemment reproché la façon dont son époux traitait Merthin. Le temps passant, l'animosité entre les sœurs s'était estompée, mais chaque fois qu'elles se saluaient, Caris percevait chez sa sœur un vague ressentiment.

Alice était accompagnée de sa belle-fille Griselda, d'un an sa cadette, et du fils de celle-ci, qui la dépassait d'une bonne tête. Merthin le Bâtard, comme on le surnommait, ne ressemblait en rien à Merthin le Pontier. En revanche, il avait le charme superficiel de son père Thurstan, l'amant de sa mère qui avait pris ses jambes à son cou en apprenant que Griselda était enceinte. Une jeune fille de seize ans, du nom de Pétronille, complétait le groupe. C'était la fille de Griselda et de son époux Harold Masson. Celui-ci, à la mort de maître Elfric, avait repris l'entreprise. Ce n'était pas un bâtisseur de grand talent, selon Merthin, mais il menait bien sa barque en dépit du fait qu'il n'avait plus le monopole des travaux de réfection du prieuré, qui avaient assuré la fortune d'Elfric. Il s'approcha de Merthin. « Le bruit court que tu t'apprêtes à construire la flèche sans coffrage. »

Caris devina sans mal à quoi il faisait référence : le coffrage, ou carcasse centrale, était l'armature en bois provisoire qui maintenait en place une construction, le temps que sèche le mortier.

« Une flèche est trop étroite pour en accueillir un, répondit Merthin. Et d'ailleurs, sur quoi reposerait-il ? »

À son ton poli mais quelque peu tranchant, Caris supposa qu'il n'aimait pas Harold.

« Je le croirais volontiers si ta flèche avait une base circulaire. »

Cette fois encore, ce dont parlait Harold était tout à fait compréhensible pour une profane comme Caris. Ériger une flèche ne représentait pas de grande difficulté : il suffisait de poser des cercles de pierres concentriques les uns sur les autres en réduisant progressivement le diamètre. Les cercles se soutenant mutuellement, les pierres ne risquaient pas de basculer à l'intérieur et l'emploi d'un coffrage devenait superflu. Toutefois, il en allait différemment avec les constructions angulaires.

« Tu as vu les plans, dit Merthin. Il s'agit d'un octogone. »

Sur les croquis, en effet, la tour carrée était surmontée aux quatre angles de tourelles placées en diagonale et donc se faisant face deux à deux. Cette position incitait l'œil à s'élever et à suivre l'envolée de la flèche, elle-même très étroite et de forme différente. Merthin s'était inspiré de la cathédrale de Chartres, mais son œuvre ne prendrait tout son sens que si cette flèche était octogonale.

« Comment élèveras-tu une structure octogonale sans recourir à l'emploi d'un coffrage ? s'étonna Harold.

— Sois patient, tu verras bien », laissa tomber Merthin et il tourna les talons.

Tandis qu'ils descendaient la grand-rue, Caris lui demanda : « Pourquoi refuses-tu d'expliquer ton procédé ?

— Je ne veux pas qu'on me remercie, comme au temps du pont. Rappelle-toi dès que j'ai eu achevé la partie la plus difficile des travaux, ils se sont débarrassés de moi pour embaucher un constructeur à moindres frais.

— Je m'en souviens.

— Cette fois, je ne leur en laisserai pas la possibilité : je suis et demeurerai le seul bâtisseur capable de construire la flèche.

— Tu étais jeune à l'époque. Aujourd'hui, tu es prévôt. Personne n'oserait te flanquer à la porte.

— Peut-être, mais ça me fait plaisir de savoir qu'ils ont les mains liées. »

Tout au bas de la rue, en passant près de l'endroit où jadis se trouvait le vieux pont, Caris aperçut la fille de Merthin. Lolla était maintenant une jolie demoiselle de seize ans au teint mat et aux splendides cheveux bruns. Sa bouche pulpeuse et ses yeux noisette au regard enjôleur ne laissaient pas les hommes indifférents. Elle était adossée au mur d'une auberge mal famée, appelée Le Cheval blanc, en compagnie d'un groupe de jeunes gens qui disputaient une partie de dés en descendant de grandes chopes de bière. À défaut d'être surprise, Caris fut navrée de découvrir sa fille adoptive bambochant en pleine rue, à l'heure du déjeuner.

Furieux, Merthin empoigna Lolla par le bras.

« Tu as intérêt à rentrer à la maison », lui jeta-t-il entre ses dents.

Lolla secoua sa tignasse avec une sensualité qui n'était certainement pas destinée à son père.

« Je n'ai pas envie de rentrer, je m'amuse bien ici !

— Je ne t'ai pas demandé ton avis », rétorqua-t-il. Sur ces mots, il l'arracha à ses amis.

Un garçon séduisant d'une vingtaine d'années se détacha du groupe. Un sourire narquois aux lèvres, il mordillait une brindille. Caris le reconnut à ses beaux cheveux bouclés. C'était Jake Riley, un jeune homme désœuvré qui avait toujours les poches pleines. Il avança vers eux d'un pas nonchalant. « Que se passe-t-il ? dit-il, et la brindille qui saillait de sa bouche valait toutes les insultes.

— Ce ne sont pas tes oignons ! » répondit Merthin.

Jake se planta devant lui. « La demoiselle n'a pas envie de partir.

— Écarte-toi de mon chemin, fiston, si tu ne veux pas finir ta journée au pilori. »

Caris se figea. Merthin était dans son plein droit de père : il avait toute autorité sur son enfant qui ne serait pas majeure avant cinq bonnes années. Cependant, Jake était le genre de gars à balancer son poing dans la figure de qui ne lui revenait pas et à assumer ensuite les conséquences de son geste. Malgré son anxiété, elle se garda d'intervenir, de crainte que Merthin ne reporte sa colère sur elle.

« Je suppose que vous êtes son père.

— Tu sais parfaitement qui je suis. Appelle-moi "messire le prévôt" et parle-moi avec respect, sinon il t'en coûtera. »

Jake le dévisagea d'un air insolent et battit en retraite au grand soulagement de Caris. Merthin ne se battait jamais, mais sa fille pourrait bien réussir un jour à lui faire perdre la tête.

Ils poursuivirent leur route vers le pont. Lolla se dégagea de la poigne paternelle et partit devant d'un air boudeur, les bras croisés et la tête baissée.

Ce n'était pas la première fois qu'on la découvrait en mauvaise compagnie. Que sa fille s'acharne à fréquenter de tels voyous horrifiait Merthin et le faisait bouillir de rage tout à la fois.

Traversant le pont de l'île aux lépreux à sa suite, il demanda à Caris : « Qu'est-ce qui lui prend d'agir ainsi ?

— Dieu seul le sait. » Elle avait remarqué que ce genre de comportement s'observait plus souvent chez les jeunes qui avaient perdu l'un de leurs parents. À la mort de sa mère, Lolla avait été élevée par Bessie la Cloche, puis par dame Philippa et par Em, la servante de Merthin, avant de finir sous sa tutelle. Peut-être la jeune fille ne savait-elle plus à qui elle devait obéissance ? Caris préféra garder ses réflexions pour elle pour que Merthin n'en vienne pas à penser qu'elle le jugeait mauvais père.

« À son âge, j'avais des disputes terribles avec tante Pétronille.

— À quel sujet ?

— Un grief du même ordre, sauf qu'il concernait Mattie la Sage.

— Ça n'a rien à voir. Tu ne traînais pas dans des tavernes louches avec des canailles.

— Pétronille estimait que Mattie avait une mauvaise influence sur moi.

— Ce n'est pas pareil.

— Non, je suppose.

— Tu as beaucoup appris au contact de Mattie. »

Sans doute Lolla s'instruisait-elle aussi auprès du beau Jake Riley mais, compte tenu du courroux de Merthin, Caris préféra taire ces considérations incendiaires.

À présent, l'île était entièrement bâtie et faisait partie intégrante de la ville. C'était même une paroisse, dotée d'une église bien à elle. On n'y marchait plus parmi des terrains vagues envahis de lapins, on suivait un sentier qui filait tout droit entre les maisons, avec des virages à angle droit. L'hospice Sainte-Élisabeth occupait la presque totalité de la partie ouest de l'île. Caris avait beau s'y rendre tous les jours, elle sentait chaque fois un sentiment de fierté l'inonder à la vue de ses beaux murs gris, de ses larges fenêtres réparties en rangées parfaites et de ses cheminées alignées sur le toit comme des soldats au garde-à-vous.

Ils franchirent le portail donnant sur la propriété de Merthin. Le verger était arrivé à maturité. Pour l'heure, les pommiers croulaient sous des avalanches de fleurs immaculées.

Fidèles à leur habitude, ils entrèrent par la porte de la cuisine. Nul n'empruntait jamais le beau vestibule qui donnait sur la rivière. La pensée qu'un bâtisseur de talent pouvait lui aussi se tromper traversa l'esprit de Caris et l'amusa. Pour la troisième fois de la journée, elle se dit que le silence était d'or.

Comme Lolla gagnait sa chambre à l'étage d'un pas lourd, une voix retentit depuis la pièce de devant : « Bonjour, la compagnie ! »

Aussitôt, les deux garçons coururent au salon en poussant des cris de joie. Dame Philippa était là. Merthin et Caris l'accueillirent de bon cœur.

Devenues belles-sœurs de par le mariage de Caris et Merthin, les deux femmes avaient eu des relations difficiles pendant plusieurs années, jusqu'à ce que Gerry et Roley entrent à l'école du prieuré. Ses neveux vivant à Kingsbridge, Merthin s'était occupé d'eux, tout naturellement. Et, tout aussi naturellement, dame Philippa avait pris l'habitude de venir voir ses enfants chez son beau-frère quand elle était de passage en ville.

Au début, Caris avait été incapable de lui pardonner d'avoir suscité plus qu'une attirance physique chez Merthin. Celui-ci, en effet, n'avait jamais prétendu que son aventure avec Philippa avait été une amourette sans importance. Il admettait d'ailleurs tenir encore beaucoup à elle, ce qui exacerbait la jalousie de Caris. À présent, dame Philippa offrait une triste apparence. Les déceptions avaient laissé leurs empreintes sur son visage. Ses cheveux gris et ses rides la faisaient paraître bien plus âgée que ses quarante-neuf ans. Ses enfants étaient devenus sa seule raison de vivre et elle s'organisait pour passer le moins de temps possible à Château-le-Comte, auprès de son époux. Quand elle ne venait pas voir ses fils à Kingsbridge, elle rendait visite à sa fille, Odila, comtesse de Monmouth.

« Je dois emmener les garçons à Shiring, expliqua-t-elle. Ralph veut les emmener au tribunal assister à un procès. Il estime que c'est un pan essentiel de l'éducation.

— Il a raison », approuva Caris, car Gerry était appelé à devenir comte si le ciel lui prêtait longue vie, sinon le titre reviendrait à Roley. Les deux garçons se devaient donc de connaître les rouages de la justice.

« Je comptais venir à la messe de Pâques, ajouta Philippa, mais une roue de ma carriole s'est brisée et j'ai été obligée de faire une halte cette nuit.

— Puisque vous êtes là, restez donc dîner avec nous », proposa Caris.

Ils passèrent dans la salle à manger. Caris ouvrit les fenêtres qui donnaient sur la rivière. Quelle conduite Merthin s'apprêtait-il à adopter vis-à-vis de Lolla ? se demanda-t-elle tandis qu'une brise fraîche pénétrait dans la pièce. Pour l'heure, il la laissait ruminer à l'étage et c'était aussi bien, car la présence à table d'un enfant maussade risquait de gâcher le repas.

Au menu, il y avait un ragoût de mouton aux poireaux. Merthin servit à boire. Philippa s'empressa de vider sa coupe. Ces derniers temps, elle s'était mise à apprécier le vin. Peut-être y trouvait-elle du réconfort.

Au cours du repas, Em vint annoncer que quelqu'un demandait à voir la maîtresse de céans.

« Quel est son nom ? jeta Merthin avec impatience.

— Il a refusé de me le dire ! Il affirme que la maîtresse le connaît.

— À quoi ressemble-t-il ?

— C'est un jeune. Un paysan, à en juger d'après ses vêtements. Pas un gars de la ville, laissa-t-elle tomber avec un déplaisir teinté de condescendance.

— Eh bien, fais-le entrer. Il m'a l'air inoffensif. »

Quelques instants plus tard s'encadrait sur le seuil une haute silhouette au visage dissimulé sous une capuche. Caris reconnut Sam, le fils aîné de Gwenda, sitôt qu'il la retira.

Elle l'avait vu naître ; elle avait vu son crâne visqueux émerger du corps chétif de sa mère ; puis elle avait suivi sa croissance jusqu'à ce qu'il devienne un homme. Un homme en qui elle retrouvait Wulfric dans sa façon de marcher, dans son maintien, dans sa main qu'il levait un peu avant de commencer une phrase. Pourtant elle avait toujours douté que Sam soit son fils. À sa naissance, c'était la copie de Ralph. Mais il y avait des sujets qu'elle n'avait jamais abordés avec Gwenda, nonobstant leur proximité ; certaines questions méritaient de demeurer sans réponse. Néanmoins, elles n'avaient pas manqué de ressurgir dans l'esprit de Caris quand elle avait appris que Sam était accusé du meurtre de Jonno le Bailli.

Le garçon s'approcha d'elle. Levant la main à la manière de Wulfric, il voulut dire quelque chose et se ravisa. À la place, il s'agenouilla. « Sauvez-moi, je vous en supplie !

— De quelle manière ? lâcha-t-elle, horrifiée.

— Cachez-moi. Je fuis depuis des jours. J'ai quitté Vieille-Église de nuit, j'ai marché jusqu'à l'aube. Je n'ai quasiment pas pris de repos depuis. Tout à l'heure, quand j'ai voulu acheter à manger à l'auberge, j'ai été reconnu et j'ai dû me sauver. »

Le désespoir de Sam faisait peine à voir, pourtant elle répondit, malgré sa compassion : « Je ne peux pas te cacher. Tu es recherché pour meurtre !

— Ce n'était pas un meurtre, c'était une bagarre. Jonno m'a frappé le premier. Avec une chaîne en fer. » Il désigna deux balafres à peine cicatrisées sur son oreille et son nez.

Ses années passées à soigner les malades indiquèrent à Caris que les blessures remontaient à cinq jours environ. Le nez guérissait bien, mais l'oreille aurait eu besoin d'être recousue. Cependant, Sam ne pouvait rester là.

« Tu dois te livrer à la justice.

— Ils prendront le parti de Jonno, pour sûr, c'est le fils du bailli ! Comme il voulait me ramener à Wigleigh, d'où j'étais parti pour trouver un travail mieux payé, le tribunal me déclarera fugitif et décrétera qu'il avait le droit de me mettre aux fers.

— Tu aurais dû y songer avant de le frapper.

— Quand vous étiez mère prieure, vous embauchiez des fuyards à Outhenby, fit-il remarquer sur un ton accusateur.

— Des fuyards, oui, répondit-elle, piquée. Pas des meurtriers.

— Ils me pendront. »

Déchirée, Caris ne savait quel parti prendre.

« Nous ne pouvons pas t'offrir l'asile pour deux raisons, Sam, intervint Merthin. La première, c'est qu'il est défendu d'accueillir un fugitif chez soi et, malgré toute mon affection pour ta mère, je n'enfreindrai pas la loi à cause de toi. La seconde, c'est que tout le monde est au courant de l'amitié qui unit Gwenda et Caris. Si les hommes du shérif sont à tes trousses, c'est ici qu'ils viendront te chercher en premier.

— Croyez-vous ? » demanda Sam, et Caris se rappela qu'il n'était pas très malin, contrairement à son frère, David, qui avait hérité de toute l'intelligence familiale.

Merthin insista : « Cette maison est la pire des cachettes. Allez, ajouta-t-il sur un ton radouci. Bois un peu de vin, prends un quignon de pain et quitte la ville. Je vais être obligé d'aller signaler ta visite à Mungo le Sergent, mais je peux le faire en marchant lentement. »

Il lui versa une coupe.

« Merci.

— Le mieux pour toi, c'est de partir très loin, là où personne ne te connaît, et d'y commencer une nouvelle vie. Fort comme tu es, tu trouveras toujours du travail. Va à Londres, embarque-toi sur un bateau... et ne cherche plus querelle. »

Philippa lança, à brûle-pourpoint : « Je me souviens de ta mère... Gwenda, n'est-ce pas ? »

Sam acquiesça en silence.

« Je l'ai rencontrée à Casterham, expliqua-t-elle à Caris. Du vivant de William. Elle m'avait parlé d'une fille de Wigleigh que Ralph avait violée.

— Annet.

— Oui. »

Philippa se retourna vers Sam : « Elle avait un nourrisson dans les bras. Ce devait être toi. Ta mère est une femme bien. Je suis triste pour elle de te savoir dans l'ennui. »

Un bref silence s'installa. Sam vida sa coupe. Et Caris songea, tout comme Philippa et Merthin certainement, que le temps passait bien vite et pouvait faire un meurtrier d'un innocent poupon.

Soudain, plusieurs voix d'hommes résonnèrent au-dehors.

Sam balaya la pièce des yeux, tel un ours pris au piège. Une porte menait à la cuisine, l'autre sur l'avant de la maison. Il se rua sur celle-ci, l'ouvrit à toute volée et déguerpit en direction de la rivière.

Quelques instants plus tard, Em ouvrait la porte de la cuisine et le sergent de ville Mungo pénétrait dans la salle à manger, suivi de quatre volontaires armés de gourdins.

« Il vient juste de partir ! déclara Merthin en désignant la porte d'entrée.

« — En avant les gars ! » ordonna Mungo.

Ils traversèrent la pièce au pas de course et ressortirent.

Caris se leva et s'élança dans le jardin. Les autres l'imitèrent.

La maison était construite sur une petite falaise rocheuse d'à peine trois ou quatre pieds de haut. En contrebas, la rivière coulait avec un fort courant. À gauche, l'élégant pont de Merthin rejoignait Villeneuve et l'on apercevait sur l'autre rive les frondaisons verdissantes des jeunes arbres du cimetière aménagé pour les victimes de la peste et les maisons qui avaient poussé de part et d'autre comme des champignons. À gauche, le terrain devenait une plage bourbeuse.

C'était cette direction que Sam avait prise, pour son malheur, car elle ne menait nulle part. Caris le vit cavaler sur la berge, laissant dans la boue de grosses empreintes que les hommes de Mungo n'auraient plus qu'à suivre, tels des chiens courants. Ce spectacle la désespéra, tout comme la vue d'un lièvre traqué l'emplissait chaque fois de pitié. Ce sentiment n'avait rien à voir avec la justice, uniquement avec le fait que Sam était une proie.

Acculé, le jeune homme se jeta à l'eau.

Mungo, qui était resté sur le chemin dallé devant la maison, s'élança vers le pont.

Deux de ses hommes se débarrassaient déjà de leur arme, de leurs bottes et de leur manteau pour se précipiter dans la rivière en chemise. Leurs compagnons, sans doute parce qu'ils ne savaient pas nager ou ne tenaient pas à se mouiller par un temps glacial, demeurèrent sur la berge. Les deux nageurs se lancèrent à la poursuite de Sam.

Le jeune homme était musclé, mais il devait se dépêtrer de son épais manteau d'hiver gorgé d'eau qui le tirait vers le fond. Les hommes de Mungo grignotaient la distance à chaque brasse. Caris ne pouvait détacher les yeux de cette horrible chasse.

Un cri retentit du haut du pont : le sergent ordonnait aux deux récalcitrants de monter le rejoindre. Ils s'exécutèrent. Lui-même le traversait déjà à toutes jambes.

Sam atteignit la rive opposée au moment précis où les nageurs allaient le rattraper. Titubant sur ce terrain bosselé, il s'élança, tout en secouant la tête pour s'ébrouer. Las, son vêtement détrempé entravait ses mouvements. Il jeta un coup d'œil en arrière. Par chance, l'un des poursuivants, quasiment sur ses talons, venait de trébucher. Profitant qu'il chutait en avant, Sam lui flanqua un coup de sa botte remplie d'eau en plein visage. Le volontaire bascula en arrière avec un cri.

Son collègue, plus prudent, veilla à rester hors de portée de Sam. Mais celui-ci avait déjà repris sa course et foulait maintenant l'herbe du cimetière. Subitement, il s'immobilisa, l'autre l'imita. L'homme d'armes se gaussait de lui ! Le comprenant, Sam bondit sur lui avec un hurlement de rage. Le persécuteur voulut s'enfuir. La rivière l'en empêcha et il se retrouva, de l'eau à mi-mollets, incapable d'accélérer sa course. Sam put enfin l'attraper.

Le saisissant par les épaules, il l'obligea à se retourner et lui assena un violent coup de tête. On entendit un craquement de nez brisé. Sam le projeta sur le côté et le malheureux s'écroula dans la rivière, en sang.

Le fugitif voulut remonter sur la berge. Hélas, Mungo l'y attendait de pied ferme. À présent, Sam se trouvait en contre-bas, gêné par le courant. Le sergent marcha sur lui et pila sur place, le laissant avancer. Il brandit sa grosse massue au-dessus de sa tête. C'était une feinte. Sam sut l'esquiver. Hélas, il ne put échapper à la seconde tentative.

Le coup était d'une violence inouïe, Caris en resta aussi estomaquée que si elle l'avait reçu elle-même. Sam mugit de douleur. Instinctivement, il porta les mains à son crâne. Habitué à lutter contre de solides gaillards, Mungo profita de son geste pour lui balancer son gourdin dans les côtes. Le jeune homme s'effondra dans l'eau. Arrivés au bout du pont, les deux autres volontaires s'étaient élancés sur la berge. Ils se jetèrent sur leur proie et la maintinrent au sol pendant que leurs deux compagnons, mus par un sentiment de vengeance, rouaient Sam de coups. Ils ne se calmèrent que lorsqu'il ne se débattit plus.

Ils le hissèrent alors sur la berge. Là, Mungo s'empressa de lui lier les mains dans le dos, puis ses hommes escortèrent le prisonnier jusqu'en ville.

« Quelle horreur ! laissa échapper Caris. Pauvre Gwenda. »

83

À chaque session du tribunal du comté, la ville de Shiring entrait en ébullition et prenait des airs de carnaval. Les auberges des alentours de la grand-place ne désemplissaient pas. Dans leurs habits du dimanche, les clients réclamaient à boire et à manger. La ville profitait de l'occasion pour tenir un marché, naturellement, et les étals des commerçants patentés étaient si nombreux qu'il fallait bien une demi-heure pour parcourir l'esplanade d'un bout à l'autre. Par dizaines, les marchands ambulants arpentaient les allées : les chanteurs des rues armés de leur violon se faufilaient entre les boulangers lestés de plateaux croulant sous les petits pains ; des prostituées affichaient leurs charmes sans vergogne, à deux pas des frères lais qui prêchaient la bonne parole ; des montreurs d'ours attisaient la curiosité des passants.

Le comte Ralph était l'une des rares personnes capables de traverser la place rapidement. Précédée par trois cavaliers, sa petite troupe fendait la foule comme une charrue la terre des champs, et la vitesse de son déplacement, cumulée à son mépris d'autrui, avait pour effet, le temps d'un instant, de projeter les manants cul par-dessus tête. Puis le sillon se refermait, à peine passée la poignée de domestiques chargée de fermer la marche.

Ainsi lancés, le comte et son entourage gravirent la colline sur laquelle se dressait le château du shérif. Ayant pénétré dans la cour en grande pompe, ils mirent pied à terre. Immédiatement, les serviteurs de Ralph réclamèrent à grands cris porteurs et valets d'écurie, au plus grand bonheur de leur seigneur qui aimait, où qu'il passe, faire savoir qu'il honorait le lieu de sa présence.

Le comte était nerveux. Certes, que le fils de son ennemi de toujours soit sur le point d'être jugé pour meurtre lui procurait le bonheur d'une bien douce revanche, mais tout au fond de lui, il redoutait qu'à la dernière minute un grain de sable ne vienne enrayer la machine. Il était bien placé pour savoir que l'appareil judiciaire connaissait parfois des défaillances inattendues : n'avait-il pas lui-même échappé par deux fois à la potence ?

Si grande était son anxiété qu'il en éprouvait presque de la honte. Ses chevaliers ne devaient en aucun cas deviner combien l'affaire lui tenait à cœur. Alan Fougère lui-même ne devait pas soupçonner sa hâte à voir Sam pendu haut et court.

Il assisterait au procès sur le banc du juge, comme la loi l'y autorisait, et il veillerait à empêcher tout revirement intempestif.

Après avoir tendu ses rênes à un palefrenier, il promena les yeux autour de lui. L'enceinte évoquait plus une cour de taverne qu'une forteresse militaire. Derrière ces murailles solides et bien gardées, le shérif de Shiring était à l'abri d'une éventuelle vengeance de la part des proches des prisonniers enfermés dans les cachots souterrains. Quant aux juges de passage, ils pouvaient jouir en toute sérénité des beaux appartements mis à leur disposition.

Le shérif Bernard était le représentant du roi au sein du comté. Sa charge consistait à percevoir les impôts et à rendre la justice. C'était un poste lucratif, car à la solde venaient s'ajouter non seulement un pourcentage sur les amendes et les cautions des remises en liberté, mais également quantité de pots-de-vin et cadeaux en nature.

Bernard montra sa chambre à Ralph. Les relations entre les deux hommes n'étaient pas exemptes de tensions. Si un comte occupait un rang plus élevé qu'un shérif, celui-ci exerçait son pouvoir judiciaire en toute indépendance. En l'occurrence, le shérif Bernard était un prospère marchand de laine. Du même âge que Ralph, il le traitait avec un mélange de camaraderie et de déférence parfois mal assorties.

Philippa attendait son époux dans les appartements qui leur avaient été réservés. Il ne restait rien aujourd'hui de la beauté altière que ses manières hautaines lui conféraient jadis. Ses longs cheveux gris relevés en un chignon compliqué ainsi que le triste camaïeu dans les tons gris et bruns de son riche manteau lui donnaient l'aspect d'une dame grincheuse assez âgée pour être une douairière.

Gerry et Roley saluèrent leur père. Mal à son aise avec les petits, le comte n'avait guère pris part à leur éducation. Dans l'enfance, ses fils avaient été élevés par des femmes ; maintenant, ils fréquentaient l'école du monastère. Ralph les traitait plus ou moins comme ses écuyers, alternant ordres et plaisanteries. Plus tard, il saurait trouver les mots pour établir de vrais rapports avec eux. Pour l'heure, cela n'avait pas d'importance. Quoi qu'il fasse, ses fils le considéraient comme un héros.

« Demain, vous assisterez à un procès sur le banc du juge, leur annonça-t-il. Je veux que vous voyiez comment la justice est rendue.

— Pouvons-nous aller au marché cet après-midi ? s'enquit Gerry, l'aîné.

— Oui. À condition de prendre Dickie avec vous. »

C'était un serviteur de Château-le-Comte, venu à Shiring avec Ralph.

« Tenez, voici de quoi vous amuser ! » Il remit à chacun une poignée de piécettes en argent.

Les garçons sortis, Ralph s'assit loin de Philippa. En sa présence, il gardait toujours ses distances et évitait soigneusement les contacts fortuits, persuadé qu'elle s'habillait et se comportait en bigote dans la seule intention de tuer tout désir chez lui. Pour un couple ayant conçu un enfant, c'était une relation étrange. Ils y étaient englués depuis des années. En contrepartie, Ralph avait tout loisir de caresser les bonnes et de culbuter les servantes de taverne.

De temps à autre, ils échangeaient quelques mots à propos de leur progéniture. Ralph avait compris au fil des ans que son épouse était entêtée et qu'il était préférable de discuter avec elle à l'avance d'un projet plutôt que de prendre seul sa décision et d'affronter ensuite son courroux.

« Gérald est en âge de devenir écuyer.

— Je partage votre avis, répondit Philippa.

— Eh bien, c'est parfait ! lâcha-t-il, quelque peu surpris de ne pas avoir à batailler.

— J'ai déjà abordé la question avec David Monmouth. »

Voilà qui expliquait son assentiment : elle avait un coup d'avance sur lui. Cherchant un moyen de reprendre l'avantage, il atermoya : « Je vois.

— David accepte que nous lui envoyions Gerry après ses quatorze ans. »

Pour l'heure, l'enfant n'en avait que treize. Philippa voulait donc repousser son départ d'une année. C'était agaçant, mais il y avait plus grave : le comte de Monmouth n'était autre que le gendre de dame Philippa, l'époux de sa fille Odila.

« Je crains, objecta Ralph, que Gerry ne connaisse là-bas une vie trop facile. La fonction d'écuyer est censée transformer un petit garçon en homme. Sa demi-sœur, qui l'adore, voudra le protéger… Je suppose que c'est la raison qui vous a poussée à le placer auprès de David », ajouta-t-il après un instant de réflexion.

Elle ne le contesta pas mais souligna un point important. « Cette occasion vous permet de renforcer votre alliance avec le comte de Monmouth. Je pensais que cela vous siérait. »

David était le principal allié de Ralph au sein de la noblesse. Envoyer Gerry à Monmouth rapprocherait effectivement les deux comtes. Si David se prenait d'affection pour leur fils, il enverrait peut-être les siens dans quelques années faire leur apprentissage de chevaliers à Château-le-Comte. De tels liens entre grandes familles étaient des atouts inestimables.

« Me promettez-vous que notre enfant ne sera pas trop choyé ?

— Bien sûr.

— Dans ce cas, je vous donne mon accord.

Parfait. Je suis ravie de voir la question réglée. »

Sur ces mots, Philippa se leva. Aux yeux de Ralph, l'entretien n'était pas terminé.

« Et Roley ? lança-t-il. Nous pourrions l'envoyer aussi à Monmouth. Ainsi les enfants ne seraient pas séparés. »

Philippa fit mine de réfléchir. À l'évidence, la suggestion lui déplaisait, mais elle était trop maligne pour y opposer un refus catégorique.

« Roley est un peu jeune. Il ne maîtrise pas encore son alphabet.

— Un noble doit savoir se battre. C'est plus important que d'apprendre à lire. Roley est le second de la lignée, ne l'oublions pas. Ce serait à lui de prendre le titre de comte, s'il devait arriver malheur à Gerry.

— Dieu nous en préserve !

— Amen.

— Je persiste à croire qu'il devrait lui aussi attendre d'avoir quatorze ans.

— Je n'en suis pas sûr. Roley est un garçon trop sensible. Parfois, il me rappelle mon frère, Merthin. »

Voyant passer une lueur d'effroi dans les yeux de sa femme, il crut qu'elle redoutait de laisser partir son petit et fut tenté d'insister, pour le simple plaisir de la tourmenter. Mais dix ans, c'était bien jeune tout de même pour devenir écuyer. « Nous verrons, dit-il, choisissant de rester dans le vague. Tôt ou tard, il faudra bien qu'il s'endurcisse.

— Chaque chose en son temps. »

*

Le juge, sieur Louis Abingdon, n'était pas originaire de la contrée. C'était un Londonien, avocat à la cour royale, mandaté dans différents comtés pour y juger les affaires les plus graves. En découvrant son visage rose et poupin et ses joues encadrées par une barbe blonde, Ralph lui donna dix ans de moins que lui. Comme chaque fois, il s'étonna qu'une fonction aussi éminente et un pouvoir aussi grand puissent être confiés à un homme aussi jeune. Puis il se raisonna, se rappelant qu'il avait lui-même quarante-quatre ans et que la moitié de sa génération avait été décimée par la peste.

Le temps que les jurés se rassemblent et que l'on tire les prisonniers de leurs cachots pour les amener en ville, Ralph et ses fils patientèrent en compagnie du juge à l'auberge du Tribunal, dans une pièce donnant directement sur la salle d'audience. Sieur Louis traitait le comte avec une prudente courtoisie. Il apparut qu'il avait participé à la bataille de Crécy alors qu'il était tout jeune écuyer. Ralph n'avait pas souvenir de l'avoir rencontré à l'époque.

Cherchant discrètement à prendre la mesure de son intransigeance, il orienta la conversation sur l'ordonnance relative aux travailleurs : « Nous avons bien du mal à la faire appliquer. Dès qu'ils trouvent un moyen de s'enrichir, les paysans ne respectent plus rien.

— Le fugitif qui touche un salaire est forcément employé par quelqu'un qui, lui aussi, contrevient à la loi.

— Absolument ! Les sœurs du couvent de Kingsbridge n'ont jamais respecté ce texte.

— On peut difficilement assigner des religieuses en justice.

— Je ne vois pas pourquoi. »

Le juge préféra changer de sujet : « Avez-vous un intérêt particulier à l'une des auditions du jour ? »

On l'avait sans doute informé que le comte de Shiring n'avait pas coutume d'exercer son droit de siéger auprès du juge, se dit Ralph, et il reconnut de bon gré que le meurtrier était l'un de ses serfs. « Cependant, précisa-t-il, si je suis venu assister aux procès aujourd'hui, c'est surtout pour montrer à mes fils comment fonctionne la justice. Demain, je les emmènerai voir les pendaisons. À ma mort, l'un des deux deviendra comte. Autant qu'ils apprennent vite à voir des gens mourir. »

Le juge l'approuva : « Les enfants de la noblesse se doivent d'avoir le cœur bien accroché. »

Le greffier du tribunal frappa un coup de marteau. Dans la salle voisine, le brouhaha se calma aussitôt. L'anxiété de Ralph n'avait pas diminué : sa conversation avec sieur Louis ne lui avait pas appris grand-chose. Fallait-il y voir le signe qu'il était sourd à toute influence ?

Sieur Louis ouvrit la porte et le laissa entrer le premier.

Deux hautes cathèdres en bois et un banc trônaient sur une estrade, à quelques pas de là. Un murmure monta de l'assistance quand Gerry et Roley prirent place sur le banc. Les gens du peuple dévisageaient toujours avec une curiosité fascinée les enfants qui seraient un jour leurs suzerains. Dans ce tribunal chargé de punir la violence, la rapine et la malhonnêteté, ces deux garçons innocents faisaient songer à des agneaux égarés dans une porcherie.

Le souvenir de sa comparution devant ce même tribunal vingt-deux ans plus tôt ne manqua pas d'assaillir Ralph lorsqu'il prit place sur l'estrade. Jugé pour viol, pensez donc ! Portée par une serve lui appartenant, l'accusation était ridicule. Philippa s'en était bien mordu les doigts d'avoir ourdi pareille machination à son encontre ! Au procès, Ralph avait pris la fuite sitôt reconnu coupable. Gracié par la suite, il était parti ferrailler contre les Français dans l'armée du roi.

L'accusé jugé aujourd'hui n'aurait, pour s'échapper, aucun des moyens dont il avait lui-même bénéficié : le fils de Wulfric n'était pas armé et il avait les chevilles entravées. Et il ne pouvait compter sur une amnistie, la pratique avait été abandonnée depuis la fin des hostilités avec la France.

Ralph l'observa attentivement tandis qu'on donnait lecture de l'acte d'accusation. C'était un grand gaillard à la carrure puissante. Bien né, il aurait fait un rude combattant. Il tenait davantage de Wulfric que de Gwenda, remarqua-t-il encore, bien qu'il n'ait pas non plus les traits de son père. Son visage, curieusement, lui rappelait quelqu'un. Comme la plupart des accusés, Sam dissimulait son effroi sous un air de défi. Et Ralph lui prêta des sentiments proches de ceux qu'il avait lui-même éprouvés tant d'années auparavant.

La première personne appelée à témoigner était Nathan le Bailli, qui se présenta comme le père de la victime. Fait bien plus important, il assura que Sam n'était pas seulement un serf du comte de Shiring, mais qu'il n'avait jamais été autorisé à se rendre à Vieille-Église. Voilà pourquoi, conclut-il, il avait demandé à son fils, Jonno, de suivre Gwenda, dans l'espoir qu'elle le mènerait au fugitif.

À défaut d'être plaisant, ce témoin était sincère et son chagrin authentique. Surtout, sa déposition était accablante. Elle procura au comte une grande satisfaction.

Debout près de son fils, Gwenda arrivait à peine à son épaule. Elle n'était pas belle : ses yeux noirs trop rapprochés, son nez en bec d'aigle, son front et son menton fuyants évoquaient une image de rongeur déterminé. Pourtant, il émanait d'elle une sensualité torride malgré son âge. Plus de vingt ans avaient beau s'être écoulés depuis le jour où il avait couché avec elle, Ralph se rappelait la scène dans ses moindres détails. C'était à Kingsbridge qu'il l'avait possédée, dans une chambre de l'auberge de La Cloche, agenouillée sur le lit. Le souvenir de son corps ferme l'excita. Il se rappela ses beaux cheveux noirs.

Soudain, leurs yeux se croisèrent. Gwenda soutint son regard comme si elle devinait le tour qu'avaient pris ses pensées.

Ce jour-là, elle était d'abord restée passive, inerte, n'acceptant ses coups de reins que parce qu'elle ne pouvait pas s'y soustraire. Mais, vers la fin, sous l'effet d'un étrange besoin, elle s'était mise à accompagner son rythme, presque contre son gré.

Probablement Gwenda se rappela-t-elle aussi ce moment, car elle détourna les yeux brusquement, comme si elle avait honte.

Un autre garçon l'accompagnait, sans doute son fils cadet. Celui-là lui ressemblait davantage : petit et maigrichon, il avait le même air rusé. Il soutint lui aussi le regard de Ralph avec une incroyable intensité, comme s'il voulait percer à jour l'esprit d'un comte et pensait trouver la réponse dans ses yeux.

De toute l'assistance, l'homme qui intéressait le plus Ralph était évidemment Wulfric. Il le haïssait depuis leur bagarre à la foire à la laine, en 1337. Involontairement, sa main s'éleva vers son nez cassé. Cette blessure l'avait atteint dans sa fierté plus que toutes celles qu'il avait reçues par la suite au fil des ans. Sa vengeance avait été terrible. Pendant dix ans, je l'ai privé de son droit d'héritage, se remémora-t-il, j'ai couché avec sa femme, je lui ai taillardé la joue quand il s'est interposé pour m'empêcher de quitter cette salle ; plus tard, quand il a voulu s'enfuir du village, je l'ai ramené au bercail au bout d'une corde et, maintenant, je vais pendre son fils !

Wulfric avait forci, mais l'embonpoint lui seyait. Son visage buriné était ridé, mais l'on distinguait nettement la cicatrice du coup d'épée entre les poils de sa barbe poivre et sel. Le chagrin l'accablait. Gwenda, en revanche, semblait possédée par la fureur. Lorsque les paysans de Vieille-Église témoignèrent que Sam avait occis Jonno à l'aide d'une pelle en chêne, l'inquiétude rida le large front du père, tandis que les yeux de la mère étincelèrent de mépris.

Le président du tribunal voulut savoir si Sam avait craint pour sa vie. Ralph n'apprécia pas du tout qu'il pose une question insinuant que le meurtrier pouvait avoir des circonstances atténuantes.

« Il ne redoutait pas le courroux du bailli, non, répondit un paysan borgne. Plutôt celui de sa mère. »

Il y eut des gloussements parmi l'assistance.

Le président demanda ensuite si c'était Jonno qui avait provoqué la bagarre, et cette nouvelle marque de bienveillance à l'égard de Sam exaspéra le comte de Shiring.

« Provoqué ? répéta le borgne gringalet. Il l'a frappé au visage avec une chaîne en fer... Si vous appelez cela de la provocation. »

L'hilarité allait croissant, au grand dam de Wulfric qui ne comprenait pas que l'on puisse s'amuser lorsque la vie de son fils était en jeu.

De son côté, Ralph commençait à se demander si le juge jouissait de toutes ses facultés mentales.

Puis Sam fut appelé à s'exprimer. Quand il prit la parole, Ralph lui trouva une plus grande ressemblance avec son père, notamment sa manière de pencher la tête en agitant la main. Le jeune homme expliqua qu'il avait proposé à Jonno de le retrouver le lendemain matin mais qu'en guise de réponse, le fils du bailli avait tenté de lui mettre les fers.

Indigné, Ralph murmura au juge : « Qu'il ait agi par peur ou en réponse à une provocation ne change rien à l'affaire. Pas plus que sa proposition de régler la question le lendemain ! »

Et comme sieur Louis ne répondait pas, il insista : « C'est un fugitif qui a tué l'homme chargé de le ramener.

— Cela est indéniable », chuchota le juge en retour, avec une prudence rageante.

Vint le tour des jurés d'interroger le coupable. Le comte en profita pour détailler le public. Merthin et sa femme assistaient au procès. Caris portait une robe bleu et vert, un manteau en écarlate de Kingsbridge ourlé de fourrure et un petit chapeau rond. Ralph se rappela que, dans sa jeunesse, Caris adorait les toilettes. Bonne habitude qu'à l'évidence le couvent n'avait pas tuée en elle. Ralph se souvint également qu'elle était amie avec Gwenda depuis l'enfance. En fait, depuis le jour où, tous ensemble, ils avaient vu Thomas Langley occire les deux hommes d'armes dans la forêt. Par amitié pour Gwenda, Merthin et Caris devaient souhaiter de tout cœur que Sam bénéficie de la clémence du tribunal. Et Ralph se jura que cela n'arriverait pas, s'il avait son mot à dire !

Était également présente dans la salle d'audience la religieuse qui avait succédé à Caris au poste de prieure. La vallée d'Outhenby étant la propriété du couvent de Kingsbridge, celui-ci se retrouvait être l'employeur illégal de Sam. Mère Joan, estimait Ralph, aurait dû se tenir à côté de l'accusé, les fers aux pieds comme lui. Au regard dont elle le foudroya, il comprit qu'elle le jugeait plus responsable qu'elle dans cette affaire de meurtre.

Le prieur de Kingsbridge n'avait pas fait le déplacement. Sans doute ne souhaitait-il pas rappeler à la population que le meurtrier était son neveu. Autrefois, il manifestait une affection protectrice à l'égard de sa sœur cadette. Mais allez savoir, se dit Ralph, le temps avait peut-être émoussé ses sentiments.

Le peu recommandable Joby, grand-père de Sam, avait tenu à assister au procès, bien qu'il soit en froid avec sa fille depuis des années et ne semble guère apprécier son petit-fils. Ce vieillard à cheveux blancs, courbé et édenté, était sans doute venu dans l'espoir de détrousser des spectateurs absorbés par les débats.

Quand Sam eut regagné sa place, sieur Louis fit un bref résumé de la situation. « Sam de Wigleigh s'est-il enfui ? Jonno le Bailli était-il en droit de l'arrêter ? Sam l'a-t-il tué à coups de pelle ? Si à ces trois questions vous répondez par l'affirmative, l'accusé sera reconnu coupable de meurtre. »

Sa déclaration ravit le comte de Shiring. Le juge n'avait pas repris ses allusions stupides concernant une éventuelle provocation. Finalement, c'était un homme sensé, se dit Ralph avec soulagement.

« Quelle est votre sentence ? » s'enquit sieur Louis à voix basse.

Ralph regarda Wulfric. Le paysan était accablé de chagrin. Voilà ce qui arrive à qui me résiste ! pensa-t-il en regrettant de ne pouvoir le clamer haut et fort.

Comme Wulfric croisait son regard, Ralph s'interrogea. Dans quel état d'esprit était le paysan ? Visiblement, il tremblait d'angoisse. Terrassé par la mort imminente de son fils, cet homme qui n'avait jamais laissé transparaître sa peur était sur le point de s'écrouler.

Les yeux rivés sur Wulfric, Ralph jouissait de sa terreur. Tu as peur, enfin ! J'aurai mis vingt-quatre ans, mais je t'aurai quand même écrasé ! jubilait-il en secret.

Le jury se réunit pour délibérer. Le président ne semblait pas partager l'avis des autres jurés. Ralph les regardait en bouillant. d'impatience. Après l'allocution de sieur Louis, les doutes n'étaient plus permis. Hélas, avec les jurés, rien n'était jamais certain. La machine n'allait quand même pas s'enrayer maintenant ? s'interrogeait le comte avec une grande inquiétude.

Enfin, ils parurent trouver un accord, mais lequel ? Le président de la cour se leva : « Nous reconnaissons Sam de Wigleigh coupable de meurtre. »

Ralph reporta les yeux sur son ennemi juré : Wulfric avait blêmi, poignardé en plein cœur. Il était à l'agonie. Ses paupières se fermèrent. Le comte s'efforça de cacher son triomphe. Il ne détourna son regard du malheureux père que lorsque le juge s'adressa à lui : « Que pensez-vous de la sentence ?

— À mon avis, messire, une seule sentence est possible.

— Les jurés n'ont pas réclamé la clémence.

— Évidemment, ils ne veulent pas qu'un fugitif s'en tire après avoir assassiné son bailli !

— La peine capitale, alors ?

— Sans aucun doute ! »

Le juge se retourna vers la cour. Le regard de Ralph se reporta sur Wulfric. L'assistance était pendue aux lèvres de sieur Louis : « Sam de Wigleigh, tu es condamné à mort pour avoir tué le fils de ton bailli. Tu seras pendu demain à l'aube, sur la place du marché de Shiring. Que Dieu ait pitié de ton âme ! »

Wulfric chancela. Son fils cadet dut le rattraper par le bras pour l'empêcher de s'effondrer. Ralph exultait. Lâche-le ! eut-il envie de s'écrier. Qu'il tombe à terre et y demeure !

Ralph fit pivoter son regard sur Gwenda. Elle tenait la main de son fils, mais c'était lui qu'elle fixait. Son expression le surprit. Il s'était attendu à des larmes et à des cris, elle le dévisageait froidement et dans ses yeux brillait la haine. La haine, et autre chose aussi : le défi. À la différence de Wulfric, elle n'était pas dévastée. Pour elle, l'affaire n'était pas close.

Ralph en fut alarmé. Que mijotait-elle ?

84.

Sam fut emmené. Contrairement à Caris, qui était en larmes, Merthin ne put feindre le chagrin. Certes, il compatissait du fond du cœur à la tragédie qui frappait Gwenda et Wulfric, mais, à ses yeux, le coupable méritait d'être pendu. La loi était peut-être mauvaise, injuste, oppressive, Sam n'était pas autorisé à la bafouer pour autant. Il avait bel et bien tué Jonno, qui incarnait le droit. Le bailli aussi connaissait le chagrin, et le fait qu'il soit détesté de tous ne changeait rien à l'affaire.

À présent, c'était à un voleur d'être jugé. Merthin et Caris s'éclipsèrent de la salle d'audience pour gagner l'auberge voisine. Merthin commanda du vin. Il venait d'en servir une coupe à son épouse quand Gwenda apparut.

« Il est midi. Il nous reste dix-huit heures pour sauver Sam.

— Qu'as-tu en tête ? s'étonna Merthin.

— Persuader Ralph de demander sa grâce au roi. »

Espoir bien ténu.

« Comment comptes-tu le convaincre ? s'enquit Merthin, qui doutait fortement du succès de l'entreprise.

— Moi, je n'ai aucune chance. Mais toi, il t'écoutera. »

Merthin se sentit pris au piège. Il avait beau estimer que Sam n'avait pas droit au pardon, il lui était difficile de rester sourd aux supplices d'une mère.

« J'ai déjà plaidé ta cause auprès de mon frère, rappelle-toi.

— Je sais. Quand Wulfric aurait dû hériter des terres de son père.

— Ralph a refusé tout net.

— Je sais, mais tu dois essayer.

— Je ne suis pas sûr d'être la personne la mieux placée.

— S'il ne t'écoute pas, qui écoutera-t-il ? »

La remarque était fondée. Voyant son mari hésiter, Caris s'en mêla. « S'il te plaît, Merthin. Pense à ton chagrin s'il s'agissait de Lolla. »

Il faillit répondre que les filles ne cherchaient pas querelle et se retint à temps. Qui pouvait dire de quoi Lolla était capable ?

« C'est voué à l'échec, soupira-t-il, mais puisque Caris appuie ta demande, je veux bien essayer.

— Tout de suite ? insista Gwenda.

— Ralph est encore au tribunal.

— Ils n'en ont plus pour longtemps. C'est presque l'heure du déjeuner. Si tu allais l'attendre dans la salle privée ?

— Entendu », répondit Merthin, admirant par-devers lui la détermination de Gwenda.

Il gagna le fond de l'auberge. Une sentinelle montait la garde devant la salle réservée au juge.

« Je suis le frère du comte, Merthin, prévôt de Kingsbridge.

— Je vous connais, messire. Vous pouvez patienter à l'intérieur. »

Merthin franchit la porte. Demander une faveur à Ralph lui déplaisait souverainement. Il ne le fréquentait guère depuis des décennies. Depuis que leurs parents avaient quitté ce monde, ils ne se croisaient plus qu'en de rares occasions officielles et s'adressaient à peine la parole. Invoquer aujourd'hui des liens familiaux était bien présomptueux. Merthin ne s'y serait jamais résolu si Caris ne l'avait pas supplié : l'idée de la décevoir lui était insupportable. L'individu qui avait violé Annet et tué Tilly était un monstre qu'il ne connaissait pas. Comment ce monstre avait-il pu naître d'un garçon qu'il appelait jadis son frère ?

Le juge et le comte ne tardèrent pas à faire leur entrée. Merthin nota que la claudication de Ralph, séquelle d'une blessure de guerre, empirait avec l'âge.

Reconnaissant Merthin, sieur Louis lui serra la main. Ralph l'imita non sans ironiser : « Une visite de mon frère ? Mais c'est un plaisir qui m'est rarement offert ! »

Estimant la raillerie fondée, Merthin l'accepta de bonne grâce. « Je suis venu implorer ta clémence, me croyant le mieux placé pour l'obtenir.

— Quel besoin as-tu de ma clémence ? Aurais-tu occis quelqu'un ?

— Pas encore, mais qui sait ? » se défendit Merthin.

Sa réponse fit glousser sieur Louis.

« Alors, de qui s'agit-il ?

— De Sam. Nous connaissons sa mère depuis l'enfance.

— Très précisément depuis le jour où j'ai tué son chien avec un arc de ta fabrication. »

Merthin avait oublié l'incident. Pourtant, il augurait déjà de la triste métamorphose de son frère, se dit-il soudain. « Ta cruauté passée fait peut-être de toi son débiteur, alors ?

— Le fils du bailli vaut plus qu'une saleté de cabot.

— Loin de moi de penser le contraire. Mais disons qu'une bonté de ta part aujourd'hui viendrait un peu comme une compensation.

— Une compensation ? s'écria Ralph et Merthin comprit à son ton énervé que la cause était perdue. Une compensation, alors que je suis défiguré ? répéta le comte en tapotant son nez de travers. Je ne requerrai pas la grâce de Sam, il n'en est pas question ! assena-t-il en pointant un doigt accusateur sur son frère. Et je vais te dire pourquoi. Au tribunal, j'ai bien observé Wulfric quand son fils a été reconnu coupable. Sais-tu ce que j'ai vu sur son visage ? De la peur ! J'ai enfin dompté ce paysan insolent. Aujourd'hui, il me craint !

— Est-ce si important pour toi ?

— Important ? J'enverrais six hommes au gibet uniquement pour revoir son regard. »

Se rappelant la douleur de Gwenda, Merthin se retint de partir. « Justement ! tenta-t-il une dernière fois. Maintenant, tu l'as vaincu. Tu n'as plus rien à prouver ! Laisse son fils s'en sortir, demande sa grâce au roi.

— Non, je veux qu'il continue à me craindre. »

Merthin regretta d'être venu. Insister ne faisait qu'exacerber les pires travers de son frère, esprit de vengeance et cruauté. Comme chaque fois qu'il s'y trouvait confronté, il était atterré. Il se jura de rompre tout contact avec lui.

« Adieu. Il fallait que je tente ma chance, j'y étais obligé. » Sur ces mots, il tourna les talons.

« Viens dîner au château avec Caris ! lança joyeusement Ralph à sa suite. Le shérif a préparé une bonne table. Nous pourrons parler sérieusement. Philippa sera là… Tu l'aimes bien, non ?

— Je vais lui en parler », répondit Merthin. Caris, il le savait, préférerait partager le repas de Lucifer plutôt que s'asseoir à la même table que Ralph.

« À tout à l'heure, peut-être. »

Merthin regagna la salle commune. Caris et Gwenda l'accueillirent avec une impatience anxieuse. Il secoua la tête : « J'ai tout tenté. »

Gwenda ne parut pas trop déçue. Elle s'était attendue à un refus. Faire intervenir Merthin lui avait semblé la meilleure solution pour obtenir la grâce de son fils. Il y en avait une autre, plus radicale.

Mais le temps pressait. Elle ne se perdit pas en effusions inutiles. Ayant remercié son malheureux émissaire, elle quitta les lieux.

*

Wulfric et David s'étaient rendus dans une taverne des faubourgs où l'on pouvait se remplir le ventre sans se ruiner. Gwenda n'alla pas les rejoindre. Elle s'engagea sur la route menant au château du shérif, seule. À quoi bon se faire accompagner de son mari ? Il n'était pas fin négociateur. Face à des individus comme Ralph, sa force et sa droiture n'étaient d'aucun secours.

D'ailleurs, si elle arrivait à persuader le comte, elle n'avouerait jamais à Wulfric par quels moyens elle y était parvenue.

En chemin, elle entendit des chevaux derrière elle. Elle se retourna : c'étaient Ralph et sa suite, accompagnés du juge. Elle s'immobilisa sur le bas-côté et fixa le comte intensément, espérant qu'il croiserait son regard et comprendrait qu'elle venait le voir.

Quelques minutes plus tard, elle pénétrait dans la cour du château. L'accès à la résidence du shérif lui étant interdit, elle se dirigea vers le bâtiment principal et s'adressa au maréchal des logis en faction devant la porte : « Je suis Gwenda, de Wigleigh. Préviens le comte Ralph que je dois lui parler de toute urgence en privé.

— Tu as vu la foule autour de toi ? Tous ces gens sollicitent une entrevue avec le comte, le juge ou le shérif. »

Une vingtaine de personnes pour le moins battaient le pavé de la cour. Nombre d'entre elles serraient sur leur cœur un rouleau de parchemin.

Si elle voulait sauver son fils de la potence, Gwenda devait rencontrer Ralph avant l'aube, c'était indispensable. Pour cela, elle était prête à prendre les plus grands risques.

« Combien ? demanda-t-elle au maréchal des logis.

— Je ne peux pas te promettre qu'il te recevra, répondit le garde sur un ton légèrement moins méprisant.

— Tu peux déjà lui dire mon nom.

— Deux shillings. Vingt-quatre pence d'argent. »

Une fortune ! Gwenda avait sur elle toutes ses économies. Toutefois, elle ne s'en délesterait pas sans être assurée que la commission serait faite.

« Comment est-ce que je m'appelle ?

— Aucune idée.

— Je viens de te le dire. Comment comptes-tu m'annoncer au comte Ralph si tu ne te souviens pas de mon nom ?

« — Redis-le-moi !

— Gwenda, de Wigleigh.

— Très bien, je transmettrai. »

Elle sortit de sa bourse une poignée de piécettes en argent et en compta vingt-quatre. La paie d'un ouvrier agricole pour quatre semaines de travail ! Cette somme amassée sou à sou en s'échinant au travail, ce garde méprisant et paresseux allait la gagner sans lever le petit doigt.

Il tendait déjà la main.

« Comment je m'appelle ? demanda-t-elle à nouveau.

— Gwenda.

— Gwenda d'où ?

— De Wigleigh. Le meurtrier jugé ce matin venait de là-bas, non ? »

Elle lui donna son pot-de-vin et affirma avec force : « Le comte acceptera de me recevoir. »

Le garde empocha l'argent.

Gwenda se retira dans la cour en espérant qu'elle n'avait pas dilapidé ses économies.

Cinq minutes plus tard, elle aperçut un profil familier : une petite tête vissée sur de larges épaules. Alan Fougère, qui s'en revenait des écuries ! Les autres quémandeurs ne le reconnurent pas. Décidée à ne pas laisser passer sa chance, Gwenda alla se planter devant lui. « Bonjour, Alan.

— On dit "sieur Alan", maintenant.

— Je vous en félicite. Auriez-vous l'obligeance d'annoncer à Ralph que je souhaite lui parler ?

— Inutile de te demander l'objet de ta visite.

— Dites-lui que je souhaite le voir en particulier. »

Alan haussa un sourcil. « Sans vouloir t'offenser, tu n'es plus le perdreau de l'année. La dernière fois, tu avais vingt ans de moins.

— Il en décidera lui-même, ne croyez-vous pas ?

— Bien sûr, répliqua Alan, un sourire insultant aux lèvres. Comment aurait-il oublié ce torride après-midi à La Cloche ? »

L'écuyer avait assisté à la scène. Il avait regardé Gwenda se déshabiller et l'avait détaillée dans toute sa nudité. Il l'avait vue marcher jusqu'au lit, s'agenouiller sur le matelas en détournant la tête et il s'était bruyamment esclaffé quand Ralph avait décrété qu'elle était plus jolie, vue de derrière.

Gwenda s'efforça de masquer son dégoût et sa honte sous un ton dénué d'expression : « J'espérais en effet qu'il s'en souviendrait encore aujourd'hui. »

Flairant en lui un personnage important, les autres plaignants commençaient à s'attrouper autour d'Alan et à le supplier. Il les écarta et entra au château.

Gwenda patienta.

Au bout d'une heure, elle comprit que Ralph ne la recevrait pas avant le dîner. Ayant trouvé un coin de terre à peu près sec d'où elle pouvait surveiller la porte, elle s'assit et s'adossa au mur de pierre.

Une deuxième heure s'écoula, puis une troisième. Chez les nobles, les repas duraient souvent tout l'après-midi. Comment pouvait-on ripailler aussi longtemps sans se faire éclater la panse ? s'interrogea Gwenda, qui n'avait rien avalé de la journée. La faim, cependant, ne la tenaillait pas. L'angoisse lui coupait l'appétit.

C'était une grise journée d'avril. Le ciel ne tarda pas à s'assombrir. Parcourue de frissons, Gwenda demeurait courageusement rivée à son carré de terre. S'entretenir avec Ralph était sa seule et unique chance de sauver son fils.

Des serviteurs sortirent allumer les torches de la cour. Des lumières filtrèrent derrière les tentures de certaines croisées. La nuit tomba. Il restait à peine douze heures avant l'aube. Au fond de son cachot souterrain, Sam devait grelotter. À cette pensée, les larmes vinrent aux yeux de Gwenda.

Elle tenta de se persuader que tout n'était pas fini, mais son courage faiblissait un peu plus à chaque minute.

Une haute silhouette occulta la lumière de la torche la plus proche. Redressant la tête, elle reconnut Alan. Son cœur bondit dans sa poitrine.

« Suis-moi ! »

En un instant elle était debout et marchait déjà vers le porche.

« Pas par là ! »

Elle s'immobilisa, décontenancée.

« Tu voulais le rencontrer en privé, n'est-ce pas ? Il ne va pas te recevoir dans la chambre qu'il partage avec la comtesse ! »

Il l'entraîna vers une petite porte à côté des écuries. Après avoir traversé plusieurs salles et grimpé un escalier, il ouvrit une porte et la fit passer devant lui, refermant le battant sur elle sitôt qu'elle eut franchi le seuil.

C'était une pièce exiguë et basse de plafond, presque totalement occupée par un lit. Ralph se tenait près de la fenêtre, en simple chemise. Ses bottes et le reste de ses vêtements s'entassaient par terre. Sous l'effet du vin, son visage s'était empourpré. Malgré son impatience, son discours demeurait clair et sensé.

« Ôte ta robe, ordonna-t-il avec un sourire.

— Non. »

Il la dévisagea, quelque peu étonné.

« Je n'ai pas l'intention de me déshabiller.

— Alors pourquoi as-tu dit à Alan que tu voulais me voir seule à seul ?

— Pour vous faire croire que je coucherais avec vous.

— Si tel n'est pas le cas, que fabriques-tu ici ?

— Je suis venue vous prier de solliciter auprès du roi la grâce de mon fils.

— Sans que tu t'offres à moi ?

— Pourquoi le ferais-je ? jeta-t-elle avec dédain. Vous me rejoueriez le même tour que l'autre fois quand je me suis donnée à vous et que vous n'avez pas accordé ses terres à mon mari ! Vous n'avez pas plus d'honneur que mon père. »

Le visage de Ralph vira au grenat. Déclarer à un comte qu'il n'était pas digne de confiance était une insulte, et c'en était une plus grande encore que de le comparer à un paysan sans terre qui subsistait en prenant au piège des écureuils dans la forêt.

« Si tu crois me persuader ainsi ! grommela-t-il, furieux.

— Je n'ai aucun doute. Je sais que vous obtiendrez la grâce de Sam.

— Pourquoi ?

— Parce que c'est votre fils. »

Ralph scruta ses traits un moment avant de lâcher sur un ton supérieur : « Et je devrais te croire !

— C'est votre fils, se contenta-t-elle de répéter.

— Tu peux le prouver ?

— Non, mais j'ai couché avec vous à La Cloche, neuf mois avant sa naissance. J'ai partagé aussi le lit de Wulfric, c'est vrai, mais il suffit d'ouvrir les yeux pour savoir qui est le père ! En vingt-deux ans, Sam a eu le temps de s'approprier les gestes et les attitudes d'un homme qu'il côtoyait tous les jours, mais détaillez ses traits ! »

Ralph ne la contredisait pas. Elle comprit qu'elle avait choisi le bon angle d'attaque. Elle insista.

« Et son caractère ! Le procès a démontré son impulsivité. Sam ne s'est pas contenté de repousser Jonno. Il ne lui a pas flanqué une raclée pour ensuite lui tendre la main et l'aider à se relever. Wulfric l'aurait fait, car il a le cœur tendre. Sam, non. Il ne s'est pas contenté de porter à Jonno un coup qui aurait assommé n'importe qui. Il est reparti de plus belle contre un adversaire sans défense. Avant que son corps inerte ne touche le sol, il avait déjà cogné une troisième fois. Si les paysans de Vieille-Église ne l'avaient pas retenu, il se serait acharné sur lui avec sa pelle jusqu'à faire de son crâne une bouillie sanglante. En fait, il voulait le tuer ! »

Gwenda essuya du revers de sa manche les larmes qu'elle ne pouvait retenir.

Ralph la fixait, horrifié.

« D'où lui vient cet instinct meurtrier ? Regardez au fond de votre cœur, il est tout aussi noir. Sam est bien votre fils ! Et le mien aussi, Dieu me pardonne ! »

*

Gwenda partie, Ralph s'assit sur le lit de la petite chambre, les yeux rivés à la flamme de la bougie. Sam serait-il son fils ? On ne pouvait pas se fier à la parole d'une mère, naturellement. Sam pouvait autant être son fils que celui de Wulfric, puisqu'ils avaient couché tous deux avec Gwenda à l'époque de la conception. On ne saurait jamais la vérité en toute certitude.

Néanmoins, l'idée que Sam puisse être son fils le glaçait d'effroi. Allait-il envoyer au gibet la chair de sa chair ? Ce serait s'infliger à lui-même l'atroce châtiment qu'il réservait à Wulfric.

La nuit était déjà tombée. L'heure n'était plus aux tergiversations. L'exécution était prévue à l'aube.

Il s'empara du bougeoir. Il était entré dans cette petite chambre pour y assouvir un désir charnel ; il en ressortait hébété par les révélations qu'il venait d'entendre.

Il se rendit au quartier des prisonniers, de l'autre côté de la cour. Les bureaux du shérif occupaient le rez-de-chaussée du bâtiment.

« Je veux voir le meurtrier Sam Wigleigh, déclara-t-il au garde de faction.

— Très bien, mon seigneur. Je vais vous conduire à lui. »

Lesté d'une lanterne, il précéda le visiteur dans la pièce voisine. Une odeur nauséabonde stagnait sur les lieux.

Ralph jeta un coup d'œil à travers la grille qui servait de plancher. À neuf ou dix pieds en dessous de lui se trouvait une cellule aux murs de pierre et au sol en terre battue, dépourvue de tout mobilier. Sam était assis par terre, adossé à la paroi, un pichet d'eau près de lui. Un petit trou servait de latrines. Sam releva les yeux un instant, puis se détourna avec indifférence.

« Ouvre ! » ordonna Ralph.

Le geôlier déverrouilla la grille et la rabattit sur son axe.

« Je veux descendre. »

Le garde, surpris, ne se risqua pas à contrarier un comte. S'étant emparé d'une échelle appuyée au mur, il l'introduisit dans l'ouverture. « Soyez prudent, mon seigneur, balbutia-t-il, inquiet. Ce coquin n'a rien à perdre. »

Le comte descendit dans la cellule, sa chandelle à la main. L'odeur était infecte, mais il n'en avait cure. Arrivé en bas, il se retourna.

« Que voulez-vous ? » grogna le jeune meurtrier.

Ralph le regarda fixement. Il s'accroupit et approcha la bougie du visage de Sam. Ressemblait-il à l'image que son miroir lui renvoyait le matin ?

« Qu'y a-t-il ? » lâcha le prisonnier, effrayé par l'intensité du regard de son visiteur.

Ralph ne répondit pas. Ce garçon serait-il son fils ? C'était possible. Très possible même. Sam était un beau garçon et lui-même avait eu la réputation d'être très séduisant avant que Wulfric ne lui casse le nez. Il fouilla sa mémoire, cherchant à retrouver le nom de la personne que ce jeune homme lui rappelait. Son nez droit, ses prunelles sombres, cette épaisse tignasse que les filles devaient lui envier faisaient renaître en lui l'impression ressentie au tribunal.

Mais oui !

C'était à dame Maud que Sam ressemblait! À feu ma mère, se dit Ralph, et il ne put retenir un gémissement. Seigneur!

« Quoi? marmonna Sam d'une voix chevrotante. Qu'y a-t-il?

— Ta mère… », commença Ralph, comprenant qu'il devait dire quelque chose. Las, pas un son ne sortait de sa gorge nouée par l'émotion. « Ta mère, reprit-il, a plaidé ta cause avec une rare éloquence. »

Le comte se moquait de lui! Méfiant, Sam préféra garder le silence.

« Quand tu as frappé Jonno avec ta pelle, avais-tu l'intention de le tuer? Parle en toute franchise; de toute façon, tu n'as plus rien à perdre!

— Et comment que je voulais le tuer! Je voulais sa peau! Il essayait de me ligoter.

— J'aurais eu la même réaction », admit Ralph.

Il se tut et scruta le visage du jeune homme. « Oui, j'aurais eu la même réaction », répéta-t-il encore.

Il se releva et se dirigea vers l'échelle. Après une hésitation, il revint poser sa chandelle aux pieds de Sam avant de gravir les barreaux.

Le geôlier remit la grille en place et la verrouilla.

« Il n'y aura pas d'exécution demain, annonça Ralph. Le prisonnier sera gracié. Je vais l'annoncer au shérif de ce pas. »

À peine eut-il quitté la salle que le garde éternua.

85.

Merthin et Caris rentrèrent à Kingsbridge pour découvrir que Lolla avait disparu.

Le couple de serviteurs attachés à leur service depuis des lustres les attendait, piqués devant le portail, comme s'ils n'en avaient pas bougé de la journée. À la vue de ses maîtres, Em éclata en sanglots incohérents. Ce fut donc Arn qui se chargea d'annoncer la triste nouvelle.

« Lolla est introuvable. Nous n'avons pas la moindre idée de l'endroit où elle est.

— Elle sera de retour pour le souper, répondit Merthin. Em, ressaisis-toi !

— Elle n'est pas rentrée hier soir, insista Arn. Ni la nuit d'avant. »

À ces mots, la terreur s'empara du père. Un froid glacial l'envahit. Il eut l'impression que son cœur avait cessé de battre. Pendant un moment, tout raisonnement l'abandonna. La seule chose dont il était capable, c'était de se représenter sa fille de seize ans, ses yeux sombres au regard intense, sa bouche sensuelle héritée de sa mère et son attitude de joyeuse assurance. Une jeune fille qui n'était plus une enfant sans être encore une adulte.

Lorsqu'il reprit ses esprits, il s'interrogea. Où avait-il fait erreur ? Depuis qu'elle avait cinq ans, il la laissait souvent aux soins de ses domestiques, parfois plusieurs jours d'affilée, et il n'y avait jamais eu le moindre souci. Que s'était-il passé ?

À bien y réfléchir, il se rendit compte qu'il lui avait à peine adressé la parole depuis ce fameux dimanche de Pâques, quinze jours plus tôt, où il l'avait empoignée par le bras devant l'auberge du Cheval blanc et ramenée de force à la maison, l'arrachant à une bande d'amis à la réputation douteuse. À l'heure du dîner, elle était restée bouder dans sa chambre. Elle n'en était même pas descendue quand Sam avait été arrêté. Plus tard, lorsque Caris et Merthin lui avaient dit adieu avant de partir pour Shiring, elle leur battait toujours froid.

À présent, Merthin se fustigeait, rongé par le remords. En étant trop dur avec Lolla, il l'avait éloignée de lui. Le fantôme de Silvia le méprisait-il pour cet échec dans son rôle de père ?

Se rappelant les fréquentations de sa fille, il déclara : « Il y a du Jake Riley derrière tout ça. L'as-tu vu, Arn ?

— Non, maître.

— Je ferais mieux d'aller le trouver sans tarder. Sais-tu où il loge ?

— Près de la poissonnerie, derrière l'église Saint-Paul.

— Je t'accompagne, Merthin », annonça Caris.

Ils traversèrent le pont. Entrés en ville, ils prirent à l'ouest. La paroisse Saint-Paul était un quartier industriel le long des quais où étaient regroupés des abattoirs, des tanneries, des scieries et des manufactures, notamment des teintureries qui avaient poussé comme des champignons depuis l'invention de l'écarlate de Kingsbridge. Merthin mit le cap sur la tour trapue de l'église Saint-Paul qui dominait les toits voisins. Se guidant à l'odeur, il découvrit la poissonnerie et frappa à la porte du bâtiment voisin, une grande maison délabrée.

Sal le Scieur, pauvre veuve d'un charpentier mort de la peste, lui ouvrit.

« Je ne l'ai pas vu depuis huit jours, messire le prévôt. Jake va et vient à sa guise. Tant qu'il paie son loyer, je n'ai pas de remarques à lui faire.

— Lolla était-elle avec lui quand il est parti ? s'enquit Caris.

— Je ne suis pas portée à médire, répondit Sal avec réticence en jetant un coup d'œil en coin au père de la jeune fille.

— Je vous en prie, insista celui-ci, dites-nous ce que vous savez, je n'en prendrai pas ombrage.

— C'est vrai qu'elle traîne souvent avec Jake. Elle fait ses quatre volontés, mais je n'en dirai pas plus. Si vous trouvez ce garçon, vous la découvrirez juste à côté.

— Avez-vous une idée de l'endroit où il a pu aller ?

— Il ne m'avise jamais de ses déplacements.

— Connaissez-vous quelqu'un qui serait au courant ?

— À part Lolla, il n'amène point d'amis ici, mais je crois savoir qu'ils vont souvent à l'auberge du Cheval blanc. »

Merthin hocha la tête. « Merci, Sal. Nous essaierons de nous renseigner là-bas.

— Ne vous inquiétez pas. C'est juste une phase de rébellion.

— J'espère que vous avez raison. »

Ils revinrent vers la fameuse taverne, près du pont. Merthin se remémora l'orgie dont il avait été témoin au plus fort de l'épidémie de peste, quand David le Cheval blanc, à l'article de la mort, distribuait sa bière gratuitement. L'établissement avait ensuite fermé plusieurs années avant de connaître à nouveau la prospérité. À quoi tenait donc la popularité de cette taverne ? se demandait souvent Merthin. Les salles y étaient exiguës et crasseuses, des bagarres y éclataient constamment et, une fois l'an, il y avait mort d'homme.

Ils s'aventurèrent dans une pièce enfumée. En ce milieu d'après-midi, une dizaine de clients désœuvrés traînaient sur les bancs. D'autres s'agglutinaient autour d'une table de tric-trac où les paris allaient bon train, à en juger par les petites piles de pièces. À leur entrée, une fille de joie aux pommettes fardées releva des yeux pleins d'espoir pour retomber dans sa morne indolence dès qu'elle les eut reconnus. À l'abri des regards indiscrets, un homme s'efforçait de vendre un superbe manteau à une cliente. Il s'empressa de remiser sa marchandise en apercevant Merthin. Probablement s'agissait-il d'un objet volé.

Le patron des lieux, qui avait nom Evan, était attablé devant un tardif plat de lard. Il se leva à leur entrée. « Bonjour, messire le prévôt, bredouilla-t-il en s'essuyant les mains à sa tunique. C'est un honneur que de vous recevoir. Puis-je vous offrir une chope de bière ?

— Je suis à la recherche de ma fille, Lolla.

— Oh, cela fait bien huit jours que je ne l'ai pas vue ! »

L'information recoupait les dires de Sal. « Il est possible qu'elle soit avec un dénommé Jake Riley, précisa Merthin.

— Oui, acquiesça Evan, diplomate. J'ai cru remarquer qu'ils s'entendaient bien. Il a dû quitter la ville. Je ne l'ai pas vu non plus, depuis à peu près ce temps-là.

— Savez-vous où il est allé ?

— Il n'est pas très bavard. Si vous lui demandez à combien de lieues se trouve Shiring, il froncera les sourcils et vous répondra que ce ne sont pas ses affaires.

— N'empêche, c'est un gars généreux ! Il paie toujours le juste prix ! » intervint la prostituée qui n'avait rien perdu de leur conversation.

Merthin reporta les yeux sur elle, scrutant ses traits intensément : « D'où lui vient son argent ?

— Du commerce des chevaux. Il va de village en hameau, achète des poulains aux paysans et les revend en ville. »

Autrement dit, il dérobait les montures des voyageurs imprudents, traduisit Merthin par-devers lui.

« Il serait parti acheter des chevaux selon vous ?

— J'imagine, répondit Evan. Il faut bien qu'il se constitue des réserves, la saison des foires approche.

— Lolla l'accompagne peut-être.

— Sans vouloir vous offenser, messire, je dirais qu'il y a de fortes chances.

« Ce n'est pas vous qui m'offensez », répliqua Merthin. Sur un bref salut de la tête, il quitta les lieux, suivi de Caris.

« Et voilà ! maugréa-t-il. Ma fille est partie au bras d'un larron, persuadée de vivre la grande aventure de sa vie.

— J'en ai bien peur, souffla Caris. Espérons qu'elle ne tombera pas enceinte !

— Oh, ce n'est pas la pire de mes angoisses ! »

Machinalement, ils reprirent le chemin de chez eux. Arrivé au point le plus élevé de ce pont en dos-d'âne, c'est-à-dire au milieu de l'ouvrage, Merthin marqua un temps d'arrêt et scruta les toits des faubourgs environnants jusqu'à la forêt. Sa petite fille errait quelque part en compagnie d'un inquiétant maquignon et il n'y avait rien qu'il puisse entreprendre pour la protéger du danger.

*

Le lendemain matin, à la cathédrale, Merthin constata qu'aucun ouvrier ne travaillait à la construction de la tour.

« Ordre du prieur, expliqua frère Thomas. Un effondrement s'est produit dans le bas-côté droit. »

Âgé de soixante ans, le moine s'était voûté. Le preux chevalier de jadis marchait à présent d'un pas vacillant en traînant les pieds. Merthin jeta un coup d'œil à un vieux maçon noueux, originaire de Normandie, occupé à aiguiser un burin sous le porche. Barthélemy le Français secoua la tête en silence.

« Cet éboulement remonte à vingt-quatre ans, frère Thomas, le corrigea Merthin.

— En effet, tu as raison. Ma mémoire me joue des tours, sais-tu.

— Nous vieillissons tous, soupira le prévôt en lui donnant de petites tapes rassurantes sur l'épaule.

— Si vous souhaitez voir le prieur, il est dans la tour », indiqua Barthélemy.

Merthin était justement à sa recherche. Il traversa le transept nord, monta quelques marches et franchit une arche qui donnait sur un étroit escalier en colimaçon aménagé dans le mur. Du vieux transept à la nouvelle tour, la teinte des pierres passait d'un gris anthracite évoquant des nuages menaçants à un gris perle couleur d'aurore. L'édifice mesurait déjà plus de trois cents pieds de haut. L'ascension en était rude, mais Merthin était rompu à l'exercice : depuis onze ans il grimpait ces marches tous les jours ou presque, et leur nombre augmentait chaque fois. Philémon devait avoir eu une bonne raison pour traîner sa lourde carcasse tout là-haut, se dit-il. Le prélat, en effet, avait bien forci au fil des ans.

Quasiment au sommet, l'escalier débouchait dans une salle où était installée la machine de levage grâce à laquelle étaient hissés les pierres, le mortier et les planches. La flèche terminée, cette roue en bois de dix pieds de diamètre resterait en place à l'intention des générations futures qui pourraient ainsi effectuer les réparations nécessaires jusqu'au jour du Jugement dernier.

Émergeant à l'air libre, Merthin fut accueilli par un petit vent piquant qu'on ne sentait pas au niveau du sol. Un couloir ajouré courait autour des murs. Au centre, un échafaudage destiné aux maçons encerclait le trou de forme octogonale d'où s'élèverait la flèche. Des pierres taillées s'entassaient à côté et un tas de mortier séchait inutilement sur des lattes.

Il n'y avait pas l'ombre d'un ouvrier. En revanche, tout au bout de la plate-forme, le prieur Philémon était en conversation avec Harold Masson. À la vue de Merthin, ils se turent, gênés. « Pourquoi avez-vous suspendu les travaux ? leur lança le prévôt, obligé de crier pour couvrir le mugissement du vent.

— Ce projet souffre d'un défaut de conception, répliqua Philémon.

— Vous voulez dire que d'aucuns ne le comprennent pas, riposta Merthin en fixant Harold.

— À en croire des bâtisseurs expérimentés, ce projet n'est pas réalisable, insista Philémon sur un ton de défi.

— De quels bâtisseurs expérimentés parlez-vous ? ironisa Merthin. Qui a de l'expérience à Kingsbridge ? Qui a bâti un pont ? Qui a travaillé avec les meilleurs architectes de Florence ? Qui a vu Rome, Avignon, Paris et Rouen ? Assurément ce n'est pas Harold, ici présent. Sans vouloir t'offenser, mon vieux, tu n'as même pas mis les pieds à Londres une fois dans ta vie.

— Je ne suis pas le seul à considérer qu'il est impossible de bâtir une tour octogonale sans étais », réagit l'interpellé.

Merthin retint un sarcasme bien senti. Philémon avait nécessairement dans sa manche des armes plus redoutables que la simple opinion d'Harold. Sans doute avait-il obtenu le soutien de certains constructeurs de la guilde. Mais comment ? Pour attaquer sa flèche, les artisans en question devaient être mus par un intérêt particulier. Très certainement la promesse d'un chantier.

« Vous avez des projets de construction ? lança Merthin à l'adresse de Philémon.

— Je ne vois pas ce que vous sous-entendez, s'offusqua le prieur.

— Je me doute que vous avez imaginé un contre-projet et proposé à Harold et ses amis d'y participer. Je vous demande donc : quel est ce projet ?

— Vous dites n'importe quoi !

— Vous voulez construire un palais plus grand ? Une nouvelle salle pour le chapitre ? J'écarte l'éventualité d'un hospice puisque nous en avons déjà trois. Allez, dites-le-moi… Sinon je vais croire que vous avez honte. »

Piqué au vif, Philémon riposta : « Les moines souhaitent construire une chapelle dédiée à la Vierge.

— Ah », fit Merthin, sans montrer de surprise. Ces temps-ci, le culte de Marie jouissait d'une popularité accrue. Engouement dont se félicitaient les hautes instances du clergé, car elles trouvaient là le moyen de contrebalancer le scepticisme et les hérésies engendrés par l'épidémie de peste et qui ébranlaient jusqu'aux congrégations religieuses. Nombre de cathédrales et d'églises se voyaient ainsi adjoindre, dans la partie est du bâtiment – la plus sainte –, une petite chapelle consacrée à la Mère de Dieu. Ce n'était pas du goût de Merthin qui déplorait l'aspect rajouté de ces constructions dans la majorité des cas.

Connaissant Philémon et sa manie de se faire valoir, Merthin se dit qu'il devait rechercher les bonnes grâces de quelqu'un. L'idée de construire une chapelle à la Vierge à l'intérieur de la cathédrale de Kingsbridge ne pouvait que plaire aux éminences conservatrices du clergé. C'était le deuxième geste que Philémon faisait dans leur direction. Le dimanche de Pâques, dans son sermon, il avait déjà condamné la dissection des corps.

Notre cher prieur prépare une campagne, comprit Merthin. À quoi bon s'énerver ? Mieux valait tenter de découvrir ce qu'il manigançait.

Fort de cette décision, il abandonna les comploteurs sans ajouter un mot et se lança dans la descente des centaines de marches et barreaux d'échelle.

Merthin rentra chez lui pour le dîner. Caris l'y rejoignit bientôt, arrivant de l'hospice. La première chose qu'il lui annonça fut que Thomas baissait beaucoup. « Y a-t-il quelque chose à faire ?

— Non, la sénilité ne se guérit pas.

— Il m'a parlé de l'effondrement de l'aile sud comme si l'accident s'était produit hier.

— C'est typique. Il se souvient du passé lointain et oublie le présent. Le pauvre ! Son état ne s'améliorera pas. Enfin, il habite un lieu qu'il connaît. Les monastères ne changent guère au fil des ans, les rituels non plus. Cela lui sera déjà d'une grande aide. »

Autour d'un ragoût de mouton aux poireaux assaisonné à la menthe, Merthin relata à Caris les autres événements de la matinée.

« Cette histoire de flèche ne m'inquiète pas outre mesure, expliqua Merthin. Dès que l'évêque en aura eu vent, il désavouera Philémon et ordonnera la reprise des travaux. Il tient absolument à ce que son diocèse possède la plus haute cathédrale d'Angleterre.

— Philémon le sait aussi bien que nous, objecta Caris.

— Peut-être cette chapelle à la Vierge n'est-elle qu'une idée qu'il lance à tout hasard, pour s'en attribuer le mérite en cas de succès et reporter la responsabilité sur autrui en cas d'échec.

— Peut-être », répondit Caris sur un ton peu convaincu.

La lutte contre les prieurs de Kingsbridge durait depuis des décennies. Elle avait commencé avec Anthony et s'était poursuivie sous Godwyn. À présent, Philémon prenait la relève. Contrairement aux espoirs de Merthin et Caris, l'octroi d'une charte à la ville n'avait pas fait cesser les intrigues. Certes, la situation s'était améliorée, mais l'adversaire n'avait pas rendu les armes.

« Quoi qu'il en soit, reprit Merthin, les agissements de Philémon m'alarment. Après quoi court-il ?

— À mon avis, il cherche à s'élever dans la hiérarchie. Son souci constant, celui qui sous-tend chacune de ses entreprises, c'est d'être reconnu un peu plus chaque fois.

— Quel poste pourrait-il briguer ? Il ne peut quand même pas rêver de succéder à l'archevêque de Monmouth qui est à l'agonie, à ce que l'on dit !

— Il doit avoir connaissance d'un détail que nous ignorons. »

Ils n'eurent pas le temps d'échanger un mot de plus, Lolla venait de faire son entrée dans la salle.

Merthin en éprouva un tel soulagement que les larmes lui montèrent aux yeux. Sa fille était de retour, saine et sauve ! Il l'examina des pieds à la tête : apparemment, elle ne souffrait d'aucune blessure, son pas était alerte et son expression aussi boudeuse que d'ordinaire.

« Tu es revenue ! s'exclama Caris. Je suis si contente !

— Vraiment ? » ironisa l'adolescente. Elle prétendait souvent que sa belle-mère ne l'aimait pas. Merthin ne se laissait pas prendre à son jeu, à l'inverse de Caris pour qui le fait de ne pas être la mère de Lolla était un sujet très délicat.

« Nous sommes tous deux ravis, dit Merthin avec force. Tu nous as causé une peur bleue. »

La jeune fille accrocha son manteau et s'assit à table. « Pourquoi ? J'étais en pleine forme.

— Nous n'en savions rien, nous étions morts d'inquiétude.

— C'était bien inutile. Je me débrouille parfaitement toute seule.

— Je n'en suis pas certain, répliqua Merthin, refrénant à temps une réplique cinglante.

— Tu es partie pendant quinze jours. Où étais-tu ? s'enquit Caris, voulant détendre l'atmosphère.

— À différents endroits.

— Tu peux en nommer un ou deux, peut-être ? émit Merthin sur un ton agacé.

— Gué de Mude, Casterham, Outhenby.

— Et qu'y faisais-tu ?

— C'est une leçon de catéchisme ou quoi ? s'emporta-t-elle. Dois-je répondre sans erreur à une avalanche de questions ? »

Caris retint son mari en posant la main sur son bras.

« Nous voulons juste nous assurer que tu n'étais pas en danger.

— J'aimerais aussi savoir avec qui tu voyageais.

« — Personne en particulier, père.

— Ça veut dire Jake Riley ? »

Elle haussa les épaules, gênée, et acquiesça comme s'il s'agissait d'un détail sans importance.

Devant l'arrogance de sa fille, Merthin sentait ses bonnes dispositions faiblir. Il n'avait plus tellement envie de lui pardonner sa fugue et de la serrer dans ses bras. S'efforçant de garder un ton calme, il enchaîna : « Et la nuit, quelles dispositions preniez-vous ?

— C'est une affaire qui ne regarde que moi !

— Que nenni ! Ta belle-mère et moi-même sommes tout autant concernés. Qui s'occupera du bébé, si tu es enceinte ? Crois-tu que Jake soit prêt à fonder un foyer, à agir en époux et en père ? As-tu abordé le sujet avec lui ?

— Ne m'adressez plus la parole ! » s'écria-t-elle et, sur ces mots, elle s'enfuit dans sa chambre en larmes.

Merthin soupira. « Parfois, je regrette que nous vivions dans une maison aussi grande. Si nous n'avions qu'une pièce, Lolla n'aurait pas le loisir de bouder dans son coin.

— Tu n'as pas été très gentil avec elle, lui reprocha doucement Caris.

— Comment devrais-je réagir ? Elle me parle comme si elle n'avait rien fait de mal !

— Elle sait très bien ce qu'il en est. Ses larmes le prouvent !

— Oh, Seigneur. »

Il y eut un petit coup frappé à la porte et un novice passa le bout de son nez. « Pardon de vous déranger, messire le prévôt. Sieur Grégory Longfellow est au prieuré et souhaiterait vous parler sitôt que vous en aurez le loisir.

— Bon sang ! Dites-lui que j'arrive.

— Merci », répondit le messager et il s'éclipsa.

Merthin se tourna vers Caris. « C'est peut-être aussi bien. Mon absence donnera à Lolla le temps de se calmer.

— Et à toi aussi.

— Tu ne prends pas son parti, j'espère ? » lança-t-il, irrité.

Elle sourit et lui caressa le bras. « Je suis toujours de ton côté, mais je me rappelle aussi les affres par lesquelles passe une jeune fille de seize ans. Ses relations avec Jake l'inquiètent autant que toi. Tout simplement, elle refuse de l'admettre, car cet aveu la blesserait trop dans sa fierté. Elle n'a pas grande estime pour elle-même. Elle croyait s'être entourée d'une défense efficace et tu l'as abattue en un clin d'œil. Elle t'en veut de formuler tout haut ce qu'elle sait dans le secret de son cœur.

— Que dois-je faire alors ?

— L'aider à se construire des défenses plus solides.

— Je ne comprends rien à ce que tu dis.

— Ça viendra avec le temps. »

Merthin se leva de table. « Eh bien j'y vais, puisque sieur Grégory veut me voir ! »

Caris se pendit à son cou et l'embrassa sur la bouche. « Tu es un homme bien, tu fais de ton mieux, et je t'aime de tout mon cœur. »

Ces quelques mots l'apaisèrent un peu, la marche également, et ce fut dans une plus grande sérénité d'esprit qu'il atteignit le prieuré. De quoi voulait l'entretenir Grégory ? Des impôts, sans doute, éternelle préoccupation du roi. Grégory était prêt à tout pour satisfaire Sa Majesté Édouard III, à l'instar de Philémon au temps où il servait Godwyn. C'était un homme sournois et dénué de principes. Merthin ne se sentait aucune affinité avec lui.

Il se rendit au palais du prieur. Là, un Philémon fort satisfait de lui-même lui annonça que sieur Grégory se trouvait dans le cloître des moines, au sud de la cathédrale, et y tenait audience. Merthin se demanda de quel haut fait l'avocat pouvait se targuer pour mériter pareil honneur.

Grégory Longfellow avait pris de l'âge. À présent, ses cheveux étaient blancs et sa longue silhouette voûtée. Son nez dédaigneux s'encadrait de rides profondes et une taie voilait l'une de ses prunelles bleues. L'autre avait conservé toute son acuité et il reconnut Merthin sitôt qu'il l'aperçut, bien qu'il se soit écoulé une dizaine d'années depuis leur dernière rencontre.

« L'archevêque de Monmouth est décédé, messire le prévôt.

— Paix à son âme, répondit Merthin machinalement.

— Amen ! Comme je traversais ses terres de Kingsbridge, Sa Majesté m'a prié de venir vous saluer et de vous annoncer en personne cette importante nouvelle.

— Je vous en remercie. L'archevêque était souffrant, sa mort ne me surprend pas », répondit Merthin. Il demeurait sur ses gardes, devinant que l'avocat s'était certainement vu confier par le roi une mission plus importante que celle de jouer les messagers.

« Je vous trouve extraordinaire, permettez-moi de vous le dire, continuait Grégory sur un ton enthousiaste. J'ai rencontré votre épouse voilà plus de vingt ans. Depuis, j'ai suivi attentivement votre combat pour prendre peu à peu le contrôle de la ville ; je vous ai vu réaliser tous les objectifs que vous vous étiez fixés : le pont, l'hospice, la charte de ville libre et votre vie ensemble. Patience et détermination, telles sont vos qualités. »

Le discours était condescendant. Pourtant, derrière la flatterie, Merthin crut déceler un soupçon de respect et il s'en étonna. Néanmoins, la vigilance s'imposait : venant d'un homme de cet acabit, les louanges n'étaient pas gratuites.

« Je suis en route pour Abergavenny, où les moines doivent élire un nouvel archevêque. Il y a des siècles de cela, aux tout débuts du christianisme en Angleterre, ils avaient coutume d'élire leurs supérieurs », ajouta-t-il en se carrant dans son fauteuil.

L'avocat vieillissait, constata Merthin par-devers lui. Dans sa jeunesse, il ne se serait pas donné la peine de tout expliquer comme il le faisait maintenant.

« De nos jours, poursuivait Grégory, évêques et archevêques détiennent un pouvoir bien trop important pour être élus par de petits groupes de pieux idéalistes vivant à l'écart du monde. Le roi fait son choix, Sa Sainteté le pape le ratifie. »

Cette fois encore, Merthin n'intervint pas, bien qu'il sache parfaitement que ces choses-là ne se réglaient pas sans une âpre lutte de pouvoir.

Grégory enchaînait : « Ce rituel de l'élection étant très ancré dans l'esprit des gens, mieux vaut le contrôler que le supprimer. D'où la raison de mon voyage.

— Vous vous apprêtez donc à annoncer aux moines le nom de la personne qu'ils doivent élire ?

— Pour parler crûment, oui.

— Peut-on le connaître ?

— Je ne vous l'ai pas dit ? Il s'agit de votre évêque, Henri de Mons. Un excellent homme et qui ne pose jamais de problèmes ; dévoué et digne de confiance.

— Oh, mon Dieu.

— Cette désignation ne vous sied pas ? » s'enquit Grégory et son attitude désinvolte céda la place à une concentration attentive.

Merthin n'eut plus aucun doute sur la raison de sa visite. L'avocat était venu à Kingsbridge pour prendre le pouls de la population ; savoir ce que les habitants et lui-même, en tant que leur prévôt, pensaient de ce projet ; s'ils comptaient s'y rallier ou au contraire le battre en brèche. De fait, la nomination d'un nouvel évêque modifiait considérablement la situation pour Merthin et Caris : la flèche de la cathédrale risquait de ne plus être construite et la direction de l'hospice de passer sous le contrôle du prieuré.

Il s'autorisa un temps de réflexion. « Ici, l'évêque Henri est un élément clef de l'équilibre entre les différents pouvoirs. Il y a dix ans, une sorte d'armistice a été signée entre les marchands, les moines et l'hospice. Sur le plan financier, cette paix relative s'est avérée très bénéfique pour les trois entités. Notre prospérité nous vaut de payer des impôts élevés », ajouta-t-il, soucieux d'éveiller l'intérêt de Grégory et donc du roi.

Celui-ci signifia sa compréhension d'une légère inclinaison de la tête.

« Le départ de l'évêque risque de troubler la stabilité de ces relations.

— Tout dépend de son remplaçant, dirais-je.

— En effet, approuva Merthin, car c'était effectivement le nœud du problème. Avez-vous quelqu'un en tête ?

— Le prieur Philémon est un candidat évident.

— Philémon ! s'écria-t-il, atterré. Et pourquoi lui ?

— En ces temps de scepticisme et d'hérésie, le haut clergé apprécie ses positions conservatrices.

— Je comprends maintenant pourquoi il prêche contre la dissection et tient tant à faire ériger une chapelle à la Vierge ! lâcha Merthin, tout en se fustigeant intérieurement de ne pas avoir vu le coup venir.

— Il a également fait savoir qu'il n'était pas opposé à la taxation du clergé. Vous n'ignorez pas que c'est une éternelle source de friction entre le roi et certains évêques.

— Je vois qu'il manœuvre depuis un bon moment.

1256

— Depuis que l'archevêque est tombé malade, j'imagine.

— C'est une catastrophe !

— Pourquoi ? s'enquit Grégory.

— Philémon est un homme querelleur et revanchard. S'il est nommé évêque, nous vivrons dans un climat de rancœur permanent. Il faut empêcher ça ! »

Plantant ses yeux dans ceux de son interlocuteur, il demanda : « Pourquoi êtes-vous venu m'avertir ? »

Mais à peine avait-il formulé cette question que la réponse lui apparut dans toute son évidence. « Oui, je comprends : vous ne voulez pas non plus de Philémon, mais vous ne pouvez pas mettre un veto à sa nomination, car il bénéficie déjà du soutien de personnages importants. Vous savez aussi, sans que je vous l'explique, que c'est un fauteur de troubles. »

Au sourire énigmatique de son interlocuteur, Merthin supposa qu'il avait deviné juste. « Qu'attendez-vous de moi, sieur Grégory ?

— À votre place, je commencerais par présenter une autre candidature.

— Je dois y réfléchir.

— Je vous en prie, déclara Grégory et il se leva, signifiant par là la fin de l'entretien. Surtout, faites-moi part de votre choix. »

Merthin quitta le prieuré et reprit le chemin de l'île aux lépreux d'un pas pensif. Qui proposer au poste d'évêque de Kingsbridge ? L'archidiacre Lloyd était trop âgé, hélas, car la population l'appréciait. Quand bien même parviendrait-on à le faire élire, il faudrait tout recommencer d'ici un an.

Arrivé chez lui, Merthin n'avait toujours pas trouvé de candidat.

Caris était au salon. Il s'apprêtait à lui demander conseil quand elle lui coupa la parole, blême et effrayée : « Lolla s'est enfuie à nouveau ! »

86.

À en croire le curé, on ne travaillait pas le dimanche, jour du Seigneur. Hélas, Gwenda n'avait jamais profité de ce repos dominical. Ce jour-là, après la messe et le souper, elle s'occupa du jardin derrière sa maison avec Wulfric. C'était un bon terrain d'une demi-acre, avec un poirier, un poulailler, une grange et, tout au bout, le potager où elle était en train de semer des petits pois, pendant que son mari traçait des sillons.

Les garçons étaient partis disputer une partie de balle dans un autre village, comme ils en avaient l'habitude le dimanche. Pour les paysans, les jeux de ballon équivalaient aux tournois pour les nobles : c'était une confrontation pour rire, mais au cours de laquelle les blessures reçues étaient bien réelles. Gwenda pria le ciel que ses fils reviennent indemnes.

Sam rentra de bonne heure dans l'après-midi en maugréant que le ballon avait crevé.

« Où est David ?

— Il n'est pas venu, mère.

— Je croyais qu'il était parti avec toi.

— Non, il va souvent de son côté.

— Je l'ignorais. Et où donc ? »

Sam haussa les épaules. « Ça, je ne suis pas dans la confidence. »

Son fils cadet fréquenterait-il une jeune fille ? s'interrogea Gwenda, le sachant cachottier. À supposer que ce soit le cas, de qui s'agissait-il ? À Wigleigh, les prétendantes n'étaient pas foison. Les rescapées de la peste s'étaient mariées tôt, comme si elles avaient à cœur de repeupler la région. Quant aux jeunes filles nées après l'épidémie, ce n'étaient encore que des gamines. Peut-être David voyait-il une demoiselle d'un hameau voisin à qui il donnait des rendez-vous galants dans la forêt. Le cas n'était pas rare.

Quand son cadet rentra deux heures plus tard, Gwenda lui posa la question carrément. David reconnut qu'il s'était éclipsé en douce. « Je peux vous montrer à quoi je m'occupe, si vous le voulez. De toute façon, je ne pourrai pas garder le secret éternellement. Suivez-moi. »

Gwenda, Wulfric et Sam lui emboîtèrent le pas. En ce jour de repos, les champs étaient déserts. Ils traversèrent Cent Acres dans une vive brise de printemps sans y croiser qui que ce soit. Plusieurs parcelles étaient à l'abandon. Certains villageois possédaient plus de terres qu'ils ne pouvaient en cultiver et les journaliers étaient de plus en plus difficiles à trouver, hélas. C'était le cas d'Annet, qui n'avait plus que sa fille Amabel pour lui prêter main-forte. Son avoine était envahie de mauvaises herbes.

Après avoir parcouru un quart de lieue dans la forêt, David quitta le sentier battu et conduisit les siens jusqu'à une clairière. « Voilà ! »

Il fallut un moment à Gwenda pour comprendre de quoi il parlait. Le bout de terrain qui s'ouvrait devant elle n'avait rien de remarquable, uniquement des taillis entre les arbres et un tas d'herbes arrachées sur le côté, preuve que David s'attachait à sarcler ses cultures. En regardant mieux, elle se rendit compte qu'elle n'avait jamais vu cette plante rampante qui tapissait le sol, et dont les feuilles, pointues, s'accrochaient par groupe de quatre à la tige cannelée.

« Qu'est-ce que c'est ?

— De la garance, mère. J'en ai acheté des graines à un marin quand nous sommes allés à Melcombe.

— À Melcombe ? Mais ça remonte à trois ans !

— C'est le temps qui lui a été nécessaire pour pousser, sourit David. Au début, j'ai bien cru qu'elle ne prendrait pas. Le marin m'avait expliqué qu'il fallait planter les graines à l'ombre, dans un sol sablonneux. J'ai labouré la clairière et semé mes graines. La première année, je n'ai obtenu que trois ou quatre plants chétifs. Je me suis dit que j'avais gaspillé mon argent. Mais, l'année suivante, les racines avaient proliféré et produit des rejets. Regardez : aujourd'hui, il y en a partout ! »

Gwenda n'en revenait pas que son fils ait gardé un secret si longtemps. « À quoi ça sert ? C'est bon ?

— La garance ne se mange pas ! s'esclaffa David. Tout l'intérêt est dans les racines. Il faut les faire sécher et les broyer. La poudre obtenue donne une teinture rouge très recherchée. À Kingsbridge, Madge la Tisserande l'achète sept shillings le gallon. »

Une fortune ! songea Gwenda. Le froment, la plus chère de toutes les céréales, se vendait dans les sept shillings les vingt-cinq livres, c'est-à-dire soixante-quatre gallons.

« Soixante-quatre fois plus cher que le froment ! s'exclama-t-elle.

— C'est bien pour ça que j'en ai planté, jubila David.

— Planté quoi ? » lança une voix.

Ils se retournèrent tous comme un seul homme. Nathan le Bailli, plus courbé et tordu que jamais, se tenait à côté d'un buisson d'aubépine, la mine triomphante, ravi de les avoir pris la main dans le sac.

« Une herbe médicinale appelée "langue de sorcière" », s'empressa de répondre David.

Gwenda comprit qu'il inventait le nom. Nathan, quant à lui, n'en était pas certain.

« C'est pour soigner l'asthme de ma mère.

— Tu as de l'asthme, Gwenda ? Première nouvelle !

— Oui, en hiver, précisa-t-elle.

— Une herbe médicinale, tu dis ? répéta le bailli sans y croire. Avec tout ce qui pousse ici, tu as de quoi soigner toute la ville de Kingsbridge. Et je vois que tu sarcles tes cultures pour qu'elles produisent davantage.

— J'aime le travail bien fait ! » se défendit David.

L'excuse n'était pas très convaincante, mais Nathan ne s'y arrêta pas. « C'est illégal. D'abord, les serfs doivent demander l'autorisation à leur seigneur avant de planter quoi que ce soit, sinon ce serait le chaos. Ensuite, il est interdit de faire pousser des cultures dans les forêts domaniales. Les plantes médicinales ne font pas exception. »

Que pouvaient-ils rétorquer ? Telle était la loi, en effet. Loi insupportable pour les paysans qui auraient souhaité planter des espèces rares, susceptibles d'atteindre des prix faramineux, comme le chanvre pour fabriquer les cordages qui était très recherché, le lin pour tisser des sous-vêtements précieux ou des cerisiers dont les fruits ravissaient les riches dames. Hélas, maints seigneurs et baillis empêtrés dans leur conservatisme s'y opposaient catégoriquement.

« Mais quelle famille ! persifla Nathan. Il ne suffit pas que l'aîné soit un fugitif doublé d'un meurtrier, il faut encore que le cadet défie son suzerain ! »

Sa fureur était compréhensible, car Sam avait échappé à la pendaison. À l'évidence, Nathan maudirait la lignée de Gwenda jusqu'à son dernier souffle.

Il arracha un plan méchamment. « Je l'apporterai au tribunal », lança-t-il avec une joie perverse. Sur ce, il tourna les talons et s'enfonça dans la forêt de son pas clopinant.

Gwenda et les siens reprirent eux aussi le chemin du village.

« S'il croit me faire peur ! souffla David. Je la paierai, son amende, et il me restera encore plein de sous !

— Et s'il ordonne la destruction de tes cultures ?

— Comment ça, mère ?

— En les incendiant, en les piétinant.

— Il n'oserait pas ! intervint Wulfric. Le village ne l'accepterait pas. Ce genre d'affaire se règle d'habitude en payant l'amende.

— Je m'inquiète seulement de la réaction du comte Ralph. »

David eut un geste dédaigneux de la main. « Comment pareille broutille lui viendrait-elle aux oreilles ?

— Il s'intéresse de très près à notre famille.

— En effet. Je ne saisis toujours pas ce qui l'a poussé à demander la grâce de Sam.

— Dame Philippa a dû réussir à l'en persuader, expliqua-t-elle, comprenant que son garçon était loin d'être stupide.

— C'est vrai qu'elle se souvient très bien de vous, maman. Elle me l'a confié un jour où j'étais chez Merthin, intervint Sam.

— J'ai dû m'attirer ses bonnes grâces, improvisa Gwenda. Peut-être a-t-elle éprouvé une compassion de mère à mon endroit. »

L'explication n'était guère crédible, mais c'était la seule qui lui était venue à l'esprit. Depuis la libération de Sam, la famille avait discuté à plusieurs reprises des motifs qui avaient pu conduire le comte Ralph à demander sa grâce. Chaque fois, Gwenda feignait d'être aussi étonnée que Wulfric et ses fils et elle bénissait le ciel que son mari ne soit pas d'un naturel soupçonneux.

Comme il restait une bonne heure de clarté, Wulfric alla finir de semer les petits pois. Sam se proposa pour l'aider. Gwenda décida de ravauder un pantalon. David s'assit en face d'elle : « J'ai un autre secret à vous avouer.

— Je t'écoute », dit-elle en souriant. Quelle importance que son fils soit cachottier, puisqu'il finissait toujours par se confier à elle !

« Je suis amoureux.

— Mais c'est merveilleux ! s'exclama-t-elle et, se tendant vers lui, elle posa un baiser sur sa joue. Je suis très heureuse pour toi. Comment est-elle ?

— Splendide.

— Tu sais, je m'en doutais un peu, avoua Gwenda, amusée de ne pas s'être trompée.

— Ah oui ? bredouilla-t-il, gêné.

— Ne t'inquiète pas, tu n'as rien fait de mal. L'idée que tu avais peut-être rencontré quelqu'un ne m'est venue que tout récemment.

— Nous nous retrouvons dans cette clairière où je cultive la garance. C'est là que tout a commencé.

— Ça dure depuis longtemps ?

— Plus d'un an.

— C'est sérieux, alors ?

— Je veux l'épouser.

— J'en suis ravie pour toi, soupira-t-elle avec un regard attendri. Tu n'as que vingt ans, mais ce n'est pas grave si tu es sûr de ton choix.

— Je suis tellement content que vous le preniez ainsi.

— D'où est-elle ?

— D'ici, de Wigleigh.

— Oh ? s'exclama Gwenda, qui n'avait envisagé personne de leur village. Et de qui s'agit-il ?

— D'Amabel, mère.

— Ah non !

— Ne criez pas.

— Tu ne vas pas épouser la fille d'Annet !

— Ne vous fâchez pas.

— Que je ne me fâche pas ? » s'écria-t-elle, furieuse et sonnée à la fois, comme si elle avait reçu une gifle. Elle se força à respirer profondément à plusieurs reprises pour se calmer. « Ça fait plus de vingt ans que nous sommes à couteaux tirés avec les Perkin ! Non seulement cette sale vache d'Annet a brisé le cœur de ton père mais, en plus, elle n'arrête pas de lui tournicoter autour.

— Je comprends votre dépit, mais c'est de l'histoire ancienne.

— Ancienne ? Elle minaude chaque fois qu'elle le rencontre !

— C'est un problème qui vous concerne tous les trois, pas nous, les enfants. »

Gwenda se leva si brutalement que son ouvrage en tomba à ses pieds. « Comment oses-tu me faire une chose pareille ? Et cette garce serait de ma famille ? On serait grand-mères toutes les deux des mêmes petits-enfants ? Elle débarquerait chez nous à toute heure du jour, pour se pavaner devant ton pauvre père et se moquer de moi !

— Ce n'est pas Annet que j'épouse.

— Elle ne vaudra pas mieux que sa mère, ton Amabel. Regarde-la : c'est déjà son portrait craché !

— Non, en fait…

— Tu ne peux pas ! Je te l'interdis formellement !

— Vous ne m'interdirez rien du tout, mère.

— Oh que si ! Tu es trop jeune !

— Si c'est une question de temps… ! »

La voix de Wulfric retentit depuis le seuil : « On peut savoir pourquoi vous criez si fort ?

— David s'est mis en tête d'épouser la fille d'Annet, hurla Gwenda. Je ne le permettrai pas ! Jamais ! Jamais ! Jamais ! »

*

Au grand étonnement de Nathan, le comte Ralph déclara qu'il voulait jeter un coup d'œil à l'étrange plantation de David. À sa prochaine visite, il irait en personne inspecter les plants incriminés. Les cultures dans les bois étaient affaire courante et, généralement, punies d'une amende infligée par le bailli. L'intendant de Wigleigh en avait référé à son seigneur lors d'une visite à Château-le-Comte. Intéressé par les pots-de-vin et les commissions, Nathan n'avait pas le flair nécessaire pour deviner que Ralph était obnubilé par cette famille de paysans. Car si sa haine envers Wulfric ne s'était pas atténuée, elle se doublait désormais d'un désir inassouvi pour Gwenda et d'une étrange curiosité pour ce fils naturel qu'elle lui avait donné.

Entre Pâques et la Pentecôte, il profita d'une belle journée pour pousser jusqu'à Wigleigh, escorté de son fidèle Alan. Vira, la servante attachée au manoir, était toujours à son poste, chenue et courbée par les ans. Ils lui ordonnèrent de préparer à dîner et s'en allèrent trouver Nathan pour qu'il les conduise dans la forêt.

Ralph identifia la plante aisément. Ses campagnes militaires lui avaient fait découvrir de nombreuses plantes inconnues en Angleterre. Il descendit de cheval pour en cueillir une poignée. « C'est de la garance, dit-il. J'en ai vu en Flandre. On en tire cette teinture rouge qui porte le même nom.

— David a prétendu qu'il s'agissait d'une herbe médicinale qui soigne l'asthme et s'appelle "langue de sorcière", expliqua Nathan.

— Elle a peut-être aussi des vertus thérapeutiques, mais ce n'est pas pour cela qu'on la cultive. À combien s'élève l'amende ?

— En général, je réclame un shilling.

— Ce n'est pas suffisant. »

Nathan s'inquiéta. « Chaque fois que je fais entorse au droit coutumier, cela crée des problèmes, seigneur. Je préférerais…

— Peu m'importent tes préférences ! »

D'un coup d'éperons, Ralph lança sa monture au beau milieu de la garance. « Suis-moi, Alan. »

Parcourant toute l'étendue cultivée au petit galop, les deux cavaliers entreprirent, en cercles méthodiques, de ravager les plantations jusqu'à ce qu'il n'en reste plus rien.

Le bailli ne restait pas indifférent au spectacle du saccage, Ralph le voyait bien. Les paysans ne supportaient pas de voir leurs récoltes dévastées. D'ailleurs, le meilleur moyen de réduire un peuple au désespoir, c'était de brûler ses moissons. Il avait pu s'en convaincre lors de ses campagnes en terre de France.

« Voilà qui devrait suffire », marmonna-t-il, lassé. Certes, l'arrogance de David l'irritait, mais la raison première de sa venue à Wigleigh était autre. En fait, il voulait revoir Sam.

Sur le chemin du retour, il ralentit l'allure, cherchant à repérer sur ses terres un garçon de haute taille parmi les serfs rachitiques, courbés sur leur outil. Il scruta les champs. Les épis ployaient sous le vent. Enfin, il l'aperçut au loin, dans le Champ du ruisseau. Il s'avança dans sa direction, observant attentivement ce fils de vingt-deux ans dont il ignorait tout.

Sam labourait en compagnie de l'homme qu'il croyait être son père. Ils devaient avoir un souci avec leur petite charrue, car ils s'arrêtaient souvent pour rajuster le harnais du cheval. À les voir l'un à côté de l'autre, on remarquait tout de suite qu'ils n'avaient rien en commun. Wulfric avait les cheveux châtain doré, alors que Sam était brun ; le premier avait le torse puissant d'un bœuf, le second des épaules carrées et l'élégante finesse d'un pur-sang ; les gestes du père étaient mesurés et prudents, ceux du jeune homme vifs et gracieux.

C'est mon fils ! se chuchotait Ralph dans le secret de son cœur. Et ce guerrier qui n'avait jamais connu le regret ou la compassion – car, sinon, comment aurait-il pu mener sa vie de soudard ? –, cet homme brutal qui s'était toujours cru imperméable aux émotions, les jugeant indignes d'un homme, se découvrait soudain saisi d'un étrange émoi : un jeune inconnu, du seul fait de son existence, menaçait d'émousser ce qu'il y avait de viril en lui.

S'arrachant à ce spectacle, Ralph rentra au village. Là-bas, curiosité et sensibilité eurent finalement raison de lui. Par l'entremise de Nathan, il manda Sam au manoir.

Quel but poursuivait-il en faisant quérir le jeune homme ? Celui de parler avec lui, de le taquiner, de l'inviter à partager son repas ? Il n'aurait su le dire. En revanche, il aurait dû se douter que Gwenda lui mettrait des bâtons dans les roues. Elle se présenta devant lui, en même temps que Nathan et Sam, et fut bientôt rejointe par Wulfric et David.

« Que voulez-vous à mon fils ? » lança-t-elle sur un ton péremptoire, comme si elle s'adressait à un égal et non à son suzerain.

Du haut de sa cathèdre aux bras sculptés de lions, le comte rétorqua, presque malgré lui : « Sam n'est pas né pour être serf et travailler aux champs. »

Il surprit le regard ébahi que lui lançait son écuyer favori. Gwenda rétorquait déjà, aussi intriguée qu'Alan Fougère : « Dieu seul sait pour quoi nous sommes nés !

— Épargne-moi tes commentaires ! Quand je voudrai en savoir davantage sur les volontés du Seigneur, je m'adresserai au curé. Pour l'heure, je n'ai pas besoin de me confire en dévotions pour voir que ton fils a la fougue d'un combattant ! C'est une évidence qui saute aux yeux de quiconque s'est trouvé sur un champ de bataille.

— Néanmoins, c'est un paysan, fils de paysan. Son destin est de cultiver les champs et d'élever du bétail à l'instar de son père.

— Qu'importe son père. Ton fils a un instinct de tueur, assena-t-il, répétant mot pour mot le discours qu'elle lui avait tenu à Shiring, au château du shérif, quand elle était venue le supplier d'obtenir la grâce de Sam. Chez un paysan, c'est un trait de caractère dangereux ; chez un guerrier, il est inestimable. »

Gwenda commençait à deviner les intentions de Ralph et sentait l'effroi l'envahir.

« Où voulez-vous en venir ? »

Sa question fit comprendre à Ralph où son propre discours l'entraînait. « Que Sam se rende utile, au lieu d'être un danger pour autrui. Qu'il apprenne l'art de la guerre !

— Il est bien trop vieux !

— Vingt-deux ans, ce n'est pas jeune, en effet. Mais il est fort et musclé. Il saura y faire.

— Je ne vois pas comment ! » répliqua-t-elle.

Ses objections furent pour Ralph le meilleur des aiguillons. Enchanté d'imposer à Gwenda une idée qui lui déplaisait tant, il déclara avec un sourire triomphant : « C'est pourtant simple. Qu'il soit écuyer à mon service et vive à Château-le-Comte ! »

Elle blêmit, ses paupières se fermèrent, ses lèvres articulèrent le mot « Non », mais aucun son ne sortit de sa gorge. On aurait dit que la malheureuse venait de recevoir un coup de poignard en plein cœur.

« Cela fait vingt-deux ans qu'il vit chez toi. Ça suffit ! » jeta le comte. Il aurait volontiers ajouté : « À mon tour, maintenant ! » Il se contenta d'une simple constatation : « C'est un homme, aujourd'hui ! »

Comme Gwenda, abasourdie, ne pipait mot, Wulfric intervint : « Nous ne le permettrons pas. Nous sommes ses parents et nous nous opposons à son départ.

— Je ne t'ai pas demandé ton consentement, lâcha Ralph avec dédain. Je suis votre comte, vous êtes mes serfs. Je ne demande pas, j'ordonne.

— De toute façon, tu n'as pas voix au chapitre, renchérit Nathan. Sam a plus de vingt et un ans, c'est à lui de décider. »

D'un même mouvement, toutes les têtes se tournèrent vers l'intéressé.

Quelle serait sa réaction ? s'inquiéta Ralph. Rêvait-il, comme tant de jeunes gens issus des milieux les plus divers, de devenir écuyer ? Les écuyers menaient une existence luxueuse et passionnante au château, comparé à la vie éreintante des paysans. Toutefois, la médaille avait un revers : les hommes d'armes mouraient jeunes ou bien rentraient de la guerre estropiés. Et il ne leur restait plus alors qu'à mendier aux portes des tavernes.

Un simple coup d'œil à Sam suffit à rassurer le comte : le jeune homme avait un large sourire ; ses yeux étincelaient d'excitation. Oui, il avait hâte de quitter le village.

« N'y va pas, Sam ! Ne te laisse pas tenter ! s'écria Gwenda, retrouvant enfin la faculté de parler. Épargne à ta mère la souffrance de te voir éborgné par une flèche, mutilé par l'estoc d'un cavalier français ou piétiné par les sabots de son destrier !

— Ne pars pas, mon fils, insista Wulfric. Reste à Wigleigh et jouis d'une longue existence. »

Voyant Sam fléchir, Ralph intervint : « Très bien. Tu as entendu ce qu'ont dit ta mère et ce paysan de père qui t'a élevé. La décision te revient. Que veux-tu faire ? Continuer à herser les champs à Wigleigh avec ton frère ou fuir ce lieu ? »

Sam n'hésita pas longtemps. Après un regard coupable à ses parents, il se tourna vers Ralph : « J'accepte. Je serai écuyer et je vous remercie, mon seigneur !

— Bien, mon garçon. »

Gwenda éclata en sanglots. Wulfric l'entoura de son bras pour la réconforter. Se tournant vers le comte, il demanda : « Quand doit-il partir ?

— Aujourd'hui même. Après le repas de midi. Il rentrera à Château-le-Comte avec Alan et moi.

— Pas si tôt ! » s'écria Gwenda.

Personne n'y prêta attention.

« Va quérir les affaires que tu souhaites emporter, dîne avec ta mère et reviens m'attendre aux écuries, ordonna Ralph à Sam. Pendant ce temps, Nathan se chargera de réquisitionner une monture pour toi... » Ces affaires étant réglées, il lança d'une voix forte : « Eh bien ! Où est mon écuelle ? »

Wulfric et Gwenda se retirèrent avec leur aîné. David s'attarda. Avait-il découvert le saccage de ses cultures ou avait-il un autre motif ?

« Que veux-tu ? jeta Ralph.

— J'ai une faveur à vous demander, mon seigneur. »

Que ce paysan qui avait eu l'insolence de planter de la garance dans la forêt vienne le supplier ravissait le comte. « Avec ta carrure, tu ne veux quand même pas devenir écuyer ? ricana-t-il. Tu n'es pas plus gros que ta mère ! »

Alan éclata de rire.

« Je veux épouser Amabel, la fille d'Annet.

— Voilà qui va déplaire à Gwenda !

— Dans moins d'un an, je serai en âge de me marier sans son accord. »

Ralph n'avait évidemment pas oublié la paysanne qui l'avait envoyé à la potence. Son destin était lié au sien d'une façon presque aussi intime qu'il l'était à celui de Gwenda.

« Annet possède de grandes terres, si je ne me trompe.

— Oui, mon seigneur. Elle accepte de me les céder le jour où j'épouserai sa fille. »

Ces requêtes se voyaient d'ordinaire exaucées d'autant plus volontiers qu'elles n'étaient pas seulement pour le seigneur une source de revenus appréciable, grâce aux droits de mutation, mais également le moyen d'exercer un chantage sur ses paysans. Toutefois, rien n'obligeait un seigneur à accéder à la demande de son serf. Ce droit du seigneur de faire souffrir ses paysans par pur caprice était l'un des griefs majeurs des serfs.

« Je refuse qu'Annet te transmette ses terres. Vous n'aurez qu'à vous nourrir de garance, ton épouse et toi ! » conclut Ralph avec un large sourire.

87.

Se faire nommer évêque de Kingsbridge, Philémon n'avait encore jamais poussé la témérité aussi loin. Caris allait devoir tout mettre en œuvre pour que cela ne se produise pas. Hélas, la finesse avec laquelle il avait manœuvré ne laissait pas augurer d'un résultat heureux pour elle. Si par malheur elle perdait la lutte, elle perdrait du même coup toute autorité sur l'hospice de l'île aux lépreux qui passerait sous la tutelle de Philémon. Le prieur aurait alors tout pouvoir pour réduire à néant l'œuvre de sa vie. Et ce ne serait pas le pire des changements qui interviendraient sous sa férule ! Car il remettrait à l'honneur l'orthodoxie aveugle de jadis, il nommerait dans les villages des prêtres aussi impitoyables que lui, il fermerait les écoles pour les filles et il stigmatiserait l'amour de la danse dans tous ses sermons.

Mais si Caris n'avait pas son mot à dire dans la désignation de l'évêque, elle n'était pas dénuée de tout moyen de pression.

Sa première visite fut pour l'évêque Henri. Ce fut accompagnée de Merthin qu'elle se rendit à Shiring. Le malheureux père profita du voyage pour scruter sous leurs coiffes toutes les jeunes filles brunes qu'ils croisèrent en chemin et fouiller des yeux la forêt qui s'étendait des deux côtés de la route. Malheureusement, ils atteignirent Shiring sans rien avoir appris sur Lolla.

Le palais épiscopal se dressait sur la grand-place, en face de l'église, à côté de la bourse à la laine. Comme ce n'était pas jour de marché, l'esplanade n'accueillait que le sempiternel échafaud, sinistre rappel du châtiment qui punissait ceux qui se plaçaient en dehors de la loi.

Bâtiment en pierre sans prétention, la demeure de l'évêque abritait au rez-de-chaussée une vaste salle ainsi qu'une chapelle et, à l'étage, différents bureaux et plusieurs appartements. De l'avis de Caris, l'évêque avait imposé aux lieux un style plutôt français. La décoration y était moins fastueuse qu'au palais de Philémon, où la profusion de tapis et de bijoux donnait l'impression de pénétrer dans la caverne d'un voleur. Ici, chaque pièce ressemblait à une toile de maître, tant les objets s'y mariaient avec goût. Le chandelier en argent était placé de manière à capter la lumière d'une fenêtre ; la vieille table en chêne étincelait d'un éclat lustré ; un bouquet printanier réchauffait l'âtre froid ou une petite tapisserie représentant David et Jonathan égayait un mur.

Ils patientèrent dans la grand-salle. Caris était sur les charbons ardents. Si Henri n'était pas un ennemi, il n'était pas davantage un allié. Dans l'affaire présente, il prétendrait vouloir dépasser les querelles citadines. En réalité, estimait Caris avec plus de cynisme, il se soucierait avant tout de ses intérêts personnels. Certes, il ne portait pas Philémon dans son cœur, mais il ne se laisserait pas influencer par ses sentiments.

L'évêque entra, suivi, comme d'habitude, du chanoine Claude. Le temps semblait ne pas avoir prise sur eux. Henri était un peu plus âgé que Caris, Claude devait avoir dix ans de moins, pourtant on aurait dit deux gamins. Elle se fit la remarque que les hommes d'Église vieillissaient souvent mieux que les nobles. Sans doute était-ce parce qu'ils menaient une vie sobre, à quelques fameuses exceptions près. L'observance du jeûne les obligeait à se nourrir de poisson et de légumes le vendredi, les jours maigres et tout au long du Carême. De plus, abuser de l'alcool leur était, en principe, défendu. À l'inverse, les aristocrates, hommes et femmes, se livraient à des orgies de viande et de boisson. Cela expliquait peut-être leurs dos voûtés et leurs peaux fripées à un âge encore jeune, alors que les représentants du clergé demeuraient alertes et fringants jusqu'au terme de leur longue vie austère.

Après avoir félicité son hôte pour sa nomination à la tête du diocèse de Monmouth, Merthin alla droit au but : « Le prieur Philémon a interrompu les travaux de la tour.

— Y a-t-il une raison à cela ? s'enquit le nouvel archevêque avec une neutralité étudiée.

— Il y a un prétexte et il y a une raison. Pour le premier, il invoque un défaut de conception.

— Lequel ?

— Il affirme qu'on ne peut pas bâtir de flèche octogonale sans un coffrage intérieur. C'est exact en général, mais il se trouve que j'ai découvert le moyen de m'en passer.

— Qui est… ?

— Assez simple, je dois dire. Il consiste à construire une flèche circulaire, qui ne requiert pas de coffrage, et à la transformer ensuite en octogone à l'extérieur en la recouvrant d'un parement de pierres minces scellées au mortier. À l'œil, la flèche paraîtra octogonale alors que ce sera un cône du point de vue de la structure.

— L'avez-vous expliqué à Philémon ?

— Non. Il trouverait un autre prétexte.

— Et la raison, quelle est-elle selon vous ?

— Il veut élever une chapelle dédiée à la Vierge.

— Ah.

— Cette idée fait partie d'un plan plus vaste qui vise à séduire les hautes autorités du clergé. En présence de l'archidiacre Reginald, il nous a gratifiés d'un sermon contre la dissection et a confié aux conseillers du roi qu'il ne s'opposerait pas à la taxation du clergé.

— Que manigance-t-il?

— Il a décidé de devenir l'évêque de Kingsbridge. »

Henri haussa les sourcils. « Je reconnais que Philémon n'a jamais manqué d'aplomb.

— De qui tenez-vous cette information? demanda Claude.

— De Grégory Longfellow. »

Le chanoine lança un coup d'œil à Henri et déclara en hochant la tête : « C'est un homme d'ordinaire bien renseigné. »

Visiblement, ni l'évêque ni le chanoine ne s'étaient attendus à une telle ambition de la part du prieur. Soucieuse de s'assurer qu'ils mesuraient bien l'ampleur de la situation, Caris se permit d'intervenir : « Si Philémon parvient à ses fins, il y aura des litiges constants entre l'évêché et la population. En votre qualité d'archevêque de Monmouth, vous aurez à les régler. Dois-je vous rappeler les terribles frictions d'antan?

— C'est inutile, répondit Claude.

— Je constate avec plaisir que nos vues sont identiques, déclara Merthin.

— Je ne conçois qu'une solution, reprit le chanoine, poursuivant sa réflexion à haute voix. Proposer un autre candidat. »

Sa réaction était celle qu'attendait Caris. Elle n'y alla pas par quatre chemins : « Nous avons déjà pensé à quelqu'un.

— Qui ça?

— Vous. »

Il y eut un silence. À l'évidence, l'idée seyait au chanoine. Il connaissait bien le diocèse pour en traiter déjà la plupart des questions administratives, il assumerait sans difficulté la charge d'évêque.

Peut-être aussi, s'interrogea Caris, enviait-il secrètement Henri d'avoir été élevé à la dignité d'archevêque et craignait-il de demeurer éternellement son bras droit. Quoi qu'il en soit, les deux hommes songeaient certainement à leurs relations personnelles, car ils vivaient quasiment comme mari et femme, et cela depuis plusieurs dizaines d'années très certainement, se dit-elle, se rappelant le jour lointain où elle les avait surpris en train de s'embrasser. L'époque de leurs premiers émois étant passée depuis longtemps, ils étaient sûrement capables de supporter l'éloignement. Néanmoins, peut-être était-il judicieux d'enfoncer le clou. « Vous continuerez à travailler ensemble une grande partie du temps, précisa-t-elle.

— L'archevêque aura maintes raisons de se rendre tantôt à Kingsbridge, tantôt à Shiring, renchérit Claude.

— Et l'évêque de Kingsbridge en aura d'autres, tout aussi valables, qui l'obligeront à requérir l'avis de son supérieur, ajouta Henri.

— Ce serait pour moi un honneur immense que d'accéder au rang d'évêque, avoua le chanoine, les yeux pétillants d'un bonheur anticipé. Et plus encore sous votre férule, monseigneur. »

Henri prétendit ne pas avoir perçu le double sens de sa phrase. « Vous avez eu là une excellente idée.

— Je peux vous assurer que la guilde de Kingsbridge soutiendra la nomination du chanoine, annonça Merthin. De votre côté, monseigneur, vous devrez vous charger de soumettre au roi cette candidature.

— Bien sûr.

— Puis-je émettre une suggestion ?

— Je vous en prie, Caris.

— Il serait bon, je pense, de trouver un autre poste à Philémon, une fonction qui satisfasse ses ambitions et l'entraîne à cent lieues de chez nous. Que sais-je, le poste d'archidiacre à Lincoln ?

— C'est une idée sage, approuva Henri. S'il brigue deux positions en même temps, sa crédibilité s'en ressentira d'un côté comme de l'autre. Je vais garder l'œil ouvert. »

Claude se leva. « Tout cela était fort instructif. À présent, voulez-vous partager notre repas ? »

Sur ces entrefaites, un serviteur entra, porteur d'un message à l'intention de Caris. « Quelqu'un demande à vous parler, maîtresse. Ce n'est encore qu'un gamin, mais il semble désemparé.

— Introduisez-le », dit Henri.

Apparut un garçon crasseux d'une douzaine d'années dont les vêtements de prix indiquaient une origine aisée. Sa famille devait connaître des déboires financiers, supposa Caris.

« Mère Caris, s'il vous plaît, pouvez-vous venir chez moi ?

1272

— Il ne faut plus m'appeler ainsi, mon enfant, j'ai quitté le couvent. Néanmoins, que puis-je faire pour toi ?

— Mes parents sont malades, mon frère aussi. Ma mère a entendu parler de votre visite à l'évêque et m'a demandé d'aller vous chercher, débita le gamin à toute vitesse. Elle sait que vous aidez les pauvres, mais elle a les moyens de vous payer. Viendrez-vous, s'il vous plaît ?

— Bien sûr, mon petit. » Habituée à ce genre de requête, Caris emportait sa trousse de soins partout avec elle. « Comment t'appelles-tu ?

— Gilles l'Épicier, ma mère. Je dois vous conduire chez moi.

— Très bien… Commencez sans moi, je vous prie, ajouta Caris en se tournant vers l'évêque. Je reviens au plus vite. »

Ramassant sa gibecière, elle suivit le garçon au-dehors.

De même que la ville de Kingsbridge devait au prieuré sa fondation, la cité de Shiring devait son existence à la présence du shérif, dont le château se dressait sur la colline. Les notables – lainiers, volontaires au service du shérif et agents royaux, dont le coroner – occupaient les belles demeures entourant la place du marché. Un peu plus loin s'agglutinaient les maisons des marchands et des artisans moins prospères : orfèvres, tailleurs ou apothicaires. Comme son nom l'indiquait, le père de Gilles était négociant en épices. Ce fut donc vers une rue du quartier commerçant que le garçon entraîna Caris. À l'instar des maisons voisines, celle de ses parents avait un étage. Le rez-de-chaussée, en pierre, était occupé par l'entrepôt et la boutique ; l'étage, en bois, abritait les appartements. Ce jour-là, le magasin était fermé. Le petit Gilles entraîna Caris vers l'escalier extérieur.

Arrivée au palier supérieur, elle marqua un temps d'arrêt, les narines chatouillées par des relents qu'elle connaissait bien. La pestilence provoqua en elle un sentiment d'effroi. S'interdisant toute réflexion, elle traversa le grand vestibule et pénétra dans la chambre à coucher. Le spectacle qu'elle redoutait s'offrit à sa vue.

Trois personnes étaient allongées sur des matelas : une femme de son âge, un homme légèrement plus vieux et un adolescent. Le mari, de loin le plus atteint, brûlait de fièvre. Il transpirait et gémissait. Son col ouvert laissait voir une éruption de bubons sur sa gorge et son torse. Du sang maculait ses lèvres et ses narines.

« La peste est de retour ! Dieu me vienne en aide ! » marmonna Caris.

Une fraction de seconde, pétrifiée, les yeux rivés sur la scène, elle n'eut conscience que de son impuissance. Elle avait toujours su, en théorie, que la peste pouvait ressurgir un jour. C'était d'ailleurs l'une des raisons qui l'avaient incitée à écrire son livre. Aujourd'hui, ces pustules et ces nez dégoulinant de sang la laissaient effarée.

La femme se redressa sur le coude. Son état n'était pas aussi grave : elle avait des boutons et de la fièvre, mais l'hémorragie n'avait pas commencé.

« Donnez-moi à boire, pour l'amour de Dieu. »

En voyant l'enfant prendre une cruche de vin, Caris retrouva ses esprits. « Pas de vin, Gilles, cela ne ferait qu'attiser sa soif. J'ai vu un fût de bière anglaise dans l'autre pièce. Va lui en tirer une chope. »

Le regard de la maîtresse de céans s'attarda sur Caris : « Vous êtes la mère prieure, n'est-ce pas ? »

Caris ne la détrompa pas.

« On dit que vous êtes une sainte. Pouvez-vous guérir ma famille ?

— J'essaierai. Je ne suis pas une sainte, uniquement une femme qui observe ses semblables, malades ou bien-portants. »

Elle sortit de sa trousse un bout d'étoffe qu'elle noua sur son nez et sa bouche. Cela faisait des années qu'elle n'avait pas vu de pestiféré, pourtant elle continuait par habitude à prendre des précautions dès qu'elle devait s'occuper d'un patient potentiellement contagieux. Ayant imbibé d'eau de rose un chiffon propre, elle entreprit de bassiner le visage de la malade. Comme toujours, celle-ci s'en trouva soulagée.

Gilles tendit une chopine à sa mère, qui la but d'un trait.

« Donne-leur à boire aussi souvent qu'ils le désirent, expliqua Caris. Rien d'autre que de la bière ou du vin coupé d'eau. »

Elle s'approcha du père. Manifestement, il n'en avait plus pour longtemps. Ses yeux étaient incapables de se fixer et son discours était incohérent. Caris lui baigna le visage et prit soin de nettoyer le sang séché autour de son nez et de sa bouche. Le frère aîné de Gilles, qui venait seulement de contracter la maladie, en était toujours au stade des éternuements. Conscient de la gravité de son état, il était terrifié.

Ses soins achevés, Caris dit à Gilles de veiller au confort des malades. « Donne-leur à boire, tu ne peux rien faire de plus. As-tu de la famille, des oncles, des cousins ?

— Ils habitent tous au pays de Galles. »

Elle se promit de prévenir l'évêque Henri qu'il aurait probablement à s'occuper d'un orphelin dans un avenir très proche.

« Maman m'a dit de vous payer.

— Je n'ai pas fait grand-chose. Six pennies suffiront. »

L'enfant tira six piécettes d'argent d'une bourse en cuir posée près du lit de sa mère.

La femme se redressa à nouveau. Parlant d'une voix apaisée, elle s'enquit : « De quoi souffrons-nous, ma mère ?

— Je suis désolée de vous l'apprendre, vous avez la peste.

— C'est bien ce que je craignais, dit la patiente avec fatalisme.

— N'avez-vous pas reconnu les symptômes de la dernière épidémie ?

— Dans la bourgade où nous vivions au pays de Galles, personne n'a attrapé le mal. Allons-nous tous périr ?

— Certains malades en réchappent, mais ils ne sont pas nombreux, répondit Caris, rechignant à mentir sur un sujet aussi grave.

— Dieu ait pitié de nous.

— Amen. »

*

Caris passa tout le trajet de retour à Kingsbridge à ressasser l'idée que la peste se propagerait aussi vite que la fois précédente et tuerait à nouveau des milliers d'innocents. Cette perspective la faisait littéralement bouillir de rage. Le fléau causait autant de carnage que les guerres absurdes. La seule différence, c'était qu'il ne résultait pas d'une décision humaine. Que pouvait-elle faire ? Elle n'allait pas rester les bras croisés, pendant que l'épidémie réitérait ses ravages à treize ans d'intervalle.

Si l'on ne connaissait pas de remède à cette maladie, en revanche il existait des moyens de ralentir sa propagation. Tout en trottant sur la route à travers bois, elle réfléchit à ceux qu'elle connaissait. Merthin, qui lisait sans doute dans son esprit, se gardait d'interrompre ses réflexions.

Elle attendit d'être arrivée à destination pour lui livrer son plan de bataille.

La réaction de son époux fut mitigée. « La proposition est radicale. Je doute qu'elle rencontre l'assentiment de la population. Ceux qui n'ont eu aucun mort à déplorer la dernière fois se croient sans doute invulnérables et risquent de te trouver excessive.

— C'est pour cela que je requiers ton avis.

— À mon sens, tu devrais prendre à part les personnes susceptibles de s'y opposer et tenter de les convaincre, chacune en particulier.

— Très bien.

— Tu as trois groupes à persuader : la guilde, les moines et les sœurs. Commençons par la guilde. Je vais convoquer une assemblée à laquelle Philémon ne sera pas convié. »

Les marchands se réunissaient désormais à la nouvelle bourse aux étoffes, sise dans la grand-rue. C'était une imposante halle de pierre où l'on pouvait commercer sans se soucier des intempéries. Elle devait son existence au succès de l'écarlate de Kingsbridge.

Merthin avait pour précepte de ne jamais organiser de réunion sans s'être assuré au préalable qu'elle déboucherait sur les résultats escomptés. Fidèles à ce précepte, Caris et lui rencontrèrent, l'un après l'autre, tous les membres influents de la guilde en vue d'obtenir leur soutien anticipé.

Caris se rendit en personne chez Madge la Tisserande. Au plus grand amusement de la population, elle s'était remariée avec un homme d'un village voisin aussi beau que son premier époux et plus jeune qu'elle de quinze ans. Anselme la portait aux nues, aveugle à son embonpoint respectable comme à ses cheveux gris qu'elle dissimulait sous des coiffes extravagantes. Le plus étonnant dans l'affaire, c'était que, à quarante ans passés, Madge avait donné naissance à une solide petite Selma, aujourd'hui âgée de huit ans et élève à l'école du couvent. La maternité n'avait pas éloigné la tisserande des affaires. Épaulée par Anselme, elle continuait à dominer le marché de l'écarlate de Kingsbridge.

Elle habitait toujours l'imposante demeure située dans la grand-rue, où elle avait emménagé avec Marc. À l'arrivée de Caris, elle tentait, aidée de son mari, de faire de la place dans son entrepôt du rez-de-chaussée afin d'y caser un lot d'étoffes rouges dont elle venait de prendre livraison.

« Je fais le plein, c'est bientôt la foire », expliqua-t-elle à sa visiteuse.

Caris attendit qu'elle ait vérifié la commande. Les deux femmes montèrent ensuite à l'étage, laissant Anselme en charge du magasin. En pénétrant dans la grande salle, Caris se revit soudain, treize ans plus tôt, en train d'ausculter Marc, première victime de la peste à Kingsbridge. Consciente de sa tristesse, Madge s'inquiéta.

Vouloir cacher à une femme ce que l'on réussit à taire à un homme est chose impossible, Caris ne s'y risqua pas. « Je me rappelais le jour où j'ai découvert Marc si mal en point dans cette même pièce.

— Oui, ce jour a marqué le début de la pire période de ma vie, acquiesça Madge sur un ton détaché. À l'époque, j'avais un mari merveilleux et quatre bambins pétulants de santé. Trois mois plus tard, j'étais veuve et sans enfants. Plus rien ne me raccrochait à la vie.

— Funeste époque. »

Madge s'approcha du buffet, où trônaient une cruche et des bols. Les yeux fixés au mur, elle enchaîna : « Voulez-vous savoir le plus étrange ? Après leur mort, je ne pouvais plus réciter le *Notre Père*... *Fiat voluntas tua* : "Que votre volonté soit faite." Ces mots, je les comprends, ajouta-t-elle la gorge nouée ; mon père m'a appris le latin. J'étais incapable de les prononcer ! Dieu m'avait enlevé ma famille. La torture était suffisante sans que j'y rajoute de mon propre chef celle de l'approuver. »

Ses yeux s'embuèrent de larmes au souvenir de cette terrible épreuve.

« Je n'avais pas envie que la volonté de Dieu s'accomplisse ; je voulais retrouver mes enfants. "Que votre volonté soit faite !"

À la fin de la prière, je ne pouvais me résoudre à dire : "Ainsi soit-il", quitte à aller en enfer.

— La peste est de retour », laissa tomber Caris brutalement.

Bouleversée, Madge dut se raccrocher au buffet, sa belle confiance subitement réduite à néant. Sa robustesse l'avait abandonnée d'un coup. Elle paraissait toute frêle et vieillie.

« Non ! »

Caris attira un banc et l'aida à s'y asseoir.

« Je suis navrée de vous avoir causé un tel choc.

— Non, répétait la malheureuse Madge, la peste ne peut pas revenir. Je ne supporterai pas de perdre Anselme et Selma. Je ne le supporterai pas… Je ne le supporterai pas ! »

Son visage livide fit craindre à Caris qu'elle n'ait une attaque. Elle s'empressa de lui verser un verre de vin. Madge le but machinalement. Peu à peu, son visage reprit des couleurs.

Caris s'employa à la réconforter. « Aujourd'hui, nous comprenons mieux la maladie. Peut-être saurons-nous la combattre.

— La combattre ? Comment cela ?

— C'est la raison de ma visite : vous expliquer ce que je compte entreprendre. Vous sentez-vous mieux ? »

Madge croisa enfin le regard de Caris : « La combattre… Évidemment, il faut tout essayer. Dites-moi comment !

— Il faut fermer la ville. Barricader tous les accès, poster des vigiles sur le mur d'enceinte, empêcher quiconque d'entrer.

— Mais les gens doivent manger !

— Les paysans déposeront des vivres sur l'île aux lépreux. Merthin se chargera de les régler. Il sera l'intermédiaire entre la ville et le monde extérieur. Il a survécu à la peste. C'est un mal que l'on n'attrape jamais deux fois. Les marchands laisseront leurs denrées sur le pont nous en prendrons livraison après leur départ.

— Les habitants seront-ils autorisés à quitter la ville ?

— Oui, mais ils ne pourront plus y revenir.

— Et la foire à la laine ?

— J'y arrive. C'est le plus difficile : elle doit être annulée.

— Pour les marchands de Kingsbridge, ce sera une perte de plusieurs centaines de livres !

— Cela vaut mieux que de perdre la vie.

— Si nous suivons ces instructions, éviterons-nous la peste ? Ma famille survivra-t-elle ? »

Caris s'interdit de la rassurer par un joli mensonge. Elle laissa passer une pause. « Je ne peux rien promettre, répondit-elle. La maladie est peut-être déjà parmi nous. Au moment où je vous parle, un malheureux agonise peut-être dans sa masure au bord du quai, tout seul, sans personne pour lui porter secours. À mon avis, nous n'y échapperons pas totalement. Toutefois, ces mesures devraient vous donner une plus grande chance de passer Noël auprès d'Anselme et de Selma.

— Alors, il faut les mettre en œuvre sans hésiter ! décida Madge.

— Regardez la situation sans vous voiler la face. Vous êtes celle qui pâtira le plus de l'annulation de la foire. Voilà pourquoi je suis venue vous trouver en premier. Les gens seront plus enclins à vous écouter, vous, que n'importe qui d'autre. Votre concours est primordial. Vous devez leur faire comprendre l'extrême gravité de la situation.

— Comptez sur moi pour ne rien leur cacher ! »

*

« C'est une excellente idée ! » déclara Philémon au plus grand ébahissement de Merthin.

Celui-ci ne se rappelait pas avoir jamais vu le prieur approuver d'emblée une proposition émanant de la guilde. Pour s'assurer qu'il avait bien entendu, il demanda : « Vous êtes donc disposé à la soutenir.

— Absolument ! » réitéra Philémon. Il enfourna une pleine poignée de raisins secs sans en offrir à son visiteur. « Cependant, ces règlements ne sauraient s'appliquer aux moines, bien entendu. »

Merthin se fustigea intérieurement d'avoir été naïf. « Ils concernent toute la population sans exception.

— Voyons, voyons ! insista Philémon sur le ton qu'il aurait pris pour sermonner un enfant. La guilde ne peut restreindre les déplacements des moines. »

Merthin aperçut un chat aux pieds du prieur – un chat gras, à l'image de son maître, avec de petits yeux cruels. On aurait dit Archevêque, le chat de Godwyn, mais celui-ci devait être mort depuis longtemps. Sans doute était-ce l'un de ses descendants.

« La guilde a le pouvoir de fermer les portes de la ville.

— Et nous celui d'aller et venir à notre guise sans son autorisation. Ce serait ridicule.

— Quoi qu'il en soit, la guilde contrôle la cité, et il a été décidé que personne n'entrerait à Kingsbridge tant que la peste sévirait.

— Vous n'êtes pas habilité à édicter des règles à l'intention du prieuré.

— Je le suis pour la ville et il se trouve que votre prieuré est situé dans nos murs.

— Voulez-vous dire que, si je quitte Kingsbridge aujourd'hui, vous m'interdirez d'y revenir demain ? »

Merthin hésita : il se représenta le prieur de Kingsbridge devant la porte de la ville, suppliant un garde de l'autoriser à rentrer chez lui. L'image était pour le moins embarrassante. Il avait espéré que Philémon accepterait de se plier à ces mesures draconiennes. Il n'envisageait pas de gaieté de cœur la perspective d'une confrontation. Ce serait soumettre à rude épreuve la décision prise par la guilde. Néanmoins, ce fut sur un ton assuré qu'il répliqua : « Exactement !

— Je me plaindrai à l'évêque.

— Faites-lui savoir en même temps qu'il ne sera pas non plus autorisé à entrer. »

*

En dix ans, la population du couvent n'avait guère changé, constata Caris. Bien sûr, il en allait de même dans toutes les communautés religieuses, puisque les sœurs étaient censées y demeurer jusqu'à leur dernier jour. La prieure était toujours mère Joan et sœur Oonagh dirigeait l'hospice sous l'égide de frère Sime. Désormais, peu de malades venaient s'y faire soigner. C'étaient en majorité des gens d'une grande piété qui s'en tenaient strictement aux décrets de l'Église en matière de soins ; les autres préféraient aller à l'hospice de Caris, sur l'île aux lépreux. Les patients étaient regroupés dans le vieil hospice situé près des cuisines. Le nouveau bâtiment accueillait les hôtes de passage.

Ce fut dans son ancienne pharmacie, devenue le bureau de la mère supérieure, que Caris exposa son plan à mère Joan, sœur Oonagh et frère Sime.

« Les pestiférés qui vivent à l'extérieur des remparts seront admis chez nous, à Sainte-Élisabeth. J'y resterai moi-même nuit et jour avec les religieuses tant que durera l'épidémie. Personne, hormis les malades guéris, n'aura le droit de quitter l'hôpital.

— Et ici, dans la vieille ville, comment les choses fonctionnent-elles ? s'enquit Joan.

— Si l'épidémie se propage malgré ces précautions, les malades seront trop nombreux pour que vous puissiez vous occuper de tous. La guilde a donc décidé qu'ils resteraient confinés chez eux, ainsi que leurs familles. Cette obligation concernera toute personne vivant au sein d'un foyer atteint : parents, enfants, grands-parents, domestiques et apprentis. Quiconque sera surpris à quitter une maison contaminée sera pendu.

— Il s'agit là de mesures très rigoureuses, intervint mère Joan. Cependant, si elles peuvent nous épargner l'effroyable carnage de la dernière fois, le jeu en vaut la chandelle.

— Je savais que vous comprendriez. »

Sime gardait le silence, comme si l'annonce de la tragédie à venir avait refroidi son arrogance.

« Comment les malades se nourriront-ils s'ils ne peuvent plus sortir de chez eux ? voulut savoir Oonagh.

— Les voisins déposeront des vivres sur le seuil. Seuls les moines médecins et les sœurs soignantes seront autorisés à pénétrer dans la maison. Ils feront la tournée des malades et éviteront tout contact avec les bien-portants. Ils effectueront l'aller-retour du prieuré au foyer infecté sans entrer nulle part ailleurs et sans adresser la parole à quiconque en chemin. Ils devront porter un masque en permanence et se laver les mains au vinaigre après chaque patient.

— Cela nous protégera-t-il ? s'exclama Sime, terrifié.

— Dans une certaine mesure, répondit Caris, mais pas complètement.

— Soigner les malades nous fera donc courir un grand danger !

— Nous n'avons pas peur, le rassura Oonagh. Nous attendons avec bonheur la mort qui scellera nos retrouvailles tant attendues avec le Christ.

— Oui, bien sûr », souffla-t-il.

Le lendemain, tous les moines avaient quitté Kingsbridge.

88.

En apprenant que Ralph avait saccagé la garance de David, Gwenda fut prise d'une rage meurtrière. Réduire en pièces le dur labeur d'un paysan par pure volonté de nuire était un péché, et l'auteur d'un tel forfait avait certainement une place réservée en enfer.

David, quant à lui, n'était pas démoralisé : « Je ne crois pas qu'il m'ait causé grand tort. Ce sont les racines qui ont de la valeur et il n'y a pas touché.

— Ça l'aurait trop fatigué », ironisa Gwenda, rassérénée.

De fait, les plantes ne tardèrent pas à proliférer à nouveau. Ralph ignorait sans doute que la garance poussait sous terre. En mai et juin, vers l'époque où la nouvelle que la peste était de retour atteignit Wigleigh, de nouveaux rejets apparurent. Au début du mois de juillet, David estima que le temps était venu de récolter le fruit de son labeur. Aidé de ses parents, il passa tout un dimanche après-midi à déterrer les racines. Il fallait d'abord ameublir le sol autour des plantes, les effeuiller, puis arracher les racines en veillant à laisser en place le rhizome et un petit bout de tige – travail éreintant que Gwenda accomplissait depuis qu'elle était en âge de travailler.

Ils limitèrent le ramassage de la garance à la moitié de la clairière, dans l'espoir qu'elle repousserait l'année suivante, et s'en revinrent au village à travers bois avec une charretée remplie à ras bord de racines qu'ils déchargèrent dans la grange. Ils étalèrent leur récolte dans le grenier à foin, en prenant soin d'espacer les tubercules pour qu'ils sèchent plus vite.

La ville de Kingsbridge étant interdite, David ignorait quand il pourrait vendre sa production. Comme il proposait une marchandise inconnue dans la région, il lui faudrait s'entretenir avec les acheteurs potentiels. Or, seuls des intermédiaires agrémentés étaient habilités à mener les transactions. Leur expliquer de quoi il s'agissait ne serait pas facile, mais cela valait la peine d'essayer. De toute façon, il fallait encore faire sécher les racines et les réduire en poudre, ce qui prendrait un certain temps.

David ne parlait plus d'Amabel. Sa souriante résignation ne trompait pas sa mère. S'il avait vraiment renoncé à elle, il se traînerait comme une âme en peine, assurément. Gwenda se raccrochait à l'espoir qu'il se lasse avant d'être en âge de se marier sans son consentement. L'idée que sa famille puisse être liée un jour à celle de sa pire ennemie lui était odieuse. Annet prenait un malin plaisir à l'humilier en minaudant devant Wulfric. Pourtant, à quarante ans passés, ses pommettes roses étaient enlaidies par d'affreuses petites veinules et ses cheveux blonds avaient perdu leur éclat, ternis qu'ils étaient par de nombreuses mèches grises. Quant à son comportement, gênant depuis longtemps, il était désormais d'un grotesque achevé. Ah, il fallait vraiment être un dadais comme Wulfric pour sourire à ses coquetteries ! Comme si l'Annet, c'était toujours une donzelle !

Et voilà qu'Amabel prenait la relève et attrapait David dans ses filets ! se lamentait Gwenda. Elle en aurait craché de dépit. La gamine était tout le portrait de sa mère à vingt ans : un joli minois encadré de boucles folles, un long cou, de fines épaules d'une blancheur laiteuse et de petits seins semblables aux œufs qu'elle vendait au marché avec sa mère. Elle rejetait pareillement ses cheveux en arrière avec des airs faussement offensés tout en dévorant des yeux son interlocuteur, et, comme sa mère, elle allait jusqu'à lui donner une petite tape du revers de la main ! Des petites tapes ? Des caresses, oui !

Enfin !… songeait Gwenda pour se consoler, David se porte bien et sa vie n'est pas en danger. Contrairement à Sam qui vivait désormais au château du comte Ralph et apprenait l'art de se battre. À l'église, elle priait pour que son aîné ne soit pas blessé au cours d'une partie de chasse, d'une leçon d'escrime ou d'un tournoi. Que c'était dur d'être une femme ! On aimait son enfant de tout son cœur, de toute son âme et, un beau jour, il vous quittait ! Sam avait vécu à son côté chaque jour de sa vie, vingt-deux ans d'affilée, et, maintenant, il lui était arraché.

Pendant plusieurs semaines, elle chercha un prétexte pour aller le voir à Château-le-Comte. Quand la nouvelle lui parvint qu'il y avait là-bas des cas de peste, elle décida de s'y rendre au plus vite, avant les moissons. Wulfric ne l'accompagnerait pas :

il avait trop de travail aux champs. De toute façon, elle ne craignait pas de voyager seule.

« Trop pauvre pour être détroussée, trop vieille pour être violée », plaisantait-elle. Coriace comme elle l'était, elle ne risquait pas grand-chose en effet. De plus, elle ne se séparait jamais de son couteau.

Ce fut donc par une chaude journée de juillet qu'elle atteignit le pont-levis de Château-le-Comte. Perché sur les créneaux de la tour de garde, un freux au beau plumage noir resplendissait au soleil et jouait les sentinelles. Elle interpréta son cri comme un avertissement : « Va-t'en ! Va-t'en ! » Tout en s'engageant sur le pont, elle se dit qu'elle mettait sciemment sa vie en péril. La fois précédente, c'était peut-être un pur hasard si elle avait échappé à la peste.

Dans la première enceinte, tout lui parut normal, un peu trop calme même. Certes, il y avait bien un bûcheron en train de décharger du bois devant la boulangerie et un palefrenier occupé à desseller un cheval couvert de poussière, près des écuries, mais l'on ne sentait pas les lieux bourdonner d'agitation, comme à l'accoutumée. Apercevant un petit groupe de gens sur le parvis de l'église, elle traversa la place desséchée par le soleil pour aller se renseigner auprès d'eux.

« Les malades sont à l'intérieur », lui expliqua une servante.

Le cœur pétri d'angoisse, Gwenda s'avança sur le seuil. De même qu'à l'hospice, une dizaine de paillasses étaient rangées en épi de manière à permettre aux mourants de contempler l'autel. Pour moitié, elles étaient occupées par des enfants. Il y avait en tout trois hommes adultes. Gwenda scruta leur visage avec inquiétude. Aucun d'eux n'était Sam.

Elle s'agenouilla et récita une prière d'action de grâces.

Revenue sur le parvis, elle revint vers la femme à qui elle s'était adressée. « Je recherche Sam de Wigleigh. C'est un nouvel écuyer.

— Allez voir au donjon », répondit la servante en désignant le pont qui menait à la seconde enceinte.

Gwenda suivit son conseil. Comme le garde ne lui prêtait pas attention, elle s'engagea dans l'escalier.

La grande salle était sombre et fraîche. Un gros chien dormait sur les dalles froides de l'âtre. Des bancs s'alignaient le long des murs et, tout au fond, deux imposantes cathèdres trônaient côte à côte. Manifestement, dame Philippa passait peu de temps au château et ne s'intéressait pas à son agencement, conclut Gwenda en notant l'absence de coussins, de sièges rembourrés et de tapisseries.

Sam était assis près d'une fenêtre en compagnie de trois jeunes camarades, une armure entière étalée devant eux en pièces détachées, du heaume aux jambières. Les écuyers en astiquaient chacun un élément. Sam, par exemple, grattait la rouille d'un plastron à l'aide d'un petit galet lisse.

Elle l'observa quelques instants. Il était apparemment bien nourri et en bonne forme, comme elle l'avait espéré ; il portait l'uniforme rouge et noir du comte de Shiring, et ces couleurs rehaussaient son beau teint mat. Il bavardait avec ses autres compagnons, visiblement à l'aise. Elle en ressentit un petit pinçon au cœur : son fils se débrouillait fort bien sans elle.

Il releva la tête et l'aperçut. D'abord surpris, il parut ravi, puis amusé : « Mes amis, compte tenu que je suis votre aîné, vous pourriez être tentés de me croire assez grand pour m'occuper tout seul de ma personne. Sachez qu'il n'en est rien ! Ma mère me suit partout pour s'assurer que je vais bien. »

À la vue de Gwenda, ils éclatèrent de rire. Sam avait déjà posé son ouvrage et s'avançait vers elle. La mère et le fils s'assirent sur un banc, près de l'escalier qui montait aux chambres.

« Je mène une vie de rêve, expliqua le jeune homme. La plus grande partie du temps s'écoule en distractions : chasse à courre, fauconnerie, concours de lutte ou de monte, jeux de ballon… J'apprends tant de choses, ici ! C'est un peu embarrassant de rester confiné au milieu d'adolescents, mais je le supporte. Je dois encore apprendre à me servir d'un bouclier et d'une épée en étant en selle. »

Il s'exprimait déjà différemment, constata Gwenda. Il avait perdu en partie l'accent traînant de la campagne et il utilisait des mots français comme « fauconnerie » ou « monte ». Peu à peu, il se faisait une place au sein de la noblesse.

« Et le travail ? Vous ne passez quand même pas votre vie à vous divertir ? »

Sam lui montra ses camarades occupés à lustrer l'armure. « Nous avons beaucoup à faire, mais c'est presque une sinécure, comparé au labeur des champs. »

Il s'enquit de son frère. Gwenda lui rapporta les dernières nouvelles de la famille. La garance avait repris, ils en avaient récolté les racines ; David continuait à fréquenter Amabel et personne n'avait encore contracté la peste au village. Tandis qu'ils devisaient, elle eut soudain la sensation d'être épiée, impression qui n'avait rien d'imaginaire, elle en était persuadée. Elle laissa donc s'écouler un moment avant de jeter un coup d'œil par-dessus son épaule.

Le comte Ralph se tenait en haut de l'escalier, devant une porte ouverte. À l'évidence, il venait de sortir de ses appartements. Depuis combien de temps l'observait-il ? Elle croisa son regard, un regard intense qu'elle ne put décrypter. Y percevant une intimité inconfortable, elle détourna les yeux, gênée.

Quand elle releva la tête, il avait disparu.

*

Le lendemain, alors qu'elle était à mi-chemin de chez elle, un cavalier la rattrapa au galop.

Gwenda porta la main au long poignard qu'elle gardait à la ceinture.

Ce n'était que sieur Alan Fougère, qui déclara : « Le comte veut te voir.

— Dans ce cas-là, il aurait dû venir en personne.

— Je vois que tu as toujours autant de repartie. Crois-tu que tes supérieurs t'en apprécient davantage ? »

Il avait raison, se dit-elle. Une personne de bon sens ne se moquerait pas des tristes sires comme lui, mais leur lécherait les bottes. Sa remarque l'avait décontenancée, peut-être parce qu'elle ne l'avait jamais entendu dire une phrase intelligente au cours de ses nombreuses années passées au service de Ralph. Elle laissa échapper un soupir las. « Dois-je rebrousser chemin et m'en retourner au château, puisque le comte me mande ?

— Non, il a une cabane près d'ici, qu'il utilise parfois pendant la chasse. Il s'y trouve en ce moment. »

Le cavalier pointa le doigt vers la forêt qui bordait la route.

En tant que serve, Gwenda ne pouvait s'opposer à la volonté de son seigneur. D'ailleurs, en aurait-elle manifesté l'intention qu'Alan l'aurait hissée de force sur sa monture, quitte à l'assommer au préalable et à la ligoter. Elle se résigna donc.

« Tu peux monter en selle devant moi, si tu veux.

— Non, merci. Je préfère marcher. »

En cette saison, les broussailles étaient épaisses. Elle suivit le cavalier à travers bois, profitant du sentier que traçait le cheval en se frayant un passage au milieu des orties et des fougères. La route disparut rapidement à sa vue, cachée par la végétation. Quelle lubie avait saisi Ralph d'organiser pareille rencontre ? se tracassait-elle. À tout croire, cela n'augurait rien de bon pour elle-même ou pour les siens.

Au terme d'une courte marche, ils parvinrent à une chaumière qu'on aurait prise pour celle d'un garde forestier. Alan attacha son destrier à un jeune arbre et entra le premier.

L'endroit avait le même aspect nu et utilitaire que Château-le-Comte. Le sol était en terre battue ; les murs en clayonnage n'étaient pas tous recouverts de torchis ; et le plafond n'était rien d'autre que des plaques de chaume constituant le toit. Quant au mobilier, il était réduit à son strict minimum : une table, des bancs et une paillasse jetée sur un cadre en bois. La porte du fond, entrouverte, menait à un modeste appentis où les domestiques devaient préparer de quoi rassasier le seigneur et ses compagnons lors des parties de chasse.

Ralph buvait une coupe de vin, assis à la table. Gwenda se planta en face de lui et attendit. Alan Fougère s'adossa au mur derrière elle.

« Alan t'a donc retrouvée.

— Il n'y a personne d'autre ici ? s'enquit-elle, non sans inquiétude.

— Nous trois, c'est tout. »

L'angoisse de Gwenda monta d'un cran.

« Pourquoi voulez-vous me voir ?

— Pour parler de Sam, bien sûr.

— Qu'ai-je à en dire ? Vous me l'avez enlevé !

— Tu sais, c'est un bon garçon… notre fils.

— Ne l'appelez pas ainsi. »

Assurément, Alan avait été mis dans la confidence, car ses traits n'exprimaient aucune surprise.

« Ne dites pas "notre fils", vous n'avez jamais été un père pour lui. C'est mon mari qui l'a élevé, s'insurgea Gwenda, terrifiée à la pensée que Ralph puisse vouloir apprendre la vérité à Wulfric.

« — Comment aurais-je pu l'élever ? J'ignorais qu'il était de mon sang ! Enfin, je rattrape le temps perdu. T'a-t-il dit qu'il se débrouille fort bien ?

— Il se bat ?

— Évidemment, c'est le lot des écuyers, de se battre. Il faut bien qu'ils s'entraînent avant de partir guerroyer ! Tu ferais mieux de demander s'il sort vainqueur de ses combats.

— Ce n'est pas la vie que je souhaitais pour lui.

— C'est celle à laquelle il était destiné.

— M'avez-vous fait venir ici pour pavoiser ?

— Pourquoi ne t'assieds-tu pas ? »

Elle s'exécuta à regret, en face de lui. Il lui servit une coupe de vin, qu'elle ignora.

« Maintenant que tu m'as révélé l'existence de ce fils commun, je pense que nous devrions devenir plus intimes.

— Non, merci.

— Quel rabat-joie tu fais !

— Ne me parlez pas de joie : vous avez gâché ma vie. Maudit soit le jour où mes yeux vous ont vu ! Me rapprocher de vous ? Plutôt me trouver à mille lieues d'où vous êtes ! Vous seriez à Jérusalem que ce ne serait pas encore assez loin à mon goût. »

Voyant le visage du comte se crisper de colère, Gwenda se fustigea d'avoir débité ce discours insensé. Que n'avait-elle mis à profit la remarque d'Alan, tout à l'heure ? Quelle bêtise de faire assaut d'ironie quand elle pouvait refuser tranquillement ! Mais voilà, Ralph avait le don d'enflammer sa hargne.

« C'est pourtant simple, reprit-elle sur un ton plus raisonnable. Depuis vingt-cinq ans, vous haïssez mon mari. Il vous a brisé le nez ; vous lui avez fendu la joue. Vous lui avez ravi son héritage, mais le destin vous a contraint de lui rendre les terres que sa famille cultivait. Vous avez violé la femme qu'il aimait. Il s'est enfui du village, vous l'y avez ramené, la corde au cou. Voilà pourquoi nous ne serons jamais amis, quand bien même nous avons un fils ensemble.

— Je ne suis pas d'accord. Je considère que nous pouvons être plus qu'amis : amants.

— Non ! »

Ce qu'elle redoutait depuis l'instant où Alan l'avait arrêtée sur la route était bel et bien sur le point de se réaliser.

Ralph sourit. « Pourquoi n'ôtes-tu pas ta robe ? »

Elle se raidit.

Par-derrière, Alan se pencha vers elle et, d'un mouvement tout en douceur, subtilisa le poignard pendu à sa ceinture. Gwenda n'eut pas le temps de réagir, le geste avait été bien calculé.

Ralph, curieusement, s'y opposa : « Ce ne sera pas nécessaire. Elle agira de son plein gré.

— Certainement pas ! s'écria-t-elle.

— Rends-lui sa dague, Alan. »

À contrecœur, l'écuyer s'exécuta, tenant le couteau par la lame.

Elle s'en empara et se releva d'un bond : « Peut-être me tuerez-vous mais, par Dieu, je le jure, j'entraînerai l'un de vous deux dans la mort ! »

Elle recula d'un pas, l'arme brandie devant elle, prête à s'en servir.

Alan s'avança vers la porte, décidé à lui barrer la route.

« Laisse ! intervint Ralph. Je l'ai dit : elle n'ira nulle part. »

Où Ralph puisait-il pareille confiance en lui ? Car il se trompait ! Elle allait quitter cette chaumière, s'enfuir à toutes jambes, courir jusqu'à s'écrouler d'épuisement !

Alan demeura à sa place.

Gwenda n'eut qu'à lever le simple loquet en bois qui fermait la porte.

Ralph lança : « Wulfric n'est pas au courant, je suppose ? »

Elle s'immobilisa. « Au courant de quoi ?

— Du fait que je suis le père de Sam.

— Non, dit-elle d'une voix qui n'était plus qu'un murmure.

— Je me demande comment il réagirait à cette nouvelle.

— Elle le tuerait.

— C'est bien ce que je pensais.

— Je vous en prie, ne lui dites rien.

— Je ne dirai rien… tant que tu obéiras à mes ordres. »

Quelle issue avait-elle ? Ralph la désirait follement. Leur lointaine rencontre à La Cloche, souvenir ignoble pour elle, s'était gravée dans sa mémoire comme un moment fabuleux, sans doute embelli par le passage du temps. Et c'était elle qui avait fait naître en lui l'idée de revivre ces instants.

Elle ne pouvait s'en prendre qu'à elle-même.

N'y avait-il pas moyen de lui faire entendre raison ? Elle voulut y croire. « Les années ont passé et nous ont bien changés. Il y a belle lurette que je ne suis plus une innocente jeune fille. Vos servantes vous plairont bien mieux.

— Je n'ai que faire des servantes. C'est toi que je veux !

— Non, dit-elle en luttant contre ses larmes. Je vous en supplie. »

Il demeura inflexible.

« Retire ta robe. »

Elle rengaina son couteau et défit sa ceinture.

89.

La première pensée de Merthin, sitôt réveillé, était pour Lolla. Cela faisait maintenant trois mois qu'elle avait disparu. Il avait écrit aux autorités de Gloucester, Monmouth, Shaftesbury, Exeter, Winchester et Salisbury. Émanant du prévôt de l'une des plus grandes cités du pays, ses missives avaient été prises au sérieux et fait l'objet de réponses attentives. Seul le maire de Londres n'avait été d'aucun secours : il s'était borné à déclarer que la moitié des filles de sa ville avaient fui leur père et qu'il n'était pas de son ressort de les renvoyer chez elles.

Merthin avait mené l'enquête en personne dans les villes de Shiring, Bristol et Melcombe, écumant les auberges de la région et s'entretenant avec leurs tenanciers. Hélas, s'ils avaient tous aperçu de jolies jeunes filles brunes, souvent accompagnées de séduisants voyous appelés Jake, Jack ou Jock, aucun d'eux ne pouvait jurer avoir vu celle que leur décrivait Merthin, ni entendu prononcer le nom de Lolla.

Plusieurs amis de Jake s'étaient volatilisés eux aussi avec une ou deux de leurs conquêtes, toutes plus âgées que Lolla.

Merthin ne se cachait pas que sa fille était peut-être morte à l'heure qu'il était, mais il refusait de perdre espoir. Il était peu probable qu'elle ait attrapé la peste. L'épidémie, qui ravageait villes et villages, tuait principalement les enfants de moins de dix ans. Ceux qui avaient réchappé à la première vague devaient appartenir à la petite catégorie de gens qui possédaient en eux l'étrange force de résister au mal, telle Lolla, ou qui en guérissaient, comme lui-même, ce qui était encore bien plus rare, malheureusement.

La peste, toutefois, n'était que l'un des nombreux dangers qui guettaient une jeune fille de seize ans fuyant le toit paternel et, la nuit, d'affreuses images, nées de son imagination fertile, venaient torturer Merthin.

Kingsbridge était l'unique cité du pays à être quasiment préservée du mal. Dans la vieille ville, seul un foyer sur cent était touché. Du moins était-ce la conclusion que tirait Merthin de ses échanges, hurlés par-dessus le mur d'enceinte, avec Madge la Tisserande qui avait endossé la charge de prévôt intra muros, tandis qu'il organisait les choses à l'extérieur. En revanche, en ce qui concernait les faubourgs de Kingsbridge, la proportion avoisinait plutôt un sur cinq, comme dans le reste du pays.

Les méthodes de Caris avaient-elles enrayé la propagation du fléau ou l'avaient-elles seulement retardée ? La peste résisterait-elle et finirait-elle par abattre les remparts érigés autour de Kingsbridge ? L'épidémie ferait-elle autant de ravages que la première fois ? On ne le saurait que lorsqu'elle aurait atteint son terme, et cela pouvait prendre des mois, voire des années.

Sur un lourd soupir, Merthin quitta sa couche solitaire. Il n'avait pas vu Caris depuis que la ville avait été bouclée, bien qu'elle ne soit qu'à quelques pas de lui. Mais l'hospice était un lieu d'où l'on ne sortait plus, une fois entré ; et sa femme était bloquée à l'intérieur au même titre que tous les autres occupants. Cette décision d'œuvrer au côté des religieuses, elle l'avait prise de son propre chef, pour ne pas perdre toute crédibilité aux yeux de la population. Et Merthin, qui avait passé la moitié de sa vie loin de Caris, découvrait à son étonnement que l'absence de sa bien-aimée lui pesait davantage aujourd'hui que lorsqu'il était jeune homme.

Sa servante, Em, levée avant lui, était déjà occupée à dépouiller des lapins quand il entra dans la cuisine. S'étant sustenté d'un quignon de pain et d'une bolée de bière coupée d'eau, il sortit. Son travail l'attendait.

Une longue queue de carrioles bien remplies s'étirait déjà sur la route reliant les deux ponts de l'île. Merthin et ses hommes devaient s'entretenir avec chaque paysan. Ceux qui livraient des produits courants vendus à prix tarifé recevaient rapidement l'autorisation de traverser le second pont avec leur charrette, pour décharger leur cargaison devant les portes closes de la ville. Merthin les payait quand ils s'en revenaient, leur charrette vide. Les denrées dont le cours variait d'une semaine à l'autre, telles que les fruits ou les légumes, faisaient l'objet d'une négociation avant d'être autorisées à franchir le pont. Il y avait aussi les marchandises destinées à des artisans bien précis : les peaux pour les tanneurs, les pierres pour achever la construction de la flèche exigée par l'évêque Henri, l'argent pour les bijoutiers, et aussi le fer, l'acier, le chanvre et le bois, car il fallait bien que les artisans continuent à travailler, même s'ils ne pouvaient plus rencontrer clients et fournisseurs. Le prix payé pour ces matériaux-là, convenu au moment de passer commande, était connu de Merthin et de ses assistants. Enfin, il y avait les livraisons exceptionnelles, pour lesquelles il fallait quérir les instructions d'un habitant de la ville. Ce jour-là se présentèrent trois personnes dans ce cas : un marchand italien qui destinait ses brocarts à un tailleur bien précis, un paysan qui amenait son bœuf d'un an promis à un boucher et David de Wigleigh.

Merthin écouta l'histoire du fils de Gwenda avec un étonnement ravi, admirant le caractère entreprenant de ce jeune garçon qui avait osé acheter des graines de garance et les cultiver en vue de produire la précieuse teinture. La nouvelle que Ralph avait saccagé ses plantations ne le surprit pas : comme la grande majorité des nobles, son frère méprisait tout ce qui touchait à l'artisanat ou au négoce. Heureusement, ce petit malin de David ne manquait pas d'audace. Il s'était obstiné. Il avait même payé un meunier pour broyer ses racines séchées.

« Ça teint vraiment ! expliquait-il maintenant. Je le sais pour sûr. Notre chien, qui avait bu un peu d'eau du rinçage, a pissé rouge pendant huit jours ! »

Sa charrette était remplie de vieux sacs à farine. D'une contenance de dix-huit livres chacun, ils renfermaient, à l'en croire, de la belle teinture de garance. Merthin lui dit d'en prendre un.

Ils allèrent ensemble le déposer devant les portes de la ville. Puis Merthin appela la sentinelle en faction de l'autre côté. L'homme monta au créneau et se pencha vers eux.

« Ce sac est pour Madge la Tisserande ! Surtout, qu'il lui soit remis en mains propres, je compte sur toi !

— Très bien, messire le prévôt. »

Outre les marchandises, il fallait s'occuper des pestiférés. On les dirigeait immédiatement sur l'hospice. Les habitants, dans leur majorité, avaient compris que le mal était incurable et ils laissaient leurs proches mourir. Mais des ignorants ou d'irréductibles optimistes persistaient à espérer un miracle de Caris. Les malades étaient abandonnés devant l'hospice, comme les vivres devant les portes de la ville, et les religieuses venaient les chercher le soir, après le départ des familles. Il arrivait parfois qu'un chanceux quitte l'établissement en bonne santé, mais la quasi-totalité des personnes atteintes en ressortaient dans un linceul par la porte du fond, pour être ensevelies dans le nouveau cimetière aménagé à l'arrière du bâtiment. Ce jour-là, comme tous les autres, plusieurs malades furent amenés sur l'île par leur famille.

Sur le coup de midi, Merthin invita David à déjeuner chez lui. Devant une tourte au lapin accompagnée de pois nouveaux, le jeune homme confia au prévôt qu'il aimait la fille de l'ennemie jurée de sa mère. « J'ignore pourquoi maman déteste autant Annet, mais ça ne nous regarde pas, Amabel et moi ! » déclarat-il avec l'indignation propre aux jeunes gens en butte à l'étroitesse d'esprit de leurs parents. Comme Merthin hochait la tête avec bienveillance, il ajouta : « Vos parents vous ont-ils mis des bâtons dans les roues, à vous aussi ? »

Le prévôt réfléchit un moment. « Oui, répondit-il. Je voulais devenir écuyer et me battre au service du roi, une fois adoubé chevalier. Quand ils m'ont placé en apprentissage chez un charpentier, j'ai eu le cœur brisé. En fin de compte, les choses ont plutôt bien tourné pour moi. »

David n'apprécia que moyennement sa conclusion.

L'après-midi, le second pont reliant l'île à Villeneuve était fermé. Les portes de la ville s'ouvraient alors aux cohortes de porteurs qui venaient quérir les marchandises pour les livrer à leurs destinataires.

Ce jour-là, Madge ne fit parvenir aucun message concernant la teinture.

En fin d'après-midi, Merthin reçut la visite du chanoine Claude. Il se présenta alors que l'agitation retombait peu à peu.

Il était en route pour Monmouth où il devait rejoindre Henri, son ami et protecteur, désormais archevêque de cette ville. Celui qui le remplacerait à la tête du diocèse de Kingsbridge n'avait pas encore été désigné et Claude, qui briguait cette fonction, s'en revenait de Londres où il s'était entretenu avec sieur Grégory Longfellow.

Attablé devant le reste de la tourte au lapin et une excellente bouteille de vin de Gascogne, le chanoine entreprit d'expliquer à Merthin les positions du roi : « Les déclarations de Philémon concernant la taxation du clergé ont été favorablement reçues par Sa Majesté. Quant aux autorités religieuses, elles ont apprécié son sermon contre la dissection, de même que son projet d'ériger une chapelle à la Vierge. Grégory, en revanche, ne le porte pas dans son cœur ; il le juge indigne de confiance. Le roi a donc reporté sa décision, arguant du fait que les moines de Kingsbridge n'étaient pas en mesure de désigner qui que ce soit, tant qu'ils étaient en exil à Saint-Jean-des-Bois.

— Je suppose qu'il ne voit pas d'intérêt à choisir un évêque maintenant, en pleine épidémie, alors que la ville est bouclée. »

Claude acquiesça d'un hochement de tête. « J'ai néanmoins remporté une petite victoire en avançant le nom de Philémon comme ambassadeur d'Angleterre auprès du Saint-Siège. Le poste est actuellement vacant. L'heureux élu devra s'installer en Avignon. Ma proposition a paru intriguer Grégory. En tout cas, il n'y a pas émis son veto.

— Parfait ! »

L'éventualité du départ de Philémon redonna courage à Merthin. Son bonheur aurait été complet s'il avait pu faire pencher la balance en faveur de Claude pour le poste d'évêque de Kingsbridge. Malheureusement, il avait déjà confirmé par écrit à Grégory qu'il pouvait compter sur le soutien de la guilde pour la personne de son choix et il ne disposait d'aucun moyen pour influer sur sa décision.

« Une dernière nouvelle, bien triste en vérité, reprit le chanoine. En route vers Londres, j'ai fait halte à Saint-Jean-des-Bois. Henri en est toujours l'abbé légitime, tant que le diocèse de Kingsbridge est sans évêque. Il m'avait demandé d'admonester Philémon pour avoir déguerpi sans son autorisation. J'aurais aussi bien pu m'abstenir. Sous prétexte d'appliquer les mêmes précautions qu'à Kingsbridge, le prieur a refusé de me laisser entrer. Nous nous sommes parlé à travers la porte. À ce jour, la peste a épargné les moines. Néanmoins, l'un d'eux est décédé. De sa belle mort : votre vieil ami, frère Thomas. J'en suis désolé pour vous.

— Paix à son âme ! murmura tristement Merthin. C'est vrai qu'il était très faible, ces derniers temps. Il n'avait plus toute sa tête.

— Le trajet jusqu'à Saint-Jean n'a pas dû arranger les choses.

— Thomas m'a bien soutenu au début de ma carrière.

— C'est étrange comme Dieu nous prive parfois des hommes les meilleurs pour nous laisser les pires ! »

Claude repartit le lendemain à l'aube.

Le prévôt effectuait sa tâche de vérification quotidienne quand un charretier, qui venait de déposer son chargement devant les portes de la ville, lui transmit le message que Madge était sur les remparts et souhaitait lui parler ainsi qu'à David.

Tout en traversant le pont, le jeune paysan s'enquit d'une voix inquiète : « Croyez-vous qu'elle va m'acheter ma garance ?

— Espérons-le ! » répondit Merthin qui n'en savait pas plus que lui.

Debout côte à côte devant les portes closes, ils levèrent la tête. Se penchant par-dessus la muraille, Madge cria : « D'où provient la marchandise ?

— C'est moi qui l'ai fait pousser.

— Qui es-tu ?

— David, de Wigleigh, le fils de Wulfric.

— Ah... Le garçon de Gwenda ?

— Oui, son cadet.

— J'ai essayé ta teinture.

— Ça a marché ? lança-t-il avec une attente anxieuse.

— Elle est trop légère. Tu as moulu les racines entières ?

— Oui. J'aurais dû faire autrement ?

— D'ordinaire, on les décortique avant de les broyer.

— Je l'ignorais, balbutia-t-il, penaud. La couleur n'a pas pris ?

— Comme je le disais, elle n'est pas assez concentrée. Je ne peux pas t'acheter ta marchandise au même prix que de la garance pure. »

La déception de David faisait peine à voir.

« Tu en as beaucoup ?

— Neuf sacs en plus de celui que je vous ai livré, soupira le jeune homme, découragé.

— Je te prends le tout à la moitié du tarif habituel : trois shillings et six pence, ce qui fait quatorze shillings le sac. Sept livres pour tes dix sacs. »

En voyant le sourire radieux de David, Merthin regretta que Caris ne soit pas là pour partager son bonheur.

« Sept livres ! » répétait le négociant en herbe.

Le croyant déçu, Madge s'excusa : « Je ne peux pas faire mieux. Ce n'est vraiment pas assez concentré ! »

Mais sept livres, c'était une fortune pour David ! Et plusieurs années de salaire pour un journalier payé au tarif actuel, qui avait été revu à la hausse. « Me voilà riche ! » s'exclama-t-il en se tournant vers Merthin.

Celui-ci s'esclaffa : « Ne va pas tout dépenser d'un coup ! »

Le lendemain était un dimanche. Sur l'île, Merthin se rendit à la messe dans la petite église dédiée à sainte Élisabeth de Hongrie, patronne des guérisseurs. De retour chez lui, il alla prendre une grosse pelle en chêne dans son appentis et franchit le pont qui joignait l'île à Villeneuve. Son outil sur l'épaule, il traversa les faubourgs pour s'enfoncer dans son passé.

Il voulait retrouver le chemin forestier qu'il avait suivi trente-quatre ans plus tôt en compagnie de Caris, Ralph et Gwenda. Las, le pari semblait impossible. Hormis les traces de cerfs, on ne distinguait plus l'ombre d'un sentier. Les arbrisseaux étaient devenus de gros arbres et les beaux chênes puissants avaient été abattus par les bûcherons du roi. Cependant, tous les repères n'avaient pas disparu, découvrit-il avec bonheur. La source où Caris s'était agenouillée pour se désaltérer jaillissait avec les mêmes bouillonnements qu'autrefois ; l'énorme rocher dont elle avait dit qu'il avait l'air d'être tombé du ciel était toujours à sa place, reconnaissable entre tous, de même que le vallon marécageux aux pentes escarpées où ses bottines s'étaient remplies de boue.

À mesure qu'il s'enfonçait dans les bois, les souvenirs de Merthin se faisaient plus précis : il se rappela qu'un petit chien les suivait, Hop, le cabot de Gwenda, elle-même lancée à sa recherche. Il lui revint aussi qu'il avait fait une plaisanterie que Caris avait comprise. Le temps d'un instant, il en éprouva le même plaisir qu'alors. Il se remémora ensuite sa maladresse quand il avait voulu tirer une flèche avec cet arc fabriqué de ses mains. Échec d'autant plus cuisant que Ralph avait atteint ensuite sa cible à chaque coup. Il en rougit encore aujourd'hui.

Dans toutes ces scènes, l'image de Caris se détachait sur celle des autres participants. La vivacité d'esprit de cette petite fille de dix ans, son audace, l'aisance déconcertante avec laquelle elle avait pris la tête de leur petit groupe l'avaient alors étonné et charmé. Ce n'était pas de l'amour, mais une fascination qui n'en était pas très éloignée.

À présent, Merthin ne reconnaissait plus rien autour de lui. Il commençait à se dire qu'il avait perdu son cap, distrait par ses souvenirs, lorsqu'il déboucha soudain dans une clairière et sut qu'il était rendu. Les taillis étaient plus denses qu'autrefois, le chêne plus gros encore et un tapis de fleurs estivales recouvrait le sol, contrairement à ce fameux jour de novembre 1327. Mais cette clairière était bien celle qu'il recherchait, indubitablement : différente mais reconnaissable entre mille, tel un visage que l'on n'a pas vu depuis des lustres.

Enfant maigrelet, Merthin avait réussi à se tapir sous les buissons pour échapper au colosse qui piétinait les broussailles. L'image du chevalier, épuisé et haletant, obligé de s'adosser au chêne pour dégainer sa dague et son épée, s'imposa à son esprit. Sa mémoire lui fit revivre les événements dont il avait été le témoin ce jour-là : plantés devant le chevalier, les deux hommes d'armes en uniforme jaune et vert avaient exigé qu'il leur remette une lettre. Thomas avait alors détourné leur attention en affirmant qu'on les espionnait de derrière les buissons. À cet instant, Merthin avait bien cru sa dernière heure venue, mais Ralph, du haut de ses dix ans, avait occis l'un des soldats, démontrant par là l'existence en lui de ces instincts meurtriers qui le serviraient si bien des années plus tard, lors de ses campagnes en France. Le chevalier, quant à lui, était parvenu à se débarrasser du second adversaire. Malheureusement, il n'avait pu éviter son coup d'épée. Malgré les soins que lui prodigueraient les moines médecins du prieuré de Kingsbridge, ou peut-être à cause d'eux, il en resterait manchot. Ensuite, Merthin l'avait aidé à enterrer la lettre.

« Juste ici, avait ordonné Thomas. Devant le chêne. »

Le secret que renfermait cette missive, et qui plongeait dans l'effroi de hauts dignitaires du pays, avait été pour Thomas un gage de survie. Réfugié derrière les murs d'un monastère, le chevalier avait pu attendre dans la paix qu'une mort naturelle mette fin à ses jours.

« Si tu apprends ma mort, déterre cette lettre et remets-la à un prêtre », avait-il confié à l'enfant, faisant de lui son complice. Et l'enfant, aujourd'hui adulte, empoigna sa pelle et se mit à l'ouvrage.

Accomplissait-il la volonté de frère Thomas en creusant ainsi ? Ce message enseveli avait évité au chevalier une mort violente, mais non de s'éteindre à cinquante-huit ans. Aurait-il encore souhaité aujourd'hui le voir exhumé ? Merthin l'ignorait. Dans le doute, sa curiosité l'emporta et il conclut qu'il en déciderait après en avoir pris connaissance.

Il ne se souvenait pas de l'endroit précis où il avait enfoui cette lettre. Ayant retourné en vain un rectangle de terre sur une profondeur de dix-huit pouces, il tenta sa chance ailleurs. La cachette n'était qu'à un pied de profondeur. Cela, il s'en souvenait parfaitement.

Il recommença donc à creuser, un peu plus à gauche.

Au bout de quelques minutes, sa pelle rencontra une résistance. Il déposa son outil et continua à mains nues jusqu'à mettre au jour un objet souple en cuir moisi. L'ayant dégagé avec moult précautions, il l'extirpa du sol : c'était bien la pochette que Thomas portait jadis à sa ceinture.

Merthin s'essuya les mains à sa tunique avant de l'ouvrir.

À l'intérieur se trouvait une bourse en laine cirée au suif, intacte. Il en délaça le cordon et en sortit un rouleau de parchemin scellé.

Malgré la délicatesse infinie de ses gestes, le cachet de cire s'effrita au premier contact. Merthin déroula le vélin qui se révéla en parfait état de conservation nonobstant ces trente-quatre années passées sous terre.

Au griffonnage laborieux qu'il avait sous les yeux, Merthin comprit d'emblée qu'il ne s'agissait pas là d'un document officiel calligraphié par la main experte d'un moine, mais d'une lettre personnelle rédigée par un noble instruit.

Il se mit à lire :

Du château de Berkeley, de la part d'Édouard, deuxième du nom, roi d'Angleterre, à son cher fils aîné Édouard, par l'entremise de son fidèle serviteur, sieur Thomas Langley. Royales salutations et amour paternel.

Merthin prit peur. C'était un message de l'ancien roi au nouveau. Les doigts tremblants, il releva les yeux de la lettre et scruta la végétation alentour, comme si quelqu'un pouvait l'épier derrière les buissons.

Mon fils adoré, tu apprendras bientôt ma mort. Sache qu'il n'en est rien.

Merthin resta éberlué ; il s'attendait à tout sauf à pareille révélation.

Ta mère, la reine, épouse de mon cœur, a subverti le comte Roland de Shiring et ses fils. Ils ont lancé des assassins à mes trousses. Thomas m'en a averti à temps et leurs hommes de main ont pu être occis.

Thomas n'était donc pas le meurtrier du roi, mais son sauveur.

N'ayant pas réussi à me tuer une première fois, ta mère s'y emploiera à nouveau, car elle ne se sentira jamais en sûreté avec son amant tant que je serai de ce monde. J'ai donc troqué mes vêtements contre ceux d'un spadassin qui avait la même taille et la même allure que moi. Puis, j'ai soudoyé plusieurs personnes qui jureront que son cadavre est le mien. Ta mère saura la vérité sitôt qu'elle verra mon corps. Toutefois, elle jouera la comédie car, déclaré mort, je ne serai plus une menace pour elle. Aucun rebelle ni prétendant au trône ne pourra se revendiquer de moi.

Merthin était sidéré. Le pays tout entier avait cru à la mort d'Édouard II. L'Europe entière avait été dupe.

Qu'était-il donc arrivé ensuite à l'ancien roi ?

Je ne te révélerai pas ma destination. Sache seulement que j'ai l'intention de quitter à jamais mon royaume d'Angleterre. Néanmoins, je prie le ciel de te revoir, mon fils, avant de mourir.

Pourquoi Thomas avait-il enterré cette lettre au lieu de la faire parvenir à son destinataire ? Avait-il craint pour sa vie et vu en ce bout de papier un puissant moyen de se protéger ? Dès lors que la reine Isabelle feignait de croire au décès de son époux, elle se retrouvait dans l'obligation de transiger avec les rares personnes au fait de la vérité. Merthin se rappela soudain que lorsqu'il n'était encore qu'un jeune garçon, le comte de Kent avait été reconnu coupable de trahison et décapité pour avoir soutenu qu'Édouard II était encore en vie.

Oui, la reine Isabelle avait envoyé ses sbires tuer Thomas et ceux-ci l'avaient rattrapé aux portes de Kingsbridge. Mais le chevalier avait réussi à s'en débarrasser grâce à un gamin de dix ans, Ralph. Après cela, Thomas avait dû menacer de révéler toute l'affaire, dont il détenait la meilleure preuve : cette lettre du roi à son fils. Ce soir-là, à l'hospice du prieuré de Kingsbridge, il avait certainement passé un accord avec la reine par l'entremise du comte Roland et de ses fils. Il avait dû promettre de garder le secret à condition d'être admis au prieuré, s'y sachant à l'abri parmi les moines. Et il avait certainement fait savoir que la lettre, mise en lieu sûr, serait divulguée à sa mort. Cela, pour le cas où la reine aurait été tentée de manquer à sa parole. En conséquence, Isabelle n'avait pu faire autrement que de veiller à ce qu'il reste en vie.

Le vieux prieur Anthony, qui avait eu vent d'une partie de l'histoire, s'était confié à mère Cécilia juste avant de rendre l'âme. Celle-ci, sur son lit de mort, en avait à son tour répété des bribes à Caris. Oui, songea Merthin, les secrets pouvaient perdurer des décennies. Toutefois, au moment de se présenter devant Dieu, l'homme se sentait tenu de dire la vérité. Mais voilà qu'un beau jour, était tombée sous les yeux de Caris la charte par laquelle la reine faisait don de Grange-lès-Lynn au prieuré, à condition que Thomas y soit admis en tant que moine. Par ses questions, comprenait maintenant Merthin, elle avait fait craindre qu'une pièce à conviction attestant la véracité de cette histoire ne soit révélée au grand jour. Son intérêt subit pour Grange-lès-Lynn avait suscité un tel émoi que sieur Grégory Longfellow avait convaincu Ralph de s'introduire dans le couvent pour y dérober les chartes des religieuses, dans l'espoir que la lettre compromettante se trouverait parmi elles.

Le temps avait-il émoussé la force destructrice de ce document ? Isabelle était décédée trois ans plus tôt à un âge avancé. Édouard II était sans doute mort, lui aussi. S'il était encore de ce monde, il aurait soixante-dix-sept ans. Édouard III avait-il quelque chose à redouter s'il venait à se savoir que son père avait vécu des années, alors que le monde entier le croyait mort et enterré ? Non, c'était le roi d'Angleterre, trop puissant pour que cette nouvelle ébranle son pouvoir. En revanche, elle risquait de le placer dans une situation pire qu'embarrassante : humiliante.

Que valait-il mieux ? se demanda Merthin.

Il demeura longtemps immobile au milieu de l'herbe fleurie de la clairière. Enfin, il se décida : ayant glissé le parchemin roulé dans son étui et rangé celui-ci dans le vieux portefeuille en cuir, il reposa le tout à sa place, au pied du chêne, et combla le trou. Il reboucha aussi celui qu'il avait creusé en premier. Après avoir soigneusement tassé le sol, il arracha des feuilles aux buissons et les éparpilla sur les deux emplacements. Reculant de quelques pas, il regarda son œuvre : un œil non averti ne pouvait déceler que l'endroit avait été fouillé.

Satisfait, il tourna le dos à la clairière et s'en retourna chez lui.

90.

À la fin du mois d'août, Ralph visita ses terres des environs de Shiring, accompagné de son vieux compère Alan Fougère et de Sam, son nouvel écuyer. Il n'avait pas emmené ses autres garçons, Gerry et Roley, trop jeunes pour entreprendre une telle équipée. Il aimait à passer du temps avec ce fils retrouvé à l'âge adulte et qui ignorait tout de sa filiation, car le comte prenait plaisir à la tenir secrète.

Le spectacle qu'ils découvrirent au cours de leur chevauchée les horrifia. Les serfs qui n'étaient pas déjà morts agonisaient par centaines. Le blé ployait dans les champs, attendant d'être moissonné. D'un village à l'autre, la rage du comte allait croissant, tant et si bien que ses compagnons en vinrent à s'effrayer de ses sarcasmes. Sa monture commença à montrer des signes d'indocilité.

Les quelques acres qui, dans chaque village, étaient réservées à l'usage personnel du suzerain auraient dû être cultivées par les journaliers et les serfs, conformément à la redevance en vigueur : une journée de travail par semaine pour le compte du seigneur. Mais les parcelles domaniales étaient encore plus négligées que les autres. Bien des journaliers étaient morts, et plusieurs serfs aussi parmi ceux qui étaient toujours tenus d'accomplir la corvée. Car un bon nombre de paysans, après la première épidémie de peste, s'étaient empressés de négocier des contrats qui ne les obligeaient plus à travailler pour leur maître. Quant aux journaliers, il était devenu quasiment impossible d'en trouver.

Arrivé à Wigleigh, Ralph succomba à la tentation de glisser un coup d'œil à l'intérieur de la grange imposante qui s'élevait derrière le manoir. En cette saison, elle aurait dû déborder de grain à moudre. Elle était vide. Une chatte en avait profité pour mettre au monde une portée de chatons dans le grenier à foin.

« Avec quoi ferons-nous le pain ? Et que boirons-nous si nous n'avons pas d'orge ? jeta le comte à Nathan. Sacredieu, tu as intérêt à me proposer une solution !

— Il n'y a qu'une chose à faire : réattribuer les terrains », rétorqua le bailli d'une voix revêche.

Le comportement de cet homme, si obséquieux d'ordinaire, ne laissa pas d'étonner Ralph : le ver de terre se rebiffait. Le comte en comprit la raison en voyant le bailli foudroyer du regard son écuyer. Nathan lui en voulait d'avoir non seulement gracié le meurtrier de son fils, mais en outre élevé au rang d'écuyer.

« Il doit bien y avoir au village un ou deux paysans capables de cultiver des acres supplémentaires, fit-il remarquer sur un ton plus aimable.

— Bien sûr, mais ils refusent de payer le droit de fermage.

— Ils veulent que je leur fasse don de mes terres gratuitement ?

— Exactement. Ils voient que vous en avez trop pour la main-d'œuvre dont vous disposez. Ils se savent en position de force.

— Ils croient que le pays leur appartient, ou quoi ? » s'emporta Ralph.

Nathan, qui jadis n'hésitait pas à rudoyer les paysans arrogants, savourait à présent de voir le comte confronté à un dilemme.

« Oui, seigneur, n'est-ce pas une honte ? renchérit-il perfidement. David, par exemple, le fils de Wulfric, veut épouser Amabel et exploiter les terres de sa belle-mère. Ce serait logique puisque Annet n'a jamais été capable de s'occuper de tous ses champs.

— Mes parents ne paieront pas le droit de fermage, le coupa Sam. Ils s'opposent à ce mariage.

— Il se pourrait néanmoins que David soit capable d'acquitter la somme.

— Comment ça ? s'étonna Ralph.

— Il a vendu les plantes qu'il faisait pousser dans la forêt.

— Ça n'a pas suffi de piétiner ses cultures ? Combien a-t-il obtenu pour sa garance ?

— Nul ne le sait, mais Gwenda a acheté une jeune vache laitière, Wulfric a un couteau flambant neuf et, dimanche à la messe, Amabel portait une écharpe jaune. »

Et lui-même avait certainement reçu un généreux pot-de-vin, supposa Ralph dans son for intérieur. Tout haut, il déclara : « Laissons-lui les terres ! L'idée de récompenser sa désobéissance m'insupporte, mais je suis au désespoir.

— Vous devrez aussi lui donner l'autorisation exceptionnelle de se marier contre la volonté de ses parents. »

Se rappelant qu'il s'y était opposé quand David lui en avait fait la requête, Ralph ragea de devoir revenir sur sa décision. Mais dans les circonstances actuelles, c'était un faible prix à payer. « Je la lui accorde.

— Très bien.

— D'ailleurs, allons le voir. Je lui ferai part de la nouvelle en personne. »

Nathan, bien qu'interloqué, ne se risqua pas à discuter la volonté du seigneur.

En réalité, Ralph voulait revoir Gwenda. La satisfaction qu'il avait retirée de leur dernière rencontre dans la chaumière au fond des bois n'avait pas duré longtemps. Depuis, il avait souvent pensé à elle. Cette paysanne possédait quelque chose qui le laissait pantelant. Les prostituées, servantes d'auberge et autres domestiques avec qui il couchait d'habitude ne le comblaient pas. Elles feignaient d'être charmées par ses avances, alors qu'elles ne s'intéressaient qu'à son argent. Gwenda, en revanche, ne lui cachait pas son dégoût. Elle frémissait d'horreur dès qu'il l'effleurait. Paradoxalement, sa réaction enchantait Ralph, qui y voyait de la sincérité. À la fin de leur entrevue en forêt, il lui avait tendu une bourse remplie de pièces d'argent. Elle l'avait rejetée si fort qu'il en avait gardé une ecchymose au torse.

« Aujourd'hui, ils sont au Champ du ruisseau. Ils retournent l'orge qu'ils ont moissonnée, expliqua Nathan. Je vais vous y conduire. »

Le petit groupe quitta le village et longea le ruisseau qui bordait le champ. Le vent soufflait, comme à l'accoutumée, mais c'était aujourd'hui une brise estivale, douce et tiède comme les seins de Gwenda.

Quelques parcelles avaient été fauchées. Sur les autres, l'orge et l'avoine disparaissaient sous la mauvaise herbe. Un carré de seigle moissonné n'avait même pas été mis en bottes, les épis gisaient à même le sol.

Ce spectacle rappela au comte ses difficultés financières, raison de l'intérêt qu'il manifestait aujourd'hui pour ses terres. Un an plus tôt, il avait cru ses ennuis terminés. Il avait ramené un prisonnier de sa dernière campagne en France et négocié avec sa famille une rançon de cinquante mille livres. Hélas, les parents du marquis de Neuchâtel n'avaient pu rassembler les fonds. Une mésaventure identique était arrivée au roi de France en personne. Jean II, capturé par le prince de Galles à la bataille de Poitiers, était resté quatre ans durant otage à Londres, assigné à résidence à l'hôtel de Savoie, le nouveau palais du duc de Lancastre, très confortable au demeurant. En fin de compte, le prix de sa liberté avait été revu à la baisse et il avait été libéré sans que sa rançon soit même payée dans sa totalité. Ralph, de son côté, avait envoyé Alan Fougère à Neuchâtel pour qu'il négocie une réduction de la somme convenue à l'origine. Malheureusement, la famille avait peiné à réunir ces vingt mille livres, et le marquis était décédé entre-temps de la peste.

Il était midi. Les paysans dînaient en bordure de champ. Assis sous un arbre, Gwenda, Wulfric et David se régalaient de porc froid et d'oignon cru. À l'approche des chevaux, tous les travailleurs se relevèrent d'un bond. Les écartant d'un geste, Ralph se dirigea droit sur Gwenda et les siens.

Elle portait aujourd'hui une ample robe verte qui masquait ses formes. Ses cheveux tirés en arrière accentuaient son air de souris. Elle avait les mains sales et de la terre sous les ongles. Cela n'empêcha pas Ralph de se la représenter nue, dégoûtée mais résignée à subir son assaut, et cette image fouetta ses sens.

Il se détourna et baissa les yeux sur Wulfric. Celui-ci soutint son regard sans timidité ni provocation. La balafre sur sa joue, souvenir du coup d'épée de Ralph, apparaissait entre les poils de sa barbe fauve qui commençait à grisonner.

« Wulfric, ton fils veut épouser Amabel et cultiver les terres d'Annet. »

Derechef, Gwenda s'interposa, sourde à la leçon qu'avait voulu lui enseigner Alan la dernière fois : parler à bon escient. « Vous m'avez déjà volé un fils. Allez-vous me prendre le second ? »

Ralph feignit de ne pas l'entendre.

« Qui paiera les droits de transmission ?

— Qui se montent à trente shillings, précisa Nathan.

— Pas moi, je ne les possède pas, lâcha Wulfric.

— Je les ai, annonça calmement David. Je paierai. »

Sa culture de garance avait dû lui rapporter gros, songea le comte. « Dans ce cas… »

Mais David l'interrompit : « Quels sont exactement les termes du contrat ? »

Le visage de Ralph s'empourpra. « De quel contrat parles-tu ? »

Et le bailli d'intervenir à nouveau : « Tu auras les terres d'Annet aux termes qui sont les siens, naturellement.

— Alors, je remercie le comte, mais je décline son offre gracieuse.

« — Que veux-tu dire, bon Dieu ? jeta Ralph, courroucé.

— Je ne demande pas mieux que de m'occuper de ces terres, seigneur, mais je veux les avoir en métayage et vous régler un loyer en espèces, libéré de toute obligation coutumière.

— Tu oses marchander avec le comte de Shiring, espèce de chien insolent ! » assena Alan.

Son ton menaçant effraya David mais ne lui fit pas baisser les armes. « Loin de moi le désir de vous offenser, seigneur. Je souhaite seulement décider par moi-même des plantes que je fais pousser. Je refuse de me soumettre aux décisions de Nathan le Bailli, car elles ne tiennent pas compte du prix du marché. »

Rendu furieux par cette obstination manifestement héritée de sa mère, Ralph vociféra : « Nathan n'est que le porte-parole de mes choix ! Crois-tu tout savoir mieux que ton suzerain ?

— Pardonnez-moi, seigneur, mais vous n'allez ni au labour ni au marché ! »

Alan porta la main à la poignée de son épée. Ralph surprit le coup d'œil de Wulfric à sa faux dont la lame affûtée étincelait au soleil. Il nota aussi, sur son autre flanc, que le cheval de Sam se mettait à piaffer nerveusement, comme s'il percevait la tension de son cavalier. Qui son fils défendrait-il, si une bagarre devait éclater ? songea Ralph. Son seigneur ou les siens ?

À quoi bon laisser dégénérer l'affrontement ? Ce n'était pas en décimant ses paysans qu'il ferait rentrer ses moissons, au contraire. Retenant Alan du geste, le comte ironisa, dégoûté : « Admirez les résultats de la peste ! Les paysans n'ont plus de moralité ! Tu auras ce que tu demandes, David, mais sache que c'est uniquement parce que je ne peux pas faire autrement ! »

La gorge sèche, le jeune homme souffla : « Par écrit, seigneur ?

— Te faut-il aussi une copie signée de la tenure ? »

Tremblant de peur, David acquiesça en silence.

« Mettrais-tu en doute la parole de ton comte ?

— Non, seigneur.

— Alors, pourquoi réclamer un contrat écrit ?

— Pour éviter toute incertitude à l'avenir. »

Il s'agissait là de la réponse classique du paysan à son suzerain en de telles circonstances, car le seigneur pouvait difficilement modifier les termes d'un contrat signé. Cependant, c'était une entorse aux traditions ancestrales et Ralph considérait avoir déjà fait assez de concessions. Hélas, il n'avait pas le choix s'il voulait que ses récoltes soient rentrées. Que j'en retire au moins une petite satisfaction! se dit-il dans son for intérieur et, tout haut, il précisa : « Ta mère pourra venir chercher le document à Château-le-Comte la semaine prochaine. Je ne veux pas que les hommes quittent mes champs pendant la moisson. »

*

Gwenda se rendit à Château-le-Comte par une journée de chaleur accablante. Consciente de ce qui l'attendait, elle était à l'agonie. En franchissant le pont-levis, elle eut l'impression que les freux se gaussaient de son calvaire à venir.

Un soleil implacable régnait sur ces lieux ceints de remparts où l'air ne pouvait circuler. Des écuyers, parmi lesquels elle reconnut son fils, s'adonnaient à un jeu cruel auquel elle avait déjà assisté. Sam, trop absorbé par la partie, ne remarqua pas sa présence.

Ils avaient attaché un chat à un piquet en ne lui laissant que la tête et les pattes libres. L'amusement consistait à le tuer, en ayant les mains attachées dans le dos. L'unique moyen d'y parvenir était d'assommer le malheureux animal à coups de tête. Le félin, naturellement, se défendait, toutes griffes dehors, et mordait son agresseur au visage. Le candidat actuel, âgé d'environ seize ans, virevoltait devant le piquet sous l'œil terrifié de sa future victime. Soudain, il se précipita, tête baissée, sur le poitrail du chat qui réagit par de grands coups de griffes. Les joues en sang, l'écuyer glapit de douleur et recula d'un bond sous les rires de ses compagnons. Furieux, il se rua de nouveau sur le chat, qui le griffa de plus belle, et il se cogna durement le crâne contre le poteau. Les rires redoublèrent. Pour son troisième essai, l'écuyer fut plus prudent : il s'approcha et feinta. Le chat battit des pattes dans le vide et le jeune homme put ensuite lui assener un coup bien placé à hauteur de la tête. Un filet de sang s'écoula de la gueule de l'animal, qui s'affaissa, inconscient. Comme il respirait encore, l'écuyer lui flanqua un ultime coup mortel. Les applaudissements fusèrent.

Gwenda se détourna, écœurée par ce spectacle même si elle n'aimait pas les chats. Assister à la torture d'une créature impuissante était répugnant. Certes, les apprentis chevaliers devaient se préparer à mutiler et à tuer des hommes sur les champs de bataille, mais fallait-il nécessairement que les choses soient ainsi ?

Elle poursuivit sa route sans saluer son fils. En sueur, elle traversa le deuxième pont et grimpa l'escalier du donjon. Par bonheur, la grande salle était agréablement fraîche.

Elle était ravie que Sam ne l'ait pas vue, elle préférait l'éviter le plus longtemps possible pour ne pas éveiller ses soupçons. Son garçon n'était guère intuitif, mais il pouvait sentir sa détresse.

Elle alla exposer la raison de sa présence au maréchal des logis, qui promit de prévenir le comte de son arrivée.

« Dame Philippa est-elle au château ? » s'enquit-elle, le cœur empli d'espoir.

Hélas, la comtesse était à Monmouth, chez sa fille.

D'un air sombre, Gwenda s'installa pour attendre, incapable de chasser de son esprit le souvenir de son entrevue dans la chaumière au fond des bois. Sur les pierres grises du mur dénudé qui lui faisait face, elle voyait son visage, sa bouche entrouverte et dégoulinant de salive tandis qu'il la regardait ôter ses vêtements. Autant la réjouissait l'idée de s'unir intimement à l'homme qu'elle aimait, autant celle de devoir le faire avec le tyran qu'elle haïssait entre tous la révulsait.

La première fois que Ralph avait abusé d'elle, voilà plus de vingt ans, son corps l'avait trahie comme précédemment avec Alwyn, le hors-la-loi, et elle avait éprouvé un certain plaisir malgré sa révulsion. En revanche, dans la chaumière, elle n'avait pas vibré du tout, sans doute parce qu'elle était plus âgée. Dans sa jeunesse, l'acte physique avait déclenché en elle un désir automatique – une réaction qu'elle n'avait pu réprimer et qui avait décuplé sa honte. À présent qu'elle était entrée dans l'âge mûr, ses réactions étaient moins vives, son corps moins vulnérable grâce au ciel.

Un escalier au fond de la salle menait à la chambre du comte. Chevaliers, serviteurs, métayers et autres baillis s'y pressaient en une ronde incessante. Au bout d'une heure, Gwenda fut priée de monter.

Elle découvrit avec soulagement que Ralph n'était pas seul ; elle avait craint qu'il ne veuille abuser d'elle sur-le-champ. Outre sieur Alan se trouvaient avec lui deux clercs installés devant une table à écrire, des religieux. L'un d'eux lui remit un petit rouleau de vélin.

Ne sachant pas lire, elle ne le déroula pas.

« Et voilà ! Désormais ton fils est métayer, annonça Ralph. N'est-ce pas ce que tu as toujours voulu ? »

Non, c'était la liberté qu'elle avait toujours désirée pour elle-même, et Ralph le savait ! Elle n'était jamais parvenue à l'obtenir. David avait conquis la sienne. Elle n'aurait donc pas vécu inutilement : ses petits-enfants seraient des hommes libres et indépendants ; ils paieraient un loyer pour leurs terres et ils y feraient pousser les cultures de leur choix. Ce seraient eux qui engrangeraient les bénéfices ; ils ne connaîtraient pas un destin de misère et de famine.

Cela justifiait-il son supplice ? Elle n'en savait rien. Son parchemin sous le bras, elle se dirigea vers la porte.

Alan lui emboîta le pas. « Passe la nuit ici, dans la grande salle », murmura-t-il au moment où elle s'apprêtait à franchir le seuil. C'était là que dormaient la plupart des occupants du château. « Et, demain, sois dans la chaumière de la forêt à deux heures de l'après-midi. »

Elle tenta de s'éclipser sans répondre. D'un bras puissant, Alan l'empêcha de passer : « Tu as compris ?

— Oui. J'y serai. »

Il la laissa partir.

*

Elle ne vit Sam que tard dans la soirée. L'après-midi, pendant que les écuyers s'adonnaient à leurs jeux violents, elle demeura à l'intérieur du grand vestibule où régnait une fraîcheur agréable, heureuse d'être seule avec ses pensées. Elle essaya de se convaincre que cette intimité avec Ralph ne comptait pas. Il y avait beau temps qu'elle avait perdu sa virginité. Mariée depuis plus de vingt ans, elle avait fait l'amour des milliers de fois. Ce ne serait qu'un mauvais quart d'heure à passer dont elle ne garderait aucune séquelle. Elle se soumettrait et oublierait.

Jusqu'à la fois suivante.

Car Ralph pourrait la forcer ainsi indéfiniment. Aussi long-temps que Wulfric serait de ce monde, elle vivrait dans l'angoisse que Ralph n'apprenne le secret de la naissance de Sam.

Elle tenta de se convaincre que le comte finirait par se las-ser d'elle et se tournerait vers des servantes de taverne plus accortes.

À la tombée de la nuit, quand les écuyers rentrèrent pour souper, Sam s'étonna de la trouver si pâle : « Vous ne vous sentez pas bien ?

— Si, si, répondit-elle et elle s'empressa d'ajouter : David m'a acheté une vache laitière. »

Elle put lire une légère envie sur les traits de son aîné qui ne touchait pas un sou au château. Les écuyers étant nourris, logés et blanchis, on considérait qu'ils pouvaient se passer d'argent. Mais quel jeune homme n'aimait pas avoir quelques sols en poche ?

Ils évoquèrent le mariage prochain de David.

« Puisque vous serez toutes les deux grand-mères du même enfant, il faudra bien que vous vous réconciliiez, Annet et vous !

— Ne dis pas de bêtises, Sam ! Tu ne sais pas de quoi tu parles. »

À l'heure du souper, Ralph et Alan émergèrent de la chambre. Pendant que résidents et visiteurs se rassemblaient dans la grande salle commune, les cuisiniers apportèrent trois brochets grillés aux herbes. Gwenda prit place en bout de table, le plus loin possible de Ralph, si bien qu'il ne la remarqua pas.

Après le repas, elle s'allongea sur la paille auprès de Sam, ras-surée de dormir à ses côtés comme lorsqu'il était petit et qu'elle tendait l'oreille dans le silence de la nuit, satisfaite et rassurée de l'entendre respirer paisiblement. Ses dernières pensées au moment de sombrer dans le sommeil furent qu'en grandissant, les enfants trompaient les attentes de leurs parents. Elle-même s'était violemment rebellée lorsque son père l'avait vendue comme une marchandise. À présent, ses deux fils traçaient leur route, qui n'était pas celle qu'elle avait envisagée pour eux. Sam était en passe de devenir chevalier et David épouserait la fille d'Annet. Si nous savions comment nos enfants allaient tourner, songea-t-elle, serions-nous aussi pressés de les mettre au monde?

Elle rêva qu'elle se rendait à la chaumière dans les bois et qu'à la place de Ralph, elle découvrait un chat sur le lit. Elle savait qu'elle devait le tuer. Ayant les mains attachées dans le dos, elle l'assommait donc à coups de tête jusqu'à ce que mort s'ensuive.

À son réveil, elle se demanda si elle devait tuer Ralph lors de leur prochain rendez-vous.

Jadis, elle avait éliminé Alwyn en lui plantant son couteau de brigand dans la gorge et en le faisant remonter si violemment que la lame était ressortie par l'orbite. Elle avait aussi tué Sim le colporteur en lui maintenant la tête sous l'eau jusqu'à ce que ses poumons ne contiennent plus une once d'air. Elle était parvenue à le noyer malgré ses convulsions. Peut-être réussirait-elle aussi à se débarrasser de Ralph, en choisissant le bon moment. Cela, naturellement, à condition qu'il vienne seul au rendez-vous. Las, les comtes étaient toujours entourés d'une petite cour. Alan serait là, à son habitude. Il était rare que Ralph se déplace en compagnie d'un seul écuyer. Qu'il n'en ait pas du tout était fort improbable.

Arriverait-elle à les tuer tous les deux? Personne n'était au courant de leur rencontre. Si elle rentrait tranquillement chez elle tout de suite après, elle ne serait pas soupçonnée. Le secret n'étant connu que d'elle seule, on ne pourrait pas lui prêter de mobile, ce qui était un immense avantage. On découvrirait peut-être qu'elle était dans les parages à l'heure du meurtre, mais on se contenterait de lui demander si elle avait croisé des hommes louches. Il ne viendrait à l'idée de personne qu'une paysanne de quarante ans ait pu occire un homme aussi grand et solide que le comte Ralph. Pour ne rien dire de deux.

En serait-elle capable? Au fond de son cœur, elle savait le combat perdu d'avance. La violence était le pain quotidien de Ralph et d'Alan. Ils guerroyaient depuis vingt ans. Leur dernière campagne militaire remontait à l'hiver de l'année précédente. C'étaient des hommes prompts à réagir, leur riposte était mortelle : maints chevaliers français en avaient fait l'amère expérience.

En usant de ruse et en agissant par surprise, elle en tuerait peut-être un, mais certainement pas les deux.

Elle allait devoir se soumettre à Ralph.

Morose, elle sortit dans la cour se laver les mains et le visage. Quand elle revint dans la grande salle, les cuisiniers apportaient le pain de seigle et la bière coupée d'eau du petit déjeuner. Sam trempa un quignon rassis dans sa chope.

« Vous avez encore cet air bizarre, maman. Qu'est-ce qui vous tourmente ?

— Rien. »

Elle prit son couteau et se coupa un morceau de pain.

« Une longue route m'attend.

— Ça vous inquiète ? Vous ne devriez pas voyager seule. En général, les femmes font tout leur possible pour l'éviter.

— Je suis plus résistante que la majorité des femmes. »

La sollicitude de Sam lui chauffait le cœur. Ralph, son véritable père, ne se serait jamais soucié de sa sécurité. C'était le signe que Wulfric avait exercé une bonne influence sur son fils. Toutefois, elle était gênée qu'il ait perçu son malaise.

« Tu n'as pas besoin de t'en faire pour moi.

— Si je vous accompagnais ? Je suis sûr que le comte n'y verrait pas d'inconvénient. Aujourd'hui, il n'a pas besoin de nous : il s'en va quelque part avec sieur Alan. »

Seigneur Dieu ! Si elle ne se rendait pas au rendez-vous, Ralph se ferait une joie de révéler leur secret au grand jour. Il n'en fallait pas beaucoup pour exciter sa violence.

« Non, refusa-t-elle fermement. Reste ici. On ne sait jamais quand le seigneur peut vous convoquer.

— Il ne m'appellera pas. Je devrais venir avec vous.

— Je te l'interdis formellement ! »

Gwenda engloutit une bouchée de pain et fourra le reste dans son baluchon.

« Tu es un bon fils, mais ne te tracasse pas autant, lui dit-elle en l'embrassant sur la joue. Prends soin de toi, ne cours pas de risques inutiles. Si tu veux me faire plaisir, reste en vie ! »

Elle s'éloigna. Sur le seuil, elle se retourna. Voyant qu'il la fixait d'un air pensif, elle se força à lui adresser un sourire insouciant.

*

Chemin faisant, Gwenda commença à s'inquiéter que sa liaison avec Ralph ne vienne à être connue. Les rumeurs de ce genre avaient une fâcheuse tendance à se répandre. Or elle était déjà venue une fois dans cette cabane de la forêt. La rencontre d'aujourd'hui risquait d'être suivie de plusieurs autres. Combien de temps s'écoulerait-il encore avant que quelqu'un ne s'interroge en la voyant quitter la route pour s'enfoncer dans les bois ? Et si quelqu'un débarquait inopinément à la chaumière juste au moment où elle s'y trouvait avec Ralph ? Au château, les gens finiraient-ils par remarquer que le comte partait en randonnée solitaire avec Alan, chaque fois qu'elle s'en retournait chez elle après une visite au château ?

Juste avant midi, Gwenda fit halte dans une auberge où elle se sustenta d'un morceau de fromage arrosé d'une pinte de bière. En général, les voyageurs repartaient en petits groupes. Par précaution, Gwenda demeura en arrière, préférant cheminer seule. Arrivée au carrefour, elle jeta un coup d'œil aux alentours pour s'assurer que personne ne la surveillait. Elle crut distinguer un mouvement dans les arbres à quelques centaines de pas derrière elle. Elle scruta les broussailles, sans repérer âme qui vive, et se dit que c'était un effet de sa nervosité.

Tout en se frayant un chemin à travers la dense végétation estivale, elle rumina son idée de tuer Ralph. Une occasion se présenterait-elle si, par bonheur, Alan était absent ? D'un autre côté, seul informé du rendez-vous, l'écuyer devinerait aisément que c'était elle la coupable si Ralph était retrouvé assassiné. Elle devrait alors le supprimer aussi, ce qui était inconcevable.

Deux chevaux paissaient près de la chaumière. À l'intérieur, Ralph et Alan étaient attablés devant un repas : un demi-pain, un os de jambon, une croûte de fromage et une bouteille de vin. Gwenda referma la porte sur elle.

« La voici, comme promis », annonça Alan.

À voir son petit air satisfait, il était soulagé qu'elle ait respecté les consignes. « Fripée et sucrée comme un raisin sec. Juste à temps pour le dessert ! ironisa-t-il.

— Vous ne pouvez pas le faire sortir ? » lança Gwenda à l'adresse de Ralph.

Alan se leva de table. « Toujours aussi effrontée, à ce que je vois ! » Il quitta la pièce néanmoins, en faisant claquer la porte de la cuisine sur lui.

« Approche, Gwenda », sourit Ralph.

Elle avança docilement de quelques pas.

« Si tu veux, je demanderai à Alan d'être moins brutal.

— Surtout pas ! s'écria-t-elle, horrifiée. S'il se met à être gentil avec moi, les gens se poseront des questions.

— À ta guise. »

Il lui prit la main et tenta de l'attirer vers lui.

« Viens t'asseoir sur mes genoux.

— On ne peut pas passer à l'acte tout de suite et en finir ? »

Il s'esclaffa : « Voilà ce que j'aime chez toi : ta sincérité. »

Il se leva. La tenant par les épaules, il planta son regard dans le sien et, penchant la tête, pressa ses lèvres contre sa bouche.

Ce baiser, le premier qu'il lui donnait bien qu'il l'ait déjà prise par deux fois, suscita chez Gwenda un sentiment de viol plus insupportable que lorsqu'il la pénétrait. « Non ! s'exclama-t-elle en reculant, écœurée par son haleine parfumée au fromage.

— Tu sais ce que tu as à perdre.

— Je vous en conjure, ne faites pas ça !

— Je te posséderai ! cria-t-il. Ôte ta robe !

— Laissez-moi partir, s'il vous plaît. »

Il voulut répondre ; elle éleva la voix pour couvrir ses vociférations, n'ayant cure qu'Alan entende ses suppliques dans la cuisine. « Ne me forcez pas, je vous en prie !

— Je me fiche de tes plaintes ! rugit Ralph. Monte sur le lit !

— S'il vous plaît, ne m'obligez pas ! »

Soudain, la porte d'entrée s'ouvrit à toute volée.

Ils se retournèrent, éberlués : Sam se dressait sur le seuil.

« Mon Dieu, non ! » s'exclama Gwenda.

Ils se figèrent tous les trois. En une fraction de seconde, Gwenda comprit que Sam, inquiet pour elle, l'avait suivie pas à pas depuis Château-le-Comte en veillant à ne pas se montrer. Il l'avait vue quitter la route et s'enfoncer à travers les bois. N'avait-elle pas d'ailleurs perçu un mouvement dans son dos ? Arrivé à la chaumière une ou deux minutes après elle, il avait sans doute patienté dehors. Puis, entendant ses cris, il s'était dit que Ralph voulait violer sa mère. Dans un éclair de lucidité, Gwenda se rappela que ni Ralph ni elle n'avaient mentionné la raison qui l'obligeait à se soumettre. Le secret n'était donc pas dévoilé. Du moins, pas encore.

Sam dégaina.

Ralph se releva d'un bond. Son écuyer se jetait déjà sur lui. Il n'eut que le temps de dégainer son épée. Sam voulut le frapper à la tête ; le comte para le coup à temps.

Gwenda était abasourdie : sous ses yeux horrifiés, un fils s'apprêtait à tuer son père ! Un fils confronté à un danger terrible, puisque le père en question était un soldat chevronné.

« Alan ! » appela Ralph.

Sam allait devoir combattre non pas un mais deux guerriers endurcis !

Gwenda traversa la pièce en trombe. La porte de la cuisine s'entrebâilla. Elle n'eut que le temps de se plaquer contre le mur et de sortir son long poignard du fourreau pendu à sa ceinture.

Le battant s'ouvrit en grand. Alan entra.

Les yeux fixés sur les combattants, il ne vit pas Gwenda dans son dos.

L'épée de Sam fendit l'air, brandie vers le cou du comte qui, de nouveau, para l'attaque.

Comprenant que son maître faisait face à un adversaire enragé, Alan avança d'un pas, la main posée sur le pommeau de son épée.

Gwenda se rua sur lui. Plongeant sa longue dague dans son dos, elle parvint, en poussant de toutes ses forces, à faire pénétrer sa lame jusqu'au plus profond des muscles et à la faire remonter, jusqu'au cœur, à travers les reins, l'estomac et les poumons. Longue de dix pouces et acérée, la lame trancha les organes d'Alan, qui hurla de douleur et se tut.

Chancelant, il effectua un demi-tour sur lui-même et empoigna Gwenda, recherchant le corps à corps. Cette fois-ci, elle le frappa à l'estomac La lame perfora les organes vitaux. Un filet de sang s'écoula des lèvres d'Alan, qui s'affaissa, les bras ballants, abasourdi qu'un misérable bout de femme ait pu lui arracher la vie. Ses paupières se fermèrent et il s'effondra.

Gwenda se retourna vers les combattants.

Sam frappait d'estoc et de taille, Ralph parait les assauts en reculant d'un pas à chacune de ses avancées. Il esquivait toujours. En fait, il n'attaquait pas, il se contentait de se défendre vigoureusement.

Le comte craignait de tuer son fils !

Sam, lui, n'avait aucun scrupule. Ignorant les liens familiaux qui l'unissaient à Ralph, il le harcelait à grands coups d'épée.

Cela ne pouvait pas durer. L'un des deux allait blesser l'autre et l'affrontement dégénérerait en un combat mortel. Gwenda brandit son couteau ensanglanté, portée par l'espoir de poignarder son suzerain comme elle venait de poignarder Alan.

Ralph leva la main gauche. « Attends ! »

Fou furieux, Sam ne prêta pas attention à la demande du comte et se jeta une nouvelle fois sur lui. Parant un énième coup, Ralph répéta : « Attends ! Il y a un détail que tu ignores ! articula-t-il, essoufflé par le duel.

— J'en sais assez ! » hurla Sam, et, dans sa voix d'adulte, Gwenda perçut une hystérie stridente de petit garçon. Il tenta de frapper à nouveau.

« Non, tu ne sais rien ! » cria Ralph.

Il allait annoncer à Sam qu'il était son père ! Cela, Gwenda ne pouvait l'admettre.

« Écoute-moi ! » insistait Ralph.

Sam recula d'un pas, sans baisser sa garde.

Haletant, Ralph reprenait ses esprits. Gwenda en profita pour bondir sur lui.

Il fit volte-face tout en effectuant un moulinet de son épée vers la droite. Le couteau vola des mains de Gwenda, la laissant sans défense. Si Ralph lui assenait un second coup du revers de son épée, c'en était fait d'elle !

Mais Ralph s'était découvert et, pour la première fois, ne protégeait plus son avant. Le remarquant, Sam se fendit d'un pas et plongea son glaive dans le torse ennemi.

La pointe acérée de sa lame traversa la fine tunique du comte et pénétra ses chairs à gauche du sternum. Il est vraisemblable qu'elle glissa entre deux côtes, car elle s'enfonça plus profondément dans son corps. Un cri sanguinaire s'échappa des lèvres de Sam, qui ne faiblit pas. Sous la puissance de l'impact, Ralph vacilla et heurta le mur de ses épaules. Sam, triomphant, continuait de pousser de toutes ses forces sur son épée. L'arme transperça le torse du seigneur et ressortit dans son dos pour se planter dans la cloison en bois avec un étrange bruit sourd.

Blessé à mort, Ralph gardait les yeux vrillés à ceux de Sam. Durant les ultimes secondes qui lui restaient à vivre, Gwenda put lire dans son regard qu'il se savait tué par son propre fils.

Sam lâcha la poignée de son arme. Elle demeura fichée au mur, maintenant Ralph cruellement empalé. Atterré, le jeune homme recula.

La mort n'avait pas encore eu raison du comte. Il agitait péniblement les bras pour tenter d'extraire l'épée de sa poitrine. Hélas, il n'avait plus la force de coordonner ses mouvements.

L'effroyable vision du chat ligoté au piquet s'imposa à Gwenda. D'un geste rapide, elle ramassa sa dague.

Et voilà que Ralph se mit à balbutier : « Sam, je suis… »

Un flot de sang jaillit de ses lèvres, interrompant ses aveux.

Gwenda bénit le ciel.

Las, le torrent écarlate s'était tari aussi vite qu'il était apparu. Ralph reprenait : « Je suis… »

Cette fois-ci, ce fut Gwenda qui le réduisit au silence en lui plantant son poignard dans la bouche. La lame perfora sa gorge dans un atroce gargouillis étranglé.

Elle lâcha aussitôt son couteau et bondit en arrière, contemplant, horrifiée, l'acte qu'elle venait de commettre. L'homme qui l'avait si longtemps martyrisée était à présent cloué au mur, quasiment crucifié, une épée en travers du torse et un couteau planté au fond de la gorge. Il n'émettait plus un son, mais il vivait toujours : ses yeux allaient et venaient de Gwenda à Sam en un mélange de souffrance, de terreur et de désespoir.

Tétanisés, la mère et le fils le dévisageaient en silence, attendant la fin. Ses paupières se fermèrent.

91.

L'épidémie de peste commença à décroître en septembre. L'hospice de Caris se vidait peu à peu, à mesure que les patients succombaient sans que de nouvelles victimes viennent occuper leur paillasse. Les chambres vacantes étaient balayées et récurées ; on faisait brûler du genévrier dans les cheminées, un parfum piquant et automnal se répandait partout. Le dernier pestiféré, un tisserand bossu originaire d'Outhenby, fut enterré au cimetière de l'établissement au début du mois d'octobre en présence de Caris. Un soleil rouge dissimulé derrière un halo de brume se levait sur la cathédrale de Kingsbridge lorsque quatre religieuses jeunes et robustes déposèrent le linceul au fond de la sépulture. Quand Caris baissa les yeux sur la tombe, ce ne fut pas une dépouille humaine qu'elle vit, gisant sur la terre froide, mais bel et bien sa vieille ennemie, la peste. Un murmure s'échappa de ses lèvres : « Es-tu morte pour de bon ou reviendras-tu nous harceler ? »

De retour à l'hospice après les funérailles, les religieuses se découvrirent subitement privées d'activité.

Caris se débarbouilla le visage et se coiffa. Ayant revêtu une robe neuve en écarlate de Kingsbridge conservée tout spécialement pour cette occasion, elle quitta l'hospice pour la première fois en l'espace de six mois.

Elle se rendit aussitôt dans le jardin de Merthin.

Sous le petit soleil du matin, les poiriers projetaient des ombres effilées. Leurs feuilles commençaient à roussir ; quelques fruits tardifs, bruns et ventrus, attendaient encore d'être cueillis. Arn, le jardinier, coupait du bois. En apercevant Caris, il fut tout d'abord surpris et effrayé. Puis, comprenant ce que signifiait son retour, il se fendit d'un large sourire, laissa tomber sa hache et se précipita à l'intérieur de la maison.

Dans la cuisine, Em préparait du gruau au-dessus d'un feu crépitant. Elle fixa sa patronne comme si c'était une apparition divine, et lui baisa les mains, emportée par l'émotion.

Caris gravit l'escalier et entra dans la chambre de Merthin.

Celui-ci, debout devant la fenêtre, et vêtu d'une simple chemise, contemplait la rivière en contrebas de la maison. Il se retourna à son entrée. Le cœur battant, Caris revit enfin son cher visage aux traits irréguliers, son œil pétillant d'intelligence et les rides joyeuses aux commissures de ses lèvres. Les prunelles mordorées de Merthin la fixaient avec amour. Ses lèvres s'étirèrent en un sourire de bienvenue. Il ne semblait pas étonné de la découvrir devant lui : sans doute avait-il remarqué que l'hospice se vidait lentement et s'attendait-il à la voir ressurgir d'un jour à l'autre. Quoi qu'il en soit, son expression était celle d'un homme comblé.

Elle vint se placer près de lui, à la fenêtre. Il entoura ses épaules de son bras, elle glissa le sien autour de sa taille. En six mois de temps, la barbe de Merthin était devenue plus grise et son auréole de cheveux semblait dégager davantage son front… Mais peut-être était-ce seulement un effet de son imagination.

Ils demeurèrent quelques minutes à contempler la rivière. Dans la lumière pâle du matin, l'eau était d'un gris acier. Sa surface variait sans cesse, miroitante à certains endroits, à d'autres d'un noir absolu, toujours changeante et toujours identique.

« C'est fini », annonça Caris.

Ils s'embrassèrent.

*

Pour célébrer la réouverture de la ville, Merthin décida d'organiser exceptionnellement une foire d'automne. Elle se tint la dernière semaine d'octobre. La haute saison du commerce de la laine était passée depuis longtemps, mais qu'importe ! La laine vierge n'était plus la marchandise reine ; les milliers d'acheteurs qui se pressaient dans les allées du marché recherchaient plutôt l'étoffe écarlate qui faisait désormais la renommée de Kingsbridge.

Le samedi soir, au banquet d'inauguration, la guilde rendit un vibrant hommage à Caris. Si la ville de Kingsbridge n'avait pas totalement échappé à la peste, elle avait beaucoup moins souffert que les autres cités et bon nombre d'habitants imputaient leur survie aux précautions mises en place par leur bienfaitrice. Aux yeux de tous, elle était une héroïne. Les membres de la guilde tinrent à souligner son exploit. Madge la Tisserande mit en scène une cérémonie au cours de laquelle Caris se vit offrir une clé d'or, symbolisant celles de la ville. Merthin rayonnait de fierté.

Le lendemain, dimanche, Merthin et Caris se rendirent à la cathédrale. Comme les moines étaient encore réfugiés à Saint-Jean-des-Bois, la messe fut célébrée par le père Michael, de la paroisse Saint-Pierre. Dame Philippa, comtesse de Shiring, y assistait.

Merthin ne l'avait pas revue depuis les funérailles de Ralph. Sa mort, faut-il le dire, ne leur avait pas arraché beaucoup de larmes. Le comte aurait dû reposer dans la cathédrale de Kingsbridge. La ville étant fermée, il avait été enseveli à Shiring.

Les circonstances de sa mort demeuraient obscures. Il avait été découvert, le corps transpercé par une épée, dans une chaumière qu'il utilisait au cours de ses parties de chasse. Alan Fougère gisait non loin de lui, lardé de plusieurs coups de couteau. Les deux hommes semblaient avoir dîné ensemble, car les reliefs d'un repas traînaient encore sur la table. Il y avait des signes évidents de lutte, mais comment savoir si Ralph et Alan s'étaient entre-tués ou si un troisième larron était impliqué ? Rien n'avait été dérobé : on avait retrouvé de l'argent sur les cadavres, leurs belles armes étaient abandonnées près d'eux et leurs chevaux de prix paissaient dans la clairière. Autant de circonstances qui faisaient pencher le coroner de Shiring pour un règlement de comptes entre les deux victimes.

D'un autre côté, il n'y avait pas vraiment de mystère. Pourquoi s'étonner que Ralph, homme violent par excellence, ait trouvé une fin violente ? « Ceux qui prendront l'épée périront par l'épée », disait Jésus, quoique, sous le règne d'Édouard III, les prêtres citent rarement ce verset-là. Le plus remarquable était qu'un homme ayant survécu à tant de campagnes militaires, à d'effroyables batailles et aux assauts de la cavalerie française, puisse trouver la mort à quelques lieues de chez lui, au cours d'une vulgaire dispute.

À sa grande surprise, Merthin avait pleuré pendant l'enterrement et il s'était interrogé sur les causes de sa tristesse. D'un naturel méchant, Ralph avait semé le malheur autour de lui ; sa mort était une bénédiction. Depuis le meurtre de Tilly, Merthin avait pris ses distances avec lui. Que regrettait-il finalement ? Après réflexion, il se dit qu'il pleurait la disparition de l'homme que Ralph aurait pu être : un homme capable de maîtriser sa violence au lieu de s'y adonner, un homme dont l'agressivité aurait été guidée par le sens de la justice et non par une soif inextinguible de gloire personnelle. Oui, Ralph aurait pu devenir un tel homme. À cinq et six ans, quand ils s'amusaient tous les deux à faire naviguer leurs bateaux en bois sur une mare boueuse, son frère n'était ni cruel ni dominé par le désir de vengeance. Voilà pourquoi Merthin avait versé des larmes.

Ce dimanche-là, Philippa était accompagnée de ses deux garçons. Ils avaient également assisté aux obsèques de leur père. L'aîné, Gerry, était le fils de Ralph et de Tilly. Le cadet, que tout le monde croyait né de l'union de Philippa et de Ralph, était en réalité le fils de Merthin. Par bonheur, il n'avait pas hérité de sa chevelure flamboyante, ni de son air primesautier. Tout portait à croire qu'il aurait la prestance de sa mère et serait, comme elle, élancé.

Il serrait contre son cœur une petite sculpture qu'il offrit solennellement à Merthin. C'était un cheval en bois. L'oncle la jugea plutôt réussie pour un garçonnet de dix ans. La plupart des enfants auraient représenté l'animal planté sur ses quatre jambes. Roley, quant à lui, l'avait sculpté en mouvement, crinière au vent : manifestement, il avait hérité du don de son père à visualiser les objets en trois dimensions. La gorge nouée d'émotion, Merthin embrassa le bambin sur le front.

Puis il remercia Philippa d'un sourire. Certainement, c'était elle qui avait encouragé le petit à lui offrir le cheval, devinant que ce cadeau lui procurerait un grand plaisir. Il jeta ensuite un coup d'œil à Caris et vit qu'elle aussi comprenait son bonheur.

Une joyeuse ambiance régnait à l'intérieur de la cathédrale. Pourtant, la grâce n'était pas la qualité première du père Michael, qui marmonnait sa messe, mais les religieuses chantaient mieux que jamais et un joyeux soleil traversait les riches couleurs des vitraux.

Après l'office, la famille décida de profiter de la fraîcheur vive de l'automne pour faire une promenade. Caris tint Merthin par le bras, et Philippa l'escorta de l'autre côté. Les deux enfants couraient en avant, tandis que le garde du corps de la comtesse et sa dame d'honneur fermaient la marche. Les affaires étaient florissantes, constata Merthin avec joie. Les artisans et les commerçants de Kingsbridge commençaient à rebâtir leur fortune. La ville se remettrait de l'épidémie plus vite que la première fois.

Les dirigeants de la guilde parcouraient le champ de foire pour vérifier les poids et les mesures. Chaque sac de laine, chaque pièce d'étoffe, chaque boisseau devaient correspondre à un volume précis ou à une longueur déterminée ; ainsi, les acheteurs savaient ce qu'ils acquéraient. En tant que prévôt, Merthin était soucieux de montrer que la ville surveillait ses marchands. C'est pourquoi il avait incité la guilde à effectuer des contrôles publics. Si d'aventure un vendeur était soupçonné de fraude, on procédait discrètement à une inspection plus approfondie de ses réserves et, en cas de culpabilité avérée, à son expulsion, sans tambour ni trompette.

Surexcités, les deux enfants galopaient d'un étal à l'autre. Merthin regarda le cadet et chuchota à Philippa :

« Maintenant que Ralph n'est plus, pourquoi ne pas révéler la vérité à Roley ?

— J'aimerais bien, mais serait-ce pour son bien ou pour le nôtre ? Depuis dix ans, il croit que Ralph est son père. Il y a deux mois, il a pleuré sur sa tombe. Ce serait un terrible bouleversement pour lui que d'apprendre qu'il est le fils d'un autre. »

Ils avaient parlé à voix basse. Caris, qui avait entendu, intervint : « Je partage l'avis de Philippa. Tu dois penser à l'enfant, pas à toi. »

En ce jour de bonheur, ce fut une petite déception pour Merthin, même s'il comprenait le bien-fondé du raisonnement de ses compagnes.

« Mon refus n'a pas pour motif cette seule raison, reprit Philippa. La semaine dernière, Grégory Longfellow m'a annoncé que le roi voulait nommer Gerry comte de Shiring.

— À treize ans ? s'étonna-t-il.

— Une fois accordé, le titre de comte est héréditaire, contrairement à celui de baron. De toute façon, c'est moi qui m'occuperai du comté dans les trois années à venir.

— Comme tu l'as fait quand Ralph guerroyait en France. En tout cas, ce doit être un soulagement pour toi de savoir que le roi ne t'obligera plus à te remarier. »

Philippa fit la grimace : « Oh, je suis bien trop vieille !

— Roley sera donc deuxième de la lignée... À condition que nous gardions le secret. »

S'il devait arriver malheur à Gerry, songea Merthin, mon fils deviendrait comte de Shiring. Voyez-vous ça !

« Roley ferait un bon seigneur, renchérit Philippa. Il est résolu, intelligent et moins cruel que feu mon époux. »

La méchanceté naturelle de Ralph s'était manifestée très tôt, se souvint Merthin : à dix ans, l'âge de Roley, il tuait déjà le chien de Gwenda.

Merthin admira de nouveau le cheval en bois : « À moins que notre petit bonhomme n'embrasse une autre carrière. »

Philippa sourit. Elle ne se déridait pas souvent mais, chaque fois, c'était un enchantement. Merthin se dit qu'elle était encore belle.

« Laisse les choses suivre leur cours et sois fier de lui. »

Merthin se rappela le bonheur de son père lorsque Ralph avait reçu le titre de comte. Lui-même n'éprouverait jamais une satisfaction semblable. Quoi qu'entreprenne Roley, il serait fier de lui, du moment qu'il connaissait le succès. Qui sait ? Le petit garçon deviendrait peut-être tailleur de pierre. Il sculpterait des anges et des saints. Ou il serait un comte, sage et clément. À moins qu'il ne choisisse une voie complètement différente, à laquelle ses parents n'auraient jamais songé.

Merthin invita Philippa et les enfants à dîner. Ils quittèrent l'enceinte du prieuré et franchirent le pont à contre-courant des carrioles lourdement chargées qui continuaient d'affluer vers la foire. Ils traversèrent ensuite l'île aux lépreux et le verger devant la maison.

À la cuisine, ils tombèrent sur Lolla.

À la vue de son père, la jeune fille fondit en larmes. Merthin la serra dans ses bras ; elle sanglota sur son épaule. Au cours de ses pérégrinations, elle avait dû perdre l'habitude de se laver, car elle dégageait une odeur nauséabonde. Mais il était trop heureux pour s'en soucier.

Lolla eut du mal à reprendre ses esprits. « Ils sont tous morts ! » s'exclama-t-elle. Et ses pleurs reprirent de plus belle. Enfin, elle se calma. Ravalant ses larmes, elle répéta de manière plus cohérente : « Ils sont tous morts. Jake, le Petit, Nénette et Hal, Joanie, le Blafard et le Furet. L'un après l'autre. Je n'ai rien pu faire ! »

Au fil des détails qu'égrenait sa fille, Merthin comprenait de mieux en mieux comment elle avait vécu ces derniers mois. Apparemment, la petite bande, réfugiée dans la forêt, s'était amusée à jouer aux nymphes et aux bergers. De temps à autre, les garçons tuaient un cerf ; parfois, ils partaient en vadrouille toute une journée et s'en revenaient lestés de pain et d'un tonneau de vin. D'après Lolla, ils achetaient leurs vivres. Merthin les soupçonna plutôt de détrousser les voyageurs. Nageant dans le bonheur, la jeune fille n'avait pas imaginé que l'hiver mettrait un terme à sa béatitude. Au bout du compte, ce fut la peste, plus que les intempéries, qui réduisit à néant son conte de fées. « J'avais si peur, bredouilla-t-elle. Je voulais revoir Caris. »

Gerry et Roley, qui adoraient leur cousine, buvaient littéralement ses paroles. Le piteux dénouement de son épopée n'entamait en rien leur fascination.

« C'est une telle souffrance de voir ses amis tomber malades et mourir l'un après l'autre, sans rien pouvoir faire, gémit-elle.

— Je comprends ta réaction, dit Caris. J'ai moi-même éprouvé ce sentiment à la mort de ma mère.

— M'apprendrez-vous à soigner les malades ? Je brûle de secourir mon prochain comme vous le faites. Je ne veux pas me contenter de chanter des cantiques ou de leur montrer l'effigie d'un saint. Je veux tout savoir du corps humain, des os et du sang, des herbes et des potions apaisantes. Je veux être capable d'agir quand quelqu'un est malade.

— Si tu le souhaites vraiment, je serai ravie de t'apprendre ce que je sais ! Cela sera pour moi un grand bonheur. »

Merthin était abasourdi. Depuis plusieurs années, Lolla rejetait toute autorité, en partie sous le fallacieux prétexte que Caris, n'étant que sa belle-mère, ne méritait pas d'être respectée. Enchanté d'un tel revirement, il en venait presque à se dire que son calvaire des derniers mois n'avait pas été inutile.

Quelques minutes plus tard, une religieuse, entrée à la cuisine, priait Caris de venir de toute urgence : « La petite Annie Jones a un accès de fièvre et nous n'arrivons pas à déterminer de quoi elle souffre.

— J'arrive, répondit Caris.

— Puis-je vous accompagner ? demanda Lolla.

— Non. Et ce sera ta première leçon. Règle numéro un : propreté avant tout ! Va te laver, maintenant. Demain, je t'emmènerai avec moi. »

Elle s'apprêtait à partir quand Madge la Tisserande débarqua à son tour, la mine sombre : « Vous êtes au courant ? Philémon est de retour. »

*

Ce dimanche-là, David et Amabel s'unirent dans la petite église de Wigleigh.

1324

Dame Philippa avait prêté son manoir pour la réception. Wulfric avait tué un cochon et le faisait rôtir entier au milieu de la cour. David avait acheté des fruits secs et Annet en avait fourré ses petits pains. Comme l'orge avait pourri sur pied, faute de moissonneurs, les invités se régalaient de cidre. Dame Philippa en avait offert toute une barrique que Sam, libéré de ses obligations à Château-le-Comte pour l'occasion, s'était chargé d'apporter.

Gwenda ne pouvait chasser de son esprit le souvenir des événements survenus dans la forêt. Pas une nuit ne s'écoulait sans que ne revienne la hanter l'atroce vision de Ralph cloué au mur par l'épée de Sam, ses dents pourries serrées autour du couteau enfoncé dans la bouche.

Au moment où Sam et elle avaient arraché leurs armes de son corps, il s'était écroulé par terre dans une position qui prêtait à croire qu'Alan et lui s'étaient entretués. Gwenda avait donc pris soin de maculer de sang leurs épées étincelantes avant de les abandonner près de leurs corps. Dehors, elle avait détaché les chevaux pour qu'ils puissent se nourrir le temps qu'on les retrouve. Après, seulement, elle avait quitté les lieux avec son fils.

Le shérif de Shiring avait tout d'abord émis l'hypothèse que ce massacre était l'œuvre de hors-la-loi, pour finalement se rabattre sur la conclusion qu'espérait Gwenda : les deux hommes s'étaient massacrés l'un l'autre à la suite d'une dispute. Sam et elle n'avaient pas été inquiétés.

Elle avait présenté à son fils une version remaniée de son altercation avec Ralph, prétendant qu'il menaçait de la tuer si elle lui résistait. À l'en croire, c'était la première fois qu'il tentait de la violer. Sidéré d'avoir occis un comte rompu à l'art de la guerre, Sam était convaincu d'avoir accompli un acte juste et bon. Face à sa certitude, Gwenda se disait que son fils était bel et bien un soldat dans l'âme : la culpabilité d'avoir exterminé ses semblables ne le rongerait jamais.

Elle aussi ignorait le remords, même si elle repensait souvent à la scène avec révulsion. Mais, avec le temps, ces atroces visions cesseraient de la tarauder, elle en était convaincue. Le fait d'avoir tué Alan Fougère et achevé Ralph ne suscitait en elle aucun regret. Débarrassé d'une telle engeance, le monde ne s'en porterait que mieux. Ralph était mort de la main de son propre fils, et c'était exactement le sort qu'il méritait.

Chassant de son esprit ses sombres souvenirs, Gwenda s'intéressa aux invités qui festoyaient dans la grande salle du manoir.

Il ne restait plus une seule tranche du cochon et les hommes tiraient les dernières gouttes du fût de cidre. Aaron Dupommier sortit sa cornemuse. Depuis la mort de Perkin, le village n'avait plus de tambour. Gwenda se demanda si David reprendrait le flambeau.

Comme chaque fois qu'il buvait, Wulfric voulut danser. Gwenda fut sa première cavalière. Riant aux éclats, elle s'efforça de suivre sa frénésie endiablée. Il la soulevait, la faisait virevolter en l'air, la serrait contre lui et ne la laissait toucher terre que pour mieux l'entraîner dans une farandole de sauts et de bonds. Il n'avait aucun sens du rythme, mais son enthousiasme était contagieux. Au bout d'un morceau, Gwenda était épuisée. Wulfric invita alors sa belle-fille, Amabel.

Et puis ce fut au tour d'Annet, évidemment.

Il posa les yeux sur elle dès qu'il eut lâché la jeune épousée, quand la musique s'arrêta. Elle était assise sur un banc, au fond de la salle, vêtue d'une robe verte qui dévoilait ses chevilles délicates, tenue bien trop courte pour son âge. Le vêtement n'était pas neuf. Elle en avait simplement égayé le corsage d'une guirlande en broderie représentant des fleurs jaunes et roses. Comme toujours, des mèches échappées de son chignon frisottaient autour de son visage. Elle avait vingt ans de trop pour s'habiller ainsi mais, apparemment, elle ne le savait pas et Wulfric encore moins.

Ils commencèrent à danser. Gwenda se força à prendre un air insouciant et comblé. Comprenant que son sourire ressemblait à une grimace, elle détourna la tête et se mit à observer les mariés. Amabel ne serait peut-être pas la copie de sa mère, après tout : certes, elle était coquette, mais elle ne minaudait pas devant les hommes. Elle n'avait d'yeux que pour son époux.

Gwenda repéra du coin de l'œil son autre fils, qui pérorait au centre d'un petit groupe fasciné par son récit. Assurément, son statut d'écuyer faisait des envieux. Pour l'heure, il mimait une scène à cheval et faisait mine de tomber de sa monture.

Il vivait toujours à Château-le-Comte. Après la mort de Ralph, dame Philippa avait gardé la majeure partie de ses écuyers et hommes d'armes pour qu'ils enseignent à Gerry l'art de monter à cheval, de chasser et de manier l'épée et la lance. Sous sa régence, son fils découvrirait probablement un code de conduite plus intelligent et plus clément que celui en vigueur du temps du comte. En tout cas, Gwenda le souhaitait du plus profond de son cœur.

Ayant fait le tour des personnes qui l'intéressaient, Gwenda reporta les yeux sur son mari. Il dansait toujours avec Annet, la femme qu'il avait voulu épouser jadis, et celle-ci mettait à profit l'exubérante griserie de son cavalier pour lui décocher mille sourires enjôleurs quand les pas de danse les séparaient, ou se serrer contre lui dès qu'ils se retrouvaient.

Plus collante qu'un linge humide, ma foi !

Le morceau s'éternisait. Sur sa cornemuse, Aaron Dupommier répétait à l'envi son refrain entraînant et Gwenda décelait dans les prunelles de son époux une lueur qu'elle connaissait bien parce qu'elle signifiait son désir de faire l'amour. Ah, cette perfide Annet savait s'y prendre ! Fulminant, Gwenda sur son banc, assaillie par ses pensées jalouses, s'efforçait de faire bonne figure. Et cette satanée musique qui ne s'arrêtait pas !

Quand le morceau s'acheva dans une explosion de notes, sa rage avait atteint le degré d'ébullition. Ah mais ! Elle allait de ce pas dire à son mari de se calmer et de s'asseoir à côté d'elle. Elle ne le lâcherait plus de l'après-midi et éviterait ainsi que les choses ne dégénèrent.

Mais voilà qu'Annet embrassait Wulfric !

Il la tenait encore par la taille et cette dévergondée, se haussant sur la pointe des pieds, penchait la tête et lui collait un baiser en pleine bouche ! Oh, pas très long, mais bien appuyé !

C'en était trop pour Gwenda ! Son sang ne fit qu'un tour. Elle se leva d'un bond et traversa la salle au pas de charge. Voyant son expression, David essaya de la retenir lorsqu'elle passa devant lui. Peine perdue. Elle s'était déjà plantée devant Annet et Wulfric qui se souriaient bêtement. Vrillant son doigt dans l'épaule de sa rivale, elle vociféra : « Tu vas laisser mon mari tranquille !

— Gwenda, je t'en prie…, murmura Wulfric.

— Toi, la ferme ! Et ne t'approche pas de cette catin. »

Les yeux d'Annet étincelèrent de mépris : « Ce n'est pas pour danser qu'on paie les catins.

— Je suis sûre que tu en connais un rayon sur la question.

— Comment oses-tu ? »

Les jeunes mariés intervinrent, chacun de leur côté. « Je vous en prie, mère, ne faites pas d'esclandre, supplia Amabel.

— Mais je n'ai rien fait ! C'est Gwenda !

— Moi, en tout cas, je n'essaie pas de séduire le mari des autres !

— Maman, vous gâchez la fête, souffla David.

— Vingt-trois ans que ça dure ! braillait Gwenda, sourde aux remontrances. C'est elle qui a quitté ton père, et elle continue de le vouloir à sa botte ! »

Annet fondit en larmes. « Encore une ruse pour se faire plaindre ! » ragea Gwenda. Et, comme Wulfric tendait le bras pour tapoter l'épaule d'Annet, elle aboya : « Ne la touche pas ! »

Il retira sa main aussitôt comme s'il venait de se brûler.

« Tu ne comprends pas, sanglotait Annet.

— Au contraire, je vois parfaitement ton manège !

— Mais non, Gwenda ! » Annet s'essuya les yeux et ajouta, regardant sa rivale bien en face : « Il est à toi, Wulfric, mais toi, tu ne le comprends pas ! Tu n'as pas la moindre idée de l'adoration qu'il a pour toi. Il te respecte, il t'admire. Tu ne vois pas comme il te dévore des yeux quand tu parles à quelqu'un d'autre.

— Mmm…, marmonna Gwenda, déstabilisée et ne sachant que dire.

— Est-ce qu'il regarde les femmes plus jeunes ? Est-ce qu'il te fausse compagnie ? En vingt ans de mariage, combien de nuits n'a-t-il pas dormi près de toi ? Deux ? Trois ? Tu ne vois donc pas qu'il n'aimera jamais d'autre femme jusqu'à la fin de ses jours ? »

Gwenda se tourna vers Wulfric. Annet avait raison. C'était l'évidence, elle le savait, comme le savaient aussi toutes les personnes présentes. Elle tenta de se rappeler pourquoi elle en voulait tant à Annet, mais elle ne voyait plus très bien les raisons de sa colère.

Les danseurs s'étaient arrêtés. Aaron avait posé sa corne-muse et le village tout entier se pressait autour des deux belles-mères.

« J'ai été bête et égoïste dans ma jeunesse, poursuivait Annet. J'ai pris une décision idiote. J'ai laissé tomber le meil-leur homme que j'aie rencontré de ma vie, et tu l'as récupéré. Si seulement je pouvais réécrire le passé, si seulement Wulfric était à moi ! Parfois je ne peux pas résister à la tentation : je lui fais des sourires, je lui tapote le bras et, lui, il me traite genti-ment, car il sait qu'il m'a brisé le cœur.

— Non, tu te l'es brisé toute seule !

— C'est vrai… Et tu as eu la chance de profiter de ma bêtise. »

Gwenda était sidérée. Elle n'avait jamais considéré Annet comme une femme désespérée, mais comme une menace, comme une rivale qui s'ingéniait à reconquérir Wulfric.

« Je sais que ça t'agace que ton mari soit gentil avec moi. J'aimerais pouvoir te promettre qu'il ne le sera plus, mais je connais mes faiblesses. Est-ce une raison pour me haïr ? Ne gâchons pas la joie des mariés. Nous souhaitons toutes les deux avoir des petits-enfants. Au lieu de me traiter en ennemie, dis-toi que je suis une méchante sœur qui commet des erreurs et t'énerve, mais qui fait partie de la famille néanmoins. »

Annet avait raison. Et Gwenda, qui l'avait toujours prise pour une jolie fille avec un grelot à la place du cerveau, comprenait maintenant qu'elle avait de l'esprit pour elles deux.

« Je ne sais pas si j'y arriverai, répondit-elle, honteuse. Je peux toujours essayer.

— Merci », dit Annet.

Elle fit un pas en avant pour embrasser Gwenda. Sentant ses larmes sur sa joue, celle-ci n'hésita pas longtemps. Elle posa les mains sur les frêles épaules d'Annet et la serra contre son cœur.

Les villageois rassemblés autour d'elles applaudirent, ravis.

L'instant d'après, la musique reprenait de plus belle.

*

Au début du mois de novembre, Philémon célébra la fin de la peste par une messe d'action de grâces. Étaient présents l'archevêque Henri, le chanoine Claude, ainsi que sieur Grégory Longfellow. En apercevant l'avocat, Merthin supposa qu'il était venu annoncer le nom du prélat choisi par le roi pour remplacer Henri dans ses fonctions d'évêque de Kingsbridge. La tradition voulait qu'il fasse part aux moines de la volonté royale et que ceux-ci procèdent ensuite à l'élection. Bien rares étaient les cas où ils ne suivaient pas l'avis du monarque.

À en juger par sa mine impassible, Philémon n'avait pas encore été mis dans le secret des dieux.

Pour Merthin et Caris, il s'agissait là d'une décision capitale : si le roi avait choisi le chanoine Claude, réputé modéré, ils pourraient considérer leurs ennuis comme terminés ; si, par malheur, il avait retenu la candidature de Philémon, querelles et procès opposeraient à nouveau la ville et le prieuré pendant des années.

Ce fut l'archevêque Henri qui célébra la messe. Philémon se chargea du sermon. Il commença par remercier le Seigneur d'avoir prêté l'oreille aux supplices des moines de Kingsbridge et préservé la ville de la peste. Il omit adroitement de mentionner qu'il avait fui à Saint-Jean-des-Bois avec les frères, laissant les habitants se débrouiller tout seuls, face au fléau. Il ne précisa pas non plus que Caris et Merthin avaient grandement aidé le ciel à exaucer les prières des moines en fermant la ville pendant six mois. À l'écouter, c'était lui le sauveur de Kingsbridge.

« S'il continue à travestir la vérité, dans cinq minutes, j'explose ! maugréa Merthin à Caris sans se donner la peine de chuchoter.

— Calme-toi ! Philémon ne trompe personne. Le peuple connaît aussi bien que Dieu ce qu'il en a été réellement. »

Elle avait raison, bien sûr. Les généraux vainqueurs remerciaient aussi Dieu au terme d'une bataille, cela n'empêchait pas les soldats de faire très bien la différence entre les bons et les mauvais officiers.

Après la messe, Merthin, en sa qualité de prévôt, fut invité par le prieur au dîner offert dans son palais en l'honneur du nouvel archevêque de Monmouth. Dès la fin du bénédicité, les discussions allèrent bon train. Assis à côté du chanoine Claude, Merthin lui souffla sur un ton pressant : « L'archevêque connaît-il l'heureux élu du roi ? »

Claude répondit par un imperceptible hochement de tête.

« Est-ce vous ? »

Le chanoine secoua le chef discrètement.

« Philémon, alors ? »

Claude réitéra son acquiescement.

Merthin fut atterré par la nouvelle. Comment le roi pouvait-il préférer un individu lâche et stupide à un être aussi compétent et avisé que l'était le chanoine ? Hélas, la réponse était facile : Philémon avait joué les bonnes cartes.

« Les moines en sont-ils déjà informés ?

— Non. Sans doute Grégory préviendra-t-il Philémon en privé ce soir, après le souper, puis il communiquera aux moines la recommandation du roi. Demain matin probablement, pendant la réunion du chapitre.

— Il nous reste donc jusqu'à ce soir.

— Pour quoi faire ?

— Le convaincre de changer d'avis.

— Vous plaisantez ?

— Non, je vais m'y employer.

— Vous n'y parviendrez jamais.

— Vous oubliez qu'un homme désespéré n'a rien à perdre ! »

Dévoré d'impatience, Merthin chipota sa nourriture. Quand l'archevêque eut pris congé, il pria Grégory de le suivre à la cathédrale. « Je souhaiterais vous apprendre une chose qui vous intéressera fort, j'en suis certain. »

Grégory lui signifia son assentiment.

Côte à côte, ils remontèrent la nef d'un pas lent. Ici, nul ne pouvait surprendre leurs propos, ce qui était essentiel, car ce qu'il s'apprêtait à accomplir était des plus osés puisqu'il s'agissait bel et bien de faire plier le roi. S'il échouait, Édouard III pourrait l'accuser de trahison et le condamner à mort.

Merthin prit une profonde inspiration avant de se lancer : « À en croire une vieille rumeur, il existerait à Kingsbridge un document que le roi rêve de voir détruit.

— Continuez », émit Grégory sans ciller.

La réaction eut valeur de confirmation pour Merthin. « Cette lettre était détenue par un chevalier récemment disparu.

— Disparu ! bredouilla le conseiller du roi.

— Je vois que vous savez pertinemment de quoi je parle. »

Grégory fit une réponse d'avocat : « À titre indicatif, disons que je le sais.

— J'aimerais procurer au roi le plaisir de remettre la main sur ce document, quelle que soit sa teneur, déclara Merthin, optant, à l'instar de Grégory, pour une prudente ignorance.

— Sa Majesté vous en serait reconnaissante.

— Fortement reconnaissante ?

— Qu'avez-vous à l'esprit ?

— Un évêque plus soucieux du bien-être des habitants de Kingsbridge que ne l'est Philémon.

— Oseriez-vous faire chanter le roi d'Angleterre ? » s'indigna Grégory.

Arrivé au point critique de l'entretien, Merthin tint à se montrer convaincant : « Il ne saurait être question de chantage, ni même de pression. Ai-je formulé une menace ? Libre à vous de refuser ma proposition, le débat sera clos. Voyez-vous, nous autres, gens de Kingsbridge, sommes principalement artisans ou marchands : notre spécialité consiste à acheter, vendre et conclure des affaires. En l'occurrence, j'essaie de passer un accord avec vous, rien de plus. J'espère vous vendre quelque chose et je vous ai indiqué mon prix. »

Ils étaient à présent devant l'autel. Grégory s'abîma dans la contemplation du crucifix. Merthin devinait ses pensées : devait-il arrêter le prévôt, l'emmener à Londres et le torturer jusqu'à ce qu'il révèle l'emplacement du document ? Ou serait-il plus simple et plus facile pour le roi de nommer quelqu'un d'autre au poste d'évêque de Kingsbridge ?

Le silence s'éternisait. Transi, Merthin se pelotonna dans son manteau.

« Où est la lettre ? finit par lâcher Grégory.

— Pas loin d'ici. Je peux vous y conduire.

— Parfait.

— Et notre accord ?

— Si nous parlons bien du même document, j'honorerai ma part du contrat.

— Le chanoine Claude sera nommé évêque ?

— Oui.

— Merci. Je vous emmène donc à travers bois. »

D'un même pas, ils descendirent la grand-rue sous un faible soleil d'hiver et franchirent le pont. Le froid intense transformait leur souffle en vapeur. Arrivé dans la forêt, Merthin n'eut aucun mal à retrouver son chemin. Il reconnut la source, le gros rocher et le vallon marécageux. Escorté de Grégory, il gagna sans encombre la clairière où poussait le gros chêne et entraîna son compagnon jusqu'à l'endroit où il avait exhumé le parchemin.

Hélas, quelqu'un l'avait devancé !

Un tas de terre fraîchement bêchée s'élevait sur la partie de sol qu'il avait fouillée puis recouverte de feuilles, à côté d'un trou d'un pied de profondeur. Quant à la cachette, elle était vide !

« Par l'enfer ! balbutia Merthin, consterné.

— J'espère que ce n'est pas un petit jeu !

— Laissez-moi réfléchir ! » jeta le prévôt sèchement.

Grégory se tut.

« Nous n'étions que deux à connaître cet endroit, analysa-t-il à voix haute. Comme je n'en ai jamais parlé à personne, c'est donc Thomas qui a vendu la mèche. Il était devenu sénile vers la fin de sa vie.

— À qui ?

— Il a passé ses derniers mois au prieuré de Saint-Jean-des-Bois. Comme nul n'a été autorisé à y pénétrer, c'est forcément à un moine qu'il s'est confié.

— Combien sont-ils en tout ?

— Une vingtaine. Mais ils n'étaient pas nombreux à en savoir assez sur lui pour s'intéresser à des bredouillements sur une lettre enfouie.

— Où est-elle maintenant ?

— J'ai ma petite idée là-dessus. Donnez-moi encore une chance.

— Entendu. »

Ils revinrent en ville. Le soleil se coucha sur l'île aux lépreux juste au moment où ils traversaient le pont. Ils entrèrent à l'intérieur de la cathédrale plongée dans la pénombre, gagnèrent la tour sud-ouest et gravirent l'étroit escalier en colimaçon menant à la petite loge où l'on entreposait les costumes utilisés pour les représentations des mystères.

Merthin n'y avait pas mis les pieds depuis onze ans, mais ce genre de réserve ne changeait guère, surtout dans une cathédrale. Tout était à la même place. Il repéra la pierre descellée et la sortit du mur.

C'était là, derrière ce caillou, que Philémon cachait jadis ses trésors, notamment son mot d'amour gravé dans le bois. Parmi le fatras extrait de la cachette, Merthin repéra l'étui en laine cirée au suif. Il en sortit le rouleau de vélin.

« C'est bien ce que je pensais. Quand Thomas a commencé à perdre la tête, Philémon lui a extorqué son secret. »

Sans doute avait-il décidé de conserver ce document pour s'en servir de monnaie d'échange si d'aventure il n'était pas nommé évêque. À présent, c'était Merthin qui allait l'utiliser.

Il tendit le parchemin à Grégory, qui le déroula et le lut, ébahi :

« Seigneur ! Les rumeurs étaient donc vraies », dit-il. Son expression était celle de l'homme qui vient enfin de mettre la main sur un objet convoité depuis des décennies.

« Est-ce bien le document que vous espériez retrouver ?

— Oui, Merthin.

— Et le roi sera reconnaissant ?

— Du fond du cœur.

— Donc, votre partie du contrat… ?

— Sera respectée, assura Grégory. Claude sera votre évêque.

— Merci, mon Dieu. »

*

Huit jours plus tard, au petit matin, Caris expliquait à Lolla comment poser un pansement quand Merthin vint la trouver à l'hospice : « Je voudrais te montrer quelque chose. Tu peux venir avec moi à la cathédrale ? »

En cette froide journée d'hiver, Caris s'enveloppa dans un épais manteau rouge. Merthin s'arrêta au milieu du pont et pointa le doigt sur la flèche. « Regarde, elle est achevée ! »

Caris leva la tête. Derrière l'enchevêtrement d'échafaudages branlants qui la cernait encore, on distinguait en effet une flèche d'une hauteur et d'une finesse incroyables. Elle laissa son regard parcourir la distance séparant la base du sommet, soulevée par le sentiment que ses yeux montaient, montaient le long du corps de la flèche sans jamais en atteindre la pointe fuselée. « C'est l'édifice le plus haut d'Angleterre ? s'écria-t-elle.

— Oui », répondit-il joyeusement.

Ils s'engagèrent dans la grand-rue. À l'intérieur de la cathédrale, Merthin entraîna son épouse vers la tour centrale. Il en gravissait l'escalier tous les jours. Caris, qui n'était pas habituée à pareille ascension, déboucha hors d'haleine sur la plate-forme ouverte à tous les vents qui servait de socle à la flèche. Aujourd'hui, la bise était glaciale.

Ils prirent le temps d'admirer le paysage pendant que Caris récupérait son souffle. La ville de Kingsbridge s'étendait à leurs pieds au nord et à l'ouest : la grand-rue, les quartiers industriels, la rivière. On reconnaissait même l'hospice sur l'île aux lépreux. De la fumée s'échappait de milliers de cheminées ; de minuscules silhouettes sillonnaient les rues ; les unes allaient à pied, les autres à cheval, d'autres encore étaient juchées sur des carrioles chargées d'outils, de paniers de victuailles et de toutes sortes de marchandises enfermées dans de gros sacs. Grands ou petits, gros ou maigres, en haillons ou précieux atours, tout le monde s'affairait, hommes, femmes et enfants. Le vert et le marron étaient les couleurs dominantes, mais l'on notait par endroits des touches de bleu paon ou d'écarlate. Et tous ces gens avaient chacun leur vie, s'émerveillait Caris – une vie différente et complexe, émaillée de drames passés et de défis à venir, de souvenirs heureux et de douleurs secrètes. Et tous, ils avaient des cohortes d'amis, d'ennemis et d'êtres chers.

« Te sens-tu prête ? » lança Merthin.

Caris acquiesça en silence.

Il la précéda vers l'échafaudage. Ce frêle réseau de branches et de cordages la terrorisa, bien qu'elle refuse de l'avouer : si Merthin pouvait l'escalader, pourquoi n'en serait-elle pas capable ? Las, le vent faisait vibrer tout l'assemblage, du point le plus bas jusqu'en haut. De plus, il s'engouffrait sous ses jupes qui se gonflaient, telles les voiles d'un navire, puis faseyaient et se rabattaient sur ses jambes. La flèche n'était pas plus haute que la tour, mais les échelles de corde en rendaient l'ascension bien plus pénible.

À mi-parcours, ils s'autorisèrent une halte.

À peine essoufflé, Merthin expliqua : « La flèche est d'une simplicité enfantine. En fait, il s'agit d'un cercle auquel j'ai ajouté des angles. »

Les flèches que Caris avait vues à ce jour étaient toutes agrémentées d'ornements décoratifs – ouvertures en trompe-l'œil ou bandes de pierres de différentes couleurs. Le style très dépouillé de celle-ci renforçait l'impression d'envolée à l'infini.

« Hé, tu as vu ? s'exclama-t-il.

— Si tu veux bien, je préfère ne pas regarder en bas…

— On dirait que Philémon part pour Avignon ! »

Un événement pareil, comment ne pas baisser les yeux ? D'autant plus que la plate-forme sur laquelle ils s'étaient arrêtés était somme toute assez large. Néanmoins, Caris souffrait d'un tel vertige qu'elle dut se cramponner à un piquet pour se convaincre qu'elle n'était pas déjà en train de tomber. La bouche sèche, elle plia la nuque et fit lentement descendre son regard le long du flanc de la tour jusqu'au sol.

Le spectacle en valait la peine. Un char à bœuf stationnait devant le palais du prieur et une escorte, composée d'un moine et d'un soldat, tous deux à cheval, patientait tranquillement. Près de la carriole se tenait un Philémon devant lequel les moines de Kingsbridge défilaient l'un après l'autre pour lui baiser la main. Puis frère Sime lui tendit un chat noir et blanc – le descendant du matou de Godwyn, très certainement.

Enfin, Philémon grimpa en voiture et le charretier fouetta ses bêtes. D'un pas lourd, le convoi franchit le portail du prieuré, descendit la grand-rue, traversa les deux ponts et disparut dans l'entrelacs des faubourgs.

« Dieu merci, il est parti ! » se réjouit Caris.

Merthin redressa la tête : « Encore un peu de courage, le sommet n'est plus très loin. Tu seras bientôt la femme d'Angleterre qui sera montée le plus haut. »

Ils reprirent l'ascension.

Le vent forcit. L'idée que Merthin ait réalisé son rêve rendait Caris euphorique malgré sa peur : dans les siècles à venir, des centaines de gens à des lieues à la ronde auraient chaque jour sous les yeux sa flèche admirable.

Le point le plus élevé de l'échafaudage était entouré par une galerie dépourvue de rambarde.

« L'usage veut que les flèches soient surmontées d'une croix, expliquait Merthin. Les modèles varient. À Chartres, un soleil y est représenté. Moi, j'ai choisi un sujet complètement différent. »

S'efforçant d'oublier qu'une chute était toujours possible, Caris renversa la tête en arrière pour contempler ce dont il parlait. Quelle ne fut sa surprise de découvrir que la croix, minuscule vue d'en bas, était en réalité plus grande qu'elle ! Un personnage était agenouillé à son pied : un ange en pierre de taille humaine qui, curieusement, ne levait pas les yeux vers le Christ mais regardait à l'ouest, la ville. L'examinant plus attentivement, Caris lui trouva un air inhabituel avec ses cheveux courts et ses traits délicats. Son petit visage rond et féminin lui rappelait vaguement quelqu'un.

Soudain, elle se rendit compte que c'était elle-même, et elle balbutia, médusée : « Ils t'ont laissé faire ? »

Merthin hocha la tête. « La moitié de la ville te considère déjà comme un ange.

— À tort !

— Naturellement, répondit-il avec ce petit sourire ironique qu'elle aimait tant. Que veux-tu, ils sont bien obligés de se rabattre sur ce qui en est le plus proche ! »

Une brusque rafale ébranla l'échafaudage. Caris agrippa son mari, qui se tenait solidement ancré sur ses pieds écartés. Il l'enlaça et l'attira contre lui.

Le vent retomba aussi vite qu'il s'était levé. Debout sur le toit du monde, Merthin et Caris demeurèrent ainsi, serrés l'un contre l'autre pendant un long moment.

REMERCIEMENTS

Sam Cohn, Geoffrey Hindley et Marilyn Livingstone ont été mes principaux consultants historiques. En ce qui concerne la cathédrale de Kingsbridge et la fragilité de ses fondations, je me suis librement inspiré de la cathédrale de Santa María à Vitoria-Gasteiz (Espagne), et je suis heureux de pouvoir remercier ici tout le personnel de la Fundación Catedral Santa María pour sa collaboration, notamment Carlos Rodríguez de Diego, Gonzalo Arroita et notre interprète Luis Rivero. Les responsables de la cathédrale de York et, en particulier, John David m'ont également apporté un concours précieux. Martin Allen, du Fitzwilliam Museum de Cambridge (Royaume-Uni), a eu la bonté de me laisser manipuler des pièces de monnaie datant du règne d'Édouard III. En France, au Mont-Saint-Michel, j'ai été accueilli par sœur Judith et frère François. Comme toujours, Dan Starer, du *Research for Writers* de New York, m'a prêté main-forte dans mes recherches. Que soient aussi remerciés Amy Berkower, Leslie Gelbman, Phyllis Grann, Neil Nyren, Imogen Taylor et Al Zuckerman pour leurs conseils littéraires avisés ! Enfin, je ne saurais oublier les commentaires et les critiques que m'ont prodigués mes proches. Je tiens tout particulièrement à nommer Barbara Follett, Emanuele Follett, Marie-Claire Follett, Erica Jong, Tony McWalter, Chris Manners, Jann Turner et Kim Turner.

Table

Table

www.livredepoche.com

- le **catalogue** en ligne et les dernières parutions
- des **suggestions de lecture** par des libraires
- une **actualité éditoriale permanente** : interviews d'auteurs, extraits audio et vidéo, dépêches…
- **votre carnet de lecture** personnalisable
- des **espaces professionnels** dédiés aux journalistes, aux enseignants et aux documentalistes

Composition réalisée par ASIATYPE

Achevé d'imprimer en novembre 2009, en France sur Presse Offset par
Maury-Imprimeur - 45330 Malesherbes
N° d'imprimeur : 151618
Dépôt légal 1re publication : janvier 2010
LIBRAIRIE GÉNÉRALE FRANÇAISE - 31, rue de Fleurus - 75278 Paris Cedex 06

31/2576/2